Rätus Luck

Gottfried Keller als Literaturkritiker

RÄTUS LUCK

GOTTFRIED KELLER
ALS LITERATURKRITIKER

FRANCKE VERLAG BERN

UND MÜNCHEN

Dissertation der Phil.-hist. Fakultät der Universität Bern

Gedruckt mit Unterstützung der Stiftung Pro Helvetia, der Stiftung zur Förderung
der wissenschaftlichen Forschung an der Universität Bern und der Trächsel-Stiftung

———

DEM ANDENKEN MEINER MUTTER

HANNY LUCK - VON OW

EINLEITUNG

Die Frage nach dem Literaturkritiker Gottfried Keller überrascht vielleicht. Gewiß ist im «Grünen Heinrich» die Rede von Goethe, Schiller, Jean Paul; der Abschnitt über Shakespeare in der Erzählung «Pankraz der Schmoller» zeigt, wie Keller den englischen Dramatiker aufgefaßt hat; in den «Mißbrauchten Liebesbriefen» wird mit der Zunft der Literaten abgerechnet. Aber erst die Gotthelf-Rezensionen, die auch heute noch einer Studie über das Verhältnis der beiden Dichter zugrunde gelegt werden können [1], und die im selben Band der «Sämtlichen Werke» vereinigten kritischen Aufsätze machen die Fragestellung völlig einleuchtend.

Soll «Kritik» vor allem eine bestimmte Form der Publikation (z. B. Veröffentlichung im periodischen Schrifttum) bedeuten, so sind als Beiträge Kellers zur Literaturkritik seiner Zeit nur die Auseinandersetzung mit Gotthelf, die kürzeren Zeitschriften- und Zeitungsrezensionen und vielleicht die Polemik gegen den großstädtischen Literaturbetrieb zu nennen. Schon die letztere dürfte, trotz ihren scharfen kritischen Formulierungen, nicht mehr im gleichen Maß berücksichtigt werden, weil sie in eine Novelle eingebaut ist.

Fragt man dagegen in erster Linie nach der Absicht zu prüfen, ein sprachliches Kunstwerk zu verwerfen oder anzuerkennen, sich für oder wider seinen Autor zu äußern, dann sind auch Satire, Parodie und Brief Formen der Kritik; dann ist der Bericht über die Goethe-Lektüre Heinrich Lees, sind die Seiten über Jean Paul Beispiele für die Literaturkritik Gottfried Kellers. Die Form wechselt: Kritik erscheint als Impression, als spontanes Geständnis, als methodische Abhandlung; sie kann ein sarkastischer Ausfall sein oder sich dichterischer Darstellung bedienen. Immer wird dahinter der Wille spürbar, ein Werk zu bewerten, es einzuordnen.

Kritik möchte beeinflussen, sie zielt auf Wirkung ab, sogar innerhalb eines dichterischen Œuvres; das ist vielleicht die eine Seite der Verwandtschaft zwischen Dichter und Kritiker: die Absicht, dem Leser Schönheiten nahezubringen, die er selbst aufgefunden und empfunden hat, ihm die Augen für das Unechte und Angemaßte zu öffnen.

Ein anderer Berührungspunkt zwischen dem Schriftsteller und dem Rezensenten ist der beiden gemeinsame Umgang mit der Sprache. Der Kritiker hat den Auftrag, auch die Wortgestalt der Dichtung zu erwägen, seinen Befund muß er darstellen und sich selbst unablässig um den sprachlichen Ausdruck bemühen. Nicht zuletzt in diesem Sinn spricht man von «Meisterwerken der Kritik» und ist geneigt, sie als fünfte unter die Künste einzureihen.

Diese Überlegungen und der Gedanke, daß die Spiegelung von Dichtergestalten im Geist eines Kunstgenossen «würdige Probleme» selbst «einer Geistesgeschichte» seien [2], rechtfertigen eine Arbeit über die Literaturkritik Gottfried Kellers.

Auf was für Material kann ein solcher Versuch sich stützen? Es ist für die

Quellenfrage wichtig, daß Gottfried Keller nie als berufsmäßiger Rezensent gearbeitet, aber sehr oft sich kritisch über literarische Werke geäußert hat. Daraus erklärt sich einerseits die Fülle seiner Bemerkungen zur Literatur, anderseits der Mangel an planvoller Ordnung; bald ist es ein aus der Augenblicksstimmung geborenes Urteil, bald ein durchdachter, scharfgestochener Aphorismus, die den Kritiker ausweisen, und hauptsächlich ergreift er in den Briefen das Wort, wo der beschränkte Raum nur den knappen Hinweis oder die Betrachtung etwa in der Art des Essays gestattet.

Wie lassen sich die Quellen, die uns neben den Aufsätzen zur Verfügung stehen, im einzelnen beschreiben?

Anekdoten geben oft genauer Auskunft über einen Menschen als psychologische Untersuchungen: Gottfried Keller befindet sich in einer vornehmen Gesellschaft, Damen sind anwesend, Richard Wagner, Jacob Burckhardt, Friedrich Theodor Vischer, der Architekt Gottfried Semper, der Germanist Ludwig Ettmüller und Kellers Freund, der Komponist Wilhelm Baumgartner. Man unterhält sich über einen Schriftsteller, der Keller besonders verhaßt ist. Der Dichter hält mit seiner Abneigung nicht zurück und gerät in solche Wut, daß er Tasse und Teller aus japanischem Porzellan, die vor ihm auf dem Tisch stehen, mit einem Faustschlag zertrümmert und völlig außer sich von Baumgartner weggeführt wird [3]. Wie manche Anekdoten und Episoden, die Gottfried Keller als Original, um nicht zu sagen: als kauzigen Menschen schildern, dem Wein mehr als zuträglich ergeben, ist auch dieser Zwischenfall phantasievoll ausgemalt worden. Aber er enthält einen Kern Wahrheit. Viele, die dem Dichter nahestanden, wurden durch diese jähen Ausbrüche erschreckt und kannten die Unzugänglichkeit, den Grimm Kellers, der das Gütige, Freundliche und Heitere in seinem Wesen verdunkelte und sich im Kreis gehobener Geselligkeit als Unhöflichkeit äußern konnte. Es ist das Bild des sich und andern gegenüber hart gewordenen Eigenbrötlers, der an der Tafel erst dann auftaut, wenn der Nachbar durch eine kräftige Grobheit sich als ehrlich erwiesen hat [4]. Das war ihm selbst bewußt; man glaubt persönliche Betroffenheit zu merken, wenn er dem Kritiker Emil Kuh über seine Charakteristik Grillparzers schreibt: «Ihr Spruch von dem Mangel eines tiefen Wohlwollens ist hart und wahr, wie ein gerechtes Urteil [5].» Ein ehemals Vertrauter wie Jakob Baechtold mochte gerade dieses Wort Kuhs auf Keller anwenden; seine Biographie steht unverkennbar unter dem dämpfenden Einfluß des plötzlichen Abbruchs ihrer Beziehungen. Anderen freilich – der Familie Exner, Paul Heyse, J. V. Widmann – blieb Keller stets der zugängliche und liebenswürdige Freund.

Hier kann die Vermutung nur wiederholt werden, daß Kellers Verschlossenheit und Mißmut auf die «Grundtrauer» zurückzuführen sind, von der er in einem Brief an Wilhelm Petersen schreibt: «Mehr oder weniger traurig sind am Ende alle, die über die Brotfrage hinaus noch etwas kennen und sind; aber wer wollte am Ende ohne diese stille Grundtrauer leben, ohne die es keine echte Freude gibt? [6]» Ist es nicht auch die Abwehrstellung desjenigen, der sich verletzlich weiß, durch eine Empfindlichkeit bedingt, die er an andern so oft außer acht ließ? C. F. Meyer stellt er einmal die Frage: «Sagen Sie, warum sind auch alle Menschen so grob zu mir? [7]»

Nimmt man diese und ähnliche Anekdoten mit den nötigen Abstrichen als Bericht und nicht als Charakterurteile, so wird man darin Beispiele für Kellers Temperament sehen. Und bei aller ungezügelten Heftigkeit kommt ihnen der Wert kritischer Äußerung zu, sie erinnern an das lakonische Grunzen Kellers im Berliner Literatenzirkel «Tunnel über der Spree» als Urteil über eine vorgetragene Ballade [8] oder an die Szene, von der er Freiligrath in einem Brief über den gemeinsamen Freund Wilhelm Schulz erzählt: «Vor einigen Jahren, als er eine Streitschrift gegen Vogt in Sachen des Materialismus geschrieben, die mir nicht gefiel, führte ich mich in seinem Hause schlecht auf mit Schimpfen und Tadeln und wurde so saugrob, daß die Frau Schulz sogar einige Tränchen vergoß vor Zorn [9].»

Übrigens weisen die unmutigen Glossen, die Keller aus diesem Anlaß in sein Exemplar der Streitschrift von Schulz notiert, auf eine weitere, wenn auch bescheidene Quelle für seine Literaturkritik hin: Randbemerkungen, die er beim Lesen in die Bücher einträgt; in ihrer Unverblümtheit bieten sie ein erheiterndes Stück Literaturkritik [10].

Aufschlußreicher und eindeutiger als Anekdoten erscheinen die *Gespräche* über Literatur und Kunst, über Bücher und ihre Autoren – soweit sie von Keller oder von seinen Gesprächspartnern festgehalten wurden; sie sind durch Kellers ganzes Leben hindurch vernehmlich bis ins letzte Jahr, bis auf sein Sterbebett, wo er sich noch im April 1890 mit Wilhelm Petersen über zeitgenössische Schriftsteller unterhält: «Wenn sie keine Probleme mehr auftreiben können, sollen sie in Gottes Namen schweigen [11].» In seinen «Erinnerungen» schreibt Adolf Frey: «Es liegt auf der Hand, daß unsere Gespräche sich vorwiegend um Kunst und Literatur drehten. Er entzog sich der Erörterung solcher Gegenstände nicht, sobald er Verständnis oder doch aufrichtiges Interesse voraussetzte [12]». Frey vermittelt einiges aus diesen Unterhaltungen, die er von 1876 an mit dem Dichter geführt hat. Hauptsächlich sind die mündlichen Zeugnisse in der Biographie von Jakob Bächtold aufbewahrt, der von Keller in freundschaftlichen Umgang gezogen worden war, bis es zum Bruch kam, weil der Germanist sich sozusagen als Nachlaßverwalter noch zu Lebzeiten Kellers aufgespielt hatte. Weitere Belege gibt Alfred Zäch [13].

Für eine Auseinandersetzung mit dem Literaturkritiker Keller sind vor allem die *Briefe* heranzuziehen, die über das nur Ästhetische, über die «Stilfrage» hinaus «in den weiteren Bereich des Menschlichen vorstoßen [14]». Der Dichter ist der «eigentliche Mensch» für Keller [15], und er sieht auch als Kritiker hierin den Auftrag des Dichters [16]. In den Briefen ist diese Aufgabe vielleicht am unmittelbarsten ausgesprochen, nicht in Gestalt wissenschaftlich-kritischer

Analysen, sondern in literarischer Form; man kann von einer eigentlichen Briefkunst Kellers sprechen.

Den Schwerpunkt bildet der Briefwechsel mit Theodor Storm und Paul Heyse. Storm schreibt schon vor Beginn der Freundschaft mit Keller an Wilhelm Petersen, der ihm seine Keller-Briefe schickt, um die Beziehung zwischen den beiden Dichtern anzubahnen: «Die Briefe hab ich gern gelesen. Wo Keller Verständnis und Teilnahme fühlt, ist er offenbar weder grob noch abstoßend [17].» Keller selbst charakterisiert die kritische Unterhaltung in der Korrespondenz, die im März 1877 mit einem ersten Brief Storms einsetzt, im hübschen Bild der beiden Klosterherren, die sich von ihren Nelkenstöcken berichten. Er ist immer bereit, auf die Schwierigkeiten, die Storm begegnen, einzugehen; er liest Storms Bücher nicht nur zur Erbauung, sondern auch «aus kritischer Neugierde», spart nicht mit Anfragen und Hinweisen, weil er weiß, daß ein «Warum», das einem gestalteten Schicksal gilt, «ja schon eine affirmative Kritik» und darum für den es gestaltenden Dichter wertvoll ist.

Die Intimität und Unmittelbarkeit der brieflichen Kritik hebt Keller in einem andern Brief an Storm von den Zeitungsrezensionen ab: «In dem neuen Berliner ‹Wochenblatt› hat Sie einer ... unter die Pessimisten gesteckt ... Es ist zuweilen, wie wenn lauter angetrunkene Fuhrleute durcheinander lärmten [18].»

So spricht Keller in vielen seiner Briefe von eigenen und fremden Werken und Plänen, beurteilt die literarische Produktion der Gegenwart, das Schaffen der Vergangenheit und versucht, beides den eigenen künstlerischen Anschauungen einzuordnen.

Der Zorn über die Nachlässigkeit und Unberufenheit der Tagesrezensenten zeigt, welche Bedeutung Gottfried Keller der Literaturkritik beimißt. Er ist noch kein halbes Jahr in Berlin, als er Ferdinand Freiligrath schreibt: «... das zweite Heft Deiner politischen Gedichte ist nicht erschienen, obgleich ich es wünschte, weil ich ... der miserabeln Tageskritik ein wenig unter die Arme greifen und einen Aufsatz über Deine Sämtlichkeiten fabrizieren möchte. Das einseitige und unbefugte Gewäsche hat mich neuerlich wieder bei Lenaus Tode geärgert; da hört man immer die gleichen, einmal angegebenen Phrasen und Schlagwörter, und von dem, was einen am meisten freut, über das man Gleichgesinntes vernehmen möchte, wird keine Silbe gesagt [19].»

Die Beweggründe für Kellers kritische Äußerungen sind verschiedenster Art; auf alle aber trifft die Feststellung Adolf Freys zu: «An Keller bewahrheitete sich die alte, selten unstichhaltige Erfahrung, daß nur die Inhaber eines schöpferischen Vermögens die richtigen Verweser einer sicheren und fruchtbaren Kritik sind [20].» Adolf Frey hat den Dichter bei der kritischen Lektüre beschrieben, und man darf im Hinblick auf Kellers Rezensionen für Zeitungen und Zeitschriften von einer Identität der Methode sprechen; sie bleibt dieselbe in Aufsatz, Brief und Gespräch. «Legte man ihm etwas zur Prüfung vor und ging ihn um sein Urteil an, so unterwarf er das betreffende Stück einer sorgfältigen Musterung und wollte sich nicht vorlesen lassen, um nach Bedürfnis bei einer Stelle zu verweilen oder zu einer andern zurückkehren zu können. Dann las er halblaut oder vielmehr er brümmelte mit verdrießlich klingender Stimme vor sich hin, zuweilen ganz innehaltend oder nur die Lippen bewegend; dabei zog er die Augenbrauen in die Höhe und heftete die Blicke mit einem schläfrig verträumten Ausdruck aufs Papier, als ob er mit wahrer Abneigung von Zeile zu Zeile wandere. Erst wenn er zum Ende das erlösende und anerkennende Wort sprach und auf Einzelnes einging, wurde man gewahr, wie genau er verfahren [21].»

Die erwähnte Identität läßt sich etwa ablesen am Vergleich dieser Schilderung mit der kurzen Rezension, die Keller über das Gedichtbändchen «Blumensträuße» von Theodor Curti verfaßt [22]. Abgesehen von der pädagogischen Note der Rezension fällt die Sorgfalt auf, die Keller den Gedichten zuwendet; er betrachtet sie unter allen möglichen Gesichtspunkten, bevor er sich ein Gesamturteil bildet. Einleitend gibt er zu bedenken, ob Lyrik noch zeitgemäß sei, und fragt nach ihrem Gewicht gegenüber dem Roman und nach den Aussichten auf dem Büchermarkt. Er trennt die Gedichte in mißlungene und geglückte, indem er die Themen ausscheidet, die einem jungen Poeten gemäß sind – die kleinen Natur- und Heimatlieder –, und findet bestätigt, daß dem Anfänger Weltanschauungslyrik notwendigerweise mißrät, da sie unternommen wird, noch bevor Welterfahrenheit sich eingestellt hat. Dann geht er über zur Beurteilung der sprachlichen Gestaltung und hebt zum Schluß das persönlich Fördernde solcher poetischen Versuche hervor. Auf diese Kritik, die in der zwanglosen Unterhaltung und in dem für die Öffentlichkeit bestimmten Aufsatz vorgetragen wird, möchte man den Begriff der «spielerischen Systematik» anwenden; sie erprobt nicht starre Kategorien literarischer Wertung, sondern gewinnt aus dem Werk selbst den Punkt, von dem aus es zu verstehen und zu beurteilen ist.

Wägt man die bisher besprochenen brieflichen Zeugnisse gegeneinander ab, so ergibt sich folgendes:

Von der Ökonomie des dichterischen Schaffens hängt es ab, in welcher Form und mit welcher Häufigkeit der Dichter sich als Kritiker äußert; Neigung und verfügbare Zeit – sie ermöglichen ihm entweder das berufsmäßige Rezensententum oder legen ihm die Beschränkung auf, den Brief als Mittel kritischer Bemühung zu wählen. Denn daß ein Schriftsteller das literarische Leben seiner Epoche überhaupt nicht wahrnimmt oder vorsätzlich mit Schweigen abtut, ist wohl denkbar, aber nicht die Regel. Keller drängt sich die zweite Möglichkeit auf, was dazu beiträgt, seine Briefe zu einer reizvollen Lektüre zu machen (anders als bei C. F. Meyer, der kaum über knappe Nachrichten aus dem Bereich des häuslichen Lebens und des eigenen Schaffens hinausgeht).

Anderseits ergänzen sich Rezensionen und Briefe; Briefstellen bereichern das Porträt Heinrich Leutholds in der Besprechung seiner Gedichte, sie sind unbekümmerter, kritischer als die vorsichtig temperierte Anzeige in der «Neuen Zürcher Zeitung», die manche Einwände verschweigt [23]. Das ist nicht nur eine Folge ihrer Form und Bestimmung. Als Dichter hat Keller eine eigene Kunstauffassung ausgebildet, die er immer wieder abgrenzen muß gegen fremde Einflüsse. Im freien (brieflichen) Urteil über das Werk eines andern werden nicht selten ästhetische Grundsätze zum unkritischen Vorurteil. Aber auch sonst ist literarische Kritik ja nie objektiv im Sinn absoluter Gerechtigkeit, sondern bestimmt durch die politischen, religiösen und sozialen Anschauungen des Kritikers, die ihrerseits im Lauf der Zeit wechseln. Diese Voreingenommenheit färbt die Äußerungen eines Dichters stärker als die Kritik eines Berufsrezensenten, der nicht zugleich das eigene Werk rechtfertigen muß; sie kommt dementsprechend in den vertrauten brieflichen Mitteilungen ungeschminkter zum Ausdruck. Für die vorliegende Arbeit heißt das auch, daß sie sich mit dem Politiker Keller, mit seiner Weltanschauung befassen muß, sollen die Zusammenhänge sichtbar werden, in denen ein ästhetisches Urteil steht.

Obschon also die kritischen Äußerungen eines Dichters immer zugleich Ausdruck künstlerischer und philosophischer Überzeugungen sind, kann ihm selbst nichts Förderlicheres zustoßen, als von jemandem besprochen zu werden, der die Beschwerlichkeiten des Handwerks kennt [24]. Das Problematische eines gerechten Urteils dem gleich Großen, gleich Bedeutenden gegenüber hat Gottfried Keller durch seine Gotthelf-Rezensionen erfahren, die Spuren solcher Befangenheit tragen, aber dem andern auch das Verständnis desjenigen entgegenbringen, der die Schwierigkeiten des Schreibens im Augenblick, als die Besprechungen erscheinen, an sich selbst erlebt.

Die vorliegende Arbeit beschränkt sich auf Kellers Literaturkritik und zieht nur gelegentlich, wo es dem besseren Verständnis der Ausführungen dient, selbstkritische Äußerungen heran. Bruno Markwardt regt in der «Geschichte der deutschen Poetik» an, das Wechselspiel von Produktion, Kritik und Selbstkritik zu untersuchen [25]; der enge Zusammenhang zwischen dem eigenen Schaffen, der Reflexion darüber und der Beurteilung fremder Werke ist auch bei Keller augenfällig. Das Gespräch über seine Dichtungen zieht sich ohne Unterbrechung durch die Briefe hin; unter der Maske der Selbstironie, der spöttischen Herabsetzung seiner selbst wird verborgen, was ernst gemeint ist und helfen soll, die eigenen Möglichkeiten und Grenzen zu erkennen. Daran wird oft eine Bemerkung zur zeitgenössischen Literatur angeknüpft oder umgekehrt: von einem andern Schriftsteller ausgehend, kommt er auf sich selbst zu sprechen. Diese Übergänge zur Selbstbeurteilung sind jeweils zu verzeichnen.

In den vergangenen zehn Jahren hat sich in Deutschland das Interesse der Literaturwissenschaft auch der Kritik zugewandt. Hans Mayer hat «Meisterwerke der Literaturkritik» gesammelt, Emil Staiger gibt eine Reihe «Klassiker der Kritik» heraus, Oscar Fambach läßt ein mehrbändiges Studienwerk unter dem Titel «Ein Jahrhundert deutscher Literaturktitik» erscheinen, Gerhard F. Hering stellte «Meisterwerke der deutschen Kritik» zusammen und Anni Carlsson legt den 1. Band einer Untersuchung der «Deutschen Buchkritik» vor [26]. Daß Keller in solchen Anthologien allenfalls mit den Gotthelf-Rezensionen verteten ist, liegt nicht zuletzt an der gleichsam apokryphen Form seiner Kritik, die über das dichterische Werk und die Briefe verstreut ist. Daher stellt sich hier auch die Aufgabe, die kritischen Zeugnisse Kellers möglichst vollständig zu sammeln, zu ordnen und zu erläutern.

Verbunden ist damit die Frage nach der Gliederung. Wegen der Reichhaltigkeit des Stoffes und weil die Äußerungen Kellers zu bestimmten Autoren nur selten in Aufsätzen, sondern zum großen Teil in den Briefen erscheinen, die zu verschiedenen Zeiten und aus den verschiedensten Anlässen geschrieben sind, ist eine übersichtliche Gruppierung nicht ohne weiteres gegeben. Zunächst könnte man eine chronologische Anordnung wählen; sie würde Kellers Lebensgang folgen und in drei Abschnitten – begrenzt durch die Abreise aus Berlin und den Rücktritt vom Staatsschreiberamt – seine Literaturkritik vorlegen. Dieser Aufbau empfiehlt sich nicht, weil bei einzelnen Gestalten und Problemen jedesmal neu eingesetzt werden müßte, ein Goethe-Bild beispielsweise für jeden Zeitabschnitt zu konstruieren wäre.

Auch eine lexikalische Reihung von Namen scheint nicht ratsam; sie würde sich im Zusammentragen von einschlägigen Zitaten erschöpfen und nicht mehr leisten als das Namenregister, das den «Gesammelten Briefen» beigegeben ist.

Schließlich wäre die Aufgliederung nach Gattungen in Betracht zu ziehen: Kellers Theater-Kritik, seine Ausführungen über Romane und Gedichte könnten die einzelnen Teile der Arbeit bilden. Aber Kellers Kritik soll hier nicht vor allen Dingen als eine verkappte Poetik verstanden werden, obschon sie eine solche auch darstellt – im Sinne Jean Pauls, der in der Vorrede zur 2. Auflage (1812) seiner «Vorschule der Ästhetik» sagt: «In jeder guten Rezension verbirgt oder entdeckt sich eine gute Ästhetik und noch dazu eine angewandte und freie und kürzeste und durch die Beispiele – helleste [27].»

Endlich böte sich eine Einteilung nach Sprachräumen, Kulturgebieten oder nach Epochen an. Dem Aneinanderreihen von Fakten und bloßen Referieren von Stellen wäre auch da schwer auszuweichen.

Die Darstellung, die gewählt worden ist, möchte die genannten Nachteile vermeiden.

Im I. Teil wird versucht, Gottfried Kellers Auffassung von der Literaturkritik und ihren Aufgaben gewissermaßen à rebours zu formulieren, als Kritik der Kritik, wobei den Deutungen von Dichtern und ihren Werken Kellers eigene Anschauungen des betreffenden literarischen Gegenstandes, der literarischen Persönlichkeit gegenübergestellt werden.

Der II. Teil erörtert Kellers Beziehungen zu Hermann Hettner, ihre wechselseitige Kritik, Kellers Mitarbeit an Hettners «Modernem Drama» und, davon ausgehend, Kellers Bemerkungen zum Bühnenschaffen seiner Zeit.

Der III. Teil befaßt sich mit der Rezension von Friedrich Theodor Vischers «Kritischen Gängen» (Neue Folge) und Vischers Keller-Aufsätzen; hier ergibt sich z. B. die Möglichkeit, von Kellers Romantik-Kritik zu sprechen.

Der IV. Teil fragt nach den Grundzügen der Literaturkritik des Dichters; im V. werden die kritischen Betrachtungen besprochen, die eigentliche Essays sind und so wieder dem dichterischen Werk nahekommen.

Die Zusammenfassung ist ein Versuch, Kellers Literaturkritik anhand ausgewählter Beispiele zu charakterisieren.

ERSTER TEIL

DAS LITERARISCHE LEBEN
UND DIE LITERATURKRITIK DEUTSCHLANDS
IM 19. JAHRHUNDERT
IN GOTTFRIED KELLERS SICHT

ERSTES KAPITEL

SCHÖPFERISCHE UND KRITISCHE INSTANZEN

Vorbemerkung

Den besten Eindruck von der regen Tätigkeit der Literaturkritik in Deutschland um die Mitte des 19. Jahrhunderts vermittelt ein Blick auf das periodische Schrifttum der Zeit, das die Hegel-Schüler und die unter der Bezeichnung «Junges Deutschland» zusammengefaßten Schriftsteller herausgeben. Es ist reizvoll, in den Zeitschriften und Jahrbüchern der Epoche die Richtlinien literarischer Wertung aufzusuchen [1]. Oft lassen sich schon an den Titeln der Publikationen die Merkmale der damaligen Kritik ablesen.

Die Reihe der wissenschaftlich-kritischen Periodica ist lang; es genügt, wenige Beispiele zu erwähnen: Hegel selbst (bis 1831) und Eduard Gans redigieren die «Berliner Jahrbücher für wissenschaftliche Kritik» (1827 bis 1846), die als eine Literaturzeitung «von intensiver Bedeutung» (Gans) gedacht sind und Karl Rosenkranz und Varnhagen von Ense zu ihren Mitarbeitern zählen. Die «Hallischen Jahrbücher für deutsche Wissenschaft und Kunst» (1838 bis 1840), herausgegeben von Theodor Echtermeyer und Arnold Ruge, enthalten die zwei Hauptrubriken «Kritiken», d. h. Rezensionen, als Leitartikel aufgemacht, und «Charakteristiken»: literarische Porträts. Als die preußische Zensur dem Blatt mit dem Verbot droht, erscheint es unter dem Titel «Deutsche Jahrbücher für Wissenschaft und Kunst» von 1841 bis 1843 in Dresden. Es gibt eine «Allgemeine Monatsschrift für Literatur» (1850 bis 1851, dann «Allgemeine Monatsschrift für Wissenschaft und Literatur»); zwischen 1842 und 1846 erscheint die «Deutsche Monatsschrift für Literatur und öffentliches Leben», betreut von dem Publizisten und Kulturhistoriker Karl Biedermann; sie soll die «kräftige Entwicklung ... des deutschen Nationalgeistes» fördern und bezweckt «eine Kritik ... des Lebens, der öffentlichen Meinung, der Nation», die gesehen wird als Voraussetzung für «eine nationelle Literatur, eine Literatur des Lebens, eine Literatur, die in gesunden politischen Institutionen, in geordneten gesellen Verhältnissen, in einem mächtigen Verkehr und einer tüchtigen Geistes- und Charakterbildung des Volkes wurzelt».

Für Gottfried Keller wird wichtig Cottas «Deutsche Vierteljahrsschrift», 1838 gegründet (bis 1869), als in Deutschland rund 800 Zeitschriften herausgegeben werden, in Berlin allein über 100 [2].

Neben der Politik sind Wissenschaft und Kunst die Themen dieser Veröffentlichungen, ob ihr Name unverbindlich, doch sinnbildlich anmutet wie bei den «Grenzboten», die nur im Untertitel ausgewiesen sind als «Zeitschrift für Politik, Literatur und Kunst», oder provokatorisch wie bei den «Preußischen Jahrbüchern» (1858 gegründet), die bis 1864 von einem so berufenen Kritiker wie Rudolf Haym herausgegeben werden und für die Einigung Deutschlands unter der Führung Preußens eintreten [3]. Die Kritik der Zeit beschränkt sich ja bei der Bewertung von Kunst und Dichtung nicht auf ästhetische Gesichtspunkte; sie sucht das politische Engagement und findet darin ihre eigentliche Rechtfertigung. Ähnlich die Wissenschaft: «Auf lange Zeit schien Deutschland durch die Bewegung des Jahres 1848 von seinen theologisch-philosophischen Skrupeln geheilt, und wie im Leben, so schien fortan auch in der Wissenschaft nur dasjenige gelten zu sollen, was einen unmittelbaren Bezug auf den Staat und die politische Praxis habe [4].» (Ernst Howald)

Anderseits schließt sich die Kritik der Wissenschaft an, ist mit ihr nicht nur durch die unbestechliche Gesinnung verwandt, der Kritiker mit dem Wissenschafter nicht nur durch die besonnene, überlegene Haltung des Prüfenden; wenn Wieland die Rezensenten «kritische Linnées [5]» nennt, so weist er auf die tatsächlichen Beziehungen zwischen den beiden Geistesdisziplinen im Methodischen hin und weist voraus auf die Wege der positivistischen Literaturbetrachtung. Seit Hegel übernimmt die Kritik das dialektische Verfahren der Philosophie, ohne es allerdings einwandfrei handhaben zu können [6]. Von daher ist z. B. der Vorwurf Heinrich Laubes an Wolfgang Menzel zu verstehen: «Ein Kritiker, der nicht spekuliert, ist ein Mensch, der nicht wächst ...[7]»

Die Kritik bleibt so weitgehend normativ [8], d. h. sie arbeitet am System einer neuen Dichtung, die sich vor allem mit dem «Volk» und der «Wirklichkeit» auseinanderzusetzen hat und an der gemessen das Geschaffene meist wenig befriedigend erscheint. Das Volk schließt, nach Heinrich Th. Rötscher, «auch die eigentlich geistigen Mächte» ein, «also diejenigen, in denen sich die geistige Substanz der Zeit darstellt. Nach dieser Seite ist das Publikum der Souverain des Dichters, durch den er erst zum Gefühl seines vollen Wertes, seiner höchsten Bedeutung kommt, indem er inne wird, daß das, was er gesungen, auch das Gemüt des Edelsten seiner Zeit ergreift, daß er also wirklich ein Organ des Geistes seiner Zeit ist [9].»

Diese «Kunst der Wirklichkeit» soll das Leben der Nation in Roman und

Drama darstellen, eine Forderung, die auf geradem Weg zu einer Art gehobenen Unterhaltungsschrifttums führt [10], wie etwa der Aufsatz von Robert Prutz «Über die Unterhaltungsliteratur, besonders der Deutschen» zeigt, wo der «Volksroman» nach dem Vorbild Auerbachs und Gotthelfs als ideale Lektüre gepriesen wird.

In den letzten Jahren des 19. Jahrhunderts ändert sich das: Die Beziehung zwischen Volk und Kunst wird gelockert und dem Kritiker eine neue Funktion zugewiesen: er ist nun der «Sachverständige», der dem Publikum ein Werk deuten muß, nötigenfalls «gegen das Publikum» schreibt, d. h. neben dem «äußern» oder «Publikumserfolg» steht die Aufnahme durch die Kritik, die Kenner. Das Publikum wird sozusagen entmündigt: «Das Recht der ästhetischen Urteilsfindung ist grundsätzlich dem Publikum entzogen und in die Hände des allgewaltigen Kritikers gelegt», während noch Grillparzer es zwar nicht für einen «gesetzeskundigen Richter», aber «gesunden Menschenverstand und natürliche Empfindung» für «die beste Kontrolle» des Dramatikers hält [11].

Trotz der Überfülle an Zeitschriften und Programmen und trotz ungezählter Rezensenten fehlt der Kritik dieser Zeit eine maßgebliche Persönlichkeit von der Statur Schillers oder vom Einfluß Schlegels [12]. Ludolf Wienbargs «Ästhetische Feldzüge» (1834) etwa werden nur für einen Augenblick tonangebend und dann bezeichnenderweise mehr durch die Widmung an das «junge Deutschland» als durch wirkliche kritische Besinnung.

Läßt sich die Literaturkritik in Deutschland nach 1830 in der Rückschau auf diese wenigen Linien vereinfachen: dem Zeitgenossen Gottfried Keller bietet sie ein ungleich vielfältigeres Bild.

Eine Aufgabe der Kritik ist es, zwischen dem Autor und dem Leser zu vermitteln. Weiterhin sichtet der Kritiker das Angebot oder erleichtert diese Sichtung, und es hängt von ihm ab, ob ein Buch Erfolg hat, ob es durchfällt [13]. Wenn der Kritiker belesen und ausdrucksgewandt ist, Wertverständnis besitzt, über die «kritischen Fangwerkzeuge» verfügt, dann erfüllt er seine Aufgabe als Vermittler und prüfende Instanz erfolgreich. Er wirkt an sichtbarer Stelle und ist dadurch seinerseits der Kritik ausgesetzt.

Die kritische Tätigkeit des Verlegers dagegen entzieht sich den Blicken; der Briefwechsel etwa des Cotta-Verlages mit seinen Autoren zeigt für das 19. Jahrhundert, wie stark er das Literaturleben seiner Zeit beeinflußt [14]. Ausschlaggebend ist für den Verleger nicht allein der dichterische Wert eines Buches; auch die persönliche Vorliebe für einen Schriftsteller (wie Georg von Cotta sie für Geibel hegt), sein Ansehen beim Publikum zählen. Trotz solcher Rücksichten auf den Absatz verstehen es im 19. und am Anfang des 20. Jahrhunderts manche Verleger, ihrem Verlag das zu geben, was man «ein deutliches Profil» genannt hat [15], und dadurch eine treue Lesergruppe anzusprechen, die sich nur auf die Auswahl des Verlegers beruft.

Eine dritte Instanz im literarischen Leben sind die Leihbibliotheken (und seit etwa 1920 die Buchgemeinschaften) [16]; auch sie gestalten die Beziehungen zwischen Publikum und Autoren, auch ihre Wertung kann sich nach Kriterien weniger ästhetischer als ausgeprägt geschäftlicher Art richten, d. h. nach dem durchschnittlichen Publikumsgeschmack, wie es das Beispiel der Leihbibliotheken Englands beweist, die 1894 erklären, sie würden künftig keine der früher beliebten dreibändigen Romane mehr erwerben, da die Leserschaft sie offenbar müde geworden sei. Erscheinen in diesem Jahr noch 184 Romane in drei Bänden, so verringert sich 1897 ihre Zahl auf vier [17]. Den Bedarf der Leihbibliotheken führt auch Vieweg, der Verleger des «Grünen Heinrich», Gottfried Keller gegenüber immer wieder ins Feld.

Leihbibliotheken und Buchgemeinschaften versammeln die weitaus größte Gruppe von Lesern um sich. Aus diesem Grund sind die Ansprüche, die sie an die Literatur stellen, auch am wenigsten differenziert.

Publikum und auswählende Instanz sind beide je voneinander abhängig. Die Leserschaft empfängt nicht nur aus der Hand des Kritikers, sondern kann ihn auch beeinflussen [18]. Dieser Satz ist aber dort nur beschränkt gültig, wo eine Lesergruppe ihre literarische Wertung nach einer Zeitschrift ausrichtet, deren Leistung sich nicht in Sichtung und Information erschöpft; sie hat meist eine ausgesprochene Tendenz und versucht die Zahl ihrer Anhänger zu vergrößern [19]. Deshalb geben Zeitschriften, wie oben dargestellt, am besten Auskunft über die literarischen Strömungen ihrer Zeit. Richtungsweisende, tendenziöse kritische Zeitschriften fördern die Bildung literarischer Gruppen; wenn sie fehlen, verliert die Literatur viel leichter die Beziehung zur Gemeinschaft [20].

Zu den Gruppen, die sich vom breiten und für unkritisch gehaltenen Publikum absondern und nur an ihre eigene tiefere Einsicht in das Kunstwerk glauben, gehört auch der gesellschaftlich-literarische Zirkel; ein Kreis von Kennern übernimmt in dem soziologisch gegebenen Rahmen die Funktion der Kritik: Begutachtung und Auswahl.

Als «die stillste aber vielleicht wirkungsvollste Sozialform des literarischen Lebens» [21] entfaltet der Zirkel im 19. Jahrhundert eine ebenso rege kritische Tätigkeit wie die Journale. In der Dichterlesung, im Gespräch und in der Debatte vollzieht sich ein unmittelbarer Austausch zwischen Autor und Publikum; der Schriftsteller und der Künstler gehören zu den regelmäßigen Besuchern in den Salons der Großstädte. In der Unterhaltung, die gewisse Anforderungen an Witz und Geschliffenheit des Ausdrucks stellen, kann sich ein Urteil bilden, das die Ansicht der ganzen Gruppe spiegelt.

Gottfried Keller ist ein scharfer und kluger Beobachter dieser Gremien; das Bild der Literaturkritik in seinen Briefen geht zurück auf die oft schmerzlichen, bisweilen widerwärtigen Erfahrungen, die er mit ihren Vertretern macht; seinen Schilderungen liegen die Formen, die Auswüchse des Literaturbetriebs zugrunde, wie er ihn zwischen 1840 und 1890 kennenlernt.

Aus der Vielfalt von Kellers Äußerungen springt eine Kritik der Kritik heraus, die, positiv gedeutet, die Vorstellungen des Dichters von einer idealen Literaturkritik, einem guten Kritiker wiedergibt.

a) Zirkel und Literaten

In Berlin trifft Gottfried Keller zum erstenmal auf einen Literaturbetrieb großen Stils.

Was diesem zweiten Aufenthalt in Deutschland vorausgeht, schildert er selbst als mißlungenen Anfang einer Künstlerlaufbahn, wobei er die von der eigenen Biographie her gesehen naheliegende Möglichkeit, daß Heinrich Lee Dichter wird, zwar zunächst ausklammert: der Roman «läuft nicht etwa auf einen Poeten hinaus (um das ewige Literaturdichten zu umgehen)» [22]. Nun erweist sich aber der erfolglose Kunstschüler gerade durch die Erzählung seiner Lebensgeschichte als Dichter. Bedenkt man die autobiographische Grundlage des Romans, sieht es so aus, als wolle er diese Erkenntnis dem Leser nicht vorwegnehmen, die Entscheidung in der Schwebe lassen. Kellers Zurückhaltung entspricht dem Selbstgefühl, das ja schon vor dem Aufbruch aus Zürich merkwürdig gespannt wirkt, schwankt zwischen Berufungsstolz, der Freude, Dichter und mit einer Partei verbunden zu sein, eine vielversprechende Zukunft vor sich zu haben einerseits und Zweifel, Unsicherheit anderseits.

Diesen Zwiespalt zeigt der Vergleich eines Briefes an Rudolf Leemann mit dem Sonett «Der Schulgenoß». 1845, zwei Jahre nachdem eine große Zahl von Gedichten entstanden ist, schreibt er dem Freund: «Einzelnes davon verschaffte mir ... Aufmunterung, bis ich zuletzt eine Sammlung besserer Sachen beisammen hatte, welche ich kompetenten und einflußreichen Personen mitteilte. Sie wurde hin und her beguckt und geworfen; endlich hieß es, ich sei ein ‹Dichter›, und von *da* an kam ich in ausgezeichnete, ehrenvolle Gesellschaft und begann literarische Studien ... Daneben habe ich dramatische und andere Spukereien die Menge im Kopf und, falls es nicht ein Strohfeuer gewesen ist, eine schöne Zukunft. Diese wird auch teilweise von der Gestaltung der politischen Dinge abhängen, denn Du mußt wissen, daß ich ein erzradikaler Poet bin und Freud und Leid mit *meiner Partei* und *meiner* Zeit teile [23].» Der «Dichter» ist zwar in selbstironische Anführungszeichen gesetzt, Ausdruck vielleicht auch einer gewissen Verlegenheit, doch glaubt Keller den Anfang einer sicheren und soliden Existenz in den Händen zu halten, «den äußeren Zipfel eines grünen Zweiges [24]».

Anders im Sonett «Der Schulgenoß [25]», das etwa um die gleiche Zeit verfaßt ist wie der Brief; hier teilt der «Poet» mit dem «Schelm» die Gefahr einer außerbürgerlichen Existenz; die Linien ihrer beiden Entwicklung seit der gemeinsamen Schulzeit streben gar nicht so sehr auseinander.

In der Autobiographie von 1876 heißt es über diese Jahre der ersten Lyrik: « ... ich lebte in gedrängtester Zeitfrist alle Phasen eines erhitzten und gehätschelten jungen Lyrikers durch und blieb wohl nur wenige von den Torheiten und Ungezogenheiten schuldig, die einem solchen anhaften [26].» Doch schon damals, wenige Monate vor der Abreise nach Heidelberg, kommt ihm das Vorläufige seiner Stellung als Dichter und Republikaner zum Bewußtsein, die Oberflächlichkeit der damit verbundenen Ehren. Seine Distanz zur Umwelt quält ihn: «Ich suche oft mit großer Ängstlichkeit ein besseres und feineres Glas Wein als gewöhnlich und trinke es unter wunderlichen und fremden Gedanken. Ich bin auch unter den Leuten fremd. Da die Poeten nichts anders sind als eigentliche Menschen und folglich letztere alle auch Poeten, so sehen sie doch einen sogenannten ‹Dichter› scheu von der Seite und mißtrauisch an, wie einen Verräter, welcher aus der Schule schwatzt und die kleinen Geheimnisse der Menschheit und Menschlichkeit ausplaudert», schreibt er an Ferdinand Freiligrath [27]; im September 1847 berichtet eine Tagebucheintragung von der schweren Erkrankung seiner Schwester und der aufopfernden Pflege der Mutter; er selbst kommt sich als die «unnütze Zierpflanze, die geruchlose Tulpe» vor, «welche alle Säfte dieses Häufleins edler Erde, das Leben von Mutter und Schwester aufsaugt». Diese Zuspitzung des Verhältnisses zu seiner Familie ist für Keller eine «warnende Probe», er gelobt sich eine Wendung, weil er die Belanglosigkeit seiner ersten literarischen Erfolge und der politischen Tätigkeit ermißt: «Indessen bin ich stolz auf unser verborgenes Leiden und auf die Stärke und Kraft meines armen alten Mütterchens und auf den stillen Wert meiner Schwester. Das übertrifft alle Fraubasereien meiner öffentlichen Beziehungen [28].»

Gottfried Keller erfährt in jenem Herbst 1847 die Notwendigkeit dessen, was er später unter dem Einfluß Feuerbachs das «Sich-Zusammennehmen» nennt [29] (vgl. S. 355), die Unerläßlichkeit der Selbstbesinnung, die ihn aus dem ziellosen Schweifen unter dem Vorwand künstlerischer Ambitionen reißt. In diesem Sinn erläutert er dem Verleger «die Moral» des «Grünen Heinrich»: «daß derjenige, dem es nicht gelingt, die Verhältnisse seiner Person und seiner Familie im Gleichgewicht zu erhalten, auch unbefähigt sei, im staatlichen Leben eine wirksame und ehrenvolle Stellung einzunehmen.» Heinrich kann sich nicht zu «festem und geregeltem Handeln, praktischer Tätigkeit und Selbstbeherrschung» aufraffen. «Es bleibt bei den schönen Worten, einem abenteuerlichen Vegetieren, bei einem passiven ungeschickten Umhertreiben [30].» Dieselbe Alternative stellt sich den failliten Seldwylern: sie «lernen sich zusammennehmen» oder sie verkommen [31].

Ein Stipendium des Kantons Zürich, ihm noch von der radikalen Partei verschafft, ermöglicht Keller den zweiten Studienaufenthalt in Deutschland, d. h. die Begegnung mit Feuerbach, die ihn zu einer neuen Weltanschauung führt und ihn drängt, «tabula rasa» zu machen [32]. Damit ist der Schritt aus dem bisherigen Leben der Untätigkeit, aus «einer gewissen aufgeklärten, rationellen Religiosität, einer nebulosen Schwärmerei» heraus vollzogen. Auf das eigene Handeln übertragen, bedeutet das für Keller, «daß es gesunder sei, nichts zu hoffen und das Mögliche zu schaffen [33]».

Die Übersiedlung nach Berlin steht im Zeichen dieses Bruchs mit der Religion der Jugendzeit; Keller will neu beginnen und wirklich beginnen. An Freiligrath schreibt er aus Berlin vom «breiten und willkürlichen» Stil und von dem «monotonen und trübseligen» Inhalt des «Grünen Heinrich»: «Um so mehr freue ich mich auf ein frisches lebensfrohes Schaffen, das nun beginnen soll, nachdem es allmählich in mir reif geworden ist. Das subjektive und eitle Geblümsel und Unsterblichkeitswesen, das pfuscherhafte Glücklichseinwollen und das impotente Poetenfieber haben mich lange genug befangen [34]»; von Berlin erwartet er «Abklärung und Selbstrettung [35]». Wenn er schon anderthalb Jahre nach der Ankunft dort berichtet, er sei «mit vielen Schmerzen ein ganz anderer Mensch und Literat geworden [36]», ist daran die Schwierigkeit der Wandlung zu ermessen.

Zum Ziel hat Keller sich das Theater gesetzt; er will Dramatiker werden, die Bühnen und die Künstler der Stadt sollen ihm die nötigen Anschauungen vermitteln. Doch engere Beziehungen als zur Bühne und den einflußreichen Intendanten findet er zu den Kreisen, die als die Träger im weitesten Sinn des kulturellen Lebens gelten können, zu den verschiedenen Gruppen und Zirkeln, die sich besonders eingehend mit Literatur und Kunst beschäftigen.

Es fällt Keller zunächst nicht und eigentlich nie leicht, sich in Berlin einzuleben. Den Sommer 1850 verbringt er zurückgezogen, sucht die Persönlichkeiten des Berliner Literaturlebens nicht auf, an die er empfohlen ist [37]. Bei der Schriftstellerin Fanny Lewald möchte er zwar vorsprechen, aber sie ist verreist, und so kann er nicht «durch sie in die Pforten des hiesigen sozialen und literarischen Himmels eingehen [38]».

Erst im Winter verkehrt er in den literarischen Salons und begegnet nun in diesen Bezirken gehobener Gesellschaftlichkeit der einen allen gemeinsamen Leidenschaft, die die gegensätzlichsten Temperamente und politischen Meinungen überbrückt: dem Gespräch über Kunst und Dichtung.

Es ist «das intelligente Berlin», die «Stadt der Intelligenz», «ästhetisch erweckt [39]», das er betritt. Und dem Besuch dieser schöngeistigen Zirkel möchte er anfänglich den Umschwung im eigenen Schaffen zuschreiben, wenn er auch ihre Schattenseiten und Spannungen wahrnimmt. Nach einem Jahr faßt er seine Erfahrungen zusammen: «Berlin hat mir viel genützt, obgleich ich es nicht liebe; denn das Volk ist mir zuwider. Im Winter frequentierte ich einige Zirkel ...; fand aber das Treiben und Gebaren der Leute so unangenehm, daß ich bald wieder wegblieb. Hingegen gibt es treffliche Leute, die im stillen leben und nicht viel Geräusch machen, sowie auch überhaupt hier einen immer etwas anfliegt, was man in den kleineren Städten Deutschlands nicht hat. Ein reger geistiger Verkehr, mag er noch so verkehrt sein, regt den einzelnen immer vorteilhaft an [40].» Es bestätigt sich also, was ihm Hermann Hettner im Sommer 1850 nach Berlin geschrieben hatte: «So verächtlich auch literarische Kameraderie ist, so sind doch für das erste Auftreten namentlich eines jungen Dramatikers persönliche Verbindungen durchaus nicht gleichgültig. Hie und da finden Sie wohl auch eine tiefere Natur, von der Sie Förderung und Anregung erwarten dürfen [41].» Die Abneigung gegen Hohlheit, Anmaßung und «unangenehmes Gebaren» wird aufgewogen durch den Nutzen, den ihm der in Zirkeln gepflegte Gedankenaustausch zu bringen scheint und der nicht nur damit zusammenhängt, daß in einer Großstadt das geistige Leben ohnehin schneller pulsiert. Blickt Keller nach Wien, so hält er es für das Glück des österreichischen Dramatikers Bachmayr, daß er «aus dem allzu naiven und gemütlichen Östreich fortkam und ... eine Zeitlang in dem kritischen Norden leben wird [42]»; zur gleichen Zeit nennt er die Stadt «das verfluchte Wien, wo die Leute gar nichts von der Welt wissen»; Bachmayr aber wird bedauert, weil er «in seinem Wien eben nicht Gelegenheit gehabt [hat], sich zu kultivieren, da die Kerle dort alle selbst Quer- oder Dummköpfe sind [43]».

Denkt Keller an Zürich zurück, so empfindet er seine Vereinsamung in der Vaterstadt angesichts des regen geistigen Treibens in Berlin doppelt stark: «Ich mußte die frühere Gedankenlosigkeit und Faulheit büßen, besonders die Zeit, die ich in Zürich verlümmelt habe. Doch war auch meine Isolierung viel schuld, denn es galt in Zürich nicht für guten Ton, literarische und poetische Bestrebungen gründlich und wohlwollend zu durchsprechen. Obgleich das fortwährende Ästhetisieren ... auch zu nichts führt, so ist das entgegengesetzte Extrem doch nachteilig. Die Freunde aber wie Follen, Schulz, Esslinger etc. waren doch eigentlich nicht au fait unserer jetzigen Bedürfnisse, wenigstens erinnere ich mich nicht *eines* eingreifenden und fruchtbaren literarischen Gespräches, das auf mich einen Eindruck gemacht hätte [44].»

Es hängt mit dem Stimmungsumschlag seit dem Brief an Leemann von 1845 zusammen, daß Keller versucht ist, die Schuld an seinem damaligen Zustand einseitig den Freunden zuzuschieben, die ihn in die Gewißheit wiegten, ein Dichter zu sein. Die Jahre korrigieren diese Überzeugung keineswegs; noch in der autobiographischen Skizze von 1876 bezeichnet er das erste Gedichtbändchen als «zu früh gesammelt», und Follen und die anderen Freunde müssen sich den verhüllten Tadel gefallen lassen: «Ein freundlicher Kreis, in welchem ich aufgetaucht war, schlug, wie es zu gehen pflegt, weitere Wellen und Wellchen und fütterte mich mit den schönsten Hoffnungen ... Da kam das Jahr 1848, und mit ihm zerstoben Freunde, Hoffnungen und Teilnahme nach allen Winden, und meine junge Lyrik saß frierend auf der Heide [45].»

Aber auch die Freundschaften in Heidelberg sind nicht nur beglückend. Er schließt sich dort einem Kreis an, den er der Mutter zunächst unbeschwert und humorvoll schildert: «Es ist hier Sitte, daß man seine Besuche am Abend nach

7 Uhr macht, wo man dann mit den Leuten Tee trinkt und etwas Wurst oder Schinken ißt ... Als Dichter muß ich immer neben der Hausfrau sitzen; denn die Deutschen ästimieren diese Menschengattung viel mehr als die Schweizer.» Er erwähnt die «nützlichen Bekanntschaften», die er macht, «was sich in Berlin noch vermehren wird»; damit ist vor allem Feuerbach gemeint, den er fast jeden Abend trifft, mit dem er Bier trinkt und dessen Worten er lauscht [46].

Als Ergebnis der Freundschaft mit Follen, den politischen Flüchtlingen, den Gelehrten und Schriftstellern in Zürich hatte das erste Bändchen Gedichte gedruckt werden können; der Verkehr mit Feuerbach und Hermann Hettner erschließt ihm ein neues, intensives Verständnis seiner selbst und ermöglicht das Gespräch über Probleme der Kunst, das im Briefwechsel mit Hettner noch lange fortgeführt wird. Dann folgt jedoch die bittere Erfahrung der unerwiderten Neigung zu Johanna Kapp. Sie macht ihm noch etwas anderes bewußt, was den Zirkel kennzeichnet. Er sieht, daß zwischen dem Drängen einer heftigen Liebe und den Ansprüchen auch des Kappschen Kreises an das Verhalten des einzelnen ein Zwiespalt besteht – tiefere Gefühle sind nicht vorgesehen. Freundschaft mit Männern, schreibt Keller in einem nie abgesandten Brief an Johanna, habe ihn, anders als die Liebe zu Frauen, nie ausgefüllt: «Man wird so oft getrennt, ich erwerbe mir neue Freunde, welche mir so lieb werden wie die früheren; diese ihrerseits tun das gleiche, und so entsteht ein großes Gewebe von guten und mannigfachen Charakteren, welche voneinander hören und oft *eine* gemeinschaftliche Sympathie haben. Aber gerade dadurch wird die Freundschaft mehr öffentlich, sozial und mich dünkt, das, was sie sein soll und am besten ist.» Aber sich in dieses «Gewebe» einfügen zu können, setzt eine Fähigkeit voraus, die Keller nicht besitzt: «Zu meinem Nachteil vermisse ich leider eine gesellschaftliche Tugend, jenes unschuldige Kokettieren und Freundlichtun bei kaltem Blute, womit viele junge Leute sich sonst das Leben angenehm machen [47].»

Mit einzelnen Menschen allerdings tritt Keller leicht in ein Freundschaftsverhältnis. Der erste Brief aus Berlin an Hermann Hettner spricht von der ihm «sehr lieb gewordenen Landschaft» um Heidelberg, vom «kritischen Geplauder ... in jenen vertraulichen Konventikeln auf Ihrer Stube [48]». In einer «Notiz» über seine Beziehungen zu Hettner werden einige Heidelberger Freunde genannt: «Weniger schwerfällig bewegte sich Feuerbach im geselligen Kreise z. B. bei Christian Kapp, wo auch Hettner und Moleschott ... sich einfanden [49].» Später zwar wird Kapp «der schönrednerische Greis» genannt und Johanna in ein unfreundliches Licht gestellt [50], vielleicht um das schmerzliche Erlebnis endgültig abzutun. Im ganzen aber bedeutet der Umgang mit dem Zirkel in Heidelberg Ermunterung und reiche Belehrung für Keller.

In Berlin versteht der Dichter vollends, von welcher Tragweite und Bedeutung der Salon und das ästhetische Kränzchen für den Künstler und das

Kunstleben einer Epoche sein können, da die «literarische Vereinigung solcher Art» «eine Hauptform der geselligen Vereinigung schlechthin» ist, deren Geschichte bis in die zweite Hälfte des 18. Jahrhunderts zurückreicht [51] und die nicht nur in Berlin, sondern auch in den Städten der Provinz gedeiht: In Bonn bildet sich 1840 um den Kunsthistoriker und Dichter Gottfried Kinkel der «Maikäferbund», dem Jacob Burckhardt, Emanuel Geibel, Karl Simrock, Müller von Königswinter angehören. In Stuttgart besteht seit 1843 «Die Glocke», gegründet von den Schriftstellern Dingelstedt und Hackländer und dem Kronprinzen Karl, freilich ohne Mitwirkung bedeutender schwäbischer Dichter [52].

Natürlich ist die Literatur nicht ausschließlicher Zweck dieser Salons, und obschon z. B. im «Tugendbund» Henriette Herz' Jean Paul, Wilhelm von Humboldt zu Gast waren, deutet doch schon der Name Absichten an, die nicht im literarischen Bereich liegen – was auch daraus hervorgeht, daß Friedrich Schleiermacher von den teilnehmenden Damen und von Friedrich Schlegel mit dem neckischen Übernamen «Bijou» gerufen wurde [53]. Keller selbst hat aus der Schilderung des «Tugendbundes» in den «Briefen des jungen Börne an Henriette Herz» (Leipzig 1861) auf den Charakter dieses Kreises geschlossen und gesehen, was Henriette mit Börne auch noch verband: «Das Börnesche Briefbuch ... habe ich verurteilt, ehe ich es gelesen hatte. Wieder einmal ein unfertiger Bengel, der eine ältere Person mit einer vermeintlichen Leidenschaft kompromittiert oder langweilt, und die sorgliche Einbalsamierung solcher Flegelei, dachte ich. Nun ich das Büchlein gelesen habe, bin ich doch froh, daß es herausgekommen, denn wie die Vorrede sagt, ist es Börne fast auf jeder Seite, und die Liebesgeschichte, welche jedenfalls eine krankhafte oder unreife Affäre ist, nimmt am Ende nicht soviel Raum im Text ein [54].»

Hinzuweisen wäre auch auf die neuen von nationalem Geist erfüllten Gemeinschaften, die nach den Schlachten von Jena und Auerstedt (1806) entstehen: Salons, in denen der Geheime Staatsrat von Stägemann, die Gräfin von Voss, Oberhofmeisterin der Königin Luise von Preußen, der Fürst von Radziwill erscheinen, Adam Müller, Kleist, Brentano, Achim von Arnim verkehren, die jüngere romantische Generation also, zwischen 1780 und 1790 geboren. 1811 gründet Arnim die «Christlich-Deutsche Tischgesellschaft», die höhere Beamte und Offiziere umfaßt, adelige Grundbesitzer; andere Mitglieder vertreten die Kunst, die Literatur und die Wissenschaft: Adam Müller, Kleist, Fichte, Savigny, Zelter. Mit der «Tischgesellschaft» sind die «Berliner Abendblätter» verbunden. Ihre Exklusivität unterstreicht sie dadurch, daß Frauen, Franzosen und Juden kein Zutritt gewährt wird, auch Philister ausgeschlossen sind; die Gründe dafür nennt Clemens Brentano in seiner scherzhaften Abhandlung «Der Philister vor, in und nach der Geschichte [55]».

Ganz anderen Schlags ist die Berliner literarische Boheme, die sich in Lutter und Wegners Weinstube trifft: zu ihr gehören E. T. A. Hoffmann und der Schauspieler Devrient. Diese Tradition wird zu einer Zeit, wo Hoffmann schon erkrankt ist, im Kasinohaus an der Behrenstraße fortgeführt; exzentrischer Gast ist während seines Studienjahres in Berlin (1822/23) Christian Dietrich Grabbe; dort überwirft er sich mit Heine und dort auch werden die großen Salons verspottet, wird eine «untergründige Literaturopposition» getrieben [56], die später in Grabbes «Scherz, Satire, Ironie und tiefer Bedeutung» wiederkehrt.

In den gleichen Jahren blüht die «Mittwochsgesellschaft», von Julius Eduard Hitzig, dem Freund und Biographen Hoffmanns, gegründet, wo Chamisso, Fouqué, Varnhagen, Simrock, Eichendorff erscheinen und aus Dichtungen gelesen wird; freilich nicht aus Texten der Mitglieder, um die freimütige Kritik nicht zu beeinträchtigen [57].

Der bedeutendste Salon im Berlin der zwanziger Jahre des 19. Jahrhunderts, der Inbegriff der gesellschaftlich-schöngeistigen Vereinigung, ist der Zirkel Rahel Levins, die 1814 Varnhagen von Ense heiratet, ein gastliches Haus führt und viele hervorragende Persönlichkeiten durch ihre Klugheit fasziniert. Varnhagen selbst, aus einer bescheidenen, ärmlichen Arztfamilie stammend, tritt schon 1800, als er zum Medizinstudium an die Pepiniere nach Berlin kommt, in einen «neuen, vornehmeren Gesellschaftskreis» ein [58]; er begegnet dem späteren Indentanturrat im preußischen Kriegsministerium Wilhelm Neumann, der mit Fouqué die Zeitschrift «Die Musen» (1812/13) herausgibt, trifft Chamisso, Hitzig, Ludwig Robert, den Bruder Rahels, und Franz Theremin, den späteren Hof- und Domprediger in Berlin. 1804 erscheint der erste Band eines «Musenalmanach», veröffentlicht von Chamisso und Varnhagen: «Um das grüne, mit Thyrsusstab und Leier gezierte Buch hält nun die Almanachgesellschaft, die bald an Koreff, Klaproth und andern neue Mitglieder gewinnt, poetische Teeabende ab» (Rudolf Haym). Sie stellt sich unter das Zeichen des «Polarsterns», und die Mitglieder setzen im gegenseitigen Briefwechsel die Anfangsbuchstaben von τὸ τοῦ πόλου ἄστρον als anagrammatische Signatur neben die Unterschrift.

Eine noch originellere Schöpfung ist der merkwürdige Doppelroman «Versuche und Hindernisse Karls. Eine deutsche Geschichte aus neuerer Zeit» (Berlin und Leipzig 1808), den Varnhagen und Neumann unter Mithilfe von Fouqué und Tiecks Schwager Bernhardi als Gemeinschaftsarbeit verfassen und von dem Rudolf Haym urteilt, es seien «ziemlich alle Ingredienzen der romantischen Schule in diesem seinsollenden Roman beisammen», der zustande kam «wie ein Picknick».

Im Kreis Rahels nun geht Varnhagen «ein reicheres, geistigeres, freieres Leben» auf; in zwei Büchern hat er der verstorbenen Gattin ein Denkmal errichtet: «Rahel. Ein Buch des Andenkens für ihre Freunde» (Berlin 1834) und: «Galerie von Bildnissen aus Rahels Umgang und Briefwechsel» (2 Bände, Berlin 1856). Minutiöser sind die Schilderungen des gesellschaftlichen Lebens in den Bänden von Varnhagens «Denkwürdigkeiten» und «Tagebüchern». Sie sind «eine Musterkarte von zügellosen, sinnlichen, schwelgerischen, egoistischen Menschen, von Menschen, die mit Geist, Witz, Genie, geselligem Talent, glänzendem Aussehen oder vornehmer Stellung für alle Schuld ihres ‹schönen Leichtsinns› zahlen. Da ist der geniale, tapfere, unbändige Prinz Louis Ferdinand, da ist der talentvolle, redegewandte Poltron, der charakterlose und lüderliche Gentz ... Wir bewegen uns mit dem Verfasser gleichmäßig in den literarischen, den militärischen, den diplomatischen Kreisen. Wir verkehren mit den Blücher, Hardenberg, Humboldt, Talleyrand, mit den Fichte, Schleiermacher, Uhland, Chamisso, mit vielen Hundert berühmter und mit anderen Hundert interessanter und eigentümlicher Menschen [59] (Rudolf Haym).

Anhand solcher Dokumente, ergänzt durch die Briefwechsel, die Varnhagen und später seine Nichte Ludmilla Assing veröffentlichen, studiert Gottfried Keller diese Gruppe. Zwar stammen seine Äußerungen aus einer Zeit, wo er schon seit manchem Jahr wieder in Zürich ist, aber die Berührung mit der Zürcher Gesellschaft hält seinen Sinn für das Typische und Besondere dieser Art von Vereinigung wach, räumliche, zeitliche und persönliche Distanz verleihen seiner Darstellung größere Objektivität.

Als eine Gefahr, die im geschlossenen Kreis liegt, erkennt Keller die Versuchung, Sympathien nur nach dem äußeren Anspruch von Stellung und Geburt zu vergeben. 1849 hatte er für Johanna Kapp seine Vorstellung von einer Gemeinschaft notiert: aus einzelnen Freundschaften bildet sich «ein großes Gewebe von guten und mannigfachen Charakteren [60]». Diese Anschauung wird nach der Lektüre der «Tagebücher von Friedrich Gentz» (I und 4 Bände, Leipzig 1861 und 1873/74), einem illustren Mitglied des Varnhagenschen Zirkels, umgestoßen: Es «liegt etwas Warnendes in solchen Erscheinungen», schreibt er der Herausgeberin der «Tagebücher», Ludmilla Assing, «welches uns sagt, daß wir mit unsrer Freundschaft bescheiden und ökonomisch verfahren und nicht bloß nach Glanz und Ausgebreitetheit unserer Bekanntschaft jagen sollen, wenn wir nicht in eine Menagerie hineingeraten wollen [61]», ein Urteil, das weniger wohlfeile Lebensregel ist als das Ergebnis von der eigenen Unfähigkeit zum «Kokettieren und Freundlichtun bei kaltem Blute», die er schon Johanna Kapp gegenüber hatte zugeben wollen [62].

Wie stark prägt das Herkommen ihrer Begründer die Zirkel? In den «Rückblicken auf mein Leben» postuliert Karl Gutzkow ein «literarisch-jüdisches Berlin» (von dem er sich zurückhält); er bezeichnet es als «die exklusivste Gesellschaft, sowohl die klassischen Erinnerungen wie die ständig fortarbeitende Gärung der Zeit hütend und bewahrend», und beobachtet: «Den Juden ist Verehrungssinn angeboren. Setzen sie diesen nicht für andre, den Kultus des Genius, in Tätigkeit, so verwenden sie ihn für ihre eigene Person [63].» Mit derselben Erklärung versucht Gottfried Keller gewisse Erscheinungen in den Salons zu begründen. Über den «Briefwechsel zwischen Rahel und David Veit» (Leipzig 1861) schreibt er: «Die Briefe Rahel-Veit sind mir sehr interessant und kurzweilig, obgleich mich die übertriebene Haarspalterei im Wahnsinn, Gegenseitig-Verstehen, im Denken, Wissen etc. chokiert. Ich glaube, diese Art Luxus in tugendhaftem Scharfsinn oder scharfsinniger Tugendhaftigkeit, so breit ausgehängt, ist jüdisch und hat die gleiche Quelle wie bei den ordinären Juden der Luxus mit Schmuck und schreienden Farben. Wobei natürlich anerkannt werden muß, daß, wie diese letzteren das Geld, so die erstern den nötigen Geist zu ihrem Luxus haben. Aber *bon ton* ist's nicht, um mit den jungen Leutchen zu sprechen [64].»

Zwei Einwände gegen diese vereinfachende Deutung stammen von Keller selbst: einmal stellt er fest, daß es zum Teil der Geist der Zeit sei, der aus Rahels Briefen spricht: «Was die äußere Form, den Jargon und die besagte Kümmelspalterei dieser Briefe betrifft, so muß man freilich die Zeit nicht vergessen, in welcher sie geschrieben wurden [65].» Zweitens aber überragt Rahel als Persönlichkeit bei weitem die Gäste, die sie umgeben. Zum Roman von Fanny Lewald über Prinz Louis Ferdinand (Breslau 1849) bemerkt Keller: «Wenn ihr [Fanny Lewald] die damalige Gesellschaft der Schlegel, Gentz, Unzelmann usf. objektiv war und sie beabsichtigte, dieselbe recht in ein ungünstiges Licht zu stellen, so ist ihr dieses meisterhaft gelungen; denn nicht bald hat mich etwas so angewidert als der Verkehr jener Menschen, und ich bedaure, das schöne Bild Rahels darunter stecken zu sehen [66].» Aus diesem Einwand wird eine Forderung verständlich, die Keller viel später im Hinblick auf die Beziehungen zwischen Rahel, Varnhagen und der Umwelt aufstellt: «Es sollte einer einmal diesen Gegenstand mit der nötigen Pietät aber auch mit Ungeniertheit abschließlich behandeln, solange noch die Tradition des Verständnisses für jene Zeit und jene Berliner da ist [67].»

Schon 1861 findet er die Briefe Rahels «sehr bedeutend und Respekt einflößend», erkennt dahinter aber auch ihre Schwächen und Unvollkommenheiten. Ihm fällt die Gewohnheit nervöser Selbstbespiegelung, peinlicher Analyse eigener Empfindungen und Leiden auf: «Eines nimmt mich wunder an der Rahel, daß sie soviel klagt und sich unglücklich nennt. Es schickt sich nicht zu der übrigen Überlegenheit und Philosophie.» Seine Erklärung für dieses Verhalten deckt sich genau mit seinem Selbstverständnis: «Freilich sind die Menschen so stupid, daß man endlich, in Augenblicken der Schwäche, selbst sagt, daß einem was fehlt, und fast alle sind so gedankenlos neidisch, daß sie jeden, der zu schweigen weiß, gleich für einen gemachten Mann halten und wohl gar glauben, man esse heimlich Kuchen [68].»

Die Konzentrierung aller Gedankentätigkeit auf die eigene Person, so berechtigt sie vielleicht einer unbeteiligten Umwelt gegenüber ist, fällt – wie Keller es sieht – mit einem Mangel an formender Energie zusammen, der bei Rahels behendem Verstand doppelt stört: «Es ist schade, daß die Rahel nicht mehr mit eigentlich produktiven Meistern in ... andauernde Briefübung gekommen ist; sie würde dadurch von dem formlosen (obgleich tiefsinnigen) Grübeln abgezogen und an ein lebendigeres Gestalten gewöhnt worden sein schon in ihrer Jugend; d. h. wenn sie wirklich was annehmen oder werden wollte, das sie andern dankte, was zu bezweifeln ist; denn zuletzt dreht sich bei ihr alles um ihr persönliches Denkgefühl. Nun, sie darf sich auch so sehen lassen! [69]» Die gewollte oder unbewußte Selbständigkeit Rahels, die einzig der Inspiration des Augenblicks folgt, findet eine Parallele in der Unfähigkeit Bettina Brentanos zur Ordnung. Über die von Ludmilla Assing veranstaltete Ausgabe der «Briefe von Stägemann, Metternich, Heine und Bettina von Arnim» (Leipzig 1865) schreibt Keller: «Die Briefe der Bettina mit den Aufzeichnungen Varnhagens sind geradezu ein Neues und Selbständiges in der Literatur ... Dennoch kann ich mir diesen bedenklichen Grad eines renommistischen Schwindelwesens bei so viel positivem Ideengehalt nur dadurch erklären, daß dieser sich in keiner fertigen Form produzieren konnte. Mit der Person hätte ich kuriose Sträuße bekommen, wenn ich in Berlin einer ihrer Bekannten geworden wäre [70].» Form und Gestaltung sind Bedingung für die Gültigkeit des Gedankens selbst – um den richtigen und entsprechenden Ausdruck zu finden, muß der Inhalt notwendigerweise durchdacht sein; das Auseinanderklaffen von Aussage, Form und Inhalt bei Bettina, führt Keller zu seinem harten Urteil: «Es war doch ein unerlaubt verdrehter, verlogener und geckenhafter Charakter, diese gescheite Dame.»

Die Kritik der Formschwäche literarisch gebildeter Damen trifft später auch die Familienerinnerungen von Eliza Wille-Sloman «Stilleben in bewegter Zeit» (Leipzig 1878): «Wenn es die eigentliche Memoirenform hätte, so würde es viel tiefer wirken; so scheint es mir an weiblicher Stilschwäche zu leiden [71].»

Die eindrücklichste Charakterisierung Rahels gelingt Keller anläßlich ihres Briefwechsels mit Varnhagen («Briefwechsel zwischen Varnhagen und Rahel», 4 Bände, Leipzig 1874/75), der von Ludmilla Assing «aus dem bekannten Nachlaßtorfmoor» veröffentlicht wird: «Wie Sonnenschein leuchtet's und blitzt es in das verjährte Verhältnis hinein! Sie, die absolute Natur, Wahrheit, Selbstlosigkeit, Genialität, der absolute Lärm, die absolute Stille, das Meer, die Bescheidenheit, das göttliche Selbstgefühl, etc. etc. und zugleich die fortwährende Pose, Selbstbeschreibung, Selbstverzehrung, Beschwörungssucht, Überredungslist, höchste Naivetät des Selbstlobes etc. bis ins grob Körperliche hinunter! Er, immer der Varnhagen [72]» (vgl. auch S. 524 f. und 526 f.).

Dieses Porträt erinnert wegen der verwendeten Kontrasttechnik, im Stil und bis in die Wortwahl hinein an die Gegenüberstellung von Rahel und Varnhagen in Rudolf Hayms Essay: «So verschieden die beiden waren – sie ganz Inkorrektheit, er ganz Regel und Korrektheit, sie ganz epigrammatisch, er ganz episch, sie form- und stillos, er nur Form und Stil, sie in Aphorismen und Anakoluthen denkend, er schon im Denken Phrasen machend und Perioden voll Wohlklang bildend – wie verschieden sie waren, sie hatten sich ebenso gut vertragen, wie nur jemals Tatsachen und Glossen, Text und Anmerkung sich in einem Buche vertragen [73].» Da Hayms Essay schon 1863 in den «Preußischen Jahrbüchern» erschien, kann Keller ihn gelesen und den Tonfall im Ohr behalten haben. Nur legt er, anders als Haym, der Rahel als das ursprüngliche Talent, Varnhagen als Kommentator zeigt, das Hauptgewicht auf Selbstbespiegelung und Eitelkeit. Die beiden Begriffe sind der Kern eines jeden seiner Urteile über das Paar; so schreibt er an den Kritiker Emil Kuh: «Diese Briefe sind eine Fundgrube von Geist und Geistesaufwand und sonst allerhand Interessantem. Die darin wuchernde Eitelkeit, Ureitelkeit des Menschen in allen Nüancen, steckt auch meine Eitelkeit an, daß ich die einbildnerische Phrase nicht unterdrücken kann: Erst jetzt weiß ich recht, was mir bei den Reden der Züs Bünzlin in den ‹Gerechten Kammmachern›, namentlich bei dem Abschied auf der Höhe, für ein Ideal vorgeschwebt hat. Ich hatte beim Schreiben auch hochstehende Weiber im Auge, glaubte aber nicht, daß es so hoch hinauf ginge. So ein unausgesetztes gegenseitiges Sichanrühmen findet man nicht so bald zusammengedrängt wie in diesen Bänden [74].»

Bei aller unproduktiven hektischen Betriebsamkeit, trotz den gegenseitigen Belobigungen, Verdächtigungen, übersteigerten Freundschaften und heimlichen Kabalen tragen diese literarisch-geselligen Zirkel viel dazu bei, daß die Zeit zwischen 1815 und 1848 als eine – die letzte einheitliche Kulturepoche in Deutschland angesprochen werden kann. Die in der Folge der Napoleonischen Kriege eingetretene wirtschaftliche Not fördert das gesellschaftliche Leben; die politische Resignation findet ein Gegengewicht in der Besinnung auf die geistigen Werte der Nation, in der Sammlung und Steigerung, ja beinahe Übersteigerung solcher Kräfte bei der Pflege der Hausmusik, im Vorlesezirkel, bei literarischen Tees, auf der Liebhaberbühne, in den Taschenbüchern und Almanachen [75]. In einem frühen Brief Kellers aus Berlin ist diese Geselligkeit genau beschrieben: «Ich lebe jetzt in einem angenehmen Kreise einiger geistreichen Leute, einige Kaufleute, Beamte und Privatgelehrte, ruhige und solide Männer von freier Gesinnung [76] ...»

Daß sie für Berlin typisch ist, bestätigt Paul Heyse: «Nun fand ich in München gerade das, was mir bisher gefehlt hatte: eine sehr unliterarische Gesellschaft ... So gab es zum Beispiel keine eigentliche Geselligkeit, kein uneingeladenes Eintreten bei Freunden, sehr selten eine Hausfreundschaft, wie ich sie von meinem Elternhause, der Kuglerschen und anderen Berliner Familien gewöhnt war [77].»

Als soziologische Erscheinung verbinden die Zirkel verschiedene Stände; der Adel läßt sich einbeziehen, bindet sich mit dem höhern vermöglichen Bürgertum «zur Betätigung gemeinsamer geistiger Interessen» zusammen [78]. Die ständischen Grenzen werden nach unten neu gezogen, um die Exklusivität zu bewahren. Dennoch verschwindet die profilierte gesellschaftliche und literarische Kultur allmählich; Theodor Fontane, der zur selben Zeit sich in Berlin aufhält wie Keller, berichtet darüber an Storm: «Es gibt nirgends in der Welt, auch in Frankreich nicht, so wenig eine ‹exklusive Gesellschaft› wie hier bei uns. Geburt, Reichtum, Rang, Talent und Wissen vertragen sich hier in wunderbarer Weise ... Ja, ich muß es bekennen, wir haben von diesem Nivellement zu viel und kranken an einer Impietät, die bereits der Ankergrund war und wird, drauf die Revolution ... ihre Haken auswirft [79].» Fontane deutet auch eine zweite Ursache für den Untergang der Gesellschaft in ihrer bisherigen Form an: Die Demokratisierung erstreckt sich bis in die Bereiche von Kultur und Kunst, der Zirkel, der den Anspruch erhebt, eine Elite (wenn auch nicht mehr eine solche der Geburt, sondern des Reichtums oder des Geistes) zu sein, wird zersetzt durch die Ansprüche der Mehrheit nicht nur im staatlichen, sondern auch im kulturellen Leben.

Als Gottfried Keller im Frühling 1850 nach Berlin kommt, neigt sich die Zeit der Konventikel ihrem Ende zu; noch bestehen aber einige fort, die ihre «gesellschaftlichen Verpflichtungen», «die Erweiterung und Vertiefung der literarischen Bildung [80]», weiterhin erfüllen.

Da ist der «Tunnel über der Spree». Theodor Fontane schildert später Mitglieder und Bräuche dieser Gesellschaft, wo Keller einmal zu Gast ist [81]. Da versammeln sich um Varnhagen von Ense und seine Nichte, Ludmilla Assing, Künstler, Dichter und solche, die die Absicht haben, es zu werden oder sich sonst von der Atmosphäre des Interessanten und der großen Welt angezogen fühlen.

Mit Varnhagen tritt Keller zum ersten Mal 1849 in Verbindung; er schickt ihm damals ein Exemplar seines Gedichtbändchens, worauf er einen eingehenden und freundlichen Brief Varnhagens erhält [82]. Daran erinnert sich der Dichter, bevor er von Heidelberg nach Berlin fährt: «Ich habe einige Ursache zu glauben, daß ich bei Varnhagen von Ense gut aufgenommen würde, welcher mir gewiß durch seine Persönlichkeit und Stellung den nötigen Vorschub leisten könnte [83].» Er läßt aber in Berlin mehr als ein Jahr verstreichen, bevor sich Varnhagen nähert: «Ich würde mir längst ... die Freiheit genommen haben, mich Ihnen vorzustellen, wenn es mir nicht an aller Form für den norddeutschen Verkehr gebräche, so daß ich mich, nach einigen mißglückten Versuchen, gleich anfangs resignierend zurückzog [84].» Dann jedoch stellt er sich mit den «Neueren Gedichten» vor und ist von 1854 an, als die ersten drei Bände des «Grünen Heinrich» erschienen sind und seine Anwesenheit in dem Kreis sozusagen legitimieren, häufiger Besucher bei Varnhagen [85]. Er wächst indessen nur langsam in diese Umgebung hinein und scheint sich nie als gefeierter Dichter gefühlt zu haben. Ende 1853 verspricht er zwar dem Herausgeber des «Deutschen Musenalmanach», Christian Schad, Beiträge zu vermitteln: «Da ich jetzt mehr unter die Leute komme, will ich trachten, Ihnen für den nächsten Jahrgang Beiträge von hiesigen namhaften Leuten zuzusichern, da doch mancher hier lebt, wie Titus Ullrich, Karl Beck, der alte Varnhagen, Scherenberg und andre.» Aber erst 1854 kommt er «öfter in die Kaffeekränzchen, die sich bei Varnhagen zusammenfinden». Die Teilnehmer «sind einige wohlgebildete Damen und allerlei vornehme Herren ..., wie z. B. der General Pfuel, wodurch man wenigstens Gelegenheit hat, sich etwas abzuschleifen und einen beweglicheren Ton zu erwerben zu verschiedenen nützlichen Zwecken [86]».

Es ist für den Kreis Varnhagens in diesen späten Jahren charakteristisch, daß bedeutendere Schriftsteller Keller dort nicht begegnen: «Von Literaten ist nicht viel Erhebliches da», schreibt er Hettner im Mai 1854 [87]. Was bleibt, ist die an der Kultur und Kunst beteiligte Gesellschaft, vorbildlich durch Benehmen und differenziertes Ausdrucksvermögen, «treffliche Menschen, voll wahrer Bildung, und welche über den gewöhnlichen herrschenden Jargon hinaussehen». Neben General von Pfuel, einst ein Freund Kleists, «das bemooste Silberhaupt unserer Kaffees», wie Ludmilla Assing ihn nennt, ist das wohl angesehenste Mitglied Fürst Pückler-Muskau; 1857 schreibt Keller aus Zürich – noch sind die Erinnerungen lebendig: «Daß Ihre alten Herren, die Varnhagen, Fürst Pücklers und General Pfuels, liebenswürdiger sind als die jungen, ist keine große Kunst. Wenn man die Welt in der Tasche hat wie solche Größen und sich dergestalt unbezweifelt in die Mitte gestellt sieht, der kann sich doch gewiß leichter bewegen und hervorkehren, als der erst noch alles zu tun und zu hoffen hat [88].»

Die anziehendste Erscheinung des Kreises ist Varnhagen selbst. Wie bei Rahel ergeben die Briefstellen ein geschlossenes Bild, wenn es auch – mit Kellers fortschreitender Lektüre der Erinnerungs- und Gedenkbücher – Schwankungen unterworfen ist. Die Betrachtungen setzten mit Varnhagens Tod (1858) ein: «Ich fühlte», schreibt Keller da, «welch ein Zeitabschnitt und welche Welt mit ihm dahin ging. Ich fühlte es um so tiefer, als der Verewigte beinahe der einzige große Zeuge jener Jahre war, mit welchem ich noch in einige freundliche Berührung kommen durfte.» Dieser Eindruck, daß mit dem Hinscheiden Varnhagens letzte Beziehungen zu Goethes Zeitalter abgerissen sind, wird verstärkt durch den Tod Bettina Brentanos; auch sie sieht er in der Reihe der Mittler: «Bettina ist also nun auch hinunter zu den übrigen Schatten, und während die Weltlage wieder dahin zu geraten scheint, wo sie vor einem halben Jahrhundert steckte, sind nun die letzten hinweggegangen, welche dazumal jung waren und das Geistige gerettet und uns überliefert haben [89].» Als Varnhagen stirbt, das «männliche und doch so milde heitere Leben» sein Ende findet [90], erscheint eben der letzte Band der zweiten Auflage seiner «Denkwürdigkeiten». Keller liest sie aufmerksam und freut sich vor allem «an der unfehlbaren und reinen Sprache des toten Meisters». «In dieser Sprache gewinnt alles die Gestalt, die ihm zukommt, und sie ist eine Art liebevoller Vorsehung, welche nichts übersieht und den kleinsten Gegenstand in das wärmende

Licht der Sonne zu setzen versteht, ebenso mit Gerechtigkeit alle Lücken und Poren der Dinge durchdringt. Die unwissenden, oft sehr angesehenen Schmierpeter dieser Zeit werden hoffentlich erst noch zu fühlen bekommen, welch ein Muster sie unbefolgt vor sich hatten.» Auch in «der Kunst des feineren Lobes» kann Varnhagen manchem Biographen als Vorbild dienen; daß er Varnhagen und seinen Kreis persönlich gekannt hat, erlaubt Keller ein nuanciertes Urteil: «In den Kritiken finde ich den Verstorbenen oft etwas zu gut, freundlich usf. Es ist mir besonders ein Beispiel aufgefallen, wo der Edle sich, gleich vielen, durch einen literarischen Taschenspieler förmlich betrügen ließ und wo die Lügenhaftigkeit des besprochenen Buches nachgewiesen ist. Allein das macht nichts: ein Sonnenstrahl, der auf einen Ungerechten fällt, kann diesem auch zum Gericht werden [91].»

Varnhagens «Denkwürdigkeiten», die Tagebücher, Briefwechsel und Biographien [92] bezeugen nicht nur seine vielfältigen Verbindungen zu den Großen seiner Zeit, ihre Lektüre läßt vermuten, daß er seine Soireen und Kaffeestunden geradezu in der Absicht aufrechterhielt, schriftstellerisches Kapital daraus zu schlagen. Daher spricht Gutzkow von Varnhagens «Persönlichkeitskultus» und seinen «Scherengebilden [93]». Keller betont an den «Denkwürdigkeiten» anders: «Es ist ganz gleichgültig, *was* Varnhagen schreibt, er ist immer der gleiche, welcher durch seine Behandlung den Dingen erst ihren Wert verleiht. Abgesehen von dem persönlichen Wirken und Geschick des Verewigten, welches mich im hohen Grade interessiert, liegen mir die übrigen Verhältnisse und Personen fast so fern wie Kamtschatka; und dennoch hielt mich die Geschichte des kranken Großherzogs mit den edlen und unedlen, klugen und albernen Charakteren, die ihn umgeben, ... in einer Spannung, als ob es sich um die nächstliegende Lebenskrise handelte! Ich habe nicht bald etwas Lehrreicheres gelesen! Jeder Charakterzug, jedes Verdienst und jede Schwäche sind aufs genauste erwogen und nuanciert, was immer zu ertragen ist, wird, ohne vertuscht zu werden, menschlich geduldet, das schlechthin Verwerfliche aber auf die meisterhafteste Weise ergötzlich kassiert. An ein paar Stellen, welche sich in liebenswürdig treuem Gedächtnis etwas zu einläßlich über das bloße Kommen und Gehen von allerlei Personen verbreiten, merkt man etwas die Behaglichkeit der höheren Jahre. Aber für den Freund und Verehrer ist auch das Vergleichen des Mannes mit ihm selbst ein neuer Genuß [94].»

Im Vergleich mit dem Urteil Hebbels wird die Abgewogenheit und Objektivität von Kellers Wertung sichtbar, die aber nicht nur Entgegenkommen für die Nichte und Herausgeberin Varnhagens ist; Hebbel schreibt in sein Tagebuch: «Ich lese Varnhagens Tagebücher. Bisher hielt ich die Schlange für die gefährlichste Bestie, jetzt sehe ich aber, daß ein Kammerdiener, der sich sein Lebelang vergebens um eine Stelle bemüht, sie an Bosheit und Giftigkeit bei Weitem übertrifft.» Hebbel verdammt die «Briefe von Alexander von Humboldt an Varnhagen von Ense» (Leipzig 1860) als

den «skandalösesten Briefwechsel ..., der je das Licht der Welt erblickt
hat», und läßt sich zu dem Bild hinreißen: «Ein Spucknapf, der lebendig
wird: Varnhagen und Humboldt [95].» Keller dagegen freut sich «königlich»
an der «rücksichtslosen und freien Weise der beiden Alten vom Berge» und
findet es «ergötzlich, wie da noch manch andere weltliche oder literarische
Größe, die wunder glaubt wie fest zu stehen, den sarkastischen Greisen als
Spielball dient, immer mit sittlicher Berechtigung». Er ist überrascht «von
dem frischen kecken Mutwillen und dem liebenswürdigen und geistreichen
Witze der Humboldtischen Briefe» und bestätigt Ludmilla Assing, die wegen der Veröffentlichung angegriffen worden war: «Was nun die Herausgabe als Tat betrifft, so haben Sie natürlich nicht anders handeln dürfen,
und das war gut für die Welt. ... es ist kein Wort zu viel in dem Buche; es
verkündet der Welt, ohne alle wirkliche ‹Impietät›, daß sie sich auf Erscheinungen, wie Humboldt, immer noch verlassen kann, und daß der Betrug und die Schmach noch immer nur beim geistigen Gesindel zu Hause
sind [96]» (vgl. S. 525 f.).

Bedenklicher mutet Varnhagens Hang zu peinlichen Enthüllungen im
9. und 10. Band der «Tagebücher» an; Ludmilla übergibt Keller das Manuskript mit der Bitte, es zu redigieren, damit ihr als der Herausgeberin
keine majestätsbeleidigenden Stellen gefährlich werden können (1865 hatten
ihr der 7. und der 8. Band wegen dieses Delikts eine Gefängnisstrafe eingetragen [97]). In Kellers Kommentar macht sich nun doch leiser Tadel, verbunden mit einer gewissen Belustigung über Varnhagens Grimm, bemerkbar: «... ich sah mich nach gemachter Lektüre außerstande, Ihrem Wunsche
in der Weise zu entsprechen, daß das Werk ... gerichtsfähig geworden wäre.
Die Injurienfrage spaltet sich in politischer und rechtlicher Beziehung hauptsächlich in zwei Teile, nämlich in die Partie des Louis Napoleon und in
diejenige der preußischen Seite. Die französische Partie hätte ich leicht besorgen können, ich brauchte nur das unzählige Male vorkommende Wörtchen
Schuft zu streichen ... Ganz anders aber verhält es sich mit den preußischen
Dingen. Hier handelt es sich ... nicht um Ausmerzung einzelner Ausdrücke,
sondern um eine massenhafte Umschreibung ganzer und halber Seiten; nicht
nur der verstorbene König, auch die Minister, die Kammern werden als
Lumpenpack und *con amore en canaille* behandelt ... Ich glaube zwar nicht
einmal, daß die preußische Regierung jetzt Händel anfinge, auch wenn das
Buch unverändert erschiene; es ist sogar möglich, daß gerade Bismarck, der
jetzt als der Löwe des Tages und das große Tier Europas erscheint, sich belusti-
gen würde, da er in den Tagebüchern als unfähig und unzulänglich verhöhnt
wird ... Item, Sie werden mir soviel Takt und Bescheidenheit zutrauen, daß
ich Ihnen nicht vorzuschlagen wagen würde, diejenigen Änderungen ... vor-
zunehmen, die zur Sicherstellung erforderlich wären. Ich müßte förmlich
redigieren, *ich* an einem *Varnhagenschen* Buche! [98]»

Keller nennt Varnhagen später «den angeblichen Allteilnehmer» und

meint beim Tod Ludmilla Assings (1880), die Berliner Bibliothek, die den
Nachlaß Varnhagens erhalten soll (und erhalten hat), werde das Geschenk
gründlich prüfen, bevor sie es annehme [99]; das spiegelt eine Wandlung
in seinem Verhältnis zu Varnhagen: die unbefriedigenden Charakterzüge
des «toten Meisters» fallen nun stärker ins Gewicht, Kellers Wertgefühl hat
sich im höheren Alter verändert. Für die Dauer seines Aufenthalts in Berlin
jedoch erweist sich der Umgang mit Varnhagen als fruchtbar; die Leute, die
er bei ihm antrifft, sind wie wenige dazu geeignet, seine Erfahrung im
Verkehr mit Menschen zu fördern. Varnhagen ist es, der Kellers Selbstver-
trauen weckt und ihm ein Gefühl der Sicherheit, des eigenen Wertes gibt,
wie Julius Rodenberg, der spätere Herausgeber der «Deutschen Rundschau»
bemerkt, der dem Dichter im Winter 1853/54 bei Varnhagen begegnet und
die beiden Männer in ihrem Verhalten zueinander beobachten kann [100].

Keller und Rodenberg haben auch zu einem andern literarisch-geselligen
Kreis Zutritt: 1853 wird Keller in den Salon von Franz und Lina Duncker
eingeführt. Duncker ist der Verleger der «Volkszeitung», wo 1855 «Frau
Regel Amrain» erscheint, und möchte Kellers damals geplante Galatea-No-
velle herausbringen.

Im Hause Duncker mag der Dichter sich noch behaglicher fühlen als in
den «traulich feinen und literarhistorischen Räumen» Varnhagens; der Um-
gangston ist leichter, die Atmosphäre rheinländisch-heiter. Keller begegnet
hier manchem Literaten, dem Historiker Eduard Vehse, dem Publizisten
Frese und im Winter 1854/55 der Schwester Frau Dunckers: Betty Tendering, die eine neue unglückliche Liebe in ihm weckt [101].

Gerade die «Freiheitlichkeit [102]», die in diesem Kreis herrscht, aber auch
die persönliche Enttäuschung durch Betty, der Unmut, die Niedergeschlagenheit Kellers in der Zeit überhaupt verursachen eine heftige Auseinandersetzung des Dichters mit dem Dunckerschen Zirkel, die er sich bei Varnhagen
wohl nicht gestattet hätte, die in der vornehmeren Umgebung, wo Zurückhaltung sich von selbst nahelegte, erstickt worden wäre. Kurz vor der Abreise aus Berlin, am 17. November 1855, schreibt Keller Lina Duncker einen
Entschuldigungsbrief, der von seinen Stimmungen, dem Zerwürfnis und seinem Anlaß berichtet. «Ich bin in den letzten Monaten etwas verbittert und
verbohrt gewesen, da allerhand tolles Zeug über mich ergangen ist und ich
gezwungen war, so lange in Berlin zu bleiben. Da ich aber nun in acht
Tagen endlich abreise, so bin ich so zufrieden und vergnügt, daß alles mir
in einem vernünftigeren Lichte erscheint ... Da ich von den hiesigen sozialen
Übelständen nun befreit bin, so wünschte ich wenigstens da, wo ich eine Zeitlang
gern hingegangen bin, mit äußerlichem Frieden und Anstand abzuziehen,
zumal mich nun diese sämtlichen Dinge nichts mehr angehen [103].» Aus diesen Zeilen spricht der Überdruß Kellers an Berlin – selbst wenn es dort
Menschen gibt, die ihm etwas bedeuten: «Berlin habe ich schon gänzlich ver-

gessen», schreibt er kurze Zeit darauf aus Zürich. «Dennoch sind nicht üble Leute dort, wenigstens zeitweise, und ich danke Ihnen auch besonders für alle mir erwiesene Freundlichkeit [104].» In Berlin aber hatte er sich von der Familie Duncker eine Zeitlang zugunsten eines andern Besuchers vernachlässigt gefühlt und seinem Zorn darüber (er lasse sich «nicht wie eine Strohpuppe behandeln, die man nach Laune in ein Haus ziehen und wieder hinauswerfen könne») in einem Bierhaus freien Lauf gelassen. «Die grobe Predigt», die ihm daraufhin ein anderes Mitglied des Dunckerschen Kränzchens hält, wischt er mit einer verächtlichen Handbewegung beiseite: sie erfolgt «vom Standpunkt eines höflichen Gesellschaftsmenschen und mit dem Verständnis eines solchen». Vor allem erbittert ihn, daß der Literat Vehse, «ein abscheulicher Mensch», den er bei Lina Duncker heftig kritisiert hat, ihm vorgezogen wird; sie sehe «seither diesen fortwährend bei sich», er aber werde «seit Monaten gänzlich ignoriert». Grimmig schließt Keller: « ... wenn ich länger in Berlin bleiben würde, so würde ich überhaupt in kein Haus mehr gehen, in welchem der Dr. Vehse Zutritt hat ... [105]»

Der Antwortbrief Lina Dunckers zeigt Kellers Stellung in der Welt des Berliner Salons. Er wurde nicht mehr gerufen, weil man ihn nicht «mit Bitten genieren wollte», die er «aus Gutmütigkeit *oder* eines mit unserm Geschäft eingegangenen Verhältnisses wegen erfüllt haben möchte, ohne Neigung, Vergnügen oder Befriedigung». «Sie haben sich», so fährt Frau Duncker fort, «auf diese Rücksicht nicht verstanden, und wenn sie irrig war, so ist sie doch verzeihlich und erklärlich, bei Ihrer Art, halb unwillig und störrisch mit den Leuten zu verkehren, die Ihnen wirklich ... nicht mit Artigkeiten, nein, mit sympathischem Wohlwollen entgegengekommen sind, daß alle aber nie bei Ihnen vermutet haben, im Gegenteil, ich dachte, Sie sähen es als einen lästigen Zwang an, zu uns zu kommen [106].» Lina Duncker spürt Kellers Unbehagen am gesellschaftlichen Treiben; darüber hinaus scheint der Dichter ein beflisseneres Entgegenkommen zu erwarten: seines eigenen Wertes bewußt, will er nicht hinter Tagesgrößen zurückstehen. Es ist die Situation von 1849 in Heidelberg: Behutsamkeit gegenüber der Konvention verträgt sich nicht mit persönlichen Leidenschaften; die Begabung für die unverbindliche Geste fehlt ihm. Der harte Ton im Entschuldigungsbrief an Frau Duncker, der vielleicht die Verletzlichkeit Kellers verbergen soll, vielleicht dem Groll des Augenblicks zuzuschreiben ist, weicht in den Briefen aus Zürich gemäßigter Ausdrucksweise, und er gewinnt dem Gesellschaftsleben der Dunckers einen liebenswürdigen, beinahe poetisch überglänzten Zug ab: «im Herbst Kavalkaden mit Kavalieren, und Scheibenschießen, Jagd und Spektakel, im Winter Schauspiel, Bälle im Opernhaus und allen möglichen Salonkrempel, im Sommer Reisen durch die Welt mit breitem Hut und intressantem Kostüm ... [107]»

Dreißig Jahre danach wird ihm die Zeit im Salon von Lina Duncker noch einmal unliebsam in Erinnerung gerufen; bei ihrem Tod erscheint in einem

Berliner Blatt unter dem Titel: «Ein Berliner Salon in den fünfziger Jahren» ein Aufsatz, der als Gast in Frau Dunckers Räumen auch Gottfried Keller erwähnt. Erbost schreibt er Paul Heyse: «Was mich betrifft, so mußt Du nicht alles glauben, was anfängt gelogen zu werden. Es gehört scheint's auch zur Literatur, daß man, in ein gewisses Alter getreten, zum Gegenstande schlechter Anekdoten promoviert wird. Eben habe ich ein Berliner Montagsblatt erhalten, wo ich in ganz verkehrter Weise als Stammgast in den Salons der verstorbenen Frau Lina Duncker figuriere, als Verehrer! als einer der Bären, die in ‹Lilis Park› gebrummt haben! [108]»

Der Wunsch, aus Berlin fortzukommen, wird in den fünf Jahren, die Keller dort verbringt, immer wieder laut. Schon 1851 sehnt er sich «recht herzlich einmal nach Hause» und wünscht Berlin zum Teufel; Ende 1854 schreibt er Ferdinand Freiligrath von seinen Bedenken, eine Professur in Zürich anzunehmen: «Trotzdem sehne ich mich sehr nach Hause und nach frischer Luft, da nicht zu leugnen ist, wie sehr der Mensch von dergleichen abhängt, und wenn man schlechte Luft atmet, so kann man trotz aller Einsicht doch keine gute Figur machen. Alles dies zu fühlen und gründlich auszuhalten, nenne ich meine fruchtbringende Leidensschule und eine endliche Abreise den fröhlichen glückhaften Schluß derselben [109].»

Der Hauptgrund für seine Ungeduld ist wohl darin zu suchen, daß die dramatischen Pläne sich nicht verwirklichen lassen. Neben dem Roman bleibt für ein ausgedehntes und erfolgreiches Bemühen um die Bühne kein Raum. Er nennt den «Grünen Heinrich» «ein ödes und ungeschicktes Machwerk», das «die tragische Bedeutung» hat, daß es ihn in Berlin zurückhält: «Ich hatte das Buch noch in der subjektiven und unwissenden Lümmelzeit angefangen und den Druck beginnen lassen, ohne zu bedenken, was ein Roman eigentlich ist. Ich blieb bald stecken, von andern Dingen angeregt, und gab doch dem Verleger mein Wort, vor der Beendigung nichts anderes zu beginnen. So kam ich in die seltsame Situation, alle Zwecke, Projekte und guten Dinge unterdrücken zu müssen, während es mir ganze Vierteljahre unmöglich war, den verfluchten Strickstrumpf auch nur anzurühren [110].»

Berlin bringt doch nicht die erhofften geistigen und künstlerischen Anregungen. Auch als Stadt hinterläßt es einen unerfreulichen Eindruck; nirgends in den Briefen wird sie beschrieben (wie München im «Grünen Heinrich», Heidelberg in dem kurzen Prosastück «Die Romantik und die Gegenwart», wie Zürich im Lebensroman, im «Martin Salander», in den «Züricher Novellen»). Deutlicher noch hatte es Madame de Staël gesehen: als farblosen Ort der Industrie und des Vergnügens – oder Heine (der Mme de Staël zitiert): eine regelmäßig angelegte Siedlung, nüchterne Wohnstätte der Aufklärung, historisches Denkmal für den Geist Friedrichs des Großen [111]. Kellers Gedicht «Mühlenromantik» zählt nur einzelne Lokalitäten auf, die auch in den Briefen hin und wieder genannt werden [112].

Die Landschaft um Berlin, die «elegische, geistschwächende märkische Landschaft [113]», macht er mitverantwortlich für die Unzulänglichkeit des literarischen Betriebs.

Dieses Bild findet sich auch bei Jacob Burckhardt, der 1839 von Italien her nach Berlin kommt und es als «einen ganz widerwärtigen Ort, eine langweilige, große Stadt in einer unabsehbaren, sandigen Ebene» empfindet: « ... in Prag und Dresden könnte ich existieren, in Berlin nicht. Es hängt nicht bloß daran, daß ich melancholisch werde, wenn einer Stadt Fluß und Anhöhen fehlen; die Menschen dort haben ein gewisses etwas, wogegen ich mich hilflos fühle und konkurrenzunfähig bin [114].» Ähnlich befangen fühlt sich Theodor Storm in Berlin; er wird zwar freundlich aufgenommen, schreibt aber an Fontane: «Gleichwohl ist in der Berliner Luft etwas, was meinem Wesen widersteht ...», nämlich daß nicht der Mensch, sondern Rang und Titel zählen [115]. Fontane hatte Storm in einem früheren Brief gewarnt: «Das ‹Berliner Wesen› ... ist anfangs ungenießbar. Aber hinter diesen trostlosen Erscheinungen ... gibt es wohltuende, die sich verbergen und die man kennen lernen muß, um nicht voller ungerechter Vorurteile uns wieder zu verlassen [116].» – Das gelingt Burckhardt und Keller erst in der Erinnerung. Burckhardt stellt später die Stadt als Siedlung der Stadt als Zentrum der Wissenschaft und Kultur gegenüber: «Berlin war schon zu meiner Zeit (seit 1839 ...) ein hochwichtiger Ort, weil man hier am ehesten die Vergangenheit und Geschichte der Künste kennen lernte [117].» Auch Keller stimmt fünf Jahre vor seinem Tod bei und spricht von Berlin als einer Stadt, «deren früherem Lebensgeiste ich noch langehin eine gute Assimilationskraft wünsche, wenn dieser Wunsch auch nach dem alten Manne riecht, der seine Zeit für die beste hielt [118].» Hier wird also aus der Ferne der Jahre anerkannt, was er in unmittelbarer Nähe nicht würdigen kann.

In zwei Briefen an Ludmilla Assing beschreibt Gottfried Keller selbst seine Erscheinung in den geselligen Literaturkreisen: «Soeben lese ich in Herrn von Sternbergs Memoiren die sonderbare Art, mit welcher er meine Wenigkeit in Ihrem [Ludmilla Assings und Varnhagens] Kaffeekränzchen aufführt. Ich kann mich nicht erinnern, ein Wort von *ihm* sprechen gehört zu haben! [119]», und bei der Lektüre von Varnhagens Tagebüchern: «... es hat mich fast gerührt, mich selbst eines Tages in die Wohnung an der Mauerstraße eintreten zu sehen, wie in ferner vergessener Zeit, und zu vernehmen, was ich für längst vergessene Dinge gesagt oder gebrummt habe [120]»; auch Rodenberg lernt den Dichter als den «einsamen, schweigsamen» Gast in Varnhagens Haus kennen [121]. Diese Schweigsamkeit ist eine Reaktion auf den hektischen Betrieb der Zirkel und die Renommiersucht der «uniformierten Literaten», die er dort antrifft und deren Existenzweise er einmal schildert: «Sie essen ungeheuer viel, erscheinen jedoch unregelmäßig bei Tische, da sie oft geladen sind und es den andern Tag erzählen: Gestern bei Geheimerats etc. Daher sieht man gegen 1 Uhr eine Menge dieser Leute über die Gasse rennen, den wunderbaren Frack zugeknöpft, nur ein Endchen weißer Weste unten hervorragend, oft, wenn es warm ist, den Hut in der Hand tragend und die blonden Locken fliegen lassend. Als ich sie zum erstenmal sah, glaubte ich, es wären elegante Schneider ...» Er selbst rettet sich aus der Bedrängnis gesellschaftlicher Bekleidungsvorschriften nur, indem er ein Hemd, das «wegen seines wunderbaren Schnittes Aufsehen erregt», als «schweizerisches Nationalhemd» ausgibt; er darf es tragen, «da das Fremdländische immer nobel ist»[122].

Auch die Anekdote hat sich Kellers Abneigung gegen den kostümierten Schriftsteller bemächtigt. Zu einem Essen bei Varnhagen erscheint er in einfachem Anzug, während die andern geladenen Dichter und Kunstjünger im Frack, mit weißer Weste, steifem Kragen und Halsbinde auftreten. Keller fühlt sich unbehaglich und verläßt nach dem Mahl die Gesellschaft. Da bemerkt er im Vorraum die abgelegten Zylinderhüte, und in plötzlich aufsteigendem Zorn schlägt er auf sie ein, bis keiner mehr ganz ist[123]. Mag die rege Phantasie der Freunde oder Feinde Kellers das Ereignis ausgeschmückt haben: es liegt doch in der Linie der gesellschaftlichen Unhöflichkeit, die er selbst eingesteht: «Ich habe mich wieder sehr schlecht aufgeführt bei Ihnen, aber ich kann nicht dafür und führe mich jetzt fast überall schlecht auf und habe auch gewissermaßen ein Recht dazu», schreibt er kurz vor der Heimreise an Frau Duncker[124].

Der ganzen Erbitterung über tatsächlich oder vermeintlich ihm zugefügtes Unrecht, dem Gram über selbstverschuldete Enttäuschungen, den «misanthropischen Grillen» macht Keller nochmals am Ende der Berliner Zeit Luft, als er den Theaterreporter Schlivian prügelt: «Es sind ... allerlei Leiden und Leidenschaften über mich ergangen, habe mich aber so mannlich aufrecht gehalten, daß ich doch vor einiger Zeit imstande war, verschiedene Leute zu prügeln, wofür ich um fünf Taler gebüßt wurde ... Einer davon war mir unbekannter Weise ein Schriftsteller, wie er sich nennt, welcher seine Schande selbst in die ‹gute› Gesellschaft trug und bekannt machte, was ich für ein Zeisig sei; seither halte ich mich wieder so still und steif in meinem schwarzen Fräcklein, als ob nichts geschehen wäre, und die Leute sagen, ich müßte vermutlich den Rappel gehabt haben[125].»

Das ist wiederum handfeste Kritik an der «verfluchten Hohlheit und Charakterlosigkeit der hiesigen Menschen, die gar keinen ordentlichen fruchtbaren Gefühlswechsel und Ausdruck möglich macht». Sie sind «ein Hauptgrund zu der Impotenz» und bewirken «die korrupten und verwirrten Literaturzustände Deutschlands»[126]. Berlin bietet in dieser Hinsicht ein Abbild der Verhältnisse im übrigen Deutschland, und die Beobachtungen an der Gesellschaft der geistigen Hauptstadt gelten z. B. auch für Dresden: «Die Dresdener Gesellschaft scheint recht nichtsnutzig zu sein, denn Hettner und Auerbach sind nun auch gänzlich auseinander. Hettner beklagt sich, daß er sich zu all den belletristischen Größen nur dann gut stehe, wenn er immer mit Anzeigen und Rezensionen bereit stehe, was ihm auf die Dauer langweilig und unwürdig vorkomme [127].» Auf der Rückreise von Berlin in die Schweiz kann Keller das «haltlose Cliquenwesen» und «Literaturtreiben» selbst beobachten: «Ich sah ... alle schrecklichen Leute, Auerbach war sehr zutulich gegen mich, und ich sah ihn alle Tage; Gutzkow aber verhielt sich gemessen und diplomatisch, weil er mit Auerbach gespannt ist und ich zufällig zuerst zu diesem gegangen war ...[128]» .

Diese Abneigung gegen Schriftsteller, die sich zu Intrigen hergeben, denen das persönliche Ansehen, der Erfolg mehr bedeutet als das Werk, ist ein Grundzug von Gottfried Kellers Charakter. Bezeichnend ist der Bericht über einen Zusammenstoß des alten Dichters im Zürcher Zunfthaus zu Safran mit dem «ewig unreifen» Schriftsteller Hermann Friedrichs, der 1882 einen Aufsatz über Keller veröffentlicht und ihm eigene Gedichte vorgelegt hatte, die der Dichter ausführlich, aber spürbar widerwillig beurteilte; als ihm Friedrichs bei der Begegnung in Zürich durch seine Zudringlichkeit lästig wird, weist er ihn mit kräftigen Worten zurecht, wobei «Zeitläufer» noch einer der sanfteren Ausdrücke Kellers ist [129].

Wo er den Begriff «Literat» einmal positiv gebraucht – er rät jungen Schriftstellern, zur Stilverbesserung die Gedichte des «Literaten» Walther von der Vogelweide zu lesen [130] –, erscheint er zwischen Anführungszeichen und ist ironisch gemeint. Seine Verwendung bezeichnet sonst regelmäßig den Mangel an Ehrlichkeit, die für ihn Voraussetzung allen künstlerischen Schaffens ist. Dieser Vorwurf wird sogar C. F. Meyer nicht erspart: an seiner «Eitelkeit und Wetterwendigkeit» nimmt Keller etwas «Literatenhaftes» wahr [131].

Die Kritik an den Literaten erreicht ihren Höhepunkt in der Satire auf die zweitrangigen Schriftsteller in der Novelle «Die mißbrauchten Liebesbriefe». Dabei gehen hier wie in andern kritischen Bemerkungen Kellers über die Literaten Satire und Parodie nicht nur auf Berliner Erfahrungen und Begegnungen zurück. Das zeigt die witzige Exekution der schriftstellerischen Moderne mit Schnyder von Wartensee in der Viamala [132].

Literarhistorisch gesehen gehört der kritisch-satirische Teil der Novelle in eine Tradition, aus der wohl auch Keller Anregungen schöpfte. Seit der Frühromantik ist der Literat häufiger Gegenstand soziologischer Studien, parodistischer Absicht oder kritischer Beurteilung. Diese Betrachtensweisen lassen sich deutlich etwa in Brentanos «Godwi» unterscheiden, wo es sowohl um die Problematik des ästhetischen Menschen Maria geht, wie, auf einer tieferen Stufe, um die Literatengestalt des «Dichters» Haber, die J. D. Gries, dem Tasso-Übersetzer aus dem Kreis Savignys, nachgebildet ist. Auch dem Dichter Waller in Arnims «Dolores» (1809/40), dessen angewandtes Naturleben an G. A. Bürger erinnert und der, wie Haber, Natur und Literatur verwechselt, steht eine historische Persönlichkeit Modell: der Däne Baggesen, ein Anhänger von Voss im Streit gegen die Romantiker, als «Danwaller» Beiträger der Kampfschrift «Karfunkel oder Klingklingelalmanach», als

«Faber» in Eichendorffs «Ahnung und Gegenwart» (1815), als «Dryander» in «Dichter und ihre Gesellen» (1834) geschildert [133]. Im zweiten Roman Eichendorffs sind die Literaten dadurch charakterisiert, daß sie in keiner Landschaft Wurzel schlagen können; rastlos reisen sie in Deutschland und Italien umher. Diese Fahrtenlust ist freilich ein Durchgangsstadium, das schließlich zugunsten eines geordneten Daseins aufgegeben wird, während sie später bei Gottfried Keller ein Symptom für die mangelnde Anschauungskraft, geradezu typisch aber für die Gestalt des «Zerrissenen» ist, die seit Alexander von Ungern-Sternbergs Novelle (1832) in der deutschen Literatur auftritt; in ihr mischen sich Verzweiflung, Müdigkeit, Blasiertheit und, nach dem Vorbild Byrons, Skepsis und Negation, Schmerz und Haß auf das Leben der Epoche. Die Zerrissenheit als Gemütsverfassung begegnet bei Heine, bei Friedrich von Sallet und in Gottfried Kellers 1844 entstandenem «Lied der Zerrissenen», worin er diese pseudonyme Bewegung, die so alt sei wie das Dichterherz selbst, ironisiert [134].

Kellers Äußerungen über die Literaten Deutschlands fügen sich natürlich nicht zwanglos in das Muster ein, das die Forschung in der Massen- und Feuilletonliteratur erkennen kann (der Literat als politischer und sozialer Kämpfer u. ä.). Seine Kritik entsteht im Augenblick selbst: Das Urteil über den Literatenkreis des «Tunnels über der Spree» (Berliner Sonntagsverein) etwa stellt eine solche Momentaufnahme dar. Entsprechend sind Urteile über Literaten Wandlungen unterworfen.

Der Kritik liegt das Bewußtsein des eigenen Ranges als Dichter zugrunde. So läßt er den Verleger Vieweg wissen, daß er seinen «persönlichen Verbindungen» und seinem «Bestreben» nach «zur besseren literarischen Gesellschaft» gehöre: An den «Grünen Heinrich» dürfe nicht «der gewöhnliche Maßstab literarischen Verkehrs» gelegt werden. Dies und die mit den Jahren wachsende Unzufriedenheit in Berlin, wo er sich «schlecht» und nicht an seinem Platz fühlt, ruft das strenge Urteil auch später noch über die einzelnen Schriftsteller hervor [135].

Unter den Berliner Literaten scheinen ihm zunächst Christian Friedrich Scherenberg und seine Schlachtepen («Waterloo» 1849, «Ligny» 1850, «Leuthen» 1852, «Abukir» 1856) Achtung abzunötigen. Im August 1851 schreibt Keller an Hettner: «Die Hauptbekanntschaft ist ... der Dichter Scherenberg ... Er ist ein ganzer und voller Dichter, fast fünfzig Jahre alt, aber von jungem Herzen. Er hat sich nach vielen Schicksalen erst jetzt Bahn gebrochen. ... Ich bin überzeugt, daß dieser Mann einer der größten Poeten der nächsten zwanzig und letzten zwanzig Jahre ist. Er hat viel dramatische Einsicht und Erfahrung, und wahrscheinlich werden wir einige Zeit zusammen halten und arbeiten, wobei es noch zustatten kommt, daß ihm hier die Türen offen stehen. So geht es in der Welt! Doch bitte ich Sie, diese Projekte noch geheim zu halten, vorzüglich weil ich nicht immer über ungelegte Eier gackern mag, ehe die alten einmal in der Welt sind [136].»

In den folgenden Jahren wird dieses Urteil abgeschwächt; als Keller nach einem langen Krankenlager Scherenbergs den Poeten wiedersieht, berichtet er Palleske: «Da er aber, obgleich er sich kaum rühren konnte, sich gleich wieder in seiner ausgehöhlten unwahren Manier lustig erging und mit kokettem Rousseauspielen und erlogenem Wohlwollen um sich warf, wurde ich wieder für eine Zeitlang abgeschreckt. Er wird mir immer eine angenehme Erscheinung sein, wenn ich näher nichts mit ihm zu tun habe. Zum täglichen Umgang ist er ungenießbar; er weiß dies recht gut und daß er niemand brauchen kann, der auch ein bißchen zu sehen und zu hören versteht ... Inzwischen macht er sehr hübsche Sachen, und ich glaube, das Mißlingen seines ‹Leuthen›, das sich jetzt doch ziemlich herausgestellt hat, dürfte dem alten Hahn innerlich doch einen tüchtigen wohltätigen Ruck gegeben haben.» Freiligrath gegenüber urteilt er ein Jahr später: «Auch Scherenberg, mit dem ich eine Zeitlang verkehrt, ist ein Genie, aber ein alter unwissender Hanswurst, der den Mangel an Selbstbeaufsichtigungs- und Bildungsfähigkeit durch allerhand Scharlatanerie zu verdecken sucht. Selbst Prutz, der neulich eine Charakteristik von ihm gab, hat auf diesen Köder vollständig angebissen.» Daß Scherenberg doch in einem gewissen Ansehen bleibt, bezeugt die Äußerung über den Plan der (nie erschienenen) Eismeer-Dichtung «Franklin»: «Ich bin sehr begierig auf Scherenbergs Eisgedicht, das wird jedenfalls, wenn alle Stränge reißen, sich gut für die Fleischer zum Einwickeln der Würste eignen bei die Hitze, oder der Verleger kann seinen Braten auf die Makulatur legen. Doch ungezogenen Scherz beiseite, ich erwarte mir viel davon und freue mich recht darauf, falle es aus, wie es wolle [137].»

Es ist ein Nachklang jener ersten, später sicher auch durch die enttäuschte Hoffnung auf eine ertragreiche Zusammenarbeit getrübten Begeisterung für den Schlachtepiker, wenn Keller Scherenbergs Gedicht «Der Mensch» neu in den «Bildungsfreund» aufnimmt.

Die schriftstellerischen Versuche des Leutnants Saint-Paul, eines anderen Mitglieds des «Tunnels», die Keller offenbar vom Verleger Duncker zur Prüfung vorgelegt werden, kommentiert er kurz und bündig: «Mit den Saint-Paulschen Sachen ist nach meiner Ansicht nichts anzufangen, ich wenigstens kann nicht klug daraus werden [138].»

Das Rohmaterial zu einer Charakterstudie scheint bereitzuliegen in Gottfried Kellers kritischen Bemerkungen über Bogumil Goltz, dessen Erscheinung er 1855 Hettner beschreibt: «Es ist ein alter Herr von 54 Jahren, und, persönlich angesehen, ist sein Mystizismus zu begreifen und zu verzeihen, da er ein leidenschaftliches Original ist, der es im Grunde ganz menschlich und feinsinnig meint. Es geht ihm schlimm, indem die Konservativen sagen, er sei kein Christ, die Demokraten, er sei reaktionär. Er ist so ehrlich, daß er den Pfaffen, die ihm Glaubensbekenntnisse abzwingen wollen, heraussagt, er glaube nicht an ihren Gott usf. Jedenfalls etwas

durcheinander, wie mir scheint. Indessen ist es schändlich, daß die Kritik
ihn so oberflächlich behandelt; es ist, als ob alles, was man heutzutage mit
guten Gründen und mit Fleiß schreibt, nur so Kohl wäre, von dem man
selbst nicht wisse, wie man dazu komme; die Herren urteilen immer nach
sich selbst. Goltz hat auch immer Quengeleien mit der Unterbringung seiner Bücher ...» Keller bittet Hettner, sich bei Vieweg für Goltz einzu-
setzen. Zwanzig Jahre später ist seine Meinung von Goltz eine ganz andere.
Als ihm Ferdinand Kürnberger die «Literarischen Herzenssachen» (Wien
1877) schickt, wo Goltz «der verkörperte Fichtesche Idealismus» genannt
wird und wo es heißt: «Ich bin ich! Er ist sich selbst eine Welt», antwortet Keller: «In Ihren interessanten Mitteilungen über Bogumil Goltz treffen
wir merkwürdiger Weise nah zusammen. Ich habe den Mann seinerzeit in
Berlin gesehen und alle Gelassenheit aufwenden müssen, um seine Art hinzunehmen.»

Hauptsächlich jedoch ist Kellers Kritik bedeutungsvoll wegen der Ähnlichkeit der dichterischen Produktion. Zwischen 1847 und 1851 veröffentlicht Goltz mehrere autobiographische Bücher («Buch der Kindheit» 1847;
«Das Menschendasein», 2 Bände, 1850; «Ein Jugendleben», 3 Bände, 1851);
über das letzte urteilt Hermann Hettner in einem Brief an Keller: «Haben
Sie denn das Jugendidyll von Bogumil Goltz gelesen? Ich lese es jetzt mit
großem Entzücken. Eine ungehobelte, aber durch und durch ursprüngliche
Kraft. Ich bin in der Tat auf die fernere Entwicklung dieses Talents sehr
gespannt. Wahrscheinlich verkommt er in allerhand Schnurren und Sonder-
barkeiten; aber er hat das Zeug zu Großem und Echtem in sich.» Keller
kennt damals die Erinnerungen Goltz' noch nicht, hat aber schon im November 1852 Vieweg geschrieben, es sei nicht ratsam, mit der Herausgabe des
«Grünen Heinrich» zuzuwarten: «Es sind, seit ich das Buch schrieb, schon
mehrere Arbeiten ähnlicher Art, die Jugendgeschichten von Gutzkow, Goltz,
König etc. erschienen, so daß so schon durch eine Vorrede des 1. Bandes
die Nachricht notwendig wird, daß meine Arbeit teilweise schon seit Jahren
gedruckt ist, wenn ich nicht gewärtigen will, daß man sie als eine Nachahmung bezeichne.» Den Vergleich mit solchen Jugenderinnerungen könne
der «Grüne Heinrich» aushalten, schreibt er auch Hettner: «In meinem
Roman kann ich mich rühmen, daß ich die Menge von Knabengeschichten,
die in letzter Zeit erschienen und also *an der Zeit* zu liegen scheinen,
antizipiert und, ohne etwas Besonderliches zu wollen, weit wesentlicher
und objektiver aufgefaßt habe als alle die berühmten Herren, so wie der
ganze Roman zwar alter Textur aber neuen Stoffes sein dürfte.» Nach der
Lektüre von «Jugendleben» faßt er dann seinen Eindruck zusammen, wobei ihm Goltz' Buch als Beispiel für die Fragwürdigkeit gewisser Tendenzen der zeitgenössischen Literatur überhaupt dient: «Das Jugendidyll von
Goltz habe ich gelesen und bewundere ... das famose Talent und das Auge
dieses Menschen, bin aber ärgerlich über den unverschämten supranatura-

listischen Höllenzwang, den er mit verwerflichen und hohlen Stilmitteln ausüben will. Auch ist der gute alte Jüngling so verhetzt und verheddert in künstlichen, vergeistelten und forciert-blasierten Redensarten, daß dazwischen seine wahren und schönen Stellen wie Lügen stehen. Es ist die alte Geschichte: wer die Worte Natur, Biederkeit, Gefühl, Herz etc. immer im Munde führt, ist eine fortwährende Desavouierung seiner selbst und gewöhnlich ein verzwickter Geselle oder ein Nachtwächter. Neu ist diese ost- und westpreußische, pommersche und märkische Biederkeits- und Naturkultur, die patriotische Gefühlseisenfresserei, wie sie sich in Scherenberg, Niendorf, zum Teil im alten Häring Alexis und in Bogumil Goltz auftut. Goltz ist wie von Scherenberg heruntergeschnitten, nur daß er ein anderes Genre bebaut. Alle diese Nordlands- und Preußenrecken gebärden sich, als ob noch kein Mensch außer ihnen etwas gefühlt, geglaubt und gesungen hätte; es ist doch eine schöne Sache um die unverwüstliche Menschennatur und um den Sonnenschein. Dieser hat ganz positiv in diesen blassen preußischen Landstrichen einigemal ein bißchen stärker auf die Birken und auf die Sandraine geschienen, und sogleich entstehen einige gute Dichter, welche ihren Boden besingen, als wäre er erst heute entdeckt worden; es sind nun 50 Jahre, seit zur Zeit der ‹Musen und Grazien in der Mark› diese Zauberlande auch einmal entdeckt waren [139].»

Bei vielen Literaten ist es die gewaltsame Originalität, die Keller stört; am Schriftsteller und Arzt Max Ring aus Schlesien, einem Landsmann Hettners, mißfällt ihm – zumindest in Berlin – eine gewisse Seichtheit. Er ist zwar «ein rühriger und talentvoller Bursche, welcher noch vieles machen wird; es geht aber nichts in die Tiefe». Über Rings Lustspiel «Unsere Freunde» schreibt er Hettner: «Es gefiel sehr gut bei wiederholten Aufführungen, erweist sich aber bei der Lektüre als etwas trivial, nach meiner Ansicht. Ring hat überhaupt sehr mit der *Gewöhnlichkeit* zu kämpfen, neben großer Produktionsgewandtheit [140].» Ring und den andern fehlt es am «unbestochenen und gesunden Urteil». In einem Brief an Palleske faßt Keller zusammen: Ring ist «ein ganz triviales Luder; er hat ein romantisches Schauspiel gemacht: ‹Die Zeit ist hin, da Berta spann›, wahre Stammbuchpoesie; damit will er eine romantische ‹Reaktion› auf der Bühne bewirken, die ‹höchst not tue›. Daneben empfiehlt er sich täglich in den Blättern als Arzt für Syphilis. Mich hält er für einen komischen Esel.» In Zürich verändert sich das Bild wenigstens der Person Rings zu freundlicher Erinnerung; im April 1856 und im Februar 1857 bittet er Ludmilla Assing, Ring zu grüßen, und im April 1858 heißt es in einem Schreiben an sie: «In einem ‹Oestreichischen Morgenblatt› sah ich eine ganz schlechte Fabriknovelle von Max Ring, sein Witzblatt habe ich noch nie gesehen; aber ich fürchte, seine beste Zeit ist vorbei. Ich lasse ihn bestens grüßen, er war freundlich und gut gegen mich [141].»

Eine faszinierende Prophetengestalt des 19. Jahrhunderts erscheint am Rande in Kellers Korrespondenz: der Titanide Friedrich Rohmer, der nach

1841 eine Zeitlang in Zürich lebt, wo er sich als Politiker betätigt und seine Weltanschauung verkündigt [142]. Diesen merkwürdigen «esprit fort» schildert Adolf Widmanns Roman «Der Tannhäuser» (Berlin 1850), und Keller scheint an Rohmers politische Bemühungen, die Gründung der konservativ-liberalen Partei und an den «Beobachter aus der östlichen Schweiz», von Rohmer und dem konservativen Regierungsrat und Staatsrechtslehrer Johann Kaspar Bluntschli herausgegeben, zu denken, wenn er im August 1851 Hettner fragt: «Kennen Sie einen Dr. Widmann in Jena, der einen Roman ‹Tannhäuser› geschrieben hat? Es wird unter meinen Bekannten viel von ihm gesprochen, und er intressiert mich gewisser Antezedenzien wegen. Was tut er dort und für was gilt er?» Er sei «unleugbar gescheut», erwidert Hettner, aber zufolge seiner «Zürcher und Berliner Antezedentien» wenig angesehen. Er verweist Keller auf Widmanns Buch «Gesetze der sozialen Bewegung» (Jena 1851), vor allem auf die «Rechtfertigung» darin, «die merkwürdig ist und gelesen zu werden verdient». In diesem Zwischenabschnitt – «Zur Selbstverteidigung» betitelt – erzählt Widmann von seiner Begegnung mit Rohmer; es ist wahrscheinlich, daß er den «Tannhäuser» geschrieben hat, um den Vorwurf abzuwehren, noch immer «Rohmerianer» zu sein. Für Keller ist Widmann selbst «ein ganz miserabler Schwätzer»; bei einem Besuch in Berlin 1853 schimpft er in Gegenwart Kellers auf Hermann Hettner «sowie über andere Ehrenleute, ganz blödsinnig und taktlos», so daß Keller es für nötig hält, Hettner zu warnen: «Fangen Sie gerade keine Händel mit ihm an, aber nehmen Sie sich in acht vor ihm.» In seiner Kritik an Adolf Widmanns schriftstellerischer Arbeitsweise nimmt Keller die satirische Schilderung von Viggi Störtelers Technik der Naturbeobachtung und -beschreibung vorweg: «Seine Erzählungen ‹Am warmen Ofen› sind ein interessantes Beispiel, wie man heutzutage ohne Beruf scheinbar gute und doch schlechte Bücher macht. *Absichtlich* gemachte Studien in Wald und Feld, Reminiszenzen, gute Notizen, den Bauern und Jägern abgefragt und aufgeschrieben, zierliche Sächelchen appetitlich zusammengeschmiedet und mit reinlichem Stil vergoldet, aber inwendig nicht eine Spur von Notwendigkeit, von durchgehender Tiefe, und nichts fertig; man muß gestehen, die Leutchen geben sich heutzutage doch einige Mühe. Wenn Stahr nicht ganz versimpelt wäre, so würde er etwas von den Kniffen gemerkt und das Ding nicht als ‹klassisch› austrompetet haben.» Kellers Endurteil lautet lakonisch: «Herr Widmann hat hier ein Drama ‹Nausikaa› eingereicht; der probiert auch alles, ob es helfen möchte, wird aber nichts helfen [143].»

Neben Berlin ist auch damals schon München die Stadt der Schriftsteller und Künstler, die zum Teil vom König berufen und gefördert werden. 1854 gründet Paul Heyse den Dichterklub «Das Krokodil»; Geibel und Leuthold, Lingg, «Feggel» Dahn und Franz Dingelstedt gehören dieser «Münchner Kleindichterbewahranstalt» an, deren künstlerisches Wollen die zwei Münchner Dichterbücher (1862 von Geibel, 1882 von Heyse herausgegeben) «durch die Auswahl der darin veröffentlichten Dichtungen» veranschaulichen, allerdings ohne daß die Herausgeber beabsichtigen, «eine Richtung zu vertreten oder gar eine Kampfstellung einzunehmen». Als Gottfried Keller anfangs der sechziger Jahre zur Mitarbeit an den damals geplanten «Kritischen Jahrbüchern der Wissenschaft und Kunst» aufgefordert wird und «einen Aufsatz über den gegenwärtigen Zustand und die Zukunft der deutschen Lyrik (mit Zugrundeziehung des nationalen Festlebens)» schreiben möchte, macht ihn Hettner auf Geibels Dichterbuch als geeignete Grundlage für eine solche ästhetische Studie aufmerksam [144].

Hätten sich das Jahrbuch-Projekt und der Aufsatz verwirklicht, so wäre darin vielleicht etwas von jener «einsichtsvollen literarischen Kritik» geleistet worden, die Heyse in München vermißt; in den «Jugenderinnerungen» schreibt er: «Der Journalismus stand ... auf keiner höheren Stufe als heutzutage in den Lokalblättern kleiner Provinzstädte, und auch das ‹Blatt für Diplomaten und Staatsmänner›, die ‹Augsburger Allgemeine Zeitung›, befaßte sich nur gelegentlich in der Beilage mit neueren belletristischen Erscheinungen.» Dieser Zerfall der feuilletonistischen und kritischen Presse, das «angehende Alexandrinertum», die «überwuchernde Unberufenheit» ist überall in Deutschland zu beobachten. Bekannte Schriftsteller lassen sich zur «Namensausmietung» herab und erscheinen im Impressum von Zeitschriften, ohne ihnen ihre Erfahrung und Arbeitskraft wirklich zur Verfügung zu stellen: «Es erinnert an die Gründerunternehmungen, wo Staatstitulare und Generale als Verwaltungsräte und Ehrenpräsidenten figurieren», schreibt er an Theodor Storm. 1876 äußert er nach einem Besuch in München: «Mir kommt zuweilen vor, daß wir der Reihe nach alle Nüancen des literarischen Hurübels durchmachen werden; Sie sehen an diesem Ausdruck meine Belesenheit in germanistischen Zeitschriften! [145]»

Über die Münchner Dichter, die «Literaturmacherei» Dingelstedts und «Konsorten» – Heyse bleibt ausgenommen – notiert Keller: «Solche Misere war doch noch nie in Deutschland, wo solche Kerle sich dadurch interessant zu machen suchen, daß sie, anstatt etwas Rundes zu produzieren, immer über Personalien schmieren und behaupten, sie selbst und noch mancher andere seien auch wahnsinnig, nicht nur der Lenau, und es sei dies das tragische Geschick der heutigen Poeten. Es will nun jeder ein Stück tragischen Wahnsinn oder Heinische Lähmung in sich tragen!» Als er dreißig Jahre später Julius Rodenbergs Erinnerungen an Dingelstedt liest, lautet das Urteil ausgewogener: «Meine Sympathie für Dingelstedt ist nach der Seite seiner unbegreiflich naiven Anschauung von dem, was Glück und Ehre sei, allerdings nicht groß. Allein er war sozusagen doch auch ein Mensch und hat namentlich seine eiteln Rang- und Lebensgenüsse mit solider künstlerischer Berufsarbeit ausdauernd und voll bezahlt und war kein Parasit, was nicht alle von sich sagen konnten, die ihn schmähten.»

Zum Münchner Kreis gehört auch Hans Hopfen, den der Kritiker Emil Kuh unter «die kleinen gespreizten Bursche» rechnet. Seine Schrift über Karl Stauffer «Mein erstes Abenteuer» (Stuttgart 1886) kommentiert Keller in einem Brief an Lydia Welti-Escher, die sich mit dem Maler wenig später leidenschaftlich-tragisch verbinden wird: «Zugleich stelle ich Ihnen ... den Hopfen zurück, dem es allerdings ganz am Malz fehlt. Ich werde gar nicht klug aus dem boshaften Elaborat, in welchem der ‹Schweizerkarl› als ein widerwärtiger Kobold dargestellt wird, und zwar in einem Alter, in welchem der Autor ihn ja noch gar nicht gekannt hat. Es wird sich wohl um eine grobschlächtige Rache handeln, weil Stauffer den Hopfen nicht so schön hat malen wollen, wie dieser begehrte.» Im Brief vom 22. Juli 1883 aus Berlin berichtet Stauffer Adolf Frey, er habe das Porträt von Hopfen angefangen, obschon ihm der Schriftsteller wegen «seiner maßlosen Frechheit und Einbildung» zuwider war, es abgebrochen, weil Hopfen sich «unfein» benahm: «... keine Macht der Welt wird mich je bewegen können, das Bildnis ... zu vollenden. Er berstet schier, weil er auf der Münchner Ausstellung paradieren wollte. Bildnis des Schriftstellers Hans Hopfen, von Stauffer von Bern, klingt gut, was? Da sind unsere Dichter, das Zürcher Dioskurenpaar doch andere Knöpfe, als diese Würmer, die wegen einem Reim der mangelt, der ganzen Hälfte eines Gedichts andern Sinn geben.»

Über die Schriftsteller Münchens, die sich inzwischen freilich den ganz andern Themen des Naturalismus zugewandt haben, besonders über die «Gesellschaft» Conrads und Bleibtreus, ärgert sich Keller noch im hohen Alter; auf einer Fahrt nach Baden im September 1889 spricht er wenig «erbaut ... über die jüngste literarische Richtung Deutschlands, dessen Münchner Hegemonen ihn herausfordernd angefahren hatten und mit denen er noch ein Hühnchen zu rupfen gedachte. Als ihn jedoch in Baden der zur Kur anwesende Böcklin und andere Freunde in Empfang nahmen und sich mit ihm zu Tisch setzten, vergaß er dieses streitbare Vorhaben in Bälde [146].»

Kellers Kritik an solcher, wie Jean Paul einmal sagt, «Herings-Literatur» richtet sich immer auch gegen das Schreiben nur um des Gewinnes willen. Er selbst lehnt es ab, Beiträge an Zeitschriften zu liefern (höchstens den Vorabdruck für eine größere Sammlung bestimmter Novellen läßt er zu), obschon man ihm «jedes Honorar» anbietet. Vom Juli 1857 datiert die Äußerung, er könnte «Geld verdienen wie Heu», wenn er «die Fabrik recht im Gange hätte». Aber er glaubt, wie er dem Verleger Duncker schreibt, «daß es sich solider und nachhaltiger ausnimmt, wenn man nicht alle Tage mit Beiträgen in allen Zeitschriften figuriert und auf den Lesetischen herumflattert à la Hackländer» und auf «der Heerstraße der Tagesgrößen» mitmarschiert.

Diese Überzeugung Kellers beleuchtet ein Brief an C. F. Meyer über die Gründung eines schweizerischen Zweigwerks zur Deutschen Schillerstiftung. Er lehnt es ab, weil dann «der fruchtbare Boden für eine Zunftbettelei, zu welcher die deutsche Schillerstiftung auszuarten droht, auch bei uns bereits vorhanden wäre, trotz Republik. Vor zwei Jahren schon wurde ich von einem thurgauischen ‹Literaten› um ‹Anleitung› angegangen, wie er es anzufangen habe, um vom König von Bayern eine Antwort zu bekommen, welchem er ein Manuskript mit einem Unterstützungsgesuch übersandt habe! Als ob die verlangte Kenntnis bei mir selbstverständlich vorauszusetzen sei. Das sind so Auffassungen schweizerischer junger Literaten.» Ein Urteil über den Produktionseifer und den Gewinnhunger der jungen Schriftstellergeneration stammt noch aus Berlin; 1853 heißt es in einem Brief: «Übrigens habe ich in Berlin, wo Dichter und Schriftsteller scharenweise herumlaufen, gesehen, daß das wirklich Dauerbare noch bei jedem Zeit und Erfahrung aller Art brauchte und daß die produktiven Grünschnäbel meistens ausbleichen, eh' sie fünfzig Jahre alt werden. Verstand und Tiefe der Anschauung kommt doch erst mit dem reiferen Mannesalter, wenigstens in der Poesie. Ein anderes ist es mit dem praktischen und handelnden Leben [147].»

Neben dem ungehemmten Drang der Literaten, sich zu produzieren und «dem Teufel ein Ohr wegzuschreiben», ist es der Mangel an Verantwortungsgefühl, der Keller erzürnt. Zu Auerbach bemerkt er: «Es gibt ja fast nichts mehr zu lesen von Hauptsachen Jahr aus und ein, und wenn was kommt, wie z. B. von Gutzkow, so ärgert man sich nur über die Roheit und den bösen Willen»; was dem Leser vorgelegt wird, ist «saloppe Schmiererei allerwärts», und es besteht die Gefahr, daß das Publikum an einer «gebildeten Dichtkunst» überhaupt keinen Gefallen mehr findet «gegenüber dem poetischen Fuchsentum, das sich jetzt so breit macht [148].»

Wie an Dingelstedts Spielerei mit eingebildetem Wahnsinn und an seine Lenau-Nachäffung knüpft Keller auch an Alfred Meissners Heine-Buch und -Aufsätze eine Studie über die Unzulänglichkeit des zeitgenössischen Literatentums: «Auch Alfred Meissner ist ein solcher affektierter Nichtssager geworden, wenigstens in seinem eitlen und einfältigen Bericht über Heines Krankenlager. Was soll denn das heißen, wenn er sagt, Heine sei religiös auf seine Weise gegenüber einer offenkundigen Atheistenclique, und dann einige konfuse Seitenhiebe austeilt. Das will nichts anderes sagen, als daß man auf der *einen* Seite einen pikanten Byronschen Atheismus, ganz belletristischer Natur, für sich allein als *haut-goût* in Pacht nehmen und doch auf der anderen Seite einen ebenso pikanten Anstrich von sonderbarer Pietät und Sentimentalität, wohinter nichts steckt, bewahren will. Man will eben *à tout prix* intressant sein. Ich meine hier natürlich nicht Heine selbst, welcher diese Widersprüche mit wahrem Wesen darstellt, sondern den Meissner, welcher nicht zu wissen scheint, was er anfangen soll, um von sich reden zu machen. So lese ich von einem neuen Buch von ihm, ‹Aus der halben Heimat›. Was ist denn das für ein verrückter Titel! Er will nun nicht nur ein intressanter Böhme und Hussit, sondern auch ein merkwürdiger Walter

Scottscher Schotte sein, und ich rate ihm, auch seine Tracht demgemäß zu mischen und oben eine böhmische Bergmannsjacke nebst Hinterleder, unten aber nackte Beine zu tragen. Ich muß gestehen, froh zu sein, daß ich mich durch meine Langsamkeit und Faulheit über diese krankhafte und impotente Periode hinausgerettet habe und zur Vernunft gekommen bin, ohne dergleichen Eseleien zu machen, wozu ich auch große Anlagen hatte [149]» (vgl. S. 554).

Wie solche bizarren Maskeraden ein Ersatz für fehlende dichterische Begabung sind, so auch das unruhige Reiseleben der Literaten; Keller spricht gelegentlich böse über die Reiseschriftstellerei, vor allem im Aufsatz «Am Mythenstein», wo er das Gegenbeispiel Schillers erwähnt, der selten über die Grenzen seines Ländchens hinausgekommen sei und «dennoch Welt und Leben mit einer so sichern Ahnung, mit einem Hellsehen» erfaßt habe, «wovon der, so die Nase unmittelbar in alles stecken muß, seinerseits keine Ahnung hat. Unsere heutigen Dichter verreisen jeden Taler, den sie aufbringen können. Das ist ein ewiges Hin- und Herrutschen, man muß sich ordentlich schämen zu sagen: Ich bin noch nie da und bin noch nie dort gewesen, ich bin diesen Sommer nie von Hause weggekommen! Durch ein abgetriebenes Touristenleben suchen sie sich die höchste Weihe, den letzten Schliff zu geben. Mit den Kellnern aller Nationen wissen sie geläufig zu schwatzen, und schon sind sie praktischer und erfahrener in allen Reisekünsten als die verpichtesten Weinreisenden. Und was ist die Frucht von all der rastlosen Bewegung? Hier ein Reisebildchen, dort ein Genrebildchen und zuletzt ein schwindsüchtiges Drama, dessen taciteische Kürze lediglich der Deckmantel ist für die verlorene Intuition, für das verzettelte Anschauungsvermögen. Die unmittelbare Beschreibung, sobald sie sich für Dichtung geben will, bleibt immer hinter der Wirklichkeit zurück; aber die dichterische Anschauung, die sich gläubig und sehnsuchtsvoll auf das Hörensagen beruft, wird sie gewissermaßen überbieten und zum Ideal erheben, ohne gegen die Natur zu verstoßen.»

Auf Schillers «Tell» und die Schilderung des polnischen Reichstags oder «den Anblick des russischen Landes im Frühling» («Demetrius») verweisend, fährt Keller fort: «Der hatte nicht nötig, nach Rußland zu gehen, um dort ‹Studien› zu machen. Nein! mögen sich unsere Dichter rüstig unter ihrem Volke herumtummeln, sogar mehr, als sie es vor sechzig Jahren taten. Wer es haben kann, der gehe auch sein Jahr nach Italien, wer's aber nicht haben kann, der halte sich darum nicht für einen unglückseligen Tropf, sondern mache sich Haus und Garten zu seinem Morgen- und Abendland. Fort mit dem abgegriffenen Allerwelts-Bädeker, zwischen dessen Blättern die poetischen Entwürfe liegen wie quittierte Gasthofrechnungen!»

Die Heftigkeit dieser Stelle ist vielleicht Kellers eigener Reiseunlust zuzuschreiben, die ihm eine «Literatur der Bewegung» als von zweifelhaftem Wert erscheinen läßt. Dagegen ist das Reisen z. B. für Jacob Burckhardt

eine geistige Notwendigkeit, oftmals eine Erlösung aus einer Krisis und aus
der Basler Atmosphäre. Dasselbe gilt für C. F. Meyer und Paul Heyse,
über dessen Novelle «Siechentrost» Keller an Theodor Storm schreibt: «Bedenklich ist mir ..., daß er eine extra Reise zur Besichtigung der Stadt
Limburg unternommen hat, obgleich die Lokalfarbe sehr gut wirkt. Aber
wohin soll eine solche Praxis führen? Wenn sie auch zeitweise verjüngt,
so fürchte ich, daß es sich schließlich damit verhalten könnte wie mit allen
andern Verjüngungsmitteln. Das ist freilich eine allgemeine Bemerkung,
die ich um keinen Preis Freund Paul persönlich sagen möchte; denn er versteht im Punkte seines Fleißes keinen Spaß [150].»

Als Notbehelf für mangelndes Anschauungsvermögen, fehlende Intuition,
als Ausdruck des Wunsches, «à tout prix interessant zu sein», ist dieses
Reisefieber eine harmlose Erscheinungsform des Bedürfnisses nach Stimulan-
tien, auf welche die Dichter nie verzichtet haben und durch die sie ihr
Schaffen zu fördern suchten. Es kann sich dabei um äußerliche Anregungen
handeln – oder um jene zwanghafte Introspektion, den Glauben an die
gegenseitige Bedingtheit von Genie und Wahnsinn, zumindest «Zerrissenheit», die Keller an Dingelstedt und Meissner gewahrt und von der die Eduard
Mörike an Fr. Th. Vischer schreibt: «Übrigens sage ich bei dieser Gelegenheit,
daß ich der Kränklichkeit und Schmerzensprahlerei unserer jetzigen Poesie
gegenüber mich ... herzlich nach einem gesunden idealen Stoff sehne, der
sich eine antike Form assimilierte. Nur dies bewahrt entschieden vor jenem
modernen Unwesen, von dem man doch wider Willen mehr oder weniger
auch mit sich schleppt.» Vischer läßt Mörikes «Abneigung gegen moderne
Zerrissenheit in der Poesie ... nur mit Einschränkungen gelten», weil «dieses
Element» ein Zeitphänomen sei. Aber auch für ihn bleibt es ein Problem,
«in welcher Einschränkung die poetische Darstellung solchen Zerwürfnisses
schön sein kann. Und dies kann ich», erwidert er Mörike, «am besten an
Sternbergs Novelle anknüpfen. Die moderne Zerrissenheit ist allerdings das
Grundthema dieser Erzählung; aber in dem Sinne, daß es im *Schlusse* als
ein aufgehobenes und zurückgelegtes Element erscheint, indem die Krankheit mit all ihrem Wahnsinn ... zum *Verderben* führt, und das Resultat ist:
diese Krankheit ist ein *Verbrechen* der Zeit, das sie mit allen ihren tödlichen
Folgen durchbaden soll, um dann gesund werden zu können. Meine Meinung ist daher: poetisch ist auch dieser Stoff, sobald er im Gedichte ebensosehr als ein *überwundener* wie als ein *vorhandener* Krankheitsstoff auftritt und der Dichter *darüber* schwebt. Verbeißt er sich selbst mit der
bekannten Eitelkeit darin, dann freilich müssen wir sagen: so hättest du,
statt ein Gedicht zu machen, dich konsequenterweise hängen müssen [151].»

Daß diese Entscheidung, die Vischer dem «zerrissenen» Literaten nahe-
legt, durchaus im Geist der Zeit liegt, beweist die Gattin des Schriftstellers
Heinrich Stieglitz, die sich – ein Jahr nach dem Gedankenaustausch zwischen
Mörike und Vischer – in Berlin das Leben nimmt, um «ihren schriftstel-

lernden Ehemann durch Schmerz zum großen Dichter zu machen»; «gar nicht Literatin, sondern nur Weib», erwirbt sie sich durch ihre Tat einen Ehrenplatz «in der Geistesgeschichte der Zeit, in höherem Maße als jener, für den sie ihr Leben opferte» (Ernst Alker).

Stieglitz, über den Gottfried Keller einmal schreibt: «Er ist eben kein Shakespeare, aber ein seelenguter Mensch» und dessen Gedicht «An die Eidgenossen» (entstanden anläßlich von Stieglitz' Besuch 1845 bei Freiligrath in Rapperswil) er aufbewahrt, wird durch den Selbstmord seiner Frau zwar nicht zum Dichter geläutert; aber andere, Rauch und Alexander von Humboldt, sind tief beeindruckt, der klassische Philologe Boeckh dichtet griechische Hexameter auf die «neue Alkestis» und Theodor Mundt schreibt zwei Erinnerungsbücher über sie: «Madonna. Unterhaltungen mit einer Heiligen» (1834) und: «Charlotte Stieglitz. Ein Denkmal» (1835).

Ob die Gründe für den Selbstmord wirklich als einfache Alternative, wie Vischer sie meint, zu verstehen sind oder weit tiefer in der Psyche liegen, wäre allerdings zu prüfen; zu erhellen ist er in seinen Voraussetzungen vielleicht auch durch das boshafte Wort des Literarhistorikers Georg Brandes, der ihn als unglückselige Folge schriftstellerischer Eitelkeit auffaßt: «Zu keiner Zeit haben es die Dichter unterlassen, die Frauen davon zu überzeugen, daß der Poet einer höheren Gattung Lebewesen angehört [152].»

Eine Deutung all dieser mit fast peinlicher Aufdringlichkeit hervortretenden Ausartungen und künstlerischen Schwächen der Literaten gibt Gottfried Keller im «Grünen Heinrich». Im ersten Band beschreibt er Heinrichs Lektüre der Gessner-Biographie von Johann Jakob Hottinger, in der «viel von Genie und eigener Bahn und solchen Dingen die Rede [ist], von Leichtsinn, Drangsal und endlicher Verklärung, Ruhm und Glück»; Hottingers Buch wirbt ihn «für die Bande» an. Heinrich erlebt also «diesen folgenreichen und gefährlichen Augenblick», der trotz sorgfältiger Erziehung über die meisten «empfänglichen jungen Häupter» kommt und in ihnen den Wunsch weckt, ein Genie zu werden. «Wohl nur Wenigen ist es vergönnt», fährt Keller an dieser Stelle fort, «daß sie erst das leidige Wort Genie kennen lernen, nachdem sie unbefangen und arglos bereits ein gesundes Stück Leben, Lernen, Schaffen und Gelingen hinter sich haben.» Hier scheint Keller «gesunde» Arbeit dem krankhaften befangenen Drängen nach genialem Tun gegenüberzustellen; der Blick auf die wenigen, die unter solchen Bedingungen echte Genies wären, läßt ihn jedoch das Trennende anderswo suchen: «Ja, es ist überhaupt die Frage, ob nicht zu dem bescheidensten Gelingen eine dichte Unterlage von bewußten Vorsätzen und allem Apparate genialer Grübelei gehöre, und der Unterschied möchte oft nur darin bestehen, daß das wirkliche Genie diesen Apparat nicht sehen läßt, sondern vorweg verbrennt, während das bloß vermeintliche ihn mit großem Aufwande hervorkehrt und um seine mageren Gestaltungen wirft, wie einen Theatermantel.»

Dieser Abschnitt, der fast unverändert in die zweite Fassung des Romans aufgenommen wird, für Keller also nichts von seiner Richtigkeit verloren hat, erklärt den Unterschied zwischen dem Dichter und dem Literaten, bei dem der Kult der eigenen Persönlichkeit und die Spekulationen mit der Kunst dahin führen, daß nicht ein ganzes Werk entsteht, sondern der «Apparat», die Qualen und Kämpfe dem Publikum vorgeführt werden [153].

Das gehäufte Auftreten von Literaten hängt für Keller nun nicht nur mit der Anziehungskraft der Großstadt zusammen. Er glaubt auch an die Abhängigkeit dieser Erscheinung von einem geschichtlichen Rhythmus. 1870 schreibt er Ludmilla Assing: «Verfolgen Sie auch noch ein bißchen die deutsche Literatur? Es ist alles aus Rand und Band, und hundert Talente und Talentchen treiben sich auf offener See herum; aber ich glaube, es wird sich etwa in den nächsten zwanzig Jahren wieder etwas Besseres kristallisieren, da denn doch etwa hundert Jahre seit dem letzten Mal verflogen sind.» Er findet Beruhigung bei dem Gedanken, daß die Geschichte eine neue «Klassik» heraufbringen werde. Auch im zweiten Teil der autobiographischen Studie von 1876 beschreibt er das gegenwärtige Schriftsteller-Gewimmel und tröstet sich mit einem Blick auf die Vergangenheit:

«Trete ich jetzt, vielleicht mit hellerem Auge, als in meiner Jugend geschehen, neuerdings in die literarische Welt hinaus, so sieht es freilich auf den ersten Anblick bänglich aus. Der herrschende Industrialismus und die Wut der Maler und Dichter, sich im römischen Cäsarismus, in der sogenannten Dekadenz zu baden, lassen uns fast an die Verse Juvenals denken:

‹Wir nun treiben es doch und ziehn im lockeren Staube
Furchen und werfen den Strand mit fruchtlos ackerndem Pflug um.
Suchtest du auch zu fliehn, dich hält im Netze des eitlen
Übels Gewohnheit fest, unheilbar hält in den Banden
Viele der Schreibsucht Leid und verdorrt mit dem krankenden Herzen.›
Allein es ist am Ende nicht so schlimm, als es aussieht, und mehr oder weniger stets so gewesen.»

Als ihm Emil Kuh von einer unsachgemäßen Kritik Hieronymus Lorms berichtet, deren Einleitung «mit ekelhafter Rabulistik» auseinandersetzt, daß der Kritiker «‹den Mut der Freundschaft› aufbringen müsse, um einen Schriftsteller loben zu dürfen, zu dem er in inniger Beziehung stehe; ja dieser Mut sei eigentlich heilige Pflicht», antwortete Keller: «Lorms Mut der Freundschaft gegenüber Oskar Blumenthal ist die reine Widerwurst, denn dieser hat den armen kranken Mann vorher angeduselt; obgleich er, und vielleicht mit Recht, auch das große Nebelhorn des Pessimismus bläst, so weit seine Lungen reichen, ist ihm doch die ganze unchronologische lyrische Freundseligkeit und Betulichkeit, die jetzt im Reiche grassiert, Bedürfnis mitzuempfinden. Es kommen am Ende doch wieder einmal ein paar Adler, weil die Sperlinge auch gar so heftig und ängstlich zwitschern, gerade wie vor hundert Jahren [154].»

Diese Hoffnung auf eine Wandlung findet ihr Gegenstück in der Darstellung der unverbildeten, tüchtigen Menschen, die dem poetischen Treiben Viggi Störtelers in den «Mißbrauchten Liebsbriefen» zum Opfer fallen, schließlich jedoch als die «normalen» Menschen überdauern, während der Literat untergeht. Die Anwendbarkeit der Typenlehre, auf der Kellers Menschenbild in seinen Dichtungen beruht, auf die Literaturkritik legt nahe, auch in der Literaten-Satire und im Schlußwort der Novelle (erst 1873 während der Korrektur der vierbändigen Seldwyler-Sammlung beigefügt) lebendige Vorbilder zu suchen; das Verhältnis zwischen Viggi Störteler und Kätter Ambach mutet an wie eine Nachbildung der Beziehungen zwischen der Schriftstellerin Fanny Lewald und Adolf Stahr, dem Kritiker, Literarhistoriker und Dramaturgen. Stahr lernt die Verfasserin der zu ihrer Zeit berühmten Romane «Wandlungen» (1853), «Diogena» (1847), «Die Kammerjungfer» (1855), «Prinz Louis Ferdinand» (1849) und der achtbändigen Chronik «Von Geschlecht zu Geschlecht» (1864–1866) 1845 in Rom kennen und zieht mit ihr durch Europa, bis er sie 1854, nachdem seine erste Ehe geschieden ist, heiraten kann; damit erreichen die beiden, wie Keller spöttisch meint, «den Abschluß des Kunstwerkes ihres Lebens und Liebens».

Für die Vermutung, das Paar sei Störteler und seiner Kätter Modell gestanden, kann Kellers Antwort auf einen Brief Hettners über Fanny Lewalds Roman «Wandlungen» (von Hettner als «eine Pathologie der Ehe» bezeichnet) und ihre Heiratspläne herangezogen werden: «Das Lewaldsche Ehepaar hat, glaub' ich, keinen einzigen aufrichtigen Freund mehr. Überall, soviel ich höre, erregen sie Anstoß, nicht nur durch die Ostentation, mit welcher sie ihr Verhältnis produzieren, sondern auch durch die Anmaßung, mit welcher sie in literarischen Gesprächen zusammen gegen ganze Gesellschaften Front machen [155].» Diese Brüskierung der Gesellschaft durch das Verhältnis und die literarischen Manifestationen des Paars erinnern an die Figuren der Novelle; doch war Keller um Modelle für sie auch sonst nicht verlegen; zudem ist in den «Mißbrauchten Liebesbriefen» Störteler die treibende Kraft, während beim Lewald-Stahrschen Paar Fanny zumindest mehr von sich reden machte.

Ihr geht es, wie andern Schriftstellerinnen jener Jahre, auch in der Literatur um die Emanzipation der Frau; der Unterhaltungsroman, von Frauen für Frauen geschrieben, scheint damals besonders für die Verbreitung der Idee von Frauenfreiheit, Frauenrecht bemüht worden zu sein [156]. In Kellers Briefwechsel findet sich manche Äußerung über die Schriftstellerinnen seiner Zeit. Dabei kann der Blickpunkt der Kritik sehr verschieden sein. «Hans Ibeles in London» (2 Bände, Stuttgart 1860) von Johanna Kinkel, der Gattin des Dichters und späteren Kunsthistorikers in Zürich Gottfried Kinkel, lobt Keller als «ein vortrefflich geschriebenes Buch». Ida Gräfin Hahn-Hahn dagegen weckt sein Interesse nicht als Autorin, sondern wegen ihrer

Konversion zum Katholizismus, die er am Anfang des «Romanzero», sarkastischer in einem Brief an Ludmilla Assing, der auf den kurzfristigen Klosteraufenthalt der Gräfin anspielt, erwähnt: «Gestern habe ich auch zwei niedliche Pendants für meine Albums gekauft: Eine Photographie Liszts als Abbé und eine der Gräfin Hahn-Hahn als Nonne, zwei trostlos pikante Bilder! Sie kommen intim aufeinander zu liegen, wenn man das Buch zuklappt, und küssen sich dann, wie ich schon in stillen Nächten gemerkt habe [157].»

Verfasserin ausgesprochener «Damenromane» für Leihbibliotheken ist Therese von Bacheracht [158]; Eugenie Marlitt (John), deren «Goldelse» 1866 in der «Gartenlaube» erscheint und die nach der Schablone des langen Wirrens und endlichen Glücks arbeitet, beschäftigt Keller im Zusammenhang mit dem Fürsten Pückler-Muskau. In den von Ludmilla Assing herausgegebenen Bänden der «Briefwechsel und Tagebücher» (9 Bände, Hamburg, dann Berlin 1873–1876) findet er die Korrespondenz des Fürsten mit den Schriftstellerinnen Bettina Brentano, Ida Hahn-Hahn und Marlitt «famos». Die Bemühungen des Fürsten um diese Damen charakterisiert er in einem Brief an Ludmilla: «Bei der Hahn trat nun Pückler in die Geckenrolle und fuhr höchst rapid komisch bei ihr ab, aber wahrscheinlich nur, weil sie mit einem Jüngeren schon versehen war und ihn nicht brauchte. Bei der Marlitt erreicht nun der Unglückliche die Spitze, daß der Über-Achtziger eine ihm unbekannte, unschöne und kränkliche Frau überrumpeln will, bloß weil sie eine vielgelesene Romanschriftstellerin ist und ein gewisses Furore macht. Ihre Frau Tante Steinheim, die hier lebt und die ich aber nie sehe, da sie eine ermüdende Schwatzmama und Rechthaberin sein soll, hat durch einen gemeinschaftlichen Bekannten die beiden Briefbände von mir erhalten und sei entzückt von der würdigen Manier, mit welcher ihr Liebling Marlitt den Helden habe ablaufen lassen, und ganz stolz darauf.» Kellers Schadenfreude soll offenbar die Pückler-Verehrerin Ludmilla provozieren, die wirklich recht erbost antwortet: «Die alte Tante Steinheim kann ich mir lebhaft denken, wie sie aus dem Pücklerschen Briefwechsel nichts anderes herausliest als einen Triumph für Eugenie John-Marlitt, einseitig und ohne Verständnis.» Keller selbst schätzt anscheinend Marlitt wirklich mehr als viele andere zeitgenössische Schriftsteller, beispielsweise ihren Kritiker Hermann Friedrichs: sie ist «hundertmal mehr ... als er selbst [159]».

Die etwas gewaltsame Art dieser Literatinnen kennzeichnet eine Briefstelle über Wilhelmine von Hillern, die Tochter der von Keller so oft zitierten Charlotte Birch-Pfeifer; als im Januar-Heft der «Deutschen Rundschau» statt der Fortsetzung des «Narr auf Manegg» Heyses «Frau Marchesa» erscheinen soll, schreibt Keller an Paul Heyse: «Im Januar werden Sie also mit einer Novelle meine neue Sandfuhre wie eine Dynamitpatrone auseinandersprengen in der ‹Rundschau›; doch wird es nicht so grauslich aussehen, wie wenn eine ‹Geier-Wally› dazwischengekommen wäre, denn da kann gar keiner mehr aufkommen.» 1885 verzögert sich auch das Erscheinen des «Martin Salander» in der «Rundschau»; in einem Brief an Rodenberg findet er nicht weniger sprechende Vergleiche für die an Stelle der «Salander»-Fortsetzung eingeschobenen Beiträge: «Zu unserer Roman-Angelegenheit muß ich ... die Wohltat preisen, welche Sie mir durch die Aufstellung der beiden Armstronggeschütze der Damen Ossip Schubin und von Hillern erwiesen und so meiner geängsteten Seele Luft geschafft haben.»

Ossip Schubin (Lola Kirschner) wird von Keller in einem andern Brief an Heyse sogar ausführlicher besprochen: «Von den beiden Damen Böhlau und Kirschner ... habe ich nur gelesen, was in der ‹Rundschau› stand. Die Böhlausche Muse scheint zu dem von der Flut Hervorgebrachten zu gehören, die andere dagegen, allerdings von allen Teufeln geritten, mit allen Hunden gehetzt, eine alte Landratte zu sein. Sie erinnert stark an den seligen Gutzkow, der auch nur mit dem Modernsten kutschieren mußte und den Leuten anriechen ließ, daß sie soeben die Hände mit gewöhnlicher Seife gewaschen hätten, was nicht *Chic* war. Wenn übrigens diese Ossipin, die nach dem Literaturkalender erst 29 Jahre zählt, sich noch mäßigen lernt, so wird sie ohne Zweifel etwas Rechtes werden. Aber die Flut! [160].» Die Äußerung über Helene Böhlau ist ein frühes Urteil über eine Autorin, die bis weit in unser Jahrhundert hinein gelebt hat.

Im ganzen behält Josef Viktor Widmann sicher recht, wenn er über Kellers Verhältnis zu Schriftstellerinnen bemerkt: «Ich weiß, daß Sie den schriftstellernden Frauenzimmern nicht besonders grün sind, und mir selbst geht es auch so, besonders seit ich in meinem Berufe mit wahrhaft entsetzlichen Repräsentantinnen des ordinären Gouvernantenromans viel zu schaffen habe.» Widmann ist aber geneigt, eine Ausnahme zu machen mit Goswina von Berlepschs Erzählungen «Ledige Leute» (Leipzig 1886); er hält sie zunächst für eine Imitation der Seldwyler-Novellen und für eine wenn auch talentvolle Kopie von Kellers «Art des Erzählens»: «Das ist eben dieses fatale Assimilationsvermögen und Anempfinden, das ja auch Männer haben, das aber beim Frauenzimmer leicht zu wahrer Virtuosität sich steigert und dann auf den Markt so viel Talmigold liefert!» In einem späteren Brief und in einer Rezension der Novellensammlung nimmt er jedoch den Vorwurf, es handle sich um «eine jener geschickten Anempfinderinnen ..., deren eigener geistiger Inhalt meistens sehr unbedeutend ist», zurück; zwar lehne sich Goswina von Berlepsch an Keller an, aber sie kopiere «mit Talent» und besitze «ein wohlbeschaffenes poetisches Gemüt».

Anders urteilt Gottfried Keller, der Widmann entgegnet: «Die ‹Ledigen Leute› der Fräulein Berlepsch habe ich erst einige Monate nach Ihrer Mitteilung erhalten. Die Dame führt eine gewandte rührige Feder, man sieht, daß sie einer schreibenden Familie angehört. Doch ist ihr Anlehnungsbedürfnis etwas zu unverfroren. Die Art, wie sie im ‹Chevalier› meine Seldwylergeschichte ‹Kleider machen Leute› einfach umgenäht hat, wie der Schneider eine alte Jacke, und sogar den vorn abgeschnittenen Titel hinten ansetzte, ist sehr possierlich und ein echt weibliches, d. h. Nähterinnenverfahren [161].»

Aufgrund dieser Betrachtungen Kellers kann man vermuten, welchen Gang die Untersuchung genommen hätte, die er in den «Kritischen Jahrbüchern» veröffentlichen will, zu welchen Schlußfolgerungen sie geführt hätte: «Eine Gesamtcharakteristik der deutschen Romanschriftstellerinnen hat mich auch schon länger pikiert.» Gewiß hätte sie neben allgemeinen Ausführungen über die «unnatürliche Ruhm- und Ehrsucht» der schreibenden Frau vor allem aus einer Studie über Fanny Lewald bestanden, schon nur deshalb, weil Keller sie am besten kennt [162]. Dabei wäre es, wie angedeutet, unvermeidlich gewesen, immer auch von Adolf Stahr zu sprechen. Keller bezeichnet das Paar als «das vierbeinige zweigeschlechtige Tintentier» – und wenn Fontane einmal bemerkt, Keller überlieferte die ganze Welt seinem «Keller-Ton», so ist zumindest die Formulierung nicht neu, denn Keller selbst spricht von dem unverwechselbaren «Stahr-Lewaldschen Ton». In den ersten Monaten seines Berliner Aufenthalts beschäftigt er sich ernsthaft mit den Werken der «wackeren Heroine»; das Ergebnis faßt er in einem Brief an Hettner über den Roman «Prinz Louis Ferdinand» zusammen: «Ich benutze jetzt die Nächte, mich mit Fanny Lewalds Arbeiten näher zu befreunden. Wenn man den Roman das moderne Epos nennt, so hat sie allerdings das Recht gehabt, mit dem Tode des Helden abzubrechen. Dann hätte sie aber auch dem Gedichte mehr epische Breite geben, weniger dilettantische Geschichtsschreibung und mehr *Be*schreibung und Poesie hineinlegen sollen. Die Lewald hat einen scharfen Verstand, aber wenig Phantasie und Wärme. Sie läßt uns zu wenig allein in den Verkehr und Haushalt ihrer Personen hineinsehen. Ich möchte sagen, daß es eine angenommene gelehrte Vornehmheit ist, welche sie von einem liebevollen freudigen Ausarbeiten und Ausfüllen ihrer Schriften abhält und sich mehr einem kalten Räsonnement hingeben läßt in flüchtigen Umrissen, welche sie mehr als eine *femme spirituelle* denn als eine Dichterin erscheinen läßt. Wenn ich ein Gedicht lese, so will ich mich sättigen an der Begeisterung und Phantasie, am technischen und musikalischen Genie des Verfassers und nicht immer hinweggetrieben werden, wenn eine interessante Situation kaum angegeben ist. Ich wünschte sehnlich, daß die Lewald weniger Bücher, aber die wenigen voller und üppiger schreiben würde. Wenn ihr die damalige Gesellschaft der Schlegel, Gentz, Unzelmann usf. objektiv war und sie beabsichtigte, dieselbe recht in ein ungünstiges Licht zu stellen, so ist ihr dieses meisterhaft gelungen; denn nicht bald hat mich etwas so angewidert als der Verkehr jener Menschen ...»

Offenbar bemüht Keller sich hier noch um ein sachliches Urteil. Dem Roman «Wandlungen» begegnet er dann von vornherein ablehnend. Auch

Hettner fühlt sich «förmlich angewidert» und hebt den «Mangel an aller Charakteristik und Komposition» hervor, während Keller hauptsächlich Fanny Lewalds Geltungsdrang stört: «Den Roman der Lewald habe ich noch nicht gelesen und werde es schwerlich bald tun. Wie es scheint, will sie sich mit Gewalt zur Alleinherrscherin beider Geschlechter dies- und jenseits des Rheines erheben und womöglich die einzige Romanschreiberin ihrer Zeit sein.» Daß hier, so merkwürdig es klingt, Befürchtungen wegen der Konkurrenz mitsprechen, erklärt ein fast gleichzeitiger Brief an den Verleger Vieweg: «Fräulein Lewald muß schon seit längerer Zeit Aushängebogen [des ‹Grünen Heinrich›] besitzen; denn sie äußert sich überwollend und wegwerfend über meine Arbeit. Ich wünsche, daß sie vorderhand kein Exemplar erhält, wenn nicht ihr Freund Stahr eine übelsinnige Kritik drucken lassen soll; denn dies Paar duldet einmal durchaus keinen andern Romanschreiber dies- wie jenseits des Rheines.» Viel scheint Kellers Bitte nicht zu nützen; denn im April 1856 schreibt er Hettner von Vieweg, dem «unbeholfenen Esel» und «boshaften Kerl»: «Überdies glaub' ich immer, daß das gemeine Paar Stahr–Lewald unsereinem schlecht gedient hat bei Vieweg, welcher zu seinem Schaden sein Orakel von dieser Seite holt. Ich werde aber Gelegenheit finden, diesem saubern Ehpärchen das Handwerk auch zu legen und ihnen den Dienst zu leisten, den sie ehedem der Gräfin Hahn geleistet haben [163].»

Der barsche Ton verflüchtigt sich, als Adolf Stahr und Fanny Lewald längeren Aufenthalt in der Schweiz und in Zürich nehmen; «schrecklicher Weise» noch wird ihr Besuch angekündigt: «Diesem Paare ist doch auf dem Erdenrund nicht zu entfliehen!» Aber als sie eine Weile in der Schweiz sind, mildert sich Kellers Stimmung, und im August 1856 berichtet er Ludmilla Assing: «Die Stahrs sind nun auch schon seit geraumer Zeit in Zürich und scheinen sich wohl zu gefallen. Der Fanny zu Ehren werden von ihren Freunden ausdrückliche ‹Herrengesellschaften› geladen, mit Vischer, Wislicenus, Moleschott und allem Möglichen, und wo sich die Hausfrau bescheiden zurückzieht. Gegen mich sind sie merkwürdiger Weise außerordentlich freundlich.» In seiner Beschreibung des ostschweizerischen Kadettenfestes in Zürich (an Lina Duncker) erwähnt er das Paar und begründet seine plötzliche Sympathie: «Adolf Stahr und Fanny Lewald haben alles mitgemacht und schwimmen im Entzücken darüber, sowie sie überhaupt gut auf unser Land zu sprechen sind. Dies hat mich ganz versöhnt mit dem wunderlichen Paar, denn wer mein Land liebt und rühmt, dem kann ich nicht bös sein!» Im Oktober 1856 wird der Aufenthalt der beiden noch einmal in einem Brief an Hettner erwähnt: «Die Stahrs schienen entzückt über das schweizerische Leben, über die Gegend und unsere Gebräuche u. dgl., doch waren sie nicht so auffallend in ihrem Behaben wie im Norden, mußten auch erfahren, daß eine Menge Leute die ‹Wandlungen› nicht einmal gelesen haben. Anfänglich sagte Fanny etwa: ‹Da tun Sie sehr unrecht, es ist ein ernstes Werk›, oder sie sprach von ihrem ‹Schaffen›. Als sie aber bemerkte, daß dergleichen hier nicht Usus sei, zog sie die Pfeifen ein und war dann sehr liebenswürdig. Gegen mich waren beide außerordentlich angenehm und beschworen mich, ihnen zu schreiben, woraus ich entnahm, daß sie an mein Aufkommen glauben [164].»

Die Frage, ob nun Keller trotz seiner fast freundschaftlichen Gefühle das Paar wirklich in der Literatensatire der «Mißbrauchten Liebesbriefe» vorführt oder ob er in Viggi Störteler und Kätter einen Gegensatz zu der von Anfang an geplanten Vereinigung von Gritli und dem Schulmeister konstruiert, wird vermutlich in letzterem Sinn zu entscheiden sein. Die Satire tritt ja erst 1859 zu der schon projektierten Geschichte hinzu, als Fanny Lewald und Adolf Stahr längst aus Kellers unmittelbarem Gesichtskreis entschwunden sind. Überhaupt erscheint das Literatenleben bei Keller stark stilisiert, wie ein Vergleich mit Luise Mühlbachs Roman «Eva» (1844; die Verfasserin ist die Gattin Theodor Mundts) zeigt, der tiefer in das gesellschaftliche und politische Leben Berlins hineinführt als Kellers Satire, weniger gemütlich und dörflich erscheint als die Darstellung Störtelers oder des Kellners. Auch der «empfindelnde Blaustrumpf», das schöngeistige Wesen und die Emanzipierte sind ja als komische Figuren schon vor Kellers Novelle gestaltet (in Ludwig Bauers «Die Überschwänglichen», 1836, und in Ungern-Sternbergs Berliner Gesellschaftsroman «Diane», 1842), so daß auch Kätter Ambach nicht unbedingt ein Abbild Fanny Lewalds zu sein braucht [165].

Immerhin ermöglicht das in Berlin und durch ausgedehnte Lektüre gesammelte Anschauungsmaterial eine rasche und lebendige Ausführung der Literatensatire, als Keller sich entschließt, sie mit dem Liebesbriefmotiv zu verbinden. Der unmittelbare Anstoß zur Verknüpfung geht wohl von der Zeitschrift «Teut», dem Jahrbuch der «Junggermanischen Gesellschaft», aus, die sich im Oktober 1858 konstituiert, um «eine neue Sturm- und Drangperiode» zu begründen; in einem Brief an Hettner vom 31. Januar 1860 macht Keller seinem Ärger darüber Luft. Wenn auch die Zeit von zwei Wochen recht kurz erscheint für die Gestaltung der Satire (das Manuskript geht schon am 13. Februar an Vieweg), so machen z. B. die Dichternamen, die Schilderung der Versammlung der neuen Stürmer und Dränger am Wirtshaustisch und die «Verdeutschungs»-Versuche des Kellner-Literaten, die tatsächlichen Wort-Neuerungen der «Junggermanischen Gesellschaft» entsprechen, den Zusammenhang zwischen «Teut» und dem ersten Teil der «Mißbrauchten Liebesbriefe» doch wahrscheinlich [166].

Die Satire beruht auf dem Gegensatz zwischen Kontor und ästhetischer Beflissenheit; die jungen Kaufleute übernehmen sich an der Literatur: Sie spielen anspruchsvolles Theater, führen verworrene Gespräche über «die schwersten Bücher», sie sind auf schöngeistige Zeitschriften und die «Gartenlaube» abonniert. Diese Bemühungen der Kaufmannschaft «auf nicht merkantilem Felde» sind eine zeitlose Erscheinung, wie gelegentliche bissige Bemerkungen in Kellers Briefen zeigen [167].

Nach zwei Seiten hin wird dieses verkrampfte Ästhetentum abgegrenzt: gegen den ernsthaften Kunstgenuß der Honoratioren der «mittleren deutschen Stadt» und gegen das naive Schilderungsvermögen Gritlis, die innige und herzliche Briefkunst des Schulmeisters. Der Kellner Georg Nase schließlich, der das Poetenfieber in sich überwunden hat und zu seinem Beruf zurückgekehrt ist, verkörpert die Zufriedenheit des Normalen und Gemäßen.

Wenn die Notabeln der Stadt sich über «allerlei Schreiberei» unterhalten, so verbirgt sich hinter diesem unbestimmt-ironischen Begriff die große Dichtung: Cervantes, Rabelais, Sterne und Jean Paul, Goethe und Tieck; am Nebentisch dagegen wird eine höchst hinfällige neue Literaturperiode aus der Wiege gehoben. Der Gegensatz zwischen den bedächtigen, aber echten Liebhabern und den aufdringlichen vorlauten Neuerern – veranschaulicht auch durch das Alter und die Tonpfeife, durch den Tee, das Schöppchen Wein, den Punsch, gegenüber dem sauren Gewächs, das die jungen Literaten zu sich nehmen – erstreckt sich auf die Gesprächsthemen der beiden Gruppen: über Honorar, Verleger, Koterie, Clique zanken sich die Stürmer und Dränger, während die alten «Ignoranten» «den Reiz» preisen, «welchen das Verfolgen der Kompositionsgeheimnisse und des Stiles gewähre, ohne daß die Freude an dem Vorgetragenen selbst beeinträchtigt werde». «Sie stellten», heißt es weiter, «einläßliche Vergleichungen an und suchten den roten Faden, der durch all dergleichen hindurchgehe; bald lachten sie einträchtig über irgend eine Erinnerung, bald erfreuten sie sich mit ernstem Gesicht über eine neu gefundene Schönheit, alles ohne Geräusch und Erhitzung ...» Die reisenden Amateure dagegen wenden sich der literarischen Tagesproduktion zu, «den täglich auftauchenden Personen und Persönchen, welche sich auf den tausend grauen Blättern stündlich unter wunderbaren Namen herumtummeln» – «von den verjährten Gegenständen jener Alten» aber wissen sie nicht mehr «als das und jenes vergriffene Schlagwort aus schlechten Literargeschichten [168]».

Bei dieser Wirtshausrunde hat man es mit einem in kleinstädtisches Milieu verschlagenen Zirkel jener Kaffeehausliteraten zu tun, die der Kellner Nase aus eigener Anschauung darstellt; er erzählt dem zurückbleibenden Stammgast vom Treiben der Großstadtschriftsteller, ihrer Tätigkeit, die einem chemischen Arbeitsprozeß vergleichbar ist, besteht sie doch im Zusammenbrauen von Gesprächsfetzen, Zeitungsmeldungen und Plagiaten, wozu Heinrich Heine «die fetteste Nahrung» liefert – eine Schaffensweise, die das Unehrenhafte streift, wie der Ausruf des Gastes besagt: «Aber Ihr seid ja ein ausgemachter Halunke gewesen!» Nur daß er «weder einen sittlichen noch einen unsittlichen, sondern gar keinen Begriff» gehabt habe, kann Nase entschuldigen.

Die weiteren Merkmale des Literaten in der Novelle entstammen wiederum

Kellers persönlicher Erfahrung. Der Zug zur gegenseitigen Protektion (Nase schreibt «über die Würde, die Pflichten, Rechte und Bedürfnisse des Schriftstellerstandes, über die Notwendigkeit seines Zusammenhaltens gegenüber den andern Ständen») wird erwähnt, «eine unüberwindliche Neigung, sich zusammenzutun und ins Massenhafte zu vermehren, gewissermaßen um so einen mechanischen Druck nach der oberen Schicht auszuüben»; daß das klare Pflichtbewußtsein fehlt, ist schon selbstverständlich. Dazu kommt die Eigentümlichkeit, daß die Literaten «das Verständnis, die begeisternde Anregung, das liebevolle Mitempfinden eines weiblichen Wesens, einer gleichgestimmten Gattin» brauchen, wozu eben Viggi Störteler seine Frau heranbilden will; und Gritli spricht wohl für Keller selbst, wenn sie dem entgegenhält: «... mich dünkt, ein rechter Dichter soll seine Kunst verstehen ohne eine solche Einbläserin.»

Die Rückverwandlung des Literaten Desan in den Oberkellner Nase, seine Heimkehr in den Kreis der unverbildeten Menschen beginnt im Äußerlichen, mit der neuen Kleidung, die Nase sich anschafft, dem «gut vergoldeten Uhrkettchen», dem «feinen Hemd mit einem Jabot», so daß er sich plötzlich für einen Schriftsteller zu gut vorkommt, «dagegen reif genug für einen Oberkellner in einem Mittelgasthofe». Die Bloßstellung des Literaten erfolgt an dieser Stelle unter einem sozialen und bildungsmäßigen Gesichtspunkt, und dem Kellner wird bestätigt, daß er durch seine Umkehr sozusagen eine höhere Stufe, nämlich das ihm eigentlich Bestimmte, gewonnen sich darüber ausgewiesen habe, daß er «mehr Bildung und Schule» besitze «als der kleine Schriftstellerkongreß, der zur Stunde unter dem gleichen Dache schlummerte [169]».

Hat Nase sich retten können, so scheint Störtelers Untergang von dem Augenblick an beschlossen, wo ihm in der neuen Bewegung des Sturms und Drangs die Stellung eines Schweizer Beiträgers zugewiesen wird: «... er übernahm es, einstweilen Bodmer und Lavater zusammen darzustellen, um den reisenden neuen Klopstocks, Wieland und Goethe zu empfangen und aufzumuntern» – im ersten Abdruck (1865) wird die Verpflichtung noch weiter ausgedehnt: «Und wenn es seine Geschäfte erlaubten, wolle er auch noch die Partie der Julie Bondeli nebst den Rousseauschen Reminiscenzen versehen, bis sich ein größeres Personal gebildet habe.» Der Hohn, den er in Seldwyla erntet, als er dieses Personal zu rekrutieren versucht, das mißlungene Experiment mit seiner Gattin sind, so gesehen, die Folge einer Verwechslung der Literatur mit dem Leben und bilden die Stationen seines Niedergangs [170]. Noch einmal deckt Keller die Unvereinbarkeit von Kunst und bürgerlichem Erwerbstrieb auf, der auch in den geschäftsmäßig-nüchternen Beilagen Viggis zu den Liebesbriefen zum Ausdruck kommt, in seiner buchhalterisch-genauen Bestandsaufnahme der Natur erscheint: die neuen Stürmer und Dränger begegnen sich auf einer Geschäftsreise, Viggi Störteler kann die Julie Bondeli und Rousseau nur agieren, wenn die

Geschäfte es erlauben. Die Kluft zwischen Normalfall und extravagantem Gebaren, der Neigung zur Pose, die über das Spielerische hinaus ernst gemeinte Haltung wird, führen zum Verlust der eigentlichen Lebenswerte. Diese Diskrepanz, nur mit umgekehrtem Gefälle, besteht auch bei Kätter Ambach: auch sie liebt das falsche Pathos und den leeren Schein, ohne aber darum die Werte, die das Leben für sie bereithält – Wurst und Schweinsfuß – zu verachten.

Das Scheitern eines Exzentrikers kann einen Augenblick lang auch die ganzen und gesunden Menschen gefährden; Gritli überschreitet von sich aus den ihr angemessenen Lebensraum nicht, der verliebte Lehrer macht seinen philosophischen und amourösen Eklektizismus nicht zum eigentlichen Daseinsinhalt, aber beide werden sie durch Störtelers Unternehmung von ihrem Weg abgebracht; doch die vernünftige und gesunde Lebensauffassung behält die Oberhand. Daß die Ordnung der Dinge nicht eine andere sein kann, wird dem Leser auch dort klar, wo er in Stichworten oder ungekürzt die Briefe Gritlis an ihren Mann liest oder wo Gritli unbewußt die zärtlich-verspielten Anreden, die sonst nur Viggi gegolten haben, plötzlich an Wilhelm richtet. Vor dem Echten und Natürlichen fällt das gekünstelte und hohle Schriftwerk zusammen, und der Leser selbst ist sozusagen zur Kritik aufgerufen [171].

In der «Vorrede zu den kritischen Schriften» schreibt A. W. Schlegel über seine Tätigkeit als Literaturkritiker: «... wenn er [d. h. Schlegel selbst] sich nicht weiter zu helfen wußte, so nahm er seine Zuflucht zu einem lustigen Einfall oder einer Parodie. Dies hat man ihm am meisten verargt, und es war doch gerade das Unbedenklichste. Was Gehalt und Bestand in sich hat, mag der Scherz umspielen, wie er will: es verfängt nicht. Nur wenn der Spott auf den Grund der Wahrheit trifft, kann er der Sache, gegen die er gerichtet ist, den Garaus machen [172].» Als Rechtfertigung des Kritikers, der die wirksame und empfindlich treffende Form der Satire verwendet, kann die Erklärung Schlegels auch für Kellers Verspottung der Literaten gelten. Aber Schlegel und Keller wissen, daß die unbedeutenden Werke sich selbst richten und im Bewußtsein schon der nächsten Generation verblaßt sein werden. Schlegel drückt dies in der Vorrede so aus: «Es ist eine törichte Gutmütigkeit gegen die Schriftsteller und das Publikum, Zeit und Kräfte an etwas zu setzen, das von selbst erfolgen muß [173]»; Keller erwartet ohnehin den neuen «Adlerflug» in der deutschen Dichtung, so daß seine Satire, gemessen am positiven Kunstwerk der Novelle, in die sie eingebaut ist, eine untergeordnete Bedeutung hat, wenn man ihr nicht den Wert des Exemplarischen zusprechen will, insofern es Literaten immer wieder geben wird [174].

Neben dieser Übereinstimmung zeichnen sich aber bei Schlegel und bei Keller zwei verschiedene Erscheinungsformen literarischer Kritik ab, sowohl hinsichtlich der Gesinnung wie hinsichtlich der Position des Kritikers. Schle-

gels Rezensententätigkeit in den Jenaer Jahren – von denen er in der
«Vorrede» spricht – geschieht, bitter genug empfunden, um des Geldes
willen. In Kellers Satire dagegen wird die Kritik selbst zu einem literarischen Motiv, zugleich Anlaß und Episode eines selbständigen Werks, ist ein
heiteres, gelöstes und frei schaltendes Spiel gegenüber dem harten, ungern
und eigentlich wider das Gewissen ausgeübten Broterwerb Schlegels.

Die Literatensatire, nach der Rückkehr Kellers in die Heimatstadt entstanden, spiegelt nicht Zustände und Personen, die dem Dichter so nur in
Deutschland, nicht auch in Zürich begegnet wären. Zwar scheint ihm die
künstlerische und gesellschaftliche Betriebsamkeit in Zürich wenigstens anfänglich in jener «frischen Luft» zu gedeihen, die er sich in Berlin gewünscht
hat. Er findet «die beste Gesellschaft» vor, trifft «vielerlei Leute, wie sie
in Berlin nicht so hübsch beisammen sind»; aber bald schon stößt er sich
daran, «wie es in Zürich von Gelehrten und Literaten wimmelt»; Hochdeutsch, Französisch und Italienisch werden mehr gesprochen «als unser
altes Schweizerdeutsch, was früher gar nicht so gewesen ist [175]».

Neben öffentlichen akademischen Vorlesungen «sind eine Menge besonderer
Zyklen der einzelnen Größen, so daß man alle Abend die Dienstmädchen
mit den großen Visitenlaternen herumlaufen sieht, um den innerlich erleuchteten Damen auch äußerlich heimzuleuchten. Freilich munkelt man auch,
daß die spröden und bigotten Zürcherinnen in diesen Vorlesungen ein sehr
ehrbares und unschuldiges Rendezvous-System entdeckt hätten und daß
die Gedanken nicht immer auf den Vortrag konzentriert seien [176]».

Auch in Zürich haben die literarisch-geselligen Zirkel eine lange Geschichte;
im frühen 18. Jahrhundert schon wird die Literatur zu einer gesellschaftlichen Institution, erweist sie sich als die «gesellschaftsfähigste» Kunst. Zunächst ist Bodmers Haus der Mittelpunkt, er regt «eigentliche Vereine und
geschlossene Gesellschaften» an [177] und formt den Kreis, aus dem die «Dis-
koursen der Mahlern» (1721/22) hervorgehen; 1762 gründet er die «Histo-
risch-politische Gesellschaft» (seit 1765 «Helvetisch-vaterländische Gesellschaft») – im «Landvogt von Greifensee» schildert Keller eine Sitzung des
von ihm in «Gesellschaft für vaterländische Geschichte» umbenannten Vereins [178]. 1750 tritt die «Dienstags-Companie» (später «Donnerstags-Gesell-
schaft» und schließlich «Zürcher Künstlergesellschaft») zusammen, die den
Idyllendichter und Maler Salomon Gessner, J. C. Hirzel, den Verfasser des
«Kleinjogg», Johann Georg Schulthess, den Gesandten Bodmers in Berlin
und Mitbegründer des dortigen «Montagsklubs», Ulysses Salis von Marschlins,
den Vater des Philanthropins, zu ihren Mitgliedern, Wieland, Klopstock
und Ewald von Kleist zu ihren Gästen zählt [179]. Nach und nach kommen
auch Frauen zu diesem Kreis (Bäbe Schulthess); Wieland, der «Bewährung
der Gesellschaft» in einem «Kreis gleichgestimmter und beeinflußbarer Menschen» sucht, findet sie bei den Damen aus der Zürcher Gesellschaft [180]. Im

«Landvogt von Greifensee» gibt sich Bodmer «in lauter Melancholie» der Erinnerung an seinen einstigen Schützling hin, der «immer mehr mit allen möglichen Weibern zu verkehren begann und damit endete, der frivolste und liederlichste Verseschmied ... zu werden, der jemals gelebt, dergestalt, daß Bodmer alle Hände voll zu tun hatte, die Schande und den Kummer mit einer unerschöpflichen Flut von furchtbaren Hexametern in ehrwürdigen Patriarchiden zu bekämpfen [181]». Wielands «Sympathien» (geschrieben 1754) sind eine Sammlung von Billets doux und zarten Anspielungen, so daß man Wielands Zirkel wegen seiner Abgeschlossenheit geradezu als «Serail» bezeichnet hat [182].

Wenn es, abgesehen von Klopstock, auch nicht Berufsliteraten sind, die zusammenkommen, so unterscheiden sich Gesellschaftsgeist und Gespräch nicht sehr von demjenigen zu Kellers Zeit, und die Schilderung der Lustpartie der vornehmen Zürcher nach Gessners Landsitz im Sihlhölzli («Landvogt von Greifensee») mutet lebendig genug an [183].

Diese Darstellung einer literarisch interessierten Gesellschaft birgt wiederum ein literarisches Urteil Kellers: die Charakteristik Salomon Gessners. Sie ist ein Stück Literaturkritik, die deswegen von Bedeutung ist, weil sie der damals üblichen Bewertung Gessners widerspricht und Kellers «außergewöhnliche Verehrung» für den Künstler bezeugt, die vielleicht zurückgeht auf die beiden gemeinsame Doppelbegabung, auf verwandten Charakter, ähnliche Schicksale und auf die Anregungen, die der junge Keller durch Gessners Briefe an den Sohn, durch die Gessner-Biographie Johann Jakob Hottingers (Zürich 1796) erfährt. Die Begegnung mit diesen Schriften ist im «Grünen Heinrich» dargestellt und ein «Abglanz» von Gessners Kunst in Kellers Werken vielfach zu finden: z. B. Motive in den Landschaftsschilderungen des Romans, die seit Voss beliebte Pfarrhausidylle, kleinmalerische Züge in der Zeichnung Zürichs – Kellers Neigung zum «Kleinen» überhaupt («Die kleine Passion»), idyllische, teilweise parodistische Situationen im «Sinngedicht» («Von einer törichten Jungfrau») [184].

Wie etwa die «Meretlein»-Erzählung im «Grünen Heinrich» «als echtes Diarium in spätbarocker Sprache» in einer «literarischen Überlieferung Zürichs» steht (Martin Usteris «chronikalische Novellen, fingierte Briefwechsel und Memoiren», die auf eingehenden Studien beruhen und mittelhochdeutsch oder im Idiom des 16. und 17. Jahrhunderts abgefaßt sind, gehören dazu), so folgt Kellers dichterische Gestaltung von Gessners Persönlichkeit und sein Bild des literarischen Zürich im 18. Jahrhundert bei aller Straffung der geschichtlichen Tatsachen und trotz Umgruppierung der historischen Gestalten den Quellen: Salomon Gessner erscheint «gleichzeitig als Sihlherr, produktiver Dichter, begabter Mime, Maler und Porzellanmaler, der mit Huber, Rousseau und Diderot korrespondiert und im Zenit seines internationalen Ruhmes steht [185]».

Kellers Urteil über den «Dichter» Gessner mag als zu absolut und als historisch nicht begründet erscheinen – es ist aber auch nur ein vorläufiges Urteil. Zu Adolf Frey, der 1884 für die Reihe «Deutsche Nationalliteratur» (Kürschner) den Gessner-Band bearbeitet, bemerkt Keller, «er sei ordentlich erschrocken ‹über das leere Zeug›, als er wieder einmal die Idyllen gelesen habe» – eine Korrektur, die mit der Gessner-Kritik in der zeitgenössischen Literaturgeschichtsschreibung übereinstimmt, etwa mit Hettners maßgebender Kritik in der «Geschichte der deutschen Literatur im 18. Jahrhundert», welche die Idyllen nur als Nachahmungen französischer Schäferpoesie gelten läßt [186].

Hat Keller an eine Berichtigung und Belehrung Hettners gedacht, als er Salomon Gessners Porträt in den «Züricher Novellen» so günstig zeichnete? Auf jeden Fall ist seine Darstellung mit Ausgangspunkt für eine Gessner-Renaissance, die hauptsächlich Heinrich Wölfflin mit seiner Studie «Salomon Gessner» (Frauenfeld 1889) einleitet.

Wölfflin, dessen Sicht nicht unbeeinflußt ist durch «Hettners noble Gesamtdarstellung des literarischen 18. Jahrhunderts», «führte Gessner aus dem Schatten der hohen klassischen deutschen Dichtung heraus, in den er durch die Kritik Herders, Schillers und der Romantik geraten war und in dem er fast das ganze 19. Jahrhundert hindurch hatte verharren müssen. Der Verfasser berief sich bei diesem Tun auf einen andern, wenn er in der Vorrede von Gessner sagte: ‹Daß er ein echter Dichter war und daß seine Idyllen durchaus keine schwächlichen und nichtssagenden Gebilde, sondern innerhalb ihrer Zeit stilvolle kleine Kunstwerke sind, hat vor kurzem sein größerer Landsmann, Gottfried Keller ..., mit allem Nachdruck ausgesprochen, und dem Dichter wird man wohl glauben müssen.›» Ohne eine «Rettung» oder Apologie Gessners zu beabsichtigen, wie Keller es allem Anschein nach tut, gleicht Wölfflin den Aufbau seiner Studie – fortschreitend vom biographischen Umriß zur Beschreibung des künstlerischen Werks – Kellers Charakteristik an; die Bewertung von Gessners «poetischer Prosa» aber, die von Wölfflins eigenem Ideal ausgeht (einfacher, konkreter Stil; syntaktisch: Überwiegen koordinierter Sätze), die Überzeugung, Gessner besitze «etwas vom Wissen um das Geheimnis des großen Stils, mit Wenigem viel zu sagen», die Würdigung von Gessners Werk als «ein Quellgebiet des abendländischen Klassizismus» und schließlich die Deutung seines Künstlertums als auf einer ethischen, nicht ästhetischen Idee beruhend (ohne daß Wölfflin jedoch das rein gestalterische Vermögen gegenüber Inhalt und Gesinnung gering geschätzt hätte): dies alles geht weit über Kellers Charakteristik hinaus [187].

Keller beschränkt sich – wenn er eine solche Berichtigung tatsächlich will – darauf, Hettners Ideal einer «werktätigen Hingebung an packende Wirklichkeit» den «spielenden Dichter» entgegenzustellen, und dies nicht zuletzt aus einem persönlichen Grund: Er möchte sich selbst durch das Bild aristokratisch-unbeschwerten Daseins, patrizischen Lebensgenusses und gediegener Kunstbegeisterung von der unbefriedigenden, trüben politischen Realität befreien. Diese Vermutung findet ihre Bestätigung vielleicht darin, daß «Das verlorene Lachen» vor der Gesamtausgabe der «Züricher Novellen» erschienen ist [188].

Die Zirkel, die Keller nach seiner Rückkehr aus Deutschland vorfindet, scheinen einen Rest Geselligkeit aus dem vorangehenden Jahrhundert bewahrt zu haben – sogar mit der leisen Beimischung von Tändelei, wie sie in der Umgebung des «Landvogts» beliebt ist. Die mehr vaterländische Funktion und auch ein Teil der künstlerischen Tätigkeit der Gesellschaften finden sich in jenem Zürcher Neujahrsbrauch wieder, den Keller Ludmilla Assing beschreibt: «Auf Neujahr geben ... die gelehrten, künstlerischen, militärischen, wohltätigen und andere Gesellschaften sogenannte Neujahrsstücke heraus, welche Biographien verdienter Mitbürger, lokalgeschichtliche Monographien u. dgl. enthalten nebst Porträts und Kupfern aller Art, je nach dem Gebiet der Gesellschaft, zur Belehrung und Ergötzung der Jugend [189].»

Kellers eigener gesellschaftlicher Verkehr führt ihn in mehrere Häuser: er bekommt Zutritt zum Salon von Mathilde Wesendonck, der Freundin Richard Wagners; dort legt er Proben aus den «Sieben Legenden» vor [190] und beteiligt sich an dramatischen Leseabenden; Eliza Wille schildert in ihrem Tagebuch eine solche Zusammenkunft (November 1859): «Köchly, Wille, Ettmüller ... und Gottfried Keller ... haben Szenen aus den Lustigen Weibern von Windsor mit besonderem Humor und großer Leidenschaft gelesen [191].» Erst als Keller Frau Wesendoncks Trauerspiel «Edith oder die Schlacht bei Hastings» «ein wenig grimmig» kritisiert [192], wird der freundschaftliche Verkehr eingestellt. Ironisch berichtet er Ludmilla Assing vom Wegzug der Familie Wesendonck aus Zürich: «Dann suchte sie größere und würdigere Kreise für ihre dichterischen Funktionen. Ich selbst bin in höchste Ungnade gefallen, die bis zur Grobheit anwuchs, weil ich ihr das Manuskript eines Dramas nicht gelobt und ihr das öffentliche Schriftwesen überhaupt abgeraten habe. Fahre hin! [193]»

Im Salon von J. J. Sulzer, dem Regierungs- und Ständerat, der Keller die Rückkehr aus Berlin erleichtert hatte, trifft der Dichter bei «feinen Soupers» Richard Wagner, Gottfried Semper, Fr. Th. Vischer; rühmend merkt er an, daß man dort «morgens 2 Uhr nach genugsamem Schwelgen eine Tasse heißen Tee und eine Havannazigarre bekommt [194]». Auch bei Richard Wagner ist Keller zu Gast, der «zuweilen einen soliden Mittagstisch verabreicht, wo tapfer pokuliert wird, so daß ich, der ich glaubte aus dem Berliner Materialismus heraus zu sein, vom Regen in die Traufe gekommen bin. An diversen zürcherischen Zweckessen bin ich auch schon gewesen ...[195]»

Einen Höhepunkt des gesellschaftlichen Lebens bildet die Ankunft Liszts und der «Förstin» Wittgenstein. Liszt «schwärmt mit Wagner schrecklich Musik»; es werden «alle Kapazitäten Zürichs herbeigezogen, einen Hof zu bilden», berichtet Keller: «Ich wurde versuchsweise auch ein paarmal zitiert, aber schleunigst wieder freigegeben.» Bei diesen «großen Schwindeleien» hat Keller Gelegenheit, einige Mitglieder des Kreises, der am 22. Oktober 1856 mit großem Aufwand Liszts Geburtstag feiert, zu beobachten: Die Frau Herweghs «ist eine schreckliche Renommistin, und Renommisterei ist die Grundlage ihrer Existenz, wie ich glaube, sie renommiert wie ein Studentenfuchs. Jedenfalls ist Herwegh noch mehr wert als sie, wie ich schätze, aber nur *entre nous!* Richard Wagner ist durch die Anwesenheit Liszts ... wieder sehr rappelköpfisch und eigensüchtig geworden, denn jener bestärkt ihn in allen Torheiten. Die Ferschtin Wittgenstein hat mit allen gelehrten Notabeln Zürichs Freundschaft geschlossen, schreibt lange Briefe an sie und schickt ihnen ungeheure Gipsmedaillons Liszts; Frau Köchly hat auch eins bekommen, ist aber jalouse auf Frau Herwegh, die dasjenige der Fürstin mitbekam. Übrigens ist letztere eine gescheite Frau, denn alle die gelehrten Eisenfresser und Brutusse rühmen sie. Ich allein bin dunkel vor ihren Augen geblieben und habe weder Brief noch Medaillon, worüber ich mich nicht zu fassen weiß [196]».

Nicht weniger amüsiert beschreibt er Hader und Unfrieden im Kreis der Gelehrten, wo sich die sächsischen und preussischen Professoren unter ihnen über Vischers «Schwäbeln» lustig machen, Vischer über das «Deitsch» der «Nördlichen» herzieht, wo Herwegh und Vischer, die «uralte Feinde» sind, an der Schillerfeier in Zürich der eine den Prolog spricht, der andere die Festrede hält und beide es als peinlich empfinden, «seit dem Tage immer zusammen genannt zu werden. Jeder hat seinen Anhang oder Chor, wie die Brüder in der ‹Braut von Messina›: Herwegh wildere rötliche Demokraten, Vischer hingegen gesetzte Gothaer und ernste ordentliche Professoren. Rühmt man nun bei Herweghs Gefolge die Vischersche Festrede, so riskiert man, niedergehauen zu werden; lobt man in Vischers würdigem Kreise der Graubärte den Herweghsprolog, so ruft man ein grollendes mürrisches Schweigen hervor. Beide Häupter aber halten sich still und straff und stehen nur schweigend an der Spitze ihrer Reisigen, ohne daß der helle Stern des 10. November sie zu versöhnen vermag [197]».

Ein Zentrum vornehmer Geselligkeit zu Kellers Zeit ist das Haus Mariafeld, am Zürichsee oberhalb Küsnacht gelegen. Dort empfangen François und Eliza Wille Schriftsteller und Künstler. Wille, seiner Herkunft nach Westschweizer (aus Vuille), in Hamburg aufgewachsen, wird wegen revolutionärer Gesinnung von der Universität relegiert, arbeitet als Journalist und kehrt nach 1848 in die Schweiz zurück; Eliza Wille-Sloman ist selbst Schriftstellerin, veröffentlicht Gedichte, Romane, Jugenderinnerungen und «Fünfzehn Briefe an Richard Wagner» (Berlin 1894) [198].

Gäste in Mariafeld sind seit Beginn der fünfziger Jahre Richard Wagner, der 1852 zum erstenmal mit Georg Herwegh erscheint und 1864 nach der Flucht aus Wien lange Zeit in Willes Haus wohnt – Theodor Mommsen,

Jakob Moleschott, Gottfried Semper, die Wesendoncks, Georg von Wyss, Arnold Ruge, A. A. L. Follen und Julius Fröbel, Ferdinand Gregorovius, Alfred Meissner, der Verfasser jenes Heine-Buches, das Keller als «widerliche Erscheinung» abgetan hat [199], und Conrad Ferdinand Meyer mit seiner Schwester Betsy. Auch in der Schweiz befaßt Wille sich mit Politik und gehört neben Gottfried Keller dem Komitee der Versammlung von Uster an, die 1860 aus Anlaß der zögernden Haltung von Zürcher Räten in der Bundesversammlung während der Savoyer-Krise neue kämpferisch gesinnte Volks- und Standesvertreter portieren will. Aus politischen Gründen erfährt die Freundschaft mit Keller, die dessen gelegentliche Anwesenheit in Mariafeld mit sich bringt, eine Abkühlung, lebt wieder auf nach dem Tonhalle-Krawall (9. März 1871), als der Pöbel und internierte französische Offiziere die Reichsgründungsfeier der deutschen Kolonie in Zürich stören, so daß eidgenössische Truppen aufgeboten werden müssen, die Kolonie sich enger an Gottfried Keller anschließt [200].

Im Kreis Willes zeigt sich Keller «nicht ganz so», wie etwa C. F. Meyer und seine Schwester, die ihm dort einmal begegnen, «ihn nach der Fama sich vorgestellt hatten, sondern würdig und taktvoll, aber allerdings schweigsam [201]».

1879 kommt es zwischen Wille und dem Dichter zum Bruch, weil Wille Vischers Roman «Auch Einer» (Stuttgart 1879) «eingehend, scharf und geistreich» bespricht [202]. Spuren dieser Entzweiung und eines Unbehagens dem Marienfelder Zirkel gegenüber sind aus den Worten Kellers beim Tod Gottfried Sempers herauszulesen: «... ich kann mich jetzt noch nicht recht darein finden, wenn ich daran denke, wie oft er einem so unbefangen und anspruchslos nahe gewesen ist, inmitten einer aufgeblasenen Welt». Überhaupt scheint Semper, ein bei allem «kindlich hypochondrischen Wesen» «ebenso gelehrter und theoretisch gebildeter Mann, als ... genialer Künstler», Kellers Freundschaft zu besitzen, und in der Tatsache, daß er «sich zu einem famosen und sehr beliebten Lehrer aufgearbeitet hat», sieht Keller «ein weiteres Zeichen seines tiefliegenden und vielseitigen Ingeniums [203]».

Die erwähnte Abneigung gilt aber nicht dem Haus Willes und seinen Gästen allein. Schon 1857 hat Keller zwar «viel schönes Schweizerisches erlebt», ist «aber bereits auch wieder so verknurrt», daß er «meistens allein zu Hause hocke und arbeite oder lese, was am Ende am besten bekommt». Vor allem in den Jahren nach 1880 erinnert der Tonfall, in dem er über das Literatentum und die musischen Gesellschaften spricht, an seinen Widerwillen gegen die Berliner Zirkel; er nennt Zürich seinen «unliterarischen Wohnort»: «Nämlich unliterarisch sind die Bürgersleute, mit denen ich verkehre; sonst wächst hier ein wildes Literatentum heran, schöner als irgendwo, nur geht man nicht mit um.» Dazu zählt etwa der «Dichterverein ‹Lyra›, der aus Ladenjünglingen, Kanzlisten u. dgl. besteht und mit einem schrecklichen Kollektiv-Manuskript die Menschheit beunruhigt [204]».

Er wird empfindlicher für die Mißgriffe, die sich Literaten und Zeitungs-schreiber auch in der Schweiz zuschulden kommen lassen: «Es gehört scheint's auch zur Literatur, daß man, in ein gewisses Alter getreten, zum Gegenstande schlechter Anekdoten promoviert wird. ... so geht es schon seit mehreren Jahren, sogar in Zürich. Es könnte nichts schaden, wenn man einmal die soziale Seite dieses Gebietes, die schönen Sitten etwas näher betrachten würde, wie sie jetzt wieder aufkommen. Ich habe große Lust, einmal zur einfachen Aufsatz- oder Briefform zu greifen und dem Julius Rodenberg seine Hefte damit zu füllen.» Sein Unbehagen geht so weit, daß er trotz seines Widerwillens gegen die «literarische Touristerei» und «ein ewiges Hin- und Herrutschen», eine Reise von Zürich weg plant: «Indessen habe ich vor, ... im Herbst vielleicht einen kurzen Streifzug nach den von mir früher okkupierten deutschen Ortschaften zu unternehmen, um nicht ganz zu verschweizern», schreibt er schon 1857, und 1884 noch ist seine Isolierung Ursache von Reiseprojekten: «Dies Jahr werde ich vielleicht doch einmal den Platz verlassen und durch ein paar Städte laufen ..., da ich hier fast nicht mehr ausgehe. Übrigens muß ich dies Regime sowieso bald ändern, trotzdem daß die Bequemlichkeit und Ungeschorenheit so lieblich ist. Ich habe hier durch die Jahre zerschlissene gesellige Verhältnisse, die Alten sind weg und die Jüngeren meistens alberne Streblinge oder sonst Esel, da bleibt man am liebsten allein. Aber es geht doch nicht auf die Dauer wegen der Bewegungsfähigkeit. Nun, ich werde mich ein bißchen drehen und anders legen, wie der Hund unterm Ofen [205].»

Kellers Berichte über das literarisch-gesellige Leben in Berlin und in Zürich lassen keine Zweifel offen, daß er dort wie hier den kleinen schweigsamen und vertrauten Kreis und die «Ungeschorenheit» vorzieht. Wenn man einen Brief aus der frühen Zeit in Berlin aufschlägt und da über den geringen Verkaufserfolg seiner ersten Gedichtsammlung liest: «Etwas mag allerdings auch an mir liegen, indem ich mich seither zurückgezogen und still verhalten habe, anstatt umherzureisen und mit Persönlichkeiten Propa-ganda zu machen, wie es heute Mode ist», oder 1884 von «den zerschlisse-nen geselligen Verhältnissen» und die Schlußfolgerung vernimmt: «da bleibt man am liebsten allein [206]», dann ist nicht zu verkennen, daß das Par-kett des Salons für Gottfried Keller auch in Zürich nie vertrauter Boden wird.

Kellers ablehnende Haltung schließt nun nicht aus, daß es für ihn so etwas wie einen idealen Kreis gibt, der im Hinblick auf das eigene Schaf-fen eine genau umschriebene Funktion ausüben könnte.

Levin L. Schücking weist der Gesellschaft, soweit sie an Literatur und Kunst interessiert ist, den Auftrag «der Erweiterung und Vertiefung der literarischen Bildung» zu. Dies war «schon das soziologische Kennzeichen der Aufklärung gewesen», und die Bildung «lebte mit dem Bürgertum fort im 19. Jahrhundert, ja sie wuchs mit den großen Leistungen auf diesem

Gebiet». In diesem Sinn gilt auch für den Dichter, was Schücking für das einzelne Mitglied der Gesellschaft in Anspruch nimmt: «In ihrem Kreis sich bewegen zu dürfen, hieß so gut wie alles, der Ausschluß aus ihr war fast der Selbstmord»; denn sie bedeutet für den Künstler Förderung, indem sie es ihm ermöglicht, sein Werk vorzustellen, mit seinesgleichen Kontakt zu finden, persönlich Rede und Antwort zu stehen. Es ist für die Literatur von gutem gewesen, «daß sie Jahrhunderte hindurch das bevorzugte Unterhaltungsthema bei gebildeter Geselligkeit war». Um den Anforderungen der Gesellschaft gewachsen zu sein, muß man sich auch in den literarischen Neuerscheinungen auskennen – sogar dann keine kleine Aufgabe, wenn die Beschränkung auf Bestseller gestattet ist [207].

Es liegt jedoch auch eine Gefahr darin, wenn Literatur und Kritik auf die Gesellschaft bezogen sind. Die Abkapselung einer Gemeinschaft von Gleichgesinnten und sozial Gleichgestellten ist dazu verurteilt, unproduktiv zu bleiben, weil sie gerade durch die Übereinstimmung in Herkunft und Lebensanschauung zusammengefunden hat, jede Gegensätzlichkeit zur Umwelt fehlt, ein vorgeprägtes und innerhalb des gesellschaftlichen Bezirks allgemeingültiges Urteil sämtliche künstlerischen und geistigen Werte deckt – sei es, wie bei Varnhagen (dem «Statthalter Goethes auf Erden»), der Vergleich mit Goethe, sei es, im Kreis von Fanny Lewald und Adolf Stahr, daß jeder andere Schriftsteller am eigenen Schaffen und Können gemessen und eingeordnet wird. So wird auf einer Stahr-Lewaldschen Séance die Dichterin George Sand zensiert, «wie man eine unbequeme Konkurrentin heruntermacht. Ein bescheidener und stiller Professor wagte etwas über den neuesten Roman der Sand zu sagen, als die Fanny sich großartig vom Sofa erhob und verkündete: ‹Ich dächte, mein Herr, *ich* hätte hier auch ein Wort mitzusprechen!›», erinnert sich Gottfried Keller [208].

Die Beziehungen, die zwischen dem Publikum und dem Schriftsteller spielen, das Publikum «seiner» Autoren, den Schriftsteller «seiner» Leserschaft versichern, illustriert Keller mit der Beschreibung der Literaten, die mittags im Frack und mit wehendem Haar über die Gassen laufen; sie gipfelt in Kellers verfänglicher Mutmaßung, «es wären Schneider, welche zu ihren Kunden gehen», während «es Kunden sind, die zu ihrem Vorschneider gehen [209]». Die literarischen Bedürfnisse und Urteile der Gesellschaft wirken zurück auf die von ihr geförderten Schriftsteller; für die Autoren, die eine enge Verbindung mit den Zirkeln eingehen, sind diese das Publikum, und wenn sie nicht die Unabhängigkeit und Auflehnung um der Originalität willen beabsichtigen, so werden sie sich nach ihren Lesern richten. Gilt im Mittelalter und bis zum Ende des 18. Jahrhunderts der Satz: «Wer als Dichter seine Sachen zum Druck bringen will, der tut gut, um die Gönnerschaft eines großen Herrn nachzusuchen», so wird im 19. Jahrhundert die gehobene Gesellschaft zu diesem «soziologischen Nährboden der Literatur [210]», die ohne ihn nicht bestehen kann.

Kellers Urteil über den literarisch-kritischen Austausch im Rahmen dieser Gesellschaft beruht auf der Erkenntnis, daß gerade hier die bessere Einsicht von kunstfremden Erwägungen verstellt wird. In Berlin bemerkt er es zum erstenmal: «... alle Leute, vom alten Varnhagen bis zu Max Ring herunter, haben kein unbestochenes und gesundes Urteil mehr. Varnhagen lebt in der Vergangenheit; die jüngeren aber sind förmliche Halunken, die es nicht über sich vermögen, etwas zu loben, woran sie keinen Teil haben, oder etwas zu tadeln, was eine ihnen gewogene Größe gemacht hat. Gute Grundsätze werden genug ausposaunt, aber jeder tut das Gegenteil von dem, was er sagt, mit der größten Schamlosigkeit [211].» Immer wieder drückt er seinen Zorn über die Unehrlichkeit der Kritik in kräftigsten Worten aus: «Überhaupt sind die Leute in Nordgermanien dermalen von schrecklich kurzem Gedärm, großer Konfusion und Gedankenlosigkeit, und jeder, Alte und Junge, ist Aktionär an der allgemeinen Pfuscherei. Bruno Bauer scheint fast recht zu haben, wenn er die stehenden Heere als die einzigen Regulatoren und kritischen Institute bezeichnet; wenigstens, wenn wir es mit diesem Paradoxon auch dahingestellt wollen sein lassen, müssen wir doch bekennen, daß sie die einzigen sind, die noch was Rechtes können und leisten und zeigen, daß noch nicht alles verfault ist. Und selbst dieser Trost wird wieder problematisch, wenn wir betrachten, wie zur Zeit des römischen Verfalles gerade die Soldaten auch sehr tapfere Leute waren [212]. «Das ästhetische Berlin ist nachgerade ein wenig sehr verschliffen», schreibt er aus Zürich, und er wünscht der Stadt einen Kritiker wie Fr. Th. Vischer, der «mit seiner einfachen frischen und handfesten Natur eine ganz wohltätige Erscheinung abgäbe [213]».

Ist die anmaßende Urteilslosigkeit der Berliner Kritik aus der Gesinnung dessen herzuleiten, der sich dem geistigen Mittelpunkt eines Landes zugehörig wähnt? Auf eine Äußerung des Schriftstellers und Kritikers Faust Pachler, der in Kellers Werken «etwas von der Freiheit des Gefangenen» aufspürt, erwidert der Dichter: «Was ... das kleine Stückchen Himmel betrifft, welches ich durch ein kleines Fensterchen sehen soll, so verstehe ich Pachler nicht. Vielleicht ist es der Bewohner der Großstadt, der aus ihm spricht, der glaubt, nur auf ihrem Pflaster und in ihren Salons sei eine redenswerte Welt [214].» Diese Antwort ist nicht der Rechtfertigungsversuch eines verkannten Dichters, der sich benachteiligt fühlte, weil er in der geistigen Provinz lebt, sondern ein Gutachten, dem beispielsweise Julius Rodenberg zustimmt, der sich über «die Gemeinheit, die jetzt auf der Straße so laut ist», beklagt: «Ach, lieber Freund, es ist nicht mehr das alte Berlin, welches Sie gekannt haben. Der Dämon ist in uns gefahren; nicht nur im öffentlichen Leben, auch in der Literatur ist die Rohheit obenauf gekommen ...[215]»

In den Briefen an Rodenberg über das Thema «Berlin» versucht Gottfried Keller eine Analyse »des gegenwärtigen Kulturstandes in Berlin»: Er erinnert an «den guten alten Berliner Humanismus, der so wahrhaft univer-

sell war», «den früheren Lebensgeist», dem «noch langehin eine gute Assimilationskraft» zu wünschen sei, an das Berlin der Aufklärung also, der
Jahrhundertwende, die Stadt Humboldts und Varnhagens und sogar des
«alten Teegeists von ehemals», denen gegenüber den bedenklichen Erscheinungen in den achtziger Jahren einiges von ihrer Lächerlichkeit verziehen wird;
denn jetzt, im Ausgang des Jahrhunderts, blühen «Affektation und Unwahr-
heit», die «zu nichts Dauerhaftem führen», ein «aus allen Winkeln her-
zugereister Größendünkel» und «die jetzige übermäßige Anhäufung ... mit
ihren fieberigen Übergangszuständen». «Eine Million Kleinstädter, die über
Nacht auf einen Haufen zusammenlaufen, bringen ja nicht sofort einen
großen Geist hervor, kollektivisch, sondern zunächst nur einen großen
Klatsch und rohen Spektakel. Wenn nun das vorhandene Talent diesem
nachläuft und zu gefallen strebt, so kommt es so, wie es jetzt ist.»

Eine Gesellschaft kann keine gültige Literatur hervorbringen, wenn sie
in «fieberigen Übergangszuständen» begriffen ist. Anderseits ist die Dichtung, «das Handwerk», nicht in der Lage, ein neues Daseinsideal zu gestalten, weil es «von einem albernen Weltstadtdünkel erfüllt ist, obgleich die
einzelnen die alten Kleinbürger sind, die sie vorher gewesen. Die Menge tut's
eben nicht immer [216]».

Obschon Keller sich auf diese Weise von der «Million Kleinstadtbürger»
absetzt, betrachtet er die Dichtung als eine Gemeinschaftskunst; es kann
nicht die Rede sein davon, daß der Künstler sich selbst genug sei, höchstens einem Kreis von Kritikern, die mit den nötigen präzisen Kenntnissen
und Vergleichsmöglichkeiten an die Aufgabe einer Beurteilung herantreten,
verantwortlich ist. Die Trennung von Publikum und Dichter, auch von Kritik
und Publikum, vollzieht sich erst gegen Ende des 19. Jahrhunderts; im
Naturalismus gehen dann Kunst und Kritik den einen, das Publikum, nun
als in Kunstdingen verständnislos angesehen, einen anderen Weg [217].

Keller versteht «Gemeinschaft» noch im weitesten Sinn des Wortes. Eben
deswegen bleibt sie als Publikum der stille Leserkreis, aus dem sich nur hin
und wieder ein Verehrer ablöst und durch ein Geschenk oder in einem Brief
seine Zustimmung, seine Freude ausdrückt. Die Distanz zwischen Dichter
und Publikum verringert sich nicht, selbst wenn es im Lauf der Zeit
erfaßbare Umrisse annimmt und Keller entdeckt: «Die Anzeichen mehren
sich ... neuerlich, daß ich ein gewisses Publikum mein nennen ... darf .[218]»
Von den Lesern ist ja auch nie als Literatursachverständigen die Rede; wo
er von ihnen spricht, meint er die Käufer seiner Bücher.

Da, wie wir gesehen haben, die tätige Gemeinschaft anspruchsvoller Dilettanten und die Zirkel, denen die Literatur Mittel zum gesellschaftlichen
Zweck ist, von Keller keineswegs als kritische Instanzen anerkannt werden, erhebt sich die Frage nach der Vorstellung des Dichters von Verwal-
tern einer brauchbaren Kritik noch einmal.

In dem kleinen Essay «Ein bescheidenes Kunstreischen [219]» lehnt Gott-

fried Keller ein Mitspracherecht «aller Liebhaber, Dilettanten, Schreibekritiker» deswegen ab, weil nichts von ihnen zu lernen ist. Er weist jedoch
auf ein Ideal- und Gegenbild hin, was sonst nicht geschieht. Nur «der
wirkliche Kunstgenosse ... weiß auf den ersten Blick, was er sieht, und beim
Austausche der Urteile und Erfahrungen verständigt man sich mit wenigen Worten». Nicht das Fehlen eines aufgeschlossenen Zirkels wird demnach
vom Dichter als Lücke empfunden, schwerwiegender ist «die künstlerische
Einsamkeit, der Mangel einer zahlreichen, ebenbürtigen Kunstgenossenschaft [220]». Ohne daß er dabei an «eine poetische Kolonie» denkt, wie sie
Palleske ihm 1853 vorgeschlagen hat [221], ist aus vielen Briefen zu belegen,
daß Keller das Gespräch mit «Kunstgenossen» über das eigene Schaffen, die
Aussprache und die Kritik im kleinen Kreis vermißt; sie erst machen die
«geistigen und literar-geselligen Zustände [222]» einer Stadt ersprießlich.

Mit dieser Art von Kritik zu rechnen, bleibt nicht dem Gutdünken
überlassen: sie ist beherzigenswert und wirkt unmittelbarer als diejenige
der Gazetten und Journale – mit der Kritik der Öffentlichkeit kann der
Dichter beliebig verfahren. Diese Gesellschaft geht Gottfried Keller nicht nur in
Zürich ab, bevor er nach Heidelberg zieht, sie fehlt ihm auch in Berlin: «Es
gibt ... keinen besseren Bussort und Korrektionsanstalt ..., und es hat mir vollkommen den Dienst eines pennsylvanischen Zellengefängnisses geleistet, so daß
ich in mich ging und mich während dieser ausgesucht hundsföttischen Jahre zu
besseren Dingen würdig machte; denn wer dergleichen anstrebt oder sonst
kein Esel ist, der befindet sich hier vollkommen ungestört und sich selbst
überlassen.»

Die «künstlerische Einsamkeit» erfährt er wiederum in Zürich: «Hier
habe ich trotz der großen Bildungsanstalten keine Seele, mit der ich ...
verkehren kann. Schriftsteller und Literarmenschen zu Dutzenden, Leute,
die sogar über mich schreiben, aber keinem ist *in concreto* ein Wort aus
dem Stockfischmaule zu locken. Freilich versuch' ich es auch nicht [223].»

Theodor Storm spürt aus den Briefen, daß es Keller an Freundschaften
fehlt: «Was mir bei unserem Korrespondieren ganz leis entschwunden war,
stand plötzlich vor mir, daß Sie nämlich in Zürich eine große Stadt, gar
eine Universität, hinter sich haben. Und aus Ihren Briefen spricht doch ein
gewisser – wie soll ich sagen? – Menschenmangel. Ist C. F. Meyer ... nicht
ein Zürcher?» Keller wehrt ab, wenigstens Storm gegenüber: «Was Sie mir als
Menschenmangel anmerken wollen, versteh' ich nicht recht. Ich lebe gesellschaftlich mit allerlei Leuten alten und neueren Datums. Das sogenannte Handwerk allerdings vermeide ich, wenn es nicht mit der erforderlichen einfachen und
loyalen Menschennatur verbunden ist. ... Ferdinand Meyer ... ist allerdings ein
Züricher ... und ist für mich zum persönlichen Verkehr nicht geeignet, weil er
voll kleiner Illoyalitäten und Intrigelchen steckt.» Nur wenig später, während
der Arbeit an den Gesammelten Gedichten, beklagt er sich bei Paul Heyse und
bestätigt damit Storms Ahnung: «Ich habe ... hier niemand, mit dem ich mich

über vorkommende Zweifel und Schwierigkeiten beraten kann; die Schulmänner und Literarhistoriker können nicht helfen, weil sie immer nur die Schulbänke vor sich sehen und vom Werden und Schaffen in der Wirklichkeit nichts kennen. Daher auch die verfluchte Oberlehrer-Kritik, die jetzt grassiert neben dem unsterblichen Sekundanerstil *à la* Julian Schmidt. Selbst Dichter wie Kinkel oder C. F. Meyer, die selbst Schönes gemacht haben, kann ich nicht brauchen, weil ich kein Vertrauen zu ihnen habe. Warum? Weil ich nie ein mündliches oder schriftliches Wort von ihnen gehört oder gesehen habe, das in kritischen Dingen von Verstand und Herz gezeugt hätte. Solche Leute stellen sich im Verkehre auch immer halb verrückt, um den Mangel einer lebendigen Seele zu verbergen, den sie wohl fühlen [224].»

Als unumgängliche Voraussetzung eines Gesprächs auch mit andern Künstlern bezeichnet Keller Verstand und Herz. Der Kreis der «Kunstgenossen» wird also noch enger, bewußt eng gezogen. C. F. Meyer gibt er häufig zu verstehen, daß der menschliche Abstand zwischen ihnen keine förderliche Unterhaltung zuläßt. Als Meyer in einer kritischen Bemerkung die «Arme Baronin» des «Sinngedichts» im ganzen zwar lobt, aber sozusagen hinter vorgehaltener Hand einige «Unwahrscheinlichkeiten im Detail» tadelt, könnte Kellers Antwort kaum ironischer und distanzierter ausfallen: «Es ist sehr freundlich von Ihnen, mir mit einem aufmunternden Handwink beizuspringen in meiner Not, da ich mit dem Orgelkasten und dem Affen auf dem Markte stehe. Möge Ihnen gleiches Labsal werden, wenn Sie demnächst, wie zu hoffen, mit einem Löwen oder Adler im Käficht aufziehen werden.» Die Selbstherabsetzung läßt den heroisch gezeichneten Auftritt Meyers mit Löwen oder Adler doppelt überschwenglich erscheinen; was Meyer anbietet, ist nicht ein Hinweis, sondern ein königlicher «Handwink», nicht ein Ratschlag, sondern ein «Labsal». Wo er selbst Meyer «nach bekannter Unart» einen sachlichen Irrtum nachweist, nennt er es «gegen die Kritik bellen», und er schließt den Brief mit der höflichen Wendung, die er für Meyer bereithält, um den Abstand zu wahren: «In größter Hochachtung ...[225]»

Gottfried Keller hat sich nie ganz von der gesellschaftlichen Sphäre abgesondert. Er ist Gast in vielen Salons, in Zürich, Heidelberg und Berlin, und er bildet in späteren Jahren mit Böcklin und andern seinen eigenen Kreis. Aber der gesellschaftliche Umgang, auch wenn die Literatur darin ihren Platz hat, vermag nicht, ihm das Gespräch mit dem Dichter zu ersetzen. Immer wieder sucht er diesen Dialog – meist im Briefwechsel. Die Dichterlesung in der Gesellschaft und die Beobachtung des unmittelbaren Eindrucks scheinen nach einer Äußerung von 1881, er habe nie eine Umgebung gehabt, der er «etwas vorlesen konnte oder mochte», keine wesentliche Rolle zu spielen; andern Briefen ist aber zu entnehmen, daß er doch hin und wieder aus seinen Dichtungen vorträgt. 1861 schreibt er Ludmilla Assing: «Ich habe seit einigen Monaten angefangen, von meinen neuen oder bald ungedruckt alt gewordenen Sachen vorzulesen, so daß ich bald ein wahrer Palleske sein werde. Nach einigen Gesichtern, so die Damen dazu geschnitten haben, dürfte Ihr Kriterium: *sonderbar!* wieder in Anwendung kommen.» Aus den «Sieben Legenden» trägt er bei Wesendoncks vor, und 1873 bittet er den Verleger um Korrekturbogen des 3. Bändchens der Seldwyler-Novellen, aus denen er der Familie Exner lesen will [226]. Vielleicht haben diese Lesungen denselben Zweck wie der Vorabdruck späterer Werke in der «Deutschen Rundschau», die es erst in zweiter Linie ermöglichen sollen, die Äußerungen der Kritik für die Buchausgabe zu verwenden: das Druckbild und so das Vorlesen regen ihn zu Autorkorrekturen an.

Es bleibt fraglich, ob der Kreis von «Kunstgenossen», den Keller im «Kunstreischen» nennt, für ihn selbst in dieser idealen Form überhaupt möglich ist. Ohne dem Mythos seiner mürrischen Zurückgezogenheit, seiner Grobheit großes Gewicht geben zu wollen, darf man vielleicht sagen, daß es den Dichter Gottfried Keller zwar zur Gemeinschaft zieht, nicht aber zur Gesellschaft. Das ist für ihn auch eine Frage der Formulierung: Im Brief, der ihm das Gespräch ersetzt, läßt sich vieles sorgfältiger abwägen als in der Unterhaltung; die Verbindung mit geistig regsamen Menschen, bei denen er Verständnis für seine Dichtung findet, ist eine Notwendigkeit, und das Fehlen einer solchen Gemeinschaft verweist ihn auf den Briefwechsel, der sich auch wieder abbrechen läßt.

b) Mißstände der Journalkritik

Im ersten Brief, den Gottfried Keller aus Berlin an Hettner schickt, spricht er von der geringen Wirkung der Kritik auf die Bühne: «Was das Theater betrifft, so bin ich erstaunt und erschreckt über die Art, wie das geschriebene Wort des Dichters in *Berlin,* nachdem die deutsche Kritik über ein halbes Jahrhundert gewütet hat, mißverstanden oder beliebig aufgefaßt wird; ... zu was dienen die Hunderte von Theaterzeitungen, die Jahrbücher, die Monographien, all das endlose Gewäsche, wenn nicht einmal die einfachsten wichtigsten Grundsätze und Typen unverletzlich festgestellt werden können? [227]»

Ihren Hauptzweck hat die Kritik erst dann erfüllt, so meint Keller, wenn sie ernstgenommen und dem Dichter und Künstler in seinem Schaffen bis zu einem gewissen Grad maßgebend ist. Diese Wirksamkeit der Kritik verläuft in zwei Richtungen: Einmal betrifft sie den Dichter selbst; er kann aus den Urteilen über sein Werk ein Bild gewinnen, wie die Öffentlichkeit es aufgenommen hat. Er rechnet mit der Kritik in diesem Sinn, auch mit ihren Schwankungen, der ihr anhaftenden Unobjektivität, die Keller «ganz in Ordnung» findet, sich sogar daran freut, weil «auch die scharfen Tadler sich vielfach widersprechen und jeder sich über etwas anderes ärgert»; nach dem Erscheinen des «Grünen Heinrich» beweisen ihm das starke Lob und die betonte Ablehnung in den Rezensionen gleichermaßen die Bedeutung seines Romans, der offensichtlich nicht in die Schablone der Alltagsliteratur paßt, nach eigenen Kriterien verlangt: «Auch lobt der eine, was der andere tadelt, und jeder hat eine andere Meinung darüber und vergleicht es mit anderen Beispielen; alles dies kommt bei einem schlechten Buch nicht vor [228].»

Anderseits wendet sich die Kritik an das Publikum. Das Gespräch im kleinen Kreis der «Kunstgenossen», der Briefwechsel zwischen zwei Dichtern geschieht in Abwesenheit einer weiteren Zuhörerschaft, unter Ausschluß sogar gebildeter Liebhaber. Die Kritik dagegen, die als Anzeige und Rezension in den Tagesblättern erscheint, dient der Vermittlung zwischen dem Dichter und den möglichen Lesern oder der Bühne. Zwar stellt Keller sich die Leser nicht als anonyme Masse ohne Geschmack und deshalb anspruchslos der Literatur gegenüber vor, die der Kritiker kraft seines anerkannten Amtes lenkt, bei der «ein hinterlistiges Pfaffentum ... das Wetter machen» kann: «Das Publikum läßt sich allerdings heutzutage keine gehaltlosen Bücher mehr aufdrängen durch eine künstliche Claque», schreibt er seinem Verleger; «aber nichtsdestominder muß es doch etwas davon wissen, daß ein Buch überhaupt existiert und lesenswert sei, und zu diesem Ende hin ist die Gleichzeitigkeit des Erscheinens, der Besprechung und einer zweckmäßigen Ankündigung immer notwendig.» Umgekehrt weiß Keller nur zu gut, wie sehr das Publikum eben doch auch beeinflußbar ist; auf einen Brief Freiligraths, der ihm den Bündner Porträtisten Adolf Grass empfiehlt, schreibt er: «Alles, was ich tun kann, ist, dem jungen Mann bei Ausstellung seiner Proben und mit Zeitungsartikeln an die Hand zu gehen, und indem ich ihn da oder dort anrühme (wenn er wirklich was kann), so vor mich hin, in den Bart murmelnd, damit die Leute glauben, es sei mir geheimnisvoll und ernst zumute [229].»

Wenn hier nur von der Unerläßlichkeit der Ankündigung und Rezension die Rede ist, nicht von ihrer geeigneten Form und ihren Aufgaben, so deswegen, weil es Keller ja bei der verzögerten Publikationsweise seines ersten Romans zunächst darum geht, den Verleger auf die Erfordernis einer Publikumswerbung aufmerksam zu machen. Aber auch sonst hat der Dichter nirgends ausdrücklich für den praktischen Gebrauch des Rezensenten dargelegt, wie eine Zeitungskritik zu verfassen sei, die allen Anforderungen gerecht wird. Die Bitte J. V. Widmanns: «Ließe sich das nicht machen, daß Sie bei Gelegenheit einmal nicht rezensierten, aber sagten, wie man ... rezensieren müsse?» erfüllt Keller nicht [230]. Auch in diesem Fall läßt sich seine Vorstellung von einer guten Besprechung nur durch eine Interpretation von Stellen wiedergeben, die sich zur Journalkritik selbst kritisch verhalten – während er von der idealen kritischen Zeitschrift ein positives Bild gibt; er selbst, der kein «penny-a-liner» sein will, weiß, wie eine solche Zeitschrift aufzubauen, nach welchen Gesichtspunkten sie zu gliedern ist; über die

«Rundschau» schreibt er dem Herausgeber Rodenberg anläßlich der Gründung eines ähnlichen Blattes (Paul Lindaus «Nord und Süd»), ein Konkurrenz-
kampf sei wohl nicht zu befürchten, da in «Nord und Süd» «etwas Neues
und Besseres» nicht erreicht sei «in formeller Beziehung und das Programm
nicht so gut als dasjenige der ‹Rundschau›». Keller fährt fort: «Vor allem
würde ich an der Einrichtung nichts ändern. Auf den bunten Umschlag
und die Porträts gebe ich meinenteils gar nichts. Zeitliche Übersichten, Berichte
und kritische Arbeiten betreffend, werden Sie erleben, daß man dieselben
gerade in einer Revue nicht entbehren will, und Sie können gerade hierin
noch schöne Kräfte aufbieten. Auch dürfte sich Paul Lindau mit seiner Idee,
seine Monatsschrift gewissermaßen zu einem Geistesprodukte seiner eigenen
Person zu gestalten, indem er auf der Schriftsteller- und Gelehrtenwelt
spielen will wie etwa auf einer Ziehharmonika, verrechnen [231].»

Kellers Briefe befassen sich öfter mit dem Versagen der Kritik. Es
kann sich dabei um Nachlässigkeit, um mangelnde Eignung des Rezensenten
für seine Aufgabe handeln. Eine Besprechung der deutschsprachigen Londoner
Zeitschrift «Deutsches Athenäum. Journal für deutsche Literatur und Kunst»
über den «Grünen Heinrich» empört den Dichter durch ihre Flüchtigkeit:
«Der Esel, welcher die Rezension verfaßt hat, verwechselt mich mit dem
reaktionären Geheimerat Professor Keller in Berlin und reißt von diesem Standpunkt aus mein Buch zuweg, ein Beweis, wie gewissenhaft diese Sorte verfährt.
Es braucht eine große Lesekunst, um in dem Romane ein Buch für Treubündler
und einen Geheimratsstil zu finden [232].»

Oder der Dichter muß fürchten, daß sich die Kritik in Silbenstecherei
verliert: Dem Festgedicht Jakob Baechtolds zu Gottfried Kellers 57. Geburtstag weist ein Leser einen sachlichen Fehler nach. Darauf schickt der
Dichter den Leserbrief an seinen späteren Biographen und fügt hinsichtlich
der im Entstehen begriffenen Hadlaub-Erzählung bei: «Die Zürcher Kritiker
oder Lokaldilettanten ... werden sich aber wundern, wie ich die Dinge
durcheinanderwerfe, und rufen, es wäre besser, man ließe dergleichen unter-
wegen, wenn man es nicht besser verstehe [233].»

Tatsachen verfälscht Theophil Zolling in einem kritischen Aufsatz über
Keller in der Zeitschrift «Die Gegenwart», wo er «wissentlich ein paar
Sonette als auf den großen deutschen Krieg von 1870 bezüglich und mich
daher als einen Mondanbeller gegen jene glorreiche Zeit darstellt, während
die Verse vor 40 Jahren gemacht wurden und der Schlingel das älteste
Bändchen ersichtlich auf dem Tische liegen hatte, als er seinen Artikel
schrieb [234]».

Gottfried Keller begnügt sich meistens damit, solche unredliche Kritik
hinzunehmen oder in Briefen zu kommentieren; zweimal sieht er sich zu
einer öffentlichen Erwiderung gezwungen: 1867 wird er wegen Wilhelm
Baumgartners Komposition des Gedichts «Waldstätte», das schon 1845
entstanden ist, aus der Innerschweiz angegriffen, was Keller zu einer Berich-

tigung u. a. im «Luzerner Tagblatt» veranlaßt. 1879 bringt ein Schweizer Korrespondent des Pariser «Temps» den früher von der «aufgebrachten Kurie des Freisinns» behaupteten Zusammenhang zwischen einer Kritik des Pfarrers Heinrich Lang am Bettagsmandat, das Keller 1871 verfaßt, und seiner Darstellung freisinnig-theologischer Intoleranz im «Verlorenen Lachen» (1874) neuerdings vor das Publikum; in seinem Artikel «Ein nachhaltiger Rachekrieg» rückt Keller die Dinge an ihren Ort [235].

Die Zurückhaltung Kellers leichtfertiger Kritik gegenüber ist ungewöhnlich; das literarische Deutschland ist in dieser Beziehung sehr kämpferisch gesinnt. Persönliche Gehässigkeit, gefühlsmäßige Sympathien und Antipathien zwischen Autor und Kritiker verwandeln Rezensionen oft genug in eine Sammlung bösartiger Ausfälle, die höchstens mit psychologischen Kategorien zu verstehen sind und nicht von ästhetischen Überzeugungen abhängen.

1877 veröffentlicht Adolf Stern in der «Augsburger Allgemeinen Zeitung» fünf Artikel über die Hebbel-Biographie von Emil Kuh (2 Bände, Wien 1877); damit beginnt die Endphase einer literarischen Kontroverse, die Keller geeignet scheint, zu zeigen, wohin Kritik führt, die nicht das Werk meint, sondern den Verfasser zu treffen sucht. Das ohnehin sehr unbeständige Verhältnis zwischen Hebbel und Gutzkow erhält nach Hebbels Tod einen letzten Stoß, da Emil Kuh in der Biographie zahlreiche geringschätzige Äußerungen über Gutzkow veröffentlicht; so schildert er eine Begegnung Hebbels mit Heine (Paris 1843), der Gutzkow als Inkarnation des Schufterle in Schillers «Räubern» bezeichnet. Er verschweigt nicht, daß Hebbel Gutzkow ab und zu einen Schurken heißt, und erzählt ein Gespräch der beiden Schriftsteller (Dresden 1859), in dessen Verlauf Gutzkow dem Hebbel-Biographen und -Schützling Kuh nachsagt, er besitze nichts als «eine etwas verfeinerte Commisbildung». Diese Bemerkung entfacht Hebbels Wut [236] und veranlaßt Kuh natürlich nicht, Hebbels kritische Äußerungen über Gutzkow zu streichen. 1876 stirbt Kuh, 1877 erscheint die Biographie und im November/Dezember des Jahres die Aufsatz-Reihe von Adolf Stern, die auf «jede sittliche Glosse» zugunsten Gutzkows verzichtet, ja die gegenseitigen Beschimpfungen ausführlich vorbringt. Damit ist die Auseinandersetzung publik geworden; Gutzkow, wütend, weil er sich durch seine Rezensionen der Dramen und Gedichte Hebbels diesem stets hilfsbereit gezeigt hatte, pariert in der Streitschrift «Dionysius Longinus», einem originellen, wenn auch im ganzen unerfreulichen Beitrag zur Literaturkritik. Gutzkow verfällt darauf, Kuh und Stern (nebenbei auch den Historiker Gervinus) auf ihre Herkunft aus dem Kaufmannsstand festzulegen und ihnen dementsprechend die Mentalität von «Handlungsdienern» ebenfalls in den literarischen und kritischen Produkten nachzuweisen; Hebbel selbst wird in seinen Lebensverhältnissen peinlich angegriffen [237].

Dieses Beispiel verhängnisvoller Indiskretion und das «unglückliche Longinus-Buch des unglücklichen Gutzkow» hat Keller sogleich vor Augen, als ihn die Witwe Hermann Hettners um die Briefe ihres Gatten ersucht; sie sollen in einer Biographie Hettners verwendet werden, die Adolf Stern schreibt. Mit dem Hinweis auf den Streitfall Hebbel–Gutzkow rechtfertigt er seine Bitte, «allerlei kritische oder gar harte Äußerungen über dritte, zumal noch lebende Personen, die in der Korrespondenz vorkommen, sowie andere Personalien bedenklicher Art» zu unterdrücken [238].

Auch wo Keller unmittelbar von einer Kritik betroffen wird, die sich absichtlich nicht um die Wertung eines Buches als Kunstwerk bemüht, sondern den Weg persönlicher Angriffe auf Autor oder Herausgeber wählt, hält er sich zurück, wenigstens vor der Öffentlichkeit; der Groll gegen diese Art Kritik kommt in den Briefen zur Geltung – allerdings auch die Erwägungen, die es ihm ratsam erscheinen lassen, nach außen hin zu schweigen. Ende 1878 veröffentlicht Jakob Baechtold eine Auswahl aus den Gedichten Heinrich Leutholds (vgl. zum folgenden S. 451 f.). Gottfried Kellers Mitwirkung an dieser Ausgabe beschränkt sich auf eine Durchsicht des Manuskripts. Eine gewisse Distanz zum Lyriker Leuthold, wie sie auch in den Briefen und in Kellers Rezension [239] zu finden ist, hält ihn davon ab, sich stärker zu beteiligen. Aber er sorgt bereitwillig für Leuthold, der kurz zuvor krank und zerrüttet in die Schweiz zurückgebracht worden ist; Keller bemüht sich mit andern darum, daß der geistesgestörte Dichter in einer Irrenanstalt bei Zürich untergebracht wird. Um so empfindlicher trifft ihn die Rezension des Gedichtbandes durch den Altphilologen Jakob Mähly, die Baechtolds Auswahl rügt und eine unzutreffende Schilderung von Leutholds finanzieller Lage sowie seiner Lebensbedingungen gibt [240]. Bei seinen Freunden findet Keller harte Worte für den Aufsatz des Philologen, «der ein ... blödes und auf total unrichtigen Voraussetzungen beruhendes Geschwätz enthält», das nur Schaden stiften kann [241]. Er ärgert sich deswegen über «den Mählischen Schmarren», da er offenbar mit hämischer Absicht zeugt und geschmützt ist», und in einem Brief an Heyse nennt er die Rezension «eine recht philiströse Maß- und Kritiklosigkeit, sowie eine ärgerliche Entstellung und Verkehrung der Tatsachen». Weil er selbst die Gedichte Leutholds nicht vorbehaltlos anerkennen kann, entrüstet ihn Mählys unbedingtes Lob, zumal es ausgesprochen wird, um die Vorwürfe an die Herausgeber – Kellers Mitarbeit wird von Lesern und Kritikern vorausgesetzt – zu unterstreichen. «Meine kleine Anzeige», fährt Keller fort, «in einer hiesigen Zeitung lasse ich Dir zugehen; ich eröffnete damit die heimatliche Besprechung und glaubte schon ziemlich unverschämt und kritiklos verfahren zu sein. Und nun diese tolle Salbaderei [242].» Während Baechtold eine «Richtigstellung der Tatsachen ... und Rückführung des Lobes auf das gerechte Maß» für angezeigt hält, weiß Keller, wie nutzlos eine Erwiderung wäre: «Die kritische Seite der Sache könnte nur dann zur Sprache gebracht werden, wenn die versteckten Angriffe auf Herausgeber und ‹Freunde› offener ausgespielt und von anderer Seite unterstützt würden. Und was die falschen Voraussetzungen und Anklagen wegen Leutholds Schicksal etc. betrifft, so liegt die Schändlichkeit oder ich will annehmen Leichtsinnigkeit der Mählischen Auslassung ja gerade darin, daß man sich nicht aussprechen und rektifizieren kann, während der arme Kerl noch lebt und leidet und natürlich alles zu Gesicht bekommt, was über ihn gedruckt wird [243].»

Der Fall eröffnet den Ausblick auf eine Grenze der Kunstkritik: sie verfehlt ihre eigentliche Aufgabe, wenn sie im Werk nur den Spiegel sieht, worin sich der Verfasser mit seinen menschlichen Schwächen und Vorzügen mehr oder weniger scharf abbildet; wenn sie das Kunstwerk zum Anlaß nimmt, die politische, die religiöse Gesinnung des Autors anzugreifen.

Die zeitgenössische Literaturkritik, wie sie in den Zeitungen und Zeitschriften geleistet wird, der Literaturbetrieb, der sich in «schnöden Industrialismus» verirrt, berufsmäßiges Rezensententum und die Reklame der Verleger machen die Dichtung zu einem Geschäft; während er selbst in Berlin an den Gotthelf-Rezensionen schreibt, nennt Keller die Zeitungskritik einen «trügerischen Barometer» und Besprechungen in der «Augsburger Allgemeinen Zeitung» den «gewöhnlichen Ruhmesmesser für alle Philister [244]».

Die Einleitung zu Kellers Kritik von Bachmayrs Drama «Trank der Vergessenheit» weist im ironischen Vertauschen von Shakespeare und Lessing mit Kotzebue, Raupach und Charlotte Birch-Pfeiffer auf einen neuen möglichen index classicorum einer «künftigen Kritik und Kunstphilosophie»: ironisch, weil es Keller ja 1850 nicht für wahrscheinlich hält, daß es Menschen gibt, «welche, der Falschheit und Schlechtigkeit einer Geschmacksrichtung wohl bewußt, dieselbe dennoch für die ihrige ausgeben und verteidigen, als ästhetische Tartüffes»; müßte man mit ihnen rechnen, so wären es «die verworfensten Sünder der Erde». Die Vermutung aber ist erlaubt, daß Keller später am Vorhandensein einer solchen Kritik, die «von der Unrechtmäßigkeit (ihres) Urteils überzeugt» ist und es dennoch ausspricht, nicht mehr zweifelt. Im Alter beklagt er ja den Niedergang des kritischen Handwerks: «Es ist merkwürdig, wie wenig auch nur kritisches Interesse heutzutage vorhanden ist, um Sachliches zu studieren und die Dinge zu betrachten, die man nicht selbst gemacht hat, sobald sie nicht in die Schablone passen [245]»; nichts hat sich anscheinend geändert seit Kellers Wort von «den Halunken, die es nicht über sich vermögen, etwas zu loben, woran sie keinen Teil haben», seit seinem Urteil über «den bekannten unzulänglichen Literaten-Charakter des größern Teils der das Wort führenden Leute», die die Aufgabe der Kritik nicht kennen und sie nicht lösen können. Zu den Rezensionen eines Theaterstücks von Heyse bemerkt Keller, er habe den Eindruck, der Verfasser sei «etwas zu stark mit vorsätzlichen oder absichtlichen Gemeinplätzen regaliert worden. Um so mehr wünschte ich», heißt es dann, «die lebendige Wechselwirkung, die von der Bühne zum Publikum stattgefunden hat, zu kennen; aber da steh' ich wie ein altes Huhn am Ufer des Baches, auf dem die Enten lustig hinabgeschwommen sind.

Nur wie durch einen neidischen Rauch hindurch kann man aus den Kritiken Freudenbezeugungen des Völkleins erkennen ...²⁴⁶»

In dieser Äußerung Kellers wird etwas sichtbar vom Prozeß, der die Kritik und das Publikum als zwei legitime Instanzen für die Beurteilung eines Kunstwerks immer weiter auseinanderführt. Es sind nicht mehr die Leser und die Zuschauer, an die sich der Dichter in erster Linie wenden darf: die Kritik schiebt sich dazwischen und beansprucht das einzig verbindliche Urteil für sich.

Keller selbst jedoch hält die Resonanz eines Werks im Publikum noch für wichtig, wenn nicht für entscheidend. Diese «Wechselbeziehung» soll vor allem im Theater stattfinden, wo die Zuschauer durch Wort und Gebärde unmittelbar angesprochen werden, in der dem Theater eigentümlichen festlichen Atmosphäre auch ansprechbar sind. Die enge Verbindung zwischen Kunst und Gemeinschaft, d. h. zwischen Kritik, Publikum und Kunst ist eine Forderung Kellers überhaupt, die allerdings zu einer Zeit unbedingt formuliert wird und später Einschränkungen erfährt. Im Aufsatz «Am Mythenstein» (1861) spricht der Dichter von den Methoden der gegenwärtigen Kritik, von ihren Fehlern und den grundsätzlichen Aufgaben: «Laßt eine Kritik entstehen, nicht in Monatheften gedruckt, sondern von sichtbaren Richtern ... vor allem Volke geübt, welche keinen Gemeinplatz, keine müßige Zeile, keinen wiedergekauten oder gestohlenen Gedanken, keine verfehlten Anläufe, die sich mit einem unlogischen Schluß decken wollen, keine verkrüppelten Formen, keinen Verhau aufgehäufter Konsonanten durchgehen läßt, welche zum entlegenen Inhalt und zur blassen Reminiszenz sagt: Hebe dich weg, wir wollen nur, was uns rührt und erhebt ²⁴⁷.» In diesem Aufruf haben sich die Erfahrungen mit Rezensenten und Rezensionen niedergeschlagen, die Keller in Berlin und bis zum Eintritt ins Staatsschreiberamt gesammelt hat. Die Kritik der zeitgenössischen Literaturbetrachtung mündet in einen Katalog von Verstößen gegen ihren eigentlichen Sinn: das «Erhabene» und «Erhebende» herauszustellen, dem Volk unverfälscht zu übermitteln. «Dem Volk» – denn Keller läßt es nicht damit bewenden, daß er der literarischen Kritik einen Spiegel vorhält: Die zitierte Stelle erscheint in einem Aufsatz, der auf die Erneuerung des schweizerischen Festlebens abzielt, alle Künste einem großen Gesamtkunstwerk verpflichten will. Die gemeinte Kritik vor der Gemeinschaft würde also zu einer Art auswählenden Gremiums werden, die nur den Künstler anerkennt, dessen Werk dem übergeordneten Zweck zugute kommt, im Sinn des Gesamtkunstwerks volkstümlich ist. Eine solche ausschließliche Zielsetzung der ästhetischen Kritik kann aber nicht Kellers einzige Absicht sein, da es ihm ja immer auch um «den freien Prozeß der Kritik und die notwendige Entwicklung des Geschmackes» geht ²⁴⁸. Das Wunschbild ist dem Bedürfnis des ganzen Aufsatzes angepaßt und erhält als Gegenbild zur Wirklichkeit notgedrungen stärkere Konturen. Zudem wehrt Keller das eine

Mal, wo er mit einem derartigen «sichtbaren» Richterkollegium in Verbindung gebracht wird, ab; J. V. Widmann schlägt dem Dichter 1874 vor: «Falls Sie zum Murtenschlachtjubiläum kein Preisgedicht liefern – ich hab's auch nicht im Sinne –, könnten wir uns zur Belohnung unserer Enthaltung in das Preisgericht wählen lassen ...[249]» In der Antwort an Widmann hat Keller sich von jenen enthusiastischen Forderungen in «Am Mythenstein» weit entfernt: «Was mich ... zu diesen Zeilen treibt, ist der plötzliche Gedanke, daß Sie oder ein anderer des Preisgerichts über die Murten-Kantate, weil ich Ihre diesfällige Anfrage wegen Übernahme einer Richterstelle nicht beantwortet habe, auf den Einfall geraten könnten, ich hätte selbst konkurriert ... In der Tat lag mir das Dichten sowohl wie das Richten gleich fern, und namentlich letzteres ist mir gründlich zuwider geworden[250]» (vgl. S. 266).

Davon bleibt freilich unberührt, daß Keller sich an den genannten Mißständen der Literaturkritik eine eigene kritische Konzeption bildet und fremde Besprechungen daran mißt.

c) Verleger

Einer der meistgelesenen Lyriker des Cotta-Verlages, Nikolaus Lenau, spricht einmal davon, daß sich «die Kritik über ein Buch am entscheidendsten und vollgültigsten doch in dessen merkantilistischem Schicksal» reflektiere[251]. Die Annahme, die Wertung eines literarischen Werks komme in seiner Verkaufsziffer am greifbarsten zum Ausdruck, schließt allerdings die Frage ein: Wer steht hinter dieser Kritik? Das Publikum, Zeitschriften und Tagesblätter? Die «Kunstgenossen»? Die Antwort müßte den anonymen Leser bezeichnen; er ist es ja, der das Buch erwirbt. Das Publikum, sollte man vermuten, spreche, so schwierig es sonst zu fassen ist, hier sein bestimmendes Wort.

Wirklich scheint Lenau 1840 an so etwas wie einen kollektiven Volksgeist zu denken, der rezeptiv, durch beharrliche Bevorzugung gewisser Schriftsteller und Gattungen der Entwicklung der Literatur eine bestimmte Richtung aufzwingt. Lenau fährt denn auch fort: «So erzählte mir Cotta, daß er von Goethes Faust jährlich bei 2000, von seinen lyrischen Gedichten kaum 40 Exemplare verkaufe. Hierin spricht sich die unzweifelhafte Tatsache aus, daß die neuere Lyrik entwickelter und befriedigender ist als die Goethes[252].»

Es ist müßig, dieser Ansicht Lenaus mit dem Hinweis entgegenzutreten, daß Auflagezahlen mit literarischem Wert nichts zu tun hätten, daß es bedeutende Werke gebe, die zu Lebzeiten ihres Verfassers nur wenige Käufer gefunden haben, bestenfalls Jahrzehnte später in einer Reihe «Verschollene und Vergessene» wieder erscheinen und dennoch einen hohen literarischen Rang beanspruchen können; daß da anderseits die «Klassiker» des

Sortiments und des Bücherladens seien, die der Literaturkenner gern vergessen sähe. Denn an den tatsächlichen Verhältnissen zwischen Dichtung und Publikum zielt auch die Behauptung des Bücherliebhabers, der die Erhabenheit der Literatur vor der kritiklosen Masse retten will, vorbei: das Publikum, das in diesem Fall dem engen Kreis der eigentlichen Kenner gegenübergestellt wird, habe weder die Fähigkeit, noch die Bildung, noch überhaupt die Absicht, das gute Buch vom minderwertigen zu unterscheiden, es wähle seine Lektüre nach völlig unkritischen Gesichtspunkten aus, die eher ins Gebiet der Psychologie und Soziologie fallen als in das der Literaturwissenschaft; jedenfalls gehe die Wahl nicht auf eine wirkliche Auseinandersetzung mit dem dichterischen Werk zurück. Denn in Wahrheit ist der Leser beeinflußbar und steht unter dem Zwang der Rezensenten und des Verlegers.

Man könnte sich das Schema einer Hierarchie der Kritik denken, an deren Fuß das Publikum, die Käufer stehen, sozusagen als Exekutive der Rezensenten, an deren Spitze der Verleger, als der Vermittler zwischen dem Autor einerseits, dem Kritiker und dem Leser anderseits.

Ist es die Aufgabe des Kritikers, das Angebot an Romanen, Erzählungen, Dramen und Gedichten, die vom Verleger für die Veröffentlichung geeignet befunden worden sind, zu sichten und zu ordnen, so übernimmt der Verlag die Auswahl aus dem Angebot an Manuskripten [253]. Kein Zweifel, daß diese Auswahl von kunstkritischen Erwägungen abhängt: daneben fallen persönliche Vorliebe, besondere Pflege eines Literaturzweigs und geschäftliche Spekulation ins Gewicht. Beiseite gelassen, daß es in der Gegenwart namentlich großen Unternehmen möglich ist, jedes Buch zu einem erfolgreichen Verlagsgegenstand zu machen, bürgt der Verleger, vor allem wenn er einen berühmten Namen trägt, dem Leser für den literarischen Rang des von ihm verlegten Werks. Das Publikum, das er um sich sammelt, verläßt sich auf das Verlagsprogramm und richtet seinen Geschmack danach aus.

Sind einem Verlag Zeitschriften angegliedert, die der Kritik offenstehen, so verstärkt sich der Einfluß auf das Publikum – es wäre erlaubt, von einer «Geschmacks-Lenkung» zu sprechen. Ein Beispiel ist der C o t t a -Verlag, zu dem die «A u g s b u r g e r   A l l g e m e i n e   Z e i t u n g» (1798 von J. Fr. Cotta gegründet) und das «M o r g e n b l a t t   f ü r   g e b i l d e t e   S t ä n d e» (mit dem «Kunstblatt» und «Literaturblatt» als Beilagen) gehören. Diese Zeitungen werden zum Experimentierfeld für den Verleger, nicht nur indem unbekannte Dichter probeweise veröffentlicht oder von gelegentlichen Mitarbeitern zu Verlagsschriftstellern befördert werden: Der Verlag kann die Besprechung seiner Veröffentlichungen auch den hauseigenen Rezensionsorganen überlassen [254].

Die Gewaltentrennung innerhalb dieser Hierarchie der Literaturkritik ist natürlich nicht so säuberlich durchgeführt, daß auf der einen Seite der Kritiker die Analyse, unvoreingenommen, unbeeinflußt von nicht-ästhetischen Überlegungen oder persönlichen Liebhabereien durchführt, während auf der andern Seite der Verleger nur ans Geschäft denkt. Genausowenig ist aber das Interesse des Dichters an diesen Instanzen, am Verleger, an der Kritik als einer Arbeit von Fachleuten und schließlich sogar an den Lesern geteilt. Die vielfältige Verflochtenheit, die hin und her schießenden Fäden des literarischen Lebens erlauben ihm dies auch gar nicht.

Die enge Beziehung zwischen der öffentlichen Kritik und dem Wirken des Verlegers wird Gottfried Keller ebenfalls am Beispiel des Cotta-Verlages bewußt. Nach dem Erscheinen des «Grünen Heinrich» möchte er den Roman an möglichst vielen Stellen besprochen sehen und prüft, welche Zeitschriften diese Aufgabe übernehmen würden; er schreibt Vieweg: «Auch glaube ich nicht, daß die Cottaschen Blätter viel nützen, da dieselben nur Verlagswerke des Herrn von Cotta besprechen, andere aber nur insofern, als die Anzeigen von Männern eingesandt werden, die sie sonst berücksichtigen müssen. Meine Bekannten, die sonst in Verbindung mit der Cottaschen Presse standen, sind aber leider alle auseinander gekommen mit derselben infolge der bekannten Reibungen, in die sie mit allen selbständigen Leuten gerät [255].»

Wenn auch Georg von Cotta den Zeitungen, die er verlegt, hinsichtlich der Rezensionen keine Vorschriften macht, so folgen der Verlag und seine periodischen Publikationen doch einer Tradition, stehen unter einem Verlagsgeist, der ihnen keine Überschreitungen gestattet; eine durchaus freie Kritik ist von Stuttgart her für Keller in dieser Zeit also noch nicht zu erwarten.

Eine ähnliche Behinderung unabhängiger Literaturkritik durch die geschäftliche Beteiligung mehrerer Verleger und Buchhändler sieht Keller voraus für die von Hettner geplanten «Kritischen Jahrbücher der Wissenschaft und Kunst»: «Während es einem einzelnen anständigen Verleger leicht fallen würde, den unparteiischen und uneigennützigen Ton durchzuführen oder vielmehr durchführen zu lassen, dürfte es gerade einer Vielheit schwer fallen, nicht mit täglichen Ansprüchen und Reklamationen zu belästigen [256].»

Die Beobachtung der Tageskritik, besonders ihrer Voreingenommenheit für oder gegen einen Schriftsteller, die Keller immer wieder antrifft, die Schachzüge verlegerischen Geschäftssinns tragen zum Eindruck bei, daß der Erfolg eines literarischen Werks gesteuert werden kann, und es ist nicht ganz zutreffend, wenn Keller «die Schriftstellerei im deutschen Sprachgebiet» als eine «Lotterie» bezeichnet, «wo Treffer und Nieten fallen, wie der Zufall sie wirft». Der zögernde Absatz seiner Bücher veranlaßt die bittere Bemerkung: «Bei der gewissen Aussicht, niemals einen *etwas* reichlicheren ökonomischen Erwerb zu erzielen, werde ich allerdings endlich auf andere Einrichtungen denken müssen. Denn diese Erfolglosigkeit verleidet und erschwert einem die Tätigkeit, an der es gerade am meisten gelegen ist [257].» Diese Resignation überwiegt indessen nur für Augenblicke; bei aller Zurückhaltung unsachlicher Kritik gegenüber sucht er das Fallen des Loses zu seinen Gunsten zu wenden, seine Bücher möglichst vielen und tüchtigen Rezensenten vorzulegen, ihnen Aufnahme bei den Lesern zu verschaffen und den Erfolg auf diese Weise herbeizuführen. Wenn der Verleger Vieweg, der im «Grünen Heinrich» ein Meisterwerk sieht, Keller einmal zu bedenken gibt, wie ungewiß es sei, «ob ihn die Kritik dafür hält und ob ihn das Publikum kauft», so ist er zunächst durch diese Skepsis nicht zu beirren in seinem guten Glauben an das künstlerische Verständnis der Leser: «Das Publikum läßt sich allerdings heutzutage keine gehaltlosen Bücher mehr aufdrängen», aber es muß durch Besprechungen und «zweckmäßige Ankündigung auf ein neues Werk aufmerksam gemacht werden [258].

Sorgfältig wacht Keller darüber, daß wichtige Journale und einflußreiche Kritiker Exemplare des Romans erhalten. Schon beim Erscheinen der «Neueren Gedichte» erteilt er dem Verleger genau Anweisungen, welche Zeitungen und Rezensenten zu berücksichtigen seien. Noch schreibt er am Roman, als er schon bestimmt, daß Hettner sogleich ein Exemplar zu empfangen habe, «indem derselbe eine Rezension für die ‹Augsburger Allgemeine Zeitung› schreiben will». Drei Jahre danach wendet er sich an Hettner selbst: «Sie [würden] mir fast einen sicheren Erfolg im Geldpunkte verursachen, wenn Sie etwas hinpraktizieren könnten. Versteht sich von selbst, ganz sachgemäß und *kritisch*; denn dies hilft selbst in jenem Punkte mehr als gewaltsames Lob, abgesehen von Anstand und Ehrlichkeit, an die wir uns halten wollen.» Und der Verleger wird ersucht, dem Paar Lewald-Stahr keine Korrekturbogen des Romans mehr zu senden, damit sie keine «übelsinnige Kritik» erscheinen lassen können [259].

«Einen ruinierten Erfolg des Buches» hätten sich Verfasser und Verleger selbst zuzuschreiben, falls die von Keller namentlich aufgeführten Zeitungen und Kritiker nicht in seinen Besitz gelangten. Als die ersten drei Bände auf dem Markt sind, beklagt sich Keller, der Verleger nehme seine Interessen nicht wahr: «Es scheint mir, als ob Vieweg jede Besprechung verhindern wollte, da er an Schriftsteller und Kritiker nicht 1 Exemplar versendet.» Das Buch, das ohnehin unter dem verspäteten Erscheinen des vierten Bandes zu leiden hat, soll einen möglichst günstigen buchhändlerischen Ausgangspunkt haben; der von Vieweg unter die Verlagsankündigung gesetzte Ausschnitt aus einer Rezension macht auf den Dichter und seine Freunde keinen gewinnenden Eindruck. Er zählt Vieweg eine ganze Reihe von Besprechungen auf, die sich zu dem Zweck besser eignen würden [260].

Die Wahl des Rezensenten durch den Verleger spielt für Keller auch später eine entscheidende Rolle. Weibert, der die neue erweiterte Ausgabe der «Leute von Seldwyla» herausbringt, schlägt er vor, das Werk an fünf oder sechs bedeutende Schriftsteller zu schicken, «die darüber schreiben oder ihm sonst nützlich sein werden». So zeigt er sich auch des «Geschäfts» wegen erfreut über die Kritik von Otto Brahm in der «Deutschen Rundschau [261]».

Ebenso sollen nur angesehene, vielgelesene Zeitschriften mit Rezensionsexemplaren bedacht werden [262]. Noch in den achtziger Jahren, als das von Hertz in Berlin verlegte «Sinngedicht» erscheint, ist Keller für eine erfolgversprechende Verteilung der Frei- und Rezensionsexemplare besorgt und verfügt, daß die Provinzblätter, die zwar «eine ungewohnte Zahl von eingehenden und günstigen Besprechungen» liefern, aber den Absatz nicht fördern, nicht mehr berücksichtigt werden. Auch jetzt richtet er sein Augenmerk vor allem auf die großen Zeitungen und Zeitschriften [263] und verhält sich keineswegs so gleichgültig der Kritik gegenüber, wie ein Brief an Weibert, worin er dem Verleger für zugesandte Besprechungen dankt, glauben machen könnte: «Ich selber gehe grundsätzlich nie jemanden um dergleichen an und mische mich in keiner Weise ein [264].» Die Zweifel Kellers an der Loyalität der Journalkritik und sein Ärger über die Gewohnheit der Kritiker, ihre Exemplare an Freunde und Bekannte weiterzugeben, veranlassen ihn freilich auch, den Versand von Rezensionsexemplaren einzuschränken. Beim Erscheinen der «Züricher Novellen» schreibt er dem Verleger: «Ich glaube, man erreicht damit nichts weiter, als daß man durch die Vermittlung der Journalredaktionen manche hundert Leser mit Gratisstoff versieht, ohne daß meistens eine Zeile über das Buch geschrieben wird. Längst habe ich mich gewundert, wie selbst die teuersten Prachtwerke von den Verlegern in alle Winkel hin gratis versandt werden und dort von dem Redaktionspersonal einfach mit Behagen nach Hause geschleppt werden gegen Leistung weniger wertloser Zeilen.» Oder das Verhalten der «Besitzer oder Dirigenten der einflußreichen Blätter» ist nicht einwandfrei: sie «verschleppen die Rezension», weil Keller «keine persönlichen Beziehungen zu ihnen» hat und «nicht so ein Allerweltsklatscher» ist [265]. Keller, dem berühmten Dichter, gegenüber machen diese Blätter eine Rezension davon abhängig, ob er sich bereit findet, ihnen Beiträge zu liefern: «Einige von den größern scheinen die saubere Praxis zu befolgen, daß sie, wenn man ihnen keine Novellen liefert, wie sie kategorisch verlangen, alsdann jede Notiznahme einstellen oder ihren Redaktoren geradezu verbieten. Was mir übrigens Wurst ist [266].»

Die Wachsamkeit Kellers geht zum Teil zurück auf seine Erfahrungen mit dem Verleger Vieweg und die harten Jahre in Berlin überhaupt. Noch viel später ärgert er sich über «die noble Gewohnheit der ‹Revue des deux mondes›, Erstlingsarbeiten von Anfängern nur mit der Ehre der Aufnahme, nicht aber mit Geld zu honorieren», und fügt bei: «Wer die Welt kennt, weiß, daß gerade für ein junges Talent, das mit Schmerzen seinen Anfang erkämpfen muß, der Empfang eines Stümpchen Geldes zugleich mit der Ehre meistens von entscheidender Wirkung ist. Da ist jene Ersparnis für ein großes Institut doch gewiß nichts Geistreiches oder Elegantes [267].»

Zum andern Teil steht hinter den Bemühungen Kellers um günstige und möglichst weit verbreitete Kritik der Wunsch nach einer großen Leserschaft. Ein eindeutiger Erfolgsautor sogar wie Geibel ist davon überzeugt, daß – mit Kellers Worten – «das Intresse des Schriftstellers an einem beförderten Erscheinen seines Buches» seine selbstverständliche Fortsetzung in den Anstrengungen findet, einen stattlichen Absatz zu erzielen, wenn er seinem Verleger, Cotta, Listen unterbreitet, die in genauen Ziffern angeben, wie viele Exemplare der «Juniuslieder» in die einzelnen Städte Deutschlands zu verschicken seien.

Das Publikum, um das geworben wird, erscheint Keller mit zunehmender Erfahrung nicht mehr so selbständig, daß der Verleger und der Dichter neben dem zweckmäßig geplanten Einsatz der Kritik auf andere Vorkehrungen verzichten könnten; vielmehr gilt es, «alten Lesern ein neues Interesse ... durch eine packendere Form» zu bieten, das Format richtig zu wählen, weil «die größere Menge, die selbst Bücher kauft, ordentliche handfeste Bände haben will, in denen auch etwas zu lesen ist und welche nicht zuviel kosten», oder die Ankündigungen auf den Geschmack des Publikums abzustimmen, zumal es «die vermeintliche Aufdringlichkeit nur dem Autor zuschreibt [268]».

In Viewegs Verlag werden vor allem die Ansprüche der Leihbibliotheken berücksichtigt; außer wissenschaftlichen Werken kommen in seinem Haus «nur ein paar Damenromane» heraus, «wobei auf 800 Leihbibliotheken gerechnet» wird, «die das Buch nach damaliger Mode rasch anschaffen [269]». So fürchtet Vieweg, daß das verzögerte Erscheinen des vierten Bandes den «Grünen Heinrich» für Leihbibliotheken untauglich mache; Keller versucht sich zur Wehr zu setzen: «Übrigens ist es mir total neu, daß heutzutage das Schicksal eines Buches und die Ehre des Verfassers gänzlich vom Standpunkte einer guten Leihbibliotheksschwarte behandelt wird und bei einem unabsichtlichen Ausbleiben des Schlusses eines poetischen Werkes das Publikum mit dem Verleger und dieser mit dem Autor eine Sprache führt, als ob es sich um eine Art *Gaunerei* handle! [270]»

Aber das Argument des geschäftskundigen Verlegers ist stärker: «... dennoch bestimmt der Absatz an die Leihbibliotheken heutzutage das Schicksal *jedes* Romans, denn das reiche und gebildete Publikum kauft in der Regel in Deutschland sehr selten Romane.» Der Einfluß, den ein anonymes Institut wie eine Leihbücherei oder ein Lesezirkel auf den Verkauf oder sogar auf die Gestaltung eines Buches haben kann, tritt bei Kellers ersten Plänen zu einer Umarbeitung des «Grünen Heinrich» in Erscheinung; der Roman fängt an «in den Leseanstalten und Leihbibliotheken zu mangeln, wo er seit 25 Jahren sich abstrapaziert hat, so daß manche, die das Buch erst jetzt lesen möchten, es auf keine Weise mehr bekommen. Eine zweckmäßig umgearbeitete Ausgabe wird daher etwa im nächsten Jahre vielleicht keinen ungünstigen Boden finden, nachdem noch die neuen Novellen erschienen sind [271]».

Es ist die Sorge um sein Werk, die Keller veranlaßt, sämtliche Möglichkeiten günstiger Rezensionen aufzubieten und die Ansprüche des Publikums wenigstens im Äußerlichen zu berücksichtigen. Dieselbe Sorge ist es, wenn er es als *«Hauptpflicht»* erachtet, seinem «Beruf» und dem *«inneren Urteil»* nachzukommen, um ein Schriftsteller zu werden, «an dem nichts verloren geht», und sich weigert, die Eigenart seines Werks einem zu errechnenden Geschäftserfolg unterzuordnen: «Was die Absatzweise solcher Erzählungen betrifft, so hat wohl jedes Buch sein Schicksal aus seinem besondern Charakter und läßt sich ein bestimmtes geschäftliches Prognostikon nicht voraustellen. Wenn indessen ein solches Produkt mehr auf den Privatankauf angewiesen ist, so könnte man in der Ausstattung darauf Rücksicht nehmen und ihm etwa ein solches Format geben, daß es sich dazu eignet.» Den auf einen Publikums- und Leihbibliothekserfolg ausgerichteten Wünschen des Verlegers hält Keller entgegen, daß sein Werk sich von den Büchern «der eigentlichen Romanschriftsteller» unterscheide, «wo das Publikum denkt, es sei gleich, ob man den einen oder andern Roman desselben Autors übergehe, und wo alles darauf ankommt, daß das neue Opus des Herrn oder der Dame mit *einem* Schlage und möglichstem Aufsehen lanciert werde [272]».

Hier wird dem Publikum gegenüber eine Grenze gezogen; Kellers Ansichten erschweren aber auch die Beziehungen zu Vieweg. Während der Verkehr mit andern Verlegern sich ohne jede Gehässigkeit abwickelt, herrscht im Briefwechsel mit Vieweg stellenweise ein äußerst gereizter Ton. Das unablässige Drängen des Verlegers, der auf sein Recht pocht [273] und sich über die stockende Ablieferung des Manuskripts beschwert, Kellers persönliche Schwierigkeiten, die Versuchung, nichts oder anderes zu arbeiten (was ihn später dazu bestimmt, den Verlegern Konventionalbußen anzubieten), trüben das Einvernehmen. Keller stößt sich an der «nackten und unverschämten Fabrikbehandlung», der Undankbarkeit Viewegs, der doch «etwas Gutes zu verlegen» bekommt. 1850 verläßt er sich noch auf Viewegs Urteil, der ihm von der Veröffentlichung eines neuen Gedichtbändchens abrät; 1873 bricht er die Beziehungen zum Verlag für mehrere Jahre ab mit der Begründung, «die veralteten Verlagsherren-Maximen» seien «einer lebhafteren literarischen Tätigkeit» hinderlich. Dennoch ist nicht zu verkennen, daß Vieweg für Kellers Werke einen gewissen Idealismus aufbringt, den er den Dichter hin und wieder spüren läßt und an den sich Keller auch wendet; schon ist er weit auf seiner Laufbahn als Schriftsteller fortgeschritten, als ihm der Verlag schreibt, es sei «doch jammerschade, daß das vortreffliche Buch [‹Die Leute von Seldwyla›, 2. Band], eine Sammlung von Dichtwerken ersten Ranges, noch immer nicht vollendet» sei [274].

Mit seiner peinlichen Rücksicht auf den Büchermarkt steht Vieweg natürlich nicht allein; in einem Brief an Theodor Storm beklagt Keller sich darüber, daß er die Novelle «Ursula» – die «Zürcher Novellen» werden von Weibert verlegt – nicht zu seiner Zufriedenheit habe vollenden können: «... schuld daran ist der buchhändlerische Weihnachtstrafik, der mir auf dem Nacken saß; ich *mußte* urplötzlich abschließen [275].»

Werk, Kritik, Verleger, Publikum und den «reichlicheren ökonomischen Erwerb» in ihrer gegenseitigen Abhängigkeit beschreibt Keller eindringlich in einem Brief an Vieweg, der meint, es schade dem vierten Band, daß die Hoffnung der Leser auf einen glücklichen Schluß nicht erfüllt werde: «Was das Zugrundrichten des Romans betrifft, so muß ich es der Zeit überlassen, eine andere Meinung davon herbeizuführen.» Die eigentliche Schwäche des Buches seien die «langen Reflexionen und Bildungsgeschichten»; unter dem traurigen Schluß aber leide der «Grüne Heinrich» nur als Verlagsobjekt, nicht als Kunstwerk: «Statt mit dem Tode des grünen Heinrich ... mit einer Hochzeit zu enden, würde mir, des größeren Absatzes wegen, heute noch nicht einfallen, denn so sehr unsereins des Geldes bedarf, darf das augenblickliche Urteil und der Geschmacksschlendrian des Publikums doch nicht maßgebend sein, wenn man im Interesse dieses Publikums selbst etwas Gutes erreichen will.»

Gleichermaßen besorgt über die Aufnahme des Werks in der Öffentlichkeit äußert er sich zu Palleske: «... es ist eigentlich nur eine Studie, wobei ich manches gelernt habe, während es vom Publikum als etwas aus *einem* Guß Entsprungenes beurteilt und mißverstanden werden wird [276].»

Aus diesen frühen Äußerungen des Dichters geht hervor, daß er selbst dem Leser gegenüber nie eine so entgegenkommende oder in künstlerischen Dingen vertrauensvolle Haltung einnehmen kann, wie Wildenbruch es tut, der «liebenswürdige und enthusiasmierte Mensch», den Keller im Sommer 1883 in Zürich trifft. Er sagt zwar den Dramen Wildenbruchs Erfolg voraus; dennoch erscheint ihm seine Publikumsabhängigkeit bedenklich: «Nur hat er wunderliche Kunstprinzipien, so, wenn er vorgibt, er wolle mit dem Publikum gemeinsam arbeiten, sich nach seinem Geschmacke richten etc. Das heißt freilich, man wolle die Wirkung studieren, was an sich recht ist, aber wer sind die, an denen man sie studiert? Würde man auch sonst tun, was denen gefällt? [277]» Die Antwort ist auch 1884 nein, und die Prognose, die Paul Heyse den Gesammelten Gedichten C. F. Meyers stellt: «Ich fürchte, dies wertvolle Buch, das so viel Kostbares enthält, wird überall von den Kritikern, die ja alle halb und halb vom Handwerk sind, ausbündig schön befunden und vom Publikum wenig beachtet werden ...[278]», verteilt die Gewichte doch zugunsten der Kritik, wenn auch unter dem Gesichtspunkt des kleineren Übels, und findet Kellers Billigung. Zwar scheint sein Brief aus dem gleichen Jahr an Friedrich Otto Pestalozzi, den Herausgeber des «Zürcher Taschenbuchs», der um einen Beitrag Kellers gebeten hatte, dieser Auffassung zu widersprechen: «*Ad hoc* etwas zu schreiben, ist mir jetzt nicht möglich und würde dem Unternehmen auch nichts nützen, mich aber nur blamieren, wenn es nicht gelänge; denn die Zeit ist vorbei, wo ein zufällig just etwas in Mode gekommener Name auch nur ein Exemplar an den Mann bringt ohne die Beigabe einer gefälligen Arbeit eines berechtigten Sujets [279].» Doch dient der Hinweis auf das anspruchsvolle kritische Publi-

kum hier wohl nur als Argument, eine zeitlich ungelegene Anfrage abzulehnen, und gibt nicht die tatsächliche Einschätzung der Leserschaft durch Gottfried Keller wieder.

ZWEITES KAPITEL

GOTTFRIED KELLERS KRITIK DER WISSENSCHAFTLICHEN
LITERATURBETRACHTUNG

Zwei Fragen seien an den Anfang dieses Kapitels gestellt: «Kann ein Literarhistoriker den Gegenwartsroman überhaupt analysieren, ohne seine kritischen Kompetenzen zu überschreiten?» und: «Wie soll einer, der sich um
das geschichtliche Phänomen der Literatur bemüht, ein vom historischen Bewußtsein noch ungeformtes Gebilde begreifen, das wir bereits seit einigen
Jahrzehnten mangels einer treffenderen Bezeichnung ‹modern› nennen [280]?»

Sofort möchte man die erste Frage verneinen und auf die zweite antworten:
«Er kann es nicht»; aber die negative Antwort erweist sich als übereilt. Denn
auch der Historiker lebt in der Gegenwart und begegnet ihren literarischen Erzeugnissen – wenn nicht in der Eigenschaft als Forscher, so doch als Zeitgenosse [281]. Dann ist die Abgrenzung zwischen Kritiker und Wissenschafter deswegen nicht eindeutig, weil gerade der Literarhistoriker aufgrund seines Wissens,
seiner Schulung und der Möglichkeit, ex cathedra zu sprechen, der Literaturkritik manchen wertvollen Hinweis gewähren kann.

Das anerkennt z. B. L. L. Schücking, der in seiner Studie über literarische
Geschmacksbildung feststellt, daß die Hochschule es unterlassen habe, in
dieser Hinsicht ihren Einfluß geltend zu machen [282]. Aber auch hier sind
zwei Einschränkungen nötig: die erste gilt für unser Jahrhundert und läßt
sich aus dem literarischen Leben in den angelsächsischen Ländern ableiten,
wo nicht wenige Kritiker auf Lehrstühle berufen worden sind [283]. Die zweite
Korrektur: Auch im 19. Jahrhundert hat sich in Deutschland die Frage nach
dem Nutzen einer Mitarbeit der Germanisten an der Literaturkritik gestellt,
und sie wird dort im Zeitraum von rund fünfzig Jahren sehr gegensätz-
lich beantwortet. Um 1830, als sein großes Werk über die deutsche Dichtung entsteht, setzt G. G. Gervinus die Literaturgeschichte von der Literatur-
ästhetik ab und bestimmt, daß es nicht Sache des Historikers sein könne,
sich mit der Gegenwartsliteratur zu befassen; dies, obschon er selbst ein
tätiger Politiker ist. Eine Generation nach dem Erscheinen der überarbeite-
ten vierten Auflage von Gervinus' Literaturgeschichte wendet sich dann die
an Einfluß gewinnende positivistische Literaturbetrachtung ausdrücklich der
Gegenwartsdichtung zu und findet in ihr ein willkommenes Experimentierfeld für die philologische Methode.

Auch Gottfried Keller denkt über diese Frage nach: unabhängig vom eigenen Schaffen, wenn er sich mit Gervinus' Werken befaßt, als der angesprochene und betroffene Autor angesichts der Rezensionen seiner Dichtungen aus der Schule Wilhelm Scherers. Es zeigt sich, daß die Schilderung Adolf Freys vom Mißtrauen des Dichters gegen «die Fachgelehrsamkeit und schulmäßige Weisheit [284]» Kellers Meinung über die von wissenschaftlicher Seite geleistete kritische Arbeit trifft, auch wenn sich der Bericht des Biographen nicht in dieser Form aufrechterhalten läßt.

Die von Frey erwähnte Abneigung kommt allerdings gerade dem Literarhistoriker Gervinus gegenüber unbeschönigt zum Ausdruck. Die Vorbehalte Kellers sind anfänglich politisch begründet; er lernt Gervinus in Heidelberg kennen, wo dieser als Hauptredaktor die kleindeutsch-preußisch orientierte «Deutsche Zeitung» (1847–1850) betreut, das Organ der konstitutionellen Mittelpartei, über das Hettner urteilt: «Es wird eine ‹Professorenzeitung›, bourgeoismäßig im zahmen Liberalismus, scholastisch in breitspuriger Eloquenz; für Gelehrte recht hübsch, für die eigentliche Wirkung auf das Volk im höchsten Grade unpraktisch [285].» Die Haltung der erbkaiserlichen «Doktrinäre» der «Deutschen Zeitung» im badischen Aufstand von 1849 charakterisiert Keller andeutungsweise in einem Brief an Wilhelm Baumgartner: «Wie schade ist es, daß Henle ein eigentlich leidenschaftlicher Monarchist ist. Gervinus und die andern dieses Kreises bedaure ich nicht, denn es sind grobe, unkultivierte Lümmel; aber dieser feine Henle tut meiner Seele weh [286].»

Die Vorstellung Gervinus' von der Aufgabe des Literarhistorikers bildet Gegenstand der weiteren Kritik. Gervinus unterscheidet konsequent zwischen ästhetischer und historischer Betrachtensweise und weicht bewußt dem ästhetischen Urteil aus [287]; schon 1833, in seiner ersten Rezension, schreibt er: «Mit der ästhetischen Kritik hat der Literarhistoriker gar nichts zu tun. Die Ästhetik ist dem Literarhistoriker nur Hilfsmittel, wie dem politischen Geschichtsschreiber die Politik [288].» Die Kunst ist für Gervinus lediglich Trägerin der zeitgeschichtlichen Ideen, die er dann auch in ihr aufsucht: «Die Biographie eines Dichters wird erst dort wahrhaft historisch, wo sie zur Biographie seines Zeitalters wird.» Folgerichtig nimmt er deshalb die Literatur der Gegenwart nicht in sein Werk auf; sie besitzt noch keine feste, deutbare Gestalt, sondern ist «ungestaltetes Parteigeschrei [289]».

Diese Ausklammerung der modernen Dichtung und die Tendenz seines Hauptwerks, «den Deutschen zu zeigen, daß alle echten Lorbeeren, die sie auf dem Feld der Dichtung zu pflücken hatten, vorläufig eingetan seien [290]», muß den Widerspruch der Schriftsteller seiner Zeit provozieren, der sich vor allem auf sein Verständnis der Gegenwartsliteratur bezieht. In diesem Sinn erwähnt Jacob Grimm in seiner frühen Rezension des 1. Bandes der «Geschichte der poetischen Nationalliteratur der Deutschen [291]» Gervinus' «beinahe grämliches Mißbehagen an der Gegenwart, das er mehrmals ganz unverholen ausspricht [292]».

Keller kennzeichnet und beurteilt das Wertungssystem des Literarhistorikers anhand des Shakespeare-Werkes (Leipzig 1849/50), das als «Salba-
dereien» abgetan wird. Shakespeare ist bei Gervinus «Maßstab und Gesetz
für den Dichterbegriff»; er verehrt den englischen Dichter mehr als Goethe,
weil er «das tätige Leben in poetische Wirklichkeit übersetzt» und in den
Dramen «die tragische Schuld dem moralischen Vergehen» gleichsetzt, was
Gervinus, der das Drama überhaupt hoch bewertet, zusagt [293]. Später modifiziert Keller sein Urteil und entdeckt «selbst in dem von Schiefheiten wim-
melnden dicken Buche des Herrn Gervinus ... eine reichliche Ausbeute an Anregungen zum Weiterspinnen», während Hettner im «Modernen Drama»
(1852) das Werk im Zusammenhang mit der zeitgenössischen Shakespeare-
kritik «einen geistlosen Absud alten Kohles» nennt [294].

Zwei Eintragungen in ein Notizbuch Kellers aus der Berliner Zeit setzen
diese Gedankengänge, die Gervinus in seinem Werk über Shakespeare vorlegt, fort [295]. Keller macht dem Historiker den Vorwurf, den er später für
die positivistische Literaturkritik bereithält: er sei blind gegenüber der
Gefahr, den Dichter von einem «Archimedespunkt» aus zu beurteilen, woher sich nichts «Erkleckliches ausrichten» lasse. Gervinus berücksichtige nicht,
«ob wir mit unnatürlichen und krankhaften Ansprüchen an ihn (Shakespeare) und die Kunst herantreten». Das Verhältnis zwischen dem wissenschaftlichen Interpreten und dem Dichter erläutert Keller in einem Bild:
Shakespeare als «der legitime, jedoch konstitutionelle Dichterfürst bedarf
verfassungsgemäß der Gegenzeichnung seines Kultusministers», also Gervinus'. «Aber», so meint Keller, «das wäre zu fordern, daß die Exzellenz ...
im Geist und Interesse des Staates, in welchem sie mitregieren will, reiflich
prüfe und erwäge, ehe sie ihre Zustimmung gibt oder verweigert [296].» Das
Kunstwerk nicht zu systematisieren und in eine absolut geltende Ordnung
zu pressen, sondern es als eine selbständige Erscheinung zu würdigen, ist
die eine Forderung Kellers an die wissenschaftliche Literaturbetrachtung;
auch der Historiker muß sich in den Dienst der Dichtung stellen.

Das Kunstwerk aus dem Leben seines Schöpfers nach der Formel «Ererb-
tes, Erlerntes, Erlebtes» zu erklären, für jeden seiner Einzelzüge eine
Entsprechung oder Begründung im Dasein des Autors zu finden und auch
die Unzulänglichkeiten der Dichtung als solche des Dichters auszugeben,
sind Merkmale einer Interpretation, wie sie unter anderem die Positivisten
pflegen. Ihre Methode baut auf psychologischen Erkenntnissen, will Urformen
erschließen, bemüht sich um Fragmente und Lebenszeugnisse und möchte
durch Spekulation das vom Dichter beabsichtigte Ganze erschließen. Im
Unterschied zu Gervinus beschränkt sich dieses Verfahren nicht auf die
geschichtlichen Denkmäler der Literatur, sondern bezieht auch die zeitgenössische Produktion ein. Die «Deutsche Literaturzeitung», wo manche Schüler
Wilhelm Scherers Beiträge und Kritiken publizieren, hält Neuerscheinungen
eine besondere Spalte offen; die von Julian Schmidt und Gustav Freytag

redigierten «Grenzboten», um die Mitte des Jahrhunderts gegründet, führen eine Rubrik mit dem Titel «Der neue Roman [297]».

Das Interesse der Positivisten für die Dichtung ihrer Gegenwart, das sie dazu bewegt, in den periodischen Publikationen, die zunächst doch für rein wissenschaftliche Beiträge eingerichtet sind, ihre Aufmerksamkeit den Neuerscheinungen der schönen Literatur zuzuwenden, entspricht einem Wesenzug des Wissenschafters in der zweiten Hälfte des 19. Jahrhunderts überhaupt, hängt mit seiner Zeitbewußtheit zusammen, die schließlich schon «die Paulskirche» zu einem «Professorenparlament» macht und auch für Keller an der positivistischen Literaturwissenschaft bemerkenswert ist. Die Literaturgeschichte des «Grenzboten»-Herausgebers Julian Schmidt rühmt er deswegen, weil «der selige Herr bei allem Sterblichen, was ihm anhaftete, doch ein lebendig interessierter Zeuge seiner Zeit war [298]».

Ganz ähnlich beurteilt er auch den von Julian Schmidt stark beeinflußten jungen Wilhelm Scherer, Scherers spätere wissenschaftliche und kritische Tätigkeit und diejenige seiner Schüler [299]. Scherer will in seiner Literaturgeschichte verbinden, was Gervinus getrennt hatte. Immerhin lernt Scherer von Gervinus' Entwicklungsanalogien und nimmt ebenfalls einen Einfluß des Staates auf das geistige Leben an [300]. Wie stark er sich anderseits Julian Schmidt verpflichtet fühlt, geht aus der kurzen Einleitung zu den Anmerkungen seiner «Geschichte der deutschen Literatur» (Berlin 1883) hervor, wo er Schmidts Konzeption der Literaturgeschichte als Darstellung des gesamten Kulturbereichs einer Epoche übernimmt; seine Absicht ist es, «als Darsteller der Vergangenheit mitbestimmend auf die Schaffenden und Genießenden der Gegenwart zu wirken [301]».

Das Verhältnis Kellers zum Positivismus, «der rein philologisch begründeten Literaturgeschichte [302]», ist allerdings dadurch nicht eindeutig festgelegt, daß er ihre Gegenwartsbezogenheit anerkennt. Neben dieses Lob ist die Einsicht zu stellen, die historische und philologische Methode könne dem eigentlichen schöpferischen Vorgang gegenüber wenig ausrichten; Adolf Frey überliefert eine entsprechende Äußerung des Dichters: «Was ist das für ein Unsinn! Auf dem Wege von der Haustüre zu meinem Schreibpult kann sich eine poetische Konzeption in ihr Gegenteil verwandeln, und da soll es einer persönlichen Geschichte, die sich vielleicht vor dreißig Jahren abspann, anders ergehen! [303]»

Das Urteil über Schmidt und die Bemerkung zu Frey belegen, daß Kellers Verständnis für die literaturkritischen Beiträge des Positivismus, der Schule Wilhelm Scherers, zwischen Ablehnung und Zustimmung schwankt; in den Porträts einzelner Kritiker und Gelehrter aus der Scherer-Schule – sie umfaßt u. a. Erich Schmidt, Jakob Minor, Bernhard Seuffert, Gustav Roethe, Edward Schroeder, Richard Heinzel, R. M. Meyer und R. M. Werner –, die Keller entwirft, und in seinen Kommentaren zu den Würdigungen, die er von ihr erfährt, sind Ablehnung und Bejahung so gegeneinander abgestimmt, daß Keller die Persönlichkeiten, die hinter den Rezensionen stehen, respektiert, der Methode und ihren Ergebnissen jedoch mißtraut. Seiner eigenen Auffassung des «Schönen» und «Poetischen» widerstrebt das mit beinahe naturwissenschaftlicher Präzision gehandhabte Verfahren, welches das Kunstwerk mit den Begriffen «Modell», «Einfall», «Anleihe» und «Kausalität» erläutern und verstehen will [304]. Das heißt nicht, daß der Dichter literarhistorische Quellenwerke, wie sie z. B. Ludmilla Assing in den «Tagebüchern» und «Denkwürdigkeiten» Varnhagens, in den Briefwechseln der spätromantischen Zirkel um Bettina und Rahel vorlegt, gering schätzt. Vielmehr ist es gerade diese «Detailvermittlung», die er an der positivistischen Literaturwissenschaft gelten läßt. Sie kommt einem Bedürfnis Kellers entgegen: «... so wie in seinen Dichtungen alles lebendiges Leben ist, so war sein Wissen körperlich; es war immer realistische, greifbare Detailkenntnis [305]» (Bernhard Seuffert).

Diese Bemühung um historische Tatsachen gehört aber für Keller nicht zur Kritik; Hettner gegenüber äußert er einmal am Beispiel von Holbachs «Système de la nature», die Aufklärer hätten «gerade darum so energisch und aus dem Vollen gewirkt, weil sie noch nicht behindert waren durch ein unermeßliches Detail, welches fast eher, und mit jedem Tage mehr, auf die letzten tiefen Abgründe des noch zu Leistenden hinweist [306]». Angesichts dieses «noch zu Leistenden» verlangt Keller vom Wissenschafter «in erster Linie Bescheidenheit», lehnt er «die zudringliche Meinungsäußerung der Gelehrten» ab [307] und vermutet, daß, wenn Gelehrte des Aufklärungszeitalters wie Holbach «die heutigen Fortschritte der exakten Wissenschaften und deren Resultat zur Disposition gehabt hätten, ... sie ganz andere Demonstrationen ausgeführt haben [würden] als unsere Herren ...[308]». Darum lobt er an Hermann Hettners «Literaturgeschichte des 18. Jahrhunderts» (1. Teil: die englische Literatur von 1660–1770, Braunschweig 1856) (vgl. S. 196 f.) den «Mangel an Gelehrttuerei», während die Männer vom Fach, der Philologe Köchly und der Ästhetiker Fr. Th. Vischer, «mit halbem Achselzucken über die *etwas leichte Schreibart*» sich äußern [309]. Keller unterstreicht «die einfache durchsichtige Zweckmäßigkeit in der Anordnung» und hebt hervor, daß «alles an seiner rechten Stelle steht und fast mühelos seine Wirkung tut, ohne mit ostensiblen Parabasen und eigensinnigen doktrinären Satzlabyrinthen dem Leser Gewalt anzutun». Vor allem aber merkt er an, daß das Buch den Leser auf den Gegenstand der Abhandlung selbst führe, diesen nicht hinter einer vorgefaßten wissenschaftlichen Meinung verschwinden lasse. Wirklich achtet Hettner mit großer Sorgfalt darauf, seine wissenschaftlichen Werke «volkstümlich lesbar» zu schreiben; das erklärt seine Bitte an Fanny Lewald, ihm zu sagen, ob seine Schrift über die romantische Schule «auch dem größeren Publikum zugänglich» sei, «ob die Grundideen schlagend in die Augen springen». Und beim Erscheinen des 1. Bandes der Literaturgeschichte fragt er Adolf Stahr: «... von Ihnen und der Freundin möchte ich wissen, ob es mir gelungen ist, den rechten Ton zu treffen, die Einzelheiten klar zu gestalten und übersichtlich zu gruppieren, ob ich mich von der Fülle des Stoffes habe überwuchten lassen oder ob ich frei über ihm schwebe.» Diese Stiltendenz Hettners geht auch auf die Forderung Stahrs zurück, «jeder Angehörige des Volkes habe nur für das Volk, nicht für eine Sonderkaste der Gelehrten zu schreiben [310]».

Wie störend sich die Bemühung um das «unendliche Detail» auswirken kann, schildert Keller im «Sinngedicht», wo der Naturforscher Reinhard mit «einem sinnreichen Apparat» Lichtstrahlen «auf die Tortur» spannt und die Requisiten des Laboratoriums, die «Zahlensäulen und Logarithmen» die Bücher, «die von menschlichen oder moralischen Dingen oder, wie man vor hundert Jahren gesagt haben würde, von Sachen des Herzens und des schönen Geschmackes» handeln, verdrängt haben [311].

> Ausverschämtes Geschlecht, es kommentieret, erläutert,
> Spuckt in die Hände und karrt durch das goldene Tor
> Aus und ein, und steht doch drüber die flammende Zeile:
> Wenn die Könige baun, haben die Kärrner zu tun [312].

Mit dieser «flammenden Zeile» scheint der Dichter jede Kritik und philologische Untersuchung seines Werks, die sich der Mittel des Positivismus bedient, vereiteln zu wollen. Und in dem Gedicht «Poetentod» rät Keller dem sterbenden Dichter, Entwürfe und Unvollendetes nicht in die Hände der «Nachlaßjäger» und «Leichenmarder» zu geben, sondern zu vernichten [313]. Auch die Freundschaft Kellers mit dem jungen Literarhistoriker Jakob Baechtold scheitert ja zum Teil daran, wie dieser Heinrich Leutholds Nachlaß betreut; obschon Keller im Zusammenhang mit der Leuthold-Ausgabe nicht genannt sein will, bezeichnet ihn Baechtold in der 3. Auflage (1884) als Miteditor, führt ihn als «den schlichten Gottfried Keller» ein und zitiert in der Vorrede gegen Kellers ausdrücklichen Wunsch seine Leuthold-Rezension. Diese Erwähnung ist für Keller um so ärgerlicher, als ihn die kritisch-wissenschaftliche Tätigkeit Baechtolds, der «ästhetisch und intim nichts versteht und sich immer mehr als ein guter Schulhalter und zeilenzählender Neudruckherausgeber entwickelt», nicht befriedigt: «Nachdem er 5 Jahre lang den armen Nachlaß nösselweise verzapft hatte, schwingt er sich zu guter Letzt aufs hohe Roß des Methodikers und kritischen Editors, um den guten toten Freund unter sich zu bringen und alle unvorteilhaften Äußerungen zu sammeln und zu registrieren. Das konnte er in irgendeiner besondern Abhandlung und an anderm Orte tun, aber nicht an der Spitze des ihm anvertrauten einzigen Gutes oder Ungutes des Verstorbenen. Ich sagte Baechtold geradezu, ich möchte nach meinem Tode jedenfalls nicht in seine Hände fallen [314]» (vgl. auch S. 445–455).

In dieser Kritik Baechtolds trifft Keller auch die Schule Scherers, mit der Baechtold verbunden ist [315]; schon 1880 hat sich die Distanz Kellers zur Rezensenten-«Betriebsamkeit» seines nachmaligen Biographen und damit zu dem etwas gewaltsamen Verhalten der Positivisten dem Gegenstand ihrer jeweiligen Studien gegenüber bemerkbar gemacht: «Du kennst ja», schreibt er an Paul Heyse, «die Art solcher trefflichen Freunde, die einen zuletzt als Objekt und Eigentum ihrer Tätigkeit betrachten und früher oder später den Versuch machen, es uns fühlen zu lassen. Ich aber liebe die Freiheit! [316]» Am Ende entzieht Keller seinen Nachlaß der Betreuung Baechtolds, verstimmt, weil Baechtold versucht, von der Schwester des Dichters allerlei Biographisches in Erfahrung zu bringen; der letzte Brief ihrer Korrespondenz schließt: «In den 8 Jahren sind mir die Testamentseitelkeiten *puncto* Nachlaß eben gründlich vergangen, und ich habe mittelst Ofen und Papierkorb die Bereinigung selbst begonnen. Ein Teil ist ja seither auch gedruckt worden [317].»

Auffällig ist, daß sich bei Kellers Tod der Nachlaß: Entwürfe, Notizen, Pläne und Briefe in guter Ordnung vorfindet. Doch damit wollte er kaum den «Kärrnern der Dichtung» das Material in die Hand geben, ihre Methoden zu üben; daß es bewahrt geblieben ist, scheint eher dem einmal Frey gegenüber geäußerten Vorhaben Kellers zu danken, selbst einen umfangreicheren Lebensbericht zu verfassen, wozu die autobiographischen Skizzen als Ansätze betrachtet werden können [318].

Damit verbindet Keller nebenher die Absicht, den positivistischen Interpretationen seiner Werke vorzubeugen, das Zurückführen auf diese oder jene Quelle zu verhindern und selbst eine Art Kommentar zu schaffen, wie er ihn z. B. Fr. Th. Vischer zu «Spiegel das Kätzchen» gibt: «Dieses Märchen ist stofflich ganz erfunden und hat keine andere Unterlage als das Sprüchwort ‹Der Katze den Schmer abkaufen›, welches meine Mutter von einem unvorteilhaften Einkaufe auf dem Markte zu brauchen pflegte. Wo das Sprüchlein herkam, wußte weder sie noch ich, und ich habe die Komposition darüber ohne alles Vorgelesen oder Vorgehörte gemacht.» Zur Entstehung des «Dietegen» bemerkt er: «Die erste Hälfte ist vor 10 Jahren gemacht, die zweite neulich am Mondsee im Salzburgischen. Dazwischen liegt nicht *ein* aufgezeichnetes Wort ...[319]» Daß solche Werkerläuterungen in den Bedenken gegen die philologische Kritik begründet sind, geht aus der Fortsetzung des Briefes hervor: «Dies sage ich, weil ich dieser Tage eine Äußerung von unserm Otto Ludwig über den 1. Band der ‹Leute von Seldwyla› von 1861 gelesen habe aus einem Briefe an Berthold Auerbach ... In dieser Äußerung ... fiel mir nämlich wieder das Grübeln über die Mache auf, dieses aprioristische Spekulieren, das beim Drama noch am Platz ist, aber nicht bei der Novelle und dergleichen. Das ist bei dieser Schule ein fortwährendes Forschen nach dem Geheimmittel, dem Rezept und dem Goldmacherelixier, das doch einfach darin besteht, daß man unbefangen etwas macht, so gut man's gerade kann, und es das nächste Mal besser macht, aber beileibe auch nicht besser, als man's kann. Das mag naturburschikos klingen, ist aber doch wahr [320].»

Der Dichter spielt auch in dieser Kritik auf die Schule des Positivismus an, der «uns arme Lebende historisch-realistisch behandelt und mit saurer Mühe überall nur Erlebtes ausspürt und mehr davon wissen will, als man selbst weiß etc.[321]» Die Arbeitsmethoden, die Keller hier im Auge hat, formuliert der Schüler und Nachfolger Scherers auf dem Berliner Lehrstuhl, Erich Schmidt, einprägsam so, daß Kellers Äußerung fast wie eine Erwiderung anmutet: «Wir fassen Entlehnung, Reminiszenz u. dgl. mit Scherer, der für die Quellenkunde der Motive so viel getan hat, in einem sehr weiten Sinn, denn die ‹Produktion der Phantasie› ist im wesentlichen eine Reproduktion. Aber alle ähnlichen Vorstellungen finden sich zusammen in der Seele des Menschen, sie verketten sich untereinander, sie verstärken sich gegenseitig. Wenn ein Dichter eine Begebenheit darstellt, so wirken alle Begebenheiten ähnlicher Art, die er jemals erlebt, von denen er jemals gelesen [322].»

Es ist diese Seite des positivistischen Programms – die Identifizierung von Werk und Erleben des Dichters –, die Keller ablehnt. In der Beurteilung Wilhelm Scherers legt er sich freilich nicht fest; einerseits hat er Respekt vor den wissenschaftlichen Fähigkeiten des Gelehrten und schreibt in diesem Sinn an Baechtold von einem Aufsatz Scherers, der «ausnahmsweise nicht recht zutreffend ist», anderseits heißt es in einem Brief an Rodenberg ironisch: «Die Rezension des Herrn Professor Scherer gewärtige ich mit beklemmtem Herzen, da er namentlich über den ‹Hadlaub› als Fachmann den Bakel schwingen wird, wegen Verbreitung falscher Behauptungen»; diese Rezension Scherers, in der er «herrlich einbalsamiert» worden sei, billigt er zwar, fügt aber hinzu: «... wenn er nur überall so recht hätte wie bei dem ‹Hadlaub›, dessen Unfertigkeit mir leider schon lange bekannt ist [323].»

Ein anderer Aspekt der positivistischen Literaturbetrachtung, der schulmäßig-philologische, erscheint Keller nicht weniger zweifelhaft. Die im Druck gestrichene Stelle aus seiner Besprechung von Jakob Baechtolds Niklaus-Manuel-Ausgabe, die sich auf eine Abhandlung Scherers über die «Goethe-Philologie» bezieht, erhellt dies. Scherer habe, heißt es in dem getilgten Abschnitt, «vor Kurzem betont, es sei nun die allerhöchste Zeit, daß man mit der Einführung der Goethephilologie beginne, zugleich aber verraten, daß er die Unterhaltungen deutscher Ausgewanderten, also einen ganzen Novellenzyklus, noch nicht kannte», und schon früher stellt Keller fest: «Solche Unbelesenheit ist kein guter Anfang zu der Goethephilologie, welche Wilhelm Scherer ... gepredigt hat [324].»

Textvergleich und kritischer Apparat scheinen dem Dichter für die wissenschaftlich-kritische Beschäftigung mit Autoren der Neuzeit nicht geeignet; philologische Experimente mit dem Dichterwort hält er für überflüssig. So schreibt er zu einer Studie über «Das goldene Grün bei Goethe und Schiller»: «Alle Jahre wenigstens ein- oder zweimal sieht man irgend einen der höheren Kritik beflissenen, literarhistorischen oder ästhetischen Schul-

lehrer sich an besagten beiden Leckerbissen delektieren, und zuletzt wurden
sie richtig wieder aufgetischt in einer für dies ganze Genre charakteristischen
kleinen Mahlzeit ...» Zum Germanisten Bernhard Seuffert meint Keller, die
Philologie sollte sich nicht mit der Literatur der Gegenwart befassen, auch
die Goethe-Philologie sei unzweckmäßig, mit Textkritik bei modernen Autoren
nichts gewonnen [325].

Damit gelangt Kellers Kritik der positivistischen Literaturbetrachtung zur
Hauptsache: «Die sogenannten Herren Literarhistoriker [zeigen] immer aufs
neue, daß sie mit dem konkreten Novum nicht umzugehen wissen [326].» Diese
Äußerung ist erstaunlich, da sich doch die Schule Scherers ausdrücklich der
zeitgenössischen Dichtung zuwendet. Sie steht aber nicht allein; über eine
Besprechung Scherers von Paul Heyses Novelle «Siechentrost» schreibt Keller
seinem Freund: «Derjenige, welcher den ‹Siechentrost› etwas bemängelt hat,
war, wie Du richtig vermutet hast, Wilhelm Scherer. Man muß dergleichen
Böcke der wackern Germanisten und Historiker, geschossen im aktuellen
Leben, nicht zu schwierig aufnehmen; es ist ziemlich genau wie in der
bildenden Kunst, wo die Fachgelehrten bei Beurteilung des Neuen im
konkreten Falle meistens unsicher sind [327].» Der Dichter verwahrt sich
jedoch nicht immer so mißtrauisch vor den wissenschaftlichen Rezensenten,
die mit ungeeigneten Mitteln an das Werk herangehen wie bei Scherers Aufsätzen, denen er ja nicht jeden Wert und jede Sachkenntnis abspricht, oder
der psychologisierenden Werkinterpretation Auerbachs und Fr. Th. Vischers,
der Keller einen belustigenden Zug abgewinnt, wenn er auf die Frage
J. V. Widmanns: «Es muß eine kuriose Empfindung erregen, sich so bei
lebendigem Leibe psychologisch erörtert zu sehen», antwortet: «Die Empfindungen über die psychologische Sektion durch Kritiker wie Vischer und
Auerbach sind nicht sehr schauerlich, denn wo die Herren Anatomen, so
erfreulich und fördernd ihre Arbeiten sind, das psychologische Gras im
betreffenden Objekt wollen wachsen hören, sind sie meist auf dem Holz-
weg, und der Betreffende kann dazu lachen [328].»

Der Ton, den Keller anschlägt, verschärft sich bisweilen: es fällt das Wort
von der «Oberlehrerkritik», und Adolf Frey überliefert die Sentenz: «Es
geht nichts über einen Schulmeister, wenn er in seinem Safte steht [329].» Noch
heftiger wehrt er eine Kritik ab, wenn er persönliche Absicht und Böswillig-
keit als Triebkräfte dahinter vermutet; Emil Kuh, der in einer Rezension
den Dichter vor ungerechtfertigten Angriffen in Schutz nimmt, dankt er
mit folgenden Sätzen: «Empfangen Sie meinen besten Dank für die rüstige
Beihülfe, welche Sie unter anderm auch mir gegen die schnöde Behandlung
eines Schulfuchsen zuteil werden ließen. Denn wenn ich auch kein Widerbeller
gegen Kritik und kein Reklamenschmachtlappen bin, so ist doch speziell
diese Art von Mißhandlung durch unberufene Stundengeber untern Ranges,
welche die Poesie nichts angeht, in Schulbüchern und vor den Ohren der
Jugend, in Familien weiß Gott welcher weit oder nah gelegener Gegenden,

höchst ärgerlich. Ebenso sei Ihnen für die unverblümte Abwandlung des verderblichen Literatur-Negers Heinrich Kurz gedankt, der sich an Mörike versündigt [330].»

Die Antikritik Gottfried Kellers an gelehrter oder pseudogelehrter Literaturbetrachtung ist nicht nur ein in Bausch und Bogen gefälltes Urteil, das einzelne Fehlgriffe überginge; die Anwendung der positivistischen Analyse durch einen Scherer-Schüler wie Otto Brahm [331] verlangt eingehendere Besinnung auf die Rezension und das eigene Werk auch von seiten des Dichters. Keller nennt Brahm «ein feines und gescheites Jüdchen und voll reinen Wohlwollens, wie die berühmten Juden des vorigen Jahrhunderts», und in einem Brief an Julius Rodenberg sagt er über ihn: «Mit Ihnen glaube ich, daß der feurig belebte, geistvolle und von gesunder Gesinnung belebte junge Mann eine schöne Zukunft hat [332]»; die Kritiken Brahms unterzieht er dennoch einer genauen Prüfung. Der Herausgeber der «Deutschen Rundschau», Julius Rodenberg, zeigt Keller eine Besprechung der zweiten Fassung des «Grünen Heinrich» an, die im Dezember-Heft 1880 erscheinen soll, und schreibt dazu: «Indessen diese jungen Herren von der historischen Schule haben kein rechtes Gemüt; denn wem bei Ihnen das Herz nicht warm wird, der hat keines.» Schon bevor ihm die Rezension überhaupt zugänglich ist, nimmt Keller Stellung zu den kritischen Grundsätzen, auf denen sie beruht, und antwortet resigniert: «Das neue Heft der ‹Rundschau› habe ich zur Stunde noch nicht erhalten und kenne also die Rezension desselben nicht; doch bin ich schon auf die philologische Methode vorbereitet, mit welcher die Herren Germanisten sich auf die Literatur der Lebenden zu werfen beliebten. Es liegt hierin ein tiefgehendes Mißverständnis der kritischen Aufgaben, welches sich gelegentlich wohl aufklären wird, wenn der Vorgang selbst eine kompetente kritische Untersuchung erfährt. Ich für meine Person bin indessen auch für philologisch begründetes Lob dankbar ...[333]» Das «Mißverständnis» liegt wiederum im Vorgehen der «sogenannten Kritiker»: «Anstatt das jetzige Buch», d. h. die zweite Fassung des «Grünen Heinrich», «aus sich heraus zu beurteilen, vergleichen sie es in philologischer Weise mit dem alten, um ihre Methode zu zeigen, und zerren so das Abgestorbene herum und lassen das Lebendige liegen, denn das verstehen sie ja einmal [334].» Keller ist um so verärgerter über die vergleichende Kritik, als er, überzeugt von den Schwächen der ersten Fassung und immer noch bedrückt durch ihr buchhändlerisches Schicksal, glaubt, sie könne dem neuen Buch schaden. In einem drastischen Bild macht er deutlich, wie ungeeignet das Verfahren Brahms ist, den wahren Wert der neuen Fassung aufzudecken: «Es ist ungefähr die Situation, wie wenn man im Garten einen alten Mops begräbt und es kommen nächtlicher Weise die Nachbaren, graben ihn heraus und legen das arme Scheusal einem vor die Haustüre usw. [335]» Nach der Lektüre von Brahms Aufsatz in der «Rundschau» schreibt er Rodenberg nochmals zur positivistischen Interpretation, die sich trotz philologischer Feinheit dem Roman nicht gewachsen zeigt: «Ist auch das Lob in jedem Sinne zu hoch gegriffen und der Tadel an einigen Stellen trotz der exakten Methode (die nicht alt werden wird bei den zeitgenössischen Sachen) auf unrichtigem Lesen oder auf jugendlicher Unerfahrenheit beruhend, so macht sich das Ganze doch lustig genug, und wir haben über die Ausgabe A und B und den Nachweis der Verballhornung auf dem Wege philologischer Kritik herzlich gelacht [336].»

Auch ein zweiter kritischer Versuch Brahms über die beiden Fassungen des «Grünen Heinrich» befriedigt den Dichter nicht: «Der Kritiker in der ‹Rundschau› hat ... an anderer Stelle die philologische Methode noch verkehrter angewendet, indem er die alte und die neue Ausgabe meines Buches mit A und B bezeichnete wie alte zu vergleichende Codices, um meine Selbst-Verballhornung nachzuweisen, während er die Hauptfrage der Form: Biographie oder nicht? gar nicht berührte oder dieselbe ignorierte ... Hier ist der Punkt, wo die Kritik einzuspringen hat und der Schreiber den formalen Handel verliert. Diese Untersuchung ist aber nicht eine (dazu unwichtige) textkritliche, sondern eine rein ästhetische Sache und Arbeit und führt zu andern Gesichtspunkten etc.» Daß das Problem der «nicht stilgerechten epischen Formen» (Biographie, Brief, Tagebuch «und die Vermischung derselben, in welchen nicht der objektive Dichter und Erzähler spricht, sondern dessen Figurenkram, und zwar mittelst Tinte und Feder» [337]) von Brahm nicht berührt wird, erstaunt Keller bei der mangelnden Fähigkeit des Kritikers zum genauen Lesen nicht; auf diese Flüchtigkeit legt er den Finger in einem Brief an Wilhelm Petersen: «Brahm, der das Buch mit philologischem Apparate untersucht und das Gras darin wachsen hört, hat nicht einmal bemerkt, daß das Duell mit Lys nicht mehr bis zur Verwundung fortgeführt wird und Heinrich also nicht mit dem Tode des Freundes belastet wird. So nennt er auch das Verhältnis zu Judith am Schlusse ein unklares, dies allerdings, weil er es wahrscheinlich nicht begreift. So kommt man zum Murren über Rezensenten, die es sonst gut mit einem meinen und in anderer Richtung unmäßiges Lob ausstreuen [338].»

Solche Fehler der positivistischen Kritik bekräftigen Kellers Vermutung, daß sie sich nicht durchsetzen wird; an Heyse schreibt er: «Die kindische Anwendung der philologisch-historischen Methode der jungen Germanisten (deren Feld schon abgewirtschaftet scheint) auf unsere allerneusten Hervorbringungen ist allerdings etwas ärgerlich. Die Lächerlichkeit wird den Spaß aber nicht alt werden lassen, besonders wenn man ihn gelegentlich etwa *ad absurdum* führt.» Mit dieser Voraussage nimmt Keller eine Äußerung über «die Schülerkritik gewisser Schulmeister, die sich immer mehr mausig macht», aus einem andern Brief an Heyse von Ende 1880 auf: «So hat mir die neu-philologische Schule Wilhelm Scherers jetzt methodisch durch Vergleichung und Textkritik von ‹Ausgabe A und Ausgabe B› nachgewiesen, daß ich den eigenen ‹Grünen Heinrich› verballhornt habe. Das hat nun nichts auf sich, aber es beweist, daß man den Leuten wieder einmal die alten *Baculos* ein wenig aus den Händen nehmen sollte [339].»

Ein größerer Essay Brahms über Gottfried Keller erscheint 1882, nachdem der Kritiker eigens nach Zürich gereist ist, um sich mit dem Dichter zu unterhalten. Diese umfängliche Studie veranlaßt Keller zu einer eingehenden Prüfung der Methode. Schon «das Technische» scheint ihm von Brahm nicht bewältigt: «So hebt er», berichtet der Dichter, «z. B. ausführlich meine Vorliebe für die Adjektive ‹seltsam› und ‹wunderlich› hervor, während dieselbe erstens oberdeutsches Gemeingut ist und zweitens, wo sie zu sehr hervortreten sollte, von Vater Goethe her *angelesen* ist, welcher mit der Vorliebe für die beiden Wörtchen schon vor hundert Jahren voranging oder wenigstens vor 80–90 Jahren. Die Norddeutschen brauchen dafür immer das Wort ‹sonderbar› und etwa einmal ‹merkwürdig›, und beide letztere Ausdrücke dienen uns eben nicht so gut wie jenes ‹seltsam› und ‹wunderlich›, in den jeweilig gegebenen Fällen nämlich [340].» Scheinbare Unstimmigkeiten, die eine allzu sehr im Sachlichen verstrickte Kritik dem Dichter ankreidet, verteidigt Keller unter Berufung auf die Freiheit der poetischen Erfindung; so schreibt er Theodor Storm, ein norddeutscher Kritiker habe ihm «einen grotesken Fastnachtszug ... als ganz unmöglich, ungeheuerlich und daher unzulässig bezeichnet, während hierzulande dergleichen nicht einmal auffällt, weil es jeder erlebt hat», weil es sich decke mit «hundert ähnlichen und noch tolleren Vorkommnissen der plastischen und drastischen, wenigstens der oberdeutschen Vergangenheit [341].»

Kellers Unbehagen kann sich hinter einer humoristischen Persiflage des angefochtenen kritischen Prinzips verbergen: «Ich bin jetzt mitten in der Redaktion meiner lyrischen Sünden ... begriffen ... Einige lyrische Zitate in Brahms Aufsatz sind aus dem Quellenschatz schon lang verschwunden, so daß, im Falle mir eine kleine Unsterblichkeit beschieden ist, ein philologischer Nachfolger schon aus diesem Umstand mit Brahm wird rechnen und seinen Spuren nachgehen müssen, und schon seh’ ich vor mir liegen eine Dissertation von 1901: ‹Über die Lyrik Gottfr. Kellers und die Brahmschen Quellen [342]›.» Die grundsätzliche Unvereinbarkeit seiner Auffassung mit der positivistischen erweist sich dem Dichter an einer Gegenüberstellung der Scherer-Schule und Ferdinand Kürnbergers Abhandlung über die «Sieben Legenden»: Kürnberger sei nicht, «wie andere und zwar tüchtige Leute, mit der schulmeisterlichen Stoff- und Quellenfrage an das ganze freie Spiel herangetreten ..., sondern mit ganz dem Sinne, in welchem es entstanden ist [343]».

In dieser Briefstelle ist der Begriff des «freien Spiels» wichtig; Keller stellt ihn einmal der Kritik entgegen, die nach dem Stoff fragt und die Entstehungsgeschichte eines Werkes durch «Vergleichung und Textkritik» auseinanderlegt; sodann hebt er das «freie Spiel» ab vom Zwang des Zeitgemäßen, der nur aktuellen Bedeutung eines Stoffes, an dem gemessen die

«Sieben Legenden» bedeutungslos wären, weil es ihnen an Gegenwartsbezogenheit fehlt: «Sie haben mich damit», schreibt Keller an Kürnberger,
«in dem damals empfundenen Vorsatze bestärkt, sich durch keine Ausschlußtheorien und zeitgemäße Wegverbote von irgend einem Stoffe wegscheuchen zu lassen, der mir eine frische Ader weckt. Wo wird denn das
sogenannte Zeitgemäße meistens bleiben, wenn die Zeit oder das Zeitlein
vorüber ist? [344]» Es sei geradezu die Absicht der Erzählungen in der kleinen Sammlung, diesem Zwang auszuweichen: «Sollen sie überhaupt etwas
sein, so sind sie vielleicht ein kleiner Protest gegen die Despotie des Zeitgemäßen in der Wahl des Stoffes und eine Wahrung freier Bewegung in
jeder Hinsicht [345].»

Mit dieser Freiheit begründet Keller auch die «närrischen Vorstellungen»
in seinen Erzählungen, die von Fr. Th. Vischer so genannten absonderlichen
Episoden, welche auch Paul Heyse und Theodor Storm auffallen (vgl.
S. 408–414). Sie gerade sind es, die die Rezensenten positivistischer Obser-
vanz dazu verleiten, Skurrilitäten im Werk, die «einzelnen Käuze, die
in der Laune sind, das Ungewohnte wirklich zu tun», mit der Gestalt ihres
Schöpfers zu identifizieren, rückwirkend mit Hilfe des Dichter-Bildes wiederum die «wunderlichen» poetischen Einfälle erhellen und zur Entstehung
einer Keller-Legende noch zu Lebzeiten des Dichters beitragen. Es sei hier
von der Frage abgesehen, ob die Dichter selbst zu ihrem eigenen Mythos
beitragen können oder wollen und ob sie sich nicht zumindest dem Zugriff
der Öffentlichkeit, die sich das Bild des Autors nach dem Werk formt,
den Anstrengungen einer Kritik, die das Werk nach der Person des Schöpfers auslegt, fügen. Die vielen Keller-Anekdoten erzählen ja etwas monoton
von Wein und Derbheit und erwecken zum Teil den Verdacht, nach allgemeinem Muster auf ihn zugeschnitten zu sein. Bewußt vermeidet sie deshalb C. F. Meyer in seinen «Erinnerungen an Gottfried Keller»: er hütet
sich «vor dem Zuviel und vor der Anekdote» und will nur «Wesentliches
und Charakteristisches» berichten [346]. Wie sehr das wissenschaftliche Erforschen der Zusammenhänge zwischen Leben und Dichtung und das Bestreben, möglichst viele gemeinsame Züge in Dichtung und Dasein beizubrin-
gen, zur Überbetonung oder sogar Erfindung gewisser Eigenheiten des Dichters verleiten kann, verlockt, das was ins einmal umschriebene Leibliche
paßt, unbesehen einzufügen, geht aus dem Briefwechsel Kellers mit Erich
Schmidt hervor.

Berthold Auerbach habe, so überliefert Schmidt in seinem Nachruf auf
den Verfasser der «Dorfgeschichten», bei verschiedenen Gelegenheiten Keller
eine Rezension geschickt, die er über die Novellen des Zürcher Dichters
geschrieben hatte, jedoch auf keine der Sendungen eine Antwort erhalten.
Erst die ausdrückliche Bitte um eine Empfangsbestätigung erwirkte – drei
verschiedene Dankesschreiben Kellers. «Hieran war kein wahres Wort», teilt
Keller ungefähr zwei Jahre nach dem Auerbach-Nekrolog mit, «als daß ich,

nachdem der bezügliche Artikel ... erschienen war, wohl ein halb dutzend Male daran war, an Meister Berthold zu schreiben, aber seltsamerweise *jedesmal* zufällig gleichzeitig in Zeitungen las, daß Auerbach da oder dort auf Reisen sei! Dann schob ich es natürlich immer wieder auf, und so wurde es überhaupt zu spät. Solcher Schnurren sind damals mehrere, wahrscheinlich von Berlin aus, in Umlauf gesetzt worden [347].»

In seiner Antwort unterstreicht Erich Schmidt selbst den vielleicht entscheidenden Fehler – entscheidend wenigstens nach Kellers Ansicht –, der der positivistischen Literaturkritik anhaftet: die Übertragung von Methoden und Kriterien der klassischen oder germanischen Philologie auf zeitgenössische Texte; die zweite von Schmidt eingestandene Bedenklichkeit liegt in der Verwischung der Grenze zwischen wissenschaftlicher Abhandlung und kritischem Feuilleton. Er stellt damit die Aufschlüsselung des dichterischen Werks mit Hilfe einer auf seinen Verfasser bezogenen Interpretation in ihrer beschränkten Gültigkeit bloß: «Ich schrieb eine harmlose Anspielung auf etwas hin, was mir Rodenberg harmlos erzählt hatte. Dann sah ich mit Schrecken und Beschämung, wie dieselbe Anekdote aus anderer oder anderen Quellen auf dem Wege der von David Strauß entwickelten Mythenbildung sich wie Schlingkraut über das schimmlige Tintenmeer der Zeitungsschreiber breitete. Ich war ein Mitschuldiger, aber kein schlimmer, der weder dem liebreichen Berthold Auerbach eins anhängen, noch vor Ihnen ... eine feuilletonistische Kapriole schneiden wollte. Wenn unsereiner einmal mit geringem Beruf ‹unter dem Strich› schreibt, so strebt er nach einem leichtern Ton, und da läuft ihm leicht dummes Zeug unter [348].»

Dergleichen Erfahrungen, wie sich zu Lebzeiten schon Mythen in Form von Anekdoten bilden, verstärken Kellers Zweifel an der Verwendbarkeit der Stoff- und Quellenuntersuchungen für die Beurteilung eines dichterischen Kunstwerks. In einem Brief an Rodenberg aus dem Jahr 1882 faßt er seine kritischen Überlegungen zusammen: «Das Prinzip, aus zusammengerafften oder vermuteten Personalien die Charakteristik eines poetischen Werkes aufzubauen und alles soviel möglich auf Erlebtes zurückzuführen, solange der Hervorbringer sein Leben nicht selbst geschlossen hat, ist, abgesehen von den Inkonvenienzen, die daraus entstehen können, nicht richtig, schon weil der fern Stehende auf bloßes Hörensagen, auf Klatsch und flaches Kombinieren hin arbeiten muß und darüber das freie Urteil über das Werk, wie es vor ihm liegt, beeinträchtigt oder ganz verliert. So werden namentlich mittelst solcher Methode die verschiedenen Stoffmotive geradezu unrichtig behandelt und auf nicht existierende Quellen zurückgeführt [349].»

Erich Schmidt ist vielleicht derjenige Schüler Scherers, den Keller am meisten achtet; er hält ihn für einen «geistigen und liebenswürdigen Gesellen». Auf ihn am meisten trifft zu, was Keller einmal gutgelaunt von der «Schererschen Germanistenschule» gesagt hat, die «auch bei den Lebenden das Gras wachsen» hört und besser weiß, «woher und wie sie leben und schaffen als diese selbst»: «Allein die gleichen Leute haben ein frisches, unparteiisches und doch wohlwollendes Wesen; sie sagen ihr Sprüchlein, ohne sich im mindesten um Dank und Gegendienste zu kümmern, und am Ende haben sie wenigstens einen sichern Standpunkt und eine Methode, welche besser ist als *gar nichts,* was bei den meisten Rezensenten der Fall ist.» Diese Anerkennung steht nicht weit vom Lob, das Keller Hettner ausgesprochen hat: «Sie sind für mich gegenwärtig der klarste und verständigste und weitaus brauchbarste Literarhistoriker, der mit diesen Eigenschaften zugleich Frische und Freundlichkeit des Herzens verbindet, was den übrigen abgeht [350].»

Es bleibt jedoch hier wie dort eine Unklarheit; das Urteil Kellers zielt auf die guten Charaktereigenschaften («frisches, unparteiisches und doch wohlwollendes Wesen» – «Frische und Freundlichkeit des Herzens») der Kritiker ab, und was die wissenschaftliche Arbeit Hettners auszeichnet (Klarheit, Verständigkeit), das hält er als «sichern Standpunkt» und «Methode» beifällig auch den Positivisten zugute; aber der Dichter vertraut nicht in gleichem Maße der Kritik der einen wie der andern Seite. Die folgende Briefstelle verdeutlicht nochmals die Haltung, die er der Scherer-Schule gegenüber einnimmt: «Die jüngste Generation der gebildeten Kritik verhält sich den Produktiven gegenüber mit Pietät und Wohlwollen in etwas übertreibendem Maße, nimmt ... eine so herrschende Stellung zu ihren ‹Objekten› in Anspruch, daß sich das Unabhängigkeitsgefühl wiederum dagegen sträubt. Man wünscht doch auch etwas oder meint etwas davon zu wissen, wie es zu und her gegangen ist. Deswegen soll nun aber Undank nicht der Welt Lohn sein, und so hält man schließlich am liebsten das Maul. Mir scheint, man tut in diesem Punkte am besten, wenn man weder schürt noch löscht, weder bettelt noch brummt [351].» Diese Kritik Kellers, die er nur aus Vorsicht verschweigt, wird noch einmal sorgfältig in einem Brief an Paul Heyse begründet, in dem der Dichter über das Formproblem nachdenkt; er geht aus von der Erscheinung des Dilettanten in der Kunst, der selbst «mittätig» sein will und «selbst malen» möchte, aus «andeutenden ‹Druckern› und leichten ‹Touchen›», die der Dichter zu geben hätte, das Werk sozusagen selber ausführen und vollenden möchte. Als Beispiel dient der gemeinsame Freund Petersen: «Wäre er nicht ein so enthusiastisch freundlicher Kerl nach verschollenen Mustern, so müßte man ihm einmal Goethes Untersuchung über den Dilettantismus empfehlen ...» Die Anstrengungen der Dilettanten und die positivistischen Interpretationen setzt Keller gleich: «Von den Experimental-Ästhetikern ist so wenig Gutes zu erwarten als von den philologischen germanistischen Realkritikern, weil beide bereits die Seele des Geschäftes verloren oder nie gekannt haben. Die innige Verbindung von Inhalt und Form ist aber für die Untersuchung so unentbehrlich wie für die Produktion, und zwar subjektiv wie objektiv [352]» (vgl. S. 269). Das Problem, an dem Keller den Dilettanten und den «Realkritiker» scheitern läßt, ist das des

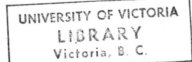

Verhältnisses von Form und Inhalt: In objektiver Hinsicht muß der Kritiker bei der Beurteilung eines Werkes diese Verbindung erörtern, er darf nicht an der Oberfläche haften und nur die Gestalt, die Darbietung berücksichtigen oder sich auf eine platte Inhaltsangabe und ein kritisches Referat beschränken; es ist zu untersuchen, wie Form und Inhalt sich gegenseitig bedingen (eine Frage, die Brahm in der Besprechung der zweiten Fassung des «Grünen Heinrich» übergeht). Anderseits hat auch der Kritiker die Aufgabe, seine – subjektive – Aussage literarisch gültig zu prägen, für sein Urteil die gemäße Darstellung zu finden und nicht bloß eine Schablone auszufüllen.

Der Vorwurf, die «Seele des Geschäftes» verloren zu haben, den Keller dem Liebhaber und dem philologisch geschulten Rezensenten macht, entspricht jenem Mangel an eigentlichem Kunstverstand, den der Dichter in seiner Abhandlung «Ein bescheidenes Kunstreischen» an Dilettanten und «Schreibekritikern» wahrgenommen hat [353]. Weil sie nichts zur Förderung der Kunst beizutragen vermögen, werden nun auch die Positivisten aus dem Kreis der eigentlichen «Kunstgenossen» ausgeschlossen. In einem Brief an Storm vom August 1881 nimmt er den im «Kunstreischen» (Frühling 1882) geäußerten Gedanken vorweg; er bemerkt da zur Novelle, sie suche noch immer ihre endgültige Gestalt, so daß die Kritik sich vorläufig «auf Schätzung des Geistes beschränken müsse», und wertet das Urteil der Literaturwissenschaft ab: «Das Geschwätze der Scholiarchen aber bleibt Schund, sobald sie in die lebendige Produktion eingreifen wollen. Wenn ich nicht irre, so wird zwischen den grassierenden Neo-Philologen und den poetischen Hervorbringern der gleiche Krieg entstehen, wie er jetzt zwischen den bildenden Künstlern und den Kunstschreibern waltet, die keine Ader haben.» Keller selbst duldet sie gutmütig, lächelt über ihren Eifer, die Wirksamkeit, der Methode zu beweisen, braust vielleicht auf – aber zuletzt ist ihm der Beitrag zur Literaturkritik von ihrer Seite doch gleichgültig. Die Ansicht, die er in der ersten Fassung des «Grünen Heinrich» ausspricht: «Im Grunde sind trotz aller äußeren Schicksale nur die Meister glücklich, d. h. die das Geschäft verstehen, was sie betreiben ...» ist immer noch verbindlich für ihn, auch wenn er die Stelle in der zweiten Fassung des Romans streicht; im «Kunstreischen» kehrt er zu ihr zurück [354].

Die Grenze, die Keller zwischen dem Liebhaber, den wissenschaftlich gebildeten Kritikern und den «Kunstgenossen» zieht, wird deutlich dort, wo er selbst erwägt, in den Lehrstand zu treten. 1857 zeichnet sich die Möglichkeit ab, Dozent für Literaturgeschichte an der Eidgenössischen Technischen Hochschule zu werden, und er fragt sich, wie er «einen Gegenstand ein ganzes Semester hindurch genügend schulmeisterlich werde auseinanderzerren und ausdehnen können». Hier zeigt sich die Überlegenheit und Sicherheit des Künstlers jedem Rezensententum gegenüber, da «wir Poeten mit unserm Instinkt und unserer Meinung über eine Sache ja bald im reinen sind» [355].

Die Grundhaltung Kellers zu den Fragen der Kritik, den Ansprüchen der Kritiker wird sich in den folgenden fünfundzwanzig Jahren nicht verändern; der «Instinkt» des Dichters, der «die Seele des Geschäftes» kennt, kommt jeder andern Annäherung an das Kunstwerk zuvor. Deshalb sieht Keller etwa in Fr. Th. Vischer einen Kritiker nach dem eigenen Verstand: Er ist «kein blinder Parteigänger», er vergißt «weder über der Wahrheit die Schönheit, noch über der Schönheit die Wahrheit ...», da ihm beide eins sind» [356]; er ist selbst ein von Gottfried Keller geschätzter Dichter, was seinen Einblick in die Eigenart des dichterischen Schaffens, das sich nicht auf naturwissenschaftliche Gesetzmäßigkeiten reduzieren läßt, erklärt (vgl. das Vischer-Kapitel dieser Arbeit, S. 200–259, und den V. Teil, S. 513–528).

DRITTES KAPITEL

PORTRÄT DER KRITIKER

1) Die Literaturkritik und ihre Rezeption

Auf der unbedruckten letzten Seite und auf der Deckelinnenseite jenes Exemplars des «Cherubinischen Wandersmann», das ihm Varnhagen von Ense aus dem Besitz Rahels geschenkt hat, steht folgende Eintragung von Kellers Hand: «Der Irrtum ist verzeihlich, welchen man begeht, wenn man gute und edle Eigenschaften in den Menschen voraussetzt und selbst bei schlechteren Exemplaren hofft, daß sie ausnahmsweise einmal ... groß sein werden. Aber fast unverzeihlich ist der Irrtum, wenn wir in der Souveränität unseres guten oder geistreichen Bewußtseins verlangen und hoffen, ein armer schlechter oder dummer Teufel müsse auf unsere Demonstration hin, wenn wir ihn *ad absurdum* führen, ohne weiteres sich selbst aufgeben und sich als vernichtet usf. bekennen, und wenn wir ihm, während wir ihm doch eben zu beweisen glauben, daß er ein Lump sei, doch soviel Größe und Generosität zutrauen, daß er diesen Akt der Selbstvernichtung mit einer gewissen chevaleresken Dankbarkeit gegen uns vollziehe. Wir wundern uns dann nachträglich darüber, wo soviel Haß gegen uns herrühre, und sind sogar erstaunt, daß der Betroffene sich wirklich sehr praktisch als Schuft oder Dummkopf erweist. Wir haben vergessen, daß jedem Tierlein das Prinzip der Selbsterhaltung unauslöschlich eingepflanzt ist [357].»

Neben diesen Gedanken sei ein Abschnitt aus dem Brief des Dichters vom Oktober 1856 an Hermann Hettner gestellt, den er dem Freund kurz nach dem Tod der Gattin schreibt: «Ich ... würde sehr ungehalten werden über so gänzlich unmotivierte, gewissermaßen unvernünftige Störungen und

Bedrückungen, da ich immer gesund bin ..., dagegen von jeher gewöhnt bin, wo ich mich leidend verhalten muß, nur allzuwohl zu wissen, woher das Übel rührt, und von allem einen sehr plausiblen Grund einzusehen, ohne daß ich meine Natur und diejenige der andern Menschen ändern kann [358].»

Diese Äußerungen Kellers beschreiben zwei Verhaltensweisen auch der literarischen Kritik gegenüber. Was der Dichter zum Prinzip der Selbsterhaltung feststellt, betrifft zunächst einen allgemein menschlichen Charakterzug, den Zwang nämlich, sowohl die eigene Person, den eigenen Besitz wie das, was man betreibt und als Künstler schafft, vor der Kritik in Schutz zu nehmen. Die Eintragung Kellers betrifft also auch jene Beziehungen, die zwischen dem Künstler und dem Kritiker spielen, und die Beobachtung, die Keller niederschreibt, erweist dem Dichter selbst ihre praktische Anwendbarkeit am lebendigen Beispiel: seine Kritik z. B. Carl Spittelers nimmt oft Rücksicht auf dessen Empfindlichkeit jeder Beurteilung gegenüber, die nicht ein unbedingtes Lob ist; wenn Keller J. V. Widmann seine Ansicht über Spittelers Dichtungen schreibt, fügt er bei: «Ich bitte Sie aber, von alledem Herrn Spitteler inzwischen nichts mitzuteilen, da er keine glückliche, resp. leichtblütige Natur zur Aufnahme unmaßgeblicher Gedanken hat», oder er ersucht Widmann: «... wenn Sie ihm dennoch Mitteilung machen wollten, so müßten Sie ihn bitten, alles *cum grano salis* aufzunehmen [359].» Bei Spitteler vermeidet Keller «den unverzeihlichen Irrtum», das Stillhalten vor Prüfung und Mißbilligung vorauszusetzen. Der Fall des Zürcher Aquarellisten J. J. Meyer zeigt, daß die Notiz im «Cherubinischen Wandersmann» auf persönlichen Erfahrungen Kellers beruht. In einem Bericht von 1847 über «Das Neujahrstück der Künstlergesellschaft» erwähnt Keller mit einigen kritischen Worten die Arbeiten Meyers, der diesen Tadel nicht verschmerzen kann, in einem autobiographischen Abriß die Bemerkung des Dichters als «an ihm verübten Ehrenraub» ausgibt und sich «bis aufs Herzblut verwundet» fühlt [360]. Im Schlußteil seines kleinen Aufsatzes über eine andere Ausstellung schreibt Keller zu dieser Rezeption seiner Kritik: «Je reeller ... der Aufschwung unsers künstlerischen Lebens wird, desto eher ist es Zeit, daß das philisterhafte Berühmseln sowie das kleinliche und rachsüchtige Toben gegen jedes herbe Urteil aufhöre. Fünfzehn Jahre sind denn doch zu lang; ein Kerl, der was kann, vergißt dergleichen in fünfzehn Minuten [361].» Auch Mathilde Wesendoncks Verhalten gegenüber seiner Kritik am Trauerspiel «Edith oder die Schlacht bei Hastings» gehört hierher; die Verfasserin nimmt sie ungnädig auf und bemängelt Einzelheiten. Der Antwortbrief des Dichters weist darauf hin, daß uneigennütziges Interesse an der Kunst, dem eine sorgfältige und sachgerechte Kritik an sich willkommen sein müßte, vor allem bei Dilettanten dem Anspruch auf persönlichen Erfolg weichen muß. Diesmal fehlt auch der Haß nicht, den Frau Wesendonck reichlich spendet. Keller schreibt an sie: «Es gilt unter den rechten Schriftstellern, Künstlern usw. nicht für eine Beleidigung, wenn das verlangte konfidentielle (nicht gedruckte) Urteil da oder dort nicht zustimmend ausfällt oder wenn sogar diese oder jene schwächere Stelle mit wohlgemeinter Ironie hervorgehoben wird, um deren Vermeidung zu veranlassen. ... Endlich gilt es sonst nirgends für Schimpf und Beleidigung, wenn jemand eingesteht oder erraten läßt, daß er an einem schöngeistigen Werke irgend einer Art nicht diejenige höhere Begabung habe finden können, welche dazu erforderlich ist [362].»

Eine gegenteilige Reaktion auf scharfe Kritik lernt Keller bei Avenarius kennen, der für «ein Bändchen ziemlich wertloser Gedichte» dem Dichter «durchaus ein Anerkennungszeugnis auspressen» will: «Zuletzt begnügte er sich», schreibt Keller, «Schritt für Schritt, mit der mündlichen Äußerung, daß einige der Gedichte doch nicht so übel seien, und indem er diese abgerungenen Worte, deren Sinn ein Mensch von literarischer Ehre wohl verstanden und empfunden hätte, feierlich konstatierte, notierte er sich meine Anerkennung zum ewigen Vorhalt [363].»

Was hier und in allen andern Fällen das Gespräch zwischen dem Kritiker und dem Dichter verhindert, ist die Unfähigkeit des Kritisierten, vom eigenen Begreifen eines Gegenstandes oder der einmal aufgestellten ästhetischen Doktrin absehen zu können; die Antwort der Betroffenen sind nicht objektive Argumente (wie Keller sie gegenüber der positivistischen Literaturkritik sucht), sondern beleidigtes Besserwissen.

Solchen Überlegungen ist hinzuzufügen, daß die Rezeption der Kritik weitgehend auch eine Funktion des Temperaments ist, zumindest legt Kellers Satz von der Unveränderbarkeit seiner «Natur» und «derjenigen der andern Menschen» im erwähnten Brief an Hermann Hettner die Vermutung nahe, daß er selbst so gedacht hat.

Hier ist eine Bemerkung über Kellers eigene Einstellung zur Kritik, die seinem Werk zuteil wird, anzuknüpfen. Gewiß spiegelt die Haltung des Dichters vor Krankheit und Tod im Kondolenzschreiben an Hettner zunächst ein ihm eigentümliches Lebensgefühl. Der Geltungsbereich seiner Worte kann jedoch eingeschränkt werden, und dann scheinen sie geeignet, Kellers Selbstverständnis als Dichter innerhalb der literarischen Gesellschaft zu umschreiben. Diese Auslegung des Geständnisses an Hettner ist vor allem deswegen gestattet, weil die Vorstellung von der unveränderbaren individuellen Anlage seiner eigenen «Natur» wie «der andern Menschen», der Leser und der Rezensenten, auch sonst vielfach in Äußerungen Kellers über die Literaturkritik durchscheint und der duldsamen, beinahe verständnisvollen mittelbaren Erwiderung auf eine Kritik aus der positivistischen Schule in dem Brief an C. F. Meyer zugrunde liegt: «Mir scheint, man tut ... am besten, wenn man weder schürt noch löscht, weder bettelt noch brummt [364].»

Unerziehbarkeit des Publikums also, Unbelehrbarkeit der Dichter und Künstler? Diese Annahme wird nicht nur durch die einmal geäußerte Absicht des Dichters, mit seinen Werken «im Interesse dieses Publikums selbst etwas Gutes [zu] erreichen [365]», durch seine schon erwähnte Zurückhaltung von publizistischer Polemik widerlegt, die doch meist ein Ergebnis des eigensinnigen Beharrens auf dem einmal gewählten Standpunkt ist; ihr widerspricht auch die Anschauung Kellers von der «Dialektik der Kulturbewegung [366]»: Zwar liegen in einem bestimmten geschichtlichen Augenblick die (künstlerischen) Ansichten und Empfindungen der Menschen fest, die Naturelle erweisen sich als nicht vertauschbar, was aber zugleich Grundlage für den dialektischen Fortschritt ist, der sich aus diesen Gegensätzlichkeiten ergibt.

Kellers Aufnahme der öffentlichen Kritik an seinem Schaffen ist dadurch bestimmt, daß er «von jeher gewöhnt» ist, «von allem einen sehr plausiblen Grund einzusehen», wie er in seinem Brief an Hettner erklärt. «Von allem»: das will zunächst wieder heißen: in allen Lebensverhältnissen, in jeder seiner Beziehungen zu andern Menschen; der «plausible Grund» kann dabei auf der Gegenseite oder bei ihm selbst zu finden sein. In einem Brief an Emil Kuh bezieht Keller dies enger und auf die Literaturkritik. «Sie werden dem Gesagten ... entnehmen», faßt er dort einige Anmerkungen zu einer Arbeit Kuhs zusammen, «daß ich mit der kritischen Seite Ihres Aufsatzes ganz einverstanden sein muß und froh, daß ich nicht schlimmer wegkomme» – die nun schon vertraute Zurückhaltung, die sich hinter übertriebener und oft ironischer Dankbarkeit verbirgt; wenn Keller jedoch beifügt: «Item, meine grämliche Skribelei hat doch auch einmal auf ein Herz gewirkt und so wieder ihre mannigfaltige Auffaßbarkeit bekundet [367]», so verbindet sich seine Einsicht in das Vorwalten «eines plausiblen Grundes» mit dem Verständnis für die verschiedenartige «Auffaßbarkeit» einer Dichtung oder eines Kunstwerks. Keller bekennt sich nicht nur zu einer einmal gegebenen besondern Art dichterischen Produzierens und zu ihren Grenzen, er anerkennt auch die Vielfalt der Deutungsmöglichkeiten. Er hätte vermutlich dem berühmten Satz in Kants «Kritik der reinen Vernunft» zugestimmt: «Ich merke nur an: daß es gar nichts Ungewöhnliches sei, sowohl im gemeinen Gespräche, als in Schriften, durch die Vergleichung der Gedanken, welche ein Verfasser über seinen Gegenstand äußert, ihn sogar besser zu verstehen, als er sich selbst verstand.» Diese Haltung Kellers wird bestimmt durch ein Verständnis der Literaturkritik und der Kritik überhaupt, die einer ihrer scharfsinnigen Methodiker – Northrop Frye in «Analyse der Literaturkritik» – so formuliert: «Der Dichter kann natürlich eigene kritische Fähigkeiten besitzen, die es ihm ermöglichen, über sein eigenes Werk zu sprechen. Aber der Dante, der einen Kommentar über den ersten Gesang seines Paradiso schreibt, ist lediglich einer unter vielen Dante-Kritikern. Was er sagt, ist von besonderem Interesse, besitzt aber keine besondere Autorität [368].» (Vgl. S. 535)

2) Galerie der Kritiker

Das Echo, das sein Werk bei den Rezensenten findet, bewirkt, daß Keller selbst sich bewußt anstrengt, kein «Widerbeller [369]» gegen die Kritik zu sein. Indessen wahrt er diese Besonnenheit, unterdrückt er die eigene natürliche Reizbarkeit nur dort, wo es in einer Rezension um rein sachliche und gerechtfertigte Auseinandersetzung geht. Immer wieder gibt es auch Kritiker, denen er mit Vorbehalten begegnet, sei es, weil ihm ihre Beiträge unkritisch-huldigend erscheinen, sei es, weil sie sich nicht auf das Werk und die literarischen Aspekte beschränken. Zwei Standorte zeitgenössischer Kritik legt Keller in seinem autobiographischen Aufsatz von 1876 fest:

«Auch sind bei uns, wie in allen Literaturen, jederzeit drei oder vier böse Kerle vorhanden, die wohl wissen, was recht ist, aber unablässig das Gegenteil davon tun, arme Bursche, die einst ihren Eltern nicht gehorcht und später keine Zeit mehr gefunden haben, sich selbst zu erziehen. Diese quälen sich aber selbst am meisten, und man braucht ja nicht hinzusehen. Dagegen ist gewiß, daß noch jetzt jeder, der etwas Rechtes will und kann, in der Regel auch ein anständiger und wohlwollender Gesell ist, der nach getaner Arbeit sein kluges Pfeifchen in Ruhe zu rauchen versteht und nicht immer von bösen Mücken geplagt ist. Diese Zunft bedarf gar keiner besondern persönlichen Geheimbünde; ihre Mitglieder brauchen sich nicht gegenseitig durch fortwährendes Vergleichen und Zänkeln und Eifersüchteln zu ärgern, und es ist jedem vollkommen gleichgültig, ob sein Nebenmann ein großer Raphael oder ein kleiner Niederländer sei, wenn er nur weiß, daß der Mann seine Farben reinlich und ehrlich mischt.» Die Fortsetzung im Manuskript lautet: «Schließlich kristallisiren sich so immer zwei Richtungen des Wirkens, eine gute und eine schlechte, eine wahre und eine falsche, und sich nach Kräften an die erstere zu halten, lohnt auch jetzt wohl die Mühe stiller Arbeitstage.» Im Druck wird diese Stelle getilgt, denn sie «erinnert natürlich sofort an die Redensart von der guten und schlechten Presse [370]». «Zwei Richtungen des Wirkens» gibt es auch in der Kritik, und dieser Gedanke Kellers weist zurück auf seine Bemerkung über die bewußt gegen das eigene Gewissen vorgetragene Ansicht der Kritiker in der Einleitung seiner Rezension von Bachmayrs Drama [371]. Die im folgenden zusammengestellten Zeugnisse, die einen manchmal amüsanten, im ganzen jedoch wenig erfreulichen Rundblick über die Vertreter der deutschen Literaturkritik im Zeitraum von etwa dreißig Jahren geben, mit denen Keller in Berührung kommt, rechtfertigen seine Trennung der Intriganten von den stillen, selbstgenügsamen Künstlern überzeugend genug.

Zu einer Besprechung, die Adolf Stahr von Ludmilla Assings «Gräfin Elisa von Ahlefeldt, die Gattin Adolphs von Lützow, die Freundin Karl Immermanns» (Berlin 1857) erscheinen läßt, bemerkt Keller: «Wenn schwache Menschen ihren ungezogenen Herzen den Zügel schießen lassen und verwunderliche Lebensläufte aufführen, so mag es noch angehen, wenn sie im übrigen sich dabei still verhalten; allein wenn sie sich nun berufen fühlen, gerade in den heikelen oder diffizilen Dingen, in denen sie sich selbst vergangen, immerfort und überall als Schiedsrichter und Ehrenmesser aufzutreten, so ist das unerträglich.» Dabei spielt der Dichter auf das Verhältnis Stahrs mit Fanny Lewald an [372].

Grimmig beurteilt er den Redaktor der «Blätter für literarische Unterhaltung», Rudolf Gottschall; an Paul Heyse schreibt er: «Dieser ewige poetisierende Primaner Gottschall, das personifizierte Ergebnis der Sprache, ‹die für ihn dichtet und denkt›, ... fängt mit den Jahren an hämisch und miserabel zu werden. Das ist die Hauptsache, wenn man älter wird und die Haare grauen, auf sich zu achten, daß man kein Schweinehund wird. Zuweilen eine Nacht unter dem fallenden Tau zu schlafen, bei zunehmendem Mond, ist gut dagegen [373].»

Bei dem «heillosen, unverantwortlichen Geschwätz» des Kunsthistorikers Wilhelm Lübke über Ariost fragt Keller «überhaupt nicht ..., wie er über Dichter urteilt, da er hiefür von der Weltordnung nicht angestellt ist [374]». Hermann Lingg, Münchner Dichter, wie Geibel Pensionär der bayerischen Krone und ein Freund Leutholds, erhält von Keller schwachen Beifall für das Drama «Der Doge Candiano» (Stuttgart 1873): «Ich habe das Trauerspiel soeben zu Ende gelesen und bin frappiert von dem glücklichen Stoff, aber über die Ausführung und den Stil noch nicht mit mir einig [375].» 1883 läßt J. V. Widmann im Feuilleton des «Bund» eine Notiz «Schweizerische Poeten in der ausländischen Presse» erscheinen, worin er aus einem angeblich von Lingg verfaßten Artikel über C. F. Meyer und Carl Spitteler zitiert, «obschon es jammervoll ist, zu lesen, wie oberflächlich Lingg zu Werke geht [376]». In seiner Antwort an Widmann verurteilt Keller den Kritiker Lingg: «Linggs liederliche Erwähnung ... habe ich nachgeschlagen, mich über das dürftige Gebaren aber nicht sehr gewundert, da ich eigentlich noch nie ein vernünftiges oder geschmackvolles Wort in Prosa von ihm gelesen habe [377].»

Mit Hermann Friedrichs, dem Herausgeber des «Magazin für Literatur des In- und Auslandes» (seit 1884), steht Keller auch als Kritiker in Verbindung: er beurteilt recht ausführlich einige Gedichte Friedrichs’. Dieser zeigt sich empfänglich für die Hinweise des Dichters, die ihm einen «überzeugenden Eindruck» machen, und gesteht, daß er «von der Kritik eines berühmten Mannes wirklich etwas gelernt habe und [sich] nicht nur einen momentanen Vorteil von ihm verspreche, sondern einen dauernden [378].» Den Kritiker Friedrichs lehnt Keller ab; im erwähnten Zusammenstoß auf der Safran-Zunft in Zürich bezeichnet er ihn als «Zeitläufer», und als J. V. Widmann unter dem Titel «Ein Angriff auf Marlitt» eine Kritik der Schriftstellerin, die, wie er meint, von Friedrichs stammt, abwehrt, unterstützt ihn Keller: «Sie haben sich sehr verdient gemacht um den ewig unreifen Hermann Friedrichs wegen seines knabenhaften Angriffs auf die gute Dame Marlitt, die hundertmal mehr ist als er selbst. Sie sollten sein neuestes Werk ‹Margaretha Menkes, realistischer Roman von H. F.› ... lesen, um zu sehen, in welche Scheibe Sie geschossen haben! Die Geschichte einer genotzüchtigten Gouvernante, *geschrieben von einer solchen!* Und der will sich an die Spitze stellen [379].»

Das Gebaren vor allem vieler junger Rezensenten widert Keller an: «Es scheint überhaupt zuweilen, als ob die jungen Ästhetiker jetzt dozieren und schreiben, ehe sie lesen können, oder aber ein angehendes hinterlistiges Pfaffentum bilden, welches das Wetter machen will», schreibt der Dichter an Fr. Th. Vischer über den Zürcher Julius Stiefel, der aus den «Sieben Legenden» «ein Art schmählicher Denunziation *à la* Wolfgang Menzel gegen mich schmiedet». Stiefel, Dozent für Ästhetik und deutsche Literaturgeschichte an der Universität und am Polytechnikum in Zürich, später ein Freund des alternden Dichters, wird 1890 im Fraumünster die Trauerrede auf ihn halten [380].

Immer üblicher werden in Deutschland «die literarischen Spekulationen»; selbst angesehene Schriftsteller, deren Werke Keller schätzt, lassen sich davon mitreißen. 1857 gibt er Hermann Hettner eine Schilderung des gegenwärtigen Literaturbetriebs, wo die Kritiker und Literaten ihre Rollen vertauschen und nach Belieben auswechseln, sich gegenseitig befehden oder feiern: «Was macht Auerbach? Er ist doch ein rechter Kulturfanatiker, der sich auf allen literarischen Festen herumtreibt und aufpflanzt und dann darüber schreibt, als ob etwas damit herauskäme! Es ist wahrhaft komisch, wie er im ‹Morgenblatt› auf diejenigen stichelt, die durch ihre ‹Abwesenheit sich bemerkbar machen› [wollen]. Solche Auslegungen, Absichten und Polemiken sind doch nur in Germanien möglich. Vischer hat eine bezeichnende Anekdote: Bei dem Gutzkow-Julian Schmidtschen Zank habe Auerbach zu ihm gesagt, ob er denn nicht merke, daß Gutzkow absichtlich mit den ‹Grenzboten› Händel angefangen, damit die *zu erwartende üble Kritik* der demnächst erscheinenden ‹Ritter vom Geiste› eine abstumpfende Erklärung fände und das Publikum sagen könne: Ja, das war zu erwarten nach dem Skandal! Worauf Vischer antwortete: Gut! Dann seid Ihr aber, die Ihr dergleichen Kniffe begeht, und Ihr, die Ihr sie versteht und herausschnüffelt, alle zusammen die gleichen Schweinehunde [381].»

Dem Kritiker Karl Gutzkow wirft auch Keller Unredlichkeit vor: «Der arme Gutzkow leistet an gemeiner Klatscherei gegen das Ende seiner Tage allerdings das Unglaubliche und scheint nach allem harten Schicksal wieder bei seinem knabenhaften Anfang anzulangen. Neulich stach ihn der Hafer, als der *saltimbanque* Sacher-Masoch in einem eigenen Zahnbrecher-Reklamenbuch sein Glück bei vornehmen Weibern anpries, daß er, Gutzkow, einen Artikel dagegen schrieb und prahlte, man solle nicht glauben, daß er nicht auch seine Liebesaffären gehabt habe und was für welche! wenn er seine Briefschatullen öffnen wollte usw. Das ist ja die reine Hochkomödie oder Hochkomik [382].» Zwar ist ein Unterton der Bewunderung nicht zu überhören, wenn Keller von Gutzkow als einem «geriebenen talentvollen Kerl» spricht und auch Hettner Gutzkows «kritischen Feinsinn» anerkennt; doch der unfertige Charakter neben dem unbestrittenen literarischen Talent stößt Keller ab: Gutzkow ist ein «jämmerlicher Mensch», ein «literarischer Erzpraktiker», und der Dichter verzeichnet vor allem Gutzkows Neid: «Nun hat aber Bachmayr ... eine poetische Perle gefunden, um welche ich ihn vielleicht beneiden würde, wenn ich Gutzkow wäre», schreibt er einmal [383], wie er diese Kleinmütigkeit auch an sich selbst erfährt: «Gutzkow ist eine Ratte ... Er mißgönnte mir sogleich mein bißchen Schmiererei und das winzige Erfölgelchen und suchte es durch förmliche wissentliche Entstellung zu paralysieren [384].» Insgesamt verkörpert der Kritiker Gutzkow für Keller «die Roheit und den bösen Willen heutiger Talente»; er ist «fieberhaft tätig ... und macht alle zwei Monate ein Buch, spricht dabei von allen alten Berliner und andern Geschichten und ärgert sich über Altes und Neues und vergißt keinen, mit dem er sich irgend einmal gezankt hat [385]». Eine eingehende Charakteristik Gutzkows findet sich in einem Brief Kellers zu Emil Kuhs Studie über das Junge Deutschland (die später ein Kapitel der Hebbel-Biographie bildet): «Auf die noch lebenden Gesellen jener Schule muß Ihre Untersuchung einen wunderlichen Eindruck machen, namentlich auf Gutzkow, der so viele andere mißhandelt hat und zwar oft aus lauter elender Bosheit und berechnender Vorsätzlichkeit. Aus Ihrer Schilderung wird aufs neue klar, wie schrecklich es ist, wenn ein Mensch als unreifer Junge, von der Schule weg, unter die Literaten geht und bis ins Alter hinein ohne Aufhören, ohne Ausruhen, ohne Pause und Zeit zu anderer Beschäftigung fortschriftstellert und fortschustert, immer auf dem Marktplatz stehend oder sitzend, wie eine grau gewordene Hökerin, die ihren 40- oder 50jährigen Eckplatz hat gleich links neben den Fischhändlern. Doch haben Sie ihn mit allem Glimpf behandelt und ins richtige Verhältnis gebracht zu den übrigen [386].»

Die Beurteilung Emil Kuhs fällt zu verschiedenen Zeiten unterschiedlich aus. 1871 schreibt er dem Wiener Kritiker über einen Aufsatz: «Die lobende Seite ... läßt mich erkennen, daß wir es mit einem guten Enthusiasten in Herrn Dr. Emil Kuh zu tun haben, der sich wohl gar einen Gegenstand seiner Zuneigung vom Zaune bricht und aus Steinen Brot macht.» 1875 bemerkt er zu Fr. Th. Vischer: «Als brieflicher Freund ist er liebenswürdig und mitteilsam, eine Tugend, die sonst aus der Welt verschwunden ist unter den jüngeren Autoren.» Nicht ganz zwei Jahre später, als Kuh schon tot ist, heißt es: «Er war nicht absolut sicher objektiv in seinem Wesen, vielmehr oft sehr subjektiven Urteils, aber immer lebendig warm und angeregt, was heutzutage nicht zu oft vorkommt.» Dennoch distanziert sich Keller von seinem Rezensenten, «welcher bei aller Vortrefflichkeit auch zur Wiener Couleur gehörte, trotzdem er darüber zu stehen glaubte»; beispielsweise zitiert Kuh in einem seiner Aufsätze eine Äußerung über Otto Ludwig aus einem Brief Kellers, «ohne auch nur eine Ahnung zu haben, daß dergleichen unzulässig sei». Auch stört es den Dichter, daß nach dem Tode Kuhs das Gerücht auftaucht, der Kritiker erst habe Keller als Dichter entdeckt und bekannt gemacht. Die Hebbel-Biographie (1877 posthum erschienen) wird als kritische Leistung und wissenschaftliche Tat nur bedingt anerkannt; 1884 erinnert sich Keller zwar mit leiser Wehmut an den fast vergessenen Emil Kuh: «Woran das liegt, mag ich mir nicht auseinandersetzen, weil ich ihn persönlich nie gesehen und also ein Faktor fehlt», aber: «So viel ist gewiß, daß er ebenso gewalttätig als unsicher in seinem Wesen war und zu denen gehörte, mit welchen es früher oder später etwas absetzt. So hätte ich ihm, wäre er am Leben ge-blieben, nach dem Erscheinen seines Hebbelbuches wahrscheinlich ein paar harte Dinge gesagt, und die Herrlichkeit wäre vorbei gewesen.» Schon daß Kuh überhaupt diese Lebensbeschreibung unternimmt, scheint ihm nicht ganz zu gefallen; in einem Brief vom Juni 1876 heißt es: «Daß Sie mit dem Hebbelwerk zu Ende kommen, freut mich sehr, erstens weil ich dasselbe bald in Händen haben werde, zweitens weil Sie dann einer Fessel ledig sind, die Sie befängt. Denn bei allem Respekt vor Ihrer Hingebung kann ich mir doch nicht denken, daß Sie Ihre Hauptkraft an der Darstellung der Mit-lebenden erschöpfen können; vielmehr glaube und hoffe ich, daß Sie nach Bewältigung dieser Kategorien erst noch breite Lagen ins Über- oder Außer-persönliche, ins Vergangene oder Zukünftige abzufeuern sich aufgelegt fin-den werden [387].» Die kurze Betrachtung über die Hebbel-Bände, die Keller an Fr. Th. Vischer schickt, kreidet dem Verfasser «Maßlosigkeit» an und führt sie zurück auf «das heutige gereizte wienerische Wesen, in welchem Kuh selbst wider Willen befangen ist», auf das «Wiener Literatentum», dem Kuh angehört, obschon er «sonst so löblich hinausgestrebt hat». Das Werk sei nicht «künstlerisch»; die «Maßlosigkeit» überschreite die Gren-zen des Verantwortbaren: das Buch nehme sich «puncto Menschlichkeit» das Recht heraus, «die Rousseausche Offenheit und Geschwätzigkeit im Namen eines anderen so weit zu treiben in Dingen, die zuletzt nur der leidende Teil selber ganz fühlt und kennt und mit dem nötigen Selbsterhaltungstrieb behandeln kann», so daß dieses Interesse Kuhs am Persönlichsten Hebbels nur als freilich unbeabsichtigte «Rache und Strafe für erlittene schnöde Be-handlung» zu erklären ist [388]. «Das Wühlen und Grübeln in schadhaften Hautstellen und hohlen Zähnen», auch wenn Kuh es «an sich für wissen-schaftlich und verdienstlich gehalten hat», lassen Keller befürchten, «daß die beabsichtigte Aufrichtung der Statue sich schließlich in eine Niederreißung derselben verwandeln könnte». Noch 1882 weist er ja Anna Hettner, die eine Brief-Biographie ihres Gatten plant, warnend auf die Indiskretionen Kuhs hin [389].

Wie C. F. Meyer, der in Adolf Frey seinen getreuen Rezensenten hat, legt Keller Wert auf Besprechung seiner Werke. Nur will er vermeiden, als

«Spezialprotégé» eines Kritikers zu erscheinen [390]. Das «freie Spiel» der Kritik, ihr «freier Prozeß» soll nicht dadurch beeinträchtigt werden, daß aus einer Ähnlichkeit des dichterischen Produzierens heraus eine Art Rezensentengemeinschaft entsteht, wo Dichter sich gegenseitig lobend besprechen und einer Kritik von dritter Seite das Wort abschneiden. So lehnt es Keller ab, sich an den «Kritischen Jahrbüchern» mit einem Aufsatz über Auerbach zu beteiligen, sowohl wegen «der öfteren Wiederholung dieses Themas» als auch «wegen der Ähnlichkeit der Produktion»: «Zudem kann ich sein nutzbringendes und wirtschaftliches Lehr- und Predigtwesen und das in hundert kleine Portiönchen abgeteilte Betrachten nicht billigen, möchte das ihm aber nicht vorrücken, da er auf der Welt ja nichts hat als seine diesfällige Tätigkeit.» Diese Zurückhaltung wird nun noch verständlicher durch die Äußerung Kellers über die Artikel Auerbachs, die sich mit seinem Werk befassen: er kommt sich als Auerbachs «gepachteter Spezialprotégé» vor [391]. 1856 rezensiert Auerbach den ersten Teil der «Leute von Seldwyla», was ihm einen doppelsinnigen Brief Kellers einträgt: «Sie haben ... mein eigenes Machwerk auf eine Weise angezeigt, wie ich nie erwarten noch verlangen durfte. Für diese letztere Gunst danke ich Ihnen wohl am besten, wenn ich Ihnen offen gestehe, welch' eine Wirkung sie gemacht und welch' angenehmen Vorschub sie mir in meiner gesellschaftlich nächsten Umgebung geleistet hat! An allen Ecken wurde mir förmlich gratuliert, Leute, die mir ferner stehen, zogen vor mir den Hut ab, überall wurde ich angehalten und beschnarcht, als ob ich das große Los gewonnen oder mich kürzlich verlobt hätte, so daß ich bald gerufen hätte: Hole der Teufel den Auerbach! Ich habe scheint's gar nichts getaugt, eh' dieser Eichmeister mich in der ‹Allgemeinen› geeicht hat! [392]» Wie dieser Dankesbrief gemeint ist, zeigt ein ungefähr gleichzeitiges Schreiben an Hettner, das Kellers Mißfallen an einem durch die Rezensentenpresse bewirkten Publikumserfolg deutlicher ausdrückt: «Auerbach ist ja außerordentlich wohlgesinnt; ich will ihm gewiß dieser Tage schreiben, obgleich ich, unter uns gesagt, ein wenig dabei heucheln muß [393].» Als Auerbach 1872 eine Anzeige der «Sieben Legenden» mit dem Satz schließt: «Es finden sich auch zölibatäre Phantasien, die das Büchlein nicht gerade für Mädchen-Pensionate empfehlen», regt sich Kellers Unmut aufs neue: «Dem ganzen Tenor nach zu urteilen sowie wegen der pressanten Abfassung des Artikels ist derselbe ohne Zweifel von Berthold Auerbach. Mit dem Satze von den zölibatären Phantasien am Schlusse hat er mir übrigens einen geringen Dienst geleistet [394].» So ist es verständlich, daß Keller einer weitern Rezension Auerbachs der «Leute von Seldwyla» durch entsprechende Weisung an den Verleger vorzubeugen sucht; sie wird dann allerdings trotzdem geschrieben und erscheint im Juli-Heft der «Deutschen Rundschau». An diesen später vom Dichter doch als «wohlwollend» bezeichneten Aufsatz knüpft die Anekdote von Kellers dreifachem Dankesbrief an [395].

Gegen übermäßiges Lob äußert Keller immer wieder Unbehagen. Es hängt zusammen mit der «echten und aufrichtigen Bescheidenheit», die Adolf Frey am Dichter wahrnimmt [396]. Keller kennt seinen eigenen Wert, aber fürchtet, die Leser könnten in übertriebenen Preisungen ein abgekartetes Spiel vermuten, eine Kritik darin sehen, die der Dichter selbst gelenkt habe. Über Karl Eduard Vehses «Geschichte der kleinen deutschen Höfe» (Hamburg 1856), wo Kellers als eines «vortrefflichen Poeten» und «kerngesunden, profund gescheiten politischen Kopfes» gedacht wird [397], schreibt er: «Vehse hat mir einen recht schlimmen Dienst geleistet mit seinem Saubuch; denn ich habe deutlich bemerkt, daß man in Zürich glaubte, er hätte unter meinem Einflusse jene Tirade über mich geschrieben, nämlich wegen meiner staatsmännischen Zukunft in meiner Heimat und solchen Dummheiten, wie wenn ich in Berlin damit geprahlt hätte, daß ich nun nach Hause gehen wolle, um dort zu *regieren* und Ordnung zu machen. Übrigens ist er ein schofles Süjet und damit Punktum! [398]»

Oder Ferdinand Kürnberger nennt ihn den ersten Novellisten der Welt und einen Dämon aus der Familie Goethes: Keller nimmt diese Zuordnung als einen «kleinen wohlwollenden Exzeß» auf, den er «angeschamrötet» habe [399]. Eine Rezension Paul Nerrlichs läßt ihn zwischen «Dankbarkeit für soviel Wohlwollen und freundliche Zuneigung einerseits und ... Verlegenheit über das enthusiastische und einseitige Zuviel, namentlich auf Kosten anderer», schwanken [400].

Sogar an Adolf Frey rügt er «die taktlose und in unerfahrenem Lobe übertreibende Schreibart» und erteilt dem Rezensenten einen Verweis: «Unannehmbar sind gewisse superlativische Wendungen des Lobes. Dergleichen ist nicht sagbar und ist auch niemals wahr, weder hier noch dort, und sieht aus, als ob sich einer lustig mache über einen [401].»

Auch über J. V. Widmann, der Keller als «den größten deutschen Dichter der Gegenwart» feiert, ist er ungehalten «wegen der Graduierung, welche Sie mit meiner Persönlichkeit ... vorgenommen. Dergleichen kann und soll man nie von einem unglücklichen Lebewesen sagen, ganz abgesehen von der Unbilligkeit gegen manchen, der besser und fleißiger ist als just der Betroffene; und, was das eigentliche Übel ist, es wirft bei den andern auf den unschuldigen Sünder selbst den Schein des Größenwahns und der Anmaßung.» Widmanns Besprechung des «Martin Salander» scheint dem Dichter «gar sehr mißfallen» zu haben; wiederum sind es «die Lobsprüche», die Keller nicht zusagen, wenn er sie Widmann auch verzeiht, da er weiß, «daß Ihr Hang, mit starkem Ausdruck zu preisen, was Sie anspricht, dem gleichen edlen Temperament entspringt, mit welchem Sie unverblümt tadeln, was Sie ärgert [402]». Solche Huldigungen, befürchtet Keller, könnten sich früher oder später ins Gegenteil verkehren: «Wenn nur nicht schließlich die Belobigungen mit einem allzu kritischen Rückschlage enden», schreibt er dem Verleger Hertz [403], und zu Otto Brahms Rezension der «Gesammelten

Gedichte» («Deutsche Rundschau», Dezember-Heft 1883) bemerkt er: «Über den schmeichelhaften Tenor des Aufsatzes will ich mich diesmal nicht unnütz machen, sonst schlägt er gelegentlich ins Gegenteil um, und das würde mich dann doch wieder verblüffen als verwöhnten alten Esel. Ein solcher wird am Ende auch fähig, alle Münchhausiaden zu glauben, die man über ihn sagt»; und an Hertz heißt es noch einmal: «Ich kann mich über den Erfolg so wenig beklagen, daß mir im Gegenteil fast unheimlich wird bei manchem unmotivierten Gerühmsel und irgendein Rückschlag hinter dem Nebel zu lauern scheint. Das macht das schlechte Gewissen [404].»

Diese Urteile Gottfried Kellers erwecken den Eindruck, die erwähnten Kritiken und Rezensionen seien entweder Böswilligkeiten und Verdrehungen bei vollem Bewußtsein oder überschwengliches, unkritisches Lob. Doch stellt sich die Frage, ob es für Keller keine Ausnahmen gibt, und eine zweite: Welche positiven Forderungen soll der Kritiker nach Kellers Meinung erfüllen?

Der Dichter hat beide Fragen am Beispiel dreier Kritiker beantwortet, und zwar vor allem im Hinblick auf den Menschen, der hinter einer Rezension steht, für Keller ein «eigentlicher Mensch» sein muß in dem Sinn, wie er ihn in seinem Brief an Freiligrath auffaßt, im gleichen Sinn, wie der Dichter ein «eigentlicher Mensch» ist. So hebt er D. Fr. Strauß als eine «edle» und «liebenswerte» Persönlichkeit hervor; Strauß' Vorhaben, eine Reihe deutscher Dichterbiographien zu verfassen, begutachtet Keller in einem Aufsatz über Fr. Th. Vischer mit Wohlwollen: «Wir müssen gestehen, daß uns solche Bücher von dem gemessen sicheren Mann, der aber, gleich Vischer, seine künstlerisch schaffende, wärmende Ader hat, wie ein frischer Luftzug in unser abgestandenes Alexandrinertum hinein erscheinen würde. Lob und Tadel, die uns jetzt von der überwuchernden Unberufenheit nur ungeduldig und verdrießlich machen, würden uns z. B. in einer Goethebiographie von Strauß nicht unbedingt gefangen nehmen, aber da wir über den Mann beruhigt wären, der zu uns spräche, so würden wir uns befriedigt fühlen, und es träte endlich eine erbauliche Stille ein.» In Strauß' «musterhaften» Biographien von Christian Märklin, Nikodemus Frischlin und Ulrich von Hutten findet Keller «den gediegensten Ton», über den nur echte Kritiker verfügen, und er stellt den Rezensenten Strauß als Vorbild hin, wenn er wünscht, «die Herren lernten von ihm [405]».

«Wo rechtes Streben und lebendiger Geist zusammenwirken, kann es keinen absoluten Irrtum geben», schreibt der Dichter seinem Freund Hettner über dessen «Modernes Drama». Auch von dieser Schrift geht die belebende Wirkung der Kritik auf die Literatur und Dichtung aus, auch Hettner beweist, «daß die Leute, die selber was Rechtes können, noch immer am ehesten aufgelegt sind zu freundlicher Aufmunterung anderer! [406]»

Was Keller an Strauß hervorhebt, «seine künstlerisch schaffende, wärmende Ader» – dieses Lob kehrt wieder in der Charakteristik Fr. Th. Vischers. Es entspringt wiederum dem Glauben Kellers, daß, wer selber Künstler ist, sich am besten zum Kritiker eignet und ein gesundes kritisches Urteil hat (siehe vorn S. 102). In anderem Zusammenhang sagt Keller: «Wenn Lessing ebenso gut kritisieren konnte als unsere heutigen Philosophen, so können diese doch nicht ebenso gut ein reflektiertes Gedicht konstruieren wie er»; d. h. die enge Verbindung von Kritik und Dichtung bei Lessing führt ihn zur Annahme, daß Lessing seine dichterischen Werke auch als Modelle, als eine exemplarische Kritik gemeint habe, ähnlich wie er in der Besprechung von Vischers Aufsatz «Zum zweiten Teil von Goethes Faust» den Begriff der «gedichteten Kritik» verwendet und Vischers eigenes Wort, er sei «zwischen Kritik und schaffende Kunst in die Schwebe geworfen», übernimmt [407]. Auch Vischer gehört in den Kreis der «Kunstgenossen», denen der Dichter sein Werk beruhigt anvertrauen kann.

ZWEITER TEIL

GOTTFRIED KELLER UND HERMANN HETTNER

EINLEITUNG

KELLERS BEITRAG ZU HETTNERS PROGRAMMSCHRIFT
«DAS MODERNE DRAMA»

In seiner Dissertation über die Beziehungen zwischen Keller und Hettner stellt Ernst Glaser-Gerhard, der Herausgeber der Briefe Hettners an den Dichter [1], die These auf, die beiden hätten sich «durch lange Jahre gemeinsamen Wanderns als der Lessing des 19. Jahrhunderts, zerlegt in seine kritische und poetische Seite», gefühlt [2]. Unmittelbares Ergebnis dieser Verbindung seien Hettners ästhetische Untersuchungen, vor allem seine Schrift «Das moderne Drama» (Braunschweig 1852).

Am Anfang stehen die dramatischen Versuche des Dichters in Heidelberg und Berlin und Hettners Plan einer Abhandlung über das zeitgenössische Drama. Der Literarhistoriker, der als Privatdozent in Heidelberg Keller in seinen Vorlesungen kennenlernt und mit ihm Schüler des Philosophen Feuerbach ist, bezeichnet Keller als «deutschen Shakespeare» der Zukunft, und es ist vielleicht eine Anspielung auf diese Voraussage Hettners, wenn der Dichter 1857 ironisch an Freiligrath schreibt, er habe sich vorgenommen, doch noch auf «die dramatische See» auszulaufen: «Ich werde Hebbelsche Größe mit Birch-Pfeifferscher Fülle und Halmscher Süßigkeit zu vereinen wissen, dies war mein heimliches Studium in Deutschland, und dann müßte es doch mit dem Teufel zugehen, wenn ich nicht der Shakespeare der Zukunft würde, insbesondere wenn noch ein Gran Bacherlscher Intuition dazukommt [3].»

Hettner faßt den Plan, Kellers dramatische Arbeit mit den eigenen Studien zu verknüpfen; er nimmt sich vor, selbst die Entwicklung des Dramas bis zur Gegenwart darzustellen, während der Freund seine Ansicht von der Gestalt und den Voraussetzungen eines neuen Dramas darlegen und aus der lebendigen Anschauung der Berliner Bühnen das zeitgenössische Theater beurteilen soll. Der Zweck der Streitschrift wird schon früh, bei der ersten Erwähnung, nach dem Beispiel von Lessings kritischen Untersuchungen festgelegt. In einem Brief an Fanny Lewald schreibt Hettner: «Ich trage mich jetzt viel mit Ideen über das historische Drama und den historischen Roman. Es ist die Aufgabe der Kritik, durch Zerstörung herrschender Irrtümer und Vorurteile unmittelbar produktiv zu wirken, wie

Lessings Laokoon mit Einem Schlage die beschreibende Poesie vernichtete [4].» Diese produktive Kritik wird dann im Vorwort zum «Modernen Drama» umschrieben als Aufhellung dunkler, Widerlegung falscher Ansichten; sie «ebnet dem Dichter die Wege, und gibt ihm jene feste Sicherheit, ohne die nun einmal kein gedeihliches Schaffen nicht möglich ist [5]». Es geht Hettner um «die Hauptgesetze des Dramas, besonders der Tragödie», die «klar und scharf» festgelegt werden müssen. Er will bewußt in anderer Weise vorgehen als die «gewöhnlichen Ästhetiker», «nicht ... von oben herab, in metaphysischen Deduktionen, sondern praktisch als Maximen der Technik, der Komposition und Gestaltung» sollen seine Erkenntnisse wirken. Nur das fortwährende Hinweisen auf Beispiele, auf «die ewigen Musterwerke» und die «jüngste dramatische Literatur» kann ästhetischen Untersuchungen den von Hettner erstrebten Nutzen für junge Dramatiker geben. Darin liegt der Wert von Kellers Mitarbeit: ein selbstschöpferischer Mensch prüft die Folgerungen und Forderungen des wissenschaftlichen Ästhetikers. Der Schritt über die Ästhetik eines Hegel und Vischer hinaus, die Hettner bereits in einer Jugendschrift – «Gegen die spekulative Ästhetik» (1845) – ablehnt, da sie nicht imstande ist, «die Kunst bis in ihre zartesten Fasern zu erkennen und ihre Geheimnisse zu belauschen», bedarf der Hilfe des Künstlers, der mitten im «lebendigen Dasein und Wirken» der Kunst steht [6].

Auch der Aufbau von Lessings Abhandlung über die Grenzen der Malerei und Poesie ist Vorbild: «Überdies könnte und müßte ich für eine Arbeit dieser Art eine Form wählen, ähnlich der Form von Lessings ‹Laokoon›. Der Anspruch auf abschließende Vollständigkeit wäre damit von vornherein abgelehnt, und zugleich hätte man den Vorteil, später bei neuen Erfahrungen den Gegenstand wieder beliebig aufgreifen und fortsetzen zu können, wie es auch Lessing mit dem Inhalte seines ‹Laokoon› vorhatte [7].» Wenn Hettner den Dichter mit der Erwähnung Lessings für seinen «dramatischen Katechismus» zu gewinnen sucht, so hat er vielleicht die eine Stelle aus Kellers Ruge-Rezension, die noch vor der Ankunft in Heidelberg gedruckt ist, im Gedächtnis, wo auf die beiden Wirkungskräfte Lessings hingewiesen wird: er könne «ebensogut kritisieren als unsere heutigen Philosophen», meint Keller, er verstehe aber auch die Konstruktion «eines reflektierten Gedichts [8]».

Die zahlreichen Beobachtungen und Gedanken zum Drama in den Briefen an Hettner aus Heidelberg dagegen sind wohl weniger Kellers Vorstellung von einer festumrissenen Zusammenarbeit im Geiste Lessings zuzuschreiben; die Beteiligung erfolgt in erster Linie um der eigenen Angeregtheit willen. Auf diesen Aspekt weist auch Hettner hin, als er um Kellers Meinung über die geplanten Studien ersucht: «Ich würde diese Bitte nicht mit so unerschrockner Dreistigkeit wagen, wenn ich nicht dächte, daß ein fleißiges Buchführen über Ihre Ideen, Anschauungen und Erlebnisse auch Ihnen selbst in vieler Beziehung zugute käme.»

Wirklich hat Keller zu der Zeit selbst theoretisch-kritische Veröffentlichungen über das Drama vor; im Oktober 1850 bietet er Brockhaus eine Rezension von Griepenkerls «Robespierre» und «eine Besprechung neuerer Dramaturgie überhaupt» an. Nach Hettners Anzeige von J. N. Bachmayrs «Trank
der Vergessenheit» schreibt er dann allerdings, er habe zwar auch eine Rezension des Stücks «in petto», wisse aber nicht, in welcher Zeitschrift sie veröffentlichen, da ihm «alle die Notabilitäten der Blätter gleichgiltig oder feindlich» schienen: «Zudem kann ich meinen Namen nicht darunter schreiben, da
ich, selbst bald mit mehreren Produkten hervortretend, nicht vorher als herausfordernder Rezensent auftreten mag und kann [9].» Unter diesem Gesichtspunkt muß es ihm willkommen sein, die mehr theoretischen Erörterungen,
die neben der Arbeit an der «Therese» und andern Entwürfen hergehen, in
Hettners «Modernem Drama» doch noch aussprechen zu können.

Es erübrigt sich, im einzelnen festzulegen, was Keller zu Hettners dramaturgischen Studien beiträgt; eine Liste wörtlicher Entlehnungen aus den
Briefen des Dichters und gemeinsam erarbeiteter Gedankengänge sind an-
dernorts schon zusammengestellt worden [10]. Drei Bemerkungen sind anzu-
fügen:

1. Die besonderen Anforderungen einer kritischen Schrift, wie sie das
«Moderne Drama» ist, bringen es mit sich, daß Keller in einigen Punkten
die «überlegene Kunstbildung und theoretische Erfahrung [11]» Hettners über
die eigene Ansicht stellen muß. So verzichtet er bewußt darauf, das «spezifisch Poetische» als Hauptgegenstand der Untersuchung zu verstehen. Im
Brief vom 21. Juni 1850, in welchem er Keller den Plan der Abhandlung
mitteilt, billigt Hettner den jungen Dramatikern zwar «poetische Kraft» zu,
was ungefähr Kellers Begriff vom «spezifisch Poetischen» entspricht; er
ergänzt jedoch: «Die Phantasie allein erschafft kein Drama; das Drama verlangt wesentlich auch Kunstverstand.» Neben «instinktivem Gefühl» sei
«dem heutigen Dramatiker ... eine klare ästhetische Durchbildung unentbehrlich». Die Studie soll – in gewolltem Gegensatz zum «romantischen Dogma
von der Unbewußtheit des dichterischen Schaffens» – «prinzipielle Einsicht
in die ewigen Gesetze und Forderungen» gewähren. Wo Hettner in seiner
Schrift über die «subjektive Tragik» spricht, meint er demzufolge «das
Wesen dieses tragischen Kunstprinzips selber» und sieht ausdrücklich von
«der dichterischen Behandlung der Charaktere und Situationen» ab; «denn
dies spezifisch Poetische gehört einzig der schaffenden Kraft des Dichters».

Keller heißt diesen pragmatischen Gesichtspunkt, der dem Zweck der Untersuchung entspricht, gut und schreibt im April 1851, er habe seiner «Privat-
liebhaberei für das sogenannt spezifisch Poetische den letzten Abschied gegeben»; es müsse «rein als Sache des produzierenden Individuums vorausgesetzt werden» und gehöre nicht «zur prinzipiellen Verhandlung». Diesen
Unterschied zwischen vorauszusetzender dichterischer Kraft und der hand-

werklich dramatischen Bildung hätten schon die Stürmer und Dränger und die Romantiker verkannt, die von «der wunderbaren und gewaltigen poetischen Ausführung in den Historien des Shakespeare» verführt worden seien, «das Ganze für muster- und endgültig» zu halten, während doch gerade Shakespeares Ausführungen nicht mehr zu erreichen sind, den späteren Epochen sich in dieser Hinsicht andere Aufgaben stellen, die übersehen werden, wenn man poetische Kraft und dramatische Darstellung zusammenwirft und in zu nahe Abhängigkeit bringt: «Diese kindliche Freude an der wunderlichen Situation und an der poetischen Ausführung hat die Stürmer und Dränger und nachher die Romantiker bestochen und ihren kritischen Blick verwirrt, so daß wir noch jetzt an den letzten Narrheiten zu dauen haben», schreibt er Hettner [12]. Diesen Gedanken nimmt Hettner in der Abhandlung auf. Auch er weist nach, daß die Täuschung, der die Romantiker erlegen seien, bis in die Gegenwart nachwirke, ohne allerdings dort, wo er sich in seiner Schrift «weniger kritisch-nüchtern als ästhetisch-einfühlend» gibt, der Versuchung, das «spezifisch Poetische» als das Eigentliche des Dramas zu betrachten, immer zu entgehen [13].

2. Keller stimmt mit Hettner im Glauben an die Erziehbarkeit des Künstlers durch die produktive Kritik überein, den der Literarhistoriker in seinen Jugendaufsätzen ausspricht und den auch das «Moderne Drama» dokumentiert. Man mag sich sogar fragen, ob es nicht eine Folge dieser Überzeugung ist, wenn Keller fünf Jahre in Berlin aushält, um seine dramatischen Pläne zu verwirklichen, und ob ein späteres spöttisches Wort von der «Traktätchen-Dramaturgie» sich gerade wegen ihrer Vergeblichkeit nicht auch auf Hettners Schrift bezieht [14].

3. Daß Wissenschaft und Kritik dem Leben und der Kunst förderlich sein können: diese Idee übernehmen Keller und Hettner gleichzeitig aus den Heidelberger Vorlesungen Ludwig Feuerbachs. Man darf behaupten, die «Keimzelle» ihrer Beziehungen liege hier und das kritische Studium der zeitgenössischen Dramatik sei eine Folge davon. Das unvoreingenommene Urteil und das unbelastete Vertrauen in eine zukünftige Dichtung, die Probleme der Zeit gestaltet, ist bei beiden offensichtlich unter dem Eindruck Feuerbachs gewachsen, der Keller «so frei von allem Schulstaub, von allem Schriftdünkel» erscheint. Ob freilich die Ausführung des Vorhabens, die Auswirkung der Kritik und Wissenschaft auf das praktische Leben im Bereich des Dramas zu zeigen, nicht doch zu theoretisch, zu wenig experimentierfreudig ist, bleibt offen. In dieser Hinsicht bedeuten die Theatererlebnisse, die Thesen, die Keller beisteuert, eine Auflockerung von Hettners Untersuchung [15].

Hettner nimmt die Untersuchungen zum Drama später nicht wieder auf; Keller seinerseits arbeitet wohl die Ratschläge des Freundes für den «Grünen Heinrich» in den Roman ein, muß aber darauf verzichten, Hettners Anregungen auf dem Gebiet des Dramas zu verwirklichen [16]. Dennoch ist ihr

Zusammenwirken, das Drama nach der gesellschaftlich-politischen Situation zu bestimmen, es aus der Unsicherheit der gängigen Dramaturgien herauszuführen, ein Versuch, der sich unter die gleichzeitig oder nicht viel später entstehenden theoretischen Schriften Hebbels, Otto Ludwigs und Freytags, ähnlichen Ansätzen zu einem neuen Schauspiel, einreihen läßt.

ERSTES KAPITEL

GOTTFRIED KELLERS KRITIK DER BÜHNE
UND SEINE DRAMENKONZEPTION

«Das moderne Drama» entsteht in den frühen fünfziger Jahren – für Keller eine Zeit lebhaften Anschauungsunterrichts durch die Berliner Theater. Der Dichter hat damals Gelegenheit, die Klassiker der Bühne zu sehen. Im September 1851 schreibt er an Wilhelm Baumgartner: «Im Schauspiel ... habe ich, begünstigt durch die Marotten der hiesigen Herren, der Reihe nach alle Dichtungen von Shakespeare, Goethe, Schiller und viel französisches Lustspiel aufführen gesehen, was meiner Erfahrung zugute kam, sowie ich ausgezeichnete Gäste sah und mit der Rachel, die zweimal hier war, das französische Wesen und zugleich eine geniale Gestalt studieren konnte [17].»

Es handelt sich also um die Fortsetzung des in Heidelberg begonnenen Studiums dramatischer Dichtung, über das er 1849 Regierungsrat Sulzer eine erste Rechenschaft ablegt: «Außerdem daß ich das im verflossenen Winter Aufgenommene möglichst zu verarbeiten suchte, warf ich mich nun hauptsächlich auf das dramaturgische Studium; denn obgleich ich früher vieles Derartiges gelesen hatte, so war es doch nicht mit der Intention unmittelbarer Selbstanwendung geschehen. Von Lessing bis auf die Neuesten, wie Rötscher, nahm ich die betreffenden Schriften vor und las gleichzeitig den behandelten Stoff durch, das Antike in guten Übersetzungen. Da ich mir einmal vorgenommen habe, mein Glück auf dem dramatischen Gebiete zu versuchen, so war es notwendig, daß ich aus der gewöhnlichen Belesenheit heraustrat und zu bestimmten und klaren Anschauungen zu kommen suchte. So machte ich mir ein Bild von den aristotelischen Grundsätzen an und ihren Schicksalen bis auf die Gegenwart und das, was man *jetzt* für Bedürfnis hält, und endlich, was von diesem *Dafürhalten* wiederum zu urteilen sein dürfte.» Wie systematisch diese Studien betrieben werden, läßt sich der autobiographischen Skizze von 1889 entnehmen: «So wurde es Ostern 1850, bis Gottfried Keller den Rhein hinunterfuhr und in Berlin anlangte mit der Befugnis, dort noch ein Jahr nach Gutfinden der Pflege seiner literarischen Instinkte zu leben, zu sehen und zu hören, was denselben entgegenzukommen schien.

Es geschah aber nicht viel mehr, als daß er sich in dramaturgische Studien zu vertiefen suchte, indem er so oft als möglich in die Theater ging und nachher an Hand des mitgenommenen Zettels, den er aufbewahrte, eine Reihe von Betrachtungen und Folgerungen schrieb, die er für sich aufbehielt [18].»

Die ersten Ergebnisse dieses Studiums kommt der Korrespondenz mit Hettner zugute; die Briefe sind eine reiche Sammlung von Urteilen über die Dramen der deutschen Klassiker, von Entwürfen eines neuen Schauspiels, von dramatischen Motiven, von Plänen zu einer volkstümlichen Komödie und Bemerkungen über zeitgenössische Dramatiker. Dabei hält Keller den Blick fortwährend auf die «unmittelbare Selbstanwendung» gerichtet; er ist davon überzeugt, daß das Drama seine eigentliche Berufung sei und nur die lästige Arbeit am Roman ihm den Weg dahin vorläufig verlege. In dem Brief an Regierungsrat Sulzer, der Keller eine weitere Bildungsreise in den Orient vorschlägt, schreibt der Dichter: «Für jetzt ... hätte ich mehr Neigung, meine dramatischen Bestrebungen unmittelbar fortzusetzen und zwar dieselben, nachdem ich mich theoretisch ziemlich vorbereitet habe, nun auf das praktische Gebiet zu verpflanzen.» Und in einem Brief an Varnhagen von Ense heißt es über die Arbeit am «Grünen Heinrich»: «Aus allen diesen Wirrnissen hoffe ich mich herauszuschlagen durch eine feste dramatische Tätigkeit, deren Keim, wenn ich mich nicht selbst täusche, noch vor den andern Bestrebungen in mir lag und zu deren Entwicklung und Ausbildung ich mich ungefähr seit einem Jahre in Berlin aufhalte.» Noch im Sommer 1854 äußert er zu Hettner, er plane, «abgesehen von der dramatischen Laufbahn», eine Sammlung von Erzählungen und die Neufassung des «Grünen Heinrich». Gerade die Studien sind es, die ihn in seiner Überzeugung bestärken: «... ich habe ... zum Troste für meine Zukunft bemerkt, daß ich, wenn ich frei aus mir heraus sinne, original und wesentlich sein dürfte, und eine solche Quelle versiegt nie. Ich habe täglich Gelegenheit, bei dramaturgischen Lesereien und Unterhaltungen zu entdecken, daß ich unbewußt manches schon lange gewollt und gefühlt habe, was als die neuste Entdeckung angepriesen wird; ich sehe zu meinem Verdruß oder zu meinem Vergnügen oft im Theater, daß ich Situationen und Motive berühmter Stücke fast genau so schon selbst ausgeheckt habe.» Im Vertrauen auf das eigene dramatische Talent und um damit seine Stücke in einen möglichst günstigen Rahmen zu stellen, wünscht er sich das Stipendium für Berlin; er urteilt sehr realistisch darüber, wie ein Drama auf die Bühne gebracht werden kann, und will «über diese Dinge mit Gutzkow reden, welcher Dramaturg am Hoftheater zu Dresden ist»: «Vielleicht läßt es sich tun, daß ich durch ihn mit der Bühne näher bekannt werde; denn dieses ist nun das nächste Erfordernis. Auf jeden Fall kann er mir diese und jene Erfahrung mitteilen. Nach meiner Ansicht aber wäre es nun am nützlichsten für mich, wenn ich mich einige Zeit in Berlin aufhalten könnte ... Ich habe einige Ursache zu glauben, daß ich bei Varnhagen von

Ense gut aufgenommen würde, welcher mir gewiß durch seine Persönlichkeit und Stellung den nötigen Vorschub leisten könnte. Während eines solchen Aufenthaltes müßte dann ein dramatisches Produkt, als Probe, zuwege gebracht werden, welches vielleicht für ein weiteres selbständiges Fortgedeihen entscheidend würde, indem von allen literarischen Tätigkeiten diejenige des Dramatikers ihren Mann *gegenwärtig* noch am besten hält, wenn er sich einmal Beifall erworben hat. Ich könnte auch nur den nächsten Winter in Berlin und den Sommer in Dresden zubringen, sowohl um mannigfaltige Zustände als um möglichst viele Personen kennen zu lernen; leider ist dies letztere bei der heutigen Art und Weise für das Reüssieren eines jungen Mannes von großem Gewicht.» Zu Hettner bemerkt Keller: «Ich habe perfider Weise fast Lust, ein Stück expreß für Berlin zu berechnen, um den Anfang zu machen und dabei alle einflußreichen Personen im Auge zu behalten [19].»

Wie Keller seine Lektüre und seine dramaturgischen Kenntnisse für die eigenen Stücke verwendet, geht etwa daraus hervor, daß er in der «Therese» den Grundsatz der Einfachheit und Klarheit – Kennzeichen großer Dichtung – befolgt und in diesem Entwurf auf die gemeinhin gehandhabte Intrigentechnik verzichtet. Er zieht Elemente des antiken Dramas heran; in den Notizen zu «Therese» hält er fest: «Versuchsweise an die aristotelische Katharsis zu denken und sie mit Absicht zu erzwecken. Hilft's nichts, so schadet's auch nicht.» In Einzelzügen folgt er Hebbels «Maria Magdalena», und in der Berechnung der Aufführungsdauer schließlich richtet er sich nach Brachvogels Erfolgsstück «Narziß [20]».

Von den Dramen-Projekten, die Keller in den Briefen aus Berlin immer wieder erwähnt, wird keines ausgeführt. Wegen Mosenthals «Sonnenwendhof», in dem Gotthelfs Erzählung zu einem billigen Revuezauber verwandelt erscheint, muß er sich ein Schauspiel nach Motiven von «Elsi die seltsame Magd» versagen, so daß er über diesen und ähnliche Dramatiker an Hettner schreibt: «Ich war ganz verblüfft und verwundert über diese Trüffelhunde, die fortwährend das gute Material aufwühlen und es dann verhunzen. ... es reizt mich nun, geradezu darauf loszugehen und alle das Volk abzutakeln. Ich werde auch expreß eine ‹Agnes Bernauerin› machen und damit Hebbel und Melchior Meyr zusammen attackieren» – ein ernsthaftes Vorhaben; denn noch 1874 teilt er Emil Kuh mit, er habe damals eine Neufassung des Stoffes beabsichtigt und den Kampf zwischen Vater und Sohn zum Hauptmotiv gemacht.

Weitere Ideen tauchen hier und da in den Notizbüchern oder Briefen auf; so ein Stück über die Töchter Karls des Großen, ein Schiller-Festspiel, an dessen Stelle der «Prolog» entsteht, ein Drama «Savonarola», in welchem der Held als «umgekehrte Johanna von Orleans» auftreten soll und das er im Januar 1873 scherzhaft Adolf Exner vermacht: «Ein Exemplar des Trauerspieles ‹Savonarola›, von Gottfried Keller, auf Pergament gedruckt, auf seiner, des Verfassers, eigener Haut. Das können Sie natürlich erst nach meinem Tode bekommen» – was wohl den endgültigen Verzicht auf dieses Projekt meint [21].

1889 ist er sich offenbar schmerzlich des Mißlingens bewußt, wenn er im autobiographischen Abriß schreibt: «Ferner dürften einige jener dramatischen Projekte aus den jüngern Jahren in Gestalt von Erzählungen erscheinen, um die so lange Jahre vorgeschwebten Stoffe oder Erfindungen wenigstens als Schatten der Erinnerung zu erhalten und zu gewahren, ob die Welt vielleicht doch ein ausgelöschtes Lampenlicht darin erkennen wolle. Sollte es der Fall sein, wäre der Schaden, wo die Bühne wie ein Dornröschen von dem abschreckenden Verfallsgeschrei umschanzt ist, nicht groß.» Das scheint endgültiges Resignieren zu bedeuten; im Frühling 1884 kommentiert Keller ja noch Storm gegenüber sein Urteil von Heyses Dramen: «Freilich spreche ich wie ein Blinder von der Farbe, da ich in diesen Apfel nie gebissen habe und nicht weiß, falls ich es noch tun sollte, ob das Sprichwort ‹Alter schützt vor Torheit nicht› mich nicht auch noch träfe.» Und als J. V. Widmann Shakespeares «Sturm» zu einem Libretto umarbeitet, schreibt er dem Redaktor, das würde ihn selbst «fast die gleiche Mühe kosten wie ein volles eigenes Drama», so daß er persönlich es vorzöge, «letzteres zu machen, wenn ich – ja wenn etc. [22]».

Vergleicht man Kellers Dramen-Fragmente mit seiner Kritik von Schauspielen der Vergangenheit und der Gegenwart, so kommt man zum Schluß, daß der Drang, kritisch Erkanntes in eigenes Schaffen umzusetzen, vorhanden ist, daß aber die kritische Grundstimmung überwiegt: Keller biegt in seinen zahlreichen Briefen über das Drama immer wieder in die Theorie aus, es entsteht eine eigentliche Dramaturgie des neuen Dramas, während das tatsächliche Schaffen nicht über Entwürfe hinausgelangt.

Kellers Wunsch, selbst ein Drama zu vollbringen, ist wahrscheinlich nicht ein so unbedingter wie bei Otto Ludwig etwa; aber beide wählen Shakespeare zum Vorbild: Ludwig sucht ihn sich in genauen Interpretationen anzueignen, Keller beruft sich für die Exposition der «Therese» ausdrücklich auf den englischen Dichter – ähnlich wie C. F. Meyer jedesmal dann Shakespeare liest, wenn er zu eigenen dramatischen Versuchen ansetzt [23].

Shakespeare

Im Briefwechsel, in den Notizen, Werken und Fragmenten nennt Keller den Namen Shakespeares häufig; über «Therese» schreibt er beispielsweise: «Meine wunderliche Tragödie muß noch ein wenig theatralische Färbung bekommen; ich glaube nicht gegen die Natur eines Trauerspiels zu sündigen, wenn ich in den ersten Akt einige Heiterkeit hineinbringe, und halte mich manchen Kritikern zum Trotze an Shakespeare hierin. Wie der Humor oft auf dem dunklen Grunde der größten Trauer seine lieblichsten Blüten treibt, nach allbekannter Erfahrung, so darf oder *muß* vielleicht die Tragödie im *ganzen und allgemeinen* diesen Charakterzug beibehalten und zwar nicht nur in humoristischen oder ironischen Auslassungen der einzelnen Personen, sondern an rechter Stelle in lustspielartiger Wendung ganzer Szenen.» Diese Beobachtung hat Keller wahrscheinlich auch an den antiken Tragikern gemacht, sie trifft eine offensichtlich wichtige Verwandtschaft zwischen Komödie und Tragödie überhaupt, nämlich die Herbeiführung der Katharsis: «Es fällt ... auf, wie häufig die Komödienschreiber versuchen, ihren Helden der Katastrophe so nahe wie irgend möglich zu bringen und dann die Handlung plötzlich herumwerfen. Oft gelingt es nur um Haaresbreite, das grausame Gesetz zu umgehen oder zu brechen.» (Frye)

In dem erwähnten Brief an Emil Kuh von Ende 1874 über die zur Seite geschobenen dramatischen Pläne dient der Vergleich mit Shakespeare dazu, die Schwäche seines Entwurfs «Die Provenzalinnen», den er noch in den frühen siebziger Jahren bearbeitet, herauszustellen. Das Stück wird ihm durch die «Dolores» des deutschen Dramatikers Josef Weilen vorweggenommen, den er «einen rechten Pfuscher» nennt, weil er «das Große des Motivs lang vor den Beginn des Stückes verlegt». Die eigene Scheu, den Entwurf auszuarbeiten, erklärt Keller damit, daß ihm «das Sujet immer zu shakespearehaft und kolossal» erschienen sei [24].

Mit den Dramen Shakespeares und mit seinen Kritikern macht Keller sich in den Berliner Jahren vertraut, wobei mit den Äußerungen über Gervinus' Shakespeare-Monographie zwei Eintragungen ins Notizbuch zu vergleichen sind, die sich um die richtige Deutung zweier von Gervinus beanstandeter Dramen bemühen. Die erste Notiz betrifft Othellos Bericht von wunderbaren und schrecklichen Erscheinungen (I 3); Gervinus hatte angenommen, Shakespeare wolle dadurch Othellos Charakter schärfer zeichnen, Aberglauben und «ausschweifende Phantasie» bildeten ein Gegengewicht zu «seiner feldherrlichen kriegerischen Ruhe und Kaltblütigkeit» (3. Band, 176). Diese Vermutung bezeichnet Keller als «geradezu lächerlich». Schon im Juli 1838 hatte er in einer Beurteilung von Victor Hugos Trauerspielen darauf hingewiesen, daß sie bei aller «Blutschauerlichkeit» «faktisch» seien, daß – hier argumentiert er wie Ulrich Bräker – historische Wahrheit die Tragik vertiefe und sogar Greuelszenen rechtfertige; der Stil Hugos gemahne «ganz leise an Shakespeare»: «Groß, einfach, nichts Überflüssiges und die Gefühle von allem hochtrabenden Philosophieren entkleidet.» Ähnlich läßt er sich nun in der Betrachtung Othellos von historischen und stilistischen Kriterien leiten: «Shakespeare hat ... der Kultur seiner Zeit zufolge und gerade als Freund Raleighs, welcher dergleichen Dinge selbst berichtete, durchaus alle dieselben selbst glauben können, und mithin kann dieser ganze Zug von phantastischen Elementen nichts anderes sein als stilistischer Schmuck des Dichters.» Sie sollen Othello «als weitgereisten und vielgeprüften, als wunderbare und seltene Erscheinung in den Augen Desdemonas sowohl als des Zuschauers und Lesers interessanter machen».

Die Kritik Kellers an Gervinus' Deutung von «Maß für Maß» richtet sich gegen die Methode, ein Kunstwerk von einem «Archimedespunkt» aus zu beurteilen, und will Gervinus' Behauptung erledigen, Shakespeare habe «all sein Genie in einen ‹unwohltuenden, unschönen, harten Stoff› verschwendet» (3. Band, 126 ff.). Zwischen der Lobrede des Literarhistorikers auf Shakespeares «edle Männlichkeit, seine Besonnenheit, seine klare Durchschauung aller Menschennatur und sein allgegenwärtiges Gefühl des Rechten und Schicklichen» und dem Tadel, der den «empfindlichsten Teil seiner Dichterehre», nämlich «die richtige und gesunde Wahl des Stoffes» betrifft, besteht für Keller ein Widerspruch. Wenn Gervinus annimmt, das Stück sei, ungeachtet «der möglichsten Veredelung ... und trotz der sittlichsten Anwendung», so geartet, daß «uns Aufführung sowohl als Lektüre desselben peinlich ist und bleibt», so überführe er sich damit selbst eines falschen, «unnatürlichen und krankhaften» Anspruchs an den Dichter und die Dichtung, bleibe den Beweis für die Behauptung, Shakespeare habe sich in der Wahl dieses Stoffes vergriffen, nach wie vor schuldig [25].

Solche Teil-Interpretationen Shakespearscher Stücke entspringen der Anschauung Kellers von Shakespeares dichterischer Persönlichkeit und dem Gehalt seines Werks; so erkennt er in «Hamlet» die «Unentschlossenheit, Tatlosigkeit» als den Angelpunkt des Dramas. Er ist dementsprechend empfindlich für Mängel der Aufführung, die den Sinn stören; in einer Berliner Inszenierung erscheint ihm Hamlet «zu lebendig und unklar geräuschvoll» dargestellt, so daß man «gegen den Schluß das Pathos und Tragische gar nicht motiviert findet, wenn man das Stück nicht sonst studiert hat». Er sucht nach dem Typischen des Stücks: die «Unzufriedenheit und Hypochondrie des Genies, sein persönliches Ringen nach unerreichbarem Lebensglücke und das ungeschickte Verfehlen desselben», «eine Spielart» der «modernen Tragik, welche Goethe ... im glücklichen Wurfe vervollständigt und damit manchem aus der Seele geredet hat»; Hamlet wie Faust und Tasso sind «Charaktertypen der modernen Welt ..., welche die alte Welt durchaus nicht kannte zu ihrem Glücke [26]».

Der Briefwechsel mit Hermann Hettner in den ersten fünfziger Jahren behandelt ausführlich auch die Shakespearomanie. Während die von Keller beabsichtigte Mischung tragischer und lustspielhafter Züge in der «Therese» Shakespeare in einem Gestaltungsprinzip folgt, das auch die Romantiker am britischen Dramatiker bewundern, wenn sie z. B. Hamlet als tragische Erscheinung und zynischen Weltnarren zugleich auffassen [27], kritisiert er später ja gerade diese Seite ihres Shakespeare-Verständnisses. Er bittet Hettner, in der Schrift über das moderne Drama, die einen Abschnitt über Shakespearomanie enthalten soll, diese falsche Haltung, die «mehr an Äußerlichkeiten hängt», gebührend abzuurteilen und deutlich zu machen, daß «es mehr darauf ankomme, den Kern, die höchsten Aufgaben, welche Shakespeare sich stellte und welche er wiederholt mit Wohlgefallen zu lösen schien, mit ähnlichen Lieblingsaufgaben anderer Zeiten und Dichter zu vergleichen». Ein solcher Vergleich «einzelner gewaltiger Szenen», «majestätisch hervortretender einzelner furchtbarer Situationen» (z. B. «Richard III.», I 2 und IV 4; verschiedene Stellen in «König Lear»), «der wahren Proben von seinem Herzblute», mit ähnlichen Szenen bei Sophokles, Calderon, Corneille und Schiller erlaube es, «den wahren Maßstab zu finden» und zu erkennen, worin diese Dichter verschieden sind, «auch wenn alle zusammen leben würden». Statt das Augenmerk auf «Ökonomie und Szenerie, Sprache und Bilder, Charaktere und Sitten, Religion und Politik, die Willkürlichkeit und Zufälligkeit in Behandlung und Zeitwitz» zu richten, sei zu fragen, «was ein solcher Klassiker für wirklich schön hielt», habe der Kritiker auf Züge zu achten, mit welchen der Dichter «gern zu kokettieren scheint» (Shakespeare läßt seine Gestalten etwa über einen Gegenstand reflektieren: Hamlet über Yoricks Schädel, Richard II. vor einem Spiegel [28]).

Abgesehen vom Zeitgeschmack und der Bildung seiner Epoche, denen der Dichter notgedrungen folgt, könne ein späteres Geschlecht von Dramatikern hier die Kenntnisse vom Wesen des Dramatischen finden: «Will er [der Dichter] ... auf die Sterne der Vergangenheit zurückschauen und sich an ihnen stärken und Rats erholen, so muß er sich an diese *stofflichen* Lichtblicke halten und zu ergründen suchen, *was* sie mit Vorliebe für schön und imposant gehalten haben. Nur eine Vergleichung in diesem Sinne wird wirklich fruchtbar sein.» Gegen die «Manie», die Einseitigkeit der Romantiker, denen «das Willkürliche und Witzige» allein an Shakespeare wichtig ist, und gegen Gervinus, der den Dichter philosophisch-spekulativ zu deuten sucht, ist Kellers Formel von «den spezifischen poetischen Urkräften», «der eigensten wunderbaren Erfindung dramatischer Situationen und Verläufe, mit denen Shakespeare, entblößt von jedem Zeitgewande, mit seinen olympischen Brüdern konkurriert», gerichtet. Es gilt, hinter dem gewaltsam «Witzigen», dem Zeitbedingten «die wahren Mittel zu erkennen, durch welche die großen Dichter wirken (wenigstens diejenigen, welche nicht zu sehr durch die Grübelei einer kritischen Übergangszeit zersetzt waren)»; dann erst wird der Betrachter, der junge Dramatiker «auf größere Einfachheit und Klarheit geführt werden und damit das Intrigenwesen von selbst fallen lassen, und alle andern Mittel werden in bequemster Auswahl nur zur Erreichung jenes *einen* Zweckes angewandt werden».

Gewiß ist Shakespeare auch für Keller selbst Vorbild. Aber er denkt dabei nicht an eine unkritische Nachfolge wie die der Romantiker, die den Verlust der eigenen originalen dichterischen Welt mit sich bringt; in einem Brief an Emil Kuh über Dramenmotive, die ihn zu eigenen Schauspiel-Entwürfen inspirieren, hält er fest: «Der Hauptstock meiner dramatischen Projekte ist durch solche Vorkommnisse noch nicht berührt, da sie alle so recht aus meinem Eigenen gewachsen sind, Dinge, auf die jeder nur selbst und allein verfallen kann [29].» Man möchte sagen, daß Keller am Beispiel Shakespeares den überwiegenden Teil seiner dramatischen Ansichten entwickelt, an ihm vor allem «in ganzem Umfange die ... später mit ebenbürtiger Meisterschaft geübte Handhabung des Kontrastes und der Parallelfiguren» (Frey) begreift [30]; durch das Medium Shakespeare lernt er ferner die Besonderheit seines dichterischen Schaffens erkennen. Denn wenn er verzichtet, Hettner dazu zu drängen, im «Modernen Drama» das «spezifisch Poetische» zu behandeln, die elementare Kraft des Dichters, Welten und Gestalten zu schaffen, so hängt das nicht nur mit den besonderen Anforderungen der Schrift Hermann Hettners als einer praktischen Poetik zusammen, sondern auch mit Kellers langsam sich herausbildendem Selbstverständnis als Dichter, mit der Vorstellung von seinem persönlichen Kunstwollen, das eben von dem Shakespeares verschieden ist und doch ebenso das «spezifisch» Dichterische voraussetzt. Wie in den Briefen werden in dem Shakespeare betreffenden Abschnitt von «Pankraz dem Schmoller» zwei Dichtertypen beschrieben, die – andeutungsweise – am Schluß der Shakespeare-Stelle in der Novelle konfrontiert sind, wobei Keller sich selbst von dem Dichtertyp, den Shakespeare vertritt, absetzt.

«Pankraz der Schmoller» berichtet von einer verhängnisvollen Nachahmung Shakespeares; der Held muß dafür büßen, daß er die dichterische Welt und ihre Gesetze naiv auf seine eigene Wirklichkeit überträgt. Sein Verhalten ist ein Beispiel, wie man den Dichter nicht verstehen darf, obschon man ihn so verstehen kann, und zeugt für die verführerische Gewalt einer in sich geschlossenen poetischen Schöpfung. Die verhängnisvoll falsche Auslegung der Dramen Shakespeares ist vorbereitet durch den Lesehunger des jungen Pankraz, der jene Welt gläubig-kindlich aufnimmt und sie «für die eigentliche und richtige» hält. In einem Brief von 1856 sagt Keller, Shakespeare sei, «obgleich gedruckt, doch nur das Leben selbst und keine unlebendige Reminiszenz [31]»; aber was an Erlebtem in den Brennpunkt seines Dichtens zusammengefaßt ist, läßt sich dennoch nicht wieder auflösen in verbindliche Gesetzmäßigkeiten für das alltägliche Dasein. Nun führt allerdings der Irrtum Pankraz', eine solche Transponierung zu vollziehen und zu glauben, die geliebte Dame sei «ein ... festes, schöngebautes und gradeausfahrendes Frauenfahrzeug ..., die ihren Anker nur *ein*mal und dann in eine unergründliche Tiefe auswirft und wohl weiß, was sie will», also den Figuren der Dichtung gleicht, mittelbar doch zur Entwirrung und Heilung des Helden vom Übel des Schmollens und von der unerwiderten Liebe: die «schönen Bilder der Desdemona, der Helena, der Imogen und anderer ..., die alle aus der hohen Selbstherrlichkeit ihres Frauentums heraus so seltsamen Käuzen nachgingen und anhingen», tun ihre Wirkung, allerdings auf eine unerwartete Weise. Dem Schmoller wird die Diskrepanz zwischen wirklichem Leben und dem in der Poesie gespiegelten Dasein zum Verhängnis und zur Rettung zugleich.

Dies ist die Funktion der Shakespeare-Lektüre innerhalb der Novelle. Aber die Äußerungen über den Dichter sind auch ein Bekenntnis Kellers zu Shakespeare; der Dichter spricht einen Augenblick lang durch den Mund seines Helden: für ihn ist Shakespeares dramatischer Kosmos ein solcher «des Ganzen und Gelungenen», der Dramatiker Schilderer der «ganzen Menschen, welche im Guten und im Schlechten das Metier ihres Daseins und ihrer Neigungen vollständig und charakteristisch betreiben und dabei durchsichtig wie Kristall, jeder vom reinsten Wasser in seiner Art, so daß, wenn schlechte Skribenten die Welt der Mittelmäßigkeit und farblosen Halbheiten beherrschen und dadurch Schwachköpfe in die Irre führen und mit tausend unbedeutenden Täuschungen anfüllen, dieser hingegen eben die Welt des Ganzen und Gelungenen in seiner Art, d. h. wie es sein soll, beherrscht und dadurch gute Köpfe in die Irre führt, wenn sie in der Welt dies wesentliche Leben zu sehen und wiederzufinden glauben». Wie Pankraz zu spüren bekommt, ereignet sich jedoch dieses «wesentliche Leben» immer anderswo; die tatsächliche und den Menschen bestimmende Realität bringt Erscheinungen von solcher Abgeschlossenheit und Plastik nicht hervor. Wohl gibt es Giftmischerinnen, aber sie sind nur frech und reuelos, «ohne den schönen Nachtwandel der Lady Macbeth und das bange Reiben der kleinen Hand»; genug rühmen sich, Hamlet zu sein, aber es fehlen ihnen die «großen Herzensgründe»; adelige Verbrecher ermangeln «der dämonischen und doch wieder so menschlichen Mannhaftigkeit» Macbeths, des Witzes und der Beredsamkeit Richards III. Wir begegnen vielleicht Frauen, die an Porzia erinnern, aber die eine ist nicht schön, eine andere wohl geistreich, aber nicht klug, eine dritte stürzt zwar Menschen ins Unglück, ohne sich jedoch dadurch selbst zu beglücken. Es gibt den Shylock, der sein Stück Fleisch gern forderte, wenn er zu diesem Zweck nicht Geld wagen müßte; die Kaufleute von Venedig geraten nicht wegen eines lustigen Freundes in Schwierigkeiten, halten nicht schöne melancholische Reden über ihren Verlust, sondern büßen ihr Kapital trivialerweise durch Aktienschwindel ein und machen ein dummes Gesicht dazu.

Wie nur der große Dichter diese in sich geschlossenen Menschen gestalten kann, so kann auch nur er sie zusammenführen: den «ganzen Schurken auf einen ganzen wehrbaren Mann», den «vollständigen Narren auf einen unbedingt klugen Fröhlichen» stoßen lassen, und erst das Zusammenspiel dieser Gestalten ergibt auch das «rechte Trauerspiel», die «gute Komödie [32]».

Dieses Bild des Menschen bei Shakespeare, so wie Keller es wahrnimmt, steht im Gegensatz zu seinem eigenen «Menschenbild». Das Porträt Hamlets, das er im «Grünen Heinrich» schildert und auf dem dem Prinzen das «ganze Schicksal schon um Stirn und Augen» gezeichnet ist, zeigt, daß Hamlet für ihn nicht ein «vollständiger Mensch» ist, sondern einer, der scheitert, dessen Schicksal mit der äußeren Erscheinung nicht übereinstimmt; während er bei Shakespeare «der großgeartete, ganze und konsequente Charakter» ist, erscheint er bei Keller seltsam irisierend, «gemischt» und halb [33]. Diese Trennung zwischen einer dichterischen Welt des In-sich-Geschlossenen, «Gelungenen», «das heißt wie es sein soll», und der Darstellung greifbarer Wirklichkeit macht den Kern von Kellers Betrachtung über Shakespeares Dramen aus.

Keller, der sich selbst als scheinbar und im Vergleich zu Shakespeare untergeordneten «Skribenten» abbildet – Selbstzeugnisse von Dichtern sind oft in ein «Zwielicht» gestellt, «ganz abgesehen von dem Anteil Schalkhaftigkeit, die in jede Demaskierung hineinspielt [34]» –, bekennt sich damit zu einer Kunst, die das Dasein und die Menschen, die es bevölkern, in ihrer Unvollkommenheit gestaltet. Und von hier ist es nur ein Schritt zur eindeutigen Umschreibung von Kellers Dichtung als der Darstellung der «Realität in ihrer ja gänzlich unverkennbaren Gemischtheit und Kompliziertheit [35]» (Wildbolz). Die Betrachtung des fremden Werks sagt also manches auch über Keller selbst aus, und die Kritik bedeutet Selbstcharakteristik.

Lessing, das altfranzösische Theater und die deutsche Klassik

Ausgangspunkt von Kellers Betrachtungen über Lessing, die französische und deutsche klassische Tragödie und Komödie, aus denen sich zum Teil seine Kritik der zeitgenössischen Dramatik und die Konzeption eines Dramas der Zukunft herleitet, ist die schon 1837 notierte Erkenntnis des Dichters: «Die köstlichsten, ja die einzig festen Grundsätze sind die, welche man sich durch eigene Erfahrung, durch eigene Überzeugung erworben hat! So auch in der Kunst. Mit welcher Sicherheit, mit welchem Glück wendet man nicht die eignen Erfahrungen an, indes die fremden, wenn noch so lange vorgepredigten, nur mechanisch, ohne lebhaftes Ergreifen, befolgt werden? [36]»

In diesem Sinn erlebt Keller im Spätsommer 1850 die Berliner Aufführungen französischer Klassiker mit der Schauspielerin Rachel; an Hettner schreibt er, sie sei, trotz einer gewissen Manieriertheit, «der größte Künstler», und lobt ihr glanzvolles, einfaches und majestätisches Spiel in Racines «Athalie [37]». Gleichzeitig findet er in diesem Brief eine neue Einstellung zum französischen Drama, die sich von der an Lessing orientierten Kritik Racines und Corneilles unterscheidet.

Nun ist Gottfried Keller überhaupt mit dem unbedingten blinden Lob Lessings, wie es in den Literaturgeschichten seiner Zeit üblich und beispielsweise von Adolf Stahr ausgesprochen ist, nicht einverstanden: «Diese Affektiertheit, mit welcher Stahr seinen griechischen Sinn und sein Lessing-Bewußtsein allüberall aufwärmt, hebt beinahe sein wirkliches Verdienst auf; denn zuletzt wird alles wieder Zopf, selbst die Bil-

dung.» Bekannt ist Kellers Plan einer Schrift gegen den «Laokoon»:
« ... gerade das hohe Gewicht des Werkes schien ihm eine energische und
rückhaltlose Einsprache gegen die unbilligen Übertreibungen und drakoni-
schen Härten zu fordern – ‹aber nicht durch einen Schulmeister, denn die
verstehen nichts›» (Frey). Eine Überarbeitung von Lessings Buch hält er
vor allem hinsichtlich «des malerischen Schilderungswesens» für angezeigt,
da «sich die innere Sehkraft der Menge durch die Verbreitung der ästhetischen Bildung, die Realistik der Bühne etc. so vermehrt [habe], daß man
jetzt durch die Erwähnung einer Farbe, eines roten Mantels, eines Land-
schaftstones, eines Inkarnates etc. eine augenblickliche Wirkung erreicht, an
die vor hundert Jahren nicht zu denken war», die aber schon in der
Renaissance-Novellistik, bei Cervantes und Homer zu finden sei. Zu den
«Laokoon-Studien» (Freiburg 1881/82) des Zürcher Archäologen Hugo
Blümner bemerkt er, sie erschienen ihm um so wertvoller, «als der ewige
Fluß der Anschauung der ewigen Schönheitsgesetze sich auch auf dem poe-
tisch-literarischen Gebiet geltend zu machen beginnt, indem die von den
Lessingschen Grundwahrheiten abgeleitete Rezeptierkunst (z. B. in der Be-
schreibungs-Frage) einer neuen Betrachtung ruft [38]». Keller scheut vor einer
Kritik Lessings auch in Einzelproblemen nicht zurück; als er Rachel in der
Rolle der «Virginie» in Latours Drama sieht, wo die Heldin «als liebende
Braut ihre Jungfräulichkeit gegen einen Tyrannen verteidigen muß», erinnert er sich wohl an seine eigene Gestaltung des Virginia-Motivs in dem
Lessings «Emilia Galotti» nachempfundenen Stück «Der Freund» (1837);
Hettner schreibt er über Latours Auffassung des Stoffes: «Diese Aufgabe ist
nicht nur ihrer» (Rachels), «sondern auch jeder tragischen Personnage unwürdig; wenigstens kann ich nicht umhin, einen feineren und für ein Weib
weniger peinlichen Konflikt für eine tragische Situation auf der Bühne zu
verlangen, als das angstvolle und tapfere Zusammenhalten ihrer Unterröcke
ist.» Lessings Wendung des Motivs bespricht er in einem Brief an Sigmund
Schott, der sich mit dem gleichen Problem befaßt hatte: «Namentlich die
Frage, inwiefern Lessing das Virginia-Motiv modifiziert und durch die pas-
sionierte Beteiligung des Opfers für die moderne Zeit kompliziert habe, ist
sehr anregend und führt, wie ich glaube, richtig zu der Ansicht, daß Lessing die Emilie den Prinzen wirklich wollte lieben lassen. Erst so ist das,
was der römischen Virginia geschehen, den veränderten Verhältnissen gemäß, für die Emilie im Prinzip bereits vorhanden, und der Schluß gewinnt
mächtig an Austiefung. Um so mehr aber hätte dann Lessing die Sache
durchsichtiger behandeln sollen, was sich weder die Alten noch Shakespeare
oder Schiller hätten entgehen lassen [39].»

Gegen Lessing und stärker noch gegen diejenigen Kritiker, die Lessings
Bewertung der französischen Klassik bedenkenlos übernehmen, wendet sich
Keller im Brief an Hettner über Rachels Gastspiel: «Während Rachels Auf-
enthalt haben eine Menge Literaten Veranlassung genommen, in alter Weise

über das altfranzösische Theater zu salbadern, was mich sehr geärgert hat. Seit Lessing glaubt jeder Lump in Germania über Corneille und Racine schlechte Witze machen zu dürfen, ohne zu bedenken, daß Lessing die Aufgabe hatte, das französische Theater als *Hindernis* für eine nationale eigene Entwicklung wegzuräumen, und daß diese Aufgabe nun längst gelöst, also das Hindernis nicht mehr da und der Anerkennung wieder Raum zu lassen ist, wohl zu eigenem Frommen.» Der unbedachte Eifer gegen das französische Theater, der Kampf mit Argumenten, die für Lessings Zeit Gültigkeit hatten, ist gegenstandslos geworden; Lessing hat seine historisch bedingte Aufgabe erfüllt, die Bahn freigemacht für eine Entwicklung des nationalen Dramas, die in der deutschen Klassik gipfelt. Dieser Endpunkt bedeutet aber zugleich die Rückkehr zum klassischen Drama der Franzosen oder doch seine Anerkennung: Schiller übersetzt Racines «Phädra», Goethe Voltaires «Mahomet» und «Tancred», zwei Stücke, die er, abgesehen von seinem persönlichen Interesse an der Gestalt des Propheten, in formaler Hinsicht als besonders geeignet für die Bühne und zur Ausbildung der Schauspieler hält – ein Beweis für Keller, daß «der wahre Meister jederzeit mehr Pietät für alles Tüchtige hat als der Pfuscher und Lauser».

Dieser Höhepunkt in der deutschen Dramendichtung ist notwendigerweise zeitlich begrenzt. Der Niedergang der Bühne in der Mitte des 19. Jahrhunderts scheint es Keller nicht zu rechtfertigen, daß unbedachte Kritiker Lessings alte Geschütze noch einmal laden. Die Werke Goethes und Schillers haben in der Nation und den deutschen Dichtern das Bewußtsein geweckt, den Franzosen ebenbürtig zu sein und damit dem Kampf im Geiste Lessings ein Ende gesetzt. Das heißt für die Beurteilung Racines und Corneilles: «Erst jetzt, da wir sie nicht mehr nachzuahmen brauchen, sind sie auch für uns wieder schön geworden.»

Die folgenden hauptsächlichen Aussetzungen der deutschen Kritik am französischen Klassizismus sucht Keller zu widerlegen: «Die Franzosen seien Phrasenmacher, heißt es immer! Macht einmal solche Phrasen, die so durchgehend mit der Handlung verwebt sind, wenn ihr könnt! ... Sie hätten die Griechen schlecht nachgeahmt! Das ist nicht wahr, sie sind eben die Franzosen ihres Zeitalters geblieben, und die ganze Gesinnungsweise, Manier und Form ist originell und, sowohl Shakespeare als Calderon, sowohl Sophokles als Goethe und Schiller gegenüberstehend, berechtigt und unbefangen zu genießen.» Diese Gleichwertigkeit verwandelt sich aber wiederum in Überlegenheit, wenn die Franzosen mit dem gegenwärtigen Drama in Deutschland verglichen werden. Obschon im Stofflichen überlebt, könnten die französischen Dramatiker vorbildlich sein: «Besonders wenn ich ihre Zeit und Umgebung betrachte, beneide ich sie doppelt um ihre edle Einfachheit und moralische Frische, um ihre kindliche und doch so männliche Naivetät und hauptsächlich um ihre reine, wahre Tragik. Es wird auch bei uns der Tag erscheinen müssen, wo der junge Dramatiker nicht glaubt, er dringe am sichersten durch, wenn er ein recht verzwicktes und verkünsteltes Motiv zu Markte führte [40].»

In seinem Aufsatz «Die altfranzösische Tragödie» (1850) greift Hettner die Überlegungen Kellers auf; er verändert den Text des Briefes nur leicht, formt ihn syntaktisch um und ergänzt ein literarhistorisches Faktum. Gedacht ist der Aufsatz als Anregung für junge Dramatiker, nicht als eine wissenschaftliche Studie, sich anlehnend an das instinktiv klare Urteil des Dichters. Kurz vor dem Erscheinen des Aufsatzes bittet Hettner den Freund um Kritik namentlich zum letzten Teil seiner Ausführungen, in dem er noch unbedingter als Keller «die Rückkehr unseres Dramas zum Klassizismus» fordert und dabei «auf größere Ruhe und Einfachheit, auf die Reaktion gegen die Hast und Breite und Unruhe des ‹Götz von Berlichingen› Gewicht» legt. Keller begnügt sich später damit, den Aufsatz «wahr und schön» zu finden; und nur daß er eine «speziellere Beantwortung» in Aussicht stellt, die aber nicht erfolgt, kann auf einige Einwände oder Korrekturen schließen lassen.

Hettner, der die Beobachtungen Kellers ausbaut, hat mehr Argumente zur Verfügung; aber wie die Entwicklung seiner Gedanken sich eng an Kellers Brief anschließt, so stimmt auch seine grundsätzliche Einstellung gegenüber Lessings Dramaturgie mit derjenigen des Freundes überein. In einem Brief an Adolf Stahr, der an einem Lessing-Buch arbeitet («Lessing. Sein Leben und seine Werke», 2 Bde., Berlin 1859), heißt es: «Sehr gespannt bin ich auf Ihre Darstellung von Lessings Kunstansichten. Es läßt sich schwer in Abrede stellen, der Verfasser des Laokoon ist sein Lebelang nicht über die moralisierenden Endzwecke der Poesie hinausgekommen. Sein Urteil über den Werther steht bei ihm nicht vereinzelt; es ist nur der Ausdruck einer Denkweise, die namentlich auch in seinem Briefwechsel über die Tragödie oft sehr bemerkbar hervortritt. Dies ist entschieden derjenige Punkt, durch welchen Lessing noch ganz ausschließlich dem 18. Jahrhundert angehört und der ihn bestimmt von Goethe und Schiller abschneidet. Hier ist noch ein Stück Zopf, welchen im Einzelnen nachzuweisen Aufgabe eines Biographen ist, der Kritiker und Geschichtsschreiber und nicht bloß, wie es bisher immer der Fall war, Pangyriker sein will [41].»

Im Aufsatz geht Hermann Hettner von einer Kritik der herrschenden Ansicht aus, die französischen Klassiker hätten die Griechen «schlecht nachgeahmt». Für ihn wie für Keller ist das ein falscher Standpunkt für die Beurteilung Racines und Corneilles. Zwar übernehmen sie das antike Regelsystem und eignen sich Stoffe aus der griechisch-römischen Mythologie und Geschichte an, «aber keinem Franzosen ist es je ... eingefallen, man könnte an ihn die Forderung stellen, er solle nun auch jenen Stoffen und Formen entsprechend die Eigentümlichkeit seiner Zeit und Nationalität aufgeben. Antikisieren in diesem Sinne wäre dem Franzosen, wenn nicht einfach eine praktische Unmöglichkeit, so jedenfalls ein begriffliches Unding gewesen.»

Die von Keller zu Recht hervorgehobene Originalität der französischen Tragödie bestehe darin, daß der «ureigene, echt nationelle Geist» sich, «so gut es eben gehen will, in den äußeren antikisierenden Formen verkörpert». Diese Mischung antiker und moderner Elemente, das Auseinanderfallen von «Form» und «Inhalt» ist der Preis für das Ziel, das sich das französische Drama der klassischen Zeit setzt, nämlich das «eigene Wesen künstlerisch darzustellen und dabei doch nach einer Hoheit und Einfalt der Form zu trachten, die von derselben ruhigen Harmonie beseelt ist, die uns aus allen antiken Kunstwerken so erquickend entgegenweht». Und darin ist sie auch der «Formenreinheit» der Werke Thorwaldsens oder Schinkels, der «Braut von Messina», der «Achilleis», der «Natürlichen Tochter» überlegen, «abstrakteren und unendlich lebensärmeren» Schöpfungen, die nicht dem Geschmack des Volkes entsprechen, während doch die Kunst «wesentlich auch für das Volk, nicht bloß für feinschmeckerische Kenner» bestimmt ist.

Hier versucht Hettner, eine Schwäche der deutschen Klassik aufzudecken, die Keller nicht nennt, und er geht in seiner Untersuchung über den Brief des Dichters hinaus, wenn er prüft, von welchem Geist die Kritik der altfranzösischen Dramen lebe. Eine Gruppe der Tadler beruft sich auf Shakespeare und seine Charaktertragödien; ihr erscheinen «die Leidenschaften dieser Charaktere» im altfranzösischen Drama zu gemessen, zu pathetisch, zu kalt und typisch; hierhin gehört Lessing, dem die Tragödie Corneilles und Racines nicht «individuell und natürlich» genug ist. Uneingeschränkte Verehrer der Antike dagegen dünkt es fragwürdig, antike Form mit modernem Geist zu vereinen; so geht A. W. Schlegels Polemik in der Flugschrift «Comparaison entre la Phèdre de Racine et celle d'Euripide» von einem «abstrakt antikisierenden Idealitätsprinzipe» aus, wie er es in seinem «Ion» verwendet. Nach Hettners Meinung zeigt sich jedoch gerade in Racines Bearbeitung «die naive Gesundheit des französischen Dichters», welcher die «Götter- und Schicksalsmaschinerie», «die griechische Idealität der Charakteristik» beiseitestellt, nicht in der Manier Schlegels «eine philologische Umarbeitung», sondern eine «Umdichtung» zur psychologischen Charaktertragödie gibt. Die Folgerung Hettners, die Menschen am Hof Ludwigs XIV. seien trotz Raffinements und galanten Lebens naiv geblieben, naiv auch im Umgang «mit den alten Formen und Stoffen», und: «Diese Menschen fühlen sich so glücklich in ihrer Gegenwart, so glücklich, daß sie gar nicht denken können, es sei jemals anders gewesen», ist eine psychologisch begründete Erweiterung von Kellers Hinweis auf die Einfachheit des Dramas dieser Zeit.

Entschieden aber stimmt Hettner mit Keller, der von der Vorbildlichkeit der französischen Klassik spricht, überein, wenn er den jungen Dramatikern Deutschlands rät, «in gewissen Dingen bei diesen französischen Dichtern in die Schule zu gehen». Daß Lessing und die Stürmer und Dränger ausschließlich Shakespeare nachgefolgt seien, habe gute Gründe gehabt; denn

Shakespeare sei, «wie der Schöpfer, so auch das ewige Muster des modernen Dramas». Hinsichtlich der Bühnenwirksamkeit jedoch, auf die allein es ankomme, sei das antike und französisch-klassische Schauspiel wichtiger. Als «subjektivere Modernisierung» der griechischen Tragödie kann es vorbildlich sein durch die «einfachere Übersichtlichkeit». Nicht in Übersetzungen und allzu getreuen Nachahmungen – «das hieße die Manen des großen Lessing beleidigen» –, sondern inhaltlich durch «die zwingende Klarheit (der) Motive, den straffen Zusammenstoß der streitenden Mächte», formal durch «die Ruhe und Stetigkeit des Fortschritts». Die französische Tragödie der klassischen Zeit, schließt Hettner, werde dann ihr Ansehen zurückgewinnen, wenn das «ganze Sein und Denken» einfacher, reiner, wahrer geworden sei. Daß dann auch der dramatische Gehalt und die Form zur Einfachheit zurückfinden werden, scheinen ihm Goethes «Iphigenie» und wegen der «Klarheit und inneren Notwendigkeit der Motive, der Straffheit der Handlung» Hebbels Dramen «Maria Magdalena» und «Herodes und Mariamne» zu verheißen [42].

Die antike Tragödie ist nicht nur für die französische Dramaturgie des 17. Jahrhunderts verpflichtend gewesen, sie hat die klassische Epoche in der Geschichte auch anderer Nationalliteraturen beeinflußt. Dabei werden ihre Regeln und ihre Stoffe den besondern nationalen und zeitlichen Gegebenheiten so anverwandelt, daß in Frankreich z. B. die der antiken Vorbildlichkeit verpflichteten Tragödien Corneilles, Racines, die Lustspiele Molières mindestens seit dem 19. Jahrhundert einen Kristallisationspunkt für das kulturelle Selbstbewußtsein der Nation bilden. Hier scheint die Vorstellung Kellers von einem Nationaltheater, wie er es im Essay «Am Mythenstein» schildert, verwirklicht [43]. Tatsächlich aber, das wird in einem folgenden Abschnitt zu zeigen sein, führen die Forderungen Gottfried Kellers weiter; bei ihm ist das Nationaldrama viel tiefer im Volk selbst verwurzelt als das klassische Drama der Franzosen, bezieht die Nation viel stärker ein, muß sich der Dichter in höherem Maße seiner Bedingtheit durch die geschichtliche Situation des Volkes bewußt werden. Gerade die Kenntnis der Antike verunmöglicht dem französischen Klassiker, den nationalen Gehalt, den Hettner und Keller im Drama wünschen, rein zu verwirklichen; schon die Titel der Tragödien, die Namen der Helden, die Stoffe, die Mythologie, die alle abendländisches Bildungsgut sind, stehen dem entgegen. Gewiß können neue Erfahrungen den antiken Motiven unerwartete Aktualität verleihen, aber das Eigenleben des Stoffes ist so mächtig, daß die Assoziation mit der Antike bestehen bleibt, die Parallelen der geschichtlichen Situation mit der Gegenwart nur beschränkt durchzudringen vermögen und letztlich doch nur ein alter Konflikt als neu geschürzt erscheint.

Keller will etwas anderes: Das Volk selbst soll das neue Drama schaffen, ohne auf vorgeprägte Motive zurückzugehen. Mehr als für Hettner, dem es vor allen Dingen auf die Bühnentechnik, die einfache Handlungsführung ankommt, sind die französischen Klassiker für Keller Beispiel, daß der Dichter die Regeln der antiken Tragödie der Absicht anpassen muß, die eigene Zeit darzustellen und dem eigenen Volk verständlich zu werden. Die dramaturgischen Richtlinien, die sich aus den alten Tragödien und aus Aristoteles gewinnen lassen, behalten für ihn ihre Bedeutung. In einem Brief an Wilhelm Baumgartner vom September 1851 stellt er einige Grundsätze auf, nach denen sich sein künftiges dramatisches Schaffen richten soll; sie lehnen sich deutlich an das griechische Drama an: «Inzwischen habe ich mir die größte Einfachheit und Klarheit zum Prinzip gemacht; keine Intrige und Verwicklung, kein Zufall usf., sondern das reine Aufeinanderwirken menschlicher Leidenschaften und innerlich notwendige Konflikte; dabei möglichst vollkommene Übersicht und Voraussicht des Zuschauers alles dessen, was kommt und wie es kommt; denn nur hierin besteht ein wahrer und edler Genuß für ihn.» Entscheidender jedoch ist die Verpflichtung des Dramatikers, die historische und soziale Lage der Gegenwart mit Mitteln auszudrücken, die den Bedürfnissen und dem Verständnis des eigenen Zeitalters und des Publikums entsprechen. In einem Brief an Hettner faßt er diese Ansichten zusammen: «Bei aller inneren Wahrheit reichen für unser jetziges Bedürfnis, für den heutigen Gesichtskreis, unsere alten klassischen Dokumente nicht mehr aus»; Lessings «Hamburgische Dramaturgie» habe «mehr in historischer und formeller Hinsicht» noch Bedeutung, «fast wie sein Kampf mit dem Pastor Goeze. Und was ist seither geschrieben worden? Die praktischen, ebenfalls klassischen Erfahrungen und Beobachtungen von Goethe, Schiller und Tieck! aber diese Leute sind längst gestorben und ahnten nicht den riesenschnellen Verfall der alten Welt. Es verhält sich ja ebenso mit den Meisterdichtungen Goethes und Schillers; es ist der wunderliche Fall eingetreten, wo wir jene klassischen Muster auch nicht annähernd erreicht oder glücklich nachgeahmt haben und doch nicht mehr *nach ihnen zurück,* sondern nach dem unbekannten Neuen streben müssen, das uns so viele Geburtsschmerzen macht. Daß es so lange (? laßt doch der Natur ein wenig Ruhe!) ausbleibt, berechtigt uns zu keinem Pessimismus; sobald der rechte Mann geboren wird, der erste, beste, wird es da sein. Und alsdann werden veränderte Sitten und Völkerverhältnisse viele Kunstregeln und Motive bedingen, welche *nicht* in dem Lebens- und Denkkreis unserer Klassiker lagen, und ebenso einige ausschließen, *welche* in demselben seinerzeit ihr Gedeihen fanden. So sehe ich wenigstens die Sache an und begrüße daher jeden Lichtblick mit Freuden, welcher die gegenwärtige Dämmerung durchblitzt. Was ewig gleich bleiben muß, ist das Streben nach Humanität, in welchem uns jene Sterne, wie diejenigen früherer Zeiten, vorleuchten. *Was aber diese Humanität jederzeit umfassen solle: dies zu bestimmen, hängt nicht von dem Talente und dem Streben ab, sondern von der Zeit und der Geschichte* [44].» Das moderne Drama entwickelt sich in enger Verbindung mit der Geschichte des Volkes, es geht hervor aus «der Dialektik der

Kulturbewegung», aus der allein das Neue «in einem guten Sinne» entspringen kann [45]. Das Theater, wie es in der Gegenwart wirklich gespielt wird, hat sich aber einer «geschichtslosen Modelldramatik» verschrieben, ist zwar formal der Klassik verpflichtet, ohne aber ihren geistigen Gehalt zu besitzen. Unmöglich kann «der Schillersche Idealismus von den Jambenmachern eingeholt» werden [46].

Wir wissen, daß Keller unter der Geschichts- oder Zeitbezogenheit nicht die Aktualität des Stoffes, eine Anpassung an den augenblicklich herrschenden Zeitgeschmack versteht, sondern das Gefühl des Dichters für die großen Zeitbewegungen, für Werden und Vollendung im Leben der Nation. In einem Brief über die «Sieben Legenden» schreibt er von den scheinbar zeitgemäßen Stoffgeboten und Motivverboten, er habe sich bei dieser Arbeit «durch keine Ausschlußtheorien und zeitgemäßen Wegverbote von irgend einem Stoffe wegscheuchen ... lassen», der Dichter müsse nach dem Vorwurf greifen, der ihm ungeachtet der Zeit, ihrer Einstellung zu einem Thema, «eine frische Ader weckt». Diese Differenzierung trägt der schlauen Nutzbarmachung einer «Zeitstimmung» durch die Verleger als Forderung und Auflage an den Schriftsteller Rechnung [47].

Auch Hettner lehnt das «geschichtslose» Drama ab, auch für ihn ist die gemeinte Aktualität nicht eine solche des Stoffes. Das Thema z. B. der Französischen Revolution, das Büchner und Griepenkerl auf die Bühne gebracht haben, ohne zu überzeugen, kann sehr zeitgemäße Ideen vermitteln. Der historische Stoff hat letztlich die Funktion, die tragischen Konflikte, die im Wesen der Menschheit selbst und in den Gesetzen ihrer Entwicklung liegen, zu veranschaulichen. So stellt Hettner im «Modernen Drama» über die soziale, d. h. die Schicksalstragödie und über das Spiel der subjektiven Leidenschaften bei Shakespeare die Tragödie der Idee, wie Hebbels Dramen sie verkörpern. In seinem Aufsatz «Gegen die spekulative Ästhetik» bemerkt er dazu: «Man pflegt ... gemeinhin·nach der allerschalsten Identität zwischen Kunst und Geschichte zu fragen und gegebene und verarbeitete Situationen und Charaktere ängstlich miteinander zu vergleichen. ... Allerdings wird nun zwar in einem echten Drama der ganze Charakter jener Zeit, aus dem der Stoff geschöpft ist, hindurchwehen, allein als bloßes Mittel. Denn der Zweck ist nicht ein Porträt jener Zeit, sondern ein Gedanke, der in ihr verkörpert ist, eine Idee. Die Geschichte, sagt Hebbel sehr treffend in seiner Abhandlung über das Drama, ist für den Dichter ein Vehikel zur Verkörperung seiner Anschauungen und Ideen, nicht aber umgekehrt der Dichter ein Auferstehungsengel der Geschichte. Diese bloß idealisierende Naturnachahmung wurzelt noch tief in unseren ästhetischen Ideen [48].»

Kritik des Gegenwartstheaters und Probleme des historischen Dramas

Der erste Brief Kellers aus Berlin an Hermann Hettner (29. Mai 1850) enthält zahlreiche Bemerkungen über die zeitgenössische Dramatik; sie liefern
dem Literarhistoriker den Stoff, seine Abhandlung über das Drama weiter-
zuführen, von dem er in seinem Antwortbrief spricht (21. Juni 1850).

Zunächst äußert sich Keller (in einem schon zitierten Brief) über Berliner Schauspieler und Theaterleiter: «Was das Theater betrifft, so bin ich
erstaunt und erschreckt, wie das geschriebene Wort des Dichters in *Berlin*,
nachdem die deutsche Kritik über ein halbes Jahrhundert gewütet hat, mißverstanden oder beliebig aufgefaßt wird, und wie an einer Anstalt wie das
hiesige Hoftheater neben einigen routinierten gut zu nennenden Personen
die vollendetsten Stümper existieren können.» Die «Theaterzeitungen, die
Jahrbücher, die Monographien, all das endlose Gewäsche» scheinen von
geringem Nutzen zu sein, da «nicht einmal die einfachsten wichtigsten
Grundsätze und Typen unverletzlich festgestellt werden können». Allgemein
herrscht eine «oberflächliche krasse Auffassung». «Und welch blindem Ungefähr ist das Schicksal eines Produktes preisgegeben!» Dabei sind Dichter
und Schauspieler aufeinander angewiesen; denn «nur durch die wohlverstan-
denen schönen Worte des Dichters» wird der Mime zur großartigen Darstellung angeregt und das Publikum mitgerissen, und «vieles, was in trocke-
ner Laune geschrieben» worden ist, gewinnt «durch die lebendige Darstellung» an Bedeutung. Freilich dürfen sich Schauspieler und Dramatiker
nicht gegenseitig als Mittel zum Zweck betrachten: «Ich bin ... von dieser
Schnödheit frei und möchte jedesmal den Kerlen, besonders aber den Damen
um den Hals fallen, wenn sie recht gut und verständig gespielt haben. Nur
verlange ich, daß sie originell und ursprünglich seien und mir mein Werk
mit einem neuen Leben, gleichsam einer zweiten Natur wieder vorführen,
damit ich in ihnen eine *andere* selbständige Kraft achten und ehren kann.
Diejenigen aber, welche die Glanzstellen eines Stückes nur dazu benutzen,
durch abgedroschene Mittel und Effektmacherei momentane wohlfeile Siege unter den Eseln zu erringen, sind mir zuwider, wie schlechter Tabak [49].»

Diese Kritik der Berliner Schauspieler erscheint auch in Hettners «Modernem Drama», aber mit dem entschuldigenden Hinweis versehen, es gäbe
für die Darsteller keine geeigneten Stücke, an denen sich ihre gestalterische
Kraft ausbilden könne. Am Anfang des Kapitels über das «Bürgerliche
Drama» bemerkt Hettner zu den Arbeiten «der Bühnenlieferanten gewöhnlichen Schlages»: «Das Schlimme aber ist, diese Fadheiten verderben unsere
ohnehin verderbte Schauspielkunst vollends. Denn wenn man an diesen
Stücken gerühmt hat, daß sie größtenteils dem Schauspieler vielfache Gelegenheit geben, seine durchgebildete Virtuosität glänzend an den Tag zu legen, so ist dies eben nur die Virtuosität der Routine. ... In Stücken ohne

Poesie, wo wäre da die Poesie der dramatischen Darstellung möglich? Ich schiebe, wie ich meine, mit einigem Rechte geradezu den größten Teil von der trostlosen Verwilderung unserer heutigen Schauspieler diesen kahlen Unterhaltungsstücken ins Gewissen.» Ebenso ist Jacob Burckhardt von der Berliner Bühnenkunst enttäuscht: «Das hiesige Theater ... ist meist hundeschlecht; die Besten spielen als Virtuosen, die andern als Affen [50].»

Kritische Äußerungen über zeitgenössische Schauspieler erscheinen auch später in Kellers Briefen, und noch 1880, als Heyse klagt, seine Dramen verzeichneten nur einen schwachen Erfolg, ist er erstaunt darüber, «daß die Hamlet-Spieler und die virtuosischen Heroinen sich nicht längst auf die Prachtsrollen, die in diesen Werken bereitliegen, geworfen haben. Es ist eben heutzutage alles dummes Viehzeugs, das nur durch einen Zufall mit der Nase auf das grüne Kraut gestoßen wird [51]» (vgl. S. 179).

Der Dramaturg oder Regisseur kann die Wirkung eines Dramas beeinflussen: Keller betont es in der Kritik einer Berliner Hamlet-Aufführung; wie wichtig ihm ihre Funktion erscheint, belegt ein Brief an den Freund Karl Morel, Verfasser der Tragödie «Struensee» (1859), in welchem er ihm rät, die Änderungsvorschläge des Direktors des Zürcher Aktien-Theaters, Friedrich Engelkens, zu befolgen: «Vorerst möchte ich Dich aufmuntern, die Räte des Theaterdirektors, da er ein alter Praktikus ist, nicht zu leicht aufzunehmen; denn es ist ein bekannter und bewährter Grundsatz, daß man besonders beim ersten Versuch die Erfahrungen und Meinungen tüchtiger Bühnenleute, Regisseurs usf. zu Rate zieht und zwar mit größtmöglicher Selbstüberwindung. Unpraktisch sind ihre Vorschläge nie, und was an denselben oft nur auf grobe triviale Wirkung hinauszulaufen scheint, das hat ja der Dichter in der Hand, es zu vergeistigen und ins Ideale hinüberzuspielen.»

Als Keller es ablehnt, ein Stück des Schweizer Dramatikers Arnold Ott zu beurteilen, schreibt er dann allerdings: «Ich ... besitze so wenig von der sog. Bühnenkenntnis und -erfahrung, daß mir geradezu alles fehlt, um zu einem sichern Urteil zu kommen, zumal in einer Zeit, wo die Hetzpeitsche des Regisseurs alles und die Poesie fast nichts gilt [52].»

Die Berliner Theater-Kritik und das Theater-Referat der Presse erscheinen Keller «in der herrschenden Anarchie des ästhetischen (wie des politischen) Urteils» als «ein wahres Lotteriespiel», nicht als würdige Fortsetzung der «hundertjährigen Erfahrungen und Entwicklungen der Theaterwelt und die für Dramatiker wie für den Schauspieler, neben der «Ökonomie der Bühne und den Forderungen des schaulustigen Volkes», maßgebend sein sollten [53].

Betrachtungen über den Geschmack des Publikums begleiten Kellers Kritik der zeitgenössischen Bühnenwerke. Die Leidenschaft der Zuschauer für die Tragödie ohne echte Tragik, für das Rührstück verurteilt er im Aufsatz «Am Mythenstein»: «Ein Theater, das Jahr aus Jahr ein wöchentlich siebenmal geöffnet ist, entbehrt jeder Feierlichkeit, das Festliche ist zum gemeinen Zeitmord herabgesunken. Die Unmäßigkeit im Theatergenuß hat ein eigenes Publikum geschaffen, welches einem Volke gleicht wie eine Katze einem Löwen und, obgleich mit stumpfem Ekel erfüllt, dennoch hunger-hohl verschlingt, was ihm in unseliger Hast täglich neu geboten wird. Von Selbstbeschränkung im Genuß und Unterordnung unter das Allgemeine ist vor und hinter dem Vorhang keine Rede; alles schießt auseinander und durcheinander in ewigem Kriege, und eine Unzahl kleinlicher Zwecke und Interessen, eine von Kindern geführte Kritik vertritt die Stelle einer großen Nationalästhetik.» Noch 1885 notiert er: «Die Klagen über den Ver-fall der deutschen Bühnen fließen wohl zum guten Teil aus der Über-sättigung und Blasiertheit des Publikums und seiner Tonangeber. Wenig-stens lauten die landläufigen Schlagworte wie ‹Mache›, ‹Situationskomik›, ‹Theatereffekt›, ‹Possenhaftigkeit› usf. für den Unbefangenen immer ver-dächtig und erinnern gern an saure Trauben.»

Andererseits ist die Aufnahme von Heyses «Das Recht des Stärkeren» durch das Berliner Publikum für Keller Korrektur der öffentlichen Bespre-chungen, deren Mangelhaftigkeit bei «dem bekannten unzulänglichen Lite-ratencharakter des größern Teils der das Wort führenden Leute» auf der Hand liegt [54] (vgl. S. 76).

Mit dem ersten Brief an Hettner aus Berlin setzt auch Kellers Kritik einzelner Dramen und Bühnenschriftsteller ein. In Frankfurt sieht er Robert Griepenkerls «Robespierre» (1851), ein Stück, das ihm wohl für die zeit-genössische historische Dramatik exemplarisch erscheint, da er im Oktober 1850 dem Verlag Brockhaus für die «Blätter für literarische Unterhaltung» eine Rezension anbietet. Die eingehende briefliche Besprechung an Hettner wirft dem Werk zu große Quellentreue vor (es fußt auf Lamartines «Hi-stoire des girondins», deutsch Leipzig 1847); die einzelnen Szenen gipfeln in längst bekannten politischen Schlagwörtern und Witzen, ohne daß deren Notwendigkeit einzusehen wäre. Eine solche Zitatensammlung steht im Gegensatz zu den «klassischen Phrasen eines Shakespeare, Goethe, Schiller», welche «nicht aus Chroniken und Memoiren abgeschrieben, sondern selbst gemacht» worden sind. Mit der Verwendung authentischer Pointen gibt der Dichter seine Selbständigkeit preis.

Keller stößt sich daran, daß Griepenkerl das Volk als primitive Masse zeigt, so daß man diese Darstellung für das «fabula docet» halten könnte, was eine «gemeine und unwahre» Verzeichnung der geschichtlichen Tat-bestände wäre. Von den einzelnen Figuren ist Robespierre «eine konfuse Erscheinung», Danton «sehr dankbar ... für eine energische Effektrolle», «die gelungenste Gestalt ... weitaus der alte Vadier». Die Kritik schließt mit der Vermutung, man hätte noch manches von Griepenkerl zu erwar-ten, wäre er «ein junger Mensch und nicht so ein alter Sünder und Profes-sor [55]».

Griepenkerls «Robespierre» ist vornehmlich deshalb kein bedeutendes Drama, weil, wie Hettner sieht, das Verhältnis zwischen idealistischem Glauben an Freiheit und Sittlichkeit und der unberechenbaren Kollektivität des Volkes nicht ausgeglichen ist. Der große Stoff, den die französische Revolution dem Dramatiker bietet, ist von Griepenkerl noch nicht überzeugend behandelt. Auch Auerbachs «Andreas Hofer» veranlaßt einige Gedanken über das historische Drama. Auerbachs Darstellung des Helden lehrt, daß eine geschichtliche Gestalt nicht unverändert übernommen werden darf: der schweigsame Hofer und seine «schlagende Lakonik» oder «Naivetät» sind nicht bühnenwirksam. Dabei ist das Thema für ein historisches Stück geeignet: «Höchst dramatisch und tragisch *muß* der Konflikt sein zwischen dem sich opfernden betrogenen Volkshelden und der falschen elenden Dynastie, und auch gewiß bedeutungsvoll und zeitgemäß ...» Nur verfährt Auerbach selbstherrlich und führt Erzherzog Johann als «Schuft» vor, was Keller bedenklich erscheint: «... wenn aber, wie ich höre, und ich kenne die Geschichte nicht genug, um selbst zu urteilen, wenn die Verhältnisse unwahr und entstellt wären und Johann dazumal entschieden gegen den Hof gewesen ist, so wäre es von Auerbach doch etwas willkürlich und gewissenlos gegenüber einer lebendigen Person, die das Bewußtsein vom Gegenteil in der Brust hat.» Diese Erwägungen machen das Gesamturteil verständlich, Auerbach verschwende «durch Eigensinn» und Mißachtung der «allgemeinen Erfahrungen und Errungenschaften» der Bühne «seine reiche und tiefe Herzens- und Menschenkenntnis, sein starkes Gemüt». Später fällt Kellers Spruch strenger aus: «Der verfluchte Auerbach hat aber auch gar keine Räson, daß er immer wieder Dramen macht; dem hat's einmal die Birch-Pfeiffer angetan! [56]»

Auch andere Dramen beurteilt Keller nach der Weise, wie sie mit dem historischen Stoff schalten. Als Mathilde Wesendonck seine Kritik an ihrem Drama «Edith oder die Schlacht bei Hastings» mit der Begründung zurückweist, sie habe die geschichtlichen Quellen genau ausgewertet, erwidert Keller, ein quellenmäßig belegtes Motiv könne in einem historischen Drama undramatisch wirken, und der Dramatiker müsse sich vor solchen Reminiszenzen hüten: «Gewiegtere Schriftsteller beseitigen sogar solche Stellen sofort freiwillig, auch wenn sie das, was als nachgeahmt erscheint, nicht einmal gekannt haben, nur um den Schein des Nachsagens zu vermeiden ...» Worauf es im historischen Schauspiel tatsächlich ankomme, zeige Schillers «Tell», der «im Geiste der historischen Anschauung geschrieben [ist], die man zu Schillers Zeit von der Entstehung des Schweizerbundes hegte [57]».

Von der eigenwilligen dramatischen Bearbeitung der geschichtlichen Überlieferung spricht Keller in einem Brief an Heyse 1880 über Georg Büchner: «Dieser germanische Idealjüngling, der übrigens in Frieden ruhen möge, weist denn doch in dem sogenannten Trauerspielfragment ‹Wozzeck› eine Art von Realistik auf, die den Zola und seine ‹Nana› *jedenfalls* überbietet, nicht zu reden von dem nun vollständig erschienenen ‹Danton›, der

von Unmöglichkeiten strotzt. Und dennoch ist vielleicht diese Frechheit das
einzige sichere Symptom von der Genialität des so jung Verstorbenen, denn
das übrige ist ja fast alles nur Reminiszenz oder Nachahmung; keine Spur von
der Neuartigkeit und Selbständigkeit eines ‹Götz› oder der ‹Räuber›, als sie
zu ihrer Zeit entstanden.» Hettner wendet sich in einem Brief an Keller über
Hebbels «Herodes und Mariamne» ähnlich gegen die «Willkür, mit der
Geschichte umzuspringen ganz nach subjektivem Belieben, ohne irgend Rücksicht zu nehmen ... Gefühle, Stimmungen und Kämpfe, die nur eine Schülerin
der George Sand haben kann, in die Zeit um Christi Geburt zu legen, das
geht, wie die Berliner sagen, doch über die Bäume!» Augenfällig ist der
Widerspruch zu Hebbels These, der Dichter sei nicht der Auferstehungsengel der Geschichte, der Hettner im Aufsatz «Gegen die spekulative Ästhetik» noch zugestimmt hatte und zu der er später zurückkehren wird [58].

Seit Hermann Hettner am «Modernen Drama» arbeitet, wird das historische Schauspiel immer mehr zum Hauptthema des Briefwechsels. So versucht Keller, am Beispiel der Berliner Lokalposse die zukünftige Entwicklung
der gesamten Dichtung, also auch des Dramas vorauszusagen: «Die Weihe der
Poesie wird von wahren Dichtern, welche den Willen und das Bedürfnis
des Volkes darzustellen imstande sein werden, gebracht werden und sicher
nicht ausbleiben, wenn der tüchtige Inhalt durch die *Geschichte* verschafft
wird. Gegenwärtig reitet man immer auf dem Philister und seiner Misere
herum, welches eben kein poetischer Stoff ist, und auf den Erbärmlichkeiten
der jetzigen Politik, insofern die Polizei es erlaubt. Dies ist schon lohnen-
der; jedoch wird der rechte Stoff erst dann vorhanden sein, wenn die
Völker frei, geordnete würdige Zustände und wahre Staatsmänner und
andere Träger der Kultur vorhanden sind. Alsdann werden auch die Konflikte und Differenzen der Völkerschaften würdiger Art sein und einen
tüchtigen Inhalt für eine wahre Poesie abgeben.» Bei der Durchsicht des
Manuskripts von Hettners Untersuchung, deren Abschnitte über das bürgerliche Trauerspiel und «Die Ökonomie der tragischen Kunst», worin
«alles so einfach und natürlich scheint und doch von keinem gemerkt worden ist in der allgemeinen Gedankenlosigkeit», ihm die wichtigsten sind,
findet er «den historischen Zyklus oder auch die Trilogie» zu wenig berücksichtigt. Sie ist einer der vordringlichsten Wünsche Kellers an die Dramatiker, z. B. hofft er, Paul Heyse werde einmal «auch stofflich und formell
tüchtig ins Zeug» gehen «und uns auch mit ein paar breiter angelegten Gebilden bereichern. Ich sehe nicht ein, warum sich nicht einer wieder einmal
an eine Trilogie größeren Stils etc. machen soll! [59]» Dieser Wunsch ist weniger durch Vorbehalte gegen das etwas leichte und harmlose Genre Heyses
begründet als durch Kellers Geschichtsbild: «Wenn wir von den zu erwar-
tenden großen Dichtern der Zukunft sprechen, so setzen wir natürlich auch
größere Zustände und eine gewaltige Geschichte voraus, was uns zwingen
wird, zugleich auch ein gebildetes und bewußtes Volk anzunehmen. Als-

dann, glaube ich, könnte da oder dort der Fall eintreten, wo ein Volk oder ein Stamm ein solches mit seinem eigensten Sein durchwebtes Stück ruhmvoller Geschichte, getragen von großen Personen oder Ereignissen, durchlebt hätte und es zugleich mit seinem ganzen Gemüte empfände, daß der dramatische Abschluß und die poetische Verklärung ihm ein Bedürfnis wäre»; zu diesem Zeitpunkt besäße eine Nation auch genügend «geistige Ausdauer», um den ihr «eigenes Schicksal kristallisierenden Zyklus» an aufeinanderfolgenden Festtagen zu betrachten oder wäre doch fähig, den einzelnen Teil im Rahmen des Ganzen zu verstehen und zu genießen. Dabei müssen die organische Entwicklung, das aus ihr hervorgehende Bedürfnis berücksichtigt werden: «Es kann natürlich nicht die Rede sein von einem grundsätzlichen und schulmeisterlichen Verfahren, sondern nur von der Berechtigung des *einzelnen vorkommenden Bedürfnisses.* Dieses Bedürfnis würde nur da ganz hervortreten, wo eine Nation durch die behandelte Geschichte große errungene Wahrheiten und einen schönen Triumph über *sich selbst* wie über ihre Feinde im konzentrierten Lichtbilde genösse.»

Den dreiteiligen Aufbau des historischen Schauspiels verteidigt Keller mit einer technischen Überlegung: «Wo nun eine Monotragödie nicht ausreichte, müßte eben der Zyklus herhalten; denn ich würde mit Liebe ausgeführte Abschnitte einem gewaltsam zusammengepreßten und allzu symbolischen Dichtwerke vorziehen, welches auch weniger im Sinne des Volkes liegt. Doch ist dies alles noch in blauer Ferne, und ich möchte einzig ein theoretisches Schlupfloch nicht ganz verstopft wissen, welches übrigens durch ein glänzendes Faktum bald wieder eingestoßen ist [60].»

Diese letzte Äußerung besagt, daß Keller offenbar der dialektischen Entwicklung des Dramas selbst mehr vertraut als der Wirksamkeit einer Studie wie Hettners «Modernes Drama», deren erstes Kapitel der Trilogie nur beschränkte Berechtigung zubilligt. Hettner meint dort, Tiecks Plan, «uns die deutsche Geschichte in einem umfassenden Zyklus historischer Tragödien vors Auge zu führen», entspringe einem nationalistischen Wesenszug und die Zeit sei noch nicht reif dafür; auch brauche es, «wenn wir nämlich einmal vorläufig die Möglichkeit eines solchen Dramenzyklus aus der deutschen Geschichte zugeben wollen», einen Dichter wie Heinrich von Kleist, um «diese gewaltige Aufgabe» zu erfüllen [61]. Hettner teilt also Kellers Überzeugung: «Große Kunstepochen, besonders dramatische, entstehen überall nur, wo ein Volk zum gedeihlichen Abschluß eines gewaltigen Bildungsprozesses gelangt ist», wie der Dichter einmal schreibt und später im Aufsatz «Am Mythenstein» wiederholt: «Wenn ... irgendwo ein öffentlicher Zustand durch politischen Fleiß und Glück gelungen ist und seine Genossen zufrieden macht, so läßt die Frage nach volksmäßigen Spielen, welche die entscheidenden Momente des Gelingens kunstgerecht fixieren und das Gewordene, von der Schwere der Not und Sorge befreit, noch einmal werden lassen in schöner Beschaulichkeit, nie lange auf sich warten.» Auch das allmähliche Reifen der Empfänglichkeit im Volk für derartige Schauspiele ist dort noch einmal hervorgehoben: «... ein sittlicher Halt gebietet, nicht voreilig und eigenmächtig erzwingen zu wollen, was aus dem Ganzen und Großen hervorgehen und *werden* soll [62].»

Der leise Widerstand Hettners gegen die historische Trilogie ist mit seiner Auffassung von Shakespeare englischen Dramen als «poetisch aufgeputzte Chroniken» zu erklären. Die zahlreichen zeitgenössischen Stücke, die ins Epos abgleiten (Hettner nennt Matthäus von Collins Fragmente einer dramatisierten österreichischen Geschichte, Raupachs «Hohenstaufen» und «Nibelungen», Grabbes «Hohenstaufen» und «Napoleon»), veranlassen ihn, den Zyklus zu verwerfen: «Zu je größerer Reinheit die tragische Kunst sich erhebt, je wählerischer wird sie in ihren Stoffen. Aristoteles bemerkt ausdrücklich ..., früherhin hätten die Tragiker jeden beliebigen Mythos behandelt, jetzt aber beschränken sie sich auf wenige auserlesene. Der Zyklus aber stellt sich die Aufgabe, eine chronologisch fortlaufende Reihe geschichtlicher Personen und Begebenheiten ... zu umfassen ..., kann aus diesem Grunde nicht lauter in sich abgeschlossene, selbständig für sich stehende Einzeltragödien umfassen. Nur das Ganze als Ganzes gibt das volle und ganze Bild, die tragische Idee, die Schuld und deren Sühnung; die einzelnen Dramen aber, die den Zyklus bilden, sind nur abgerissene Blätter aus der Weltgeschichte ...» So dichtet Aischylos, «der unter den griechischen Tragikern der epischen Kompositionsweise noch am nächsten verwandt ist», in Zyklen, «Sophokles dagegen, der auf der höchsten Höhe des dramatischen Stils steht, verläßt diese zyklische Kompositionsweise für immer; jede einzelne seiner Tragödien ist selbständig in sich abgerundet».

Kellers Verteidigung des Dramenzyklus, die einzelne Züge des Modells eines schweizerischen Volksschauspiels vorwegnimmt und vielleicht dem Staatsbewußtsein des Schweizers entspringt, weil ja 1848 mit der Gründung des Bundesstaates wirklich eine geschichtliche Entwicklung ihren Abschluß gefunden hat, läßt Hettner also nicht gelten. Davon abgesehen, gibt er aber in der Studie über das moderne Drama Kellers Anschauungen und Forderungen an das geschichtliche Drama in zustimmendem Sinn wieder. Er beruft sich auf Lessing: Der Dichter nimmt ein bestimmtes historisches Ereignis eben deshalb zum Vorwurf, weil es seinen augenblicklichen künstlerischen Zielen so entspricht, daß er es besser nicht erfinden könnte. Hettner führt auch Friedrich Hebbels These aus «Mein Wort über das Drama» nochmals an, die Geschichte sei das «Vehikel» für die Ideen des Dramatikers, nicht dieser der «Auferstehungsengel» der Geschichte. Freilich bleibt der alte Vorwurf «unkünstlerischer Willkür» bestehen: Hebbel habe sich «aus altjüdischen Masken, wie aus Judith und Mariamne, ... allermodernste, George Sandsche Frauencharaktere künstlich herausgeschnitzt», obschon Hettner nicht bestreiten will, «daß Hebbel den einmal angeschlagenen Grundton mit genialster Folgerichtigkeit festhält und nirgends mit seiner Persönlichkeit aus dem streng geschlossenen Kreise des Gedichtes störend heraustritt». Dennoch steht fest: «Der Dichter darf ... unter keinen Umständen an der inneren Wesenheit des von außen entlehnten Stoffes willkürlich rütteln», weil er ihn freiwillig und aus «Wahlverwandtschaft» aufgegriffen hat. «Egmont», das bemerkt schon Schiller, Schillers «Don Carlos», «Wallenstein» und «Maria Stuart» können kaum als «wirkliche historische Dichtung» gelten, und es scheint Hettner bezeichnend, daß Schiller in der «Jungfrau von Orleans», im «Tell» und in der «Braut von Messina» sich den Spielraum des Halbgeschichtlichen offengehalten hat, wo die Phantasie sich frei bewegen kann. Der historische Stoff ist deshalb so schwierig zu handhaben, weil der Dramatiker «aus dem eigensten Herzblut der eigenen Zeit herausdichten und dabei doch den Lokalton des geschichtlichen Helden mit Sicherheit treffen» muß. Gerade das ist eine Voraussetzung für das moderne Drama: «... erst dann, wenn diese große Aufgabe glücklich gelöst ist, können wir in Wahrheit anfangen, von einer neuen geschichtlichen Dramatik zu sprechen [63].»

Arnold Ott

Im Januar 1888 schickt Arnold Ott sein Erstlingsdrama «Konradin», das 1887 unter dem Eindruck einer Aufführung des Meininger herzoglichen Theaters der «Jungfrau von Orleans» in Basel entstanden ist, vom Herzog von Meiningen aber nicht zur Bühne zugelassen wird [64], an Gottfried Keller. Das Stück ist in der Absicht geschrieben, «Deutschland eine Gegengabe zu bieten für den ‹Tell›, eine Schilderung deutschen Heldentums und deutscher Treue für die Verherrlichung schweizerischen Freiheitssinns», wie Ott dazu schreibt. Er wählt einen früher schon bearbeiteten und auf der Bühne nie recht erfolgreichen Stoff, weil er glaubt, «daß dieser Mißerfolg nicht an dem unvergleichlich tragischen, echt nationalen Stoff liege, daß man nur tiefer zu pflügen brauche, um ihn fruchtbar zu machen [65]».

Keller lehnt es ab, an dem Stück Kritik zu üben: er sieht sich nicht imstande zu beurteilen, ob es «der Bühnenwirkung und ihren Erfordernissen im vollsten Sinne des Wortes gerecht» werde. Ist das eine Ausflucht, um Ott verschweigen zu können, er sei kein «Vollblutdramatiker», er beherrsche die Ökonomie des Theaters zuwenig und sein Stück sei ein Schulbeispiel für das von Hettner so bezeichnete «epische Drama»? Denn Otts Schauspiele sind eigentlich Reihen von Bildern; er teilt sie auf in Stationen, statt den «spannungsmäßigen Zusammenschluß», die «scharfe Konzentrierung der Elemente von einem Punkte» aus anzustreben. «Konradin» z. B. verliert sich ins Episodische. Einzig der 4. Akt ist in sich geschlossen und kann dann auch mit geringer Mühe in ein einaktiges Trauerspiel – «Die Frangipani oder Verrat und Liebe» – umgeschrieben werden [66]. Solchen kritischen Ausführungen will Keller offenbar entgehen, wenn er das Drama ohne Kommentar zurückschickt. Aber Ott spürt diesen leisen Widerwillen Kellers nicht; im April 1888 sendet er dem Dichter sein zweites Stück, «Agnes Bernauer», von dem er glaubt, es übertreffe Hebbels (erst nachträglich gelesenes) Drama, obschon er selbst nur das Motiv der Liebe und des Standesvorurteils, an dem die Ehe zunichte wird, verwendet, während Hebbel die Tragik des Königtums einbezieht [67].

Im September 1888 erkundigt sich Ott, ob er Keller besuchen dürfe, und erhält eine Zusage. Die Absicht, die er mit der Fahrt nach Zürich verbindet, geht aus einer nach dem Besuch geschriebenen Postkarte hervor: «Am Samstag guter Empfang und freundliche, interessante Unterhaltung mit G. K. Er nimmt die Widmung meines Konradins an ...»

Später besucht Ott, der in Meiningen eben mit «Agnes Bernauer» einen Bühnenerfolg errungen hat, Keller auf Seelisberg. Dieses «stürmische Viertelstündchen», dessen sich verschiedene Keller-Anekdoten bemächtigt haben, schildert auch Heinrich Federer in einem Aufsatz über Ott: «Nach wenigem kühlen Hin- und Herreden erzählte Ott seine Meininger Aufführung. Gleich fing Keller mit zänkischer Stimme an: Wie Ott es eigentlich eingefädelt habe, daß sein Stück in der sächsischen Residenz gespielt werde? Ob er auch so ein Speichellecker an deutschen Höfen sei? Das müsse schon eine wackere Poesie sein, die es nicht unter ihrer Würde halte, an einem Duodezhofe mit dem Teller in der Hand von Sessel zu Sessel die Batzen einzusammeln. Dr. Ott sprang auf wie von einer Natter gebissen und erklärte schreiend, wie er in Luzern das Ohrenleiden des Herzogs behandelt habe und wie der kunstsinnige Fürst dabei auch sein Dichten kennenlernte und gleich die ‹Agnes Bernauer› für seine Truppe in Beschlag nahm. Aber Keller murrte und knurrte boshaft weiter und schüttelte zu allem mit dem Kopf ein beständiges Nein. Da streckte sich Ott vor Meister Gottfried wild in die Höhe und brüllte dem kleinen Männlein ins Gesicht: «Sie gönnen mir das Drama nicht, das ist's, Herr Keller! Und Sie dürften doch bei Gott mit Ihrem Erzählen zufrieden sein. Ein großer Künstler sind Sie, aber in diesem Augenblicke ein recht kleiner Mensch. Gute Kur und Adiö!› Damit nahm Ott den Hut und rannte in grimmigen Sätzen zur Treib hinunter. Aber Gottfried Keller blieb voll Hochachtung vor einem solchen Kumpanen noch eine gute Weile am gleichen Fleck stehen [68].»

Es ist nicht anzunehmen, daß Otts spätere Volks- und Festschauspiele, die sich zu einer eigenen Gattung entwickeln und durch Einbeziehung der Mundart an Realistik gewinnen, Keller befriedigt hätten. Otts Auffassung wäre ihm wahrscheinlich zu opernhaft erschienen, die manipuliert wirkenden Volksmengen und Massenszenen zu gewaltig, die technischen Schwierigkeiten der Darstellung zu groß und die reiche Ausstattung unnötig und undramatisch [69].

Friedrich Hebbel – «Zufall und Schicksal» (Otto Ludwigs «Erbförster»)

Im Mai 1850 bespricht Keller in einem Brief an Hermann Hettner Hebbels «Maria Magdalena», ein Stück, das noch gewaltig am Schicksal und Zufall» laboriere. Hettners härteres Urteil trifft mehr das Persönliche Hebbels, der «seine gute Zeit hinter sich zu haben» scheine und «lediglich ein Opfer krankhaft forcierter Genialität geworden» sei; im Herbst, nachdem er das Theatermanuskript der «Julia» gelesen hat, schreibt er Keller: «Es ist meine völligste Überzeugung, daß Hebbel nunmehr das Schicksal Lenaus und Hölderlins teilt oder nächstens sicher teilen wird.»

Keller wiederum, der in Rötschers «Jahrbüchern für dramatische Kunst und Literatur» Tagebuchnotizen, einen Aufsatz «Über den Stil des Dramas», eine Rezension Hebbels und den 1. Akt von «Herodes und Mariamne» liest, bemerkt: «Nach dem, was Sie mir über Hebbel schreiben, machen einige Arbeiten von ihm in diesen Heften ... einen wahrhaft traurigen Eindruck auf mich, welcher weit entfernt von allem schadenfrohen Spotte ist. Diese Grübeleien, dieses müßige Herausfordern und souveräne Behaupten von Dingen, welche niemand bestreiten wird, sehen aus wie ein gewaltsames Heraufbeschwören seines jetzigen Zustandes.» Auch bei ihm regt sich der Verdacht, Hebbel sei dem «Wahnsinn» verfallen [70].

Bald darauf jedoch widerruft Keller; er sieht 1861 Hebbels «Judith», die einen großen Eindruck hinterläßt: «Es ist ein ganz gewaltiges und tiefes Stück, wenigstens soviel ich darunter verstand; dies Ringen der Vorweltmenschen mit den Göttern und dem Gotte, die sie in ihrer Naturwüchsigkeit sich geschaffen, ist ein majestätisches Schauspiel.» Er fühlt sich an Feuerbach erinnert, an dessen «einfachen und klaren Gedanken» – eine Deutung, die Hettner allerdings im «Modernen Drama» nicht mehr berücksichtigen kann [71].

Zwei Jahre später faßt Keller den Plan, selbst eine «Agnes Bernauerin» zu schreiben «und damit Hebbel und Melchior Meyr zusammen zu attackieren»; er erinnert sich daran in einem Brief an Emil Kuh von 1874: «Ich hätte das blühende Leben und das mörderische Eingreifen in die Exposition verlegt und dann das tragische Wüten des Sohnes gegen den Vater zum Hauptinhalt des Trauerspiels gemacht [72].»

Die von Hettner gemeinte «krankhaft forcierte Genialität» Hebbels dient ihm 1854 als Beispiel für seine Theorie, daß «es keine individuelle souveräne Originalität und Neuheit im Sinne der Willkürgenies und eingebildeten Subjektivisten» gebe; Hebbel ist zwar genial, erfindet aber, «eben weil er durchaus neusüchtig ist, so überaus schlechte Fabeln [73]» (vgl. S. 312 f.).

Bei Hebbels «Maria Magdalena» nun stellt sich auch die Frage nach der Funktion von «Schicksal und Zufall». Keller rügt zunächst, daß Klara lediglich an einem Irrtum «und nicht an der inneren Notwendigkeit» stirbt –

ein Fehler, der allerdings aus einem *«embarras de richesse»* zu erklären sei, «indem ohne die Wiederkunft des Sekretärs die Katastrophe schon motiviert und unvermeidlich gewesen wäre, es also auch nicht Verlegenheit und Gedankenarmut ist, welche den leidigen Zufall veranlaßt». Hettner überträgt diese Beobachtung auf «Herodes und Mariamne»: «... leidet das Ganze nicht an einer Unklarheit der Motive, die zwar aus dem Reichtum entsprungen ist, aber doch Unklarheit bleibt und eben deshalb notwendig verwirrt? Was mich hauptsächlich an diesem Stücke anzieht, ist das sichtliche Streben nach Ruhe der Szene, nach Würde und Idealität [74].»

In den frühen Briefen aus Berlin nennt Keller weitere Beispiele für die falsche Verwendung des Zufalls im Drama; in Mosenthals «Deborah» breche «das Unglück gänzlich durch ein kleinliches zufälliges Mißverständnis» herein, im «Erbförster» Otto Ludwigs sei «die Katastrophe ebenfalls durch einen Zufall herbeigeführt». «Woher kommt es», fragt Keller, «daß alle diese entschiedenen Talente an diesem wichtigsten Punkte scheitern und in einer Art geistiger Faulheit stecken bleiben? Entweder glaube ich, es ist die verkünstelte und gesuchte Wahl des Stoffes, welche sie auf das Eis führt – oder sie legen zuviel Gewicht auf das Gelingen der Sprache und Szenerie, ein Gelingen, welches wie andere poetische Formen nach und nach zum Gemeingut und von den Inhabern zu hoch angeschlagen wird. Wir haben erlebt, daß ein lyrisches Gedicht, dessen Bilder und Wendungen vor zwanzig Jahren den Verfasser berühmt machten, jetzt kaum gelesen wird; ich denke, es wird auch mit dem Drama so gehen.»

Völlig anders beurteilt etwa Theodor Fontane den «Erbförster»: «Es ist und bleibt ein Stück ersten Ranges», zu der von Keller und später auch von Hettner beanstandeten Schwäche der Zufallskonstruktion bemerkt er: «Was unser Leben bestimmt, sind eben ‹Zufälligkeiten›, Ereignisse, deren Gesetz wir nicht klar erkennen.» Diesen Gedanken faßt er auch psychologisch: «... von ‹Zufall› ist von dem Augenblick an nicht mehr zu sprechen, da wir alles, was er bringt, als prädestiniert, als eine bloße Frage der Zeit empfinden [75].» Hettner analysiert das Problem des Zufalls im Drama zuerst in einem Brief an Keller; am Beispiel von Eduard Lochers «Johanna Gray», Mosenthals «Deborah» und Shakespeares «Othello» sucht er den Unterschied zwischen bloßer «Kollision» und «wirklichem Konflikt» zu erläutern. In Lochers Drama bringe ein im Verlauf des Dramas gar nicht vorbereiteter Krieg «wie ein reiner *Deus ex machina*» Johanna um den Thron – ein Geschehnis, das nur dann wirksam wäre, wenn «die Katastrophe aus ihr notwendig und folgerichtig abgeleitet» würde, «das Ganze einen notwendigen und folgerichtigen Schluß» aufwiese. «Othello» und «Deborah» leiden gleichermaßen an «Zufälligkeiten und Mißverständnissen», dem «Erbübel unserer jungen dramatischen Literatur»; im «Othello» werden sie sogar zur Intrige gesteigert, so daß für Hettner, trotz der «meisterhaftesten Charakteristik» in Shakespeares Drama, feststeht: «Der Eindruck des Othello ist nicht rein tragisch, sondern peinigend. Die Schuld Othellos ist nicht eine an sich notwendige, ja sie liegt nicht einmal unmittelbar in Othellos Charakter; die Katastrophe wird nur aus der Schurkenhaftigkeit Jagos abgeleitet.»

Auf diese Überlegungen kommt Hettner in seiner Studie zurück («Die Oekonomie der tragischen Kunst») und bestimmt gleich zu Anfang: «Die Welt des Dramas ... ist die Welt innerer Notwendigkeit, es ist die schlechthin vernünftige Welt; ein streng geschlossener Kreis, der nirgends durchbrochen sein darf durch die hereinragenden Fäden eines anderen, außer ihm stehenden Weltlaufs.» Der Zufall, der «die fest ineinander gehämmerte Einheit» zerstört, komme «einer völligen Ratlosigkeit in der Motivierung» gleich. Der Kritiker könnte eine «Pathologie unserer neuesten Dramatik» schreiben, wollte er die verschiedenen Erscheinungsformen des Zufalls im Drama zusammenstellen. Hettner weist auch hin auf die «zweideutige Natur» der Intrigentragödie: der Konflikt entspringe nicht der inneren Notwendigkeit sittlicher Gegensätze, sondern «der zufälligen Schurkerei eines Bösewichts». Wie für Keller der «Zufall» Zeichen «einer Art geistiger Faulheit» ist, so erklärt Hettner den jungen Dramatikern: «Eure Fehler sind die Fehler der Leichtfertigkeit. Diese Leichtfertigkeit aber ist nicht das Zeichen des Genies, sondern des Dilettantismus»; Hettner fährt fort: «Ihr seid unkünstlerisch, weil Ihr zu künstlich sein wollt», ganz im Sinn also von Kellers Bemerkung im Brief über die altfranzösische Tragödie: «Es wird auch bei uns der Tag erscheinen müssen, wo der junge Dramatiker nicht mehr glaubt, er dringe am sichersten durch, wenn er ein recht verzwicktes und verkünsteltes Motiv zu Markte führe.» Daß freilich auch dann noch ein weiter Schritt zu tun bleibt zur «echten Tragödie» – wie der «Antigone» –, wo die Schuld «selbst wieder Grund, Rechte und innere Notwendigkeit in sich tragen muß», weiß der Verfasser der als wegweisend gedachten Schrift über das moderne Drama wohl [76]. Hettner wendet sich mit diesen Ausführungen mehr an den zukünftigen Dramatiker, Gottfried Keller denkt darüber hinaus an die Zuschauer, an das Volk im weitesten Sinn: «Es kommt im Theater lediglich darauf an, daß man komisch oder tragisch erschüttert werde, und dies geschieht weit mehr, als durch Überraschungen und künstliche Verwicklungen, durch die vollständige Übersicht des Zuschauers über die Verhältnisse und Personen. Er sieht *mit* dem Dichter, wie alles kommt und kommen muß, er wird dadurch zu einem göttlichen Genusse, zu einer Art Vorsehung erhoben, daß er vollkommen klar die ergreifenden Gegensätze einer Situation durchschaut, welche den beteiligten Personen selbst noch verborgen sind, oder welche zu beachten sie im Drange der Handlung keine Zeit haben. Es sind dieses die edelsten und reinsten, die einzig dramatischen Erschütterungen, welche stufenweise vorher schon empfunden und vorausgesehen werden, und wer nach *ihnen* trachtet, wird unfehlbar auf der Bahn innerer Notwendigkeit wandeln. Damit aber so viele als immer möglich, damit das *ganze Volk* auf diesen hohen Standpunkt,

zu diesem wahren Genusse gebracht werden könne, ist auch von selbst die
größtmögliche Einfachheit, Ruhe und Klarheit bedungen, welche zur Klassizität führt und wieder führen wird, wenn die Herrschaften einmal wieder
für einfache und starke Empfindungen empfänglich sind. Ich will jedoch
nicht bestreiten, daß auch die geschickte und lebenvolle Darstellung eines
muntern Stück Lebens oder Geschichte mit allen seinen Abenteuern und
Verwicklungen ihre Berechtigung haben könne; der letzte und höchste Genuß
wird indessen immer jener *bewußte* sein.» Diese Gedanken erscheinen bei
Hettner in knappe apodiktische Sätze verwandelt: «... nur wo innere
Notwendigkeit ist, da ist wahre Tragik. Große Dichter haben immer nur
einfache und klare Motive. ... Der Zuschauer muß alle Personen und Verhältnisse klar überschauen»: «Wir alle, alle sind sehend und nur Oedipus
selbst ist der einzig Blinde [77].»

Im Brief an Baumgartner vom September 1851 hat Keller diese Prinzipien zur Grundlage der eigenen dramatischen Versuche gemacht, und 1854
spricht er von der «naturgemäßen Dialektik» des Dramas, die es unterscheide
von der «Strickstrumpfform» des Romans [78]; die logische, nüchtern kalku-
lierbare und vor allem gedrängte Form des Dramas ist ihm gerade wegen
der Kompositionsmühen mit dem immer mehr anschwellenden Roman doppelt schätzenswert. Die dramatische Notwendigkeit wird noch vom alten
Gottfried Keller als Gesichtspunkt bei der Beurteilung von Dramen verwendet. In Adolf von Wilbrandts «Die Tochter des Fabricius» dünkt ihn «die
Erfindung doch etwas künstlich und absonderlich», leidend «an dem Blut-
mangel der Notwendigkeit». Ausführlich und alle Aspekte, die für die Kritik eines Dramas wesentlich sind, berücksichtigend, schreibt er über Gutzkows «Philipp und Perez» (1853): «Von Gutzkows ‹Perez› habe ich nichts
gesehen als die Kunde, daß es ein wunderbar-kunstreiches Intrigen-Gewebe
sei. Ich will dem Urteile nicht vorgreifen, das ich durch nähere Kenntnis
des Stückes erwerben würde: aber es ist doch zum Teufelholen, wie selbst
ein so geriebener talentvoller Kerl, wie Gutzkow, nicht von den eitlen,
ausländischen Stücken lassen kann, trotz alles Klarmachens der letzten hundert Jahre und *in specie* der letzten zehn. Es muß wohl schwer sein,
das Einfache und Notwendige zu treffen und aus dem Innern der Nation
und seiner selbst heraus zu arbeiten, da selbst ein so intensives Bedürfnis
und Wollen, *etwas zu sein,* wie es dieser Mann unstreitig besitzt, nicht mit
der Nase auf das Rechte stoßen kann, sondern unwillkürlich vorbeiläuft [79].»

«Das moderne Drama» und die Folgejahre

«Aus dem Innern der Nation und seiner selbst heraus arbeiten»: Auf
bezeichnende Weise verwendet Gottfried Keller dieses Wort viele Jahre
später in einer Antwort an Heyse, der sich darüber beklagt, daß der Bühne

«ein sicherer Stil» fehle, daß «Mimen, Parterre und Dichter die buntesten Gelüste haben, und was heute angeknüpft wird, morgen wieder abreißt». Keller erwidert lakonisch: «Was Du von der herrschenden Stillosigkeit sagst, ist mir nicht recht klar; Ihr müßt eben rufen: *le style c'est moi!* und drauflos schustern, mögen sie dann tun, was sie wollen. Oder vielmehr, sie werden schon nachkommen müssen.» Als ihm Widmann im Juni 1886 eine Rezension von Wildenbruchs Stück «Das neue Gebot» schickt, antwortet Keller: «Über Wildenbruchs neues Drama bin ich noch nicht ganz schlüssig ... Wir sind leider durch das verworrene Theatergeschwätz und die Produktion so ins Schwanken zwischen der sogenannten Bühnenkunde und dem Begriff des Lesedramas geraten, daß man oft nicht weiß, ob einem ein Werk gefällt, nur weil es schön zu lesen ist, oder ob es mißfällt, weil es gerade auf der Bühne ungeheuer wirken soll usw. Oft hab' ich den Eindruck (von Wildenbruch ganz abgesehen), als ob alles dieselbe Limonade wäre [80].»

Die drei Briefauszüge belegen, wie gering das Echo von Hettners Programmschrift bleibt; sie hat in Wirklichkeit nicht die anregende Kraft, die Keller und der Verfasser erwarteten. Vom «Modernen Drama» her ist keine neue Epoche in der dramatischen Dichtung Deutschlands zu datieren, und Kellers Feststellung, er lebe «jedenfalls in einer bedeutenden Entwicklungsperiode ..., auf welche wir später einmal, wenn wir an Leben und Gedeihen bleiben, vielleicht gern zurückschauen», erscheint verfrüht [81].

Die aufbrechende neue Bewegung des Naturalismus und schon ihre Vorbereitung durch Georg Büchner erregen eher Kellers Zorn als seine Zustimmung und bedeuten keineswegs die Verwirklichung von Hettners Programm. Selten ist Kellers Kritik so heftig, wie wenn er gegen Büchner, die «großmäuligen» Brüder Hart, Zola und die skandinavischen Schriftsteller schreibt. Über Zola, an dessen Dramen er 1840 noch die historische Wahrheit rühmt, noch 1880 die «Realistik», verglichen mit derjenigen Büchners, erträglich findet, äußert er sich im gleichen Jahr zu Rodenberg. Der Herausgeber der «Deutschen Rundschau» hatte im Juni-Heft seiner Zeitschrift «Bemerkungen über Paris» veröffentlicht und seiner «moralisch-kritischen Entrüstung» über die vielen Zola-Bände auch in den Schaufenstern deutscher Buchhandlungen Ausdruck gegeben; er hätte hinzufügen müssen, meint Keller, daß auch «eine Reihe unserer stimmführenden Journale und Zeitschriften sich um die Mitarbeiterschaft Zolas beworben und sich damit förmlich aufgespielt» hätten. «Da müßten die Franzosen ja Narren sein, wenn sie anders wären, als sie sind!»

1884 vergleicht er Alphonse Daudets psychologischen Roman «Sapho» mit Zolas «Nana» (1880): «Daudet, der wohl weiß, was gut und liebenswürdig ist, ist mit verhängtem Zügel der ‹Nana› nachgeritten und glücklich dort angekommen, wo es unaufhörlich stinkt! Was liegt denn der Welt an den ewigen Lebensläufen dieser Pariser Huren und an ihrem täglichen, ja stündlichen Lakenreißen? Nichts! Aber den unseligen Autoren liegt an ihrer Industrie und Konkurrenz, sie sind eben die gleichen Glücks- und Geldsüchtler wie die Tröpfe, die sie beschreiben, und da es mehr unanständige und unwissende Leute gibt als anständige und gebildete, so ist die Rechnung bald gemacht, und das edle, wohlgeborene Töchterchen Phantasie wird in den Sumpf gestoßen. Was Zola betrifft, so ist derselbe von Haus aus ein gemeiner Kerl.»

Zwei Jahre später wird dieses Urteil etwas anders gefaßt; auf eine Rundfrage an verschiedene Schriftsteller, ob Bildung der Kunst förderlich sei, antwortet Keller: «Um ein Wort von Zolas Schule mitzureden, so möchte ich ... Zola durchaus eine Künstler- oder Dichternatur nennen, aber eben eine einseitig verkümmerte und mißgebildete. Denn das, was er die Wissenschaftlichkeit seiner Tendenz und Arbeit nennt, ist ja bekanntlich nur eine Flunkerei der Reklame.»

Auch Ibsen und Björnson werden verworfen: «Ich nehme manchmal aus dem Wirtshaus, wo die fliegenden Buchhändler mit den Reclamschen Büchelchen hausieren, einen Ibsen oder Björnson mit nach Hause und muß gestehen, daß mich die ewigen Wechsel- und Fabrikaffären, kurz alle die Lumpenprosa wenig erbaut, noch weniger der pseudogeniale Jargon, der mir gar keine Diktion zu haben scheint. Freilich lese ich nur Übersetzungen. Ich komme nicht darüber hinaus, immer wieder an den guten Schiller zu denken, der schon vor 80 Jahren in seinem ‹Schatten Shakespeares› die Situation ausreichend klar behandelt hat [82].»

Duldsamer sind Kellers Urteile über Heyse (vgl. S. 176–180) und Wildenbruch, zwei vielgespielte Dramatiker der achtziger Jahre. Aber der oft geäußerte Wunsch, Heyse möge es doch einmal mit einem längeren Stück versuchen, zeigt, daß sein Lob cum grano salis aufzufassen ist und nur teilweise die wirkliche Meinung über Heyses Dramen spiegelt. Ähnlich verhält es sich mit Wildenbruch, obwohl der Brief an Theodor Storm, der von Wildenbruchs Besuch 1883 in Zürich berichtet, auch eine gewisse Zustimmung verrät: «Diesen Sommer war der neue Stern Ernst v. Wildenbruch bei mir und hat mir seither 5 Stück Dramen geschickt, die allen Respekt einflößen. Sie machen den Eindruck, als ob sein sel. Mitbürger Heinrich v. Kleist auferstanden wäre und mit gesundem Herzen fortdichtete.» Dem Dramatiker selbst schreibt Keller: «Es gibt Gemeinplätze, welche man so wenig entbehren kann als die Bemerkungen über Sonnenschein und Regen. So haben Sie die geistreiche Vergleichung mit Ihrem Mitbürger Heinrich von Kleist gewiß schon oft hören müssen; und trotzdem muß ich auch noch kommen und Ihnen sagen, daß ich nach der ersten Lektüre den Eindruck empfand, als ob jener Mann aus dem Grabe erstanden, vielmehr nie gestorben wäre und mit gesundetem Herzen und geklärter Seele in seinen letzten Jahren unter uns lebte.»

Eine Präzisierung erfährt das Urteil im Briefwechsel mit Storm, der

1884 kritisch über ein Drama Wildenbruchs berichtet: «Im Königlichen Schauspielhaus sah ich seine ‹Karolinger›, und, wenn auch seine Charakteristik nicht eben scharf ist, er es mit der Wahrscheinlichkeit im Motivieren nicht zu genau nimmt und der Schwerpunkt auch eben nicht die Krone der Steigerung am Ende des Stückes bildet, mir war doch ... mitunter, als hörte ich den Schritt der großen Tragödie; er weiß mit den Massen zu operieren und auf nicht kleine Weise im einzelnen eine große dramatische Wirkung herbeizuführen.» Auch Keller erwähnt nun die «wunderlichen Kunstprinzipien» Wildenbruchs, sich nach dem Publikumsgeschmack zu richten oder ihn wenigstens zu berücksichtigen; das eigentliche Urteil des Freundeskreises Storm, Heyse und Keller enthält wohl Storms Brief vom Dezember 1884: «Von Wildenbruchs Dramen wollen Erich Schmidt, Fontane und, ich denke, auch Heyse nicht viel wissen; er hat sie nicht gelesen, weil ihm seine Novellen nicht gefallen haben. Mir scheint nur der Angelpunkt, die Achse des Dramas, etwas zu schwach, weil zu gesucht zu sein [83].»

Die Wirkung von Hettners Abhandlung ist gering. Wie notwendig die grundsätzliche Kritik des zeitgenössischen Theaters aber zumindest Keller erscheinen muß, zeigen seine eigenen kritischen Betrachtungen über das deutsche Drama der späteren fünfziger Jahre, über Dramatiker wie Griepenkerl, Auerbach, Laube, Lassalle, Gutzkow und die Birch-Pfeiffer; der Briefwechsel des Dichters mit Hettner und andern ist in dieser Beziehung selbst ein Kompendium, nicht nur der mittelmäßigen Talente, sondern auch der kritischen Gesichtspunkte.

Gegenüber Charlotte Birch-Pfeiffer, Verfasserin von Rührstücken und zwischen 1839 und 1843 Leiterin des Stadttheaters in Zürich, wo Keller sie vielleicht gesehen hat, erhebt er den Vorwurf, sie greife fremde, schon gestaltete Stoffe auf, um sie zu dramatisieren, ohne daß er ihr jedoch Verständnis für «das Bühnengerechte» abspricht. Mit ihrem Namen bezeichnet Keller überhaupt das nachträgliche Dramatisieren eigener oder fremder Prosawerke, und Hettner nimmt diesen Ausdruck auf: «Freytags Soll und Haben ist mir fatal; obgleich namentlich der erste Teil höchst elegantes Machwerk ist. Jetzt ist er sein eigener Birchpfeiffer geworden und hat den Roman zu einem Trauerspiel umgearbeitet. Kann man denn zur Statue machen, was man erst als Bild gedacht und gemacht hat?» 1882 erscheint die Wendung «jemandes Birchpfeiffer sein» in einem Brief Kellers an Heyse über alte Tragödien- und Komödienstoffe, die «ganz ausgetragen» seien und die er gedenke, «als Novellen einzupökeln», um sie vielleicht später doch noch zu dramatisieren: «Sollte eine dramatische Ader darin vermerkt werden und ich bei Kräften bleiben, so kann ich das Abenteuer ja immerhin später wagen und mein eigener Birch-Pfeiffer sein [84].»

Interessant wegen seines scharfen Tons und wegen der persönlichen Umstände ist das Urteil Kellers über Ferdinand Lassalle, den Gründer des «Allgemeinen Deutschen Arbeitervereins» (1863), den Schüler Hegels, Verfasser politischer und historischer Schriften und des Dramas «Franz von Sickingen» (1859). Baechtold erzählt von einem Zusammentreffen Gottfried Kellers mit Lassalle bei Ludmilla Assing am Abend vor dem ersten Arbeitstag des Dichters als Staatsschreiber. Lassalle setzt sich als Hypnotiseur und Tischrücker in Szene, bis es Keller zu dumm wird: er dringt mit einem Stuhl auf Lassalle ein, der Séance ein plötzliches Ende bereitend. Am andern Morgen verschläft er sich und muß von Freunden auf die Kanzlei geholt werden.

Über das Drama Lassalles, das ein Jahr vor diesem Zwischenfall erscheint, schreibt Keller an Ludmilla Assing: «Den dialogisierten Geschichtsaufsatz ‹Sickingen› des Herrn Lassalle habe ich ... gelesen und mich nur wundern müssen, wie ein Gelehrter und Philosoph sich selbst so sehr verkennen kann, dergleichen mit weitschweifigen Worten eigenhändig der Nation als große befreiende *poetische* Tat anzupreisen. Die Komik dieses Unternehmens wird noch übertroffen durch die Kritik Adolf Stahrs, welcher in einem langen Aufsatze *über* diesen Aufsatz den Ruhm desselben mit dem Geständnis schließt, daß es allerdings keine Dichtung sei. Daß doch diese Schulfüchse nie unterlassen können, Dinge konstruieren zu wollen, die in einem andern Garten wachsen [85].»

Heiter-ironisch ist Kellers Briefwechsel mit Ludmilla über die «Dramatischen Werke» (Bonn 1857) Gisela von Arnims, der Tochter Achims und Bettina Brentanos. Diese Dramen sind in Berlin «das literarische Ereignis des Tages»; sie erregen «einstimmiges Mißfallen, ... Entrüstung und Verachtung», berichtet Ludmilla. Die Urteile schwankten zwischen «Faselei, Geschmacklosigkeit, Unsinn und Gedankenarmut» «Talentlosigkeit», «entschiedener Mangel an gesundem Menschenverstand»: «Diese Urteile sind um so niederschlagender, da Bettina und ihre ganze Familie schon im voraus aller Welt verkündet hatten, ‹die Gisela besitze ein dramatisches Talent, welches Shakespeare bei weitem überträfe!›» Ihr, Ludmilla, selbst sei «noch nie etwas so Ungenießbares vorgekommen».

Keller, der Gisela von Arnim offenbar freundlich gesinnt ist und schon 1856 ihren Artikel über die italienische Tragödin Adelaide Ristori lobt: «Es war ... sehr viel Überraschendes und Neues in dem Aufsatz, abgesehen von der etwelchen überschwenglichen Form, welches übrigens in dieser blasierten Zeit eher eine Liebenswürdigkeit ist», antwortet Ludmilla am Neujahrstag 1858: «Ich habe Sie, liebes Fräulein, in Verdacht, daß Sie mir den großen Bären, dessen Sternbild Sie im Siegel führen, haben anbinden wollen; denn ich kann das Berliner Urteil, von dem Sie mich unterrichten, schlechterdings nicht verstehen. Dramen sind dies allerdings so wenig, als es überhaupt keine zu rechtfertigenden Produkte sind, allein – wenn einmal ein gewisser Vorrat von Geist und Schönheit in einem Ding steckt, so hat es denn doch damit seine eigene Bewandtnis, und die Berliner, welche gestern für den ‹Narziß› geschwärmt haben, besitzen kein

Patent für diese Flut von Schimpfwörtern über die arme Gisel.» Die folgenden Bemerkungen Kellers zu den Dramen sind ein förmlicher Exkurs in vergleichender Literatur-, Menschheits- und Familiengeschichte: «Ich habe zuerst ‹Das Herz der Lais› in Angriff genommen, weil es trotz seiner Größe das kleinste Opus war. Ich fand mich verblüfft darüber, daß die französische Manie der Hetärenpoesie von einer soliden und sogar jungen deutschen Dame aufgenommen und fortgepflanzt wird. Doch was bei den Franzosen gedankenloser Leichtsinn ist, dürfte bei dem deutschen Fräulein die pure Unwissenheit und Unschuld sein, immerhin verbunden mit einer gewissen Frechheit. Denn *ahnen* sollte man wenigstens, besonders wenn man so wohl beschlagen in gewissen Wendungen ist, daß das Hetärentum nichts anderes ist als die allerprosaischste und philiströs-niederträchtigste Sache der Welt, die nüchternste Gemeinheit des Gemütes, und daß die *Dames aux camélias* und die großen Herzen der Lais die einfältigsten Fiktionen sind, die je die Welt geäfft haben. Wenn solche Bestien einer Leidenschaft fähig oder aus Übermut etwa generös werden, so hat das nicht mehr zu bedeuten, als wenn ein Dieb mit gestohlenem Geld den anständigen Mann spielt. Der Unsinn zeigt sich in dieser Lais sehr bequem; denn wenn dies Geschöpf sein Leben zu opfern imstande ist, warum hat es denn Nero nicht längst getötet und so Tausende errettet? Aber abgesehen auch von der Gewissenlosigkeit, ein solches Stück zu schreiben (denn was soll aus den jungen unerfahrenen Mädchen werden, wenn die erwachsenen Weiber dergleichen Dinge predigen), steckt dies Dramchen so voll famoser Schönheiten, daß man nicht mit einer Nadel dazwischen stechen kann. In den beiden größeren Piecen sah ich mit Bedauern, daß der Arnim-Brentanosche Hausjargon noch ungeschwächt fortwuchert, was auf die Länge langweilig wird, und wenn die Gisela heiratet, so ist kein Ende abzusehen. Aber neben den vielen Geschmacklosigkeiten ist doch auch in diesen Stücken ein solcher Fonds von feinem und originellem Geist, daß nach meiner Meinung mit bloßer Wegwerfung dagegen nicht aufzukommen ist, vielmehr die Person, die dergleichen hervorbringt, alle *considération* in Anspruch nehmen darf. Die ästhetische Cour z. B. bei der Vittoria [in ‹Trost in Tränen›] ist freilich ein modernes Teekränzchen, aber doch in ihrer Art ein Meisterstück, das Märchen, das die Vittoria erzählt, eine wahre Perle der Poesie. Ich habe das Buch auch andern Leuten, die sonst Urteil haben, gezeigt und manche Züge daraus hervorgehoben, und auch diese fanden das Mitgeteilte nur lobenswert. Da ich nun auch von anderer Seite her aus Berlin einen Brief erhielt, worin über diese undramatischen Dramen förmlich gewütet wird, so muß ich annehmen, daß die Luft in diesem Gegensatz eine Rolle spielt. Schon seh' ich den Süden gegen den Norden sich erheben, die vergessenen Fahnen des ästhetischen Urteils aufs neue sich entfalten, und der unerhörteste Krieg wird beginnen, der je um ein Nichts geführt wurde. Wenn Sie dann auf weißem Zelter in den feindlichen Schlachtreihen einherfliegen werden, so wird mein Herz in den furchtbarsten Kon-

flikt kommen, aber ich werde mich meiner Fahne opfern und die gefangene
Gisel aus dem nordischen Heere herausholen und zu Leipzig deponieren. Dies
ist die erste Rezension, die ich an einem Neujahrstag geschrieben habe, und
scheint mir auf ein fleißiges Jahr zu deuten ...»

Ist es nun Gottfried Keller mit diesem Urteil wirklich «gar nicht ernst»,
wie Ludmilla meint, ist sein Lob «mit so furchtbarem, vernichtendem Tadel
untermischt ..., daß es aussieht, als wenn [er] die Berliner Kritik mit
neuen bittern Angriffen verstärken wollte»? Eher möchte man glauben, daß
Keller, der wohl von Ludmillas kleiner Leidenschaft für ihn weiß, es darauf angelegt hat, sie ein wenig dadurch zu ärgern, daß er erstens nicht
dasjenige Buch liest, das sie ihm – im Gegensatz zu Gisela von Arnims
Dramen – empfohlen hat, zweitens so deutlich die Partei einer Dame und
Schriftstellerin, also Konkurrentin, ergreift. Um ein bloßer Scherz zu sein,
ist die Rezension zu lang; die Argumente Kellers sind ja durchaus erwägenswert, und der Hinweis darauf, daß auch anderen einzelne Stellen in
den Dramen eingeleuchtet hätten, deutet auf eine wenigstens teilweise ernst
gemeinte Kritik Kellers hin. Geht es ihm schließlich darum, «den allzu welt-
läufig flachen Standpunkt» der Berliner Kritik ad absurdum zu führen? Aber
ob Apologie oder Parodie: der Brief zeigt, mit welcher Leichtigkeit und Eleganz Keller ein Werk der Literatur rezensieren kann [86].

Über Albert Emil Brachvogels Trauerspiel «Narziß» (uraufgeführt in
Berlin 1856), lange Jahre ein Erfolgsstück, heute als das Werk eines «Psy-
chopathen» und Ergebnis «widernatürlicher Überhitzung» (Alker) betrachtet, urteilt Keller gemäßigter. An Lina Duncker berichtet er seinen Eindruck: «Der ‹Narziß› hat mir im ganzen nicht übel gefallen, was die Arbeit
im Äußern betrifft, es ist eine hübsche Reminiszenz an allerlei Dagewesenes,
das Hauptmotiv aber geht nicht wohl an. Indessen mag es gerade dieses
sein, welches das Glück des Stückes gemacht hat, indem die Weiber, die
den Ton angeben, sich geschmeichelt fühlen, daß ein dramatischer Held
[der Narziß Rameau] zugrund geht aus Anhänglichkeit an seine Frau [die
spätere Marquise de Pompadour], obgleich die gleichen Weiber sich wohl
hüten würden, einen solch anhänglichen Helden zu heiraten. Ein oder
zwei wegen einer Dame ruinierte Jahre mögen allenfalls angehen; aber ein
ganzes Leben – darf nicht geschnupft werden und ist weder dramatisch
gut noch sonst ersprießlich [87].»

Eine ähnlich überlegene Unverbindlichkeit wie in der brieflichen Besprechung von Gisela von Arnims Dramen kennzeichnet das Schreiben
Keller an Gottfried Kinkel, worin er dessen Drama «Nimrod» (1857) bespricht. Auch Jacob Burckhardt hatte die dramatischen Versuche des Kunsthistorikers beurteilt und 1842 über das Stück «Lothar von Lotharingen»
geschrieben, die von Lessing und Schiller abhängigen Dramatiker hätten als
Idealisten ihren Werken ethische Grundsätze und moralische Gerechtigkeit
zugrunde gelegt; Kinkel schlage eine «reale fatalistische» Richtung «im echten

historischen Sinne» ein und stelle geschichtliche Konflikte dar, die sich nicht einem «Gut und Böse», sondern nur einem «So oder anders» unterordnen ließen. Burckhardt selbst hält fest an einer «ewigen Moral», die von den Dramatikern zugunsten einer zeitbedingten Moral vernachlässigt werde. Dazu kommt die Kritik der Form in einem Brief «des sehr urteilsfähigen und streng richtenden Jacob Burckhardt» an Kinkel: «Gegen Lothars Immoralität wende ich gar nichts ein ... Aber die Ausführung! Mensch, schreib um Gottes willen inskünftig in *Prosa* und begreife, daß der verfluchte Shakespearsche Jambus eine Scheidewand zwischen Dichter und Publikum ist, die z. B. Mosen den Hals gebrochen hat und ihn auch Geibel brechen wird.»

Der nicht weniger streng messende Gottfried Keller vermeidet Burckhardts Direktheit; er schreibt: «Über Ihr schönes Werk sich auszusprechen, erfordert eine längere Vertrautheit mit demselben, als der Besitz von einigen Tagen gewähren kann. Bis jetzt habe ich sowohl die schöngeschliffene poesiereiche Form bewundert, als auch die tiefsinnige Kunst, mit welcher Sie alle und jede Beziehungen und Charakterzüge des Stoffes, jeden überraschend zutreffend an seiner rechten Stelle, zu einem ebenso organischen als demonstrativen Ganzen verwoben haben. Jede Person Ihrer Tragödie ist ein verkörpertes Prinzip, und alle zusammen bringen durch ihre Wechselberührung alle Erscheinungen der Geschichte hervor. Erschütternd wahr ist, wie die schaffende und gestaltende Monarchie das eigene liberale Fleisch und Blut verleugnet und, selbst untergehend, den *erkannten* brutalen schlechten Willen zum Erben nimmt. Möge sie nur unmittelbar von der energischen Freiheit selbst durch Panzer und Fleisch ins Herz getroffen werden, als ebenbürtiger Gegner, so wird der inkarnierte schlechte Willen allein nicht mehr lange fortkommen» – ein Lob, das freilich zum Teil Gegendienst für Kinkels Anerkennung von Kellers Gedichten, aber so allgemein und im Unbestimmten gehalten ist, daß eine gewisse gewollte Distanz zu Kinkel deutlich wird [88].

Diese unverbindliche Art ist auch eine Seite von Kellers Kritik dramatischer Werke: der kleine Zeitungsartikel über Emil Palleske – Keller lernt ihn 1851 in Berlin kennen und verdankt ihm eine Rezension des «Grünen Heinrich» – bestätigt es. Als Palleske im September 1875 auf einer Vortragsreise nach Zürich kommt, verfaßt Keller für die «Neue Zürcher Zeitung» eine Anzeige, in der der Freund nicht nur als Schauspieler und Literarhistoriker genannt wird, sondern auch als «Dichter einer mäßigen Zahl von Schauspielen, welche durch Wahl des Stoffes, Geist und Form gleich sehr sein ideales Streben beurkundeten, wie ‹Achilles›, ‹Braut von Korinth›, ‹Montmouth› und ‹Cromwell›, und die an Bedeutung weit über vielen populär gewordenen Zugstücken neuerer Dramatiker stehen [89].»

Gottfried Kellers Rezension von J. N. Bachmayrs
«Trank der Vergessenheit»

Ähnlich beruht Kellers Rezension von Bachmayrs Tragödie auf einer auch menschlichen Anteilnahme an dem unglücklichen, wenig erfolgreichen Schriftsteller. Sie ist ein Ergebnis des Gedankenaustauschs mit Hettner über den Wiener Dramatiker und gleichzeitig Ergänzung zu Hettners Anzeige desselben Stücks [90].

Keller kommt durch Hettners Vermittlung im Oktober 1850 mit Bachmayr zusammen, «einem sehr bedeutenden Talent, das in jeder Weise die regste Unterstützung verdient», wie Hettner schreibt. Bachmayr trägt Keller – «mit solcher Energie, daß die Wände zitterten» – sein Drama vor, und Keller wiederholt Hettners Urteil über Verfasser und Werk: «Auf jeden Fall ist er nach dem, was ich bis jetzt weiß, ein bedeutendes Talent, wenn er auch nicht diejenige Ruhe und Unbefangenheit besitzt, welche ich an poetischen Talenten zu treffen wünsche. Doch mögen dies mehr Folgen lange erduldeter Hindernisse und Schikanen als persönliche Eigenschaften sein, und der endliche Triumph wird ihm in mehr als einer Beziehung auf den Strumpf helfen.»

Später versucht er, die Einwände Hettners gegen das Trank-Motiv und die Wahnsinnsszene, den Höhepunkt des Stücks, zu zerstreuen und bewirkt, daß der Freund in der Anzeige diese Vorbehalte unterdrückt. Auch andere Züge, von Hettner «als barberinische Eselsohren» bezeichnet, von Backmayr für «die Hauptsache und den eigentlichen Brennpunkt» des Dramas erklärt, möchte Keller beibehalten. Zwar ergäben die von Hettner vorgeschlagenen Änderungen «ein klares, regelrechtes und schönes Gedicht, ... welches jede Kritik von vornherein abschneiden würde». Gerade das Motiv des Gifttranks indessen sei «wesentliche Bereicherung» und nehme, da es einem noch bestehenden Aberglauben entspreche, «billig seinen Platz in dem sogenannten Volksdrama ein». Der Dichter wolle damit die Kluft veranschaulichen zwischen den «tiefen edlen Leidenschaften ... und ursprünglichen Gemütskräften» des Volkes und der eingeführten «zwar humanen, aber nicht naturwüchsigen und oberflächlichen Kultur», welche die Episodenfiguren verkörpern. Der Rückfall der Heldin aus der Aufklärung, die ihr Glück zerstört, in den «träumerischen mystischen» Aberglauben ist für Keller überzeugend dargestellt, nur genüge ihre Lektüre der Grimm-Märchen und ihr Name (Trude = Hexe) nicht, «ihren Hang zum Wunderbaren und Märchenhaften» zu motivieren. Das Trank-Motiv stamme aus »einer höheren Region der poetischen *Symbolik, der plastischen Tat*», mute «neu und unheimlich» an; die Schuld – daß das Mädchen der Liebe zum Mann aus dem Volk entsagt, sei allerdings eher Tugend zu nennen – bestehe in dem bewußten Vernichtenwollen der «heiligsten Lebenserinnerungen», und das bringe das Motiv besonders sprechend zum Ausdruck: «... denken Sie sich, daß sie mit *einem*

Zuge das Bild des Geliebten in ihrer Seele ertöten will!» Keller verweist auch auf die dramatische Möglichkeit, diesem symbolischen Tod das körperliche Sterben folgen zu lassen, nachdem das Mädchen noch einmal aus dem Irresein erwacht und seiner Tat bewußt geworden ist. «So wäre die Einheit der Idee gerettet, und wir müssen nicht sowohl das Fabelhafte und Unwahre des Zaubermittels *an sich* im Auge halten als den Gebrauch, welchen das Mädchen davon machen *will*.» Statt über die Gefahren des Aberglaubens zu räsonnieren, müsse der Leser und Zuschauer «die ganze Tiefe und Gewalt der Leidenschaft, den dämonischen Kampf im Auge behalten, in welchem das ursprüngliche Volkskind zu diesem Mittel griff».

Den Hauptgedanken der Tragödie sieht Keller weder in «der klaren, nach Bildung ringenden Natur» der Heldin, noch im Aberglauben, und die Absicht des Verfassers, «die ... Selbstbestimmung der freien Person» darzustellen, sei keineswegs ein neues Motiv; die Idee liege in der Gestaltung «der schlimmen Wirkungen erfahrungsloser Humanität ... und der ehrgeizigen Halbbildung des Dorfreformators, die sich dem kernhaften Volk gewaltsam aufdringen wollen»: dies sei ein neuer Gedanke, «auf männliche Weise durchgeführt».

Am Schluß des Briefes stellt Keller Bachmayr über die durchschnittliche zeitgenössische Dramatik und erkennt darin einen Vorteil, daß Bachmayr in Berlin, im «kritischen Norden», sich niedergelassen hat: «Denn es sind in seinem Stücke noch gar zu naive und phrasenhafte Stellen, welche man bei uns zulande nunmehr belächelt. Er wird eine festere und bedeutendere Sprache erwerben, welche seine Werke auch für den *Druck* zu wahren Kunstwerken macht [91].»

Ein weiterer Brief an Hettner berichtet von einem Lustspiel Bachmayrs, das «fast ausschließlich spezifisch dramatischen Charakters ist und nicht etwa eine allgemeine halbpoetische Stimmung». Kritischer äußert sich Keller dagegen über den Charakter des Dramatikers, der seine Karriere «mit allzu großer Subjektivität verfolgt». Von der Rückkehr Bachmayrs nach Wien verspricht sich Keller wenig Gutes: «Er ist noch so konfus, daß es notwendig seinen Arbeiten die rechte Klarheit und Bewußtsein etwas rauben muß. Er glaubt blind an Gervinus und Gagern, ist religiös, pantheistisch, demokratisch und konstitutionell, alles durcheinander. Da er nun noch dazu ein gewaltsamer und geräuschvoller, fast aufdringlicher Mensch ist, so fürchte ich, daß dies seltsame Wesen ihm in seinen Angelegenheiten fast mehr schadet als die Charakterlosigkeit und Dummheit der Theatertyrannen. Er hat in seinem Wien eben nicht Gelegenheit gehabt, sich zu kultivieren, da die Kerle dort alle selbst Quer- oder Dummköpfe sind; um so mehr bedaure ich, daß er wieder hinverschlagen wurde. Ich selbst kam indessen gut mit ihm aus, da ich den edlen Kern von diesen äußern Zufälligkeiten zu unterscheiden wußte, und habe ihn recht lieb gewonnen [92].»

Die Rezension, die Keller im August 1851 anzeigt, verfaßt er, teils gedrängt

von Bachmayr, um der Ablehnung Friedrich Hebbels zu entgegnen, der den
Dramatiker geradezu für irr hält, teils um Hettner einen Gefallen zu erweisen, der «dem guten Kerl förderlich sein» möchte. Am 20. September 1851
meldet er, der Aufsatz sei in der «Constitutionellen Zeitung» erschienen,
ein nur «flüchtig gemachter Auszug der größeren frühern Arbeit», und
werde den Erfolg von Bachmayrs Stück wohl kaum stark beeinflussen:
Zeitungsrezensionen seien ein «trügerischer Barometer» und Bachmayr narre
sich selbst, wenn er ihn belaure, statt frisch weiterzuschaffen [93]. Sie gliedert sich in drei Teile: die Einleitung behandelt die «Unsicherheit der kritischen Zustände»; Keller bekennt sich zur Relativität seines eigenen Urteils:
«... weil kein ehrlicher Kritikus von der Unrechtmäßigkeit seines Urteils
überzeugt sein darf, so kann, dies recht betrachtet, eigentlich auch niemand
von der Unfehlbarkeit des seinigen recht durchdrungen sein.» Deshalb
sieht er davon ab, das Drama als «ein Wunderwerk» anzupreisen, sondern
will lediglich Theaterdirektoren und Kritikern Wiens zeigen, daß Bachmayr
die Höhe der Gegenwartsdramatik zu halten vermag und ihm gerechter-
weise auch in der Heimat die Möglichkeit geboten werden müsse, vor das
Publikum zu kommen.

Der zweite Teil faßt das Stück zusammen; noch einmal wird das Hauptmotiv erläutert: Die Heldin stürze durch ihre Tat «von der kalten Höhe
ihrer schnell erlernten Bildung in die leidenschaftlichen Tiefen des alten
Volksglaubens» zurück, «ein Moment, in dem das Zarteste mit dem Furchtbarsten sich wunderbar verschmilzt»; eine Aufführung könnte die Wirksamkeit des Motivs beweisen. Dieser «Aberglaube» sei vorhanden, «... noch
heutzutage existieren in jenen Gegenden dergleichen Fläschchen, ferner entspricht er der sinnlich-plastischen Natur des Volkes, und zuletzt ist er in
dieser Anwendung ein neues, brillantes Motiv, wie die Maler sagen, um
welches man Bachmayr eher beneiden sollte, und bringt eine bestimmte unheimliche und dunkle Tat in das Stück. Der Entschluß, das Trinken werden
ihre Wirkung nicht verfehlen, wenn auch jedes Kind den Aberglauben einsieht [94].»

Der dritte Abschnitt gilt der «einfachen und anspruchslosen» Sprache
und «dem inneren Gehalt»: bei aller Schlichtheit und Kindlichkeit ihres Charakters wirkt die Heldin tragisch. Der «ethische Wert» des Dramas, das
«selbst aufrichtig die Wege der Humanität und Aufklärung geht», liegt
für den Rezensenten in der «noblen Tendenz», selbstkritisch das Verhältnis
zwischen aufgeklärter Bildung und «dem tiefen ursprünglichen Gemüts-
leben des Volkes» zu untersuchen: «Und insofern hat es eine tiefe Bedeutung,
daß in dieser Dichtung gerade die Edelsten und Aufgeklärtesten Unrecht
tun und die Armen und Einfältigen Recht behalten, und die Auffassungs-
weise Bachmayrs muß eine ernste und ehrenhafte genannt werden [95].»

Kellers Rezension bringt kaum eine «Aufklärung ... in Hinsicht der ästhetischen Bewertung» Bachmayrs (Alker); aber sie ist Zeugnis für seine Freund-

schaft, seine festumrissenen Anschauungen und wiederum für die Leichtigkeit, mit der er auf wenigen Seiten das Wesentliche der Dichtung herausarbeitet.

Eine Deutung des naturalistischen Dramas, dessen Grundsituation die von Keller selbst erfahrene Lebensnot des Individuums gegenüber den Bedingungen, dessen stoffliches Kennzeichen die Darstellung der unteren Gesellschaftsschichten ist, nimmt der Rezensent insofern vorweg, als er in Bachmayrs Stück den zentralen Gedanken im Widerstreit der an sich gutgemeinten Humanität, der «ehrgeizigen Halbbildung» und des naiven Volkstums erkennt und billigt.

Die Beanstandung des Untertitels «Volksdrama» am Anfang der Rezension schließlich steht im Zusammenhang mit Kellers anderen Äußerungen zur Volksdramatik. Nach seinem Dafürhalten bedeutet die Bezeichnung eine «Einschachtelung», die sonst nur Sache «der Schulmeister» sei, und verführe den Dramatiker dazu, mit dem sogenannten «Patent-Volksdrama» Mosenthals, mit dessen «Patent-‹Deborah›» sich zu messen [96].

Volksstück und Volkskomödie. Richard Wagner

Diese Kritik an Bachmayrs Bezeichnung richtet sich nicht nur gegen die «Einschachtelung», sondern betrifft auch die Vorwegnahme einer Entscheidung, die eigentlich dem Volk zukommt. Das Publikum allein kann ein Stück als seinen Bedürfnissen gemäß anerkennen und damit die Benennung «Volksdrama» gutheißen, ein Gedanke, der später im «Mythenstein»-Aufsatz [97] erscheint und zu Kellers Theorie der Beziehungen zwischen Volk und Bühne gehört. Aus diesen Wechselbeziehungen soll das neue Drama, dem er und Hettner gemeinsam ein Fundament legen möchten, hervorgehen und die klassizistischen Stücke ersetzen, die dem gegenwärtigen Charakter des Volkes, wie es die Revolutionen, die geistigen und sozialen Umwälzungen geformt haben [98], nicht mehr entsprechen. Keller vermag diese Beziehungen zwischen Volk und Dichter, zwischen dem Drama und der Nation nicht nur in der Heimat nachzuweisen; in der von ihm bearbeiteten Auflage von Scherrs «Bildungsfreund» erscheinen Beispiele für diese enge Wechselbeziehung auch aus außerschweizerischen Literaturen [99].

Der Dichter kann für das Volk schreiben, oder das Volk ist Gegenstand z. B. eines Dramas, treu und wahr abgebildet. Beides setzt Distanz voraus; 1873 tadelt Keller «das rein Schematische» an Grillparzers «Die Jüdin von Toledo» unter dem Gesichtspunkt der geringen Welterfahrenheit des Dichters und seiner mißverstandenen Bindung an die Heimat: «Wer aber unter Heimatliebe nur die Zuhausehockerei versteht, wird der Heimat nie froh werden, und sie wird ihm leicht nur zu einem Sauerkrautfaß [100].»

Ferner hat das Volk einen für die Dichter wie für die späteren Deuter ihrer Werke bedeutungsvollen Ort in dem «merkwürdigen oder vielmehr sehr natürlichen fortwährenden Kreislaufe», dem «das Ganze des poetischen Stoffes» unterworfen ist: Die Erzählungen, Sagen, Märchen des Volkes bewahren viele Vorwürfe, Motive und Topoi auf, die aus der Kunstdichtung stammen und wieder in sie aufgenommen werden können. An Rabelais begreift Keller, «wie viele literarische Motive und Manieren, welche man so gewöhnlich für nagelneu oder von einer gewissen Schule herstammend ansieht, schon seit Jahrhunderten vorhanden sind» (vgl. dazu den Abschnitt über dichterische Originalität S. 311–319). Aus den Tiefen des Volkslebens und des Brauchtums holt Bachmayr z. B. das Motiv des Vergessenheitstranks herauf; Kellers eigenes Dramenfragment «Therese» zeigt in Stoff und in der Dialogführung volkstümliche Züge, und wie Bachmayr entnimmt er der Wirklichkeit die Motive des Stücks, die dann als Symbole verwendet werden können [101]. Diese Idee Kellers scheint auf die Vorstellung der Romantiker vom Volk als dem Urgrund alles Schöpferischen zurückzugehen; tatsächlich aber gehört sie in sein persönliches Geschichtsbild, das sich auf «die Dialektik der Kulturbewegung» stützt. Nicht nur die politische, auch die Geschichte des Geschmacks ist in einer Entwicklung begriffen, wie sich an der Volksposse, wo das Volk selbst spielt oder wenigstens seinen Einfluß auf die Bühne unmittelbar geltend macht, beobachten läßt. Das Volk paßt sich in seinem Spiel den gewandelten politischen Verhältnissen an und macht in der Posse sogar den Umbruch, den Wandel selbst zum «tüchtigen Stoff [102]». Eine ähnliche Aufgabe wie die Posse soll das neue Drama innerhalb des staatlichen Lebens erfüllen, der Nation die eigene Geschichte in poetischer Verklärung vorführen, die erreichten Ideale darstellen, zum historischen Drama werden, indem es der «Nation durch die behandelte Geschichte große errungene Wahrheiten und einen schönen Triumph über *sich selbst* wie über ihre Feinde im konzentrierten Lichtbilde» bietet [103].

«Am Mythenstein» ist die Vision eines solchen Schauspiels, das aus dem politisch beruhigten und befriedigten Volk hervorgeht. In dem mit «Zirkular» überschriebenen Aufruf zur Gründung einer Gesellschaft der bildenden Künstler der Schweiz spricht Keller denselben Gedanken aus: «Mit der glücklichen Ausbildung und Festigung, welche unsere öffentlichen Einrichtungen und Zustände fast nach allen Richtungen hin erhalten haben und hoffentlich weiter erhalten, ist das Wort ‹Pflege und Anwendung der Kunst› unter den mannigfaltigen Anforderungen eines erhöhten nationalen Lebens entschiedener als je früher hervorgetreten ...» Keller verwirft die Spekulationen über einen Zusammenhang der Blüte nationaler Kunst mit staatlichem Niedergang: «Wenn hierbei die Befürchtung laut wurde, daß mit dem Entfalten einer hohen Kunstblüte für die Republik zugleich der Wendepunkt zum Verfall gekommen wäre, so wissen ernste und treue Kunstbeflissene am besten, daß jene Gefahr, abgesehen von der Falschheit oder Richtigkeit der Behauptung, uns noch fern steht und daß wir noch lange und wacker fortschreiten müssen, bis wir eine so staatsgefährliche Höhe erreicht haben; eben-

sowohl aber wissen sie, daß ihnen und nur ihnen die erste und nächste
Pflicht überbunden ist, darüber zu wachen, daß jene Blüte, wenn sie einmal
kommen will, keine taube Blüte werde und daß die Kräfte der Nation keinen falschen Göttern geopfert werden. Denn nicht die echte Kunst, welche
streng und edel ist, sondern die Afterkunst, die überfeinerten und verderb-
ten Geschmacksrichtungen sind die Zeichen des Verfalls [104].»

Vorspiel eines Volksdramas, für welches der Augenblick, d. h. die politische und staatliche Reife gekommen ist, sind die Volksfeste, die Keller etwa
in den Bettags-Mandaten erwähnt, in den dichterischen Werken und den
Briefen oft beschreibt. Seine Freude an diesen Feiern steht im Gegensatz zur
Abneigung Jacob Burckhardts, der anläßlich des Basler Sängerfests 1875
zu Preen äußert: «Wenn es einmal dahin kommt, daß man Feste von solchem Umfang laut perhorreszieren darf und daß kein Mensch von besserer
Bildung mehr gezwungen werden kann, ‹Schanden› halber mitzumachen,
dann will ich glauben, daß überhaupt eine bessere Zeit hereinbreche. Ich
kann individuellen Optimismus achten und schätzen und besitze selbst einen
gewissen Vorrat davon; aber die Sammelfeste als Ausdruck eines zudring-
lichen Massenoptimismus verabscheue ich. Ferner, wer in die Zukunft sähe,
könnte sich auch einer gewissen Ahnung darüber nicht verschließen, daß eine
große Festhalle, wenn man sie einmal hat, ganz aparte Versammlungen zu
beherbergen bekäme, welche vielleicht nicht einmal die Saalmiete berichti-
gen (!) würden.» 1886 schreibt Burckhardt dem Freund: «In einer zukünftigen Kulturgeschichte des 19. Jahrhundert ... wird dies Fest- und Hütten-
leben auch müssen gezeichnet werden [105].»

Als Beispiel eines dem Volk zugedachten und zugänglichen dramatischen
Werks nennt Keller die Fastnachtsspiele Niklaus Manuels. Er schreibt sie «in
den groben Dialekten des sechzehnten Jahrhunderts», deren Verwendung
Keller hier gutheißt, während er beispielsweise für Manuels Bicocca-Lied «die
edle Sprache des Nibelungenliedes» vorgezogen hätte und auch sonst gelegentlich bezweifelt, daß der Dialekt die Volkstümlichkeit eines Kunstwerks
fördere, es sogar als Zeichen künstlerischer Schwäche wertet, wenn Mosenthal zur Charakterisierung von Gestalten aus dem Volk die Mundart gebraucht
(vgl. S. 324 f.). Die Volkssprache verhilft Manuels Spielen zu einer «augenblicklichen und drastischen Wirkung»; nicht der Phantasie- und Handlungsreichtum
Hans Sachs' ist in Manuels Satiren zu finden, sondern «eine ernste und scharfe
Dialektik, mittelst welcher das Thema allseitig und beziehungsreich erschöpft
wird in der Weise, daß die Menge der satirischen oder humoristischen Gestalten, die alle ihre lustig symbolischen Namen führen, Schlag auf Schlag
ihren Vortrag hält, der aber durchweg in ein poetisch-plastisches Element
aufgelöst ist und nirgends rein rhetorisch erscheint. Die Spiele eigneten sich
dann um so eher zur allgemeinsten Verbreitung durch den Druck und zur
wirksamen Lektüre in den Händen des Volkes.» Keller unterstreicht in der
Rezension von Baechtolds Manuel-Ausgabe die Aktualität der Spiele: der

Dichter zeigt dem Volk die Notwendigkeit politisch-religiöser Veränderungen, ihre Verwirklichung und den glücklichen Abschluß. Hier scheint erreicht, spontan und in einer dem Volk leichtverständlichen Sprache, was Keller, freilich in geläutertem Stil und gereinigtem Ausdruck, als Ideal der historischen Trilogie, des geschichtlichen Dramas überhaupt betrachtet. Nur sind die Spiele Manuels im Gegensatz zum historischen Drama nicht Ausdruck des Nationalgefühls; sie dienen Keller ja am Schluß der Manuel-Rezension auch als Argument gegen die Anstrengungen, die damals eine Gruppe von Literaten für die Begründung einer spezifisch schweizerischen Dichtung unternimmt: Der Rückblick auf die großen Berner Dichter der letzten Jahrhunderte beweist Keller, daß «keiner von einer sogenannten Nationalliteratur im Winkel etwas gewußt oder gewollt» hat [106]. Volkstheater und Volksdichtung, wie Keller sie sich vorstellt, sind tiefer gegründet als die Konstruktion eines Eckardt [107].

Diese Gedanken Kellers sind im Zusammenhang mit andern ähnlichen Bestrebungen in der zweiten Hälfte des 19. Jahrhunderts zu sehen, vor allem mit der «Konjunktur» der Volksbücher, Volkskalender, Volksstücke und -erzählungen. Während aber diese literarischen Hervorbringungen meist das Volk, d. h. die Bauern, das Leben auf dem Dorf usw. als bloßen Stoff behandeln, mit dem nach einem bestimmten Schema verfahren wird, nimmt Keller es als selbständige schöpferische Kraft: «Wie ‹deutsch› eigentlich nichts anderes heißt als volkstümlich, so sollte auch ‹poetisch› zugleich mit inbegriffen sein, weil das Volk, sobald es Luft bekommt, sogleich poetisch, d. h. es selbst wird» (1848). Das Volk, das seiner Geschichte bewußt geworden ist, will es sich im Spiel anschaulich machen, sei es in einem eigens für den Anlaß geschaffenen, sei es in der Anverwandlung eines schon bestehenden Werks; die Aufführung des «Tell» im «Grünen Heinrich» zeigt, welche Kräfte der Umschöpfung oder Aneignung im Volk liegen, und Keller spricht in seinen Artikeln über die Schiller-Feiern (1859) mehrmals von der durch keine konfessionelle Grenze gehemmten Beziehung der schweizerischen Nation zum deutschen Dichter. Die Identifizierung der eigenen Geschichte mit dem Drama Schillers geht so weit, daß «das ganze übrige Lebensgebiet des Dichters» vergessen und «selbstherrlich abgeschnitten» wird von dem einen Schauspiel. Es ist bezeichnend für die Intensität, mit der Keller hier die Verbindung zwischen Kunstwerk und Volk spürt und darstellt, wenn Hettner die Schilderung des Münchner Künstlerzuges, den Keller ja nicht aus eigener Anschauung, sondern durch eine ebenfalls literarische Beschreibung kennt, als nicht gelungen empfindet: «Jedenfalls ist der Maskenzug viel zu weitläufig. Er ist eben ein Maskenzug; nichts weiter. Er kann sich weder an innerer Poesie mit der vortrefflichen schweizerischen Darstellung des ‹Wilhelm Tell› messen, noch kann er für den Helden eine andere Bedeutung haben, als daß er das Motiv für seine Verwicklung mit Ferdinand abwirft.» Die «innere Poesie», die Hettner fühlt, ist die Äußerung eines Volkes, das «Luft bekommen» hat. Die «Erhöhung», die der Darsteller des Tell im Spiel an sich selbst erfährt, vertritt die Selbstverklärung des ganzen Volkes; Aufführung und Wirklichkeit durchdringen und steigern sich gegenseitig, das Volk findet sein Bild im Kunstwerk so getreu gestaltet, daß es ohne Mühe jahreszeitliches Brauchtum und uraltes Heischerecht einbeziehen kann und das Spiel in ein eigentliches Frühlingsfest harmonisch ausmündet, das durch den Einbruch des Föhnsturms noch an elementarer Wucht gewinnt [108].

Hier wie in den Schilderungen des Zürcher Sechseläuten-Fests (in einem Brief an Ludmilla Assing), den Beobachtungen von Handwerksbrauch und Handwerkerfest im «Grünen Heinrich» bestätigt sich Kellers Bekenntnis, er habe nie etwa geschaffen ohne Anstoß aus dem «inneren oder äußern Leben». Auch das Satyrspiel der sechs Shakespearschen Narren gleichenden Mönche («Grüner Heinrich») kann dem wirklichen Darstellungstrieb des Volkes abgelauscht sein, ähnlich wie die Rüpelszene im «Martin Salander». Von diesem volkstümlichen Treiben grenzt Keller dann die «Dialektstücke» und «Reimereien» ab, welche «die jungen Gewerbsleute» in Zürich darbieten und die über «eine gewisse Trivial-Realität» nicht hinauskommen, während das Volk selbst «doch immer produktiv und gedankenreich» ist: «Es birgt alle Ideen in seinem Schoße [109].»

Wie in der alemannischen Schweiz das Volksdrama aus dem Festleben herauswächst, so erweist sich in Deutschland und Österreich das Volk als Träger einer Erneuerung der Komödie: was Keller in Berlin an der Volksposse beobachtet, ist ihm auch aus der Heimat vertraut. Der Vorgang ist demnach nicht auf die Schweiz beschränkt und nicht etwa zu erklären mit der besondern «Vereinsfreudigkeit» der Deutschschweizer [110].

Im September 1850 berichtet Keller Hermann Hettner über die Wiener Posse: «Wenn die tragische Schauspielkunst täglich mehr in Verfall gerät, so hat sich dafür in der sogenannten niedern Komik eine Virtuosität ausgebildet, welche man früher nicht kannte. ... Diese Wienerpossen sind sehr bedeutsame und wichtige Vorboten einer neuen Komödie. Ich möchte sie fast den Zuständen des englischen Theaters vor Shakespeare vergleichen. Auch hier sind schon eine Menge traditioneller, sehr guter Witze und Situationen, Motive und Charaktere, und es fehlt nur die Hand, welche den Stoff reinigt und durch geniale Verarbeitung und Anwendung den großen Bühnen aufzwingt.» Die Beziehung zwischen Volk und Bühne zeige sich in den sozialkritischen Couplets; es sei «rührend anzusehen, wie unverkennbar hier Volk und Kunst zusammen, unbewußt, nach einem neuen Inhalte und nach der Befreiung eines allmählich reif werdenden Ideales ringen». Die «Forderungen des schaulustigen Volkes» scheinen erfüllt.

Hettner leuchtet die Vermutung Kellers ein, hier liege ein neuer Anfang, und da er zu dieser Zeit am «Modernen Drama» arbeitet, bittet er den Freund: «Es wäre mir lieb, wenn Sie mir etwas Näheres über die Anfänge einer neuen politischen Komödie sagen, die sich ja offenbar in den Berliner Lokalpossen vorzubereiten beginnt.» Keller antwortet ausführlich. Es fehle nur die glättende Hand «eines dreißig- oder vierzigjährigen Goethe ..., ja selbst nur eines Wieland», um aus dem Ansätzen etwas zu machen: «Denn sowohl die Form als die Art des Witzes und seines Vortrages sind neu und ursprünglich. Und was das Beste und Herrlichste ist: Das Volk, die Zeit haben sich diese Gattung *selbst geschaffen* nach ihrem Bedürfnisse, sie ist kein Produkt literarhistorischer Experimente, wie etwa die gelehrte Aufwärmung des Aristophanes und ähnliches! Gerade deswegen wird vielleicht ihre Bedeutung von den gelehrten Herren ignoriert, bis sie ihnen fertig und gewappnet, wie die junge Pallas, vor den Augen steht.» Überhaupt schreibt er der Lokalposse «mehr aristophanischen Geist als den Gymnasialexerzitien von Platen und Prutz» zu [111].

Zwei Momente zeichnen sie aus: «Die freie Willkür in der Ökonomie und die Allegorisierung politischer und moralischer Begriffe, aber in durchaus unsern Zuständen homogener Weise», nicht wie bei Platen «in blinder Nachahmung». «Dadurch wird der für die politische Komödie durchaus nötige göttliche Unsinn und unbeschränkte Mutwillen wieder hergestellt.» Das zweite Element ist die Einbeziehung der Musik im Couplet. Um die Posse auf die Stufe der Komödie zu heben, bedürfe es nur noch «reinerer Poesie und eines tüchtigen Inhalts»: «Die Weihe der Poesie wird von wahren Dichtern, welche den Willen und das Bedürfnis des Volkes darzustellen imstande sein werden, gebracht werden und sicher nicht ausbleiben, wenn der tüchtige Inhalt durch die *Geschichte* verschafft wird.» Erst die Vorwürfe («große, aber einseitige Staatsmänner», «großartige Dummheiten ganzer Völker, edle Philosophen, die sich in irgendein Paradoxon hineingeritten haben») verleihen der Posse «eine edlere Natur». Ein Blick auf das gesamte dramatische Schaffen der Gegenwart zeigt dann, «daß die Kunst der komischen Darstellung der Dichtung weit vorausgeschritten ist und bereits schon jetzt für eine klassische Komödie beinahe fertig und reif wäre, während in der Tragödie die Darstellung fast ebenso weit hinter den Dichtungen, die wir besitzen, zurückgeblieben ist.»

Die Wirkung der Musik, der Mimik und des Couplets in der Posse, die Keller in seinem Brief an Hettner schildert, ist einer eigentlichen Katharsis vergleichbar: «Ich habe lebhaft mitgefühlt, wie in solchen Momenten» – wo Gesang und Musik und närrische Gebärde zusammenstimmen und einen Höhepunkt erreichen – «das arme Volk und der an sich selbst verzweifelnde Philister Genugtuung findet für angetane Unbill, ja wie solche leichte Lufthiebe tiefer dringen und nachhaltiger zu wirken vermögen als manche Kammerrede.» Diese Wirkung der Komödie beschreibt Gottfried Keller einige Jahre später im Aufsatz «Am Mythenstein» unter einem etwas andern Gesichtspunkt: «Inzwischen ringt und drängt alles nach der Komödie, und alles spielt Komödie, und wenn keine Reinigung der Leidenschaften erzielt wird, so geraten sie wenigstens in Fluß ...[112]»

Die Betrachtung der Posse schließt mit einem Hinweis auf die Mitwirkung der bildenden Kunst und des Gesangs in der neuen Komödie: «Ich führe die Einzelheiten der Darstellung, vorzüglich die Mimik und die Musik, nur deswegen an, damit Sie sehen, wie auch hierin ein wichtiger Lebenskeim für die Zukunft liegt: denn sie bedingen ein einziges Zusammenwirken des Dichters mit den andern Bühnenkünsten und ein Eingehen derselben in die lebendigen Gebräuche. Er wird sich vor unplastischen und unsingbaren Phantasien hüten müssen, während diese lustigen Schnurren ihm neue Ideen und einen kräftigeren Ton angeben werden. Die Natur dieser Komödie bedingt es ferner, daß vieles in Übereinkunft mit dem ganzen Personal der Bühne und nach den momentanen Vorkommnissen und Stimmungen der Öffentlichkeit eingerichtet werden muß, und daraus wird wieder etwas Lebendiges und Wahres entstehen. Denn es ist eine Lüge, was die literarischen Schlafmützen behaupten, daß die Angelegenheiten des Tages keinen poetischen und bleibenden Wert hätten» – das bewiesen trotz ihres zweifelhaften Inhalts die Berliner Stücke von David Kalisch, die der Posse doch eine wenigstens vorläufige Höhe gegeben haben [113].

Die Möglichkeit repräsentativer Selbstdarstellung des Volkes in der Komödie, der zeitgeschichtliche Inhalt, die Tendenz, welche sie mit den satirischen Spielen der mittelalterlichen Literatur der Schweiz gemeinsam hat, sind für Keller ihre wichtigsten Eigenschaften. Ihm selbst gelingt allerdings das Lustspiel, wie es nach 1850 populär wird, nicht; er muß auf die Verwirklichung der erkannten Möglichkeiten verzichten. In Berlin hatte er es auf Anraten der Freunde mit der Komödie versucht, in der Meinung, er finde mit einem Lustspiel eher Zugang zur Bühne. Im Mai 1851 entsteht die Skizze zur Charakterposse «Die Roten», durch Erlebnisse aus den Märztagen 1848 angeregt, geschrieben in der Überzeugung, «daß man nur durch harmlose und *nichtgrüblerische* Arbeit, mit welcher man nicht den Himmel stürmen will, endlich zu etwas Gesundem und Glücklichem gelangt». Ein zweites Lustspiel, «Jedem das Seine», nach Stoff und Plan «ganz einfach und harmlos», wird bis 1854 öfter hervorgeholt; die Bearbeitung von Gotthelfs Erzählungen «Wie Joggeli eine Frau gewinnt» und «Michels Brautschau» läßt der Dichter fallen, weil andere die kraftvollen und ursprünglichen Stoffe verwässert haben [114]. Daß man damals in der literarischen Öffentlichkeit Berlins glaubt, Keller habe eine Komödie fertiggestellt, geht aus einer Notiz von Robert Prutz im «Deutschen Museum» (1. April 1854) hervor, und daß es ein Lieblingsprojekt Kellers ist, doch noch einmal ein Lustspiel zu schreiben, bezeugen viele Briefe. Im April 1874 muß er einen Besuch bei Adolf Exner absagen, fügt aber bei: «Auf das Gartenzimmer abonniere ich nichtsdestoweniger für ein anderes Jahr; ich habe die Idee, daß ich dort einmal während vierzehn Tagen plötzlich eine Komödie schreiben würde; hier komm' ich doch nicht dazu.» An Emil Kuh schreibt er zur gleichen Zeit, er hoffe, «noch an dramatische alte Träume zu geraten», und im Januar 1875 berichtet er Hettner von seinen «dramatischen Velleitäten». Im Herbst 1877 heißt es, wiederum in einem Brief an Exner: «An meine Lustspiele u. dgl. hoffe ich nächstes Jahr endlich zu gelangen; die ganz andere Arbeitsweise wird mir vielleicht ein neues und rascheres Leben bringen. Wenn Ihnen die mitgeteilten Sujets noch im Gedächtnisse sind, so verwahren Sie mir dieselben, damit sie nicht den Fliegenschnäppern in die Hände geraten.» Sieben Jahre später versichert er, daß er «die Dramaturgie nicht aufgegeben habe, vielmehr dies Jahr noch frisch an die Sache zu gehen d. h. fortzusetzen gedenke. Ich mag aber nicht mehrere Trommeln zugleich schlagen [115].»

Eine andere Möglichkeit, die alten Lustspielpläne doch noch zu verwirklichen, erwähnt Keller in einem Brief an Theodor Storm, in dessen Novelle «Der Vetter Christian» er, anders als in den «nordisch-melancholischen Sachen», «ein vortreffliches häusliches Lustspiel von der feinsten Sorte» entdeckt: «Man dürfte nur ans Szenarium gehen!» Keller will auch die alten «vermeintlich dramatischen Versuche» zu Erzählungen umarbeiten. Einzelne skurrile Gestalten in den Novellen, die Storm und Heyse bedenklich finden, führt er auf eine «ungeschriebene Komödie» zurück, «deren derbe Szenen *ad hoc* sich gebären». «Ich glaube», schreibt er, «wenn ich einmal das Monstrum von Komödie wirklich hervorgebracht hätte, so wäre ich von dem Übel befreit.» Auch in einem Brief an Rodenberg erinnert er sich wehmütig-heiter an seine Lustspielpläne; aus dieser Zeit stammen die nur als Anekdoten notierten Fabeln zu einem «Prozeßliebhaber» und zu «Der Graf von Gleichen [116]».

Kellers Lustspiel-Fragmente und die «Tell»-Aufführung im Roman wurzeln im Volksleben und halten sich an die objektive historische Wahrheit, wie sie auch Schillers «Tell» bewahrt [117]. Im «Tell»-Spiel schließt sich das Volk an eine schon gestaltete Dichtung an, in die es nach Gefallen Einschübe, Ausweitungen, Abweichungen einbaut; es nimmt die Kunstdichtung auf, weil darin mit genügender Anschaulichkeit die eigene Geschichte gestaltet ist. Sollen auch andere historische Ereignisse durch Schauhandlungen gefeiert werden, so muß der Dichter, der sie erschafft, die Bedürfnisse und darstellerischen Traditionen des Volkes berücksichtigen. Keller umschreibt sein Dichten einmal als «eine unmittelbar auf unser Volk gerichtete Tätigkeit», als Wille, «volkstümlich zu schaffen, ohne die Gesetze des Schönen und der echten Poesie zu verlassen in Betreibung einer bloßen Didaktik und Utilität in gebundener oder ungebundener Rede [118]». Es ist naheliegend, bei der Verwirklichung eines solchen Programms auf die Volksüberlieferung zurückzugreifen und auch die vorhandenen mimischen und musikalischen Elemente einzubeziehen, so daß schließlich Dichter und Volk gemeinsam Gehalt, Gestalt und Sinn des Dramas bestimmen.

Als Gottfried Keller über die   Berliner Posse schreibt, im Roman die volkstümliche «Tell»-Inszenierung schildert, ist es die Stunde Richard Wagners. Wagner gelangt von einer andern Seite zu dem dichterischen Kunstwerk, das die Musik und die übrigen Künste einbezieht, doch nicht auf einem Wege, der demjenigen Kellers entgegengesetzt wäre, wie seine soziologische Begründung dieses Gesamtkunstwerks zeigt: «Es gibt für den Menschen nur ein Höheres als er Selbst: die Menschen.» Diese Erkenntnis gewinnt Wagner aus dem Studium Feuerbachs (und sie wird schon deshalb Keller angesprochen haben); auf das künstlerische Schaffen angewendet bedeutet sie: höher als die einzelne Kunstdisziplin steht ein Zusammenspiel aller Künste, das Gesamtkunstwerk [119]. – Keller befaßt sich schon in Heidelberg mit den Programmschriften Wagners; der Komponist kommt allerdings erst 1849 nach Zürich, als der Dichter sich bereits in Deutschland aufhält. Über Wagners Arbeit in der Vaterstadt berichtet ihm aber Wilhelm Baumgartner im März 1851: «Von einer neuen Bekanntschaft wüßte ich Dir sehr viel zu schreiben ... nämlich von unserm Freunde: Richard Wagner, der mit dem ganzen Feuer seines Geistes und seiner Energie auf mich zündend einwirkt, ähnlich wie Feuerbach auf Dich, natürlich überwiegend in musikalischer Beziehung. Er ist durch und durch genialer Natur und in seiner Kunstanschauung durch und durch Revolutionär.» Baumgartner verweist ihn auf Wagners Schriften «Kunst und Revolution» (1849) und «Das Kunstwerk der Zukunft» (1850), «worunter er das Drama in Verbindung und Mitwirkung aller Künste verstanden wissen will». Keller selbst kennt damals Wagners «Ein Theater in Zürich» (1851), auf das er im Aufsatz «Am Mythenstein» zurückkommt. Die Tätigkeit des Komponisten in Zürich läßt ihn hoffen, er werde dort «ein Feld zur Wirksamkeit in vaterländischer Luft finden». Kritischer distanziert er sich von Wagners «letzten Ideen über die Kunst der Zukunft»: «Es versteht sich allerdings, daß alle Künste, dereinst noch in größerer Harmonie als jetzt, im Drama aufgehen werden und gewiß auch die Masse, das Volk selbst sich beteiligen und selbst verklären wird durch die Kunst; allein daneben wird immer das entschiedene Bedürfnis individueller Virtuosität im *Einzelnen* bestehen bleiben ...»

In Zürich kommt es bald zur persönlichen Bekanntschaft zwischen Keller und Wagner, nachdem der Dichter noch kurz vor der Abreise aus Berlin berichtet: «... es tut mir nur leid, daß ich gerade nun der Aufführung des ‹Tannhäuser› aus dem Wege laufe, auf welche ganz Berlin gespannt ist.» In der ersten Zeit begeistert sich Keller vor allem für die Nibelungen-Dichtung, über die er Hettner schreibt: «Ich gehe jetzt oft mit Richard Wagner um, welcher jedenfalls ein hochbegabter Mensch ist und sehr liebenswürdig. Auch ist er sicher ein Poet, denn seine Nibelungentrilogie enthält einen Schatz ursprünglicher nationaler Poesie im Text»; im April 1856 heißt es: «Sie werden finden, daß eine gewaltige Poesie, urdeutsch, aber von antik-tragischem Geiste geläutert, darin weht.» (Vgl. über das Nibelungenlied S. 545.)

Dann scheint sich das Verhältnis zu wandeln: «Er fühlte sich von Richard Wagner abgestoßen, weil dieser, ein großer und berühmter Herr geworden, der materiellen Hilfe seiner Zürcher Freunde sich nicht mehr erinnerte» (Frey); doch Wagners Dramen-Konzeption beeindruckt ihn nach wie vor, da er 1884 zu Widmann bemerkt: «Daß Sie den Shakespearschen ‹Sturm› als

Oper bearbeiten, ist sehr erfreulich und wird, sofern der ... Komponist sich bewährt, gewiß ein glückliches Ereignis herbeiführen. Sie erwerben sich auch ein Verdienst in einer Zeit, wo Richard Wagner es fast allen Komponisten unmöglich macht, zu schaffen, ohne Selbstdichter oder Pfuscher zu sein.» Zeichen einer Entfremdung ist es vielleicht, daß Keller ablehnt, einen Beitrag für das «Gedenkblatt an Richard Wagner» zu verfassen: «Nachdem ich mich schon ein paar Male mit schief geratenen Stilübungen solcher Art bloßgestellt hatte, wollte ich auf Ferneres verzichten und sehe mich nun genötigt, es definitiv zu tun, da gerade der vorliegende Fall mir zu wichtig und feierlich ist, um mich von dem Vorsatze abgehen zu lassen.» Freilich führt ihn seine spätere Abneigung nicht so weit wie Geibel, der sich eine böse Trias» konstruiert, die einen unheilvollen Einfluß auf das Zeitalter ausübe: Brachvogels Drama «Narziß», Gutzkow und Richard Wagner, oder Jacob Burckhardt, der in den Briefen öfter über Wagner schimpft, allerdings mehr hinsichtlich der Musik; zu «dem gräßlichen Vorspiel der Meistersänger, welches sich teilweise anhörte wie Katzengeheul», bemerkt Burckhardt 1883: «Der Maestro defunto hatte enorm viel orchestrales Wissen, auch verrät er (unwillkürlich, versteht sich) tiefe Kunde von Weber, Beethoven und hier namentlich von des geschmähten Mendelssohns Marsch aus dem Sommernachtstraum; was er aber gar nicht verrät, ist irgendein Funke von eigenem Schönheitssinn»; und dem Freund Preen berichtet er schon 1872: «Einstweilen hat Richard Wagner den Vordergrund der Szene völlig inne. Ein Narr, wozu man ihn hat avancieren wollen, ist er nicht, sondern ein rücksichtsloser und kühner Mensch, der den Augenblick meisterlich am Schopfe faßt. Die sind Narren, welche er mit Füßten getreten und damit zur rückhaltlosen Huldigung bewogen hat [120].»

Zur gleichen Zeit wie Keller befaßt sich Hettner mit dem Zukunftsdrama Wagners. Schon 1850 veröffentlicht er eine Studie unter dem Titel «Das Kunstwerk der Zukunft», worin er zwar Wagner weitgehend zustimmt, aber fordert, daß die bildenden Künste nicht lediglich zu Dekorationszwecken beigezogen werden; eingehend spricht er auf den letzten Seiten des «Modernen Dramas», die von der «musikalischen Komödie» und dem «musikalischen Drama» handeln, über Wagners Projekte. Man werde, meint er, Wagners Behauptung, «das rezitierende Drama sowohl wie alle übrigen Künste, Baukunst, Malerei, Plastik, würden dereinst aufhören, als selbständige Künste zu gelten, und sich schließlich ganz und gar in ein einziges, großes, gemeinsames Kunstwerk auflösen», kaum ohne Vorbehalte annehmen. Sicher jedoch sei die Oper oder «das musikalische Drama» Hauptziel des zukünftigen dramatischen Schaffens. Das erweise sich in der Komödie, die «je mehr sie ... Darstellung und Genuß eines schönen und heiteren Menschentums, d. h. je mehr sie freier Humor wird», desto weniger das musikalische Element entbehren kann. Ob anderseits auch die Tragödie, wie Wagner vorsieht, «nach und nach ein rein ... musikalisches Drama werde», darauf geben die um 1850 fast leeren Theater, die überfüllten Opernhäuser und überhaupt die Entwicklung der heroischen Oper während des letzten Jahrzehnts Antwort (Hettner nennt als Beispiele Rossinis «Tell», Aubers «Die Stumme von Portici», Meyerbeers Opern und Wagners «Lohengrin» und «Tannhäuser»). Wagner, der mit «Tannhäuser» und «Lohengrin» «ein musikalisches Drama im größten Stil» vollbringen will, ist für Hettner ein Nachfolger Glucks, der in der Widmungschrift zu «Alceste» die Musik mehr als Ergänzung, freilich auch als Steigerung des Wortes auffaßt. Nur so, glaubt Hettner, dürfe «von einem wirklichen musikalischen Drama, von einer eigentlichen Tragödie die Rede sein», sei der allmählich sich abzeichnende Übergang von Partien zu Rollen gerechtfertigt, sei Wagner «eine sehr bedeutende, wenn nicht eine epochemachende Erscheinung». Aber Wagners Oper kann nie ganz an die Stelle des rezitierenden Dramas treten: «In dieser ausschweifenden Unbegrenztheit genommen ist die Ansicht Wagners ein entschiedener Irrtum.» «Die symbolische Allgemeinheit der Musik» vermöge nicht, die individuelle Charakterentwicklung oder die naturalistische «Umrahmung» wiederzugeben, das Rezitativ sei nicht so verständlich wie «das Sprechen als solches»: «Wagner befindet sich in einem innern Widerspruche. Mit Recht dringt er mit allem Eifer darauf, daß alle Kunst volkstümlich sein solle. Seine musikalischen Dramen aber sind es nicht. Man kann den Tannhäuser sowohl wie den Lohengrin gar nicht verstehen, ohne vorher recht gründlich die Textbücher studiert zu haben.» Hettner kommt zum Schluß: «So lange es also eine Tragödie gibt, wird die Tragödie auch immer nur rezitierendes Drama bleiben. Wagners Traum von diesem rein musikalischen Drama der Zukunft ist ein kühner Traum, aber ein falscher.» Dennoch hält Hettner eine Vereinigung von Musik und Tragödie in bestimmten Grenzen für nötig. Da das Drama «immer eine Spiegelung des treibenden geschichtlichen Lebens» ist, demzufolge auch Volksmassen auf die Bühne gebracht werden müssen, aber «die Poesie solche Massen nicht darstellen» kann und die Praxis der Shakespeare-Bühne, einzelne Personen den Volkshaufen markieren zu lassen, wegen «der naturalistischen Darstellung des heutigen Bühnenwesens unmöglich geworden ist», könnte die Musik dafür eintreten. In Meyerbeers «Hugenotten», im Aufstand in der «Stummen von Portici» usf. habe man Beispiele für die gewaltige Bühnenwirkung der Musik bei Massenszenen. «So entschieden ich daher auch bestreite», schließt Hettner, «daß die Tragödie je ganz und gar in die heroische Oper aufgehen könne, so dünkt es mir doch anderseits nicht unwahrscheinlich, daß sich in der Zukunft einmal eine neue Gestalt der Tragödie herausstellt, in der die Situationen- und Charakterentwicklung des rezitierenden Dramas hie und da in einzelnen Massenwirkungen die Musik melodramatisch zu Hilfe ruft. Darauf weist in gleicher Weise die Geschichte der Oper wie der Tragödie. Und ich müßte mich sehr irren, wenn hier nicht sehr fruchtbringende Keime einer neuen Dramatik liegen [121].»

Hettner übernimmt Wagners Theorie des Gesamtkunstwerks also mit Einschränkungen und läßt eine Synthese von Wort und Musik nur in den großen Volksszenen zu. Auch Kellers «Mythenstein»-Vision ist eine Abwandlung von Wagners Ansichten, die als Ausdruck ganz persönlichen Kunstempfindens in der Ausführung ja nicht vom Komponisten und seiner Regie zu trennen sind. Keller verlegt Wagners Gesamtkunstwerk in die schweizerische Festspieltradition und geht noch einen Schritt weiter (ohne jedoch das weiterbestehende «entschiedene Bedürfnis individueller Virtuosität im Einzelnen» anzutasten); es bedeutet für Keller schon 1851 eine reale dramatische Möglichkeit, daß «auch die Masse, das Volk selbst, sich beteiligen und selbst verklären wird durch die Kunst». Dies braucht nicht im Widerspruch zu stehen mit seiner Ansicht, es komme im Theater darauf an, «daß man komisch oder tragisch erschüttert werde», der Zuschauer zu diesem Zweck den Gang der Handlung überblicken könne, das Volk in die Lage versetzt sei, die Entwicklung im Stück vorzuvollziehen. Denn auch wenn es selbst in der Handlung steht, mitbeteiligt ist, kann es das Bewußtsein des Verlaufs haben, vor allem weil es sich ja meist um historische Stoffe handelt, die bis in Einzelzüge bekannt sind [122].

Das Theater mit dem Volk und für das Volk, wie Keller es sich vorstellt, ist im Briefwechsel mit Hettner über das historische Drama, in seiner Darstellung der «Tell»-Aufführung, in der Auseinandersetzung mit Wagners Schriften und in der Anschauung der schweizerischen Volksspiele, des eidgenössischen Festlebens, das sich z. T. bereits einer allegorischen Schauhandlung nähert, schon lange überdacht, als Keller es aus Anlaß des Festaktes am Mythenstein in einem Aufsatz zusammenfassend erörtert. Auch diese Abhandlung, wie die Niklaus-Manuel-Rezension, ist gleichzeitig ein Dokument für Kellers Opposition gegen das Drängen Eckardts nach einer schweizerischen Nationalbühne und -literatur (vgl. S. 505–508). In seiner Zeitschrift «Die Schweiz» hatte Eckardt 1858 den Plan eines Nationaltheaters veröffentlicht, der davon ausging, daß der Schweizer seine Geschichte dramatisiert haben wolle, und der eine von welthistorischem Geist getragene Tragödie, Lustspiele politischen Inhalts (nach dem Muster Aristophanes') sowie eigentliche Volksschauspiele (z. T. nach Motiven aus Gotthelfs Werken) vorsah. Ein «Programm» des «Literarischen Vereins» in Bern nahm einzelne Punkte aus Eckardts Entwurf auf, die später bei Keller wiederkehren: etwa der Hinweis auf die politischen Verhältnisse, die der Gründung einer schweizerischen Nationalbühne günstig seien, und der Vorschlag, das Nationaltheater solle an Volksfesten und Feiertagen seine Bretter aufschlagen. Im Aufsatz «Am Mythenstein» äußert sich Kellers Kritik der Bemühungen Eckardts nur noch als milder Spott; ihm ist jetzt mehr daran gelegen, ein Gegenbild zu errichten, daß größere Überzeugungskraft besitzt als jene Vorschläge. Heute, im Rückblick auf das reiche Festspielleben der Schweiz, lassen sich die Probleme, die die Gründung eines Nationaltheaters aufwirft, besser beurteilen. Und schon zehn Jahre nach den Mythenstein-Feiern wäre wahrscheinlich Kellers «Hymnus auf die Nationalbühne», in der damals projektierten Umarbeitung des Aufsatzes, «auf einen etwas tieferen Ton herabgestimmt worden (Zollinger) [123]».

Nun zeigt sich Gottfried Keller freilich im Aufsatz «Am Mythenstein» nicht nur begeistert oder kritiklos, sondern setzt den eigenen Ansichten Vorbehalte und Einschränkungen entgegen. Aber das Erlebnis der Schiller-Feier wirkt doch spürbar nach und nimmt manchem Einwand sein Gewicht. Die Festakte an jenem 11. November 1859 auf dem Rütli bestimmen weitgehend seine Vorstellungen, und schon der Landschaftseindruck auf der Fahrt von Luzern nach Schwyz wird mit Begriffen aus der Welt des Theaters beschrieben («Theatervorhang», «Telldekorationen»); er fühlt und versucht sich nacheinander als Maler, Zeichner und Dichter, um ihn festzuhalten. Auch die im Aufsatz geschilderte stufenweise Steigerung vom Chorgesang zum Drama hat ihren Ursprung im erlebten Wechselgesang der Chöre von Uri, Schwyz und Unterwalden auf der Festwiese. Ähnlich ermöglicht die Rhetorik der Redner, die sich in den Landsgemeindekantonen lebhafter geben als in den «repräsentativen» Ständen, wo ein «farbloser und nüchterner Ton» herrscht, eine Anknüpfung des Hauptthemas: «... das Volk will zuletzt immer wieder lebendige Farben sehen», nicht «einen kurz geschnittenen Philisterwitz» vernehmen. Auf der Rückreise über den See, an derselben Stelle, wo sich zuvor die Landschaft zum Theaterraum geöffnet hat, wird die Idee eines Volksdramas wieder aufgenommen. Zunächst als «ein friedliches Träumen von Kunst und künstlerischen Dingen», dessen Erfüllung noch in «einer fernen Zukunft» liegt. Die Verwandlung des Feieraktes in dramatische Auftritte erklärt sich Keller aus dem eingeborenen «Bedürfnis nach Schauhandlung», das erst dann gestillt ist, wenn ihm «ein fertiges, reines nationales Spiel» vorgeführt wird. Aber die Entwicklung dahin braucht viel Zeit, das Streben «nach einem erhöhten Spiegelbild der Existenz, nach poetischer Gerechtigkeit» ruft vorläufig eher ein Schauspiel um das Schauspiel hervor, «ein unendliches Gewimmel von Üppigkeit und Hunger, Hoffen und Fürchten, Unverschämtheit und Sklaverei und von jeglichem Schmarotzertum», ein Vorspiel auf dem Theater, das andauert, bis einmal «der gewaltige Vorhang einer neuen Nationalbühne» in die Höhe geht [124].

Wie schon in den Briefen an Hettner bezeichnet Keller als die beiden Bedingungen des Nationalspiels einen «öffentlichen Zustand, [der] durch politischen Fleiß und Glück gelungen ist» und den Wunsch nach einer Wiederholung dieses Werdens und Reifens im Drama weckt: «große und echte Nationalfeste» müssen die Grundlage der Schauspiele sein, weil sie das Volk anziehen, es sammeln im «ausschließlichen Gedanken des Vaterlandes». In der Schweiz sind beide Bedingungen eng miteinander verbunden: sie hat seit 1848 «ihren Schwerpunkt wieder in sich selbst», einen Zustand der Ausgeglichenheit und Ruhe gefunden; der Bürger kann sich auf das überlieferte Festleben besinnen, «die Lust zu Aufzügen und öffentlichen Spielen ist überall aufs neue erwacht», wie auch in Deutschland die Schiller-Feiern, die Sängerfeste und die Maifeste der Künstler einer Entwicklung in gleicher Richtung den Boden bereitet haben.

Ein Drittes kommt hinzu: Es ist nicht damit getan, eine künstliche «Nationalbühne» zu schaffen aufgrund paragraphierter Forderungen eines literarisch-dramatischen Vereins, einer musischen Gesellschaft, wie sie Eckardt und dem von ihm inspirierten Berner Zirkel vorschwebt. Keller vertritt auch jetzt den Gedanken des organischen, zeitgebundenen Wachstums einer solchen Bühne, die sich nicht «die alten Städtetheater» zum Vorbild nehmen darf, sondern auf neuen «Voraussetzungen und moralischen Grundlagen» beruhen soll. Das herkömmliche Theater hat einen ungünstigen Einfluß auf die entstehende Volksdramaturgie; nur «ausrangierte Kleider, eine grundverfälschte Deklamation und sonstige schlechte Sitten» könnten von ihm übernommen werden [125]. Überhaupt weist das Bild der zeitgenössischen Theaterkultur, wie Keller sie 1860 in seinem Aufsatz zeichnet, um die Notwendigkeit einer Erneuerung zu begründen, viele dunkle Töne auf; er spricht von der «Unberufenheit, welche sich allerwärts beweglich macht, die paar Bretter erstürmt und das Zerrbild des Lebens noch einmal verzerrt, so daß es aus lauter Dummheit manchmal fast wieder zurecht gezogen wird; aber freilich nur fast, und dieses Fast ist ein Abgrund». Das Publikum will sich nicht mehr auf die großen festlichen Anlässe beschränken, sondern sucht im Schauspiel nur noch Unterhaltung, nicht feierliche Erhebung. Noch zwanzig Jahre später schreibt er: «Wozu braucht eigentlich alle Tage Theater zu sein? Es will mich zuweilen bedünken, daß diejenigen, die es alle Tage brauchen, am wenigsten die rechte Religion dafür haben.» (Vgl. auch S. 137 f.)

Das neue Drama muß sich auszeichnen durch «Feierlichkeit, Mäßigkeit, Selbstbeschränkung und Unterordnung unter die allgemeinen Zwecke». Als wichtige Voraussetzung nennt Keller «eine einfache große Nationalästhetik» anstelle «einer von Kindern geführten Kritik». Daß das Volk die Werke, die vor ihm gespielt werden sollen, selbst beurteilen kann, ist eine Ansicht, die er wiederholt ausspricht: «Schlagt die Bretter einmal vor einer Versammlung von zehntausend ernsthaften Männern auf, gleichmäßig aus allen Ständen gemischt und von allen Gauen des Landes herbeigekommen; ihr werdet mit eurer Dramaturgie bald zu Ende sein und von vorn anfangen müssen.» Ein vorbereitendes dramatisches Experiment erblickt er im Versuch eines allegorischen Schwankes mit Elementen und Motiven aus dem Festleben des Volkes, der am eidgenössischen Schützenfest in Zürich 1859 hätte aufgeführt werden sollen. Der italienische Krieg verhindert die Aufführung, aber die kleine Szene im «Martin Salander» greift den Einfall auf; verwirklicht und gespielt wird er erst 1886 bei der Sempacher Schlachtfeier.

Die weitere Entwicklung stellt Keller sich so vor, daß, was zunächst als Zugabe zum Fest erscheint, mit der Zeit «zu einem wesentlichen Moment des Festes» wird, zu einer Komödie oder einem Schauspiel anwächst, die allein der «Volkslaune» entspringen und nicht beeinflußt sind von gelehrter Dramaturgie und Kritik. In den Briefen an Hettner hofft Keller auf eine Erneuerung der hohen Komödie aus der Volksposse, hier baut er auf die «neue und ursprüngliche Phantasie, welche in den Volksmassen nie ausstirbt» und «neue dramatische Möglichkeiten» in sich birgt [126].

Von vornherein «auf die schönen Künste gerichtet» und deshalb «das geeignetere Feld» für die Grundlegung des Nationaldramas sind die Gesangsfeste. Vor allem die Gesamtaufführung eines Liedes durch alle teilnehmenden Chöre kann zum Ansatzpunkt für «ein weltliches Oratorium» werden. Die große Zahl von Sängern verunmöglicht es, das eigentlich lyrische Lied im Gesamtvortrag beizubehalten, «denn es hat schon jetzt etwas Komisches, mehrere tausend Männer unter fliegenden Fahnen amphitheatralisch aufgestellt zu sehen, um ein Liebesliedchen, eine Abendglocke oder die Empfindungen eines wandernden Müllerburschen vorzutragen». «Das Lyrische», verlangt Keller, «trete vor dem Epischen und Oratorischen zurück»; nicht die Gefühle des einzelnen sollen besungen werden, sondern im Zusammenklingen von Wort und Musik, Lied und Rede sollen «große geschichtliche Erinnerungen, die Summe sittlicher Erfahrung oder die gemeinsame Lebenshoffnung eines Volkes, Momente tragischer Selbsterkenntnis» vorgetragen werden. Dadurch wäre ein weltliches nationales Oratorium erreicht und das Verlangen des Volkes nach Produktivität, nach einem adäquaten, selbstbedingten und selbstausgebildeten «Gesangsgegenstand» befriedigt. Dieses Oratorium stellt dem Dichter und dem Komponisten, die es gemeinsam schaffen, besondere Aufgaben. Der Dichter müßte eine «rein und rhythmisch klingende Sprache» besitzen, die sein Gedicht auch ohne Musik lesbar machte, und müßte verzichten auf die für die Zwecke des Komponisten «zugestutzte kindliche Reimerei». Keller führt als schlechtes Beispiel Richard Wagner an, der sich wohl für seine künstlerischen Absichten eine eigene Poesie geformt hat, aber nicht «aus der Schrulle der zerhackten Verschen» herauskommt; «seine Sprache, so poetisch und großartig sein Griff in die deutsche Vorwelt und seine Intentionen sind, ist in ihrem archaistischen Getändel nicht geeignet, das Bewußtsein der Gegenwart oder gar der Zukunft zu umkleiden, sondern sie gehört der Vergangenheit an.» Die Sprache des Dichters muß verständlich und ungekünstelt sein, um dem Zuschauer und Hörer den Gehalt nicht unglaubwürdig zu machen [127].

Aus dem gemeinsamen Gesang lösen sich nun einzelne Chöre, die in einer Art Dialog einander antworten; Frauenchöre und Orchester kommen hinzu; die Farbe tritt ins Bild ein, Bewegung breitet sich aus, indem die Scharen der Sänger in historischen oder Landestrachten auftreten, «in symmetrischen, einander begegnenden und wiederkehrenden Zügen» über den Festplatz schreiten wie große Turnermassen oder Heere, die im Gleichtakt dieselben Übungen ausführen.

Kellers Schilderung steigert sich zur Vision: «Das große Festlied erhebt sich eben zum Ausdruck der reinsten Leidenschaft und Begeisterung. Sie reißt den Körper der auswendig singenden Tausende von Männern, Jünglingen und Jungfrauen mit, eine leise rhythmische Bewegung wallt wie mit Zauberschlag über die Menge, es hebt sich vier- bis fünftausendfach die rechte Hand in sanfter Wendung, es wiegt sich das Haupt, bis ein höherer Sturm aufrauscht und beim Jubilieren der Geigen, dem Schmettern der Hörner, dem Schallen der Posaunen, unter Paukenwirbeln und vor allem mit dem höchsten Ausdrucke des eigenen Gesanges die Masse nicht in Tanzen und Springen, wohl aber in eine gehaltene maßvolle Bewegung übergeht, einen Schritt vor- und rückwärts oder seitwärts tretend, sich links und rechts die Hände reichend oder rhythmisch auf und nieder wandelnd, ein Zug dicht am andern vorüber in kunstvoller Verwirrung, die sich unversehens wieder in Ordnung auflöst.»

Endlich bezieht der Dichter auch die Baukunst ein: In einer anmutigen Gegend wäre ein würdiger Rahmen, eine Festhalle zu errichten, so daß wiederum Bau und Natur und die «festlichen Aufzüge» sich harmonisch und schön ineinanderfügten [128]. Alle diese Elemente schließen sich zu einem Gesamtbild zusammen: «Wären die Farbenreihen der Gewänder nach bestimmten Gesetzen berechnet, so gäbe es Augenblicke, wo Ton, Licht und Bewegung, als Begleiter des erregtesten Wortes, eine Macht über das Gemüt übten, die alle Blasiertheit überwinden und die verlorene Naivetät zurückführen würde, welche für das notwendige Pathos und zu der Mühe des Lernens und Übens unentbehrlich wäre; denn ohne innere und äußere Achtung gedeiht nichts Klassisches.»

Damit sich nicht ein pausenloses Festspielleben einbürgert, sollen die Schauspiele an eine zeitliche Ordnung gebunden und im Abstand von fünf Jahren dargeboten werden: «... so könnte das Land dabei bestehen und das Ding aushalten.» Die gemeinsame Arbeit, die Vorbereitung in der Zwischenzeit hätte noch das Ergebnis, daß die verschiedenen Bevölkerungsschichten sich näherkommen würden, das Volk sich politisch enger zusammenschlösse, verbunden nicht nur durch die gemeinsame Geschichte, sondern auch durch die gemeinsame Darstellung dieser Geschichte im Gesamtkunstwerk: «... das gemeinsame Element der Bildung umfaßte die Blüte der Nation vom anständigen Arbeiter und Bauernsohn bis zum Staatsmann und Kaufherrn, vom taktfesten Dorfschulmeister bis zum gelehrten Kapellmeister der Hauptstadt.»

Aufbau und Bestehen der Nationalbühne werden von beschränkter Dauer sein, da sie nur einen Schritt in der Entwicklung des Theaters bedeuten, eine Möglichkeit, die verwirklicht wird und für eine gewisse Zeit in Blüte steht, dann zerfällt und einem neuen Drama Platz macht. Sie ist die Vorstufe einer Tragödie, die wieder den Einzelschauspieler auftreten läßt. Keller schildert diese Entwicklung oder Rückentwicklung auf höherer Stufe und «auf dem gewaltigen Umweg» als einen organischen Prozeß: «Aus diesem Stadium der

Feste, der Blüte der Volksherrlichkeit, würde sich endlich die persönliche Meisterschaft des einzelnen, sozusagen, aristokratisch ausscheiden; die Menge, gesangesmüde, würde sich in passiv Genießende verwandeln, und nun erst, auf abwärtsgehender Linie, würde sich das Festgedicht in eine eigentliche Handlung verdichten, die Soli und Halbchöre zu rezitierenden Personen werden (zwar immer noch Leute mit mächtigen, klangvollen Stimmen), und auf dem gewaltigen Umwege wäre die Tragödie wieder da als etwas Neues und Verjüngtes, bis auch diese immer noch tüchtige Zeit vorbei wäre und der Kleinmalerei und dem täglichen Vergnügen das Feld räumte.»

Der Schluß des Aufsatzes wendet sich noch einmal gegen den Versuch Eckardts, diese Nationalbühne gewaltsam zu errichten: «... ein sittlicher Halt gebietet, nicht voreilig und eigenmächtig erzwingen zu wollen, was aus dem Ganzen und Großen hervorgehen und *werden* soll.» Nicht von außen läßt sich die Entwicklung einleiten, nicht von einzelnen bewältigen, sondern das Volk muß aus sich selbst heraus sein Theater entstehen lassen: «... vielmehr wird es darauf hinauslaufen, daß es der gelungene Ausdruck des Innerlichen, Zuständlichen und Notwendigen ist, das jeweilig in einer Zeit und in einem Volke steckt, etwas sehr Nahes, Bekanntes und Verwandtes, etwas sehr Einfaches, fast wie das Ei des Kolumbus [129].»

Aus dieser Dramaturgie einer schweizerischen Nationalbühne erklärt sich zum Teil auch Kellers Kritik an Bühnenwerken seiner Zeit, etwa das schon genannte Urteil über Gutzkows «Philipp und Perez» (siehe S. 148) oder über Arnold Ott, der doch am Ende des 19. Jahrhunderts einem nationalen schweizerischen Schauspiel nahe zu kommen scheint. In diesem Zusammenhang zu sehen ist schließlich seine Bemerkung zum zweiten Teil von Goethes «Faust», mit dem es der Dichter «der Nation einmal nicht zu Danke getroffen, die mächtige Aufgabe, die er selbst gestellt, nicht im Sinne des Allgemeinen gelöst» habe, wie das Schiller als seinen Auftrag betrachtet hätte. Goethe «war es nicht um eine Volksdichtung zu tun ..., das Human-Politische, Oppositionelle, Weltbauende, welches im zweiten Teile vorkommt, kann wegen der spielenden romantischen Form für den nationalen Gebrauch nicht als vorhanden gelten». Fr. Th. Vischers «Faust-II»-Bearbeitung kommt für Kellers Empfinden dem Volksgeschmack wahrscheinlich näher: «Nicht in Allegorien, Masken und Geheimnissen, sondern in reell naivem Handeln und Geschehen verläuft Vischers Entwurf», schreibt Keller in seiner nicht lange nach dem «Mythenstein»-Aufsatz entstandenen Rezension; Vischer habe gezeigt, daß «das Historische ... nicht direkt, diplomatisch, sondern poetisch verallgemeinert und doch erkennbar und konkret zu behandeln sei» – ein weiterer Hinweis auf die Dramaturgie des Volksstücks, das ja den historischen Stoff bearbeiten muß [130].

Ob die zahlreichen Festspiele, die seit dem Ende des 19. Jahrhunderts in der Schweiz entstanden und aufgeführt worden sind, Kellers Vorstellung entsprechen, ist eine letzte Frage. Vom Dramaturgischen und vom hohen

Stand der handwerklich-technischen Möglichkeiten in einzelnen Kunstdisziplinen her, die nach Kellers Plan zum Gesamtkunstwerk zusam-
mentreten, möchte man sie bejahen – obschon die Festspiele unseres
Jahrhunderts von mehr lokaler Bedeutung sind, vergleichsweise selten
die gemeineidgenössische Geschichte betreffen. Ob aber das Bedürfnis,
sich der eigenen Vergangenheit zu versichern, das Gefühl der Freude
über den politischen Erfolg, das als Bewußtsein des Gelingens in den
fünfziger Jahren des letzten Jahrhunderts sicher lebendig war und seine Ab-
bildung verlangte, heute noch rege ist, ein Festspiel also mehr als bloße Konvention und Tradition wäre, bleibt zweifelhaft.

Gottfried Kellers Urteile über Paul Heyses Bühnenschaffen *

Daß Gottfried Keller sich selbst am Drama versucht hat, davon weiß Paul
Heyse bis nach dem Tod des Freundes nichts; aber aus den Briefen kann er
erfahren, daß der Zürcher Dichter ein gewiegter Kritiker auch des Dramas
ist, selbst wenn er seine Äußerungen gerade Heyse gegenüber immer wieder
mit der eigenen dramaturgischen Unerfahrenheit entschuldigt. In einem
Brief über Heyses Lustspiel «Die Weiber von Schorndorff» schreibt er beispielsweise: «Da ich aber auf der Bühne nicht zu Hause bin, so mag diese Bemerkung nichtig sein»; nach der Lektüre des «Alkibiades» meint er bescheiden: «... noch bin ich ... nicht imstande, die 1½ technisch-dramaturgischen
Schneidergriffe, deren ich etwa mächtig bin, anzuwenden und zu orakeln.»
Und die Kritik des Schauspiels «Das Recht des Stärkeren», das er «ein
klein bißchen zu Gutzkowsch» findet, schwächt er in einem Brief an Theodor
Storm ab: «Freilich spreche ich wie ein Blinder von der Farbe, da ich in diesen Apfel nie gebissen habe und nicht weiß, falls ich es noch tun sollte, ob
das Sprichwort ‹Alter schützt vor Torheit nicht› mich nicht auch noch
träfe [131].»

Kellers Äußerungen zu Heyses Dramen berühren häufig die Frage, ob es
ratsam sei, daß er dem Drama gegenüber der Novelle den Vorzug gebe,
wie das eine Zeitlang der Fall ist. Das Publikum kennt und anerkennt Heyse
zunächst nur als Novellisten und schätzt die Schauspiele weniger. Daher
kommt auch eine gewisse Unsicherheit Heyses, und Keller schreibt seine kritischen Bemerkungen nicht zuletzt in der Absicht nieder, seine grundsätzliche Bewunderung mit Heyses «dramatischem Hypochondrismus möglichst zärtlich
zu vermählen, ohne der Aufrichtigkeit Eintrag zu tun». Erst 1885 kann
Heyse über den «Alkibiades» berichten, das Publikum habe ihm «diesmal
wirklich den Novellisten verziehen».

Die Beschäftigung mit dem Drama versucht Heyse selbst durch die Ver-

* Vgl. auch S. 222 f.

wandtschaft seiner novellistischen und seines dramatischen Schaffens zu rechtfertigen. Über eines der Lustspiele äußert er: «Es ... ist so zwischen Lust- und
Trauerspiel, was die Franzosen comédie nennen, und wofür wir Dichter-
und Denkervolk noch immer keinen richtigen Namen gefunden haben. Ich
würde es daher am liebsten ‹Novelle in drei Akten› nennen, wenn ich nicht
voraussähe, daß dann von der hohen und der niederen Kritik zuerst und
zuletzt über den Namen und nicht von fern über die Sache debattiert werden
würde [132].» Die Nähe zur Novelle (dem um ein Einzelmotiv aufgebauten
Handlungsgefüge, das durch formale Kürze und beschränkte Personenzahl
gekennzeichnet ist) charakterisiert auch Heyses «tragische Einakter» (1884 in
Buchform erschienen): «Ehrenschulden», «Frau Lucrezia», «Simson» und das
Lustspiel «Unter Brüdern». Keller ist überzeugt, Heyse habe in dieser Gattung etwas Neues und Gültiges gefunden: «Deine tragischen Einakter intri-
gieren mich furchtbar!», schreibt er. «Du hast offenbar einem neuen Prinzip,
einer Reformidee Salz auf den Schwanz gestreut und sie eingefangen! Sie
seien hoch gelobt, da Du Dich daran zu kurieren scheinst, wie Benvenuto an
den jungen Pfauen!» Glaubt aber Keller tatsächlich, daß der Einakter die
Heyse gemäße Form sei? Der Brief an Storm vom November 1884 läßt das
Gegenteil vermuten: «Es wäre ... hübsch, wenn er [Heyse] noch eine recht
ausgiebige Bühnenzeit erleben würde. Persönlich würde ich dabei auf ein paar
oder mehr schwere reiche Dramen alten Stils hoffen, wo auch was drin steht;
denn die jetzt beliebte Traktätchen-Dramaturgie fängt mich an zu ennuyie-
ren (vgl. S. 140).» Storm anderseits hatte – und auch das verweist auf den
Novellencharakter der Dramen Heyses – die Geschlossenheit vor allem der
«Ehrenschulden» hervorgehoben und beigefügt: «Es muß in der Tat eine Reihe
solcher Stoffe geben, wo nur in der letzten Entwicklung ein poetisch Brauchba-
res liegt, und es kommt dann darauf an, von dem, was sich sonst auf die Vor-
akte verteilen würde, das zum Verständnis Nötige in den einen Akt mithin-
einzuweben, was unserem Verfasser meine ich, hier vorzüglich gelungen ist.»
Dieses Urteil Storms übernimmt Keller in einen Brief an Heyse: «Die Dramen
las ich alle an *einem* Tage, so daß ich plötzlich mit offenem Munde dasaß, wie
ein gefräßiger Junge, der seine Kirschen unversehens aufgegessen hat. Ich will
in dem Tourbillon von Produktion und Wirkung, in welchem Du Dich jetzt
umdrehst, Dich nicht mit Zuruf langweilen ... ‹Simson› scheint schon im Stoff
für das Problem einer einaktigen Tragödie wie geschaffen zu sein, so gut hast
Du die Vorgeschichte benutzt und eingemauert.» Doch dünkt es Keller, daß
die gedrängte Form Schuld trage an gewissen Verzerrungen der dramatischen Gestalten: «Eine Frage könnte vielleicht sein, ob die Delila nicht zu gemischt sei für eine biblische Person, nicht mehr modernes Schindluder, eine
méchante incomprise? Allein, da sie, wie sie ist, an sich gut und effektvoll
ist, so ist die Frage wohl müßig.»

Das Problem der dem Stoff entsprechenden und für den Dichter zweckmäßigen Form stellt sich auch bei «Frau Lucrezia», die Keller «besser zum Er-

zählen als zum Tragieren» geeignet scheint; «da sie selbst nicht umkommt, so weiß man nicht sicher, ob sie nicht dennoch wieder heiratet, am Ende doch den Morosini. In einer Novelle könnte man den Leser mit ein paar Sätzen darüber vollkommen beruhigen; so aber – ei, ich will nichts Böses reden und Deinen schönen Dialog nicht unterschätzen, Du verstehst mich! [133]»

Im Briefwechsel werden auch einzelne Schwächen von Heyses Dramen erwähnt; zum Lustspiel «Die Weiber von Schorndorff» erklärt Keller nochmals, wie schon früher bei der Lektüre von Otto Ludwigs «Shakespeare-Studien» und dramatischen Versuchen, der Dichter müsse sich hüten vor dem «sogenannten Shakespearisieren ... im bekannten Stil der bekannten Übersetzung», weil sonst «alle feineren Leute sagen [würden]: *connu!*» Im übrigen habe Heyse «ganz das Richtige getroffen», da er «das Motiv aus sich selbst heraus sich [habe] entwickeln lassen und nichts dazu getan als die ethische Frage».

Oft werden kritische Einwände nur angedeutet, dem Dichter dann doch bestätigt, daß er seine Aufgabe gut gelöst habe. Über die genannte Komödie schreibt Keller weiter: «Nur die eigentlich militärische Aktion der Weiber ist mir, für jetzt noch, zu unvermittelt. Selbst der Kommandant scheint mir zu wenig verwundert über das Phänomen. Die Wahrscheinlichkeit hätte gewonnen, wenn die Handlung in *einem* Zuge, während die Ratsherren eingeschlossen blieben, vor sich gegangen wäre; aber dann hätte die Unterwerfung und Reue der Weiber, das beidseitige Rechthaben etc. nicht herbeigeführt werden können. Und so zeigt es sich wieder, daß der Herr und Dichter recht hat.»

Auch Sprachliches wird beurteilt. Zu «Das Recht des Stärkeren» bemerkt Keller: «[Es] war mir erst etwas kraus, bringt dann aber eine Überraschung ersten Ranges in der Entdeckung der Mutter und Erhebung der Sklavin zur höchsten Würde. Das drollige Englisch sagt mir nicht ganz zu, obgleich es den anfänglichen Kindercharakter zeichnen hilft. Allein unsere heutigen Hedwig Raabes etc. wissen ja dergleichen siegreich zu handhaben.» Das Lustspiel «Unter Brüdern» dünkt ihn «ebenso vortrefflich in der Erfindung wie in Ausführung und Sprachhumor», während ihm bei den «Weibern ...» «in ein paar Interjektionen und proverbialen Wendungen die Manier etwas zu tief gegriffen erscheinen» will [134].

Der Kritiker erwähnt immer wieder die offensichtliche Bühnenwirksamkeit und die Paraderollen von Heyses Stücken, ebenso die Aufnahme durch das Publikum, durch die Kritik und die Reaktion Heyses sowie das Verhältnis von Heyses dramatischen Werken zur Tagesproduktion. Keller sieht, daß bei Heyse vielfach «eine gute Ausstattung und Inszenierung ... auf jeder Seite mitdichtend vorgesehen ist», und in einem Brief über «Die Weiber ...» schreibt er: «Wegen des Erfolges solltest Du Dich doch endlich nicht mehr grämen, sofern Du's überhaupt je getan hast. Ich habe neulich wieder Deinen ‹Hadrian› und die ‹Sabinerinnen› gelesen und mich abermals gewundert, daß die Hamlet-Spieler und die virtuosischen Heroinen sich nicht längst auf die Prachtsrollen, die in diesen Werken bereitliegen, geworfen haben.» Die Verständnislosigkeit des Publikums erklärt, warum Heyses Theatererfolge unter den Freunden eingehend besprochen werden, Mißerfolge jedoch jedesmal halb erwartet sind; so meldet Storm im Februar 1879 nach Zürich: «Heyses ‹Elfriede› soll in Straßburg i. E. ja nur einen Achtungserfolg gehabt haben. ... Ob er nun nicht des Dramas müde wird? Vielleicht fehlt das Handfeste an seinen Dramen, was vor allen groben Fäusten stehenbleiben muß.»

In Briefen an Dritte ist Kellers Urteil deutlicher: «Über Paul Heyses dramatischen Unstern weiß ich nichts Sicheres zu sagen, da ich mehrere seiner Stücke noch nicht gelesen und gar keines aufgeführt gesehen habe. Was ich kenne, ist mir mit ein paar Ausnahmen sympathisch; allein ich habe auch das Gefühl, daß er keine glückliche Hand mit den Stoffen hat; sie scheinen keine rechte Nötigung in sich zu haben. Es wäre vielleicht aber auch möglich, daß seine Sachen für die jetzigen Zustände einfach zu gut sind.» Schon 1860 hatte er ja über die «Sabinerinnen» geurteilt: «Es ist eine durchaus hübsche und gediegene Arbeit, die, das Tagesniveau betrachtet, nicht viel zu wünschen übrig läßt [135].» Wiederholt stellt Keller dem «schwachen Erfolg» von Heyses «dramatischer Tätigkeit» die Glanzrollen in den Schauspielen gegenüber: «Es ist allerdings nicht recht begreiflich, wie mehrere seiner Gestalten nicht begierig von den Schauspieler-Virtuosen kultiviert werden, was gewiß nur zu ihrem eigenen Vorteile gereichen würde. Allein man kann nicht alle Sterne zwingen.» Und später noch einmal über «Alkibiades»: «... leider scheinen die Bühnen-Gewalthaber nicht anbeißen zu wollen. Und doch bin ich überzeugt, daß ein paar von den Virtuosen-Weibern und ein genialer Mann in dem Stück so gut brillieren könnte als in den Grillparzer-Tragödien ‹Medea› usw.»

Daß seine dramatischen Bearbeitungen antiker Stoffe anerkannt würden, bezweifelt Heyse selbst, so daß Keller ihn aufmuntert: «... die Zeit dieser Stücke kommt schon wieder einmal. Übrigens mag ein Hauptgrund ihrer Unpopularität in dem absoluten Ungeschick liegen, das antike Kostüm zu ordnen und zu brauchen. Die schmählichen Blusen und die rosenroten Beine der Männer können auch einem Gebildeten die Freude des Sehens verleiden, so gut wie das dumme Behaben der Weiber. Der Vorgang der seligen Rachel scheint ohne alle Wirkung geblieben zu sein.» Nach der Lektüre meint Keller zum Drama «Alkibiades»: «Trotz der alt bekannten klassischen Himmelsluft ist doch alles neu und überraschend; ich kenne weder eine Mandanen ähnliche Figur noch eine zweite Timandra und muß mich nur aufs neue wundern, wenn sich die Bühnenlöwinnen nicht herandrängen, hier neue Kräfte und Lorbeeren zu holen. Beim Alkibiades selbst würde ich mich schon weniger wundern, weil es für die Herren nicht leicht sein wird, die Kunst zu bewältigen, welche der ungeheure Umschwung im letzten Akte erfordert»; zugleich bewundert Keller «zwei neue und famose Frauengestalten [136]». Trotz der augenscheinlichen Wirkung gerade dieses Stücks weigert sich der Burgtheater-Direktor Wilbrandt, es aufzuführen; erst 1882 wird es in Weimar erfolgreich inszeniert, und Keller beglückwünscht den Verfasser: der Berliner Verleger Hertz und die Presse hätten ihm über «den guten und gerechten Erfolg» berichtet: «Möge sich der unbegreifliche Adolfus [Wilbrandt] auf der Hofburg hievon Notiz nehmen, der erlauchte Paulus neben der weißen Herberge der vielen nackten Beine zu München [Glyptothek] aber Veranlassung, ‹unentwogen› fortzufahren ...»

Noch 1885 ist vom «Alkibiades» die Rede, als das Stück während einer Berliner Theaterwoche neben anderen Werken Heyses gespielt wird; Keller gratuliert Heyse zu dem «sieghaften Winterfeldzug» in seine «hypertrophische Vaterstadt». Nach 1880 finden Heyses Dramen überhaupt stärkeren Widerhall; so berichtet Storm Ende 1883 von der Premiere des Stücks «Das Recht des Stärkeren» in Hamburg: der Erfolg habe «glänzend für den Autor» entschieden und Heyse habe geäußert, das Spiel der Darsteller sei «ganz ohne Erdenrest» aufgegangen. Aber Keller bleibt skeptisch, er antwortet: «Sofern ihn glückliche Erfolge offenbar beleben und gesund machen, wäre die Sache gut und schön; da das Ding aber launenhaft wechselt und eine jedesmalige Reaktion auch nicht fehlen wird, so wünschte ich ihm etwas mehr Gleichmut, d. h. ich wundere mich ein wenig, daß er nicht genug Philosophie zu besitzen scheint, um die Dramen rüstig fort schreiben und sie dann ruhig laufen lassen zu können, wohin sie wollen ... Übrigens ist und bleibt Paulus auch auf den Brettern immer der Dichter *par excellence.*»

Um die Mitte der achtziger Jahre hat Paul Heyse als Dramatiker in Deutschland Fuß gefaßt; doch Kellers letztes Urteil (in einem Brief an Rodenberg über den Einakter «Zwischen Lipp' und Bechersrand») bleibt zweideutig: «Heyses tragischer Einakter hat mich ebensosehr gepackt als mir zu denken gegeben [137]» – für Keller ist Heyse der Novellist, dessen Bühnenschaffen eigentlich nur eine Abschweifung darstellt (vgl. S. 426 f.).

ZWEITES KAPITEL

WECHSELSEITIGE KRITIK

Literaturgeschichte ist «nicht die Geschichte der Bücher, sondern der Ideen und ihrer wissenschaftlichen und künstlerischen Formen». Diesen Satz stellt Hermann Hettner seiner «Literaturgeschichte des 18. Jahrhunderts» voran, deren Entwurf den Titel «Geschichte der Aufklärungsideen» trägt [138]. Wie Hettner den «dramatischen Katechismus», seine Abhandlung über das moderne Drama, im Hinblick auf die Bühne der Gegenwart schreibt, so versucht er als Historiker, die Erscheinungen der Literatur und Kunst im Zusammenhang mit ihrer Zeit zu erfassen. Damit verbindet sich bei ihm eine ausgesprochene Vorliebe für Stoffprobleme und eben für das Drama, wo die Beziehungen zwischen Dichtung und Zeit- und Menschheitsgeschichte besonders deutlich ablesbar sind [139]. Diese Denkweise entspricht dem kritischen Verstand Hettners, des Hegel-Schülers der zweiten Generation; sie kennzeichnet auch seine Urteile über die zeitgenössische Literatur.

Als Kritiker tritt er besonders in den Briefen und einigen Stellen des «Modernen Dramas» hervor. In einem Schreiben an Fanny Lewald nennt er sich einen «Kritiker ex professo [140]». Dennoch ist Hettners Auffassung von seiner Aufgabe als Kritiker nicht nur durch seine wissenschaftliche Schulung geprägt, folgt nicht einer bestimmten literarhistorischen Methode, obschon er die Philologie z. B. keineswegs von ihr ausschließt: «Das, worin sich die philologische Methode zuerst zeigt, Akribie in der Textgestaltung mit allen ihren kleinen Konsequenzen, bezeichnete er als wichtigste Grundlage alles Studiums», stellt Bernhard Seuffert in einem biographischen Abriß fest [141]. Aber es kommt bei ihm eine Art Inspiration, kritische Gestimmtheit hinzu, von der er einmal sagt: «Ich kann nicht schreiben, wenn ich nicht volle Ruhe der Seele habe, und diese Ruhe der Seele fehlt mir jetzt gänzlich ... Ich kann mich nicht schöpferischer machen, als die Natur mir gestattet hat ... Die meisten Menschen wollen lieber für bös als für dumm gelten; ich für mein Teil gestehe gern, daß es hier eine Schwerfälligkeit des Kopfes ist, die mich in den Verdacht eines undankbaren Herzens bringt [142].» Diese innere Bereitschaft ist eine Grundvoraussetzung; nur dann ist «der Sache ein guter Dienst» erwiesen, wenn der Rezensent «die Form strenger Kritik» wahrt, «die allein die Bürgschaft der inneren Wahrheit und Aufrichtigkeit gibt ... Und das Publikum sieht daraus, daß diese Charakteristik in Wahrheit eine kritische Charakteristik, kein bloß anpreisender Lobartikel ist», schreibt er Fanny Lewald zu einem Aufsatz, den er über sie vorbereitet. Für die Leser, heißt es später, ist «eine Kritik, die den Stempel der Wahrheit an der Stirn trägt, wirksamer als eine bloße Apotheose»; der Kritiker muß «rein und ganz wahr», aus innerster Überzeugung heraus» schreiben, denn «nur der Eindruck vorurteilsfreier Wahrheitsliebe stimmt den Leser zur Annahme des Gelesenen [143]».

Mit fast ängstlicher Beharrlichkeit lenkt Hettner, wo immer von der Kritik die Rede ist, eigener und fremder, die Aufmerksamkeit auf diesen Punkt. So verlangt er auch von Gottfried Keller unbedingte Ehrlichkeit; als er am «Modernen Drama» arbeitet, wünscht er das Urteil des Freundes: «Ich brauche nicht hinzuzufügen, daß ich hier im voraus von Ihrer rücksichtslosesten Wahrheitsliebe überzeugt bin. Wollten Sie Mängel verhehlen oder beschönigen – es wäre mir ein schlechter Gefallen; ich hätte dann in der Öffentlichkeit von Ihrer falschen Höflichkeit den Schaden. Vor einiger Zeit ging ich mit einem Freunde in einen Kleiderladen, auf daß er mir sein Urteil sage, ob ein Rock, den ich eben kaufen wollte, passend sei oder nicht. Jener Freund meinte, er sitze vortrefflich, und ich kaufte den Rock *bona fide*. Nun hat sich aber herausgestellt, daß dieser Rock ein wahres Scheusal ist, das trotz aller späteren Reformversuche schlechterdings nicht zur *façon* und *raison* gebracht werden

kann. Der Erfolg jener freundschaftlichen Unaufrichtigkeit ist nun, daß ich
für ein Jahr der Menschheit zum Skandal herumlaufe und einen fortwährenden Ingrimm darüber in meinem Herzen habe. An dieser tragischen Geschichte,
mein lieber Keller, nehmen Sie sich ja ein lehrreiches Exempel. Nennen Sie
eine schlechte Schrift von mir aus freundschaftlicher Gutmütigkeit gut und
veranlassen mich dadurch, sie in die Welt zu schicken, so wäre das ein
schlechter Dienst. *Litera scripta manet.* Hier wäre der Schaden irreparabler
als bei jenem verwünschten Rocke [144].»

Gegen dieses Gebot der Aufrichtigkeit verstößt – freilich im umgekehrten
Sinn – eine Besprechung Adolf Stahrs von Hettners Literaturgeschichte; der
Verfasser schreibt dem Rezensenten: «Allerdings hatte ich erwartet, daß Sie
mehr ein Gesamtbild meines Buches geben würden, als es geschehen ist. Aus
dem Zusammenhang gerissene Stellen, die da einen Widerspruch begründen
sollen, wo kein Widerspruch vorhanden ist, sind keinesfalls die rechte oder gar
eine freundschaftliche Art der Kritik.» Zu Keller bemerkt Hettner: «Haben
Sie Stahrs Perfidie gegen mich ... gelesen?» Und auch für den Dichter ist die
Besprechung «eine rechte *Büberei*»: «Gesteht selbst ein, daß er den Stoff nicht
kennt, und setzt sich doch absichtlich dahinter, das Buch mit kleinlichen Nerge-
leien herunterzureißen; recht wie ein Gassenjunge, der eben geprügelt worden
ist und seine Wut nun an einem unschuldigen Kätzchen ausläßt oder Fenster
einwirft [145].»

Der Kritik sind durch die Freiheit des künstlerischen Schaffens Grenzen
gesetzt: Das ist die zweite Erkenntnis, die Hettner seinen Rezensionen zugrunde legt. Kritik kann die Kunst nicht hervorbringen, nur die Richtung
ihrer Entwicklung beeinflussen. Schon die ersten Seiten des «Modernen Dramas», auf denen das historische Drama in seiner Beziehung zur Gegenwart
behandelt wird, erwähnen diese Einschränkung. Um «eine schönere und glück-
lichere Zukunft» zu erreichen, bedarf es der Mitarbeit des Bürgers; auf
seinem Feld soll der Dichter «dem drängenden Triebe seines Genius» folgen,
und «auch der Kritiker ... hat jetzt mehr als jemals wie das Recht so auch
die heilige Verpflichtung, seinerseits fördersam einzugreifen. Nicht als ob ich
wähnte», fährt Hettner fort, «die Kritik könnte irgendwie die Ungunst der
äußeren Verhältnisse mildern oder gar den Mangel an schaffender Kraft ersetzen. Aber allerdings kann sie dem Künstler oft ratend und warnend zur
Seite stehen. Das Kunstwerk stammt nicht aus der Phantasie allein; die Phantasie muß sich in ihm wesentlich auch als künstlerische Weisheit bewähren ...
Die genialsten Künstler waren jederzeit auch die verständigsten ... Jetzt erreicht
der Dichter sein Ziel schwerlich, leitet ihn nicht die gründlichste Einsicht in
die Gesetze seiner Kunstart. Diese prinzipielle Klarheit kann ihn freilich nicht
genialer und phantasievoller machen, als er von Natur ist; aber sie erhebt
ihn erst vom Dilettanten zum Künstler [146]».

Vor der vollkommenen Dichtung hat der Kritiker zu schweigen. Seine Aufgabe beschränkt sich darauf, das künstlerische Wollen der Dichter, die Ästhe-

tik, die immanent in ihren Werken vorhanden ist, herauszuheben und darzustellen. So schreibt er Keller zur Schlußfolgerung seines Aufsatzes über die
altfranzösische Tragödie, daß er mit dem Hinweis auf die notwendige Orientierung des Gegenwartsdramas an demjenigen der Klassik dessen «größere
Ruhe und Einfachheit» im Auge habe, nicht aber eine Schmälerung des «Reichtums der Handlung und Szenerie» beabsichtige; denn «wie darf da die Kritik gegen die Macht des Dichters irgendwie sich eine Einrede gestatten [147]?»

Auch der Schluß des «Modernen Drama» gibt dem schöpferischen Geist
des Künstlers den absoluten Vorrang; angesichts etwa des «musikalischen
Dramas» (im Sinn von Wagners Gesamtkunstwerk) dürften sich Historiker
und Rezensent kein Urteil erlauben: «... in solchen Dingen ist es billig, daß sich
der Kritiker bescheiden zurückzieht. Dies ist das Reich des schaffenden Künstlers [148].» Solange aber das «moderne» Drama noch Forderung bleibt, ein noch
weit entferntes Ziel, bedeutet die Kritik, die die dramaturgischen Gesetze erar-
beitet und für den Dichter bereithält, eine Notwendigkeit. Den Dramatikern
ruft Hettner zu: «Ihr klagt immer darüber, die ätzende Verstandesbildung zer-
fresse jetzt alle Frische und Ursprünglichkeit des dichterischen Schaffens,
und Ihr habt Recht in dieser Klage, wenn Ihr die Gegenwart vergleicht mit
den großen Kunstzeiten des Altertums und des Mittelalters. Aber wähnt
nicht, daß es Euch nun erlaubt ist, Eure Schuld ohne weiteres auf die Schuld
des Jahrhunderts zu schieben. Goethe und Schiller lebten auch in einem kritischen Zeitalter, sie waren keine naiven Dichter und sind dennoch große
Künstler geworden. Das kam daher, daß sie ihre Kunst mit sittlichem Ernst
pflegten. Ihr habt nicht zu viel kritische Bildung, sondern zu wenig. Durch-
denkt erst die Grundsätze Eurer Kunst mit jener innigen Vertiefung, von
der der Goethe-Schillersche Briefwechsel ein so schöner Beweis ist, und Ihr
werdet keine großen Dichter werden – denn wie könntet Ihr über Euren
Schatten springen? – aber Ihr werdet wenigstens brauchbare Routiniers [149].»

Diese Einstellung der Kritik zur Kunst geht zurück auf Hettners Konzeption der Entwicklung des nationalen Geisteslebens, auf die Vorstellung
von einer Parallelität des kulturellen und geschichtlichen Verlaufs einzelner
Epochen, wie sie in Hettners Literaturgeschichte und schon 1850 in der Studie über «Die romantische Schule in ihrem inneren Zusammenhange mit Goethe
und Schiller» ausgesprochen wird. Auch Fr. Th. Vischer entwirft in seiner
«Ästhetik» das Diagramm eines übereinstimmenden Verlaufs von staatlichem
und kulturellem Leben: Das goldene Zeitalter der Künste setzt einen
politischen Aufstieg voraus. Kein Zweifel, daß Hettner von Vischer gelernt
hat, der in einem Brief an ihn seine Anschauung umreißt: «Entweder, ...
wir werden ... eine große und freie Nation. Dann wird eine neue Glanzzeit
unserer Kunst und Poesie nicht ausbleiben, die ... die Goethe-Schillersche
Dichtung eben so sehr überstrahlt, wie diese Zukunft die schmachvolle Vergangenheit. Oder Deutschland versumpft in trauriger Scheinexistenz. Dann
verkümmert ... auch unsere Kunst ... Deutschland könnte dann leicht ein

zweites Byzanz werden.» Ganz gleich folgert Hettner in der Studie zum modernen Drama: «Reine Luft und heiterer Himmel! und die junge Saat wird lustig herausschießen. Große Kunstepochen, besonders dramatische, erstehen überall nur, wo ein Volk zum gedeihlichen Abschluß eines gewaltigen Bildungsprozesses gelangt ist [150].» Die Kritik muß diese Entwicklung zu beschleunigen suchen.

Gottfried Keller sieht den Gewinn aus einem Briefwechsel mit Hettner wohl weniger im Austausch solcher geistesgeschichtlicher Spekulationen. Er folgt zunächst jenem Bedürfnis, sich gescheiten Menschen anzuvertrauen, von dem die erste Eintragung im Tagebuch von 1843 spricht: «... wie viel reizende und bedeutungsvolle Geschichten, Vorfälle und Anekdoten verweben sich dem sinnigen Menschen in sein tägliches Leben, aus denen er oft die schönsten Geistesblumen ziehen könnte und die meist spurlos verloren gehen, wenn er nicht einen gehaltvollen Briefwechsel oder ein Tagebuch führt [151].» Je nach der Erfordernis des Augenblicks werden dem Briefwechsel aber auch andere genauer zu beschreibende Aufgaben überbunden. Im Oktober 1850, als Keller seit einem halben Jahr in Berlin weilt, gesteht er Hettner: «Für meinen Privatgebrauch bin ich ganz klar; meine Erfahrungen und Überzeugungen bilden sich schnell und leicht und gehen sogleich in das Blut über und sind schneller praktisch angewendet als kritisch mitgeteilt.» Die Mühe, der formalen Anforderungen der Kritik Herr zu werden, das Ringen um den Ausdruck, um die genaue Formulierung eines ästhetischen Urteils veranlassen also den zu dieser Zeit umfangreichen Briefwechsel mit dem Freund in Heidelberg. Deshalb ist der Gedankenaustausch mit Hettner für die kritische Tätigkeit und die theoretischen Äußerungen über die Literaturkritik, ihre Gesetze, Leistungen, Bedingungen, eine ergiebige Quelle. Keller verfaßt in den Berliner Jahren ja nur zwei Aufsätze zu Themen der Literatur und Kunst – die Gotthelf-Rezensionen und eine Betrachtung «Das goldene Grün bei Goethe und Schiller» –, so daß die Briefe eine Lücke schließen. Beides – Briefe und Artikel – werden durch die Problematik des eigenen Schaffens (Roman und dramatische Pläne) hervorgerufen; die Gotthelf-Aufsätze entstehen während der Arbeit am «Grünen Heinrich» und entspringen, wie die Briefe an Hettner, die sich mit dramatischen Werken und Aufführungen im Hinblick auf die eigenen Entwürfe befassen, den Bemühungen des Dichters um «bestimmte und klare Anschauungen [152]».

Die kritische Aussprache hat bei Keller nicht die gleiche Wurzel wie bei Hettner, der die Dichtung unter einem andern Aspekt betrachtet als der Dichter. Aber es ist erstaunlich, wie identisch ihre Äußerungen über den Sinn der gegenseitigen Beziehungen lauten. An Fanny Lewald schreibt Hettner über den Dichter: «Er ist eine tiefe, still in sich gekehrte Natur; aber er sprüht helle Funken, wenn nur der rechte Stein klopft»; und: «Er ist klar und bedeutend und hat viel über Kunst gedacht und gelesen. ... Keller war eineinhalb Jahre hindurch viel bei mir; er war der Einzige, mit dem ich hier über das, was mir in der Wissenschaft zunächst am Herzen liegt, sprechen konnte [153].» Aus einem Brief Kellers von 1853, der über Mangel an Gesellschaft klagt, läßt sich schließen, wie wertvoll ihm das Gespräch mit Hettner ist: «Wenn man ... selbst mit Aufmerksamkeit bestrebt ist, einen Weg zu verfolgen, so fühlt man sich gedrungen, über dergleichen, gewissermaßen klassische oder mustergültige Mißlungenheiten sich zu äußern», wie es für sein Gefühl Tiecks Novellen sind; «aber glauben Sie, daß ich nur einen Menschen gefunden habe, der nicht mit den gewöhnlichen literarhistorischen Schlagworten und Bausch-und-Bogen-Urteilen, sondern mit technischem und sachdienlichem Eingehen entgegengekommen wäre? [154]» Schon Kellers erster Brief aus Berlin ruft «das kritische Geplauder ... in jenen vertraulichen Konventikeln» bei Hettner in Erinnerung, und im September 1850 nimmt er in seiner «gottvergessenen Einsamkeit» Zuflucht zum Briefwechsel [155].

Das erste eingehendere Urteil Kellers über Hermann Hettner behält seine Geltung noch lange Zeit; im Frühjahr 1849 berichtet er Wilhelm Baumgartner vom Spinoza-Kolleg Hettners, es werde «sehr klar, eindringlich und gescheit gelesen» und sei für ihn eine Vorbereitung auf Feuerbach gewesen. Er rühmt Hettners «Vorschule zur bildenden Kunst der Alten» (I. Bd., Oldenburg 1848) und fügt bei: «Er ist, sozusagen, eine vollkommene Blüte unserer modernen Geisteskultur; die Philosophie, Literatur und Kunst, letztere zwei besonders, sind der ausgebreitete Boden seiner Nahrung.» Den Abschnitt über Hettner in diesem Brief nach Zürich beschließt der Wunsch, es möchte möglich sein, den Dozenten für die Eidgenössische Technische Hochschule zu gewinnen: «An den jetzigen schweizerischen Universitäten sind in diesen Fächern abgelebte und überlebte, impotente Kräfte oder Unkräfte vorhanden», so daß «dieser junge, rührige Mann» der Schule gute Dienste leisten könnte [156]. An «die jugendlich lebendigen Vorträge» Hettners in Heidelberg erinnert sich Keller noch ein Jahr vor seinem Tod [157]. Die Freundschaft überdauert auch das lange Verstummen des Dichters von Weihnachten 1851 (er trifft Hettner, der seit dem Herbst als a. o. Professor für Literatur und Kunstgeschichte in Jena tätig ist, in Berlin), bis zum Sommer 1853 wegen einer Geldsumme, die er von Hettner geborgt hat und nicht zurückzahlen kann; erst am 18. Juli 1853 bricht er das Schweigen, und in der Antwort zwei Tage später ruft ihm Hettner das Bild ihrer alten Freundschaft vor Augen: «Knüpfen wir wieder da an, wo wir aufgehört haben. Vor allem, bleiben wir Freunde! Es ist in dieser Wirrnis aller Richtungen und Stimmungen so außerordentlich selten, wenn zwei Menschen in den wichtigsten Dingen ihres Denkens und Seins übereinstimmen, daß solche, die durch eine so seltene Übereinstimmung miteinander verbunden sind, nicht alberner Dinge halber auseinanderlaufen dürfen [158].»

Das Einvernehmen bekundet sich hauptsächlich in Kellers Mitarbeit am «Modernen Drama»; Hettner sind die Beziehungen zum Dichter wichtig und er schreibt seine «dramaturgischen Studien» in Gedanken an den Dichter:

«... es ist kein Wort darin, bei dem ich mich nicht gefragt hätte, ob es Ihre einsichtige Zustimmung erhalten würde. Trotzdem habe ich bisher noch nichts geschriftstellert, über dessen innere Berechtigung ich so arg in Zweifel gewesen wäre als grade bei diesen dramaturgischen Dingen.» Er möchte Keller das Manuskript zur Beurteilung zuschicken [159]. Dem Dichter scheint aber die Berechtigung, Hettner gegenüber als Kritiker aufzutreten, vor allem durch sein Autodidaktentum in Frage gestellt, und eine längere ästhetische Erörterung bricht er mit den Worten ab: «Doch werden Sie ohne Zweifel glauben, daß ich mich sehr gern schreiben und salbadern sehe, was indessen nicht der Fall ist. Ich reite mich nur hinein wider Willen, indem ich Ihnen irgend eine Erfahrung, welche ich gemacht zu haben glaube, mitteilen möchte, und bei dem Mangel an dialektischer Geschultheit gerate ich in Wiederholungen und sogar Widersprüche hinein. Desnahen merken Sie sich nur das, was Ihnen etwa plausibel scheint, und von dem übrigen nehmen Sie an, daß ich es vielleicht den andern Tag selbst widerrufe. Für meinen Privatgebrauch bin ich ganz klar ...[160]» Auch aus einem Brief vom März 1851 spricht zunächst eine gewisse Unsicherheit wegen seines «konfusen und empirischen Urteils»; Hettners Studien bereichern seine künstlerischen Anschauungen und vermögen seine «eigenen dramatischen Lebensgeister ein wenig zu wärmen und unterhalten, da sie durch andere Arbeitsrückstände und Konfusion der Geschäfte immer noch schlummern und brach liegen müssen». Die Zusammenarbeit zwischen Dichter und Kritiker verspricht also nicht eine einseitige Ausbeute: «Ich, der ich mich einstweilen noch, bis auf weitere vielleicht eintreffende Enttäuschung, für einen Produzenten und Experimentator halten möchte, muß Ihnen offen gestehen, daß ich bisher noch keine dramaturgische Arbeit ... gelesen habe, ohne etwas daraus gelernt zu haben, wenn ich auch über den konkreten Fall nicht einig mit dem Philosophen war.» Das anschauliche Exempel des schlechtsitzenden Rocks Hettners deutet Keller um in eine Würdigung des Literarhistorikers: «Die treffliche Geschichte ... läßt mich der Überzeugung leben, daß auch Sie nicht bloß aus äußerlicher oder innerlicher Freundlichkeit ein so ehrendes Zutrauen in mein Räsonnement .. aussprechen. Doch schließt dies keineswegs aus, daß Sie dennoch meine Kräfte überschätzen könnten, und ich werde daher meine allfälligen Bemerkungen über Ihre Studien zugleich mit einer Selbstkritik begleiten, damit Sie gleich sehen, daß selbige nicht etwa apodiktisch sein sollen.» Trotz diesem Hinweis auf die Bedingtheit seines Urteils und bei allem Zögern ist dann aber die Meinung, die er über Hettners «Modernes Drama» äußert, sehr sicher formuliert; er erkennt sogleich die Schwierigkeiten, die dem Autor einer Dramaturgie begegnen können; anderseits beweisen ihm gerade die Zweifel und Bedenken Hettners, «daß es Ihnen», wie er schreibt, «ernst mit der Sache ist und daß Sie eine wahre Pietät für Ihren Gegenstand empfinden. Dies festgestellt, dürfen Sie dann aber auch um so überzeugter sein von der Berechtigung und dem Willkommensein des Buches; denn wo rechtes Streben und lebendiger

Geist zusammenwirken, kann es keinen absoluten Irrtum geben.» Dieser Gedanke ist auch für Kellers eigene Literaturkritik maßgebend und bedeutet – als Urteil über einen Rezensenten ausgesprochen – ein hohes Lcb: daß angeregter Forschungstrieb und energischer Sinn für das Neue, Eigenartige jedes Kunstwerks die Grundlagen der Kritik sind. In Einzelergebnissen vielleicht von zeitlich beschränkter Geltung, bietet ihre Haltung, ihre Methode ein Beispiel, wie ein Rezensent vorgehen sollte.

Eine ähnlich strenge Wachsamkeit der Dichtung gegenüber nimmt Hettner bei Keller wahr. 1853 schreibt er dem Dichter von den Literaten, die «nur auf das fingerfertige Machen» sich verstehen, bei denen «überall Absicht und äußere Rücksicht hindurchleuchtet»: «Es gibt heute wenige, sehr wenige, denen das Dichten heut noch wirklich inneres Erlebnis und inneres Bedürfnis ist.» Zu ihnen gehörte Keller, und deshalb sei ihm «der größte Erfolg» sicher. «Sie meinen es ernst mit der Kunst, und der Ernst gewinnt zuletzt immer den Sieg [161].»

Im Schreiben, mit dem der Dichter die Briefe Hettners begleitet, die er an dessen Familie zurückgehen läßt, beurteilt er die nachdrückliche Anteilnahme Hettners an seinen dramatischen Versuchen aus der Distanz des Alters zurückhaltender: «Bei der begeistert entgegenkommenden Weise, welche Hettner gegen seine Freunde beseelte, hat er auch manche meiner Äußerungen oder Mitteilungen, namentlich über die dramatischen Bestrebungen, die mich während meines Berliner Aufenthaltes, freilich fruchtlos, beschäftigten, für bedeutsamer und wichtiger gehalten, als sie mir selbst später erschienen sind. Ich weiß nicht mehr, was ich alles geschrieben habe, mußte aber neulich beinahe wehmütig lächeln, als ich so manche teilnahmvolle Antwort las [162].»

In Berlin spricht Keller durchweg herzlich von Hettners liebenswürdigem Wesen und seinem aufgeschlossenen und raschen Verstand. Ein Brief an Jakob Dubs empfiehlt den Freund wiederum für eine Professur in Zürich: «Er ist eine anregende und lebendige Natur» und kein Mitläufer «der alten verkommenen Zunft». Erwünscht ist dem Dichter die Berufung Hettners – wie erwähnt – auch wegen der Gelegenheit, sich mit ihm «in rühriger Tätigkeit» zusammenzuschließen; «es ließe sich von dem freien Boden Zürichs aus kräftig auf die korrupten und verwirrten Literaturzustände Deutschlands einwirken durch Gründung eines Journals etc., so daß auch nach dieser Seite hin unsere heimatlichen Zustände an geistiger Regsamkeit und Mannigfaltigkeit gewinnen würden.» Die Anstellung des Freundes an der neuen Hochschule befürwortet er nochmals im November 1854; «bei dem Absterben des freien wissenschaftlichen Lebens auf den alten Universitäten in Deutschland» wäre Hettner der neue Wirkungskreis willkommen. Die «einfache gesunde und frische Richtung», die er vertritt, teile sich in seinem «fließenden und klar beredten Vortrage» leicht faßlich und ungetrübt mit: «Wenn es darauf ankommt, daß gerade in den resp. Fächern [Literatur- und Kunstgeschichte, Ästhetik] nicht der alte Mechanismus eines mythologisch-antiquarischen Wortklaubens, sondern die innere kunst- und kulturgeschichtliche

Lebensader zur Basis und Richtschnur diene, so glaube ich, daß Hettner ganz
der Mann dazu wäre, der das Wesentliche der Jugend mit günstigen äußeren
Mitteln zugänglich zu machen und sie dafür zu gewinnen versteht.»

In der Wortwahl stimmen diese Briefe annähernd überein, und auch die
«Notiz», die Keller zu seinem Briefwechsel mit Hettner verfaßt, charakterisiert die Persönlichkeit des Freundes mit gleichbleibenden Stichworten[163]:
«von seinem Gegenstande begeistert», «in seinem Forschen und Denken leicht
und glücklich vordringend», ist er «von dem freisinnigen Geiste der Zeit
getragen», er «reißt mit sich fort», ist «ein ausdauernder und teilnehmend
treu gesinnter Freund», der «lebendigen Anteil nimmt»; er «glänzt mit einer
Musterleistung wissenschaftlicher Rednergabe», einem «freifließenden belebten
Vortrag». Diese Eigenschaften machen die Hauptlinien von Hettners Porträt
aus, das Keller sichtlich auch nach seiner Idealvorstellung von einem Literaturkritiker gestaltet: Die ehrliche Gesinnung, die Aufgeschlossenheit für die
Zeit, der Ernst für den Gegenstand zeichnen ihn aus, ebenso jedoch der Vortrag; Aussage und Form erscheinen als gleich wesentlich.

Damit sind die Voraussetzungen für das Gespräch über die eigenen Werke
und Pläne genannt, das nach Kellers Weggang aus Heidelberg beginnt: die
kritischen Grundsätze Hettners, sein Selbstverständnis als Literaturkritiker
und die Haltung, die der Dichter seinem Freund gegenüber einnimmt. Während rund fünf Jahren sind Keller und Hettner durch eine, wie man sie
nennen könnte, Rezensentenfreundschaft verbunden; Hettner möchte seine
Veröffentlichungen von Keller angezeigt sehen, der Dichter dringt immer
wieder auf Rezensionen des «Grünen Heinrich» und der «Leute von Seldwyla» von Hettners Hand. Dieser Versuch eines Wechselgesprächs der Kritiker bleibt aber in den Anfängen stecken und führt nur bei Hettner zu
kritischen Publikationen über Keller. Schuld daran sind zum Teil die ungünstigen Umstände – bei Keller liegen die Gründe tiefer. Er teilt zwar das
Streben Hettners nach vollkommener Wahrhaftigkeit in der literarischen Kritik, auch er spricht «ohne Rückhalt und ohne falsche Komplimente» seine
«aufrichtigen Urteile und Ratschläge» aus[164]. Aber vor dem gesamten Briefwechsel Kellers kann man sich fragen, ob er selbst diesen Grundsatz nicht
öfter umgeht. Die Kritik gerade befreundeten Schriftstellern gegenüber ist
häufig im glatteren Ton und Ausdruck höflichen Gesellschaftssinnes mitgeteilt, wie die Briefe an Heyse, Storm, Auerbach und J. V. Widmann zeigen.
Dabei mag es sich in späteren Jahren um die Mäßigung des Alters und um
konventionelles Lob handeln, wie Adolf Frey, der dem Dichter erst gegen
Ende seines Lebens näherkommt, bemerkt: «Er neigte überhaupt zur
Anerkennung, und es widerfuhr ihm leichter, daß ihm etwas Neues oder
noch Unbekanntes einen zu günstigen Eindruck erweckte, als daß er seine
Tugenden übersah[165].» Wenn Keller jedoch zögert, die Rezensionswünsche
Hettners zu erfüllen, so weil zu diesem Zeitpunkt – es sind die frühen
fünfziger Jahre – seine Hauptsorge dem eigenen Werk gilt; Kritik ist für

ihn nur wichtig in subjektiver Hinsicht, als Äußerungen dritter über sein Schaffen, aus denen er lernen kann, oder, wo er selbst rezensiert, als eine Auseinandersetzung, die ihm Einblicke in die Gesetze der Dichtung eröffnet.

Seine kritischen Bemerkungen zu Hettners Arbeit gehen nie über das hinaus, was der Freund als «Berichte, Mitteilungen, Gedanken, Anschauungen, Stimmungen, rasch hingeworfene Aphorismen» bezeichnet [166]; er verflicht sie nicht zu einer größeren Besprechung. Die Erörterung einer Schrift Hettners kann zwar so weit gedeihen, daß Keller scheinbar kurz vor der Niederschrift einer Rezension steht oder sie sogar nur noch abzuschicken braucht [167]; und doch bleibt sie aus.

Fehlen also von Kellers Seite Rezensionen gänzlich: aus den Briefen ergibt sich klar das Hin und Her von Bitte um Urteil und Besprechung, Zusage und endlichem Schweigen, wobei natürlich die vorläufig gemeinten kritischen Äußerungen des Dichters manchen Anhaltspunkt für seine Beurteilung der wissenschaftlichen Werke Hermann Hettners bieten.

Ein erstes Beispiel sind die Briefstellen über das «Moderne Drama». Noch während der Ausarbeitung, noch während Keller Einfälle beiträgt und den einen oder andern Gedankengang zurechtrückt, möchte Hettner ihn für eine Besprechung der Studien gewinnen: «Jedenfalls müssen Sie diese ... anzeigen [168].» Mit seinem Wunsch ist eine ganz bestimmte Absicht verknüpft: «Wenn ich grade Sie angelegentlich um eine solche Besprechung bitte, so geschieht das nicht darum, weil ich von Ihnen als meinem Freunde laxere Nachsicht verlangte und erwartete, sondern nur darum, weil ich weiß, daß Sie die Sache selbst kennen und mein Buch *objektiv* beurteilen. Und um ein solches objektives Urteil ist es mir zu tun, denn das Buch schlägt so derb den herrschenden Coterien ins Angesicht, daß ich auch auf sehr viele Angriffe gefaßt bin, die nicht eben die lauterste objektive Quelle haben möchten [169].»

Zunächst ist Keller bereit: «Ich freue mich sehr auf Ihr Buch und werde sogleich eine Anzeige schreiben [170]»; er betrachtet «den gelegentlichen kritischen Streifzug» als Erholung von der dichterischen Produktion [171]. Einzelheiten, wie die Druckgröße der Anzeige, werden vereinbart; sie sind Hettner wichtig, da schon Drucktype und Aufmachung einer Rezension zum Urteil gehören. Hettner gibt für Kellers «öffentliches Wort» genaue Anweisungen, die zeigen, wie vertraut er mit den Gepflogenheiten der Zeitungskritik ist: «Was nun näher Ihre Anzeige anlangt, so wäre mir es lieb, wenn Sie diese für die Blätter für literarische Unterhaltung einrichten wollten; vorne für den großen Druck, nicht für den kleinen. Vielleicht wäre ein[e] räsonnierende Inhaltsanzeige am zweckdienlichsten [172]».

Nun lehnt Keller jedoch beim Besuch Hettners in Berlin (Weihnachten 1851) offenbar endgültig eine Besprechung ab, und auch die «kurze ... Feuilletonanzeige» des Buches, mit der Hettner sich zufrieden geben will, bleibt ungeschrieben [173]. Warum verweigert sie Keller? Wahrscheinlich weil er in einer Kritik des «Modernen Dramas», wo Hettner ihn namentlich erwähnt, eigene

Gedanken hätte rezensieren müssen. Hettner wägt den Anteil Kellers an der Schrift nicht noch einmal ab, um nachzuweisen, wie weit der Dichter sich in einer öffentlichen Besprechung selbst mitgetroffen hätte; doch scheint er, da er noch 1854 schreibt: «... ich weiß nur allzu sehr, wie grade die feinsten Bemerkungen in meiner dramaturgischen Schrift Ihnen entstammen», hier den Anlaß für die Weigerung Kellers zu finden; das läßt auch sein Vorschlag vermuten: «Sie können, wenn Sie meinen, das sei für Ihre jetzige[n] Verhältnisse passender, Ihren Namen verschweigen; nur wünschte ich, daß die Besprechung ... in rechte Hand käme [174].»

Zur gleichen Zeit liest er Kellers «Neuere Gedichte» (Braunschweig 1851), in denen er «eine reife, durchgebildete Gedankentiefe, verbunden mit lyrischer Frische» entdeckt. Die «Deutsche Allgemeine Zeitung» druckt am 28. Februar 1852 seine Rezension der Gedichte sowie einen kurzen Hinweis auf den ersten Band des «Grünen Heinrich», der Hettner in den Korrekturbogen vorliegt. Diese Besprechung wird von Keller nirgends erwähnt; desgleichen bleibt eine Briefstelle, die sich darauf bezieht, unbeantwortet: «Ich hoffe, daß Sie meine Anzeige über Ihre Gedichte ... gelesen haben werden. Ob sie in Ihrem Sinne war, weiß ich nicht; sollte dies nicht der Fall sein, so bitte ich dies auf Rechnung der unendlichen Zerstreutheit und Zersplitterung zu setzen, die sich jetzt meiner bemächtigt hat [175].» Offenbar ist aber Keller mit der Rezension einverstanden; denn zwei Jahre später ersucht er den Verleger, Hettner ein Exemplar der 2. Auflage der «Neueren Gedichte» (1854) zuzusenden, «da er kräftig für das Buch wirken wird [176]».

Die Zersplitterung, von der Hettner schreibt, ist verursacht durch die Vorbereitungen seiner Griechenlandreise (März bis Mai 1852). Die «Griechischen Reiseskizzen» (Braunschweig 1853) sind die Ernte dieser Fahrt, ein Bericht, der versucht, das Erlebnis der Antike mit den Erfahrungen, die ein Reisender im Hellas des 19. Jahrhunderts macht, zu einem Gesamtbild zu vereinigen. Wieder deutet Hettner seinen Wunsch an, Keller möge das Buch besprechen: «Es ist in öffentlichen Blättern sehr viel verworrenes Zeug darüber geredet worden. Ich habe viel Arbeit in das Buch gesteckt; ich wollte versuchen, ob mir auch das nicht rein didaktische, sondern auch das mehr schildernde und darstellende Genre zugänglich sei. Und darüber wäre mir ein Wort von Ihnen von großem Wert.» Der Dichter verspricht, das Buch zu lesen. Er verfaßt dann allerdings keine Anzeige, wahrscheinlich durch die Korrekturen am dritten Band des «Grünen Heinrich» abgehalten, aber das briefliche Urteil vom 15. Oktober 1853 [177] ersetzt zumindest dem heutigen Leser von Hettners Reiseskizzen einen kritischen Artikel vollauf. Er geht bei der Betrachtung des Buches vom Allgemeinen zum Einzelnen und zeigt sich darin als Meister der kritischen Methode; wo das eigene Wissen, die eigene Anschauung keine Vergleichsmöglichkeit bietet, sieht er von einer Bewertung ab und erfüllt so die Bedingung der Wahrhaftigkeit. Auf die Frage Hettners, ob der Versuch in der Gattung der Reiseschilderung und Antikenbeschreibung geglückt sei, nennt Keller die Skizzen «ein zweckmäßig geschriebenes und gelungenes Buch». Die Deutung der klassischen Denkmäler, des Nike-Tempels, des Parthenons und Erechtheions, erschließe dem archäologischen Laien auf «eine angenehme, plastische und genußvolle Weise» die Welt und den Geist der Antike [178]. Die Darstellung der Landschaft [179] bringt dem Leser «die rechte Vorstellung, Anregung und Sehnsucht nach dem Lande» nahe; sie wahre ein Maß, das sonst selten zu finden sei, am ehesten noch «bei den geistreichen eleganten Schriftstellern früherer Perioden». Die Schilderungen deckten sich mit der Auffassung der klassischen Griechen [180]. Die sophokleischen Dramen, die Keller als Ergänzung zu Hettners Reiseschilderungen liest, scheinen ihm die Behauptung zu widerlegen, der Landschaftssinn der alten Griechen sei nur mangelhaft ausgebildet gewesen. Die Götter, meint Keller, vermitteln dadurch, daß ihnen bestimmte geographische Räume, feste mythologische Orte und Funktionen zugewiesen sind, die Landschaftsvorstellung; aus diesem Grunde brauchte den antiken Menschen die Gegend nicht im flammenden oder schmelzenden Licht «eines Feuerwerkers wie Jean Paul» oder in der getreuen Kleinmalerei «eines Tüftlers wie Adalbert Stifter» geschildert zu werden [181].

Schließlich nimmt Keller seinen Freund vor «der Oberflächlichkeit und Gedankenlosigkeit unserer lesenden und schwatzenden Gesellschaft» in Schutz, die die Beobachtungen des Reisenden über die Beziehungen Griechenlands zu Rußland in der Gegenwart bemängelt und Hettner mit dem Junghegelianer Bruno Bauer vergleicht, «welcher auf absolute und positive Weise jetzt das Russentum verkündet. Der Esel!» Dieses Mißverständnis beweist Keller, daß die Mehrzahl der Kritiker nur «eines vermeintlichen Kennzeichens» bedarf, «um in ihrer Faulheit dann die Sache einzuschachteln». (Vgl. zu Hettners Reiseskizzen das Kapitel dieser Arbeit über Kellers Sicht der Antike und der deutschen Klassik.)

Kurz nach den Bemerkungen Kellers über die «Reiseskizzen» fallen Schatten auf die Rezensentenfreundschaft; schuld daran ist Hettners Besprechung des «Grünen Heinrich» (I. bis III. Band, Ende 1853). Schon 1850, als der Roman noch auf einen Band berechnet ist, bittet Keller den Verleger, Hettner ein Exemplar zu schicken, «indem derselbe eine Rezension ... schreiben will [182]». Im Februar 1851 erhält Hettner die ersten Korrekturbogen und gibt ein frühes begeistertes Urteil ab: «Es ist mir innig wohltuend gewesen, in dieser geräuschvollen Zeit wieder einmal ein ‹stilles› liebes Romanleben mit durchleben zu dürfen. Und ich bin gewiß, daß tausend gleichgestimmte Herzen Ihnen dies herzlich danken werden. Vorderhand nur soviel, daß mich Ihre schöne treue Dichtung tief in innerster Seele getroffen hat. Über Komposition usf. urteile ich gern erst, wenn ich einen Überblick über das Ganze habe. Und dann, hoffe ich, werde ich Gelegenheit finden, auch öffentlich ein Wort darüber zu sagen.» 1853 erneuert er diese Zusage: «... Sie werden aus meiner Besprechung ersehen, daß ich redlichen Anteil an dieser Schöpfung nehme.» Im September fragt er den Dichter: «Wie steht es um den ‹Grünen Heinrich›? Es tut einem so wohl, wenn man Ihr ernstes Streben und Schaffen ansieht; denn der Ernst und die künstlerische Andacht ist doch jetzt eine sehr seltene Ware geworden.» Diese Versicherung und die Aufmerksamkeit Hettners sind Keller gegenwärtig, als er im Oktober dem Verleger die Korrekturbogen zurückschickt. Er spricht Hettner um eine Rezension an: «Ich muß mich nun allerdings an Sie halten behufs der Besprechung, da ich hier niemand kenne, der gefällig genug wäre, etwas für mich zu tun. Wenn Sie daher eine Anzeige machen wollten, so würden Sie sehr viel dazu beitragen, daß ich bald aus der Patsche käme, indem meine Landsleute darauf lauern.» Keller erwartet von einer günstigen Rezension Hettners zwar auch «einen sicheren Erfolg im Geldpunkte», vergißt jedoch nicht die gemeinsamen Grundsätze literarischer Kritik: «Versteht sich von selbst, ganz sachgemäß und *kritisch;* denn dies hilft selbst in jenem Punkte mehr als gewaltsames Lob, abgesehen von Anstand und Ehrlichkeit, an die wir uns halten wollen.»

Im Januar 1854 sagt Hettner die Rezension zu und beendet einen Monat später die Lektüre der drei Bände. Der Dichter erhält ein vorläufiges Urteil, worin Lob und Bedenken gerecht abgewogen erscheinen. Hettner fühlt sich durch den Roman kritisch angeregt, was allein schon den Wert des Werks beweise: «Es ist das Zeichen jeder tüchtigen Produktion, daß sie wieder produktiv wirkt.» Er beschreibt dem Verfasser die gehobene Stimmung, in die der «Grüne Heinrich» ihn versetzt habe: «Ihr Roman hat eine Ruhe und Sammlung, ich möchte sagen, eine Stille der Beschaulichkeit in mir hervorgebracht, daß es mich drängt, diese Einkehr in mich selbst in mir noch einige Zeit festzuhalten und mir über die künstlerischen Mittel, die diese harmonische Stimmung hervorriefen, Rechenschaft abzulegen.» Dies ist ein denkbar günstiger Ausgangspunkt für die erwartete Anzeige, obwohl Hettner anschließend seine Bewunderung vor allem der Jugendgeschichte zuwendet. Sie ist «von der wunderbarsten Frische und Poesie durchhaucht», «die idyllischen Szenen auf dem Lande ... sind von unübertrefflicher Meisterschaft der Situationsmalerei sowohl wie der Charakteristik»; er hebt «die klare, einfache, im edelsten Sinne goethesche Sprache» hervor, «die doch nur wieder der naturnotwendige Ausdruck der maßvollen Klarheit der Komposition ist». Zusammenfassend schreibt er: «Ich sage Ihnen in Wahrheit, diese Jugendgeschichte ist ein Juwel, und ich bin stolz darauf, den Helden und Dichter derselben meinen Freund nennen zu dürfen.»

Das Urteil über «den eigentlichen Roman» dagegen fällt ab; nach Hettners Meinung leidet er «an spiritualistischerer Darstellung» und an der «konventionelleren Charakterzeichnung». Hettners Bemerkungen, auch dort, wo er Einwendungen macht, stichhaltig, leuchten dem Dichter, als von diesem Kritiker stammend, ein. Das im Brief vorangestellte Gesamturteil Hettners über den Roman: «Er sichert Ihnen unzweifelhaft in unserer Literatur für immer eine hervorragende Stellung», gewinnt gerade durch die Strenge des Freundes gegenüber den Schwächen des Buches Erheblichkeit: «Sie sehen, daß ich ehrlich bin, und dürfen daher um so unbedenklicher auch an die Ehrlichkeit meiner unbedingtesten Anerkennung glauben. Ich bin sicher, daß, wer sich den Sinn für das Wahre und Einfache in der Kunst bewahrt hat, denselben mächtigen Eindruck ... bekommen wird, den ich bekommen habe.»

Eine Erwiderung Kellers fehlt. Aber im Frühling 1854 hält Hettner in Berlin einen Vortrag über «Robinson und die Robinsonaden» (11. März 1854), «welcher durch seine Frische und Klarheit in dieser blasierten Stadt ein allgemeines günstiges Aufsehen erregt», wie Keller nach Zürich berichtet, um seiner Empfehlung Nachdruck zu verleihen. Damals erörtert er mit dem Freund sicher auch die Frage der Rezension; aber erst anfangs April läßt Hettner ihn wissen, sie liege seit mehreren Wochen auf der Redaktion der «Nationalzeitung». In diesem Blatt erscheint sie am 5. Mai 1854 [183].

Der Dichter ist von Hettners Kritik offensichtlich enttäuscht; in seinem Brief vom folgenden Tag erwähnt er sie nur kurz: «Ihre Rezension, für welche ich demütigt danke, war sehr notwendig, nach dem gemeinen Philisterquatsch, welchen Kühne in seiner ‹Europa› losließ [184].» Am Schluß des Briefes kann er sich jedoch eine bittere Bemerkung über die Kritik im allgemeinen und, so darf man wohl annehmen, über Hettners Besprechung im besonderen, nicht versagen: «Obgleich sich Schicksal und Rezensenten so renitent und zäh gegen mich verhalten, daß ich *für die Dauer* dieser Bußzeit ganz voll Rachegefühle bin, so hoffe ich doch bald wie ein wohlgeschwänzter Komet an einem glücklicheren Himmel aufzugehen, von wo ich Sie dann besser gelaunt begrüßen werde [185].» Hettner darf sich ohne weiteres zu den «renitenten Rezensenten» hinzuzählen und er, der auch andern Schriftstellern gegenüber ähnlich freimütig geurteilt hat [186], spürt, daß seine Kritik nicht nach Kellers Sinn und Erwartung ausgefallen ist. Ein Brief, von Hettner ebenfalls am 6. Mai 1854 in der Absicht verfaßt, den Dichter zu besänftigen, kreuzt Kellers Schreiben: «Ich habe da, wo das dichterische Nachempfinden walten soll, nur kurz verweilt, und dagegen da, wo der großsprecherische Verstand sein Wesen treibt, nur um so länger. So ist es mir begegnet, daß die Rezension den Anschein gewinnt, als lege sie ein großes Gewicht auf die einzelnen Mängel, die ich meiner Absicht nach doch nur sehr beiläufig berühren wollte. Kurz die Rezension ist tadelnder als Ihr schöner Roman verdient und als in der Tat meine Herzensmeinung ist ... Diese vorliegenden Zeilen sollen nur dazu dienen, Ihnen zu sagen, wie peinlich mir die ganze Sache ist und Ihnen Gelegenheit geben, Ihren stillen Zorn laut gegen mich zu äußern. Es ist besser, man spricht sich in solchen Dingen aus als daß ein stilles Mißverständnis im Geheimen wühlerisch fortfrißt. ... Ich kann kein anderes Auskunftsmittel finden als daß ich den vierten Band abwarte und dann, wie ich Ihnen hiemit heiligst verspreche, nach Kräften den begangenen Fehler gut zu machen suche.» Einen zweiten Brief schickt Hettner ab, nachdem Kellers Schreiben vom 6. Mai eingetroffen ist, das das Mißvergnügen des Dichters doch deutlich genug ausdrückt und dessen Anspielung auf die zögernden und mit ihrer Anerkennung kargenden Kritiker sogleich ins Auge springt. Hettner liest das Gegenteil heraus: «Sie werden meinen gestrigen Brief erhalten haben, in welchem ich Sie um Entschuldigung für meine Rezension bat. Ich darf nach dem Tone Ihres heut erhaltenen Briefes hoffen, daß Sie mir diese Verzeihung angedeihen lassen [187].»

Die Anzeige Hettners bleibt dann lange unerwähnt. Ist das ein Zeichen von Kellers Enttäuschung, die um so größer ist, als er einem wohlmeinenden Kritiker, einen Berater gefunden zu haben meint, vertraut mit den Mühen, die der Dichter während der Arbeit am Roman auszustehen hatte, und der nun die auf ihn gesetzten Hoffnungen seiner wissenschaftlichen Unbestechlichkeit, seiner Stiltendenz opfert, nichts im Unbestimmten zu lassen? Gegen diese Vermutung spricht, daß der Dichter schon im Juni 1854 eine liebenswürdige briefliche Kritik von Hettners Werk «Robinson und die Robinsonaden» (Berlin 1854) schickt: «Ich wollte, ich hätte es vor dem Schreiben des ‹Grünen Heinrich› gekannt, indem ich dadurch auf manches aufmerksam wurde. Ich lese jetzt die Bekenntnisse des heiligen Augustinus, welche auch nichts anderes sind als eine geistige Robinsonade, nämlich insofern man zuschaut, wie sich ein Individuum alles neu erwerben, aneignen und sich einrichten muß. In diesem Vorgange liegt der Reiz, ob die Entdeckungen und Findungen dann neue Früchte, Tiere und bequeme Talschluchten oder moralische Gegenden und Gegenstände betreffen [188].» Unter dem Eindruck von Hettners Abhandlung versteht Gottfried Keller auch den eigenen Roman als Beschreibung einer «geistigen Robinsonade»; darüber hinaus trägt die Geschichte der Typen und Motive, die Hettner im Zusammenhang mit der Robinsongestalt aufgezeichnet hat, zum Selbstverständnis des Dichters bei, da sie ihn lehrt, seine eigenen poetischen Erfindungen als Teilphase eines historischen Ablaufs zu erkennen; die Studie und die sich daran anschließende Lektüre der «Confessiones» und der Werke Rabelais' öffnen ihm die Augen für den erwähnten «Kreislauf» der «Motive und Manieren [189]». Der Vortrag Hettners wird von Keller gegen Ende 1854 noch einmal in einem Brief an Alfred Escher genannt, der Mitglied des eidgenössischen Schulrats ist und auf eine Berufung Hettners nach Zürich Einfluß hat; auch hier lobt der Dichter die «Klarheit und neue Auffassung», die einen «allgemein günstigen Eindruck machte an dieser Stelle», so daß selbst der Historiker Friedrich von Raumer Hettner beglückwünscht und versichert, «manches gelernt zu haben, was er zum erstenmal hörte». Schließlich spricht Keller in der vierten seiner Gotthelf-Rezensionen, die am 1. März 1855 erscheint, von der Ähnlichkeit des Grundgedankens in Gotthelfs «Erlebnisse eines Schuldenbauers» und in den Robinsonaden; im «Schuldenbauer» ist «ein ... Ehepaar in dem Aufbau seiner irdischen Welt, seines leiblichen Glücks mit jener Bedeutung und Schönheit geschildert, welche jüngst Hermann Hettner mit Recht als den

Schwerpunkt in Defoes Urbild des ‹Robinson› und als den ersten Reiz aller Robinsonaden nachgewiesen hat»; Wohlstand und Vorwärtskommen «verursachen dem Leser das gleiche ursprüngliche Behagen wie jenes glückliche Gedeihen der Robinsone [190]».

Von der Roman-Rezension wird ein letztes Mal im Januar 1855 gesprochen. Keller zieht gleichsam einen Schlußstrich unter die Episode und stützt sich auf Hettners Versicherung, mit einer Anzeige des vierten Bandes zu bessern, was er verschuldet hat: «Wenn Sie Zeit haben, so machen Sie doch sofort nach Empfang des 4. Bandes die Schlußrezension. Für die künftigen Sachen werde ich Sie nicht mehr plagen, da ich von mir aus alle künftigen Bücher sich selbst überlassen werde. Diesmal aber ist es noch nötig wegen des Buchhandels, denn der Vertrieb muß durch den 4. Band gerettet werden [191].» Am 18. Mai 1855 wird dieser Schlußband, der dem Dichter so viel Leid macht, an Hettner abgeschickt, und Keller gesteht im Begleitbrief: «Indessen habe ich jetzt große Angst, daß der 4. Band durchfällt»; den «autodidaktischen Bildungskapiteln» fehle «die solide Ausführung». Der Brief endigt: «Ebenso konnte ich den Schluß im Drange der Tage nicht machen, wie ich ihn eigentlich machen wollte. Schreiben Sie mir doch bald darüber ...[192]»

Doch seine Arbeit als Direktor der Antikensammlung in Dresden beansprucht alle Kräfte Hettners. Das Antwortschreiben vom Juni 1855 enthält zwar wiederum einige Betrachtungen, er spricht von «der schönen, mild heiteren, gedankenklaren Dichtung», ist beeindruckt durch «die ruhige Plastik des Stils» und führt den Vergleich mit Goethes Prosa an; auch dem vierten Band wird eine Vorzugsstellung innerhalb der gleichzeitigen literarischen Produktion zugewiesen: für Hettners Gefühl ist «die Gesamtwirkung eine so rein dichterische, wie man sie wenigen Dichtwerken der neueren Zeit nachrühmen kann»; «das Idyllion auf dem Schlosse des Grafen ist ein Meisterstück, so zart und innig empfunden und so durchaus lebensfrisch und gesund, daß alle neuen Poeten samt und sonders bei Ihnen in die Schule gehen können.» Hettner verweist schließlich besonders auf die Steigerung, die die «rein harmonische Liebe» zu Dortchen gegenüber der «ästhetischen Liebe» zu Anna und «der sinnlichen zu Judith» bedeute. Die Zweifel des Dichters an den Bildungskapiteln teilt er nicht; dagegen sollten die «Heimatträume», trotz der Auflockerung durch «die vortreffliche, äußerst lebhaft gezeichnete Gestalt des alten Kunsttrödlers», kürzer gehalten sein. Als überflüssig erscheint ihm Heinrichs Sterben: «Fast dünkt es mir, Sie predigen das ‹In der Beschränkung zeigt sich erst der Meister› etwas allzu eindringlich, wenn der Held seine strebsamen Bildungswirren mit dem Tode büßt.» Heinrich Lee habe genug zu tragen am Bewußtsein seiner Schuld gegenüber der Mutter. «Jedoch haben sich mir diese Bedenken allmählich gemildert, indem ich mir sage, daß der Ernst der Bildungstragödie nur um so durchschlagender auftritt. Es wäre mir lieb, wenn Sie mir hierüber etwas schrieben. Sobald ich nur ein wenig mehr als jetzt zur

Sammlung komme, erfülle ich das Versprechen einer öffentlichen Anzeige.» Keller versucht den gewählten Schluß zu begründen, er weist auf die übereilte Beendigung des Bandes hin, dessen letzte Teile «eine förmliche Elegie über den Tod» hätten werden sollen, «indem hauptsächlich das aufgegebene Bewußtsein der persönlichen Unsterblichkeit dem Heinrich das Gewissen und Weiterleben schwer macht, da die Mutter dieses einzige, einmalige und unersetzliche Leben für ihn verloren». Mit dem Tod der Mutter müssen auch «seine neuen Hoffnungen» auf ein «öffentliches Wirken» und «ein edles und ungetrübtes Lebens- oder Eheglück» scheitern; trotz aller vermeintlichen oder tatsächlichen «Willkürlichkeit», trotz «aller bloßen Andeutung» hat der so gestaltete Schluß für Keller mehr Gewicht, «als ein summarisches Heiratskapitel gehabt hätte [193]». Ungeachtet dieser Erläuterungen des Dichters bleibt die Rezension ungeschrieben.

Aber Keller, der inzwischen am ersten Band der «Leute von Seldwyla» arbeitet, zweifelt nicht an Hettners gutem Willen. Schon im November 1855 gibt er dem Verleger den Auftrag, ihm Aushängebogen der Novellen zu schikken. Im Februar schreibt Hettner, er habe sie nicht erhalten, auch nicht die Ausgabe, die im Januar 1856 erschienen war, und setzt hinzu: «Ich sehe ihnen mit Spannung entgegen. In der öffentlichen Besprechung will ich gutzumachen suchen, was ich in der Anzeige des Romans etwa gesündigt habe.» Diese Nachricht reizt Keller zu einer Schmähung des Verlegers: «Das ist ja ein schreckliches Wandeln auf dieser *via bestia.* Wenn der Hund mein Buch vor einem Vierteljahr versendet hätte, wie er recht gut gekonnt, so wäre jetzt bereits das Schicksal desselben entschieden und ich um einen Schritt weiter gebracht; aber darin scheint das Gewissen, das der Strolch bei jeder Autorversäumnis anruft, aufzuhören!» Ende März hat Hettner das Buch immer noch nicht in Händen, verspricht aber dem Dichter neuerdings «eine ausführliche Anzeige». Darauf wendet sich Keller wiederum an den Verleger und weist ihn an, Hettner ein Exemplar zu senden: «Es hängt davon die ausführliche Besprechung in einem großen Blatte ab.» Mitte April sind die Novellen endlich in Hettners Besitz; doch wieder ist er verhindert: seine Gattin ist auf den Tod erkrankt. «In dieser Zeit», schreibt er Keller, «hat mich Ihre vortreffliche Dichtung erhoben und erquickt in einer Weise, wie es nur die vollendetste Schönheit vermag. Freund, Sie haben ein klassisches Werk geschaffen. Namentlich Ihre ‹Frau Regula› und Ihr ‹Romeo und Julie› wird leben, solange die deutsche Zunge lebt.» Neuerdings wird die Rezension erwähnt: «Sobald ich nur ein klein wenig wieder zu Atem komme aus meinem schweren Drangsal, mache ich Ihnen eine ausführliche Anzeige. Es ist dies nicht ein Freundschaftsdienst, den ich Ihnen erweise, sondern ein Herzensbedürfnis, das ich erfülle [194].» Allein, auch diesmal findet Hettner keine Gelegenheit, die Besprechung zu schreiben.

An seinem Ort nimmt sich Gottfried Keller vor, den ersten Band von Hettners «Literaturgeschichte des 18. Jahrhunderts» zu rezensieren, der gleichzeitig mit den «Leuten von Seldwyla» erscheint. Schon am 4. November 1855 schreibt ihm Hettner: «Wie mein Buch wirken wird, bin ich sehr gespannt. Herrn Julian Schmidt wird es sehr unbequem sein und er wird daher schimpfen. Die übrigen Blätter werden flüchtig darüber hinweggehen; denn es behandelt eine Literaturepoche, zu deren Beurteilung nicht Alle das nötige Zeug haben. Das Liebste wäre mir, wenn einzelne Journale einzelne Auszüge brächten.» Es folgt die Bitte um ein Urteil: «Wollen Sie etwas für die Öffentlichkeit tun, so bin ich Ihnen um so dankbarer verpflichtet» – wobei er es vorziehen würde, wenn die Rezension in einer größeren Schweizer Zeitschrift erschiene [195].

Im Februar berichtet Keller von seinem ersten Eindruck; wenn Julian Schmidt in den «Grenzboten», wie Hettner richtig vermutet hat, «die novellistische Form, die geistreiche ‹esprit›-Manier» und «die Unvollständigkeit des Materials» beanstandet [196], so hebt der Dichter «die einfache durchsichtige Zweckmäßigkeit in der Anordnung» hervor. Er schätzt es besonders, daß der Verfasser den Leser an die Gegenstände heranführe und in der «zutreffenden und zeitgemäßen» Verbindung von (englischer) Revolutionsgeschichte und der zeitentsprechenden Kultur- und Literaturgeschichte ein «lehrreiches Exempel und Demonstrandum gewonnen» habe. Im Oktober 1856 schreibt er Hettner von andern kritischen Äußerungen über den ersten Band; die Presse stoße sich am «Mangel an Gelehrttuerei», die Männer vom Fach aber, wie Vischer und Köchly, «am äußern Stil, an den kurzen Sätzen und modernen Wendungen [197]».

Die Einwände Kellers betreffen die «historisch-politischen Einleitungen», die Hettner den einzelnen Abschnitten der englischen Literaturgeschichte voranstellt. Nach seinem ersten Dafürhalten hätten sie «äußerlich etwas selbständiger» gestaltet werden sollen. Aber dann erkennt er, daß es sich um Zusammenfassungen handelt, und läßt die Kritik fallen. Über die geplante Rezension des Werks schreibt er Hettner: «Was mich ... erbaut und erfreut hat, werde ich baldigst in einem Aufsätzchen zu beschreiben suchen; wo ich dasselbe unterbringe, weiß ich freilich noch nicht, wahrscheinlich in einem St. Galler literarischen Blatt, wenn es überhaupt in der Schweiz geschieht; denn die neue Monatsschrift in Zürich wird sich kaum halten und ist in den Händen der doktrinären und zünftigen Professorenpartei, zu welcher leider auch Vischer sich gestellt hat. ... Ich will aber noch bei den Herren anfragen, ob sie eine größere Rezension von unzünftiger Hand aufnehmen wollen.» Mitte April 1856 teilt er Hettner mit, die Besprechung liege für die «Kölnische Zeitung» bereit, und er habe die Absicht, «auch in der Schweizer Presse» für das Werk einzutreten [198]. Weder die Rezension in der «Kölnischen Zeitung» noch Anzeigen in schweizerischen Blättern sind erschienen.

Nachdem Keller in die Schweiz zurückgekehrt ist, schreiben sich die Freunde nur noch spärlich. Fragen der Kritik und Urteile über Werke dritter bilden aber weiterhin den Gegenstand der Korrespondenz. 1862 taucht, angeregt vom Verleger Vieweg, der Plan periodischer kritischer Veröffentlichungen in Form eines Jahrbuchs auf, das Hettner redigieren und an dem Keller sich mit «etwas *Kritischem*» beteiligen soll [199]. Das Projekt läßt sich jedoch nicht verwirklichen. Gegenseitige Kritik schweigt in den Briefen. Nur im März 1860 äußert sich Keller zum zweiten Band von Hettners Literaturgeschichte; wiederum macht er «die angenehme Erfahrung, daß das Werk auf die anregendste Weise einwirkt», würdigt «die Gliederung und Proportion des ganzen Werkes», wenn auch «der gewaltige Stoff» etwas gepreßt ist und die Sondergebiete der Ausführlichkeit mangeln. Im März 1863 behält sich Keller vor, sobald Hettners Werk abgeschlossen sei, «doch noch einen Exkurs zu machen [200]». Und als Ende 1874 die vier Bände der «Leute von Seldwyla» vorliegen, fällt es auch Hettner nicht schwer, sich ein Urteil zu bilden: «Was mich an diesen Novellen so tief erfreut, das ist der entzückend frische Naturton. Man kann über einzelne Motive rechten, immer aber haben wir es mit dem echten Poeten von Gottes Gnaden zu tun. Was ist das für ein wunderbares seltenes Zusammen von reinster Herzenszartheit, von erschütternder Tragik und schalkhaftestem Humor! ‹Das verlorene Lachen› gehört zum Gewaltigsten, was ich an Novellenpoesie kenne. Fahre fort, lieber Freund, die Welt mit Deinen herrlichen Gaben zu erfreuen. Heut in der Zeit der nichtswürdigsten Buchmacherei darf der nicht schweigen, der an Begabung und Einsicht ein Künstler ist, wie wir jetzt keinen zweiten neben Dir haben [201].» Daran schließt Hettner den Wunsch nach einer kritischen Äußerung Kellers über die letzten Bände der Literaturgeschichte: «In den nächsten Wochen gehe ich an eine neue Auflage meiner beiden Goethe- und Schillerbände. Ich habe noch gar kein Urteil darüber von Dir gehört. Es wäre ein lieber Freundesdienst, wenn Du mir einiges sagen wolltest. Ich würde Deine Bemerkungen und Rügen und Verbesserungen dankbarst nützen [202].»

In dem letzten Brief an den Freund nimmt Keller das Gespräch auf. Mit wenigen Strichen charakterisiert er Hettners Literaturgeschichte; er rät von Änderungen ab, «denn das Werk steht doch in seinem ganzen Gusse einzigartig da». Für das Lob des «Verlorenen Lachens» ist er dankbar, weil andere Kritiker, Vischer z. B., es für «tendenziös und zu lokal» halten, was ihm «zu abstrakt schulmäßig» geurteilt scheint; er möchte sich als Dichter «das Konkretum» nicht nehmen lassen, sofern es als Novellenmotiv tauglich ist. «Über das Poetische oder Literarische» schweigen die Rezensenten: «... so wurde ich unbehaglich, weil es eben die letzte Arbeit war und ich denken konnte, es scheine doch nicht mehr zu gehen und ich in den Altersdusel hineingeraten.» Mit einem Ausblick auf die alten dramatischen Pläne, die vielleicht doch noch einmal ausgeführt werden könnten, schließt der Brief [203].

Eine Gegenüberstellung dieser letzten zukunftsbewußten, schaffensfreudigen Äußerung Kellers und eines Geständnisses von Hettner macht vielleicht etwas von dem Unterschied zwischen dem schöpferischen Dichter und dem Wissenschafter und reinen Kritiker spürbar. Im Weihnachtsbrief 1875 schreibt

Hettner: «Ich wandle in der Tretmühle eintöniger Arbeiten und Geschäfte. Oft ist mir, als käme ich vor lauter Lernen und Lehren nicht mehr zum eigenen Denken und Schaffen. Es beschäftigt mich eine Bildungsgeschichte des italienischen Renaissancezeitalters. Aber ich habe den Mut nicht mehr zu so kühnem Wagen [204].» Kellers Antwort auf diese Klage läßt den Abstand zwischen dem «dichterischen» Lessing, der die Kunst aus erster Hand hat, und dem «kritischen» Spiegelbild noch einmal hervortreten: «Das italienische Renaissancewerk wäre freilich ein recht glückliches und stattliches Gegen- oder Nebenstück zu Deinem XVIII. Jahrhundert, und solltest Du daher frisch hineinspringen, zum Teufel! sollen wir so freiwillig abdizieren? Im Gegenteil, das Wagen und Mühen erhält jung, nur muß man sich dabei nicht abquälen oder quälen lassen! [205]» Mit dieser Ermunterung, die wohl zugleich ein Selbstbekenntnis ist, findet der Briefwechsel, einer der angeregtesten, die Keller geführt hat, sein Ende.

Es bleibt eine Beobachtung anzuschließen: In den «Kleinen Schriften», die ein Jahr nach Hettners Tod von seiner Frau herausgegeben werden, zum Teil aber sicher noch von ihm selbst ausgewählt worden sind – «Einzelne seiner kleinen Schriften als Sammlung herauszugeben, war ein Gedanke, der meinen verstorbenen Mann in den letzten Jahren seines Lebens gelegentlich beschäftigte», schreibt Anna Hettner im Vorwort – fehlen die beiden Keller-Rezensionen; auch im «Verzeichnis der sämtlichen Schriften Hermann Hettners», das dem Band beigegeben ist [206], erscheinen sie nicht. Sollte Hettner seine Besprechungen von Gottfried Kellers «Neueren Gedichten» und des «Grünen Heinrich» der Vergessenheit bestimmt und nicht einmal die Erwähnung zugelassen haben?

DRITTER TEIL

GOTTFRIED KELLER UND FRIEDRICH THEODOR VISCHER

EINLEITUNG

GEMEINSAMKEITEN

Die Biographie Fr. Th. Vischers vor seiner Berufung an die Hochschulen Zürichs und die äußern Umrisse seiner Freundschaft mit Gottfried Keller lassen sich kurz so darstellen: 1844 wird Vischer Professor für Ästhetik und Literaturgeschichte in Tübingen, kurz nach seiner Ernennung jedoch wegen angeblicher Irreligiosität und Ungebührlichkeiten in seiner Ordinariatsrede für zwei Jahre suspendiert. Er nutzt diese Zeit dazu, den ersten und zweiten Band der «Ästhetik» zu schreiben; von 1848 bis 1849 ist er Mitglied des Frankfurter Parlaments und zwischen 1851 und 1855 arbeitet er in Tübingen am dritten Teil seines Hauptwerks. Wegen persönlicher Bedrängnisse und aus beruflichen Rücksichten nimmt er den Ruf nach Zürich an [1]. Damals bemüht sich zwar Keller noch darum, Hermann Hettner den Lehrstuhl für Literatur- und Kunstgeschichte zu verschaffen; dennoch freut ihn Vischers Kommen: «Nun wird es jedenfalls eine erfreuliche Gesellschaft dort geben, wenn ich nur erst dort wäre», schreibt er an Hettner aus Berlin. In Zürich trifft er mit dem Gelehrten bei Frau Wesendonck, der Gönnerin Richard Wagners, zusammen; beide sind Gäste des Literatenpaares Stahr-Lewald, das im Sommer 1856 Zürich besucht, und bald ist Vischer eine wichtige Erscheinung im Gesellschafts- und Bildungsleben der Stadt [2]. Bei der abendlichen Stammtischrunde kommen sich Vischer und der Dichter näher; in einem Brief Kellers an Hettner heißt es: «Mit Vischer, Burckhardt, Hitzig trinke ich zuweilen des Abends ein Schöppchen»; Vischer erinnert sich noch lange nach seinem Weggang von Zürich an das Beisammensein im Zunfthaus zu Safran und kneipt «im Geist» mit Keller [3]. Allmählich erhält der Dichter Einblick in den Charakter und die privaten Verhältnisse des Gelehrten; Vischer sei «ein sehr liebenswürdiger und frischer Mensch als Person», urteilt er zunächst, habe sich aber leider «ganz zu dem Universitätsvolk geschlagen». «Vischer ist ein von der Frau geschiedener Mensch und meistens moros», berichtet er später Ferdinand Freiligrath, und ein andermal an Hettner: «Er scheint auch sehr gekränkt und verbittert zu sein, und man darf ihn durchaus nicht zu jenen ästhetischen Sündern zählen, die aus eigener Haltlosigkeit und Gehaltlosigkeit unglückliche Ehen produzieren und dabei munter und guter Dinge sind [4].»

Die persönlichen Beziehungen werden dadurch vertieft, daß Vischer sich beim Verleger Georg von Cotta für den Dichter einsetzt. Er ist überzeugt, daß dem poetischen Schaffen eine regelmäßige Tätigkeit anderer Art als Rahmen und Ausgleich dienen müsse; er möchte Keller die Möglichkeit verschaffen, für die Zeitungen und Zeitschriften des Cotta-Verlags zu schreiben. Wie Vischer und der Verleger sich diese Mitarbeit denken, geht aus einem Brief Cottas an Keller vom 5. Oktober 1860 hervor: «Mein Freund Vischer sagte mir, daß Sie nicht abgeneigt wären, meiner ‹Allgemeinen Zeitung› einen Bericht über das ... am Mythenstein anzubringende Erinnerungsmonument an Schiller zuzuwenden»; Keller sei ihm dafür der «willkommenste» Berichterstatter. Ferner ist Cotta bereit, umfänglichere, nicht nur für den Tag bestimmte Aufsätze im «Morgenblatt» zu veröffentlichen, und setzt hinzu: «Jede geschäftliche Verbindung zwischen Ihnen und der J. G. Cottaschen Buchhandlung wird mir stets willkommen sein.» In einem späteren Brief an den Verleger erklärt Vischer nochmals den Zweck seiner Bemühungen: «Ich bin neulich hinter Gottfried Keller gestiegen, daß er Ihnen doch öfters Arbeiten für Ihre Zeitschriften machen soll. Es ist mir, offen gesagt, dabei auch um ihn selber zu tun, denn ich fürchte, er verkommt in seinem Zaudern und Nichtstun. Könnten Sie ihn einigermaßen binden, eine Zusage regelmäßiger Beiträge abgewinnen, so wäre diese Fessel höchst wohltätig für ihn.» Er versucht, auch den Dichter selbst zu beeinflussen, der allerdings den Nutzen eines solchen Mitarbeiterverhältnisses weniger im Zwang zu geregelter Beschäftigung als im gesicherten Einkommen sieht, welches wiederum ungestörtes dichterisches Produzieren ermöglichen würde. Nach dem Erscheinen des Mythenstein-Aufsatzes stützt er sich in einem Brief an Cotta auf dessen Versicherung, er sei einverstanden, «einer ferneren literarischen Tätigkeit» Kellers «neuerdings freundlichen Raum zu gönnen», und spricht von seinem Wunsch nach «einer bestimmten bindenden und sicherstellenden Tätigkeit, welche dem poetischen Schaffen eine ruhige Grundlage gäbe [5]» – wie Vischer glaubt auch er, daß «die gänzliche Freiheit ... für Unbemittelte wie für Bemittelte auf die Dauer nicht erquicklich» sei, eine Ansicht, die er später durch Paul Heyses reine Dichterexistenz bestätigt findet [6].

«Vischer», fährt Keller im Brief an den Verleger fort, «machte mich nun auf eine Form aufmerksam, die mir allerdings sehr erwägenswert und geeignet erscheint, eine bestimmte Grundlage zu gewinnen»: er würde «jährlich eine gewisse Anzahl Bogen verschiedener Art und Weise» liefern, «regelmäßige Kultur- oder sonst zusammengefaßte Berichte aus der Schweiz, Rektifikationen, die etwa nötig sind, Verständigungen u. dgl., kurz eine Art Korrespondenzen mit bestimmtem Zeichen»; der Verlag müßte ihm «ein mit diesen Bogen im Verhältnis stehendes Fixum quartaliter auszahlen». Die Arbeit für Cotta möchte Keller als «Hauptgeschäft», das Dichten «als Erholung» betrachten. Der Verleger gibt jedoch zu bedenken, daß er dem Urteil der Redaktoren seiner Blätter nicht durch eine feste Zusage vorgreifen könne:

«Der Deutsche, zumal der deutsche Gelehrte ist eben ein selbständiger Mann von Gesinnung, nicht der literarische Hausknecht des oder irgend eines spekulationssüchtigen Verlegers. Letzterer muß ihm also seine ganze und volle Unabhängigkeit lassen ...» Zudem sei es für den Schriftsteller selbst nicht ein Vorteil, sich «für eine bestimmte Bogenzahl *per annum*» zu verpflichten: «Ein metiermäßiges *Muß* wird drückend, lähmt eher, als daß es ermutigt [7]».

Der Plan, «im besprochenen Sinne eine mehr anhaltende Schriftstellerei zu beginnen», wird schließlich im September 1861 durch die Wahl Kellers zum Staatsschreiber gegenstandslos [8].

Die Beiträge des Dichters für den Cotta-Verlag hätten einer journalistischen Korrespondententätigkeit, die Erzählungen, die er regelmäßig einsenden will, nach ihrer Erscheinungsform moderner Fortsetzungs- und Feuilletonschriftstellerei entsprochen. Keller mag übrigens diese Anregung Vischers nicht nur wegen des Geldpunktes willkommen sein; eine Verbindung mit dem «aristokratischen» Verlag bedeutet auch vermehrtes Ansehen beim Publikum. Cotta gehört zu den Verlegern von «autoritativer Bedeutung»: «Nachdem es ... Cotta einmal gelungen war, eine Reihe der erlesensten ‹klassischen› Geister in seinem Verlage zu versammeln, war es Jahrzehnte hindurch eine Art Anwartschaft auf die Unsterblichkeit, bei ihm erschienen zu sein (Schücking).» Dazu kommt ein Bedürfnis, das Keller später einmal ausspricht: «... man wünscht ja manchmal etwas zu sagen und kommt nur nicht dazu, weil man kein Organ hat ...», d. h. ihn treibt auch der Wunsch, in der Öffentlichkeit durch die Berichte aus der Schweiz und andere Aufsätze wirken zu können [9]. Die Wahl des Dichters zum Staatsschreiber enthebt Vischer seiner Bedenken über Kellers Untätigkeit; wenn er sich später besorgt um ihn zeigt, so gilt diese Sorge ausschließlich der künstlerischen Entwicklung Kellers [10].

Unter den Aufsatzthemen, die Keller für die Cottaschen bearbeiten möchte, betrifft eines «das Verhältnis der Schweizer und Deutschen zueinander jetzt und in Zukunft, sittenbildlich, kulturhistorisch und politisch, im Sinne einer größeren Verständigung, da das Franzosentum fortwährend Anstrengungen auch in der deutschen Schweiz macht». Ein solcher Artikel wäre Cotta, «zumal im Sinne der Annäherung», sehr willkommen [11]. Gerade auch die Sympathie Kellers für Deutschland und die deutsche Kultur, wie sie in diesem Plan zum Ausdruck kommt, führt den Dichter schon in Zürich mit dem glühenden Patrioten Vischer zusammen. Umgekehrt aber wird das Lob der Schweiz in Vischers autobiographischem Abriß «Mein Lebensgang» geschmälert durch eine Erfahrung, die dem Ästhetiker offenbar zu schaffen macht: «Es herrscht oder herrschte wenigstens damals [als er in Zürich lehrt] noch politische Abneigung gegen Deutschland, ja mehr als dies, ein ungünstiges Urteil über den deutschen Nationalcharakter ... Diese Stimmung bricht hervor, man weiß niemals, wann und wie? ... glaubt man sich bei Gebildeten geborgen, die man als deutschfreundlich kennt, doch entfährt auch ihnen leicht ein Wörtchen, das auf die mit der Muttermilch eingesogene Denkart weist.» Mit einer gewissen Bitterkeit und Ironie stellt er fest, daß der eingeborene Zug nach Frankreich, «seine Franzosenbewunderung», den Schweizer zu einem «nur zu echten Deutschen» mache. Vischer wird in Zürich das Gefühl des Fremdseins nie ganz los und ist nicht imstande, «auf diesem Boden ganz anzuwachsen [12]».

Mit seiner Vorliebe für Deutschland, der Abneigung gegen Frankreich und seinem Haß auf Napoleon III. steht Keller im Gegensatz zu vielen seiner Mitbürger und auf der Seite Vischers; das bekunden seine Artikel anläßlich des Savoyer-Handels, als er zu der Partei gehört, die es auf eine bewaffnete Auseinandersetzung mit Frankreich ankommen lassen will [13]. Das erste Heft der «Neuen Folge» von Vischers «Kritischen Gängen» (unter dem Titel «Eine Reise» erschienen) gibt ihm Gelegenheit, in einer Rezension den «deutschen Patrioten» vorzustellen. Vischers Aufsatz (vgl. S. 222) beschreibt eine Frühlingsfahrt durch Europa, einen «leidenschaftlichen Rundgang» bei den Völkern, die um Recht und Freiheit kämpfen, aber, da Frankreich ihnen hilft, Deutschland «eher feindlich als freundlich gegenüberstehen». Der Eifer Vischers für eine entschlossene Reichspolitik, «die tatendurstige Sehnsucht nach deutscher Machtentfaltung», findet Kellers Anerkennung, weil sie «die notwendige Folge der echten deutschen Bildung, Freiheit und Einigkeit und nicht ohne Gerechtigkeit und Humanität zu denken ist». Angesichts des Kampfes der großen Nationen weist der Dichter auf die besondere Stellung der Schweiz hin, die in diesem Sinne keine historische Aufgabe zu bewältigen hat. Glücklich sind nur «die kleinen Völkerschaften, welche ... nicht zur tragischen Wahl der Mittel gezwungen [sind], welche die Anforderungen der Größe erfüllen sollen».

Uneingeschränkt bekennt Keller seine Gesinnung im Deutsch-Französischen Krieg; am 1. Oktober 1871 schreibt er Vischer: «Ich möchte Ihnen gern einläßlich zum Krieg und zum Deutschen Reich gratulieren und über die Franzosenborniertheit fluchen, die sich beim großen Haufen in unserer alten Schweiz breit machte und noch glimmt.» Er möchte selbst «poetisch-schriftstellerisch» dagegen angehen «und den Patriotismus einmal in Tadel statt in Lob ... exerzieren», um zu sehen, ob ihm «die Bestien auch die Fenster einwerfen» würden [14]: eine Anspielung auf den Tonhalle-Krawall, wo französische Internierte und ein Teil der zürcherischen Bevölkerung, die sich mit Frankreich verbunden fühlt, die Friedensfeier der deutschen Kolonie stört (9. März 1871). Keller analysiert dieses «pathologische» Verhalten: «Für das zu Hause sitzende Volk, das nicht gereist ist und nicht Literatur treibt, ist die Bedeutung deutscher Nation fast eine *terra incognita* gewesen ...[15]» Die Bewunderung für Deutschland, seine, wie er selbst sagt, «Germanomanie», wird nur einmal, durch den Konflikt mit Preußen im Herbst und Winter 1856/57 um Neuenburg, gedämpft, als er jede persönliche Verbundenheit zurückstellt und in seinem Aufruf «An die hohe Bundesversammlung» den

Verteidigungswillen des jungen eidgenössischen Staates zu stärken sucht [16]. Vischer weist zwar in seiner Keller-Studie hin auf die kleinen «Ausfälle gegen Deutschland» im «Grünen Heinrich», fügt jedoch bei: «... das ist lange her; Keller wird jetzt anders denken»; und im Herbst 1871 schreibt er dem Dichter: «Daß Sie im deutschen Krieg nicht bei den ‹Neutralen› sein werden, war ich von Anfang überzeugt. Der Sieg Deutschlands kommt doch gewiß mittelbar auch der Schweiz zugute, denn daß Deutschland den europäischen Frieden will, ist doch gewiß kein leeres Geschwätz. Wer den Nachbar nicht in Ruhe läßt, bedroht jeden Nachbar; ein mürb geschlagenes Frankreich neben sich zu haben, kann der Schweiz nur erwünscht sein [17].»

Der deutsche Erfolg in diesem Krieg inspiriert Vischer zu zwei Veröffentlichungen; anläßlich des Vortrags «Der Krieg und die Künste» (Stuttgart 1872) gratuliert Keller «neuerdings zu den stoffgebenden Ereignissen», und als er die Schartenmayer-Moritat «Der deutsche Krieg 1870/71. Ein Heldengedicht» (Nördlingen 1873) erhält, schreibt er dem Verfasser: «Schade, daß Schartenmayer den Bazaineschen Prozeß nicht mehr erlebt hat und mit seinen Betrachtungen begleiten konnte, gewürzt mit doch halb entrüstetem Spotte über die Meinung der Franzosen, daß sie nun den Krieg nachträglich doch gewonnen hätten! [18]»

In dem Glückwunsch zum 80. Geburtstag des Gelehrten faßt Keller zusammen, was für sein Empfinden die politische Gesinnung Vischers ausmacht: «Die Ehre, Stärke und harmonische Freiheit des Vaterlandes sind seine lebenslängliche Leidenschaft, und er hat sie jederzeit redlich erlitten und durchgekämpft, ohne den Mannestrotz zu verlieren: wenn er am wenigsten hoffte, so war es am wenigsten geraten, ihm mit Mitleid zu kommen [19].» Ist das, am Ende des eigenen Lebens geschrieben, nicht auch ein Selbstbekenntnis Kellers?

Neben den persönlichen und den politischen Äußerungen steht die gegenseitige Kritik der eigenen Werke. Zunächst sei versucht, einige Grundzüge von Vischers Literaturtheorie zu bestimmen. «Zwischen Philologie und Ästhetik ist kein Streit, es sei denn, daß die eine oder die andere oder daß sie beide auf falschen Wegen gehen»: so schließt Wilhelm Scherer seine Literaturgeschichte. Dieser Satz, der auf Vischer abzielt [20], bezeichnet zwei Möglichkeiten, Methoden der Deutung; die erste, von der positivistischen Schule verwirklichte, lehnt Vischer ab; man denke an seine Kritik des «Goethe-Philologen und -Mikrologen» Düntzer und an die Parodie der Stoff- und Sinnhuber im dritten Teil des «Faust»; noch in dem späten Aufsatz «Das Schöne und die Kunst» meint Vischer, zur objektiven Beurteilung eines Werks trage nichts bei, wer nur die äußeren Bedingungen seines Entstehens anführe [21]. Eine andere Voraussetzung von Vischers ästhetischen Anschauungen leitet sich aus seiner Polemik gegen Gervinus her, vor allem gegen die Behauptung, «daß das Endurteil des ästhetischen und das des historischen Beurteilers, wenn beide in gleicher Strenge zu Werke gingen, immer übereinstimmen wird; es rechne nur jeder auf seine Weise richtig, die Probe wird die gleiche Summe aufweisen»: die These also, die Scherer wieder vertritt. Im Aufsatz «Noch ein Wort darüber, warum ich von der jetzigen Poesie nichts halte» spricht Vischer von Gervinus' Art, «das Richtige immer in der widerwärtigsten Manier und Laune zu sagen», bemerkt er bei ihm eine ungewöhnliche Schwerfälligkeit des Ausdrucks. Freilich wird sie aufgewogen durch «den Instinkt, die Witterung und den Tastsinn» des Philosophen, durch sein Gefühl für «den kritischen Fortschritt» und durch die Einsicht, «daß die wahre Kritik nicht rein zerstören, sondern zerstörend schaffen soll»; in Gervinus' Literaturgeschichte spürt Vischer «den Geist der Gesundheit, der Objektivität, der männlichen Tüchtigkeit, des echten idealen Realismus [22]». Die Stileigentümlichkeit («er mißhandelt die Sprache, schwer arbeitend, tiefwühlend arbeitet er dem Maulwurfe gleich unter der Erde fort ...», er schafft sich «im Sprechen erst seine Sprache») hängt zusammen mit dem hauptsächlichen Fehler, daß bei Gervinus die «ethisierende Betrachtung» vorherrscht; sie hat zwar «ihr gutes, großes Recht», darf jedoch die ästhetisierende Interpretation nicht verdrängen und auch nicht auf eine wenn nicht künstlerische, so doch ansprechende Darstellungsweise verzichten [23]. Die unterschiedliche Bewertung dieser Gesichtspunkte, die sich nicht ausschließen, aber gegenseitig einschränken, hat bei Vischer und Gervinus persönliche Gründe und ist bei beiden aus der «Personalunion von Dichter und Literaturwissenschafter» herzuleiten: Es ist denkbar – und trifft auf Gervinus wie auf Vischer zu –, daß derjenige, der sich wissenschaftlich-kritisch mit der Literatur befaßt, selbst schöpferisch begabt ist oder zumindest das Vermögen, das Bedürfnis verspürt, ein poetisches Kunstwerk zu schaffen. Nun kann «die strenge Sachlichkeit» des Historikers durch die notwendigerweise besondere Haltung des Dichters «zu der Dichtung, die nicht seine eigene ist», beeinträchtigt werden, und diese Möglichkeit ist Gervinus als eine Gefahr bewußt, so daß er seine Jugenddichtungen verwirft und, um einem Rückfall in schöngeistig-gefühlsmäßige Erörterungen vorzubeugen, in der Literaturgeschichte jedes ästhetische Urteil vermeidet [24].

Vischer dagegen verzichtet nie ganz auf eigenes Dichten. Diese Neigung und Begabung wirkt anregend auf seine wissenschaftliche Arbeit, und Keller sieht darin einen Vorzug z. B. von Vischers Shakespeare-Aufsätzen; in einer Rezension vergleicht er zwar den Ästhetiker nicht ausdrücklich mit Gervinus, der «den Dichter von Seiten einer höhern sittlichen Weltanschauung aus ... neu besprochen und gewürdigt» hat, aber er betont, daß «ein eigentliches Buch ‹Shakespeare als Künstler›, welches ihn im Geheimnis seiner reichen dichterischen, dramaturgischen Werkstätte aufsucht», noch zu schreiben sei, und möchte diese Aufgabe Vischer zuweisen, «welcher ... manche schöne Vorarbeiten über Shakespeare gemacht und, was das rein Künstlerische betrifft, zu der wissenschaftlichen Ästhetik noch eine eigene entschieden künstlerische Ader hinzubrächte. Denn ohne diese soll keiner daran denken, dem Mangel abzuhelfen [25].»

Bestimmend für Fr. Th. Vischers Kritik der zeitgenössischen Literatur ist sein Bild von der historischen Entwicklung der Poesie in Deutschland; er pflichtet Gervinus bei, «daß unsere Dichtung ihre Zeit *gehabt* hat» und «daß sie wieder ihre Zeit haben wird [26]», obwohl für ihn die Klassik nicht die hohe Vollendung der deutschen Dichtung bedeutet wie für Gervinus, weil «sie durch ihre Orientierung an der Natur und der griechischen Welt ihrer eigenen geschichtlichen Welt gegenüber fremd» ist [27]. Der Niedergang der deutschen Literatur in der zweiten Hälfte des 19. Jahrhunderts reflektiert sich im Auftrieb, den die Kritik und die Literaturgeschichtsschreibung erfährt, und der so nur möglich ist «in einer Zeit, wo die Produktivität erloschen ist; nur wo die Poesie nicht Subjekt der Literatur ist, kann sie in solchem Grade Objekt werden». Dieser Zerfall erklärt sich aus dem politischen Charakter der Gegenwart; denn «wahre Dichtung ist nur, wo ... Besitz und Genüge der Seele» walten, und «die Völker müssen glücklich sein, wo Poesie blühen soll». Weil aber auch das Streben an sich nach einer neuen Wirklichkeit zur «unmittelbaren Umbildung in eigentliche Poesie» nicht geeignet ist, sondern «pathologisch ..., Stimmung der Unzufriedenheit, Reflexion ..., Kritik, Zersetzung, Ahnung, Prophezeiung, aber immer keine Poesie» ist, weil «alle poetische Stimmung, alle Naivität, jenes unbewußte innere Singen und Klingen» fehlen, die politische Dichtung nur körperlose, abstrakte Ideen ausspricht, liegt dieser Schluß nahe: «... mit unserem Dichten ist es nichts, es ist jetzt die Zeit zum Trachten [28].» Die moderne Literatur, in ihrer Gesamtheit «bewußt», entbehrt der Ursprünglichkeit, die im Gegensatz zu jeder wissenschaftlichen, «ihrer Natur nach unmittelbar auf Entdeckung des Wahren, Förderung des Guten und Zweckmäßigen» gerichteten Tätigkeit steht. Die romantische Schule allerdings versucht, diese Naivität zurückzugewinnen, sie macht «das Volkslied, das Volksbuch zum Losungswort», ohne jedoch etwas anderes als «Manier», «Spiegelung» zu erzielen. Sogar der «naive Dichter» Mörike entspricht Vischers Vorstellung vom «wahren Dichter» nicht, weil er sich auf das «Unbestimmte, Traumartige» beschränkt. Dieses ist freilich dort vorausgesetzt, wo «das spezifisch Poetische in ungemischter Echtheit» herrschen soll, doch Revolution, Liberalismus, Fortschrittsgeist, «die Philosophie, die den letzten Rest des Unmittelbaren in die Vermittlung des Denkens» einbezieht, und schließlich der Eingriff der Dialektik ins «sittlich soziale Leben» haben «die Physiognomie der Zeit» und damit die Aufgaben des Dichters so gründlich verändert, daß der Poet des Traums ihnen schon gar nicht, der Dichter der Wirklichkeit aber erst dann gerecht werden kann, wenn diese Wirklichkeit sich aus den politischen Umwälzungen, den fließenden Übergängen klar und fest herauskristallisiert hat [29].

Hier setzt Kellers Kritik ein. Es ist verständlich, daß er einem Dogma widerspricht, das die Berechtigung oder auch nur die Möglichkeit lyrischer Dichtung in der Gegenwart verneint. Kampflustig wendet er sich gegen das Zitat aus «Heinrich IV.»: «Dichter? ich wäre ein Kätzlein lieber und schrie Miau /

Als einer von den Versballadenkrämern», das Vischer offensichtlich in bewußter Übereinstimmung mit Gervinus anführt, bei dem es in der Widmung des vierten Bandes der Literaturgeschichte an Dahlmann steht; im zweiten Distichon des Epigramms «Historiograph» (um 1853), das Gervinus' politische Irrtümer und Kehrtwendungen verspottet, schreibt Keller: «Wär' ich doch lieber ein Kätzchen, ein schäbiges, welches Miau schreit, / Als ein solcher Prophet! riefen die Dichter im Chor [30].» In einer Reflexion notiert er anfangs 1850: «Schmerzliche Resignation des Dichters, welcher täglich hören muß, daß erst eine künftige Zeit der Poesie wieder eine schöne Wirklichkeit zur Entfaltung bieten und dadurch große Dichter hervorbringen werde; welcher dies selbst einsieht und doch die Kraft und das Verdienst in sich fühlt, in jener prophezeiten Zeit etwas Tüchtiges leisten zu können, wenn er in ihr leben würde.» Keller betrachtet hier das Urteil der spekulativen Literaturgeschichte noch als verbindlich und versagt sich deshalb die Hoffnung auf eine schöpferische Zukunft: «Er hat allen Trieb und alle Glut in sich», fährt er fort, «einem erfüllten Leben den dichterischen Ausdruck zu leihen, gerade aber, weil er weiß, daß alles Antizipierte falsche Idealistik ist, so muß er entsagen, und der rückwärtsliegenden überwundenen Produktion sich anzuschließen, dazu ist er zu stolz.» Aber wenig später ist diese Resignation vorbei. Es gibt einen Ausweg für den Dichter, nämlich «nichtsdestoweniger das ihm Zunächstliegende» zu ergreifen «und vielleicht gerade seine Lage in schöner Form» darzustellen. «Unter Shakespeares Dichtungen ist der pathologische ‹Hamlet› nicht die unansehnlichste. Und überdies hat jede Zeit gesunde brauchbare Momente und liefert in ihnen den Stoff zu einer schönen, wenn auch episodischen Poesie. Jeder Dichter, der ein *Herz* verrät, ist, lebe er, wann er wolle, der Teilnahme der Nachwelt gewiß.» Ähnlich schreibt er 1851 an Hettner: «... es ist eine Lüge, was die literarischen Schlafmützen behaupten, daß die Angelegenheiten des Tages keinen poetischen und bleibenden Wert hätten [31].» Diese Äußerungen Kellers widersprechen natürlich seiner gleichzeitigen Ansicht, ein neues Drama sei erst in einer politisch fest gegründeten Zukunft zu erwarten, nicht; denn es geht Hettner im «Modernen Drama» und Keller in den Briefen um ein Ideal, und es kann kaum der Sinn ihrer Ausführungen sein, dem Dichter zu empfehlen, bis zu jenen glücklichen Tagen untätig zu warten – wenn das in Hettners Schrift und Kellers Briefen auch nicht ausdrücklich festgestellt ist. Daß die schöpferische Einbildungskraft sich nicht zur Ruhe befehlen läßt, bildet die selbstverständliche Voraussetzung ihrer Untersuchungen. Die Notiz und die Briefstellen Kellers nun nehmen vorweg, was Vischer selbst später seiner Auffassung einschränkend entgegensetzt; in der Vorrede zum zweiten Heft der «Neuen Folge» seiner «Kritischen Gänge» (1861) nimmt er die «weit getriebene Abstraktion des ästhetischen Standpunktes» zurück und gibt zu, «daß auch ein echtes, tendenzloses Kunstwerk immer von lebendigen Beziehungen auf die Gegenwart durchwoben sein wird», daß die Lyrik «der Wirklichkeit ein Sollen entgegenhalten und doch ganz poetisch sein» könne, «wenn nur Gedanke, Urteil, Verwerfung, Forderung zur vollen subjektiven Wirklichkeit geworden, d. h. ganz in Stimmung, in Sehnsucht, Schmerz, Zorn, Hoffnung übergegangen ist [32]». Diese Korrektur beruhigt Keller, der in seiner Rezension von Vischers Heft die frühere apodiktisch geäußerte Meinung des Ästhetikers, die Entwicklung der deutschen Literatur sei mit der Klassik «für absehbare Zeit nicht nur geschlossen – im positiven Sinne der Vollendung –, sondern zugleich abgeschlossen im Sinne eines vorläufigen relativen Endes [33]», als «einen ungeheuren Übermut» bezeichnet, weil der Kritiker den Dichtern damit sage: «ich werde alsdann noch auf dem Platze, ihr aber werdet nirgends mehr zu finden sein [34].»

Der nun weiter gefaßte Begriff des Lyrischen, der auch Gedichte «politischen Gehalts» in sich aufnimmt, sofern «der poetische Trieb ... von selbst, ohne jede Absicht auf eine unmittelbare spezifisch-politische Wirkung, sich auf diesen Gehalt wirft und ihn unbefangen, nur um Schönes zu schaffen, zur poetischen Gestalt ausbildet», stimmt nicht nur mit Kellers Anschauung, sondern auch mit derjenigen Theodor Storms überein, der die Lyrik noch strengeren Gesetzen unterwirft und trotzdem der politischen Dichtung lyrischen Wert zubilligt, da sie es mit dem Gefühl, dem Erleben zu tun hat wie jede Lyrik [35].

Ungefähr zur gleichen Zeit wie das zweite Heft von Vischers «Kritischen Gängen» erscheint der Aufsatz «Am Mythenstein» (April 1861), in welchem Keller die Auseinandersetzung mit Vischer weiterführt. Die «Reflexion» hatte Keller zehn Jahre vorher in resignierender Zustimmung niedergeschrieben; jetzt errichtet er ein Gegenbild, weist er vor allem der Lyrik einen neuen Weg. Er betrachtet die Texte der auf den eidgenössischen Sängerfesten vorgetragenen Lieder; die Lyrik Goethes, die von den Romantikern gehobenen und geschaffenen «Volkslieder», die Gedichte aus der Zeit des Vormärz werden «in vielfältig blühender Melodie» gesungen und genügen den Ansprüchen nationaler Sängerschaften. Aber bei genauem Hinhören erweist es sich, «daß diese reiche Lyrik, was das Wort betrifft, bereits stille steht und sich auszusingen anfängt, wo nicht schon ausgesungen hat ... Steht aber das Wort still, so werden bald auch die Töne einschlafen.» Die Möglichkeit einer Fortentwicklung liegt wie beim Drama nicht im «Neuen», das es im Sinn der überraschenden Metapher oder des «menschlich Neuen» in der Poesie überhaupt nicht gibt, sondern in der Beschränkung auf «das Innerliche, Zuständliche und Notwendige ..., das jeweilig in einer Zeit und in einem Volke steckt, etwas sehr Nahes, Bekanntes und Verwandtes, etwas sehr Einfaches, fast wie das Ei des Kolumbus».

Gervinus und Vischer verharren als Kritiker zweifelnd auf einem Punkt, Keller geht einen Schritt vorwärts. Er stellt die Frage: «Welche Bewegkraft wird sich jetzt mit dem Einzeltalent vermählen», um es aus «dem Strichregen allseitig gleichmäßig geschickter Versemacherei» herauszuführen?

Er verweist den Lyriker und den Kritiker auf die Volksfeste, die den einen wie den andern «produktiv» beeinflussen können; «das offene Volksleben» muß den Dichter anregen, vor den Ansprüchen des Volkes soll er seine Lyrik rechtfertigen, unmittelbar im praktischen Gebrauch. «Hat an solcher Öffentlichkeit einer wieder gelernt zu dichten», so wird eine Lyrik entstehen, die im Volk lebendig bleibt, weil sie aus ihm letzten Endes ja entspringt. Diese Lyrik wird beweisen, daß jede Zeit für die Dichtung fruchtbar und empfänglich zugleich sein kann [36]. Diesen Gedanken, etwas allgemeiner gefaßt, äußert Keller noch einmal in der Rezension von Theodor Curtis Gedichten «Blumensträuße» (1869): «Für lyrische Sammlungen ist es eine harte Zeit, da selbst die Jugend früh praktisch wird und schon bei dem Schüler das Wissen von der Natur an die Stelle des Empfindens der Natur getreten ist.» Der Dichter hat diese Tendenz des Zeitalters zu berücksichtigen, sein Daseinsgefühl, wie es von den Kräften der Gegenwart gestaltet wird, abzubilden, dabei aber in Vischers Terminologie: «die Wärme», die Naivität zu bewahren; umgekehrt: der junge Poet, der sich jetzt noch in Naturschwärmerei verliert, wird später, wenn er statt dessen den Einfluß jener Kräfte auf sich selbst erfahren hat, «mit ganz anderer Wirkung vor die Welt», d. h. aber auch vor das Volk treten [37].

Vischer nennt in der «Ästhetik» die Sangbarkeit als einen der «Grundzüge des Lyrischen» (neben der Unmittelbarkeit, Schlichtheit, Leichtigkeit), und wie Gottfried Keller im Mythenstein-Aufsatz hebt er auch die gemeinschaftsbildende Macht des echten Liedes hervor; er trennt die «individuellen» von den «geselligen Liedern»: «die letzteren sprechen entweder die momentane Gemütsstimmung solcher aus, die zu Andacht, Trauer, Genuß, oder die eingewurzelte solcher, die bleibend in einem Stande vereinigt sind, beides natürlich in Anknüpfung an eine bestimmte Situation.» Die «sympathetische Natur» der Lyrik, des Liedes im besondern erhält so Bedeutung nicht nur für den einzelnen, sondern auch für «die Geschichte einer Nation» (als Schlachtlied, politisches Lied usw.[38]). Diese Seite der Lyrik wird vor allem von den Romantikern hervorgehoben, was Keller – wie Goethe in der Rezension von «Des Knaben Wunderhorn» – als einen positiven Zug wertet; in der erwähnten «Reflexion» von 1850 heißt es, jedes Gedicht wecke Teilnahme, wenn es «ein Herz verrät»: «Wo die Romantiker das getan haben, was freilich selten geschah, finden sie auch die gebührende Anerkennung bei jedem, der selbst ein Herz im Leibe hat [39]», ein Verdienst dieser Dichter, das Vischer jedoch nicht einmal in der beschränkten Geltung, die Keller ihm zumißt, anerkennt. Dies hängt zusammen mit Vischers grundsätzlich ablehnender Haltung der Romantik gegenüber. Im Vergleich mit Keller besitzt der Ästhetiker ein viel weniger differenziertes Romantik-Bild, vertritt er eine ungleich starrere Kritik der romantischen Dichtung.

ERSTES KAPITEL

KRITIK DER ROMANTIK

Die Aburteilung der Romantik, wie die meisten Jungdeutschen sie begreifen, nämlich in der spezifischen Erscheinungsform der Spätzeit und politischen Reaktion, hat schon ihre Geschichte, als Vischer seine Aufsätze und Rezensionen schreibt. Es ist zu erinnern an die Polemik Heinrich Heines in der «Romantischen Schule» (1836), wo er sich unter anderm auch gegen den Mittelalter-Kult wendet; an Hegels Kritik, die hauptsächlich den romantischen Subjektivismus betrifft; an Heinrich Gustav Hothos Rezension von Kleists Gesammelten Schriften (1826 von Ludwig Tieck herausgegeben): eine Kritik zugleich des Herausgebers und seines Vorworts, die mit Hegel übereinstimmt in der Bewertung der romantischen Ironie als Ergebnis «eines autonomen Kunstgewissens», sie als Merkmal auf die gesamte Romantik überträgt, in dessen Abwertung sich Mißtrauen gegen die Phantasie überhaupt äußert [40]. 1838 veröffentlicht Karl Rosenkranz eine Abhandlung über «Ludwig Tieck und die romantische Schule», wo den Romantikern Ichbezogenheit und Mangel an «schöpferischen Eigenwerten» vorgeworfen wird: «In der Kritik tat sich nichts als das, was Lessing schon begründet hatte, vollenden ... Die beiden Schlegel entwickelten mit Geist und Sachkenntnis die von ihm gemachten Anfänge.» Im Gegensatz zu Hegel, für den Friedrich Schlegel Zentralgestalt und Wortführer der Romantik ist, weisen Rosenkranz und Hotho Ludwig Tieck diese Stellung zu [41]. Die Beurteilung der romantischen Bewegung geht bei Rosenkranz vom Vergleich mit der deutschen Klassik und von der Überzeugung aus, das romantische Ideal habe schon bei Goethe und Schiller seine Erfüllung gefunden, die romantische Schule selbst könne also nur eine Verfälschung desselben sein. Romantik ist für ihn «ein Element aller Kunst, weil das Wesen des Geistes, die Freiheit, ihn mit Notwendigkeit dazu führt, sich der Natur, aus welcher er kommt, entgegenzusetzen»; in diesem Sinn ist «romantisch» der Gegenpol von «naiv»[42].

Zieht Rosenkranz als Vorbild die Klassik heran, so schreiben Ruge und Echtermeyer ihr Manifest «Der Protestantismus und die Romantik» von 1839 im Geiste der Aufklärung, wobei der Begriff «Protestantismus» weniger konfessionell zu verstehen ist, sondern «Rationalismus» schlechthin bedeutet. Was ihn einzuengen droht – Subjektivismus, Willkür, Feudalismus, Katholizismus des Mittelalters bzw. die Neigung dazu –, wird bekämpft. Von dieser programmatischen Schrift ist «die romantikfeindliche Haltung der Folgezeit maßgeblich mitbestimmt [43]».

Die Besonderheit solcher Angriffe, und das gilt auch von Vischers Romantik-Kritik, liegt nicht in ihrem absoluten Wert oder Unwert, sondern in «ihrer zeitgeschichtlichen Funktion»; die Kritiker empfangen «ihre Maßstäbe für die Wertung des weltanschaulichen Sinngehaltes der Dichtungen aus dem liberalen Fortschrittsglauben der Zeit». Ein Vergleich etwa mit Eichendorffs Romantik-Bild «bringt die Bedeutung der Weltanschauung als Wertmaß der Kritik ... zum Bewußtsein» und zeigt, «daß es sich bei [den] Kritiken weniger um eine ästhetische als um eine weltanschauliche Literaturbetrachtung mit jeweils entgegengesetztem Vorzeichen handelt [44]».

Mit der Romantik, vor allem mit der jüngeren Romantik, rechnet Fr. Th. Vischer grundsätzlich in dem gegen Eichendorff gerichteten Aufsatz «Ein literarischer Sonderbündler» ab [45]. Er beabsichtigt damit eine Fortsetzung des «geistreichen Manifests in den deutschen Jahrbüchern» von Ruge und Echtermeyer und zielt vor allen Dingen auf die Gleichgültigkeit der zweiten romantischen Generation gegenüber dem, was es an der Zeit ist. Seine Kritik betrifft ihre mangelnde Übereinstimmung mit «der Struktur der gegenwärtigen Welt [46]». Die Romantiker, so führt Vischer aus, lassen sich durch ihre Neigung für katholische Kirche und Kult von der tatkräftigen, politisch engagierten Mitwirkung in den Kämpfen der Zeit ablenken, und Vischer macht es ihnen zum Vorwurf, daß diese Abwendung weniger auf ethischen Gründen beruht als auf einer «prédilection d'artiste» für die Sphäre des Heiligen, Entrückenden, für die Welt kirchlicher Prachtentfaltung [47].

Die Begeisterung für das Mittelalter lehnt Vischer nicht rundweg ab; er anerkennt das Spiel mit mittelalterlichen Motiven, wenn darin das Schöne als «ein freier Schein» sich ausdrückt und «die reine Form» erreicht ist oder der Künstler aus dem Mittelalter «die kraftvollen Erscheinungen», die für die Gegenwart vorbildlich sein könnten, in seine Werke aufnimmt. Falsch aber ist es, wenn die romantische Dichtung vom Mittelalter nur «den Nebelschein der allgemeinen Beleuchtung» bewahrt und selbst dieser noch durch Ironie getrübt wird, z. B. in Tiecks «Phantasus», wo es «wie ein feiner Teeduft einer ästhetischen Abendgesellschaft über die Waldeinsamkeit der eingestreuten wunderlichen Märchen herweht [48]».

Von der Kritik bleibt «das spezifisch Poetische», das jeder Dichtung notwendigerweise innewohnt, unberührt; um so nachdrücklicher verwirft Vischer die «Phantasie», die in der romantischen Theorie «der Ursprung der Kunst und des Ästhetischen ist», als Voraussetzung für «die konkrete Gestaltung des Schönen». Seine «Ästhetik» will Vischer ja gerade nicht auf dem Begriff «Phantasie» aufbauen, sondern «eine objektive Begründung der Kunst» geben, zuerst «das Schöne durchaus als ein Abstraktes» entwickeln, statt es, «wie die neueren Ästhetiker als echte Kinder der Romantik Miene machen, auf nichts [zu] stellen [49]». Auch als er das Werk strenger Selbstkritik unterwirft und an eine verbesserte Fassung denkt, ist dies die primäre Absicht: «Das Spiel der Phantasie mit sich selbst, das Feuerwerk auf dem Wasser, das die neuere Romantik uns vorgemacht hat: dies war es, was mir vorschwebte als das Übel, gegen das ich den Damm der Objektivität errichten müsse [50].» Schon 1838 verweist er es Mörike, daß er wiederum an einem

Märchen dichte, und erläutert ihm seine Anschauung des «Ideals»: Im Gegensatz zu den Romantikern (Tieck, Novalis usf.), die «das Schöne phantastisch» fassen, es «dem gemeinen prosaischen Weltverlauf» überordnen, «höheren Gesetzen» vertrauen und demzufolge «kein eigentlich gesundes Drama» schaffen können, weil dieses in einer Welt spielt, «welche nach festen (sittlichen und natürlichen) Gesetzen verläuft», hält er wie Goethe, Schiller und «die gediegeneren Geister, die entfernt mit dem jungen Deutschland zusammenhängen», daran fest, daß «die höchste Leistung» der Phantasie nicht das freie Schalten mit «den Weltgesetzen» sei, vielmehr: «das Wirkliche in seiner festen Ordnung, in klarem, gesetzmäßigem Verlaufe, scharfen, plastischen Umrissen schildern, diese Wirklichkeit aber dennoch zugleich im Feuer der Phantasie zum Träger höherer Ideen läutern, dies ist ihr höchstes, dies das wahre Ideal», daraus gehen die Kunstwerke moderner Epik und Dramatik hervor. Daß diese Denkweise als Ausgangspunkt für die spätere theoretische Begründung des poetischen Realismus wichtig wird, sei nur erwähnt. Vischer arbeitet in diesen ästhetischen Erörterungen zwar immer mit den romantischen Kategorien «Phantasie», «ästhetische Einbildungskraft», «produktive Anschauung», jedoch nicht um «individuelle Regungen und Erfahrungen» zu beschreiben, sondern um von da aus über das Zeitbedingte, «die zufällige Wirklichkeit» hinauszugelangen [51].

Die Urteile Gottfried Kellers über die Romantik lassen sich nicht auf so wenige Linien zurückführen wie bei Fr. Th. Vischer. Man kann bei Keller (mit Emil Staiger) die persönliche Problematik in den Vordergrund rücken, die die Romantik oder das Romantische für den Dichter birgt als «eine Möglichkeit, Mensch zu sein», als Versuchung, das Dasein unter das Zeichen des Phantastischen und Magischen zu stellen und aus dem Leben den Stoff für «die schrankenlose Willkür» des Dichters zu machen. Das Mißtrauen gegen dieses Romantische «an und für sich» gewinnt bei Keller aber die Oberhand; ihm fällt die Badeszene in der zweiten Fassung des «Grünen Heinrich» zum Opfer und ihm ist am Schluß des Romans die Rückkehr Heinrichs in eine «anspruchslosere und begrenztere» Welt, die jedoch «fest gegründet und gefügt» dasteht, zu verdanken. Es kennzeichnet Kellers Anstrengungen, sich von aller Romantik zu lösen, daß er «das Romantisch-Ahnungsvolle» mehr noch als an «den Gebilden seiner Kunst» an sich selbst «verschleiert», indem er etwa «Tracht und Gebaren eines Künstlers» an andern als «ein Ärgernis» empfindet und selber meidet. In diesem Sinn ist auch die «Selbstrettung» zu verstehen, von der Keller in Berlin so oft spricht, und mit gutem Grund hat man hervorgehoben, daß der Weg des Dichters von der Romantik zum Realismus «keine ästhetische Angelegenheit» ist, sondern «eine Lebensfrage ersten Ranges» (Wildbolz), die sich in der Dichtung (z. B. in «der Wandlung der Motive und des Stiles»), in den Briefen und auch in der Kritik spiegelt. Der gleiche Vorgang der Selbstrettung vollzieht sich in Kellers Abwendung vom Christentum, im Verzicht auf die Illusion einer Gottvatergestalt und den Glauben an das Leben nach dem Tode. Romantik und Christentum werden abgelehnt, weil sie das Wesentliche, Einmalige des Daseins verwischen, «die vollkommene geistige Freiheit» und das «ganze glühende Erfassen der Natur ohne alle Neben- und Hintergedanken» in Frage stellen [52].

Diese Selbstrettung Kellers, der als junger Dichter noch stark beeinflußt ist von den Romantikern – die Nacht- und Todesmotive, das Spiel mit Stimmung und Natur in den Gedichten, die typisch romantischen Situationen und Requisiten in den ersten novellistischen Versuchen («Die Freveltat», «Der Selbstmörder») stammen von daher –, so ganz persönlich, innerlich notwendig sie ist, vollzieht und vollendet sich unter dem Eindruck von Ludwig Feuerbachs Philosophie.

Sogleich gewinnt der Dichter einen freien, aber nicht ausschließlich negativen Standpunkt für die Bewertung der Schriftsteller, die der romantischen Schule angehören. Ludwig Tiecks Novellen beispielsweise finden Anerkennung, werden aber auch einer kritischen Analyse unterzogen, und Keller scheint eine Studie über diese «gewissermaßen klassischen oder mustergültigen Mißlungenheiten» zu erwägen, wenn er Palleske schreibt, die Lektüre der Novellen habe ihn «lebhaft angeregt zur Mitteilung über das Technische und Künstlerische in diesen Sachen des wunderlichen unfertigen Alten. Gerade die Fehler sind äußerst lehrreich und intressant in diesen Novellen; man sieht so klar, was er wollte und unterließ; und alles dies verknüpft und vergleicht sich mit den klassischen Vorbildern der romantischen Literatur wie mit Shakespeare und Goethe [53].» «Der kleine Romanzero», 1852/53 gedichtet, ist eine gleichermaßen ausgewogene Betrachtung Heinrich Heines, von dem Keller Stil, Metrum, die Mischung von Skurrilität und Ernst, die Montage von Wirklichkeit und Spiel der Phantasie übernimmt, und der Heine-Epigonen; an Ludmilla Assing schreibt er über seine Dichtung: «Indessen wäre der tote Heine ganz gut gefahren dabei, wie ich glaube, und es wäre mehr eine plastisch-poetische Charakteristik seines Wesens geworden ..., nebst eindringlichen Ermahnungen an die Lebenden, daß jetzt des Guten genug sei und wir uns endlich konsequent und aufrichtig vom Witz, Unwitz und Willkürtum der letzten Romantik lossagen und wieder zur ehrlichen und naiven Auffassung halten müssen [54].» (Vgl. S. 553–557)

Bei Kellers kritischen Äußerungen über Romantiker und romantische Kunstanschauung fällt der schwankende Wortgebrauch auf. «Romantisch» ist für den Dichter nicht ein fester Begriff, der einen bestimmten Sachverhalt, eine unverwechselbare Erscheinungsweise deckt; «romantisch» kann z. B. eine eigentümliche seelische oder landschaftliche Stimmung bezeichnen, oder Keller verwendet das Wort als ausgesprochenen Ekelnamen. Das gilt für die bildende Kunst wie für die Dichtung. Ebenso unterscheidet er verschiedene Stilschichten und Verkörperungen des Romantischen. Am Anfang des Aufsatzes «Die Romantik und die Gegenwart» wird «die systematische Romantik der Reaktion», «die blutschauerliche Romantik der Franzosen», «die subjektive, ironi-

sche Partie der Schule» getrennt von der «unschuldigen, reinlichen Romantik
an sich, wie sie sich in den liebenswürdigeren Äußerungen der deutschen
Schule dargestellt hat, wie sie im ‹Oktavian› und anderen Gedichten Tiecks,
im ‹Ofterdingen›, in den helleren Seiten Arnims, in einigen Märchen Brentanos und in Uhlands Balladen und Romanzen lebt». Das sind die wenigen
Werke, die für Keller den wertvollen Kern der romantischen Dichtung bilden, deren eigentümliches Wesen er mit der Landschaft, die sie so häufig schildert, der Rheinebene, in Zusammenhang bringt. Die Offenheit des Geländes
wecke das Bedürfnis nach Ergänzung und Erfüllung und jene Sehnsucht,
welche ein charakteristischer Zug des romantischen Seelenlebens sei. Diese
Dichtung, die eine bestimmte Art zu fühlen und zu sehen voraussetzt, ist so
in einem andern Raum nicht denkbar, ähnlich wie «der Norden mit seiner
düstern See, mit seinen gigantischen Wolkenmassen, mit seinen mattsonni-
gen Heiden ... wieder andere poetische Gestalten, welche sich zu den griechischen verhalten wie er selbst zum Süden», hervorbringt und Achilles und
Odysseus in der Rheinebene fehl am Platz wären. Die romantische Dichtung
lebt vom Geist der Sagen, der Märchen, von den historischen Ereignissen, die
an dieser Erde haften, sie ist «der einzige und beste Ausdruck für das, was
man *bisher* beim Anblick dieser mäßigen Berge und Flüsse, dieser Wälder
und Felder, dieser Burgen und alten Städtchen fühlte, abgesehen von aller
lächerlichen und schlechten Tendenz und vorausgesetzt, daß die Geschichte
überall einen tüchtigen Boden durchblicken lasse»; da aber die Menschen, das
Leben der Gegenwart den Dichtern keine schöpferischen Antriebe zu geben
vermögen, «so müssen die Vorfahren, welche auf diesem Boden wandelten,
mit ihrem poetischen Leben aushelfen, und dies haben gerade die Romantiker bisher am besten vermittelt; denn mich wenigstens dünkt», schließt Keller, «daß durch ihre Gläser besehen das Land noch einmal so reizend geworden ist [55]». Der nach rückwärts gewandte Blick war jedoch nur «bisher» angemessen, der herrschende Kampf um ein helles «neues Sein» stellt nunmehr
an den Dichter andere Anforderungen, als Landschaft und Vergangenheit zu
verklären; dieses Ringen selbst liefert jetzt den poetischen Stoff, es gewährt
Einblick in den Verlauf der Geschichte und führt letztlich zur Überwindung
des romantisch-religiösen Unendlichkeitsverlangens: «Wo bleibt da noch eine
Unruhe, ein zweifelhaftes Sehnen nach einer unbegriffenen Ewigkeit, wenn
wir sehen, daß alles entsteht und vergeht, sein Dasein abmißt nacheinander
und doch wieder zumal ist? [56]»

Gottfried Keller besitzt ein regeres Verständnis für das Mittelalter als
Fr. Th. Vischer, so wie es die Romantiker und ihre Epigonen auffassen.
Zwar spricht er z. B. von dem «eigen- und altertümlichen Geschmack», dem
«beschaulich-romantischen Gemüt» eines Malers oder er ruft vor einer Pla-
stik «Jüngling an der Klosterpforte» aus: «... uns werden diese ewigen
Rückfälle in die katholische Romantik nachgerade langweilig»; man glaubt,
Vischer zu vernehmen, wenn es über einen Künstler heißt: «Dieser Mann,

welcher im Mittelalter lebt und webt, hat ganz einfach eine Landschaft gemalt, wie man es vor 300 Jahren tat, kindlich, naiv, fleißig und gefühlvoll; es ist nichts von neuer Kunst und Technik darin ...» Unmittelbar gegen das Mittelalter-Bild der Romantik richtet sich die Darstellung des Festzugs der Künstler im «Grünen Heinrich», der «durch die bloße Tracht ... einen ganz andern Eindruck» macht als die «neuesten frömmelnden Romantiker in ihren unkundigen und siechen Schilderungen des Mittelalters beabsichtigten[57]». Dagegen lehnt er in der Rezension von Börnes Schriften dessen negatives Urteil über die im Volk verbreiteten Lieder und Balladen Ludwig Uhlands ab: Uhlands «Lehensherrlichkeiten und romantische Königsgeschichten» sind aus dem freien Gestaltungsdrang des Dichters hervorgegangen; erzählt Uhland von Königen, Rittern, Minnesängern, Prinzessinnen, so gibt er nicht eine verschwommene atmosphärische Beschreibung, wie Vischer sie an den romantischen Poeten tadelt, sondern er zeichnet jene Menschen, die aus dem Dämmerlicht der fernen Zeit für uns erkennbar hervortreten. Und noch ein Gedanke rechtfertigt Uhlands Gebrauch solcher Motive: «Das Mittelalter ist nun einmal ein Stück aus dem Leben der Menschheit; welcher Mensch, der kein schlechter ist, möchte aus seinem Leben ein Stück Vergangenheit so ganz und gar vertilgen, daß ihm keine Spur davon im Gedächtnis bliebe? Im Gegenteil, aus jeder Periode wird man das Charakteristische aufzubewahren suchen in seinem Gedankenbuche[58].»

In der Rezension von Arnold Ruges «Gesammelten Schriften» knüpft Keller an die Literaturgeschichte des Publizisten eine ausführliche Betrachtung über die romantischen Dichter. Ruge habe für ihr «unglückseliges und vertracktes Wesen und Tendenz» ein vortreffliches Auge, aber es gehe ihm «rein aller Sinn für das wahrhaft Künstlerische und Produktive ab, das sie denn doch in reichem Maße besitzen, wenigstens die Bessern unter ihnen»; «über den widerlichen Eigenschaften» vergesse er manches «köstliche und fertige Kunstprodukt». Im «Grünen Heinrich» stellt Keller dieses «Künstlerische und Produktive» gerade dort neben die romantische Phantasie und verbindet sie mit «klassischer Anmut», wo er im Festzug der Münchner Künstler die Gesalt Peter Vischers, den «ganzen und klassischen Kunstgenoß», beschreibt, den Fr. Th. Vischer mit Vorliebe unter seinen Ahnen nennt. Überhaupt liegt «etwas Griechisches in der Luft jener Zeit» des Mittelalters, die der Zug aufleben läßt[59].

Die Erörterungen des «spezifisch Poetischen» mit Hermann Hettner (siehe S. 117 f.) veranlassen Kellers Kritik der «kindlichen Freude», welche die Dichter der Romantik «an der wunderlichen Situation und an der poetischen Ausführung» im Drama zeigen, die ihnen das Verständnis für das wahrhaft Dramatische in Shakespeares Stücken erschwert; sie erfassen nur «das Willkürliche und Witzige», nicht «den Kern, die höchsten Aufgaben, welche Shakespeare sich stellte». Nicht «das Urpoetische» fesselt sie, sondern das bloß Äußerliche. Witz und Willkürlichkeit der dichterischen Ausführung

springen in die Augen und lassen sich leicht nachahmen, während die wirklichen «poetischen Schönheiten», die «spezifisch poetischen Urkräfte», die
«eigensten wunderbaren Erfindungen dramatischer Situationen und Verläufe», die Shakespeare jenseits «von jedem Zeitgewande» zu einem großen Dramatiker machen, nur dem ernsthaft Forschenden zugänglich wird (siehe
S. 125).

Die Erkenntnis, daß große Dichtung nur dort möglich ist, wo das «spezifisch Poetische» zu seinem Recht kommt, teilt Keller mit Vischer. Er
befindet sich selbst dann mit dem Ästhetiker im Einvernehmen, wenn er den
Romantikern vorwirft, sie verlören sich ans Phantastische, hielten es allein
schon für Dichtung, und im «Grünen Heinrich» «das Unbegreifliche und Unmögliche, das Abenteuerliche und Überschwengliche» scharf von der eigentlichen «Poesie» trennt [60]. Freilich bewahrt Keller sich gerade Vischers Kritik gegenüber immer seine Freizügigkeit in der dichterischen Erfindung, die er
als «Reichsunmittelbarkeit der Poesie» definiert; diese Abwendung der Romantiker von dem sogenannten «Zeitgemäßen», die Vischer als eine Schwäche
rügt, führt Keller dann doch in ihre Nähe und von Vischer weg, selbst wenn
der Begriff der «Reichsunmittelbarkeit» offensichtlich aus der «Ästhetik»
geborgt ist [61].

Die wohl entschiedenste Ablehnung des romantischen Welt- und Selbstver-
ständnisses ist die Rede Lys' wider den Spiritualismus im «Grünen Heinrich», wo dem «naturfernen Geist» die Natur selbst, der Ironie des Roman-
tikers die Arbeit gegenübergestellt wird. Die romantischen Menschen gelten
geradezu als «die Arbeitslosen», und «Tätigkeit», welche Keller im Roman
am Beispiel der Rose als das den Dingen und Menschen innewohnende Da-
seinsprinzip bezeichnet, erscheint als Gegenbegriff zu «Romantik». In
dieser Auffassung des Dichters liegt auch ein Stück Entsagung oder Bescheidung, Verzicht auf die bunte und prächtige Welt, die der Dichter
der Romantik sich ausspinnt, die aber nicht die seine und nicht in der
Wirklichkeit verwurzelt ist. Deshalb identifiziert Keller letztlich, wie Goethe,
das Romantische mit dem Krankhaften und Untüchtigen.

Das Bekenntnis zur Arbeit und zur Wirklichkeit bildet sich ebenso in Kellers Dichtung ab wie früher das romantische Lebensgefühl. Sogar ursprünglich durchaus romantische Motive wie das des Scheins, «der Traumhaftig-
keit des Daseins» werden gewissermaßen ins Realistische gewendet, indem
sie ja die eigentliche Welt und des Dichters «leidenschaftlichen Willen
zur Wirklichkeit» enthalten und voraussetzen. Hier zeichnet sich ein Weg
zur realistischen Poesie ab ähnlich demjenigen, den Fr. Th. Vischer im
schon genannten Brief an Mörike beschreibt (siehe S. 212); Vischer möchte
den Freund vom romantischen Ideal einer dem Wunderbaren und Mystischen verschwisterten Welt und einer Dichtung, die «das Schöne phantastisch»
faßt, abziehen und weist hin auf ein anderes Ideal: «Das Wirkliche in seiner festen Ordnung, in klarem, gesetzmäßigem Verlaufe, scharfen, plastischen

Umrissen schildern, die Wirklichkeit aber dennoch zugleich im Feuer der Phantasie zum Träger höherer Ideen läutern, dies ist ihr [der poetischen Phantasie] Höchstes, dies das wahre Ideal.» Die Übereinstimmung mit den Merkmalen von Kellers Realismus, wie sie die Forschung herausgearbeitet hat, ist bemerkenswert; denn das Bild von der dichterischen Wirklichkeit als dem Gefäß eines Ideals gehört auch zu Kellers Kunstanschauung. Aber in höherem Grad als für Vischer ist für Keller Realismus eine Lebensaufgabe, nicht nur «Darstellungsweise, Mimesis, Nachahmung», sondern «Haltung, Ethos»: «Aus einer vorerst bloß ästhetischen Frage wird eine lebensmäßige, aus einer liebevoll oder kühl abschildernden eine Dichtung mit Lebensfunktion [62]» (Wildbolz).

Der «romantische» Mensch erscheint in Gottfried Kellers Werk, in dessen Mittelpunkt der «normale» Mensch steht, als der widersprüchliche, der zerbrochene. Doch da es Kellers künstlerisches Ziel ist, die Wirklichkeit in ihrer «Gemischtheit» zu gestalten, die «reine Tragik» und das «absolute Scheitern» zu umgehen, so hat auch er innerhalb dieses dichterischen Kosmos seinen bestimmten Ort. Kellers Werk tritt damit in die Tradition jener «überzeitlich» gültigen Dichtung, die Römer dem Grünen Heinrich an Homer und seinen «richtigen» und «realistischen» Situationen erläutert [63].

ZWEITES KAPITEL

GOTTFRIED KELLERS VISCHER-KRITIK

a) Fr. Th. Vischers «Ästhetik»

Abweichungen und Übereinstimmungen in Gottfried Kellers und Fr. Th. Vischers Literaturtheorie und Romantik-Verständnis mußten im vorangehenden Abschnitt mittelbar erschlossen werden. Anders ist es, wenn Keller sich Vischers Werk zuwendet.

Sein erstes Urteil über die wissenschaftliche Arbeit Vischers resultiert aus der Beschäftigung mit den Bänden der «Ästhetik» (erschienen zwischen 1846 und 1857). In einem Brief an Ludmilla Assing würdigt er vor allem das abschließende Heft über die Dichtkunst: «Der letzte Teil von Vischers ‹Ästhetik›, worin er die Poesie behandelt, hat doch einen großen Fonds von gesundem tüchtigem Inhalt an Grundsätzen wie an Erfahrungen [64].» Das Werk in seiner Gesamtheit ist eine «der großen wissenschaftlichen Leistungen der offiziellen Schulphilosophie des 19. Jahrhunderts», die «bis heute ... umfangreichste enzyklopädische und systematische Darstellung des Schönen», wie noch hundert Jahre nach der Veröffentlichung des Werks geschrieben

wurde [65]. Für Keller ist denn auch Ästhetik als Wissenschaft mit dem
Namen Vischers verbunden; im Aufsatz «Am Mythenstein» fordert er für
das schweizerische Kunstleben «eine einfach große Nationalästhetik», welche
die Künstler anleite, aus «dem Volksgeist» heraus zu schaffen, und fügt
bei: «In diesem Sinne brauchte ich das Wort Nationalästhetik, und nicht etwa
in der lächerlichen Meinung, daß jedes Ländchen seinen eigenen Vischer
haben müsse», was die Bedeutung des Werks ja einschränken würde und ein
so sinnloses Unterfangen wäre wie das Angebot Dr. Eckardts, Promotors einer
schweizerischen Nationalliteratur, gegenüber den Berner Behörden, «die
pantheistische Vischersche Ästhetik ins Christliche zu übertragen [66]».

Es ist nicht verwunderlich, daß gerade der letzte Teil der «Ästhetik» Keller anspricht. Vischer selbst nennt in der Vorrede die beiden Aspekte,
unter denen sein Werk gelesen werden könne: der Wissenschafter will
dem Begriff «in seine strengen Tiefen» folgen, «die Freunde der Kunst und
die Künstler» dagegen verlangen vom Ästhetiker, «daß man seinen Worten
jenen eigenen Sinn anfühle, den das Schöne überall voraussetzt, jenen Sinn
für die volle Mitte, worin Begriff und einzelne Gestalt ihren Gegensatz
auslöschen, und daß dieser Sinn durch die nötige Anschauung und Kenntnis
der wirklichen Schönheit ausgebildet sei». Als Philosoph muß sich Vischer
zunächst «zu dem farblosen Überblicke des Gedankens in seiner Allgemeinheit erheben», um dann «das lebendige Reich des Schönen» auszubreiten
und zu zeigen, daß er «Auge und Nerv» dafür besitze [67].

Im «Grünen Heinrich» wird der junge Lee bei der Lektüre von Sulzers
«Theorie der schönen Künste» beschrieben: «Wie ich die enzyklopädische Einrichtung ... bemerkte, schlug ich flugs den Artikel Landschaftsmalerei nach
und, als ich ihn gelesen, alle möglichen übrigen Begriffe, die ich teils schon
gehört, teils aus eben diesem Artikel abgezogen hatte, über Schulen, Meister,
Farbe, Licht, Perspektive und dergleichen; las dazwischen schnell einen Artikel über ein anderes Gebiet, der gerade neben einem Malerartikel stand und
mir auffiel ...[68]» Ähnlich mag Keller die «Ästhetik» Vischers unter dem
Gesichtswinkel der unmittelbaren Verwendbarkeit für das eigene dichterische
Schaffen studiert haben. So nehmen sie die meisten Leser auf: «Kaum jemals
wurde sie von Vischers Zeitgenossen und der Forschung in ihrer Gesamt-
intention als Metaphysik des Schönen gesehen ... Nicht die systematische
Grundlegung des Ästhetischen, sondern die Einzelinterpretationen und die
psychologischen und historischen Ausführungen innerhalb des Werkes standen fast ausschließlich im Mittelpunkt des Interesses. Man schied bei der
Interpretation zwischen dem uneigentlichen Systematiker und Hegelepigonen
Vischer, der vor allem im ersten Band und in den Paragraphen, und dem
eigentlichen Vischer, der in den ... Anmerkungen und Erläuterungen zu den
Paragraphen spreche [69].» Die Dialektik Vischers, von Fachgenossen als «geschickte Taschenspielerei» kritisiert, und die philosophische «Sprachkruste»
sind der Lesbarkeit des Werks hinderlich [70], so daß D. Fr. Strauß, der Vischer

einmal den «geborenen Ästhetiker» nennt, kurz nach Erscheinen des ersten Bandes meint, «ein einzelner rasch hingeworfener Aufsatz über einen konkreten Stoff» sei «amüsanter» als «ein systematisches Werk», und bedauert, daß in der Abhandlung über die Bildnerkunst («Ästhetik» III 2) der Philosoph in Vischer immer noch den Ästhetiker an den Rand dränge, sonst hätten sich seine Erörterungen «zu wahren Gesetzesbüchern» ausgewachsen [71]. Vischer ist sich bewußt, «daß Wesen und Geist der bestimmten Kunstform» nicht so augenfällig sind, wie er es wünschte. Die Abfassung in Paragraphen, und nicht «das unvermeidliche technische Handwerkszeug in Lösung tieferer Fragen» mache «das Buch ... hart und spröd». Trotzdem ist er ungehalten; denn «noch niemand hat eigentlich gesagt, was alles ich in diesem Buche samt seinen Fehlern neu begründet und geschaffen habe [72]».

Ob das Werk einer wissenschaftlich-gelehrten Kritik unterworfen wird oder ob Schriftsteller sich dazu äußern – in beinah jedem Urteil wird auf den erwähnten doppelten Aspekt der «Ästhetik» hingewiesen. Strauß, der bei der Lektüre der «Poetik» die Paragraphen überschlägt und nur die Anmerkungen liest, findet die Erläuterungen verständlich, die exegetischen Stellen ansprechend; in einer Schlußrezension stellt er Vischers systematisches Denken seiner Anschauungskraft, «die herbe Wissenschaftlichkeit» des ersten Teils «der reichsten und anmutigsten Belehrung» der späteren gegenüber. Victor Hehn charakterisiert den Aufbau des Werks folgendermaßen: «spekulative Grundlage» und «feine Bestimmungen» der Begriffe auf der einen Seite, «wesenhafte Beobachtung» am Kunstwerk auf der andern; noch dreißig Jahre später ist er begeistert von «diesem für lange abschließenden und wohl unsterblich zu nennenden Werk», das «durch Tiefe der Gedanken und Gabe der Anschauung ohne Zweifel alle Zeitgenossen überragte». Mörike, der wie die meisten Dichter der Zeit die «Ästhetik» schätzt, schreibt dem Verfasser: «Es ist eine riesenmäßige Arbeit! Die Welt umfassend und durchdringend! Merkwürdig ist mir insbesondere an Dir die herrliche Vereinigung des spekulativen Vermögens mit den höchsten Eigenschaften des geborenen Künstlers»; Hebbel stellt Vischer «an die Spitze der ästhetischen Bildung» und schildert seine Verwunderung, «daß ein anderer, als der Künstler selbst, den Darstellungsprozeß in allen seinen, fast unter das Bewußtsein hinab gerückten Momenten so erfassen und veranschaulichen könne ... [73]». Auch C. F. Meyer leuchtet das Werk ein: «Gewisse Grundbegriffe sind dann doch erst durch Ihre Ästhetik und deren Anwendung in den Kritischen Gängen überzeugend und zwingend geworden», schreibt er Vischer 1881; besonders beeindruckt ist er vom Urteil über Goethes Altersstil: «Weniger schön wäre schöner!», das Vischer aus den Stilgegensätzen von plastisch abrundender Idealisierung (Goethe) und indirekter Idealisierung, d. h. realistischer Darstellung (Shakespeare) ableitet [74].

In einem Rückblick auf Vischers Leben und wissenschaftliche Leistungen faßt Gottfried Keller seine Gedanken zur «Ästhetik» noch einmal zusam-

men. Auch er gliedert das Werk in zwei Teile, wie es durch die äußere Anlage gegeben ist. Er stellt Vischer dar, wie er, ein Achtzigjähriger, in der
Halle seiner Werke umhergeht, das Richtmaß in der Hand; er «prüft abermals das festgefügte Zimmerwerk» (die «Ästhetik»), mißt und klopft hie und
da an die Balken und möchte dies oder jenes anders gemacht haben.
«Laß das Gebälke ruhig stehen, junger alter Herr!» ruft ihm der Dichter zu.
«Wir müssen zwar bekennen, daß wir langehin uns mehr an den reich gewirkten Teppichen erbaut haben, die du so verschwenderisch dran und drüber
gehängt hast; mit der Zeit aber wurden wir gesetzter und fangen erst jetzt
an, hinter die Teppiche zu schauen und rückwärts zu lernen, bis wir das
Gerüste in des Meisters Sinn verstehen. Und wenn es auch etwas zunftmäßig aussieht, so wird der Tag doch kommen, wo keiner es mehr anders wünschen wird! [75]» Keller findet sich also mit dem wissenschaftlichen
Unterbau, dem philosophisch-dialektischen Gerüst, der von Vischer erstrebten
Objektivität ab, während er in der ersten Fassung des «Grünen Heinrich»
einmal von «dem fremden hochtrabenden und kalten Worte ‹objektiv›»
spricht, «welches die deutsche Ästhetik erfunden hat [76]».

Vischer selbst ist der rührigste Kritiker seiner «Ästhetik». In einem Aufsatz mit dem Titel «Kritik meiner Ästhetik [77]» versucht er richtigzustellen,
was ihm an dem Werk überholt oder unhaltbar erscheint. Vor einer systematischen Neubearbeitung allerdings scheut er zurück, obschon die Bände Ende 1860 vergriffen sind. Den Grund für dieses Zögern finden Vischers Gegner in der Prinzipienlosigkeit der «Ästhetik [78]», und er entfaltet seine Selbstkritik gerade in der Auseinandersetzung mit solcher Polemik und mit Neuerscheinungen auf dem Gebiet der wissenschaftlichen Ästhetik: «Schritt für
Schritt sage ich, wo ich glaube, gefehlt zu haben, flechte die Kritik der Gegner ein», schreibt er 1866 an Strauß, der ihm die Zweckmäßigkeit dieses
Vorgehens bestätigt: «Von der allerbesten Wirkung sind die eingestreuten
polemica, das promemoria für Carriere so einzig, als Du jemals etwas in
dieser Art gemacht hast [79].» Vischers Aufsatz befaßt sich vor allem mit
dem Formalismus, der als «schön» nur die äußere Erscheinung anerkennt, den
Inhalt vernachlässigt. Für ihn bedingt beides sich gegenseitig, bildet beides
eine unauflösbare Einheit. Diese inhaltsvolle Form, von Vischer «Kaliber»
genannt, unterscheidet den echten vom dilettierenden Künstler [80]. Die Wiedererwägungen zum Problem der wissenschaftlichen Lehre vom Schönen führen
schließlich zu einer eigentlichen Umkehrung der früheren Betrachtensweise:
stellt er in der «Ästhetik» den «farblosen Überblick des Gedankens in seiner Allgemeinheit» der «vollen Mitte», worin Begriff und Gestalt des
Kunstwerks «ihren Gegensatz auslöschen», voran, so rückt er nunmehr die unmittelbare Anschauung, «welche die Welt ohne Begriff als vollkommen»
erkennt, in den Vordergrund. Er konstruiert einen Gegensatz zwischen der
Kunst «als dem Reich der Bilder und symbolischen Formen» und «der Realität des Begriffs [81]» und stellt die These auf: «Es gibt zwei Arten zu den-

ken, eine in Worten und Begriffen und eine in Formen; es gibt zwei Arten, die Welt zu lesen, eine in Buchstaben, eine in Bildern [82]»; die wissenschaftliche Analyse soll nachträglich «den erfahrungsmäßigen Eindruck des Schönen» deuten [83].

Hier ist der Punkt, wo Keller sich nochmals zur «Ästhetik» und ihren Nebenschriften äußert. Er liest die Fortsetzung von Vischers selbstkritischem Aufsatz und möchte zur darin ebenfalls enthaltenen Polemik «eine Art Zuzug mit einem bescheidenen Fähnlein bewerkstelligen ..., nämlich durch eine Verlautbarung eines sich gewissermaßen als Objekt fühlenden und zu diesem Ende vorausgesetzten Künstlerleins oder dgl., der sich darüber aussprächte, wie ihm dabei zumut ist», d. h. Keller denkt an einen Ausfall gegen die Formalisten, die er «Geometer» nennt, und plant die Schützenhilfe für Vischer als Maskerade und Mummenschanz, indem der betroffene Poet «scheinbar mehr naiv und verwundert sich gebärden müßte über die Art, wie man mit dem Besten, an das er glaubt, umspringt, wobei er dann mit einer Anzahl von alten geheimen Hausmitteln und Handwerksregeln und Sprüchen, Rezepten u. dgl. ausrücken würde [84]». Dieser Aufsatz, wäre er geschrieben worden, hätte so etwas wie ein humoristisches Seitenstück dargestellt zu Kellers Rezension der ersten drei Hefte in der «Neuen Folge» von Vischers «Kritischen Gängen».

b) Gottfried Kellers Rezension der «Kritischen Gänge (Neue Folge)»

Um 1860 entschließt sich Vischer, die schon 1844 unter dem streitbar-provozierenden Titel «Kritische Gänge» gesammelten wissenschaftlichen und politischen Aufsätze in einer «Neuen Folge» fortzusetzen, einer Auswahl aus den in den vergangenen fünfzehn Jahren erschienenen zahlreichen Artikel und Kritiken. Verzögert wird die Herausgabe dadurch, daß der Verleger, Cotta, «an dem Prinzip festhalte, schon Gedrucktes nicht wieder zu drucken», wie Vischer D. Fr. Strauß berichtet; endlich einigen sich Verlag und Autor auf eine Sammlung schon publizierter und eigens für die «Neue Folge» geschriebener Arbeiten [85].

Keller verfaßt seine umfangreiche Besprechung über Vischers neue Hefte wohl deshalb, weil sie ihm bei der Vielseitigkeit ihres Gehalts erlauben, eigene Gedanken anzuschließen; als er dem Verleger das Manuskript zuschickt, schreibt er: «Die Arbeit ist etwas lang geworden, da der Stoff gar zu mannigfaltig und anregend war ...[86]» Es verdient Erwähnung, daß Keller offenbar mit dem journalistischen Prinzip schneller Berichterstattung vertraut ist: über das dritte Heft von immerhin 190 Druckseiten arbeitet er innerhalb einer Woche ein Referat von acht Druckseiten aus, wobei unter anderem Vischers Fassung eines «Faust II» zu beurteilen ist. Cotta will die Rezension nur mit dem Einverständnis Vischers drucken, wie er dem Dichter in einem

Brief andeutet: «Wenn Sie über Prof. Vischer schreiben, so ist es ja gewiß auch mit seinem Willen und Wissen, und mir in diesem Falle gewiß willkommen [87].» Die Betonung liegt auf der einschränkenden Wendung «in diesem Falle» – hätte Cotta die Kritik ohne Vischers Zustimmung nicht angenommen? Scheint ihm Keller als Rezensent nicht durchaus vertrauenswürdig oder möchte er Vischer, der auf Besprechungen oft ungehalten reagiert, nicht verärgern?

Keller leitet die Rezension – «eine Gedankenreihe [88]» wie «Am Mythenstein» – mit einer knappen Charakteristik Vischers ein; er folgt dann den Themen der einzelnen Hefte, wobei die Erörterung der jeweiligen Probleme und gelegentliche Hinweise auf die Persönlichkeit des Gelehrten dieses Bild vervollständigen.

Das erste Heft bringt die Schilderung einer Europa-Tour Vischers im Frühling 1860 über München, Regensburg, Linz, Ofen-Pest, Triest, Venedig, Solferino und Mailand, eine Folge politischer, volkskundlicher und kunstkritischer Aufzeichnungen. Neben den politischen Betrachtungen sind für Keller Vischers Urteil über das Drama «Elisabeth Charlotte» (1860) von Paul Heyse, dem der Reisende in München begegnet, und die weiteren kritischen Notizen über den Dichter wichtig. Heyse, so schreibt Vischer, sei nicht ein bloßes Formtalent; zwar überwiege bei ihm «die Feinheit des Formgefühls» den «gewaltigen innern Impuls», der die «urgewaltigen Geister» auszeichnet, aber zugleich sei er insofern mit Goethe z. B. verwandt, bleibe nicht befangen im Spiel mit leeren Hüllen, als er den «tiefen Konflikt, jeden schweren Kampf der Liebe mit andern Lebensmächten» unter dem Gesichtspunkt der ethischen Entscheidung darstelle. Den Inhalt lasse Heyse dann freilich in einer Reihe «ästhetischer Bilder» abrollen, die durch «klare Objektivität italienischer Natur und Volksweise, durch antike Plastik und Poesie bestimmt» seien. In dem Drama «Elisabeth Charlotte» habe Heyse die letzten «Bruchreste zwischen Form und Inhalt» ausgeglättet [89].

Hier hakt Keller ein. Er übergeht Vischers politische Auswertung des Stücks, seine Bemerkung, Heyse spreche den Leser und Zuschauer im «Grundgefühl des nationalen Lebens» an, die Gegenüberstellung von «reiner deutscher Weiblichkeit», «ohne Tugendstolz und Steifheit schlicht, naiv und heiter», und «französischer Verdorbenheit und Tücke ..., Frivolität, Intrige, Repräsentation und Feinheit [90]», und beschränkt sich auf Vischers Urteil über Heyses formale Meisterschaft, baut es zu einer kleinen stilkritischen Untersuchung aus. Heyse spreche die «Mundart des Schönen», beherrsche «den Wohlklang der wirklichen Poesie», stellt Keller fest und maßregelt scharf die Krittelei «der schnöden Routine», der «weihelosen Konversationsschriftsteller», die sich von der «schönen, spezifisch künstlerischen Persönlichkeit» Heyses abwenden «wie die Hunde von einem Glas Wein» und mit einem «Schlag- oder Scheltwort», mit «geringschätzigen Tadelwörtern, wie: Formgewandtheit, glatte Verse, Gelecktheit», den Dichter «isolieren» wollen. Zwar entsprechen sich hier die Urteile Kellers und Vischers, aber ein Unterschied wird sichtbar: Der Ästhetiker entdeckt sofort Heyses Mangel an poetischer Intensität, er mißt sozusagen nach oben (an Goethe), während Keller als Bezugspunkt Heyse selbst nimmt und die kritischen Angriffe gegen ihn auf ihre Berechtigung prüft. Kellers Ausführungen haben einen zornigen Unterton, der bei Vischer nicht mitklingt, solange es um die Literatur geht; erst wenn er auf nationale und politische Mißstände zu sprechen kommt, wird auch er lebhafter. Keller verliert für kurze Zeit den eigentlichen Gegenstand der Rezension aus den Augen, als er sich Gutzkow zuwendet, der, um «die reinliche Sprache, die einfach schönen Bilder zu verpönen, mit welchen Heyse und H. Grimm dem wüsten Wirrsal des Zeitungsromans gegenübertraten, schnell den Ausdruck ‹akademische Manier!›» erfindet. Dieser Ausdruck enthalte indessen eine ungewollte Selbstkritik; denn angesichts der «sprachlichen Wüstenei» in Gutzkows Roman «Der Zauberer von Rom» müsse «die einfache Korrektheit des Stils ... wirklich akademisch genannt werden». Überhaupt besitze Gutzkow keine klare ästhetische Einsicht, da er Auerbach und Otto Ludwig gleichzeitig ihren «sogenannten Realismus» verweise; die Trennung in Realisten und Idealisten, die Gutzkow damit bezweckt, ist für Keller müßig, weil «dasselbe Prinzip» der Gestaltung überall wirksam sein muß und letztlich allein die Persönlichkeit, die hinter einem Werk steht, entscheidend ist [91].

1. Shakespeare-Fragen *

Die Aufsätze des zweiten Heftes gelten Shakespeare: «Shakespeare in seinem Verhältnis zur deutschen Poesie, insbesondere zur politischen» ist schon 1844 erschienen, «Shakespeares Hamlet» gehört zu den neuen Arbeiten Vischers [92].

Thema der ersten Studie ist die Beziehung zwischen der Dichtung und der Geschichte der Nation. Sie tritt in Schillers Dramen und Lyrik merklicher hervor als bei Goethe; stärker als beide ist Shakespeare mit seiner Zeit verbunden. Im Deutschland der Gegenwart, wo die Grundlage eines heilen Staatswesens fehlt, kann der Dichter sich nicht beruhigt auf sich selbst zurückziehen, ist an eine Poesie, die der klassischen ebenbürtig wäre, nicht zu denken. Es ist dies die bekannte Argumentation Vischers, auf deren Mängel er im Vorwort zum zweiten Heft selbst aufmerksam macht. Die Behauptung, es bestehe ein enger Zusammenhang, ja ein Abhängigkeitsverhältnis zwischen Dichtung und Politik, vernachlässige «das rein Menschliche in der Poesie», sei rein zeitbedingt, schreibt er da [93]. Diese Berichtigung nimmt Keller mit Genugtuung auf.

Das Problem der Shakespeare-Rezeption in Deutschland, das Vischer mit ein paar Sätzen streift, ist Keller vom Briefwechsel mit Hettner her ver-

---

* Siehe auch vorn, S. 122–128

traut. Auch hier unterscheidet er zwei Möglichkeiten, den Dramatiker zu verstehen: Shakespeare wird entweder als Vorbild für «bloße Formbefreiung», für «eine graßphantastische und wilde Opposition gegen den Zopf» aufgefaßt oder er verleitet zur Deutung aus «einer höheren sittlichen Weltanschauung» heraus (Gervinus). Die Synthese zu vollziehen, wäre nun eben Aufgabe Vischers; er vor andern könnte aufgrund seiner «schönen Vorarbeiten» ein Buch über «Shakespeare als Künstler» schreiben [94].

Ausführlicher würdigt Keller den Hamlet-Aufsatz. Vischer möchte in seiner Untersuchung, die sich gegen andere Interpretationen richtet, diejenigen Goethes eingeschlossen, einen Beitrag zur Erklärung «des geistigen Mittelpunkts» des Dramas leisten [95]. Er geht davon aus, daß eigentlicher Gegenstand jeder Tragödie nicht der Mensch ist, sondern «die Weltordnung, die ihm sein Schicksal bereitet». Nun kann sich aber «das Ganze der Verhältnisse», die den Menschen zwingen und bezwingen, nur aus diesem selbst entwickeln: «Dadurch erst, durch diese Tiefe der Ineinanderschlingung von Mensch und Schicksal ist Shakespeares wunderbarste Schöpfung sein ‹Hamlet›.» Vischer deutet Hamlet als den durch das Denken, die Reflexion und die Reflexion über die Reflexion beschwerten und am Handeln verhinderten Menschen [96].

Diese Abhandlung, die sich über die trübe Flut «kommentierender und memorierender Literatur» erhebt, fesselt Keller. Sie bietet eine Zusammenfassung und Weiterführung all «des Richtigen und Guten, was bisher über diese geheimnisvolle Tragödie gesagt wurde». Vischers Hinweis auf die Verkettung von Charakter und Schicksal des «Gedankenheros» leuchtet ihm ein, die Deutung Hamlets als «des Helden, der zuviel von dem göttlichen Licht empfangen hat und nun im Glanz dieses Überflusses, der Qual eines fortwährenden Geblendetseins ausgesetzt, nur mit zögernden, halben und schwankenden Schrittchen vorwärts wandeln kann», überzeugt ihn [97]. Kritischer prüft der Dichter einige Schlüsse, die Vischers politische und persönliche Subjektivität verraten. Zunächst greift er den Satz auf: «Man hat mit vollem Recht in Hamlet den Typus der deutschen Geistesart gefunden.» Vischer leitet daraus einen Vergleich des deutschen Nationalcharakters mit den «leichteren, beweglicheren» Franzosen, den «beschränkteren, härter organisierten» Engländern ab, die über die Deutschen spotten, weil sie «kein Senkblei» für eine Qualität haben, die ihnen selbst fehlt. Mit einer Anspielung auf das zögernde Verhalten des Deutschen Bundes im Italienisch-Österreichischen Krieg (1859) sagt Vischer: « ... der Hamlet, der ein Volk ist, wird den Spott überdauern», den «ein wahrhaftes Hamlet-Zaudern» ihm zugezogen hat, und mit einer Wendung gegen Frankreich wird das Bild vervollständigt: « ... aber wenn der Laertes Frankreich uns den vergifteten Dolch in den Leib stoßen will, so wird der Hamlet Deutschland den Stoß und den Gegenstoß überleben [98].»

Dieser Vergleich, der seine Geschichte hat und auf verschiedenste Weise ausgelegt worden ist [99], kann, wie Keller dem Dialektiker Vischer scharfsinnig nachweist, nicht stimmen. Einmal geht es nicht an, Frankreich in der Rolle «des Übeltäters», den Hamlet bekämpfen soll, zu sehen, weil sonst alle von dieser Nation beleidigten Völker auch Hamlet wären – und wo bliebe da das «Charakteristische» für Deutschland? Ferner muß, soll der Vergleich stimmen, «das Übel im eignen Hause» auftreten, müßte also Deutschland vollständig untergehen – auch das trifft nicht zu. Schlagend zeigt sich so die Unzweckmäßigkeit, ja die Tücke «dergleichen Steckbriefe». Denn ist einmal ein Mangel öffentlich zugegeben, «die erste Scham des Eingeständnisses einmal überwunden», so fällt damit «ein Hauptpfeiler der Besserung». Das gilt für den einzelnen wie für ein ganzes Volk. Wie verhängnisvoll sich die willkürliche Identifikation mit dem Dänenprinzen auswirken kann, stellt Keller am Beispiel der Seelengeschichte eines Edelmannes dar; zuerst will dieser Deutschland in der Rolle Hamlets erkennen und dem Christentum, das ein politisch befreiendes Blutbad verhindere, die Funktion der Hemmung durch Reflexion zuweisen; auf der zweiten Stufe seiner Entwicklung sieht er sich selbst durch den Ballast der Sittlichkeit davon zurückgehalten, eine Veränderung seiner Lage herbeizuführen; schließlich wählt er Falstaff zum Leitbild, eignet sich seine Spekulationen über die Ehre an und treibt sie im Leben methodisch weiter. Aus diesem Beispiel zieht Keller die Lehre: «Nein, nicht zugeben, daß man Hamlet sei! ... Denn wenn eine Nation erst solch wehmütig zierliches Ding von Bezeichnung angenommen hat, so wird auch der einzelne seine Schwäche damit beschönigen, sich einbilden, recht national zu sein, und die Kerze brennt an beiden Enden [100].»

Nach dieser Kritik an Vischers Patriotismus und nationalem Ressentiment befaßt sich Keller mit den Stilroheiten, die Vischer Shakespeare vorwirft. Vischer stößt sich am «falschen, absurden Witz», an den Euphuismen, den «starken Zweideutigkeiten», der «schlüpfrigen Unterhaltung Hamlets bei der Aufführung des Schauspiels», am «absurden Concetto», das bei Shakespeare oft begegne [101]. Freilich gehen sie auch auf Rechnung des Zeitgeschmacks und geben «des Dichters rohen Zeitton» wieder, das wendet Vischer selbst ein: «Keines Dichters Fehler sind so sehr die Fehler seiner Zeit, so wenig seine individuellen, als die des Shakespeare», schreibt er in einem Brief an D. Fr. Strauß [102]. Keller will den Dichter seinem Kritiker gegenüber noch auf andere Weise rechtfertigen: Shakespeare stellt eine ganze Welt dar und darf daher die «aristophanische Partie» nicht auslassen. Bei genauer Betrachtung der gerügten Derbheiten ergibt sich auch, daß man sie nicht mit «dem sachlich mechanischen Schmutz der drastisch objektiven Heiden oder der Rabelaisischen Renaissance» zusammenwerfen kann. Manche vermeintliche Härte enthüllt sich als «geistigerer gesellschaftlicher Scherz, der nicht ohne sittliche Ader ist» und einem höheren Zweck gehorcht, nämlich «die elektrische Schwüle der Situation zu erhöhen». Beweis für die künstlerische Notwendigkeit solcher Stellen ist die Tatsache, daß man sie nicht missen möchte; sie unterstreichen die Auflehnung des Prinzen gegen seine Umgebung, die «ja konsequent ehrbar» redet. Stellt man sich vor, daß auch Hamlet «in ehrbare Empfindsamkeit» ausbräche, so wird die Funktion der Anzüglichkeiten augenfällig, ob sie nun der bürgerlichen Moral in der zweiten Hälfte des 19. Jahrhunderts zuwiderlaufen oder nicht. Eine Szene in «Romeo und Julia» beweist desgleichen, «daß der Dichter aus diesem bedenklichen Gebiete positive Schönheiten mit höherer Absicht herbeizuholen wußte». Es handelt sich um die Erzählung von Julias Kindheitserlebnis (I 3), um eine Episode und um Gestalten («Faun» und «gefoppte Unschuld, die noch kaum auf den Füßchen stehen kann», «lachende Wärterin») von antik-idyllischem Glanz, die nichts anderes sind als «ein Symbol»: «mit zwei Federzügen ..., welche allerdings zuerst ein grober Spaß zu sein scheinen», ist ein bedeutungsvoller Hinweis auf die weitere Entwicklung des Mädchens ausgeführt.

Vischer verkennt nach Kellers Dafürhalten die dichterische Absicht Shakespeares, ähnlich wie Tieck die Gestalt der Ophelia als «eine Art von unkeusch glühendem Elementarwesen» auffaßt. Shakespeare verführt offenbar jeden Exegeten dazu, «die zarten Umrisse», die er gibt, «mit gröberen Schraffierungen von eigener Mache auszufüllen», nur daß Vischer, der in der Frage der «Roheiten» den gleichen Fehler begeht, wenigstens Ophelia vor «der beliebten Auffassung» rettet [103].

2. David Friedrich Strauß

Das dritte Heft der neuen Folge – Keller nennt es das «deutscheste», «durch und durch national [104]» – soll «eine geistige Einheit» darstellen. Der Besprechung von Strauß' Schrift über Hutten, «den großen Vorstreiter», stellt Vischer in diesem dritten Heft den Entwurf zu einem «Faust II» zur Seite, in dem Faust «als Kämpfer für dieselben großen Prinzipien der neuen Zeit auftritt» wie Hutten. Alle drei Hefte beziehen sich auch auf die Geschichte Deutschlands in der Gegenwart, sind Dokumente zu Vischers Bemühungen um die sogenannten «innern Prinzipien»; die Reise durch Europa, Shakespeare als politischer Dichter, die deutsche Nation als Ebenbild Hamlets, die Kleidermode «als ein Ausdruck der Zeit» (Vischer spricht im dritten Heft davon): Variationen desselben Themas [105].

Der erste Aufsatz («Friedrich Strauß als Biograph») (vgl. S. 343 f./517) ist zugleich eine Sammelbesprechung von Strauß' biographischen Werken und eine Charakteristik des Schriftstellers. Er gipfelt in einer Verherrlichung Huttens, die es Paul Heyse – der Aufsatz Vischers wird zuerst 1858 in dem von Heyse herausgegebenen «Literaturblatt des deutschen Kunstblattes» publiziert – ratsam erscheinen läßt, die fünf letzten Seiten des Manuskripts nicht abzudrucken; Vischer erlaubt jedoch nur die Streichung eines kleinen Abschnitts [106].

Für Keller wie für Vischer ist Strauß in erster Linie der «Biograph deutscher Geistespfleger und Heroen»; Vischer verzichtet zwar auf eine rein wissenschaftliche Rezension, untersucht aber in einem besondern Abschnitt, in dem sich, wie Keller sagt, «der ästhetische Denker praktisch bewährt», das Wesen der Biographie [107]. Er legt dabei Gewicht auf das richtige Verhältnis zwischen «überschauender Vernunftklarheit», «Enthusiasmus» und «der richtigen und echten Art der *Ironie* [108]». Dieser Auffassung schließt sich Keller an und bezeichnet als «Grundmangel einiger neuerer Biographien» die Befangenheit: sie nehmen «ihren Gegenstand als etwas Absolutes ..., statt ruhig über ihm zu bleiben». Diese Forderung gilt in allen Bereichen biographischer Darstellung: «Denn selbst über Gott scheint ein rechter Kirchenvater zu schweben, wenn er dessen Wesen erforscht und beschreibt [109].» Die Rezension einer Rezension stellt dem Kritiker eine zweifache Aufgabe: Keller muß sein Urteil zwischen Strauß und Vischer teilen. So entwirft er auch ein eigenes Bild von Strauß, der «sich an echt deutschem Stoff zum licht- und kunstvollen Biographen entwickelt», im «Hutten» ein «maßgebendes Ziel» erreicht hat und dessen geplante «deutsche Dichterbiographien einen frischen Luftzug in unser angehendes Alexandrinertum» zu bringen versprechen. Strauß ist ein «gemessener sicherer Mann» und wie Vischer besitzt er «eine künstlerisch schaffende, wärmende Ader». Nicht die Kompetenz der kritischen Würdigung wäre an einer Goethe-Biographie aus seiner Feder bedeutungsvoll, sondern die Befriedigung des Lesers über ein sachgerechtes Werk, das nach «der überwuchernden Unberufenheit ... eine erbauliche Stille» eintreten ließe. Vischer stelle auf seine Weise den Biographen «so klar, teilnehmend und zur Teilnahme anregend» dar, daß eine «wertvolle Studie» das Ergebnis ist [110].

Mit den «Vernünftigen Gedanken über die jetzige Mode» wiederholt Vischer die Schmähungen auf Krinoline und Frack, die er schon in der «Ästhetik» geäußert hat [111], und verkündet zugleich das Lob der Männergewandung aus den vierziger Jahren des 19. Jahrhunderts, der sein eigener selbstentworfener, uniformähnlicher Rock, in welchem ihn Keller oft sieht, nachgebildet ist: «Er war keineswegs modern und doch mit schlichter Eleganz gekleidet, da er, die schlottrige Tagesmode verachtend, an dem als zweckmäßig erkannten Gewandschnitt ‹schönerer Jahre› unverbrüchlich festhielt, der an Schulter, Arm und Hüften dem Körper sein Recht ließ [112].» Der Artikel ist im scherzhaften Ton geschrieben, den Keller aufgreift, wenn er von Vischers tragikomischem Konflikt berichtet, zwischen dem Versuch, den guten alten Schnitt wieder einzuführen, und dem Wunsch, in «die angekündigten achtziger Jahre des wackern Gervinus [zu] gelangen», die neue Blütezeit deutscher Dichtung, die dieser vorausgesagt hat. Mit besonderem Vergnügen schildert Keller das von Vischer erdachte Denkmal aus Erz für sich selbst und für jenen Schneider, der bereit ist, wieder nach der Mode von 1840 zu arbeiten; es ist «eine feine Neckerei gegen die tiefsinnigen schriftstellerischen Erklärer und Lobredner unserer modernen Frackdenkmale, an denen jedes Knopfloch bedeutungsvoll zu sein sucht». Keller erinnert sich hier vielleicht an die «deutschtümelnde Modebetrachtung» in seinem Novellen-Entwurf «Reisetage» und nimmt die spätere Bemerkung zur zeitgenössischen Denkmalkunst, die den Betrachter zwinge, an

Rock und Hosen oder römische Toga zu denken, weil der Bildhauer um entsprechende Äußerlichkeiten bemüht ist, «als ob er ein Schneider wäre», vorweg [113].

3. Probleme des poetischen Fragments («Faust II»)

«Zum zweiten Teil von Goethes Faust» überschreibt Vischer das letzte Stück des dritten Heftes (1860). Es ist «ein poetischer Entwurf, der durchaus bestimmt ist, Entwurf zu bleiben», ein Versuch, der die Mitte hält zwischen kritischer Untersuchung und Dichtung, so wie Vischer selbst zwischen Kritik und schaffender Kunst «in die Schwebe geworfen» ist [114].

Der Plan einer eigenen Fortsetzung zu «Faust I» geht zurück ins Jahr 1839. Damals spricht Vischer in einer Rezension verschiedener Abhandlungen über Goethes «Faust» von der Notwendigkeit, «Faust II» durch einen klarer und schlichter aufgebauten, einfacher verständlichen zweiten Teil zu ersetzen. Auch in seinen Faust-Vorlesungen beschäftigt ihn dieses Thema [115]. Nun wird die «poetische Konjekturalidee über einen zweiten Teil ‹Faust›» zu einer «kolorierten, entwickelten, positiven Kritik» ausgearbeitet; Vischer möchte «im Umriß zeigen, wie man es besser machen sollte [116]»: Dem «abstrakt allegorischen Werk» Goethes wird der Bewährungsgang Fausts durch mehrere Prüfungen entgegengesetzt [117].

Das Problem der Fortsetzung literarischer Werke oder ihrer Vollendung beschäftigt auch Gottfried Keller wiederholt; so beruteilt er z. B. Gotthelfs «Uli der Pächter» als eine «in ihrem vollen Rechte ... wahre, nützliche Fortsetzung», die sich eben dadurch abhebe von «einer mißlungenen Fortsetzung des ‹Geistersehers›», die jemand versuchen könnte, von einem «abgeschwächten zweiten Teil zum ‹Faust› oder zum ‹Meister›». Er selbst lehnt die Umarbeitung von Pestalozzis «Lienhard und Gertrud» ab; denn «es ist in seiner Art ein klassisches Buch, das nicht nur Tugend, sondern auch Schönheit besitzt, und zwar keusche Schönheit»; man dürfe sie nicht antasten, und er zuletzt möchte sich «den Strohkranz eines Ballhorn daran verdienen». Während der Arbeit an der zweiten Fassung des «Grünen Heinrich» beklagt er es, daß «gar nichts Fragmentarisches mehr gelitten» werde: «Ein Goethe durfte den ‹Wilhelm Meister› liegen lassen, ein Schiller den ‹Geisterseher› ganz abbrechen, ohne so geplagt zu werden, und man vergnügte sich an dem, was da war.» Schon das verzögerte Erscheinen der ersten Fassung des Romans veranlaßt ihn, die Literatur auf ihren Bestand an fragmentarischen oder unvollendeten Werken zu durchmustern, und im November 1854 schreibt er Vieweg: «Fast alle ausgezeichneten Werke unserer und fremder Literatur sind sukzessive und bändeweise entstanden und herausgekommen, oft mit langen Unterbrechungen, noch nie habe ich gehört, daß deswegen die Verfasser als böswillige oder schädliche Leute angegangen und insultiert wurden. Ohne mich jenen Männern beizählen zu wollen und ohne absichtlich das sukzessive Herauskommen meines Buches herbeigeführt zu haben, kann ich doch ganz ungeniert behaupten, daß mein Buch, selbst wenn ich keine Zeile weiter hinzugeschrieben hätte, ein ganz *respektables Fragment* sein würde, das über kurz oder lang seine Kosten vollkommen zu decken *imstande ist*.» Goethe habe, meint Keller, den «Faust» nicht aus künstlerischem Verantwortungsgefühl vollendet, sondern um zu verhindern, daß nicht dazu legitimierte Epigonen den ersten Teil unsachgemäß ergänzten [118].

Aus diesem Grund und weil er ihm eine eigene Auffassung entgegenzustellen hat, studiert er Vischers Entwurf mit doppelter Aufmerksamkeit. Der Plan gehört «nicht in den wunderlichen Kreis des Demetrius-Fertigmachens»; Goethes zweiter Teil darf ja nicht einfach beiseite gelassen oder «als bloße Beziehung» verwendet werden, da eine neugeschaffene Fortsetzung «in Ton und Klangfarbe virtuos» an «Faust I» als an eine Exposition anknüpfen, sie würdig und auf gleicher Höhe wie «Faust II» weiterführen muß. Sie kann Sache nur «einer ebenbürtigen Begabung» sein, «welche zugleich die nötige Stimmung in und außer sich vorfindet [119]».

Vischers Modell ist gerechtfertigt, weil Goethe «die Nation» nicht angesprochen, «die mächtige Aufgabe, die er selbst gestellt, nicht im Sinne des Allgemeinen gelöst» hat. Dagegen hätte «ein greiser Schiller» mit Hilfe «gründlicher Untersuchungen» und mit «gewissenhafter Rechenschaft» vor sich selbst unternommen, «seine eigenen Anforderungen mit denen der Allgemeinheit zu identifizieren und der Notwendigkeit gerecht zu werden» (vgl. S. 175). Das heißt indessen nicht, daß Goethes «Faust II» «das Produkt des unfähigen Hochalters» wäre; vielmehr ist er ein Werk «behaglich heiterer, noch sehr kräftiger Willkür, die nichts nach den Anforderungen des Gesamtbedürfnisses, sondern nur nach denjenigen der persönlichen Stimmung fragt». «Eine Volksdichtung» hat gar nicht in Goethes Absicht gelegen; er wollte zu seinem eigenen Vergnügen «noch einmal ... den ganzen glänzenden klagenden Zug von Dämonen und Gestalten» vorführen, die die Welt seiner Phantasie bevölkern. Auf diese Weise entstand aber eine «verhüllende», nicht eine «darstellende Dichtung», beruhend auf einer Poetik, «die nur etwa einer Nation von Geheimniskrämern adäquat sein könnte». Der Begriff des Spiels drängt sich auf: «Es ist keine Frage, der Greis spielte, aber er spielte nicht wie ein Kind, er spielte wie ein Halbgott, immer noch gewaltig genug [120].» Von dieser Auffassung wendet sich Keller zwanzig Jahre später unter dem Eindruck von Vischers neuen Goethe-Studien ab [121]; 1881 schreibt er dem Ästhetiker: «Ich war ... aus Mangel an durchgeführter Belesenheit in diesem Punkte lange Zeit einer Art Behexung unterworfen, indem ich steif und fest glaubte, daß es dem alten Goethe keineswegs voller Ernst gewesen sei mit der Arbeit, daß er vielmehr sich eine spielende Altersvergnüglichkeit gemacht, um unter anderm das Abschließen seines Werkes durch etwaige Nachfolger zu verhüten. Dadurch, glaubte ich, seien wir einzig in den Besitz der Reihe von großen Sachen gelangt, die auch im II. Teil noch zu finden sind, und darum könne man das übrige mitlaufen lassen, ohne es anzusehen.» Jetzt aber ist er davon überzeugt, «daß es heiliger Ernst und keineswegs Spaß war». Kellers Verständnis für das Alterswerk Goethes erfährt einen Umschwung nicht zuletzt, weil «die Sache dogmatisch werden und sogar die Bühne beschreiten soll», was beispielsweise Franz Dingelstedt mit der Schrift «Eine Faust-Trilogie» (1876) vorbereitet [122]. Darüber hinaus erregt die ständig sich mehrende unkritische und allzu enthusiastische Literatur zu «Faust II» Kellers Mißbehagen: «Der alte Apollo wird mir in dem Finale des Lebens, wie der Tragödie, plötzlich zu einem Sprach- und Stilverderber, sobald er eine fanatische Gemeinde hinter sich hat ...[123]»

Aber ob der zweite Teil als Ergebnis eines überlegenen Spiels oder als Werk des Altersernstes betrachtet wird, so bleibt das Problem der «Faust»-Fortsetzung doch auch nach Goethe ungelöst und das «deutsche Geistermannschicksal» unvollendet; «denn das Human-Politische, Oppositionelle, Weltbauende» des Stoffes kann im ersten Fall «wegen der spielenden romantischen Form für den nationalen Gebrauch nicht als vorhanden gelten [124]», dringt im zweiten Fall um der hermetischen Form willen nicht durch.

Vischers Entwurf, «aus dem Ganzen und Vollen der Frage» herausgegriffen, seine «gedichtete Kritik, frisch, unbefangen, wie sie ist», stellt «einen ebenso neuen wie gewichtigen Ausweg» dar zwischen Goethes «Faust II», der eine unorganische, das Volk nicht unmittelbar ansprechende Fortführung des ersten Teils ist, und jener Fortsetzung, die einst ein gleich begnadeter Dichter unternehmen wird. Sie ist eine Anregung, «eine tüchtige Wegleitung», die den Leser zwingt, selbst «mitzuarbeiten und die Skizze beliebig weiter auszuführen in seinen Gedanken», sich von Goethes Werk zu lösen und es an einer eigenen «wenigstens theoretisch» gefundenen Lösung zu messen, dann erst «mit Behagen» Goethes zweiten Teil zur Hand zu nehmen, dem er nun «nicht mehr blind und ohnmächtig gegenüber steht [125]».

Keller faßt die Handlung, wie Vischer sie entwickelt, für den Leser der Rezension zusammen [126]: Faust wird zum «reell naiven» Handelnden; auf «Allegorien, Masken und Geheimnisse» ist zugunsten realistisch genau gezeichneter Situationen verzichtet. Nach der Hinrichtung Gretchens findet Faust, geleitet vom «Streben der Reformatoren und Humanisten», zu sich selbst; er erlebt im Rom Leos X., «das noch zweckmäßig mit der Atmosphäre der Borgia gemischt ist», die «humanistische Renaissance», verliert sich an «den Sukkubus Helena in der Maske eines prächtigen römischen Renaissance-Weibes» und wird schuldig. In dieser Bilderfolge, an deren Ende Helena sich in ein Gerippe verwandelt, will Vischer ein Sagenmotiv inszenieren und nicht etwa eine Allegorie geben. Aber Keller ist der Ansicht, daß sie um des tieferen Sinnes willen doch als solche aufgefaßt werden muß, weil sonst das Abgleiten ins Puppenspielhafte droht. – Vischer läßt Faust nun zum Landmann, zum Leibeigenen werden, versetzt ihn auf die «unterste Stufe büßender Menschenwürde» hinab und erhebt ihn dann zu einem der Führer im Bauernkrieg: Faust wird «Freiheitskämpfer», seine «persönliche Schuld wird erleichtert; denn sie weitet sich zu einer politischen, größern, universellen Schuld aus». In dieser und den vorhergehenden Szenen erscheint Mephistopheles, organischer an den ersten Teil (Goethes) gebunden, als Wühler und Anstifter. Im Bauernkrieg tritt er «in den pittoresken dämonischen Masken, wie sie historisch sind», auf und verleitet die Bauern zu Greueltaten. Um diese Schuld, die doch nur zur Hälfte seine eigene ist, zu sühnen, entschließt sich Faust, für das Volk zu sterben. Hier folgt Vischer der Darstellung, die Goethe für Fausts Ende gewählt hat, ziemlich eng: Der Glaube an den Sieg des Guten, an das von ihm gewollte Gute in der Zukunft schenkt seinem Faust «den höchsten Augenblick». Szenisch geht das Spiel bei Vischer so weiter, daß Faust, der weiteren Versuchungen widersteht, von Mephistopheles niedergestochen wird, gerade dadurch aber den moralischen Sieg gewinnt [127].

Die Entrückungsszene, die folgt, die Aufnahme Fausts «in das Element des ewig tätigen, aber harmonisch geregelten Weltlebens», spornt Keller – Beweis «der Anregungskraft des Vischerschen Entwurfs [128] – zu einer selbständigen Gestaltung des Schlusses an. Er verwirft Goethes «gothischen Kirchenhimmel» wie auch Vischers Lösung, den Himmel zu öffnen, Christus mit dem verlorenen Sohn, mit Märtyrern und mit den Helden der Menschlichkeit, der Wissenschaft und der Freiheit zu zeigen. Die Konventionalität der Szene in ihrer steifen Gruppierung erinnere zu sehr an «lebende Bilder». Er zweifelt auch an der Zweckmäßigkeit, Gott oder Christus als dramatis personae auf die Bühne zu bringen. «Unter den Auspizien der römischen Kirche» könnten sie theatralisch kraftvoll und «in fromm-naiver Volkshand sogar tragisch wirken»; aber in «protestantischen Landen, wo Faust recht eigentlich hingehört», herrscht «ein hausbräuchlicher Widerwillen» dagegen, «Christum tragieren zu sehen»: der Kinderglaube regt sich, «daß man von Gott kein Bildnis machen solle». Ohnehin erweist sich die Stimme eines Schauspielers «jedem Göttlichen, Unendlichen gegenüber» als ungenügend.

Auch in Kellers Entwurf fällt Faust im Kampf mit Mephistopheles. Nach der Schlacht erscheint Gretchen mit einem Engel, «der ein klares Streiflicht über das dunkle Feld wirft»; sie ringt mit Mephistopheles um Fausts Leiche, und während sich die Helle immer mehr ausbreitet, ertönt das Osterlied. In dieser plastisch gesehenen Szene versucht Keller, das «sinnlich Theatralische», das bei Goethe und Vischer in kräftigen, fast verwirrenden Bildern und Stimmen die Sinnen gefangennimmt, zu dämpfen, damit die «Gedankenwucht dieses Stoffes» sich mitteilen kann. Gretchen deutet er als «Genius des nationalen Werks ..., aus dem sich die Nation immer neu gebiert»; der Ausruf: «Das ewig Weibliche zieht uns hinan» («Goethes eher komisch wirkendes Wort») bleibt bei Keller unausgesprochen, wird aber so sichtbar gemacht, daß Gretchen, als einzige aus den himmlischen Scharen, Faust «an der Schwelle des Jenseits» entgegentritt. Damit ist das «Hauptmotiv des ersten Teils, der dort so herzzerreißend abbricht», wieder aufgenommen.

Am Schluß der Kritik hält Keller jenen schon erwähnten Hauptvorzug von

Vischers Arbeit fest: Sie beweist die poetische Verwendbarkeit und zeigt die Verwendungsweise «des Historischen», das nicht «diplomatisch, sondern poetisch verallgemeinert und doch erkennbar und konkret» dargestellt werden muß.

c) Fr. Th. Vischer als Redner, Dichter und als Persönlichkeit

Die besondere Eindringlichkeit von Kellers Rezension der oft eigenwilligen ästhetischen Ansichten Vischers wird sichtbar, wenn man sie neben einen Brief Mörikes hält, der sich auf die «Neue Folge» der «Kritischen Gänge» bezieht. Mörike schreibt: «Mit welcher Begierde ich alles verschlang (die Reise fast in einer Nacht, die Shakespeariana im behaglichen Schatten eines breiten Birnbaums im Garten vor der Stadt), wie mir das Herz vor Liebe, Freude und Bewunderung hundertmal nach Dir hinzuckte, kann ich Dir nicht sagen.» Und weiter: «Auch könnte ich vom Einzelnen zu reden nicht anfangen. Mir ist, als ob das Urteil über das Vortrefflichste in den drei Heften – wie in so vielem andern, was ich von Dir besitze – sich zwischen uns von selbst verstehen müsse; und wenn mir irgendein geringer Zweifel wo beiging, so wäre das in mündlicher Unterhaltung ... noch eher vorzubringen [129].»

Kellers Urteil bleibt nicht in unbestimmter Anerkennung oder Ablehnung stecken wie dasjenige Mörikes, der nur dort ausführlich wird, wo er sich gegen einen Einwand Vischers, der ihn selbst betrifft, verteidigen möchte [130]. Kellers Besprechung verrät eine gewisse Erregbarkeit; es genügt ihm nicht, diesen oder jenen Gedanken Vischers zu verwerfen, eine Behauptung anzufechten, eine Kritik Vischers abzuschwächen; er will die Zusammenhänge klären und bemüht sich um Einzelheiten und Gegenargumente. Damit übt er eine aufbauende Kritik, und seine Bemerkungen über die «Kritischen Gänge» sind zugleich eine Bewertung und Charakteristik ihres Verfassers, die Keller gleichsam zwischen den Zeilen aufzeichnet. Andere Zeugnisse sprechen besonders vom Redner Vischer und von seiner Stilkunst. In dem kleinen Festartikel zum achtzigsten Geburtstag stellt Keller den Ästhetiker als Dichter und akademischen Lehrer vor: «Jetzt singt er wieder, laut, wohltönend, er scheint vergnügt zu sein, bis ihn die Arbeit seiner Kraft ruft und er lehrend das junge Volk um sich sammelt. Nun steht ein Redner ersten Ranges vor ihnen, kein Spiegelredner, sondern einer des lebendigen Wortes [131].» Schon 1857 nennt er Vischer einen «verdienstvollen und eingepaukten Vortragsvirtuosen [132]». Anlaß zu einigen Gedanken über die Grundlagen rhetorischer Kunst gibt Keller die Rede Vischers «Der Krieg und die Künste» (März 1872 gehalten) [133]. Den Vortrag selbst streift er nur mit wenigen Worten (er ist «auf seinem Felde ein würdiges Dokument»); nachdrücklicher geht er auf «die Theorie des Vorwortes» ein, in der Vischer begründet, warum er entgegen seiner Gewohnheit die Rede zum Druck gegeben habe: wegen Heiserkeit sei ihm der Vortrag als solcher mißlungen. Durch den Druck werde nun aber die eigentümliche Struktur der Rede verfälscht; denn im Unterschied zum akademischen Lehrvortrag sei bei der eigentlichen Rede (vor gemischtem Publikum) die Form mindestens so wichtig wie der Inhalt. «Form» heiße nicht nur Aufbau, Darstellungsweise und Stil, sondern umfasse auch Klang und Volumen der Stimme. Erst im Zusammenwirken dieser Faktoren könne sich die Rede als Kunstform entfalten ... Sprechen und Schreiben unterscheiden sich nicht zuletzt dadurch, daß der Hörer bewegt, der Leser belehrt sein will und in der Rede gewisse «Naturhärten», notwendige Inkorrektheiten erlaubt sind, die man «wohl sprechen, aber nicht schreiben darf». Von seinem Prinzip «Eine Rede ist ein für allemal keine Schreibe» weicht Vischer nur ab im Vertrauen auf «das innere Gehör» der Leser, von dem ja auch die Aufnahme der Lyrik abhängt, oder auf einen guten Vorleser, einen Vortragsvirtuosen, der einspringen kann [134].

Übergeht man das Menschlich-Peinliche der Vorrede (das Beharren Vischers auf seinem Mißgeschick), gibt der Ästhetiker durch den Hinweis auf die eigentümliche Bauform der Rede, ihre Verschiedenheit von schriftlichen Äußerungen einen wichtigen Anhaltspunkt sogar für heutige Handbücher der Rhetorik [135]. D. Fr. Strauß allerdings fühlt sich gerade «durch die Bloßlegung der Kunstgriffe, wodurch ein solcher Vortrag zustande kommt», im Genuß der (gedruckten) Rede gestört [136]. Für Keller bestätigt das praktische Beispiel Vischers Theorie; er nimmt bei andern Rednern eine Abhängigkeit vom schriftlichen Konzept wahr, die Vischer ausschließen möchte: «Die Theorie freilich, oder wenn man es einfacher eine Maxime nennen will, wird wohl von einem gewissen Virtuosentum bestritten werden, welches nicht nur das letzte Wort niederschreibt und auswendig lernt, sondern auch an jeder Stelle Hebung und Senkung der Stimme, sogar ein Lächeln etc. vorauseingeübt und festgestellt hat und den Eindruck der Unmittelbarkeit trotzdem zu machen behauptet; freilich auch beim größten Teil der Hörer, wie sie unsere Säle fassen, auch machen – in Abwesenheit der Katze! Das kann z. B. für «die rhapsodische Kokotte Jordan» gelten, der seine Nachdichtungen des Nibelungenliedes in allen großen Städten des deutschsprachigen Europa vorzutragen pflegt [137] (vgl. S. 545). Dagegen beherrscht Emil Palleske, von Keller 1875 in einem Zeitungsartikel «als kunstgeweihter und genialer Vorleser» in Zürich eingeführt, diese Kunst der Rezitation, auf die Vischer sich beruft. Palleskes Darbietung des «Wintermärchens», der der Dichter im Dezember 1851 beiwohnt und woran er sich in der einführenden Notiz erinnert, veranschaulicht die Aufgabe, die Vischer dem Rezitator stellt: «Als nun aber Palleske seinen Vortrag begann, war es, wie wenn das Sonnenlicht ein altes gemaltes Kirchenfenster zu erhellen beginnt; von Szene zu Szene verbreitete sich der ursprüngliche Glanz und ließ das Werk auch dem letzten Beschauer oder vielmehr Hörer als ein wohlgemachtes und wohlgetanes erscheinen [138].»

Schon bei früheren Gelegenheiten wendet Gottfried Keller seine Aufmerksamkeit Reden, Rednern und Problemen der Vortragskunst zu. Im Aufsatz

«Am Mythenstein» beschreibt er Tempo und Feuer der Ansprachen, die bei der Enthüllung des Schillers-Steins gehalten werden, bemerkt er die «förmlich einstudierte Technik in Wendungen und Gebärden» bei den Innerschweizer Volksführern: «... wohl ein Beweis, daß sie gewöhnt sind, ihren Landsgemeinden ins Gewissen zu reden, und daß ihnen die Lenkung ihres Volkes nicht ohne rhetorischen Aufwand zu gelingen pflegt.» Ungefähr gleichzeitig macht er sich Gedanken über den Zusammenhang zwischen Volksfesten und Redekunst; im Artikel «Die Schützenfeste» heißt es: «... näher als die bildende Kunst scheint uns für die Schützenfeste *die Kunst des Wortes* zu liegen, in rhetorischer wie in poetischer Form. Es ist bezeichnend, daß die Schützenfeste fortwährend die Tischreden sorgfältig erhalten, während an den Sängerfesten jeder Versuch sofort mit wildem Geschrei übertönt und absichtlich verhindert wird. Nun aber schießt, wenn die ersten Fahnenreden gehalten sind, die übrige Rednerei gern ins Kraut und beruht häufig auf momentanen, halbreifen Einfällen und auf Weinlaune. Auch diese Art Dialektik führt oft zu Munterkeit und Witz; aber im ganzen würden Redner, die über Stoff und Form gehörig nachgedacht und bei genugsamer Begabung und Begeisterung sich auch die rechte Mühe gäben, dem Schützenvolk eine Ehre anzutun, wohl finden, daß es kein Barbarenvolk ist.» Keller selbst zeigt sich in der Rede Karls im «Fähnlein der sieben Aufrechten» vertraut mit den Gesetzen der Rhetorik [139].

Wertet Gottfried Keller den Rhetoriker Vischer aus dem Gefühl völliger formalästhetischer Übereinstimmung, so stuft er ihn als Verfasser wissenschaftlicher Prosa anders ein; dem Schriftsteller wird zum Verhängnis, was den Redner auszeichnet: die Leidenschaft für die vollkommen richtige Form, der sich mit den Jahren eine gewisse Altersungelenkigkeit beigesellt. Beides bestimmt beispielsweise Kellers Urteil über die Grabrede Vischers auf Eduard Mörike, die ein anderer Kritiker, Emil Kuh, «phrasenhaft» nennt, «in eine unleidliche dichterisch-wissenschaftliche Sprache gekleidet». Keller erwidert: «Mit Vischers Grabrede müssen wir es nicht so genau nehmen; er fühlt sich einmal als pflichtschuldigen Rhetoren von Beruf und mußte die Rede von einem Tag zum andern bereit halten, während er immer schwerfälliger und härter wird. Sie haben gewiß seinen neusten großen Reiseartikel ... gesehen, wo er die beste Sache durch drei Nummern hindurch ermüdend durcheifert, nämlich die Tierquälerei der Italiener in Recoaro. Diese Schwere, mit der er sich selbst plagt, schmerzt auch andere, die ihm gut sind [140].» Die «Schwere», die Keller erwähnt, «dieses Nichtfertigwerden mit dem Gegenstande, dieses unaufhörliche Hervorstoßen, Abbrechen und wieder Hervorstoßen der nämlichen Gedanken», das Kuh auffällt [141], bestimmen beinahe zwanzig Jahre zuvor Hermann Hettners Urteil über Vischers «Schreibe»; an einem Aufsatz Vischers rügt er ausdrücklich die «schwerfällige Form [142]». Hier spricht Hettners gegensätzliches Stilgefühl, wirkt eine abweichende Ansicht von der sprachlichen Gestaltung wissenschaftlicher Werke. Umgekehrt kritisiert Vischer den «äußern Stil, die kurzen Sätze und modernen Wendungen» in Hettners Literaturgeschichte [143].

Keller, für den die Stilfrage wichtig ist, neigt wohl eher zu Hettners Stilideal, den er ja auch vor den Angriffen der Gelehrten wegen der «etwas leichten Schreibart» in Schutz nimmt [144].

Gottfried Kellers Urteil über die wissenschaftlichen Arbeiten und die Prosa Vischers liegt nicht die ungemischte Anerkennung zugrunde, die er dem Dichter Vischer entgegenbringt, dessen «entschieden künstlerische Ader» in der Rezension der «Kritischen Gänge» hervorgehoben wird. Vischers Selbstbekenntnis, zwischen Kritik und Dichtung in «die Schwebe geworfen» zu sein, gestaltet Keller um zu dem schönen Bild, das Vischer als Zimmermeister zeigt, der das feste Gefüge «der Halle seiner Werke» prüft, als Dichter, der «Lied auf Lied» fliegen läßt [145]. Vischer selbst spricht in vielen Briefen von diesem Zwiespalt: er dürfe, um glücklich zu sein, die «poetische Produktivität» in sich nicht unterdrücken [146].

Die dichterischen Werke Vischers beurteilt Keller meist brieflich, knapp, im Sinn jener Feststellung von 1860: «Vischer ist bei allen Launen doch noch einer von denen, die einen Halt gewähren und deren Fleisch von guter und echter Textur ist. Auch hat er eine schöne künstlerische Ader, welche nicht nur seinem Metier zugut kommt, sondern auch seinen Umgang angenehm macht [147].»

Der erwähnten Bemerkung zur Schartenmeyer-Ballade über den Ausgang des Deutsch-Französischen Kriegs fügen sich die Beurteilungen an von Vischers «hübschem Gedicht» «Ischias, Heldengedicht in drei verkehrten Gesängen [148]» und der «Lyrischen Gänge» (Stuttgart und Leipzig 1882): «Die erste Durstlöschung», schreibt er Vischer, «wird sogleich begonnen werden und die Vernunftlesung dann folgen. Sie sind jedenfalls sicher, daß die Sammlung überall sofort ganz gelesen wird, was bei Gedichtbüchern selten geschieht [149].» Die «lyrischen Einlagen» in Vischers Roman «Auch Einer» finden Kellers Beifall: «Das Lied oder die Romanze von der Nagelschmiedin könnte einen der besten Plätze in Mörikes Gedichten beanspruchen und damit auch in allen andern Büchern bester Lyrik»; sein eigenes Gedicht «Stille der Nacht», das Vischer umarbeitet und in den Roman aufnimmt, setzt er herab: «Um so verwunderlicher ist es mir, daß Sie sich damit amüsiert haben, die kleine Anleihe aus meinen windschiefen Gedichten zu produzieren [150].»

Den Roman bespricht Keller kurz nach der Veröffentlichung. Er findet darin «den monumentalen Bau eines Monologs, ... wie ihn unsere Literatur kaum ein zweites Mal besitzt.» «Monolog» ist nicht als eine Formbezeichnung gemeint; denn obschon Vischer im Untertitel («Eine Reisebekanntschaft») die Spezifizierung «Roman» absichtlich umgeht, hält Keller das Buch für «hinlänglich plastisch und schlüssig komponiert», daß es als Roman gelten kann. «Monolog» möchte er im Sinn «des testamentartigen Charakters» verstanden wissen: auf jeder Seite teilt sich «das Wesen einer und derselben Person» mit, Tagebuch und Erzählung sind im «rhapsodisch bewegten Gang des Werkes», im «stürmischen Fluß der Darstellung» fest verbunden. Einspruch erhebt Keller gegen «die Grabaufwühlung» im zweiten Band, die an Victor Hugos «Hernani» erinnere und dem nationalen Grundcharakter des Buches schade. Nicht schlüssig ist er sich, «ob das ästhetische Problem der katarrhalischen Tragikomik in richtig abgewogener Mischung geraten» sei. Aber hier könne «die Monolognatur eintreten und sagen: So ist's einmal mit dem treibenden Concretum beschaffen, welches sich hier manifestiert [151]». Dieses Argument, daß die konkrete Situation ihr dichterisches Recht habe, nimmt Keller dann auch für sich selbst in Anspruch – trotz Vischers Vorbehalten in der Keller-Studie. Im ganzen schätzt er «Auch Einer» so hoch ein, daß er mit François Wille, der eine scharfe Rezension schreibt, bricht. Hermann Fischer überliefert die als Frage ausgesprochene Würdigung des Romans durch Keller: «Sie sind doch auch der Ansicht, daß das eines der bedeutendsten Werke ist, die unsere Literatur aufzuweisen hat? [152]»

Über das Lustspiel «Nicht I a» (Stuttgart 1883) schreibt Keller an Paul Heyse: «Das ist jetzt das zweite Mal, daß die Hegelschen Philosophen sagen, sie müßten selbst dran hin und zeigen, wie man's macht! Der erste war Arnold Ruge, der aber gar kein Poet war, wie Vischer es doch ist [153].» Dieser Vergleich des Dichters mit dem Non-Poeta rückt eine Komponente im kritischen Verstehen Kellers in den Vordergrund, die man als Zug zum Essay bezeichnen könnte und die darauf beruht, daß der Betrachter einen Vergleich wie den zwischen Vischer und Ruge nicht ausführlich begründet, nur hier und dort einige Lichter setzt, schlagende Ähnlichkeiten oder Unterschiede lediglich andeutet. Dieser Zug ist bei Keller nicht neu; gerade Arnold Ruge wird schon in der frühen Rezension seiner «Gesammelten Schriften» an D. Fr. Strauß ebenfalls hinsichtlich der «dichterischen Ader» gemessen, wodurch Keller die «Zerklüftung zwischen den Genossen einer und derselben Denkerschule», der Hegelschen, verdeutlichen möchte. In Strauß und Ruge begegnen sich «der feinste Vorteil und der größte Ungeschmack»: Strauß gibt «in ästhetisch-kritischen Sachen die alleranmutigsten und kristallklarsten Arbeiten …, deren edle gediegene Einfachheit und Brauchbarkeit schmerzlich an längstverschwundene, schönere Tage erinnerten, während er mit wahrer Humanität und mit wahrem feinem Geschmacke auch einen Justinus Kerner genießen und ehren kann»; Ruge dagegen hat «allen Takt in solchen Dingen verloren [154]». Diese Stelle erscheint wie ein früher Vorläufer zu einer Studie ähnlicher Art, die Keller sich 1883 zurechtlegt; in einem Brief an Julius Rodenberg schreibt er: «Indessen empfinde ich doch allgemach die Lust, mich doch vor Torschluß noch etwas in eigener Kritik oder Essayistik bescheidentlich zu versuchen. Was würden Sie gelegentlich zu einer Zusammenhaltung Vischers und Straußens als lyrische Dichter und Nichtdichter sagen, einer Würdigung des Talentes und lyrischen *Bedürfnisses* zwei so bedeutender und in so verwandter Lage befindlicher und sich nahe stehender Männer? [155]»

Dieses Vorhaben geht wahrscheinlich darauf zurück, daß Keller in Avenarius'
Anthologie «Deutsche Lyrik der Gegenwart» (Dresden 1882) liest, wo Verse
von Vischer und Strauß aufgenommen sind, und daß ihm von beiden auch
Gedichtsammlungen vorliegen: Vischers «Lyrische Gänge» und das 1878 er-
schienene «Poetische Gedenkbuch» D. Fr. Strauß' [156]. Aber die Idee gelangt
nicht zur Ausführung, und somit fehlt eine umfangreiche Abhandlung über
die poetischen Werke Fr. Th. Vischers.

DRITTES KAPITEL

FR. TH. VISCHERS KELLER-AUFSÄTZE

a) Vischer als Kritiker

Vischers «dichterische Ader» kommt auch dem Kritiker zustatten, sie ist die
Legitimation des Rezensenten, ihr verdankt er die immer rege Empfänglichkeit, für das Schöne [157], die so weit geht, daß er, in seinen wissenschaftlichen und kritischen Arbeiten immer um Objektivität, um die Wahrheit
bemüht und Zugeständnissen jeder philosophischen oder literarischen Schule
gegenüber abgeneigt, die Mitwirkung an Zeitschriften ausschlägt, wenn er sich
dadurch verpflichten könnte, und sich von Ruges «Preußischen Jahrbüchern»,
dem Blatt der Hegelianischen «Berliner Philosophischen Gesellschaft», und
selbst von den «Grenzboten» Schmidts und Freytags, der «einzig respektablen
und ethisch gesunden» Zeitschrift, zurückzieht, weil sie alle «das Schöne zu
wenig berücksichtigen [158]». Er prüft die Gegenwart, ob sie zur Aufnahme literarischer Kritik in diesem Sinn gestimmt sei; von den geplanten «Kritischen
Jahrbüchern der Wissenschaft und Kunst» glaubt er abraten zu müssen, obschon Hettner damit rechnet, daß gerade Vischer es als Gewinn empfinden
werde, ein solches Organ zur Verfügung zu haben. Keller, für das Projekt
viel aufgeschlossener, berichtet Hettner: «Vischer meint, die Zeit sei für
das allerdings hochlöbliche Unternehmen zu sehr politisch absorbiert. Ich
halte aber dafür, daß es nur darauf ankommt, überall den rechten Faden
zu finden, der an die Zeit bindet. Was lebendig ist, ist immer zeitgemäß [159].»
    Bei Vischer kann sich aber die eigene dichterische Produktionslust plötzlich
ungeduldig einmischen, wenn es gilt, ein fremdes Werk unvoreingenommen
zu rezensieren. Man darf vielleicht von einer Verführung durch das Talent
sprechen. An einem «Faust»-Aufsatz Vischers setzt Strauß das «falsche Prinzip, ... dem Goethe einen Vers vorzumachen», aus; er schreibt dem Ästhetiker: «Ich bleibe dabei: der Kritiker kann nur sagen und aufzeigen,
wo und inwiefern es der Dichter gut oder auch schlecht gemacht hat; geht

er weiter und will ihm zeigen, wie er es hätte machen sollen, so wird er, je mehr er dabei ins Einzelne geht, um so gewisser zum Schulmeister»; Vischer habe den «Faust» «gar zu oft schon ... als Prosektor unter dem Messer gehabt [160]». In seiner Antwort verteidigt sich Vischer mit dem Hinweis auf die besondere Natur des besprochenen Werks: «Der Dichter genießt hier nicht das Privilegium des naiv Inkommensurabeln, er hat hier selbst in die Reflexion hineingelangt [161].» Mit dem Einwand Strauß' deckt sich jedoch, was Vischer am Anfang der Skizze «Zum zweiten Teile von Goethes Faust» äußert: «Wollte man vom Kritiker vielleicht gar einmal fordern, er solle nicht bloß tadeln, sondern – nicht zwar es im Sinne der Ausführung besser machen, aber doch im Umriß zeigen, wie man es besser machen sollte, so wäre das offenbar zu viel verlangt; er hat seine Schuldigkeit getan, wenn er nachgewiesen hat, daß in einem Kunstwerk dies und das, was nachweisbar der Inhalt fordert, zureichend oder unzureichend, ästhetisch befriedigend oder unbefriedigend entwickelt ist.» Sein Entwurf zu einem «Faust II» ist ja auch nicht eine eigentliche Kritik, sondern ein Modell, dessen Ausführung vorbehalten bleibt [162].

Als Literaturkritiker schreibt Vischer über zwei bedeutende Dichter, die zugleich seine Zeitgenossen sind und seinem engeren Freundeskreis angehören: Mörike und Keller. Die Rezensionen von Mörikes Werken entstehen am Anfang von Vischers wissenschaftlicher Tätigkeit; als er seinen Keller-Essay verfaßt, ist er längst der «ästhetische Vertrauensmann und deutsche Haupt-Manuskripten-Adressat [163]». Ein Vergleich seiner Kritik Mörikes mit der späten Studie über Keller wirft ein Licht nicht nur auf die Entwicklung, d. h. Verfeinerung der kritischen Methode Vischers, sondern auch auf das unterschiedliche Verhalten der beiden Dichter ihrem Rezensenten gegenüber.

1832 ersucht Eduard Mörike den Freund um Besprechung des «Maler Nolten», erhält aber eine Absage, weil Vischer glaubt, daß seine früheren gelegentlichen Ratschläge zum «Nolten» «kaum die Objektivität des Kritikers zulassen». Mörike jedoch traut Vischer das «con amore» des berufenen Kritikers und die nötige «Rezensenten-Menschenfreundlichkeit» zu, und der Einwand scheint ihm nicht erwägenswert: «So gut ich weiß, daß jede fürs Publikum bestimmte Arbeit für sich selbst sprechen muß, so ist es doch zu vorläufiger Regulierung des allgemeinen Urteils doch vorteilhaft, wenn der Kritikus zu seinem Geschäft, neben dem Maßstab seiner eigenen Grundsätze, die Kenntnis der Natur des Verfassers hinzubringt, woraus er sich das Werk desto sicherer erklärt.» Als der Dichter dann 1844 die beiden schon fünf Jahre zuvor entstandenen Aufsätze Vischers über den Roman und die Gedichte lesen kann und sich in der Vorrede dazu als «stehen gebliebenes, obwohl großes Talent» beurteilt findet, bricht er den Briefwechsel ab. Erst 1847 äußert er sich über die Rezensionen; er legt den Finger auf den einen Satz aus der Vorrede: «Mörikes Bruch und Stocken ist auf dem Punkt zu suchen, wo er aus der Romantik sich in die gesunde Kunstform des immanenten Idealismus zu erheben sucht und doch mit dem einen Fuß im Traum und in der Schrulle stehen bleibt.» Mörike vermißt hier Vischers «gewohnte Treuherzigkeit», während Vischer dieses Mißbehagen des Dichters an der Kritik aus einer abweichenden Einstellung zur Pflicht, zum «Sollen» erklärt: « ... das Uhrgefühl des Soldaten und die Willkür des Launischen, der sich gehen läßt, können sich schärfer nicht gegenüberstehen als hierin unsere Naturen.» Kennzeichnend für Vischers Selbstverständnis als Kritiker, heißt es weiter: «Mehr als ein Tropf müßte ich sein, wenn ich einen Dank verlangte dafür, daß ich Deine Schätze der Welt gezeigt, für Dich ins Horn gestoßen, gefochten und den Hohn norddeutscher Rhetoriker lustig auf die Achsel genommen habe. Ich habe ja nur meine Pflicht getan, meine Überzeugung ausgesprochen; die Sache, der Wert Deiner Gedichte bestimmte, nötigte mich zu ihrem Organe. Aber das hielte ich doch nicht für unbillig, daß Du, dieses Positive im Auge, das Negative daran, die Grenze meiner Anerkennung, samt den kalten Worten eines schwer und arg zurückgestellten Freundes, leichter, weniger empfindlich nähmest, genommen hättest. Das Beste braucht eine Posaune, und diese wirft man doch nicht in den Winkel, weil zu den lustigen und hellen Tönen ein paar mißklingende mit in den Kauf kommen [164].»

b) Die Keller-Aufsätze

Gottfried Keller gestaltet das Verhältnis zum Rezensenten von Anfang an anders. Im Briefwechsel und sicherlich auch im persönlichen Gespräch gibt er Vischer das Gefühl, daß er mit ihm seine dichterischen Pläne und seine Werke als mit einem gleichermaßen schöpferischen Geist bespricht, dessen Urteil und Ratschlag wertvoll ist. So verwirft er auf die Empfehlung Vischers hin den ursprünglich vorgesehenen Titel «Auf Goldgrund» für «jene ironisch reproduzierten 7 Legenden»; Vischer überzeugt den Dichter davon, daß Titel aus Satzteilen unbequem und der vorgeschlagene im besondern ironisch klingt. Während die Legenden zwar «selbst Ironie auf die Legende» sind, aber «eine gemütliche Ironie, ... die den wirklichen Goldgrund der Liebe hat», läßt «die scharfe Kürze eines Titel», wie Keller ihn im Sinn hat, diese Wärme nicht aufkommen, sondern «könnte zu sagen scheinen: gebt einmal acht, was das für ein Goldgrund sein wird». Der einfachere Titel «Sieben Legenden» enthält denselben ironischen «Anreiz ... nur in der stillen Form objektiv gehaltenen Titelstils»; der von Keller erwogene ist «zu subjektiv, zu erregt und erregend, auffordernd [165]». Auch in der Frage eines «humoristischen» Vorworts, daß die Legenden als «Quellenstudien» aus den «acta sanctorum» vorstellte, entstanden «in einer Stimmung, wo man sage, es sei zum Katholischwerden», holt Keller sich bei Vischer Rat: Wäre es «taktlos, mißverständlich oder schädlich» oder doch geeignet, «den Vorwurf des Heinisierens», der von der Kritik zu erwarten sei, von vornherein zu entkräften? [166] Im März

1872 werden Vischer die «Legenden» von Keller, der für die Hilfe dankt, zugeschickt. Die Befürchtung, «daß das kleine Wesen als eine Narrheit oder Kinderei werde aufgefaßt werden in seiner Isolierung und Plötzlichkeit [167]», kann der Kritiker nicht einfach zerstreuen; denn er findet darin «keinen ganzen Beweis» von Kellers Meisterschaft. Trotzdem sind die «Legenden» «so unzweifelhaft originale Poesie», daß Vischer sie anzeigen möchte – «wiewohl nicht ohne einige Kritteleien, im wesentlichen aber einfach mit dem Prädikat des *Herzerfreuenden*». Er will indessen dieser Anzeige eine breitere Grundlage geben, andere neue Erzählungen einbeziehen (Keller verspricht schon 1871 für die nächste Zeit den zweiten Band der «Leute von Seldwyla»): «Dann könnte man den Dichter betrachten, wie er es auf dem realen Boden treibt, gegenüber seiner Lebenswahrheit, Schwung, Stil, Humor auf dem mythisch-phantastischen Boden [168].»

Dieser Absicht, der «ein erster Anlauf zu einem Konzept für eine Anzeige der ‹Leute von Seldwyla›» aus den späten fünfziger Jahren vorausgeht, kommt einem Wunsch Kellers entgegen: «Wenn Sie mir die Ehre erweisen wollen, einmal ein wenig ins Gericht zu gehen mit meinen Sachen, so ist es mir sehr lieb, wenn Sie noch einiges abwarten wollen ... Glauben Sie alsdann eine bestimmte Figur von mir zu haben, so wird es mir allerdings zur großen Freude gereichen, gleich weit von unmotivierter günstiger Voreingenommenheit sogenannter Talententdecker und von der maliziösen Kühle Fernstehender entfernt einmal sachlich behandelt zu werden und dabei zu lernen [169].» Ende 1873 erscheinen drei der auf vier Bände angelegten Novellensammlung, und Vischer, dem nun ausreichend Material zur Verfügung steht, macht sich an die Arbeit. Die Studie beschäftigt ihn in der ersten Hälfte des Jahres 1874 [170]; im Juni ist sie abgeschlossen und erscheint unter dem Titel «Gottfried Keller» in der «Augsburger Allgemeinen Zeitung». Mit einer «Vorbemerkung 1880» und «Nachbemerkung 1881» wird sie in das zweite Heft von «Altes und Neues» (Stuttgart 1881) aufgenommen.

Der Wiener Kritiker Emil Kuh erhält Einblick in das eben vollendete Manuskript Vischers und berichtet darüber dem Dichter: «Die Arbeit ist in glücklicher Stimmung gemacht und partienweise vortrefflich; die Darstellung leichter, flockiger, als dies sonst in Vischers Art liegt [171].» Kellers Antwort könnte darauf schließen lassen, daß er – anders als Mörike – seinem eigenen Schaffen gegenüber sich kritisch verhält und gerade darum den praktischen Nutzen der Vischerschen Rezension für sich selbst gering ansetzt: «Daß Vischer einen größeren Aufsatz über meine Sünden schreibt, erfüllt mich mit Grausen, besonders wenn er kritisieren wird müssen, was ich schon lange bereut und gebüßt habe.» Er hält ja den Dank und Kommentar zu der Studie auch lange zurück [172]: Vischer hat getadelt, was Keller selbst tadelnswert findet, und nur weniges scheint nach einer Berichtigung und Rechtfertigung zu verlangen. Diese Vermutung ist nicht ganz falsch; Keller faßt die Abhandlung, trotz der Versicherung, er möchte aus ihr lernen, weniger als verspätete Belehrung denn als Bestätigung auf, wenn er nach der Lektüre von Vischers Essay an den Verleger Weibert schreibt: «Ein so ausführliches Eingehen ist mir noch nie widerfahren oder richtiger gesagt begegnet, und es freut mich sowohl die Kritik als das Lob, beides gleich; auch kann ich sagen, daß ich zum erstenmal das hervorheben und zitieren höre, was man in der Stille, wie das so zu geschehen pflegt, hervorgehoben zu sehen wünscht [173].»

Keller läßt fast ein Jahr verstreichen, bevor er sich an Vischer selbst wendet; im Januar 1875 beginnt er einen Dankesbrief für die «stattliche Auseinandersetzung» und «für alles, was Sie so freundlich, aufmunternd und auch im kritischen Teil so nutzbringend und sachgemäß gesagt haben. Es ist die erste wirklich eingehende Arbeit dieser Art, die ich erlebt habe [174].» Dem Brief, der Ende Juni 1875 abgeschickt wird, kommt ein Schreiben Vischers zuvor, worin der Rezensent «die mißlungene Anlage» des Aufsatzes, «die zu den Zerstückelungen und Wiederholungen» geführt habe, bedauert, ein Geständnis, das mit dem Eindruck des heutigen Lesers auch von der Fassung in «Altes und Neues» übereinstimmt. Ein alter Freund des Dichters, Moleschott, urteilt zwar: «Weder Vischer noch die ‹Allgemeine› gehören zu meinen Lieblingen. Wenn ich aber auf ersteren das Wort anwenden darf: Du gleichst dem Geist, den du begreifst, so muß ich ihm viele Sünden verzeihen [175].» Keller seinerseits empfindet ja das «con amore» Vischers mit Freude. Doch beider Zustimmung bezieht sich mehr auf die freundliche Geneigtheit des Kritikers für den Dichter als auf die Ausführung. Die Studie wirkt «zerstückelt» nicht nur wegen der stockenden Erscheinungsweise der Werke Kellers (1874 fehlt noch der letzte Band der «Leute von Seldwyla»). Ist es verständlich, daß Vischer beim ursprünglichen, für eine Zeitung bestimmten Artikel auf straffe Gliederung nicht besonders Wert legt, so wären für den Wiederabdruck eine Überarbeitung und gewisse Streichungen nötig gewesen, selbst wenn 1880 nun der vierte Band der zweiten Fassung des «Grünen Heinrich» noch nicht vollendet ist. Die Vor- und Nachbemerkungen können eine solche Revision nicht ersetzen. Dieser Mangel wird dadurch noch spürbarer, daß eine systematische Gesamtcharakteristik Kellers fehlt. Gewisse stilistische Eigenheiten sind freilich festgehalten, aber die Stichworte und die davon ausgehenden Interpretationen ergeben doch nur eine lückenhafte Darstellung der dichterischen Werke Kellers; manches Urteil der Studie hat zudem fast identischen Wortlaut mit früheren Briefen Vischers an Keller [176].

c) «Der Grüne Heinrich»

Abgesehen von den späteren Hinzufügungen setzt sich der Essay zusammen aus einer Einleitung über die «Dichterpersönlichkeit» und dem Hauptteil, der «Kunstform und Kunsttalent» behandelt [177]. Wie in vielen seiner Rezensionen bewegt sich Vischer zunächst am Faden der Kritik anderer Besprechungen voran; so klopft er Friedrich Kreyssig auf die Finger, der in dem Gottfried Keller betreffenden Abschnitt seiner «Vorlesungen über den deutschen Roman der Gegenwart» (Berlin 1871) nicht nur einzelne Fehlurteile geleistet, sondern sich auch in der Methode vergriffen habe, eine Richtung der Literaturkritik vertrete, «die mit voreilendem Blick ein Kunstwerk schlechtweg darauf ansieht, wie viel echt modernen Gehaltes sich daraus entnehmen lasse», und statt die Dichtung zu genießen, nach ihrer Absicht frage [178]. Kreyssig gehöre zu den Rezensenten, die nicht mehr unterscheiden könnten, was subjektiv, was objektiv gemeint sei, und kein Sensorium für die Spielarten der Ironie besitzen. Er sei ein Beispiel für die «Stoßvogelhast, mit welcher eine obenhinfahrende Kritik den ‹Grundgedanken, die Tendenz› aus dem lebendigen Leib eines Dichterwerks herauszuhacken eilt». «Befremdendes» werde nicht erklärt, sondern abgetan. Überdies sei es töricht, wenn die von den «Herbartianern» als eine «exakte Wissenschaft» betriebene Ästhetik für jedes künstlerische Werturteil, das mit der eigenen Auffassung nicht übereinstimme, den «Beweis» verlange [179]. Vischer verübelt es dem Verfasser der «Vorlesungen» besonders, daß er sein Urteil nur aufgrund des Romans fällt und die Novellen nicht heranzieht. Er selbst schränkt die Geltung seiner Kritik vorsichtig ein, indem er darauf verzichtet, anhand der drei erschienenen Bände die zweite Fassung des «Grünen Heinrich» zu rezensieren, weil, wie es in der «Vorbemerkung 1880» heißt, «solange der Schluß fehlt, die ... vorliegenden Veränderungen so gut wie noch nicht vorhanden sind». Eine weise Zurückhaltung, wie der nach Veröffentlichung des Essays in «Altes und Neues» ausgegebene letzte Band von Kellers Roman beweist [180]. Der Aufgabe des Kritikers möchte er besser gerecht werden als Kreyssig. Die erste Frage, die er in der Studie stellt, gilt nicht der «Grundtendenz» des «Grünen Heinrich», sondern der literarischen Gattung: Ist es ein Roman oder eine Autobiographie? Diese Frage, die ja auch den Dichter stark beschäftigt, auf die er von der positivistischen Kritik eine Antwort erwartet (vgl. S. 96), glaubt Vischer mit der Formel «Poesie ... mit offenem Durchblick auf Selbstbiographie» erledigen zu können. Darin stimmt er weitgehend mit Keller überein, der in seiner autobiographischen Studie von 1876 die verschiedenen Schichten des Romans ähnlich auseinanderlegt: «dürftige Keime und Ansätze» aus der eigenen Kindheit, «sogar das Anekdotische» seien «so gut wie wahr», aber «poetisch ausgewachsen»; anderseits sei «die reifere Jugend des grünen Heinrich zum größten Teile ein Spiel der ergänzenden Phantasie». Nach dem Erscheinen der zweiten Fassung jedoch widerspricht er sich selbst und Vischer in der Frage der freien dichterischen Ausgestaltung der autobiographischen Züge und bestreitet den poetischen Gehalt des Romans überhaupt. In einem Brief an Paul Nerrlich vom Februar 1881 schreibt er: «Der hohe Rang, welchen Sie meinem Buche anweisen, ist schon darum unmöglich, weil die autobiographische Form zu unpoetisch ist und die souveräne Reinheit und Objektivität der wahren Dichtersprache ausschließt; daß aber jene Form durch die *contradictio in adiecto* eines notwendigen Zufalls die Oberhand gewonnen hat, ist eben der Beweis vom Vorhandensein eines Grundmangels» – dessen er sich bewußt ist und den nach seinem Dafürhalten auch die Neufassung noch aufweist. Im schon erwähnten Brief an Storm vom April 1881 beschäftigt ihn dieselbe «Hauptfrage der Form: Biographie oder nicht?» «Diese Frage umfaßt ... auch die andern nicht stilgerechten epischen Formen: Briefform, Tagebuchform und die Vermischungen derselben, in welchen nicht der objektive Dichter und Erzähler spricht, sondern dessen Figurenkram, und zwar mittelst Feder und Tinte. Hier ist der Punkt, wo die Kritik einzuspringen hat und der Schreiber den formalen Handel verliert. Diese Untersuchung ist ... eine rein ästhetische Sache und Arbeit und führt zu andern Gesichtspunkten etc.» Storms Einwand: «Der Entwicklungsgang des Helden ist ein so individueller, daß die biographische Form nahe zu liegen scheint», überzeugt Keller nicht, ja er geht so weit, die «Unform» des autobiographischen Romans zu verwerfen, die andern «nicht stilgerechten epischen Formen» aber gelten zu lassen: «Zugeben kann man allerdings, daß der gleiche Übelstand auch auf die Briefform, Tagebuchform etc. bezogen werden könnte. Da tritt aber, was berühmte Beispiele betrifft, die größere quantitative Leichtigkeit und Gedrängtheit zur Ausgleichung ein» (an Nerrlich).

Die Problematik des Romans, die Keller hier erwähnt, ist vielleicht durch Ergebnisse der modernen Erzählforschung etwas zu erhellen. Einen Anhaltspunkt bietet Wolfgang Kaysers Definition des Romans (seit dem 18. Jahrhundert): Er «ist die von einem (fiktiven) persönlichen Erzähler vorgetragene, einen persönlichen Leser einbeziehende Erzählung von Welt, soweit sie als persönliche Erfahrung faßbar wird. Der einzelne Roman gewinnt Geschlossenheit dadurch, daß er entweder eine Handlung oder den Raum ... oder eine Figur zur strukturtragenden Schicht macht.» Das heißt, auf den «Grünen Heinrich» bezogen, daß nicht die äußere Form, also der Umstand, ob es sich um eine Autobiographie handelt oder nicht, ob der Dichter sich dazu bekennt oder nicht, sondern die Art, wie der Roman seine «abgeschlossene Gestalt» erhält, entscheidend ist. Auch wenn er teilweise oder ganz auf Erlebnisse des Autors zurückgeht, ist damit höchstens etwas über dessen Biographie mitgeteilt – und nicht einmal etwas besonders Wichtiges –, nichts jedoch über die Verwendung dieser Materialien im dichterischen Werk gesagt. Selbst ein so ausgesprochenes Bekenntnisbuch wie die «Confessions» Rousseaus, das mit dem Ruf «Moi seul!» einsetzt und dessen Einfluß auf seinen Roman Keller vermerkt, ist nicht ungebrochener Bericht und minutiöses Abbild des Daseins, sondern in einer bestimmten Erzählhaltung, aus einer bestimmten Perspektive geschrieben, die nicht auf Rechnung des Verfassers, noch auf die des beschriebenen «Ich» zu setzen ist, sondern einem «Erzähler» angehört; dieser Erzähler ist nicht einfach Gottfried Keller oder J.-J. Rousseau: Er ist seinem Wesen nach auf das Erzählte abgestimmt, er wandelt sich von Werk zu Werk eines Autors, hat aber wie der Dichter selbst den vollen Überblick über den

Gang der Geschichte, redet den Leser an, nutzt die Mehrdeutigkeit der Sprache, vollzieht den Wechsel der Erzählebenen.

Ein Zweites kommt hinzu: Natürlich ist die Ansicht Theodor Storms, die «Frische» der ersten Fassung des «Grünen Heinrich» sei der Ich-Erzählung zu verdanken, richtig. Aber es ist zweifelhaft, ob echte oder scheinbare autobiographische Erzählungen unmittelbarer wirken als eine Erzählung in der dritten Person. Dem Autor wird auch das eigene Ich durch den zeitlichen Abstand objektiv, er kann von sich selbst als einer poetischen Gestalt sprechen, wie er umgekehrt ohne viel Mühe in das «Ich» einer völlig «fremden» objektiven Figur zu schlüpfen vermag. Mit ähnlicher Begründung ist dem Einwand Otto Brahms zu entgegnen, «daß, wenn das Buch (von dem Helden des Romans nämlich) zu verschiedenen Zeiten etc. abgefaßt sei, sich dies notwendig in der Darstellung spiegeln müsse»; auch die Berichtigung Storms, Keller habe ja wirklich einen beträchtlichen Teil der zweiten Fassung fünfundzwanzig Jahre später geschrieben, ohne daß «ein erheblicher Unterschied in der Darstellung sich ergäbe», trifft nicht ganz zu: Storm und Brahm übersehen, daß der Dichter sich selbst Gegenüber ist und aus einem Punkt und einer Geisteshaltung (die 1850/55 und 1879/80 verschieden ist) schildert, was biographisch *eine* Entwicklungslinie darstellt.

Wenn der autobiographische Stoff oder die vorgebliche Selbstdarstellung des Grünen Heinrich nach Kellers Ansicht das Wirken «des objektiven Erzählers und Dichters», «die souveräne Reinheit und Objektivität der wahren Dichtersprache» verunmöglichen, so hat das seinen Grund in den technischen Schwierigkeiten, die die Ich-Form dem Autor aufgibt: Begebenheiten, die das «Ich» nicht erfahren haben, Personen, deren Vorgeschichte und Hintergrund es nicht kennen kann (wenn die erzählerische Logik aufrechterhalten bleiben soll), müssen durch künstliche Überleitungen (in Briefen, Nachberichten, Ergänzungen oder eingefügten Erzählungen Dritter) vorgestellt werden, damit der Roman eine «abgeschlossene Gestalt» erhält; auch in der zweiten Fassung des «Grünen Heinrich» gibt es noch Stellen, wo plötzlich der Erzähler dem Helden die Feder aus der Hand nimmt, sozusagen mit der Stimme des «Ich» vorbringt, was dieses gar nicht wissen dürfte. Kellers Unbehagen am «formalen Handel» entspringt offensichtlich der Meinung, daß das Roman-Kunstwerk darunter leide, wenn die an der Erzählung beteiligten Personen ihre Rollen nicht einhalten, der Autor dem Erzähler dreinredet oder die «Ich»-Gestalt unversehens vom Leser, der streckenweise im ungewissen bleibt, mit dem Dichter identifiziert wird. In einem ähnlichen Dilemma vor der Frage: Wer erzählt eigentlich? Woher weiß der Autor von den Gedanken seines Helden, kennt er den Ablauf des Geschehens? befindet sich der Roman des 20. Jahrhunderts. Er hat den Ausweg in den innern Monolog, die erlebte Rede gefunden und dabei auf den Erzähler verzichtet. Nur ist dieser Ausweg zugleich Symptom für eine weltanschauliche Unsicherheit, vor der ein alles überblickender Berichterstatter nicht mehr bestehen kann. Daraus erklärt sich

auch das Erzählen im Präsens; der Autor weiß nicht mehr als seine Gestalten – wie es Albert Vigoleis Thelen, der in seinen Romanen fortwährend
über die Technik des Erzählens reflektiert, ausspricht: «Auch der seinen Helden immer um ganze Seiten vorauseilende Romancier weiß nicht von Augenblick zu Augenblick, was seine Gestalten denken oder gar tun.» Verzichtet
diese Erzählhaltung bewußt auf die Scheidung der erzählenden Instanzen, so
kommt Kellers Mißtrauen dem eigenen Roman gegenüber gerade daher, daß
er in seinem Werk noch über eine intakte und kontrollierbare Welt verfügt
und für ihn die Trennung von Erzähler und Figur nicht eine Notwendigkeit,
sondern eine Gefahr bedeutet [181].

Wichtig sind auch die kritischen Überlegungen Vischers zum Schluß des
«Grünen Heinrich». Der Ästhetiker findet ihn «unorganisch»; ihn in das Leben Kellers hineinzuprojizieren gehe ebenso wenig an, wie im Tod des Helden
eine Selbstverurteilung des Dichters zu erkennen und das lange «schuldvolle
Schweigen» des Autors als deren unmittelbare Folge zu interpretieren [182]. Immerhin scheint es ihm, das beabsichtigte öffentliche Wirken Heinrichs, das am
Schluß der ersten Fassung angelegt und durch den Tod ohne zwingenden
Grund verhindert sei, gestatte eine Zurückführung auf Kellers eigenes Leben. Ist der Schluß der zweiten Fassung in der Tat durch diesen Hinweis, die
Anregung Vischers beeinflußt? In einem Brief des Dichters an Petersen von
1876 wird der frühe Tod Heinrichs ausdrücklich verworfen, ein knappes Jahr
also nach dem Dankesbrief an Vischer, in dem es über die Kritik des Romans
heißt: «... es hat mich alles gefreut, namentlich auch die humane Art, wie Sie
das Kompositionsübel am ‹Grünen Heinrich› behandelten [183].» Wahrschein-
licher jedoch ist es, daß ihn Vischers Kritik lediglich in der Absicht bestärkt,
Heinrich leben und seine Entwicklung vollenden zu lassen. Diese Absicht ist
ja so alt wie der vom Dichter immer als verunglückt empfundene, damals unter
dem Zwang der Umstände hastig und übereilt «beendete», aber nicht «abgeschlossene» vierte Band. Denn was kann Keller anderes meinen als den «unter
Tränen geschmierten» «Schluß» des «Grünen Heinrich», wenn er zu Vischers
Vermutungen über den Tod Lees äußert: «Es verpflichtet mich diese Groß-
mut [dem ‹Kompositionsübel› gegenüber], den tragikomischen und naiv-dummen Hergang gelegentlich doch einzugestehen und zu beschreiben [184]»? Als
Emil Kuh, im Sommer 1874 die Ausführungen Vischers über den Roman
«schwach, ja ungerecht» nennt und verbessernd zusammenfaßt: «Ein schlechter
Roman, doch ein hochbedeutendes Buch, für dessen Spaziergang in das
20. Jahrhundert hinein ich bürgen möchte: dies hätte der Kanon sein müssen [185]», bemerkt Keller nur: «Ihre Auffassung des ‹Grünen Heinrich› liegt
mir auch nicht recht; es ist eine sehr einfache, fast drollige Sache, die ich
Ihnen ein andermal beschreiben will ...[186]»

Beide Kritiker stellen wohl das «Kompositionsübel», das dem Dichter selbst
genügsam bekannt ist, fest, aber sie müssen in Unkenntnis der Umstände für
ein Versagen des Dichters halten, was eher Ergebnis einer Lebensnotlage ist.

Auch andere Kritiker und Interpreten stellen die Notwendigkeit des Sterbens von Mutter und Sohn in Frage; so schreibt Wilhelm Petersen im Mai 1876 dem Dichter einen begeisterten Brief über den Roman, schlägt aber vor, in einer zweiten Auflage «den betrachtenden Inhalt» zu streichen, die Mutter am Leben zu lassen und Heinrich mit Dortchen zu verheiraten. Ida Freiligrath sieht im Idyll auf dem Grafenschloß einen guten Abschluß: «Da ist nun alles schön und lieblich und konnte einem glücklichen Ende entgegengeführt werden, mußte es eigentlich, wenn der Dichter nicht etwas kapriziös ein tragisches vorgezogen hätte», das nach «*Car tel est notre plaisir*» aussähe. Auch die neueste Keller-Forschung ahnt im Tod der Mutter und Heinrichs «eine romantische Überspitzung»; zwar erscheine das Ende der ersten Fassung begründet, aber nicht «rein objektiv», denn es sei Ergebnis einer subjektiven Überschätzung der eigenen Schuld, die absolut genommen werde, entstamme der «Exzentrik des Gewissens», während für den zweiten Schluß die Lebenskraft und Gesundheit Heinrichs spreche, der robuster geworden sei, die Schuld zwar nicht verdrängen, aber tragen könne (Wildbolz).

Zunächst verteidigt Gottfried Keller nach dem Abschluß der Urfassung den Tod Heinrichs gegen die Bedenken Hettners: Das Sterben der Mutter, das den Grünen Heinrich bei «aufgegebenem Bewußtsein der persönlichen Unsterblichkeit» doppelt treffen müsse, und «das Scheitern seiner neuen Hoffnungen» rechtfertigen für den Dichter Heinrichs Untergang. Er entspricht ja auch der Konzeption des Schlusses, wie Keller sie 1850 und 1853 dem Verleger Vieweg und während der Arbeit am vierten Band Hermann Hettner vorlegt: «Da er den Gedanken der Unsterblichkeit aufgegeben, fühlt er den Verlust um so tiefer und intensiver, sowie das ganze Verhältnis, das körperliche Band der Familie, die unmittelbare Quelle des Daseins. In solcher Weise schließt das Buch tragisch, aber klar, und besonders glaube ich den sogenannten Atheismus respektabel und poetisch gemacht zu haben, so daß er selbst in den Augen der Frommen wenigstens als eine Tragödie gelten kann, welche zur *Reinigung* ihres Gottesgedankens beiträgt.» Die leise ironische Darstellung in Kellers autobiographischer Skizze von 1876 scheint dann wieder die Beschreibung des «naiv-dummen Hergangs» nachholen zu wollen, die er Vischer versprochen hat: «Endlich aber mußte das Buch doch ein Ende erreichen. Der Verleger ... interessierte sich zuletzt für den wunderlichen Helden und flehte, als Vertreter seiner Abnehmer, um dessen Leben. Allein hier blieb ich pedantisch an dem ursprünglichen Plane hangen, ohne doch eine einheitliche und harmonische Form herzustellen. Der einmal beschlossene Untergang wurde durchgeführt, teils in der Absicht eines gründlichen Rechnungsabschlusses, teils aus melancholischer Laune.» Ida Freiligrath gegenüber allerdings begründet er ein Jahr später ähnlich wie im Brief an Fr. Th. Vischer den Schluß mit «einer inneren Verstockung ..., die vom Autor ausgegangen war und nicht zum richtigen Ausdruck gelangen konnte. Ein Hochzeitsroman hat es von Anfang an nicht werden sollen, und als dann das eigentliche Komponieren gegen den Schluß angehen mußte, war ich mit dem Kopfe nicht mehr dabei. So mußte dann die mütterliche Tragik in allerhand Übertreibungen aushelfen.» Solcher Rechtfertigung steht die Absicht Kellers gegenüber, in der Zweitfassung die Mängel der ersten Ausgabe zu beheben, den Schluß umzugestalten. Nach Emil Kuhs Anzeige des «Grünen Heinrich» in der «Neuen Freien Presse» (7. Januar 1871) erwägen Kritiker und Dichter gemeinsam verschiedene Möglichkeiten, und als 1875 der Verleger Weibert von Vieweg das Verlagsrecht am Roman erwerben will, nimmt Keller eine Neufassung in Aussicht: «Ich habe vorgehabt, noch ein paar Jahre zuzuwarten und inzwischen das Buch durchzusehen und mehr präsentabel zu machen. Es muß nämlich ein anderer Eingang und anderer Schluß gemacht und das Ganze in eine einheitliche Form gebracht werden.»

Die Hauptschwierigkeiten einer Neufassung sieht Emil Kuh im «Erbfehler der Produktion, der zugleich auf das innigste mit ihrem hohen Wert und ihrem eigentümlichen Zauber verschmolzen ist: die kecke Mischung von naivster Darstellung und reifster Überlegenheit in einem Atem. Ich komme über diese Keckheit nicht hinweg und erstaune daher jetzt noch, daß Friedrich Vischer dieselbe eigentlich kaum bemerkt hat, als er so analysierend-zerpflückend die Dichtung besprach». In der Antwort auf Petersens Vorschlag, «die Reflexionen und unpräsentabeln Velleitäten» auszuschalten – was Keller gutheißt –, greift der Dichter Kuhs Rat auf, den Roman als Autobiographie eines Dritten, der «als älterer Mann ... irgendwo in der Stille stirbt», umzuschreiben und mit einer kurzen Einleitung zu versehen: «So wird der unvermittelte jetzige Schluß vermieden. Verheiraten und behaglich werden lassen kann ich den Ärmsten jetzt nicht mehr; es würde das einen komischen Effekt machen und vielleicht gerade bei den Freunden ein gemütliches Gelächter hervorrufen», weil – das will Keller wohl sagen – sie wie die andern Leser bei der Lektüre das Leben und die Person des Verfassers mit dem Schicksal und der Gestalt Heinrichs identifizieren.

Seit dem Sommer 1878 bespricht Gottfried Keller die Bearbeitung des «Grünen Heinrich» auch mit Theodor Storm; im Juni erläutert er ihm den Plan, der dann der zweiten Auflage auch zugrunde gelegt wird: Vor allem soll «das Problem alles dieses Mißlingens» Heinrichs «klarer und ausdrücklicher motiviert» werden «als eine psychologisch-soziale Frage». Er denkt zwar noch daran, das Wiedererkennen und Wiederfinden Judiths und Heinrichs durch das «Lebensbuch», das der alternde Heinrich geschrieben hat, herbeizuführen, will aber diesen Schluß an die Stelle *des alten Einganges* rükken, auch wenn dadurch «Perspektive und Verständnis verschoben» werden. Storm seinerseits möchte am Ende des Romans eine verjüngte Judith heimkehren sehen: der Tod der Mutter sei «ein öder Schluß» und zudem: «... darf, was erst durch den ganzen vorhergehenden Inhalt des Lebensbuches seine Bedeutung und seine Wucht gewinnen würde, an den Anfang des Buches gestellt werden?» Diese Überlegung Storms setzt dem Dichter «den Schluß ... in eine hellere Beleuchtung», er sieht sich imstande, «ein freundlicheres Finale zu gewinnen, ohne dem Ernste der ursprünglichen Tendenz Abbruch zu tun».

Während der Arbeit an der neuen Fassung (zur gleichen Zeit verbrennt er die Restexemplare der ersten Auflage) schreibt Keller dem Verleger: «Im Interesse des Buches, um für die Zukunft das Mögliche zu retten, glaubte ich mit Bedacht vorgehen zu sollen, eh' es für immer zu spät wurde»; schon bevor er den Schlußpunkt setzt, scheint ihm die Umgestaltung gelungen, so daß er im Hinblick auf künftige Rezensenten zu Ida Freiligrath äußert: «Was den ‹Grünen Heinrich› betrifft, so müßte ich natürlich meinerseits dringend wünschen, daß die neue Auflage einer allfälligen Kritik zugrunde gelegt würde; denn es wäre ja gewiß unbillig, wenn die groben Fehler der alten Gestalt, die ich durch Ausmerzung selbst eingestanden, wieder vorgeführt würden; es bleibt auch in der neuen noch genug Schwachheit des Geschriebenen wie des Schreibers.» Und unmittelbar zum Problem des Schlusses heißt es in einem Brief an Paul Heyse vom November 1879: «Ich mußte viel mehr umschreiben, als ich ursprünglich dachte; die zweite Hälfte sah *zu* einfältig aus ... Ich lasse den Hering leben und mit der Judith-Figur aus der ersten Hälfte wieder zusammenkommen.» Ende September 1880 erhält der Verleger den Schluß des Manuskripts, «womit», wie der Dichter beifügt, «*mein* Martyrium wenigstens, diesen Gegenstand betreffend, für einmal abgeschlossen ist».

Einen Monat später überreicht er Petersen die neuen Bände mit der Bemerkung: «Daß die Judith am Schlusse noch jung genug auftritt, statt als Matrone, wie beabsichtigt war, hat sie Ihren derselben so gewogenen Worten zu danken. Ich wollte mich selbst nochmals am Jugendglanz dieses unschuldigen, von keiner Wirklichkeit getrübten Phantasiegebildes erlustieren. Gern hätte ich sie noch durch einige Szenen hindurch leben lassen; allein es drängte zum Ende ...»; und im gleichen Sinn schreibt er Storm am 1. November 1880: «In meinem monotonen Roman werden Sie sehen, daß ich die Judith noch etwas jünger gemacht, als Sie mir geraten haben, um die Resignation, die schließlich gepredigt wird, auch noch ein bißchen der Mühe wert erscheinen zu lassen.» Zum neuen Schluß äußert Storm beiläufig, er habe schon früher «die Notwendigkeit eines tragischen Ausganges» nicht einsehen können: « ... mir kam vielmehr der Schluß gewaltsam, fast wie durch äußere Umstände herbeigeführt vor»; damit errät er genau die Verfassung, in der Keller den Roman 1855 abschließt und von der er Hermann Hettner und Vieweg berichtet. Verschiedene andere Kritiker verwerfen allerdings das neue «Finale» und sind der Meinung, der Grüne Heinrich «*müsse* tot bleiben und die alte Ausgabe sei besser». Wo Keller dieses Urteil erwähnt, gebraucht er immer dasselbe sprechende Bild: «So geht es mir wie dem Bauer in der Fabel, der mit seinem Sohn und seinem Esel zu Markt ging und zuletzt dazu kam, mit dem Sohne den Esel zu tragen», schreibt er an Marie Melos, und an Vischer: «Es ist mir mit dem Lebenlassen dieses Nichthelden gegangen wie dem Bauer und seinem Sohne mit dem Esel, den sie zuletzt an einer Stange trugen, um es den Leuten recht zu machen. Ein Herr Germanist sagte sogar, er werde sich an das alte Buch halten. Hieraus hab' ich ersehen, daß er auch dieses kaum gelesen hat, da er die Arbeit gar nicht merkte, die in der Revision liegt ...» Storms Ansicht: «Das Kurze und Lange der Sache bleibt aber jedenfalls, daß das letzte Drittel Ihres guten Buches doch erst durch die Umarbeitung was Rechtes geworden ist» widerspricht zwar dem Urteil auch der meisten heutigen Keller-Leser, aber nicht dem Gefühl des Dichters, der die zweite Fassung für geglückter hält; für ihn ist sie endgültig, dem Verleger schreibt er im Oktober 1883, er beabsichtige nicht «eine abermalige Überarbeitung oder Abänderung». Daß indessen nicht alle Bedenken gegen die alte *und* die neue Fassung abgetan sind, geht aus einem Brief an Petersen (Februar 1885) hervor, der wieder einmal den «Grünen Heinrich» gelesen hatte: «Sie müssen einen feinen Sinn für das naiv und unbewußt Selbstzufriedene einer an sich leidlich schuldlosen Jugendseele besitzen, die sich schon für einen Schwerenöter hält! Mir selbst ist das Verständnis dafür abhanden gekommen. Und überhaupt wage ich nicht zu hoffen, daß ich das ganze Buch nicht selbst noch überlebe. Womit ich nicht gesagt haben will, daß ich auf ein Methusalemsalter spekuliere!» Hier verrät sich die Distanz Kellers zu seinem Jugendroman, im «Martin Salander» beschäftigen ihn andere, die zeitgemäßen Probleme der Gemeinschaft [187].

Der Einfluß Fr. Th. Vischers auf den neuen Schluß ist demnach geringer, als man annehmen möchte. Es verhält sich vielmehr so, daß sein kritischer Spürsinn ihn auf die von Keller gewollte, aber nicht aufgeführte Lösung bringt; er nimmt den Ausgang der zweiten Fassung in der «Nachbemerkung 1881» mit Befriedigung zur Kenntnis, obwohl er bezweifelt, daß sich «humanistische Naturen im Staatsdienst» wohl fühlen können [188]. Durch die Arbeit Vischers sieht Keller sich zur Rechenschaft gezogen. Deshalb äußert er in einem Brief an Vischer den Vorsatz «einer kleinen Auseinandersetzung meiner Absicht bei Abänderung des ‹Grünen Heinrich›», und auf eine indirekte Rechtfertigung vor Vischer weist die Versicherung hin: « ... es ist gewiß kaum eine Seite, die ohne Striche und Korrekturen geblieben ist, und im ganzen sind über 30 Bogen des alten Textes verschwunden. Das Weggeräumte ist aber wirklich Schutt! [189]»

d) Kellers «närrische Vorstellungen» – Jean Paul

Der Wiederabdruck des Essays in der Sammlung «Altes und Neues» weist gegenüber dem Abdruck in der «Augsburger Allgemeinen Zeitung» auch einige Streichungen auf. Sie sind veranlaßt durch Kellers Brief vom Januar und Juni 1875, wo der Dichter glaubt, «doch ein bißchen widerbellen» zu müssen [190] und die Beziehung zwischen Kritiker und Autor sich in einer sozusagen rückläufigen Bewegung zeigt.

Vischer hält in seiner Studie häufig bei den sogenannten «närrischen Vor-

stellungen» Kellers inne, den «Unwahrscheinlichkeiten», die dem Dichter unterlaufen. Zu dieser Kategorie gehört beispielsweise der «grillenhafte» Schluß
des «Grünen Heinrich», dazu gehören jene Einzelzüge im Werk, die etwa den
«Schrullen» entsprechen, die Vischer an Mörike tadelt [191]. Diese Vorstellungen stehen für Vischer im Zeichen «der entfesselt spielenden mystischen Bilderwelt der eigentlichen Traumphantasie [192]», wachsen auf «dem mythisch-phantastischen Boden [193]». Er selbst porträtiert sich in «Auch Einer» mit derselben
übermäßigen Liebe zu diesem Element der Dichtung [193]. Einfälle Kellers aber,
die sogar einen solch weiten Rahmen poetischer Freiheit sprengen, veranlassen den Ästhetiker, 1874 von «gewissen Knollen, Knorren, Batzen – un-
appetitlich, plump, unverdaulich» zu sprechen. Die Stellen, die er dabei im
Auge hat, erwähnt und verteidigt Keller in seinem Brief: Die Nasenzöpfe
«Maus' des Zahllosen», die Vischer zuerst rügt, sollen – innerhalb der Legende «Die Jungfrau als Ritter» – das «äußere Wesen des Slawischen» charakterisieren im Sinne der «nationalen Tendenzen», die der Dichter der Legende unterlegt (die Muttergottes verkörpert den «deutschen Recken», «Guhl
der Geschwinde» ist eine Personifikation Frankreichs, «Maus» das Abbild
des Panslawismus); von «etwas wirklich Ekelerregendem» könne nicht die
Rede sein. Die «scheinbare Zote», die Vischer im Gespräch der drei Kammacher mit Züs auf der Anhöhe anstößig ist und sich daraus ergibt, daß der
Witz der Wendung «Ich sehe auch die liebste Jungfrau Bünzlin ... mir wollüstig zuwinken, indem sie die Hand auf –» nicht in der unbeabsichtigten Verwechslung von «wollüstig» und etwa «liebevoll» oder «zärtlich» gesehen
wird, fällt Keller selbst auf; er will sie in der zweiten Auflage der Novellen
korrigieren, vergißt es aber, so daß sie den Kritiker nochmals stört.

Da auch Vischer «die vermeintlichen Schweinereien» nach diesen Erklärun-
gen Kellers nur noch für «eine tragikomische Folge einer an sich harmlosen
Künstelei, die dadurch bestraft wurde», hält, läßt der Kritiker 1881 die Bemerkung fallen und nur den Ausdruck «knollige Stellen» stehen, die er dem
Autor zu gelegentlicher Glättung empfiehlt [194]. Der Begriff der «närrischen
Vorstellung», die für Vischer ihre dichterische Berechtigung hat, dient Keller
1881 Heyse und Storm gegenüber zur Verteidigung der Kuhschwanz-Episode
in der «Armen Baronin», wobei er sich ausdrücklich auf Vischer beruft (vgl.
S. 408–411). Dieser selbst scheint die Burleske nicht als störend zu empfinden,
wie denn das «Sinngedicht» zu den von ihm bevorzugten Werken Kellers gehört: «Das ‹Sinngedicht› möchte ich jeden Monat einmal lesen, so wohl
wird einem dabei, nicht wahr?», äußert er zu seiner Biographin Ilse Frapan.
«Diese innere blühende Fröhlichkeit, dieses Licht, das die Welt hell macht» –
Keller selbst glaubt den Zyklus nicht besonders gut gelungen, wenigstens gesteht er Vischer: «Ich habe nicht das beste Gewissen wegen der neuen Novellchen; sie bleiben bedeutend hinter dem zurück, was ich in der Vorstellung
davon gedacht hatte, was eben das Schicksal alles Gemächtes ist [195].»

Der eigentümliche närrische Humor Kellers erinnert Vischer an Jean Paul [196].

In seinem Verhältnis zu diesen beiden Dichtern wird die gefühlsmäßige Zuneigung durch ähnliche ästhetische Vorbehalte eingeschränkt. Nur sind für ihn die Gegensätze bei Jean Paul augenfälliger; Vischers Gedicht «J. Paul Fr. Richter» nennt sie: «Durchsicht'ger Seraph, breiter Erdenbengel, / Im Himmel Bürger und im Bayerland! / ... / In Bier und Tränen mächtiger Kneipant! [197]» Er ist der «chaotische» Dichter, dessen Formlosigkeit dem Ästhetiker widerstrebt, obschon er sie «geistesgeschichtlich als eine uralte, ja ursprünglich germanische Eigenheit» betrachtet [198], während Keller sich höchstens in etwas ungebärdiger dichterischer Erfindung verliert; Humor und Realismus sind bei ihm nicht Gegengewicht zum subjektiven abstrakten Idealismus wie bei Jean Paul, seine Ironie nicht eine Kur, die er sich selbst «stets aufs neue zu verordnen hätte [199]».

Solche Unterschiede sind auch Gottfried Keller bewußt, und er kann den kritischen Vergleich in Vischers Essay nicht gutheißen, weil er seiner eigenen Auffassung von Jean Paul widerspricht. Indessen glauben viele zeitgenössische Leser Kellers, eine Verwandtschaft zu Jean Paul wahrnehmen zu können, manche Kritiker, sie hervorheben zu sollen. C. F. Meyer, selbst ein Liebhaber der Werke Richters, schreibt seinem Verleger Haessel: «Die Vergleichung Kellers mit Jean Paul, die von Vischer stammt, ist gewiß zulässig – nur nicht für den Stil, der bei Keller von höchster Klarheit ist.»

Heinrich Lees Bekenntnis zu Jean Paul in der ersten Fassung des «Grünen Heinrich», doch auch die früheren oder gleichzeitig mit der ersten Niederschrift des Romans entstandenen, nach Kellers Tod veröffentlichten Texte und Briefe, die von Jean Paul sprechen, müssen für die Gegenüberstellung herangezogen werden. Diese Äußerungen zeigen Keller als den idealen Jean-Paul-Kritiker, den Gervinus in der «Geschichte der deutschen Dichtung» beschreibt: «... der beste Beurteiler von Jean Paul wird der sein, der einmal mit ihm geschwärmt und dann sich gefaßt hat [200].»

Die erste Eintragung über Jean Paul im Tagebuch (7. August 1843), die poetischen Jugendskizzen, von denen «Eine Nacht auf dem Uto» besonders den Jean Paulschen Mystizismus übernommen hat, bezeichnen den Ausgangspunkt der von Gervinus genannten Entwicklung. Nach der Lektüre des «Hesperus» rühmt Keller Jean Paul als «beinahe den größten *Dichter* ...», wenn man die Natur mit ihren Wundern und das menschliche Herz als ersten und größten Stoffe oder Aufgaben der Poesie anerkennt». Dies bedeutet schon eine Herabsetzung im hohen und absoluten Rang, und Keller weist auf weitere Schwächen hin: «Nur läßt er seine Helden *allzuviel* weinen, und seine Tränen- und Blutstürze sowie die Gestirne und die Sonne sind gar zu oft auf dem Schlachtfeld.» Stilzüge, die Keller in späteren Bemerkungen über Jean Paul wiederholt nennt, sind Witz und Ironie; sie heben «die schönsten Stellen» auf, zerstören ihre Wirkung und machen den Leser ungeduldig. Schließlich fällt ihm «die unerschöpfliche Quelle seiner treffenden Gleichnisse aus allen Zweigen des Wissens» auf, die noch kürzlich Gegenstand einer ausführlichen Studie geworden sind [201]. Der Schritt von der Poesie des Unendlichen zum Realismus, zur Poesie der Wirklichkeit unter dem Eindruck von Feuerbachs Philosophie führt zu einer deutlichen Distanzierung auch von Jean Paul. Kellers neue Auffassung der Dichtung – Ergebnis des Feuerbach-Studiums – stellt ein Gegengewicht dar zu der aus Jean Pauls Werken erlernten poetischen Manier. Dennoch: wenn er in einem Brief aus Heidelberg schreibt: «Nur für die Kunst und Poesie ist von nun an kein Heil mehr ohne vollkommene geistige Freiheit und ganzes glühendes Erfassen der Natur ohne alle Neben- und Hintergedanken», so spricht daraus eine innige, fast religiöse Naturverehrung, und eine Erinnerung klingt auf an jenes Bild «des poetischen und idealen Deutschland», wie es vor den Augen des Grünen Heinrich entsteht, der nachts über den Rhein späht und die Landschaft «von einem romantischen Dufte umwoben» sieht. An dieser Stelle des Romans wird als das bestimmende Element von Heinrichs augenblicklicher seelischen Haltung Jean Pauls Religiosität genannt, die Religion der Liebe, die das Dogma verwirft. Läßt sich zwar Kellers in Feuerbachs Schule erworbenes künstlerisches Ethos mit Jean Pauls umfassender Liebe für die Schöpfung vergleichen, so streift er anderseits die unbestimmte Religiosität, für welche Jean Paul ebenfalls Vorbild gewesen ist, ab; in einem ungefähr gleichzeitigen Brief über den entstehenden Roman schreibt Keller, er beabsichtige, «den psychischen Prozeß in einem reich angelegten Gemüte nachzuweisen, welches mit der sentimental-rationellen Religiosität des heutigen aufgeklärten aber schwächlichen Deismus in die Welt geht und an ihre *notwendigen* Erscheinungen den willkürlichen und phantastischen Maßstab jener wunderlichen Religiosität legt und darüber zugrunde geht».

Um das Verderbliche des unklaren Subjektivismus zu zeigen, macht Keller aus der früheren Jean-Paul-Verehrung als einer Phase seiner eigenen Entwicklung ein Thema auch des Romans. In diesen Stellen über den Dichter wird wiederum die Mehrschichtigkeit des Romans sichtbar; denn die Trennung zwischen der (ehemals eigenen) Begeisterung, die nunmehr den Grünen Heinrich charakterisieren soll, und dem kommentierenden, sacht ironisch aus der Rückschau berichtenden Autor gelingt nicht ganz. Auf das vor dem eigenen kritischen Bewußtsein verblaßte, auf Heinrich Lee aber lebendig zurückgeworfene Jean-Paul-Bild scheint sich ein Schatten echter Trauer zu legen, Trauer des gereiften Dichters. «Gefühlerfülltes und scharf beobachtetes Kleinleben und feine Spiegelung des nächsten Menschentums mit dem weiten Himmel des geahnten Unendlichen und Ewigen darüber; heitere, mutwillige Schrankenlosigkeit und Beweglichkeit des Geistes ..., tiefes Sinnen und Träumen der Seele ..., lächelndes Vertrautsein mit Not und Wehmut, daneben das Ergreifen poetischer Seligkeit, welche mit goldener Flut alle kleine Qual und Grübelei hinwegspülte ..., die Naturschilderungen an der Hand der entfesselten Phantasie, welche berauscht über die blühende Erde schweifte und mit den Sternen spielte wie ein Kind mit Blumen, je toller, desto besser!» – dieses poetische Universum, der Trost, den es ausstrahlte, sind verloren, und der Verlust schmerzt den Dichter wie derjenige der Jugend und des Glaubens an eine erdichtete Welt.

Die anschließende selbstironische Paraphrasierung dieser Beschreibung mutet wie ein Stilbruch an und verrät wiederum, daß Keller ganz bewußt die Distanz zu Jean Paul einhält: «Diese Herrlichkeit machte mich stutzen, dies schien mir das Wahre und Rechte! Und inmitten der Abendröten und Regenbogen, der Lilienwälder und Sternensaaten, der rauschenden und plätschernden Gewitter, die der aufgehenden Sonne das Kinderantlitz wuschen, daß es einen Augenblick sich weinend verzog und verdunkelte, um dann umso reiner und vergnügter zu strahlen, inmitten all des Feuerwerkes der Höhe und Tiefe, in diesen saumlosen schillernden Weltmantel gehüllt der Unendliche, groß, aber voll Liebe, heilig, aber ein Gott des Lächelns und des Scherzes, furchtbar von Gewalt, doch sich schmiegend und bergend in eine Kinderbrust, hervorguckend aus einem Kindesauge, wie das Osterhäschen aus den Blumen! Das war ein anderer Herr und Gönner als der silbenstecherische Patron im Katechismus!» Gerade das letzte betont kindliche Bild macht deutlich, daß in dieser Gottesvorstellung die Verführung zur sentimentalen, subjektiv gefärbten Frömmigkeit begründet liegt. Die Versicherung des Autors der Jugendgeschichte, der an seine Lektüre zurückdenkt, er werde Jean Paul nie verleugnen – «mag ich selbst dereinst noch meinen und glauben, was es immer sei» –, wird aber (und hier ergreift Gottfried Keller das Wort) nicht damit erklärt, daß Jean Paul Heinrich zu «einem neuen Bund» mit Gott verholfen hat, sondern mit der Persönlichkeit und dem Künstlertum des Dichters, das wiederum von Keller und nicht vom vorgeschobenen Verfasser der Jugendgeschichte anhand seines von Feuerbach erlernten, humanen Evangeliums gedeutet wird: «Denn dieses ist der Unterschied zwischen ihm und den andern Helden und Königen des Geistes: bei diesen ist man vornehm zu Gast und geht umher in reichem Saale, wohlbewirtet, doch immer als Gast, bei *ihm* aber liegt man an einem Bruderherzen! Was kümmert uns da der wunderliche Bettlermantel seiner Kunst und Art, der uns beide so närrisch umhüllt? Er teilt ihn mit uns, noch liebevoller als St. Martin, denn er gibt uns nicht ein abgeschnittenes Stück, sondern zieht uns unter dem Ganzen an seine Brust, während jene sich stolz in ihren Purpur hüllen und im innersten Winkel ihres Herzens sprechen: Was willst Du von mir? [202]»

Aber diese menschlich-brüderliche Annäherung an Jean Paul berührt nicht Kellers Vorbehalte gegenüber Richters Kunst; die kurzen kritischen Stellen im Tagebuch, in den Briefen und Gotthelf-Rezensionen zeigen, daß der Dichter sich andere ästhetische Prinzipien gewählt hat als Jean Paul, der als «Feuerwerker» gilt und dessen Poesie nun vor allem unter dem Gesichtspunkt einer Dichtung für das Volk gewertet wird; in der Rezension der «Käserei in der Vehfreude» wirft Keller dem Berner Dichter vor, er greife beliebig Einfälle auf, ohne sie auf das Thema des Romans abzustimmen, und knüpft die

Beobachtung an: «Hat man gelernt, nicht wie eine alte Waschfrau, sondern wie ein besonnener Mann zu sprechen und bei der Sache zu bleiben, so ist es endlich noch von erheblicher Wichtigkeit, daß man auch diejenigen Einfälle und Gedanken, welche zu dieser Sache gehören mögen, einer reiflichen Prüfung und Sichtung unterwerfe, zumal wenn man kein Sterne, Hippel oder Jean Paul ist, welches man durchaus nicht sein darf, wenn man für das Volk schreibt, das ‹Volk› nämlich in Gänsefüßchen eingefaßt. Denn obgleich wir jene Herren gehörig verehren, besonders den letzten, so wird uns doch mit jedem Tag leichter ums Herz, wo ihre Art und Weise zum mindern Bedürfnis wird. Es war eine unglückselige und trübe Zeit, wo man bei ihr Trost holen mußte, und verhüten die Götter, daß sie ... noch einmal aufblühe. Was die Einfälle betrifft, so ist es eine eigene Sache mit denselben, und es gehört ein Raffael dazu, jeden Strich stehen lassen zu können, wie er ist. ... Da heißt es aufpassen und jeden Pfennig zweimal umkehren, ehe man ihn ausgibt! Da hilft weder blindes Gottvertrauen noch Atheismus ...» Gotthelfs «Erzählungen und Bilder aus der Schweiz» enthielten «auch einige Visionen à la Jean Paul», heißt es später in den Rezensionen; eine Wendung, die ebenfalls auf Kellers wachsendem Verantwortungsbewußtsein dem Volk gegenüber zurückzuführen ist.

Im vierten Band des Romans sagt der Grüne Heinrich ausdrücklich der «Jean Paulschen Belesenheitsbildung» ab; der Aufenthalt im Schloß des Grafen vermittelt ihm überhaupt die Kenntnis des eigentlichen Menschseins, hier wird die Annäherung Heinrichs an Feuerbach vollendet und sein Erlebnis des regen politischen Lebens in der Heimat dargestellt – eine bunte und umgreifende Fülle des Daseins also heraufbeschworen, die viel faßbarer ist als Jean Pauls Welt zwischen Himmel und Erde [203].

Keller besitzt zwar ein feines Verständnis für den episodenhaften Darstellungsstil Jean Pauls und für seinen Humor, ein Einfühlungsvermögen, das gefördert wird, wie Vischer meint, durch eine gewisse Ähnlichkeit des dichterischen Schaffens. Wenn aber Vischer den Tod Heinrichs mit dem Zettelchen Dortchens in der Hand als eine Schnurre im Sinne Jean Pauls bezeichnet, so fehlt diesem Vergleich die innere Berechtigung; denn der doppelt tragische Schluß, die zweimal enttäuschte Hoffnung im «Grünen Heinrich» gehört nicht in die Kategorie jener Schnurren, wie Keller sie versteht und in die er beispielsweise jene Fabel einreiht, welche ein Brief an Vischer über den Archäologen Hans Freiherrn von Aufseß erwähnt: «Die tragikomische Geschichte mit dem alten Aufseß, der in Straßburg mit einer Hundepfeife nach Wasser pfeift, während solches im Zimmer steht, damit eine patriotische Feier stört, zu welcher er extra gereist ist, von alten Patrioten für einen auspfeifenden Franzosen gehalten und geholzt wird, ist eine ganz Jean Paulsche Schnurre –.» Er selbst empfindet schon früh – wie die erste Tagebucheintragung beweist – Jean Pauls Humor und Witz als zwiespältig; im «Grünen Heinrich» ist Sterne und nicht Jean Paul als *der* humoristische Schriftsteller auch Deutschlands genannt, und in der Beschreibung des Briefwechsels mit dem Jugendfreund, den er bei Plagiaten ertappt, schildert er seine Bemühungen um die Briefkunst: «Leichter wurde es, den ernsten Teil der Briefe in ein Gewand ausschweifender Phantasie zu hüllen und mit dem bei meinem Jean Paul gelernten Humor zu verbrämen.» Als ihm Petersen 1883 vom alten Koch, einem Offizier und Original aus Schleswig, und seinen Tagebüchern erzählt, schreibt Keller: «In meiner Jugend kannte ich noch ein paar Aufzeichnungsbücher solcher Tüfteler, mit Bildern ebenfalls ... Ich glaube gern, daß Storm sich daran delektiert hat; denn es muß ein ordentliches Bergwerk für ihn spezialiter sein. Welch eine Komposition oder vielmehr nur Kombination von Studie und Novelle könnte er daraus schöpfen. Auch Jean Paul schon hätte seinen Mann, wenn auch in anderer Modifikation, darin gefunden.» Im Gespräch mit dem Germanisten Seuffert nennt er Jean Paul «im Humoristischen und Psychologisch-Kleinen groß», macht ihn aber gleichzeitig verantwortlich für die Stilauflösung in der zeitgenössischen deutschen Literatur – eine Kritik, die er später auch über Carl Spitteler äußert (vgl. S. 298, 482 f.). Unter diesem Gesichtspunkt vergleicht C. F. Meyer die drei Dichter; im Oktober 1890 schreibt er Haessel: «... auch Spitteler ist, wie ich glaube, hoch begabt, findet aber die Einfachheit des Gedankens und des Ausdrucks nicht. Hätte er nur Kellers schlichte Form! Er hat seltsamerweise eher etwas von Jean Paul [204].»

In der zweiten Fassung des «Grünen Heinrich» wird die Charakteristik Jean Pauls, die also schon in der ersten Niederschrift des Romans nur bedingt Konfession des Dichters ist, gekürzt. Das kann zunächst bedeuten, daß Keller sich noch weiter von Richter entfernt hat, dient aber sicher auch dazu, eine Deutung des «Grünen Heinrich» abzuwehren, die die Mehrschichtigkeit des Romans nicht versteht und die Stellen über Jean Paul als Kellers unmittelbares Bekenntnis auslegt. Zu Adolf Frey bemerkt der Dichter in diesen Jahren einmal: «Es gab eine Zeit, wo ich selten einschlief, ohne Jean Pauls Werke unter dem Kopfkissen zu haben. Aber in jenen späteren Tagen, da ich zu schreiben anfing, tat ich längst keinen Blick mehr in seine Schriften, und von einer Wirkung auf meine Produktion kann daher in der von einigen Literarhistorikern angenommenen Weise durchaus nicht die Rede sein.» Es liegt nahe, zu ihnen auch Vischer und seine Studie zu zählen. Es ist als Versuch deutlicherer Distanzierung von Jean Paul zu verstehen, wenn der Dichter in der zweiten Auflage des Romans den Abschnitt über Richter kürzt, das Versprechen ewiger Treue fallen läßt und den Akzent auf die «träumerische Willkür und Schrankenlosigkeit» legt, in die der Grüne Heinrich sich einfühlt, die dem Dichter selbst aber nicht mehr nachgesagt werden kann – zum Nutzen unbedachter Literaturkritiker [205].

e) Keller als Realist

Keller vertritt – Vischer betont es in seinem Essay – einen «lebenstüchtigen Realismus in jenem guten Sinn des Wortes, der die echte Idealität in sich begreift», er ist «im streng Realen ideal», versteht es, «um das Lebenswahre den Schleier zu ziehen, der ihm den Zauber des ahnungsvollen Traumes gibt». In dieser Hinsicht möchte er ihn mit C. F. Meyer vergleichen, der es wie Keller unternimmt, «das Ideale in den Granitgrund der unerbittlichen Lebenswahrheit einzusenken». Das einmal gefundene Bild des «Granitgrundes» für den «Realismus» der Dichter scheint Vischer zu faszinieren, immer wieder gewahrt er bei Keller «eine gewisse ausnehmende Herbigkeit», «eine Art Unerbittlichkeit, womit er uns die Nase auf den Granitgrund der Realität drückt». Darin glaubt er «das echte Schweizerische» aufzuspüren; denn diese «Herbigkeit» ist «mit einem freien Gemüt und einem Höhenzug des Geistes» verbunden, und «schweizerisch» meint eine «besondere Qualität, wie sie nur in der Schweiz entstehen kann», der aber auch ein gewisser Mangel an Welterfahrenheit innewohnt, die dem Dichter die «Darstellung der höheren Schichten der modernen Gesellschaft» verunmöglicht. Das Element des «Schweizerischen» in Kellers Schaffen wirkt «edler», stilisierter als bei «dem doch gar zu erdigen, zu breit und grob lehrhaften ... Jeremias Gotthelf [206]». Kellers Anstrengungen, seine patriotisch-didaktischen Novellen gerade vor dem Abgleiten ins Lehrhafte zu bewahren, sind sichtlich von Vischer beeinflußt. Während der Arbeit am «Fähnlein der sieben Aufrechten» schreibt der Dichter an Auerbach, er werde besonders darauf achten, «das Didaktische im Poetischen aufzulösen, wie Zucker oder Salz im Wasser, wie Vischer trefflich ... sagt [207]».

Als Kritiker wendet sich Vischer von der «Stoßvogelhast» einer Beurteilungsweise ab, die nur den «Grundgedanken» aus einer Dichtung herauslösen will. Auch in der «Ästhetik» weist er der Tendenz und allzu bewußten ethischen Zielsetzung einen nur beschränkten Wert für ein dichterisches Werk zu. Es ist deshalb verständlich, daß ihm Kellers «Verlorenes Lachen» mißfällt, die letzte Novelle im vierten Band der «Leute von Seldwyla», der 1874 erscheint, als Vischers Essay schon veröffentlicht ist. Der Dichter selbst befürchtet ein «dubioses Schicksal» seiner Novelle, weil die Schilderung der «konkreten hiesigen Zustände» den Eindruck des Tendenziösen erwecken könne, «obgleich es mehr unrichtig als billig wäre»; seine Absicht sei gewesen, «die etwas schnurrpfeiferliche Sammlung doch mit einem ernsteren Kultur- und Gesellschaftsbilde» abzuschließen. Als Emil Kuh in seiner Rezension der «Leute von Seldwyla» auf das «Verlorene Lachen» nicht eingeht, schreibt ihm Keller: «Aber mit der letzten Novelle haben Sie mich verräterisch im Stiche gelassen, wie Vischer, der sie, wie ich hörte, zu tendenziös und lokalisiert gefunden hat, und hatte ich gerade geglaubt, ein allgemein wahres Gesellschaftsbild der Gegenwart auszuhecken und nach den Absonderlichkeiten etwas Wohlgezogenes zu liefern [208].» Vischers Vorwurf weist er in einem Brief an Hettner zurück [209], und im Juni 1875 entschuldigt er «den tendenziösen langweiligen Anstrich» dem Ästhetiker gegenüber damit, daß der Stoff eher zu einem Roman getaugt hätte, in der Novelle «vieles deduzierend und resümierend vorgetragen werden mußte, anstatt daß es sich anekdotisch geschehend abspinnt». Das «moderne ernstere Kulturbild» und die Aufzeichnung der unheilvollen Folgen einer «sozial konventionellen freien Theologie und Kirchlichkeit» finden ihre Rechtfertigung gerade in der Reaktion der betroffenen Geistlichen, deren Gegenangriffe all die «Eitelkeit und rhetorische Prunksucht, das Histrionentum», das Kellers Novelle anprangert, offenbaren, wie wenn sie von der Satire «behext wären». Den Kampf mit der kirchlichen Aufklärung will der Dichter in «einer ästhetisch-literarischen Kundgebung» fortsetzen, «um einmal nach dieser Richtung hin etwas zu tun und [sich] aus dem mysteriösen Mutternebel abgeschiedener einsamer Produzierlichkeit herauszuarbeiten». Diese Kundgebung erscheint unter dem Titel «Ein nachhaltiger Rachekrieg» vier Jahre später als Entgegnung auf nachträgliche Kritik der Novelle [210].

Vischer erwähnt «Das verlorene Lachen» in der «Nachbemerkung 1881» nur kurz. Die Novelle reicht für sein Gefühl nicht an den «weit poesiereicheren» «Dietegen» heran, erfreut sich jedoch größerer Beliebtheit, obschon «der Leser, dem manches Lokale fremd ist, schwer darin heimisch werden» wird. Immerhin lobt er einzelne «wohlgegriffene und lebendig exponierte Situationen [211]».

Zu einer Besprechung der «lyrischen Poesie» Kellers findet der Kritiker nicht mehr Gelegenheit, und mit der Rezension des Romans, der Legenden und der Seldwyler-Novellen mag er sie nicht verbinden [212]. Das einzige Urteil über ein Keller-Gedicht gilt somit der «Stille der Nacht», das Vischer wegen «der Ahnung einer neuen Religion, die darin liegt» und die er selbst «besser, schöner nicht geben konnte», in den eigenen Roman aufnimmt [213].

f) Zusammenfassung

Es ist versucht worden, gemeinsame literarische Ansichten Kellers und Fr. Th. Vischers herauszuarbeiten, das Urteil des Ästhetikers über den Dichter zu umreißen und einige Verbindungslinien zu Kellers eigenen ästhetischen und selbstkritischen Äußerungen zu ziehen. Wie hält der Dichter die Gesamterscheinung Vischers fest?

Bei aller Hochachtung verfällt Gottfried Keller nicht in die «idealisierende und heroisierende» Verehrung, die viele Schüler und Freunde (Hermann Fischer, Harnack, Zeller) Vischer entgegenbringen, in die uneingeschränkte Bewunderung Ilse Frapans («Vischer-Erinnerungen»). Sie alle erblicken im

Ästhetiker «die von den Idealen des Wahren, Guten und Schönen, des Vaterlandes, der Kultur und der Humanität erfüllte harmonische Gestalt», ersparen sich eine genaue Analyse seines Werks, weil es letztlich der Wunsch nach
Erbauung und nicht der Drang nach Erkenntnis ist, der sie an den Meister
bindet. Sie übersehen dabei, was Vischers Schriften, sein Briefwechsel und
seine fortwährende kritische Auseinandersetzung «mit dem Persönlichkeits-
ideal der deutschen Klassik» doch aufdecken: daß für ihn «die Harmonie
Wunsch und nicht Wirklichkeit seines Lebens war [214]» (Oelmüller).

Wo steht nun Gottfried Keller? Wie sehr er Vischer schätzt, geht aus dem
Beileidschreiben an Robert Vischer hervor; eben im Begriff, den Briefwechsel
mit Vischer wiederaufzunehmen, erhält Keller die Todesnachricht: «Das Zu-
spät, welches mich so traf, war eines der bittersten, die ich erlebt habe.»
Er achtet die «einfache frische und handfeste Natur» Vischers, ohne seine
Schwächen zu verkennen: Es ziehe den Professor «bei seinem süddeutschen
und sonstigen eigentümlichen Wesen immer nach Schwaben oder da herum [215]»,
schreibt er Hettner.

Eine schöne Würdigung gelingt dem Dichter im Glückwunschartikel «Zu
Friedrich Theodor Vischers achtzigstem Geburtstage»; einzelne Äußerungen
in der Rezension der «Kritischen Gänge» verraten Kellers scharfen Einblick
in die Persönlichkeit Vischers. Er schildert, «wie monistisch der Mann eingerichtet, gewachsen ist, wie Wahrnehmen, Fühlen, Denken und Handeln
unmittelbar eins bei ihm sind». Als Wissenschafter, Kritiker und Dichter zeichnet er sich aus im Kampf gegen «Ungeschmack», «Roheit», «Philisterei»; er
schützt die Kreatur, und «seine lebenslängliche Leidenschaft» gilt der «Ehre,
Stärke und harmonischen Freiheit des Vaterlandes». Vor allem ist er der
unermüdliche Kritiker: «Jetzt sitzt er wieder vor der Halle gleich einem
kritischen Landgrafen, abhörend, erwägend, urteilend und gegen Unbilde
auch die eigene Sache unverhohlen verfechtend, Irrtum bekennend und unver-
weilt richtig stellend.» Er bleibt für Keller «der große Repetent deutscher
Nation für alles Schöne und Gute, Rechte und Wahre [216]». Die Disziplin, die
er an sich selber übt, berechtigt ihn, sie auch von andern «Dingen und Menschen» zu fordern, berechtigt ihn, hart zuzugreifen; der Streit für «die geistige Freiheit», der nur die Rücksicht auf die eigene Überzeugung kennt, hebt
ihn über blindes Parteigängertum hinaus. Gerade in der Kritik erweist sich
Vischers Gedankenreichtum; er findet selbst dort, wo eine fast nicht zu
bewältigende Literatur den Gegenstand des Forschens zu verdecken beginnt,
den Zugang zum Problem, zur Gestalt (Shakespeare, Goethe) und zeichnet
seine Ansicht eindeutig auf, ohne die Wahrheit und Schönheit aus den Augen
zu lassen, die für ihn ein und dasselbe, Ausgangs- und Endpunkt der «Ästhetik», der kritischen Arbeiten, Grundlage schließlich des eigenen Dichtens sind.
Machen zwar gewisse Härten und Eigenwilligkeiten z. B. Strauß den Umgang
mit ihm nicht leicht, fällt auch Keller in Zürich Vischers Unbehaglichkeit auf,
so wird doch das Gesamturteil davon nicht berührt: Vischer ist «überhaupt

in guten Sitten ehrbar altväterisch», in den Dingen keineswegs starrsinnig, sondern «liebenswürdig», anpassungs- und wandlungsfähig.

Gottfried Keller sieht den Kritiker Vischer in einer dialektischen Überhöhung der bestimmenden Komponenten – der dichterischen und der wissenschaftlichen – seiner geistigen Gestalt als Essayist. Die Hamlet-Studie z. B. ist «eine reiche treffliche Arbeit, in welcher die Vorzüge moderner, mit allen heutigen Voraussetzungen bewaffneter Untersuchung mit der erfahrungsfrohen Welt- und Sachkenntnis eines Michael Montaigne vereinigt» erscheinen; der phantasievolle Entwurf zu einem «Faust II» zeigt Vischers Einfühlungsvermögen und seine gestalterische Kraft; das Pulsen «der künstlerisch schaffenden, wärmenden Ader» gibt seinen Studien fast dichterischen Schwung, so daß sie nicht als trockene Abhandlungen, sondern als anspruchsvolle Essays zu lesen sind [217] (vgl. S. 513–528).

VIERTER TEIL

HAUPTASPEKTE VON GOTTFRIED KELLERS LITERATURKRITIK

HISTORISCH-METHODISCHE VORBEMERKUNG

Der Wiener Kritiker Ludwig Speidel schreibt einmal über die Literatur-kritik: «Unproduktivität ist der Hauptvorwurf, den man gegen die Kritik vorbringt. Er entspringt aus einem doppelten Mißtrauen: einmal, indem man die Aufgabe der Kritik, und dann, indem man das Wesen der Produktion verkennt. Kritik besteht weder in Lob noch in Tadel. Lobt oder tadelt sie, so ist ihr das nicht Zweck, sondern bloß eines ihrer Mittel. Lob und Tadel ist nur die helle oder dunkle Farbe, welche das Urteil annimmt, und das Urteil ist die Seele der Kritik ... Urteilskraft im höchsten Sinn ist ein so seltenes Kraut wie Genialität ... Die Kritik ist freilich nicht produktiv in dem Sinne, daß sie, wie Kunst und Dichtung, aus dem Urprünglichen herausarbeitet. Mit einem Worte: sie schafft nicht. Ihr Zweck ist vielmehr das Begreifen eines Werkes, ihr Organ der Verstand, die Form ihrer Äußerung das Urteil.»

In so bündiger Weise spricht Gottfried Keller nirgends über seine Vor-stellung von literarischer Kritik. Sie muß, wie gesagt, erschlossen werden aus Briefstellen, gerichtet gegen Rezensenten, Kritiker und Literaturwissenschafter, die ihr Handwerk nicht verstehen; im Gespräch mit Freunden äußert er z. B. über Johannes Proelss' Scheffel-Biographie (Berlin 1887), er wünschte, sie wäre nie geschrieben worden, «obgleich er viel Neues daraus geschöpft habe, aber Scheffels Bild schwebe ihm nun so verändert und verdüstert vor [1]».

Aber auch diese Kritik an der Kritik wird nirgends in der Aufzeichnung einer bestimmten Methode zur Behandlung und Einordnung dichterischer Kunstwerke zusammengefaßt; der Betrachter von Kellers literaturkritischen Äußerungen ist vielmehr gezwungen, ein solches System selbst zu errichten. Dennoch sieht Keller die Literaturkritik, wie viele Dichter des poetischen Realismus, als notwendige Ergänzung des dichterischen Schaffens.

Ernst Robert Curtius bemerkt, der Kritik in Deutschland sei nur zwischen 1750 und 1832, in der Epoche Herders, Lessings, Goethes, der Brüder Schlegel, der verdiente Platz zugebilligt worden. Es fragt sich, ob das nicht eine optische Täuschung ist und das Mißverhältnis zwischen jenem Schwerpunkt und son-stiger Gleichgültigkeit der Kritik gegenüber nur durch den Vergleich mit dem literarischen Leben Frankreichs und Englands besteht; denn sicher gilt auch für Deutschland der Satz, daß es eine Literaturkritik gegeben hat, solange es Dichtung gibt – auch ohne den Typ des berufsmäßigen Rezensenten [2]. Von Anfang an ist beim Leser oder Hörer mit kritischer Gestimmtheit zu rechnen,

die wägt und vergleicht, und von der späteren Literaturkritik unterscheiden
sich solche kritischen Äußerungen nur dadurch, daß das Urteil über fremdes
Schaffen zunächst selbst in dichterischer Form erscheint, noch nicht einen vom
Lehrgedicht, dem Epigramm usw. unabhängigen Ausdruck gefunden hat. Erst
in der Aufklärung wird eine besondere Darstellungsweise für die Kritik gewählt; um Gottsched versammelt sich eine Armee von Kritikern und Journalisten, es entsteht, was als programmatisch-polemische Tageskritik bezeichnet
werden könnte (bis zum Ende des 18. Jahrhunderts schließen sich weit über
hundert Zeitschriften diesem Vorbild an). Die Rezension wird bei Lessing,
Wieland, Herder zu einer selbständigen Gattung; mit dem Brief und dem
fingierten Gespräch (Bodmers Briefe, Nicolais, Lessings und Mendelssohns
Korrespondenzen) zusammen ersetzt sie die alten Formen.

Die literarische Kritik beginnt gleichzeitig nach zwei Seiten hin zu wirken:
Einmal nimmt sie Einfluß auf die Dichtung; Lessings Dramaturgie, die nicht
einfach eine Sammlung von Theaterreferaten ist, sondern eine Verbindung
von ästhetischer Studie und Tageskritik, weist diesen Weg, ohne allerdings
das Primat des Dichters über den Kritiker anzutasten: «Nicht jeder Kunstrichter ist ein Genie; aber jedes Genie ist ein geborener Kunstrichter. Es hat
die Probe aller Regeln in sich.» Dann wirkt der Kritiker aber auch auf das
Publikum ein: für es sind die «Bibliotheken», «Magazine», «Schaubühnen»
gedacht. Den Dichtern, ihren Kritikern und Lesern wird immer klarer
bewußt, daß die Bedeutung der Dichtung im Rahmen der Gesellschaft sich
verändert. Der Kritik ist die Aufgabe gestellt, diese Wandlung zu beschreiben und die Gründe dafür zu suchen. Kritik am fremden Werk wird dann auch
zur «Selbstaussage und Selbstabrechnung», wenn sie einer (andern) ästhetischen Anschauung und einer andern «Gesamtauffassung von der Substanz
und Funktion der Literatur» (Hans Mayer) entspringt. Die Frage nach dieser Funktion wirft das Problem auf: Wozu ist Dichtung da? Die Antworten
lauten grundverschieden. Man hat auf den Spiel-Charakter der Dichtung, aber
auch auf das «utile» hingewiesen oder die «erste und hauptsächliche Funktion» der Poesie «in der Treue gegenüber ihrem eigenen Wesen» erkannt [3].
Im 18. und noch im 19. Jahrhundert wird «der Erziehungscharakter der Literatur, besonders auch der dramatischen Literatur, ... ebenso klar unterstri-
chen wie die Aufgabe des Kritikers, die Maßstäbe der Beurteilung in den im
Volke geltenden und vom Volke gebilligten Gesetzlichkeiten zu finden [4]».
Dieser Gedanke begegnet auch bei Gottfried Keller, der im «Mythenstein»-Auf-
satz den Kunstrichter sein Amt vor versammeltem Volk ausüben lassen will.

Eine ganz andere, zugleich hermetischere und umfassendere Anschauung
von der Literaturkritik hat sich in der Romantik herausgebildet: der Dichter
selbst ist der wahre Kritiker, oder umgekehrt: der Kritiker muß zugleich
Dichter sein. Wackenroder formt seine Kunst-Kritiken zu dichterischen Aussagen, Tieck und die Jenenser Romantiker folgen nach. Diese Vereinigung
von Dichter und Kritiker, Philosoph und Wissenschafter in einer Person

erklärt, warum der Kritik Maßstäbe zur Verfügung stehen, die aus dem Bereich der gesamten Weltliteratur stammen [5].

Zur Zeit des Jungen Deutschland prägt politischer «Subjektivismus» die Literaturkritik. Sie erscheint als «eine gedeckte Ausfallstellung» in dem Bereich der Politik, Kunstkritik wird ein Organ der Zeitkritik. Die Briefform, welche die jungdeutschen Kritiker häufig verwenden und die schon den Kritikern des Rationalismus geläufig war, ist besonders geeignet, die rasche Folge der politischen Geschehnisse wie der literarischen Neuerscheinungen zu bewältigen. Heinrich Heine stellt dann dieser zeitkritisch-subjektiven Literaturbetrachtung die Forderung entgegen, den Dichter nach seiner Absicht und deren Verwirklichung im Kunstwerk zu beurteilen; Kritik setze eine Poetik voraus, um nicht in Geschmackswillkürlichkeiten zu verfallen [6].

Allmählich erkennen die Kritiker, die bis ins 19. Jahrhundert über «den Rang und die Hierarchie der Dichter» zu befinden hatten, «daß Werke ... zeitweilig ihre ästhetische Wirksamkeit verlieren», sie aber auch «zurückgewinnen» können, und sie beginnen, die früheren «autoritären Systeme und ihre kanonischen Vorschriften [7]» durch feinere Methoden zu ersetzen: sie suchen das Werk zu verstehen als ein in sich geschlossenes Ganzes, das nach bestimmten «Schaffensregeln und -einschränkungen» gebaut ist, auf einem bestimmten unverwechselbaren Zeichensystem beruht, und prüfen nur, ob dieses System lückenlos angewendet worden ist [8]. In diesem Sinn bedeutet «Kritik» Arbeit am Kunstwerk «als einem in sich geschlossenen ‹Gefüge›», einem «texture» – eine Auffassung, die auch strengen literaturwissenschaftlichen Studien (beispielsweise des «New Criticism») zugrunde liegen kann [9].

Nun ist der Begriff «Stimmigkeit» nicht «einer klassizistisch-harmonistischen Poetik» entnommen; es gibt «Stimmigkeiten höherer Ordnung, welche Spannungen, ja Widersprüche einschließen [10]», das dichterische Kunstwerk besitzt eine «Multivalenz [11]». D. h. es steht in Verbindung «mit dem Gesamtwerk des Dichters oder mit der Literatur einer Epoche, einer Nation, einer Gesellschaft», «es ist lebendig eingebaut in die Gesamtheit nicht nur einer literarischen Tradition und eines synchronen Literaturzusammenhangs, sondern in die Gesamtheit des menschlichen Seins und Sollens überhaupt», wie Max Wehrli in seiner Studie «Wert und Unwert der Dichtung» ausführt. Deshalb bedarf es zu seiner Beurteilung auch «der Gesamtheit der menschlichen Wertungen», also ebenso der ästhetischen wie der «außerästhetischen»: ethischen, religiösen, politischen, da jedes Kunstwerk mit einem Teil ja selbst in diese verschiedenen Zonen des menschlichen Daseins hineinreicht.

Wie z. B. der Gesichtspunkt des Ethischen eine rein ästhetische Kritik in Frage stellen kann, zeigt die zweite Fassung des «Grünen Heinrich», wo Keller Änderungen «um der Wahrhaftigkeit willen vornimmt, aus einer großartigen sittlichen Scham vor dem, was als bloße Phantasie, als leeres Pathos erscheinen mußte», wo das Argument von der «Wahrheit und Wahrhaftigkeit des künstlerischen (‹ästhetischen›) Schaffens» den Ausschlag gibt und für den

Leser «eine Art Konflikt zwischen ästhetischer und ethischer Wertung» entsteht (Wehrli). Eine ähnliche Spannung ergibt sich in Gotthelfs Werk an Stellen, vor denen die Begriffe des «Schönen», «Harmonischen» versagen, allenfalls das Prädikat «groß» oder «echt» genügt und das erzieherische Wollen des Dichters ganz unverhüllt hervortritt.

Solchen Konflikten zwischen «verschiedenen Wertbereichen» entzieht sich die Kritik manchmal, indem sie von dichterischer Eigengesetzlichkeit spricht, dem Dichter und seinem Werk eine «eigene künstlerische Wahrheit» zuweist. Aber die Konflikte bleiben so lange bestehen, als «das Schöne, das Gute und das Wahre (die letztlich doch ein und dasselbe sind)[12]» nicht als ein und dasselbe erscheinen – die Gottfried Keller aber in Fr. Th. Vischer vereint gefunden hat: Bei ihm sieht er diese Symbiose wenigstens teilweise erreicht und in ihm die Fähigkeit zu kritischer, wissenschaftlicher Begründung und dichterischer Darstellung des Schönen, Guten, Wahren, die Begabung, es vorzuleben, verkörpert.

Das literarische Kunstwerk kann als «vielschichtiges Gebilde mit einer Vielzahl von Bedeutungen und Beziehungen[13]» nur wieder erfaßt werden unter einer Vielzahl von kritischen Aspekten, die sich zu einem «Spektrum der Kritik» zusammenschließen, wie Leonhard Beriger seine Studie «Die literarische Wertung» (Halle 1938) im Untertitel nennt[14].

Die folgenden Kapitel sollen einige dieser Aspekte in Gottfried Kellers Literaturkritik nachweisen. Dem Dichter geht es nicht darum, ein Werk der Literatur aus sich und in sich selbst zu erklären; er sieht es «im Licht seines Schaffens oder seines Ideals», und «was er sieht, was ihm wichtig scheint, sieht er mit besonderer Schärfe[15]». Er wird seine «besondern stofflichen Interessen», moralische, politische Gesichtspunkte nicht beiseite schieben, am wenigsten Gesichtspunkte der eigenen Ästhetik; er wird keine Selbstkontrolle üben, um eine «relative Wissenschaftlichkeit» seiner Kritik[16] zu erzielen.

Keller – das hat sich in den voraufgehenden Kapiteln gezeigt – scheint geneigt, einer wissenschaftlich-systematischen Literaturbetrachtung wenig, eigener Produktivität alle Bedeutung zuzumessen. Nur eigenes Kunstschaffen berechtigt zur Kritik. Auch für Grillparzer etwa ist kritisches Talent nicht eine Sonderbegabung, sondern Spielform des produzierenden Genies. Gerade seine Urteile über Shakespeare, Goethe und Schiller beweisen jedoch, daß der Dichter als Kritiker andern und andersgearteten Dichtern befangener gegenübersteht als ein Berufsrezensent. Wahrscheinlich ist solche Kritik an fremden Werken für ihn aber nötig, so wie er oft von einer (unbewußten) Kritik an eigenen Schöpfungen ausgeht, den Mut zu Neuem aus dem «Mißmut» am Alten gewinnt. Dann hat Bruno Markwardt wohl recht mit der Feststellung, daß «ein Kritiker dem Künstler immer noch gerechter zu sein vermag als ein Künstler dem andern Künstler, daß es also so etwas geben muß wie ein angeborenes, durch Sachkenntnis bereichertes ‹kritisches Talent[17]›».

ERSTES KAPITEL

GOTTFRIED KELLERS KRITISCH-ÄSTHETISCHE
GRUNDANSCHAUUNGEN

Der Kritiker leistet am Werk des Dichters eine Arbeit, die dieser selbst nicht übernehmen kann oder will. Der Gemeinplatz des 19. Jahrhunderts, der Rezensent sei ein Parasit, ein «artiste manqué», Mitglied «einer Klasse von Mittelsmännern, welche zu ihrem eigenen Gewinn die Kultur an die Gesellschaft weiterreichen, während sie den Künstler ausbeuten und sein Publikum in erhöhtem Maße beanspruchen», ist so falsch wie jeder Gemeinplatz. Wollte man im Ernst das Recht zur Kritik nur wieder dem Dichter zugestehen, der immer dazu bereit ist, «seinen eigenen Geschmack und seine Neigungen, die eng mit seiner eigenen Praxis verbunden sind, zu einem allgemeinen Gesetz der Literatur zu erweitern», so hieße das übersehen, daß Kritik sich auf das gründen muß, «was die Gesamtheit der Literatur tatsächlich leistet». Der Dichter, der in die Rolle des Kritikers schlüpft, «liefert nicht Kritik, sondern Dokumente, die von der Kritik untersucht werden müssen. Dies können natürlich sehr wertvolle Dokumente sein ...[1]» Aus diesem Grund ist die Frage nach Gottfried Kellers Literaturkritik sinnvoll; nicht die Werke und die Schriftsteller, über die er sich äußert, stehen hier im Mittelpunkt der Betrachtung, nicht ihre objektive Bewertung wird verlangt, von der Kellers Urteil in dem oder jenem Fall abwiche, sondern sein Verhalten als Literaturkritiker, so persönlich bestimmt es sein mag, ist zu untersuchen.

In den «Erinnerungen an Gottfried Keller» bemerkt Adolf Frey: «Seit der Mitte seines Lebens schrieb er, mit ganz geringen Ausnahmen, grundsätzlich keine Rezensionen über Gedichte, Novellen und Romane Lebender, weil seine Schöpfungen der gleichen Gattung angehörten, und hielt an diesem Vorsatz auch dann fest, wenn er einer jungen Kraft die Bahn gerne geöffnet hätte. Daß er selbst keine Anzeige seiner Sachen anregte oder den Wunsch danach andeutete, braucht kaum noch gesagt zu werden. Das lief schon seiner strengen und reinen Auffassung von der Kunst zuwider [2].»

Daß Freys Feststellung in ihrem zweiten Teil nur bedingt richtig ist, dürften einzelne Abschnitte dieser Arbeit gezeigt haben. Aber auch die Behauptung des Biographen, Keller habe aus einer Art Berufsethos und wegen der Ähnlichkeit der Produktion weitgehend darauf verzichtet, die Werke anderer Dichter zu besprechen, trifft nur dann zu, wenn man als kritische Äußerung lediglich gelten läßt, was in Aufsatzform oder als Anzeige veröffentlicht wird. Es scheint ferner, daß Kellers Verhalten jungen Poeten gegenüber, wie Frey es schildert, im besonderen Carl Spitteler betrifft, dem von Keller eine Besprechung verweigert wird; Kellers öffentlicher Hinweis auf die Gedichte des jungen Theodor Curti (1869) beispielsweise und der Brief an Hermann

Friedrichs von 1882 lassen vermuten, daß Kellers Zurückhaltung in diesem Falle (wie offenbar auch Freys Erwähnung) persönliche Gründe hat. Dem Schriftsteller Friedrichs schreibt Keller denn auch: «Ihrem Wunsche nach Beurteilung der ... Gedichte kann ich nur entsprechen, so gut ich es verstehe und meine, wobei ich im voraus bemerken muß, daß ich nicht sowohl auf Strenge ausgehe, als es nicht über mich bringe, der Jugend gegenüber nicht aufrichtig zu sein. Ich habe es an meinem eigenen Leben erfahren, wie schädlich und unrecht es ist, wenn die alten Leute die jungen aus Bequemlichkeit oder Gedankenlosigkeit fahrlässig behandeln.»

Hinzu kommt ein Zweites. In einem Aufsatz über die «Schweizerische Literaturkritik» schreibt Max Rychner: «Die schweizerische Literaturkritik hat ihr Gewicht vor allem dadurch erhalten, daß sie von Dichtern geschrieben wurde, deren poetische Leistungen fast vergessen ließen, daß sie sich der biblischen Mahnung zum Trotz zu Richtern aufwarfen. Wenn die Dichter sich der Kritik bedienten, so war es, um ihre Epik zu supplementieren und die eigene Veranlagung vor sich und der Welt zu rechtfertigen, nicht weil es nötig war, sondern weil es ihnen ein Bedürfnis war [3].»

Keller unterscheidet sich in der Hinsicht nicht von zahlreichen Schriftstellern des 19. Jahrhunderts in Deutschland, und offensichtlich rechnet Hermann Hettner mit diesem «Bedürfnis» bei Keller, wenn er 1862 «etwas Kritisches» von ihm für das «Jahrbuch der Wissenschaft und Kunst» erwartet. Keller, damals schon Staatsschreiber, sagt seine Mitarbeit zu: «Ich ... freue mich über das Entstehen einer solchen Zeitschrift ... Daß ich nun eigentlich nicht zu den streng Gelehrten, ja nur zu den gewöhnlich Gelehrten und Nichtbelletristen gehöre, von welchen das Programm spricht, kannst Du am besten selbst wissen. Nichtsdestominder glaube ich mit gehöriger Auswahl des Gegenstandes und Verwendung der nötigen Aufmerksamkeit mich etwa mit einem Beitrage einstellen zu können. Die Hauptsache ist am Ende, daß es einem Ernst damit ist und daß man etwas Durchdachtes vorzubringen habe, was am Ende immer Wissenschaftlichkeit ist [4].»

Schon 1851 hinderten ihn nur praktische Überlegungen daran, eine Rezension zu schreiben; «selbst bald mit mehreren Produkten hervortretend», will er «nicht vorher als herausfordernder Richter auftreten». Das Abkommen mit Cotta schließlich, dessen Zweck auch regelmäßige kritische Beiträge sind, zerschlägt sich wegen der Wahl zum Staatsschreiber [5]. Die Beweggründe, in der öffentlichen Kritik mitzuwirken, sind wahrscheinlich immer die gleichen; 1863 lassen sich wenigstens zwei dafür nennen, daß Keller sich am «Jahrbuch» beteiligen möchte: diese Arbeit würde ihn zwingen, trotz der Beanspruchung durch das Staatsamt sich mit der zeitgenössischen Literatur zu befassen; dann lockt ihn die Möglichkeit, in «Notizen» oder Impromptus ein Thema, ein «Stichwort», wie er sagt, aufzugreifen und zu behandeln – Hinweis auf eine essayistisch-kritische Arbeitsweise, die dem Dichter besonders zu liegen scheint.

Literaturkritische Tätigkeit ist für Keller also auch in der zweiten Hälfte seines Lebens wichtig. Er setzt sich nicht über Rezensionen hinweg wie Paul Heyse, der jedes Urteil der Kritik ostentativ verachtet, so daß Keller einmal bemerkt: «Und wenn er der Kritik bei öffentlichen Ovationen, die ihm dargebracht werden, zu verstehen gibt, daß er sie nicht lese, so kann und darf ihm ihre Unbotmäßigkeit ja Wurst sein [6].» Wenn er auf der andern Seite schreibt, die Besprechungen von J. V. Widmanns Idylle «Mose und Zipora» (Berlin 1874) in der Presse habe ihn «keineswegs befriedigt», und dennoch erleichtert eine Anzeige Widmanns der «Leute von Seldwyla», die kurz zuvor erschienen ist, zum Vorwand nimmt, «wegen des odiosen Wurst wider Wurst» von einer Berichtigung jener Kritiker zurückzutreten, und wenn er auf den Vorschlag des Berner Redaktors, sich in ein Preisgericht für ein Fest-Gedicht wählen zu lassen, antwortet: «In der Tat lag mir das Dichten sowohl wie das Richten gleich fern, und namentlich letzteres ist mir gründlich zuwider geworden [7]», dann ist diese ablehnende Haltung teils auf eine augenblickliche Stimmung zurückzuführen, teils wahrscheinlich auf den Wunsch, sich nicht an Widmann, den enthusiastischen Kritiker seiner Werke, zu binden. In einem Brief an Berthold Auerbach von 1860 z. B. schlägt er diesem eine Rezension von vornherein ab, da sie ihm als bloße Gegengabe für Auerbachs Besprechung der «Leute von Seldwyla» erscheint. Einigen Bemerkungen über Auerbachs Erzählung «Zwei Feuerreiter» fügt er bei: «Sie sehen aber daraus, daß ich ein schlechter Besprecher fremder Produkte bin, da ich ganz unkritischen persönlichen Eindrücken verfalle gleich einem romanlesenden Dienstmädchen [8].» Bei Widmann mag Keller auch noch der preisende Ton der Kritik der «Leute von Seldwyla» und die Bereitwilligkeit, mit der Widmann seine Urteile hinnimmt, ärgern [9]; Keller erwidert die Rezensionen des Redaktors mit keiner einzigen öffentlichen Besprechung. Dazu gesellt sich eine Zurückhaltung, wie sie auch J. V. Widmann und Theodor Fontane bekannt haben; nach der Feier seines 67. Geburtstags (1909), als er mit Blumen und Ansprachen überhäuft worden ist, äußert Widmann: «Der Journalist und Kritiker sollte eigentlich einsam durchs Leben gehen, wie der Scharfrichter, von allen gemieden und alle meidend.» Und Fontane: «Die Kritiken sind alle wie von Verbrechern geschrieben, die nur immer auf der Hut sind, vor Gericht nichts zu sagen, was gegen sie gedeutet werden kann [10].» Diese Stellung des Kritikers abseits der Gesellschaft, das Odium des Negativen, das ihm anhaftet, der Geruch berufsmäßiger Mißbilligung, der ihm folgt, wird offenbar auch Keller bewußt, widerspricht seinem Wunsch, in der Gesellschaft tätig zu sein, für sie zu wirken, sich von einem Tun fernzuhalten, das ihn noch mehr belasten würde als der Umstand, daß er ein Poet ist [11].

Zur selben Zeit, da Gottfried Keller die stärksten Vorbehalte der Literaturkritik und den Rezensenten gegenüber äußert – in den frühen achtziger Jahren –, gibt er das positive Bild (vgl. S. 69) des Kritikers, wie er ihn sich vorstellt. Schon vorher verlangt er vom Rezensenten, er müsse ein erfahrener Leser sein; er schreibt an Emil Palleske: «Den Roman werde ich Ihnen bereit halten ... Auch wenn Sie keine Rezension machen, so ist es mir sehr daran gelegen, daß Sie ihn lesen; denn Sie gehören zu den zwei oder drei Leuten, die noch lesen *können*. Dies ist keine Redensart. Ich habe sattsam gesehen und gestaunt, wie schlecht und unfähig die Produkte anderer Leute gelesen werden [12].» 1882 heißt es nun noch bestimmter: «Alle Liebhaber, Dilettanten, Schreibekritiker regen weder an, noch ist etwas von ihnen zu lernen; man kennt uns ja insgesamt daran, daß wir vor allem neu Entstehenden uns entweder mit alten Gemeinplätzen behelfen oder uns erst besinnen und suchen müssen, was wir etwa sagen können oder wollen, um nur etwas zu sagen. Der wirkliche Kunstgenosse dagegen weiß auf den ersten Blick, was er sieht, und beim Austausche der Urteile und Erfahrungen verständigt man sich mit wenigen Worten. Und nicht nur das tägliche Schauen alter und neuer Meisterwerke und der Wetteifer mit vielen tüchtigen Genossen erhalten die Kraft: auch der Ärger über widerstrebende Richtungen, der kritische Zorn über die hohlen Gebilde aufgeblasener Nichtkönner ist gesund und bewahrt die Künstlerseele vor dem Einschlafen, und auch diese Nutzbarkeit ist nur auf den Plätzen des großen Verkehres zu haben [13].» Dieser Gedanke findet sich schon im Tagebuch von 1847, wo Keller über den «Haufen der Nichtkenner» in der Musik notiert: «Baumgartner versicherte mich, daß alles, was Gutzkow, Heine, Laube etc. über Musik geschrieben haben, wohl angenehm zu lesen, aber durchaus willkürlich und ganz laienhaft sei. Nur die Kunstbeflissenen, ein enger Kreis stiller Künstler selbst genießt die verschiedenen Werke in ihrer ganzen Tiefe und jedesmal nur diejenigen, welche er selbst auch hervorzubringen sich bemüht. Alles andere ist mehr oder weniger untauglich ...[14]»

Damit ist das Problem des Dilettantismus berührt, daß Keller oft beschäftigt. Eingehend erörtert er im vierten Band des «Grünen Heinrich» das Verhältnis zwischen dem «zu einer Sache berufenen besonderen Talent» und «dem allgemein wohleingerichteten Kopf», der «sich mit hundert Dingen beschäftigen, dieselben verstehen und einsehen [kann], ohne es darin zu einem reif gestalteten Abschluß zu bringen; nur eine lange und bittere Erfahrung oder eine augenblickliche Erleuchtung können manchmal ein vorübergehendes Zusammenraffen und eine Ausnahme hervorbringen, welche aber das ganze Wesen nur noch rätselhafter und meistens mißlicher machen. Dies ist das innere Wesen des gebildeten, strebsamen, talentvollen Dilettantismus», der seine eigentliche Berufung dauernd verkennt. «Besonders in Literatur und Kunst sucht der Dilettantismus die mangelnde naive Meisterschaft durch Neuheit und Betriebsamkeit in allerhand Versuchen zu ersetzen, zeichnet sich fortwährend durch halbe Anläufe aus und gewinnt nach diesen einige Poesie, einiges Pathos in einem wehmütigen elegischen Ende.» Keller deutet dieses Phänomen als Kraft, die die Blütezeit der Künste vorbereitet, sie begleitet und fortbesteht, auch wenn der Höhepunkt überschritten ist. Es wird verstanden als ein

Teil der «Weltökonomie», eine Hemmung der Meisterschaft, indem der Dilettantismus den Menschen auf ein ganz anderes Gebiet verführt, als seiner wahren, geheimen Bestimmung entspricht, und dadurch verhindert, daß zu viele ihre eigentliche Anlage erkennen und die «Erdenherrlichkeit» zu rasch der endgültigen Vollendung entgegentreiben, vielmehr ihre gesamte Energie auf das werfen, was ihnen als Auftrag und Berufung vorgespiegelt wird. Aber «im Grunde sind trotz aller äußeren Schicksale nur die Meister glücklich, d. h. die das Geschäft verstehen, was sie betreiben, und Wohl jedem, der zur rechten Zeit in sich zu gehen weiß. Er wird, einen Stiefel zurechthämmernd, ein souveräner König sein neben dem hypochondrischen Ritter vom Dilettantismus, der im durchlöcherten Ordensmantel melancholisch einherstolziert [15].» (Vgl. S. 101.)

Einen typischen Dilettanten lernt der Dichter 1876 in Wilhelm Petersen, dem Freund Storms und Heyses, kennen. Von Anfang an empfindet er «alles Mitgefühl» für dessen «künstlerische Neigung» und schreibt ihm: «Ich habe selbst, nach dreißigjährigem Unterbruche, neulich eine Leinwand aufspannen lassen, um dem Jugendheimweh zu frönen; allein ich weiß eben aus Erfahrung, daß man in solchen Fällen gern auf die Feder gerät, wenn auch vorübergehend». Gelegenheitsschriftsteller, die in Alters- und Rückblicksstimmung an die Poesie geraten, wenden sich häufig an Keller: «Immer sind zwei bis drei alte Kerle und noch etwa ein halb Alter vorhanden», schreibt er Storm, «die nach erfüllten Berufs- und Lebenspflichten vom Teufel geplagt werden, mich zur Geltendmachung ihrer poetischen Velleitäten zu benutzen, sich nicht abmahnen oder beruhigen lassen, sondern mich zu mündlichen und schriftlichen Disputationen zwingen wollen, um meine Meinung, daß es nicht opportun sei, zu beweisen, zu beweisen und abermals zu beweisen, und schließlich in allerhand Anzüglichkeiten verfallen, nachdem sie mich erst gelobt haben» – Mühsale, die Theodor Storm «Kampf mit den alten Feierabenddichtern» nennt [16].

Bei Petersen stellt sich indessen heraus, daß er malt; als Keller Proben erhält, bietet er seinen Rat im Technischen an und versucht, «dem Regieriger und Dichterfreund», der «ein Satan mit Aquarellieren und glücklichem Enthusiasmuswesen» ist, zu zeigen, wie er den Dilettantismus überwinden könnte: «Ihre humoristische Betrübnis über die Dilettanten- und Meisterfrage in der edlen Kunst können Sie leicht etwas aufhellen durch eine gewisse Art von Fleiß, die auch den Liebhaber auf eine Stufe der Befriedigung führt; ich meine, Sie sollten weniger auf das schnelle Genießen des häufigen Hervorbringens mit möglichst leichten Mitteln ausgehen, sondern zuweilen eine ernstere Übungszeit eintreten lassen ... Ich würde meine Weisheit ... für mich behalten, wenn ich nicht wüßte, daß Sie wohl noch erreichen können, was ich meine. Es kommt oft mit *einem* Mal, wie eine Erleuchtung, wenn man sich nur zugänglich hält. Übrigens brauchen Sie sich nicht zu kränken; ich habe neulich zum ersten Male Vervielfältigungen Goethescher Landschaftsgebilde gesehen, die gar keinen Wert haben, obgleich er fast ein Menschenalter lang von seinen Übungen spricht. Ich konnte nicht den mindesten Duktus herausfinden, der auch etwas künstlermäßig ausgesehen hätte. So wenigstens auf diesen Blättern [17].»

In dieser Äußerung Kellers spürt man etwas von der Erinnerung an die unbeschwerte Freude und Ernsthaftigkeit des Autodidakten. Aber sein geduldiges Interesse für Petersens Tätigkeit unterscheidet sich deutlich von der bewundernden Hochachtung vor Salomon Gessner im «Landvogt von Greifensee», die er mit Böcklin teilt, der «nur mit Respekt von dem alten Autodidakten» spricht, weil bei ihm eine ursprüngliche Meisterschaft durchdrängt [18]. In die Briefe an oder über Petersen mischt sich gelegentlich eine sachte Ironie; Heyse schreibt er während der Lektüre einer Novelle, er habe «nur noch schnell» den Schluß «genossen»: «um in der Manier unsers Musterdilettanten Petersen zu reden». Eine andere Erzählung Heyses, «Die Hexe vom Corso», bestätigt Kellers Theorie, daß «die innere Sehkraft der Menge durch die Verbreitung der ästhetischen Bildung, die Realistik der Bühne» zugenommen habe, so daß die dichterischen Figuren durch sorgfältige Darstellung beim Leser «eine augenblickliche Wirkung» hervorrufen; diese Erscheinung sei nun gerade dem Dilettanten, der an der Dichtung irgendwie mitwirken möchte, ein Ärgernis. Als Heyse erzählt, Petersen habe ihn gefragt, warum er in der «Hexe» «von der guten alten Gepflogenheit abgewichen sei, das Malen dem Leser zu überlassen», erwidert Keller: «Petersens Reaktion gegen das malerisch beschreibende Element ist mir nicht auffallend; er will als Dilettant mittätig sein und selbst malen, liebt daher nur andeutende ‹Drucker› und leichte ‹Touchen›. Wäre er nicht ein so enthusiastisch freundlicher Kerl ..., so müßte man ihm einmal Goethes Untersuchung über den Dilettantismus empfehlen, den der Alte so schalkhaft als ein gemütliches Schema hinstellte.»

Den dilettantischen Interpreten sieht Keller auf der gleichen Stufe wie den philologisch geschulten Kritiker (vgl. S. 100): «Von den Experimental-Ästhetikern ist so wenig Gutes zu erwarten als von den philologischen germanistischen Realkritikern, weil beide bereits die Seele des Geschäftes verloren oder nie gekannt haben. Die innige Verbindung von Inhalt und Form ist aber für die Untersuchung so unentbehrlich wie für die Produktion, und zwar *subjektiv* wie objektiv.» Und wahrscheinlich ist für Keller Petersens Dilettantismus nur etwa in der bescheidenen Domäne der «Landschaftsverschönerung» am Platz. Als er ein Manuskript, betitelt «Rosen an den Häusern», erhält, ist er erfreut von «dieser wirklich praktischen Ästhetik ..., die mit so einfachen und naheliegenden Dingen das Wesentlichste erreicht [19]».

Goethes mit Schiller im Frühjahr 1799 ausgearbeitetes Schema scheint Kellers Urteil über Petersen und den Dilettantismus auch sonst Anhaltspunkte gegeben zu haben. Der Begriff des «Pathologischen», den er selbstkritisch auf den Schluß des zweiten «Grünen Heinrich» anwendet, einen Schluß, den Petersen bezeichnenderweise «als das allgemein Richtige und Bessere» einschätzt, gehört bei Goethe zu den Merkmalen, die zwar auch den nicht-dilettantischen

Schriftsteller kennzeichnen können, häufiger jedoch den Dilettanten. Die von Keller geforderte «subjektive wie objektive» «innige Verbindung von Inhalt und Form» erinnert an das erste Paralipomenon in Goethes Schema: «Ausübung der Kunst nach Wissenschaft. Annahme einer objektiven Kunst. Schulgerechte Folgerung und Steigerung. Profession und Beruf ... Es gibt in allen Künsten ein Objektives und ein Subjektives.» Und die Ermunterung Petersens, sich ernsthaft um das Handwerkliche in der Kunst zu bemühen, kann ebenfalls auf Goethe zurückgehen, der einen nicht mit Gewissenhaftigkeit betriebenen Beruf Dilettantismus nennt, dem der Dichter ohne «Ernst und Kunstmäßigkeit» nichts gilt. Auf diese Strenge und Redlichkeit Goethes und Schillers spielt Keller in einer Äußerung über das Drama «Oenone» von J. V. Widmann an, und Widmann führt den Gedanken des Dichters weiter: «In Ihrer Kritik haben Sie den Nerv getroffen, wenn Sie mich auf den heiligen Ernst hinweisen, der beim Schaffen solcher Dinge jede Spaßhaftigkeit auch aus den bloßen Gedanken verbannen sollte. Hier stehe ich dem Hauptmangel meiner Natur gegenüber ... Doch mag auch in meinem mich stark angreifenden Schulamte ein Grund liegen, daß ich dann, wenn ich dem Phantasie-Federspiel mich hingeben kann, mit dem Spiel zu spielen in Versuchung komme. ‹Verfluchte Dilettanten›, wie's in der Blocksbergszene heißt [20].»

Daß von den Dilettanten nichts zu lernen ist, bleibt für Keller eine Selbstverständlichkeit; und nur den Landvogt Landolt stellt er über die andern, weil er, ein Beispiel für die blühende Liebhaberkultur des 18. Jahrhunderts in Zürich, «auf einer außerordentlichen Höhe der Selbständigkeit, des ursprünglichen Gedankenreichtums und des unmittelbaren eigenen Verständnisses der Natur» steht und «mit dieser Art und Weise ... ein keckes, frisches Hervorbringen, das vom Feuer eines immerwährenden con amore im eigentlichsten Sinne beseelt» ist, verbindet. Aber trotz einer «entschiedenen und energischen Künstlerader» erreicht er «den Stempel des abgeschlossenen, fertigen Künstlers» nicht. Keller, der ihn so überzeugend und liebevoll schildert, nennt seine Malerstudien einmal öffentlich «wilde Kosakereien [21]».

Der «Kunstgenosse» bleibt der allein zuständige Kritiker; nur ein Dichter, der sich durch sein eigenes Werk über das bloß mitvollziehende Dilettantentum erhebt, weiß, wie schwer die Arbeit sein kann, weiß, «worauf es ankommt», ist befähigt, tiefer in ein Kunstwerk einzudringen [22]. Ob Keller den Gedankenaustausch mit andern Schriftstellern, der nur an den «großen Plätzen» zu haben ist, in Zürich vermißt, ist eine andere Frage. Es gibt in dieser Stadt freilich einen lebhaften Literaturbetrieb (vgl. S. 62–65); dennoch liest Storm aus Kellers Briefen heraus, daß es dem Dichter an der Gesellschaft, von der er ein überlegtes, überlegenes und förderliches Urteil erwarten könnte, fehlt; Keller scheint etwas Ähnliches anzudeuten, wenn er von «einer Art freiwilliger Verbannung» spricht, in der «die Bedeutenden unter unsern Schweizer Künstlern leben»; anderseits verneint er ja Storm gegenüber seine Einsamkeit [23].

Sowenig die «Schreibekritiker» oder «die selbstgewesenen abgestandenen Künstler» in der Kritik über den Gemeinplatz hinauskommen, sowenig vermögen sie in Fragen der Poetik, etwa der Novellen-Theorie, mitzusprechen. Storm rät er davon ab, einem Band Erzählungen ein Vorwort über das Wesen der Novelle mitzugeben: «Das Werden der Novelle ... ist ja noch immer im Fluß; inzwischen wird sich auch die Kritik auf Schätzung des Geistes beschränken müssen, der dabei sichtbar wird. Das Geschwätze der Scholiarchen aber bleibt Schund, sobald sie in die lebendige Produktion eingreifen wollen. Wenn ich nicht irre, so wird zwischen den grassierenden Neo-Philologen und den poetischen Hervorbringern der gleiche Krieg entstehen, wie er jetzt zwischen den bildenden Künstlern und den Kunstschreibern waltet, die keine Ader haben [24].» Damit spricht Keller im Grunde aus, was Tieck in seinen «Briefen über Shakespeare» (1800) äußert: «... über Dichter ist es dir nur erlaubt zu dichten, das heißt, sie im Ganzen zu verstehen, und dies Verständnis in seiner Ganzheit zu eröffnen», und Friedrich Schlegel drückt diesen Gedanken noch prägnanter aus: Kritik der Poesie ist Poesie der Poesie, wobei Poesie in jedem Fall die künstlerische Darstellung meint, was wiederum zu vergleichen ist mit der subjektiven Verbindung von Form und Inhalt auch in der kritischen Untersuchung – Prosa bedeutet demgegenüber bloße Mitteilung, Referat; so sagt Schlegel: «Die Wissenschaft von einer Kunst ist ihre Dichtung.» An die Stelle des Berichts tritt die Charakteristik als Kunstwerk; die Literaturgeschichte wird ersetzt durch eine Folge von Charakteristiken, eine Idee, die auch in Kellers Rezension von Arnold Ruges Literaturgeschichte begegnet, wo er schreibt: Ruges «klar charakterisierende Abhandlungen» wirkten «äußerst wohltätig ... gegenüber der toten, philologisch-anthologischen Bearbeitung der Literaturgeschichte und dem herkömmlichen Taxieren der verschiedenen Größen. Nichts ist lehrreicher und fruchtbarer, als wenn ein Gegenstand, wie die Literatur eines Volkes oder auch eine einzelne Richtung derselben, verschiedene konsequente und ausgebildete Bearbeitungen erlebt.» Bei Schlegel, Ruge und Gottfried Keller herrscht die gleiche Vorstellung von der Dichtung, ihrer Geschichte und ihrer Kritik: Die Bewertung darf sich nicht mit Registrieren und Vergleichen begnügen. Wie der Dichter muß sich auch der Literaturkritiker um die sprachliche Form bemühen, die meisterhafte Darstellung hebt die Rezension über ein Referat, einen wissenschaftlichen Aufsatz hinaus, macht sie zur Charakteristik, zum Essay. Am Anfang der Wilhelm-Meister-Rezension schreibt Friedrich Schlegel: «Die Art der Darstellung ist es, wodurch auch das Beschränkteste zugleich ein ganz eigenes selbständiges Wesen für sich und dennoch nur eine andere Seite, eine neue Veränderung der allgemeinen und unter allen Verwandlungen einigen menschlichen Natur, ein kleiner Teil der unendlichen Welt zu sein scheint [25].»

Der Kritiker muß etwas vom Dichter in sich haben – doch der Dichter muß auch kritisch denken. In diesem Sinn sieht Keller Jeremias Gotthelf wohl als «ein großes episches Genie», wirft ihm jedoch den Mangel an kritischer Strenge und Einsicht gegenüber dem eigenen Werk vor: «Kein bekannter Dichter oder Schriftsteller lebt gegenwärtig, welcher so sein Licht unter den Scheffel stellt und in solchem Maße das verachtet, was man Technik, Kritik, Literaturgeschichte, Ästhetik, kurz Rechenschaft von seinem Tun und Lassen nennt in künstlerischer Beziehung.» Unmißverständlich ist Gotthelfs Verachtung des Handwerklichen in den Vorreden zu «Zeitgeist und Berner Geist», während Keller selbst im Vorwort zum «Grünen Heinrich» eigens erwähnt, daß er im Ringen um die Form, «über der Arbeit besser schreiben» gelernt habe. Nach Abschluß des Romans, bei der Niederschrift des ersten Bandes der «Leute von Seldwyla» und als die letzte der Gotthelf-Rezensionen vorliegt, faßt er den Plan einer Sammlung grundsätzlicher Äußerungen über die Dichtung, «verschiedener ethischer und kritischer Versuche», wie er dem Verleger Vieweg mitteilt. Kellers Wertgefühl, sein Sinn für das Echte, die Lust am Urteil, an der knappen kritischen Formulierung äußern sich in einer großen Zahl kritischer Reflexionen, meist in enger Beziehung zu seinem poetischen Schaffen. Von zwei Aufsätzen Adolf Freys sagt er 1883, sie seien «unkritisch und daher schädlich»: dieser Satz drückt sehr klar aus, welche Bedeutung die Literaturkritik für Keller hat [26].

Wie es feststeht, daß nur der Dichter über ein maßgebliches Urteil verfügt, so glaubt er auch an eine Übereinstimmung aller Urteilsfähigen. Im Aufsatz «Am Mythenstein», wo er die «mikroskopischen Tierchen Bernardins de St. Pierre» erwähnt, spricht er zwar offensichtlich von der Möglichkeit, daß das kritische Maß als solches sich verändert: «Ein Tautröpfchen ist für sie ein unermeßliches geballtes Kristallmeer, an dessen Rundung sie ehrfurchtsvoll in die Höhe staunen, ein unerschöpflicher Gegenstand für ihre Begeisterung und ihren Geschmack.» Übertragen auf die kunstphilosophische und dichtungskritische Betrachtung heißt das: Anschauung und daraus resultierendes Urteil sind abhängig von der «Beleuchtung», in welcher der Gegenstand gesehen wird; denn es «muß uns dies bißchen Morgen- und Abendlicht erst unsern gewaltigen, formenreichen Schorf bestreifen und beleuchten, ehe wir unsere komplizierte Ästhetik daran wetzen können [27].» Die Skepsis dem menschlichen Natur- und Schönheitsverständnis gegenüber richtet sich aber gegen ganz bestimmte zweit- und drittrangige Figuren. Ironisch leitet er ja auch die Rezension von Bachmayrs «Trank der Vergessenheit» ein: «Es ist eine eigentümliche Sache um den Geschmack; es mag Menschen geben, welche gegen ihr Wissen und Gewissen von irgend einer religiösen oder politischen Meinung überzeugt zu sein versichern: schwerlich aber gibt es Leute (und wenn es welche geben sollte, so sind sie die verworfensten Sünder der Erde), welche, der Falschheit und Schlechtigkeit einer Geschmacksrichtung wohl bewußt, dieselbe dennoch für die ihrige ausgeben und verteidigen, als ästhetische Tartüffes. Und weil kein ehrlicher Kritikus von der Unrechtmäßigkeit seines Urteils überzeugt sein darf, so kann, dies recht betrachtet, eigentlich auch niemand von der Unfehlbarkeit des seinigen durchdrungen sein. – Vielleicht hat Voltaire Recht gehabt, Shakespeare einen wüsten Barbaren zu nennen! Vielleicht wird Lessing eines Tages noch ein nüchterner und silbenstecherischer Patron genannt und werden wir mit unserem Zeitalter, als von ihm her datierend, schlechtweg als der Nach- und Gegenzopf bezeichnet! Vielleicht beginnt in fünfzig oder hundert Jahren der ein und andere scharfe Geist Namen wie Kotzebue, Raupach und Birch-Pfeiffer aus dem Moder der Vergessenheit zu ziehen, ... mit Bedacht und Quellenstudium ...[28]» Der Zweifel an der endgültigen Richtigkeit seiner Kritik in dieser Rezension des Bachmayrschen Dramas ist ebenfalls ein Spiel der Ironie: «In Betracht dieser Unsicherheit der kritischen Zustände wollen wir das vorliegende Drama nicht für ein Wunderwerk ausgeben ...[29]» Auch der Brief an Freiligrath über den Tod des gemeinsamen Freundes Wilhelm Schulz, wo er schreibt: «Was der Mensch doch für ein Scheusal ist; wenn man dieses briefliche Totengericht mit dem Nekrolog verglige, den ich in eine Zeitung schrieb, so würde man vor Schreck erstarren über diese *Mannigfaltigkeit* der Auffassungen [30]», meint nicht eine Bedingtheit des Urteils, das nur um der Konvention willen verschleiert wird, in Wirklichkeit feststeht.

In der Zeitungsrezension von Bachmayrs Drama stellt Keller sein Urteil sozusagen nur als Vorschlag hin, als Anzeige, deren Absicht es ist, die Aufmerksamkeit des Lesers zu wecken, ihn von ein paar Einzelheiten über die Person des Verfassers und die Belange des dramatischen Faches zu unterrichten, die der Kritiker mehr oder weniger zufällig weiß; und er dämpft darin seine erste beredte Verteidigung des Dramas Hettner gegenüber ganz merklich. Diese Dämpfung seines anfänglichen Eifers ist auf die erwähnten Bedenken zurückzuführen, als Kritiker aufzutreten, während er selbst ein Drama zu veröffentlichen plant. Sein Urteil ist gefällt – wie über Leuthold, dessen Gedichte er zurückhaltend bespricht, um den toten Dichter zu ehren, aber die Rezension nicht in der Vorrede einer neuen Auflage von Baechtolds Auswahl aus dem lyrischen Werk Leutholds abgedruckt haben will: «Schließlich ... wünschte ich auch durch solche Fixierung eines flüchtig abgegebenen Urteils mir den Mund nicht für die Zukunft verschlossen zu wissen ...[31]»

Eine Ausnahme ist Kellers Verhältnis zu Gotthelf (und seine Kritik an Goethes «Faust II»: vgl. vorn S. 229 f.). In den Gotthelf-Rezensionen ist Kellers Urteil wirklich «fixiert», so daß man heute noch Mißverständnisse herausliest und es als die Bewertung Gotthelfs betrachtet, von der Keller nicht mehr abgewichen sei. Aber der Dichter weigert sich nach Jahren, den Wiederabdruck zuzulassen, weil er den Berner Dichter nun anders versteht und die Rezensionen als «zum Teil unüberlegt und flüchtig» ansieht. Doch nur «zum Teil» würde er in einer Neufassung seine Kritik Gotthelfs abgeändert haben, und Fontanes Vorsicht: «Man soll in nichts eigensinnig sein, am wenigsten vielleicht in Kritik; denn wie recht Montaigne hatte, als er in seinem berühmten Aufsatz ‹Über die Unsicherheit des menschlichen Urteils› schrieb, das ist mir in diesen Tagen wieder recht klar geworden [32]» hat Keller wahrscheinlich nicht angefochten.

In der Rezension von Jakob Baechtolds Niklaus-Manuel-Ausgabe (Frauenfeld 1878) schreibt er zur Behauptung des Mitherausgebers Vögelin, der Maler Manuel sei «unstreitig der größte Künstler ...», welchen die Schweiz hervorgebracht habe», dieses Urteil könne gebilligt oder verworfen werden, nur wenn man das künstlerische Werk unmittelbar vor sich sehe. «Auch ist nicht ganz klar, welchen Umfang der Kunstgelehrte hinsichtlich der Zeitfolge und der jetzigen Grenzen der Schweiz letzterem Worte unterlegt; immerhin scheint der Satz etwas gewagt zu sein. Die künstlerische Vielseitigkeit, welche vorzüglich hervorgehoben wird, tut's nicht allein; es kann sich einer in allen Gegenständen, Formaten und Manieren rüstig versuchen und herumtummeln, ohne nach einer einzelnen Richtung hin unbedingt groß zu sein; und wiederum vereinigen Leute wie Gleyre, Ludwig Vogel, ein Calame oder Rudolf Koller, um nur wenige von den Neuern zu nennen, in engerem Rahmen ein so durchgebildetes und intensives Können, daß der Standpunkt unsicher wird, den man in solcher Frage einzunehmen hat [33].» Diese Kritik einer apodiktischen Feststellung, die methodischer Unsicherheit entspringt, bezeugt wie Kellers Rezensionen selbst, daß er sein Urteil auf unverrückbare Kriterien der ästhetischen Wertung gründet.

1853 erscheint in Königsberg das Buch «Ästhetik des Häßlichen», dessen Verfasser, der Hegel-Schüler Karl Rosenkranz, eine Literaturkritik vertritt, in der sich Hegels Ästhetik kristallisiert, obschon gelegentlich «die verklungene idealistisch-romantische Geisteshaltung» durchschimmert [34]. In seiner Untersuchung legt Rosenkranz dar, daß das Häßliche in der Dichtung und Malerei nicht übersehen werden dürfe, da es ein Teil der Gesamtidee der Kunst sei. Er greift dabei zurück auf den jungen Herder und auf Karl Philipp Moritz, die das Häßliche als einer Ästhetik notwendig erklärt hatten, und auf Fr. Th. Vischer, der in den ersten Teilen seiner «Ästhetik» eine Beziehung herstellt zwischen dem «real Häßlichen» und dem «ideal Schönen» und einen dämonischen Reiz konstruiert, der vom Erinnerungsschimmer des Schönen lebt. Für Rosenkranz hält das Häßliche die Mitte zwischen dem Schönen und dem Komischen und findet seine Form in der Satire; das Komische seinerseits wird definiert als «die Aufheiterung des Häßlichen ins Schöne», als «Negativ-Schönes», und ist in diesem Sinn zu vergleichen mit Jean Pauls Umschreibung des Humors als des «umgekehrt Erhabenen [35]».

Die Ausführungen Rosenkranz' veranlassen Gottfried Keller, über die Grundlagen der «wahren Kritik» nachzudenken. Offenbar stimmt ihn zunächst das überreiche Material, das in diesem Buch angehäuft ist, etwas unbehaglich; denn er hebt Kritik ab vom Speichern literarhistorischer Fakten: «Belesenheit tut's nicht, und letztere halten viele für Kritik.» Doch auch die Problemstellung bei Rosenkranz scheint ihm falsch: «Schon der Titel ist widersinnig und romantisch», schreibt er Hettner; Rosenkranz beweise damit, daß er «von Verstand und wahrer Kritik nichts mehr ahne». Wahre Kritik muß an den ästhetischen Grundtatsachen festhalten: «Schön ist schön und häßlich ist häßlich in alle Ewigkeit.» Eine Lehre vom Schönen kann sich demzufolge nicht mit dem Gegenteil befassen, darf nicht um einer Theorie willen verdreht werden. Diese Überzeugung versucht er in einem Bild aus der Physik zu veranschaulichen: Es gibt für den Physiker keine positive Kälte, die im Vergleich dem ästhetisch befriedigenden Häßlichen entspricht, sondern nur geringe Wärme, wie es nur einen «geringeren Grad der Schönheit» geben kann. «Die Manier, vieles in der Kunstgeschichte als absichtlich verwandte und schön gemachte Häßlichkeit zu rangieren, ist überkommenes und irrationelles Räsonnement; denn genau betrachtet geschah dies in der wahren Kunst nirgends (die Ausartung ist gar nicht zu berücksichtigen), und was man dafür bezeichnen will, ist eben nichts als die pure Schönheit.» Die Kritik beruhe auf absoluten ästhetischen Erkenntnissen des Schönen und Häßlichen und würde sich selbst aufheben, wenn sie die überkommene Trennungslinie zwischen «schön» und «häßlich» willkürlich durchbräche [36].

Beispiele, an welchen sich die dichterische Verwendung des «Häßlichen» ablesen läßt, sind Theodor Storms Novellen «Carsten Curator» (1878), «Eekenhof» (1879) – wo die Dämonie des «moralisch Häßlichen» dargestellt ist (Motiv der Geschwisterliebe und Mordversuch des Vaters am Sohn) – und «Der Herr Etatsrat» (1881/82), wo der Dichter das Häßliche durch Humor aufzuhellen versucht, aber die «im Keime vorhandene Dämonie der Hauptgestalt ... durch das ‹Groteske›» nicht zu läutern, sondern nur zu schmälern vermag; sie bleibt «kleinlich und widerwärtig», wie ein Kritiker des 20. Jahrhunderts urteilt. Storm selbst unternimmt eine Rechtfertigung in anderer Richtung: «Das moralisch oder ästhetisch Häßliche wird – wo es nicht zu einer gewissen Schreckensgröße aufsteigt, erst dadurch in Kunst in specie Poesie verwendbar, daß der Künstler es im Spiegel des Humors zeigt, gleichsam es durch den Humor wiedergeboren werden läßt; dadurch entsteht das, was wir das ‹Groteske› nennen [37].» Anders äußert er sich über «Carsten Curator»: hier ist «nicht die Hauptfigur, aber die figura movens statt mit poetischem Gehalt mit einer häßlichen Wirklichkeit ausgestattet und das Ganze dadurch wohl mehr peinlich als tragisch geworden»: «Diesmal fehlt die Heiterkeit, die not tut, um mich über den Stoff zu erheben.»

Daß ihn die Verwendung des Häßlichen in diesen Storm-Erzählungen stört, spürt man Gottfried Keller noch fünfundzwanzig Jahre nach seiner Kritk von Rosenkranz' Untersuchung an. Über die erste Novelle schreibt er da dem Dichter: «Der ‹Carsten Curator› ist ja ganz schön, durchsichtig und vollkommen fertig. Der diebische Junge war mir anfangs freilich zuwider in einer spezifisch poetischen Geschichte ...; allein dem rechtschaffenen Kurator war nicht anders beizukommen, wenn das Thema, die Unterwerfung der schlichtbürgerlichen Pflichtmäßigkeit und Anspruchslosigkeit unter das dämonische Prinzip sinnlicher Schönheit durchgeführt werden wollte [38].» Der

«Etatsrat», dessen Stoff Storm für stark und nicht allgemein genießbar hält und «einige Stellen in usum delphini oder delphinarum verballhornisiert [39]», dient Keller dazu, das Urteil Storms über seine eigenen «närrischen Erfindungen», vor allem über die drei Kuhschwänze in der «Armen Baronin», zu entkräften. Die ausführliche briefliche Kritik verfolgt offensichtlich diesen Zweck (vgl. S. 408–413). Gleichzeitig aber scheint der alte Widerwille gegen das künstlerisch Häßliche, das ihn viel peinlicher berührt und in eine andere Kategorie gehört als das Skurrile seiner eigenen novellistischen Erfindungen, durch.

Ein zweiter Aspekt kommt hinzu. In der Betrachtung der dichterischen Werke Niklaus Manuels arbeitet Keller einen sichern Anhaltspunkt für die Beantwortung der Frage, was «poetisch» und somit «schön» sei, heraus: «Auf festerem Boden stehen wir, wenn wir den Hauptteil unseres Buches betrachten, welcher die poetischen Werke ... enthält. Nach jetztläufigen ästhetischen Begriffen würde diesen Schriften allerdings die Bezeichnung ‹poetisch› nicht zukommen, da im poetischen Kunstwerk jede Tendenz und Absicht verpönt sein soll, jene aber aus der Tendenz geboren und lediglich von ihr erfüllt sind. Wir wollen uns hierüber keine grauen Haare wachsen lassen, sintemal wir noch keinen theoretischen Tendenzfeind gesehen haben, der nicht alsobald von Tendenzen überflossen wäre, sobald er die Feder ansetzte, um selbst ein Gedichtlein zu begehen. Die Wahrheit ist, daß eben alles an seinen Ort gehören und der Umgebung nicht widerstreiten soll; das subjektive Pathos eines politischen oder religiösen Streitgedichtes ist, wenn das übrige Zeug daran nicht fehlt, gerade so poetisch wie die objektivste historische Ballade und vielleicht oft noch wertvoller wegen der größeren Unmittelbarkeit [40].»

Dieses ästhetische Gesetz, daß in einem Kunstwerk alles an seinen Ort gehören muß und das Ganze nicht beeinträchtigen darf, wird von Keller lapidar in die Formel gefaßt: «Alles Edle und Große ist einfacher Art» (Bettagsmandat 1863), was an das Wort «Simplex sigillum veri» erinnert, und ausführlicher schon in der ersten Fassung des «Grünen Heinrich»: «Denn wie es mir scheint, geht alles richtige Bestreben auf Vereinfachung, Zurückführung und Vereinigung des scheinbar Getrennten und Verschiedenen auf *einen* Lebensgrund, und in diesem Bestreben das Notwendige und Einfache mit Kraft und Fülle und in seinem ganzen Wesen darzustellen, ist Kunst [41]». Dasselbe gilt für die Literaturkritik, von der Keller nicht nur ein mehr oder weniger gerechtes Urteil fordert, sondern daß sie «auch unabhängig von ihrem Gegenstand allgemein und wahr bleibt [42]».

Aber diese Begriffe: «allgemein», «wahr», «edel», «einfach», das Kriterium der «Ökonomie» decken nicht einen bestimmten, durch alle Epochen der Dichtung, der Kunst hindurch gleichbleibenden Vorstellungsinhalt. Auch der Geschmack, die ästhetischen Anschauungen haben eine Geschichte; jedes Kunstwerk besitzt einen Rang innerhalb seiner Zeit und existiert nicht nur in Abhängigkeit von einem überzeitlichen Schema absoluter Werthaftigkeit.

Im Vorwort zum poetischen Teil des «Schweizerischen Bildungsfreunds», dem «programmatische Bedeutung in bezug auf künstlerisches Werten» (Helbling) zukommt, nennt Gottfried Keller die Absicht seiner Bearbeitung: Er will «eine sprachliche Mustersammlung» zusammenstellen, wobei «das Persönliche der Dichter für die Zwecke des ... Buches ... nicht wesentlich» ist, und er rechtfertigt die Aufnahme bzw. die Ausschließung einzelner Gedichte mit dem «Fortschreiten der Zeit, welches sich auch hier spürbar macht». So behält er von «zwei dem Napoleonkultus angehörigen Gedichten» nur eines bei, «in Anbetracht, daß in heutiger Zeit *eine* Reminiszenz dieser Art vollkommen genügt [43]». Das heißt zunächst, daß die Kritik auch nach den Bedürfnissen der Gegenwart und danach urteilen muß, ob ein Kunstwerk für sie noch von Bedeutung ist oder eine bloße «Reminiszenz» darstellt. Die Kritik selbst ist dem Charakter und der eigenartigen Struktur dieser Gegenwart verpflichtet. Im gleichen Jahr, als Rosenkranz' «Ästhetik des Häßlichen» erscheint, veröffentlicht Hermann Hettner in den «Blättern für literarische Unterhaltung» einen Aufsatz über «Ludwig Tieck als Kritiker». Bei der damaligen engen Freundschaft mit Keller darf angenommen werden, daß der Gedankengang der Untersuchung, ihre Folgerungen auch dem Dichter geläufig sind, seine Ansichten vielleicht beeinflussen [44]. In der Abhandlung weist Hettner die Vermutung zurück, daß Tiecks Literaturkritik ohne Wirkung auf die Kritik überhaupt geblieben sei; daß man sie geäußert hat, beweist ihm, «wie wenig man sich noch immer klar macht, wie verschiedene Zeitlagen auch verschiedene Arten und Richtungen der Kritik bedingen». Lessings Wirken beispielsweise läßt sich richtig verstehen nur, wenn man ihm die damaligen geschmacksverwirrten Zustände gegenüberstellt. Zu seiner Zeit war es Aufgabe der Literaturkritik, «eine falsche und verderbliche Geschmacksrichtung» zu beseitigen, das «wahrhaft Schöne» bewußt zu machen, auf Shakespeare und – mit Winckelmann – auf die Antike hinzuweisen. Lessings Literaturbetrachtung ist im eigentlichen Sinn Kritik, «d. h. Messen und Vergleichen des Bestehenden mit den Forderungen und Gesetzen der ewig mustergültigen Kunstwerke». Aber: «Die Tat Lessings ist für immer getan und kann nicht noch einmal getan werden»; ihr Ergebnis, die Kenntnis der Grundsätze von Kunst und Schönheit, ist im Besitz der Gegenwart. Damit wird die Aufgabe der Kritik in den folgenden Epochen eine doppelte: Sie muß als «negative Kritik» zwar immer noch werten, als «produktive Kritik» jedoch soll sie beim Leser das Kunstverständnis ausbilden, ihn dazu anleiten, «die Gesetze und Musterwerke der Kunst immer tiefer verstehen und geschichtlich begreifen [zu] lernen». Diese Kritik ist für Hettner «nichts anderes als die Ästhetik der Kunst als solcher», ihre Ausdrucksform ist die «Charakteristik der einzelnen großen Kunstwerke und Kunstepochen»; sie wird zur eigentlichen Kunst- und Literaturgeschichte und mündet schließlich in ein ästhetisches Lehrsystem, einen Index der großen Dichtung, wie es die tatsächliche historische Entwicklung zeigt: Nach Lessing begründen Herder und die Romantiker chronologisch angelegte Sammelwerke, Schelling und Solger die wissenschaftliche Ästhetik und Kunsttheorie. Daher der Auftrag des Kritikers, aus der Geschichte der Kunst zu lernen, wie umgekehrt «kein Kunsthistoriker ... sich eines dauernden Erfolges [wird] rühmen können, der die Geschichte der Vergangenheit nicht zugleich auch als eine Kritik der Gegenwart aufstellt [45]».

Dieser historisch orientierten Auffassung Hettners setzt Keller eine dynamischere entgegen. Er rüttelt zwar nicht an den klassischen Vorbildern, interpretiert aber den Satz Hettners, verschiedene Zeiten benötigten verschiedene Arten der Kritik, ganz anders. Wie Keller die Aufgabe der Kunstbetrachtung innerhalb des Fortschreitens der Zeit sieht, ist zu erschließen aus seinem Geschichtsbild. Im «Grünen Heinrich» äußert er: «Alles, was wir an unseren Gegnern verwerflich und tadelnswert finden, das müssen wir selber vermeiden und nur das an sich Gute und Rechte tun, nicht allein aus Gutmütigkeit und Neigung, sondern recht aus Zweckmäßigkeit und energischem geschichtlichem Bewußtsein [46]». In dem besonderen Fall der Literatur und Kunst bedeutet «geschichtliches Bewußtsein» das Verständnis dafür, daß «neu in einem guten Sinne ist ..., was aus der Dialektik der Kulturbewegung hervorgeht», aus der Besinnung auf «unser jetziges Bedürfnis», «den heutigen Gesichtskreis». Auch die Kritik ist diesem dialektischen Prozeß unterworfen, Urteil und Wertung erfüllen sich schließlich von selbst. Deshalb läßt er die «sehr malitiösen Strophen» über Gutzkow in der «Romanzen-Parodie auf Heine» lieber liegen: «Hauptsächlich dachte ich, wenn Gutzkow ein Esel ist, so wolle ich nicht auch einer sein und ihn seinem eigenen dialektischen Prozesse überlassen [47].»

Die «Dialektik der Kulturbewegung» führt dahin, daß die klassischen Vorbilder zwar «nicht annähernd erreicht oder glücklich nachgeahmt» sind, daß aber auch die «praktischen, ebenfalls klassischen Erfahrungen und Beobachtungen von Goethe, Schiller und Tieck» nichts mehr taugen vor «dem riesenschnellen Zerfall der alten Welt», in einer Gegenwart, die mit andern Mitteln dichterisch darzustellen ist, weil «veränderte Sitten und Völkerverhältnisse viele Kunstregeln und Motive bedingen, welche *nicht* in dem Lebens- und Denkkreise unserer Klassiker lagen, und ebenso einige ausschließen, *welche* in demselben seinerzeit ihr Gedeihen fanden». Diese Einsicht formuliert Keller noch einmal dreißig Jahre später: «Daß manche Momente in Leben und Kultur des allgemeinen Verlaufs der Geschichte wegen erst nach Schiller und Goethe einen prägnanten Ausdruck haben finden können, wird nicht besonders nachgewiesen zu werden brauchen [48].» Es ist aufschlußreich, daß Keller im «Grünen Heinrich» «den Rückschritt in der Geschichte», «die Reaktion» als eine «Unvollkommenheit des Fortschrittes» versteht und sie mit denselben Argumenten abtut, mit denen er Rosenkranz' «Ästhetik des Häßlichen» kritisiert: «So wenig die Physiker der Wärme gegenüber eine eigentümliche Kälte kennen, so wenig es dem Schönen gegenüber eine absolute dämonische Häßlichkeit gibt, wie die dualistischen Ästhetiker glauben, so wenig wie es ein gehörntes und geschwänztes Prinzip des Bösen, einen selbstherrlichen Teufel gibt, so wenig gibt es eine Reaktion, welche aus eigener innewohnender Kraft und nach einem ursprünglichen Gesetze zu bestehen vermöchte [49].» In der geschichtlichen Entwicklung erkennt Keller «nur *eine* wirkliche Bewegung, diejenige nach vorwärts»; diese Bewegung überträgt er auf die Geschichte der Poesie, die «nach dem unbekannten Neuen» trachten soll; dagegen: «Was ewig gleich bleiben muß, ist das Streben nach Humanität, in welchem uns jene Sterne, wie diejenigen früherer Zeiten, vorleuchten», schreibt er in einem Brief an Hettner in bezug auf das Drama der deutschen Klassik, und im ersten Gotthelf-Aufsatz nennt Keller dieses Ziel: «Ewig sich gleich bleibt nur das, was rein menschlich ist, und dies zur Geltung zu bringen, ist bekanntlich die Aufgabe aller Poesie ...»; im Brief an Hettner fährt Keller fort: «*Was* aber diese Humanität jederzeit umfassen solle: dieses zu bestimmen, hängt nicht von dem Talente und dem Streben ab, sondern von der Zeit und der Geschichte», d. h. das Menschliche «kann sich nur in der beständigen Verschränkung mit einer bestimmten kulturellen Situation bezeugen [50]».

«Die Zeit» als bloßen Vorwurf für die Dichtung beurteilt Keller jedoch unterschiedlich, und das «Zeitgemäße» ist für ihn nicht immer das entscheidende Kriterium bei der Bewertung eines literarischen Kunstwerks. «Was lebendig ist, ist immer zeitgemäß», schreibt er einmal und deutet damit an, daß dem Kunstwerk aus Kräften, die in ihm selbst liegen, seine Aktualität zukommt [51]; zur dritten Auflage des «Sinngedichts» bemerkt er: «Der Lichtblick, der das Buch zu treffen scheint, ist um so erfreulicher, als er einmal ein nicht der Tagesmode, namentlich der französischen, huldigendes Produktchen gewählt hat [52].» Daß die Darstellung des Zeitgemäßen nicht der alleinige Zweck des dichterischen Werks sein dürfe, äußert Keller beim Erscheinen der «Sieben Legenden»: «Ich glaubte», schreibt er an Vischer, «die Freiheit der Stoffwahl ... zu behaupten gegenüber dem Terrorismus des *äußerlich* Zeitgemäßen». In einem Brief an Emil Kuh erwähnt er «die Despotie des Zeitgemäßen in der Wahl des Stoffes [53]». Nach Vollendung des «Grünen Heinrich» versichert er dem Verleger: «... der Grundstoff des Buches ist gut, ursprünglich und zeitgenössisch»; den «etwelchen Erfolg» der «Legenden» dagegen begründet er mit «dem unversehenen Abspringen des Büchleins auf einen weltbekannten und doch so zur Seite liegenden Stoff», und: «Wo wird denn das sogenannte Zeitgemäße meistens bleiben, wenn die Zeit oder das Zeitlein vorüber ist? [54]» «Dietegen» wird für die zweite Auflage der «Leute von Seldwyla» umgearbeitet, «weil die ursprüngliche Komposition doch gar zu absonderlich war und nicht in die Zeit gepaßt hätte», während er sich in den «Legenden» die «Wahrung freier Bewegung in jeder Hinsicht» vorbehält [55], «Das verlorene Lachen» wiederum, das ja sehr nahe an der geschichtlichen Wirklichkeit steht, «ganz modern und zeitgemäß, wie man zu sagen pflegt», nennt [56]. Die «Entlegenheit» seines «Genres», die Rücksicht auf Verleger und Leser kann ihn sogar veranlassen, das Zeitgemäße ausdrücklich in die Novellen hineinzunehmen, weil sonst «dem großen Publikum, das an die modernen Sozialstoffe gewöhnt ist, die Sache zu weitschichtig würde [57].»

In welchem Maß der Dichter sich den Bedingungen des Zeitgeschmacks und der stofflichen Vorliebe seiner Zeitgenossen unterwerfen soll, bestimmt Keller anhand der Dramen Shakespeares: «Es gibt in Shakespeare gewisse einzelne gewaltige Szenen, welche von aller Zeitkultur und ihrem Anhängsel entkleidet, nackt und erhaben an uns herantreten und zu uns sagen: *Wir* sind die wahren Proben von seinem Herzblute ... Dieses sind die wahren genialen Züge, welche man ablauschen muß, und nicht die Willkürlichkeit und Zufälligkeit in Behandlung und Zeitwitz. In den äußerlichen Dingen ... muß der Dichter sich allerdings der theoretischen und praktischen Bildung seiner Zeit unterwerfen und sich mit ihrem Bedürfnisse fortentwickeln. Will er aber auf die Sterne der Vergangenheit zurückschauen und sich an ihnen stärken und Rats erholen, so muß er sich an diese *stofflichen* Lichtblicke halten und zu ergründen suchen, *was* sie mit Vorliebe für schön und imposant gehalten haben. Nur eine Vergleichung in diesem Sinne wird wirklich fruchtbar sein [58].»

Neue Erfahrungen jedoch, der von Keller erwähnte «freie Prozeß der Kritik» und die «notwendige Entwicklung des Geschmacks» führen zu neuen dichterischen Motiven, die fortwährend sich verändernde historische Situation wirkt auf die Darstellungsweise der Poesie und von dieser zurück auf die Gesellschaft. Es entspricht Kellers Auffassung von einer positiven, auf die Weiterentwicklung der Kunst gerichteten Kritik, wenn er gewisse Werke der Literatur verwirft, weil die Kritik in ihnen keinen Anhaltspunkt für «eine gesunde Bewegung» findet. Das trifft auch auf die bildende Kunst zu; Hermann Hettner schreibt der Dichter: «Den versprochenen Aufsatz über die Berliner Ausstellung habe ich nicht geschrieben. Die Ausstellung ist ein solcher Ausdruck einer inneren geistigen Armut und Bettelhaftigkeit ..., daß nichts zu sagen war als etwa über diese Armut selbst. Und dazu fühlte ich mich nicht aufgelegt, da ich mich nun lieber der positiven Beschäftigung zuwende [59].» Zum Anfang dieses Kapitels leitet es zurück, wenn Keller anderseits feststellt, daß auch die Kritik versagen und der Künstler gezwungen sein kann, sie durch Selbstkritik zu ersetzen, und in einer Bildbesprechung schreibt: «Es leistet diese Arbeit ... den Beweis, daß unser Maler ... an einer weitern Entwicklung zu schaffen und seine Kunst und Art fortwährend neu zu prüfen nicht müde wird ... Während aber ein solches Schauspiel auch für die Kunstbetrachtung interessant und instruktiv sein sollte, geschieht es im Gegenteil oft, daß das Urteil dem rastlos übenden Künstler nicht zu folgen vermag und der frühere Freund und Gönner bei überraschenden Wendungen verdrießlich den Kopf schüttelt und den Pachtschilling seines Lobes zu entrichten zögert [60].»

ZWEITES KAPITEL

GOTTFRIED KELLERS SICHT DER ANTIKE
UND DER DEUTSCHEN KLASSIK

Gottfried Keller lernt die antike Welt aus zweiter Hand, durch Übersetzungen und die Vermittlung der deutschen Klassik kennen. Aber ein ursprüngliches Verhältnis, das bloßer Gelehrsamkeit überlegen ist, wiegt sein Autodidaktentum bei weitem auf. Er hat Italien und Griechenland nie mit eigenen Augen gesehen; doch schon der angehende Maler schreibt 1841 aus München, er habe sich vorgenommen, «das alte Paradies» zu durchwandern, wenn er in seiner Kunst *vollkommen* Meister» sei und «die göttliche Natur und alle Schätze dort im *vollsten,* unbekümmerten Maße genießen» könne. Noch den alternden Dichter ergreift die Sehnsucht nach dem klassischen Boden; Ende 1877 schreibt er Wilhelm Petersen: «Ich selbst fange an darauf zu denken, wie ich gelegentlich nach Hesperien gelangen soll»; 1881 antwortet er auf eine Einladung Paul Heyses: «Dein Lockruf nach dem Süden hat mir das alte Herz dreimal im Leibe umgedreht. Allein bereit sein ist alles, und ich bin es nicht. Italien zu sehen ist leider eine so merkwürdige Unterbrechung für mich, daß sie auch unberechenbar ist. Wenn es mir auch nicht ginge wie dem Wilhelm Waiblinger, so muß ich doch vorher einen bestimmten Arbeitsabschnitt hinter mir haben». Dem Erlebnis Italiens, das ihm verwehrt geblieben ist, setzt Keller – im Blick auch auf die Reiseschriftsteller – energische Beschränkung auf die Heimat entgegen: «Wer es haben kann, der gehe auch sein Jahr nach Italien, wer's aber nicht haben kann, der halte sich darum nicht für einen unglückseligen Tropf, sondern mache sich Haus und Garten zu seinem Morgen- und Abendland [1].»

Die Bibliothek des Dichters enthält viele Werke antiker Autoren und der Altertumswissenschaft, z. B. die Schriften Aristoteles' und Onckens Buch über den Philosophen, die Epen Homers und die Dramen Sophokles', Aristophanes und Lucian sind vertreten, Gibbon, Georg Hoyns «Alte Welt» und die Abhandlung Woermanns über den «Landschaftssinn der Griechen und Römer». Wir wissen, daß Keller in Heidelberg die antiken Schriftsteller «in guten Übersetzungen» liest und in Berlin seine «Leselücken» ausfüllt: «So habe ich die alte Daciersche französische Übersetzung des Plutarch durchgelesen und kann nun gar nicht begreifen, wie man, ohne Plutarch zu kennen, habe existieren können. So geht es einem mit dieser verfluchten Autodidakterei [2].»

Mit welchem Ernst er die Antike studiert, was für eine Quelle der Belehrung er in ihr findet, geht aus dem Vorwort Kellers zu dem von ihm betreuten Schullesebuch hervor; als Herausgeber will er den Einblick des jugendlichen Lesers «in die dramatische Welt durch Aufnahme von Auszügen antiker Tragödien» erweitern: «Äschylos und Sophokles dürften manchenorts einiges Bedenken erregen wegen mangelnden Verständnisses. Wenn es aber Tatsache ist, daß die deutsche Bibel Jahrhunderte lang das einzige klassische Lesebuch des Volkes gewesen ist und letzteres trotz allen Mangels an philosophischer und archäologischer Erklärung aus ihr allein die Kraft seiner Sprache und seinen Mutterwitz hat nähren müssen, so läßt sich hoffen, daß auch aus den klassischen Denkmälern der Profanliteratur manch stiller Jüngling in den Volkshütten einen geistigen Gewinn ziehe, der ihm sonst versagt ist ... Für die einfache Größe jener Alten ist vielleicht mehr Empfänglichkeit in dem brachen Grunde der jungen Volkswelt vorhanden als auf den vielbearbeiteten Kulturhöhen ...» In diesem Zusammenhang ist zu lesen, was Keller in «Am Mythenstein» über die Anfänge eines Volksschauspiels und das Kunst-Drama sagt: «Mag das Talent sich mittlerweile an dem bestehenden Theaterwesen fortüben; was aus dem Geiste kommt, geht nie verloren. Auch Euripides lebt noch [3].» Der gleiche Gedanke liegt dem Vergleich von Gotthelfs Werken mit antiker Dichtung zugrunde (eine Parallele, deren sich Keller ähnlich in einer brieflichen Äußerung über Auerbachs Drama «Andreas Hofer» bedient, wo er das Verhältnis zwischen den zerfallenen Gatten von «wahrhaft antiker Größe» nennt) – ein Vergleich, der den Berner Dichter charakterisiert und Kellers Auffassung von der Poesie der Antike überhaupt sichtbar macht. Er scheint ihm erlaubt, weil es sich etwa bei Homer und Gotthelf um ursprüngliche, d. h. klassische Dichtung handelt, während er von vornherein ausschließt, daß es die Absicht Leutholds, «der sonst soviel Geschmack zeigt», gewesen sein könnte, in seinem Epos «Penthesilea» «mit Homer zu wetteifern» (vgl. S. 384). Keller findet zahlreiche «epische, lyrische und dramatische Momente der schönsten Art» in Gotthelfs Büchern, für die ihm nur jene Epitheta zuzutreffen scheinen, die sonst auf Homer und die griechische Tragödie angewendet werden. An der Begegnung Vrenelis, das von einer Taufe heimkehrt, mit Uli (in «Uli der Pächter») rühmt er «die einfache, wahrhaft antike Schönheit dieses Moments»; die Beerdigungsszene in «Hans Joggeli der Erbvetter» erweckt eine «elegische Stimmung»; Felix (in «Die Käserei in der Vehfreude») wird mit einem «wahrhaft antiken Wagenlenker» verglichen, die Männer aus der Vehfreude erinnern an «die Homerschen Helden». Die Brautwerbungsnovellen Gotthelfs geben Keller die Idee zu einem Lustspiel, dessen «Hauptinhalt die antike Gestalt eines schlauen und erfindungsreichen Freiers» sein soll. Noch im 20. Jahrhundert kann sich eine Betrachtung Gotthelfs auf Keller stützen, die Feuersbrunst in «Geld und Geist» z. B. als eine «dramatische Handlung im homerischen Sinne Kellers» begreifen und beweisen, daß Kellers Kritik erfaßte, was Gotthelf und Homer verbindet: die Zeitlosigkeit des Daseins, wie es in ihren Werken dichterisch dargestellt ist [4].

Kellers Einfühlung in die Antike bezeugt auch die Stelle über Homer im «Grünen Heinrich»; in einem Brief erwähnt Theodor Storm, ein Freund habe von dem «schönen Wort über Homer» gesagt: «Wie anders ist es doch, wenn so einer sich über dergleichen ausspricht, als wenn die Gelehrten über die alten Dichter reden!»

Heinrich Lee, der sich mit Werken über antike Architektur, Goethes «Italienischer Reise» beschäftigt, Römers Bericht «von den Menschen und Sitten und der Vergangenheit Italiens» vernimmt, wird durch den Maler auf Homer hingewiesen: «Im Anfange wollte es nicht recht gehen, ich fand wohl alles schön, aber das Einfache und Kolossale war mir noch zu ungewohnt und ich vermochte nicht lange nacheinander auszuhalten. Am meisten fesselten mich nur die bewegtesten Vorgänge, besonders in der Odyssee, während die Ilias mir lange nicht nahe treten wollte. Aber Römer machte mich aufmerksam, wie Homer in jeder Bewegung und Stellung das einzig Nötige, Angemessene anwende, wie jedes Gefäß und jede Kleidung, die er beschreibe, zugleich das Geschmackvollste sei, was man sich denken könne, und wie endlich jede Situation und jeder moralische Konflikt bei ihm bei aller fast kindlichen Einfachheit von der gewähltesten Poesie getränkt sei. ‹Da verlangt man heutzutage immer nach dem Ausgesuchten, Interessanten und Pikanten und weiß in seiner Stumpfheit gar nicht, daß es gar nichts Ausgesuchteres, Pikanteres und ewig Neues geben kann als so einen homerischen Einfall in seiner einfachen Klassizität! Ich wünsche Ihnen nicht ..., daß Sie jemals die ausgesuchte pikante Wahrheit in der Lage des Odysseus, wo er nackt und mit Schlamm bedeckt vor Nausikaa und ihren Gespielen erscheint, so recht aus Erfahrung empfinden lernen! ›»

Wirklich gerät Heinrich in diese Lage, als der Küster und Dortchen ihn in der gräflichen Kapelle auffinden, und es scheint, daß Keller in der Begegnung Odysseus' mit der Königstochter eine immer wiederkehrende Situation im menschlichen Dasein gestaltet sieht, wie er in diesem Augenblick den Leser ja an Homer erinnert: «O, dachte [Heinrich], da es noch hie und da eine Nausikaa gibt, so werde ich auch mein Ithaka noch erreichen. Aber welch närrische Odysseen sind dies im neunzehnten Jahrhundert christlicher Zeitrechnung!»

Gestalten und Episoden aus der «Odyssee» und Reminiszenzen an antike Kunst dienen Keller aber auch dazu, ein komisches Erlebnis zu schildern, wobei die Szene durch die eigentliche Unangemessenheit des Vergleichs humorvoll und lebendig wird. In einem Brief erzählt er von seinem Besuch bei zwei Damen der Zürcher Gesellschaft, die mit ihm Likör trinken; die eine lagert sich «wie eine etrurische Dame auf dem Wandgemälde einer antiken Grabkammer»: «Es war eine Weile ganz still; bald aber erschienen mir die Damen wie zwei Schatten aus der Unterwelt, welche warmes Hammelblut trinken müssen, um zu etwas Seele zu kommen. Ihre Blicke schienen sich glühend und gierig auf meine unglückliche Korpulenz zu richten ...» Ein paar Monate später vergleicht er Ludmilla Assings freudlose Ehe mit der Geschichte von Sappho und Phaon.

Ergebnis der Homer-Lektüre ist Heinrichs wachsendes Verständnis für den besondern Stil eines Dichters: «Da es mir einmal bestimmt schien, immer ruckweise und durch kurze Blitze und Schlagwörter auf eine neue Spur zu kommen, so bewirkten diese Andeutungen Römers, besonders diejenigen über das Pikante, mehr als wenn ich den Homer jahrelang so für mich gelesen

hätte. Ich war begierig, selbst dergleichen aufzufinden, und lernte dadurch mit
mehr Bewußtsein und Absicht lesen.» Noch während der Arbeit an «Martin
Salander» notiert sich Keller: «In Stil und Komposition (antik) ruhig zu halten, getragen, ohne Leidenschaft und Polemik, bei der Lektüre Homers gedacht.» Aus Homer nimmt Keller die Beispiele für die erwähnte Kritik von
Lessings Bemerkung über das «malerische Schilderungswesen» im «Laokoon»;
«die innere Sehkraft» des Hörers, meint Keller, sei schon zur Zeit Homers so
ausgebildet gewesen, daß sie die gründliche Beschreibung von Gestalten und
Landschaften leicht habe verarbeiten können: «Homer beschrieb die Gärten
des Alkinous, das Haus vollständig, eh' er die Handlung weiterführte, und den
Spion in der ‹Ilias› kostümierte er mit den grauen Otterfellen ruhig fertig.»

Homer ist für Keller eine unverrückbare Größe. In einem Brief an Emil
Kuh schreibt er einmal vom Neid der Schriftsteller als einer Macht in der
Geschichte der Literatur, die sich über Jahrtausende hin erhalten habe: «Ja
über Jahrtausende! Denn ich habe selber einen mehr als Bruchstück gebliebe-
nen Epiker unserer Tage, der auf Homer jaloux war, einmal den letzteren ärgerlich ‹dieser Mann› nennen hören, als ob er jetzt und in der gleichen Straße
mit uns lebte [5].»

Am antiken Beispiel erklärt Gottfried Keller auch ein Ideal des vaterländischen Politikers; im Tagebuch vom September 1847 nennt er einige Mitglieder
der Zürcher Regierung, deren jedes für ihn Vorbild «eines bewußten und besonnenen Menschen» ist, «der das Heil schöner und marmorfester Form auch
in politischen Dingen zu ehren weiß und Klarheit mit Energie, möglichste
Milde und Geduld, die den Moment abwartet, mit Mut und Feuer verbunden
wissen will». Diese Männer strafen die Klage, «die antike Tugend sei verschwunden», Lügen: sie sind dafür «die glänzendsten Beispiele, nur im modernen Gewand». Mehr als dreißig Jahre später schreibt er im Manuskript der
Niklaus-Manuel-Rezension über die Ämterlaufbahn des Malers und Dichters,
der Landvogt, Ratsherr, Venner und Gesandter Berns bei andern Orten der
Eidgenossenschaft war: In einem solchen Aufstieg liege etwas «sozusagen einfach Antikes», wie es der Staat «schon in der alten Welt» vom Bürger gefordert habe. Die beiden Wendungen erscheinen im Druck nicht – vielleicht weil
Keller, obschon das Bild antiken Staatslebens noch lebendig ist in ihm, die tatsächlichen Verhältnisse nicht genügend zu kennen glaubt [6].

Die Verwendung der Begriffe «klassisch» und «antik» überschneidet und
deckt sich vielfach bei Keller. In Briefen an Paul Heyse und J. V. Widmann
z. B. ist die Rede von «antiken» Dramenstoffen und der entsprechenden Ko-
stümierung (siehe S. 178–180). Hier bedeutet «antik» offenbar, daß der Stoff
einer bestimmten Epoche entnommen ist, ohne daß etwas über seine Gestaltung in den betreffenden Dramen ausgesagt wäre; gleichzeitig zielt Keller damit auf die französische klassische Tragödie ab, die als komplexes Ganzes gilt,
innerhalb dessen jedoch die Antike einen genau definierbaren Platz und eine
feste Verwendungsweise hat [7].

Die Bedeutungen des Terminus «klassisch» bei Keller lassen sich am sonstigen Wortgebrauch ablesen: In der letzten Gotthelf-Rezension erhält er den Sinn von «mustergültig», oder Börne zeichnet sich aus durch «klassische Einfachheit», was gleichgesetzt ist mit «simpler und kindlicher Gerechtigkeitsliebe»; «klassisch» ist früh schon identisch mit «schön», «kunstgerecht» als Ergebnis ernsthafter künstlerisch-handwerklicher Ausbildung. Im «Grünen Heinrich» ist von den «schönen und durchdachten Formen» die Rede, von der «einfachen Größe der klassischen Gegenstände»; für die bildende Kunst wie für die Dichtung kann das Werturteil «klassisch» eine Steigerung von «gut» bedeuten. Oft bekommen der Begriff und das Wortfeld, in dem er steht, ihren eigentlichen Sinn, indem sie vom Gegenteil abgesetzt werden, so in der Beschreibung der «Zelle», die der junge Lee sich einrichtet: «Das Anmutige und Gesunde und das Verzerrte und Sonderbare, Maß und Willkür brodelten durcheinander und mischten sich oder schieden sich in Lichtblicken aus [8].»

Von einem Bild kann Keller sagen, es wehe «ein Hauch des alten, klassisch heitern Götterdienstes uns an». Und für die Beschreibung der Bilder von Ferdinand Lys verwendet er einen Wortschatz, der hauptsächlich dem Bereich des Klassisch-Antiken angehört. Eine Königin im Bad ist «mit wahrhaft klassischer Liebe und Kindlichkeit» ausgeführt; die Gruppe der «Spötter» um einen «antiken Marmortisch» erscheint besonders ausdruckskräftig: sowohl «die goldene sonnige Bildhauerarbeit an dem alten Marmortische» wie die Gestalten selbst sind «so zweifellos, breit und sicher und doch ohne alle Manier und Unbescheidenheit, sondern aus dem reinsten naiven Wesen der Kunst und aus der Natur herausgemalt, daß der Widerspruch zwischen diesem freudigen, kraftvollen Glanz und dem kritischen Gegenstand der Bilder die wunderbarste Wirkung [hervorruft]. Dies klare und frohe Leuchten der Formenwelt [ist] Antwort und Versöhnung, und die ehrliche Arbeit, das volle Können, welche ihm zu Grunde [liegen, sind] der Lohn und Trost für den, der die skeptischen Blicke der Spötter nicht zu scheuen [braucht] oder sie tapfer [aushält].» In vollkommener Weise beherrscht Lys auch die menschliche Figur: er zeichnet sie «in einem Zuge, langsam, fest und edel, gleich dem Zuge des Schwanes auf dem glatten Wasserspiegel [9]». Die Wortwahl in diesen Beschreibungen entspricht weitgehend den Formulierungen, die stets verwendet werden, wenn es darum geht, die Erscheinung des Klassischen zu fassen, sei es in der Dichtung, der bildenden Kunst oder der Musik [10].

Im «Grünen Heinrich» finden sich vielerlei Reflexe der Welt des klassischen Altertums, Italiens und Griechenlands. Die Antike in ihrer umfassendsten, auch emotionalen Bedeutung scheint überall dort durch, wo im Roman die Gestalt Judiths in die Szene tritt. In ihr wird uraltes heidnisch-antikes Wesen lebendig. Freilich braucht es sich nicht immer um solche Beschwörung zu handeln, wenn der Dichter den Leser an griechische und römische Kultur oder Mythologie erinnert; die Vergleiche können, wie im oben zitierten Brief, ironisch gemeint sein: Während der Restauration gehen die Frauen im Pfarrhaus von Heinrichs Heimatdorf «im griechischen Kostüm der Kaiserzeit» als «weißumflorte Göttergestalten» einher; die idealistischen Berufsleute in Zürich, zu denen Heinrichs Vater gehört, lassen sich vom neugriechischen, aber durch das Bild des alten Hellas überglänzten Freiheitskampf begeistern, «welcher auch hier, wie überall, zum ersten Mal in der allgemeinen Ermattung die Geister wieder erweckte und erinnerte, daß die Sache der Freiheit, diejenige der ganzen Menschheit sei. Die Teilnahme an den hellenischen Betätigungen verlieh auch den nicht philologischen Genossen zu ihrer übrigen Begeisterung einen edlen kosmopolitischen Schwung und benahm den hellgesinnten Gewerbsleuten den letzten Anflug von Spieß- und Pfahlbürgertum.» Heinrichs Neugier für den Haushalt und den Trödlerladen der Frau Margret vergleicht Keller mit «dem Chorus in den Schauspielen der Alten»; später, in den anthropologischen Vorlesungen, gemahnt ihn die Entwicklung des Nervensystems an die mythologische Proteusfigur: «Bald Gesicht, bald Gehör, bald Geruch, bald Gefühl, jetzt Bewegung und jetzt Gedanke und Bewußtsein, und doch bezwingbar wie Proteus, sich in seiner wahren Gestalt zu zeigen, wenn man das seltsame Wesen unerschrocken greift und festhält [11].»

Weit stärker also steht Judith im Bann der antiken Welt. Heinrich tritt sie mit einer Last Äpfel in der Schürze entgegen, «wie eine reizende Pomona»; auf einem Gang über den Berg mit Anna, den Basen und Vettern begegnet er «der schönen Judith unter einer dunklen Tanne, deren Stamm wie eine Säule von grauem Marmor emporstieg». Ist schon hier der Gegensatz zur ätherischen und wie durchsichtigen Anna angedeutet, so wird er Heinrich noch deutlicher bei der Betrachtung und beim Kopieren von Römers Bildern bewußt; sie lassen zwar vereinzelt, mit ihren Kastellen und Zypressen, Klöstern und Villen, den Szenen aus dem Volksleben, an ein eher romantisches Italienerlebnis denken, bieten aber auch Beispiele für den Zauber griechischer Baukunst: «Ich empfand wieder Poesie», schreibt Heinrich, «wenn ich das weiße, sonnige Marmorgebälke eines dorischen Tempels vor blauem Himmel abheben mußte. Die horizontalen Linien an Architrav, Fries und Kranz, sowie die Kannelierungen der Säulen mußten mit der zartesten Genauigkeit, mit wahrer Andacht, leis und doch sicher und elegant hingezogen werden; die Schlagschatten auf diesem weißgoldenen edlen Gestein waren rein blau, und wenn ich den Blick fortwährend auf dies Blau gerichtet hatte, so glaubte ich zuletzt wirklich einen leibhaften Tempel zu sehen. Jede Lücke im Gebälke, durch welche der Himmel schaute, jede Scharte an den Kannelierungen war mir heilig und ich hielt genau ihre kleinsten Eigentümlichkeiten fest.» Unter Römers Aquarellen befindet sich manche Studie «einer schönen vollen Römerin oder Albanerin», die Judiths Bild in ihm hervorrufen, das dann der Erscheinung Annas weichen muß: «Wenn ich eine blendend weiße Säulenreihe ansah und mit lebendiger Phantasie das Weben der heißen Luft zu fühlen glaubte, in welcher sie stand, so schien Judith plötzlich hinter einer Säule hervorzutreten, langsam die verfallenden Tempelstufen herabzusteigen und, mir winkend, in ein blühendes Oleandergebüsch zu verschwinden, unter welchem eine klare Quelle hervorfloß. Folgten meine Gedanken aber dahin, so sahen sie Anna im grünen Kleide an der Quelle sitzen ...» Diese Begegnungen mit Judith, der «Vorwurfslosigkeit» ihrer Weiblichkeit, wie sie sich «sicher und frei» bewegt, der Anblick ihrer Brust, die «still und groß» aus dem Gewand steigt, münden in das Erlebnis des erfüllten Augenblicks: «... wir waren gleich alt oder gleich jung in diesem Augenblicke, und mir ging es durch das Herz, als ob ich jetzt jene schöne Ruhe vorausnähme für alles Leid und alle Mühe, die noch kommen sollten. Ja dieser Augenblick schien so sehr seine Rechtfertigung in sich selbst zu tragen, daß ich nicht einmal aufschreckte, als Judith ... ein zusammengefaltetes Blatt hervorzog» – Heinrichs Liebesbrief an Anna. Und später heißt es: «Das Vollkommene hat in dem Augenblicke seinen ganzen Wert, wo es geworden ist, und in diesem Augenblicke liegt eine Ewigkeit, welche durch eine Dauer von Jahren nur weggespottet wird ...»

Diese kurze Weile der Erfüllung bedeutet auch ein Aufgehen des Menschen in der Natur, wodurch aber schon die Vorahnung ihrer Vergänglichkeit sich regt und die Schönheit der Frau in einer ihr zuerst selbst nicht bewußten, unheimlichen Dämonie erscheint. Auf dem nächtlichen Spaziergang entfernt Judith sich von Heinrich: «Es war mir zu Mute, wie wenn Judith sich aufgelöst hätte und still in der Natur verschwunden wäre, in welcher mich ihre Elemente geisterhaft neckend umrauschten.» Als Judith aus dem Wasser steigt, ist sie «wie fabelhaft vergrößert und verschönt, gleich einem überlebensgroßen alten Marmorbilde», und von fern erinnert die Szene an den Mythos des lebendig gewordenen Venus-Standbildes. Aber das Unheimliche wird aufgehoben durch die Selbstverständlichkeit, mit der Judith sich Heinrich zeigt und in der die Schuldlosigkeit der Antike heraufbeschworen wird, die erst in Verlegenheit umschlägt, als Heinrichs Zurückweichen ihr das Ungewöhnliche des Auftritts zum Bewußtsein bringt: sie schlüpft «wie der Blitz» in ihre Kleider, und er fühlt sich genötigt, «die Schuld dieses Abenteuers» allein auf sich zu nehmen. Die Szene in der Heidenstube ist doppelt ergreifend, weil es daneben bei Keller auch die nichtssagende «klassische» Schönheit gibt, hohl und trügerisch: Myrrha Glawicz im «Martin Salander», und komisch ist es, wenn der heimlich in sie verliebte Salander ausruft: «Es ist doch, bei Gott! eine schöne Sache um das Schöne, das klassisch Schöne!» Hier ist dann die mögliche Bedeutungslosigkeit eines solchen Urteils aufgedeckt [12].

Sein Verhältnis zur Antike, das Bild, das von ihr in die Dichtung übergeht (etwa in die Schilderung spätantiken Lebens in den Legenden «Eugenia» und «Dorotheas Blumenkörbchen») charakterisiert Keller mittelbar auch durch jene Erkenntnis, die Heinrich Lee aus seinem «Selbstunterricht in der Geschichte» gewinnt: «Erstlich gewöhnte er sich gänzlich ab, irgend einen entschwundenen Völkerzustand, und sei er noch so glänzend gewesen, zu beklagen, da dessen Untergang der erste Beweis seiner Unvollständigkeit ist. Er bedauerte nun weder die beste Zeit des Griechentums noch des Römertums, da das, was an ihr gut und schön war, nichts weniger als vergangen, sondern in jedes bewußten Mannes Bewußtsein aufbewahrt und lebendig ist und in dem Grade, nebst anderen guten Dingen, endlich wieder hervortreten wird als das Bewußtsein der Menschengeschichte, d. h. die wahre menschliche Bildung allgemein werden wird. Insofern bestimmte Geschlechter und Personen die Träger der Tugenden vergangener Glanztage sind, müssen wir ihnen, da diese Hingegangenen Fleisch von unserem Fleische sind, den Zoll weihen, der allem Wesentlichen, was war und ist, gebührt, ohne sie zurückzuwünschen, da sonst wir selbst nicht Raum noch Dasein hätten. Sodann lernte er die unruhigen Gegensätze von Hoffnung und Furcht ... ausgleichen.»

Diese geschichtsobjektive und abgeklärte Haltung berechtigt den Dichter, in einem «Venus von Milo» betitelten Epigramm den verständnislosen Kult der Antike und die leicht lüsterne Antikenverehrung zu verspotten. In einem Brief an Petersen erläutert er «die innere Bedeutung» der Verse: «Ich habe beobachtet, wie überall von Philistern und Unberufenen jetzt mit Vorliebe die arme Frau von Milo aufgepflanzt wird, um Bildung und Schönheitssinn zu bekunden, weil sie hören und sehen, daß die Figur so hoch gehalten wird. Zugleich verschaffen sie sich dadurch ungestraft eine fortwährende banale Augenweide; denn jenen Zweck könnten sie auch durch Anschaffung der Juno Ludovisi, des Zeus von Otricoli oder einer andern schönen Antike erreichen. Aber das wissen sie eben nicht. ‹Die Meyers haben de Venus, so müssen se die Itzigs auch haben› usw.» Der Schluß des Epigramms versetzt dann die Göttin auch «aus einer obskuren und unwürdigen Umgebung heraus» in «den Glanz des Mittelmeeres und ihres ehmaligen Marmortempels [13]». Kellers Wort: «Ohne innere und äußere Achtung gedeiht nichts Klassisches» erscheint hier abgewandelt in der Bedeutung: «... ist auch die schönste antike Statuette bloß ein Zierstück auf dem Kaminsims der großbürgerlichen Wohnung.» Diese Ehrfurcht aber ist wie das eigentliche Verständnis für antike Kunst den Künstlern vorbehalten, die Laien und Dilettanten – wie Petersen, dem Keller die Absicht das Epigramm erklären muß – bleiben an der Oberfläche. Ein Beispiel dafür, wie ein Künstler sich in die Antike einfühlen kann, sind dagegen Rottmanns Fresken in den Arkaden des «Hofgartens» und seine griechischen Landschaften in der «Neuen Pinakothek» zu München, der Stadt, die den einfahrenden Heinrich Lee mit ihren griechischen Giebelfeldern, Säulen und Hallen im Abendschein empfängt und wo das bunte Leben des Künstlerfestzugs Erinnerungen an Griechenland weckt. Rottmanns Arbeiten erscheinen «auf eine maßgebende und bleibende Weise» gelungen, «daß die Griechen, deren plastischem Auge unsere heutige Landschafterei wahrscheinlich ungenießbar wäre, diese Bilder verstanden und genossen und darin unserer Zeit einen Vorteil beneidet hätten».

Diese Beobachtung Kellers zeigt, einen wie klugen öffentlichen Rezensenten seiner griechischen Reiseskizzen Hermann Hettner im Dichter gefunden hätte, wie organisch Kellers kritische Bemerkungen über Hettners Buch aus einer umfassenden Anschauung der Antike hervorgegangen sind (siehe S. 190 f.) [14].

In einem Brief schreibt Adalbert Stifter, dem wie Keller das klassische Maß, die «reine und klare und durchsichtige» Form, «die Größe, die Einfalt und der Reiz der Antike» als Ideale der Dichtung erscheinen und für den die Antike ein ewig gültiges Muster ist, die zur Chiffre wird: «Die Griechen hatten das Wort ποιέω (ich mache) für Dichten. Wie bezeichnend! Gestalten muß man machen, nicht Worte.» In ähnlicher Weise wählt Gottfried Keller die antike Tragödie zum Vorbild für seine dramatischen Pläne und nimmt sich die «möglichste Übersicht und Voraussicht des Zuschauers alles dessen, was kommt und wie es kommt», vor. Das ist fast ein Modell des dramatischen Aufbaus, der Form, welches ihm auf dem Theater der deutschen Klassik wiederbegegnet. In Berlin hält er ausdrücklich fest, daß die «klassischen Dokumente»: Lessings «Hamburgische Dramaturgie», Goethes und Schillers «Erfahrungen und Beobachtungen», aber auch ihre «Meisterdichtungen», die «klassischen Muster» das dramatische Schaffen der Gegenwart «fast» nur noch in formaler Hinsicht berühren – weil jetzt «Kunstregeln und Motive», welche nicht «in dem Lebens- und Denkkreis unserer Klassiker lagen», erforderlich seien (siehe S. 133–135, 278 f.).

Keller hat aber aus der deutschen Klassik – und das heißt für ihn: Goethe und Schiller, ihr Werk und ihre geistige Individualität – ästhetische Einsichten gewonnen, die seinem eigenen Dichten sichtbare Impulse geben. Goethe vor allem ist für den jungen Gottfried Keller auch ein persönliches Problem gewesen.

Man hat, bei allem Zweifel an einer «fraglos vorausgesetzten Vergleichbarkeit», die Hingabe an die Wirklichkeit und freie dichterische Gestaltung dieser Wirklichkeit als das Verbindende zwischen Goethe und Keller erkannt und die von Keller wahrscheinlich immer empfundene Verwandtschaft vor allem aus ihrem Verhältnis zum Sehen im eigentlichen Sinn hergeleitet. Kellers Hymnus auf das Licht, das «den Sehnerv gereift und ihn mit der Blume des Auges gekrönt [hat], gleich wie die Sonne die Knospen der Pflanzen erschließt», erinnert an Goethes Ausspruch von der Sonnenhaftigkeit des Auges, und nicht umsonst ist kurz vor dieser Stelle im «Grünen Heinrich» die Rede von Goethe: «Welch ein Unterschied ist zwischen dem theosophischen Phantasten, der immerdar von der Quelle des Lichtes als von einem irgendwo ins Zentrum gesetzten sprühenden Feuertopfe spricht, und zwischen dem sterbenden Goethe, welcher nach mehr Licht rief, aber ein besseres Recht dazu besaß als jener, der sich nie um einen wahrhaften wirklichen Lichtstrahl bekümmert hat.» Goethe und Keller stehen – auch wenn der Schweizer Dichter von den malerischen Versuchen des deutschen Klassikers, soweit er sie kennt, nicht eben viel hält – in der Tradition jener Künstler, die wie Dürer «das

Gesicht» für «den alleredelsten Sinn des Menschen» halten; wie Dürer, wie Winckelmann, wie Goethe besitzt Keller «Kraft, Schärfe, Helligkeit und Sachlichkeit dieses Sehens». Das bezeugt nicht nur das späte Gedicht auf die Augen, die «lieben Fensterlein»; schon in der Gedichtsammlung von 1846 steht im Mittelpunkt das angeschaute Bild, das dem ursprünglichen Vermögen entstammt, die Dinge nach ihren Farben und Umrissen zu erkennen, und das nicht einer gewollten Nachfolge, einer einstudierten Imitation Goethes zu verdanken ist. Dagegen ist für diese Naturgedichte Kellers, die die Mitte halten zwischen objektiver Landschaftsbeschreibung und Spiegelung des Gefühlslebens, sicher Goethes klassischer Stil Beispiel, den Keller schon 1838 in einer Anmerkung zu Hauff (er hat «jenen einfachen, naiven und doch so tiefen und bezaubernden Stil, der an Goethe so hinreißt ...») erfaßt und würdigt [15].

Aber dieses frühe Urteil ist nur eine Seite des Goethe-Bilds, das sich der junge Keller macht. Es gehört dazu auch seine Kritik an Goethes Einstellung zu Politik und Volk: «Während Schiller mit der ganzen Glut seines Herzens die feurigen Worte singt: ‹Der Mensch ist frei geschaffen, ist frei, und wär' er in Ketten geboren!›, läßt der Herr Geheimerat von Goethe in nobler Behaglichkeit seinen Tasso sagen: ‹Der Mensch ist nicht geboren, frei zu sein, und für den Edeln gibt's kein größer Glück, als einem Fürsten, den er liebt, zu dienen.›» 1843 stellt er Goethe und sein von materiellen Sorgen unbeschwertes Leben der mühsamen Existenz E. T. A. Hoffmanns gegenüber: Goethes Dasein, ruhevoll, «höchstens von selbstgeschaffnen Geistesstürmen aufgeregt», vermag den Betrachter «mehr niederzubeugen als aufzurichten», während das notvolle Leben Hoffmanns «uns besser und eindringender [zeigt], was wir zu tun und zu lassen haben, als alle Moral». Nicht viel später findet sich, angeregt durch Börnes Schriften gegen Goethe, folgende Eintragung in Kellers Tagebuch: «Börne ist ein ordentlicher Goethefeind. Von der Seite, wie *er* ihn angreift, muß man ihm freilich vieles zugeben. Es ist Goethe aber auch von keiner andern Seite beizukommen. Ich weiß nicht, was mich eigentlich an ihm ärgert. Ob, daß einer, der den ‹Faust›, ‹Tasso›, ‹Iphigenie› etc. geschrieben, so ein egoistischer Kleinkrämer sein kann, oder daß ein solcher Hamster den ‹Faust›, ‹Tasso› etc. mußte geschrieben haben? Ich weiß nicht, schmerzt es mich mehr, daß Goethe ein so großes Genie war, oder daß das große Genie einen solchen Privatcharakter oder vielmehr Privatnichtcharakter hatte. Ich weiß nicht, hasse ich Goethen und mißgönne ihm seine Werke, oder liebe ich ihn um seiner Werke willen und verzeihe ihm seine Fehler? –»

Noch 1849, auf der Reise nach Heidelberg, ist das Verhältnis zu Goethe nicht eindeutig. Damals schreibt er Hegi: «Ich segelte über Straßburg und genoß einen schönen Herbstsonntag hindurch den Münster auf alle Weise. Außen und innen, unten und oben, mit großem republikanischen Militärgottesdienste und leer, wie das Heidelbergerfaß. ... Das Auf- und Absteigen am Turme ist allein eine der interessantesten Reisen, die es gibt. Es ist *ein* Tempel auf den *andern* gebaut, bis in die Wolken. Oben ist eine Tafel in der Mauer, worin Goethe und seine Studiengenossen in Straßburg ihre Namen hauen ließen. Man spricht dabei immer nur von Goethe, obgleich eine Menge deutscher Notabilitäten wie Herder, Jung-Stilling u. dgl. darunter sind, auch unser wackere Lavater. Es ist etwas Problematisches um die Gesellschaft eines solchen Schlingels, wie Goethe ist, man wird von dem ungeschlachten vordringlichen Herren allzu leicht verdunkelt; doch auch beleuchtet manchmal. Ich glaube positiv, daß man von Lavater noch weniger sprechen würde jetzt, als es geschieht, wenn er sich nicht soviel an Goethe gerieben hätte, und wenn dieser nicht eine solche Menge wunderlicher Liebhabereien gehabt hätte.»

«Man darf behaupten», so äußert Victor Hehn, «das hundertste Jahr nach Goethes Geburt bezeichnete den tiefsten Stand seines Ansehens in der Nation; es war von der Nichtachtung fast bis zur Verachtung gesunken.» An dieser Feststellung läßt sich abschätzen, wo ungefähr Kellers Bemühungen um ein Goethe-Bild stehen und wie weit sie damals gediehen sind [16]. Doch dann kommt unversehens ein anderer, durchwegs zustimmender Ton in Kellers Betrachtungen über Goethe – beginnend mit einer Notiz zum «Grünen Heinrich», die davon spricht, daß Goethe und Schiller «zum Mythus» geworden seien; dieser Gedanke erscheint wieder, wo Keller in der ersten Fassung des Romans die Goethe-Lektüre schildert: «Es war mir zu Mute, als ob der große Schatten selbst über meine Schwelle getreten wäre; denn so wenige Jahre seit seinem Tode verflossen, so hatte sein Bild in der Vorstellung des jüngsten Geschlechtes bereits etwas Dämonisch-Göttliches angenommen, das, wenn es als eine Gestaltung der entfesselten Phantasie einem im Traume erschien, mit ahnungsvollem Schauer erfüllen konnte.» Hat Keller durch wiederholtes Lesen Goethe neu erfaßt, bewertet er ihn anders, weil er sich ihm als Lernender nähert, da er selbst zu schreiben beginnt, in einen Kreis tritt, wo kleinliche Kritik nichts mehr gilt? Tatsächlich beeinflußt Goethe ja Kellers Kunstauffassung – ein Prozeß, der im «Grünen Heinrich» am Beispiel der Landschaftsmalerei beschrieben ist. Man hat darauf aufmerksam gemacht, daß auch der Aufbau des Romans von der Goethe-Lektüre bestimmt sei; als letztes der Werke, die Heinrich liest, ist «Dichtung und Wahrheit» genannt, was den hohen Rang, den das Memoirenwerk für Keller hat, beweisen könnte. In diesem Buch hätte sich formal vollendet gezeigt, was Keller als Darstellungsweise der eigenen Lebensgeschichte vorschwebt [17]. Daß bei allen Ähnlichkeiten ein Unterschied «Dichtung und Wahrheit» vom «Grünen Heinrich» trennt, ist freilich nicht weniger deutlich: Beides sind Bekenntnisbücher, aber Goethe blickt am Ende seines Daseins zurück, Keller setzt mit seinem Roman einen Anfang. Ebenso geht die Verwandtschaft im Motivlichen (Erlebnis des Hauses, Lektüre von Volksbüchern, Beziehung zum Puppenspiel und Begeisterung für die Bühne) nicht über zufällige Gemeinsamkeiten der Entwicklung und Bildung hinaus. Bedeutsamer ist die Neigung zur Malerei, die nun allerdings beim jungen Goethe eine Art heilender Wirkung auch im körperlichen Sinn ausübt, während sie im «Grünen Heinrich» Hauptmotiv des Scheiterns ist. Wichtiger ist die Empfänglichkeit beider für die mystische Gedankenwelt, der Zweifel am Katechismusglauben und das gemeinsame Verhältnis zur Natur. Wahrscheinlich stilisiert Keller auch seine Jugendgeschichte nach dem Vorbild von Goethes Lebensroman, vor allem unter dem Eindruck der perspektivischen Rückschau, welche die Jugend als Vorspiel des späteren Daseins auffaßt. Aber selbst da ist die Ähnlichkeit wiederum eher durch die literarische Gattung herbeigeführt; denn die Kindheit ist in vielen Autobiographien «Quelle für spätere Impulse und Entwicklungen», die bedeutsam werden nur «als die Verwirklichung und Formung dessen, was undeutlich und ungeformt im Kinde schon da war [18]». In beiden Fassungen des «Grünen Heinrich» schließt Keller sich jedoch in den Kunst- und Weltansichten Goethe an. Es sei erinnert an sein Verhältnis zur Antike, wie es sich im Roman abzeichnet; sie wird auch herangezogen, um Goethes Dichtertum zu deuten. In dem Aufsatz «Die Romantik und die Gegenwart» (1848) heißt es: «Alle Poesie bedarf zuvorderst eines günstigen Terrains, eines entsprechenden Bodens, auf welchem ihre Gebilde leben und handeln können. Dies nährende Land muß sogar *vor* den Leuten vorhanden sein und dem Ganzen den Grundton geben. In Neapel und Sizilien, am Strande des Meeres, hat Goethe erst den Homer und das antike Leben recht begriffen, und er wurde sofort zu eigener Produktion in jenem Sinne angetrieben.» Kellers vom deutschen Klassizismus mitbestimmte Ästhetik läßt ihn seine bisherige Leidenschaft für das «Unbegreifliche und Unmögliche, das Abenteuerliche und Überschwängliche» aufgeben. Schon die Begriffe des «Sonderbaren», «Krankhaften», mit denen die künstlerischen Bemühungen Heinrichs unter Habersaats Leitung umschrieben werden, konstruieren ein Gegenbild im Sinn von Goethes «Phantasie für die Wahrheit des Idealen»; die Forderung nach Vereinfachung, Kellers Erkenntnis, daß «Schlichtheit und Ehrlichkeit mitten in Glanz und Gestalten herrschen müsse, um etwas Poetisches oder, was gleichbedeutend ist, etwas Lebendiges und Vernünftiges hervorzubringen, mit einem Wort, daß die sogenannte Zwecklosigkeit der Kunst nicht mit Grundlosigkeit verwechselt werden darf», steht in gerader Abhängigkeit von der Ästhetik der deutschen Klassik. Keller fährt an dieser Stelle fort: «Dies ist zwar eine alte Geschichte, indem man schon im Aristoteles ersehen kann, daß seine stofflichen Betrachtungen über die prosaisch-politische Redekunst zugleich die besten Rezepte auch für den Dichter sind. Denn wie es mir scheint, geht alles richtige Bestreben auf Vereinfachung ...» Es handelt sich hier um eine Paraphrase von Goethes Schrift über «Einfache Nachahmung der Natur», und auch sonst gemahnen Kellers Formulierungen an Goethe [19]. Ein Satz wie «Ruhe in der Bewegung» hat den Geist von Goethes «Dauer im Wechsel»; die Kapitelüberschrift in der zweiten Fassung «Arbeit und Beschaulichkeit» trägt das Zeichen ihrer Herkunft nicht weniger sichtbar. Solche Parallelen gehen bis zu persönlicher Aneignung: Keller liebt Goethes Formel vom «künstlerischen con amore»; im Briefwechsel stellen sich oft Goethe-Zitate ein, und im «Grünen Heinrich» druckt er ein umfängliches Stück aus «Hans Sachsens poetischer Sendung» ab. Goethes wird auch in andern dichterischen Werken gedacht, z. B. in «Hadlaub» das Bad der Grafen Stolberg erwähnt – Erscheinungen, die ein hübsches Zeugnis für die Richtigkeit der Beobachtung Herman Meyers sind: «Das Zitieren der eigenen Klassiker ist ein hervorstechendes Merkmal der deutschen bürgerlichen Bildung, das sich in der Dichtung des 19. Jahrhunderts in allen möglichen Nuancen widerspiegelt.» Das trifft noch augenfälliger zu bei den von Keller verwendeten ästhetischen Begriffen, die unter dem Einfluß des klassisch-antiken und klassisch-deutschen Geisteslebens stehen. Die Forderung der «Pietät für die Natur», der Trennung des «wahren Schönen von dem bloß Malerischen», die «Freude» an «Gesundheit und voller Entwicklung» «der Dinge ...», welche den äußern Formenreichtum vergessen kann, der oft eigentlich mehr ein Barokkes als Schönes ist», mutet ähnlich «klassizistisch» an wie der Satz Kellers: «Unverwischte lebendige Jugendlichkeit und Kindlichkeit» und «die sichere Überlegenheit der Person, des eigenen Wissens» gehen hervor aus einem Grund: «Aus unbedingter Ehrlichkeit, Reinheit und Unbefangenheit des Bewußtseins». So gibt es für Keller eine Sicherheit, die nicht aus der Wahrheit, sondern «aus der Harmonie der Grundsätze mit dem übrigen Tun und Lassen entspringt». Auch die Anschauung «der prächtigen, edlen Pflanzenwelt mit ihren klassisch einfachen und doch so reichen Formen» ist eigentlich nichts anderes als eine Zusammenfassung von Goethes Schau der Natur [20].

Solche Überlegungen führen schließlich zu Kellers Definition in der Antwort auf die Frage Jakob Baechtolds nach dem Wesen des Klassischen: «Klassisch im höchsten Sinne sind ausgemachter Maßen nur Schiller und Goethe und auch diese nur in einem Teile ihrer Werke.» Deshalb sollten sie nicht nur in Auszügen und einzelnen Lesebuch-Ausschnitten, sondern, wie die antiken Autoren auch, in Gesamtausgaben zugänglich sein. Löst man die Aufgabe, die Baechtold sich stellt, nämlich die «klassische» Literatur auszugsweise zu unterbreiten, «im Sinne der Rigoristen», so bleibt für ein Lesebuch nichts mehr übrig. «Denn die humanistisch theoretische Vorbereitung der Lessing und Herder deckt das Bedürfnis des Lesebuches nicht, die poetische Vollkommenheit steht derjenigen der beiden ersten schon entfernter, und Wieland vollends erhebt sich wohl historisch aber nicht mehr sachlich qualitativ über den Strom der deutschen Literatur, wie sie in ihren guten und charakteristischen Erzeugnissen vorher und seither fortgelebt hat.» Das Lesebuch darf also nicht nur die Höhepunkte in der Geschichte der deutschen Dichtung darstellen, sondern muß auch auf die Entwicklung dahin und von da aus verweisen: «Die Jugend soll schon in der Zeit des Lernens des lebendigen Flusses der Sprache und damit des Denkens und Fühlens inne werden, um nicht nachher plötzlich einem Fremden, Unbekannten gegenüber zu stehen; es handelt sich also nicht um eine bloße Toleranz gegenüber dem Neuern, sondern um eine pädagogische Pflicht [21].»

Zwischen der Urfassung des «Grünen Heinrich», dem Goethe-Bild in der Vischer-Rezension, der zweiten Fassung des Romans und dem Schreiben Kellers an Fr. Th. Vischer vom Juli 1881 (siehe S. 229 f.), das wieder einen Umschwung in Kellers Haltung zu Goethe zu bedeuten scheint, jedoch eher als eine Kritik aufdringlicher Goethe-Verehrung zu verstehen ist, liegt das Feld der vielen brieflichen Äußerungen über Goethes Persönlichkeit, seine Werke und Wirkungsgeschichte; meist sind es Gedankensplitter, Augenblickseinfälle, die aber immer eine eigentümliche Seite des Werks oder des Nachlebens erfassen. Dazu gehört z. B. die knappe Analyse des «Wilhelm Meister», gedacht als Antwort auf falsche Deutungen des Buches durch geltungssüchtige Literaten; Keller beschreibt Hermann Hettner die Taktik von Fanny Lewald und Adolf Stahr, sich selbst «enthusiastisch und uneigennützig» zu geben, indem sie «einen Dritten ... gewaltsam herausstreichen, natürlich auch um für sich zu werben», und fährt fort: «Neulichst wurde Freytag zu diesem Zweck erkiest und dabei die für Stahr so unvermutete Wendung gemacht, den alten Goethe abgetan zu erklären als Romanmuster wegen des kalten ‹griechischen Profils und des Idealismus› im ‹Meister› z. B. als ob ‹Wilhelm Meister› nicht das realitätssüchtigste Buch von der Welt wäre.» Auf der andern Seite wird das überbordende Goethe-Epigonentum, die «strikte Goethetuerei» verspottet und angegriffen. Über Herman Grimm und seinen Kreis schreibt er an Ludmilla Assing: «Diese Herren wollen es in ihrem jetzigen Wirken so sehr dem jungen Goethe nachtun in zierlichen und kecken Versuchen allerart; allein die gute Ackerkrume für gute Früchte, die Pietät für allerlei Dinge, so man sieht, und die Fähigkeit, die Welt anders zu sehen als durch Berliner Guckkastenlöcher, scheint verdächtiger Weise zu fehlen.» Nicht ohne Grund ist gerade dieser Brief an Ludmilla ein bißchen schärfer gehalten, weil Keller auch Varnhagens Statthalterschaft Goethes «auf Erden» und die unbedingte Verehrung, die er in Varnhagens und Rahels Salon genießt, ein bißchen aufs Korn nimmt – in aller Ehrfurcht; denn beim Tode Bettina Brentanos schreibt er der Nichte Varnhagens: «Bettina ist also nun auch hinunter zu den übrigen Schatten, und während die Weltlage wieder dahin zu geraten scheint, wo sie vor mehr als einem halben Jahrhundert steckte, sind nun die letzten hinweggegangen, welche dazumal jung waren und das Geistige gerettet und uns überliefert haben.» Einen Abglanz der klassischen Epoche und geistigen Welt findet Keller in Heidelberg in der Person Christian Kösters, den er dem Freund Hegi beschreibt: «... jener ist ein Männchen von $3^1/_2$ Fuß mit einem Höcker und eisgrauen Haaren und lebt in einer entschwundenen Welt. Er hat seinerzeit die ganze Boisseréesche Sammlung restauriert; er erzählte mir die ausführliche Geschichte derselben, denn Stück für Stück ist durch seine Hände gegangen. Er malt sonst auch Landschaften, wie man sie noch *vor* Philipp Hackert malte, ist ein goethescher Feinschmecker und höchst konservativer Ästhetiker ... Herr Köster schreibt auch über Kunst in einem komischen, goethisch sein sollenden Stile und komponiert Musik. Er kennt alle Berühmtheiten der entschwundenen Jahre und sucht sich väterlich der aufkeimenden Talente anzunehmen, um sie womöglich in jene Geschmacksgleise zu führen. ... Indessen ist auch von diesem ehrwürdigen Überreste einer vergangenen Periode noch vieles zu lernen und ich gehe gerne zu ihm.» Als 1855 Freiligrath fragt, was «aus jenem lustigen Literatur-Köster ... in dem rotsammetnen Schlafrock» geworden sei, ist auch er, dessen «schönes und gewissenhaftes Talent» Goethe lobt, schon seit vier Jahren tot.

Nach der Lektüre des Briefwechsels zwischen Varnhagen und Rahel, den Ludmilla Assing herausgibt (Leipzig 1874/75), schreibt Keller an Emil Kuh, die Briefe enthielten «eine Menge unschätzbarer faktischer Sachen, eine Begegnung mit Goethe z. B., welche gar zu charakteristisch ist, aber keineswegs zu ihren Gunsten». Als Kuh auf eine Episode rät – Goethes morgendlicher Besuch in Frankfurt bei Rahel, die noch nicht Toilette gemacht hat, sich aber, nachdem Goethe gegangen ist, schmückt, «um gleichsam vor sich selbst den unholden Eindruck zu verwischen, den sie, wie sie empfindet, auf den großen Menschen geübt haben muß» –, erwidert Keller: «Die Szene mit Goethe ist freilich diejenige, welche Sie meinen, aber nur der Abschluß einer langen ärgerlich-peinlichen Erwartung des Besuches. Rahel war immer von der Frage ihrer Ebenbürtigkeit mit Goethe geplagt und von Varnhagen, der doch die Spezialschätzungskraft gegenüber Goethe auch glaubte gepachtet zu haben, aufgestachelt, sie solle sich nichts vergeben usw.[22]» Umgekehrt macht er sich über lächerliche Verunglimpfungen Goethes lustig; wiederum an Fräulein Assing schreibt er am 25. November 1857 im Zusammenhang mit ihrem Buch über Elisa Ahlefeldt von Karl Gutzkow: «Als ich ... in Dresden war, hörte ich ihn mit eigenen Ohren in einer Gesellschaft, welche größtenteils aus frommen Nazarenerkünstlern bestand, sich mit großer Heftigkeit gegen Goethes Verhalten zu den Frauen äußern, als einem durchaus frivolen und unsittlichen, und er hielt die Äußerung gegen jene Nazarener, die Goethen artig und fein verteidigten, mit eigensinniger Hartnäckigkeit aufrecht. Heute nun verteidigt und erhebt er Immermann wegen seines Verhaltens zu Elisa von Ahlefeldt mit der wunderbaren Phrase: das sei eben Männerschicksal und zwar besonders *der* Männer, welche bei der Antike und bei Goethe in die Schule gegangen seien!» Und noch im März 1860 bemerkt er zu Ludmilla Assing: «Der Hauptschacht, das Herz Goethes, für solche Streifzüge ist Ihrem rächenden Schwerte wegen der Tradition Ihres Hauses glücklicher Weise verschlossen, sonst würden Sie da eine schöne Verheerung anrichten![23]»

Eine weitere Angriffsfläche bietet die positivistische Goethe-Forschung, über die er sich teilweise sehr ungehalten äußert[24].

Bei aller Verehrung für Goethe sieht Keller sich nicht als bloßen Nachfolger und Jünger; er weist jede Andeutung und namentlich jede Kritik, die ihn zu nahe mit dem Klassiker vergleicht, von sich – aus Bescheidenheit wie aus Selbstbewußtsein. So kommentiert er J. V. Widmanns Urteil über den «Grünen Heinrich», das den Roman neben «Wilhelm Meisters Lehrjahre» stellt:

«Das Höhenniveau, das Sie ihm literarisch vergönnen möchten, kommt dem Buche schwerlich zu, da es auch jetzt noch zu gemischt ist in seinen verschiedenen Qualitäten, und namentlich zu dick.» Nachdrücklicher verwirft er Widmanns Rezension der «Gesammelten Gedichte» und ein briefliches Lob des Kritikers, in welchem es heißt: «Hier liegt eben doch auch über Goethe hinaus ein Fortschritt des allgemeinen Menschheitsgefühls; dazu, was die rein künstlerische Konzeption und Behandlung anbetrifft, eine Kühnheit, wie sie ähnlich bei jenen ersten niederländischen Malern vorkam, die die wirkliche Welt entdeckten, auf der allein die ideale Welt sich richtig aufbaut.» Auf Rezension und Brief entgegnet der Dichter: «Ich war und bin etwas verlegen wegen der Graduierung, welche Sie mit meiner Persönlichkeit darin vorgenommen. Dergleichen kann und soll man nie von einem unglücklichen Lebewesen sagen, ganz abgesehen von der Unbilligkeit gegen manchen, der besser und fleißiger ist als just der Betroffene; und, was ein eigentliches Übel ist, es wirft bei den andern auf den unschuldigen Sünder selbst den Schein des Größenwahns und der Anmaßung.»

Als Fritz Mauthner in einer Besprechung des «Martin Salander» Keller neben Goethe stellt und sagt: «Das konnte sogar Goethe nicht», wehrt sich Keller, wie Karl Stauffer berichtet, «ängstlich und heftig besonders gegen diese Zusammenstellung. ‹Er hetzt mir die Goethe-Pfaffen auf den Hals, der –!› [25]»

Goethe und Schiller werden von Keller dort als Vergleichsgröße genommen, wo es um Grundfragen der dichterischen Produktion geht. Über Grillparzers dramatisches Werk schreibt er Emil Kuh: «Diese hastige Figurenjagd und die ernst breite, tiefe und heiter behagliche Vorbereitung eines Schiller, wenn er an eine Tragödie ging! oder das künstlerische *con amore* Goethes, der seine Sachen zweimal dichtete, wo es ihm recht glücklich ernst war.» Und im gleichen Brief über Otto Ludwig: «Da gibt es doch für das rechte Verhältnis und Maß von richtiger Arbeitsweise kein schöneres Muster als Schiller, ebenso entfernt von ohnmächtigem Quaderwälzen wie vom resignierten Tändeln.» Auch Widmann erinnert er daran, «wie unsere Großen, die Goethe und Schiller, immer mit heiligstem Ernst zu Werke gingen und in ihren Hauptsachen jede Spaßhaftigkeit sogar aus den Gedanken verbannten» (siehe S. 270). In der Antwort auf einen Fragebogen, der unter dem Titel steht, ob «Bildung» der Dichter förderlich sei, und als mögliche Auffassung formuliert, die dichterische Phantasie sei zwar das Primäre, der Dichter müsse sich aber die Kultur des Zeitalters aneignen, hält Keller fest: «Ein Deutscher hat meiner Meinung nach hier nicht lange zu wählen, da das Beispiel Schillers und Goethes, einzeln und als Paar, allzu leuchtend vor ihm steht. Ergänzt muß freilich dieser Satz ... durch die Erkenntnis werden, daß jedes Zeitalter seinen eigenen Maßstab der fraglichen Harmonie der Durchbildung hat. Sophokles brauchte natürlich nicht Shakespeares Schulsack und dieser nicht denjenigen des 18. Jahrhunderts, weil er eben nicht da war. Allein auf der Höhe der weiten Aussicht stand jeder von ihnen und lebte in der besten Gesellschaft, was gewiß genug beweist. Beschränkte Spezialitäten der Kunstübung, so virtuos sie betrieben werden, können natürlich hier nicht in Betracht kommen [26].»

Goethe ist das Vorbild Kellers im ungezwungenen, organischen und von jedem Druck des literarischen Publikums und der Verleger unbehelligten Schaffen. Storm schreibt er von der notwendig gewordenen Umarbeitung des «Grünen Heinrich»: «... es wird ja gar nichts Fragmentarisches mehr gelitten, und selbst gegen das verzögerte Erscheinen eines Schlusses erfährt man das roheste materielle Räsonieren und Drängeln von seite derer, die den Anfang mit ihrer Aufmerksamkeit beehrt haben. Das war vor hundert Jahren doch anders. Ein Goethe durfte den ‹Wilhelm Meister› liegen lassen, ein Schiller den ‹Geisterseher› ganz abbrechen, ohne so geplagt zu werden, und man vergnügte sich an dem, was da war. Ich weiß freilich, daß man sich nicht mit den beiden vergleichen soll; allein sie waren ja noch nicht die unnahbaren Herren, die sie jetzt sind.» Der erneute Hinweis auf den Vorgang der Mythologisierung deutet darauf, daß Keller zu der Zeit oft über dieses Phänomen nachdenkt. Es hängt zusammen mit dem dichterischen Ruhm und der Anerkennung des Schriftstellers überhaupt. Auch das Problem des Fragments beschäftigt ihn während der Neufassung des Romans noch öfter (siehe auch S. 228–232) [27].

Zeugnis besonderer Vorliebe für einzelne Werke Goethes ist neben der Schilderung im «Grünen Heinrich» die Stelle in der Novelle «Regine» («Sinngedicht»), wo Erwin seine Braut in «Des Knaben Wunderhorn» und in die Lyrik Goethes einführt: «Jetzt aber nahm Erwin den Augenblick wahr und holte die Goetheschen Jugendlieder herbei. Zuerst zeigte er ihr diejenigen, die der Dichter dem Volkstone abgelauscht und nachgesungen; dann las er mit ihr eins ums andere der aus dem eigenen Blute entstandenen, indem er ... die betreffenden Geschichten dazu erzählte. Wie über eine leichte Regenbogenbrücke ging sie vom Wunderhorn in dieses lichte Gehölz maigrüner Ahornstämmchen hinüber, oder einfacher gesagt, es dauerte nicht lang, so regierte sie das Büchlein selbständig, und es lag auf ihrem Tisch, wie wenn sie die erinnerungsreiche und wählerische Matrone einer vergangenen Zeit gewesen wäre, und doch lebte sie alles, was darin stand, mit Jugendblut durch, und Erwin küßte die erwachenden Spuren eines neuen Geistes ihr von Augen und Mund [28].» Wiederum – wie schon in der Nausikaa-Szene im «Grünen Heinrich» – gibt Keller dem Vorgang, der Situation Farbe und Bewegung, Kraft und Bedeutsamkeit, indem er einen Dichter, ein Werk nennt, die eine bestimmte, eine intensivierende Atmosphäre ausstrahlen.

Wie gegenwärtig Goethe in Kellers Schaffen ist, zeigen die Vergleiche, die er in den Rezensionen zwischen Gotthelf und Goethe zieht. Sie sind zu ergänzen durch die bewundernden Worte über Goethes Vers-Sprache im «Grünen Heinrich» (Beschreibung der «Faust»-Aufführung): «Der Text des Stückes war die Musik, welche das Leben in Schwung brachte. Sobald sie schwieg, stand der Tanz still, wie eine abgelaufene Uhr. Die Verse des Faust, welche jeden Deutschen, sobald er einen davon hört, elektrisieren, diese wunderbar gelungene und gesättigte Sprache klang fortwährend wie eine edle Musik, machte mich froh und setzte mich mit in Schwung, obgleich ich nicht viel mehr davon verstand als mancher Professor, der zum zwölften Male über Faust liest» – zu ergänzen auch durch die Ausführung über Goethes epische Sprache im Vergleich mit Carl Spittelers «Eugenia», der zu einer negativen Kritik von Spittelers Werk führt. J. V. Widmann schreibt er im März 1885: «Aber nun kommt für mich die große Verwerfungsspalte, die Stilfrage. Mit allen Schätzen der Begabung erwecken diese Werke nicht das Gefühl eines aufgehenden Lichtes, sondern sie erinnern an die Perioden des Verfalls, die in den Künsten jeweilig erscheinen, wenn die erreichte reine Meisterschaft in Manierismus und Pedantismus ausartet. Kaum sind achtzig Jahre vorbei, seit wir in ‹Hermann und Dorothea› eine kristallklare und kristallfertige epische Sprache erhalten haben, die sich auf unbestreitbarer Höhe bewegt, so treibt der Teufel wieder Leute, sich in das barockste willkürlichste Wortgemenge zurück zu stürzen, wo die verzopften Genitivformen dem gebildeten Geschmacke von allen Seiten Ohrfeigen geben und ebenso unorganische als unnötige Wortbildungen sich vordrängen. (Neue Worte müssen den Dichtern wie von selbst, fast unbemerkt wie Früchte vom Baume fallen und nicht in einem Kesseltreiben zusammengejagt werden.) Das tun sonst nur die Manieristen und Pedanten [29].»

Aufmerksam geht Keller Dokumenten zu Goethes Leben und Dichten nach, und mit sichtlichem Vergnügen berichtet er Theodor Storm von der «Urenkelfamilie Gessners», die er hie und da besuche: «Die Großmutter dieser Leutchen war eine Tochter Wielands. Sein Bild in Öl gemalt hängt im Zimmer, alte Briefschaften werden hervorgekramt. Im Jahr 1810 schreibt Wieland an die Tochter, über die ‹Wahlverwandtschaften› seien die Meinungen sehr geteilt, die einen erhöben sie in den Himmel, die andern erklären sie für verrückt, das Richtige werde ungefähr in der Mitte liegen.»

Goethes Werk ist auch Ausgangspunkt und Rechtfertigung für neue Versuche im Bereich der literarischen Gattungen; J. V. Widmann gegenüber, der Shakespeares «Sturm» zu einem Opernlibretto umarbeitet, meint Keller: «Sie erwerben sich auch ein Verdienst in einer Zeit, wo Richard Wagner es fast allen Komponisten unmöglich macht, zu schaffen, ohne Selbstdichter oder Pfuscher zu sein. Seit derjenige, der den ‹Faust› und die ‹Iphigenia› gedichtet, sich so liebevoll mit dem Singspiel bemüht hat, kann von der Berechtigung keine Rede mehr sein, und ich selbst lehne dergleichen nur ab, weil ich zu dumm dazu bin und mich ein Liberetto fast die gleiche Mühe kosten würde wie ein volles eigenes Drama und ich also vorziehen würde, letzteres zu machen, wenn – ja wenn etc.[30]»

Mit Goethe führt Keller schließlich die Gestaltung des Gedankens der Entsagung und Resignation zusammen – beide stellen sie dieses «konstante Motiv der reflektierten Sittlichkeit», das als «Phänomen der Seinsweise des Menschen eine in unserem geschichtlichen Horizont immer wieder erkannte, besondere Dringlichkeit besitzt» (Arthur Henkel), in ihrem dichterischen Werk dar.

Das ἀνέχου καὶ ἀπέχου Epiktets kann bei Keller erscheinen in der gelöst heiteren Lebenshaltung des Landvogts von Greifensee, in der resignierten Grundstimmung des «Martin Salander», dessen Autor alle Illusionen abgestreift hat und dennoch die Möglichkeit einer Wendung zum Besseren durchblicken läßt. In dem belustigenden Mißverständnis des Dorfschulmeisterchens und «Philosophen» wird Entsagung gleichzeitig doch ernsthaft im Sinn ihrer philosophischen Grundlegung durch Feuerbach gedeutet: «... wenn Feuerbach sagte: Gott ist nichts anderes als was der Mensch aus seinem eigenen Wesen und nach seinen Bedürfnissen abgezogen und zu Gott gemacht hat, folglich ist niemand als der Mensch dieser Gott selbst, so versetzte sich der Philosoph sogleich in einen mystischen Nimbus und betrachtete sich selbst mit anbetender Verehrung, so daß bei ihm, indem er die religiöse Bedeutung des Wortes immer beibehielt, zu einer komischen Blasphemie wurde, was im Buche die strengste Entsagung und Selbstbeschränkung war.» Eine politische Interpretation erfährt das Thema «Entsagung» im Gespräch zwischen Kantonsrat und Leuenwirt um die Führung einer neuen Straße («Grüner Heinrich»). Der Statthalter erläutert Heinrich den Unterschied zwischen schwächlichem Verzicht und freizügigem Sich-Entäußern: «Denn es ist ... ein großer Unterschied zwischen dem freien Preisgeben oder Mitteilen eines erworbenen, errungenen Gutes und zwischen dem trägen Fahrenlassen dessen, was man nie besessen hat, oder dem Entsagen auf das, was man zu schwächlich ist, zu verteidigen. Jenes gleicht wohltätigem Gebrauche eines wohlerworbenen Vermögens, dieses aber der Verschleuderung ererbter oder gefundener Reichtümer. Einer, der immer und ewig entsagt, überall sanftmütig hintenansteht, mag ein guter harmloser Mensch sein; aber niemand wird es ihm Dank wissen und von ihm sagen: Dieser hat mir einen Vorteil verschafft! ... Wo man nicht frei heraus für seinen Nutzen und für sein Gut einstehen kann, da möchte ich mich nicht niederlassen; denn da ist nichts zu erholen als die magere Bettelsuppe der Verstellung, der Gnadenseligkeit und der romantischen Verderbnis, da entsagen Alle, weil Allen die Trauben zu sauer sind, und die Fuchsschwänze schlagen mit bittersüßem Wedeln um die dürren Flanken.» Diese handfeste, aufs Praktische bezogene Erläuterung des Begriffs erweitert Annas Vater um eine Dimension: diejenige des mangelnden Wagemuts. «Der Statthalter eifert nur darum so sehr gegen das, was er Entsagung nennt, weil er selbst eine Art Entsagender ist, das heißt weil er selbst diejenige Wirksamkeit geopfert hat, die ihn erst glücklich machen würde und seinen Eigenschaften entspräche. Obgleich diese Selbstverleugnung in meinen Augen eine Tugend ist und er in seiner jetzigen Wirksamkeit so verdienstlich und nützlich dasteht als er es kaum anderswie könnte, so ist er doch nicht dieser Meinung, und er hat manchmal so düstere und prüfungsreiche Stunden, wie man es seiner heiteren und freundlichen Weise gar nicht zumuten würde.»

Aber weder hier noch dort, wo Heinrich aus Unbehilflichkeit, Unentschlossenheit auf Dortchen Schönfund verzichtet, ist die Fülle und Höhe des Goetheschen Begriffs erreicht; wohl aber im neuen Schluß des «Grünen Heinrich», dessen Sinn Keller Wilhelm Petersen erörtert, wobei er indessen sorgfältig vermeidet, Entsagung als einziges und erstrebenswertes Ideal auszugeben. Im Dezember 1880 hatte Petersen geschrieben: «Der Schluß entspricht ganz meinem Gefühle. Wenn die Menschen sich heiraten, fliegt der Duft davon – mit dem Schleier, mit dem Gürtel usw. Die Fleischlichkeit trübt die Reinheit des Gebildes, oder der Untergang muß ihr auf dem Fuße folgen. ... So ist's ein abendsonniges, friedliches Ausklingen, welches mit reinem, wohltuendem Behagen uns erfüllt. So habe ich mir immer mein eigenes Lebensende vorgestellt; die Verhältnisse haben es anders gestaltet, und so unendliches Glück ich mit den beiden Kindern durchlebe, mein Ideal bleibt's doch», und er fügt bei: «Die Rückkehr [Heinrichs] ist ein so schmerzlicher Vorgang, daß ich es nicht hätte fertig bringen können, ihn darzustellen. Künstlerisch wird die Sache ja in Ordnung sein.» Am 21. April 1881 begründet Keller das Sterben der Mutter im Roman damit, daß es doch «auf irgend eine Weise ... traurig hergehen und einige Erschütterungen hervorgerufen werden» mußten, ohne die Schuld am Tode dem Sohn zuzuschieben, «da es sich um die Erfüllung eines Erziehungs- und Entwicklungsgeschickes handelt, an welchem niemand schuld ist oder alle.» Heinrich werde ja auch von Judith, «als der personifizierten Natur selbst», freigesprochen. Über die Entsagung schreibt er: «Damit nun aber nicht ein zu großes Gütlichtun und Wohlleben entstehe, entsagen die beiden, und es bleibt ein ernst gehaltener Stimmungston bestehen, welcher der Mutter im Grabe nicht weh tut. Mit diesem Austrag hängt eben auch die Frage vom Geheimnis der Arbeit zusammen.» Diese Bewährung in der Tätigkeit und durch Tüchtigkeit erinnert an den Altersroman Goethes; sie läßt den Verzicht Judiths und Heinrichs als wirkliche Entsagung erscheinen, während Petersen darin nur tatlose Resignation erkennt. Den Unterschied zwischen Entsagung, die sich noch die Möglichkeit sinnvoller Lebensführung offenhält, und resignierendem Sich-Bescheiden will Keller offenbar auch in dem Brief an Paul Heyse andeuten, der sich auf die Bemerkungen Petersens bezieht: «Etwas störender war mir in seinem letzten Briefe das Lob der Resignation des Grünen Heinrich und der Judith am Schlusse meines Vierspänners, indem er mit elegischer Klage grundsätzlich das pathologische Konkretum als das allgemein Richtige und Bessere anpries und den unschönen Gemeinplatz des ‹entzweigerissenen Wahns› auftischte. Es paßt das nicht recht zu dem Vergnügen, das er sich immer mit seinen Kindern macht und besingt, wie billig.»

Vielleicht ist es die Erinnerung an die eigene Entsagung, als er Betty Tendering liebt und auf die Schreibunterlage kritzelt: «Resignatio ist keine schöne Gegend» und unter ihren Namen «abrenuncio» schreibt, die seine Wendung gegen Petersens müßige Spekulation veranlaßt – und es verunmöglicht, was im Leben nicht gelungen ist, im Roman zur Erfüllung gelangen zu lassen. Damit aber gewinnt das Motiv der Entsagung für Keller eine Bedeutung, die sich nicht erschöpft in der mehr oder weniger zufälligen künstlerischen Verwendung oder Nachbildung eines Themas, das der gesamten europäischen Literatur angehört, sondern tief im eigenen Erleben und Fühlen verwurzelt ist.

Jenes teilweise harte Urteil Kellers über «Faust II», den alten Goethe und seine «Gemeinde» im Brief an Fr. Th. Vischer (S. 229 f.) wird aufgehoben oder doch gemildert, wenn man den Bericht des Kritikers Otto Brahm von einem Spaziergang mit dem Dichter durch die Herbstlandschaft einbezieht; die Unterhaltung beschäftigt sich mit Goethe, und Keller, so erzählt Brahm, «ward immer vergnügter ... und die Stimmung des Augenblicks ins Literarische wendend, kam ihm Goethes Beschreibung des Rochusfestes zu Bingen in den Sinn: was das für ein Mann gewesen, wie fröhlich und gesund und allen guten Dingen dieser Welt zugetan, führte er mit leuchtenden Augen nun aus, in prächtiger Schilderung, die das Gelesene aus eigener Phantasie erneuerte und vermehrte [31]». Hier wird vielleicht am besten faßbar, was Keller an Goethe bewundert und welche Hochachtung er seiner Kunst und dem vollen, sichern und gesunden, dem glücklichen Lebensregiment bewahrt hat – hier zeigt sich noch einmal die künstlerische Anregung, die er von Goethe immer wieder erfährt, die das eigene poetische Empfinden und Schaffen bewegt und ermuntert.

In seinem Artikel «Der degradierte Schiller» schreibt Carl Spitteler, wie Jacob Burckhardt habe Keller Schiller «entschieden für größer» gehalten als Goethe. Sucht man nach einem bewertungs- oder bedeutungsmäßigen Unterschied in Kellers Äußerungen über Goethe und über Schiller, der diese Behauptung Spittelers stützen könnte, sich abheben würde von dem Urteil im genannten Brief an Baechtold, wo beide übereinstimmend charakterisiert sind, ihnen mit denselben Einschränkungen innerhalb der deutschen Literatur die gleiche Stellung als Klassiker zugewiesen ist, so bietet sich die frühe Tagebucheintragung an, die Kellers radikalen Zorn über Goethe spiegelt. Aber schon in der Miszelle «Das goldene Grün bei Goethe und Schiller», wo Keller Goethe Schiller gegenüber so offensichtlich herabzusetzen sich den Anschein gibt, indem er schreibt: «Goethe ..., der immer der Unverschämtere ist, hat geradezu die Verwegenheit gehabt, auch im sinnlichsten, augenscheinlichsten und trivialsten Sinne wahr zu sein», handelt es sich zweifellos um eine ironische Zurechtweisung des Kritikers, der die metaphorische Verwendung der goldenen Farbe pedantisch rügt und Goethe einen «Verstoß» vorwirft.

Ausgewogen vollends ist die Gegenüberstellung im «Grünen Heinrich», wo auf die faulenden Äpfel in Schillers Schublade angespielt wird und Keller die bedingte Geltung von Kategorien wie «Idealismus» und «Realismus» nachweisen will: «Während Schiller, der idealste Dichter einer großen Nation, seine unsterblichen Werke schrieb, konnte er nicht anders arbeiten als wenn eine Schublade seines Schreibtisches gänzlich mit faulen Äpfeln angefüllt war, deren Ausdünstung er begierig einatmete, und Goethe, den großen Realisten, befiel eine halbe Ohnmacht, als er sich einst an Schillers Schreibtisch setzte.

So niederschlagend dieser ausgesuchte Fall für alle verklärten und übernatür-
lichen Idealisten sein mag, so wird während des Genusses von Schillers Gei-
stestaten deswegen niemand an die faulen Äpfel denken oder mit besonderer Aufmerksamkeit bei ihrer Erinnerung verweilen.»

Auch im «Kleinen Romanzero» erscheinen Goethe und Schiller gemeinsam – zusammen mit Lessing als die Lichtgestalten in «der Dämmerhalle
schweigender Unsterblichkeit», hier nun aber bezeichnend verschieden dargestellt. An Goethe preist Keller die «weitoffenen Sonnenaugen», die «zwei
goldenen Schwesterspinnen», den «Doppelstern», die «Zauberaugen», dann
die Bilder, die der Dichter erschaut und geschaffen hat, seine Erdverbunden-
heit: «Froh und lehrreich war die Erde!» läßt er ihn sprechen. Auch Goethes Liebeserfahrungen und das endliche Alleinsein beeindrucken Keller tief;
er findet schöne Formeln für das, was er an Goethe liebt und achtet.

Bei Schiller tritt das Menschliche, das materiell gelebte Leben in den Vordergrund. Schiller geht die «Mittelstraße», indem er als «ein muntres Schwäb-
lein» zeitig einen Hausstand gründet, zu «schaffen» weiß und, auch wenn er
«feurig» singt, die allzu starke Glut meidet: «So verlor ich keine Zeit, / Und
das Herz war mir beruhigt; / Nötig war mir diese Weise, / Denn mein Leben
war zu kurz!» Natürlich heißt das nicht, daß Keller den Dichter als schlichte Gestalt auffaßt. Er weist vielmehr hin auf das geheimnisvolle «Unbekannte», welches das vollendete Stück von Schillers Bahn – «mit Sternen licht
gezeichnet» – hätte ergänzen können: «Schön und köstlich ist das Rätsel! /
Und es schimmert mir zum Ruhme! / Doch zu kurz war mir das Leben! /
Klag und tanz mit mir, o Bruder!» In ihrer besondern Erscheinung heben beide
als Klassiker sich auch innerhalb des Gedichts ab von Heine oder den Jungdeutschen: diese Unterscheidung ist hinzuzudenken.

Die eigentümliche, erschwerte und doch straffe und geglückte Lebensführung
Schillers wird schon in der Tagebuchaufzeichnung von 1843 erwähnt. Die
Existenz Schillers, neben derjenigen Jean Pauls und abgesetzt von Goethes
heiterm und ruhigem Leben, dem gequälten Dasein E. T. A. Hoffmanns, ist
«Vorbild», fordert auf «zur Bewunderung und Nachahmung». Es mag sein,
daß die von Spitteler überlieferte Vorliebe Kellers für Schiller in der menschlichen und dichterischen Persönlichkeit Goethes ihren Grund hat oder besser:
in einer gewissen Scheu vor dem überwältigenden Geist, und es könnte die
Neigung für Schiller eine Art Bescheidung auf das Erreichbare sein. Dasselbe
scheint die Feststellung zu besagen, daß die Äußerungen über Schiller auch in
Kellers Jugend und verglichen mit denjenigen über Goethe einheitlicher, weniger zweifelnd sind [32].

Das bedeutet aber keine Einschränkung von Schillers Glaubwürdigkeit als
Dichter. Er ist neben Goethe der «Klassiker», mit ihm, Ludwig Tieck, aber
auch mit Shakespeare teilt er die «klassischen Phrasen, Erfahrungen und Beobachtungen»; wie Keller in der Kritik von Spittelers Stil die Sprachvollen-
dung Goethes hervorhebt, so weist er auf die Unmöglichkeit hin, daß «die

Jambenmacher» jemals Schillers «Idealismus» einholen. Eine moderne falsche ästhetische Auffassung wertet er dadurch ab, daß er sich auf die Klassiker beruft: Die willkürliche Lessing-Nachäffung und Ablehnung des französischen Theaters können die Übersetzungen Goethes und Schillers eines bessern belehren. Die naturalistische Dichtung und die Werke der Skandinavier lehnt er ab, indem er sich auf Schillers Distichon gegen die Bühnenepigonen «Der Schatten Shakespeares» (1796) beruft [33]. Aber auch die Schiller- (wie die Goethe-) Jünger werden verspottet: «Ein ärgerliches Gelächter haben mir dieser Tage einige Hefte der Zeitschrift ‹Teut› erregt, worin ein Rudel Schwachköpfe die Stiftung einer neuen ‹Sturm- und Drangperiode› verkünden, aus deren Gärung die potenzierten künftigen Goethe und Schiller hervorgehen sollen. An sittlicher Haltung und an allgemeinem Verstand ist man seit hundert Jahren im ganzen nicht viel vorwärts gekommen, sonst wären dergleichen Kindereien nicht möglich.»

In scherzhafter Weise verwahrt er sich selbst – und C. F. Meyer – davor, als eine Art Nachfolgekonfiguration der Klassiker aufgefaßt zu werden; als ihm die Schwestern Ida Freiligrath und Maria Melos 1881 Aufnahmen von der Goethe-Büste Trippels und von Ernst Rietschels Goethe-Schiller-Denkmal in Weimar schicken, erwidert er: «Die beiden Bildchen aus Weimar freuen mich sehr, und ich danke schönstens dafür, obgleich sie mich wieder durch Vergleichung demütigen. Als Einzel-Apollo à la Trippel kann man mich allenfalls, besonders seit Sie mich unter die Sterne versetzen, immer noch produzieren. Dagegen fehlt mir für ein Doppelmonument absolut der würdige Zweite oder Andere. Bin ich derjenige mit r am Ende, so fehlt mir der mit E oder e, und wenn er sich fände und ein langer Kerl ist, so bin ich wieder zu kurz usw. Es wird also am besten sein, sich über unser Epigonentum nicht zu ärgern und statt auf ein Postament sich auf einen warmen Ofen zu setzen.» Dieser Scherz findet etwas mehr als drei Jahre später eine hübsche Fortsetzung; die Weihnachtsnummer der «Deutschen Illustrierten Zeitung» (Wien) von 1884 hatte nebeneinander und durch einen phantasievollen Text ergänzt die Bilder von Keller und Meyer gebracht. Dieser will Kellers Reaktion vorbeugen und schreibt kurz nach Weihnachten: «Gestern da ich eben gemütlich meine Conti öffnete und meiner Kleinen das Weihnachtsheft der deutschen Illustrierten Zeitung zugeschoben hatte, sagte das Kind: ‹Da bist du, Papa, und wer ist neben Dir?› Ich sah zu und mußte lachen. Das ist doch wahrlich eine Demonstratio ad oculos, daß ich an den mißliebigen Vergleichungen und Zusammenstellungen unschuldig bin! Diesen Artikel hätte ich mir denn doch nicht bestellt (Wie überhaupt keinen!)» Das «betrübsame Abenteuer» und «die Machenschaft» kommentiert Keller: «Zu weinen ist dabei freilich nicht viel; solange es Zwischenträger und Stiefelputzer gibt, werden auch im literarischen Dunstkreise die Entstellungen und Unwahrheiten nicht aufhören [34].»

Mit der gleichen Selbstverständlichkeit wie Goethe-Worte sind Keller auch Schiller-Zitate präsent – einmal in einem Zusammenhang, der einen Durchblick öffnet auf die Kritik der Klassik selbst: an Heyse, der mit Storm seine Gedichte für eine neue Ausgabe vorbereitet, schreibt er: «Was Ihr aus Deinen Gedichten gemacht habt, bin zu erfahren ich verlangend, wie Schiller zu sagen pflegte. Ich habe die einzelnen Bände durchgesehen und sehe nicht recht ein, was da viel auszuschießen sein soll! Ich fürchte, es ist da eine Art Sperlingskritik geübt worden, wie wiederum Schiller sagt ... Zwar weiß ich nicht, was genau damals mit diesem Worte gemeint war; allein es gefällt mir außerordentlich [35].»

Die philosophischen und ästhetischen Verbindungslinien zwischen Schiller und Keller sind öfters gezogen worden, und es genügt hier, diejenigen Zeugnisse zu nennen, die zum Thema «Literaturkritik» beitragen, sei es zu Kellers Grundbegriffen der literarischen Kritik, seinem persönlichen Wertungssystem, sei es zur Beschreibung seines Schiller-Bildes.

Zeitlich stehen voran die Ausführungen über den «Menschen, Dichter und Philosophen» im «Grünen Heinrich». Hier wird die Begegnung mit Schillers Werken geschildert, die Heinrich, soweit sie ihm unverständlich bleiben, «in eine eigens erfundene fabelhafte Wissenschaft, mit Worten spielend», übersetzt. Vor allem ist es die Volksaufführung des «Wilhelm Tell», die im Roman, wie später im Aufsatz «Am Mythenstein», Anlaß gibt, die Bedeutung Schillers für Keller und für die Nation festzustellen. Dieses Urteil ist verbunden mit einer Polemik gegen Börne: «Das Buch [Tell] ist den Leuten sehr geläufig, denn es drückt auf eine wunderbar richtige Weise die schweizerische Gesinnung aus, und besonders der Charakter des Tell entspricht ganz der Wahrheit und dem Leben, und wenn Börne darin nur ein selbstsüchtiges und philiströses Ungeheuer finden konnte, so scheint mir dies ein Beweis zu sein, wie wenig die krankhafte Empfindsamkeit der Unterdrückten geeignet ist, die Art und Weise unabhängiger Männer zu begreifen.» Hieraus ergibt sich ein Kriterium der Literaturbetrachtung und der Wertung fremder Kritik: Nicht nur ästhetische, auch politische oder weltanschauliche Elemente können ihre Richtung bestimmen.

In der zweiten Fassung des Romans wird die Feststellung, Schillers «Tell» entspreche der Wahrheit und der Anschauung des Volkes, relativiert, und Keller schreibt 1880, das Drama «spreche auf eine wunderbare Weise ihre Gesinnung und alles aus, was sie durchaus für wahr halten; wie denn selten ein Sterblicher es übel aufnehmen wird, wenn man ihn dichterisch ein wenig oder stark idealisiert». Zwischen den beiden Fassungen liegt der «Mythenstein»-Aufsatz, in dessen historisch-volkskundlicher Einleitung Keller die freudige Reaktion des Volkes auf das Bild, das ihm von der Gründung seines Staates vorgehalten wird, erörtert hat: daß sie zwar wissenschaftlich nicht genau zu beschreiben sei, daß anderseits «aus dem Schweigen der Autoren nicht zuviel gefolgert werden dürfe» und das Volk ein Recht habe, den leeren Raum in den Chroniken «an Hand der lebendigen Überlieferung zu beleben»: «So wären wir füglich gezwungen, wenn keine Sage über die Entstehung oder

Stiftung der Eidgenossenschaft vorhanden wäre, eine solche zu erfinden; da sie aber vorhanden ist, so wären wir Toren, wenn wir die Mühe nicht sparten», also das vorgezeigte Ideal freudig annähmen. Schiller hat den Geist der Geschichte intuitiv richtig erfaßt, so daß das Volk sich in das errichtete Bild, das ja Abstraktion von der Wirklichkeit bleiben muß, einfühlen kann. Auch eine Fortsetzung des «Faust» hätte der «greise Schiller» in dem Sinn versucht, daß «seine eigenen Anforderungen mit denen der Allgemeinheit» zur Übereinstimmung gekommen wären [36]. Diese Übereinstimmung ist bei Schiller nicht nur das Resultat sorgfältiger Untersuchungen, sondern ausdrücklich auch der «Divination», d. h. der dichterischen Anschauung einer tatsächlichen politischen Einheit und Entschlossenheit: Auch 1859 beweisen die «Sprüche» Schillers noch ihre Aktualität und Begeisterungskraft. Damit ist sein Einfühlungsvermögen verwandt, von dem Keller sagt, obschon Schiller die Schweiz nie besucht habe, sei ein «Tell» entstanden, «wie ihn kein anderer geschrieben hätte, der die Schweiz wie seine eigene Tasche gekannt». Die zeitgenössischen Reiseliteraten (vgl. vorn S. 46 f.), deren «taciteische Kürze lediglich der Deckmantel ist für die verlorene Intuition, für das verzettelte Anschauungsvermögen», mißachten ein Grundgesetz jeder Dichtung: daß «die unmittelbare Beschreibung» hinter «der dichterischen Anschauung, die sich gläubig und sehnsuchtsvoll auf das Hörensagen beruft», zurückbleibt. Durch diese Abgrenzung gegen ein «abgetriebenes Touristenleben» kann Keller das gesamte dichterische Schaffen Schillers kennzeichnen: «Schiller war, als er abscheiden mußte, zu der Reife gediehen, von jedem gegebenen Punkte aus die Welt treu und ideal zugleich aufzubauen. Der ‹Tell› war nicht ein einzelnes Ergebnis günstiger Umstände; wie er fortgefahren hätte zu schaffen, lese man in der zweiten Szene des zweiten Aufzugs im ‹Demetrius›, wo er den Anblick russischen Landes im Frühling beschreibt.» Schließlich ist es die «allgemeine Geistesfreiheit», die Schillers «Tell», wenn auch getrennt vom übrigen Werk, selbst in der katholischen Urschweiz zu einem mitreißenden Drama macht [37].

Der Klassiker als Vergleichsgröße der Kritik: dies ist ein Aspekt der Beziehungen des alten Gottfried Keller zu Schiller. Hier begegnet, nur entschiedener, die gleiche Weigerung, ein Nachfahre zu sein, wie in der Absage, mit C. F. Meyer ein neues Dioskurenpaar zu bilden. Die Rezensenten ziehen mit Vorliebe solche Parallelen heran; J. V. Widmann macht in der Rezension des «Martin Salander» Gebrauch von einer derartigen Angleichung, bezeichnet mit Wendungen, die an Kellers Aufsatz «Am Mythenstein» erinnern, den Roman «als ein durch und durch schweizerisches Volksepos» und fügt hinzu: «Daß die Nation sich in einer solchen Dichtung finde, das wird als charakteristisches Haupterfordernis vom Volksepos verlangt», und: «Vorab ist ein schönerer Idealtypus einer liebenswerten, klugen, in treuer Pflichterfüllung heldenhaften Hausfrau noch von keinem schweizerischen Schriftsteller – auch von Jeremias Gotthelf nicht – aufgestellt worden, als er in der Gattin Salanders uns vor Augen kommt.» Widmann setzt den Vergleich fort: «Auch an die Schillersche Stauffacherin mag man sich erinnern, nur ohne jenes Wort vom letzten verzweifelten Mittel: ‹Ein Sprung von dieser Brücke macht mich frei.› Denn Frau Salander verbindet mit hohem Duldermute auch eine hohe Lebensweisheit, die ihr wohl aus jeder Lebenslage einen anderen Ausweg würde gezeigt haben als den der Verzweiflung.» Schließlich mißt Widmann an Schillers «Tell» die Bedeutung des Romans: «Vollends aber dieses Buch ist derart, daß er sich damit um das Vaterland ein ewiges Verdienst erworben hat. In dieser Beziehung ist es unbedingt das wichtigste unter Gottfried Kellers Werken und nach ‹Tell› das Wertvollste, was dieses Jahrhundert in literarischer Beziehung der Schweiz geschenkt hat.» Diese Verbindung mit Schiller lehnt Keller ab. Ende 1886 schickt Widmann Gottfried Keller die Rezension, die er in der «Deutschen Zeitung» (Wien) erscheinen läßt, und schreibt dazu: «Ungefähr dasselbe werde ich auch im ‹Bund› publizieren, nur dort noch eine Stelle, wo ich ein klein wenig das lächerliche Verhältnis, daß einer, der so etwas Großes und Gutes wie Ihr Roman nie machen könnte, doch darüber quasi zu Gericht sitzt, verliere ich kein Wort, da Sie ja jedenfalls durchfühlen, wie sehr ich meine wirkliche Stellung begreife.» Im nächsten Brief an Keller muß er sich zu einer Kritik des Dichters an der Rezension äußern, von der er durch den Komponisten Friedrich Hegar vernommen hat: «Hegar schrieb, daß Ihnen speziell zwei Punkte unangenehm gewesen seien, der Ausdruck Nationalepos und die Beziehung auf ‹Tell›. Was ersteren Ausdruck betrifft, so wollte ich ihn nur in dem Sinne anwenden, in welchem überhaupt der Roman oft als das moderne Epos bezeichnet wird, wo dann aber Ihr Roman, gemäß seinem stofflichen Inhalte und Gehalte, als das Epos für modern schweizerisches Leben dürfte bezeichnet werden. Und was die Beziehung auf ‹Tell› betrifft, so lag darin nicht eine Taxation der absoluten Werte des Schillerschen Schauspiels und Ihres Romans, sondern nur des relativen Erziehungswertes, den beide Werke für das schweizerische Volk haben könnten, und ein Vergleich wurde übrigens auch in letzterer Hinsicht nicht aufgestellt, sondern bloß gesagt, seit jener Gabe Schillers sei dem schweizerischen Volke etwas so Wertvolles nicht wieder geboten worden.» Schuld an der zu wenig feinen Formulierung sei der Druck der journalistischen Tätigkeit; Widmann verweist auf seinen früheren Brief: «Auch glaube ich Ihnen in dem Briefe, welcher die Übersendung meiner Rezension an Sie begleitete, schon geschrieben zu haben, wie peinlich ich Ihren Meisterwerken gegenüber alle Zeit fühle, daß zum Kritiker derselben nur jemand berufen wäre, der selbst etwas so Gutes auf diesem Gebiete schaffen könnte. Und einen solchen gibt es dermalen überhaupt nicht. Ich speziell habe bei solcher Arbeit kein anderes Ziel, als die mir offen stehenden Kreise in möglichst populärer Form auf das jeweilige neue Werk hinzuweisen [38].»

Da der Dichter nicht postwendend antwortet, ist Widmann besorgt, «die Sache gehe tiefer». Aber er erwägt auch: «Recht ist das nicht von ihm, indem doch mein ganzes Verhalten immer nur darauf gerichtet war, Keller in der

Schweiz, speziell in Bern, wo das Volk ihn noch lange nicht kennt, zu popularisieren und ihm immer nur das Beste nachzusagen.»

Erst im Mai 1887 schreibt Keller und stellt die Angelegenheit aus seiner Sicht dar. Er dankt für die rasch erfolgte Besprechung und berührt dann den eigentlichen cardo rerum: «Leid hat es mir nur getan, daß Sie meine von Herrn Hegar überlieferte Äußerung wegen des ‹Wilhelm Tell› nicht ganz richtig erfahren oder aufgefaßt haben. Ich war natürlich nicht der Einbildung, daß Sie Schillers Werk und den kleinen ‹Martin› an sich hätten gleichstellen wollen; ich fand mich aber durch die relative gutmütige Nebeneinanderstellung schon in Verlegenheit gesetzt, wie ja nicht anders sein kann, und bin auch überzeugt, daß mancher gute Bruder mir in Gedanken dafür einen Nasenstüber versetzt hat. Mit welchem Tenor ich mich nun im fraglichen Falle habe vernehmen lassen, ist mir nicht erinnerlich; doch bin ich überzeugt, daß es lediglich das etwelche übliche Gebrumme war, mit welchem man superlativische Lobsprüche abzulehnen pflegt. Von einer bösartigen Laune, in der ich gesprochen hätte, konnte nicht die Rede sein, da ich wohl weiß, daß Ihr Hang, mit starkem Ausdruck zu preisen, was Sie anspricht, dem gleichen edlen Temperament entspringt, mit welchem Sie unverblümt tadeln, was Sie ärgert [39].» Diese Zurückhaltung Kellers ist aber auch ein Reflex seiner Verehrung für Schiller und der natürlichen Distanz, die er zwischen sich und ihm bestehen lassen will, ohne daß dadurch das Bild des Dichters, das er im letzten Band des «Grünen Heinrich» entwirft und fast ohne Veränderung in die zweite Fassung übernimmt, getrübt würde. Wiederum, wie schon in der Tagebuchnotiz von 1843, versucht er Leben und Persönlichkeit in ihrer Ganzheit zu erfassen und ihr Besonderes herauszuheben. In dem Kapitel, dem er in der zweiten Fassung den Titel «Lebensarten» gibt und welches von Erwerb und Arbeit handelt, bemerkt Keller, die berufliche Tätigkeit werde immer mehr aus der unmittelbaren Beziehung zu Boden und Erde gelöst; die Gewerbe geraten in gegenseitige Abhängigkeit, «so daß der ganze Verkehr ein Gefecht in der Luft, eine ungeheure Abstraktion ist». Dadurch verliert die Arbeit ihre «Heiligkeit», «die Begriffe von der Bedeutung der Arbeit [sind] verkehrt bis zum Unkenntlichwerden». Beispiel für ein derartiges Luftgebäude, eine komplizierte Erwerbsmaschinerie ist das Unternehmen eines Fabrikanten von Revalenta arabica, der zwar vielen Menschen Beschäftigung gibt, sich selbst in das Wechselspiel von strenger Arbeit und bürgerlicher Festtagsruhe eingliedert – aber das ganze System steht auf hohlem Boden, «indem die Hauptsache, der vorgegebene Zweck, die Eigenschaft des Gegenstandes dieser ganzen Tätigkeit eine offenkundige Täuschung ist, und dessenungeachtet doch wieder der Chef dieser ungeheuren Blase der Zeit in seiner Umgebung so geachtet und geschätzt wie jeder andere Geschäftsmann». Revalenta arabica werde gemacht auch in «Kunst und Wissenschaft, in Theologie und Politik, in Philosophie und bürgerlicher Ehre aller Art, nur mit dem Unterschied, daß es nicht immer so unschädliches Bohnenmehl ist, aber mit

der gleichen rätselhaften Vermischung von Arbeit und Täuschung, innerer
Leerheit und äußerm Erfolg, Unsinn und weisem Betriebe, von Zwecklosigkeit
und stattlich ausgebreitetem Gelingen ...»

Das Gegenbild, «wirkungsreiche Arbeit, die zugleich ein wahres und vernünftiges Leben ist», stellt Schillers Existenz dar: «Dieser, aus dem Kreise
hinausflüchtend, in welchem Familie und Landesherr ihn halten wollten, alles
das im Stiche lassend, zu was man ihn machen wollte, stellte sich in früher
Jugend auf eigene Faust, nur das tuend, was er nicht lassen konnte, und
schaffte sich, um ein eigengehöriges Leben zu beginnen, sogar durch eine schrei-
ende Ausschweifung, durch eine überschwängliche und wilde Räubergeschichte,
durch einen Jugendfehler Luft und Licht; aber sobald er dies gewonnen, veredelte er sich unablässig von innen heraus und sein Leben ward nichts anderes als die Erfüllung seines innersten Wesens, die folgerechte und kristall-
reine Arbeit der Wahrheit und des Idealen, die in ihm und seiner Zeit lagen.
Und dieses einfach fleißige Dasein verschaffte ihm alles, was seinem persönlichen Wesen gebührte; denn da er, mit Respekt zu melden, bei alledem ein
Stubensitzer war, so lag es nicht in demselben, ein reicher und glänzender
Weltmann zu sein. Eine kleine Abweichung in seinem leiblichen und geistigen
Charakter, die eben nicht Schillerisch war, und er wäre es auch geworden.
Aber nach seinem Tode erst, kann man sagen, begann sein ehrliches, klares und
wahres Arbeitsleben seine Wirkung und seine Erwerbsfähigkeit zu zeigen, und
wenn man ganz absieht von seiner geistigen Erbschaft, welche er der Welt hin-
terlassen, so muß man erstaunen über die materielle Bewegung, über den bloß
leiblichen Nutzen, den er durch das bloße treue Hervorkehren seines geistigen
Ideales hinterließ. Soweit die deutsche Sprache reicht, ist in den Städten kaum
ein Haus, in welchem nicht seine Werke ein- oder mehrfach auf Gesims und
Schränken stehen, und in Dörfern wenigstens in einem oder zwei Häusern.
Je weiter aber die Bildung der Nation sich verbreitet, desto größer wird die
jetzt schon ungeheure Vervielfältigung dieser Werke werden und zuletzt in
die niederste Hütte dringen. Hundert Geschäftshungrige lauern nur auf das
Erlöschen des Privilegiums, um die edle Lebensarbeit Schillers so massenhaft
und wohlfeil zu verbreiten wie die Bibel, und der umfangreiche leibliche Erwerb, der während der ersten Hälfte eines Jahrhunderts stattgefunden, wird
während der zweiten desselben um das Doppelte wachsen und vielleicht im
kommenden Jahrhundert noch einmal um das Doppelte. ... Dies ist, im Gegensatz zu der Revalenta arabica manches Treibens, auch eine umfangreiche
Bewegung, aber mit einem süßen und gehaltreichen Kern, und nur die äußere
derbe Schale eines noch größern und wichtigern geistigen Glückes, der reinsten
nationalen Freude.» Von «diesem einheitlichen organischen Leben» unterscheidet sich das «gespaltene, getrennte, gewissermaßen unorganische Leben» eines
Spinoza und Rousseau, die «große Denker sind ihrem innern Berufe nach
und, um sich zu ernähren, zugleich Brillengläser schleifen und Noten schreiben.
Diese Art beruht auf einer Entsagung, welche in Ausnahmsfällen dem selbst-

bewußten Menschen wohl ansteht, als Zeugnis seiner Gewalt. Die Natur selbst aber weist nicht auf ein solches Doppelleben, und wenn diese Entsagung, die Spaltung des Wesens eines Menschen allgemein gültig sein sollte, so würde sie die Welt mit Schmerz und Elend erfüllen.»

In der zweiten Fassung liegt der Akzent nicht mehr so ausdrücklich auf der Eigengesetzlichkeit der Arbeit. Keller, der ja während der fünfzehn Jahre seiner Tätigkeit als Staatsschreiber ebenfalls eine Art «Doppelleben» führt, anerkennt, daß es «auch ein getrenntes, gewissermaßen unorganisches Leben von gleicher Ehrlichkeit und Friedensfülle» gibt: « ... das ist, wenn einer täglich ein bescheidenes dunkles Werk verrichtet, um die stille Sicherheit für ein freies Denken zu gewinnen, Spinoza, der optische Gläser schleift. Aber schon bei Rousseau, der Noten schreibt, verzerrt sich das gleiche Verhältnis ins Widerwärtige, da er weder Frieden noch Stille darin sucht, vielmehr sich wie die Anderen quält, er mag sein, wo er will.» Der alte Gottfried Keller beantwortet demnach die Frage nach dem «Gesetz der Arbeit» und «der Erwerbsehre» nicht mehr so gradeheraus, hat es doch in der frühen Fassung noch sehr bestimmt geheißen: «So fest und allgemein wie das Naturgesetz selber sollen wir unser Dasein durch das nähren, was wir sind und bedeuten, und das mit Ehren sein, was uns nährt. Nur dadurch sind wir ganz, bewahren uns vor Einseitigkeit und Überspanntheit und leben mit der Welt in Frieden, so wie sie mit uns, indem wir sie sowohl bedürfen mit ihrer ganzen Art, mit ihrem Genuß und ihrer Müh als sie unser bedarf zu ihrer Vollständigkeit, und alles das, ohne daß wir einen Augenblick aus unserer wahren Bestimmung und Eigenschaft herausgehen [40].»

Auf diese Weise wird Schillers Dasein gewissermaßen exemplarisch. Gottfried Keller lernt aber auch von den philosophischen Anschauungen des Klassikers und verarbeitet sie. In seiner Arbeit weist Reichert nach, daß schon die Notiz des 19jährigen Keller über den Nutzen des Tagebuchs Gedanken Schillers aus der Abhandlung über «Anmut und Würde» enthält. Die Stelle lautet: «Ein Mann ohne Tagebuch (habe er es nun in den Kopf oder auf Papier geschrieben) ist, was ein Weib ohne Spiegel. Dieses hört auf Weib zu sein, wenn es nicht mehr zu gefallen strebt und seine Anmut vernachlässigt; es wird seiner Bestimmung, gegenüber dem Manne, untreu; jener hört auf, ein Mann zu sein, wenn er sich selbst nicht mehr beobachtet und Erholung und Nahrung immer außer sich sucht. Er verliert seine Haltung, seine Festigkeit, seinen Charakter, und wenn er seine geistige Selbständigkeit dahingibt, so wird er ein Tropf. Diese Selbständigkeit kann aber nur bewahrt werden durch stätes Nachdenken über sich selbst und geschieht am besten durch ein Tagebuch. Auch gewährt die Unterhaltung desselben die genußvollsten Stunden!» Der Text verwendet die drei Grundbegriffe von Schillers Aufsatz: Anmut, Würde und geistige Selbständigkeit; Keller setzt sich mit dem Problem der geistigen Freiheit, des freien Willens im Widerspiel mit den Naturgesetzen – dem Grundthema von Schillers Abhandlung – auseinander. Allerdings ist seine Naturverehrung größer als bei Schiller, und der Freiheitsbegriff stammt in der Weite, die er bei Keller besitzt, offenbar aus der Studie «Über naive und sentimentalische Dichtung», zu der Kellers Brief an den Freund Müller vom Juni 1837 zahlreiche Parallelen aufweist. Schillers Abhandlung führt den Zürcher Dichter zu einer sehr verwandten Anschauung: Dem Ideal absoluter geistiger Freiheit in der Notwendigkeit (eine Formel Schillers), welche die intellektuellen Fähigkeiten, die den Menschen lehren, bewußt das Naturgesetz zu anerkennen, zur Humanität wandeln [41]. Auch die Naturbegeisterung Feuerbachs und Kellers spätere Vorstellung von einer «dialektischen Kulturbewegung» gehören in diesen Zusammenhang von Natur, absoluter, auch vom Theologischen her nicht eingeschränkter geistiger Freiheit und der Idee der Humanität.

Schönheit, Freiheit, Natur und Arbeit werden im «Prolog zur Schillerfeier in Bern» aufeinander bezogen; Keller selbst bezeichnet das Gedicht als «Prolögelchen» und nennt es, verglichen mit «den künstlichsten gereimten Formen» anderer Festgedichte, «sehr hausbacken». Der Prolog, in dem Keller von der Gründung des Bundesstaates, vom Erreichten und Bevorstehenden spricht, beweist, daß Schillers Name für die liberalen Kreise der Schweiz und Deutschlands ein Programm und die Feier ein Bekenntnis ist. Die Schönheit erscheint als notwendiges Gegenstück der Freiheit: «Zur höchsten Freiheit führt allein die Schönheit; / Die echte Schönheit nur erhält die Freiheit, / Daß diese nicht vor ihren Jahren stirbt.» Schönheit bedeutet Harmonie und ist eine die Befangenheit des Nationalen übersteigende Kraft: «Laßt uns der Schönheit einen Ort bereiten, / Daß sie das Eigenart'ge und Besondre, / Was uns beschränkt, frei mit der Welt verbinde ...» Keller unterscheidet die Schönheit in der Tat und in der Arbeit und hebt hervor, es sei die Schönheit, «die Friedrich Schiller lehrt»; sie ist verbunden mit der Wahrheit, dem Ernst, ist über den Zufall erhoben, «einig in sich selbst». Das Nationalfestspiel ist die praktische Anwendung dieser Schönheitsidee: Schönheit, «die das Gewordene als edles Spiel verklärt, / Das seelenstärkend neuem Werden ruft, / Daß Dichtung sich und kräft'ge Wirklichkeit, / In reger Gegenspieglung so durchdringen, / Wie sich, wo eine wärmre Sonne scheint, / Am selben Baume Frucht und Blüten mengen, / Bis einst die Völker selbst die Meister sind / Die dichtrisch handelnd ihr Geschick vollbringen.» Diese Verbindung von geistiger Freiheit und Schönheit durch ästhetische Bildung werde zur Sittlichkeit erziehen, Freiheit sei eine Voraussetzung der Kunst und des Lebens überhaupt, ohne sie bleibe Kunst «Despoten»-Kunst, müsse das Dasein auf ein eigenes inneres Gesetz verzichten. Schönheit ist auch für Keller Harmonie zwischen Sinnlichkeit und Verstand, zwischen individuellem Anspruch und Forderung der Gemeinschaft.

Den «Fortschritt des allgemeinen Menschheitsgefühls» über Goethe hinaus findet J. V. Widmann im andern Gedicht Kellers, das im Jahr der Schiller-Feier entsteht: «Das große Schillerfest», ausgedrückt. Nun lehnt Keller ja das Lob als übertrieben ab, spricht jedoch selbst von der «kulturhistorischen oder allgemein menschlichen Pointe germanischen Charakters», die seinen Versen anhafte. Wieder beschwören sie ein Idealbild, nun aber sein persönliches: die Vereinigung von Gewissen und Kraft [42].

Gottfried Keller bringt Schiller eine lebenlange Verehrung entgegen; als Ergebnis der Beeinflussung des jungen Keller durch Schillers philosophische Schriften ist die Ausprägung der Begriffe «Freiheit und Natur» zu betrachten. Aber die Behauptung einer «ideological bond» (Reichert) mit Schiller ist wegen Kellers selbständiger Weiterbildung dieser Begriffe, wegen des Wandels auch von Kellers Auffassung des Schönen, seines Verhältnisses zur Natur vom philosophisch-spekulativen zu einem dichterischen, intuitiven vorsichtig aufzunehmen [43]. Und was ist «Schönheit»? Keller hat sie nicht definiert; der «sein Lebtag standhaft befolgte Wahlspruch: ‹Wahr und schön!›» gibt auf die Frage eine sehr allgemeine Antwort, die eigentlich nur durch die Interpretation jeder einzelnen von Kellers Dichtungen bestimmt werden kann. Der Leser darf von Keller eher eine Belehrung verlangen darüber, was nicht schön sei: z. B. der «Martin Salander» – ein Buch, dem die Poesie fehlt, wie der Dichter klagt [44]. So verliert die Abhängigkeit von Schiller bei genauem Zusehen an Prägnanz; was bleibt, so scheint es, ist die Bewunderung weniger für eine philosophisch fundierte Dichtung als für das Menschliche an Schiller, für Schillers Existenz und vor allem für das Rätselhafte seines frühen Todes, von dem ja auch der «Prolog» noch einmal spricht:

«Ein großer Torso ist’s, den heut wir feiern, / Dem allzufrüh das große Leben brach; / Und unermeßlich ist, was ungeschaffen / Er mit hinab zur Nacht des Todes trug! / Doch jeder Teil von ihm, der uns geblieben, / Birgt in sich eine Welt urweiser Schönheit, / Vollendet ans Unendliche sich knüpfend, / Und lehrt uns so zu handeln, daß wenn morgen / Ein Gott uns jählings aus dem Dasein triebe, / Ein fertig Geistesbild bestehen bliebe.»

Keller schließt: «Was unerreichbar ist, das rührt uns nicht, / Doch was erreichbar, sei uns goldne Pflicht!» Eine Mahnung auch an sich selbst: Schillers Dasein und Pflichtgefühl, sein Leben und Nachwirken werden Vorbild.

DRITTES KAPITEL

KRITISCHE GESICHTSPUNKTE

A) ERFINDUNG UND ORIGINALITÄT

Der «inhaltlich-stoffliche Gesichtspunkt» der Literaturkritik, die Beurteilung eines dichterischen Kunstwerks nach «Erfindung», Gegenstand, Fabel und Motiv ist entscheidend auch und vor allem für die Leserschaft, die das Neue, Überraschende verlangt, und für die Dichter selbst, die sich ja oft als Erfinder oder «Macher» (Troubadour, Trouvère, Poet) bezeichnen. Schon Aristoteles fordert, daß sich der Dichter durch die Erfindung der Fabel oder in der Verwertung überlieferter Stoffe auszeichne (Poetik, 9. und 14. Kap.); Schiller nennt die Erfindung «cardo rei», Hebbel unterscheidet im Aufsatz «Zur Anthologienliteratur» zwischen neuen Motiven und solchen, «die bloße höhere Potenz einer längst vorhandenen Gedankenreihe» sind.

Die Originalität der Erfindung ist häufig leitend für die Tageskritik; sie kann helfen, die Funktion eines Werkes «im Literaturganzen» zu bestimmen. Die Trennung zwischen «originalen» und nachgeahmten oder plagiierten Erfindungen, die seit der Romantik üblich ist, bedeutet eine Vereinfachung; schon die Kritik der Renaissance und Klassik erkennt, «daß der künstlerische Wert einer lediglich originalen Handlung oder eines Stoffes gering», «Charaktertypen und Erzähltechniken traditionell» sein, «aus dem professionellen, institutionellen Vorrat der Literatur» stammen können – eine Erkenntnis, die durch das Übersetzen fremdsprachiger Poesie gefördert wird. Seit der Antike sind unzählige Motive, Topoi aufgegriffen worden, unbekümmert um ihre Originalität: «Innerhalb einer gegebenen Tradition zu arbeiten und ihre Techniken zu übernehmen, ist durchaus mit Kraft des Gefühls und künstlerischem Wert vereinbar» (Wellek-Warren). Das eigentliche Problem für den Literaturkritiker ist vielmehr die Art der Umformung, die Frage der Abhängigkeit von Vorbildern und der Ort eines dichterischen Kunstwerks «innerhalb einer Überlieferung».

Der Glaube der Romantik an das selbstherrliche Genie verführt den Dichter dazu, die Konvention zu unterschätzen und eine «private Symbolik» zu erfinden, die sich von der «Symbolüberlieferung» abspaltet. In Wirklichkeit aber steht er in dem breiten Strom der Tradition, selbst wenn er sich raffiniertester Verfremdungstechnik bedient; und für ein System der Literaturkritik, das wie jenes von Northrop Frye in der Dichtung Archetypen aufsucht, ist gerade diese «hochkonventionalisierte Literatur» von Wichtigkeit, d. h. die «naive, primitive und populäre Literatur», mit «den festliegenden Beiwörtern und Redensarten», den «unveränderlichen Handlungsverknüpfungen und Charaktertypen», «den topoi oder rhetorischen Gemeinplätzen [1]».

In einem Brief an Hermann Hettner spricht Gottfried Keller von einigen dieser Probleme, ausgehend von Hettners Studie über die Robinsonaden. Er liest Rabelais und wird darauf aufmerksam, «wie viele literarische Motive und Manieren, welche man so gewöhnlich für nagelneu oder von einer gewissen Schule herstammend ansieht, schon seit Jahrhunderten vorhanden sind, ja wie man eigentlich sagen kann, alle wirklich guten *Genres* seien von jeher dagewesen und nichts Neues unter der Sonne». Die Verwendung «eines unverständlichen Galimathias» in Tiecks Novelle «Die Reisenden», die er für eine Erfindung des Autors hält, begegnet ihm im «Pantagruel». Daraus lernt er, daß jeder Schriftsteller zunächst «durchaus allen vorhandenen Stoff systematisch» überblicken sollte, damit er nicht in Versuchung gerät, ein Motiv, das ihm beifällt, für original zu halten. Auch die Motive sind dem von der Volkskunde als «Aufstieg des Kulturgutes» bezeichneten Prozeß unterworfen: die unteren Volksschichten pflegen bestimmte Anekdoten und Fabeln, bewahren sie auf – Einfälle, welche das «Originalgenie», das sich zu ihnen hinabbegibt, aus der «lauteren Volksquelle» zu schöpfen glaubt, während es sich – mit dem entgegengesetzten Begriff der Volkskunde benannt – um «gesunkenes Kulturgut» handelt, das «schon vor Jahrtausenden vielleicht längst in klassischen Gedichten aufgeschrieben» worden ist, wie z. B. die erotischen Anekdoten Boccaccios, die der Dichter zwar «klassisch geformt» hat, die aber aus Indien stammen.

Keller sieht «das Ganze des poetischen Stoffes ... in einem merkwürdigen oder vielmehr sehr natürlichen fortwährenden Kreislaufe» begriffen. Eine «Statistik» poetischer Vorwürfe müßte zeigen, daß «alles wirklich Gute und Dauerhafte eigentlich von Anfang an schon da war und gebraucht wurde, sobald nur gedichtet und geschrieben wurde». Überraschend neue Stoffe gibt es nicht mehr; wer sie erzwingt, wie Fiedrich Hebbel, der verfällt auf schlechte dramatische Fabeln. Diese gewaltsame Originalität ist bei Keller auch dichterisches Motiv, in der Figur des Herrn Jacques gestaltet, und Gegenstand einiger Ausführungen über «Manier», den Hang zum Außergewöhnlichen und Erstaunlich-Neuen, Grotesken und Barocken, «Sonderbaren und Krankhaften» im «Grünen Heinrich», das sich aber, gemessen an klassischer Ruhe und Harmonie, von selbst verurteilt.

Im Brief an Hettner wie im «Mythenstein»-Aufsatz, wo ihn im Zusammenhang mit einer neu zu schaffenden volkstümlichen Lyrik die Frage beschäftigt, «worin die Neuheit in der Poesie bestehe», verweist Keller auf ein weiteres Beispiel: Der Weltschmerz etwa in Lenaus «Schilfliedern», der für sehr modern gilt, ist eine Eigentümlichkeit schon früher chinesischer Lieder, und zwar «mit allem heutigen Apparate: landschaftlichen Stimmungen, kleinen netten Pointen u. dgl.» Auch die «konkreten plastischen und drastischen Einfälle und Bilder» der orientalischen Dichtung, um welche die Poesie der Gegenwart mühsam ringt, beweisen Kellers Vermutung. Im Brief an Hettner faßt er zusammen: «Es gibt keine individuelle souveräne Originalität und Neuheit im Sinne der Willkürgenies und eingebildeten Subjektivisten.» Auch in Kellers Rezension von Schnyder von Wartensees Gedichten führt er diesen Gedanken an: «Übrigens war stofflich alles, was man jetzt immer wieder neu entdeckt, merkwürdiger Weise schon vorhanden: die Freude am Gebirge, Volksgebräuche und -feste, Dialektsachen, Landessagen.» Einer ähnlichen Kritik wird Mathilde Wesendoncks Trauerspiel «Edith oder die Schlacht bei Hastings» (Stuttgart 1872) unterworfen, und auch Heinrich Leutholds dichterisches Schaffen ist in dieser Hinsicht nicht original: «So wenig als schwer an Stoff sind die Gedichte das, was man neu nennt. Bald in der Formenlust der alten Schlegelschen, bald in derjenigen der Platenschen Schule glauben wir bekannte Töne und Weisen zu vernehmen, bis wir merken, daß wir immerhin einen selbständigen Meister hören, der seinen Ton nach freier Wahl angeschlagen hat und auch einen andern hätte wählen können. Gegenüber dem Suchen unserer Zeit nach Stoff und mannigfachem Effekt hat die Sammlung demnach etwas akademischen Charakter.»

Eher noch ist Keller gewillt, im Bereich des Dramas eine Erfindung als gut und in ihrer bestimmten Funktion als neu anzuerkennen. Bachmayrs Motiv des Vergessenheitstranks beurteilt er als «eine poetische Perle»; zur eigentlichen Absicht des Verfassers, im Drama «die heilige und unveräußerliche Selbstbestimmung der freien Person» darzustellen, bemerkt er aber: «Ich ... halte dieses Resultat bei weitem für nicht so neu, vielmehr für sehr alt und für den Gegenstand unzähliger Schauspiele und Romane», während das Motiv, daß «erfahrungslose Humanität» und «ehrgeizige Halbbildung» «sich dem kernhaften Volke gewaltsam aufdringen wollen», «ebenso neu als glücklich und auf männliche Weise durchgeführt» ist [2].

Am Schluß seines Briefes über Bachmayrs Drama wiederholt Keller, daß «das Stück erst durch den Trank an eigentlicher Plastik gewinnt und wie schön und ergreifend die Situation ist, wo das Mädchen, aus seiner reinen unschuldigen Welt in die Tiefe und Finsternis *bestimmter* unheilvoller Tat hinabgestoßen wird, und wie *neu* und unheimlich diese Tat ist.»

Während der Berliner Jahre beobachtet Keller an sich selbst die tröstliche Erscheinung, daß er «original und wesentlich sein dürfte», wenn er «frei aus sich heraus sinne»: «... eine solche Quelle versiegt nie.» Auf diese Originalität bezieht sich auch sein Brief an einen jungen Kaufmann, der ihm einige lyrische Arbeitsproben zuschickt; er rät dem Jüngling von der Laufbahn eines Poeten ab, weil es «den Gedichten an derjenigen Ursprünglichkeit resp. Originalität fehlt, welche erforderlich ist, heutzutage öffentlich aufzutreten». Im November 1884 schreibt er dem Literaten Hermann Friedrichs: «Man kann kaum mehr unterscheiden, was ursprüngliche Intention und was Nachahmung ist ...[3]», womit er das spezifisch poetische Talent meint, das sich unabhängig von Vorbildern entfaltet.

Keller ist sich bewußt, daß er selbst in einer Motivtradition steht, wenn er eingangs seiner Novelle «Romeo und Julia auf dem Dorfe» erklärt: «Diese Geschichte zu erzählen würde eine müßige Nachahmung sein, wenn sie nicht auf einem wirklichen Vorfall beruhte, zum Beweise, wie tief im Menschenleben jede jener Fabeln wurzelt, auf welche die großen alten Werke aufgebaut sind. Die Zahl solcher Fabeln ist mäßig; aber stets treten sie in neuem Gewande wieder in die Erscheinung und zwingen alsdann die Hand, sie festzuhalten [4].» In einem Brief vom April 1857 dankt er Freiligrath für die Übersetzung von Longfellows «The Song of Hiawatha» (1856), die «unser poetisches Bewußtsein» bereichere. Er möchte wissen, ob «die poetische Idee» des «erlösenden und bildenden göttlichen Helden» bei den Indianern vor oder nach der Landung der Europäer herausgeformt worden sei und wo der Ursprung der dichterischen Vorstellung im XXI. Gesang, der «großartigen und tiefsinnigen Situation», die «den schönsten Zügen aller andern uralten Poesien zur Seite steht», zu suchen, d. h. ob die vermeintliche Lügengeschichte des «Erzählers, Fablers und Prahlers» Jagoo von der Landung der Europäer eine Erfindung oder ein Sagenmotiv ist.

Daß gerade im Bereich der literarischen Erfindung wenig Originales geleistet werden kann, dafür hat Keller in seinem Brief an Freiligrath eine einfache Erklärung: «Übrigens sind wir wunderliche Käuze; so wundern wir uns immer von neuem, daß das Häuflein Menschen auf diesem Erdglöbchen einander so ähnlich sieht, und praktisch sind wir dabei auch, da wir uns ein so billiges Vergnügen und Spektakel zu verschaffen wissen, dadurch daß wir eben einander so ähnlich sehen [5].»

Gottfried Keller weist in seinen Besprechungen von J. V. Widmanns poetischen Werken häufig auf diesen Kreislauf der Motive hin. Er gewinnt offenbar den Eindruck, daß Widmann nicht nur einer Motivtradition folge, sondern zu einem eigentlichen Stil-Nachahmer werde. Schon in der ersten kurzen Erwähnung einer Dichtung Widmanns («Kalospinthechromokrene oder der Wunderbrunnen von Is. Epische Dichtung in zwölf Gesängen von Messer Lodovico Ariosto Helvetico», Frauenfeld 1871) spielt er auf diesen Nachahmungstrieb an, indem er das Werklein als «romantisches Epos» mit «lustigen und ästhetischen Vorzügen» bezeichnet. Über «Mose und Zipora. Ein himmlisch-irdisches Idyll in zwölf Gesängen» (Berlin 1874) schreibt er eine ausführlichere Würdigung, angeregt durch schlechte Rezensionen: «Ihre schöne Dichtung anbetreffend muß ich allerst gestehen, daß deren Besprechung in der Presse ... mich keineswegs befriedigte. Die Partie mit dem lieben Gott etc. namentlich dessen Teilnahme an der Hochzeit, wurde geradezu schnöd unterschätzt und philiströs behandelt.» Diesem Lob folgt der Einwand: «Dagegen würde ich, wenn ich was zu sagen gehabt hätte, den Wunsch ausgesprochen haben, daß es Ihnen gefallen möchte, Ihr reiches Talent nicht zur Übung des schon da Gewesenen, wie mehr als einmal, zu verwenden, wie z. B. diesmal zur Hirten- und Schäferpoesie des Cinquecento und des 17. Jahrhunderts der Romanen. Es macht auf mich den Eindruck, als ob ein heutiger Maler durchaus Bilder malen wollte, die man für echte Italiener oder Spanier halten könnte, was freilich immerhin etwas Rechtes wäre [6].»

In der Antwort verweist Widmann auf die Ähnlichkeit seiner Dichtung mit Kellers «Sieben Legenden», «die man auch nicht allgemein begriffen» habe, und fährt fort: «Daß übrigens Mose Renaissance-Poesie ist, damit haben Sie ganz recht; auch ist es richtig, daß man in solchem Genre nicht mehreres schaffen soll. Ich glaube auch, ich sei auf dem Wege, aus dieser Richtung herauszukommen ...[7]»

Die Kritik an der Manier Widmanns formuliert Keller schärfer und unnachsichtiger in einem Brief an Heyse über Widmanns Trauerspiel «Oenone» (Zürich 1880), in dem er «gehörige Schönheit und Anlagen, aber allerdings starke Beimischungen von Ungehörigem» findet; und über das Drama «Zenobia. Königin des Ostens» (Zürich 1880) heißt es ähnlich, es sei «ganz nach der Tieckschen Schablone gemacht ..., im Ton der lustigen Shakespeare-Übersetzer-Weise». Von Widmann selbst berichtet er Heyse: «Es ist ein guter und höchst begabter Mensch, leider eine Art Eulenböck, der alle Meister ein Weilchen nachmachen kann, bald ist er Wieland, bald Ariost, bald macht er eine ‹Iphigenia›, bald ‹Hermann und Dorothea› bis auf einzelne Situationen hinaus, ohne alle Genierlichkeit. Plötzlich merkt er einmal, wo es fehlt, und er will verzweifeln, bis er wieder mit einer kolossal reminiszierenden Erfindung davonrennt.»

Diese Kritik klingt auch in der Äußerung Kellers zu Widmanns heiterem Buch «Rektor Müslins italiänische Reise» (Zürich 1881) mit: «Sie haben die große Aufgabe, *noch* eine italienische Reise zu schreiben, vortrefflich gelöst und den Vogel vor vielen Neuern abgeschossen. Schon die Spaltung des Reisesubjekts in zwei Personen, die sich in Anschauungen und Urteilen zu teilen haben, ist ein genialer Griff, wie das Ei des Kolumbus, und mit ebensoviel Anmut als Weisheit durchgeführt, indem bei Müslin die extravagante Schrulle überall in den richtigen Schranken gehalten ist und der Humor dadurch um so feiner wirkt. Und so bringt denn, was die beiden Herren sehen und gustieren, trotz des bald seit Goethe abgelaufenen Jahrhunderts, noch viel des Neuen, Nichtgesagten, Überraschenden, daß der Band der hesperischen Literatur künftig wohl integrieren wird [8].»

In die Erörterung des Problems der Originalität gehört, was Keller über die «Iliaden post Homerum» sagt, ein Begriff (nach Aristoteles, Poetik, 18. Kap.), den er für Werke verwendet, die alte Stoffe, welche schon einmal poetisch gestaltet worden sind, bearbeiten; 1879 schreibt er an J. V. Widmann: «Beim Anblick des Titels ‹Oenone› wollten mich ... die alten Bedenklichkeiten beschleichen, die sich immer gegen die sogenannten Iliaden *post Homerum* erheben, d. h. gegen den Konkurs mit dem längst Ausgereiften und Geschlossenen.» In einem Brief Kellers über die «Idyllen und Scherze» (Leipzig 1884) von Heinrich Seidel heißt es: «Dürfte ich einen leisen Zweifel wagen, so wäre es der, ob es heutzutage noch opportun sei, hie und da Stoffe zu reproduzieren, welche von klassischen Dichtern schon in mustergültiger Weise behandelt worden sind, wenn nicht eine neue Applikation hinzukommt. Daß indessen das Feld und die Luft immer frei bleiben sollen, ist freilich auch wahr [9].» Im Juni 1883 unterbreitet Paul Heyse den Plan einer Neubearbeitung des Don-Juan-Motivs: «Es handelt sich um das bußfertige Ende eines großen Sünders, den einfach vom Teufel holen zu lassen, eine zu billige Auskunft ist: um keinen Geringeren als ... Don Juan Tenorio. Ich war längst der Meinung, daß es töricht sei, ihn zu einer Art Gegen-Faust zu machen [wie Grabbe], mit schönen Meditationen über appetitliches Weiberfleisch, das Recht der Gewissenlosigkeit und den Zauber der Sünde. Denn hier läuft es doch nur auf einfältige Tautologien hinaus, und alle Versuche, die Gestalt zu vertiefen, scheitern an der Voraussetzung, daß er eben ein solcher Sinnenmensch von Teufels Gnaden sei, an dessen sogenannter Seele dem Teufel nicht viel zu holen bleibe. Nun hab' ich ihn in eine Lage gebracht, aus der ihm eine tragische Kollision erwachsen muß, die den Bodensatz von sittlicher Empfindung in ihm aufrührt, und nichts wäre mir lieber, als von Dir zu vernehmen, ob mir das geglückt sei.» Keller hat verschiedenes einzuwenden: «Den ‹Don Juan› wieder aufgenommen zu sehen, hatte ich, ehrlich gestanden, bisher kein Bedürfnis. Wir Deutschen sprechen ja nur wegen Mozart von ihm, und ich finde in der Oper alle erwünschte Poesie und Metaphysik des Gegenstandes, zumal wenn, wie ich höre, eine zeitgemäß edlere szenische Behandlung des Schlusses sich anbahnt. Überhaupt bin ich kein Freund der Komplettierungen und Iliaden *post Homerum.* Um so ehrerbietiger werde ich den Hut abziehen und fröhlich schwingen, wenn Du, woran ich nicht zweifle, ein neues Land unter altem Namen entdeckt und erobert hast.» Am Schluß des Briefes fügt Keller bei: «Meine obige Phrase über die Oper ‹Don Juan› riecht etwas nach dem weiland jungen Deutschland, ist aber doch nicht so gemeint; ich kann mich jetzt nur nicht deutlicher ausdrücken», und: «Nun aber will ich das Maul halten; das tönt ja alles wie von einem Oberlehrer, der besser wissen will, was andere wollen, als diese selbst, und in die ‹Gegenwart› schreibt [10].»

Die Bedenken Heyses Projekt gegenüber verdeutlicht er in einem Brief an Storm; doch zunächst erhält er Antwort von Heyse, der dem Freund seine Gründe für die Neubearbeitung erläutert: «Wegen Deines geringen Appetits auf meinen ‹Verführer› mach' ich mir die geringste Sorge. Ich selbst bin fast 50 Jahre alt geworden und war ganz zufrieden damit, ihn mit Sang und Klang zur Hölle fahren zu sehen. Bis ich eines Tages ein Ungenügen empfand und das Bedürfnis, ihn aus dem Flammenkessel wieder heraufzubeschwören, um ihn freilich *proprio motu* wieder hineinstürzen zu lassen. Was die Komplettierungen betrifft, möcht' ich doch nicht ein für allemal mich dagegen stemmen. Es gibt Stoffe und Figuren, die durch eine Reihe von Jahrhunderten langsam weitergedichtet werden. Wenn unser ‹Faust› 2. Teil nicht vorläge, der freilich so viel Unzulängliches enthält, würden wir nicht auch des Glaubens sein, für einen Geist, der über Grübeln und Ergründenwollen allen Boden des naiven Daseins verloren, sei es der anständigste Ausweg, sich von einem mehr oder minder geistreichen Teufel holen zu lassen? Nun erleben wir, daß noch so manche Türen vorhanden sind, wo er nur einen Bretterzaun oder eine Wand sah, an denen er den Kopf einrennen wollte [11].» Wenig später, als Keller Heyses Stück schon gelesen hat, äußert sich Theodor Storm dazu: «Was sagen Sie zu ‹Don Juans Ende›?» fragt er Keller. «Nach der Wirkung, die ich beim Vorlesen damit erzielte, und der Art, wie ich als Vorleser mich dazu verhalten mußte, glaube ich, daß das Stück sich mehr als seine meisten andern für die Bühne eignen werde, abgesehen von dem mir im Gedanken ganz richtig scheinenden Ausgange, richtiger: der allerletzten Szene, über deren wirkungsvolle Darstellung ich mir kein Urteil bilden kann. Die Konzeption scheint mir recht glücklich: die Klippe des Faustischen ist vermieden, die Liebe zum Weibe und zum Kinde liegen beide im Bereich auch des selbstsüchtigen Genußmenschen. Zwar merkt man im Anfang die Arbeit, und der Leporello und die Geschichte mit dem Kapuziner sind mir etwas schwach; aber der Gang der Handlung wird doch immer kräftiger.» Und nun, Storm gegenüber, kann Keller seine Skepsis unbedenklich aussprechen: «Der ‹Don Juan› wird mit seinem Schlusse schon wirksam sein; wenn er szenisch gut arrangiert wird, so ist dieser Schluß [Don Juan ersteigt den Vesuv, um sich in den Krater zu stürzen] glücklich und großartig gedacht, wie die ganze Idee. Der Umstand, daß ich kein Bedürfnis nach einem andern ‹Don Juan› empfand als dem Mozartschen, wird freilich für mich durch die beste Tragödie nicht gehoben, was gewiß barbarisch ist. Allein ich kann mir nicht helfen: wenn die Librettisten hinter den Dichtern herlaufen, so seh' ich nicht ein, warum diese es jenen gegenüber ebenso machen sollen. Übrigens muß ich, wie gesagt, den neuen ‹Don Giovanni› Szene um Szene erst noch bedächtlich und mit Pietät mir aneignen [12].» In einem Brief an Heyse vom Oktober 1883 erwähnt er zwar seine Vorbehalte wegen der «Ilias post Homerum» nicht, aber das Urteil bleibt distanziert und steif: «... ich fand Deine Erfindung vortrefflich. Ein Häkchen ist noch das Bedenken, ob das nunmehrige gesetzte Alter des Don Juan noch ganz verträglich ist mit der Art von ewiger Jugend, welche der Idee, wenn man das Wort brauchen darf, anhaftet. ... Am Ende ist ja jeder Heroismus, und so auch derjenige eines Weibsverderbers und Mädchenjägers, immer jung. Der Abgang des verlorenen Herren ist pompös und die Szene prachtvoll, wenn der Leser Vorstellungskraft hat oder die Bühne ihre Pflicht tut [13].»

In einem Brief von 1882 an Hermann Friedrichs nennt Keller «die Frage der Ursprünglichkeit und Neuheit» «eine alte paradoxe Geschichte, die nicht recht zu definieren ist und doch bei jedem neuen Dichter wiederkehrt». Auch jetzt, wie schon einmal dreißig Jahre früher, möchte er den Widerspruch zwischen der Tatsache, daß «der Gegenstand aller Poesie ... immer derselbe» ist und doch «immer dieselbe Frage nach dem Notwendigen und Zwingenden, das der neue Poet mit sich bringt», gestellt wird, ausgleichen, indem er den Begriff «neu» einschränkt. «Neu in einem guten Sinne ist nur», hatte er 1854 in einem Brief an Hettner geschrieben, «was aus der Dialektik der Kulturbewegung hervorgeht»; so ist Cervantes neu in der Auffassung des «Don Quixote», wenn auch «nicht in der Ausführung und in den einzelnen poetischen Dingen». Dieselbe Einschränkung begegnet im «Mythenstein»-Aufsatz: «Das Neue wird überhaupt nicht von einzelnen auszuhecken und willkürlich von außen in die Welt hineinzubringen sein; vielmehr wird es darauf hinauslaufen, daß es der gelungene Ausdruck des Innerlichen, Zuständlichen und Notwendigen ist, das jeweilig in einer Zeit und in einem Volke steckt, etwas sehr Nahes, Bekanntes und Verwandtes, etwas sehr Einfaches, fast wie das Ei des Kolumbus.» Aber wenn Keller damals das Urteil über diese «Notwendigkeit», über den Wert eines Gedichts gewissermaßen vom Volk erwartet, das jene Motive und Erfindungen aufbewahrt, wenn er fordert, der Lyriker müsse mit einem reifen Lied vor die «kritische Zuchtschule» einer Festversammlung treten, so daß das Volksfest «zu einer Pflanzstätte lebendiger Lyrik» werde – 1883 ist das Vertrauen geschwunden; jetzt grenzt Keller seine Kritik (es bestehe grundsätzlich kein Bedürfnis nach einem neuen «Don Juan») gerade gegen einen möglichen Publikumserfolg ab, getragen von der Phantasie der Leserschaft und einer geschickten Darstellung der «prachtvollen» Schlußszene auf der Bühne, von Kräften also, die nicht in Heyses Stück selbst liegen [14].

B) SPRACH- UND STILPROBLEME

Walter Benjamin beschreibt Gottfried Kellers Verhältnis zum Wort einmal als befangene Sorgfalt: im Apparat der Gesamtausgabe lasse sich erkennen, daß der Dichter mehr um den korrekten als um den poetischen Ausdruck bemüht gewesen sei. Der Sprache und dem Stil schenkt Keller auch als Literaturkritiker große Aufmerksamkeit [1].

Ausgangspunkt für eine Betrachtung seiner Äußerungen über Fragen des Stils und der dichterischen Sprache können die verschiedenen Briefe an Ferdinand Freiligrath sein. 1850 will Keller den Freund veranlassen, die Lyrik zugunsten der Prosa zurückzustellen, 1854 meint er: «Ich glaube immer, Du solltest einmal etwas Prosa schreiben zu allgemeinem Nutzen; denn es hat sich neuerzeitlich herausgestellt, daß fast nur noch die verpönten Versemacher eine ordentliche Prosa schreiben können und derselben auf den Strumpf zu helfen imstande sind. Womit ich aber nicht etwa auf meine eigenen Untaten anspielen möchte; denn wenn ich auch von jetzt an bestrebt sein werde, besonnen zu schreiben, so wird dies jedenfalls nicht von meinen schlechten Versen herkommen oder dann nur aus der *Negative* [2].» Keller, der sich damals vom «subjektiven Geblümsel» der Lyrik abwendet, spricht offenbar der Prosa – wenigstens in diesen Jahren – höheren Wert zu, sieht sich selbst als Prosa-Schriftsteller, wie die Bemerkung in einem Brief vom April 1857 an Freiligrath andeutet: «Schön wäre es freilich, wenn Du direkt gegen mich wieder mal etwas briefstellern wolltest, Du brauchst Dich nicht zu genieren wegen des Stils, weil ich etwa ein dickbändiger Prosaist geworden bin [3].» Der «Prosaist» erweist sich auch im Nachdenken über die poetische Sprache, im Nachprüfen des eigenen Stils. Nach der Veröffentlichung des ersten Bändchens der «Leute von Seldwyla» bemerkt er zu «den ungehobelten Stellen», bei «von vornherein edleren Stoffen» wären sie gar nicht unterlaufen: «In der Welt dieser Erzählungen … konnte ich ihrer nicht ganz entbehren, da jedes Kunstwerklein seine eigenen Regeln hat; auch glaube ich, man sieht es den Grobheiten und Ungezogenheiten an, daß sie absichtlich hingesetzt sind, und dies ist beste Verteidigung: ‹merke man die Absicht und sei verstimmt!› … Doch, wie gesagt, mit dem fürnehmeren Stoffe wird auch eine ehrbarlichere Sprache kommen.» Noch während der Arbeit am «Grünen Heinrich», der für ihn «keine unbefangene und objektive Aufgabe» ist, erklärt er dem Verleger Vieweg: «Ich werde indessen gleich nach dem Schlusse ... einen Band Erzählungen schreiben ... Mein Zweck dabei ist, mich mit einer Probe von klarem und gedrängtem Stile zu versuchen, wo alles moderne Reflexionswesen ausgeschlossen und eine naive plastische Darstellung vorherrschend ist.»

Kellers Sprach- und Stilbewußtsein prägt auch seine nichtpoetischen Texte; im Artikel «Ein nachhaltiger Rachekrieg» betont er, das Bettagsmandat von 1871 sei «nicht im gesalbten Kanzelton» geschrieben, wie eine übelwollende Kritik ihm nachsagte: «G. Keller hat im Gegenteil, und zwar schon vor 1869, die streng konfessionelle Sprache aus denjenigen Entwürfen verbannt, die ihm für fragliche Kundmachungen übertragen wurden, und da durch den Verlust der diesfälligen Gemeinplätze die Redaktion allerdings schwieriger wurde, so war das vielleicht mit ein Grund, daß die Regierung den Erlaß von Bettagsmandaten ganz aufgab ...[4]»

Im Dezember 1884 beklagt sich Paul Heyse über die herrschende Stillosigkeit in der zeitgenössischen deutschen Dramatik und charakterisiert die verschiedenen Stillagen in Drama und Novelle: «Wir Spätlinge wechseln zwischen Öl, Tempera, Pastell, Aquarell und getuschter Manier innerhalb vierzehn Tagen. Dagegen sammelt der Novellist alle verschiedenen Stile und Manieren in seiner Person und prägt selbst dem Heterogensten den Stempel seines Eigenwesens auf.» Keller erwidert: «Was Du von der herrschenden Stillosigkeit sagst, ist mir nicht recht klar; Ihr müßt eben rufen: *le style c'est moi!* und drauflos schustern, mögen sie dann tun, was sie wollen! Oder vielmehr, sie werden schon nachkommen müssen» – ein Vorangehen, das Keller Heyse, dessen «korrekten Stil» er ja gegen Gutzkows negativ gemeintes Urteil der «akademischen Manier!» in Schutz nimmt und gerade sie von dem üblich gewordenen «wüsten Wirrsal des Zeitungsromans» abhebt (vgl. S. 222 f.), glaubt zumuten zu dürfen[5]. Keller selbst bildet seinen Stil in der gleichen Absicht aus der gründlichen Kenntnis der Stilmittel und ihrer richtigen Verwendung heraus. Mit Berthold Auerbach bespricht er sorgfältig die Interpunktion im «Fähnlein der sieben Aufrechten»; 1860 hatte Auerbach geschrieben: «Sie werden die Kleinigkeit bemerken, daß ich Ihnen viele Ausrufungszeichen in einfaches Punktum verwandelt habe. Ich weiß recht gut, was Sie damit wollten. Wir haben das Bedürfnis, die Betonung der Rede, die sehr wesentlich ist, im geschriebenen Worte kundzugeben, aber wir erreichen's doch nicht. Es ist einer der intimsten poetischen Vorzüge Shakespeares, daß er nie zu sagen hat, das wird so und so gesprochen, wie Schiller so oft tun muß; Shakespeare weiß das wie alle Gestikulation in die Rede selbst zu legen. In der Erzählung ist das freilich wohl nie zu erreichen, und doch erscheint es mir auch hier immer störend, wenn ich Tonlage, Gestikulation und Rhythmus des Atems angeben soll. Da bleibt eine Unzulänglichkeit, die nicht zu überwinden ist.» In der Antwort berichtet Keller von seinen stilistischen Überlegungen und Gewohnheiten: «Wegen der Ausrufungszeichen sind Sie, mit Erlaubnis zu sagen, auf dem

Holzwege. Ich habe bei der Durchlesung der Geschichte gar nichts von den gestrichenen bemerkt, weil ich überhaupt mit der Interpunktion auf einem sehr kühlen Fuß stehe. (Kühler Fuß, auch eine schöne Redensart, die mir hier entwischt, ich glaube, das kommt noch vom gestrigen Abend.) Von Haus aus bin ich der Ansicht, daß man so schreiben soll, daß wenn alle Interpunktionszeichen verloren gingen, der Stil dennoch klar und ausdrucksvoll bliebe. Weil die Einrichtung aber einmal da ist, so mache ich meiner Unschlüssigkeit und Gleichgültigkeit, die zeitweise eine große Unregelmäßigkeit bei mir hervorbringt, plötzlich einmal dadurch ein Ende, daß ich mich genau an die Schulerinnerungen halte und z. B. immer ein Ausrufungszeichen setze, wo ich es als kleiner Junge setzen mußte, bei allen Ausrufungen, Befehlen etc. etc. Ich bin auch immer in Verzweiflung wegen der Gänsefüßchen im Dialog, den neuen Absätzen etc. etc., weil alles das mich nicht intressiert und man doch eine gewisse Ordnung beobachten muß» – Ausführungen, zu denen Anton Bettelheim, der eine Lebensgeschichte Auerbachs schreiben will (Stuttgart 1907) und dazu Einblick in Kellers Briefwechsel mit dem Herausgeber des «Deutschen Volkskalenders» haben möchte, bemerkt: «Ihre Briefe über Interpunktion, zur Geschichte des Fähnleins ... gehören m. E. ebenso in eine literarische Studie wie etwa Ihr Glückwunsch zu Vischers 80. Geburtstag [6].»

Und doch ist das für Keller nur eine Nebensache; in der autobiographischen Skizze von 1876 spricht er über die «Frage des Berufenseins» und schließt seine Ausführung mit dem Satz: «Daß das eigentliche Lernen erst dort beginnt, wo die Schulbank ihr Ende hat und die Stilfrage auftritt, ist eine Sache für sich.» Stil bedeutet hier die Gestaltung eines Stoffes; ähnlich unterscheidet Keller, wenn er z. B. ein Trauerspiel Hermann Linggs («Der Doge Candiano», Stuttgart 1873) wegen des «glücklichen Stoffes» lobt, «aber über die Ausführung und den Stil noch nicht» mit sich einig ist. Er selbst verhält sich dem eigenen Stil gegenüber sehr kritisch und feilt unermüdlich daran; in einem Brief an den Verleger Weibert erbittet er für die erweiterte Ausgabe der «Leute von Seldwyla» «Revisionsbogen mit breitem Rand», da er «nicht nur Druckfehler, sondern auch eine Menge Stilkorrekturen anbringen muß»: «Es ist eben der alte Schlendrianstil.» 1881 schreibt er Storm: «Ich lebe jetzt in einer Leidenszeit. Mit der Korrektur des ‹Sinngedichts› beschäftigt und den Text nun zum dritten- oder viertenmal mit der Feder in der Hand durchgehend, stoße ich immer noch auf zahlreiche Nester von groben Schulfehlern, Anhäufung gleichlautender Worte, Verbalformen, Partikeln und der verfluchten Endsilben -ung, -heit und -keit, die ich bisher übersehen, so daß ich mich mit meinen 62 Jahren fragen muß, ob das noch anders werden kann? Das Auge fliegt eben immer ungeduldig über die Schrift weg, und das Ohr kann bei mir nichts tun, da ich von Anfang an weder für mich allein laut las, was ich geschrieben, noch jemals eine Umgebung hatte, der ich etwas vorlesen konnte oder mochte.» 1883 heißt es dann an Weibert: «Da sich seit 10 Jahren für die ‹Legenden› eine Reihe kleiner stilistischer Korrekturen angesammelt hat (in meinem Handexemplar), so wünschte ich die Revision der neuen Auflage jedenfalls zu besorgen und werde dann auch versuchen, das Th in Ordnung zu bringen, das in Fremdwörtern und Eigennamen etc. bestehen bleiben soll [7].»

Vom Feingefühl des Dichters in Stilfragen, von seiner strengen Selbstkritik berichtet der Germanist Seuffert: «Auf die Gestaltung wendete dieser poesiereiche Mensch eine ängstliche Sorgfalt. Das Erfinden scheint der leichtere Teil seiner Überlegung gewesen zu sein; der kunstmäßigen Darstellung bis ins Kleinste opferte er harten Fleiß.» Neben diesen Anstrengungen geht aber immer die Kritik an andern her; so tadelt Keller in Gustav Freytags «Ahnen» die Erfindung, rühmt den Stil; bei Spielhagen, «der viel zu rasch schreibe, um immer gut zu schreiben», verwirft er «die starken Wechsel des Stils»; «die Erzählung, natürlich nicht die Wechselrede der Personen, müsse *einen* Charakter tragen; bei Spielhagen aber verlaufe sie ruhig, dann auf einmal bei einem Sturme stürze sie in lauter Interjektionen dahin», wie Seuffert Kellers Gedanken zusammenfaßt. «Ferner hielt Keller darauf, auch die Prosa müsse einige metrische Gesetze befolgen, das Zusammenstoßen von Vokalen wie das von Konsonanten meiden; so empfand er z. B. ‹Du kommst spät› als unerträgliche Härte wegen der Aufeinanderfolge der sechs Konsonanten mmstsp; auch auf Abwechslung der Vokale habe der Prosaist zu sehen. Seine Meinung ging dabei keineswegs auf verkünstelte Form aus; er spürte wohl, daß Goethe zuweilen zu sehr geglättet habe, und anerkannte ausdrücklich, daß Schiller, der sich nie um seinen Stil bemüht, alles in der Erregung hingeschrieben: ‹Und so war's auch schön!› [8]»

Der klare, der richtige Stil ist für Keller Voraussetzung jeder poetischen Arbeit. Einen jungen Dichter-Adepten ermahnt er zur «korrekten» Ausdrucksweise: «Die erste Anforderung, die man an einen jungen Menschen stellt, der sich mit Literatur und Dichtung befassen will, ist, daß er grammatikalisch richtig schreiben könne und sodann einen einfachen Brief klar, unzweideutig und in den richtigen sprachlichen Ausdrücken abzufassen verstehe. Dies ist nun bei Ihnen nicht der Fall. Sie bezeichnen die Dinge und Verhältnisse nicht mit denjenigen angemessenen Ausdrücken, die man nach dreijährigem Sekundarunterricht erwarten kann.» Umgekehrt rühmt er am «komischen Heldengedicht» «Die Jungfrau vom Stuhle» (Zürich 1875) des späteren Redaktors von Lindaus «Gegenwart», Theophil Zolling, den Stil, rügt dagegen den poetischen Erfindungsdrang: «Ich wünsche Ihnen schönstes Glück zu der blühenden, geistreichen und sprachgewandten äußern Gestalt Ihres Gedichtes, sowie zu dem echten, klar und ruhig gehenden Fluß und Klang Ihrer Arbeit, zu dem glücklichen Ausdruck einer glücklichen Stimmung oder wie man es nennen will.» Weniger gelungen scheinen ihm Hauptmotiv und die Gestalten der Dichtung, die «zu individuell farblos» sind: «Doch das hängt noch mit der Jugend zusammen; Sie werden schon noch lernen, innerlich bestimmter und mehr zu sehen, wenn Sie schreiben oder schaffen. Für jetzt entspricht das reiche Kleid Ihrer Verse noch nicht ganz dem darin steckenden Körper.»

Am Erinnerungsbuch «Stilleben in bewegter Zeit» (Leipzig 1878) von Eliza Wille-Slomann hebt er wiederum die stilistischen Mängel hervor: «Das Buch der Frau Wille ist eigentlich kein Roman, sondern soll die Geschichte ihrer Familie resp. ihrer Eltern sein ... Wenn es die eigentliche Memoirenform hätte, so würde es tiefer wirken; so scheint es mir an weiblicher Stilschwäche zu leiden [9].»

Daß, trotz der ursprünglichen Berufung, «das eigentliche Lernen» erst jenseits der Schulbank beginnt, wenn «die Stilfrage auftritt», das erläutert Keller jungen Literaten aus Mainz, die ihm (sowie Storm und Spielhagen) jene Frage stellen, ob «Bildung» den Dichter fördere. Keller lehnt die Auffassung vom Poeten als dem «wilden Genie» (Shakespeare) ab; er verwirft auch die Meinung, nur der Lyriker schöpfe sein Werk aus sich selbst, Drama und Epos müßten auf «dem Studium der Geschichte und der philosophischen Ideen, die den Gang der Menschheitsgeschichte begleiten», aufbauen. Er billigt jedoch, daß die Phantasie die wichtigste Voraussetzung für die Dichtung sei, eine besondere Kraft darstelle, Bildung spielend zu erwerben und in das Werk einzuarbeiten, während «methodische Schulung» wohl die handwerkliche Fertigkeit fördere, aber den Schriftsteller fast zum Wissenschafter werden lasse. Beispiel für seine Ansicht sind Goethe und Schiller. Gleichzeitig betont er, «daß jedes Zeitalter seinen eigenen Maßstab der fraglichen Harmonie der Durchbildung hat [10]».

Nun weiß auch Keller, daß es nicht nur auf den korrekten Stil ankommt, damit eine Dichtung zum wirklichen Kunstwerk wird. In einem Brief an Friedrichs über dessen Novelle «Das Mädchen von Antiochia» («Deutsche Revue» 1884) nennt er eine zweite Voraussetzung: «Was mir bei aller Korrektheit Ihrer Arbeit mangelt, ist eine gewisse gute Laune, ein gewisser Sonnenschein, eine Freiheit des Geistes, die *über* der Schrift schweben und derselben den Charakter des fleißig gelösten Pensums, der bloßen Mache benehmen. Sie würden diese Freiheit vielleicht bälder erreichen, wenn Sie mit weniger Ängstlichkeit immer nach der beruflichen oder handwerklichen Seite des Schriftstellertums hinblickten und sich dafür Ihrer Unabhängigkeit desto bewegungsfroher erfreuten»; bei den nordischen Schriftstellern seiner Zeit empfindet er einen ähnlichen Mangel, «die neusten Genies» sind ihm «trotz allen Talentes nicht sympathisch»: «Es fehlt mir die Charis, die Sonnenwärme [11].»

So wie Keller das Verhältnis zwischen dichterischer Phantasie und Bildung zeichnet, legt er mehr Gewicht auf die Persönlichkeit des Dichters, auf die Begabung als solche, weniger Gewicht auf das erlernbare Handwerkliche. Diese Ansicht drückt er in einer Formel aus, die er der positivistischen Literaturwissenschaft gegenüber verwendet, welche in der Dichtung «nach dem Geheimmittel, dem Rezept und dem Goldmacherelixier» forsche, «das doch einfach darin besteht, daß man unbefangen etwas macht, so gut man's gerade kann, und es das nächste Mal besser macht, aber beileibe auch nicht besser, als man's kann. Das mag naturburschikos klingen, ist aber doch wahr», schreibt er Emil Kuh.

Otto Brahm notiert in seinen «Erinnerungen an Gottfried Keller» eine ähnliche Bemerkung des Dichters: «Und unbegreiflich war ihm, was er bei Daudet gelesen: daß das Schreiben ein ewiger Kampf, eine blutige Qual sein könne. ‹Da schreibt man so Sachen hin›, meinte er, ‹und nachher sieht man sie an, und es fällt einem was Neues ein; aber das macht doch Spaß und nicht Schmerz − und wenn's nicht geht, so läßt man es.›» Damit bezeichnet Keller ein Ideal, das er zum Teil in Ludwig Uhland verkörpert findet, bei dem «Schuldlosigkeit und poetische Anmut noch so schön mit wahrer Männlichkeit verbunden» ist [12].

Alle diese Fragen werden ebenfalls in den Gotthelf-Rezensionen behandelt. Die Eigenart Bitzius' in Stil und Sprachform veranlaßt den Kritiker, den Dichter als Dorfgeschichtenschreiber und Volksschriftsteller einzustufen, und verunmöglicht es ihm lange, Gotthelf gerecht zu beurteilen.

Die heutige Interpretation faßt Gotthelfs Sprache als der Dichtung gemäß: «Die Angleichung der beiden Idiome in einer neuen Sprache, in der Stilisierung von unten, von der Mundart her, und die Anpassung von oben, von der Hochsprache her ... ist ein ästhetisches Phänomen und als solches zu würdigen und zu erforschen» (Werner Günther). Nicht den Anstoß, aber die Legitimation solcher eigenwilliger Sprachgestaltung bietet Pestalozzis «Lienhard und Gertrud». Für Gotthelf selbst ist diese besondere Form der Sprache auch keineswegs zwingend, und er entspricht dem Wunsch des Verlegers, die mundartlichen Einschübe z. B. in «Käthi die Großmutter» zu stutzen; um dem Roman «Jakob ...» möglichst weite Verbreitung zu sichern, schreibt er ihn fast rein hochdeutsch [13].

Das Verhältnis zwischen Mundart und Schriftsprache in einem dichterischen Text greift Keller im Vorwort zum «Schweizerischen Bildungsfreund» (1876/77) auf; er tadelt am Zürcher Dichter Usteri die Verwendung sprachlicher Formen aus dem 16. Jahrhundert (z. B. in «Graf Wallraff von Tierstein»), weil «der ganze Gedankengang, alle Bilder und Satzbildungen und Wortfügungen solcher Produkte durchaus modern sind und daher in dem alten schlottrigen Gewande nur eine ungeschickte Maskerade vorstellen. Die gleiche Erscheinung wiederholt sich bekanntlich bei jenen Dialektdichtern, die sich in lauter schriftdeutschen Partizipialkonstruktionen und Adjektiven bewegen.» In der Besprechung der Niklaus-Manuel-Ausgabe Baechtolds bemerkt Keller, der Herausgeber habe schon in seiner Bearbeitung des «Hans Salad» gezeigt, «wie unorganisch unsere heutige Dialektliebhaberei oft verfährt und wie weit namentlich die künstliche Nachahmung der Sprache des sechzehnten Jahrhunderts, die jedem so leicht erscheint, vom wirklichen Sprachstil jener Zeit entfernt ist». Diese Dialekte des 16. Jahrhunderts gelten ihm geradezu als «grob [14]» (vgl. S. 161).

Zur Frage einer sprachlich-stilistischen Belebung der hochsprachlichen Dichtung durch die Mundart berichtet Seuffert: «Auf eine Verbesserung der Schriftsprache durch lebenden Dialekt schien Keller nichts zu geben, obwohl die große Bereicherung des schriftdeutschen Sprachschatzes durch Hallers und Bodmers lokal gefärbte Ausdrucksweise den Schweizer darauf hätte führen können. Volksrede und Schriftdeutsch waren ihm zwei unvereinbare Idiome. Volkstümliches Gewand tauge nur für volkstümlich Gedachtes; hochdeutsch Gedachtes in Dialekt zu übersetzen schien ihm eine alberne Fratze.» Das ist eine nicht bloß ablehnende Kritik Kellers; er ist gleichzeitig überzeugt von der Notwendigkeit einer «Stilreinigung», die er sich folgendermaßen denkt: «In Wort und Schrift seien zu viele Bildungen mit -ung und -heit u. dgl.» (vgl. S. 321), äußert er Seuffert gegenüber, «sie müßten ausgerodet, auf den Stamm zurückgegangen werden. Schon Goethe habe im ‹Wilhelm Meister› die Sprachverluderung angefangen, Jean Paul ... habe alles aufgelöst. Die Regeneration der Sprache, von der er träumte, dachte er sich etwa so: Man, d. h. der Dichter, müsse bewußt Schriften des 16. Jhs. oder noch besser des Mittelalters lesen, vor allem die Gedichte des ‹Literaten› Walther von der Vogelweide und das Nibelungenlied. Daran solle man sein Sprachgefühl erwecken, aber ja nicht archaisieren, vielmehr sorgfältig alles Altertümelnde, was sich einschleiche, ausfeilen und zwanzig Jahre dran bessern. Das werde den Anstoß zu der neuen unentbehrlichen Sprachreinigung geben, wie eine im 18. Jahrhundert durch Wieland, Goethe, Schiller vollzogen worden sei. Keller wehrte auch hier das Einmischen der Theoretiker entschieden ab; sie sollten sich nie und nirgends einbilden, Produzenten sein zu können; dadurch hätten es Bodmer und Ruge verfehlt.»

Anders beurteilt Paul Heyse den Einfluß des Dialekts auf die Dichtung gerade bei Keller, über den er in seinen «Jugenderinnerungen» schreibt: «Ja, wem es so gut geworden war, wie dem Meister Gottfried von Zürich, als sprachgewaltiger großer deutscher Dichter zugleich im Mutterboden eines Urdialektes zu wurzeln und aus ihm die verjüngende Kraft, den eigenartigen Lebenssaft seines Stils zu saugen! Mit bewunderndem Neid betrachtete ich diese Vereinigung höchster Bildung und volkstümlicher Naivetät ...[15]»

Zur rein mundartlichen Dichtung äußert Keller sich bei Gelegenheit Fritz Reuters; die autobiographischen Schriften schätzt er als Dokumente, mißbilligt jedoch die «Läuschen un Rimels». Die Behauptung der Norddeutschen, Reuter lasse sich nicht in die Hochsprache übertragen, findet er sowenig stichhaltig wie diejenige der klassischen Philologen, Homer sei nur in der Ursprache schön: «... es verständen nur zu viele Leute das Original, darum werde jede Übersetzung getadelt.» An Emil Kuh schreibt er: «Reuter ist mir sehr wertvoll und lieb; er war eine reiche Individualität und hatte alles aus erster Hand der Natur. Auch das Idiom stört mich an sich nicht; denn durch solche energische Geltendmachung der Dialekte wird das Hochdeutsch vor der zu raschen Verflachung bewahrt. Seine eigene Beschränktheit für den Dialekt kommt bei allen Dialektdichtern vor und ist glaube ich notwendig, weil nur dadurch sie zu Virtuosen darin werden. Es braucht einen Fanatismus, um der gemeinen Schriftsprache so den Rücken kehren und seine Sache unverdrossen durchführen zu können. Langweilig ist freilich dabei das Geschwätz der Verehrer, als ob die Herrlichkeit ganz unübersetzbar wäre und durchaus nur in der Ursprache genossen werden müsse. Damit bewundern sie nur ihre eigene plattdeutsche Haussprache. Ich habe noch nicht eine Seite von Reuter gelesen, die man nicht ohne allen Verlust sofort und ohne Schwierigkeit hochdeutsch wiedergeben könnte. Allein zu solchen Äußerungen machen die Reuterphilister gerade so mitleidige Gesichter wie Philologen, wenn einer sagt, daß er den Homer nicht griechisch, sondern nur in Vossens Übersetzung lesen könne; und das ist doch noch etwas ganz anderes. In Zürich haben wir einen solchen Dialektvirtuosen, der hat den Robert Burns in den Zürcher Landdialekt übersetzt und behauptet, nur in diesem werde der schottische Dichter wieder genießbar!» Im Grunde ist aber die Ursache dieser halben Ablehnung Reuters eine künstlerische; er stellt Hebel höher als den norddeutschen Dichter: «Der war ein ganz anderes Luder, was der schrieb und dachte, war eben volle Poesie.» Hebels Ansehen in der Schweiz erwähnt Keller auch in der ersten der Gotthelf-Rezensionen: «Möchte sich Gotthelf doch ein wenig an seinem berühmten und braven Vorgänger spiegeln, an Hebel, welcher ebenfalls Geistlicher war. Wie verschieden behandelt dieser sowohl als Künstler wie als Moralist den Teufel in seinem ‹Karfunkel›. Diese pietistische Tendenz [Gotthelfs] tut den Volksbüchern großen Eintrag; auf jeder Seite wird gepoltert und gepredigt und oft im abenteuerlichsten Stil [16].»

Mit Theodor Storm unterhält sich Keller anläßlich der Novelle «Renate» (1878) über die Verwendung des Dialekts und alter Sprachformen. Den Herausgebern der «Deutschen Rundschau», wo die Novelle zuerst erschienen war, hatte Storm erklärt: «Die neue Novelle wird wohl ‹Um Anno Siebenzehnhundert› heißen, und ich bin dabei wieder der Versuchung unterlegen, mich der Sprache der letzten Jahrhunderte zu bedienen; das getragene Pathos ist für die dichterische Form sehr verführerisch.» Gleichlautend in einem Brief an Keller: «Das getragene Pathos der alten Sprache hat mich verführt, es noch einmal zu gebrauchen; aber ich verspreche, es nicht wieder zu tun.» Keller liest die Novelle Storms «mit großem Genusse»: «Die Stimmungen in Land und Leuten sind wieder einzig, obgleich aus dem bekannten Schatzvorrat genommen. Die verjährte Sprache hat mich keineswegs gestört; sie eignet sich sogar besser für den erzählenden Helden, der geistig unter dem eigentümlich pikanten Mädchen zu stehen scheint.» Dann bekennt er sich doch noch einmal zu seinen schon früher empfundenen prinzipiellen «Skrupeln» gegenüber dem «verjährten Sprachstil»: «Fast jeder hat in dieser Weise schon das eine und andere geliefert durch die Schreibarten der letzten Jahrhunderte zurück bis zum sechzehnten, allerlei Kabinettsstücklein, ganze Bücher und Episoden solcher. Nehme ich nun die verschiedenen Stammesdialekte hinzu, in welchen virtuos oder stümperhaft gearbeitet wird, von den Reuter, Groth, Hebel bis zu den bajuvarischen Quabblern und Nasenkünstlern, so scheint es mir doch, abgesehen von aller dargetanen Berechtigung und stattgefundener Erbauung, daß etwas Barbarisches darin liege, wenn in einer Nation alle Augenblicke die allgemeine Hochsprache im Stiche gelassen und nach allen Seiten abgesprungen wird, so daß das Gesamtvolk immer bald dies, bald jenes nicht verstehen kann und in seinem Bildungssinn beirrt wird, der Fremde aber ein gewiegter Philologe sein müßte, der sich durch alles hindurchschlagen könnte. Natürlich gewinnt die gesamte Nationalsprache, wenn die Stämme und Provinzen ihre Idiome kultivieren und festhalten; aber ich glaube, man sollte die Übung den Quernaturen überlassen, welche nicht anders können, selber in seinem Hause alle möglichen Dialekte sprechen, aber schreiben nur in der einen und allgemeinen Sprache, wenn man sich dieser einmal gewidmet hat. So mag's auch ein bißchen mit den Rokoko- und Chronikalformen sein. Es schwebt mir sogar innerhalb der lebenden Schriftsprache eine größere Einheit und Gleichmäßigkeit im Tempo und Marschschritt und Tritt vor, die noch zu erreichen wäre gegenüber dem willkürlichen Einzelgetue, und damit das Material zu dauerhaften Formen für großen Inhalt, zuletzt aber schwebt mir soeben auch vor, daß dies alles wohl eine Schrulle sei und ein überflüssiges Blatt Papier verbraucht hat. Auf die ‹Renate› soll es sich jedenfalls nicht speziell beziehen, und wünsche ich diese gar nicht anders [17].»

Storm, der antwortet: « ... die alte Sprache anlangend (in der ich übrigens Unverständliches zu vermeiden suchte), so denke ich ganz wie Sie und habe mir auch bei Beginn der Arbeit zugeschworen, daß es nicht wieder geschehen solle; diesmal aber wollte ich dem Reize ... denn doch noch nachgeben» – Storm lebt ja wie Keller selbst in einer abgesonderten Mundart-Landschaft und notiert in seinen Erinnerungen an Eduard Mörike die Beobachtung, daß in der niederdeutschen Sprachgegend, im platten Land, die Hochsprache viel deutlicher als vom Dialekt verschieden empfunden werde und deshalb keine mundartlichen Ausdrücke und Wendungen aufnehme. Er erzählt auch, Mörike habe sich, als Storm bei ihm zu Besuch war, mit einem andern Anwesenden in schwäbischer Mundart unterhalten und auf Storms entsprechende Frage geantwortet: «Wisse Sie was? Ich möcht's doch nit misse!» Übrigens läßt Storm seinen Mörike-Aufsatz von der Witwe des Dichters auf die Richtigkeit der mundartlichen Zitate hin prüfen.

In der Rezension von Klaus Groths schriftsprachlich verfaßten «Hundert Blättern» weist Storm darauf hin, daß diese Gedichte mehr der Reflexion entstammen und von poetischen Reminiszenzen leben als die Dialektgedichte des «Quickborn», die, weil in größerer Unmittelbarkeit geschaffen, lyrischer anmuten. Dafür sei das Platt nach seinem «eigenen Wesen und ... besonderen Verhältnisse zum Dichter» als sprachliche Form am besten geeignet.» Die lokal begrenzte Sprache zwingt den Dichter auch zu stofflicher Einschränkung: «... eine Menge von Stoffen sind ... von vorneherein gänzlich ausgeschlossen.»

Anderseits haftet jedem mundartlichen Ausdruck noch seine ursprüngliche Anschaulichkeit an. Die Arbeit des Dichters reduziert sich damit auf «die richtige Verwendung des im Sprachschatze Vorhandenen», so daß der Eindruck entsteht, die Wendung sei aus der Situation herausgewachsen und vom Dichter so geformt worden. In der Schriftsprache sind die vorgeprägten Bilder und Vergleiche abgegriffen, und nur höchste Begabung vermag einem Gedicht den Hauch der Frische zu verleihen.

Keller trennt bei Groth weniger zwischen lebendiger Mundart und unanschaulicher Hochsprache, wenn er über Groths Gedichte sagt: «Sie sind gewiß ganz charakteristisch, ebenso sinnig und poetisch malerisch, ohne einen akademischen Stil zu zeigen, welcher zum Dialekt nicht passen würde. Es hat die allerliebsten Gegenstände darunter», und Keller ergötzt sich «an dem luftfrischen Leben [18]».

Immer wieder bespricht er nun auch in den Gotthelf-Rezensionen die Beziehung zwischen Mundart und Schriftsprache. Im zweiten Aufsatz korrigiert er die ablehnende Haltung der deutschen Kritik gegenüber einer deutschschweizerischen Literatur vor Gotthelf: «Zu Bodmers und Breitingers Zeiten und bis tief in unser Jahrhundert hinein pflegte die deutsche Kritik jeden Schweizer, der etwa ein deutsches Buch zu schreiben wagte, damit zurückzuscheuchen, daß sie ihm die ‹Helvetismen› vorwarf und behauptete, kein Schweizer würde jemals Deutsch schreiben lernen.» Dagegen nimmt Keller, wie 1854 in der Miszelle «Das goldene Grün bei Goethe und Schiller», wo von «der uralten Volkssprache der Deutschen» und «dem wackeren deutschen Sprachgeist» die Rede ist, und in den erwähnten Briefen an Emil Kuh über Reuter und an Storm über die Novelle «Renate», einen Deutschen und Deutschschweizern gemeinsamen Sprachkern an; der Volkssprache schreibt er eine stämmeverbindende Kraft zu: «In jetziger Zeit, wo die Königin Sprache die einzige gemeinsame Herrscherin und der einzige Trost im Elende der deutschen Gauen ist, ... begrüßt [sie] mit Wohlwollen auch ihre entferntesten Vasallen, welche ihr Zierden und Schmuck darbringen, wie sie dieselben vor fünfhundert Jahren noch selbst gesehen und getragen hat.» Gotthelf macht sich die Aufwertung der Mundarten im deutschen Sprachbereich bewußt zunutze: «Jeremias Gotthelf mißbraucht zwar diese Stimmung, indem er ohne Grund ganze Perioden in Bernerdeutsch schreibt, anstatt es bei den eigentümlichsten und kräftigsten Provinzialismen bewenden zu lassen. Doch mag auch dies hingehen und bei der großen Verbreitung seiner Schriften veranlassen, daß man in Deutschland mit ein bißchen mehr Geläufigkeit und Geschicklichkeit als bisher den germanischen Geist in seine Schlupfwinkel zu verfolgen lerne. Wir können hier natürlich nicht etwa die philologisch Gebildeten, sondern nur diejenige schreibende und lesende Bevölkerung Norddeutschlands meinen, welche so wenig sichern Takt und Divinationsgabe in ihrer eigenen Sprache besitzt, daß sie gleich den Kompaß verliert, wenn nicht im Leipziger oder Berliner Gebrauche gesprochen oder geschrieben wird [19].»

Keller ergänzt diese Kritik durch den Hinweis auf Gotthelfs offensichtliche Stilvernachlässigung, die in Abhängigkeit von seiner Weltanschauung, seinem Christentum betrachtet wird. Er mißbilligt also nicht nur die individuelle Ausprägung einer allgemeinen Zeiterscheinung, des Stilzerfalls schlechthin, sondern ein persönliches Ungenügen des Berner Dichters.

Zunächst rühmt Keller Gotthelfs Sinn für das Volk, die gelungene Darstellung der «Technik und Taktik des Bauernlebens»; der begrenzte Landschaftsraum, in welchem Gotthelfs Stoff beheimatet ist, bewirkt «lokale Färbung und Wahrheit», was eine «Lebensbedingung der ursprünglichen klassischen Dichtungen fast aller Zeiten und Völker» ist und etwas anderes als die «bloße lokale Entsprechung oder Bedeutung», die nicht genügt, «um den Mangel an literarischem Werte zu ersetzen», wie Keller im Vorwort zum «Bildungsfreund» ausführt [20]. Aber der Bewunderung des Rezensenten stehen schon in der ersten Besprechung unmißverständliche Einwände gegenüber, die den Einfluß von Gotthelfs politisch-religiöser Tendenz auf die künstlerische Darstellung betreffen. «Das schöne Ebenmaß» geht verloren, «die ruhige, klare Diktion wird unterbrochen durch verbittertes, versauertes Wesen, er überschriftstellert sich oft und gefällt sich darin, überflüssige Seiten zu schreiben, indem er seine eigene Manier sozusagen nachahmt und damit kokettiert. Man erhält nicht ein gereinigtes Kunstwerk, durch die Weisheit und Ökonomie des geschulten Genies zusammengefügt, man erhält auch nicht das frische naive Gewächs eines Naturdichters, denn Gotthelf ist ein studierter und belesener Mann; sondern man erhält ein gemischtes literarisches Produkt, das sich nur durch das vortreffliche Talent Bahn bricht, welches sich darin zeigt.»

Kellers Kritik an «den Unebenheiten des Stils» setzt einen Begriff voraus, der nicht nur den Duktus der Sprache, die Darstellungsmittel, sondern auch schon das Inhaltlich-Gedankliche, die dichterische Umschreibung der Bilder, Vergleiche, die Argumente einschließt. So zeichnet Gotthelf eine bestimmte Gestalt in «Uli der Knecht» als «brüllhafte Natur»; gerade in dieser Schilderung erkennt Keller eine Stilschwäche: «Hier liegt nun die Nachlässigkeit des ‹Stils›, sage ich absichtlich, darin, daß er dergleichen Kerle dem Jahrhundert in die Schuhe schiebt; hätte er ein wenig nachdenken mögen, so würde er sich ohne Zweifel an Falstaff erinnert und noch weiter hinauf bis in die Bibel genug solche Burschen gefunden haben, wie z. B. den wackern Goliath, welche just nicht moderne Naturen sind. Gotthelfs Stil mit seinem kecken Gepolter ist selbst ein solcher Schreckteufel, welcher einem bange machen könnte, wenn man ihm nicht auf den Leib ginge [21].» In diesem Zusammenhang wird der Kritiker auch auf Gotthelfs Vernachlässigung der klassisch-humanistischen Bildung aufmerksam: «Während der Verfasser sich bestrebt, die drastische Sprache des Volks zu führen und seine Frauen im Scherze per ‹Unflat› titulieren läßt und fortwährend eine höhere Erziehung und Bildung verhöhnt, gebraucht er selbst, um psychologische Zustände zu bezeichnen, Bilder vom Brechen der Lichtstrahlen auf verschiedenen Körpern, von elektrischen Schlägen und dergleichen. Wie kann er von dem Volke, das *er* haben will, das Verständnis solcher eleganten Metaphern verlangen?» Es wäre vielmehr Aufgabe eines gebildeten Schriftstellers, «allfällige eingeschlichene Roheiten und Mißbräuche im poetischen Spiegelbild abzuschaffen und dem Volk eine gereinigte und veredelte Freude wiederzugeben» etwa an den alten ehrwürdigen Volksspielen [22], an altem Brauchtum. Aber gerade solche Schilderungen, der Wässerbauern z. B., die auch in der Erzählung «Hansjoggeli der Erbvetter» als «Symbolmotiv» erscheinen, beweisen den «unbesonnenen Stil» Gotthelfs: «Wenn man ... so einfache Geschichten fortwährend verdreht und benutzt, um Hiebe auf die Gegenwart anzubringen, so nenne ich das einen schlechten Stil führen [23].» Der Vorwurf, Bitzius lasse bei seinem dichterischen Gestalten alle Bildung außer acht, wird auch in der zweiten Rezension erhoben; «von irgend einer schriftstellerischen Mäßigung und Beherrschung der Schreibart» sei in seinen Werken nichts zu spüren, obschon der Verfasser Theologie studiert habe und in den Humaniora bewandert sei. Die leidenschaftliche, zügellose Dichternatur Gotthelfs vergleicht Keller mit seiner Idee von der Schulung des Schriftstellers: «Das edle Handwerk der Büchermacherei hat verschiedene Stufen in seiner Erlernung, welche zurückgelegt werden müssen. Zuerst handelt es sich darum, daß man so einfach, klar und natürlich schreibe, daß die Legion der Esel und Nachahmer glauben, nichts Besseres zu tun zu haben, als stracks ebenfalls dergleichen hervorzubringen, um nachher mit langer Nase vor dem mißratenen Produkte zu stehen. Alsdann heißt es hübsch fein bei der Sache zu bleiben und sich durch keine buhlerische Gelegenheit, viel weniger durch einen gewaltsamen Haarzug vom geraden Wege verlocken und zerren zu lassen.» Hauptsächlich verstößt er gegen die «Disziplinen» der Einfachheit und Sachlichkeit. Dieser Fehler charakterisiert Gotthelfs Stil: «Erstlich ist seine Rede so wunderlich durch *wohl, aber, daneben, jedoch,* durch unendliche Referate im Konjunktiv Imperfecti gewürzt und verwickelt, daß man oft ein altes Bettelweib einer neugierigen Bäuerin glaubt Bericht erstatten zu hören. Sodann läßt er sich alle Augenblicke zu einer süßen Kapuzinerpredigt, zu einer Anspielung mit dem Holzschlegel, zu einem feinen Winke mit dem Scheunentor verleiten, welcher weit hinter die Grenze der behandelten Geschichte gerichtet ist. In ‹Die Käserei in der Vehfreude› ... wird wenigstens ein halbes dutzendmal auf das Frankfurter Parlament gestichelt.»

Über die Unsachlichkeit der gedanklichen Entwicklung bei Gotthelf bemerkt der Kritiker: «Hat man gelernt, nicht wie eine alte Waschfrau, sondern wie ein besonnener Mann zu sprechen und bei der Sache zu bleiben, so ist es endlich noch von erheblicher Wichtigkeit, daß man auch diejenigen Einfälle und Gedanken, welche zu dieser Sache gehören mögen, einer reiflichen Prüfung und Sichtung unterwerfe, zumal wenn man kein Sterne, Hippel oder Jean Paul ist, welches man durchaus nicht sein darf, wenn man für das Volk schreibt, das ‹Volk› nämlich mit Gänsefüßchen eingefaßt. Denn obgleich wir jene Herren gehörig verehren, besonders den letzten, so wird uns doch mit jedem

Tag leichter ums Herz, wo ihre Art und Weise zum mindern Bedürfnis wird. ... Was die Einfälle betrifft, so ist es eine eigene Sache mit denselben, und es gehört ein Raffael dazu, jeden Strich derselben stehen lassen zu können, wie er ist [24].»

Es fehlt Bitzius, wie manchem Schriftsteller, an Selbstkritik und Zurückhaltung: «... wir befürchten, er sei nunmehr unter die Literaten gegangen, welche dem Teufel ein Ohr wegschreiben, und darin hat er unrecht.» Dieser Vorwurf der Vielschreiberei stellt, bedenkt man Kellers sonstiges Urteil über den «Literaten», eine strenge Bewertung dar, um so mehr als Keller selbst langsam und sorgfältig, zögernd schreibt [25].

Zwei Gründe sollten Gotthelf – entgegen seinem ausdrücklichen Willen – eigentlich dazu zwingen, seine ganze Mühe, alles Wissen, die humanistische Bildung, über die er verfügt, an sein Werk zu wenden: einmal Gottesgehorsam, «die Pflicht, sein Pfund nicht zu vergraben und ein dem Herrn gefälliges Kunstwerk zu schaffen mit Fleiß, Reinlichkeit und Selbstbeherrschung, da er das Zeug dazu empfangen hat». Sodann müßte die Absicht politischer und staatsbürgerlicher Wirksamkeit Gotthelf zu einer solchen Sorgfalt veranlassen, «weil ein wohlproportioniertes und schöngebautes Werk seinen Zweck besser erreicht als das entgegengesetzte, und gerade beim Volke allererst». Das erste Argument, mit dem der Rezensent den Dichter gewissermaßen im eigenen Netz fangen will, ist zugleich ein Beispiel für das methodische Fundament von Kellers Kritik: Gründe, mit denen Gotthelf seine Art zu schreiben rechtfertigt, werden in der ironischen Formel «ein dem Herrn gefälliges Kunstwerk» gegen ihn gewendet [26]. Das zweite Argument zeigt, daß der Kritiker von Anfang an trachtet, die künstlerische Aufgabe, die Gotthelf hätte erfüllen sollen, nachzuweisen; Keller bietet eine Stilistik in nuce. Was über Stil und Dichtung in den beiden ersten Rezensionen ausgesprochen wird, das faßt der dritte Aufsatz (über «Zeitgeist und Berner Geist») noch bestimmter, ergänzt es durch die Untersuchung, ob der Dichter das Volk in seinen Büchern erreicht: «‹Gebildete› können am Ende an einem wilden Produkte ein pathologisches Interesse nehmen und überhaupt Roßnägel verdauen, wie die tägliche Erfahrung zeigt; auf das Volk hingegen wirkt nur solide Arbeit, wenn es darüber auch keine gelehrte Rechenschaft gibt.» Zweifellos will Gotthelf das Volk beeinflussen, aber er wählt nach Kellers Meinung falsche Mittel. Seine «Hauptstärke ist einmal nicht die geistliche und politische Rhetorik an sich, so fest auch seine Gesinnung ist, sondern eben das stofflich Poetische», das aber nur in sparsamen «Schlaglichtern» aufgesetzt werden sollte, «als organische Blüte notwendig erwachsen» müßte; seine Bücher sind also nicht Kunstwerke in dem Sinn, wie auch ein Parteimanifest Kunstwerk sein kann – «noch jedes aus alter und neuer Zeit ist ein solches gewesen und hat es sein müssen». Gerade Gotthelfs episches Genie macht ihn zum Parteirhetoriker untauglich. So ist neben «Anne Bäbi» und «Herr Esau» wohl kein Buch Gotthelfs der ursprünglichen Konzeption und Anlage nach so tendenziös gemeint und wächst sich zu einem so rein dichterischen Werk aus, das seinen Anlaß weit hinter sich läßt, wie «Zeitgeist und Berner Geist». Gotthelf selbst bekennt, daß sein Dichten eruptiv hervorgebrochen sei, und die nachträgliche Fortsetzung und Erweiterung einmal abgeschlossener Werke, die ihren eigentlichen polemischen Zweck schon erfüllt haben, weisen auf den Epiker, nicht aber den demagogischen Rhetoriker: «Hierin liegt ... der Knotenpunkt, wo das Wollen mit dem Können auseinandergeht und welchem auch ein Talent wie Jeremias Gotthelf machtlos unterworfen ist [27].» Gotthelfs politische Absicht widerspricht der überschauenden, unbeteiligten Haltung des Epikers, der er seiner Anlage gemäß ist. Statt «einer über der Befangenheit der Partei schwebenden unbefangenen Seele, einer über die Leidenschaft sich erhebenden Ruhe» erkennt Keller in Gotthelf den mitten im Volk wirkenden Mitbeteiligten [28]. Die richtige Verhaltensweise des Dichters, der auf ein bestimmtes, auch politisches Ziel hin schreibt, besteht darin, daß er, der die Parteileidenschaft gekannt und überwunden hat, sie «zur Energie veredelt wieder in den Kampf» führt. Dann schließt sie Objektivität in sich und «so viel guten Grund und Boden ..., als nötig ist, nicht zur förmlichen Entstellung und Inkonsequenz greifen zu müssen; es gehört dazu eine gewisse Achtung des Gegners, um dessen Gefährlichkeit zu beweisen, ohne die eigene Partei oder das Volk, welches diese beschützen will, verächtlich und lächerlich zu machen». Nur wenn der Dichter als Politiker auch diese Gesichtspunkte berücksichtigt, bleiben «die innere Wahrheit und Berechtigung» des Kunstwerks erhalten. «Ohne ein Maß von Weisheit und Gerechtigkeit gibt es keine Kunst [29].»

Im Nachruf auf Gotthelf, der «den Gesamteindruck» Kellers beschreibt und die früheren Urteile, bedingt vielleicht durch den Tod des Berner Dichters, etwas zurechtrückt, wird noch einmal die «nicht durchgebildete, kurzatmige Weltanschauung, insofern diese unser heutiges Tun und Lassen betrifft», und die «Formlosigkeit» mit der «Leidenschaftlichkeit» Gotthelfs in Zusammenhang gebracht: «... aus diesem mangelhaften, vernagelten Bewußtsein» geht «von selbst ein mangelhaftes Formgefühl» hervor, «da wir heutzutage zu tief mitleidend darin stecken, als daß ein schiefes und widersprechendes ethisch-politisches Prinzip nicht auf alle geistige Tätigkeit einwirken sollte [30]». Trotzdem bleibt Bitzius für Keller ein großer Dichter. Er ist einerseits «seit langer Zeit und vielleicht für lange Zeit ... ohne alle Ausnahme das größte epische Talent»: «Jeder, der noch gut und recht zu lesen versteht und nicht zu der leider gerade jetzt so großen Zahl derer gehört, die nicht einmal mehr richtig lesen können vor lauter Alexandrinertum und oft das Gegenteil von dem herauslesen, was in einem Buche steht, wird dies zugeben müssen.» Sonstige Urteile, mögen sie auch «in einem günstigen beschränkten Sinne» ausgesprochen sein, verfehlen die Bedeutung Gotthelfs: «Die Wahrheit ist, daß er ein großes episches Genie ist», daß er eine Welt darstellt, in welcher es «wahrhaft episch hergeht [31]». Dickens und andere Schriftsteller sind vielleicht «glänzender an Formbegabung, schlagender, gewandter im Schreiben, bewußter und zweckmäßiger im ganzen Tun». Aber «die tiefe und großartige Einfachheit Gotthelfs, welche in neuester Gegenwart wahr ist und zugleich so ursprünglich, daß sie an das gebärende und maßgebende Altertum der Poesie erinnert, an die Dichter anderer Jahrtausende, erreicht keiner». Auch dieses gewaltige Lob erfährt noch eine Umdrehung: Der Nekrolog bringt die Kritik an der Form, am Stil noch ein letztes Mal. Gotthelfs Erzählungen stehen «an Dichte und Innigkeit» unmittelbar neben «Hermann und Dorothea», «aber in keiner nimmt er auch nur den leisesten Anlauf, seinem Gedichte die Schönheit und Vollendung zu verschaffen, welche der künstlerische, gewissenhafte und ökonomische Goethe seinem einen so zierlich und begrenzt gebauten Epos zu geben wußte». Absichtlich vernachlässigt Bitzius «Technik, Kritik, Literaturgeschichte, Ästhetik, kurz Rechenschaft von seinem Tun und Lassen ... in künstlerischer Beziehung» – eine Gleichgültigkeit, die Keller nicht als «Zynismus» deutet, sondern als «eine Art asketischer Demut und Entsagung» vor «weltlicher äußerer Kunstmäßigkeit und Zierde», «einen herben puritanischen Barbarismus, welcher die Klarheit und Handlichkeit geläuterter Schönheit» verwirft. Gotthelf nimmt keine Rücksicht auf die «Allgemeingenießbarkeit» seines Werks, läßt es mit dem genug sein, «was ihm sein Gott gegeben» hat, hält «alles künstlerische Bestreben für eine weltliche Zutat ..., welche weniger in die Kirche als vor die heidnische Orchestra führe». Diese Sparsamkeit und Beschränkung ist – Keller beharrt darauf – ein Widerspruch; denn «der gleiche Gott, der den Menschen die Poesie gab, gab ihnen ohne Zweifel auch den künstlerischen Trieb und das Bedürfnis der Vollendung [32]».

Auch an das Problem der Sprachform oder Sprachmischung erinnert Keller im Nekrolog. Gotthelf habe «seine Werke unverwüstlich in dem Dialekte und Witze ..., welcher nur in dem engen alemannischen Gebiet ganz genossen werden kann», geschrieben. Diese Einschränkung besteht weiterhin, aber sie wird durch die Aussicht auf Übertragungen in die Hochsprache, wie der Dichter sie zum Teil selbst an die Hand genommen hat, gemildert; ein höherer, nationaler Gesichtspunkt entscheidet über Wert oder Unwert, über Vor- oder Nachteil der sprachlichen Form: «Sehen wir nun davon ab, daß seine Werke für ihr ganzes Dialektgebiet eine reiche Quelle immer neuen Vergnügens bleiben und durch zweckmäßige Anwendung und Übertragung, welche die Zeit früher oder später erlauben wird, auch für die weitesten Grenzen sein werden, betrachten wir dagegen, was dieselben uns Literaturmenschen insbesondere für ein bleibendes Gut darbieten, so dürfen wir uns freudig sagen, daß wir daran ein ganz solides und wertvolles Vermögen besitzen zur Erbauung und Belehrung; denn nichts Geringeres haben wir daran als einen reichen und tiefen Schacht nationalen, volksmäßigen poetischen Ur- und Grundstoffs, wie er dem Menschengeschlechte angeboren und nicht angeschustert ist» und der zusammen mit den «Mängeln», die «in der Leidenschaft, im tiefern Volksgeschick wurzeln», ein Vorbild für den Leser wie für dieses Volk sind, «viel mehr als die Fehler der gefeilten Mittelmäßigkeit oder des geschulten Unvermögens [33]». Hier scheint Keller das Kriterium der Form einen Augenblick vergessen zu haben oder es doch vor der ethischen und sprachlichen Verbundenheit des Dichters mit dem Volk zurückzustellen. Unmittelbar anschließend jedoch kommt er am Beispiel der «Wassernot im Emmental» nachdrücklich auf die Stil- und Formfrage zurück: Es ist «dies kleine Büchlein ein wahres Muster- und Lehrbüchlein zu nennen ... für unsere heutigen Pfuscher und Produzenten aller Art; denn es enthält in richtig und glücklich abgewogenen Gegensätzen alle Momente eines reichen Stoffs selbst mit trefflich eingestreutem *sachgemäßen* Humor, und nichts fehlt als die gereinigte Sprache und das rhythmische Gewand im engern Sinne (im weitesten Sinne ist Rhythmus da in Hülle und Fülle), um das kleine Werkchen zum klassischen, mustergültigen Gedicht zu machen. Man lese es, und man wird uns Recht geben, erstaunend, wie arm und unbeholfen die Dutzende von gereimten Büchelchen sind, die uns alle Tage auf den Tisch regnen, mit und ohne Firma.»

Von dieser Abgrenzung gegen alles mittelmäßige Literatentum her ergibt sich nun von selbst die Charakteristik des Epikers in «ein paar empirischen Aphorismen»: Zu den «ersten äußern Kennzeichen des wahren Epos gehört, daß wir alles Sinnliche, Sicht- und Greifbare in vollkommen gesättigter Empfindung mitgenießen, ohne zwischen der registrierten Schilderung und der Geschichte hin- und hergeschoben zu werden, d. h. daß die Erscheinung und das Geschehende ineinander aufgehen». Dazu gehört die lebenswirkliche Naturschilderung, die nicht «mit den Düsseldorfer oder Adalbert Stifterschen Malermitteln» arbeiten, gehört «sachgemäßer Humor», «behagliche Anschaulichkeit». Nur «die gereinigte Sprache und das rhythmische Gewand» fehlt zur Vollkommenheit. Die «innern und edlern Kennzeichen» des Epikers sind «die Höhepunkte» in Gotthelfs Erzählungen, die «schweren oder frohen Gänge, welche seine Männer und Frauen tun ins Land hinaus» und die «durchaus gesunde und begründete Rührung» hervorrufen, das Ausbreiten und Ausschöpfen des Stoffes, die im Leser «eine zarte und innige Befriedigung oder ... eine starke Genugtuung» hervorruft, «von solcher ursprünglichen, beseligenden Tiefe, daß sie mit der Erkennungsszene zwischen Odysseus und Penelope aus einem und demselben Quell zu perlen scheint [34]».

An dieser Stelle wird die Kritik wieder zu einer eigentlichen Poetik, indem der Rezensent seine grundsätzlichen Anschauungen geltend macht, die Gotthelf-Aufsätze werden zu einem Spiegelbild der Regeln hinsichtlich Sprache, Form und Stil, wie sie der Kritiker und Dichter Keller im eigenen Werk beachtet, wie er sie zum Teil auch im Vorwort des «Grünen Heinrich», 1853 zwischen der dritten und letzten Rezension geschrieben, nennt, wo das Entstehen eines Romans mit der Abfassung eines Briefs verglichen wird: «Man hat den Brief mit einer gewissen redseligen Breite begonnen, welche eher von Bescheidenheit zeugt, indem man sich kaum Stoffes genug zutraut, um den ganzen schönen Bogen zu füllen. Bald aber wird die Sache ernster; das Mitzuteilende macht sich geltend und verdrängt die gemütlich ausgeschmückte Gesprächigkeit, und endlich zwingt sich von selbst, und noch gedrängt durch die äußeren Ereignisse und Schicksale, nicht eine theoretische, sondern im Augenblick praktische Ökonomie in die in der Eile besonnene Feder, so daß nur das Wesentliche sich lösen darf aus dem Fluge der Gedanken, um sich gegen den Schluß des Briefes hin wenigstens so viel Raum zu erkämpfen, als nötig ist, mit der warmen Liebe des Anfanges zu endigen [35].» Im Verlauf der Rezensionen wird der Kritiker Keller ja auch sichtbar sachlicher, ohne daß freilich die Überzeugung, daß ein episches Genie gut müsse schreiben können, dadurch entwertet wird.

In den Gotthelf-Rezensionen illustriert Keller seine Stil-Beobachtungen wiederholt mit Beispielen aus der bildenden Kunst, die ihm an ähnlichen Schwächen zu leiden scheinen. So charakterisiert er Auerbachs Volkserzählungen: «Sie sind schön gerundet und gearbeitet, der Stoff wird darin veredelt, ohne unwahr zu werden, wie in einem guten Genrebilde, etwa von Leopold Robert, und wenn sie auch ein wenig lyrisch, oder wie ich es nennen soll, gehalten sind, so tut das meines Erachtens der Sache keinen Eintrag»; Gotthelf dagegen, vertrauter mit der «Technik und Taktik» des Bauernlebens, «gibt dasselbe mit allem Schmutze des Kostüms und der Sprache, mit der größten Treue wieder und gleicht hierin einem Niederländer», aber ohne dessen «ästhetische Zucht», wie auch die «Bilder und Sagen aus der Schweiz» in einem «übertriebenen ungeschickten Breughel-Stil geschrieben» sind; er bleibt aber «ein episches Genie»: nicht zuletzt deswegen, weil er sich nirgends «in die moderne Landschafts- und Naturschilderung mit den Düsseldorfer oder Adalbert Stifterschen Malermitteln» verliert – «und doch wandeln wir bei ihm überall im lebendigen Sonnenschein der grünen prächtigen Berghalden ...[36]» Natürlich will Keller nicht die von Lessing grundsätzlich geschiedenen Kunstdisziplinen vermengen; aber er nimmt solche gegenseitigen Erhellungen auch später auf; in dem Aufsatz «Ein bescheidenes Kunstreischen» (1881) spricht er von dem «Gedicht des Gegenstandes» in Böcklins Bildern, das, vom Maler erfaßt, «auch schon das Licht- und Farbenproblem und die Logik der Ausführung» bestimme; über das Werk des Malers Robert Zünd heißt es: «Die verschiedenartigsten Motive entrollten sich, aber jedes war ein wirklich klares und rundes Motiv, einem feinen Gedankenbilde, einem Gedichte gleichend und doch draußen aus dem Boden gewachsen bis zum letzten Halm [37].» Dienen Begriffe wie «poetisch», «lyrisch», «elementare Poesie» im Roman zur Charakterisierung von Landschaften und Landschaftsbildern, so werden in den Aufsätzen über Werke der bildenden Kunst immer wieder der Poetik entnommene Termini verwendet: Bilder sind «geist- und poesiereich», spiegeln «ein beschaulich-romantisches Gemüt», sind «anmutigpoetisch»; eine Szene wirkt «heroisch-pathetisch», eine Gruppe ist gestaltet, «ohne daß man ein Theaterpersonal nach aufgezogenem Vorhang zu sehen glaubt»; Keller erwähnt Böcklins «Farbenepigramme», Landschaftsskizzen werden als «kleine, elegische Gedichte» angesprochen, die beweisen, «daß in aller

Kunst nur die *Poesie* auf eine höhere Stufe hebt. Wer nicht vor allem aus Poet ist, gehört unter die Landwehr und wird nur Strohköpfe in Flammen setzen [38].»

Der Vergleich zwischen Malerei und Dichtung liegt hinsichtlich der Verwandtschaft in der Technik nahe. Über Kaulbachs «Reineke Fuchs» schreibt der Dichter: «Allerdings kann er – wenn wir etwa eine Vergleichung mit der Literatur anstellen und vielleicht Schnorr, Schwind usw. die romantische Schule, Cornelius in seinem überlegenen Allumfassen eine Art von Goethe nennen wollen – der Platen der deutschen Malerei genannt werden. Man ist aber seit einiger Zeit zu der Einsicht gekommen, daß in Platen, trotz seiner kaltschönen Form, Herz und Leben sehr warm geglüht haben. So auch bei Kaulbach [39].»

Was für ein Bedeutungsfeld «poetisch» deckt, legt Keller in der kleinen Studie über den Schweizer Maler Ernst Stückelberg dar. Zu einem seiner Bilder bemerkt er: «Der Beschauer glaubt eine schöne Episode aus einer guten alt-italienischen Novelle mit zu erleben, und das ist wohl der beste Beweis für die volle Anschauungs- und Hervorbringungskraft des Künstlers. ... Es ist ein moderner Gemeinplatz geworden, alles Ansprechende, Inhaltreiche in Musik und bildender Kunst, ja sogar in manchen Darstellungen der Wissenschaft poetisch zu nennen, wo unsere Vorfahren etwa pittoresk, interessant usf. sagten. Soll damit ein ursprüngliches Konzeptions- und Produktionsvermögen bezeichnet werden, so ist Stückelberg ebensowohl ein Poet als ein Maler zu nennen [40].»

Es scheint, daß sich die Frage: Ist das «großer Stil»? für eine Dichtung nicht so einfach beantworten läßt wie für ein Werk der bildenden Kunst, obschon Keller im Tagebuch von 1847 schreibt: «Ein Schriftsteller kann wohl viel Gründlicheres über die Kunstgeschichte sagen als ein Künstler, er kann den Geist der Richtungen und Schulen erforschen, vergleichen und beurteilen; aber das einzelne Produkt wird er nie verstehen und genießen wie der Künstler, dafür hat dieser einen ganz eigenen Witz [41].» Keller äußert sich im Werk eigentlich nirgends so grundsätzlich über dichterischen Stil, wie es im «Grünen Heinrich» über «die Stilfrage» in der Landschaftsmalerei geschieht, wo der Unterschied zwischen «der sog. Gedankenmalerei in der Landschaft», der Richtung der Koch, Lessing, Schirmer und Preller, die Heinrich Lee wählt, aber «mit der Lebensnot zugleich die Einsicht von dem Überlebtsein fraglicher Richtung» erwirbt – und Rottmanns «stilvoller Realschönheit» erörtert wird. Gerade «diese ganze Spezialität» der Ausführungen über die Malerei bezeichnet Keller als «ein Grundübel des Buches, weil sie ein zu abgelegenes Gebiet» betreffen «und zu wenig Menschen interessieren [42]». Doch die Stellen in der ersten Fassung des Romans über die bildende Kunst sagen mittelbar auch aus, was Keller unter literarischem Stil versteht. Als Heinrich «trotz Goethe, Natur und gutem Lehrer» «dem anmaßenden Spiritualismus» verfällt, überall «geistreiche Beziehungen und Bedeutungen» sucht, «welche mit der erforderlichen Ruhe und Einfachheit in Widerspruch» stehen, weist ihn Römer, der Maler, zurecht: «Es gibt allerdings ... eine Richtung, deren Hauptgewicht auf der Erfindung, auf Kosten der unmittelbaren Wahrheit, beruht. Solche Bilder sehen aber eher wie geschriebene Gedichte als wie wirkliche Bilder aus, wie es ja auch Gedichte gibt, welche mehr den Eindruck einer Malerei machen möchten als eines geistig tönenden Wortes.» Zur «Gedankenmalerei» gehöre «eine durchaus gediegene, fast wissenschaftliche Bildung, eine strenge, sichere und feine Zeichnung, welche noch mehr auf dem Studium der menschlichen Gestalt als auf demjenigen der Bäume und Sträucher beruht, mit einem Wort: ein großer Stil, welcher nur in dem Werte einer ganzen reichen Erfahrung bestehen kann, um den Glanz gemeiner Naturwahrheit vergessen zu lassen: und mit allem diesem ist man erst zu einer ewigen Sonderlingsstellung und Armut verdammt, und das mit Recht, denn die ganze Art ist unberechtigt und töricht [43]». Heinrich sieht sich später unter den verschiedenen Schulen der zeitgenössischen Malerei um und gesellt sich jener Richtung zu, «welche sich in reicher und bedeutungsvoller Erfindung, in mannigfaltigen, sich kreuzenden Linien und Gedanken bewegt und es vorzieht, eine ideale Natur fortwährend aus dem Kopfe zu erzeugen anstatt sich die tägliche Nahrung aus der einfachen Wirklichkeit zu holen». Keller versucht an dieser Stelle eine kleine Rechtfertigung und sagt, es sei «nicht seine Absicht, so sehr es scheinen möchte, einen sogenannten Künstlerroman zu schreiben und diese oder jene Kunstanschauungen durchzuführen»; es bilde sich in den Überlegungen zur Malerei nur «das Allgemeine» ab, d. h. durch sie bezeichnet er seine Grundhaltung, den Widerwillen gegen die Gottes- und Unsterblichkeitsvorstellung, die diejenige Heinrichs ist, sich in der spiritualistischen Malkunst niederschlägt und die ursprünglich kräftige und lebendig-warme «Vorstellungskraft» verdrängt, so daß sie «geistreichen», «gebildeten», «künstlichen» und «beziehungsreichen», «bloßen schattenhaften Symbolen», «gespenstigen Schemen» weichen muß, wie Heinrichs Bilder immer wieder nur «einen bestimmten, sehr gelehrten und poetischen Gedanken» aufweisen, als Kunstwerke den Betrachter nicht ergreifen. Parallel dazu verändert sich das anfänglich liebevoll ausgemalte Bild von Gott, das der kleine Heinrich sich macht, zu einer willkürlichen Vorstellung, zu einer bloßen Funktion «des wundertätigen Spiritualismus [44]». Die Frage des Stils, seiner Bedingungen, der engen Beziehung zwischen Malerei und Dichtung, ernsthafter dichterischer Bemühung ist also eine Seite von Kellers Weltbild, das sich unter dem Einfluß von Feuerbach wandelt. Ein neues Bewußtsein der Realität und der künstlerischen Mittel zu ihrer Bewältigung und Darstellung setzt sich durch, bezeugt sich im Werk des Dichters und kann daher auf ausführliche philosophisch-abstrakte Begründungen verzichten.

In Gottfried Kellers Kunstbetrachtungen steht der Maler dem Dichter bei; in seinen «Erinnerungen» an Keller schreibt Adolf Frey, die von C. F. Meyer überlieferte Definition des Schönen, die Keller diesem einmal mitteilt, erweiternd: «Da er Fülle von der Kunst verlangte und die Poesie geradezu als

die mit größerer Fülle vorgetragene Wirklichkeit definierte, so erscheint
es begreiflich, daß er durchschnittlich auch vom einzelnen Satze eine gewisse
Rundung und Ausdehnung forderte und nicht häufig kurze Perioden und
Sätze bildete, es sei denn, daß er einem andern das Wort ließ. ‹Dabei›, erklärte er, ‹ist mir weit weniger das Ohr maßgebend, als das Auge des
Malers, das nach einer gewissen Rundung strebt [45].›» Man wird demnach die
literaturkritischen und stilistischen Urteile in Form von Vergleichen mit Bildern aus Kellers eigener doppelten Begabung erklären dürfen. In den autobiographischen Skizzen spricht Keller öfters von seiner Malerei. 1847 heißt
es: «Ob ich wirklich zum Dichter geboren bin und dabei bleiben werde, ob
ich wieder zur bildenden Kunst zurückkehren oder gar beides miteinander
vereinigen werde, wird die nähere Zukunft lehren.» Auch die ironische
Begründung – Bequemlichkeit! – seiner Entscheidung für die Literatur in
der Selbstdarstellung von 1861: «Er hatte von je fast ebensoviel gelesen als
gezeichnet und gemalt und fand nun den Ausweg, seine Empfindungen und
Gedanken durch Worte und Verse auszudrücken, rascher und bequemer und
machte in kurzer Zeit eine Menge Gedichte» täuscht nicht darüber hinweg,
daß ihn das Problem der Doppelbegabung zeitlebens beschäftigt und wohl
auch irritiert. 1876 schreibt er: «Betrachte ich ... meine geringfügige Gestalt ...
etwas genauer, so gehört sie zu jener zweifelhaften Geisterschar, welche mit
zwei Pflügen ackert und in den Nachschlagebüchern den Namen ‹Maler und
Dichter› führt. Sie sind es, bei deren Dichtungen der Philister jeweilen beifällig
ausruft: Aha, hier sieht man den Maler! und vor deren Gemälden: Hier
sieht man den Dichter! Die Naiveren unter ihnen tun sich wohl etwas zugute
auf solches Lob; andere aber, die ihren Lessing nicht vergessen, fühlen sich
ihr Leben lang davon beunruhigt, und es juckt sie stets irgendwo, wenn man
von der Sache spricht. Jene blasen behaglich auf der Doppelflöte fort, diese
entsagen bei erster Gelegenheit dem einen Rohr, so leid es ihnen tut [46].»
    Nur wenige Dichter erreichen eine gewisse Vollkommenheit auch als Maler.
Das Keller vertrauteste Beispiel ist Gessner, den er als Meister des Verses und
der Zeichnung im «Grünen Heinrich» erwähnt. An E. T. A. Hoffmann macht
er sich die Schwierigkeiten geteilter Begabung klar: Hoffmanns «Malerei»
besteht für Keller «mehr in seinem Enthusiasmus dafür und in dem, was er
selbst soviel darüber gesprochen hat»; Hoffmanns Karikaturen zwar sind «gut
und phantasievoll», aber das «Ernsthafte» kommt «nicht über das Mittelmäßige und meistens Geschmacklose seiner Zeit» hinaus. Es fehlt ihm, und
Keller schreibt das 1843, nach seiner eigenen Enttäuschung in München, an
«strenger und berufsmäßiger Bildung»: «Ein Genie, das viel gelesen hat,
kann auch gewiß etwas Gutes schreiben, ohne seine Jugend auf Universitäten
zugebracht zu haben; denn der Gedanke ist es, der das Wort adelt. Bei der
bildenden Kunst aber sind Form und Gedanke eins, und mit dem feinsten
Gefühl, mit der besten Überzeugung und mit der feurigsten Phantasie kann
man keine schöne, klassische Figur zeichnen, wenn man nicht mit seiner eigenen

Hand jahrelang ausschließlich, ich möchte sagen handwerksmäßig unter guter Anleitung gezeichnet und studiert hat ...» So wünscht er, im Gedanken an seine Erfahrungen, daß Hoffmann «diesen Drang zur Bildnerei nicht gehabt und die Literatur, mit einem ganz gereinigten Geschmack, zu seiner Lebensaufgabe gemacht haben möchte. Gewiß würde er unter den ersten Sternen am deutschen Dichterhimmel glänzen [47].» Vielleicht äußert Keller hier mittelbar sein Vorhaben, nun in der Literatur zu leisten, was ihm in der Malerei versagt geblieben ist. Aber dann beschränkt er sich nicht mit einemmal auf das eine Rohr der Doppelflöte; der Übergang von der Malerei zur Dichtung vollzieht sich organisch: die Beschreibung von Vorwürfen, die den Maler fesseln, zeigen anschaulich, wie Wort und Schilderung Bleistift und Farbe zu vertreten und zu ersetzen beginnen [48]. Noch 1847 hält er die Rückkehr zur bildenden Kunst für möglich; die Kritik glaubt, wie er 1876 in der Selbstcharakteristik bemerkt, im Dichter immer noch und immer wieder den Künstler aufspüren zu können.

Diese Skizze hat einen etwa zwei Jahre zurückliegenden Anlaß: In einem Aufsatz über Otto Ludwig hatte Julian Schmidt, «der Schwätzer», aus einem Brief Ludwigs an Berthold Auerbach von 1861 die folgende Stelle über den 1. Band der «Leute von Seldwyla» zitiert: «Der Teufelskerl hat ein wundervolles Colorit in seiner Macht. So tiefe, glühende Farben hat nur Giorgione oder Titian: mein innerer Sinn ist davon noch immer wie eine gothische Kirche, durch welche die Augustsonne scheint»; wie bei den Venetianern sei Zeichnung und Komposition «aus den Mitteln des Colorits» erwachsen – ein Urteil, das in der Feststellung gipfelt: «Es ist Romantik, der das zähe, gesunde schweizerische Phlegma den Schwerpunkt und die feste Leiblichkeit gibt, die unserer deutschen Romantik fehlt.» 1861, als ihm Auerbach diese Äußerung Ludwigs erstmals mitteilt, schreibt Keller: «Ich danke nachträglich für Ludwigs hübsche Kritik, welche aber zu schmeichelhaft und zugleich etwas zu maniriert sein dürfte. Später vielleicht ein Mehreres über dies Thema»; 1874 erwähnt er die Bemerkung in einem Brief an Emil Kuh: er komme «unverdient gut» dabei weg – während ihn an Schmidts Aufsatz das Spekulieren über «die Mache» ärgert; 1875 dann, als Kuh dem Dichter schreibt, ein Kritiker habe geäußert, Keller erinnere ihn «an die Schweizer Holzschnitzereien in seinen sorgfältig überdachten und langsam herausgearbeiteten Werken», berichtigt Keller und greift auch auf Ludwigs Ausspruch zurück: «Ich mache meine Sachen nicht wie ein Holzschnitzler mit langsamem Vorbedacht und sorgfältigem Fleiß, sondern schnell, wenn ich dazu komme; aber ich komme eben selten dazu usw. Wie durchaus schief und unwahr solche bildliche Definitionen sind (die ich mir selbst schon genug zuschulden kommen ließ), hat auch Otto Ludwig in einer Stelle über mich bewiesen. Ich hatte bald vor Jahr und Tag schon dieselbe für Sie abgeschrieben, mochte sie aber doch nicht abschicken. Beim Aufräumen neulich fiel sie mir in die Hände, und ich lege sie nun doch bei. Ludwig vergleicht mich hier mit den großen italienischen Koloristen, bei welchen man

keine Zeichnung gewahren könne. Daß *ich* nicht zeichnen kann, ist sehr
wohl möglich; unwahr aber, daß jene Italiener, weil sie viel Farbe hatten,
es nicht gekonnt haben! Es ist so uneigentlich und unklug gesagt als möglich. Es kommt daher, weil die Uhrmacherei des psychologischen Räderwer-
kes, der rasselnde und knarrende Mechanismus ihm so ungeheuer vorwiegend und wichtig war und er nicht wußte, daß das zu starke Hervortreten
des Anatomen in einem Gemälde ein Abweg ist und zum Verzopfen der
Kunst führt, wie bei Michelangelo. Ob meine Opuskula maniert seien,
weiß ich selbst noch nicht recht, fühle aber die Gefahr davon insofern, als
ich schon darüber nachgedacht habe. Es liegt mein Stil in meinem persönlichen Wesen; ich fürchte immer, maniert und anspruchsvoll zu werden,
wenn ich den Mund voll nehme und passioniert werden wollte, wohlverstanden in der erzählenden Form, wo der Mann eben selbst spricht und in
seinem Namen. Wenn ich eine dramatische Stilübung vornehme, da tönt es
ganz anders, da hört jener ruhige trockene Ton von selbst auf. Vielleicht
wird aber gerade das erst recht maniert aussehen.»

Nun anerkennt Emil Kuh selbst in Keller «den präzisen Zeichner», während er bei Ludwig auf das «plastische Talent»: «die Plastik des Zustandes,
nicht die Plastik der Gestalt» – hinweist. Er korrigiert Ludwigs Äußerung im
Sinne von Kellers späterer Selbstdarstellung: «Wenn ich Ihre ‹Eugenia› lese
oder Ihren ‹Dietegen›, so verlieren sich niemals die Konturen in den Luft-,
Licht- und Dunstwellen des einen oder andern Gemütszustandes der Personen, gleichsam in der eben herrschenden Tageszeit der Seele, in dem Far-
benton derselben, mit einem Wort in der Stimmung, und dennoch sind
die Konturen von der jeweiligen Situation wie Stimmung der Person modifiziert, bald blasser, bald heller, bald im Profil, bald *en face* zu sehen [49].»

Keller schränkt das Urteil des Kritikers über Ludwigs «dichterisches Bildwerk
und dessen Haltung» ein: «... das Geschilderte [ist] wohl kein eigentlicher
Mangel bei der breitern Anlage seiner Sachen. Gerade da, um bei seinen
Malergleichnissen zu bleiben, ist es am Platze, wenn die Darstellung da
und dort ins Helldunkel ausruhen geht»; er macht nochmals aufmerksam
auf die Problematik «bildlicher Vergleiche», wenn es um Fragen des Stils
geht, die Schwierigkeit, den Vergleichspunkt innerhalb der Kunstgeschichte und
ihrer Gestalten so zu wählen, daß das verglichene literarische Werk wirklich
in ein neues Licht zu stehen kommt. Schließlich weist er auch «die Spekulation über die Mache» zurück: «Es liegt mein Stil in meinem persönlichen
Wesen», ist also nicht aus synästhetischen Parallelen zu erklären [50]. Wie
wenig Keller als Kritiker trotzdem darauf verzichten kann, sein Urteil im
eigentlichen Sinn des Wortes «bildlich» mitzuteilen, zeigt die erwähnte
Bemerkung über J. V. Widmanns «Mose und Zipora» aus dieser Zeit (siehe
S. 315). Nachdem er einzelnes gelobt hat, schreibt er: «Dagegen würde
ich, wenn ich was zu sagen gehabt hätte, den Wunsch ausgesprochen haben,
daß es Ihnen gefallen möchte, Ihr reiches Talent nicht zur Übung des schon

da Gewesenen, wie mehr als einmal, zu verwenden, wie z. B. diesmal zur Hirten- und Schäferpoesie des Cinquecento und des 17. Jahrhunderts der Romanen. Es macht auf mich den Eindruck, als ob ein heutiger Maler durchaus Bilder malen wollte, die man für echte Italiener oder Spanier halten könnte, was freilich immerhin etwas Rechtes wäre [51].» Diese Mahnung an Widmann, sich auf einen aus der eigenen Persönlichkeit erwachsenen Stil zu besinnen, ist in sich selbst Beweis dafür, daß ein Vergleich zwischen Dichtung und bildender Kunst in einer kritischen Äußerung prägnant wirkt, wenn es hier im Grunde auch nur um die prinzipielle Einstellung des Künstlers als Künstler und nicht als Maler oder Dichter geht.

C) WELTANSCHAULICHE GESICHTSPUNKTE IN GOTTFRIED KELLERS LITERATURKRITIK

In den «Weltgeschichtlichen Betrachtungen» schreibt Jacob Burckhardt, wie die Philosophie deute die Poesie «das Weltganze». In diesem Sinn setzt jede «große Dichtung» eine «persönlich erlebte und persönlich gebildete Weltanschauung» voraus [1]. An Schillers Verhältnis zu Kant, demjenigen Goethes zu Plotin und Spinoza, den Beziehungen Kleists, Hebbels, Kellers zu Kant, Hegel, Feuerbach läßt sich ferner nachweisen, daß Dichtung auch als «Dokument für die Geschichte der Ideen und der Philosophie» betrachtet werden kann, freilich in gewissen Grenzen und ohne daß sie einfach Umschreibung philosophischer Erkenntnisse wäre (Hoffmann, Eichendorff, Jean Paul z. B. haben eine durchaus eigenartige, von zeitgenössischen Denkschulen unabhängige Weltsicht [2]). Wollte aber die Literaturkritik im weltanschaulichen Gehalt eines poetischen Kunstwerks ihren Hauptgegenstand erkennen, wollte der Literaturkritiker sich nur an bestimmte philosophische, religiöse, politische Forderungen halten, würden sie übersehen, daß die Kritik ihre Postulate nicht «gebrauchsfähig von der Theologie, Philosophie, Politik, Naturwissenschaft oder einer Mischung aus diesen Disziplinen» übernehmen darf, sondern sie aus der Dichtung selbst gewinnen müßte. So faßt etwa Emil Lucka ein dichterisches Werk als geschlossenes Ganzes auf und sieht dementsprechend die Aufgabe der Kritik darin, zu prüfen, ob der Stoff, das «Material», das auch außerhalb des Kunstwerks, «in anderen Seinsweisen» (als «menschliche Ideen und Haltungen») existiert, «in die Form eingegangen, ‹Welt›, ...‹Sprache› geworden» sei, sich in der ästhetischen Einheit der Dichtung aufgelöst habe [3].

Eine Kritik, die das Kunstwerk auf solche Weise vorurteilslos aus sich selbst erklärte, ist selten, weil ein einheitliches kritisches System fehlt und der Rezensent statt dessen und in eindeutigen extremen Beispielen als Christ, Demokrat, Marxist usw. sein Urteil klarer bilden und formulieren kann [4]. Oder er teilt seine Aufgabe: «Größe» einer Dichtung untersucht z. B.

T. S. Eliot anhand «außerästhetischer», «das Literarische der Literatur» dagegen anhand ausschließlich ästhetischer Gesichtspunkte. Diesem Verfahren liegt eine scharfe Trennung von Stoff und Form zugrunde, wobei unter «Form» verstanden ist, «was seinen Stoff ästhetisch organisiert [5]». Ob indessen eine derartige Betrachtensweise vor dem konkreten Fall möglich oder sogar erwünscht ist, ob der Kritiker nicht doch sein Urteil mindestens zum Teil auch nach Maßgabe des weltanschaulichen Gehalts und nach seinem eigenen Weltbild fällt, das bleibt die Frage gerade angesichts von Kellers Gotthelf-Rezensionen, die so offensichtlich auf das religiöse, politische Gedankengut in den Werken des Berner Dichters eingehen, eingehen müssen, weil sich ein Urteil letztlich ja erst aus der Spannung zwischen dem eigenen Weltbild (des Lesers und Kritikers) und der «gesamten Welt» des Dichters ergibt.

1. Kellers Ruge-Rezension. Literaturkritik der Hegel-Schule

In welchem Maß Zugehörigkeit zu einer philosophischen Schule die Tendenz literarischer Kritik und ästhetischer Urteilsfällung bestimmen kann, zeigt Gottfried Kellers Rezension der «Gesammelten Schriften» von Arnold Ruge (Mannheim 1846–1848) einmal dadurch, daß sie den Einfluß der Hegelschen Philosophie, so wie Ruge sie auffaßt und sie sich in seinem Verständnis der Dichtung, in seiner Kritik spiegelt, berücksichtigt, dann aber auch insofern, als Kellers Besprechung Ergebnis und damit Zeugnis einer bestimmten philosophischen, politischen und künstlerischen Anschauung ist.

Ein Schüler Hegels, gibt Ruge von 1838 bis 1843 die «Hallischen Jahrbücher für deutsche Wissenschaft und Kunst» heraus, geht, als sie und später die aus ihnen hervorgegangenen «Deutschen Jahrbücher» (1843) verboten werden, nach Paris und 1845 nach Zürich, wo er durch Fröbels Verlagsbuchhandlung «Literarisches Comptoir in Zürich und Winterthur» seine politischen Ideen verbreiten will. In seinen 1845 unter dem Titel «Zwei Jahre in Paris» erschienenen Berichten verspottet er den deutschen Patriotismus, den Gottes- und Unsterblichkeitsglauben und erregt damit den Ärger von A. A. L. Follen, der damals Keller bei der ersten Veröffentlichung seiner Gedichte unterstützt. Im daraus entstehenden «Atheismus-Streit» ergreift Keller – wohl aus Loyalität – Follens Partei [6]. Die Rezension berücksichtigt diese Auseinandersetzung nicht mehr; Ruges politischer Verstand und, zum Teil damit zusammengehend, seine Einsichten im Bereich der Kunst, z. B. seine Auffassung des Komischen, des Humors als einer Frucht der Freiheit (in der Abhandlung «Das Komische mit einem komischen Anhang», in: «Neue Vorschule zur Ästhetik», 1837 [7]), werden ganz objektiv betrachtet.

Keller behandelt in der Kritik [8] hauptsächlich die beiden literaturgeschichtlichen Bände der «Gesammelten Schriften»: «Unsere Klassiker und Romantiker seit Lessing. Geschichte der neuesten Poesie und Philosophie», und: «Über die gegenwärtige Poesie, Kunst und Literatur. Das Wesen der Komik, des Witzes, der Satire, der Lyrik und der freien Belletristik». Es ist eine Kritik der Kritik, Versuch, ein eigenes Werturteil über die von Ruge erörterten Themen abzugeben. Dazu dient schon die einleitende Charakteristik, die von Ruges Position innerhalb der Hegel-Schule ausgeht. Keller vergleicht die Stellung der einzelnen bedeutenden Schüler des Philosophen zueinander und zu Hegel: «Fast möchten wir uns einem düstern Skeptizismus hingeben, wenn wir die praktischen Resultate betrachten, welche aus der geräuschvollen Hegelschen Schule hervorgegangen sind, wie sie als Fleisch und Bein in der Geschichte des Tages herumwandeln. Nehmen wir aber in einem mildern Sinne an, daß jene Philosophie mit ihrer Logik und Dialektik als ein gediegenes, aber ungemünztes Gold anzusehen sei, welches je nach Bedürfnis und Anlage des Besitzers erst in verschiedene Münzen geprägt und selbst dann in noch verschiedeneres Silber- und Kupfergeld umgewechselt werden müsse, um in Umlauf und Tätigkeit zu geraten: so will es uns doch nicht einleuchten und entspricht es nicht ihren hohen Ansprüchen, daß Besitzer und Wechsler dieses Geldes auch gar so himmelweit getrennt auf Erden ihr Wesen treiben.» Dabei denkt Keller einerseits an Karl Rosenkranz und dessen «zerknirschte und reumütige Lieder» (im vierten Teil der «Studien»: «Metamorphosen des Herzens». Eine Konfession», Leipzig 1847), als eine extreme Möglichkeit der Hegel-Nachfolge; gegen Rosenkranz, den Gottesglauben und die Religiosität, die er sich bewahrt hat, hebt Keller Arnold Ruge und Ludwig Feuerbach ab: Es sei für Ruge «rein unbegreiflich, wie einer in menschlichen Dingen ein kulanter und liberaler Mann, ein reiner und energischer Republikaner sein und doch daneben noch diese und jene ‹Schrullen› von Gott und Unsterblichkeit im Kopfe haben könne», während er, Keller, selbst – das ist implizite gemeint – diese Synthese versteht, ja vertritt. Studium und Rezension der Rugeschen Schriften liegen vor seiner Begegnung mit Feuerbach, den er hier in seinen «Satirisch-theologischen Distichen» «kraß und trivial» nennt [9].

Der Gegensatz innerhalb der Schule beschränkt sich nicht auf die religiöse Frage; die Geister scheiden sich auch an der Politik, sogar wenn sie, wie Ruge und Strauß (vgl. S. 226 f.), auf demselben Flügel stehen. Indem er ihn mit Strauß vergleicht, versucht Keller Ruges politische Haltung zu bestimmen: Als Vertreter der Stadt Breslau sitzt er im Frankfurter Parlament und ficht «mit Leib und Seele ... für die Republik»; Strauß dagegen predigt «ganz gemütlich schwäbisch die Monarchie vor dem Volke». Diese Gegensätze – ausdrücklich lehnt es der Rezensent ab, sie als bloße «Modifikationen» hinzunehmen – lassen sich unter dem Gesichtspunkt der «Willkürlichkeit» vereinen: «Worin besteht hier das Positive der Philosophie, welches ist der rote leitende gemeinsame Faden, der sich durch das Gewebe ihrer Sätze und Anwendungen zieht? Beinahe möchte man glauben, es wäre am Ende der pfäffische Hochmut, mit welchem beide mit der Welt und Wirklichkeit spielen wollen, die sich doch unter ihren ungeschickten Händen zusammenballt und -rollt wie ein Igel!» Strauß gegenüber, dem «so edlen und liebenswerten» Mann, wird der Tadel freilich sogleich gedämpft: «Wenn es wünschbar ist, daß *über* den Scharen undisziplinierter und haltloser Republikaner in Deutschland sich ein Häuflein höherer und lebenskräftiger republikanischer Geister zusammenfinde, so wäre der gedankenstrenge und solide und doch ästhetisch so fein organisierte Strauß einer von den wenigen, die uns dazu wie erlesen geschienen haben. Ruge aber mag aus dieser Erscheinung lernen, daß, nachdem Jesuitismus und Pietismus einmal zum Schweigen gebracht sind, es just nicht die individuelle religiöse Konstitution der Menschen ist, welche die politischen und sozialen Dinge hemmt oder fördert.» Das Bild, das Keller beiläufig von Strauß gibt und worin hervorgehoben ist, was ihm an einem Literaturkritiker als wichtig erscheint: ästhetisches Feingefühl und durchdringender Verstand, enthält ebenfalls ein Urteil Kellers über den Philosophen und Kritiker Ruge. Denn auch dort, wo die Hegelschüler sich vom «Felde unserer schweren Zeitkämpfe» in «die luftigern Regionen des literarischen Geschmacks» aufschwingen, unterscheiden sie sich. Strauß z. B. verfaßt für die «Jahrbücher der Gegenwart» «die alleranmutigsten und kristallklarsten Arbeiten», «Aufsätze, deren edle gediegene Einfachheit und Brauchbarkeit schmerzlich an längstverschwundene, schönere Tage erinnert, während er mit wahrer Humanität und mit wahrem feinen Geschmacke auch einen Justinus Kerner genießen und ehren kann». Ruges Kritik dagegen leidet offensichtlich unter den politischen Ansichten, die auch seine Weltanschauung und seine Einstellung der Religion, dem Christentum gegenüber prägt. Die Grundsätze des tendenziösen Linksradikalismus machen ihn unempfänglich für die wirklichen Wertverhältnisse in der zeitgenössischen Literatur; er hat «allen Takt in solchen Dingen verloren [10]». Sein ästhetisches Urteilsvermögen und poetisches Empfinden werden getrübt durch die politische und philosophische Voreingenommenheit, die ihn etwa die «absurden, greuelhaften Reimereien» eines Emil Mecklenburg preisen lassen, dessen dramatisches Gedicht «Die Seherin» (Leipzig 1845) «Rugesche Weisheit» verkündet und dafür als «Gipfel unsers jetzigen poetischen Bewußtseins» gilt.

Daß die Methoden kritischer Betrachtung und ihre Ergebnisse innerhalb der Hegel-Schule, die ihren Jüngern «die gleichen Mittel» zur Verfügung stellt, so sehr auseinanderfallen, läßt den «Laien» Keller darauf schließen, daß es mit der «Unfehlbarkeit» dieses philosophisch-dialektischen, weltanschaulichen Handwerkszeugs zur Erkenntnis der Wirklichkeit wie der Bedeutung und des Rangs eines Kunstwerks nicht weit her sein kann. Neben den «feinsten Vorteil», den die Hegelsche Anschauungsweise bietet und Strauß verkörpert, drängt sich der «gröbste Ungeschmack», dem das Gefühl für wirkliche Werte fehlt, der bewußt auch das literarische Kunstwerk nicht nach seinem Gehalt an Poesie oder nach der Form beurteilt, also nach denjenigen Kriterien, die dem Einfluß der politischen Tendenz entzogen sind, sondern nach dem politischen Engagement, den politischen Leit-, philosophischen Lehrsätzen.

Um nachzuweisen, daß Ruge die Funktion der Kritik mißversteht, führt der Rezensent einen längeren Abschnitt aus der Vorrede zum ersten Band der «Gesammelten Schriften» über die Klassik und Romantik in Deutschland an. Der Band ist Theodor Echtermeyer gewidmet, dem Mitherausgeber der «Hallischen Jahrbücher», und das Vorwort schlägt sogleich den kämpferischen Ton an, der in dem Buch überhaupt herrscht. Ruge gibt zu, daß er nicht eine möglichst objektive, kritische und unabhängige Literaturgeschichte beabsichtigt; der «Erfolg» früherer, also politischer Arbeiten, der «ehrenvolle Haß unserer Feinde» beeinflussen Ton und Absicht auch der neuen Schriften. Die Einleitung schließt mit dem Versprechen: «Ich trete sie an, diese Erbschaft, und zugleich erneuere ich den ganzen Prozeß, den wir damals vor dem Publikum anhängig machten, in meinem eignen Namen.»

Ähnlich sind die Widmungen der übrigen drei Bände gehalten; Ruge eignet sie Robert Prutz, Professor der Literatur in Halle und Mitarbeiter der «Jahrbücher», dem Königsberger Arzt, politischen Schriftsteller und Demokraten Johann Jacoby, dem Theologen Gustav Adolf Wislicenus zu. Aus der Widmung des zweiten Bandes, dessen Thema die «gegenwärtige Poesie, Kunst und Literatur» ist, zitiert Keller ausführlich: Ruge spricht wieder vom ungebrochenen Idealismus, vom lebendigen Streben nach Freiheit, vom «immer erneuerten Trieb zu ihren Kämpfen und Triumphen», von den «ethischen und poetischen Idealen», die «ihrer gesetzlosen Dialektik» entrissen werden müßten. Im dritten Band hängt er «huldigend» die «neugeschärften Waffen» in Jacobys Halle, die er «von einem nicht unrühmlichen Schlachtfelde gesammelt» habe; den vierten widmet er Wislicenus mit den Worten: «Vielleicht, lieber Bruder, ist es Dir angenehm, die theoretische Niederlage unserer Gegner in der Erinnerung zu wiederholen [11].» Dieser Streitlust entgeht nichts, was dem Vorhaben, eine Literaturgeschichte nach philosophisch-politischen Gesichtspunkten zu schreiben, nützlich sein kann. Hier nun vergegenwärtigt Keller sich den Gewinn aus einer solchen vorausbestimmten Kritik. Wie sein eigenes Urteil über Ruge sich aus dem Widerspruch zu dessen Vorgehen formt, im Widerspruch zu den «konsequenten und ausgebildeten Bearbeitungen», die Ruge veröffentlicht, zu einer Kritik, die aber «äußerst wohltätig wirkte gegenüber der toten, philologisch-anthologischen Bearbeitung der Literaturgeschichte», so liegt der Vorteil für die Literaturbetrachtung gerade in der Vielfalt der durchdachten und in die praktische Kritik umgesetzten Systeme, die von Hegel ausgehen: jeder kann vom andern lernen, auch wenn er nicht mit ihm einverstanden ist. Keller lehnt die «Geschmacks- und anderen Urteile» Ruges ab, doch offenbar nur die neueren. Die Charakteristiken, die fünf und mehr Jahre zurückliegen und zuerst in den «Jahrbüchern» erschienen sind, stammen von einem Kritiker, der «damals mehr als jetzt gerecht und human», dem «nicht alles so in ‹Dummheit und Verräterei› versunken» gewesen ist. Aus dem dialektischen Widerspruch gegen apodiktische Kunstansichten Ruges ergibt sich für die Literaturkritik: Betrachtungen Ruges, «gegen welche wir den Gegenstand verteidigen zu müssen glaubten», führen dahin, «daß wir uns denselben in einem gereinigten und edlern Sinne neu aneigneten». So nötigt das berühmte Manifest von Ruge und Echtermeyer gegen die Romantik als einseitiges Dokument der Abneigung gegen die Dichter und Philosophen der Bewegung Keller zu einer Korrektur (vgl. S. 215). Hauptsächlich aus der Romantik-Kritik Ruges erhält er den Eindruck, dem Hegel-Schüler gehe «aller Sinn für das wahrhaft Künstlerische und Produktive» ab. Ruge sieht nur die menschlichen Züge und Eigenheiten der Romantiker, ihr «unglückseliges und vertracktes polemisches Wesen», was eine Folge seines Unvermögens ist, Mensch und Werk zu trennen, seiner Unfähigkeit, über den menschlich-peinlichen Eigenschaften der romantischen Dichter «dies und jenes köstliche und fertige Kunstprodukt auch nur zu kosten». Fast alle Aufsätze Ruges beweisen, daß er «seinen Gegenstand gänzlich mißversteht und neben das Ziel schießt». Überall von der philosophisch-politischen Theorie geleitet, versucht er den starren Schematismus ebenfalls im ästhetischen Bereich, demjenigen der «Komik, des Witzes, der Satire, der Lyrik und der freien Belletristik» anzuwenden. Neben «ganz guten und gesunden Kritiken» (über Geibel, Rückert, K. A. Böttiger, Freiligrath, Herwegh und Chamisso), neben einer Arbeit, die Heines «kokett-unwahres Wesen streng und geistreich zergliedert», stehen solche, in denen der Kritiker zum Opfer seiner «sichern Beredsamkeit» wird, z. B. – und «für Ruges ‹Sämtliche Werke› in jeder Hinsicht bezeichnend» – wenn er Heines Verse «Ein Fichtenbaum steht einsam ...» an seiner Theorie des Märchens und der Fabel mißt, es unter diesem Gesichtspunkt mißlungen findet, während es doch einfach ein lyrisches Gedicht ist [12].

Auch die Schlußbände der «Schriften», die wieder im Zeichen des Kampfes für Freiheit und Demokratie stehen und «die philosophische, politische und publizistische Polemik von 1838–1843» bringen, betrachtet Keller mit Anerkennung und Vorbehalt zugleich. Anerkennung verdienen gemäß der eigenen politischen Einstellung die «Jahrbücher», die mit den Repräsentanten «der preußischen Dunkelzeit und abscheulichen offiziellen Romantik» abrechnen; auch für Keller sind sie «wüste Köpfe»: der Gegner Rankes, der Hallenser Historiker Heinrich Leo, Vertreter der kirchlichen Romantik und einem großdeutschen monarchischen Staatenbund mit ständischer Verfassung verschrieben – der Mythologe Joseph Görres, Begründer der ultramontanen Partei in Deutschland – der Führer der Orthodoxie, der Theologe Wilhelm Hengstenberg, Feind Schleiermachers, der dazu beiträgt, daß der Bundesrat 1835 das «Junge Deutschland» verbietet. Der Rückblick auf Ereignisse, die mit diesen Namen verbunden sind, das Bewußtsein, daß in der eigenen Heimat das von Ruge und seinen Mitstreitern angestrebte Ziel erreicht ist, begründet Kellers Lob.

Nachdrücklich wendet sich der Rezensent gegen den Mangel an Bescheidenheit bei Ruge oder – was er ihm früher schon abgesprochen hat – an Takt.

Hier beschwört er den Geist Lessings, der einen ähnlichen Kampf vor die Öffentlichkeit getragen hätte, ohne sich des Erfolgs zu überheben, während Ruge, auch Echtermeyer, Follen und Herwegh fortwährend auf ihre Persönlichkeit, ihr Wirken hinweisen. Keller, eigenem Erfolg gegenüber so selbstkritisch, ärgert diese Unzulänglichkeit: «Darum stört das übertriebene Sichzugutetun auf jene Taten und der Mißbrauch, der mit der erlangten Autorität späterhin getrieben wurde [13].» Es ist ein Charakterzug, der in Kellers Augen allen Vertretern des «Jungen Deutschland», mit Ausnahme Freiligraths, anhaftet: Eitelkeit, die geeignet ist, auf das Werk abzufärben und seinen Wert zu vermindern.

Eine Idee Ruges wird von Keller ausführlicher besprochen. Das «Deutschfranzösische Jahrbuch», das Ruge zwischen 1843 und 1845 mit Karl Marx zusammen publiziert, verficht den Gedanken einer «entente cordiale», den Keller auch in der Börne-Rezension für gut und richtig hält (vgl. S. 532 f.); wie schon ein halbes Jahr zuvor über Börnes Plan lautet das Urteil: «... es wird auch nichts recht Solides herauskommen, bis er realisiert ist [14].» Freilich ist Ruge für ein solches Unternehmen so wenig der geeignete Mann als Heine; der Versuch schlägt fehl, weil er, «welcher auf eine rohe Weise gegen den Nationalismus überhaupt zu Felde zog, womit den Franzosen so wenig gedient ist als den Deutschen, ... für Wirklichkeit keinen Sinn und keinen Takt hat; Heine ermangelt der gehörigen ernsten Persönlichkeit; aber Börne war ein von Gott begabter Mann, wie wir uns diesseits und jenseits des Rheins einige Dutzend erflehen müßten, um hüben und drüben ein beispielloses Glück des Friedens und der Freiheit aufblühen zu sehen.» Der Plan, «zwischen deutscher und französischer Intelligenz einen Völkerbund» zu stiften, ist in den Augen der französischen Politiker allerdings von vornherein zum Scheitern verurteilt; die Zusammenarbeit Ruges mit den Kommunisten in Paris schlägt sich nieder in den beiden nur aus deutschen Beiträgen bestehenden «exzessiv gehaltenen» Heften des «Jahrbuches» und führt wegen persönlicher Uneinigkeit zu keinem Ergebnis. Ironisch bemerkt Keller zu diesem Fehlschlag: «Entschieden schlimm erging es dem Philosophen aber mit seinen deutschen kommunistischen Landsleuten, welche ihm sozusagen die Honneurs von Paris machten und sich auf unverschämte Weise herausnahmen, seine ökonomischen Verhältnisse kontrollieren zu wollen und zu verlangen, er solle mit seinen überflüssigen Mitteln auch praktisch für die Theorien wirken, welche unter ihnen verhandelt wurden.»

Als dieses Einigungsstreben keinen Erfolg hat, zieht sich Ruge aus der Politik auf die Literatur zurück, es beginnt eine neue Periode publizistischer Tätigkeit; er bemüht sich um «eleganten Stil und schöne Form», wobei die «großen Franzosen» des 18. Jahrhunderts seine Vorbilder sind. Aber das angestrengte Stilwollen, die krampfhafte Suche nach dem Ausdruck, nach «äußerster Befreiung und Humanisierung durch schöne Formen», die er sich davon verspricht, münden in «das Gemachte und Gesuchte», weil sich Weltanschauliches einmischt und auch der Stil, den Keller hier als Funktion des Inhalts auffaßt, Ruges «eifriges und andauerndes Streben», seine politische Begeisterung spiegelt; sein Stil lebt vom Pathos der Gesinnung. Wegen der inhaltlichen Überlastung gelingt es dem Schriftsteller nicht, «elegant und humoristisch» zu sein. Dieselben kritischen Gesichtspunkte – Stil, Form, Inhalt, Humor –, die Kellers Urteil über Börne positiv ausfallen lassen, ergeben bei Ruge einen negativen Eindruck [15]. Diese Stil-Kritik Kellers kann umgedeutet werden in eine Forderung an den Schriftsteller, so zu sprechen und demnach zu schreiben, «wie ihm der Schnabel gewachsen» ist. Der Vergleich mit Lessing verdeutlicht dieses Auseinanderklaffen von kritischer und produktiver Begabung bei Ruge: «Wenn Lessing ebenso gut kritisieren konnte als unsere heutigen Philosophen, so können diese doch nicht ebenso gut ein reflektiertes Gedicht konstruieren wie er»; das eigentlich dichterische Werk Ruges, «Edmund. Humoristische Memoiren», ist denn für Keller auch nicht mehr als ein «ganz gut» erzähltes novellistisches Erlebnisbuch [16]. Aufmerksam untersucht der Rezensent die weltanschaulich-politischen Aufsätze Ruges, die unter dem Titel «Unsre letzten zehn Jahre» in den «Schriften» erscheinen. Darin schildert Ruge «in kurzen, klaren Zügen die neuesten Bewegungen der Philosophie und Theologie» seit Schelling. Keller greift den Streit zwischen Ruge und Stirner über Feuerbach heraus; er hält die Polemik Ruges gegen «Der Einzige und sein Eigentum» (Leipzig 1845), wo Stirner die Menschheitsreligion des «Pfaffen» als «eine neue Götzendienerei» bezeichnet, für berechtigt. Noch einmal vor seiner Begegnung mit ihm, greift er Feuerbach über Ruge an: «Es gereicht Ruge nur zur Ehre, daß er diese Spitze [die Konzentrierung auf das eigene «empirische» Ich bei Stirner] abzubrechen sucht; aber er merkt leider nicht, daß er selbst noch ein Stück derselben ist und daß noch *unter* ihm abgebrochen werden muß, oder da das Abbrechen für logische Dinge nicht passend ist, daß diese Spitze nur eine scheinbare, im Grunde aber ein wesenloses Nebelhütchen ist, welches über der unvollendeten Pyramide schwebt.» Kellers Kritik erfolgt also ebenfalls unter einem bestimmten weltanschaulichen Aspekt: aus seinem Glauben noch an die Unsterblichkeit und an Gott.

Im gleichen Sinn mißt er am Staatswesen der neuen Schweiz, an seiner persönlichen Anschauung von Freiheit und Vaterland Ruges praktische politische Tätigkeit in der Paulskirche, seine Pläne einer Völkerverbrüderung durch konsequente Verneinung jeder patriotischen Bindung und Verpflichtung. Diese Vision Ruges leide an einem Widerspruch, indem er den Patriotismus bei andern Völkern gelten läßt und unterstützt: «Sonst müßte er ja zu den Polen und Tschechen sagen: Was wollt ihr Narren mit euern barbarischen Nationalitäten, mit euern asiatischen Erinnerungen, die nach Despotismus riechen? Schätzt euch glücklich, wenn ihr ferner bei uns in der Schule bleiben dürft; denn nur unsere Theorie macht euch frei!» Ruge geht also selbst den Weg nicht, den das Motto seines Aufsatzes «Der Patriotismus» anzeigt: «Wer ist noch patriotisch? Die Reaktion. Wer ist es nicht mehr?

Die Freiheit.» Freiheit und Vaterlandsgefühl schließen sich bei ihm doch nicht völlig aus, und seine paradoxe Haltung bestätigt eigentlich nur Kellers Glaube, daß «der Nationalismus nichts anderes sein soll als die silberne Schale, welche die goldene Frucht der Freiheit umschließt». Nur aus den Manipulationen mit dem Begriff «Patriotismus» auf Kosten der Freiheit kann Keller Ruges extreme Lösung begreifen: «... es ist daher nicht sehr auffallend, daß auch hier eine Kritik entstanden ist, welche übertreibt und exzessiert, gerade wie auf dem religiösen Gebiete [17].»

Abschließend erwähnt Keller nochmals den engen Zusammenhang zwischen Kritik und der philosophisch-politischen Überzeugung Ruges. Beides ist unmittelbar aus der Zeit hervorgegangen als ein Dokument zehn bewegter Jahre, beides zeigt den Kritiker auf der Warte einer unveränderlichen, auch von außen nicht zu beeinflussenden philosophischen Gesinnung, weshalb Keller die «Schriften» fortwährend in Verbindung mit Ruges Herkunft aus der Hegel-Schule betrachtet.

Die hauptsächlichen Kennzeichen des Schriftstellers und Kritikers sind seine Rührigkeit, seine Gewandtheit. Keller nennt ihn einen «allzeit fertigen Charakter», auch weil er am einmal gewählten Standpunkt, an dem einen Kriterium, das zur Beurteilung aller Erscheinungen in der politischen wie in der Welt der Literatur dient, festhält. Diese Beharrlichkeit, das «gleichmäßige Feuer», das die Arbeiten «durchglüht», machen Ruges Werk schließlich doch «durchaus respektabel».

Für wie stark Keller die Wirkung von Ruges Schriften auf die politischen Vorgänge von 1848 hält, das Jahr, in dem auch die Rezension entsteht, zeigt die Stelle aus einem Brief an Freiligrath von 1857: «Ruge will also wieder machen, daß es vorwärts geht, da er die ‹Jahrbücher› rehabilitiert, mit denen er das Jahr 48 gemacht hat. Nun könnte man, in Verbindung mit ihm, gut in Aktien spekulieren, da man genau erfahren könnte, wann und wo die Ereignisse wieder eintreffen, die konstruiert werden [18].» Dabei kann ihm Keller den Vorwurf einer gewissen Gewaltsamkeit, die keine Rücksicht auf das organische Wachstum der Dinge nimmt, im politischen Bereich nicht ersparen.

2. Die Gotthelf-Rezensionen

Die Gotthelf-Aufsätze sind die umfangreichste kritische Arbeit Gottfried Kellers; zwischen 1849 und 1855 bedeutet der Berner Dichter für ihn ein Problem erster Ordnung, zu dem er sich aussprechen will und muß. Die Rezensionen werden in jenen Jahren niedergeschrieben, die für Kellers Selbstverständnis entscheidend sind, die Begegnung mit Feuerbach, die Erfahrung der Fremde in Heidelberg und Berlin, die mühevolle Arbeit am «Grünen Heinrich» umschließen. Die Besprechungen erscheinen als Zeugnisse der Besinnung auf das eigene dichterische Schaffen, den eigenen Standort und die eigene Persönlichkeit.

«Als Gottfried Keller zu schreiben beginnt, liegt der Schatten Gotthelfs über seinem Tisch» – dieser Satz macht manche Aussage in den Rezensionen verständlich, beleuchtet sie vom Menschlichen her. Man wird nicht erwarten, in ihnen ein objektives Werturteil oder ein Urteil, das um Objektivität bemüht wäre, zu finden. Gerade deshalb kennzeichnen sie den Kritiker ebenso wie den besprochenen Dichter. Sie wurzeln in Kellers Herkommen wie in seiner Erziehung, in den sozialen Bedingungen wie in seiner persönlichen Entwicklung zwischen 1849 und 1855.

Daß Keller Gotthelf als Gegengewicht empfindet, liegt nicht zuletzt am Erfolg des Berner Dichters in Deutschland; er glaubt, selbst sich nie so offensichtlich durchsetzen zu können. Ein Urteil wie dasjenige Hermann Burtes: «Die Bauern Gotthelfs wiegen so schwer wie die Könige Shakespeares» gibt den Eindruck wahrscheinlich der Leser schon von Gotthelfs erstem großem Roman wieder. Keller muß fünfundzwanzig Jahre warten, bis ihn Paul Heyse zum «Shakespeare der Novelle» macht. Damals ist es dann C. F. Meyer, der dieses Lob kritisch einschränkt: die Konstellation der beiden Zürcher Dichter ist eine ähnliche. Aber während zwischen ihnen persönlicher Verkehr stattfindet, wenn auch meist sehr förmlich, ist Gotthelfs Meinung über Keller, von dem er allerdings nur die Gedichte 1846 und 1850/52 und die drei ersten Bände des «Grünen Heinrich» gelesen haben kann, nicht bekannt – auch keine Äußerungen über Kellers Rezensionen in den «Blättern für literarische Unterhaltung» sind überliefert. Die ersten drei Kritiken Kellers werden Bitzius zugeschickt; diejenige vom 18. bis 21. Dezember 1849 durch den Verleger Heinrich Brockhaus (am 31. Januar 1850), die beiden Rezensionen vom 29. bis 31. März 1851 und vom 20. November 1852 durch Julius Springer (am 16. April 1851 und am 7. Dezember 1852); zur zweiten bemerkt Gotthelfs Verleger: «Unlängst ist ... eine sehr ausführliche, bittere Kritik von Zeitgeist und Berner Geist erschienen. Ich werde sie Ihnen senden. Sie muß von einem Schweizer sein. Lassen Sie sie ja Ihre Gemahlin lesen!» Ob aber Gotthelf auf Kellers Besprechungen überhaupt reagiert, ob er diejenige von «Zeitgeist ...» besonders vermerkt und sie ihm nicht einfach unter den vielen andern verlorengeht, bleibt ungewiß. In Gotthelfs Werken und seinen Briefen ist Keller nicht erwähnt [19].

Die Aufsätze Kellers lassen sich unter verschiedenen Gesichtspunkten betrachten: unter dem Aspekt der damaligen politischen Auseinandersetzungen in der Schweiz, dann hinsichtlich des Verhältnisses Gotthelfs und Kellers zur Volksliteratur oder hinsichtlich ihrer verschiedenen «Weltanschauung». Auch wenn man sich auf einen Aspekt beschränkt, werden immer die andern am Rande ins Blickfeld kommen. So setzt die erste Rezension mit einer Betrachtung über das Volkstümliche ein, mit Gedanken Auerbachs in der Abhandlung «Schrift und Volk» (Leipzig 1846), um sich dann den eigent-

lichen Aufgaben des Dichters zuzuwenden. Keller prüft, ob es Gotthelf gelingt, ob ihm überhaupt daran liegt, das «was rein menschlich ist», «die
Würde der Menschheit im Volke aufzusuchen und sie demselben in seinem
eigenen Tun und Lassen nachzuweisen». Das ist der Auftrag aller Poesie,
somit auch der Dichtung für das Volk, der er Gotthelfs Werk zuordnet:
Der Volksschriftsteller muß zugleich Volkserzieher sein. Keller anerkennt
zwar Gotthelfs episches Genie; aber die Kraft dichterischen Gestaltens, der
Wille zu erziehen, genügen nicht. Das Bild, das der Dichter dem Volk vorhält, muß «durch und durch wahr und klar» sein, «ohne Verwirrung und
Sophistik». Gotthelf versteift sich auf einen religiösen Standpunkt, der ein
umfassendes humanistisches Weltbild wohl ersetzen, aber nicht aufwiegen
kann. Die besondere Form von Gotthelfs Religiosität, die auch für seine
politischen Ansichten ausschlaggebend ist, verschuldet seine Einseitigkeit; statt
daß er seinen Standort über den Parteien wählt, sich aus den Zeitwirren her-
aushält, stürzt er sich in den politischen Kampf; dadurch, daß er die radi-
kal-demokratische Partei zur Urheberin alles Bösen macht, beweist er, wie
wenig er die Wachstumsgesetze der Geschichte durchschaut. Er schadet seiner
Dichtung, indem er einer künstlerisch-handwerklichen Gleichgültigkeit verfällt [20]. Die Frage, warum Gotthelf in Deutschland dennoch zu einem so viel-
gelesenen Autor wird, «Uli der Knecht» die Bedeutung eines Volksbuchs
erlangt, versucht Keller nicht zu beantworten. Die Diskrepanz zwischen seiner
Kritik und der Tatsache, daß es gerade radikale sozialistische Gruppen sind,
die Gotthelfs Schriften zu Programmen erheben (wie ja die starke sozialistische Strömung in Norddeutschland seit der Mitte der 1840er Jahre überhaupt die Pflege der Volksliteratur fördert), hätte ihn darauf aufmerksam
machen können, daß Gotthelfs Erfolg als Schriftsteller andere als künstle-
risch-ästhetische Voraussetzungen zugrunde liegen – wenigstens in jenem
Zeitpunkt und bis 1852, dem Erscheinungsjahr von «Zeitgeist und Berner
Geist [21]».

Die Aufsätze dienen aber auch der Herausbildung einer eigenen Ästhetik,
sind ihre kritische Anwendung. In ihrer Gesamtheit enthalten sie eine Definition des Dichters, wie ihn Keller sich vorstellt, bedeuten sie einen Versuch,
zu erklären, welches die Bedingungen für ein dichterisches Kunstwerk, welche
Erscheinungen damit nicht vereinbar sind. Diese grundsätzlichen Äußerungen
über «den Dichter» gehören in den Bereich des Weltanschaulichen, weil die
Festlegung seiner Funktion, seines Ortes in der Welt ein klar umrissenes
Weltbild voraussetzt. Der Briefwechsel des sechzigjährigen Keller mit Adolf
Frey und gelegentliche Bemerkungen über Paul Heyse zeigen, daß er der
Dichtung kein absolutes Eigenrecht zubilligt, sondern die «Ableitung oder
Abwechslung durch Amt, Lehrtätigkeit oder irgend eine andere profane Ar-
beitsweise» als notwendigen Ausgleich betrachtet, die vor dem reinen Litera-
tentum bewahrt, daß er die Bindung des Dichters an die Gesellschaft und die
Verantwortung den Mitmenschen gegenüber bejaht. In diesem Sinn schreibt

Keller über Frey, der in Berlin von einer begonnenen Dozentenlaufbahn «in den Stand des freien Literatentumes» abspringt: «Ich kann natürlich nicht beurteilen, inwieweit Bedürfnis und gute Gelegenheit dabei mitwirkten. Doch will mir die Sache nur halb gefallen, weil die dichterische Produktionskraft, die er sich zutraut und für die er auf diesem Wege die geeignete Luft zu kriegen hoffen mag, nach meiner Ansicht nicht in dem erwünschten Maße vorhanden ist.» «Das Meer des absoluten Literatentums, von dem sich oft so schwer an sicherer Stelle wieder landen läßt» – eine Formulierung Kellers, von der Frey später schreibt, er habe «fast stündlich Gelegenheit» gehabt, «ihre Wahrheit nebst andern unangenehmen Dingen hinlänglich und höchst merkbar zu erproben» – dieses Meer zu befahren, sei gewagt, eine «fixe Stellung» vorzuziehen: «Sich ... ohne eine solche als Schriftsteller aufzutun, ehe etwas Durchschlagendes geschehen ist, das für 9 von 10 im Schoße der Zukunft verborgen bleibt, heißt auch dem Unglück und Elend die Tür auftun. Vielleicht bleibt's draußen, vielleicht nicht.» Frey selbst berichtet in seinen «Erinnerungen»: «Er konnte das unruhige Drängen anderer, namentlich jüngerer Dichter, das Sperren und Ausschlagen gegen ein Amt mit scharfen Worten verurteilen, wozu er freilich, wenn Einer, das Recht besaß ... Im allgemeinen hielt er die Verbindung der poetischen mit irgendeiner andern, ihr möglichst fremden Tätigkeit für förderlich, weil der dadurch ermöglichte Wechsel dem Künstler die Unbefangenheit wahre. Er empfahl dem Poeten Amt und Stellung auch aus dem Grunde, damit er nie aus Not vorzeitig auf den Markt treten oder ums Brot fronen müsse. Wohl wissend, wie leicht zumal kleinere Talente in Schwierigkeiten und inneren Zwiespalt zwischen Kunst und Erwerb geraten, und auch aus Widerwillen gegen jeden Dilettantismus war er leicht geneigt, vom Poetenstande abzuraten, und konnte jenes ‹unselige Aufstacheln› zur Kunst, wie er es im ‹Grünen Heinrich› nennt, nicht ausstehen.» So kommt ihm ein zeitgenössischer Schriftsteller vor «wie aus dem 17. Jahrhundert, wo die Bettelhaftigkeit und Charakterlosigkeit der sogenannten Dichter zum Handwerk gehörte». Frey erklärt diese Haltung in patronisierendem Ton als philiströser Beschränktheit entsprungen: «Auch sonst wollte Keller von einer bevorzugten Stellung des Genies nichts wissen und trat jeder künstlerischen Ungebundenheit mit der herben Strenge des wackeren Kleinbürgers entgegen, der das Herz auf dem rechten Flecke trägt[22].»

Keller schildert in einer der autobiographischen Studien, wie er selbst «den bekannten Rat, dem poetischen Dasein eine sogenannte bürgerlichsolide Beschäftigung zu unterbreiten», befolgt: «Glücklicherweise war es [das Staatsschreiberamt] aber weder eine ganze noch eine halbe Sinekure, so daß keine von beiden Tätigkeiten nebensächlich betrieben werden konnte und das Experiment in Gestalt einer langen Pause vor sich gehen mußte, während welcher die eine Richtung fast ganz eingestellt wurde. Gewiß sind viele vortreffliche Einzelsachen und wirkliche Meisterwerke in den Mußestunden neben lebenslanger anderweitiger Berufserfüllung entstanden; es wird aber immer der Umfang oder die Natur solcher Werke die Mutterschaft bloßer Mußestunden von selbst dartun, und wer Volles und Schweres in der Vielzahl mußestündlich glaubt vollbringen zu können, wird, wenn er lange lebt und weise ist, seine Illusion selber noch zerrinnen sehen.» Die Amtszeit erweist sich als «gesund»: «Die Anlehnung an jene solide Bürgerlichkeit, an den Holzhacker Chamissos, hat einmal stattgefunden, ihren Dienst getan und kann nun wieder mit einer andern ungeteilten Existenz vertauscht werden, denn die Hauptsache besteht, nach gewonnener Haltung und Elastizität, nicht sowohl in den sicheren Einkünften, als in den entschlossenen Lebensäußerungen.» Keller kann es wagen, seine ihm noch «vergönnten bessern Jahre» der Literatur zu widmen, «ohne in schlimme Zustände zu geraten, wie junge Literaten, oder anderseits einem schnöden Industrialismus zu verfallen [23]».

Diese Ansicht schließt nicht aus, daß der Dichter als Staatsschreiber in den fünfzehn Dienstjahren unter den «zusammengesetzten Arbeitsverhältnissen» leidet. Die Erleichterung über den Rücktritt kommt in vielen Briefen zum Ausdruck: «Vergangenen Sommer habe ich mein Amt niedergelegt, weil ich mich überzeugt habe, daß ich neben demselben nichts Erhebliches produzieren konnte, während ich doch noch zu manchem Lust und Kraft in mir fühlte, und es würde mir ein trübseliges Ende bevorstehen, wenn ich alles ungetan zurücklassen müßte, was ich hätte machen können [24].» Neben der Überzeugung von der Notwendigkeit einer «soliden Beschäftigung» macht sich also das Verantwortungsbewußtsein auch gegenüber der Kunst geltend. Es ist nicht weniger ausgeprägt als das Bedürfnis nach geregelter Beschäftigung, und beide können sich im Menschen widerstreiten. Als Beispiel für einen solchen Zwiespalt nennt Keller Niklaus Manuel: Der Maler und Dichter bewirbt sich um Staatsämter, kämpft für die Reformation und wird Staatsschreiber; in der Rezension der Ausgabe Baechtolds schreibt Keller darüber: «Die Entwickelung des Gemeinwesens verlangte in jenen Zeiten, daß manche seiner Bürger in mehr als einem Sattel gerecht seien, und wie Wehrpflicht und Kriegstüchtigkeit allgemein waren, so wurde auch jede Intelligenz, so sie sich fand, mehrseitig in Anspruch genommen. Nicht nur Künstler und Poeten, auch Handwerker gelangten ja zu den obersten Ämtern und zu den wichtigsten Staatsmissionen.» Aber gerade aus diesem Wirken für die Öffentlichkeit entsteht in Manuel ein «Gefühlskonflikt», hervorgerufen durch die Bilderstürme der Reformation. Keller verweist auf die «Klagred der armen Götzen» (1528) «gegen Volk und Obrigkeit»: «... da liegt der Gedanke wohl nicht fern, daß es der im Innern schmerzlich verletzte Künstler war, der den emsig am Werke stehenden Mitbürgern durch den Mund der untergehenden Bilder also den Kopf wusch! [25]»

Kunst und Dichtung – das ist schon im voraufgehenden Abschnitt gesagt worden – sind für Keller ein Handwerk, das nicht weniger bewußte Sorgfalt und Verantwortungsgefühl erfordert als eine nichtkünstlerische Arbeit. Diese Überzeugung Kellers spiegelt die zweite Fassung des Gedichts «Poetentod» (1883), wo das Gewicht nicht mehr auf die schöpferische Persönlichkeit gelegt ist, die in ihrer Eigenwertigkeit geschildert würde, sondern auf das Werk und den Ernst, den der Dichter dafür aufwendet. Keller spricht sie ähnlich in den Gotthelf-Rezensionen aus, in denen der Kritiker dem Berner Dichter vorwirft, er scheine «alles künstlerische ... Bestreben für eine weltliche Zutat zu halten». Gotthelf fehlt das, was Keller rund zwanzig Jahre später «Berufsernst» nennt und dazu äußert: «Wenn Bitzius die Liebe Pestalozzis und dessen heiligen Berufsernst, resp. die rechte Kenntnis gehabt hätte, so hätte er ein Äquivalent [zu «Lienhard und Gertrud»] machen können [26]». Diese Nachlässigkeit Gotthelfs sticht auch ab vom segensreichen bäuerlichen Tagewerk, das er immer wieder schildert: «Wert und Heiligkeit von Arbeit, Ordnung und Ausdauer, den Haupttugenden der Ackerbauern, werden so dichterisch verklärt, wie wir es nur in wenigen besten Werken der ganzen Literatur finden können.» «Berufsernst» meint einen fast religiösen Glauben an das Dichten, an die Pflicht zur formalen Strenge und zur Erfüllung dessen, was Ziel jeder Dichtung sein muß: «Ewig sich gleich bleibt nur das, was rein menschlich ist, und dies zur Geltung zu bringen, ist bekanntlich die Aufgabe aller Poesie ...» «Es wäre die Aufgabe des Dichters gewesen», schreibt Keller einmal in den Rezensionen, «im poetischen Spiegelbild ... dem Volk eine gereinigte und veredelte Freude wiederzugeben, da es sich einmal darum handelt, in der gemeinen Wirklichkeit eine schönere Welt wiederherzustellen durch die Schrift.» In diesem Punkt widersprechen sich dichterische und bürgerliche Verantwortlichkeit des Dichters nicht, sondern ergänzen sich. Weil aber der Glaube und die daraus erwachsende Verpflichtung ihm eine solche ausgleichende Haltung verunmöglichen, wird Gotthelf für Keller zum Reaktionär, der «als Schriftsteller wie ein Naturdichter» mitten in seinem Publikum steht, «an seiner Schriftstellerei reichlich alle Tugenden und Laster seines Gegenstandes zur Schau» trägt: «Leidenschaftlichkeit, Geschwätzigkeit, Spottsucht, Haß und Liebe, Anmut und Derbheit, Kniffsucht und Verdrehungskunst, ein bißchen süße Verleumdung». Es kann ihm nicht gelingen, das Ideal des bürgerlichen pädagogischen Mittlers, der über den Gegensätzen steht, zu verwirklichen [27].

Keller, der, wie erwähnt, Gotthelfs Gleichgültigkeit der Form gegenüber, seine Verstrickung in den Kampf der Parteien auf die Religiosität und die politische Gesinnung des Dichters zurückführt, kümmert sich wenig um die Vorsicht heutiger Interpreten, die ein dichterisches Kunstwerk «symbolisch» auffassen und «die geistige Weite des Weltbildes» nicht an den ausgesprochenen «weltanschaulichen Bekenntnissen» ablesen, an «den moralisierenden christlichen Predigten und Traktaten in Gotthelfs Werk», «obwohl diese uns heute sicherlich mehr zu sagen haben als seinem kritischen Zeit- und Zunftgenossen Gottfried Keller [28]» (Beriger). Schon die Entstehungszeit der Rezensionen erklärt einige ihrer polemischen Züge. Vor dem ersten Gotthelf-Aufsatz liegt die Börne-Kritik, in der Keller noch gemäßigt über die liberalen politischen und philosophischen Schulen jener Zeit spricht. Das Jahr aber, welches sie von den Besprechungen Bitzius' trennt, ist besonders wichtig wegen der Begegnung mit Feuerbach, wegen des Studiums seiner Philosophie, das ihm eine neue Richtung des Denkens erschließt, wobei diese Wendung, wie die Ruge-Rezension beweist, auch durch die Lektüre der Werke D. Fr. Strauß' vorbereitet worden ist. Damit verbindet sich ein neues ungewohntes Selbstgefühl und eine andere Auffassung von der Funktion der Dichtung. Das Gedankengut Feuerbachs wird in den Rezensionen an einem denkbar geeigneten Gegenstand erprobt; «geregelteres Denken und größere geistige Tätigkeit», wie er sie von Feuerbach lernt, kommt Kellers Kritik zugut und bestimmt gleichzeitig sein eigenes Dichten: «Für die poetische Tätigkeit ... glaube ich neue Aussichten und Grundlagen gewonnen zu haben, denn erst jetzt fange ich an, Natur und Menschen so recht zu packen und zu fühlen, und wenn Feuerbach weiter nichts getan hätte, als daß er uns von der Unpoesie der spekulativen Theologie und Philosophie erlöste, so wäre das schon ungeheuer viel.» Noch sei er «mitten im Prozesse begriffen» und möchte sich für die Zukunft nicht verschwören: «... aber ich bin froh, endlich eine bestimmte und energische philosophische Anschauung zu haben [29]».

Es ist vor allem die Fortschrittsfeindlichkeit Gotthelfs, die Keller beanstandet, weil sie den Blick dafür trübt, daß jede Dichtung der Humanitätsidee zu dienen hat. Dieser Einwand macht auch die Doppelbödigkeit der Rezensionen aus; denn er steht der grundsätzlichen Anerkennung des Genies gegenüber, das die Einfachheit des antiken Epos wiederaufleben läßt. Es fehlt Gotthelf die eine Tugend, die Feuerbach gelehrt hat: Das «Sich-zusammen-Nehmen» ins rein Menschliche. Ein Brief Kellers an Baumgartner vom 28. Januar 1849, abgeschlossen – wie wenn er sich seines Eindrucks vergewissern wollte – erst am 10. März, enthält die Mitteilung, er habe «tabula rasa» gemacht mit seinen «bisherigen religiösen Vorstellungen»: «Die Unsterblichkeit geht in den Kauf.» Vor dem «Gedanken des wahrhaften Todes» lerne man «sich zusammennehmen» (vgl. S. 18 f.). Feuerbach habe «nichts als die Natur und wieder die Natur, er ergreift sie mit allen seinen Fibern in ihrer ganzen Tiefe und läßt sich weder von Gott noch Teufel aus ihr herausreißen». Die Beschränkung auf das Wirkliche, die sich nicht auf ein Jenseits vertröstet, sondern auf Erfüllung im Bereich des vergänglichen Lebens hinstrebt, zwingt auch den Dichter, dieses Leben tiefer zu durchdringen und wahrhaftiger, ergreifender zu gestalten, bewahrt ihn davor, einer mystischen Willkür und damit der Formlosigkeit zu verfallen, veranlaßt ihn, ein geläutertes, wahres und klares Kunstwerk zu schaffen.

Kellers «ursprüngliches dynamisches Vergänglichkeitsbewußtsein» (Bänziger) stößt zusammen mit der Geschichtsauffassung Gotthelfs, der die Entwicklung der Menschheit mythisch versteht, als Kampf des Lichts gegen die Finsternis, hinter dem jene Ruhe herrscht, die er in seinen Werken manchmal als die in einer Sonntagsstunde fühlbar werdende Harmonie zwischen Himmel und Erde an den empfänglichen Menschen herantreten läßt. Gotthelf ist in einer Welt des Dauerns zu Hause und kann «inmitten eines zukunftsgewissen Jahrhunderts kein zeitgenössisches Selbstbewußtsein entwickeln wie Keller [30]» (Kohlschmidt).

Keller der Dichter erkennt das aus Feuerbachs Philosophie hervorgehende Weltbild als das seine und beurteilt nun auch Gotthelf danach. «Für mich ist die Hauptfrage die: Wird die Welt, wird das Leben prosaischer und gemeiner nach Feuerbach? Bis jetzt muß ich des bestimmtesten antworten: Nein! im Gegenteil, es wird alles klarer, strenger, aber auch glühender und sinnlicher», schreibt er Baumgartner [31] und führt Frühling 1850 in einem Brief an Freiligrath, der sich erkundigt: «– wie stehst Du denn jetzt mit dem lieben Gott?», aus: «Als ich Gott und Unsterblichkeit entsagte, glaubte ich zuerst, ich würde ein besserer und strengerer Mensch werden, ich bin aber weder besser noch schlechter geworden, sondern ganz, im Guten wie im Schlimmen, der Alte geblieben [32].» Ein Jahr später umschreibt er sozusagen programmatisch sein Verhältnis zu Feuerbach: «Wie trivial erscheint mir gegenwärtig die Meinung, daß mit dem Aufgeben der sogenannten religiösen Ideen alle Poesie und erhöhte Stimmung aus der Welt verschwinde! Im Gegenteil! Die Welt ist mir unendlich schöner und tiefer geworden, das Leben wertvoller und intensiver, der Tod ernster, bedenklicher und fordert mich nun erst mit aller Macht auf, meine Aufgabe zu erfüllen und mein Bewußtsein zu reinigen und zu befriedigen, da ich keine Aussicht habe, das Versäumte in irgend einem Winkel der Welt nachzuholen. Es kommt nur darauf an, wie man die Sache auffaßt; man kann für den sogenannten Atheismus ebenso schöne und sentimentale Reden führen ... als für die Unsterblichkeit usf., und diejenigen Tröpfe, welche immer von höheren Gefühlen sprechen und unter Atheismus nichts weiter als rohen Materialismus zu verstehen imstande sind, würden freilich auch als Atheisten die gleichen grob sinnlichen und eigensüchtigen Bengel bleiben, die sie als ‹höhere› Deisten schon sind. Ich kenne solche Herren! ... Nur für die Kunst und Poesie ist von nun an kein Heil mehr ohne vollkommene geistige Freiheit und ganzes glühendes Erfassen der Natur ohne alle Neben- und Hintergedanken, und ich bin fest überzeugt, daß kein Künstler mehr eine Zukunft hat, der nicht ganz und ausschließlich sterblicher Mensch sein will. Daher ist mir auch meine neuere Entwicklung und Feuerbach für meine dramatischen Pläne und Hoffnungen weit wichtiger geworden als für alle übrigen Beziehungen, weil ich deutlich fühle, daß ich die Menschennatur nun tiefer zu durchdringen und zu erfassen befähigt bin. Jedes dramatische Gedicht wird um so reiner und konsequenter sein, als nun der letzte *Deus ex machina* verbannt ist, und das abgebrauchte Tragische wird durch wirklichen und vollendeten *Tod* einen neuen Lebenskeim gewinnen [33].»

Diese Stelle verdeutlicht die Position des Gotthelf-Kritikers: Was Keller sich für sein künftiges Dichten vornimmt, ja was er als unumgängliche Bedingung für ein Kunstwerk erklärt, vermißt er bei Gotthelf. Wenn er von der «geistigen Freiheit» schreibt, die «die Natur ohne alle Neben- und Hintergedanken» erfasse, so lautet das wie eine Zusammenfassung der Rezensionen. Auch die Forderung an sich selbst, seine «Aufgabe» als Dichter restlos zu erfüllen, weil nichts nachgeholt werden könne, erscheint als sehr eng zu den Gedanken in den Besprechungen gehörig.

Im «Grünen Heinrich» veranschaulicht Keller den Gewinn aus der Bekehrung zum Sterblichkeitsglauben für die Dichtung an den Anthropologie-Vorlesungen: «Heinrich faßte ... alles Wissen, das er erwarb, sogleich in ausdrucksvolle poetische Vorstellungen, wie sie aus dem Wesen des Gegenstandes hervorgingen und mit demselben eines waren, so daß, wenn er damit hantierte, er die allerschönsten Symbole besaß, die in Wirklichkeit und ohne Auslegerei die Sache selbst waren und nicht etwa darüber schwammen wie die Fettaugen über einer Wassersuppe.» Die Bilder, in die Keller seine Anschauung von Blutkreislauf und menschlichem Nervensystem kleidet, zeigen, wie die Wirklichkeit unmittelbar in Dichtung übergehen kann [34]. Eine Chiffre für die Versinnlichung, Verdichtung des Lebens und der Natur, wie Feuerbach sie lehrt, ist die Umdeutung der christlichen Abendmahlsgaben Brot und Wein zu Zeichen der reinen Menschlichkeit, des Mensch-Seins. Diese Symbolik bei Feuerbach scheint in der Stelle im «Grünen Heinrich» über das Sakrament auf. «Heinrich hegte eine besondere Pietät ... für die Begriffe Brot und Wein, das Brot schien ihm so sehr die ewig unveränderte *unterste* Grundlage aller Erden- und Menschheitsgeschichten, der Wein aber die edelste Gabe der geistdurchdrungenen lebenswarmen Natur zu sein, daß nichts ihn so geeignet dünkte zur Feier eines gemeinsamen symbolischen Mahles der Liebe als edles weißes Weizenbrot und reiner goldener Wein. Daher war es ihm auch anstößig, diese wichtigen, aber einfachen und reinlichen Begriffe mit einer heidnisch-mystischen und, wie ihm vorkam, widermenschlichen Mischung zu trüben [35].» Im Aufsatz «Brot und Wein», der sich mit Kellers «Weltfrömmigkeit» befaßt, weist Karl Schmid nach, daß der Dichter unter Feuerbachs Einfluß zwar «personenhafte» Gottesvorstellung und den Unsterblichkeitsglauben ablegt, daß es sich dabei aber um eine Wandlung handelt, «die ihrerseits religiösen Charakter besitzt und nur als religiöser Vorgang verstanden werden» kann. Karl Schmid stützt sich auf zwei Szenen im Roman: Auf die obenerwähnte, wo die katechetische Lehre das Symbol der «höheren Bestimmung» des Menschen, Wein und Brot, um ursprüngliche Innigkeit und Bedeutung bringt, ohne daß Keller aber dem Atheismus verfiele: «Er will eine alte und jederzeit mögliche, an keinen historischen Katechismus gebundene, unmittelbare religiöse Empfindung aus der Verschüttung befreien.» Die zweite Szene beschreibt das gemeinsame Mahl einer Mutter mit ihrem Sohn; auch hier werden Brot und Wein genossen, aber diesmal als eigentliche «Gottesgabe», und die beiden Elemente erhalten «die Kraft des einfachen, dichten Symbols» zurück. Brot und Wein versinnbildlichen die notwendige «Verdichtung» der Welt wie des künstlerischen Werks in den Horizont des Erfahr- und Erfaßbaren. Die Beschränkung des Menschen auf das Diesseits erzwingt die restlose Hinwendung des einzelnen zu seinem Mitmenschen, die vorher durch den Glauben an Gott verstellt worden ist. Feuerbach sind gerade die Beziehungen zum Menschenbruder wichtig und heilig; sie werden zu «wahrhaft religiösen Verhältnissen durchaus göttlicher Natur», wie er sagt. Sein Atheismus bedeutet «nicht ein religiöses Ende, sondern Gestaltwandel des Göttlichen», der auch das Abendmahl erfaßt. Am Schluß der Untersuchung über das Wesen des Christentums schreibt Feuerbach, Wein und Brot seien Symbol für den Unterschied zwischen Mensch und Tier, die ihre tiefste Bedeutung in Zeiten der Not zurückgewännen: «So braucht man nur den gewöhnlichen, gemeinen Lauf der Dinge zu unterbrechen, um dem Gemeinen *ungemeine* Bedeutung, dem *Leben als solchem* überhaupt *religiöse Bedeutung* abzugewinnen. Heilig sei uns darum das Brot, heilig der Wein, aber auch heilig das Wasser! Amen [36].» Wein und Brot erscheinen wieder bei Karl Marx: «Das Beste und Menschlichste» in seiner Lehre ist der «Einsatz für den armen Menschen, damit auch er des Brotes und des Weines und damit der höheren Distinktion gegenüber der Natur teilhaftig werde» (Karl Schmid). Die Symbole sind bei Marx mit «progressiver Energie» geladen, die so entschieden nach dem Neuen, der Revolution drängen wie nie bei Keller, bei dem sie ja aus selbsterfahrenen und im «Grünen Heinrich» dargestellten Entbehrungen hervorgehen, nicht dialektisch-soziologischen Zweck haben [37].

Eine andere Deutung von Kellers Verhältnis zu Feuerbach gibt Simon Rawidowicz in seinem Werk «Ludwig Feuerbachs Philosophie. Ursprung und Schicksal»: «Entscheidend für das Keller-Feuerbach-Problem ist das spezifisch Feuerbachsche, das in prinzipieller Weise von Keller neu erlebt und verarbeitet wird.» Übereinstimmungen «allgemeinen Charakters» gelten nicht als «verbindliche Beweise durchgehender Abhängigkeit [38]». Ebenso sicher ist für Rawidowicz, daß Keller bis zum Tod an der Philosophie Feuerbachs festhält. Diese Erkenntnis stützt sich hauptsächlich auf die Beobachtung, daß die «Feuerbachstimmung» in der zweiten Fassung des «Grünen Heinrich» «viel intensiver ist als in der ersten Fassung»: «Wir können daraus ... entnehmen, daß Kellers Feuerbachstimmung von 1850–1880 nicht nur nicht nachgelassen, sondern sich viel farbiger und lebendiger gestaltet hat.» Dies ist zu belegen durch den neuen Schluß: Entsagung, aber auch der Wille zur Arbeit, also im Geist Feuerbachs gehalten. Zusammenfassend kann gesagt werden: «Keller sah im ‹Atheisten› Feuerbach den großen ‹Gottesfreund›» – gemäß den Worten des Dichters: «... wenn man ironischer- oder auch ernsthafterweise denjenigen so nennen darf, der sich ein Leben lang von seinem geliebten Gegenstande nicht trennen konnte»; er erkennt «im verrufenen Materialisten den Idealisten»: «Bei all seiner Wirklichkeit und Diesseitigkeit half ihm Feuerbach, zu einer geradezu mystischen Vergeistigung des Weltbildes zu gelangen. Denn auch nach seiner Hinwendung zu Feuerbach scheint Keller seine frühere pantheistisch gefärbte Stimmung nicht ganz los geworden zu sein. Mit seinem dich-

terischen Instinkt griff er nur die produktiv-konstruktiven Momente des Feuerbachschen Denkens auf, die er innerlich verarbeitete. ... Sein Feuerbach war
irdisch, wirklich, diesseitig, pflichtmahnend, aber auch nicht ohne idealistisch-
spiritualistischen Schwung. Wie Keller Feuerbach erlebte, haben ihn nicht
viele Dichter erlebt.» «Von prinzipieller Bedeutung» nennt Rawidowicz dann
«Kellers Bekenntnis über seine ästhetische Wandlung unter dem Einfluß Feuerbachs», die die Briefe an Baumgartner und andere, nicht weniger die Gotthelf-
Rezensionen mit ihrem indirekten Hinweis auf den Philosophen darlegen [39].

Wie der Grundgedanke Feuerbachs in der Literaturkritik angewendet werden kann, führt Keller schon in einer kurzen Briefstelle über Hebbels «Judith» vor: «... dies Ringen der Vorweltmenschen mit den Göttern und dem
Gotte, die sie in ihrer Naturwüchsigkeit sich geschaffen, ist ein majestätisches
Schauspiel. Ich dachte fortwährend an Feuerbach und wie der einfache und
klare Gedanke, dessen allseitige Ausführung seine Lebensaufgabe ist, sich so
schön bewährt, daß man ihn überall anwenden kann, in der Kirche, wie im
Theater und auf dem Markte ...[40]» Feuerbachs Besinnung und Beschränkung
auf den Menschen ist auch in jenem Brief an Hettner aus der gleichen Zeit
gemeint, in dem Keller die Bedingungen und Voraussetzungen einer neuen
deutschen Dichtung in einer Formel zusammenfaßt, die sie zugleich den Werken der Klassik verknüpft: «Was ewig gleich bleiben muß, ist das Streben nach
Humanität ... *Was* aber diese Humanität jederzeit umfassen solle: dieses zu
bestimmen, hängt nicht von dem Talente und dem Streben ab, sondern von
der Zeit und der Geschichte.» Es ist dieselbe Wendung zum Menschen, welche
Feuerbach vollzieht, die gleiche Forderung einer Dichtung «im Namen des
Menschen, in welchem wir offen bekennen, daß aus demselben Stoffe, woraus
wir selbst zusammengesetzt sind, auch alle unsere Handlungen und Glaubens-
artikel bestehen ...» Gotthelf bildet zwar in seinen Werken Realität und
Natur auf «klassische Weise» aus; «die behagliche Anschaulichkeit des Besitzes»
bei ihm, der «seinen Stoff immer erschöpft und entweder mit einer zarten
und innigen Befriedigung oder mit einer starken Genugtuung zu krönen versteht», ist ein Merkmal des «epischen Genies» – aber vor der Wirklichkeit
und dem Menschen steht ihm doch sein Gott [41].

Die Kritik an Gotthelf wird im Zeichen Feuerbachs geschrieben, jedoch ohne
die Absicht einer Gegenüberstellung der beiden Denker, des reformierten Berner Geistlichen und Glaubensstreiters, und Ludwig Feuerbachs, «des bestrik-
kenden Vogels, der auf einem grünen Aste in der Wildnis sitzt und mit seinem
monotonen, tiefen und klassischen Gesange den Gott aus der Menschenbrust
wegsingt.» Er scheint sich in den Rezensionen ja dadurch von Gotthelf unterscheiden zu wollen, daß er es bei allem Tadel vermeidet, seinen eigenen Glauben offen auszusprechen, obschon einiges davon durchdringt und auch der
Name Feuerbachs erwähnt wird. Er lehnt jeden Fanatismus ab. Das unterstreicht er in Briefen aus der Zeit wiederholt; so schreibt er Baumgartner:
«Das Weitere muß ich der Zukunft überlassen, denn ich werde nie ein Fanati-

ker sein und die geheimnisvolle schöne Welt zu allem Möglichen fähig halten,
wenn es mir irgend plausibel wird»; und zu Freiligrath äußert er: «Indessen
bin ich weit entfernt, intolerant zu sein und jeden, der an Gott und Unsterblichkeit glaubt, für einen kompleten Esel zu halten, wie es die Deutschen
gewöhnlich tun, sobald sie über dem Rubikon sind. Es mag manchen geben,
der die ganze Geschichte der Philosophie und selbst Feuerbach gründlicher studiert hat und versteht, wenigstens formell, als ich und doch ein eifriger Deist
ist, sowie ich mehr als einen ehrlichen Handwerksmann kenne, der den Teufel
was von Philosphieren kennt und doch sagt: Ich kann in Gottesnamen einmal
nicht an dergleichen Dinge glauben! Tot ist tot! Daher kommt es, obgleich
nach und nach alle Menschen zur klaren Erkenntnis kommen werden, einstweilen noch auf die innere Organisation und viele äußere Zustände an. Ich
möchte daher auch nichts von grobem Hohne und gewaltsamer Aufdringlichkeit wissen.» Im vierten Band des «Grünen Heinrich» ist ausdrücklich gesagt,
daß Keller Feuerbachs Atheismus nicht als Verpflichtung zu kämpferischer
Auseinandersetzung versteht: «Es handelt sich heutzutage nicht mehr um
Atheismus und Freigeisterei, um Frivolität, Zweifelsucht und Weltschmerz und
welche Spitznamen man alles erfunden hat für schwächliche und kränkliche
Dinge! Es handelt sich um das Recht, ruhig zu bleiben im Gemüt, was auch
die Ergebnisse des Nachdenkens und Forschens sein mögen, und unangetastet
und ungekränkt zu bleiben, was man auch mit wahrem und ehrlichem Sinne
glauben mag. Übrigens geht der Mensch in die Schule alle Tage und keiner
vermag mit Sicherheit vorauszusagen, was er am Abend seines Lebens glauben
werde! Dafür haben wir die unbedingte Freiheit des Gewissens nach allen
Seiten!» Wie wenig und weit weniger Keller im Alter den Atheismus als eine
Form aggressiver Auflehnung gegen das Christentum schätzt, zeigt die in der
zweiten Fassung des Romans neugeschaffene Gestalt des Peter Gilgus (dessen
Prunk- und Demonstrationsstück, «das Auge Gottes», vielleicht Reminiszenz
an eine Stelle in Gotthelfs «Zeitgeist ...» ist), eines hinfälligen Apostels, den
der spottlustige Kaplan leicht aufs Eis führt, als er bemerkt, daß «eine so
fleißige und beharrliche Gottesleugnerei ... eigentlich nur eine andere Art von
versteckter Gottesfurcht» sei, «wie es in den ersten Zeiten Heilige gegeben habe, welche den Schein großer Lasterhaftigkeit zur Schau trugen, um in der Verachtung umso ungestörter der göttlichen Inbrunst sich hinzugeben». Diese
Einstellung Kellers zum konsequenten oder fanatischen Atheismus entspringt
der gleichen Gesinnung wie die Kritik am streitlustigen Christenglauben Gotthelfs [42], die in den einzelnen Rezensionen nachgewiesen werden kann.

Im ersten Aufsatz prüft Keller anhand der von Feuerbach übernommenen
Anschauungen die Notwendigkeit einer Fortsetzung von «Uli der Knecht».
«Nun schließt», so lautet die Stelle, «Gotthelf mit ebenso unerwarteter wie
trefflicher Wendung eine neue Bahn auf. Das Menschenleben ist eine fort-
gehende Schule. ... Der moralische Mensch hat so gut seine Respiration wie der
physische, und nur durch dieselbe bleiben wir lebendig. Wir bleiben nicht gut,

wenn wir nicht immer besser zu werden trachten, und zu diesem Zwecke bedarf es nicht einmal das Gedankens der Unsterblichkeit; schon für diese sechzig oder siebzig Jahre müssen wir immerwährend wach sein, wenn wir für die Dauer derselben glücklich, d. h. gut bleiben wollen. Diejenigen, welche dieses leugnen, erfahren es doch täglich an sich selbst am besten, seien sie Nihilisten par excellence, oder seien sie religiöse Heuchler.» Als Dreißigjähriger ist Uli noch nicht fertig erzogen: «Jetzt kommt er erst in die Jahre, wo der Mensch Gefahr läuft, in die gröbste Selbstsucht und Engherzigkeit zu versinken, über Arbeit und Sorge alle höhere Bedeutung seines Wesens zu vergessen, mit *einem* Wort: zum Philister zu werden [43].» Die Prüfungen, denen Uli unterworfen wird, sind gerechtfertigt, lassen sich sogar mit einem Wort Feuerbachs aus den «Gedanken über Tod und Unsterblichkeit» rechtfertigen: «Das innere Ziel des Menschen ist auch das Ziel seines Lebens, das innere Maß auch das Maß seines Daseins ... Unvernünftig ist es daher, von dem innern Maß des Individuums sein Sein abzutrennen, eine maßlose Dauer desselben anzunehmen, und in dem jenseitigen, d. i. im zweck- und bestimmungslosen Leben das wahre Leben zu suchen. Das wahre Sein des Menschen ist seine Bestimmung, sein Zweck, aber der Zweck ist Grenze und Schranke. Das Sein des Individuums ist daher notwendig, inwiefern es Zweck hat oder Zweck ist, Grenze [44].» Soweit pflichtet Keller der Absicht und dem Heilsplan Gotthelfs bei. Die Wege aber werden verworfen. Nicht hier schon; Uli der Pächter wird zwar nicht dadurch gerettet, daß er sich auf sich selbst besinnt und lernt, sich zusammenzunehmen: «Fragen wir ... nach dem Prinzip, zu welchem hinauf und durch welches Gotthelf seinen Uli gerettet hat, so finden wir ein strenges, positives Christentum.» Aber: «Darüber ist nicht mit ihm zu rechten. Etwas ist besser als gar nichts, und mit einem Menschen, welcher den gekreuzigten Gottmenschen verehrt, ist immer noch mehr anzufangen als mit einem, der weder an die Menschen noch an die Götter glaubt. Wo reine Humanität [im Sinn der Feuerbachschen Nächstenliebe] fehlt, da muß die Religiosität das Fehlende ersetzen; wenn sie nur erwärmt und erhebt [45].» Erst die zweite Rezension widerspricht in einer Gegenüberstellung Gotthelfs und Feuerbachs der Belehrung, Erziehung oder Läuterung, die Gotthelf seine Gestalten erfahren läßt: «Während der Dichter sonst im Leben unbesonnen, leidenschaftlich, ja sogar unanständig sein kann, wenn er nur hinter dem Schreibtische besonnen, klar und anständig und fest am Steuer ist: macht es Gotthelf gerade umgekehrt, ist äußerlich ein solider gesetzter geistlicher Herr, sobald er aber die Feder in die Hand nimmt, führt er sich so ungebärdig und leidenschaftlich, ja unanständig auf, daß uns Hören und Sehen vergeht. ... So ist z. B. jedes Buch Jeremias Gotthelfs eine treffliche Studie zu Feuerbachs ‹Wesen der Religion›. Der Gott, der diese Bauern regiert, ist noch der alte Donnergott und Wettermacher. Sie hangen ab von Regen und Sonnenschein, von Licht und Wärme und fürchten Hagel und Frost. Sie zittern vor dem Blitzstrahl, der in ihre Scheune schlägt, und halten ihn für die unmittelbare Folge einer bösen Tat. Besitz und irdisches Wohlergehen verlangen sie von Gott und sind zufrieden mit ihm in dem Maße, als er dieselben gewährt. Er ist der Gewährsmann und Gehülfe aller ihrer Leidenschaften. Ein ruchloses verleumderisches Weib in der ‹Vehfreude› will ihn durch Gebete zwingen, ihre Feindin zu töten, und zweifelt an seiner Gerechtigkeit, wenn ihre Dorfintrigen mißlingen. Da ist nie die Rede von der ‹schönen symbolischen Bedeutung› des Christentums, von seiner ‹herrlichen geschichtlichen Aufgabe›, von der Verschmelzung der Philosophie mit seinen Lehren. Dagegen spielt der Teufel eine gewichtige Rolle, und Jeremias Gotthelf läßt uns diplomatischerweise im unklaren, ob er nur als poetische Figur oder als bare Münze zu nehmen sei. Seine tugendhaften Helden sind alles konservative Altgläubige, und der Gott Schriftsteller mit der schicksalverleihenden Feder weiß sie nicht anders zu belohnen, als daß sie entweder reich und behäbig sind oder es schließlich werden. Die Lumpen und Hungerschlucker aber sind alle radikale Ungläubige, und ihnen ergeht es herzlich schlecht.»

Nun hat Gotthelf mit diesem Mechanismus von materiellem Wohlergehen und christlichem Glauben eine psychologische Wahrheit aufgedeckt. Das Volk kennt wirklich nur «Schwarz und Weiß»: «Wenn ihm die uralte naturwüchsige Religion nicht mehr genügt, so wendet es sich ohne Übergang zum direkten Gegenteil, denn es will vor allem Mensch bleiben und nicht etwa ein Vogel oder ein Amphibium werden. Und damit wollen wir uns zufriedengeben und es nicht stark zu Herzen nehmen, wenn die weisen Herren vom Stuttgarter ‹Morgenblatt› unlängst sagten: der ‹Atheismus› (oder was sie darunter verstehen) werde in der guten Gesellschaft Deutschlands nun schon nicht mehr geduldet. Wo diese ‹gute Gesellschaft› zu suchen ist, weiß ich freilich nicht. Vielleicht ist etwa ein Stuttgarter Abendkränzlein damit gemeint, wo man den schwäbischen Jungfräulein aus dem ungeschickten und flachen Buche des Herrn Oersted [«Die Naturwissenschaften in ihrem Verhältnis zu Dichtkunst und Religion», deutsch 1850] vorliest; oder vielleicht besteht die gute Gesellschaft aus jenen erleuchteten germanischen Kreisen, in welchen man deutsche Literaturgeschichte in den lächerlichen und naseweisen Arbeiten des Herrn Taillandier studiert! [46]» Die «gehobene Gesellschaft» lehnt diesen Atheismus auch in der besondern Form der Feuerbachschen Philosophie aufgrund eines geheimnisvollen Prozesses ab, der vielleicht durch die Presse befördert wird; dagegen versucht Gotthelf diese Ablehnung im Volk zu provozieren, indem er etwa «einen atheistischen, von der Zellerschen Aufklärung angefressenen Kerl» sagen läßt: «Gott ist ein Kalb!» Hier wendet Keller ein: «Es hat allerdings schon Jahrhunderte vor uns eine Art konfusen Volksatheismus gegeben, welchem einzelne wüste Subjekte verfielen, die von der allgemeinen Idee Gottes nicht loskommen konnten und daher Blasphemien gegen sie ausstießen, weil sie ihnen in ihrem Treiben unbequem war. Solche Erscheinungen haben mit der Geschichte der Religion und Philosophie nichts zu tun und sind eben krankhafte Auswüchse, die jederzeit vorkommen. Das Volk hingegen, dieselben im Gedächtnis, stellt sich dann die freie Denkart, welche vom ‹Zeitgeist› herrührt, gern unter jener Form vor, wozu das unsinnige und boshafte Wort ‹Gottesleugner›, das es im Munde der Pfaffen hört, das Seinige beiträgt. Lügen heißt gegen seine Überzeugung von der Wahrheit einer Sache aussagen, Gott leugnen also, Gott innerlich voraussetzen und äußerlich leugnen, daher der widerliche Klang des schlau erfundenen Worts. Wenn nun aber Gotthelf die Sache zusammenfaßt in der holdblühenden Blasphemie: ‹Gott ist ein Kalb!›, dieselbe für eine Folge der Aufklärung ausgibt, so mag dies in harten Berner Schädeln von Wirkung sein, seiner christlichen Phantasie gereicht es aber zu geringer Ehre [47].»

Diese Kritik an Gotthelfs Religiosität im Geiste Feuerbachs wird in der Rezension von «Zeitgeist und Berner Geist» fortgesetzt. Keller deutet die genaue Darstellung des bäuerlichen Daseins, von «Küche und Speisekammer» als Absicht des Dichters, «durch die Küchenweisheit die politischen und religiösen Grundsätze einzuschmuggeln». Gotthelf verkenne, daß das Volk «das allzu Nahe und Gewöhnliche kindisch findet, wenn es ihm gedruckt in einem Buche entgegentritt». Der Kritiker schließt aus solchen Schilderungen auf einen Grundfehler des Buches: «Das kommt alles von dem unwahren Standpunkte, von welchem Jeremias Gotthelf ausgeht; der krasse Materialismus, mit welchem seine Religiosität verquickt ist, läßt ihn zu solchen falschen Mitteln greifen». «Zeitgeist und Berner Geist», geschrieben in der Sorge um den Bestand eines christlichen Staates, der Republik Bern, die sich zusammensetzt aus «alten christlichen Bauerndynastien [48]», wird getragen von Gotthelfs Glauben an eine besondere Gotteskindschaft der Berner Bauern. Ein Blitzstrahl äschert z. B. die am Sonntag eingebrachte Ernte und das Bauernhaus ein; hier spürt Keller den Geist des Alten Testaments: «Diese Geschichte schmeckt mehr nach dem Judentum als nach dem Christentum. Gotthelf führt das Wort Sünde und sündlich fortwährend im Munde; fühlt er wohl nicht, daß es ebenfalls sündlich sein dürfte, dem christlichen Gott solch krasse Erfindung unterzuschieben? Ebenso spielen der Teufel und seine Hölle eine große Rolle in Gotthelfs Schriften [49].» Hierher gehört, was Keller im «Grünen Heinrich» über «das Erkennen und Bekennen der Sündhaftigkeit», die «Schuld ... der Vorherbestimmung» schreibt; dieser Lehre hält er die Möglichkeit «einer Unschuld des Glückes, ja der Geburt» entgegen: «Solchen Glücklichen, welche, ohne zu wissen warum und wie, gerecht und rein sind, die Phantasie verderben und verunreinigen mit dem Gedanken angeborener ekler Sündlichkeit, ist im höchsten Grade unnütz und abgeschmackt, und wenn man nicht zu ihnen gehört, für sich selber das Bekenntnis der Sünden professionsmäßig betreiben, verwandelt jene natürliche und unbefangene Selbsterkenntnis mit *einem* Schlage in ein manieriertes Zopftum, aus welchem mich eine unsägliche frostige Nüchternheit und Sachlichkeit anweht. Daher gedeiht diese Lehre am besten bei den entnervten und erschöpften Seelen; denn die Manieriertheit ist der Zeremonienmeister des Unvermögens auf jedem Gebiete, und sie ist es, welche die frischen Geister aus jedem Gebiete wegscheucht, wo sie sich breit macht [50].»

Gotthelfs Gott ist der alttestamentliche, die wahren Christen sind für ihn identisch mit den Berner Bauern, «die solange auf ihren fetten Höfen sitzen dürfen, als sie Christum bekennen. Tun sie dies nicht mehr, so kommen sie um Haus und Hof. Es steht indessen im Evangelium kein Wort davon, daß der rechte Christ ein reicher Berner Bauer sein müsse.» Die Abhängigkeit des Wohlergehens vom rechten Glauben stößt Keller vor allem ab, wenn sie mit der «schönen Prärogative, einem Armen um Gotteswillen ein Stück Brot zu geben», verbunden ist.

Den Vorwurf, für Bitzius seien Glaube und christliche Religion ein Geschäft, in welchem man Wohlstand und Unsterblichkeit einhandeln könne, erhebt Keller auch in der dritten Rezension. Die Erzählung «Die Erbbase», einem «Volksbüchlein mit Holzschnitten und in Traktätchenform, also eigentlich für das Volk berechnet», ist «Beweis von der frivolen und materialistischen Ader, die als Religiosität mehr und mehr in Jeremias Gotthelfs Sachen zu Tage tritt»; die reiche Witwe, die den jungen Knecht heiratet, benutzt «das christliche Institut der Ehe, wie man eine Mausefalle benutzt, um ihrer Sorge wegen ihres zu hinterlassenden Guts ledig zu werden. Schon daß sie diese Sorge hat als alte, weise Christin, die sich vom Irdischen ab- und dem Himmlischen zuwendet, ist ein sonderbares Ding [51].» Die Frage nach dem Verhältnis von Christentum und Arbeit, Religion und Besitz in Gotthelfs Werk stellt sich dann beim «Schuldenbauer», wo Keller ebenfalls eine «materialistische Tendenz» gestaltet findet. Nur wird das Werk in einen weiteren Zusammenhang gerückt, der seinen Rang bestimmt: «... Wert und Heiligkeit von Arbeit, Ordnung und Ausdauer, den Haupttugenden der Ackerbauern, werden so dichterisch verklärt, wie wir es nur in wenigen besten Werken der ganzen Literatur finden können, und vorzüglich die Ehe, das Zusammenleben und -wirken von Mann und Frau, ihr gemeinschaftliches Arbeiten, Dulden, Hoffen, Sorgen und Genießen weiß Gotthelf mit unübertrefflichem Reize zu schildern [52].» Der «Aufbau» der «irdischen Welt», des «leiblichen Glücks» gemahnt in seiner «Bedeutung und Schönheit» an Defoes «Robinson», an die Robinsonaden überhaupt, als deren Schwerpunkt ihn Hermann Hettner in einem Vortrag bezeichnet, den Keller im März 1854 in Berlin hört (vgl. S. 194 f.). Zwar stört ihn schon damals der große Wert, der dem Besitz zugemessen wird; aber das «Schauspiel», das auch in den «Uli»-Romanen zu verfolgen ist: «das Entstehen, Anwachsen und Gedeihen einer Familienexistenz fast aus dem Nichts unter günstigen und schlimmen Einflüssen», «das sichtliche Gelingen der Arbeit im unmittelbaren Boden, die sich sammelnden Vorräte, der schließliche Besitz eines wohlbestandenen, in allen Ecken belebten und angefüllten Bauernhofs» verschaffen dem Leser «das gleiche urpsrüngliche Behagen wie jenes glückliche Gedeihen der Robinsone [53]». Darüber hinaus bekommt die Arbeit bei Gotthelf Kraft der Heiligung, indem sie gegen den Ungeist der Zeit, gegen «Güterkäufer, Agenten, Spekulanten und Halunken», welche alle «Radikale und Lumpen sind», gegen «Menschenkniffe und gesellschaftliche Verhältnisse» zunächst nicht bestehen kann – auch hierin den Robinsonaden vergleichbar, wo «wilde Bestien und Kannibalen» das Dasein gefährden. Der Vorgang ist «auf jener Insel des Weltmeers» wie «mitten im alten Festlande, in der alten Republik Bern», derselbe, und nur eins stört die Ähnlichkeit: «die innere Moral, durch welche Gotthelfs Schriften zu großartigen Parteipamphleten werden»; die ungleiche Verteilung der Schuld und des Verdienstes und zuletzt die Rettung aus den Fängen der Radikalen durch «einen alten adeligen Grundbesitzer und Patrizier» stört den echten Grundton [54].

Gotthelfs von Keller als unwahr verstandenes Belohnungschristentum ruft dem Vergleich des «Schuldenbauers» mit dem Buch Hiob: «... es bestreitet mit seinem prachtvollen und majestätischen Rhythmus und dialektischen Wogenschlag den althebräischen Glaubenssatz, daß Gott ausschließlich und zum Kennzeichen die Rechtschaffenen, Frommen auf Erden glücklich mache und mit Besitz und leiblichem Gedeihen ausdrücklich vor den Schlechten auszeichne, welchen es auch schlecht ergehe.» Gotthelfs Werke nehmen «eben diesen mosaischen Glaubenssatz in ihrem Kerne gegen das tapfere ‹Buch Hiob› in Schutz», und zwar in einer Beweisführung, die schon im biblischen Text selbst erscheint. So kehren zuerst «die drei zänkischen und kritischen Freunde» Hiobs das Gott-Mensch-Verhältnis in seiner materiellen Auswirkung gegenüber der ursprünglichen Anschauung um, indem sie den Leidenden «grausamerweise damit trösten wollen, daß er schlechtweg an seinem Unglücke als Lump und Sünder zu erkennen sei», während der Sinn seiner Prüfung ist: Gott züchtigt, den er liebt. Gotthelf nimmt die Auslegung der Hiob-Freunde auf, zieht jedoch ein neues Argument, «eine kleine Modifikation» heran, betrachtet den Zusammenhang zwischen Gottesfurcht und Wohlergehen vom entgegengesetzten Ende her und im Lichte seiner Zeit: Es ist die Absicht Gottes, «alle Frommen und Gerechten [d. h. alle Konservativen] mit Wohlstand und Glück» zu segnen, während die Radikalen ins Elend gestürzt werden, gleichzeitig aber die Guten und Gerechten daran hindern wollen, zu ihrem verdienten Glück zu gelangen und damit die göttliche Ordnung stören. Indem er so die biblische Anschauung, die in einem höheren gottnahen Dasein das körperliche, materielle Unglück aufhebt und Hiob erhebt, umkehrt, sieht Gotthelf – das scheint Keller sagen zu wollen – an der Möglichkeit vorbei, den wahren Christen darzustellen, der trotz Armut und Not seinen Gottesglauben bewahrt. Die Auszeichnung des Christen durch Glücksgüter ist in diesem Sinn ein «Klotz», der die innere Entfaltung der Gestalten Gotthelfs als Christen behindert – ein Klotz, der aus politischen Überlegungen angehängt wird. Die Wendung, die Gotthelf dem Hiob-Thema gibt, ist für Keller ein «Parteikunstgriff», um «die liberale Hälfte der spezifisch bernischen Bevölkerung mit ihren Führern zu verdammen und zu stempeln [55]».

Das Buch Hiob hat für Keller, offenbar wegen der Beharrlichkeit des biblischen Dulders im Unglück, exemplarische Bedeutung; ob er aber mit seiner Kritik tatsächlich eine Eigenheit der christlichen Lehre trifft, wie Gotthelf sie in seinen Werken veranschaulicht, bleibt fraglich, wenn man etwa an «Käthi die Großmutter» denkt. Anderseits gibt sie Kellers Auffassung des Christentums zumindest in den fünfziger Jahren genau wieder; an Hermann Hettner schreibt er 1856 noch schärfer: «Am gedankenlosesten kommt mir das wegwerfende Gerede über die Ethik des *Système de la nature*› vor. Ich möchte nur wissen, was man eigentlich dagegen einwenden kann und ob selbst das orthodoxeste Christentum auf einer *idealeren* Basis stehe? Gewiß nicht! Es gibt gewiß keine ärgere Utilitäts-Theorie, als das Christentum predigt [56].»

Eine Deutung des Glaubenssatzes von der Belohnung der Frommen, so wie er bei Gotthelf erscheint, gibt Ernst Bloch in einem frühen Aufsatz über «Hebel, Gotthelf und bäurisches Tao» (1926), wo er zu Kellers Interpretation des «Schuldenbauers» sagt: «Indes ist nun gerade zu erwägen ..., ob alles Ephemere, wie es für Gotthelfs Pfäffischkeit gilt, auch für sein Bibelwesen gilt und für dessen Einfluß auf die Gedeihlichkeits-Epik selbst. Es ist weiter zu erwägen, ob dieser ‹umgekehrte Hiob›, erst recht dieser umgekehrte Evangeliensatz vom Reichen und dem Kamel durchs Nadelöhr überhaupt Gotthelfs merkwürdigen Bauernsegen ausmacht und dadurch richtet. Ob hier nicht vielmehr vor- und außerbiblische Segensmythen vordringen, aus uralt fortenthaltenem Bauernleben und dem Angewiesensein seiner Ordnung auf Sonnenschein und Regen, auf die Ordnung der Jahreszeiten, auf den notwendigen Einklang des eigenen Waltens mit dem Walten der Natur. Genau darin, im Pathos dieser Gedeihlichkeit, und nicht im Biblischen, gar im Pfäffischen, das Hebel völlig fehlt, haben also Hebel und Gotthelf ein tief Gemeinsames ...[57].»

Diese Auslegung sei hier, als eine mögliche Annäherung an Herkunft und Gehalt des Motivs der Gedeihlichkeit bei Gotthelf, nur erwähnt. Keller selbst ist sich ja offensichtlich bewußt, daß seine Kritik lediglich eine – die weltanschaulich-religiöse – Seite Gotthelfs trifft, und versucht diese Einseitigkeit aufzuheben, indem er immer wieder Gotthelfs «episches Genie» erwähnt und auch am Schluß des «Schuldenbauer»-Aufsatzes der vorangehenden Kritik etwas von ihrer Härte nimmt: «Aber der Weg, auf welchem der Dichter an dies komische kleine Zielchen gelangt», die Liberalen zu verunglimpfen, «ist ein so schöner und reicher, daß er ein Genuß und Gewinn für uns alle ist, und darum sei ihm verziehen»; «die üble Absicht [wird] sogleich im einzelnen zur trefflichsten und wahrsten Ausführung [58].» Um Objektivität strengt sich der Kritiker auch an im Nachruf auf Gotthelf, welcher die Ergebnisse der Rezensionen zusammenfaßt: «Obgleich wir die aufrichtigste Teilnahme empfinden an diesem unersetzlichen Verluste und obschon man über einen Toten anders spricht wie über den rüstig Lebenden, so mag doch obige Expektoration [über den «Schuldenbauer»] unverändert stehen bleiben, da das Buch, gegen welches sie zum Teil gerichtet ist, mit seiner vehementen, muntern Polemik ja auch noch da ist und vermöge seiner Vorzüge wohl länger bestehen wird als unsere flüchtigen Tadelzeilen. Wer sich bewußt ist, unparteiisch zu sein, der braucht weder gegen Tote noch gegen Lebende eine wohlfeile Pietät hervorzukehren [59].» Dabei hat Keller den ganzen Gotthelf in jedem einzelnen seiner Werke; er lehnt eine Entwicklung und Vervollkommnung beim Berner Dichter ab: «Er bleibt sich immer gleich, und wenn man sein neuestes Werk liest, so hat man nicht mehr noch weniger als bei dem frühesten seiner Bücher.» Aber «alle Wiederholung, alle Einseitigkeit und Eintönigkeit» hindert nicht, daß man die Bücher «immer mit der alten Lust fortliest»: « ... ein mächtiger Beweis von der Echtheit und Dauerbarkeit der Gotthelfschen Muse»; «die Natur und die wahre Poesie» lassen bei ihm Überdruß nicht aufkommen [60].

Die Gotthelf-Rezensionen, die hier als Reflex von Kellers Begegnung mit Feuerbach und der daraus entspringenden eigenen Denkweise betrachtet worden sind, stellen einen Abschnitt seiner persönlichen Entwicklung dar, den Versuch, an den Fehlern des andern die eigenen politischen, weltanschaulichen und ästhetischen Ansichten deutlicher herauszubilden. Deshalb hat Kellers Urteil über Gotthelf seine jahrzehntelange Gültigkeit bewahrt: weniger weil die Rezensionen dazu angetan sind, Gotthelfs Werk auch den Späteren zu erhellen (obschon sie das auch vermögen – nicht zuletzt weil die Irrtümer des Kritikers den Leser zum Widerspruch herausfordern), sondern weil sie von einer Persönlichkeit geschrieben sind, deren Wort als das eines Dichters den Vorzug der Originalität und Eigenwilligkeit, der Selbständigkeit hat.

Auch Rezensionen haben ihr Schicksal: Noch bevor Jakob Baechtold die Kritik Kellers ausgräbt und gegen Kellers Wunsch in seinem «Deutschen Lesebuch» neu veröffentlicht [61], werden sie, wenn auch ohne ausdrücklichen Hinweis auf den Verfasser, ihrem gedanklichen Gehalt nach wiederholt. In Paul Heyses Vorrede zu Gotthelfs Erzählung «Der Notar in der Falle», im 7. Band des «Deutschen Novellenschatzes» aufgenommen, erinnert manches an Kellers Rezensionen. Heyse sieht in Gotthelf «eine mit großer dichterischer Kraft ausgestattete Kernnatur, der es jedoch selten einfällt, rein dichterisch wirken zu wollen»; er beabsichtige «die sittliche und wirtschaftliche Verbesserung seiner Bauern» und habe dem Radikalismus der Zeit abgesagt, um «sich diesem als entschlossener, charaktervoller ‹Reaktionär› entgegenzuwerfen». Der «Notar» verspritze die «unausbleibliche Säure gegen die liberale Richtung». Wie Keller wirft Heyse ein, der Spekulant in der Erzählung hätte ohne weiteres auch ein Konservativer sein können. Er scheint an die «vaterländischen» Novellen Kellers und an seine Rezensionen zu denken, wenn er sagt: « ... die Fülle der Poesie, die er in seinen Schilderungen des Volkslebens entwickelt, ist meist nur wie eine unwillkürlich nebenher laufende Temperamentseigenschaft, die ihn nicht verhindert, Züge von gewaltiger Schönheit mit eben so unästhetischen, ja ganz unleidlichen Auswüchsen zu mischen.» Sein «oft ziemlich krauses Hochdeutsch», der «lehrhafte Zug» und «der Kanzelton» bezeichnen Gotthelfs literaturgeschichtlichen Standort: «So steht Gotthelf in der Mitte zwischen seinem trefflichen Landsmann Pestalozzi, dessen ‹Lienhard und Gertrud› noch ganz als moralisches Not- und Hilfsbüchlein gedacht ist, und den deutschen

Meistern der Dorfgeschichte, in deren Sittenschilderung das Element der Sittlichkeit keine andere Rolle spielt, als in allen dichterischen Verklärungen des Lebens [62].»

Aus dieser Betrachtung Heyses spricht eine liberale Weltanschauung, der die Parteienkämpfe um die Mitte des 19. Jahrhunderts noch nicht fremd geworden sind. Die spätere Gotthelf-Kritik sieht von dieser Zeitbedingtheit immer mehr ab. Das politische Element in seinen Werken ist Geschichte geworden, die Dichtung tritt reiner hervor und ist von den außerpoetischen Bezügen nicht mehr verdeckt. Diese veränderte Sehweise der Kritik und Forschung macht deutlich, daß Kellers Urteil über «das epische Genie» doch das Wesentliche und das nunmehr allein noch Wichtige vorweggenommen hat. Dennoch glaubte die Forschung des 20. Jahrhunderts auch, den Dichter Gotthelf vor dem Kritiker Keller in Schutz nehmen zu müssen. Der Herausgeber von «Zeitgeist und Berner Geist» im Rahmen der «Sämtlichen Werke», Hans Bloesch, nennt Kellers Rezension eine «scharfe Verurteilung», und in seiner Gotthelf-Monographie meint Rudolf Hunziker, erst Gabriel Murets Untersuchungen hätten aufgedeckt, wie sehr Keller Gotthelf mißdeutet habe; als Herausgeber des «Schuldenbauers» wägt er Kellers Urteil nach Recht oder Unrecht ab, um allerdings hervorzuheben, daß der literarische Rang, den Keller dem Werk zugewiesen habe, von der gleichzeitigen Kritik lange nicht erkannt worden sei.

Kellers Rezension hat das Urteil der Öffentlichkeit bei weitem nicht in dem Maß bestimmt wie Gutzkow, der «Zeitgeist und Berner Geist» den Markt gründlich verdarb [63]. Am nächsten kommen Kellers Gotthelf-Kritik heute vielleicht die Urteile wiederum von Schriftstellern: In den Briefen Carl J. Burckhardts an Hugo von Hofmannsthal läßt manche Stelle über Gotthelf an Kellers Formulierungen denken, wenn er auch anders bewertet und beispielsweise bei der Schilderung von Gotthelfs «elementarer Natur» und «des geistigen Wunders», das er verkörpere, davon spricht, daß Hagelhans in «Uli der Pächter» «nichts weniger als ein Deus ex machina, vom Dichter zur Entwirrung des Knotens» eingeführt, sei: «... nein, er ist eine tief lebendige Erscheinung, äußerstem dichterischen Mut entsprungen.» Burckhardt sieht vielleicht schärfer als Keller die Stellung Gotthelfs innerhalb der Volksliteratur: Seine Bauern sind mehr als die «folkloristisch geschilderten, realistischen Mimen einer Menschensorte» der späteren «Bauernschriftsteller»; Gotthelf ist es noch gelungen, etwas nun Verlorenes zu formen: «Die Souveränität des Menschen auch vor dem Verhängnis, Souveränität von Gottes Gnaden». Burckhardts Vergleich mit Homer berührt gegenüber Keller schmerzlicher und bezeugt, wie stark die Zeitstimmung den Kritiker beeinflussen kann: «Über Gotthelfs Werk, das noch so nah beim Ursprung aller hohen, epischen Dichtung, beim Heldenlied, bei der Darstellung ungebrochener Leidenschaften, unzerlegten, kompakt hereinbrechenden Schicksals steht, wirkt doch ein letztes abendliches Licht, eine bittere Abkehr vom Unwiederbringlichen. Vielleicht war es nie anders, vielleicht ist auch das Homerische Gedicht eine Totenklage.» Solchen Interpretationen – sie entsprechen der Neigung Hofmannsthals und Burckhardts, «den großen Berner Gotthelf» über C. F. Meyer und Gottfried Keller zu stellen – eröffnet sich wenigstens teilweise ein ungetrübteres Verständnis des Dichters als in Kellers Rezensionen, wo der Kritiker seinerseits am Zeitgegebenen und Parteibedingten haften bleibt, gerade weil er es an Gotthelf tadelt. Es mag Keller selbst bewußt geworden sein, daß er in seinen Aufsätzen das Letzte über ihn noch nicht gesagt habe, da er Baechtold bittet, sie beiseite zu lassen, und zu Frey bemerkt: «Ich hab' es eben damals nicht besser verstanden.»

Kellers Rezensionen sind der «leidenschaftliche Versuch eines anders gearteten Dichters, sich selbst auf Kosten des andern zu rechtfertigen», genannt worden (Alice Stamm). Mit gleicher Berechtigung darf dies dann von Carl Spittelers Keller-Rede gesagt werden [64].

«Gestaltungslust und künstlerisches Empfinden» können den «Ernst der Sinngebung» in einem dichterischen Kunstwerk überspielen, während bei Gotthelf, bei Raabe oder Dostojewski «eine gewisse formal-künstlerische Nachlässigkeit ... gerade durch die weltanschauliche Bedeutsamkeit und Tiefe bedingt» wird [65] (Beriger). Natürlich ist jede Dichtung Ausdruck eines eigentümlichen Daseinsverständnisses, und auch Kellers «Kunstwollen [ist] zugleich um ein weltanschauliches Verstehen, sein Dichten zugleich um ein Deuten bemüht [66]». Keller befrachtet aber seine Werke «weltanschaulich» nur wenig und bewahrt sich immer die Freiheit des Fabulierens. Gotthelfs großartiger Einseitigkeit läßt sich erst «Martin Salander» vergleichen, wo die Symptome eines allmählichen Zerfalls im Staatsleben vorgezeigt werden und wo, wie bei Gotthelf, das Bild einer glücklicheren Zukunft auf Kosten der gegnerischen Partei gezeichnet ist: Geht Gotthelf mit den Radikalen ins Gericht, so Keller mit den Sozialdemokraten, deren Revolution durch ein großes Unwetter zunichte gemacht werden soll («Götterdämmerung») [67]. Doch auch hier steht Keller Gotthelf so fern wie in den Rezensionen: höchstens verbindet sie die Sorge um den Staat [68]; was jedoch dieser Staat ist, auf welcher Grundlage er stehen muß, darüber sind sie verschiedenen Glaubens.

Kellers frühes Urteil hat «in der Gotthelfkritik auf lange Zeit eine fast kanonische Geltung behauptet» und «erst die neuere Forschung das wesentlichere Bild» Gotthelfs erschlossen [69]. Dem Dichter wird ein höheres, wenn auch notwendigerweise einseitiges kritisches Verständnis zugemutet. Nach 1855 arbeitet Gottfried Keller als Rezensent mit andern Kategorien: mit dem «außerästhetischen» Maß «des Ethos», der «Persönlichkeit» des Dichters – in Urteilen über Leuthold, C. F. Meyer und Spitteler wird «die menschliche Substanz und geistig-seelische Grundhaltung des Werkes» in den Mittelpunkt der Betrachtung gezogen (Beriger) [70], vermehrt aber auch rein formale Kriterien.

D) LITERARISCHE GATTUNGSKRITIK

Man kann die Form eines Kunstwerks als gültiges, über seinen Wert, den Rang des Autors verbindlich aussagendes Kriterium betrachten und ein Drama für um so vollkommener halten, «je mehr es Drama ist, eine epische Dichtung, je mehr sie epischen, eine lyrische, je mehr sie lyrischen Charakter hat». So gesehen ist es «eine Unvollkommenheit der Erzählungen C. F. Meyers, daß ihr Stil sich dem dramatischen nähert, nicht ein Vorzug». Was im besonderen diesen «epischen», «lyrischen», «dramatischen» Charakter eines Kunstwerks ausmacht, bestimmt «die ästhetische Tradition [1]». An die «kritische Theorie der Gattungen« bei Aristoteles, welche «die Medien und Eigentümlichkeiten einer jeden im Hinblick auf die ästhetischen Zwecke der Art» unterscheidet, schließt sich z. B. die «klassische» Auffassung an, die – freilich ohne den oft getadelten Autoritätsanspruch – Regeln und Vorschriften aufstellt, eine Gattung von der andern «ihrem Wesen und ihrem Rang nach», aber auch hinsichtlich ihrer gesellschaftlichen Repräsentanz trennt [2]. Auf diese Weise werden die literarischen Gattungen «als institutionelle Imperative» verstanden, die «einen Zwang ausüben», auf die aber «auch vom Dichter Zwang ausgeübt wird»; Aufgabe der Kritik ist es, Wandlungen, Ausweitungen, neue Möglichkeiten nachzuweisen [3].

Anderseits kann der Kritiker die Gattungen als nur «begriffliche Einteilungsprinzipien» verwenden, die vom eigentlichen Wesen der Dichtung nichts verraten, nur Notbehelfe der Wissenschaft sind. Die moderne Gattungstheorie versucht, eine Vielzahl von Gattungen und Zwischenformen zu beschreiben, ohne sie vorzuschreiben, bemüht sich, «den gemeinsamen Nenner einer Art, ihre gemeinsamen literarischen Mittel und Zwecke herauszuarbeiten» und «Traditionen und Verwandtschaften», «literarische Beziehungen» sichtbar zu machen, «die unbemerkt bleiben, solange es keinen für sie hergestellten Zusammenhang gibt [4]».

Für den Dichter als Kritiker fremder Werke bedeutet gattungsmäßige Kritik eine Wertung nach Maßgabe der persönlichen Vorstellung vom Epischen, Lyrischen oder Dramatischen. Je nachdem, ob ihn im Augenblick die Gesetzmäßigkeiten und Formprobleme der Lyrik, der Epik, des Dramas beschäftigen oder ins Allgemeine abgerückt sind, wird er sie in eine kritische Betrachtung einbeziehen oder nicht.

Nun erkennt der Künstler selbst sehr gut die letztliche Unsicherheit, die einer Trennung der Gattungen anhaftet. Wenn Gottfried Kellers Äußerungen über Lyrik und Lyriker, über die Novelle und Novellisten zusammengestellt werden, dann nicht in der Meinung, dem Dichter eine systematische und unveränderliche Auffassung vom Lyrischen, ein Novellen-Schnittmuster nachweisen zu können, sondern um eine Diskussion zu verfolgen, die in engem Zusammenhang mit dem Nachdenken über das eigene Schaffen steht.

Die Gattungsfrage wird für Keller auch während der Umarbeitung des «Grünen Heinrich» wichtig; das Problem «Biographie oder nicht?», die Frage der «nicht stilgerechten epischen Formen» bedrängen ihn, darauf erwartet er vom Kritiker Antwort [5]. Eine deutliche Abgrenzung der Lyrik dagegen hält er offensichtlich nicht für notwendig, da er 1884 an Paul Heyse schreibt: «Es gibt eine Menge schöner und nicht zu missender Poesien der alten und neueren Welt, die nach dem Oberlehrer-Schema weder lyrisch noch episch sind und sich doch erlauben, da zu sein [6].» Dennoch sind Kellers Anschauungen der Lyrik und der Novelle im einzelnen sehr genau und scharf umrissen. Sie rechtfertigen den folgenden Abschnitt letztlich, weil sie zu einem wesentlichen Teil aus der kritischen Betrachtung fremder Werke hervorgehen.

1. Lyrik und Lyriker

Kellers bewußter, wenn auch vorläufiger Abschied von der Lyrik um 1850 bedeutet einen Einschnitt in seiner Entwicklung als Dichter. Er nimmt plötzlich oder allmählich eine Voraussetzung der Lyrik wahr, die bei ihm noch nicht erfüllt ist: Varnhagen von Ense gegenüber erwähnt er die Abhängigkeit «wahrer Lyrik» von einem «Ergebnis», das ihr erst den eigentlichen «Wert» verleihe: «Denn nach dem ersten Rausche der Jugend kann meiner Meinung nach nur das intensive Lebensgefühl des Mannes, der in stillen Momenten ausruht, etwas wirklich Gutes in der Lyrik zustande bringen.» Noch 1879, als er darangeht, die «Gesammelten Gedichte» zusammenzustellen, schreibt er Petersen: «Es gibt eine gewisse Zahl Gegenstände, die einem jungen Poeten nicht einfallen können, sonst würde ich diese Nacherte mir nicht erlauben.»

Diese Überzeugung, daß die Lyrik in Wechselbeziehung stehe mit der persönlichen Reife des Dichters, der Weite seiner Erfahrung, ist wiederum auf die Begegnung mit Feuerbachs Philosophie zurückzuführen [7]. Sie wird maßgebend für Kellers Selbstkritik wie für die Beurteilung des lyrischen Schaffens anderer Schriftsteller. Aber schon der junge Gottfried Keller nimmt seine eben veröffentlichten ersten Verse zum kritischen Vergleichspunkt und bewertet aus dem Gefühl politischer Übereinstimmung, aus einer verwandten deistischen Haltung und dem gleichen «antijesuitischen Radikalismus» heraus etwa die «Heimatlichen Bilder und Gedichte» Karl Rudolf Tanners, die 1846 in fünfter Auflage erscheinen [8]. Die Sammlung, eine «allen unbefangenen Freunden des rein Schönen ... liebliche Erscheinung», ist ein Gegengewicht zum politisch bewegten Leben der Jahre vor 1848, Tanners «leichtes anmutiges Lied» die geeignete Lektüre für ein unpolitisches «stilles, weiches Gemüt», das vor den «stärkeren Aufregungen und Kämpfen» des Tages zurückschreckt. Es ist Naturlyrik, getragen von festem Vertrauen auf Gott, dem «eigentlichen geistigen Liede» nahe. Im Blick auf die eigene Lyrik beschäftigt sich Keller mit dem formalen Aspekt: Tanners Gedichte erwecken den Eindruck des «Reinen», «vollkommen Abgerundeten», die Sprache wirkt «gediegen, wohltönend, fest und doch wieder so zart und leicht», «wie silberne Bachwellen» schlagen die Verse ans innere Ohr. Diese subjektive, naturselige Lyrik, die sich nur dann und wann zu einem «echt schweizerischen», d. h. politischen Höhepunkt aufschwingt, wird zweitens dadurch charakterisiert, daß Keller sie von seinem persönlicher getönten, kämpferischen Dichten abhebt. In der Autobiographie von 1847 zeichnet Keller sich selbst als politischen Dichter: «Die Zeitereignisse führten ... die Politik in den Kreis meines Bewußtseins»; er folgt jener Strömung des «Literaturpolitisierens», die er 1848 im Tagebuch skizziert, wo er schreibt, jeder zeitgenössische Lyriker habe bisher noch immer «mit dem herkömmlichen Polenliede» begonnen. In der «Grille» «Die Romantik und die Gegenwart» vom Juni 1849 sieht er eine neue Poesie als Folge der politischen Bewegungen 1848/49 entstehen: Aus dem Kampf um «ein neues Sein», «ein neues Gewand», aus dem Widerstreit der verschiedenen Richtungen, «aus der Reibung dieser verschiedenen Tendenzen ist schon Handlung und Poesie die Fülle entstanden ... Die Junitage zu Paris, der ungarische Krieg, Wien, Dresden, und vielleicht auch Venedig und Rom, werden unerschöpfliche Quellen für poetische Produzenten aller Art sein. Eine neue Ballade sowohl wie das Drama, der historische Roman, die Novelle werden ihre Rechnung dabei finden. Daß man sie aber auch unmittelbar am Leben selbst findet, habe ich nun in der badischen Revolution gesehen [9].»

1845 ist Lyrik für Keller noch in stärkerem Maß eine Persönlichkeitsschulung; an Hegi schreibt er: «... mein einziges Trachten ist, meinen ersten Band Gedichte zusammenbringen, was mit *einem* Schlage alle meine Verhältnisse ändern wird. Alles Bisherige war nur sicher vorbereitend, und ich werde mit jedem Tage strenger und einseitiger gegen mich selbst, um nichts zu übereilen; denn es ist heutzutage notwendig, wenn man sich über den Kot erheben will.» Er bekennt sich als «erzradikaler Poet», der «Freud und Leid mit [seiner] *Partei* und [seiner] *Zeit*» teilt [10]. Ein Programm für die politische Lyrik stellt er schon 1843 unter dem Eindruck von Anastasius Grüns «Schutt» (Leipzig 1835) auf. Es erklärt, warum er Tanners Gedichte welt- und zeitfremd findet: «die Zeit der Balladen, niedlichen Romanzen und wenigsagenden Tändeleien in elegantem Stil» ist vorüber – «tiefe Gedanken, große, noble Phantasien und schlagende, überquellende Sprache», die Auseinandersetzung «mit den großen Welt-Fort- und Rückschritten ..., mit den ernsten Lebensfragen» sind dem Dichter aufgegeben. Grün ist ein Beispiel dafür, «welch' eine poetische Blütenfülle» die politischen Tagesfragen «aus dem geweihten Dichter hervorzurufen vermögen [11]». Noch die Autobiographie von 1876 gedenkt des Grafen: Grün habe jene «Siegesgesänge über gewonnene Wahlschlachten, Klagen über ungünstige Ereignisse, Aufrufe zu Volksversammlungen, Invektiven wider gegnerische Parteiführer» in ihm geweckt. Auch aus der Distanz des höheren Alters erinnert er sich liebevoll dieser «klangvollen Störung» als eines «Rufs der lebendigen Zeit», der seine «Lebensrichtung» bestimmt [12].

Kellers Verhältnis zu den Leitbildern seiner ersten Gedichte verändert sich jedoch sonst ebenso wie dasjenige zur eigenen Lyrik, die er 1861 «ein etwas verfrühtes und unkritisches Bändchen» nennt. Neben Grün sind es Herwegh und Freiligrath, die ihn dazu anregen. Die autobiographischen Skizzen schildern den ersten Eindruck von Herweghs «Gedichten eines Lebendigen» (Zürich und Winterthur 1841): «Der neue Klang ergriff mich wie ein Trompetenstoß, der plötzlich ein weites Lager von Heervölkern aufweckt». Die spätere Beurteilung Herweghs ist nicht mehr von diesem Geist getragen, der sich auch äußert in Kellers gegen den konservativen Polizeidirektor Reithard gerichtetem Artikel im «Boten von Uster» (Sept. 1845), einer Verteidigung Herweghs, aus dessen Gedichten Reithard einzelne Verse als Motti zu eigenen poetischen Arbeiten (erschienen in der «Eidgenössischen Monatsschrift», 1. Heft, Zürich 1845) nimmt, die jedoch auch eine persönliche Apologie ist: Keller war in der «Augsburger Allgemeinen Zeitung» 1844 ermahnt worden, Fröhlich, dem Freund Gotthelfs, Tanners und Reithards, als den bestbekannten Dichtern der deutschen Schweiz, nicht anmaßend gegenüberzutreten. Über Reithards Taktik heißt es in Kellers Artikel: «Um nämlich Herwegh erfolgreicher zu bekämpfen, ahmt er ihn, so gut es gehen will, in Form und Ausdruck nach und frißt sich wie ein Wurm in seine frischen, glänzenden Früchte ein ... Er lernt von ihm, er studiert ihn, das sieht man klar und deutlich; er ist mit seiner ganzen Vergangenheit (?) nicht weiter gekommen als alle die jungen radikalen Tollköpfe, welche scharenweise hinter Herwegh her krähten und nachschrien! Aber die duftende und glühende Morgenblume Herwegh weiß leider nicht, daß ein stinkender Gauch auf ihr klebt und stinkt, bis ein leichter Nasenstüber ihn hinwegschnellt.» Hier steht Keller mitten in einem Streit der Parteien, dessen Medium die Lyrik ist. Ein paar Jahre später geht es ihm nur noch um künstlerische Fragen. Im Juni 1852 berichtet Baumgartner, Herwegh habe Keller und seine Gedichte «scharf hergenommen», namentlich im Zyklus «Von Weibern» «zu wenig wahre Leidenschaft, wahres Leben» gefunden. Keller erwidert, die Gedichte, so «dünn, pauvre und verunglückt» sie seien, entsprängen eigenster Erfahrung, der Zyklus stelle zudem nicht eine «Schilderung der Leidenschaft» dar, sondern «bloß weiblicher Marotten und Schicksale», «leichte, wunderliche Klänge», von denen er selbst nicht wisse, «wie sie entstanden» seien. Er bezweifelt Herweghs Kompetenz, in solchen Fragen zu entscheiden: «Was Herwegh betrifft, so dürfte er am wenigsten imstande sein, wahre Leidenschaft zu bezeichnen, da er nie welche gefühlt hat.» Die Auswirkung der Revolutionslyrik auf die Dichtung beurteilt er 1889 noch strenger: «Die Aufregungen des Sonderbundskrieges und der darauf folgenden Februar- und Märzrevolutionen verrückten aber den Dichtern den Kompaß und stellten die Zeitlyrik eine Weile kalt. Die einen saßen in den Parlamenten, die andern vertauschten die Poesie mit mißlichen Kriegstaten ...» – eine Erinnerung an Herweghs «Deutsche Legion», eine Truppe aus deutschen und französischen Arbeitern, mit denen er in die badische Revolution eingreifen will und deren Flucht eine Notiz Kellers vom Mai 1848 festhält. Bald einmal fällt Keller auch das Unbefriedigende an Herweghs Persönlichkeit auf; was Wille, bei dem Herwegh 1852 Richard Wagner einführt, Keller schreibt, ist offensichtlich nur ein Spiegelbild von dessen eigenem Urteil und in Zürich, wo Herwegh zwischen 1851 und 1866 lebt, geläufig: Herwegh schimpfe *«unaufhörlich* auf alles Schweizerische, Land und Leute, Sitte und Weise, Charakter und Geist»: «Daher mein Ekel über die Charakterlosigkeit des Talentes und konnte ich nur die brillante Rhetorik des Gedichtes anerkennen», nämlich von Herweghs «Zum eidgenössischen Schützenfest 1859», das Wille kritisiert, was ihm Keller nur deshalb übelnimmt, weil es Zeichen eines willkürlich, nach Lust und Laune hervorgekehrten Schweizertums sei. Ähnliches erfährt Keller, als er sich auf Wunsch Frau Herweghs an den ihm von Heidelberg her bekannten Chirurgen Karl Pfeufer wendet, um die Abschrift von Heines «Herwegh, du eiserne Lerche» zu erhalten, dessen Autograph Pfeufer besitzt, der sich wegen Herweghs Verhalten in einer Duellaffäre mit Alexander Herzen mit ihm überworfen hat; Pfeufer antwortet Keller: «Als ich das letztemal in Zürich war, wo ich die reizende Entfaltung dieses großen Talents erlebt habe, konnte ich ihn [Herwegh] nicht besuchen, weil mir aus seinem Handel mit Herzen der Gesamteindruck geblieben war, daß er sich in jeder Weise unehrenhaft benommen habe. ... Wenn man eine kostbare liebgewordene Statue plötzlich in Trümmern umherliegen sieht: das muß ein ähnliches Gefühl sein.»

Herweghs «Gedichte eines Lebendigen» erreichen in rund dreißig Jahren neun Auflagen, überleben aber in dieser Zeit sich und ihren Stoff. Als anfangs der siebziger Jahre die «Neuen Gedichte» Herweghs erscheinen sollen, schreibt Keller dem Verleger: «Wenn Herwegh unter seinen neuen Gedichten nicht einen Stock rein poetischer Sachen hat, die um ihrer selbst willen da sind» – «das Bittere versüßen» –, «so tut er allerdings besser, eine günstigere Zeit für seine politischen Sachen abzuwarten.» Das Zweispältige an Herwegh kommt auch hier zum Vorschein, seine Formkunst auf der einen, seine «unzeitgemäße Polemik gegen Deutschland und seine Führer» auf der andern Seite, und in einem weiteren Brief an Herweghs Verleger schreibt Keller: «Von dem Herweghschen Nachlaß hört man auch nichts mehr; am Ende ist nichts da als ein paar Dutzend Schimpfgedichte gegen den Lauf der Welt, was schade wäre, denn in der Form ist er bis zuletzt Meister geblieben.» Weibert bestätigt diese Vermutung: «Stoff und Behandlung sei bei vielen Gedichten derart, daß man sich geradezu abwenden» müsse [13].

Ganz anders verlaufen, vom Menschlichen her gesehen, die Beziehungen Kellers zu Ferdinand Freiligrath. Der Verfasser von «Ein Glaubensbekenntnis» kommt im April 1845 in die Schweiz; die Jahre zwischen den weiteren Begegnungen mit Keller – 1850 in Köln, 1872 in Zürich – füllen gelegentliche Briefe aus. Auch anderswo spricht Keller hin und wieder von seiner Freundschaft für Freiligrath: «Er ist einer der wenigen Menschen, die mir trotz des schwachen Verkehres immer gegenwärtig sind und mir nie andere als angenehme und erfreuliche Empfindungen wecken.» Nach dem Tod des Dichters schreibt er: «Freiligrath gehört zu den wenigen, von welchen man nicht glauben mag, daß sie wirklich fort und verschwunden sind, bei deren Tod man sich ängstlich fragt, ob man sich nichts vorzuwerfen, sie nie beleidigt habe, aber sofort ruhig ist, weil sie einem nicht den geringsten Anlaß dazu hätten geben können vermöge ihres wohlbestellten Wesens.» Die Urteile über Freiligraths Gedichte verraten Kellers Distanz zur politischen Lyrik schon wenige Jahre nach den eigenen Veröffentlichungen; er begnügt sich damit, zum ersten Heft der «Neueren politischen und sozialen Gedichte» (1849) festzustellen, die Verse seien «blutrot, aber ein wenig schwerfällig» – Freiligrath selbst schreibt er von dem Bändchen als dem «lieben roten Geschenk». Er würdigt die Übersetzungen (Shakespeares «Venus und Adonis», Düsseldorf 1849; 1856 Longfellows «The Song of Hiawatha»); die Terzinen «An Freiligrath bei seinem Eintritt in die Schweiz im Frühling 1845», die seine Wendung von der exotischen Lyrik zum revolutionären Lied erwähnen, werden, für Kellers Auffassung bezeichnend, nicht in die «Gesammelten Gedichte» von 1883 aufgenommen, weil sie ihm, wie er der Witwe des Dichters erklärt, «seit Dezennien als unpassend, unzutreffend» erschienen seien; «aus der damaligen Situation heraus entstanden», muten sie nun «insofern gewissermaßen veraltet» an [14].

In der Kritik spiegelt sich also, was Keller um 1850 gegen das eigene bisherige lyrische Schaffen einzuwenden beginnt; im Juli 1849 schreibt er Eduard Sulzer über die «Neueren Gedichte». «Dieses wird wohl mein Abschied von der Lyrik sein, sowie ich überhaupt ... nun dieses subjektive Gebaren endlich satt habe und eine wahre Sehnsucht empfinde nach einer ruhigen und heitern objektiven Tätigkeit, welche ich zunächst im Drama zu finden hoffe.» Rückblickend und vorausschauend urteilt er ein Jahr später in einem Brief an Freiligrath: «Das subjektive und eitle Geblümsel und Unsterblichkeitswesen, das pfuscherhafte Glücklichseinwollen und das impotente Poetenfieber haben mich lange genug befangen. ... Vieweg will nun aus freien Stücken doch noch meine Gedichte drucken, und ich bin deshalb in Verlegenheit; wenn ich nicht das Geld brauchte, so gäbe ich sie ihm nicht, da sie zum Teil auch noch stümperhaft sind. Es ist mit der Lyrik eine eigene Sache; sie duldet nur selten eine rivalisierende Tätigkeit neben sich und erfordert ein ganzes und ungeteiltes Leben, um aus dessen edelstem Blute als unvergängliche Blüte hervorgehen zu können. Jedes gute Lied kostet einen schrecklichen Aufwand an konsumierten Viktualien, Nervenverbrauch und manchmal Tränen, vom Lachen oder vom Weinen, gleichviel: und dann wird es einem bogenweise berechnet! Und die sechs Strophen füllen nicht einmal zwei Seiten – da geh' einer hin und werde Lyriker! An genugsamer Aufregung und Bewegung fehlt es mir zwar nicht, aber ich habe bei meiner wunderlichen Lebensart erst angefangen, kräftig und wahr zu empfinden, nachdem die erste und reichste Singlust schon verpufft und verkünstelt war. Ich muß erst jetzt lachen, wenn ich daran denke,

wie sehr die guten Schulz, Esslinger usf. jene gemachten und wässerlichen Lie-
beslieder protegierten und für bare Münze nahmen. Entweder verstanden sie
sich nicht auf die Poesie, oder nicht auf die Liebe, und beides ist in diesem
Falle gleich schauerlich ... Doch hatte ich den Schaden davon, indem ich auf
den mir unbefugter Weise erteilten Lorbohnen ausruhte, anstatt zu machen,
daß ich etwas Ordentliches erlebte [15].»

Wenn es Keller in diesen Jahren in Heidelberg und Berlin vor allem um
ein «Reifwerden» und, in der Lyrik, um «das Losmachen von der Stuben-
poesie und den lyrischen Illusionen» geht, so stimmt er darin überein mit den
Tendenzen der Literatur um die Mitte des 19. Jahrhunderts überhaupt. Die
Lyrik tritt allgemein vor der Epik zurück; die politische Reaktion veranlaßt
manche Lyriker zur Emigration z. B. an den Musenhof nach München, den
König Max nach dem Vorbild Weimars aufbaut und wo die schöne Form,
nicht der aktuelle Inhalt gepflegt wird. Kellers poesievolle Schilderung der
abendlichen Silhouette Münchens im ersten Band des «Grünen Heinrich» ist
eine Illustration zur Dichtung des Münchner Kreises, dessen Ideale Schönheit
und Stilreinheit sind; der antikisierende Lokalgeist Münchens bildet sich ab in
der nachklassischen Kunstauffassung etwa der «Krokodile». Was der Leser
in der lyrischen Dichtung vor allem sucht, zeigt die Auswahl der Anthologien aus der Zeit zwischen 1850 und 1860: Goethes Lieder und Naturgedichte, Balladen und Spruchdichtung, das Volkslied, die romantische Lyrik
bis Mörike und Heine werden bevorzugt. Mit dem Überdruß des Lesers
an der zeitkritisch-revolutionären Lyrik rechnet auch Keller, wenn er 1850
dem Verleger Vieweg über eine «Auswahl neugriechischer Volkspoesien»
schreibt: «Auch dürfte die Wiederbelebung dieser Gedichte besonders für dasjenige Publikum gelegen kommen, welches, ermüdet oder abgestoßen von den
Zeitprodukten, sich nach Entlegenerm und stofflich Realem und Naivem sehnt.
Ich habe hier hauptsächlich auch die Leute im Auge, welche der Jugend etwas
Neues oder Neu-Altes bieten möchten, ohne zu *unsern* verdächtigen und gefährlichen Novitäten greifen zu müssen [16]. Indessen bedeuten die Sturmjahre
nicht auch eine Zäsur in der literarischen Entwicklung des Jahrhunderts; die
revolutionären Dichter erleben nach 1848/49 weiterhin neue Auflagen; gerade im Hinblick auf diese Publikationen erscheint es Keller als «eine Ehren-
sache, sowohl in kritischer» Beziehung wie auch wegen des zweifelhaften
Werts anderer Gedichtsammlungen, seine «Neueren Gedichte» zu veröffentlichen. Sie bedeuten einen Abschluß, aber nicht den endgültigen Verzicht auf
das Gedicht. Denn in den folgenden Jahren, vor allem seit der Rückkehr in
die Schweiz, nähert Keller sich der Lyrik immer wieder. So schreibt er 1857
dem Herausgeber des «Deutschen Musenalmanach»: «Ich bin durch die leidige
Buchschriftstellerei, die ich handwerklich nicht beherrsche, aus aller Lyrik herausgekommen; denn das jugendliche Bedürfnis häufiger momentaner Stim-
mungsergüsse ist halt vorbei, und zu einer erneuten reiferen und künstlerischen
Periode absichtlichen lyrischen Hervorbringens gehört eine fast gänzliche

tabula rasa von allen beschwerenden Abhaltungen, ein glückliches Vierteljahr gänzlicher Freiheit. Seit ich wieder in meiner Heimat bin, spekuliere ich darauf, da ich eigentlich etwas unzweifelhaft Gutes in Liedersachen erst noch zu leisten habe, wenigstens in einem charakteristischen *Ensemble*.» Im gleichen Jahr äußert er zu Gottfried Kinkel, daß er «vielleicht doch noch einige sonnige lyrische Jahre kriegen werde», um dann «jene mehr zufälligen Anfänge zu einem besseren Liederbuch gestalten» zu können, «und zwar ohne dem Schematismus zu verfallen. Dazu gehört vor allem Freiheit, Ganzheit und Unbefangenheit des Lebens, und nachdem die Jugend vorüber, kann ich mir jene nur durch eine Zeit anhaltender künstlerischer Arbeit wieder herbeiführen. Es läßt sich jetzt nichts Besseres tun, als diese Zeit der Nichtswürdigkeit und der Verwirrung mit getroster Arbeit zu verbringen. Indessen wird gewiß der Tag wieder kommen, wo ein freies Lied von selbst entsteht und die steifen Finger wieder leicht werden und zu skandieren anfangen, denn es skandiert sich am Schwertgriffe der Freiheit mindestens so leicht als auf dem Nacken einer Römerfrau.» Eines der Ziele seiner zukünftigen Lyrik umschreibt Keller im Brief an den Stadtsängerverein Zürich, der ihn 1858 zum Ehrenmitglied ernennt: «Die patriotische oder nationale Lyrik leidet gegenwärtig fast allerorten an einer gewissen Verschwommenheit und Gedankenarmut. ... Dadurch ..., daß die Sänger den Dichtern Gelegenheit geben, sich in dem wirklich zu singenden Liede zu üben, werden diese bei einigem Nachdenken wohl darauf kommen, größere Bestimmtheit sowohl als auch Mannigfaltigkeit der Motive anzustreben. Hauptsächlich gilt es, statt der ewigen Verwendung des ‹donnernden Lawinenfalles› u. dgl. eine Reihe von sittlichen Ideen und historischen Charakterzügen, welche speziell unser vaterländisches Leben bedingen, in plastische Gestalt zu bringen, so daß der Sänger, indem er singt, von einer lebendigen Überzeugung durchdrungen und sein Gesang etwas Selbsterlebtes wird, ein Stück seines eigenen gegenwärtigsten Lebens darstellt [17].» Hier bestimmt Keller in Einzelheiten die Forderung nach größerer Nähe zum Volk, die er wenig später im Aufsatz «Am Mythenstein» an den Lyriker richtet.

Diese Forderung und die Voraussetzung persönlicher Reife des Dichters sind überall dort genannt, wo Keller sich kritisch mit Gedichten auseinandersetzt, vor allem in den Rezensionen von zwei Gedichtbändchen, die gleichzeitig belegen, daß sich für Keller selbst eine neue Periode der Lyrik anbahnt, wie ja auch kurz darauf im Briefwechsel die ersten Anzeichen für die Redaktion der «Gesammelten Gedichte» begegnen. Die Besprechungen werden im Abstand von zwei Wochen veröffentlicht. Die eine gilt dem Bändchen «Blumensträuße. Gedichte von Theodor Curti» (Würzburg 1869), erscheint in der «Neuen Zürcher Zeitung» vom 9. Januar 1869, ist sicher z. T. auch aus Gefälligkeit dem Vater des jungen Lyrikers, einem Freund Kellers von München her, gegenüber entstanden und bezweckt, eine unkritisch enthusiastische Anzeige in der gleichen Zeitung zu berichten; in der zweiten bespricht Keller die «Gedichte von Schnyder von Wartensee. Nach dem Tode des Altmeisters gesammelt und herausgegeben von Müller von der Werra» (Leipzig 1869); sie erscheint vom 23. bis 25. Januar 1869 in der «Neuen Zürcher Zeitung» und enthält auch persönliche Erinnerungen an den Musiker. Die beiden Gedichtsammlungen unterscheiden sich nach Wesen und Entstehung: Curti legt seine ersten Verse vor, während die Gedichte Schnyders eine Summe seines poetischen Schaffens bieten. Doch auf beide trifft zu, was Keller der ersten Rezension vorausschickt: «Für lyrische Sammlungen ist es eine harte Zeit, da selbst die Jugend früh praktisch wird und schon bei dem Schüler das Wissen von der Natur an die Stelle des Empfindens der Natur getreten ist.» Um das große Thema der Dichtung zu gestalten, «das Menschenschicksal», dem als Form etwa die Ballade, «die poetische Erzählung» angemessen wäre, wähle der Dichter besser «den Prosaroman», weil er «einem durchaus realistischen Geschlecht viel genauere Details aus dem wirklichen Leben bieten» könne als ein Gedicht; nur das reine singbare Lied sei dem Volk noch willkommen. Diese Neigung zum Liedhaften ist ein Gesichtspunkt, unter dem Keller die Gedichte Curtis prüft: sie sind «musikalisch und komponierbar». Auch an den Versen Schnyders wird der Liedcharakter hervorgehoben; Keller setzt die «lyrischen Gedichte» mit «eigentlichen Liedern» ineins – wie Fr. Th. Vischer, für den das Lied ebenfalls die reinste Ausprägung des Lyrischen bedeutet. Zweites Kriterium ist nun dasjenige der Reife. Curti gelingen zwar Naturgedichte, «kleine Bilder aus der eigenen Heimat und die naiven Empfindungen des reifenden Knaben», Verse, die «auf Naturanschauung gegründet» sind, ersonnen «in der schönsten Natur und unberührt vom Sturmhauch der Welt». Doch diese Gedichte sind entstanden, bevor der Dichter «auch nur *einen* großen Kampf mit dem Schicksal durchgerungen» hat. Ist er dann berechtigt, «vor sein Volk zu treten», wird er «eine breite Wirkung auf die Welt» gewinnen können? Während Keller Schnyders Verse als den gelungenen Ausdruck eines «wohlwollenden Sinnes und freundlicher gesellschaftlicher Beziehungen» schätzt, kommt Curti in den meisten seiner Gedichte nicht über die «Namenstagspoesie» hinaus, auch er entgeht der Gefahr nicht, «die man immer läuft, wenn man zu jung eine lyrische Sammlung in die Welt hinausläßt». Dieses Mißgeschick einer «verfrühten Ausgabe eines durch törichte Gönner verleiteten Lehrlings» bleibt Curti so wenig erspart wie seinerzeit dem jungen Gottfried Keller, ein Mißgeschick, das vor allem «in den didaktischen Sachen» offenbar wird: «Dem Jüngling ziemt zu leben, zu genießen, dann für seine Ideale, welche diese auch sein mögen, das Schwert zu ziehen; aber lehren und trösten soll uns nicht, wem hohes Glück und tiefes Leiden noch nicht beschieden war. Die kleinen Tröstlein in der Verzweiflung eines Faust, welche ein Knabe hier halb aus frommer Naturschwärmerei, halb aus Katechismusreminiszenzen sich zusammengebacken hat, die werden ihm unter den ersten Schollen zerbersten, welche er einst auf einen geliebten Sarg fallen sieht!» In diesem Sinn schreibt Keller 1878 an Adolf Frey: «[Was Ihren Gedichten] fehlt, ist jenes Individuelle, das lyrischen Jugendprodukten den Charakter des Ursprünglichen,

Neuen und Überraschenden verleiht, den gewissen Ton und Klang, der den einen vom andern unterscheidet. Da das sich ebensowohl auf den Inhalt als auf die Form beziehen kann, so kann das Eigentümliche, wie wir es (freilich mangelhaft genug) für einmal nennen wollen, auch bei Ihnen mit dem Vorschreiten des Lebens noch kommen.» Dementsprechend wirkt bei Schnyder das «Allegorische und Didaktische» gehaltvoll, weil es Ergebnis eines erfahrungsreichen Lebens ist. Das freudige, jetzt noch unausgegoren wirkende Lebensgefühl Curtis wird dem Lyriker zugute kommen, «wenn sein lebhaftes Empfinden in tapferm Erringen eines würdigen Ziels zu männlichem Gefühl sich vertieft»; «die Wärme» jugendlicher Begeisterung wird dann die Gedichte beleben und den Dichter befähigen, «mit ganz anderer Wirkung vor die Welt zu treten als heute [18]».

Die Rezension von Schnyders Gedichten ist vorwiegend ein Gedenkblatt für den «hingeschiedenen alten Herrn», der «halb Weltmann, halb Sonderling, allem ‹Guten und Schönen› lebendig zugewandt, in allem ein wenig seine Hand hatte» – nicht zuletzt in den «Gesangs- und Musikfesten der Schweiz», die, wie Keller 1852 zu Baumgartner bemerkt, «zur bloßen Folie werden für die Witze des Herrn Schnyder von Wartensee, wenigstens in der Presse. Wahrscheinlich versendet er seine geistreichen Reden selbst überallhin.» «In seinem unsterblichen Nanking sommerlich gekleidet», gehört Schnyder in eine blühende Frühlings-, eine duftige Sommerlandschaft weit zurückliegender Jahre; er ist eine Erscheinung aus dem Rokoko, und zwischen seinen Epigrammen, die sich, «gerade wie vor hundert Jahren, noch an Harpagon, an Arist, Bavus, Raps, Thax und dergleichen Ehrenleute» richten, nimmt sich ein «deutsches Schützenlied» merkwürdig aus. In seinen Versen, die Keller Blüten vergleicht, welche «ein so langlebiger Herr gelegentlich pflückte und bald da bald dort zwischen die Blätter eines Almanachs legte», herrscht «ein stets gebildeter, heiterer, weltverständiger, sprach- und formgewandter Geist». Für diesen Dichter ist die Lyrik nichts anderes «als eine Verschönerung seines eigenen Daseins».

Auf einzelne Gedichte Schnyders geht die Rezension näher ein: Zwei «poetische Erzählungen» «zeigen eine ganz tüchtige Gestaltungskraft, wie man sie von einem Manne, dessen Hauptbegabung auf einem anderen Gebiete lag, nicht zu erwarten berechtigt war». Überhaupt betont Keller wiederholt, daß es sich um Verse eines Liebhabers der Kunst handle; der unbefriedigende Schluß einer gereimten Erzählung wird deshalb milde als «naiv» beurteilt, und in dem allegorisch-didaktischen Stück «Die neue Semele» «staut sich ... die poetische Ader an einer kleinen Hauptsache»: statt Zeus' Neigung zu Semele wird Phöbus' Liebe zu einer Rose dargestellt, was Keller «ein übles, uneigentliches Verhältnis» nennt, «an welchem die aufgewendeten Mittel verschwendet sind». «Muntere Laune» und «bloße Spielerei» kennzeichnen die Epigramme: «Strengere Kritik» scheint dem Rezensenten nicht angebracht, und er geht über zum Bericht von einer Wanderung mit Schnyder im Jahr 1846 durch die Viamala,

erzählt den Besuch des Musikers bei Rückert: «Der Meister der Lieder und
der Sprachen» habe an dem Tage «eine Art Huldigungsgedicht» von Matthisson erhalten, «es stumm gelesen, Schnydern gezeigt und das Papier dann langsam mit zwei spitzen Fingern in seinen Papierkorb ... sinken lassen». Keller
und Schnyder dehnen diese «Exekution» in der Viamala auf Rückerts Werke
und die «Modernsten» aus, indem sie die Schlucht zum «deutschen Papierkorb» erklären und anstelle der Bücher Steine und Steinchen in den Abgrund senden. Die Erinnerung an eine heitere Begebenheit im Bad Ragaz und
an ein Glasharmonika-Konzert, das Schnyder in einer Mondnacht ganz allein
für Keller spielt, schließt die Rezension: «Es war, dicht vor dem Sonderbundskriege und dem Jahr 1848, wie der scheidende, melodisch klagende Gruß
einer früheren Kultur [19]».

Den allmählichen Beginn einer neuen objektiveren Lyrik Kellers bezeichnen
seine Überlegungen zur Form. Sie betreffen vor allem Ballade, Romanze und
Sonett, deren Bewertung sich im Verlauf der Jahre ändert. Im Tagebuch vom
14. und 15. Juli 1843 notiert Keller bei der Lektüre von Anastasius Grüns
«Schutt»: «Schüchterne und furchtsame Bemerkung, daß die Zeit der Balladen, niedlichen Romanzen und wenigsagenden Tändeleien in elegantem Stil
vorbei sein dürfte und daß der Dichter mit tiefen Gedanken, großer, nobler
Phantasie und schlagender, überquellender Sprache auftreten muß, mehr als
je; er muß ... gleich im Anfang Klänge ertönen lassen, welche sich dem besten
schon Vorhandenen vergleichen lassen können, wenn er Aufmerksamkeit erregen will. Artige und gute Gedichte fliegen einem jetzt in allen Blättern vor
den Augen herum, ohne daß man sich oft nur die Mühe nimmt, nach dem
Verfasser zu sehen.» Tags darauf trägt er ein: «Das gestern über A. Grün
Geschriebene überlesen und gefunden, daß ich die Balladen und Romanzen
unabsichtlich mit den niedlichen Tändeleien zusammengestellt habe; denn obgleich das Balladendichten in strenger Form aus der Mode gekommen zu sein
scheint, so möchte es doch schwerer sein, eine Ballade, wie Schiller und Goethe
sie gemacht haben, hervorzubringen als das schönste Gedicht, wo der Dichter
nur innere Zustände und Gefühle ausspricht. Denn hier braucht er nicht aus
sich herauszugehen und darf nur den Schnabel auftun, um die Melodien herausströmen und überschwellen zu lassen, wie sie wollen, während er dort sich
mit dem Stoff, Kostüm und Sitten abarbeiten muß. Eine Hauptursache aber
ist der alte Zwang, Neues zu leisten; und in Balladen ist es bekanntlich schwer,
noch etwas Neues zu bringen. Auch sind uns die schönsten Balladen, die wir
haben, gleichgültig geworden durch das ekelhafte Drehorgeln und Deklamieren von sentimentalen Buchbindergesellen und empfindsamen Kammermädchen, welche vielleicht gerne die ‹Glocken dumpf zusammenhallen› hören
würden, wenn sie sagen könnten: ‹Seine Küsse, wie sie hochauf lodern!›
oder: ‹Schönheit war die Falle meiner Tugend!›» Mit dem Respekt vor der
beherrschten Form verbindet sich hier der Blick für eine literatursoziologische
Erscheinung: die Rezeption und das sentimentale Zersingen der Lyrik im

Volk; der Hinweis auf den Dichter, dem «die Melodien überschwellen», erinnert an den Ausbruch von Kellers eigenem frühen lyrischen Schaffen; die
Problematik des «Neuen» in der Dichtung, das er später für eine Fiktion
hält, ist ihm offenbar schon früh bewußt. – In den Rezensionen von 1869
gilt die Ballade als veraltet, Keller bezeichnet sie als «poetische Erzählung»,
und erst in der Kritik von Baechtolds Manuel-Ausgabe, zehn Jahre darauf,
stellt er sie als «objektive historische Ballade» dem «subjektiven Pathos»
eines politischen oder religiösen Streitgedichts gegenüber, wobei aber die eine
wie die andere Form als «poetisch» beurteilt werden. – Das Sonett rechnet
Keller in der Schnyder-Rezension zu jenen Formen, die wirklich «lyrischen
Gedichten» anstehen. Schnyders Sonette sind «nach Form und Inhalt das
Gelungenste und durchweg schön, sie erinnern an den romanischen Süden, wo
jeder Tüchtige, wenn er leidenschaftlich oder heiter erregt war, sich gleich in
einem guten Sonett auszusprechen wußte.» Das Sonett ist nicht eine künstliche,
sondern eine südlich-volkstümliche Form; deshalb gelingt ihm selbst der Sonetten-Zyklus im Bändchen von 1846, wo neben dem Naturerlebnis, der Reflexion auch die politische Überzeugung im Gedicht ausgesprochen wird [20].

Diese Urteile und der Hinweis auf Curtis «gewandte», «leichte», «gefällige» Verssprache, die jedoch die Kunst Platens, der «uns zum reinen vollen
Reim unserer edlen Minnesänger von anno 1200 zurückgeführt», nicht erreicht,
verbinden diese Rezensionen mit Kellers Kritik von Heinrich Leutholds Gedichten (1878), in welcher, neben der persönlichen Problematik des Dichters
(vgl. S. 445–455), formale Fragen das Hauptthema bilden. Keller übergeht
hier wie dort Fr. Th. Vischers Auffassung, daß eine ausgeprägt kunstvolle
Gestaltung dem Wesen des Lyrischen widerspreche, das rein von der Stimmung, dem «punktuellen Zünden», der musikalisch-rhythmischen Sprache getragen werden müsse.

Zunächst freilich spricht Keller in der Leuthold-Rezension wieder von der
Reife des Dichters, d. h. der Verflochtenheit von Leutholds Leben mit seiner Lyrik: «Es ist ... nicht die verfrühte Ausgabe eines durch törichte Gönner
verleiteten Lehrlings, sondern das Ergebnis eines stürmischen und schweren
Lebensganges»; «das Buch hat nicht nur ein Schicksal, sondern es stellt ein
Schicksal dar», es ist «gelebt und geworden», nicht gemacht. Geschick und
Lebensweg des Lyrikers spiegeln sich in Emotionen und Gefühlen, sind aufgelöst in «Lieben und Zürnen, Irren und Träumen, Leiden und Genießen», und
das alles ist gestaltet von einem «echten und wirklichen Lyriker, welcher nach
uralter Weise singt». Selbst wo in den Oden und Sonetten von der Form her
«die ruhige Betrachtung» einströmen könnte, wird sie «durch das Medium
der echt lyrischen Persönlichkeit» gesteigert – eine Feststellung, die den immer
wieder erhobenen Vorwurf der «Substanzlosigkeit» und «gehaltlichen Dürftigkeit» (Werner Günther) Leutholds mitenthält. Zur Frage nach dem «Neuen»
und der neuen Form bemerkt Keller, «die Formenlust» A. W. Schlegels und
Platens, «bekannte Töne und Weisen» klängen in Leutholds Versen auf,

aber der Dichter beherrsche sie in meisterhafter und freier Manier, so daß sie nur einen kleinen Ausschnitt aus seinem Können wiedergeben. Angesichts «des Suchens unserer Zeit nach Stoff und mannigfachem Effekt» verleiht diese Fertigkeit den Gedichten jedoch auch das Aussehen einer formalen Geschicklichkeitsübung. Diesen Vorwurf provoziert der Herausgeber Baechtold, der eine Abteilung der Ausgabe «Metrische Fingerübungen» überschreibt. Der «etwas akademische Charakter» von Leutholds Verskunst läßt an Gutzkows Urteil über Heyses Sprache denken, das Keller in der Rezension der «Neuen Folge» von Fr. Th. Vischers «Kritischen Gängen» zurückweist: Gutzkow nenne «die reinliche Sprache, die einfach schönen Bilder», «die einfache Korrektheit des Stils» nur deshalb «akademisch», weil er selbst ihrer nicht mächtig sei (vgl. S. 222 f.). Das Prädikat, das Keller hier negativ verwendet, steht in einem gewissen Widerspruch zum «Nagelneuen», «der durchgehenden Schönheit und Vollendung», der «Konzentration», die er bei Leuthold findet und von welcher nur die Epigramme, als nicht ausgesprochen lyrisch oder liedhaft, ausgenommen werden. Der Eindruck des Vollendeten, den die Gedichte erwecken, ist zwar zum Teil auch auf die auswählende Kritik der Herausgeber zurückzuführen, aber «die Formenstrenge und der Wohllaut» gehören dem Dichter allein; sie wirken auf eine Art, die dafür zeugt, daß Leuthold «selbst nicht minder kritisch verfahren wäre», hätte er den Band zusammengestellt. Die Ausgabe als ganze ist hauptsächlich wegen der «Schönheit und Harmonie von Inhalt und Form» für die Literatur der deutschsprachigen Schweiz wertvoll, einzigartig und neu. Sie gehört zu den bleibend gültigen Werken der deutschen Dichtung überhaupt, weil «Kunst und reiner Stil» den Eindruck des «Gelebten» nicht verwischen. In einem Brief an Heyse kommt Keller auf den Rang des Buches innerhalb der Schweizer Literatur zurück: «Für die schweizerischen Verhältnisse ... hat seine Gedichtsammlung einen formalen Wert, da wir diesfalls an Roheit und Kritiklosigkeit leiden, und ich helfe absichtlich, diesen Wert hervorheben.» Doch steht Kellers Urteil über den Kunstcharakter der Gedichte nicht endgültig fest; denn noch 1877 schreibt er Baechtold: «Die Leuthold-Gedichte sind sehr schön, sehr talentvoll, aber sie erinnern mich doch an die Schönheit und Glätte der Porzellanmalerei. Stil ist das nicht», während er im Oktober 1878 zu Weibert äußert: «Die Signatur fraglicher Gedichte sind ein leidenschaftlich bewegtes subjektives Leben und eine ungewöhnliche Formschönheit in Platenschem Sinne. Ein Dichter von durchaus neuem, ursprünglichem Gepräge wird allerdings nicht herausspringen, dagegen ein Büchlein von durchgehend reinem Wohllaut und gleichmäßigem Wert des Inhaltes entstehen und hiedurch doch etwas Neues sein, d. h. vorteilhaft abstechen gegen das meiste dieser Art, was der Tag bringt.» Selbst Storm, der strenge Richter über alle Lyrik, gibt zu, daß Leutholds Nachlaß «ein *formell* schönes Liederbuch» ergeben habe, vermißt aber, wie Leuthold selbst es nenne: «das ‹Tirili›, den schmackhaften Herzschlag, mit dem auch die Lerche ihr Lied herausjubelt und die Nachtigall es herausklagt, und wo der nicht ist, fehlt auch der volle Klang, ohne den ich keine Lyrik anerkenne.»

Alle diese Kritiker Leutholds vergleichen mit Platen; 1879 schreibt z. B. C. F. Meyer an Hermann Lingg: «In ‹Leuthold› ziehe ich persönlich das Liedartige der geschliffenen Kristallware der Sonette vor und finde im Ganzen wie bei Platen den Gehalt etwas gering. Aber Tiefe und Formklarheit sind fast unvereinbar und unsere charakteristischen Vorzüge eben auch unsere Grenzen [21].» Keller selbst nähert schon in einer frühen Erwähnung (1847), in der Besprechung von Kaulbachs «Reinecke Fuchs» Platen mittelbar Leuthold an, indem er, wie in der Rezension, betont, «daß in Platen, trotz seiner kaltschönen Form, Herz und Leben sehr warm geglüht haben». Er nennt den Lyriker auch sonst: neben den «Gedichten» die posthum erschienen «Polenlieder»; er tut die Lustspiele als «Gymnasialexerzitien», als eine «blinde Nachahmung» bestehender Muster ab; feinfühliger beurteilt er ihn in den Strophen des «Kleinen Romanzero», wo auf den Streit zwischen Heine und Platen angespielt wird, Heines Hohn über Platens Eitelkeit aber dessen Selbst- und Welterkenntnis gegenübersteht: «Aber laß, o Tor! dir sagen: / Nichts auf Erden noch im Himmel / Wird durch Worte je erzwungen; / Was er ist, das gilt ein Jeder! / ... Hier in dieser kühlen Luft / Wird kein Narrenwerk getrieben; / Jeder weiß, woran er ist, / Und die Willkür hat ein Ende!» In den Strophen Kellers wird Platen als der «edle» Dichter charakterisiert, der einen vornehmen Tod stirbt, und seine Kunst, das Selbstverständnis des Dichters werden mit Platens eigenen Worten umschrieben: «Manch ein schön und silberklingendes / Lied gelang mir im Gesang! / Und mein Schatten wallt nun glänzend / Jenes deutsche Volk entlang!» Das Urteil Kellers über Platen faßt Adolf Frey in den «Erinnerungen» zusammen: «An Platen schätzte er die Liederkunst, die schönen Verse und ‹daß er es nicht vertrug, ein Sänger und ein Hund zu sein›. Die Gedichte des Plateniden Leuthold, für deren Herausgabe er mit gesorgt, empfing er mit einer vorzüglichen Rezension ...[22].»

Ein anderer Meister der Form, dem Leuthold in München nahesteht, ist Emanuel Geibel. Leuthold gibt mit ihm die «Fünf Bücher französischer Lyrik» (Stuttgart 1862) und das «Münchner Dichterbuch» heraus. Keller spricht in mancher Hinsicht differenzierter über Geibel als z. B. Jacob Burckhardt, für den Geibel «der nobelste Mensch unter der Sonne» und ein großer Dichter ist: «In poetischen Dingen ecrasiert er mich durch eine gänzliche Entmutigung; ich mag kaum mehr einen Vers schreiben, wenn ich denke, wen ich in meiner Nähe habe»; der Basler Lyrikerin Emma Brenner-Kron rät er: «... lesen Sie nicht zuviel Geibel. Er ist zwar ein großer Dichter ..., aber er reizt unwiderstehlich zur Nachahmung.» Keller verhält sich also kritischer. 1857 berichtet er zwar mit einiger Befriedigung, er sei «in München gut angeschrieben», besonders beim «großen Geibel»; das «kleine Drama» «Echtes Gold wird klar im Feuer» (1877) hält er für «sehr fein und liebenswürdig, obschon es etwas an den Stil der ‹Natürlichen Tochter› erinnert», und schließlich nennt er

Geibel den «Dichterhäuptling», der «seine Stellung als Primus in wahrhaft ritterlicher Weise ehrt». Bei Geibels Tod jedoch meint er zu Theodor Storm (1884): «Nun ist der edle Geibel auch dahin, soweit er hin sein kann, und mit ihm eine letzte Gestalt einer Zeitepoche oder Kategorie verschwunden, die nicht ohne heiligen Ernst, aber auch nicht ohne ein wenig überschüssiges Pathos gelebt hat», während Storm einschränkend erwidert, Geibel sei nur bedingt als Lyriker anzuerkennen («... ich gebe nicht mein ‹Oktoberlied› für seine ganze Lyrik, d. h. eigentliche Lyrik»), ihn aber «in seinen andern, nicht streng lyrischen Sachen» schätzt [23].

Keller faßt Leutholds Lyrik weiter und schreibt über die ausgesprochen epischen Stücke in Baechtolds Sammlung (Fragmente aus einem «Hannibal», «Vor Capua», einige Gesänge aus dem Epos «Penthesilea»), die «das Stoffartige» zurücktreten lassen: «... es ist doch wieder vorzugsweise der lyrische Dichter, welcher hier an seiner Strophenbaufreude sich ergötzt.» Die formale Meisterschaft soll aufwiegen, daß es nicht «die Absicht des Dichters, der sonst soviel Geschmack zeigt», hat sein dürfen, «in der epischen Schilderung trojanischer Kämpfe ... mit Homer zu wetteifern». Kleist und Homer haben die großen Szenen «schon mit starken Zügen erschöpft», und Leuthold nimmt sich die Stoffe nur vor, um «diese Gegenstände den sieggewohnten lyrischen Rhythmen ... zu unterwerfen, eine Art Spiel, welches sich besonders in dem Hannibalischen Fragment durch allzu glatte Schönheit und Klangfarbe rächt».

Zu bedenken ist, daß die Kritik Kellers über die Gedichte Leutholds vielleicht etwas anders ausgefallen wäre, wenn er auch den Übersetzer einbezogen hätte, dessen meisterliche Übertragungen zwei Gedichte Robert Burns' zu deutschen Volksliedern werden lassen: «Mein Herz ist im Hochland» und «Die Schlacht ist aus, die Hoffnung schwand [24]». Möglicherweise hat aber die Kunst des Übersetzens für Keller keinen Eigenwert.

Wie erwähnt, steht auch die Beschäftigung mit Leutholds Lyrik im Zusammenhang mit der Arbeit an den eigenen Gedichten, der im Entstehen begriffenen Sammlung von 1883. Briefe darüber gehen der Leuthold-Rezension vorauf oder mit ihr zusammen. Anfänglich sind es nicht Formprobleme, die Keller bedrängen, sondern die Frage, ob Lyrik noch zeitgemäß sei, das Publikum sie noch aufnehmen werde. Im Februar 1878 schreibt er Rodenberg, es erscheine ihm, da er auf «die Taktfrage» gegenüber dem «Leserkreis» der «Deutschen Rundschau» Rücksicht nehmen wolle, gut, wenn er ihm Thema und Absicht der Gedichte, die er für die Zeitschrift verfaßt, zur Prüfung vorlege. Es sind Anspielungen auf den Kulturkampf, «direkte Adressen in Versen», die «die Katholischen nicht in die erwünschte Laune» versetzen könnten, und «eine Art ethisches Zorngedicht» soll «die Verleumdung in öffentlichen Sachen, wie sie namentlich in der Gegenwart ... in Presse und politischer Literatur grassiert», behandeln: «Daher die Frage: Ist es Ihnen vielleicht lieber, wenn dergleichen ins aktuelle Politische hinüberspielende Sujets überhaupt ... wegbleiben?» Auch sonst stören ihn Bedenken wegen seiner «leichtsinnigen» «Altemanns-Versen»: «Ich fürchte ..., ich komme mit meinen Versen überhaupt jetzt in eine ungünstige Zeit, da die Welt von andern Sorgen bewegt ist als von den Velleitäten eines alten Zitherschlägers.» Dennoch erscheinen im Juni- und September-Heft 1878 der «Rundschau» und 1879 in Bodenstedts «Kunst und Leben» neue Gedichte, die sich deutlich zur Ballade wenden. Meist sind es versifizierte Nacherzählungen, die nicht einen eigentlichen Balladenstil hervorbringen, der etwa demjenigen C. F. Meyers und Fontanes vergleichbar wäre – die Konzentration und Ballung, von der die Ballade lebt, entspricht vielleicht zu sehr dramatischer Form, der Keller ja nie ganz Herr geworden ist. Den Dichter reizt hauptsächlich das originelle Motiv. Einzelne Vorwürfe sind dem Tagesgeschehen entnommen, und die politische Färbung von Gedichten wie «Calumniator publicus» (1883 «Die öffentlichen Verleumder») und «Pfaffengasse» («Frühgesicht») rechtfertigen die «Theorie», die Keller nebenher, z. B. in der gleichzeitigen Rezension (Februar 1879) von Baechtolds Manuel-Ausgabe, niederschreibt, wo er die politische Tendenz für durchaus vereinbar hält mit einem dichterischen Kunstwerk: das subjektive Pathos eines politischen Gedichts sei, «wenn das übrige Zeug daran nicht fehlt», nicht weniger Dichtung als jede objektive Poesie «und vielleicht oft noch wertvoller wegen der größeren Unmittelbarkeit [25]».

Besorgnis über Zustandekommen und Aussehen der eigenen Gedichtsammlung erwähnt ein Brief an Paul Heyse: «Mit meinen Gedichten sieht es kritisch aus; in Umbildung und Mißleitung angefangen, müssen sie sehen, durch das Alter noch etwas zugestutzt zu werden; was dabei herauskommt, ist nicht schwer zu denken, und doch kann ich meinerseits die Sache nicht liegen lassen, um wenigstens den Wiederabdruck des ganz Schlechten zu verhindern [26].» Im Sommer 1879 unterbreitet ihm François Wille einige Gedichte; seiner Beurteilung schickt Keller folgende Präambel voraus: «Was ... die Gedichte betrifft, so ist es für einen alten Kerl, der selbst in Versen sündigt, schwierig, sich über die Verse eines andern Alten auszusprechen.» Dennoch stellt er sorgsam «die kritische Frage», und schon das Begriffsvokabular, das er verwendet, könnte einer Rezension zugute kommen. Er vergleicht die Verse Willes der «romanischen Sinnenpoesie», «der neuen deutschen Reformtheologie» und warnt vor dem Absinken ins Prosaische; er erwähnt aber auch gelungene Wendungen: Ein Vers kann von «eigentlicher und ungewöhnlicher Schönheit» sein und «den Appetit nach mehr erwecken» – anderes «tönt ordinär». Eine Strophe verrät «feinen Sinn und Ausdruck», der Schluß eines weiteren Gedichts «dürfte ... etwas klarer sein resp. prägnanter». Keller bespricht auch metrische Mängel. Ein wichtiger Punkt ist schließlich die Frage nach dem Neuen in diesen Arbeiten Willes: «Einigen ... Gedichten scheint mir das Neue oder Ursprüngliche zu fehlen, welches auch nach langer Zeit noch als neu erscheint. Sie erinnern an das Mittelgut, welches heutzutage alle geistreicheren Studenten hervorbringen» – das «nur Zeitgemäße» verblasse mit der Dauer.

Diesem im Vorübergehen angedeuteten Einwand gegen das «nur Zeitgemäße» erhebt Keller öfter auch hinsichtlich der Lyrik, so wieder im Vorwort
zum «Schweizerischen Bildungsfreund», wo die Beseitigung einzelner Gedichte
mit dem «Fortschreiten der Zeit» begründet wird. Auch «lokale Bedeutung»
erachtet er nicht für hinreichend, «um den Mangel an literarischem Werte zu
ersetzen». Daß ein Schriftsteller sich, damit er gelesen wird, an Zeiterscheinun-
gen und -bedürfnisse anschließt, ist ihm verdächtig, und in einem Brief vom
November 1880 an Theodor Storm wundert er sich, «daß in Deutschland die
lyrische und andere Poesie jetzt wirklich mißachtet und ignoriert sei, Männer
geradezu sich schämen, Gedichte zu lesen etc. Ich hielt das für einen Jammer
junger und alter Poetaster», fährt er fort, «angesichts der furchtbaren Dichter-
hallenwut, erfahre aber nun, daß Heyse von Zeitschriften schon Dichtungen
zurückgewiesen worden oder wenigstens schwierig behandelt worden sind, weil
die Verleger in ihrer Schlauheit der ‹Zeitstimmung› Rechnung trügen [27].»

Dennoch folgt Keller, wenn auch auf etwas andere Weise und aus andern
Gründen, bei der Zusammenstellung der «Gesammelten Gedichte» der Anforderung des Zeitgemäßen, zumindest aber dem Publikumsgeschmack, da er
doch eingehend erwägt, was bleiben und was nicht mehr erscheinen soll. Er
plant diese Sammlung als Abschluß seines lyrischen Schaffens, prüft «mit
vollem kritischen Bewußtsein» alle seit 1843 entstandenen Gedichte, trifft
eine Auswahl, die ihm zusagt, die er als für sich repräsentativ betrachten
darf, wobei sich wieder erweist, daß der Dichter nie ein unvoreingenommener
Begutachter seiner Werke ist: die Nachlaßbände der «Werke» enthalten manches Gedicht, das der Aufnahme in die Ausgabe von 1883 durchaus würdig
erscheint.

Neben der Sichtung der eigenen Lyrik geht die Diskussion um die Gedichte
Storms, Heyses und C. F. Meyers her. Sie ist doppelt bedeutungsvoll, da er
in den ironischen Bemerkungen über die Arbeit an den «Gesammelten Gedichten» verschweigt, was ihm an seinem Werk eigentlich wichtig ist [28], und die
Selbstkritik, die «posteriorkritische Reproduziererei», die Mühe, das Gedicht
«gewissermaßen zum zweitenmal zu gebären», nur dann zum Ausdruck kommt,
wenn Keller auf fremde Beurteilung seiner Dichtung antwortet. Selbstkritik
und Kritik vereinigen sich zur Poetik [29]. 1881 spricht er in einem Brief an
einen unbekannten Empfänger, der für «eine kritische Darstellung» von Kellers «literarischer Existenz» die beiden frühen Versbändchen benötigt, von
der Unzulänglichkeit seiner ersten Lyrik, «den Erzeugnissen einer kritiklosen
und übel beratenen Vergangenheit ..., mit allerlei Unreifem und Rohem
durchwachsen», und bedenkt hinsichtlich der neuen Sammlung die Aufgabe
der Kritik: «Ich bin nun eben im Begriffe, eine gesichtete und abgerundete
Ausgabe gesammelter Gedichte zu bearbeiten, um zu retten, was noch zu retten ist, und eine ziemliche Menge Neues resp. Ungedrucktes beizufügen. Unter
diesen Umständen müßte es mir am liebsten sein, wenn die Kritik vorderhand
auf jene verschollenen Bändchen nicht mehr zurückkommen würde, da viel-

leicht mit der beabsichtigten Ausgabe doch ein günstigeres Bild herauskommt.» Noch als der Band in Druck steht, sind die Zweifel nicht überwunden; im Juni 1883 schreibt er Heyse: «Zu meinem Schrecken fällt mir altem Kamel erst jetzt auf, wie überwiegend das Buch von Säure und Rauhigkeit durchtränkt sein wird, in einem Zeitalter, wo, wie man sagt, nur die Frauensleute noch Verse lesen. Die vielen Wiederholungen kann ich noch eher verwinden, da sie eine fanatische Verstärkung der verkündeten Heilswahrheiten sind und auch in der Bibel und im Homer vorkommen. Es will sich indessen schon ein Depot milderer Alterspoesien ansetzen zu einem gelegentlichen Nachtragswesen, welches vielleicht versüßend rückwirkt auf den Essigkrug, wie die Sachsen Zucker auf den Salat streuen.» Hier ist in humoristischer Form ausgesprochen, was ihn doch ernsthaft beschäftigt. Der «sehr problematische Band» erweckt die grundsätzliche Frage: «Ist das nun eigentlich Poesie oder nicht?» – trotz allem Lob z. B. von J. V. Widmann [30]. Diese Kernfrage stellt Keller allein; die Tageskritik geht daran vorüber, und die meisten Rezensenten der «Gesammelten Gedichte» halten sich an Äußerlichkeiten. Dadurch kommt der Dichter der Kritik und seinem Buch gegenüber in eine zwiespältige Lage; als ihm Adolf Exner von einer Unterhaltung Berliner Gelehrter über die Gedichte berichtet, die in der Feststellung Theodor Mommsens gipfelt: «Ein Dichter, der keine Verse machen kann, das ist eben schlimm!», antwortet Keller: «Ihre Mitteilungen über die in Berlin gehörten Gespräche über mein *corpus lyricum* haben mich sehr interessiert; ich denke zum Teil um kein Haar besser von dem Backstein von Band, zum Teil kenne ich aber auch die notorische Erscheinung, daß dort seit 66 viel Leute zusammengelaufen sind, die nicht mehr recht hochdeutsch verstehen und alles für fehlerhaft halten, was nicht neusächsisch oder plattdeutsch anklingt. Es gibt jetzt bereits Verfasser von poetischen Lehrbüchern, welche durch ihre Demonstrationen unbewußt dartun, daß sie die richtige Akzentuierung verloren haben und des Sprachschatzes nicht einmal mehr mächtig sind. Es geht mir mit dem Buche übrigens wie dem Bauer und seinem Sohne mit dem Esel; aus demselben Berlin haben mir zwei Gelehrte geschrieben, daß die von mir unterdrückten Gedichte, deren eine gute Zahl ist, durchaus wieder heraus müßten, und der jüngere davon wollte sie sogar auf eigene Faust redigieren und herausgeben.» Auch die Vermutung, er habe eine unkritische Auswahl getroffen, weist Keller zurück: «Was meine eigene gereimte oder geverste Dichterei betrifft, so hat dieselbe unerwarteter Weise ein ziemliches Geräusch gemacht und in der Beurteilung fast noch mehr Widersprüche erfahren, als sie selbst enthält, so daß das böse Gewissen, das mich plagte, gerade hiedurch einigermaßen beruhigt wurde. Das Richtigste, ohne es zu wollen, sagte einer am Schlusse seiner Kritik in der ‹Konservativen Monatsschrift›: Die Meinung, das Buch sei zu dick, d. h. ohne Auswahl zusammengestellt, sei nicht haltbar; denn es sei alles so gleichmäßig schlecht, daß entweder alles oder nichts habe gedruckt werden müssen. Hingegen sagte neulich ein Berliner Gymnasiarch, ich hätte zu vieles beseitigt, was hoffentlich sowieso wieder aufgebracht werden würde. Letzteres Diktum hat mich mehr geärgert als das erstere.» Keller selbst findet an der Auswahl bedenklich, «daß es kein lyrisch melodiöses [Buch] und vielfach zu prosaisch und rauh» sei. Diese Selbstkritik wiederholt sich in den Briefen, und der Dichter tröstet sich scherzhaft mit den widersprüchlichen Meinungen anderer: «So hat das Ärgernis, wenn es eines ist, doch eine gewisse Energie, und das ist immer etwas [31].»

Unter den Kritikern der Gedichte ist auch C. F. Meyer, der Keller im November 1883 schreibt: «... wozu Worte machen, wo sich um einen Stamm unsterblicher Lieder die unendliche Mannigfaltigkeit eines ganzen Lebens ausbreitet? Das Natürlichste ist hier entdecken und genießen, und zu wünschen bleibt nichts, als daß diese Sammlung jährlich und lange Jahre sich mehre!» Meyer nennt damit, was auch für Keller entscheidend ist; er faßt die «Gedichte» auf als ein Lebensbuch in dem Sinn, wie er den Begriff für Leutholds Lyrik verwendet, und erwidert auf Meyers Brief: «Was meinen Gedichten mangelt, weiß ich wohl; es ließ sich eben nicht mehr besser machen, da die Sache seit 40 Jahren angefangen war, und ignorieren konnte ich sie auch nicht, wegen der Nachlaßmarder, denen ich sie so weit möglich aus den Händen nehmen mußte. So ist das Buch gewissermaßen von selbst am Wege gewachsen, wie eine ungefüge dicke Distel. Aber sie ist am Ende wenigstens geworden.» Auf diese Verwobenheit der Gedichte mit dem eigenen Leben bezieht sich ein Brief an den Verleger Hertz, in dem der Dichter es begrüßt, daß in den «Sämtlichen Werken» sein Porträt den Gedichten vorangestellt wird, «da sie sozusagen das ganze Leben des alten Kerls begleitet» haben [32].

Das kritische Gespräch mit Heyse, Storm und Meyer im Briefwechsel ist eine verspätete Ausführung jenes Plans, den Keller während der Redaktion der Gedichte kurz erwägt: fremden Rat einzuholen. Im Juni 1882 schildert er Heyse, er sitze im «lyrischen Fegefeuer» und überarbeite alte Verse, schaffe zwischenhinein neue; er rechtfertigt diese «Reproduziererei» damit, daß «es gewiß auch im Lyrischen, sobald einmal vom psychischen Vorgang die Rede ist, etwas Perennierendes oder vielmehr Zeitloses» gebe, das Gedicht also nicht nur an eine augenblickliche, «punktuelle» Stimmung gebunden sei, diese Stimmung auch nach Jahren noch hervorgerufen werden könne. Heyse freut sich über Kellers Rückkehr «zu den lyrischen *premières amours*» und bittet den Dichter, ihm «das Ausgeschiedene» anzuvertrauen, da er, Heyse, «obwohl ‹bekanntermaßen› kein Lyriker – eine feine lyrische Nase besitze und [sich] getraue, noch manches ... zu Gnaden zu bringen, was [Keller] selbst nicht mehr des Aufhebens wert gehalten». In seiner Antwort scheint Keller zunächst auf das Angebot einzugehen: «Deine liebliche Geneigtheit, ein bißchen in meine lyrische Hexenküche hineinzusehen, kommt einem schüchternen Wunsche entgegen, der mir mehr als einmal aufgetaucht ist. Ich habe allerdings hier niemand, mit dem ich mich über vorkommende Zweifel und Schwierigkeiten beraten kann.» Dann jedoch zieht er sich zurück: «Dich aber ... kann ich nicht mit einem dicken Manuskript und auch nicht mit einer sukzessiven Korrespon-

denz zugrunderichten, so wenig, als ich selbst dergleichen aushalten würde.
Um Rettung verworfener Kindlein wäre es mir auch weniger zu tun als um
guten Rat hinsichtlich der Verwerfung noch mehrerer. ... Wenn nun der Spätherbst noch schöne trockene Tage brächte, so würde ich vielleicht mit dem
bis dahin fertigen Ungeheuer von Handschrift nach München kommen und
Dich in einigen kurzen Sitzungen damit behelligen und Deinen Finger auf die
mir besonders schadhaft erscheinenden Stellen legen, d. h. mehr auf ganze
Partien als auf Schuldetails, alles, vorausgesetzt, daß Du alsdann noch munter und dazu aufgelegt wärest.» Im Herbst aber bleibt Keller in Zürich: «Inzwischen ist es jetzt Winter und sind die Tage so kurz geworden, daß das
Reischen ins Wasser gefallen ist, zumal das Manuskript auch noch seiner völligen Dicke ermangelt. So will ich denn die Ratlosigkeit, die meinen lyrischen
Stern von Anbeginn umwölkte, bis zu Ende tragen, so gern ich Dir den metrischen Heuschober gezeigt hätte [33].»

Heyse muß seine Kritik also nachholen; im Dezember 1883 schreibt er Keller über den eben veröffentlichten Band: «Nun sollte ich Dir wohl für Dein
schönes Buch einen schönen Brief schreiben ..., eine recht *solenne visite de di-
gestion* abstatten und die feinen Weine rühmen, die Du uns vorgesetzt. Ich bin
aber durchaus nicht aufgelegt, den ‹Zergliedrer meiner Freuden› zu machen,
und hier zumal hält mich eine gewisse Schamhaftigkeit ab, zu loben, was ich
liebe. ... Gerade dies *corpus lyricum,* das all Dein Menschliches umfaßt, kann
ich nur eben einfach zu den übrigen Lebensbedürfnissen rechnen, davon ich
mich nie mehr entwöhnen werde. Gut, daß Du mich mit der ehrenvollen Kom-
mission verschont hast, vor dem Druck mein Wort dareinzureden. Ich hätte
mich auf einen hohen kritischen Gaul zu schwingen versucht und wäre bei
jedem Schritt aus dem Sattel gefallen. Denn da ich gegen die sogenannte Lesewelt eine tiefe Verachtung habe, die von Jahr zu Jahr radikaler und unverhoh-
lener wird, würde ich sicher den Kitzel verspürt haben, die blinde und taube
Horde gerade durch das Rücksichtsloseste Deines lieben Ich zu verblüffen. Ein
paar Stücke, die nicht zu Deinen intimsten gehören, hätte ich eben deshalb
weggelassen. Und vielleicht legst Du aus irgendeinem Grunde gerade auf diese
Wert, und wir hätten uns gezankt und Du natürlich doch getan, was Du nicht
lassen konntest. – Übrigens sehe ich hie und da Zeichen auftauchen, daß wenigstens die hohe zünftige Kritik diesmal das Gewehr präsentiert und die
Wache herausruft, weil ein Generalfeldmarschall vorbeigeht [34].» Die Korrespondenz konzentriert sich damit einen Augenblick auf Kellers Lyrik, bezieht
aber auch die Gedichtbände Storms und Heyses und C. F. Meyers Gedichte
ein [35]. Schon früh gibt Storm Keller zu verstehen, daß er die richtige Anschauung von der Lyrik verwalte, so wenn er über Heyses «Bilderbuch»
schreibt, «unser lieber Freund Heyse» hätte es sich «verkneifen» sollen. Gleich
deutlich und beeinflußt vielleicht von den Schwierigkeiten, die die eigene Sammlung ihm macht, lautet Kellers Meinung: «Sie sind etwas streng im Punkte der
Lyrum-Larum-Sachen», wie Storm die durchschnittliche Lyrik nennt, «und

haben wohl recht auch betreffend das ‹Bilderbuch› ... Vielleicht kommt auch erst die rechte lyrische Zeit für Heyse, wenn ihm die Reime einst nicht mehr so leicht fallen und dafür die Erinnerung mit ihrer Macht ins Leben tritt; es geht eben manchmal kurios zu in der Welt.»

Die Urteile Kellers über die Lyrik Heyses in den Briefen an diesen und an Storm sind bezeichnend für die Schwankungen und Differenzierungen, denen die Kritik befreundeter Schriftsteller unterliegt. Petersen schreibt er, Heyses «Verse aus Italien» seien «ja so schön und geistvoll wie die Produkte eines frischen Genius in besten Jahren»: «und gleich ein ganzes Buch!»; dem Verfasser gegenüber schlägt er einen etwas andern Ton an, indem er seine Poesie mit der Lyrik des beginnenden Naturalismus vergleicht: «Die italienischen Gedichte in einem Bande zusammen zu haben, wird sehr erfreulich sein, ... damit das Publikum sich eine ‹gebildete Dichtkunst› nicht ganz abgewöhnt gegenüber dem poetischen Fuchsentum, das sich jetzt so breit macht.» Es mag sein, daß Keller angesichts von Heyses ungebrochener Schaffenslust wegen der eigenen Lyrik Bedenken aufsteigen, mit dessen «virtuosischen und graziösen Poesien gewissermaßen zu konkurrenzieren». Storm aber ist der Ansicht, daß Heyse «dergleichen leicht, leichter vielleicht, als wir beide uns das vorstellen können», schreibe, und hält seine eigene Art des lyrischen Dichtens für enger mit derjenigen Kellers verwandt. Im Juni 1884 sieht Storm drei Gedichtsammlungen Heyses, die in eine zusammengefaßt werden sollen, durch: «Da nun aber seine, d. h. was man bei ihm Lyrik nennen muß, mehr vom Geiste als von der Empfindung aus geschrieben und nur durch die letztere quantum satis erwärmt ist, so sind eine Menge ... fast gleichwertiger Sachen entstanden; denn der Geist ist weit ausgiebiger als – brauchen wir das Wort! – das Herz. Was soll nun fort? Er ist nun einmal kein Lyriker.» Wenn er dann Keller bittet, Heyse von diesem Brief und den darin geäußerten Vorbehalten nichts zu sagen, so wirft das ein helles Licht auf das Verhältnis der Freunde, und es scheint, als ob Keller bewußt am wenigsten Rücksicht auf die Empfindlichkeit der andern nimmt. Heyse schreibt er, an Storms Brief anschließend: «Wegen der gesammelten Gedichte ... und besonders wegen der verrückten Frage des lyrischen Wesens, die Dich belästigt, will ich Dir lieber mündlich meine Meinung referieren» (soweit erfüllt er also Storms Bitte). «Ich würde einfach das Vorhandene entweder nach Altersperioden oder nach Gattungen anordnen, letzteres vorzugsweise, und im Register allenfalls Jahrszahlen beifügen. Theodor Storm kann hier gut raten für allfällige Korrekturen, aber nicht im ganzen, weil er etwas borniert ist und manchmal die Motive nicht einmal erkennt.» Keller trennt sich ohne Zögern von Storms lyrischem Modell; in diesem Sinn ist zu lesen, was er Heyse wenig später mitteilt: «Was Ihr aus Deinen Gedichten gemacht habt, bin zu erfahren ich verlangend ... Ich habe die einzelnen Bände durchgesehen und sehe nicht recht ein, was da viel auszuschießen sein soll! Ich fürchte, es ist da eine Art Sperlingskritik geübt worden ...» Er wendet sich dann gegen die normative Gattungstheorie Storms: «Es gibt eine Menge schöner und nicht zu missender Poesien der alten und neueren Welt, die nach dem Oberlehrer-Schema weder lyrisch noch episch sind und sich doch erlauben, da zu sein.» Als er im November 1884 Heyses Gedichtband betrachtet, äußert er zu Storm: «Ihre Theorie vom Lyrischen teile ich ... nur sehr bedingt. Heyse hat so manches wirklich schöne rein lyrische Lied, daß man ihm die Eigenschaft nicht absprechen kann. Ich erinnere nur an das ‹Lied› ... . Wer das machen kann, hat auch mehreres gemacht. Hätte er in seiner Jugend mit dem üblichen Band Gedichte begonnen, statt mit Novellen und Dramen, so würde die herrschende Klassifikation mit Bezug auf seine Person schwerlich entstanden sein [36].» Er vermutet also, daß das Publikum einem Dichter lyrische Begabung nicht glaubt, wenn er sich zunächst als Dramatiker oder Novellist einen Namen gemacht hat; und während er, der nicht Storms unerbittliche Kritik übt, auch Heyses Hymne auf Bismarck und das «schöne Grabgedicht» auf den Dialektpoeten Karl Stieler lobt, das «Spruchbüchlein» von 1885 rühmt und «auf noch mehr als eine Ernte» hofft, gibt Storm wiederum zu bedenken, diese Poesie sei nicht «in ungehindertem Strom aus dem Urquell geflossen», er fühle «die Arbeit», dem «Skizzenbuch» Heyses z. B. fehle «das Satte»: «Es erfüllt nicht so, daß man sich darin niederlassen möchte [37].» Keller will mit seinem Urteil Storms starrem Standpunkt entgegenwirken.

Unter Lyrik versteht Storm vor allem das subjektiv empfundene Lied; in einer Rezension von Julius Rodenbergs «Liedern» (2. Auflage, Hannover 1854), die durch «den raschen Erfolg der Sammlung» veranlaßt ist, hebt er es von der bloßen kunstvollen Form ab, wendet sich also mittelbar gegen Geibel, als dessen Schüler er Rodenberg betrachtet. Geibel habe die «Poesie der schönen Form» in die deutsche Lyrik eingeführt, die Storm einem «goldenen Gefäß» vergleicht, «bereit, den mannigfachsten beliebigen Inhalt zu empfangen». Diesem Begriff der «schönen Form», die sich im «rhythmischen und musikalischen Wohllaut des Verses» erschöpft, ohne «ein notwendiges Verhältnis ... zum Inhalt» zu haben, stellt er eine «tiefere Auffassung» gegenüber: Form ist für ihn «die Art und Weise ..., in welcher der eigentümliche Gehalt eines Stoffes zum poetischen Ausdruck gebracht wird», und «Formvollendung in diesem Sinne, welche ihrer Natur nach schon einen künstlerischen Stoff und ein intimes Verhältnis des Dichters zu demselben voraussetzt, ... daher ... Sache des Talentes; während jede Handhabung der Form, welche zu dem Stoffe selber in kein Verhältnis tritt und ihm daher auch nicht zum Ausdruck verhelfen kann, wenn auch nicht von vornherein und durchweg der Routine angehört, so doch wenigstens geradeswegs dahin führt»; von da zur Triviallyrik, die sich in den Themen: Liebe, Jugend, Frühling übt, ist es dann nur ein Schritt [38]. In den Vorreden zu den «Deutschen Liebesliedern» (Berlin 1859) und der «kritischen Anthologie» «Hausbuch aus deutschen Dichtern» (Hamburg 1870) bespricht Storm seine Auffassung noch eingehender; sie spiegelt sich schon in der schmalen Auswahl. Den meisten Lyrikern, die «von dem größten Teil des Publikums wie der Kritik dafür genommen werden», fehle «die Fähigkeit der Formgebung», das Vermögen, «die Atmosphäre» eines Gefühls «in künstlerischer Form festzuhalten und auf den Hörer zu übertragen». Gerade dadurch, daß er manches bekannte Gedicht nicht im «Hausbuch» aufnimmt, will Storm «dem größeren Publikum» veranschaulichen, welche strengen Forderungen an das lyrische Gedicht gestellt werden sollten: Es muß aus dem Augenblick entstehen, auf einem Erlebnis beruhen, das die Form wie von selbst findet; es muß eine Symbiose darstellen von Musik und bildender Kunst, Ton, Anschauung und Empfindung. Die Wirkung der Poesie ist zunächst eine sinnlich-unmittelbare, und der gedankliche Gehalt darf nur mittelbar heraustreten; die Gedrängtheit der Form nötigt den Lyriker zum knappen und treffenden Ausdruck, weil ein verfehltes Wort «die Wirkung des Ganzen zerstören kann; diese Worte müssen auch durch die rhythmische Bewegung und Klangfarbe des Verses gleichsam in Musik gesetzt und solcherweise wieder in die Empfindung aufgelöst sein, aus der sie entsprungen sind [39]».

Diese Bestimmungen schränken die Zahl der Gedichte, die Storm als reine Lyrik ansprechen, erheblich ein. Er selbst schreibt Keller darüber: «Gestehen muß ich ..., daß ich im Punkt der Lyrik ein mürrischer griesgrämiger Geselle bin; auch den Meistern glückt's darin höchstens ein halbes, allerhöchstens ein ganzes Dutzend Mal. ... Ihr ‹Nicht ein Flügelschlag ging durch die Welt›, ‹Arm in Arm und Kron' an Krone›, ‹Die Erntepredigt› sind solche Sachen, worauf man den Finger legen muß und sagen: ‹Da, das ist's!›»: «wohltätige kritische Bemerkungen», wie Keller sie im Hinblick auf seine «Gesammelten Gedichte» erbeten hatte. Von Heyses Gedichten gibt Storm auf Kellers Drängen zu, es seien «darunter ... grade die unvergänglichsten Kleinodien unsrer Literatur», «aber eine Perle ist nicht so selten wie ein solches Kleinod», das echte Gedicht.

Von den im September-Heft 1879 der «Deutschen Rundschau» erschienenen Gedichten Kellers schätzt Storm vor allem das «Abendlied» als «reinstes Gold der Lyrik»: «... solche Perlen sind selten. Auch die besten bringen nur sehr einzelnes von solcher Qualität» – ein Urteil, das Keller um so mehr freut, «je müheloser und aus sich selbst die paar Ströphchen entstanden sind [40]». Gerade hier erneuert Keller seine Kritik an Storms Konzeption: «Wir können nun aber nicht, wie Sie kritisch verlangen, mit fünf oder sechs dergleichen Lufttönen allein durchs Leben kommen, sondern brauchen noch etwas Ballast dazu, sonst verfliegen und verwehen uns jene sofort.» Doch Storm hält an seiner Auffassung fest: «Sie sagen, ich nehme es zu strenge mit dem Lirum Larum! Ich bestreite das; denn die reine Freude, die ich und andre an Ihrem ‹Abendlied› gehabt haben – nicht nur Freude, etwas viel Tieferes – und die ich daran noch öfter haben werde, beweist mir, daß ich in diesem Punkte recht habe [41].»

Im Dezember 1874 schickt Emil Kuh Keller eine Studie über Storms Lyrik und bemerkt, der Dichter sei mit dem Artikel nicht zufrieden gewesen, weil «in seiner Lyrik nicht auch das Mächtige, Erschütternde hervorgehoben» worden sei; es dünkt den Kritiker, Storm sei vor allem deswegen ungehalten, weil er Keller und Grillparzer als Lyriker höher bewertet habe: «Menschlich hat mir diese Erfahrung wehe getan; geistig hat sie mir bekräftigt, was ich längst über die Demut der geringeren Talente gedacht.» Keller erklärt Storms Ungehaltenheit ähnlich: «Ich habe in Ihrem Aufsatz über ihn nichts gefunden, von dem ich begreifen könnte, daß es ihn beleidigt. Aber freilich, solche stille Goldschmiede und silberne Filigranarbeiter haben manchmal schlimmere Nücken, als man glaubt.» Doch gerade dieses Urteil, so wie Keller es ausspricht, lehnt Storm ab: «Er will ... nicht nur der ‹stille Goldschmied› der ‹silbernen Filigranarbeiten› sein», schreibt Kuh, «er will auch zu jenen Dichtern gezählt werden, welche erschütternde Akkorde anschlagen und über die Töne der Leidenschaft verfügen.» Keller, der zu einzelnen Gedichten Storms sonst nur selten Stellung nimmt, sich von ihnen aber zu eigenem lyrischen Schaffen anregen läßt – «Ich geriet ... über dem Blättern in Ihren hübschen Bänden aufgeregt plötzlich an meine eigenen alten Gedichter ..., ich kam in den paar Stunden weiter als sonst in einem halben Jahre, und das danke ich dem bloßen Kontakte mit dem Mann am fernen Nordmeer» –, gibt in einem Fall ein Urteil ab, das nach dem Sinn ist, den Storm Kuh gegenüber geltend gemacht hat. Über das Gedicht «Geschwisterblut» (zuerst «Geschwisterliebe»), das ihn aus menschlichen Gründen interessiert und das er auch hinsichtlich der Differenzierung von «episch» und «lyrisch» betrachtet, schreibt er Storm: «Hinwiederum rechne ich *Ihr* Gedicht ... nicht zu der epischen Poesie, sondern zu der lyrischen im höchsten Sinne; die zwei Schlußzeilen sind alles, und dies alles ist die ergreifendste Lyrik, die es geben kann; es stimmt jedes Herz, das nichts von Inzest ahnt, weich und traurig und es tröstet zugleich [42].» Das ist eine Anerkennung ganz nach Storms Wunsch: Nur ab und zu ist dem Lyriker ein restlos gelungenes Gedicht vergönnt; aber sie täuscht nicht hinweg über die grundsätzliche Verschiedenheit der Anschauungen zwischen Keller und Storm, «der behauptet, es gebe, Goethe inbegriffen, höchstens 6 oder 7 wirklich gute lyrische Gedichte», und sich, so meint Keller zu Heyse, entsetzen würde, sähe er die Arbeit an den «Gesammelten Gedichten», «von allen Göttern der momentanen Eingebung und Empfindung verlassen, was die Leutchen so nennen», eine Arbeit, die echte Lyrik nach Storm nicht benötigt [43].

Aus solchen Gegensätzlichkeiten erklärt sich vielleicht Storms nur kurzes Urteil über Kellers Gedichtsammlung – er findet darin den «überall teilnehmenden» und doch «ungeteilten und in gewissem Sinne einsamen Menschen» wieder –, das Keller freilich auch nicht ausführlicher erwartet, wenn er im September 1883 den bevorstehenden Versand der Bände anzeigt, «die keineswegs ein Kompendium der Logik enthalten, was ich absichtlich so gelassen habe, da das Leben mir so gewesen ist. Dafür sind's Verse! Aber was für welche, das ist die Frage; ich mache mir keine Illusionen über die nächste Aufnahme.» Hier spricht das künstlerische Selbstbewußtsein des Dichters, ohne daß er jedoch dem Kritiker völlig uneinsichtig erscheinen will. Aber den kritischen Standpunkt des andern vollauf zu anerkennen, das ist beiden unmöglich [44].

Bleibt eine Verständigung über das Problem der Lyrik in Frage gestellt, so treffen Storm und Keller immerhin zusammen in der negativen Bewertung des beginnenden Naturalismus. Im Briefwechsel erwähnt Storm einmal die Gebrüder Hart, deren Gedichte «in den Himmel erhoben» würden, «statt daß man diesen jungen Knaben, wenn auch mit aller Liebe, die Rute auf den bloßen Steiß geben sollte». Keller ärgert an den jungen Talenten noch mehr ihre betriebsame Publizistik: «Jene Gebrüder Hart kenn' ich wohl großmäuligen Andenkens; sie geben einen Literaturkalender heraus mit Adressenverzeichnissen, Tabellen für Manuskriptablieferungen, Honorareingänge u. dgl., um sich in jedermanns Hand zu bringen. Vor ein paar Jahren trieben sie auch das Material zu einem poetischen Jahrbuche zusammen, gaben es aber nicht selbst heraus, sondern überlieferten es einem dritten Unbekannten, wie eine Ernte Raps oder ein Quantum Schafwolle.» Kellers Kritik führt nicht über seine Abneigung gegen das Literaturtreiben hinaus, hebt aber eine wichtige Seite des Naturalismus hervor: die Manifeste, Streitschriften, das Zusammenstehen vor der Öffentlichkeit; er ist in künstlerischer Hinsicht nicht so gegen die Lyrik der Hart eingenommen wie Storm, der etwas später auf sie zurückkommt: «Bitte, lesen Sie doch, wenn Sie dieser Bettelchronik habhaft werden können, die Gedichte von dem berühmten Heinrich Hart an seinen Bruder, an sein Lied und an seinen Leib, beiläufig auch an und über Gott. Man sieht den jungen Dichter rollenden Auges und gesträubten Haares mit weiten Schritten in seinem Zimmer auf und nieder dichten [45].»

Der Abstand zwischen Kellers und Storms Bild vom «echten» Gedicht tritt auch im Gespräch über das lyrische Werk C. F. Meyers zutage, das zu ergänzen ist durch den Briefwechsel mit Heyse über Meyers Gedichtsammlung. Ein Vorspiel dazu bildet Kellers Betrachtung von «Huttens letzte Tage», wobei nicht der vermutete Einfluß Kellers auf die Entstehung des Versepos wichtig ist, sondern seine Kritik der revidierten Ausgabe. Schon während der Umarbeitung und während er die Korrekturen liest, beklagt sich Meyer darüber, es vergehe kein Tag, ohne daß jemand, «schriftlich oder mündlich, gröber oder feiner», ihm vorhalte, er verändere den «Hutten» zum Schlechten. Im Brief an Keller, der die neue Ausgabe begleitet, spricht er aber auch von eigenen Bedenken; «Mängel» sieht er z. B. darin, daß «das Primitive oder – richtiger – die Abwesenheit der Komposition, das hölzerne Metrum und anderes mehr nicht sehr erbaulich sind.» Können «Wahrheit» der Gesinnung und Empfindung für diese Unvollkommenheiten entschädigen?

Der Vergleich der 2. mit der 3. Auflage ermöglicht es Keller, «einige kritische Bedenken» anzubringen, die sich auf das Metrum, ein bestimmtes Motiv und die poetische Ausgestaltung beziehen. Statt jambischer Zweizeiler, die Meyer gewählt hat und die dem Werk das Aussehen «einer Sprüchwörtersammlung» verleihen, empfiehlt Keller den Knittelvers, «der sich ebenso leicht schreibt und nicht so trocken klappernd abschnappt». Diesen Vorschlag macht Keller wahrscheinlich nicht deshalb, weil er im «Hutten» einen «Hauch des Fremden» spürt und ihn im Metrischen fassen zu können meint; eher darf man jenes Grundgesetz für Kellers Kritik verantwortlich machen, das Meyer in den «Erinnerungen an Gottfried Keller» beschreibt: «Gemäß seiner bekannten Definition des Schönen als der ‹mit Fülle vorgetragenen Wahrheit› nannte er die Kürze gern Schroffheit und das Schlanke dünn und mager.» Vielleicht hat Meyer auch diese Kunstanschauung Kellers im Sinn, wenn er erwidert: «An das Metrum wag ich nicht zu rühren, da die Umarbeitung eines vom Publikum akzeptierten Buches sonst schon alle Vorurteile gegen sich hat.» Möglich ist es, daß ihn Kellers Hinweis auf Grün und Freiligrath als zwei Meister des Knittelverses verstimmt, und sicher ist er davon überzeugt, daß «der spruchförmige Zweizeiler ... in seiner lapidaren Wirkung die unsentimentale Einfachheit» einzig angemessen ausdrücke, mit der er «seinen ... Reformationshelden auszustatten wünschte» (Kohlschmidt) [46]. Ähnlich auf das Formale ausgerichtet und offenbar wieder einer Unklarheit über Meyers Auffassung entsprungen, scheint eine Bemerkung Kellers im Gespräch mit Adolf Frey über das Gedicht «Die Fahrt des Achilles» (1869, zuerst in «Romanzen und Bilder»). Keller rühmt «unter anderem den vollen Klang, den stolzen Gang des Gedichtes» (in achtfüßigen Trochäen), «zugleich die spätere Umarbeitung bedauernd und mißbilligend, weil sie diesen Klang verstummen machte»: Meyer läßt das Gedicht 1880 als Sonett unter dem Titel «Die Waffen des Achill» in der «Deutschen Dichterhalle» erscheinen, während die letzte Fassung in den «Gesammelten Gedichten» in sechsfüßigen Jamben abgefaßt ist und den Titel «Der tote Achill» trägt.

Der zweite Einwand Kellers im Brief über den «Hutten» betrifft die Ausmerzung des Bildes vom fallenden Blatt, das Hutten berührt wie die Hand des Meisters den rastlosen Zimmermann: «Dann finde ich, nach meinem *gusto*», schreibt Keller, «daß Sie im ‹Schlag auf die Schulter› das welke Blatt nicht hätten beseitigen sollen. Ich fühle wohl, was Sie damit beabsichtigen, allein der große Reiz des vermißten Zuges wird mir durch die größere Knappheit oder Konzentrierung nicht ersetzt.» Obschon Meyer zunächst nicht zustimmt: «Ich bitte Sie: ist es möglich, daß ein fallendes Blatt durch den Kittel hindurch sich der Schulter auch eines nervösen Mannes fühlbar macht ...», hebt er in der 5. Auflage diese Änderung auf, behält das Motiv bei und gibt dem IV. Gesang sogar die Überschrift «Das fallende Laub».

Auch die letzte kritische Bemerkung Kellers wird von Meyer später berücksichtigt; an den neu in die 3. Auflage aufgenommenen Kapiteln «Ritter, Tod und Teufel» und «Göttermord» stört ihn eine gewisse Kargheit, der Dichter sei «nicht vertiefend genug damit ins Zeug gegangen», verspreche in den Überschriften eine Handlung, die dann nicht gegeben werde. Meyer stimmt in seiner Antwort zu und erweitert in der 5. Auflage den «Göttermord» von der fünften an um drei Strophen [47].

Was Keller den Zugang zu Meyers Werk offenbar am meisten erschwert, ist das Fehlen einer persönlichen Konfession, die zu vergleichen wäre mit dem «Grünen Heinrich». Nur im «Schuß von der Kanzel», einer Novelle, die aus glücklicher Laune entsteht, und dann in den Gedichten, kann Keller den Menschen im Dichter fassen. Von seiner Begegnung mit Meyers Versen erzählt er Adolf Frey: «Gestern hatte ich einen schönen Nachmittag; ich saß wieder stundenlang über Conrad Ferdinand Meyers Gedichten. Ich bin überzeugt, das Publikum weiß diese Feinheit und Grazie noch lange nicht nach Gebühr zu würdigen. Wie wunderbar z. B. sind diese Liebesgedichte.» Dennoch hätte ihn gerade das Eingangsgedicht zur Abteilung «Liebe» darüber unterrichten müssen, daß in diesen Gedichten «alles nur Spiel» ist, da Meyer auch die scheinbar innigsten Gefühle stilisiert und objektiviert und, bewußt hart, seine Verse als Sentimentalitäten bezeichnet, die «wahren Leiden und Leidenschaften» in den – ursprünglich als Drama konzipierten – «Jenatsch» und den «Heiligen» hineingearbeitet zu haben behauptet. Dadurch wird aber Kellers Bewunderung für die Gedichte Meyers nicht getrübt, und sie gelten ihm, wie er zu Karl Emil Franzos und Adolf Frey bemerkt, mehr als die Epik. Schon bevor die «Gesammelten Gedichte» Meyers erscheinen (Herbst 1882), äußert er sich wiederholt lobend über den Lyriker und schildert Storm in einem Brief Ende 1881 zwar Meyers «Illoyalitäten» und seine Eitelkeit (vgl. S. 455–466), hebt aber hervor: «Meyers Bedeutung liegt ... in seinen lyrischen und halb epischen Gedichten. Wenn er sie einmal sammelt, so wird es wahrscheinlich das formal schönste Gedichtbuch sein, das seit Dezennien erschienen ist», worauf Storm recht kühl antwortet: «Von *Lyricis* sah ich von ihm nur ein kaltes, klangloses Gedicht ‹Einer Toten› ...[48]» Im Sommer 1882 wirbt Keller ein zweites Mal bei Storm für Meyers Gedichte. Er schickt ihm eine kleine Anthologie zürcherischer Poeten und schreibt dazu: «An Meyers Versen ... wird Ihnen gleich der ungewohnt schöne und körnige Ton auffallen»; Storm schränkt dieses Lob – in einem Brief an Heyse – wiederum ein: «... Meyer überschätzen Du und Keller als Lyriker; er kommt doch vom ‹Gemachten› nicht los; ihm fehlt für die eigentliche Lyrik das echte ‹Tirili› der Seele. Ich entnehme das aus den zwölf Gedichten, die ein mir von Keller geschicktes Heft enthält.» Dieses Urteil erscheint Heyse ungerecht. Storm, meint er, ziehe auch hier die Grenzen der Lyrik zu eng: «Ich weiß nicht, welche Gedichte von C. F. Meyer Dir gerade vorliegen. Doch scheinen mir auch die geringen echte Lebensäußerungen, und wenn nicht alles aus dem Herzen entsprungen ist, gehört's doch wohl jenem Reiche an, das alles umfaßt, was ‹in Kopf und Herzen schwirrt›. Freilich ist unser Meister Gottfried noch ein ganz anderer Mann.»

Das Erscheinen der Gedichtsammlung Meyers nennt Keller ein «glückliches

Ereignis» und schreibt in seinem Dankesbrief: «Obgleich es unverschämt scheint, dem, der das Verdienst hat, Glück zu wünschen, so tue ich dies dennoch, da es auch für das Verdienst ein schönes Glück ist, vollständig ausreifen zu können.» Kurz darauf mahnt er Heyse: «Versäume ja nicht, die jetzt erschienenen Gedichte von C. Ferd. Meyer zu lesen; Du wirst Freude daran haben. Sie gehören gewiß zu dem Besten, was seit geraumer Zeit erschienen ist. ... es ist ein schönes Gedichtbuch und wird es bleiben», und an Theodor Storm: «Nun sind auch die Gedichte von Conrad Ferdinand Meyer erschienen. Sie sollten sich den Band ansehen oder vielmehr fest anschaffen; es würde Sie nicht gereuen, und Sie werden an diesen langen Winterabenden auch Ihre Damen mit mehr als einer guten Vorlesung regalieren können [49].»

Der Widerspruch der Freunde, die in der Sammlung nicht den vollblütigen Lyriker finden können, erfolgt sofort. Heyse faßt die meisten Gedichte Meyers auf als «Dichtungen für Poeten, die mit nach- und ausdichtender Seele dergleichen hinnehmen»; er rügt die «herbe Kürze und schroffe Verschlossenheit», «den volkstümlichen Lapidarstil», der auch in den Balladen, wo er seine Berechtigung habe, zu weit getrieben scheine; die «Kunst des Helldunkels, des geheimnisvollen Hinschleuderns andeutender Striche und Farben» sei als Technik zur Manier geworden. Heyse sieht die ablehnende Haltung des Publikums voraus, das eine mildere Literatur gewöhnt ist. Nur wenige Stücke eignen sich zum Vortrag «in einem kleinen empfängnisvollen gemischten Zirkel», und «die Menge will Götter, die sich ganz unzweideutig offenbaren, so daß man einen handlichen Katechismus darüber abfassen kann»; er prophezeit dem Buch aber Erfolg bei der Kritik, die selbst «halb und halb vom Handwerk» sei. In der Antwort an Heyse betrachtet Keller vor allem das Problem des Manierismus bei Meyer, und seine Stilanalyse deckt auf, was ihn im Grunde an diesem Dichter packt: «Deine Bemerkungen über C. F. Meyers Gedichte sind mir wohl begreiflich; ich glaube aber, daß in seiner knapp zugeschliffenen Weise eben seine Schranke liegt, und daß er nicht mehr zu sagen hat, als er tut, so geistvoll und poetisch er ist. Auch in seiner Prosa beginnt sich, wie ich fürchte, das geltend zu machen, und daher mag in beiden Richtungen der um sich greifende Manierismus seinen Grund haben. Charakteristisch ist das manierierte erste Gedichtchen der Sammlung, wo der alternde Herr gewissermaßen mit unendlicher Fülle bramarbasiert, während das mäßige Büchlein die sorgsam zusammengefeilte Frucht eines ganzen Lebens ist. Um das Härteste zu sagen, so kommt mir sogar manches wie herrlich gemachte künstliche Blumen vor; aber eben, es ist halt doch gemacht und zustande gebracht, und darum wirkt es auf mich in dieser Zeit, die Du ja wohl kennst!» Storms Kritik der Sammlung ist noch schonungsloser; er liest «mit rechter Freude» darin und daraus vor, wendet jedoch ein: «Wenn Sie aber früher meinten, der Band werde eins der formell schönsten *Lieder*bücher werden, so werden Sie jetzt, wo es vorliegt, wohl anders denken: Ein Lyriker ist er nicht; dazu fehlt ihm der unmittelbare, mit sich fortreißende Ausdruck der Empfindung, oder auch wohl die unmittelbare Empfindung selbst. Sie muß bei ihm erst den Weg durch den Stoff nehmen, dann tritt sie oft überraschend zutage, so in dem Gedichte ‹Die gezeichnete Stirn› ...» Wie für Heyse (und Keller) ist es auch für ihn entscheidend, ob ein Gedicht sich rezitieren lasse. Immerhin hat Storm das Gefühl, mit Meyers Lyrik «etwas in der Hand zu halten [50]».

Von einem eigentlichen «Liederbuch» möchte nun auch Keller nicht sprechen; er nennt ja noch vor dem Erscheinen die Sammlung vorsichtig das «wahrscheinlich formal schönste Gedichtbuch», was er ein Jahr später wiederholt: «Mit dem Liederbuch von C. F. Meyer haben Sie wohl recht, nur habe ich den Ausdruck jedenfalls aus Versehen, d. h. nicht im ausdrücklichen Sinne gebraucht.» Dieser Gedächtnisirrtum Storms und die Kritik, die er daran knüpft, sind wiederum bezeichnend für seine Auffassung des Lyrischen: «Das Gedicht schlechthin ist eben für ihn das liedhafte Gedicht, das inspirierte Stimmungsgedicht», die Äußerung deshalb nicht zufällig, «sondern ... ein ganz grundsätzlicher Teil seiner Poetik» (Kohlschmidt). Aber Keller gibt nur in dieser Frage der Bezeichnung nach; in einem Brief an Petersen, den Freund Storms, hebt er zur gleichen Zeit Meyers Gedichtband über seine eigene Lyrik: «Wenn Sie ... etwas Schöneres lesen wollen, so lassen Sie sich die Gedichte meines Landsmannes Conrad Ferdinand Meyer ... kommen; es ist seit Jahren nichts so Gutes in Lyrischem erschienen.» Doch auch Petersen bleibt ungerührt, und man glaubt, aus seiner Antwort den Einfluß Storms zu spüren: «Die Meyerschen Gedichte habe ich mir ... angeschafft, bemühe mich aber umsonst, sie so zu schätzen, wie Sie es wünschen: ich bewundere manches, aber das Herz wird mir nicht warm, ich fühle nichts von jenen tröstenden oder beseligenden oder entlastenden oder behaglich machenden Wirkungen, welche man unwillkürlich sucht. Überwiegend bleiben diese Verse mir fremd und kühl. Welche Zahl schöner Stunden habe ich dagegen schon aus Ihren Büchern geschöpft ...[51]»

Eine letzte Stellungnahme stammt – im März 1883 – noch einmal von Storm, der ein kritisches Urteil seines Sohnes («Die Gedichte sind mäßig») weitergibt und beifügt: «Richtig ist, daß man in vielen, vielleicht der Mehrzahl, noch die Arbeit fühlt. Aber, trotzdem –. In dem Abschnitt, er ist ja wohl ‹Liebe› betitelt ..., habe ich das meiste mir Zusagende gefunden [52].»

Nirgends tritt der Unterschied in der Kunstauffassung Kellers, Heyses und Storms so unverkennbar hervor wie in der Beurteilung von C. F. Meyers Lyrik. Verständlich sind Storms Vorbehalte, die seiner strengen Definition der Lyrik als Ausdruck innigen Erlebens entsprechen. Ihm können Gedichte nicht zusagen, die eine zwei- oder dreimalige Umwandlung und Neuformung zu bestehen hatten, ehe sie in ein als repräsentativ und endgültig gemeintes Werk aufgenommen werden. Keller, der an das «Perennierende» eines Gedichts glaubt, an das Zeitlose, ist viel aufgeschlossener, er fühlt sich in seiner Kritik nicht einem ein für allemal gesicherten Wertbegriff – sei es nun «Erlebnisnähe» oder «Unmittelbarkeit» – verpflichtet. Diese Haltung hat wenig damit zu tun, daß Keller, der sich hauptsächlich als Epiker sieht, dem Nachbarn am See «auf dem Gebiet der Lyrik das Feld willig» überläßt (Nußberger) und dementsprechend der Prosa Meyers um so kritischer gegenüberstehen würde [53]; auch darauf kommt es nicht an, daß Keller, der in seinen «Gesammelten Gedichten» die politischen Verse nicht unterdrückt, bei Meyer die gedanklich, weltanschaulich befrachtete Lyrik vermißte und darum sein Lob der immer wieder hervorgehobenen «schönen» Form als ein positives Urteil sozusagen einen negativen Kern in sich trüge [54]. Und mit der Formel, Meyer seien hauptsächlich «die lyrischen und halb epischen Gedichte» gelungen, läßt sich Kellers Verhältnis zu Meyers Lyrik auch nicht völlig klären, obschon Keller mit dieser Feststellung Storms Urteil vorwegnimmt, der zu erkennen glaubt, daß bei Meyer das Gefühl «den Umweg über den Stoff» nehmen müsse, dann aber plötzlich hervorbreche, und damit auf das balladenartige Gedicht anspielt.

Wichtiger erscheint in diesem Zusammenhang Kellers Äußerung zu Paul Heyse, die zwar wiederum die persönlichen menschlichen Mängel zugibt, die «Aufgeblasenheiten», wie er sie nennt, etwa am Gedicht «Fülle» beanstandet und ironisiert, zugleich aber den Wert von Meyers Versen darin sieht, daß sie «gemacht und zustande gebracht» sind. Es ist die Hochachtung des einen Dichters, der noch in den Mühen des Schaffens und Verbesserns befangen ist, vor dem andern, der diesen Weg bereits durchschritten hat. Diese Haltung setzt voraus, daß er Meyer bei allem Widerstreben gegen Illoyalität und Eitelkeit, bei allen Unterschieden des Herkommens und der Lebensführung, des Temperaments, letztlich doch als einen echten und bewußten Dichter betrachtet, der das Handwerk ernst nimmt und um die Form ringt. Daß diese handwerkliche, praktische Meisterschaft ein künstlerisches Kriterium sein kann und nicht nur der mehr oder minder gelungene eigentümliche Ausdruck eines Herzenserlebnisses oder einer Geisteshaltung, das ist Keller ja seit den Gotthelf-Rezensionen klar, in denen er Bitzius die fehlende Rücksicht auf die «Technik» zum Vorwurf macht. Der Eindruck, den er von Meyers Gedichten gewinnt, begründet zum Teil auch seine eigenen Anstrengungen zu der Zeit, die «Gesammelten Gedichte» zu vollenden. Das «Machen», so könnte man zusammenfassen, ist der Bezugspunkt von Kellers Kritik an C. F. Meyers Lyrik. In diesem Sinn behält wohl das aus Zustimmung und Vorbehalt gemischte Urteil in einem Brief an Julius Rodenberg seine Gültigkeit: «Daß Ihnen die Gedichte Ferdinand Meyers gefallen, glaub' ich wohl. Wenigstens der rein lyrische Teil hat trotz des uralten Stoffes jene eigentümlich edle Klangfarbe, welche so selten ist und macht, daß ein solcher Band Gedichte, der vielleicht dreißig Jahre lang entstanden ist, doch wie erst gestern und heute geschaffen scheint. Ein bißchen Manieriertheit, die in Meyers Prosa bedenklich um sich zu greifen beginnt, macht sich freilich auch hier geltend [55].»

2. Theorie und Kritik der Novelle

Probleme der Novelle, wie sie zwischen Keller, Heyse und Storm, gelegentlich auch mit C. F. Meyer erörtert werden, liegen nahe vor allem wegen der eigenen novellistischen Dichtung. Neben theoretischen Äußerungen, die aus der Kritik an Werken der Freunde oder aus der Selbstkritik hervorgehen, vom individuellen Anlaß zu allgemeinerer Erkenntnis vorstoßen möchten, treten beiläufige Anmerkungen, Einfälle und Gedankensplitter. Kellers Überlegungen, Heyses Versuch einer Wesensbestimmung in der Einleitung zum «Novellenschatz» (1871), aber auch Storms «zurückgezogener Vorrede» von 1881 kommt bei ihrem hohen Rang als Novellendichter entsprechende Bedeutung zu. Einzelne ihrer Bemerkungen nehmen Ergebnisse der späteren wissenschaftlichen Gattungsforschung vorweg, stimmen damit überraschend zusammen.

Dabei erscheint der Gebrauch des Begriffs «Novelle» gerade bei Gottfried Keller zunächst unbestimmt, und die Bezeichnungen, die er seinen kürzeren Prosastücken gibt, sind uneinheitlich. In den Briefen an Vieweg nennt er sie bald «Erzählungen» und «Geschichten», bald «Novellen», «erzählendes Unterhaltungswerk»; dann wieder «erzählende Schriften». 1855 zeigt er «einen Band Charakteristiken ... novellistischer Natur, mit dem Titel ‹Die Leute von Seldwyla›» an, und im gleichen Jahr wird dieselbe Sammlung als «4–5 Charaktererzählungen ... von allgemein menschlichem Inhalte, aber auf dem schweizerisch lokalen Hintergrunde» vorgestellt. Diese Beispiele lassen sich vermehren. Nach dem Erscheinen des ersten Seldwyla-Bandes nennt er seine Dichtungen «einfache Geschichten»; zwanzig Jahre später, als er an eine «Sammlung oder Gesamtausgabe» der «Erzählungen» zwar denkt, sie aber für verfrüht erachtet, zögert er zwischen «Die Novellen ...» und «Erzählende Schriften ...» Auch 1873 – die Veröffentlichung der vollständigen Sammlung steht bevor – trennt er nicht zwischen Erzählung und Novelle: «Dietegen» nennt er eine «Novelle», «Das verlorene Lachen» dagegen bezeichnet er als «Geschichte». An Emil Kuh schreibt er in dieser Zeit: «Ich danke Ihnen herzlich für Ihre gute Meinung von den neuen Novellen ... Da das 4. Bändchen immer noch 2–3 Wochen zögern wird, so schicke ich Ihnen wenigstens die Aushängebogen der einen kleineren Erzählung derselben.» In einem Brief an Fr. Th. Vischer führt er aus: «Nächsten Herbst erscheinen ... zwei Bändchen Novellen oder Geschichten.» Noch 1880 schwankt er zwischen verschiedenen Bezeichnungen und schreibt dem Herausgeber der «Deutschen Rundschau»: «Ich habe im Haupttitel, unter Sinngedicht, das Wort ‹Novelle› in den Pluralis versetzt» (wie in den «Sämtlichen Werken» beibehalten). «Sollte der Singular aber von *Ihnen* gewollt sein, so bitte ich, es wieder zu singularisieren. Ich hatte auch einmal gedacht, ob man nicht sagen könnte ‹Erzählendes›, allein das klingt zu preziös [56].»

Vielleicht läßt Keller die Gattung absichtlich im Unbestimmten, um die Breite seines Schaffens anzudeuten; ein Brief an Hettner vom Oktober 1856 über neue Novellenprojekte weist in diese Richtung: Sie sollen von dem, was Auerbach in einer Rezension «so freundlich und wirklich edelmütig energisch» an den «Leuten von Seldwyla» gelobt habe, «gänzlich abspringen oder wenigstens einen anderen Ton anschlagen. Denn ich hoffe allmählich zu zeigen oder zu versuchen, daß ich nicht nur auf einer Saite geige [57]». Es ist aber auch zu erinnern an den Titel «Legenden», den er seinem Erzählwerk nur zögernd und auf Fr. Th. Vischers Drängen hin gibt, ihm offensichtlich den unverbindlicheren Titel «Auf Goldgrund» vorzieht [58]. Eine Norm, eine Idealform der Novelle, die das freie poetische Erfinden und Verknüpfen gewissen Vorschriften unterwerfen könnte, schwebt Keller offensichtlich nicht vor, so wenig wie die eigentliche Novellenforschung sie kennt, die erklärt, daß jeder Novellist grundsätzlich seine eigene Technik des «novellistischen Erzählens» besitze [59], das Erzählen auch aus objektiver epischer Distanz einer «subjektiven Weltansicht» unterstellt sei, eine Konstruktion «der» Novelle also verbiete und nur eine «Geschichte der Gattung» erlaube [60].

Dieser Einsicht ist es vielleicht zuzuschreiben, daß die großen Erzähler des Realismus darauf verzichten, grundsätzliche Abhandlungen über «die spezifische Eigenart novellistischen Erzählens» zu verfassen; seit Tiecks Reflexionen und den Auseinandersetzungen der Jungdeutschen über die Gattung ist die Einführung Paul Heyses zum «Novellenschatz» die erste theoretische Kundgebung, und es ist bezeichnend, wenn Keller in einem Brief an Petersen über den «Landvogt von Greifensee» bemerkt: «Aber ich fange bald an zu theoretisieren über meine eigenen Sachen, wie weiland Friedrich Hebbel, Ihr Landsmann.» Es fällt natürlich auch ins Gewicht, daß die Novelle für die Dichter des Realismus eine «selbstverständliche Gestaltungsmöglichkeit» ist, die keiner Rechtfertigung bedarf. Die zahlreichen Äußerungen über die Gattung, die sich dennoch in den Briefwechseln der Novellisten finden, sind auf andere Anregungen zurückzuführen. So ist für Keller z. B. die feuilletonistische Abwertung der Novelle ein Problem. «Mich beschleicht ... schon seit einiger Zeit das Gefühl, daß die Novelliererei zu einer allgemeinen Nivelliererei geworden sei, einer Sintflut, in welcher herumzuplätschern kein Vergnügen und bald auch keine Ehre mehr sei», heißt es in einem Brief an Heyse, und an Storm: «Es ist jetzt jedesmal eine Art Lebensfrage bei einer neuen Novelle: Was ist's? wie ist's? usw. wegen der maßlosen Produktion, die sich jetzt breit macht. Die Quelle originaler Anschauung und Erfahrung, das lebendige Blut fließt zwar nach wie vor selten genug; aber den Duktum hantieren sie bald alle gleichmäßig und schneiden einem dazu noch allerhand Knöpfe vom Rocke, die sie unverfroren auf ihren eigenen Kittel nähen. Da frägt man sich oft, ob es noch eine Aufgabe sei, den Kopf aus dieser Sündflut emporstrecken zu wollen [61].»

Die Erörterung «der Novelle» drängt sich auch da auf, wo die Kritik ihre Eigengesetzlichkeit, ihren dichterischen Wert bestritten. Im August 1881 schreibt Storm nach Zürich: «Beunruhigend besuchen mich mitunter theoretische Gedanken über das Wesen der Novelle, wie sie jetzt sich ausgebildet, über das Tragische in Dramen und Epik und den etwaigen Unterschied zwischen beiden; ich schrieb auch eine Vorrede ... in dieser Richtung ...» Storm will darin dem (vermeintlichen) Angriff des Schriftstellers Georg Ebers entgegentreten, der im Vorwort zu seiner Erzählung «Eine Frage» (1881) die Novelle als ein «Ding» bezeichnet hatte, «das ein Dichter sich nach dem eigentlichen Kunstwerk, dem dreibändigen Roman, wohl einmal zur Erholung erlauben dürfe.» «Der Esel!» fährt Storm fort: «Die ‹Novelle› ist die strengste und geschlossenste Form der Prosadichtung, die Schwester des Dramas; und es kommt nur auf den Autor an, darin das Höchste der Poesie zu leisten.» Über den gemeinsamen Freund Petersen macht Keller ihn auf eine Notiz im «Berliner Deutschen Morgenblatt» vom August 1881 aufmerksam, die sich mit einem «weiteren Verächter der Novelle» befasse, dem Dramatiker Albert Lindner, der einem eigenen Novellenband vorausgeschickt hatte, «man müsse diese untere Gattung dadurch etwas zu heben suchen, daß man ihr dramatische Bewegung einflöße und ihr so den Zutritt in die gebildetere Kunst verschaffe usf. Der Verfasser besagter Notiz fügte hinzu, Herr Lindner scheine nicht zu wissen, daß mit Storm, Heyse und Keller die Novelle bereits in die gewünschte Sphäre eingetreten sei ...» Noch 1884 protestiert Storm gegen die Verunglimpfung *seiner* Gattung: Anläßlich eines Festbanketts in Berlin zu seinen Ehren verteidigt er die Novelle in einer, wie Keller sagt, «ungeschickten» Rede, einer übereilten Rede auch, wie eine Äußerung Ebers an Heinrich Seidel beweist, in welcher er seine angebliche Kritik als Erfindung und «nichtswürdige Verleumdung» hinstellt [62]. Zu einer Apologie der Novelle fühlt Storm sich berechtigt, weil sie eine «Dichtungsart» sei, die «die spätere Hälfte» seines Lebens «begleitet» habe. Er möchte in der Vorrede «die Ziele bezeichnen ..., welche in der Novellistik zu erreichen sind», und betrachtet die Novelle unter den Gesichtspunkten Form und Inhalt. Formal ist sie «die Schwester des Dramas und die strengste Form der Prosadichtung»; «sie verlangt zu ihrer Vollendung einen im Mittelpunkte stehenden Konflikt, von welchem aus das Ganze sich organisiert, und demzufolge die geschlossenste Form und Ausscheidung alles Unwesentlichen». Der Umstand, «daß die epische Prosadichtung sich in dieser Weise gegipfelt und gleichsam die Aufgabe des Dramas übernommen hat», erklärt Storm als einen literatursoziologischen Vorgang: Es werden weniger «wertvolle» Dramen geboten, teils weil die guten Schauspieler fehlen, teils weil es den Dichtern an «einem gewissen praktischen Verständnis für die Darstellbarkeit» mangelt. Der epischen Dichtung kommt zugute, was der dramatischen entzogen wird. – Inhaltlich ist die Novelle «nicht mehr ... ‹die kurzgehaltene Darstellung einer durch ihre Ungewöhnlichkeit fesselnden und einen überraschenden Wendepunkt darbietenden Begebenheit›», sondern hat die Aufgabe, «die tiefsten

Probleme des Menschenlebens» zu behandeln, eignet sich «zur Aufnahme auch des bedeutendsten Inhalts». Wie in der Lyrik scheinen solche Forderungen leicht zu erfüllen – «alle meinen es zu können, und nur bei wenigen ist das Gelingen, und auch dort nur in glücklicher Stunde [63]».

Diese Zuweisung eines bestimmten, wenn auch weitgefaßten Novellenthemas fällt zusammen mit einer Stelle in Heyses Einleitung zum «Novellenschatz»: «Von dem einfachen Bericht eines merkwürdigen Ereignisses oder einer sinnreich erfundenen abenteuerlichen Geschichte hat sich die Novelle nach und nach zu der Form entwickelt, in welcher gerade die tiefsten und wichtigsten sittlichen Fragen zur Sprache kommen.» Beide Dichter werten die Novelle also in ethischer Hinsicht auf und beide verbinden damit ein «künstlerisches Programm» (von Wiese), weswegen Storm schließlich davon absieht, seine Vorrede zu veröffentlichen. Noch am 12. Juli 1881 schreibt er dem Literaturhistoriker Erich Schmidt, der das Vorwort gutheißt: «Ich lege auf diese Sache einigen Wert; denn es scheint mir grade der Zeitpunkt, daß von einem, der ein gewisses Fundament unter sich hat, ein deutliches Wort gesprochen werde.» Aber schon am 22. Juli findet er es «vornehmer», den Novellenband für sich selbst sprechen zu lassen (an Heyse: «Es war so im ersten Zorn geschrieben»). Als er nach Zürich berichtet, er erwäge den Druck der Einleitung, ist sie demnach schon verworfen, Kellers Überlegungen zum Thema stoßen also ins Leere; sie sind jedoch insofern wichtig, als sie von Gesichtspunkten ausgehen, die Storm nicht beachtet. Zu Ebers angeblicher Kritik bemerkt Keller: «Das, was er zur Herabsetzung der Gattung der Novelle sagt, würde mich nicht stark rühren; vor ein paar Jahren degradierte er ebenso den Roman, indem er von sich aussagen ließ, er schreibe nur Romane, wenn er krank und zu ernsthafter Arbeit unfähig sei.» Er sieht in Ebers Kritik einen Beitrag zur Diskussion über Wert oder Unwert bestimmter dichterischer Ausdrucksformen: «Herr von Gottschall ... hat schon ein dutzendmal verkündigt, Roman und Novelle seien untergeordnete, unpoetische Formen und fielen nicht in die Theorie. Da niemand darauf hörte, fing er zuletzt selbst an und schmiert jedes Jahr seinen Roman. Auch Gustav Freytag, der ja sonst ein anständiger Mann ist, tat um die Zeit, wo er seine ‹Ahnen› im Schild führte, den Ausspruch, die Zeit der kleinen Erzählungen dürfte für immer vorbei sein, nach der schlechten Manier, die Gattung, die man nicht selber pflegt, vor der Welt herunterzusetzen und die augenblickliche eigene Tätigkeit als den einzig wahren Jakob hinzustellen.» Storms Entschluß, die Vorrede zu unterdrücken, stimmt er zu, «da Küchenrezepte nicht zu den Gastgerichten auf die Tafel gehören». Anderseits ist er von der Möglichkeit, das Wesen der Novelle theoretisch erfassen zu können, nicht gleichermaßen überzeugt wie Storm: «Was die fragliche Materie selbst betrifft, so halte ich dafür, daß es für Roman und Novelle so wenig aprioristische Theorien und Regeln gibt als für die andern Gattungen, sondern daß sie aus den für mustergültig anzusehenden Werken werden abgezogen, resp. daß die Werte und Gebietsgrenzen erst noch abgesteckt werden müssen. Das Werden der Novelle, oder was man so nennt, ist ja noch immer im Fluß; inzwischen wird sich auch die Kritik auf Schätzung des Geistes beschränken müssen, der dabei sichtbar wird.» Im gleichen Sinn liest Keller die Novellen Tiecks: «Gerade die Fehler sind äußerst lehrreich und interessant in diesen Novellen; man sieht so klar, was er wollte und unterließ; und alles dies verknüpft und vergleicht sich mit den klassischen Vorbildern der romantischen Literatur wie mit Shakespeare und Goethe. Wenn man nun selbst mit Aufmerksamkeit bestrebt ist, einen Weg zu verfolgen, so fühlt man sich gedrungen, über dergleichen, gewissermaßen klassische oder mustergültige Mißlungenheiten sich zu äußern ...[64]»

Aus diesen Stellen wird dreierlei ersichtlich:

Erstens Kellers Mißtrauen gegenüber jeder normativen Bestimmung einer «idealen Novelle» und den Gattungstheorien seiner Zeit überhaupt, etwa Spielhagens «Beiträgen zur Theorie und Technik des Romans» (1883); während er selbst am «Martin Salander» arbeitet und «in das lebendige Darstellen hineinzukommen» sucht, äußert er zu Paul Heyse: «Ich möchte mich gern in Spielhagens Romantheorien unterrichten, wie ich es anfangen muß. Er hat neulich wiederholt dergleichen von sich gegeben, aber ich kann den verkehrten Galimathias nicht lesen. Wenn er so *pro domo* doziert und skribelt, so kommt er mir vor wie ein Insekt mit vielen Füßen, das auf dem Rücken liegt, zappelt und rudert, um sich aufzuarbeiten auf Kosten der andern.» Solche Versuche sind von geringem praktischem Wert und werden von den Dichtern fortwährend überflügelt; so meint Keller, Heyse schaffe ein Novellenwerk, «welches ein ganz anderes Weltbild darzustellen bestimmt ist, als der wackere Spielhagen in seinen Romantheorien sich zu vindizieren immer und immer wieder sich abmüht [65]».

Die Meinung, zweitens, der Novellist müsse an den großen Vorbildern lernen, entspricht der Absicht Heyses und Kurz', mit dem «Novellenschatz» eine repräsentative Auswahl zu schaffen (in der freilich die Novellen der Romantik fehlen). Hier trifft Keller mit Storms Meinung zusammen, seine Novellen hätten auch formal beispielgebenden Wert, so daß theoretische Ausführungen sich erübrigten. Keller will natürlich nicht ästhetische Gesetzmäßigkeiten leugnen und er glaubt tatsächlich an ein «Ideal», das allerdings sehr weit gefaßt ist, wie aus einem Brief an Heyse hervorgeht: «Da stoße ich auf Deine etwas melancholischen Betrachtungen über Deine Novellistik der letzten Zeiten. Ich kann in Deine internen Angelegenheiten nicht hineinreden, weil es sich nicht ziemt, das Mehrere, was jeder von sich selber wissen muß, von seinen eigenen Fähigkeiten und Maßstäben, bemängeln zu wollen. Nur scheint mir das Ding hier an die allgemeine Erfahrung zu grenzen, wonach bei allem kunstmäßigen Schaffen das Gefühl eines Residuums nachwirkt, das nicht zum Ausdruck gekommen sei. Dies Gefühl ist gewiß bei Meisterleuten vorhanden; denn wenn nicht gerade bei ihnen das Ideal noch mächtiger wäre als das Können oder, richtiger gesagt, als der Konkretismus des Schaffens ..., so würden sie auch *das* nicht erreichen, *was* sie können [66].» «Ideal» meint also die Vorstellung vom Werk, die der Dichter in sich trägt und die ihn dazu drängt, es zu wagen, die aber wegen der Schwere des Stoffes, einer immer irgendwie sich auswirkenden Unzulänglichkeit des Könnens doch nie erreicht wird.

Drittens: Wenn Keller schreibt, «die Werte und Gebietsgrenzen» müßten für die Novelle «erst noch abgesteckt werden», erinnert das an das Unbehagen, welches ihm während der Umarbeitung des «Grünen Heinrich» die Titelfrage bereitet; er möchte einer Gattungsbezeichnung am liebsten ausweichen und etwa setzen: «Heinrich Lee» oder «Das Leben des grünen Heinrich», «mit welch letzterer Wendung dann wenigstens das Wort ‹Roman› wegfallen könnte und das Ding schlechtweg ein Buch wäre [67]».

Gerade im Vergleich mit seinem Roman nun gewinnt Keller ein schärferes Bild von der Natur der Novelle. 1851 schreibt er Hettner: «Ich habe auch einige Erzählungen und Novellen ausgeheckt, welche farbenreich und sinnlich, und reinlich und bedächtig geschrieben, ... den schlechten Eindruck verwischen sollen, den mein formloser und ungeheuerlicher Roman auf den großen Haufen machen wird»; und in einem Brief an Vieweg nennt er das Novellenprojekt «in der Form jedenfalls einen Fortschritt gegen den Roman». Offensichtlich gelten Erzählung und Novelle dem Dichter als relativ knappe, überblickbare Darstellungsweise, in der sich dennoch der Sinnen- und Farbenreichtum seiner dichterischen Welt uneingeschränkt abbilden läßt [68]. Doch diese formale Trennung: Roman einerseits, Novelle anderseits ist nicht eine absolute. Schon früh erwägt er für die zweite Fassung des «Grünen Heinrich», ob die Wiederbegegnung Heinrichs mit Judith nicht an den Anfang verlegt und das Erkennen durch die Lebensgeschichte Lees herbeigeführt werden könnte; diese Änderung verschiebe zwar «Perspektive und Verständnis», bemerkt er in einem Brief an Storm, «wohingegen wieder zu helfen wäre, wenn besagter Anfangs-Ausgang den Charakter einer selbständigen, an sich interessierenden Novelle» erhielte. Es ist also an eine novellistische Einleitungserzählung gedacht, die die Romanhandlung einfassen würde, vergleichbar etwa dem Typ der Chronik-Novelle Storms. Auf «novellistischen» Aufbau des Romans scheint auch ein Schreiben an den dänischen Übersetzer Drachmann zu deuten: «Was den autobiographischen Roman ... betrifft, so ist es leicht ersichtlich, daß es sich um den eigenen Lebensgang des Verfassers handelt, d. h. in den Grundzügen der inneren Erfahrung, wobei die novellistische Erfindung und Abrundung dem Leser nicht verborgen ist. Jedoch ist insbesondere zu bemerken, daß z. B. die Kinder- und Schulgeschichten in den Hauptmotiven fast sämtlich erlebt, während alle erotischen resp. Liebessachen des Buches freie Novellen ohne biographische Grundlage sind.» Hier bezeichnet «Novelle» also die «frei» erfundenen Elemente.

Umgekehrt ist es zweifelhaft, ob der «Landvogt von Greifensee» eine «sich dem Romanhaften ... annähernde Rahmenerzählung» (von Wiese) ist; während der Roman für Keller zwangloser erzählt werden kann oder soll, wie sein Einfall verrät: «... man müßte die abgeschlossene Form ganz aufgeben und dem Roman einen künstlich fragmentarischen Anstrich verleihen, so daß alles drin stünde, was man sagen will, ohne daß der Rahmen fertig ist», ist der «Landvogt ...», das in fünf Stationen erzählte Leben, das sich am Schluß verdichtet und in der Gegenüberstellung der fünf Frauen noch einmal zusammengenommen wird, eine straff aufgebaute und bewußt komponierte Novelle. Das beweist der Plan, den Keller 1875 Adolf Exner mitteilt, indem er zur «Hauptlustbarkeit», der Versammlung der Schätze auf dem Schloß, bemerkt: «Da kommt's nun wahrscheinlich auf eine recht deutliche und bündige Exposition aller einzelnen an, eine nach der andern, daß ihre Rollen am Tage des Gerichts schon von selbst gegeben und vorgeschrieben sind.» Als Petersen diesen Schluß nicht als wirksam und poetischen Höhepunkt gelten läßt und eine Verheiratung vorzieht, antwortet ihm der Dichter: «Der ‹Landvogt› kann mit einer Heirat nicht schließen, weil das Hauptmotiv der Novelle ja gerade in der Versammlung der alten Schätze eines Junggesellen und in dem elegischen Dufte der Resignation besteht, der darüber schwebt [69].»

1884 erscheint im Briefwechsel wiederholt die Formulierung: «Roman, wie ich eine dicke Novelle, die einen Band füllt, nenne»; einen «Roman oder ... größere Novelle» zeigt er Storm an, und nur die Feststellung, der «Martin Salander», um den es sich handelt, sei «noch nicht klar und reif genug», er müsse darauf achten, «nicht schon zu sehr abzufallen durch unbedachtes Abschließen», weist eher auf einen Roman hin, da die Novelle meist einen durch das Kernmotiv vorgeschriebenen organischen Schluß in sich trägt. Ein kritischer Brief über Heyses Novellistik aus der gleichen Zeit legt die Vermutung nahe, Keller erkenne den Unterschied zwischen Roman und Novelle doch nur im Motivreichtum, in der breiten Ausführung, in Umfang und Ausstattung des Romans; denn vielleicht nennt er «Martin Salander» deswegen so, weil er eine gewisse Länge aufweist und um einen zweiten Teil erweitert werden soll. Während Heyse tatsächlich auch in den Romanen von seinem Novellenmodell nicht loskommt, das Hauptmotiv nur mit zahlreichen Nebenmotiven umgibt, sieht Keller in den eigentlichen Novellen Heyses Romane: «Daß Paulus mit dem Erzählen in Prosa wirklich abgeschlossen zu haben glaubt, ist mir begreiflich, da er sich in dieser Produktion etwas überarbeitet hat. Man kann wohl hundert Novellen machen vom Umfang derjenigen der alten Italiener, aber nicht hundert kleine Romane mit ausgeführter Ausmalung.» Es ist möglich, und man hat es angenommen, daß Keller mit diesem Hinweis auf die knappen unausgeführten Novellenstücke im italienischen Stil die Kürze seiner Erzählungen im «Sinngedicht» rechtfertigen will, die wie «Bilder» anmuten [70], und Umfang, Stoff- und Motivfülle als Kriterien für die Novelle, beziehungsweise den Roman auf diese Weise im

Sinn der handfesten Verhältnisregel Wielands versteht (in «Don Sylvio von Rosalva»): In der Novelle herrschen der übersichtliche Plan und die einfache Fabel vor, sie verhält sich zum Roman wie die kleinen Schauspiele zu den großen Tragödien und Komödien.

Nun sind gerade Kellers Novellen ein Beispiel dafür, daß sich die Gattung im Verlauf ihrer Geschichte unter dem Einfluß benachbarter, ursprünglich von ihr getrennter Arten epischer Gestaltung ausweitet, was Benno von Wiese dazu führt, von «novellistischem Erzählen» zu sprechen, der Novelle eine Mittellage zuzuweisen, die als novellistischer «Spielraum» zwischen dem «ursprünglichen Novellenerzählen», dem Volksmärchen und den «einfachen Formen» (André Jolles) verwandt, und der differenzierten «artistischen Kunst» zu finden ist [71]. Diese Anreicherung zeigt sich bei Keller in den märchenhaften und grotesken Zügen. Wieland, der die Novelle von «märchenhaften Erzählungen» trennt (Vorbemerkung zur «Novelle ohne Titel» im «Hexameron von Rosenhain»), Goethe, der sich in den «Unterhaltungen deutscher Ausgewanderter» ebenfalls gegen eine Vermischung von Märchen und Novelle wendet und eine Apologie des Märchens beabsichtigt, das der freien Einbildungskraft folgen darf, während die Novelle verpflichtet ist, eine Begebenheit als wahr und wahrscheinlich zu erzählen, würden also an den Übergängen zwischen Novelle und andern Erzählformen vorbeisehen. Dem Kriterium Goethes nimmt aber die Märchen-Novelle der Romantik von Tieck über Eichendorff bis zu Chamisso seine praktische Geltung und Verbindlichkeit. Gegen sie spricht auch Kellers erzählerisches Werk, in welchem Märchen und Novelle sich nahekommen und ineinander übergehen. Paul Heyse bemerkt z. B. zu «Dietegen»: «Nirgend brennt der Goldton hinter dem frischen Inkarnat Deiner Gestalten in feurigerem Glanz, und wie sich das Märchenhafte des Abenteuers mit sittlicher Hoheit paart, ist ganz wundervoll.» Der Dichter selbst nennt «Spiegel das Kätzchen» ein Märchen, «stofflich ganz frei erfunden». Der Märchencharakter kann nicht mißdeutet werden: Es handelt sich nicht um eine «als wahr» erzählte Geschichte, und doch nimmt er sie in den novellistisch angelegten Zyklus der «Leute von Seldwyla» auf. Keller ist «in gewissem Grade ... immer ein wenig Märchenerzähler», neigt zum Märchenhaften, wie in den «Legenden» sichtbar wird, wo er «das Wunder der Wirklichkeit» ausspielt gegen «die Wirklichkeit des Wunders» und sich «mitten im Märchen ... das Wirkliche» durchsetzt (Markwardt). Diese Mischung, das Ineinander von märchenhaften und novellistischen Elementen stellt bei ihm eine «Grundform der Erzählung» dar, deren «Erweiterungsformen» die Romane, deren «Verdichtungsformen» die Novellen sind, wofür die in sich abgeschlossenen Erzählungen im «Grünen Heinrich» und «der Anlauf» sprechen, den er für diesen Roman und das «Sinngedicht» benötigt [72]. Auch Theodor Storm, der nur gelten läßt, was seinen Vorstellungen von der Gattung entspricht, wendet sich dem Märchen zu; 1866 erscheinen unter dem Titel «Drei Märchen» die Erzählungen «Die Regentrude», «Bulemanns Haus» und «Der

Spiegel des Cyprianus» (von der 2. Auflage an: «Geschichten aus der Tonne»). In der Vorrede gibt er zwar ihre unterschiedliche Stillage zu (den «Spiegel» zeichne «der vornehmere Ton der Sage» aus, «Bulemanns Haus» scheint ihm die Bezeichnung «seltsame Historie» zu verdienen, und nur «Die Regentrude» heißt schon im ersten Abdruck von 1865 «Ein Mittsommermärchen»); sie wird aber durch das gemeinsame «phantastische Element» aufgehoben. Die Geschichten sind gedacht als Gegengewicht zu «den fabrizierten Märchen- und Geschichtenbüchern», ein «ernst gemeintes Werk der Poesie», der Jugend zugeeignet; er schreibt sie «ganz unbekümmert aus dem Kern der Sache» heraus und bezieht sich auf Wieland, wenn er in ihnen «zum Ritt ins alte romantische Land» einlädt: «Es wird zwar sachte aufwärts gehen, zuletzt aber doch hübsch über die Alltagswelt hinweg, und der Schulstaub wird prächtig aus den flatternden Gewändern fliegen [73].»

Doch dieses pädagogisch und poetisch so wohl gerechtfertigte «phantastische Element» wird, wo Storm ihm in Kellers Erzählungen begegnet, mit dem Vorwurf, der Dichter verliere sich in «Absonderlichkeiten», bedacht. Obschon Storm später jede Verwandtschaft ablehnt, sind diese «Absonderlichkeiten», die von Vischer so genannten «närrischen Vorstellungen» bei Keller wenn nicht identisch, so doch vergleichbar mit den «phantastischen Motiven» Storms [74]. Dennoch ist seine Kritik des märchenhaften Zuges in Kellers Werk, der für den Zürcher Dichter seinen notwendigen und legitimen Platz in der Novelle hat, merkwürdig heftig. Ein Urteil wie das folgende begegnet bei Storm und andern Brieffreunden Keller oft und faßt ihre Einwände zusammen: «Im ‹Landvogt› finde ich die einzelnen Liebesgeschichten und deren Heldinnen, sowie nachher die alte Haushälterin über alle Maßen fürtrefflich; bei der Zusammenkunft im Hause des Landolt, meine ich freilich, kommt für die Novelle selbst nicht viel heraus; ... mir geht die Sache wie die schwarze Quaste der Seldwyler – historische Wahrheit deckt sich nicht mit der poetischen – zu sehr ins Lalenbuch-*genus*, für das unsre Nerven zu fein geworden sind [75].» Kellers entgegengesetzte Auffassung zeigt sich schon 1856 in der Erwiderung auf eine Kritik der «Drei gerechten Kammmacher», wobei er seine Erzählung zum Prüfstein ästhetischer Urteilskraft erhebt; in einer Rezension des ersten Bändchens der «Leute von Seldwyla» hatte Robert Prutz darin zwar «tiefe Kenntnis des Seelenlebens und eine echt poetische Weltanschauung» gefunden, die «seltene Plastik der Darstellung» gerühmt, aber gleichzeitig getadelt, daß Keller auf «gewissen Unarten und Grillen, Nachklängen unserer früheren romantischen Epoche» beharre; in den «Kammachern» und im «Spiegel» herrsche «ein Humor, der zu sehr nach jenem ‹kitzle mich, damit ich lache› unserer Romantiker schmeckt, als daß er uns zusagen könnte». Der Dichter verteidigt sich in einem Brief an Ludmilla Assing: «Prutz ist ein dummer Kerl und versteht nichts, denn er rühmt gerade, was schlecht, und tadelt, was gut ist. Paul Heyse war gestern bei mir und sagte mir, daß die vom König von Bayern besoldeten Genies ... alle auf ‹Die drei gerechten Kammmacher› schwören, und damit Punktum! Denn diesen Leuten glaube ich, da sie das rühmen, was mir selbst am besten gefällt!» Bei aller Selbstironie und trotz dem Spott über die angestellten Dichter in München ist das doch Kellers wirkliche Meinung; als ihm Lina Duncker das Urteil eines Bekannten über die «Kammacher»-Novelle mitteilt: «O, die ist ja hübsch, die schlägt aus der Art», antwortet er, er kenne den Freund der Dunckers zwar nicht, «da er aber für die ‹Kammmacher› eingenommen ist, so ist er jedenfalls ein sehr gebildeter Mann und viel gescheiter als Prutz und Gutzkow, welche jene Schnurre für schlechte Späße erklärt haben.» Vom Standpunkt Storms aus gesehen (weniger für Vischer) schlägt die Novelle wirklich aus der Art; aber Keller – seine zahlreichen Versuche, gerade diese Eigenheit zu rechtfertigen, machen es wahrscheinlich – erkennt darin eine wesentliche Komponente seiner Novellistik. Gelegentlich beruft er sich ausdrücklich auf den Realitätswert der «dummen Späße» und entgegnet auf Storms Einwand, historische und dichterische Wahrheit seien nicht identisch: «Ihre Rüge des schwarzen Quasts der Seldwyler scheint mir nicht ganz zuzutreffen. Es ist das nämlich allerdings eine Erfindung, aber eine ganz analoge zu hundert ähnlichen und noch tolleren Vorkommnissen der plastischen und drastischen, wenigstens der oberdeutschen Vergangenheit. Schon früher hat mir ein norddeutscher Kritiker einen grotesken Fastnachtszug (...) als ganz unmöglich, ungeheuerlich und daher unzulässig bezeichnet, während hierzulande dergleichen nicht einmal auffällt, weil es jeder erlebt hat.» Auch Petersen erklärt er dieses Phänomen, das mit dem Kreislauf der poetischen Stoffe zusammenhängt: «Daß Sie kein Verständnis dafür finden, erinnert mich daran, daß Ihr in Euerem Norden überhaupt kein Verständnis für die chronikalischen Schnurren unsers oberdeutschen Städtewesens zu haben scheint.» Der Grund liegt seiner Ansicht nach darin, «daß im Norden die Reformation gründlicher mit jeder Fastnachtslaune aufgeräumt und ein etwas allzu pastorlicher Kirchenernst Platz gegriffen hat [76]». Dieser Hinweis auf den Realitätswert, auf die «Wahrheit» seiner «Späße» ist aber nur ein Versuch, der Kritik Storms zu entgehen, wobei er allerdings nicht beachtet, daß Storm im Fall des «Dietegen» ja gerade der historischen Wahrheit, die er zugibt, jede Poesie abspricht. Keller versucht diese und andere beanstandeten «absonderlichen» Episoden auch zu erklären mit «einer ungeschriebenen Komödie», die in ihm lebe und «deren derbe Szenen sich *ad hoc* gebären und in [seine] fromme Märchenwelt hineinragten»: «Bei allem Bewußtsein ihrer Ungehörigkeit ist es mir alsdann, sobald sie unerwartet da sind, nicht mehr möglich, sie zu tilgen. Ich glaube, wenn ich einmal das Monstrum von Komödie wirklich hervorgebracht hätte, so wäre ich von dem Übel befreit. Vischer definiert es als ‹närrische Vorstellungen› und scheint ihm eine gewisse Berechtigung zuzugestehen.» Als das «Sinngedicht» vorliegt, schreibt er an Rodenberg: «Ich lebe jetzt in der Befürchtung, daß die ganze Erfindung als zu leer und skurril erscheinen könnte. Theodor Storm nennt diese Art meiner Spezialerfindungen Lalenburger Geschichten; dennoch bin ich der Ansicht, daß man ab und zu die Freiheit der unmittelbaren Poesie, sozusagen das reichsunmittelbare Genre, wahren oder wieder erobern sollte.» Das ist ein dritter Erklärungsversuch, den er in einem Brief an Heyse ausführt, anschließend an das Urteil von C. F. Meyer über das Strafgericht im «Sinngedicht» («Der Gerichtsakt ... wird durch das Barocke gemildert», aber «Unwahrscheinlichkeiten im Detail» stören): «Auch die Geschichte mit dem Logauschen Sinngedicht, die Ausfahrt Reinharts auf die Kußproben kommt ja nicht vor; niemand unternimmt dergleichen, und doch spielt sie durch mehrere Kapitel. Im stillen nenne ich dergleichen die Reichsunmittelbarkeit der Poesie, d. h. das Recht, zu jeder Zeit, auch im Zeitalter des Fracks und der Eisenbahnen, an das Parabelhafte, das Fabelmäßige ohne weiters anzuknüpfen, ein Recht, das man sich nach meiner Meinung durch keine Kulturwandlungen nehmen lassen soll. Sieht man schließlich genauer zu, so gab es am Ende doch immer einzelne Käuze, die in der Laune sind, das Ungewohnte wirklich zu tun, und warum soll nun dies nicht das Element einer Novelle sein dürfen? Natürlich alles *cum grano salis* [77].»

Keller scheint also ein ursprüngliches Erzählen und Fabulieren anzunehmen; «Parabel» und «Fabel» sind «einfache Formen», und wie Keller sie verwendet, erinnern sie an die Bezeichnungen Boccaccios für seine Novellen: «Cento novelle o favole o parabole o istorie che dire le vogliamo». Im Vorwort zu den «Sieben Legenden» faßt er solche Erzählungen auf als Ergebnis naiver Fabulierlust: «Beim Lesen einer Anzahl Legenden wollte es dem Urheber vorliegenden Büchleins scheinen, als ob in der überlieferten Masse dieser Sagen nicht nur die kirchliche Fabulierkunst sich geltend mache, sondern wohl auch die Spuren einer ehemaligen mehr profanen Erzählungslust oder Novellistik zu bemerken seien, wenn man aufmerksam hinblicke.» Hier wie für das «Sinngedicht» und seine närrischen Episoden lehnt Keller jede «Anschlußtheorie» ab, behält er sich vor, seine Geschichten so zu formen, wie es seine eigene «Geistesbeschäftigung» wenigstens verlangt. Es bestätigt diese Selbstinterpretation, daß Heyse das Wunderliche und Närrische bei Keller ähnlich auffaßt: «Die Welt, in der Deine Gestalten atmen, ist so gar nicht *ir aller werld*, ein Märchenduft, wie er aus der schäbigen ‹Jetztzeit› ganz und gar verschwunden ist, umgibt Deine handfestesten Figuren und jener Goldton schimmert durch ihr Fleisch, der den Giorgione so unwiderstehlich macht» – auch das Märchen, dem die innere Gestalt der Erzählungen verwandt ist, wie Heyse sieht, gehört zu den «einfachen Formen [78]». Die grotesken, phantastischen Erfindungen oder Nachbildungen in Kellers Dichtungen, die ans Märchenhafte (eine erste projektierte Erzählung soll aus «märchenhaften, phantastischen und traurigen Szenen» entstehen), an Schwank und Volksbuch gemahnen (Storm als Kritiker Kellers zieht sie immer wieder heran: «Die Komik des alten Schildbürgertums, d. h. die der alten Volksbücher, ist in den meisten Fällen eine absichtliche, gewaltsame und daher überhaupt keine [79]»), gehören für Keller ursprünglich zur Novelle, und offenbar *nur* zur Novelle, da er 1881 an Storm schreibt: «Übrigens ist's jetzt doch zu Ende mit diesen Späßen. Ich gehe jetzt mit einem einbändigen Romane um, welcher sich ganz logisch und modern aufführen wird; freilich wird in anderer Beziehung so starker Tabak geraucht werden, daß man die kleinen Späßchen vielleicht zurückwünscht [80].» Damit würde übereinstimmen, daß Stellen im «Grünen Heinrich», an denen sich Storm und andere stoßen, doch eher hingenommen werden als vergleichbare Episoden in den Novellen, auch nicht der Kategorie des «Absonderlichen» zugezählt werden.

Das Groteske, beinah Dämonische, das Närrische wird von Freunden und Kritikern mit Kellers Persönlichkeit in Beziehung gebracht. Dazu fordert nicht zuletzt der Dichter selber auf, der an Storm über die «Lalenburger Geschichten» schreibt: «... allein ich kann nicht helfen, diese Dinge sind es gerade, die mich Narren erheitern und erleichtern, und ich muß noch einmal auf einen technischen Ausdruck zu ihrer Bezeichnung denken.» Storm nimmt dieses Geständnis mit einer merkwürdigen Wendung entgegen: «Wissen Sie, was mir hierbei nach Ihren Worten ... einfiel? Ich habe Ihren ‹Grünen Heinrich›, da ich zu Ende war, mit recht wehem Herzen fortgelegt, und ich saß noch lange, von dem Gefühl der Vergänglichkeit überschattet. Ihre liebsten Gestalten, der Grüne und Judith, Landolt und Figura Leu, lassen, wenn die späte Stunde des Glückes endlich da ist, die Arme hängen und stehen sich in schmerzlicher Resignation gegenüber, statt in resoluter Umarmung Vergangenheit und Gegenwart ans Herz zu schließen. Das sind ganz lyrische, ich möchte sagen: biographische Ausgänge; und da hab' ich mich gefragt: Ist das der Punkt, der Spalt, der jene ‹befreienden Späße› aufwirft?» Keller geht, abwehrend und ironisch auf Storms eigene «sonnig traurigen Geschichten» verweisend, auf diese Vermutung ein, indem er eine psychologische Begründung vorschiebt: Brandolf (Storm hatte von der Verhöhnung der drei Barone im «Sinngedicht» gesprochen) ist für ihn «eine Art Sonderling ...›, der eine solche Komödie wohl aufführen kann und die Halunken schließlich doch versorgt [81]».

Nachdrücklicher deuten die Gattin des Kritikers Emil Kuh und Ludmilla Assing die grotesken Züge im Werk aus Kellers Persönlichkeit. Kuh schreibt 1872, als ihm Keller eine Photographie geschickt hatte: «Meine Frau schien von dem Anblick Ihrer Züge beinahe so unheimlich berührt wie von Ihrem ‹Grünen Heinrich›; wie Sie denn überhaupt der einzige Dichter sind, den meine Frau fürchtet, indem sie zugleich mächtig von ihm ergriffen wird. ... Wenn ich Sie stark rühme, dann fängt sie augenblicklich an, das Diabolische zu betonen, den Eindruck des Unglücks zu betonen, den sie bei Lesung Ihres merkwürdigen Buches nicht hat los werden können.» Und Ludmilla Assing findet von den «Legenden»: «Es ist zugleich etwas Dämonisches in dieser Art zu schreiben.» Kellers Antwort weist Kuh auf das Untunliche einer autobiographischen Veröffentlichung hin, die der Kritiker erbeten hatte – «obgleich», wie er beifügt, «ich am besten durch eine Aufzeichnung die halbwegs Schinderhannesartige Vorstellung, die von mir bei Ihnen zu spuken scheint, hätte verscheuchen können [82]».

Die beiden Frauen, in dieser Hinsicht vielleicht feinfühliger als Storm, der nur das Possenhafte, «Scheußliche» erkennt, nennen etwas für Keller sehr Bedeutsames. Verschiedene Untersuchungen, die sich vor allem mit dem «Absonderlichen» in Kellers Dichtung auseinandersetzen, gelangen zu einem ähnlichen Ergebnis. Paula Ritzlers Studie «Das Außergewöhnliche und das Bestehende in Gottfried Kellers Novellen» versucht nachzuweisen, daß «allzu phantastische Naturen» (Strapinski, Wilhelm, John Kabys, Jucundus, Heinrich Lee, Martin Salander) – «sie halten sich zu wenig an das Gegebene, lassen sich von einer imaginierten Welt hinreißen und gefährden dadurch ihr eigenes Glück und oft auch das ihrer Mitmenschen» – Abbilder Kellers selbst sind hinsichtlich «der Gefahr einer solchen Haltung»; im Anschluß an die Goethe-Lektüre erkenne Heinrich, daß das Unbegreifliche und Abenteuerliche nicht poetisch seien, während doch «gerade aus der deutschen Dichtung ..., sowohl was die Personen als auch was das Geschehen anbelangt, das ‹Unbegreifliche› nicht wegzudenken» ist, das Normale, Erfaßbare, Selbstverständliche meist als Karikatur erscheint. Für Keller gelte: indem er das nur «Unerhörte», die bloß interessante Begebenheit als Kernmotiv der Novellen vermeide, verteidige er die Erfindungen und Gestalten seiner Novellen zu recht, weil das «Außergewöhnliche» in ihnen menschlicher Art sei, im «Ausgefallenen», Originellen liege, nicht im Übermenschlich-Schicksalhaften, Außerordentlichen, das den Gang der Welt störte, während jenes höchstens von selbst abfällt oder verstoßen wird. – Noch stärker als Wolfgang Kayser in seinem Buch über das Groteske betont Beda Allemann im Vortrag «Gottfried Keller und das Skurrile» die Funktion des Absonderlichen als Gegengewicht zum Anmutigen; das Skurrile sei bei Keller eine «schriftstellerische Kategorie». Da im Werk selbst etwa Sprachgrotesken nur in der direkten Rede vorkommen, verbinde sich das Skurrile als ein «erratischer Block» doch in einem «höheren kompositorischen Sinn mit dem Ganzen», so daß nicht – mit Heyse, Storm und Vischer – von einem Stilbruch gesprochen werden dürfe. Das Skurrile bezeuge letztlich «die innere Weite des dichterischen Humors» bei Keller. – Man kann «die Bedrohtheit des Daseins», seine «undurchschaubaren, rätselhaften» Erscheinungsweisen «dämonisch» nennen und sie in Kellers Werk aufspüren; aber diese Dämonie ist bei ihm – wie Rudolf Wildbolz zeigt – nicht ein Jenseitiges, Übersinnliches, das in die dichterische Welt hineinragte, sondern «eine Außenzone des Menschlichen». Es tritt dem Leser entgegen in der Katastrophe, die die Kammacher überfällt, in der «dämonischen Volksbewegung» der «Ursula»; «zerstörerische Dämonie» packt Manz und Marti, «dämonisches Getriebensein» verführt zur Bosheit und zur Kollektivpsychose; die Ruechensteiner sind Beispiel für eine «letzte Steigerung»: «Im Gewöhnlich-Philisterhaften schlummert bestialische Dämonie.» Die

Kinderbosheiten und -quälereien im «Grünen Heinrich» bilden nur einen Ausschnitt aus dem «reichlichen Material zur Dämonie des Bösen», das der Roman enthält; «Heinrich erfährt die Dämonie und die dämonische Bosheit [selbst] als innere Möglichkeit.» Die dämonischen Figuren dienen aber nicht moralischer Wertung, einer Erhebung der nicht-dämonischen Menschen. Die Gestalten, deren Dämonie und Bosheit sich so verschieden ausdrücken kann, in so und so viele psychologische Einzelzüge zerfällt, faszinieren Keller: Er stellt sie dar als «unbefangener Analytiker des Daseins [83]».

Diese Zusammenhänge entgehen offenbar sowohl Storm als Heyse, der nach der Lektüre des «Sinngedichts» von «drei oder vier Anstößen» schreibt, die er nicht überwinden könne, und sich fragt, ob ihm bei wiederholtem Lesen wohl «die Abwandlung der Sippschaft Deiner *illustre Fregona*, der Baronin, ... nicht nach wie vor barbarisch erscheinen» werde. Storm anderseits hält seine «Absonderlichkeiten» im «Etatsrat», an denen Keller sich «aufrichtet», für auf einer höheren Stufe der Novelle stehend, die «Abscheulichkeiten» darin für verbrämter (vgl. S. 275 f.) [84].

Das Ergebnis der Kritik durch Storm und Heyse und die Bemühungen Kellers, ihre Einwände zu entkräften, ist für die Frage nach der Natur der Novelle von Bedeutung, obschon diese Kritik beim Dichter selbst eine gewisse Verwirrung hat hervorrufen können, wie wenigstens ein Brief an Rodenberg über das «Sinngedicht» vermuten läßt: «Natürlich schwebe ich über die Natur dieser Novellen immer in Zweifel und Ängsten, von Stück zu Stück.» In einem andern Brief aus dieser Zeit heißt es: «Manche Freunde erklären mir ..., sie sähen nicht recht, wie der Rahmen mit den einzelnen Novellchen zusammenhänge, andern sind die einzelnen Wendungen zu kraß, kurz ich bin unsicher, ob ich nachlässig oder schlecht gearbeitet habe, oder ob die Leute auch die bescheidenste unerwartete Erfindung nicht mehr ertragen können.»

Dieses Geständnis verbirgt eine weitere Erklärung für das Anstoßen Theodor Storms an gewissen «Härten»: Abgesehen davon, daß die Novelle die Verpflichtung zum Wahrscheinlichen, als wahr Erzähltem einhalten muß (deshalb Kellers Realitäts«beweis»), steht sie in einer festen Beziehung zur Gesellschaft, wird ursprünglich in diesem soziologischen Rahmen vorgetragen, wie z. B. Adolf Exner das tut, der schreibt: «Ich habe schon eine kleine Gesellschaft im Geist zusammengetrommelt, denen ich ... die Geschichte vorlesen will.» Die Erzählung muß mit den ästhetischen, geschmacklichen und moralischen Gesetzen dieser Gesellschaft übereinstimmen. Diese Bedingung erfüllen die meisten Novellendichter von Boccaccio bis Goethe, indem sie freilich den Schönheitssinn, den Stil, die ästhetischen Ansprüche dieser Gesellschaft zum Teil selbst hervorbringen. Der junge Keller faßt ja Dichtung überhaupt als Rechtfertigung vor der Gesellschaft auf, und das «Sinngedicht» ist allein schon durch die Erzählsituation in sie hineinverlegt. Um so mehr fallen die «unerwarteten Erfindungen» «aus dem Rahmen», «aus der Art».

Nun verändert sich der ästhetische und ethische Kanon der Gesellschaft; Sitte und Brauch wandeln sich, so daß dichterische Bilder, motivliche Zusammenhänge (z. B. die historische Wahrheit der Schneider-Schlittenfahrt) nicht mehr erkannt, gewisse literarische Typen wie der Sonderling nicht mehr akzeptiert werden [85]. Die Kritik Storms ist demnach nicht zuletzt aus einer besonderen gesellschaftlichen und geschmacksgeschichtlichen Situation zu verstehen. Obschon er in seiner «unterdrückten Vorrede» «die Dauer» als den «einzigen Probierstein des poetischen Werkes» gelten läßt, löst sich sein Urteil nicht aus den Schranken von Zeit und eigener Theorie, während sich Kellers Novellen, an jenem Probierstein geprüft, als zeitlos erweisen.

Das Wesen der Novelle kann mit Hilfe stofflicher Kategorien nicht hinlänglich bestimmt werden; nicht der Inhalt ist entscheidend dafür, ob eine Erzählung als «Novelle» zu gelten hat. Zwar nennt Heyse Gottfried Keller mit Recht «Shakespeare der Novelle», der Froh und Traurig mischt, und mit Recht werden bei ihm «tragische» und «komische» Novellen unterschieden, aber eben doch nur insoweit, als Tragik oder Humor überwiegen. Keller sucht, in Übereinstimmung mit vielen Novellisten, meist den «Kompromiß» zwischen diesen «entgegengesetzten Sphären» (von Wiese). Eine Kritik Emil Kuhs von «Dietegen» stellt dieses Verhältnis ähnlich dar: «Die Symmetrie des Burlesk-Gräßlichen, welche in der Staffage herrscht, leitet glücklich wieder in die Sphäre des Humors hinüber.» Im gleichen Brief greift Kuh dann ein Thema auf, das Keller veranlaßt, von dem Merkmal zu sprechen, das nicht nur «Dietegen» als Novelle kennzeichnet, sondern *der* Novelle als solcher eigentümlich ist, sie als Form neben andern charakterisiert. Kuh fährt fort: «Ob aber das letzte Schicksal des Mädchens nicht zu symmetrisch mit dem Jugendschicksale Dietegens ist? ist mir noch immer ein ungelöster Skrupel». (Er fügt in einem späteren Schreiben hinzu: «Die Symmetrie des Grauenhaften stört nur noch leise mein Kunstgefühl ...») «Vortrefflich ... finde ich die innere Entwicklung Dietegens vorgebildet und ausgeführt.» Darauf erwidert Keller: «Die Symmetrie im ‹Dietegen› ist ja der Keim der ganzen kleinen Geschichte, da das Ineinandergreifen der beiden alten Rechtsgebräuche des Lebenschenkens die Idee hergab [86].» Dieser Hinweis und der statt «Dietegen» ursprünglich vorgesehene Titel «Leben aus Tod» besagen, daß für Keller die Novelle nicht bloßer Bericht von Tatsachen ist, sondern bewußte Stilisierung (hier zur «Symmetrie des Grauenhaften») eines Motivs, prägnante Raffung eines Themas. Die deutliche Kennzeichnung im Arbeitstitel und die gegenläufige, spiegelbildliche Gestaltung bestätigen dies.

Seit Heyses Einführung in den «Novellenschatz» ist man gewohnt, das Hauptmotiv, den Mittelpunkt, das «Grundmotiv» einer Novelle als «Falken» zu bezeichnen. Der «Falke» meint das Besondere, das eine Novelle von allen anderen unterscheidet, er ist die Zusammenfassung «des Eigentlichen» der Novelle in einem Satz, begegnet an klassischem Ort in den Titeln italienischer Renaissance-Novellen. Die Erzählung selbst ist eine Art Probe des Motivs auf seine novellistische Tauglichkeit. Der «Falke» verkörpert den Reiz «des der Novelle vorgeschriebenen begrenzten Spielraumes, ihre Zuspitzung auf einen zentralen Punkt und die Betonung des einen Ereignisses» (Goethes «unerhörte Begebenheit», Tiecks «Vorfall») [87].

Über den «Falken» als zentrales Motiv äußert sich Keller in den Briefen noch öfter. So erklärt er 1856, indem er den Begriff «Anekdote» in dieser Bedeutung verwendet, was kein «Falke» sei: Er unterscheidet in Auerbachs «Schatzkästlein des Gevattersmannes» (Stuttgart 1856) die «eigentlichen Erzählungen» vom «anderen Mischmasch»: «Wenn er es hundert Geschichten nennt, so ist das eine schlechte Bezeichnung, denn es sind ja reine Aphorismen; hundert *gute Anekdoten* sind eben nicht auf der Straße gefunden, das kostet Fürze, wie der alte Koch zu Rom sagte.» Daß solche Anekdoten, Keimzellen novellistischer Auffaltung, als Voraussetzung für eine Novelle zu betrachten sind, erläutert Keller in einem Brief von 1877: «Die Schwierigkeit besteht ... darin, daß ich für eine Novelle ... vorderhand keinen Gegenstand, bzw. keine Konzeption habe und eine solche vorerst noch abwarten müßte. Denn so geringfügig meine Erfindungen sind, so sind es eben doch solche, d. h. sie beruhen jedesmal auf einem spontan entstandenen inneren Gesicht (wenn diese banale Phrase erlaubt ist) und sind daher nicht von äußeren Wünschen abhängig. Es sind immer Sachen, die mir von langer Hand oder in Verbindung mit einer ganzen Gruppe, die in enger Beziehung zu sich selbst steht, vorschweben; am seltensten stößt mir ein Motiv auf, welches für sich allein ausgeführt werden kann.»

Von einem solchen Motiv ausgehend, konstruiert der Dichter die Novelle. In seinen «Erinnerungen» beschreibt Adolf Frey diese «novellistische» Arbeitsweise Kellers: «Da er darauf hielt, den Lauf einer Erzählung sozusagen vorn anzufangen und streng episch in gerader Linie zu Ende zu führen, so machte ihm der Aufbau, die Komposition verhältnismäßig wenig Mühe; er verhöhnte jene künstlichen Zurichtungen, wo eine Figur verschwindet und der Faden gekappt wird, sobald die Sache spannend zu werden beginnt: ‹Solche lange Strümpfe mit verzwickten Maschen sind die Domäne der schriftstellernden Weibsbilder›, lachte er.» Er merkt einem Motiv auch sogleich an, ob es sich zur Ausgestaltung eignet, und lehnt zwei Vorschläge Vischers, der ihn auf einzelne Stellen in Ofterdingers Buch «Chr. Martin Wielands Leben und Wirken in Schwaben und in der Schweiz» (Heilbronn 1877) und den Pegnitzschäfer-Orden Nürnbergs als gute Novellenstoffe hinweist, mit der Begründung ab, man würde dabei «zu sehr in die Literaturgeschichte» hineingeraten; es komme «auf den *Spiritum specialium* an, der einen beim Herzutreten» anhauche – mit andern Worten: jeder Stoff muß jene «Nötigung» in sich tragen, die Keller z. B. an Heyses Novellen oft vermißt. Brauchbare Anregungen dagegen glaubt er im Manuskript des Zürchers David Hess zu finden: «Besagte Handschrift enthält das Leben und die Schicksale eines kosmopolitischen und ideologischen Zürcher Kaufmanns, namens Schweizer ... Es steckt ein Dutzend Novellen darin, oder vielmehr ist es bereits ein förmlicher Roman, der in jeder Zeile erlebt wurde.»

Der «Falke» im eigenen Novellenschaffen wird unter anderm Namen in der Korrespondenz mit Auerbach über das «Fähnlein der sieben Aufrechten» erwähnt. Keller nennt ihn dort «das hölzerne Gerüstchen», «das Novellistische», und meint damit die besondere Silhouette, das Zentralmotiv seiner Erzählung, das er folgendermaßen zusammenfaßt: «Ein Reicher hat ein artiges Töchterchen, ein Armer einen Sohn, die sich haben möchten. Hier hört nun die Gemütlichkeit auf ...» Wie in Boccaccios Novelle der Vogel als Signum erscheint und viele Novellen auf solche Weise um einen Gegenstand aufgebaut sind, so daß man eigentliche «Ding-Novellen» unterscheiden kann (ohne daß sich dieses «Zeichen» aber zum Symbol verdichtete), so trägt die Fahne in Kellers Novelle Zeichencharakter; er bemerkt auch ausdrücklich: «Das mechanische Motiv ist ... eine Fahne.» Daß es schon in der Überschrift angedeutet ist, ist in der deutschen Novellendichtung allerdings selten. Storm z. B. sagt über seine Novelle «Schweigen» (1883), er halte dafür, «daß man keine das Thema andeutenden Titel wählen soll, da sie den Leser hindern, der Darstellung unbefangen zu folgen ...» Keller verwandelt das bedeutungsvolle «Leben aus Tod» oder «Das Leben aus dem Tode» in das unverbindliche «Dietegen», und Heyse rät Keller vom ursprünglichen Titel des «Martin Salander»: «Excelsior» ab, weil er «den Schwächen des werten Publikums» für solche Hinweise auf den Inhalt entgegenkomme (dies, obschon Auerbach, «unser verewigter Altmeister im Titelfinden, einem Buch *in hoc signo* den Sieg prophezeit» haben würde).

Der «Falke» ist auch gemeint, wenn Keller kritisch zu Theophil Zollings «komischem Heldengedicht» «Die Jungfrau vom Stuhle» (Zürich 1875) schreibt: «Die Haupterfindung, resp. die Mechanik mit dem Stuhl ist mir etwas zu dürftig oder zu gewaltsam; es ist eine gar zu unvermittelte bloße Dummheit, die mit dem Holzschemel getrieben wird, gar kein Humor dabei und keine Grazie ...[88]»

Damit sich aus der handgreiflichen realistischen Mechanik eines Motivs die Novelle entwickeln kann, muß es überhöht, dichterisch gestaltet und mit Nebenmotiven verknüpft werden. Die Forschung spricht von einer «Stilisierung» der Wirklichkeit: das Motiv wird aus den Kausalitäten und Zusammenhängen der Realität herausgehoben, einer poetischen Wahrheit unterstellt, die eigenen Gesetzen gehorcht. Diesen Vorgang beleuchtet ein Vergleich der Novelle mit jenen Erzählungen, die psychologisch schlüssig durchkomponiert sind, deswegen leicht in die Psychopathographie abgleiten, den merkwürdigen Fall seelenkundlich deuten, also Heyses Überzeugung entsprechen, daß «alles Einzige und Eigenartige» für die Novelle besonders tauge. Gerade Heyse vermißt bei Keller offenbar eine solche psychologische Stimmigkeit, wenn er über das «Sinngedicht» schreibt, er frage sich, «ob alles in einem notwendigen Zusammenhang stehe oder die Bilder nur lose in den Rahmen gefügt» seien: «Ich suchte daher hinter manchem mehr, als seiner Natur nach dahinter sein konnte, und verdarb mir das frische Von-der-Leber-weg-Genießen»; er verweist auf die «unbekümmerte Selbstgenüglichkeit» von Kellers Figuren in dieser Hinsicht. Der Dichter schätzt die Bedeutung psychologischer Motivierung für die Novellistik geringer ein: «Wir sind nachgerade gewöhnt, psychologisch sorgfältig ausgeführte kleine Romane Novellen zu nennen, und würden den ‹Werther›, den ‹Vicar of Wakefield› u. dgl. heut ebenfalls Novellen nennen. Demgegenüber, glaubte ich, könne man zur Abwechslung etwa auch wieder die kurze Novelle kultivieren, in welcher man *puncto* Charakterpsychologie zuweilen zwischen den Seiten zu lesen hat, respektive zwischen den *Factis*, was nicht dort steht. Freilich darf man dabei keine Unmöglichkeiten zusammenpferchen, und immerhin muß der Eindruck gewahrt bleiben, daß dergleichen vorkommen könne und *in concreto* die Umstände wohl danach beschaffen sein mögen. Sind dann die Ereignisse nicht interessant genug, daß sie auch ohne psychologische Begleitung fesseln, so ist der Handel freilich gefehlt.» Es scheint ihm also falsch, wenn das Psychologische überwiegt wie in Auerbachs Novelle «Der Blitzschlosser von Wittenberg», wo die «alte liebevolle und feste Virtuosität des Seelenkundigen» offenbar zu weit trägt: «Der psychologische Prozeß während des Sturzes des Blitzschlossers scheint mir fast ein wenig zu gewagt, d. h. um ein Haar zu ausführlich und gut motiviert oder erklärt, und dadurch wird das Problem gerade etwas zu auffallend [89].»

Die Stilisierung der Wirklichkeit, die eine solch genaue und peinliche, weil unpoetische Begründung der Ereignisse meidet, wird durch die entgegengesetzte Erscheinung des Zufalls, durch die nur «künstlerische Notwendigkeit» erreicht, die zugleich die Unberechenbarkeit der «menschlichen Erfahrungswelt» ausdrückt und dem Autor ermöglicht, Krise und Lösung durch «Paradoxien» herbeizuführen. Dieselbe Ablösung der Novelle von der alltäglichen Logik wird durch den Rahmen herbeigeführt, der die Erzählung in ihrer besonderen Entwicklung, in ihrer eigenen innern Dialektik rechtfertigt, indem er «das subjektive Geschehen in die Distanz des Objektiven» rückt. Rahmen und – damit eng zusammenhängend – Zyklus sind wichtige Elemente von Kellers Novellendichtung. Der Rahmen oder die «rahmenbildende» Einleitung oder die bloße «Erzähltendenz» (z. B. der «Sieben Legenden») haben aber für den Dichter auch die Funktion, die «Isoliertheit» und «Plötzlichkeit» (Wehrli) eines Werks aufzuheben, sein ihm innewohnendes Schwergewicht dadurch zu mildern, daß es einem Generalthema untergeordnet wird. Der Rahmen setzt die Erzählung vom Erzähler, vom Autor ab, während der Zyklus verschiedene Ausblicke auf ein Problem gestattet und dadurch ein in sich geschlossenes kleines Weltbild vermittelt [90].

Heyse erklärt einmal, die Dichter der zweiten Hälfte des 19. Jahrhunderts seien alle Epigonen und verfügten als solche über unzählige Stilmöglichkeiten, erlägen vielfachen Stilverführungen: Der Novellist «sammelt alle verschiedenen

Stile und Manieren in seiner Person und prägt selbst dem Heterogensten den Stempel seines Eigenwesens auf». Damit meint er die Darstellungsarten, die sich im Verlauf der Geschichte der Gattung herausgebildet haben, um das Ereignis, das Motiv einer Novelle zu gestalten: hauptsächlich also Chronik- und Manuskriptfiktion des Rahmens. Sie sind Methoden der Distanzierung, gestatten die Reflexion über Vorgänge, die Belehrung des Lesers, verleihen dem Geschehen in der Novelle eine bestimmte Färbung. Es ist die kunstvolle Handhabung des Rahmens, der die Novellisten des «bürgerlichen Realismus» ihren hohen Rang verdanken, wo die Novelle, nach einem Wort Theodor Mundts, zum «deutschen Haustier» wird. Bei Storm verschränkt sich der objektivierende «Erinnerungsrahmen», der den Abstand des Erzählers von der Geschichte gewährleistet, mit der subjektiven Nähe der «Erzählungsperspektive», die es dem Erzähler verunmöglicht, das Erzählte zu «durchschauen». C. F. Meyer erzielt dieselbe Distanz durch die Wahl geschichtlicher Stoffe und steigert sie noch durch den Rahmen, innerhalb dessen sogar die Entstehung der Novelle dargestellt werden kann [91]. Keller bedeutet den Höhepunkt der Novellendichtung seines Jahrhunderts insofern, als es ihm gelingt, den eigentlichen Novellenzyklus zu schaffen, wobei im (losen) Rahmen die Novelle als «Zelle in einem größeren epischen Ganzen» für sich fortbesteht, «das Isolierte des Einzelfalles ... von übergreifenden Zusammenhängen her überwunden wird».

Das Problem, ob auch die einzelne Novelle einen Rahmen benötige, bespricht Keller anläßlich der «Hochzeit des Mönchs» mit Heyse und Meyer (vgl. auch S. 444); im November 1884 bemerkt Heyse in einem Brief an den Autor, er habe sich «in die Form ... nicht hineingefunden», und fragt ihn, warum ihm «überhaupt der direkte Vortrag nicht angemessener» erschienen sei, «da ja eine persönliche Beziehung gerade dieses Erzählers zu dem Stoffe nicht einleuchten will». Gleichzeitig schreibt er Keller: «Die prachtvolle Novelle hat er durch seinen verkünstelten Rahmen und die nach Edelrost schmekkende Schnörkelrede fast ungenießbar gemacht.» Meyer verteidigt die Gestalt Dantes: sie sei nicht Individuum, nicht als wirklicher Erzähler gemeint, sondern «eine typische Figur», die das Mittelalter verkörpere und dazu diene, «das Thema herrisch zu formulieren». Er begründet seine besondere erzählerische Haltung: «Die Neigung zum Rahmen ist bei mir ganz instinktiv. Ich halte mir den Gegenstand gerne vom Leibe oder richtiger gerne so weit als möglich vom Auge und dann will mir scheinen, das Indirekte der Erzählung (und selbst der Unterbrechungen) mildern die Härte der Fabel. Hier freilich wird der Verschlingung von Fabel und Hörer zu viel, die Sache wird entschieden mühsam.» Keller dagegen stimmt Heyse zu: «Der Rahmen ... ist allerdings ein seltsames Ding, da eine einzelne Novelle ja gar keinen Rahmen braucht und der Autor sich ohne allen Grund des Selbsterzählens, d. h. des freien Stils begibt. Meyer hat meines Bedünkens sich von der Höhe der reinen Form zum Berge der Manieriertheit hinübergeschwungen, was in einem Gran närrischen Wesens seinen Grund haben mag, das ihm angeboren scheint und in einer gewissen Neigung besteht, sich etwas aufzublasen, in naiver Weise. Denn er substituiert sich keinen Geringern als Dante, um die Komposition der vorzutragenden Geschichte Stück für Stück selbst bewundern zu können. Ich habe ihm darum auch kein Wort hierüber gesagt, weil ihn diese Andeutung beleidigt hätte. Dennoch sind auch in diesem Rahmen sehr schöne Züge [92].» Keller berücksichtigt hier nicht ausdrücklich, daß jede Novelle, auch wenn sie auf eine historische oder chronikalische Umkleidung verzichtet, einen Rahmen besitzt, den von der (romanistischen) Erzählforschung so genannten «Erinnerungsrahmen»: Schon der erste Satz, der die Richtung des Geschehens bestimmt, den gewählten Ausschnitt aus der Weltsicht bezeichnet, schafft Distanz – er hat dieselbe Funktion, die Keller dem Rahmen beispielsweise des «Sinngedichts» zuweist, wo die einleitende Bemerkung über die Naturwissenschaften die folgenden Erzählungen alle unter den Aspekt des Experiments stellt, auch wenn sie in ganz andern Bereichen und in vergangenen Zeiten spielen [93].

Die vielfältigen Beziehungen zwischen dem Rahmen und den Novellen vergegenwärtigt sich Keller wieder am Beispiel des «Sinngedichts», wo Einzelnovellen «erzählungsweise» in die «Hauptnovelle» eingeschoben sind, die Rahmensituation auf die einzelnen Geschichten einwirkt, weshalb er zweifelt, ob im Vorabdruck der «Deutschen Rundschau» eine Unterbrechung eintreten dürfe. Zwischen dem Außen und Innen von Rahmen und Erzählungsreihe entsteht eine Spannung – im «Sinngedicht» zwischen der bürgerlichen Geborgenheit und der erzählten Welt der Gefahren, wie ja ähnlich sogar die Idylle als Folie die düstern Seiten des Daseins benötigt («Hermann und Dorothea») [94]. Aus diesem Grund ist nach Kellers Ansicht für das volle Verständnis der einzelnen Erzählungen der «Leute von Seldwyla» die Lektüre der ganzen Sammlung nötig; er lehnt eine Separatausgabe von «Romeo und Julia» ab, «da im Texte überall Beziehungen zu der gemeinsamen Grundlage der in jedem Bande enthaltenen Erzählungen zerstreut liegen. Erst wenn die ganze Sammlung ... das Glück einer weiteren Verbreitung erfahren würde, könnte man vielleicht ein solches Heraushebung eines einzelnen Stückes wagen.» Auf diese Weisen stehen Kellers zyklisch angeordnete Novellen eigentlich in einem Doppelrahmen: demjenigen, den sie als erzählte Wirklichkeit ohnehin um sich haben, und in demjenigen der Anordnung innerhalb des Zyklus. «Romeo und Julia» ist sogar mit einem dreifachen Rahmen versehen: Es kommen die Einleitung, die Keller für wichtig hält, und die Schlußbetrachtung hinzu. Vom bestimmten Ort der Erzählung im Zyklus schreibt Keller einmal, sein «künstlerisches Prinzip» verbiete es ihm, eine der Geschichten der «Leute von Seldwyla», die alle «ihren eigenen inneren Charakter» hätten, «willkürlich zu versetzen». Ähnlich verhält es sich mit den «Züricher Novellen», die der Dichter als «kleine ineinander verflochtene Erzählungsgruppe mit gemeinsamem Hinter- oder Untergrund» bezeichnet, in der aber die Einzel-Novellen «ohne Dialogunterbrechungen u. dgl. für sich rund abgeschlossen sind» – Eigenarten von Kellers Novellen-Zyklen, die mit seiner dichterischen Anschauungsweise zusammenhängen: Stoffe und Motive fallen ihm «in Verbindung mit einer ganzen Gruppe, die in enger Beziehung zu sich selbst steht», ein [95].

Die Kritik, Meyer verzichte mit dem Rahmen der «Hochzeit des Mönchs» auf «den freien Stil», ergibt sich aus Kellers Vorstellung von der «rahmenlosen» Novelle als einer einfacheren, weniger anspruchsvollen Form. Dies und die Problematik des Novellenzyklus an sich verdeutlicht ein Brief an Rodenberg über ein eigenes Erzählprojekt: «Das Büchlein ‹Sinngedicht› ... ist ... nun der letzte sogenannte Zyklus, den ich mache. Man ist doch in mancher Beziehung geniert und beschränkt durch diese Form; immer muß man daran denken, wer erzählt und wem erzählt wird etc.» Diese Frage: Wer erzählt? kann für das «Sinngedicht» denn auch dreifach beantwortet werden: Einmal der unmittelbare Erzähler, der mit dem Dichter nicht identisch ist; auf einer zweiten Stufe Reinhart und Lucie, die ihre Geschichten und Beispiele erzählen, auf einer dritten erzählt der Autor Keller. Diese Überlagerung verschiedener Erzählebenen, die ihm hinderlich zu werden beginnt, möchte Keller abtragen. Als im Sommer 1882 die Arbeit am «Martin Salander» stockt, denkt er noch einmal an die alten Dramenpläne, die er nun «als Novellen einpökeln» will: «Besagte Stoffe sind durch die Länge der Zeit ganz ausgetragen, und ich kann fast Szene für Szene anfangen zu erzählen und als Neues ein freies Beschreibungsgaudium haben.» Welcher Art es sein soll, erklärt er kurz darauf in einem Brief an Theodor Storm: «Es handelt sich aber nicht wieder um einen Zyklus und sog. Rahmenerzähler, sondern ich erzähle jedes Stück von Anfang bis Ende selbst als Autor, um wieder einmal frei reden zu können [96].»

Die Stilisierung der Wirklichkeit kann in eine Verhüllung der Wirklichkeit übergehen, die praktische, d. h. dichtungsfremde Rücksicht dem Verfasser diktiert. In einem Brief an Auerbach über «Das Fähnlein der sieben Aufrechten» bespricht Keller den besondern Charakter dieser Erzählung: mehr «Sittenschilderung als eine straffe Erzählung», sei doch, «was darin an Reden enthalten ist, alles auf Erfahrung gegründet» und mit «bestimmten Absichten» verbunden. Gerade darum und als Abbild zeitgenössischer Realität verlangt die Geschichte eine Verwandlung des Tatsächlichen, die allerdings weniger weit führt als im frei erfundenen Werk und sich mit wenigen Vorkehrungen, z. B. der Änderung eines Namens (einer lebenden Person), begnügen kann: «Nun ist mir aber ... eingefallen, und verschiedene Anzeichen führten mich darauf», schreibt Keller an Auerbach, «daß man aus diesem [Namen] auf die andern schließen dürfte und das Publikum der guten Stadt Zürich die Meinung bekommen könnte, ich sei ein Aufpasser und Pasquillant. ... Schon Gotthelf war deswegen als Spion bei seinen Bauern nichts weniger als beliebt; die künstlerische Unbefangenheit, welche die Hauptsache doch stets aus sich selbst schöpft, wird gestört und verbittert durch einen einzigen Anklang, der auf bestimmte Personen zu deuten scheint etc. etc.» Die sichtbare Abhängigkeit von bestehenden Verhältnissen soll verschleiert, «die künstlerische Unbefangenheit» aber erhalten werden; sie wird allerdings nicht so weit geführt, daß auch die «politische Rhetorik oder Kannegießerei» beseitigt würde, wie Adolf Exner es wünscht, da man sie nicht überall verstehe «und sie jedenfalls die Rundung der Komposition» beeinträchtige. Dennoch hält Keller seine Erzählung auch in dieser Form für ein Stück «positiven Lebens» und will sie in «eine Reihe Zürchernovellen» aufnehmen, die sich gerade durch es von den «Leuten von Seldwyla» unterscheiden und der «Pflicht» des Dichters Genüge tun, «nicht nur das Vergangene zu verklären, sondern das Gegenwärtige, die Keime der Zukunft so weit zu verstärken und zu verschönern, daß die Leute noch glauben können, ja, so seien sie und so gehe es zu! [97]» Daß die didaktisch motivierte Überhöhung der lokalen Realität schon zwanzig Jahre später ihre Bedeutung verloren hat, liegt an der Zeitgeschichte; inzwischen hat sich aber auch der Dichter für ein freieres dichterisches Gestalten entschieden, das dannzumal auch durch die besonderen Ziele von Auerbachs Volksschriften behindert worden war. Anton Bettelheim, der 1888 um Briefe Auerbachs an Keller ersucht, schreibt der Dichter, von den drei im «Volkskalender» erschienen Geschichten sei nur die erste, «Das Fähnlein der sieben Aufrechten», «in spontaner Weise» entstanden, die andern habe er «speziell für den Kalender» geschrieben: «Als ich die erzieherisch-konventionellen Rücksichten, die geboten waren [Milderung der Liebesszenen im «Fähnlein»], als eine Behinderung des persönlich freien Gebarens zu fühlen begann, bei amtlich beschränkter Muße, stockte das Brünnlein ...[98]» Diese zweckgerichteten Novellen, die sich an die unmittelbare oder geschichtliche Wirklichkeit der Schweiz halten, bedeuten also – nach dem «Grünen Heinrich» und den ersten Seldwyler-Novellen – nur eine Unterbrechung des freien Spiels der dichterischen Kräfte; mit den «Sieben Legenden» tritt die novellistische Kunst wieder in ihr volles Recht: Sie sind ein Beispiel für die Umformung und Stilisierung einer Vorlage, die selbst einen pädagogischen Zweck verfolgt, der Motive des «läppisch frömmelnden und einfältiglichen» Kosegarten. Ursprünglich dazu bestimmt, als «Galatea-Novellen» Logaus Distichon wechselweise zu illustrieren, und 1857/1858 in Zürich entstanden, macht sich schon bald die Schwerkraft des «Novellen»-Zyklus bemerkbar, erscheinen die Erzählungen «in verschiedenem Grade von der Legenden- auf die Novellenebene transportiert», mühelos in der Vitalis-Erzählung, weniger weitgehend «bei den übrigen Stoffvorlagen, [wo] das Legendenwunder zu eng mit der Fabel verknüpft» ist (Reichert). Keller findet für diese Geschichten eine neue Definition; im Erscheinungsjahr werden die «Legenden» als «ironisch reproduzierte» «Novellchen ohne Lokalfärbung» angesprochen, damit abgehoben von den Seldwyler-Erzählungen und den Beiträgen für Auerbachs Kalender, wie er ähnlich im Februar 1876, nachdem die «Züricher Novellen» abgeschlossen sind, äußert: «Ich bin dann mit den schweizerischen Lokalsachen fertig und betrete mit den Dunckernovellen das freie allgemeine Weltreich der Poesie.» Die Freiheit des Schaffens, die Unabhängigkeit von Tendenz und Didaktik oder von einer Vorlage wird wiederholt betont; dem Verleger, der eine Anzeige des «wunderlichen Werkleins» («Legenden») entwirft und Keller zur Prüfung vorlegt, schreibt er: «Ich habe mir ein paar Abänderungen erlaubt, die eine etwas unrichtige Auffassung verhindern sollen. Namentlich habe ich die Legenden nicht mittelst ‹einzelner Pinselstriche› bearbeitet, sondern es sind völlig frei geschriebene kleine Novellen. Bei der Mehrzahl nahm der Raum der zu Grunde liegenden Erzählung in der ... Quelle kaum eine Seite, auch nur eine halbe Druckseite ein, und über zwei bis drei Seiten lang, vom gleichen Druck wie Ihr Büchlein, ist keines meiner Urbilder.» Es beweist «die Eigenbewegung» dieses Stoffes (Paul Ernst) in Kellers Phantasie, wenn er an eine Erweiterung der kleinen Sammlung denken kann: «Auch für die ‹Legenden› hätte ich gelegentlich ein gutes Stück hinzuzufügen, wobei aber der Titel ... verloren ginge und nur ‹Legenden› bliebe [99].»

Die Leidenschaft für das Nicht-Zeitgemäße, die bewußt auf jede Beziehung zu Fragen der Gegenwart, zu aktuellen Problemen verzichtet, deren Frucht die «Legenden» sind, hat sich in ihr Gegenteil verkehrt, als Keller seine nächsten Erzählungen veröffentlicht: die erweiterte Ausgabe der «Leute von Seldwyla», die «Das verlorene Lachen» enthält (1874) (vgl. S. 256 f.). Diese Novelle verschlüsselt in noch auffälligerer Weise die Gegenwart der Heimatstadt als «Das Fähnlein ...»; auch ihr Motiv oder «Falke» ist novellengerecht (und im Titel zusammengefaßt), läßt sich in wenigen Worten wiedergeben. Und wie das «Fähnlein» als «Sittenbild» in den Zyklus der «Züricher Novellen» aufgenommen wird, so empfindet Keller nun trotz dem Mißverstehen der Freunde und der Kritik auch «das moderne ernstere Kulturbild» als zum novellistischen Erzählen gehörig und nimmt es in die «Leute von Seldwyla» auf. Ein scharfsichtiger Beobachter wie Emil Kuh rügt den zweiten Teil der Erzählung als zu wenig «anekdotisch verkörpert», d. h. durch «die umgebenden Zustände motiviert» statt durch «das Psychologische»; die Novelle erscheint ihm «fragwürdig»: «Doch nicht aus dem Grunde, weil die Verkürzung der Novelle anstatt der Ausbreitung der Romanform eingetreten, sondern weil der Charakterstoff der zwei Menschen nicht gänzlich aufgebraucht worden ist. Warum aber müßte allzeit ein Knopf geschlungen werden! Auch eine locker zusammengelegte Schleife kann ein künstlerisches Ende vorstellen.» Nur J. V. Widmanns Lob ist ungeteilt, gilt sowohl der «köstlichen Ausführung» als auch «der Idee».

Sicher trifft Kuh etwas Wesentliches: das Hauptgewicht der Novelle ruht nicht auf einem Ereignis, sondern auf den beiden Hauptgestalten und ihrer Entwicklung unter verschiedenen Zeiteinflüssen; im «Sinngedicht» sind die einzelnen Erzählungen im ursprünglicheren Sinn Novellen als die Charakteristiken der «Leute von Seldwyla» oder der «Züricher Novellen», weil dort das Ereignis entscheidend ist, der erzählerische Spielraum die ganze Weite des Landes und der Welt umfaßt, nicht nur die Stadt oder das Städtchen. Der

Dichter freilich gibt zu diesen Fragen anderes zu bedenken. Schon Anfang 1875 schreibt er Hermann Hettner von Fr. Th. Vischers Kritik an der «tendenziösen und zu lokalen» Erzählung: «Hienach dürfte man sich aber durch kein Konkretum mehr anregen lassen und keine Saite berühren, die eben tönt. Das ist aber zu abstrakt schulmäßig. Ich glaubte im Gegenteil einen Konflikt aufgreifen zu dürfen, wie er unter den scheinbar freisten Verhältnissen und bei gebildeten Zuständen zwischen Mann und Frau heute entstehen kann, und damit ein Novellenmotiv zu haben.» Daß die Tendenz zu deutlich hervortritt, könnte an der Form liegen; schon beim Erscheinen der Erzählung schreibt Keller: Das «Kultur- und Gesellschaftsbild ... wäre leicht zu einem selbständigen einbändigen Roman auszuspinnen gewesen. Nun frägt sich's, ob man diese Ausführung nicht entbehrt und die Novellenkürze hier nicht schädlich ist». Und in einem Brief an Vischer heißt es: «Ich glaube, der Hauptfehler liegt darin, daß es eigentlich ein kleiner Romanstoff ist, der novellistisch nicht wohl abgewandelt werden kann. Daher vieles deduzierend und resümierend vorgetragen werden mußte, anstatt daß es sich anekdotisch geschehend abspinnt, daher der tendenziöse langweilige Anstrich.» Für Hettner jedoch bleibt die Geschichte «eine Novelle», die «zum Gewaltigsten an Novellenpoesie» gehört, und Keller selbst spricht ja ausdrücklich von seiner «Novelle». Diese Auffassung macht seinen Ärger verständlich, daß sie «mit roh stofflichem Interesse verschlungen», «das Poetische oder Literarische» von der Kritik dagegen nicht erwähnt wird [100]. Trotz der Verteidigungs- und Auffangsstellungen, die Keller in diesen Briefen errichtet, um «Das verlorene Lachen» als Novelle zu retten, und obschon er hier mit der Theorie geschickt das eigene Schaffen zu rechtfertigen weiß, bleibt der Eindruck, daß ihm selbst Stoff und Form nicht glücklich gewählt scheinen, daß sein eigenstes Feld doch das der freien Erfindung ist, des durch jede Abhängigkeit von Zeit und Zeitgeist unbeeinflußten Fabulierens.

Neben den Erläuterungen Kellers zur «Novelle» und zu eigenen Novellen stehen seine brieflichen Äußerungen über die Novellistik Heyses, Storms und C. F. Meyers. Diese kritischen Überlegungen hält Keller nicht für unfehlbar; in einem Brief an Paul Lindau bemerkt er zu einer Reihe Selbstbiographien von Schriftstellern: «... es würde ... für den einzelnen erfreulicher und leichter mitzumachen sein, wenn von vornherein alle Niaiserien und Eitelkeiten, von denen ... auch Bedeutendste nicht frei sind, abgeschnitten werden könnten und ein gemeinsamer schlichter und wahrer Ton innegehalten würde.» Ähnlich lautet ein Brief an Rodenberg über eine Rezension des «Grünen Heinrich»: «Frey hat ... drucken lassen, ich sei der größte Novellist aller Zeiten und Völker u. dgl. Das alles sieht nun genau so aus, als ob man absichtlich darauf ausginge, mich armen Wurm lächerlich zu machen und den Widerwillen anderer Leute zu erregen, abgesehen von dem unkritischen und daher schädlichen Aussehen, das solche Besprechungen dadurch gewinnen [101].» Er kennt seinen

Rang als Novellist, und dieses Bewußtsein des eigenen Wertes gerade ermöglicht z. B. die unnachsichtige Kritik, die er am «Tüftler» und «Kleinmaler» Adalbert Stifter übt – eine Kritik, die mit der bis nach 1900 üblichen Beurteilung, d. h. Unterschätzung des Dichters übereinstimmt [102]; erst Nietzsches Urteil, das Stifter und Keller als Meister der deutschen Prosa nebeneinanderstellt, korrigiert sie [103].

Die Bemerkungen Kellers zu Paul Heyses Novellen betreffen meist die obenerwähnten grundsätzlichen Fragen. Der Kritiker setzt sich aber auch mit der pathologisch-hektischen Arbeitsweise des Freundes und seinem Schwanken zwischen Novelle und Drama auseinander. Gewicht legt Keller auf die «Erfindung» in Heyses Erzählungen; zu «Die Einsamen» (in den «Neuen Novellen», 1859: «Gottfried Keller in freundschaftlicher Gesinnung zugeeignet») schreibt er dem Verfasser, sie sei «von der schönsten neuen Erfindung»: «Sie haben mit diesem Genre etwas ganz Neues geschaffen, in diesen italienischen Mädchengestalten einen Typus antik einfacher ehrlicher Leidenschaftlichkeit im brennendsten Farbenglanze, so daß der einfache Organismus verbunden mit dem glühenden Kolorit einen eigentümlichen Zauber hervorbringt.» Auch die andern Novellen des Bandes sind «von der soliden selbstgewachsenen Erfindung, welche die Frucht der peripatetischen Übungen ist, die der Kopf mit dem Herzen anstellt [104]».

Im Zusammenhang mit der 1875 entstandenen Novelle «Das Seeweib» (in «Neue moralische Novellen», 1878) spricht Keller das einzige Mal ausdrücklich vom «Falken» und dessen Anwendbarkeit auf Heyses Schaffen. Er freut sich über «den schon von Georg Brandes hervorgehobenen Falken, der wiederum durch alle diese Novellen so ungebrochen weiterfliegt.» Heyses meisterhafte Beherrschung des «Falken» erwähnt Keller mittelbar in einem Brief vom 5. Oktober 1881 über die Novelle «Das geteilte Herz» (die Heyse selbst «sehr problematisch» nennt): «Es ist alles so trefflich vorgesehen, motiviert und durchgeführt, und der Abschluß ist so neu, unerwartet und wirft auf das Ganze ein so helles Licht ethischen Wesens zurück, daß das Prädikat einer Musternovelle diesem Deinem Kindlein wieder einmal nicht vorenthalten werden kann auch nach dem längeren Ellenstecken, der an Dich zu legen ist.» Wie hier das Urteil Dritten gegenüber variiert, zeigt der Brief an Petersen aus derselben Zeit: «Das ‹Geteilte Herz› hat mir auch sehr gefallen; es ist eine sehr gute Novelle in ihrer Art, obgleich ich für das Problem derselben nicht gerade schwärme. Indessen verstehe ich als ‹lediger Geist› davon nichts.» Auch die kurzen Charakteristiken, die Keller von Heyses «Buch der Freundschaft» (1883) gibt, den sogenannten «Freundschaftsnovellen», umschreiben alle den «Falken»: «Die drei Geschichten hast Du altes Wunderkind prächtig symmetrisch ausgedacht und durchgeführt, daß sie sich wie Schlangenringe wohlmotiviert in die Schwänze beißen. Ich versuchte da und dort daran zu rütteln, konnte aber nichts ausrichten, da sie zu wohl gefügt sind. ... Das tragische Ende der beiden Extreme in den ‹Grenzen der Menschheit› dauert einen auch, da ein idyllisches Ausklingen möglich scheint. Aber der Grundplan besagt einmal, daß ritterliche Tapferkeit und Leidenschaft in einem zu kleinen Menschenwesen nicht bestehen und auch ein Riese mit Gemüt den ersten und letzten Freund, den er gefunden auf der Welt, nicht überleben kann; und da muß die üble Gewohnheit, nur glückliche Ausgänge zu wollen, wo man ein paar Gestalten lieb gewonnen hat, den Platz räumen.» Keller spielt hier auf eine Vorliebe an, die auch in seinem eigenen Werk ausgeprägt ist, die Storm und Petersen aber in noch vermehrtem Maß berücksichtigt wünschen. – «Das italienische Schlußstück mit dem glänzenden Siege der Jugendfreundschaft ist gar untadelig und würzhaft», sagt Keller am Ende der Briefstelle.

«Das Buch der Freundschaft. Neue Folge» erscheint 1884. Heyse selbst faßt die Novellenmotive so zusammen, daß jedesmal der «Falke» erkennbar wird. Die Sammlung enthält den Einakter «Im Bunde der Dritte», im Brief als «kleine Schnurre» bezeichnet, dann «Die schwarze Jakobe», «eine nachdenkliche Geschichte, die den Aberglauben widerlegt, als ob Freundschaft vor allem auf sittliche Achtung gegründet sei und damit einen Gegensatz zur verliebten Liebe bilde, während auch sie auf einem Naturgefühl ruht, das aller Schranken spottet». Zur dritten Erzählung, «Gute Kameraden», bemerkt Heyse, sie behandle «das alte Thema, ob ein Männlein mit einem Weiblein Freundschaft halten könne, ohne daß die Sinne mit dreinreden – NB. wenn beide nicht schon fürs Spittel reif sind». Keller kommentiert dieses Problem platonischer Liebe – der «Falke» kann diskutiert werden! – in einem Brief: «Männerfreundschaft ohne Achtung kommt gewiß vor; ist der eine Teil brav, so wird es sich wieder um eine verhexte Schwäche oder verborgene Selbstliebe handeln; sind beide Teile Schubjacke, so wird es um so interessanter, dem menschlichen Funken nachzugehen, auf die Gefahr hin, ein paar Halunken zu idealisieren. Wie Du aber die Freundschaft zwischen jungen Leutchen zweierlei Geschlechts prägnant schilderst, ohne sie auf niedergekämpfte Geschlechtsliebe folgen zu lassen oder auf ein bloßes großes Anstands- und Pflichtgefühl aufzubauen, darauf bin ich sehr gespannt. Ganz rein scheint mir das Problem nur in dem Fall zu sein, wo zwei vollkommen freie, nur von sich abhängige Wesen liebefrei verkehren und Freundschaft halten. Da wird dann allerdings allerhand Schicksaliges und sonst lebhaft Bewegtes einzutreten haben, wenn es nicht ein klein wenig langweilig werden soll. Die geringste Wärme aber, mit welcher der Autor etwa das Frauenzimmer beschreibt oder ein und andere Situation, wird sofort ein aphrodisisches Element einführen, welches den Text verdirbt. Weil Du aber natürlich schon eine Teufelei ausgeheckt hast, ein solches Pärchen über das Eis zu führen, ohne daß sie zu tanzen anfangen oder an die Füße frieren, so ist meine Neugier darauf begreiflich [105].»

Die Kritik Kellers kann kurz und ironisch ausfallen; «Das Glück von Rothenburg [1881] ist, wie immer, eine echt romantische Begebenheit von der echten klassischen Art auch im modernsten Gewande» – eine besonders gekonnte, aber deswegen ein bißchen zweifelhafte Verquickung dreier Stilrichtungen, wie sie Heyse in der Novellentheorie unterscheidet. Etwas spöttisch urteilt Keller über die Novelle «Grenzen der Menschheit» als eine «ganz vertrackte Erfindung, erst etwas Tieck-Hoffmann, aber sofort ins Wahre einmündend und Reale [106].»

Der Kritiker wendet sich auch äußerlichen Merkmalen der Entstehung einer Novelle zu. Storm schreibt er im September 1883: «Im neusten Rundschauheft hat Heyse eine schöne neue Freundschaftsnovelle von eigentümlichem Reiz, der auf die übrigen Stücke begierig macht. ... Bedenklich ist mir ..., daß er eine extra Reise zur Besichtigung der Stadt Limburg unternommen hat, obgleich die Lokalfarbe sehr gut wirkt. Aber wohin soll eine solche Praxis führen? Wenn sie auch zeitweise verjüngt, so fürchte ich, daß es sich schließlich damit verhalten könnte wie mit allen andern Verjüngungsmitteln. Das ist freilich eine allgemeine Bemerkung, die ich um keinen Preis Freund Paul persönlich sagen möchte; denn er versteht im Punkte seines Fleißes keinen Spaß [107].»

Das Schwanken Heyses zwischen Novelle und Drama stimmt Keller skeptisch; die Ambivalenz seines Dichtertums wird oft besprochen (vgl. S. 176–180). Heyse geht 1884 zum Drama über, weil es mit der Novellistik «ab und aus» sei und, «was er vielleicht schon vor dreißig Jahren hätte tun sollen, der Dramatiker definitiv das Wort ergriffen» habe. Keller erwidert: «Die Ankündigung, daß Du zunächst ausschließlich das Drama pflegen wollest, kommt gerade noch recht, um die schönsten Aussichten zu öffnen, und ich kann mir eine neue Schaffensfolge recht gut vorstellen, die von einem Stück zum andern schreitet, ohne durch die aufhaltende und sperrische Tagwerkerei der Novellenheit unterbrochen zu werden. ... Die Novellen haben wir jetzt, und unsere Sprache hat sie auch, und ein neuer Lope kann jetzt doch auch nicht mehr gedeihen, der Du mit Deiner Vehemenz ohne Zweifel geworden wärest [108].» Ähnliche Gedanken erscheinen in Kellers Kritik der neuen «Freundschaftsnovellen»: «Dein zweites Buch der Freundschaft kommt mir wirklich etwas verdächtig vor, als ob Du in der Tat die Novelle abtun wolltest. Denn das letzte Stück ... mahnt an die Neunte Symphonie, die im letzten Satz in den menschlichen Gesang übergeht; so daß Dein Einakter zu sagen scheint: Punktum! es geht nicht länger mit dem Erzählen, wir müssen's tragieren!» Auch Storm beschäftigt sich mit diesem Wechsel von einer Gattung zur andern und schreibt an Keller: «Der Novelle wird Heyse, nach meinem Glauben, in Wirklichkeit nicht den Abschied geben. Wir wollen das erwarten ...», und: «Daß Paulus nicht ganz mit der Novellistik brechen würde, war wohl vorauszusehen, es ist ja irgendwo eine neue Novelle», während Keller hofft: «Paul Heyse will also definitiv zum Drama übergehen und der Novelle Valet sagen. Wenn er nur noch zehn Jahre schaffenskräftig ist, so kann er noch 20 Stück machen bei seinem Eifer und mit größerer Gesundheit, insbesondere, wenn es auf den Bühnen recht widerhallt. Aber ich hoffe *sub rosa* so recht persönlich, daß er auch stofflich und formell tüchtig ins Zeug geht und uns auch mit ein paar breiter angelegten Gebilden bereichert»: einer «Trilogie größeren Stils [109]».

Für die Unzufriedenheit Heyses mit seinem erzählerischen Schaffen macht Keller den geringen Publikumserfolg der Novellendichtungen in jenen Jahren verantwortlich; er führt das ironisch aus: «Indessen habe ich an meinem geringen Orte verwandte Schmerzen, nur wälze ich als trivialer Bengel die Schuld auf die Außenwelt»: nämlich auf die «Nivelliererei», die novellistische «Sintflut.» Nun unterscheidet sich allerdings Heyses Novellistik von der Durchschnittproduktion, ist dem Niveau des Tages überlegen, und Keller sagt zum achtzehnten Novellenband, den Heyse veröffentlicht: «Die drei Novellen, die Du wie Partherpfeile nach dem angeblich verlassenen Kampfgefilde der 10 000 Ober- und Unter-Epigonen beiderlei Geschlechts abgeschossen hast, scheinen mir mustergültig neu im Motiv und jede in ihrer Art von den beiden andern unterschieden zu sein.» Die Novellistik Heyses besteht in der Tat ungebrochen neben seinem dramatischen Wirken weiter, weit über jener «neuen Art talentbegabter Novellisten, welche andern die Gegenstände ab- und umschreiben, statt sich eigene Stoffe zu züchten» und «auch sonst allerhand Nippsachen schießen. ... In einem ... Novellenbuche finde ich Björnson, Heyse und auch ein Gran G. Keller in Eintracht heimlich beisammen sitzen, was meine Eitelkeit natürlich noch vergrößerte.» Überall beobachtet er diese «Anzeichen einer überwuchernden und verwildernden Produktion [110]».

Heyses unablässiges Produzieren ist, freilich auf einer höheren Stufe, Gegenstand der Sorge Storms und Kellers, vor allem im Zusammenhang mit seiner Gesundheit. Selbst bei Krankheit unterbricht er sein Novellendichten nicht; seelische, körperliche Niedergeschlagenheit scheinen die Arbeitslust, den Drang zu schreiben, nur zu vermehren. «Paul Heyse hat mir neulich geschrieben ..., fast wörtlich, wie Sie voraussagten», berichtet Keller an Storm: «‹immer noch von Stimmen des Verlorenen umklungen und von fast spukhaften Gesichtern auf Schritt und Tritt begleitet› [es betrifft einen verstorbenen Sohn Heyses], und so zwei Seiten lang, und beide [Heyse und seine Gattin] kränklich.» Anderthalb Jahre später heißt es ähnlich wieder an Storm: «Paul Heyses Zustand ist mir rätselhaft; er hat in ungefähr Jahresfrist einen Band der schönsten Verse gemacht, und doch soll er fortwährend krank sein. Vielleicht bringt eben das angegriffene Nervenwesen eine solche selbstmörderische Fähigkeitssteigerung mit sich.» Und wie nahe beides zusammengehört, erwähnt Keller in einem Brief an Sigmund Schott, den Heyses Schaffenskraft beeindruckt: «Diese reiche Produktivität ist wunderbar!»; Keller antwortet: «Ihre Apologie Paul Heyses bezüglich seiner Fruchtbarkeit und seines gesegneten Fleißes ist nur gerecht und verdienstlich, so sehr er uns auch immer aufs neue überrascht, wie z. B. mit den letzten zwei Novellen, die er ausfliegen ließ, unmittelbar nachdem er geschworen, er werde keine mehr schreiben.» Zu diesem Staunen kommt ein leises Mißtrauen gegenüber dem ungehemmten Fluß der Produktion, der von der Arbeitsweise Kellers so verschieden ist. Keller scheint dort, wo er Heyse rät, seine Nerven zu schonen, implizite auch zu bitten, ein bißchen einzuhalten und an ein Werk zu gehen, das nur in langsamer Arbeit entstehen könne. So schreibt er vorsichtig an Petersen: «Sein Schaffenstrieb und Geschick ist unverwüstlich und steht in einem wunderbaren Kontrast zu dem ununterbrochenen Klagen über die Nerven», während er Heyse selbst auffordert: «Halte Du jetzt nur Deine spukenden Traumgebilde tapfer unten, oder lerne einmal, mit ihnen als mit Freuden der Zukunft zu spielen, ohne sie gleich aufzufressen. Wenn das Müßigsein oder das ruhige Erwarten der Zeit oder das gründliche Aufräumen eine so schwere Kunst ist, so mußt Du dieselbe als eine so vielseitige Künstlernatur doch auch noch lernen, Du wirst Dich doch nicht lumpen lassen! [111]»

Das sind die hauptsächlichsten Elemente von Kellers Kritik an dem Novellendichter Heyse: Lob des Schaffenseifers und des Geschicks, neue Motive zu finden, und die meisten Urteile sind auf diesen Ton gestimmt: «Deinem Fleiße vermag ich übrigens mit meinem Lobe nicht mehr zu folgen im Schnellfeuer eines Briefes; das Neuste für mich sind die Beiträge in ‹Kunst und Leben›. Die ‹Reisebriefe› sind wieder reizend, um berlinerisch zu sprechen; Du wirst eine flotte neuartige Sammlung zusammenkriegen; die Novelle ‹Frau v. F.› ist ganz individuell notwendig in jeder Falte und sieht aus wie ein Unikum.» Keller versucht jede Novelle in einem, zwei Stichworten zu charakterisieren, das herauszuheben, was ihn auf den ersten Blick anspricht, z. B. in der «Hexe vom Corso», einer Rom-Novelle: «Ich will nur schnell noch meine Verwunderung ausrufen, wie es nach all dem Geschaffenen immer noch möglich ist, eine so neu lebendige Gestalt hervorzubringen wie die Hexe, das unvergängliche alte Schönheitswesen nur so schlechtweg mit einem Schlage als nagelneue Münze auszuprägen, die ihren vollwichtigen Wert hat. Auch Storm ist einigermaßen verblüfft über die neuen Fischzüge, die Du tust.» – Zuweilen unterlaufen Sammelurteile: «Die übrigen Früchte Deines Fleißes kann ich nicht alle anführen ...», «die staffelförmige Schlachtordnung Deiner neuen Provence-Novellen noch nicht besprechen ..., und wenn ich auch noch so neugierig bin». Dann wieder sind die Kritiken sehr präzise und bedienen sich anschaulicher Bilder, immer aber um den Kern der Sache bemüht: «Ob ‹Die Rache der Vizegräfin› heutzutage im Reiche der Germanen salonfähig sei, ist glaub' ich nicht zu untersuchen, da das romanische Blut und die Zeitkultur ihre eigenen Dezenzgesetze mitbringen. Nach wie vor ... ist Deine Kraft zu bewundern, mit der Du in so kurzer Zeit eine solche Zahl homogener und doch unter sich verschiedener Kompositionen frei und entschlossen gebildet hast. Sie erinnern an eine Reihe schöner Spitzbogen, von denen jeder ein neues Maßwerk zeigt.» Die «Troubadour-Novellen» (1882) bezeichnet er als «verschiedene Goldtexturen». Nur selten bildet Keller Gestalten aus jenen Landstrichen, in denen die Novelle ursprünglich zu Hause ist: der Romania, Italien, wohin Heyse immer wieder zurückkehrt und seine Stoffe holt. Offenbar ist für Kellers Gefühl mit dieser Stoffwahl von selbst ein bestimmter Tonfall der Erzählung verbunden, da er Petersen über Heyses provenzalische Novellen schreibt: «Nur einige Eingänge habe ich ... schnell angesehen und mit Freuden gefunden, daß er den alten pompösen Ton für dergleichen romanische Stoffe anschlägt, der ihm immer so flott zur Verfügung stand.» In diesem «flott» klingt vielleicht schon Skepsis mit, daß Heyse der Exotik des Handlungsortes überlasse, was er selbst und Storm durch sorgfältige Arbeit mit Spannungsgewichten, Arbeit an der Sprache erlangen: die Poesie, das Dichterische einer Novelle [112].

Eine Zusammenfassung seines Eindrucks von Heyses novellistischer Kunst versucht Keller in einem Brief vom Oktober 1882 über die Sammlung «Unvergeßbare Worte und andere Novellen» (1883); 1858 hatte er geschrieben: «Der beste jüngere Novellist ist jetzt nach meinem Geschmacke der Paul Heyse»; nun vervollständigt er sein Urteil: «Es fängt mir allgemach an aufzudämmern, was Dein großer Fleiß der Zukunft bedeuten wird, und daß es sich um ein Novellenwerk handelt, welches ein ganz anderes Weltbild darzustellen bestimmt ist, als der wackere Spielhagen in seinen Romantheorien sich zu vindizieren immer und immer wieder sich abmüht. Damit will ich Dich jedoch keineswegs von der allerteuersten Bretterbude, so auch die Welt bedeutet, ablenken, auch wenn ich dazu die Macht hätte ...[113]»

In gleicher Weise lassen sich die Äußerungen Gottfried Kellers über die Novellendichtung Theodor Storms im Briefwechsel mit dem Freund im Norden, mit Wilhelm Petersen und Paul Heyse ordnen. Auch sie beruhen auf einem Verhältnis gegenseitigen Ratens, Abratens, des Ratsuchens und Erläuterns. Zu Beginn des Briefwechsels mit Keller kritisiert Storm ziemlich überlegen die Schlußszene des «Hadlaub», die er inniger und liebevoller möchte, was Keller als eine «treuliche und freundliche Vermahnung» auffaßt und es bedeutsam findet, «daß ein lutherischer Richter in Husum, der erwachsene Söhne hat, einen alten Kanzlaren helvetischer Konfession zu größerem Fleiß in erotischer Schilderei auffordert, und zwar auf dem Wege der kaiserlichen Reichspost». Kellers scherzhafte Abwehr provoziert Storm aber auch, als er eine Heirat zwischen Figura Leu und Landolt wünscht [114]. Ernsthafter wird das Gespräch um die «Lalenburger»-Geschichten, das ein knappes Jahr nach Storms erstem Brief an Keller einsetzt. Wenn der Zürcher Dichter seinen Erwiderungen und Rechtfertigungen beifügt: «Hiemit will ich aber keinerlei Rechthaberei verübt haben. Im Gegenteil bekommen mir Ihre kurzen sicheren Winke so wohl, daß ich Sie jetzt gleich wegen des ‹Grünen Heinrich› anbohren will ...», so findet er offenbar die Bemerkungen über die «Absonderlichkeiten», die sich ja häufen, unerfreulich und versucht sie durch Hinweise auf Storms eigene Novellistik zu entkräften. Wahrscheinlich ist auch Storm gemeint, wenn er Frey über die Kritik der Freunde am «Sinngedicht» schreibt: «Von den Druckrezensenten abgesehen ist es jetzt namentlich bei den Novellisten selbst Mode, einem im Vertrauen diejenigen Sünden feierlich vorzuwerfen, die sie selbst zu begehen pflegen.» Es folgen Storms Urteile über Kellers

Gedichte und die herbe Kritik des «Martin Salander», die den Briefwechsel zum Erliegen bringt. Den Tod Storms (4. Juli 1888) erwähnt Keller Heyse gegenüber nur mit einem trockenen Satz: «Inzwischen ist ja auch Theodor Storm gestorben!», um dann, nachdem er auf die motivliche Verwandtschaft zwischen Heyses Novelle «Auf Leben und Tod» und Storms «Ein Bekenntnis» hingewiesen hat, wie unbeteiligt zu schließen: «Dieser novellistische Mückenfang wollte mich fast erheitern, wenn ich nicht schon vernommen hätte, daß es nicht gut um Storms Befinden stehe [115].»

Sein Verhältnis zu Storm schildert Keller in einer Charakterisierung ihres Briefwechsels: «Es ist mir übrigens, wenn ich von dergleichen [literarischen Problemen] an Sie schreibe, nicht zu Mute, als ob ich von literarischen Dingen spräche, sondern eher wie einem ältlichen Klosterherren, der einem Freunde in einer andern Abtei von den gesprenkelten Nelkenstöcken schreibt, die sie jeder an seinem Orte züchten» – ein Vergleich, der abgewandelt wird in seinem Ausruf über den Unfug, bekannten Schriftstellern Alben zuzuschikken, damit sie sich darin eintrügen: «Wir wollen aber von diesen Klagen weiter niemand merken lassen; sie kommen mir vor wie die Dienstbotengespräche alter Kaffeebasen ...[116]» Distanz spricht aus Kellers Briefanreden, die vielleicht auch das stereotype «Meister Gottfried» Storms parodieren sollen. Sie variieren in verschiedenen Zwischentönen des Respekts und der Ironie, sind aber auch Ausdruck freundlich-humorvoller Gesinnung. In einem Brief an Petersen ist Storm «der Herr der Gerichte und Gedichte, der Vogt des Meeres und des Landes»; er redet den Dichter an als «lieber Freund und Richter», als «Freund und Nordmann», Freund und «Tempesta», seinen «lieben geehrten Freund und alten Landvogt»; die Anrede weist auf die Vorzüge hin, die Keller in Storm sieht: «Lieber Lebens-, Kunst- und Freundschaftsmeister», schlichter: «Freund und Mann zu Hademarschen», und ähnlich: «Liebster Freund und alter Lebensmeister» oder poetisch: «Verehrter Freund und Stern im Norden».

Nicht weniger als Heyses bewundert er Storms Schaffenseifer, der sich von der eigenen Gewohnheit, das Werk reifen zu lassen, unterscheidet: «Sie sind aber ja ein Hexenmeister von Fleiß, wenn wir drei neue Arbeiten zu gewärtigen haben; sie sollen und werden Ihrem guten Namen nichts schaden, da Sie ja das Vermögen nicht besitzen, absichtlich unter sich selbst herabzusteigen, wie gewisse Industrielle, und unabsichtlich hat es doch auch seine Mucken.» Er staunt, wie sehr Storm «an der Sache [der Novellistik] noch die ungeduldige Freude eines Jünglings empfindet». Noch im letzten Brief ist von dieser emsigen Produktion die Rede: «Ihren seitherigen Fleiß habe ich fast auf allen Seiten der Windrose wohl bemerkt, aber nur lückenhaft mitgenossen, wie es mir zeitweise auch mit Paul Heyse geht. Um so behaglicher werde ich seinerzeit die betreffenden Bände lesen [117].»

Äußerungen, die von einzelnen Novellen her Storms ganzes Schaffen zu kennzeichnen suchen, zeigen Kellers Verständnis für dessen Kunst. In einem Brief aus Zürich von 1880 hieß es: «Mit den ‹Söhnen des Senators› habe ich mich vergnüglich wieder einige Stunden in Haus und Garten der bekannten Biederstadt Husum aufgehalten und zu meiner Zufriedenheit von neuem gesehen, wie Sie an Straffheit und Kraft der Komposition und Darstellung eher zu- als abnehmen. Immer empfinde ich das Gelüste, einmal in solcher Weise etwa eine einbändige längere Geschichte von Ihnen zu lesen, freilich nur aus dem materiellen Grunde, länger dabei bleiben zu können. Denn sonst sind dergleichen Wünsche töricht und unberechtigt.» Die Zusammenhänge, in denen die Novelle, «eine kleine idyllische Geschichte», entsteht, beleuchten eine gewisse Einseitigkeit in Storms Dichtung. Im November 1879 – «Die Söhne des Senators» erscheinen 1880 – schreibt Wilhelm Petersen an Keller: «Ich habe ihn [Storm] ermuntert, seine Feder mehr dem heiteren und humoristischen Gebiete zuzuwenden, weil Leben und Literatur an Tragik Überfluß bieten. Seine ganze Anschauung drängt ihn durchaus nicht auf das tragische Gebiet.» Auch Keller richtet sich an Storm: «Wenn Petersen Sie zu einer heiteren Novelle veranlaßt hat, so sei er dafür gelobt; denn Ihre heiteren Geschichten sind ebenso anmutig vollendet wie die melancholischen, und das ist ja der Spaß an der Sache.» Schon früher urteilt er über den «Vetter Christian»: «Ich fand ..., was mir so schon vorschwebte, daß es ein ganz fertiges und erbauliches Werklein ist und daß ein vortreffliches häusliches Lustspiel darin steckt von der feinsten Sorte; man dürfte nur ans Szenarium gehen! Es ist alles aufs beste verteilt und vorbereitet bis auf die allerliebste Lehnken Ehnebeen. Freilich mag auch der Kontrast gegen Ihre poetischen, nordisch-melancholischen Sachen dabei mitwirken [118].»

Wenn er von Storm, wie auch von Heyse, längere «einbändige» Erzählungen haben möchte, läßt sich das vielleicht so verstehen, daß er die Novellistik der beiden kritisch gegen sein Werk abgrenzen will, das ja aus Novellenzyklen besteht, die sich mit wenigen Ausnahmen zu den verlangten Einbändern auswachsen.

Kellers Urteile über den Novellisten Storm halten sich meist im Allgemein-Unverbindlichen. Petersen etwa schreibt er über die Erzählungen «Renate» und «Carsten Curator»: «Die ‹Neuen Novellen› Storms habe ich auch geknabbert wie Marzipan»; oder an den gleichen Empfänger: «Der Herr Oberamtsrichter von Husum wird also demnächst sein *otium cum dignitate* antreten; nach seinen neuen Novellen zu urteilen, werden wir davon noch Gutes zu genießen bekommen.» Oder wiederum an Petersen: «Storm hat mir nichts davon gemeldet, daß er sein neues Haus schon verkaufen wolle; im Gegenteil schilderte er mir gelegentlich eine Abendstimmung vom letzten Spätjahr nicht ohne etwelche Koketterie so reizend, daß er an einen Wechsel nicht zu denken schien, zumal sein ‹Grieshuus› wieder so ganz aus seinem Heimathimmel gefallen und gelungen ist.»

Die Kritik kann aber auch präzis und prägnant sein; sein Blick für Storms novellistische Eigenart zeigt sich beispielsweise darin, daß er in dem Bericht Storms über das Amthaus in Toftlund, wo sein Sohn Ernst als Richter wirkt und «in dem ‹der dritte Mann› spukte, wenn zwei beim Wein saßen», einen Novellenstoff nach Storms Geschmack ahnt: «Da können Sie leichtlich eine Ihrer geheimnis- und reizvollen Hausgeschichten aushecken, nur darf es keine ernstliche, wenn auch pur mythologisch gemeinte Geistergeschichte sein; dergleichen soll man in dieser Zeit des Spiritistenunfuges und der Schwachköpfigkeit unterlassen [119].»

Es sind um zwanzig Novellen Storms, die Keller in seinen Briefen bespricht. Einzelne Stellen aus solchen brieflichen Kritiken verwendet später Erich Schmidt in seinem Storm-Essay, wozu Keller bemerkt: «Ich habe mich sowohl an der Vortrefflichkeit Ihrer Arbeit überhaupt erbaut, als insbesondere mich an den wohlwollenden Zitaten erquickt, mit welchen ich ab und zu mit meiner Wenigkeit bei der Ehren-Hochzeit des Freundes Storm aufgerufen werde [120].»

Eine der frühen Erzählungen, zu denen Keller sich äußert, ist «Im Sonnenschein» (1851): «... gewiß ein schönes aber seltenes Beispiel, daß ein Faktisches so leicht und harmonisch in ein so rein Poetisches aufgelöst wird.»

Über «Waldeinsamkeit» (1874) schreibt er: «Letztere Novelle ist fein und köstlich und kontrastiert mit einer Geschichte Auerbachs im gleichen Heft, wie natürliche Blumen zu gemachten.»

Den eigentlichen Anknüpfungspunkt der Brieffreundschaft zwischen Keller und Storm bildet die Novelle «Aquis submersus» (1875/76), die der Dichter Keller zuschickt. «Sie haben mir das schönste Ostergeschenk gemacht, das ich je in meinem Leben bekommen; es ist freilich seit der Kinderzeit lange her; aber um so mehr braucht es, um jene durch das Ferneblau vergrößerten Wunder in den Schatten zu stellen.»

Eingehendere Kritik gilt im März 1879 der Erzählung «Zur Wald- und Wasserfreude» (1879): «Dieses spurlose Verschwinden der Heldin Ihrer Geschichte ist echt tragisch und zugleich neu, auch allseitig richtig herbeigeführt; wäre der Wulf Fedders etwas kernhafter und intressanter oder der Vater Zippel weniger lächerlich, so wäre der Verlauf ein anderer geworden, damit aber die Geschichte um die Pointe gekommen.»

Zur Novelle «Der Finger» (1874) meint Keller: «Im Anfang dünkte mich das Biergeschäft, das zu Grunde liegt, etwas prosaisch; allein die stramme Komposition und die sehr gute Peripetie der Novelle ließen mich das bald völlig vergessen und alles als sachlich zugehörig und harmonisch ansehen [121].»

Die regelmäßige, fast ununterbrochene Erscheinungsweise auch der Storm-Novellen verpflichtet Keller zu ähnlich lückenloser Besprechung. Über «Hans und Heinz Kirch» (1882) – nicht unbedingt eine Novelle, da der Gipfel fehlt, eher eine Chronik, eine Reihe von Episoden, die die Spur wirklicher Begebenheiten noch an sich tragen [122] – schreibt Keller, bevor er die Lektüre beendet hat: «So habe ich einstweilen nur sehen können, daß Sie mit kräftiger Hand, wie immer, geschrieben oder vielmehr geschafft haben, und obgleich ich die harten Köpfe, die ihre Söhne quälen, sonst nicht liebe (als poetische Gestalten), so habe ich doch schon gesehen, daß die Sache hier so sein muß, um die neue Schöpfung Ihrer Resignationspoesie (wie Ihr wackerer Erich Schmidt es so hübsch demonstriert) organisch zu gestalten. Ich habe das Ende der Novelle schnell angesehen und muß nun noch das Zwischenschicksal des Sohnes erfahren. Die Wendung mit dem unfrankierten Brief ist ebenso schauerlich als verhängnisvoll. Man fühlt mit, wie wenn der alte Geldtropf ein Schiff voll lebendiger Menschen in die brandende See zurückstieße.» Storm entgegnet: «Sie lesen ihn aber nur mir zuliebe noch einmal als Ganzes; eine gewisse Genugtuung ist mir, daß man mir hierbei als Wirkung eine kräftige tragische Erschütterung zugegeben hat»; er erläutert seine Auffassung des Themas genauer: «Wenn Sie ... die harten Köpfe, die ihre Söhne quälen, nicht lieben, so meine ich doch, daß ein solcher in der Menschennatur liegender Prinzipalkonflikt der Dichtung nicht vorbehalten bleiben darf; nur muß man der harten Kraft, oder wie es sonst richtiger zu bezeichnen ist, des Vaters auch etwas Derartiges in dem Sohn entgegenstellen; es scheint mir hiebei wie überall darauf anzukommen, ob's einer machen kann; womit natürlich nicht gesagt sein soll, daß *ich* es konnte. Übrigens habe ich den Vater als Hauptperson im Auge gehabt; er sündigt und er büßt; nehmen Sie es nicht zu genau mit diesen spezifisch christlichen Ausdrücken.» Aber Keller beharrt auf seinem Standpunkt: «Für das schön geratene und geputzte Buch der beiden Kirchs danke ich bestens; es ist nun alles in Ordnung und die Erzählung trotz der energischen Steifstelligkeit von Vater und Sohn eine recht nachdenkliche und elegische. Das arme treue Kind mit seiner einsamen Stellung auf der Grenze der Anrüchigkeit erregt ein echtes Mitgefühl etc. Nun erwarten wir mit frohem Mute das Nächste [123].»

Das Problem des psychopathologischen Falls stellt auch die Novelle «Schweigen» (1883), die – wie Storms Novellen oft – die Nachtseiten des Seelenlebens behandelt. Ihr «außergewöhnlich spröder Stoff» macht dem Verfasser zu schaffen; er schreibt, beim Schluß stehe er in «noch ganz lichtloser Dummheit», weil er «die Heilung eines Schwersinnigen zwar in puncto des Beginnes vor Augen stellen» könne: «... aber die nötigen Szenen, wodurch dem Leser das Gefühl der definitiven Heilung gegeben und er damit entlassen wird, das ist der casus cnusus. Nun, vielleicht kommt's einmal im Schlafe.» Noch im November 1882 erwähnt er diese Schwierigkeit: «... die Gemütskrankheit ... gibt übrigens nur die Veranlassung zu einer Schuld, und diese, nicht die Krankheit und *deren* Heilung, was nach meinem Gefühle widerwärtig und für die Dichtung ungehörig wäre, gibt das organisierende Zentrum.» Im Mai 1883 berichtet Storm noch einmal über die Novelle: «Sollten Sie ... mein ‹Schweigen› gelesen haben, was vielleicht mit einem gegen mich gerichteten Ausrufungszeichen zu versehen wäre, so nehmen Sie es, bitte, noch nicht ganz sicher für den hereinbrechenden Altersbankerott. Ich muß fiedeln noch 'nen Zug. Die Mängel freilich liegen obenauf.» – In der Antwort an Storm beschreibt Keller seinen Eindruck: «Altersspuren kann ich ... in Ihrer neuen Novelle nicht entdecken, die ich nun mit großem Behagen gelesen habe.

Es ist ja alles mit sicherer Hand und Lebendigkeit gezeichnet. Vom ärztlichen Standpunkt aus könnte man vielleicht sagen, der Held sei ja in der Tat nicht geheilt, solange er zum Selbstmord greife; allein durch das Dunkel, in welchem Sie den frühern kranken Zustand lassen, ist für die nötigen Voraussetzungen freier Raum gewonnen. Sie haben ganz recht, nicht eine psychiatrische Studie zu liefern, sondern sich an die allgemein poetische Darstellung eines seelischen Vorganges zu halten, die nicht für eine medizinische Zeitschrift bestimmt ist.» Den Einwand, der Held erscheine nicht geheilt, heißt Storm in einem Brief vom September 1883 gut: «... das scheint mir aber nicht in dem beabsichtigten Selbstmord, zu dem auch andre Leute greifen, sondern mehr noch darin zu liegen, daß ich die Szene, wo er abends allein in seinem Zimmer ist, etwas zu scharf hinaufgetrieben und dann wohl die Wendung zum Heile nicht genügend vorbereitet habe.»

Über die Novelle «Zur Chronik von Grieshuus» (1884), «über welche Sie hoffentlich Ihre Skrupel wegen des ‹Schweigens› begraben werden» (wie Keller Storm 1883 schreibt), fällt das Urteil verhältnismäßig kurz aus: «Jetzt habe ich ... das Büchlein gleich hintereinander weggelesen, und zwar nicht aus kritischer Neugierde, sondern zu meiner wirklichen Erbauung, und ich danke Ihnen nochmals für diesen schlanken Hirsch, den Sie mit ungeschwächter Kraft auf Ihren alten Heidegründen gejagt haben.»

«Marx» (1884/85, in der späteren Buchausgabe, Berlin 1888, «Es waren zwei Königskinder») bespricht Keller hinsichtlich des «sehr guten Anfangs»; auf Storms Erläuterungen zum Motiv seiner Erzählung «Eine stille Geschichte» (1885, in der Buchausgabe: «John Riew»), auf die Ankündigung von «Ein Fest auf Haderslevhuus» geht Kellers letzter Brief an Storm nicht mehr ein [124].

Nur die Novelle «Ein Bekenntnis» (1885/87), die wiederum ein pathologisches Thema behandelt, beurteilt Keller noch, wenn auch nicht in einem Brief an den Dichter selbst. In seinem letzten Schreiben an Keller vergleicht Storm seine Erzählung mit Heyses Novelle «Auf Tod und Leben», deren «Ausführung [ihm] nicht gefällt, weil er [Heyse] ein Lustspielmotiv mit dem tragischen Stoff zusammengeschweißt» habe, und Storm erwähnt, Heyse habe in seiner Erzählung ein zweites Motiv ausgeführt, die Entdeckung nach dem Tod, daß gegen die Krankheit schon ein Heilmittel gefunden war. Er selbst hat nach seiner Meinung «das Problem reiner herausgebracht ...: es sei doch nur die Frage: ob es gestattet sei, einem, den man als unheilbar erkannt hat, zum Tode zu verhelfen». In der Diskussion mit Heyse über die Euthanasie bestimmt Storm seinen Standpunkt folgendermaßen: «Ich antwortete, mein Thema heiße: wie kommt ein Mensch dazu, sein Geliebtestes selbst zu töten? und, wenn es geschehen, was wird mit ihm? Auf dem Wege läge außer dem monierten Umstande auch die Abweisung einer neuen Liebe. – Heyse meinte, wir müßten die höhere Instanz erwarten. Jetzt liegt denn beides vor. Daß der visionäre Traum für eine strenge Konzeption besser fehlte, gebe ich gern zu.» Die angerufene «höhere Instanz» ist ohne Zweifel Keller, der über die beiden Bearbeitungen, die ja schon Deutungen des Themas sind, und über die Fragestellung an Heyse schreibt: «In seinem letzten Briefe kündigte er [Storm] mir seine Novelle ‹Ein Bekenntnis› an und erzählte dabei, daß er damit Deine Erfindung ‹Auf Leben und Tod› unabsichtlich gekreuzt habe. Ich las dann das Werklein und sah, daß er verneint, was Du bejaht hast! Das animierte mich zur Diskussion, und ich wollte abends in Gesellschaft davon sprechen, fand aber, daß Damen anwesend seien und das Krankheitsmotiv, welches der gute Verewigte für seine Darstellung gewählt, nicht zur Sprache gebracht werden könne.» (Ähnlich hatte er im Januar 1886 zu Heyses Novelle geschrieben: «Ob das Problem ... von der guten Sozietät als diskutabel erklärt werden wird, müssen wir abwarten; indessen geht es ja auch mit der Leichenverbrennung vorwärts.») «Dieser novellistische Mückenfang wollte mich fast erheitern ... Wenige Monate später trat mir das Problem persönlich nahe, als ich das schreckliche Leiden einer Herzkranken ansehen mußte. ... Man könnte die Konsequenz, die Du mit Recht hieraus gezogen hast, natürlich wegen des Mißbrauches der edlen Menschheit amtlich nicht ohne weiteres angehen lassen; allein ich habe nun erfahren, daß ich mit gutem Gewissen das Leiden hätte abkürzen dürfen [125].»

Mit dieser Anwendung einer dichterischen Spekulation auf ein eigenes schmerzliches Erlebnis, den Tod der Schwester, schließt die Reihe der kritischen Äußerungen über Storms Novellistik. Wieder, nur ausgeprägter, mischen sich Herzlichkeit und Distanz, wieder fällt das Unverbindliche mancher Formulierungen auf, die dennoch immer Wesentliches nennen, manchmal sich zu aufmerksamer Anteilnahme an möglichen Deutungen eines Motivs erweitern. Was ihn an Storms Novellendichtung etwas unbehaglich stimmt, läßt sich wenigstens in dieser Hinsicht des Unbehagens mit der Kritik von C. F. Meyers Prosawerken vergleichen.

Ist es in Theodor Storms Novellistik ein Hang zur Melancholie, zum Düster-Pathologischen, der bei Keller den Eindruck einer gewissen Einseitigkeit hervorruft, nimmt er deshalb eine heitere Erzählung erfreut entgegen, so beruht seine Kritik von C. F. Meyers Novellen hauptsächlich auf der Abneigung gegen das Pathetisch-Manierierte, dem in stofflicher Hinsicht die Leidenschaft für die historische großartige Persönlichkeit entspricht. Meyer ist dieses Gegensatzes gewahr und er ergänzt ihn in seinen Erinnerungen an Keller durch den Hinweis auf das Prinzip der «mit Fülle vorgetragenen Wahrheit», das Keller dazu verführt habe, «die Kürze Schroffheit», «das Schlanke dünn und mager» zu nennen, während er von sich selbst eingesteht, es sei ihm unmöglich, einen Roman zu schaffen: «Ich hasse die Breite, die sogenannte ‹Fülle [126]›».

Dieser Gegensatz zeichnet sich auch im Gespräch über die Möglichkeiten und Grenzen der historischen Novelle und über ihre Erscheinungsform bei Meyer ab. Keller ist geneigt, Meyers Leidenschaft für die geschichtliche Gestalt ironisch zu betrachten und sie als Ergebnis persönlicher Eitelkeit hinzustellen, in der er auch den Grund dafür vermutet, daß er im Rahmen der «Hochzeit des Mönchs» gerade Dante erzählen läßt. Meyer dagegen faßt in den Erinnerungen Kellers Vorliebe für «selbst angeschaute Stoffe» als eine Beschränkung auf. Tatsächlich spiegeln sich bei beiden Dichtern die Eigenheiten ihres Schaffens in der Stoffwahl.

Stoff meint dabei nicht den einfachen Vorwurf, der sich unter den Händen des Schriftstellers zum Kunstwerk verwandelt; vielmehr enthält er selbst zugleich den Mechanismus, der es zum Kunstwerk erhebt. Das beobachtet Keller im «Sinngedicht», wo das an sich unwahrscheinliche Experiment der Kußproben die Geschichte im Gang hält, das stellt Adolf Frey in der Einleitung zu «Conrad Ferdinand Meyers unvollendeten Prosadichtungen» (Leipzig 1916), den Meyer- gegen den Schiller-Nachlaß abwägend, als These auf, indem er sich um eine ausgeprägt objektive Literaturbetrachtung bemüht, die gegen eine ideale, möglichst vollkommene Inhaltslosigkeit des Kunstwerks gerichtet ist [127]. Von diesem Eigengewicht des (historischen) Stoffes, der sich dem Dichter zu erkennen gibt und den er gleichsam nur sich entfalten lassen muß, unterscheidet sich grundsätzlich jene historisierende Romankunst des 19. Jahrhunderts, die davon ausgeht, daß die Dichtung die Resultate der Wissenschaft auf einer andern Ebene, von einer andern Seite her beleben solle. Diesen geschichtlichen Romanen werden sogar Dokumente beigegeben, um die Identität der poetischen mit der geschichtlichen Wahrheit vorzutäuschen. Eine derartige poetische Geschichtsschreibung ist weder Meyers Absicht noch diejenige Kellers im «Hadlaub» oder «Landvogt von Greifensee». Sie folgen nur der poetischen Intuition, ohne Rücksicht auf erwartete Bedenken der historischen Forschung. Was Keller 1848 vom «Geschichtsmaler» sagt, daß «ängstliche Präzision im einzelnen» nicht seine Aufgabe sein könne, das gilt auch für den Dichter historischer Gestalten und Themen [128]. Schon 1847 betrachtet Keller in der Rezension von Johann Staubs Roman «Drei Tage aus dem Leben eines zürcherischen Geistlichen» (Zürich und Winterthur 1844, 2. Aufl., Leipzig 1847) die geschichtlichen Ereignisse als Gerüst, um das sich «allerlei charakteristische Familien- und Liebesgeschichten» ranken, die des Dichters eigene Erfindung sind. Die Trennung von Historischem und Poetischem hält Keller auch Börne gegenüber aufrecht, der Anstoß nimmt an Uhlands «Lehnsherrlichkeiten und romantischen Königsgeschichten». Keller vermutet, «daß der Dichter mehr als solcher, d. h. als Künstler, denn als Bürger seine Freude daran hatte». Mit politischen Maßstäben könne diese Vorliebe nicht bewertet werden; was dem politisch urteilenden Zeitgenossen mißfällt (z. B. die Sehnsucht nach den feudalistischen Zuständen des Mittelalters), kann als Gegenstand einer Dichtung wertvoll sein.

Das Problem der historisch getreuen Darstellung erscheint schließlich dort, wo Quellen fehlen, die Autoren «schweigen». Hier vertritt dichterische Eingebung die Archive; daß in Schillers «Tell» das Volk sich selbst wiedererkennt, beweist die Kraft dieser Eingebung. «Mögen ... die Gelehrten bei ihrer strengen Pflicht bleiben, wenn sie nur das mögliche Notwendige nicht absolut leugnen, um das Unmögliche an dessen Stelle zu setzen, nämlich die Entstehung aus nichts», bemerkt Keller im Aufsatz «Am Mythenstein». Diese Äußerungen richten sich gegen den Versuch, Geschichte geradewegs in Literatur umzusetzen: «Die unmittelbare Beschreibung, sobald sie sich für Dichtung geben will, bleibt immer hinter der Wirklichkeit zurück; aber die dichterische Anschauung, die sich gläubig und sehnsuchtsvoll auf das Hörensagen beruft, wird sie gewissermaßen überbieten und zum Ideal erheben, ohne gegen die Natur zu verstoßen [129].»

Historische Gestalten, geschichtliche Ereignisse betrachtet Keller als für sein Schaffen letztlich ungeeignete Vorwürfe, während Meyer gerade sie als Gegenstand seiner Werke aufnimmt. Die Gründe für Kellers Zurückhaltung erwähnt Meyer in den «Erinnerungen»: «‹Der Wirkung einer weiland geschehenen und überlieferten Sache bin ich bei weitem nicht so sicher, als der Wirkung einer von mir selbst angeschauten›, pflegte er zu sagen und führte dafür ein Beispiel aus derselben Zwingli-Novelle an», von der er Meyer, seine eigene Realität verspottend, gesagt hatte, er sei eigens nach Kappel gefahren, «um sich durch den Augenschein davon zu überzeugen, daß die Vision der seligen Helden ... zwischen Rigi und Pilatus bequem Raum habe»: «Die verrückten Wiedertäufer, die sich, um das Himmelreich zu erben, wie Kinder gebärden, mit Puppen spielen usw. ‹Ist das nicht zum Weinen›, sagte er, ‹wenn Erwachsene die Kinder nachäffen? Das tat dann aber gar keine Wirkung, weil das einst Mögliche dem heutigen Leser zu kraß und als unmöglich erschien. In einer historischen Erzählung bin ich wie mit Hunden gehetzt, weil ich nie weiß, ob ich in der Wahrheit stehe.» Der Einwand Storms gegen die «närrischen Vorstellungen» beweist ähnlich, daß, wo das Treiben der «oberdeutschen Vergangenheit» in Kellers Novellen durchschlägt, zwar im Sinne Freys ein besonderer Stoff seinen Autor gefunden hat, der die Bruchstücke und das teilweise in volkstümlicher Überlieferung und Anschauung Bewahrte gestaltet, daß aber die aus der Verständnislosigkeit gegenüber dem geschichtlich und volkskundlich Möglichen entsprungenen Zweifel an der objektiven «Wahrheit» die «Wirkung» zerstören. Ein weiterer Grund ist vielleicht darin zu suchen, daß Keller die historische Novelle als die Domäne C. F. Meyers betrachtet. So streicht er, als ihm Frey im Sommer 1877 von Meyers Arbeit am «Komtur» und dessen Absicht, Zwingli als Freund und Mitstreiter Konrad Schmids auftreten zu lassen, berichtet, einen langen Abschnitt im Manuskript der «Ursula»: «Bei meinem nächsten Besuch», erzählt Frey, «sagte mir der Alt-Staatsschreiber, der damals über seiner Ursula saß: ‹Weil Sie mir zu wissen taten, daß Meyer den Zwingli ausgiebig heranbringen will in seinem Neuesten, so habe ich in der Wiedertäufergeschichte, an der ich gerade bin, eine Sache weggelassen, damit wir einander nicht ins Gehege kommen [130].»

C. F. Meyer anderseits begründet seine Neigung für die historische Novelle öfters in den Briefen: sie distanziert den Leser, entrückt den Dichter dem Zugriff der unmittelbar-persönlichen Deutung. So erklärt er Felix Bovet: «... je n'écris absolument que pour réaliser quelque idée, sans avoir aucun souci du public et je me sers de la forme de la nouvelle historique purement et simplement pour y loger mes expériences et mes sentiments personnels, la préférant au Zeitroman, parce qu'elle me masque mieux et qu'elle distance davantage le lecteur.» Noch deutlicher gesteht er in einem Brief an François Wille: «Sie kennen mich und wissen, daß sich Etwas in mir sträubt gegen die Betastung der Menge [131].» Dem entspricht, daß Meyer die Tagespolitik nicht zum Gegenstand seiner Dichtung macht, obschon er die Ereignisse verfolgt und über sie nachdenkt, zum Beispiel über das Verhältnis des jungen Kaisers zu Bismarck. Keller dagegen vermutet gerade in den jüngsten politischen Geschehnissen Stoffe für zukünftige poetische Gestaltung; nach dem Deutsch-Französischen Krieg schreibt er einmal: «Das ... ist richtig, daß sich die deutsche Literatur oder Poesie, wie sie sich in dem jetzigen Strebertum darstellt, viel alberner und unfähiger herausgestellt und benommen hat und noch benimmt nach dem großen Krieg, als man je hätte ahnen können. Das beste ist noch die instinktive Freude an der germanischen Jugendzeit, an den Nibelungen etc. und so auch die Freytagsche Darstellung dieser Sehnsucht nach dem Anfang, während das, was jetzt geschehen ist, nur Stoff für die Mythenbildung ferner Zukunft sein kann. Die Gestalten der Führer, der ungeheure Heerzug, die Belagerung von Paris, die dantesk kämpfende und brennende Kommune innerhalb des eisernen Rings der zuschauenden Germanen mit dem weißbärtigen neuen Kaiser, alles das ist mit dem wirklichen und leibhaften Geschehen so fix und fertig für die Vorstellungskraft, daß für jetzt nichts daran herumzudichten ist. Aber ich hätte nicht geglaubt, daß auch sonst die Literaten und Poeten so viel hinter den Soldaten zurückstehen würden an Tüchtigkeit und Intelligenz, wie jetzt geschieht [132].»

Meyer scheut offenbar die Gefahr der Schlüsselnovelle, die im Gegenwartsstoff liegt; er vermißt daran die Möglichkeit, den großen Menschen darzustellen, der als geschichtliche Erscheinung wiederum bei Keller nirgends Mittelpunkt einer Dichtung geworden ist. Die Bekenntnisse Meyers: «Ich muß mit der großen Historie fahren» und: «Ich nehme gern Helden, die im irdischen Leben hoch stehen, damit sie Fallhöhe haben für ihren Sturz. Unter einem General tu ich's nicht mehr», hätte ihn sicher unangenehm berührt [133], machen Kellers Unbehagen verständlich: «Manchmal kam er sich mit der kleinen Welt seiner Dichtung, seinen einfachen Menschen gegenüber der großen Meyerschen mit ihren Feldherren und Kardinälen ärmlich vor, oder ... die Welt des andern war ihm fremd», das heißt auch: dem «geborenen Idylliker und Epiker ... der pathetische Dichter, dessen Epik ... erst durch die Beimischung tragischer und dramatischer Elemente ... ihr eigentümliches Gepräge erhält, wie er denn auch selbst das anscheinend stolze Wort von sich zu sagen

pflegte, er habe den Stil der großen Tragödie in die historische Novelle eingeführt» (Baechtold; Wüst).

Zu vergleichen ist hier Meyers Urteil über Zwingli in der «Ursula»: «Nur
die Gestalt Ihres Zwingli steht nicht auf Ihrer Höhe, scheint mir», d. h. auch
nicht auf der Höhe, die Meyer ihr verliehen hätte. Keller stimmt zu: «Sie
hat mir auch viel Mühe gemacht, ohne mich zu befriedigen. Es ist ungeheuer
schwer, eine große historische Gestalt im richtigen Maßstabe in der kleinen
Fassung einer Novelle künstlerisch zur vollen Geltung zu bringen.» An dieses
Geständnis erinnert Betsy Meyer, die dadurch Meyers gelungene Novellen um
bedeutende Figuren der Geschichte noch an Wert gewinnen läßt. Keller
billigt wahrscheinlich die Kritik Baechtolds in der Rezension der Becket-
Novelle: «Sein ‹Heiliger› bietet ein Stück historischer Tragödie, das ... an
erschütternder, großer, oft fast zu sehr ans Theatralische anstreifender Tragik seinesgleichen in unsern Tagen nicht oft findet [134]» (siehe hinten S. 459);
für Keller zeichnet sich der Gegensatz zu Meyer auf gleiche Weise ab. Auch
wenn die dramatischen Pläne («Angela Borgia», Hohenstaufen-Komplex, «Der
Heilige», «Jürg Jenatsch») und die Äußerungen in Meyers Briefen zeigen, daß
das Drama, «als die höchste Kunstform», dem «jedes künstlerische Streben mit
Notwendigkeit» zudrängt, für Meyer ein ähnlich unerreichbares Ziel ist wie
für Keller, so leidet jener doch schmerzlicher unter dieser Unerreichbarkeit;
Anna von Doss überliefert sein Wort, «eigentlich gestalte sich in seiner Phantasie alles dramatisch, und es sei ihm eine furchtbare Entbehrung, die er sich
auferlege, seine Stoffe nicht zu dramatisieren [135]». Diese Leidenschaft für das
Dramatische spiegelt die Auffassung Ariosts in der «Angela Borgia»: bei
Meyer verkörpert Ariost das dichterische Selbstverständnis: «Alles, was er
dachte und fühlte, was ihn erschreckte und ergriff, verwandelte sich durch
das bildende Vermögen seines Geistes in Körper und Schauspiel und verlor
dadurch die Härte und Kraft der Wirkung auf seine Seele» – damit verweist Meyer auf das dramatische Element, die Gebärde. Im «Grünen Heinrich»
ist Ariost (Keller führt ihn in einem Bild des Malers Römer, den Garten
der Villa d'Este darstellend, ein) und sein «Orlando furioso» eher Porträt
des Dichters überhaupt, das Werk, ein Abbild der Judith-Handlung, in die
Heinrich verstrickt ist, stellt eine perspektivische Erweiterung des Geschehens
zwischen Heinrich, Judith und Anna dar, das in den Rahmen des Allgemein-
Menschlichen gerückt ist [136].

Kellers Unsicherheit und Unfreiheit historischen Stoffen gegenüber hängt
zusammen mit dem Zwang zur realistischen, treuen Gestaltung, die ihn in
geschichtlichen Dichtungen verpflichtet, die Quellen zu studieren und auszu-
schreiben. Dieser Realismus, der es nicht gestattet, «‹Realitäten› souverän zu
traktieren», nimmt mit den Jahren zu [137]; er bleibt mit Unlust und zum
Bedenken der Kritik im Zuständlichen, Kulturgeschichtlichen haften, schildert
Existenzen mittleren Grades, wo er solche Stoffe aufgreift, ohne eine beherr-
schende Persönlichkeit zu umreißen. Meyer hat ein anderes Verhältnis dazu:

«Ohne System, instinktiv, liegen bei mir immer 5–10 Jahre zwischen Komposition und historischer Lektüre wo ich Chroniken ..., Bullen und solches Zeug bevorzuge, natürlich zu meinem eigenen Spaße, ohne bestimmte Zwecke und ohne das geringste zu notieren. Aus diesem Wuste arbeitet sich dann von selbst im Laufe der Jahre irgend ein Novellchen heraus. ... Kurz: Stoffe habe ich nie gesucht noch je sogenannte ‹Vorstudien› gemacht.» Der Spielraum, den Meyer dem historischen Vorwurf gewährt, ist sehr groß, und das Motiv wird trotz aller objektiven Geschichtstreue subjektiv behandelt, zur verhüllten persönlichen Aussage gewandelt [138].

Diese individuelle Verarbeitung des Stoffes ist der hauptsächliche Angriffspunkt der Kritik an «Jenatsch» (erschienen 1874 in der Zeitschrift «Literatur», 1876 Buchausgabe, 1878 überarbeitet und um das Kapitel Jenatsch bei Serbelloni in Mailand erweitert). Die meisten Rezensenten halten ihn für zu konzentriert, zu wenig breit; Keller ist anderer Meinung. Ihm scheint im «Jenatsch» die Gestaltung eines großen Stoffes, der ein beträchtliches Maß an Organisation und Ökonomie zu seiner Bewältigung voraussetzt, gelungen, und er beurteilt die Buchausgabe günstig: «Mit dankbarer Freude verkündige ich Ihnen die ... beendigte Lektüre Ihres vortrefflichen ‹Jenatsch›, dessen Komposition und Ausführung unserer engeren und weiteren Republik zur großen Ehre gereicht. Es ist eine echte Tragik, in welcher alle handeln, wie sie handeln müssen.» Nur ein Zug scheint ihm nicht geglückt: die von Meyer treu bewahrte volkstümliche Überlieferung der Rachetat am Schluß. Dazu schreibt Keller dem Dichter: «Über den Beilschlag ... muß ich mir freilich das Protokoll noch offen behalten. Doch will ich Sie jetzt durchaus nicht mit Besprechlichkeiten langweilen ...» Auch Heyse stört neben «den prächtigen Figuren, dem herben Erzklang des Stils, der wundersamen Szenerie» der «Vollzug der Rache nach alle dem, was inzwischen vorgegangen». Anläßlich der zweiten Auflage erläutert Keller in einem Brief an Storm noch einmal die Ökonomie des Ganzen: «Dem famosen Stoff ist alle Ehre angetan» – aber «der dämonische Ritt der rächenden Mörder an dem Fastnachtstage durch das ganze Land, welcher nicht zur Anschauung kommt, und ... der unweibliche Beilhieb des Frauenzimmers am Schlusse» sind auch jetzt noch problematisch: «Die Überlieferung sagt zwar neben dem historischen Teil von etwas dergleichen; allein dort ist nicht die Rede von einer Geliebten, die zugleich ein zartes Fräulein ist, sondern bloß von einer derben Bluträcherin aus dem Gebirge, die den Mann kaum gekannt hat.» Storm geht auf dies Fehlerhafte des Schlusses ein und sucht zu ergründen, wo die Schwäche liegt: «Eine grandiose Leistung, vorbehältlich – wie ja jeder fühlen muß, des Schlusses. Der ganze äußerliche Apparat mit dem Karnevalsbären ist mir schon zu gekünstelt für eine Schlußszene, die zu dieser Geschichte notwendig groß und einfach verlaufen muß. Dann, abgesehen von der Roheit dieser richtigen Fleischhauertat gegen den blutend zu Boden Liegenden, mutet uns der Verfasser ... auch noch zu, ein andres Motiv damit zu kombinieren: das der

Liebe, welche den Geliebten, da es nun einmal zu Ende muß, wenigstens von eigner Hand und nicht von Mörderfaust will sterben lassen. – Der Verfasser hat sich hier offenbar zwischen dem (nach Ihrer Mitteilung) Gegebenen und seiner eigenen Umbildung desselben in der Klemme befunden. Trotzdem ist es für mich weitaus sein Bestes; aber es kommt dem Dichter auch nicht immer, vielmehr recht selten, ein so ihm mundgerechter Stoff [139].»

Für Kellers Gefühl entspricht der Schluß einer bei Meyer auch sonst zu beobachtenden Vorliebe: «... Meyer hat eine Schwäche für solche einzelne Brutalitäten und Totschläge. Wenn er so etwas hört oder liest, so sagt er: vortrefflich! So hat jeder seinen Zopf!» Den Einwand Kellers und anderer gegen den Schluß anerkennen spätere Untersuchungen über Meyers Werk nur bedingt: «Dieses tragische Ende konnte nur ein groß angelegter, seelenkundiger, innerlich starker Dichter schaffen, in dem eine shakespearische Ader pulste, andernfalls wäre er diesem Blutfinale aus dem Wege gegangen [140]» (Langmesser). Wird Keller als Kritiker dem geschichtlichen Stoff tatsächlich nicht gerecht, schätzt er den dichterischen Umschaffungsvorgang zu gering ein, wenn er an der Unsicherheit der Überlieferung mißt? Johann Andreas von Sprechers «Donna Ottavia. Ein historischer Roman» (zuerst als Feuilleton in der «Neuen Zürcher Zeitung», Juni 1877; dann Basel 1878) zeigt, was der Stoff ohne Umschöpfung wert ist; Meyer selbst sagt darüber: «Ein Wust historischer Tatsachen ohne alle Bewältigung und Komposition.»

Keller bedenkt nicht, daß Meyers dramatische Ader den Dichter nach solchen Situationen greifen läßt. Es ist die «tragische Lust», oft bis zur Grausamkeit gesteigert, welche ihn stört und von der Meyer einmal zu Nanny von Escher sagt: jeder Dichter, der einer sein wolle, müsse «etwas Schreckliches» schreiben können. Bei Keller fehlt dieser Zug (es sei denn, man bezeichne den Schreckenslauf der Kammacher als grausam); er wird aber aufgewogen durch seinen Hang zur Groteske. Keller hat eine Abneigung gegen tragische Schlüsse überhaupt; anderseits ist es begreiflich, daß Meyer «Romeo und Julia auf dem Dorfe» besonders schätzt, obschon die Vorbereitung von langer Hand die Tragik abschwäche [141]. Meyer hat es zudem immer auch auf die dramatische Wirkung einer Szene, einer Gruppierung abgesehen; er gleicht hierin Waser, der seine Augen von der Mord- und Brandszene in Jenatschs Veltliner Pfarrhaus nicht abwenden kann. An der so gestalteten Lukretia hält Meyer übrigens fest; seine Figuren seien alle ein bißchen maniriert, gibt er einmal zu, «die einzige Lucretia ausgenommen, die *ächt* ist». Abgesehen davon, daß die Tat durch den wilden Charakter Lukretias, der auch sonst ausbricht, objektiv genügend wahrscheinlich gemacht ist, muß schließlich der Tod Jenatschs verstanden werden als großartige Gebärde, wie Meyer sie sich aus der romanischen Literatur angeeignet hat [142].

Über die vergleichbare Zuspitzung um der dramatischen Wirkung willen im «Heiligen» schreibt Keller an Adolf Frey: «Meyers ‹Thomas Becket› ... erfreut mich ordentlich; es ist eine wahre Prachtarbeit in Vertiefung, Aus-

führung und guter Schreibarbeit; nur stört mich, wie im ‹Jenatsch› der verfluchte Beilschlag am Schlusse, hier am Anfang der unschöne Notzuchtsfall,
auf den das Ganze gebaut ist; denn juristisch würde eine Kindsverführung
dieser Art kaum anders genannt werden.» Dagegen erklärt er den Mißerfolg
des Buchs in der Öffentlichkeit: «Eine an sich des Stoffes wegen indifferente
oder neutrale Novelle, überdies ganz objektiv gehalten, ist eben nie geeignet, in wenig Wochen schon einen Extra-Erfolg zu machen.» Abgesehen von
der erwähnten Härte lese sich die Novelle «wie Kuchen», heißt es in einem
Brief an Rodenberg [143]. Im Dankesschreiben an Meyer, der das Keller über-
reichte Buch mit dem Wort begleitet: «Soviel angestrebt und so wenig erreicht!
Doch vorwärts!», bespricht Keller hauptsächlich die Form dieser Dichtung
über Thomas Becket, «der mit seiner Glorie ... eingezogen ist, um seine
Rätselhaftigkeit noch weiter zu tragieren»: «Ihre Unzufriedenheit mit dem
Erreichten kann ich mir nicht zurechtlegen, es müßte denn die Unmöglichkeit betreffen, einen nach bisheriger Ansicht großen historischen Romanstoff
(oder auch Dramenstoff) in einer Novelle auszubreiten. Allein die Zeit der
dicken Bücher geht vorüber auch auf diesem Gebiet, sobald die Leute erst einmal merken, daß jeder, der eine Mehrzahl beleibter Romane in die Welt stellt,
an seinem Selbstmorde arbeitet, und wenn jene noch so gut geschrieben sind. In
der Form der einbändigen historisch-poetischen Erzählung oder Novelle haben
Sie nun ein treffliches Mittel gefunden, wieder ein eigentliches Kunstwerk herzustellen und einen Stil zu ermöglichen, nachdem der Ballast der bloßen Spannung, Beschreibung und Dialogisierung, der die Dreibänder zu füllen pflegt,
über Bord geworfen ist [144].» In einer Rezension des «Heiligen» geht Baechtold
sicher über Kellers Kritik hinaus, wenn er annimmt (was für den «Schuß von
der Kanzel» vielleicht zutrifft), Meyer habe den Stoff nach dem Vorbild der
«Züricher Novellen» geformt (vgl. S. 459); die Rahmenerzählung ist bei Meyer
ganz anders gehalten, die Binnennovelle organisch mit dem Rahmenmotiv
verbunden, während die «Züricher Novellen» durch lose lokale Züge zum
Zyklus vereinigt sind, wobei der Rahmen seine Eigenständigkeit bewahrt. Vielmehr scheint eine gewisse Wirkung im umgekehrten Sinn auf Kellers nun
enger verknüpftes «Sinngedicht» stattzufinden. Ob Keller dennoch für
Baechtolds Rezension verantwortlich ist, läßt sich nicht sagen; nur soviel
wissen wir, daß sein Urteil schwankt. Frey berichtet, Baechtolds Kritik mit
dem Vorwurf des Theatralischen habe Meyer geschmerzt, «weil er nur zu genau
wußte ..., daß diese Aussetzungen wörtlich diejenigen Gottfried Kellers waren, der, wie Conrad Ferdinand Meyer erfuhr, je nach Stimmung ‹lobe oder
schimpfe›» [145].

Bleibt eine Rivalität hinsichtlich der Gestaltung tragisch-historischer Stoffe
mit gewaltsam-pathetischem Ende zwischen Keller und Meyer ausgeschlossen,
so zeichnet sich ein Agon im heiteren Novellen-Genre ab. Vielleicht wirkt es
sich auf das Urteil Kellers über den «Schuß von der Kanzel», «den lustigen
General und das ausgesuchte Vergnügen, das der streitbare Herr» ihm

gewährt, aus, daß er eine gewisse stoffliche und stilistische Annäherung Meyers
an sein eigenes Schaffen spürt. Im Februar 1877 berichtet Meyer dem Dichter
der «Züricher Novellen», die im November-Heft 1876 der «Deutschen Rundschau» zu erscheinen beginnen: «Ich kann es nicht lassen, Ihnen wenigstens
mit einer Zeile meine Bewunderung Ihrer Züricher Novellen zu bezeugen, deren
letzte – wenn man den Teil eines Ganzen loben darf – mich tief ergriffen
hat [146].» Der «Landvogt von Greifensee» oder sogar Keller selbst könnten dem
«streitbaren» General als Modell gedient haben, wie die von Meyer projektierte
Novelle «Die sanfte Klosteraufhebung» als «ein Kind des Ehrgeizes Meyers,
mit Kellers Landoltnovelle in Wettstreit zu treten [147]» (Kohlschmidt), gelten
kann. Meyer selbst ist sich der Verwandtschaft halb und halb bewußt und
äußerst zum Herausgeber des «Zürcher Taschenbuch», in dessen Jahrgang
1878 «Der Schuß ...» erscheint, er wolle die Novelle veröffentlichen, «obschon
die Vortrefflichkeit von Kellers Züricher Novellen mich sicher in Schatten stellen und vielleicht gar ungerechterweise als Nachahmer erscheinen lassen
wird. Lieber freilich würde ich mich andern Arbeiten zuwenden, deren
Sujet mich keinen, jedenfalls für mich ungünstig ausfallenden Vergleichungen aussetzt.» In einem Brief an Rodenberg bezeichnet er die Parallelen genauer; er spricht von «dem zu Ungunsten meines barocken Generals sich bietenden Vergleichspunkte mit dem herrlichen und tüchtigen Landolt ... unseres
lieben Meisters Gottfried»; er sieht eine Gefahr in der Sättigung des Lesers mit
Zürcher Lokalerzählungen. Von absichtlicher Nachahmung kann natürlich nicht
die Rede sein, weil ja die Wertmüller-Gestalt seit dem «Jenatsch» da ist.
Später schätzt er selbst den Wert der Erzählung gering, und schon während
der Arbeit bemerkt er: «Es ist tolles Zeug, das mir eigentlich nicht zu Gesichte
steht»; nach Abschluß der Erzählung heißt es: «Mir individuell hinterläßt
das Komische immer einen bittern Geschmack, während das Tragische mich
erhebt und beseligt», und er ist fast enttäuscht über den Erfolg der Geschichte:
«Es ist eigentlich demütigend, daß diese ‹Bluette›, auch in Deutschland, mehr
gefällt, als meine zarteste Lyrik [148].»
Das Urteil Kellers über «Brigittchen von Trogen», das später unter dem
Titel «Facetie des Poggio» erscheinen soll und in der Buchausgabe «Plautus im
Nonnenkloster» heißt, kann sich in Eugène Ramberts Aufsatz «Les roman-
ciers zuricois» (in: «Bibliothèque universelle», Januar 1882) erhalten haben.
Rambert nennt Meyer einen großen Stilisten, der über mächtige und winzige
Schleifsteine verfüge, empfindet aber die ethische Indifferenz Poggios als stö-
rend. Da Keller auf Freys Kritik keine Antwort gibt, der schreibt: «Was sagen
Sie zu Meyers Fazetie in der ‹Rundschau›? Mir scheint Zeitfarbe und Stil gut
zu sein, aber das Menschliche so spärlich zu fließen, daß das Ganze etwas
den Eindruck des Gespannten macht», also ähnliches einwendet, bleibt eine
Beziehung Kellers zu Rambert in dieser Hinsicht ungewiß [149].
Kellers Verständnis für Aufbau und Stillage einer Novelle, für die Eigenart
von Meyers Novellistik zeigt sich in der konzentrierten Kritik von «Die Lei-

den eines Knaben»: «Diese Geschichte», schreibt er, «ist wieder ein recht
schlankes und feingegliedertes Reh aus Ihren alten Jagdgründen, und ich
wünsche neuerdings Glück zu der Sprache, mit der sie gesprochen ist. Ein
vortrefflicher Kontrast sind die beiden Knaben: Julian, der stirbt, wenn
er von schlechter Hand geschlagen wird, und der junge Argenson, der ‹Sehr
gut!› sagt, wenn er von guter Hand eine Ohrfeige erhält! Und beide sind
gleich brav! [150]»

Die Kritik über Meyers novellistisches Schaffen, die Keller dem Verfasser
selbst vorlegt, braucht nicht immer mit der Wertung, wie er sie Dritten
gegenüber äußert, übereinzustimmen; «Die Hochzeit des Mönchs» (vgl.
S. 418 f.) bespricht der Dichter vor der Veröffentlichung offenbar mit Keller, da
Meyer seiner Schwester schreibt: «Wie weit es Keller mit seinen Elogen ernst
ist, weiß ich und vielleicht er selbst nicht recht.» Wirklich urteilt Keller in
einem Brief an Rodenberg ziemlich kritisch: «Meister Ferdinands ‹Hochzeit des Mönchs› ist wieder ein Trefferschuß bis auf die Ausführung der
Töterei am Schluß, die nicht befriedigt; es ist zu hastig und ungeschickt
und wirkt darum nicht tragisch genug. Diese vertrackten Mordfinales, die
seine Passion sind, versteht er doch nicht immer durchzudenken. Dann gibt
er sich zu sehr einem leisen Hang zur Manieriertheit wo nicht Affektation
des Stiles hin, was ich ihm einmal getreulich sagen werde [151].» Weit un-
verbindlicher schreibt er Meyer selbst: «Gelesen habe ich ... das Werk auf
der Stelle wieder und mich aufs neue an der erreichten Stilhöhe gefreut,
sowie des Inhalts, ohne daß ich Sie weiter mit mehr als einem aufrichtigen Glückwunsch behelligen will [152].»

Den Einwand stilistischer «Affektation», den Keller erhebt, will Meyer
nicht anerkennen; in einem Brief an J. V. Widmann heißt es: «Mein starkes Stilisieren – wie es G. Keller zwischen Tadel und Lob nannte und
meine besonders künstlich zubereiteten Wirkungen [die Widmann in einer
Rezension hervorhebt] müssen mir im Blute stecken. Freilich, wer kennt
sich selbst! [153]» Manieriert erscheint die Novelle allerdings auch Paul Heyse: «Betrüblich war mir auch Deines Kilchberger Nachbarn neuestes Büchlein», teilt er Keller mit. «Die prachtvolle Novelle hat er durch seinen verkünstelten Rahmen ... fast ungenießbar gemacht. Mich dünkt, er lebt zu
einsam, er hört immer nur *sich* reden, auch nirgend einen Widerspruch
kritischer Freunde. Diesmal habe ich mich geopfert und ihm meine Bedenken nicht verhehlt.» Dem Kritiker Otto Brahm, der denselben Vorwurf
bringt, antwortet Meyer: «Über den Mönch, der eine aufregende Eigenschaft
zu besitzen scheint, haben mir Heyse, Vischer ... ganz interessant geschrieben. Mit der ‹Manier› haben Sie recht, doch das war der kostende Preis.
Ich werde fortan jede ‹Manier› ferne zu halten suchen ...[154]»

Die Beurteilung der Novelle «Die Versuchung des Pescara» (1887) schließt
die Reihe kritischer Äußerungen über Meyers Novellistik ab. Wieder stellt
sich Kellers Unbehagen über die «fremde Welt» ein; «mürrisch» meint er,

«die Leute seien ja ‹ganz anders als in der Geschichte›»; und Kellers
Bemerkung, Meyer schreibe «Brokat», mag sich auch auf den «Pescara» beziehen, wo der Dichter jener an Keller getadelten Fülle verfällt, wenigstens
in der Schilderung des Gegenständlichen, der «Kostümfreudigkeit und Möbel-
lust», für die der auf einem mit Goldbrokat bedeckten Thron gebahrte
Pescara ein Sinnbild ist [155]. Geäußert hatte Keller diesen Vergleich Otto
Brahm gegenüber, der ihn über einem Heft der «Deutschen Rundschau»
getroffen und auf seine Frage, was Keller lese, zur Antwort erhalten hatte:
«‹Ich lese gar nicht ..., ich schnuppere nur in der neuen Erzählung von
Meyer ein bißchen herum. Wissen Sie, wie so die alten Frauen sind; wenn
die Nachbarin ein neues Kleid anhat, müssen sie es gleich eifersüchtig befüh-
len. Aber ich hab's schon gesehen, der Stoff ist kostbar.› ‹Und was trägt er
für ein Kleid, der Meyer?› ‹Brokat›, sagte Gottfried Keller.» Man mag
Brahm beistimmen: es ist schwer, «Conrad Ferdinand Meyers Schaffen knap-
per zu bezeichnen, als mit diesem einen Kellerschen Wort [156]».

E) «PERSONA»

Heinrich Leuthold

«Eine Dichtung ist um so bedeutender, je stärker und reiner ihr Ethos,
ihre menschliche Substanz. Es darf vom Dichter gefordert werden, daß er
in einem letzten und tiefsten Sinne ‹Held› sei. Jede Wertung, welche von diesem Gesichtspunkt absieht, soweit dies überhaupt möglich ist, erscheint
arm und unzulänglich [1].» Unter diesem Gesichtspunkt, von der Theorie
der Literaturkritik mehrfach als wesentlich herausgestellt, lassen sich auch
Gottfried Kellers Äußerungen über Heinrich Leuthold, C. F. Meyer und
Carl Spitteler zusammenfassen. Wegen C. F. Meyers Mangel an «menschlicher Substanz» ist es Keller unmöglich, mit ihm so freundschaftlich zu
verkehren wie beispielsweise mit Paul Heyse; dieser Mangel erschwert ihm
den Zugang zu Spitteler und Leuthold – obschon sie alle drei Schweizer,
Leuthold und Meyer Zürcher sind. Bei Leuthold vor allem trifft die Kritik Kellers weniger das Werk, dessen Vorzüge er anerkennt, als die Person
in ihrer Zwiespältigkeit. Dieses Bild, das Keller sich macht, das er in den
Briefen und in der Rezension von Leutholds Gedichten gibt, ist mitbestimmt von Leutholds Stellung als Schweizer Lyriker innerhalb der deutschsprachigen Literatur des 19. Jahrhunderts, d. h. von seiner Zugehörigkeit
zu einer literarischen Richtung, die sich wiederum in einer bestimmten
Lebenshaltung oder -führung ausdrückt. Man hat die Literatur auch der
deutschen Schweiz in den vergangenen zweihundert Jahren mit einem
Organismus verglichen, der «gewissen Regelmäßigkeiten geistigen Wachstums und Absterbens» folgt [2] (Faesi). Die verschiedenen Phasen ihrer Ent-

wicklung entsprechen dem klassischen Dreischritt von «Werden», «Höhepunkt» und «Vergehen» und können in Anlehnung an die aus der deutschen Literaturgeschichtsschreibung geläufigen Begriffe bezeichnet werden als Sturm und Drang: dazu gehören Ulrich Bräker, dessen Shakespeare-Büchlein und Naturapotheosen in den Tagebüchern ihn als Geistesverwandten der deutschen Stürmer und Dränger ausweisen, und Pestalozzi, der noch in späteren Jahren einen «ausgesprochen erregten Stil» schreibt, Klassik (um und nach 1848): dem politischen Gelingen folgt «die einmalige und wunderbare Blüte des schweizerischen Geistes» (Hilty): Gotthelfs und Kellers Dichtungen; im Bereich der Wissenschaft Bachofens, Burckhardts und Tschudis Werke – «Vergehen»: in den siebziger Jahren und schon früher zeichnet sich eine «schweizerische Romantik» (nicht: «eine Romantik in der Schweiz») ab, eine Dichtung der Heimatlosigkeit, der Sehnsucht, des Vergänglichkeitsgefühls [3]. Diese «romantische» Literatur, zu der Leuthold, Dranmor, Jost Winteler und Theodor Curti zählen, bildet ein Gegengewicht zum bürgerlichen Optimismus, Realismus, Bildungsstreben und Moralismus, ihre Dichter erliegen der Faszination der Außerbürgerlichkeit. Der Beitrag der Schweiz zur europäischen Romantik liegt nicht in der geistigen Antithese zum Rationalismus des 18. Jahrhunderts, sondern im seelischen Gegensatz zur bürgerlichen Disziplinierung [4] (Schmid). Eine Gegenbewegung von der Seite des Bürgertums antwortet dieser Distanzierung; die Auseinandersetzung Kellers mit Leuthold, aber auch seine Hilfe für den erkrankten Lyriker ist symptomatisch dafür.

In Leutholds Schicksal ist das problematische Verhältnis zwischen Künstler und Staat abgebildet. Er schlägt ja nicht von vornherein jede bürgerliche Verpflichtung aus, sondern bewirbt sich zweimal (1853 und 1856) um eine Staatsschreiberstelle in Zürich [5]. Doch was Keller, der ähnlichen Gefährdungen ausgesetzt ist, noch glückt, das mißlingt Leuthold; was Keller aus Verantwortungsbewußtsein sich selbst und der Gemeinschaft gegenüber unternimmt, der er durch die ihm gewährten Stipendien allerdings irgendwie verpflichtet ist, diese Anstrengung bleibt bei Leuthold nur Versuch. Dazu kommt verhängnisvoller Dichterstolz. In einem Brief von 1863 an Keller, der ihn als Redaktor der «Winterthurer Zeitung» gewinnen möchte, zeigt er sich jeder Arbeit abgeneigt, die «das Herkömmliche» streift. Er weigert sich, seine «ganze Zeit einer bloß publizistischen Tätigkeit zu widmen», schon gar nicht «der Redaktion eines täglich erscheinenden *politischen* Blattes»; Politik sei nicht sein «Lebensberuf», auch in Deutschland wäre für ihn das Amt eines politischen Redaktors nur dann befriedigend, wenn «die Zustände im Sinn der nationalen Reformidee sich besserten» – in der Schweiz unter der Bedingung, daß es sich um «ein auf ein größeres Publikum berechnetes Blatt» handelte, das «eine eidgenössische Bedeutung anstrebte und ... auch im Ausland Verbreitung fände, ein Blatt wo möglich mit einem achtbaren Feuilleton, das, unter vorzugsweiser Berücksichtigung einheimischer literarischer und Kunstbestrebungen, auch namhafte Erscheinungen des Auslandes mit Verständnis und kritischem Beruf bespräche [6]». Der Brief ist ein Beweis hoher Selbstbewertung, geschrieben von einem Mann, der glaubt, sich wegzuwerfen, wenn er von seiner Berufung abweicht.

Es ist merkwürdig, daß Leuthold auch zu jenen Dichtern und Künstlern, die wie er an die Bedeutsamkeit und Exklusivität ihrer Kunst glauben, keine dauernde Beziehung herzustellen vermag. Seit 1857 hält er sich in München auf, wo er insofern über das mittelmäßige Literatentum hinauswächst, als bei ihm zum erstenmal «das romantische Schicksal des Erben in den schweizerischen Geist einbricht» (Hilty), während andere es aus zweiter oder dritter Hand erleben. Hier liegt vielleicht der Grund, warum er unter den vom König von Bayern versammelten Poeten nicht heimisch werden kann; in seinen «Jugenderinnerungen und Bekenntnissen» gibt Paul Heyse ein düsteres Porträt Leutholds: seiner Formkunst steht eine pessimistische Lebensstimmung entgegen. Heyse überliefert das Wort des Lyrikers: «Wenn ich etwas Schönes lese, so ärgere ich mich; wenn ich aber etwas recht Schofles in die Hände bekomme, freue ich mich!» Wegen eines Spottgedichts auf Julius Grosse, wie Leuthold Mitglied des «Krokodils», eines Münchner Schriftstellerkreises, wird er von Heyse weggewiesen; er ist im «Krokodil» ohnehin von Anfang an das, was man als «bête noire» bezeichnen könnte [7] (Günther).

Diese Andeutungen über die Persönlichkeit Leutholds machen Kellers Urteil nach seinem Besuch vom Herbst 1876 in München verständlich, wo er zwar Leuthold nicht sieht, aber wahrscheinlich durch Heyses Bericht und vor allem durch einen Aufsatz, «eine unwahre und marktschreierische Schilderung», verfaßt vom Dozenten für Literatur an der Universität Zürich, J. J. Honegger, von Leuthold hört. Er, der für solcherlei sehr empfindlich ist, ärgert sich darüber, daß der Artikel «offenbar, wenigstens zum Teil, von ihm [Leuthold] selbst eingegeben ist», und er distanziert sich mit scharfen Worten von seinem Landsmann: «Dergleichen wird dem unbehaglichen Manne auch nicht auf die Strümpfe helfen, solange er nicht ein Stück Arbeit vorweist. Er ist übrigens in dieser Beziehung ein echt lyrisches Genie: Viel leben und nichts tun und darüber die Schwindsucht bekommen und dann das Vaterland, den kleinen Käs, anklagen! Mir kommt zuweilen vor, daß wir der Reihe nach alle Nüancen des literarischen Hurübels durchmachen werden ...[8]» Diese Anspielung auf Leutholds beginnende Krankheit ist schockierend – ein knappes halbes Jahr später aber wandelt sich Kellers Ton, als er Baechtold berichtet, Leutholds Leiden habe sich verschlimmert: «... er kann sich nicht rühren und leidet auch schon geistig.» Heilung sei möglich, aber langwierig, man denke an einen «öffentlichen Aufruf», während er eine Privatsammlung, ergänzt durch eine staatliche Unterstützung, vorschlägt und Baechtold fragt, ob er «Leute oder Kreise kenne, bei welchen einiges Interesse für Leuthold vorausgesetzt werden könnte»; für öffentliche Unterstützung werde der

Dichter «wenig Dank» wissen, abgesehen davon, daß die Befürworter «damit das edle Handwerk in den Augen des großen Publikums aufs neue zu einem prädestinierten Bettlerstand degradieren!» Er selbst möchte sich zurückhalten, weil ihm «die Kompanie nicht gefällt», die sich um den kranken Lyriker schart; vor allem der Literarhistoriker Honegger mißfällt, der «sich hauptsächlich als Entdecker und Protektor Leutholds in der Schweiz geriert [9]».

Die folgenden Briefe erzählen Leutholds Krankheitsgeschichte in München und Zürich, berichten vom Ergebnis der erwähnten Sammlung, erwägen die Aussichten auf Genesung und beschäftigen sich mit dem Schicksal von Leutholds Dichtungen: «Das beste wäre, alles würde überflüssig; denn nach allem, was ich seither durch mündliche Nachricht vernommen, ist dem Ärmsten wohl nicht mehr zu helfen.» Über das Werk schreibt er Baechtold: «Seine Manuskripte sollen ... ebenfalls herauskommen und eine Herausgabe angestrebt werden. Ich hatte ... Sie als am besten geeignet bezeichnet.» «Da bei einer allfälligen Genesung Leutholds es dem Betreffenden schlimm gehen kann und ich mich in kein Verhältnis zu ihm setzen mag, eh' ich ihn einmal wieder gesehen und gesprochen habe, so mische ich mich nicht in die Sache durch weiteres Nachfragen etc.» In den folgenden Monaten ist wiederholt die Rede von Besuchen Kellers und Baechtolds im Burghölzli, der Zürcher Irrenanstalt, wo Leuthold, «der von Apollo in Zucht genommene ‹trinkbare› Mann», untergebracht ist. Im gleichen Zeitraum erhält Baechtold die Manuskripte Leutholds und stellt einen Auswahlband zusammen, für welchen Keller den Verleger Weibert gewinnen will. Er schildert ihm Leutholds Persönlichkeit und Schicksal, nennt ihn den «zürcherischen Literator und Dichter» und erwähnt seine Veröffentlichungen im «Münchner Dichterbuch» von 1862 und die Arbeit als Mitherausgeber der «Fünf Bücher französischer Lyrik». In den geplanten Gedichtband solle aufgenommen werden, «was der Fortexistenz würdig scheint»: Lyrik und Episches; es handle sich darum, «einen Band zu gestalten, welcher dem unglücklichen Poeten zu gutem Andenken gereichen und in sein letztes trübes Dasein noch einen freundlichen Lichtstrahl werfen würde». Cotta, fügt er bei, habe den Verlag wegen «mangelnder Originalität» der Verse abgelehnt. – Auch Weibert lehnt ab, indem er sich auf die «literarischen Zustände» und den «mäßigen Erfolg» der Übersetzungen Leutholds und Geibels aus dem Französischen beruft: «... wird ein Band Gedichte in den jetzigen schlimmen Zeitläufen einen besseren Erfolg haben? Vom geschäftlichen Standpunkt muß ich dies bezweifeln, wenn ich auch nicht außer acht lasse, daß vielleicht das bemitleidenswerte Schicksal des Dichters eine wärmere Teilnahme an seinen Poesien hervorrufen könnte.» In seiner Antwort bezeichnet Keller den Dichter als eine wichtige Erscheinung innerhalb der deutschsprachigen Literatur der Schweiz: «Indem schweizerische Verleger da sind, die mit den Gedichten und ihrem Schicksal ein patriotisches Geschäft lokaler Natur zu machen hoffen und Anerbietungen gemacht haben, darf man der Vormundschaftsbehörde gegenüber, unter welcher Leuthold steht, dies nicht ignorieren, und so wird das Buch nun bei Huber in Frauenfeld erscheinen [10].»

Ende 1878 veröffentlicht Baechtold seine Auswahl und *Überarbeitung* von Leutholds Gedichten, bei der ihm Keller zum Teil behilflich ist. Das Urteil Paul Heyses über die Publikation nimmt manches vorweg, was in Briefen Kellers und in der Rezension, die er für die «Neue Zürcher Zeitung» verfaßt, zur Sprache kommen wird: «Die Blätter ... geben mir mancherlei Rätsel auf. Ich spüre darin herum nach Symptomen eines geistigen Leidens, wie es bei Lenau und Hölderlin so befremdlich-rührend oft zwischen den lieblichsten Zeilen spukt. Hier aber finde ich nichts dergleichen ... und der Rückblick in die Zeit, wo wir mit diesem in ungenügender Selbstsucht seinen eigenen Wert aufzehrenden Gesellen ganz hoffnungsfroh verkehrten, ihn aus seiner Neid-Umstachelung heraus zu locken suchten, bis wir das unfruchtbare Geschäft aufgeben mußten, stimmt mich unselig. Denn wirklich sind hier edle Kräfte kläglich zerrüttet worden, weil es am Besten gefehlt.» Keller beschreibt diese persönliche Unzulänglichkeit Leutholds eingehender: «Er muß seine Unarten jetzt schwer büßen und ist in einem Zustande des halben Bewußtseins wie ein Schatten der Unterwelt.» «Trotz aller Gedächtnisschwäche und Verwirrung» dringe jedoch seine Eitelkeit durch, und bei einem Besuch Kellers habe er sogleich dessen Maximilian-Orden erwähnt und «natürlich eine maliziöse Meinung» geäußert. Es ist bezeichnend für Kellers Selbstverständnis, wie er erklärt, warum es mit Leuthold so weit habe kommen können: «Ich halte ... dafür, daß das Elend ... vom Mangel einer grundlegenden Erziehung herrührt, und wäre es nur diejenige eines stillen armen Bürgerhauses gewesen.» Hier spielt Keller auf sein eigenes Herkommen an, das ihm über Gefährdungen hinweggeholfen hat, die Leuthold nicht bewältigen konnte. Aus dem Bewußtsein aber gerade einer ähnlichen Schwäche und teilweisen Unerzogenheit stammt sein Mitgefühl für den kranken Lyriker – eine Selbsterkenntnis, aus der er selbst früh schon die Konsequenz des Sich-Zusammennehmens zieht: «Das einzige, was mir Angst macht, ist die Furcht, ein gemeines, untätiges und verdorbenes Subjekt zu werden, und ich muß mich ungeheuer anstrengen, bei dem immerwährenden Peche dies zu verhüten», schreibt er 1841 an Hegi [11].

Gegen die Verbindung von Irrsinn und Genie, wie sie Heyse nahezuliegen scheint, wendet Keller sich bei anderer Gelegenheit; entweder ist sie einfach Pose: «Es will nun jeder ein Stück tragischen Wahnsinn oder Heinische Lähmung in sich tragen», oder, wie bei Leuthold, wirklich pathologische Erscheinung, dann aber auch ohne Einfluß auf die dichterische Produktion. So schreibt er an Heyse: «Daß Du keine Lenauschen oder Hölderlinschen Spuren gefunden, ist wohl begreiflich; denn sein Zustand ist lediglich die Folge physischer Auflösung, seine psychischen oder geistigen Bedürfnisse waren, wie die Gedichte zeigen, sehr einfacher und mäßiger Natur.» Und in einem Brief an Petersen vom November 1879 äußert er: «Ich schicke Ihnen end-

lich das Gedichtbändchen, wovon ich Ihnen gesprochen. Der Verfasser, ein
großes Formtalent und mit echt lyrischer Stimmung begabt, aber ohne genug-
samen eigenen Gehalt, hat die Lücke durch ein dissolutes Leben ersetzt und
ist letztes Frühjahr hier gestorben, nicht eigentlich wahnsinnig *à la* Lenau
oder Hölderlin, wie gesagt wird, sondern eben einfach erschöpft, paralytisch
geworden [12].»

Die Ausgabe Baechtolds und die Rezension, die er schreibt, weil er davon
überzeugt ist, daß Leutholds «Formtalent» und «die echt lyrische Stimmung» für die Schweizer Literatur von großer Bedeutung seien (vgl. S. 381),
haben zunächst unliebsame Folgen. Es entspinnt sich um Leutholds Person,
der zur Zeit des Erscheinens immer noch lebt, ein Kampf der Intrigen,
geführt von der literarischen Kritik und den angeblichen Freunden des
Kranken, gerichtet gegen Baechtold und Keller. Am 1. Januar 1879 berichtet
Paul Heyse an C. F. Meyer, es bestehe die Absicht, Leuthold von der «Deutschen Schillerstiftung» eine Unterstützung zukommen zu lassen; angemessener
erscheine es ihm jedoch, wenn die Schweiz selbst ihrem Poeten «sein Sterben
ein wenig komfortabler» mache: «Ein Aufruf etc. würde sicherlich von
Ihrer Heimat den Makel abwenden, daß man auf Deutschland habe warten
müssen, um einem sterbenden Schweizer Dichter zu Hülfe zu kommen.»
Meyer setzt Keller in Kenntnis dieses Schreibens, regt eine stille Sammlung an
und stellt selbst 250 Franken zur Verfügung: «Es kommt ja wohl alles darauf an, daß schnell geholfen werde.» Obschon er nicht «zu den eigentlichen
Pflegern und Vorstehern Leutholds» gehöre, muß Keller Heyses Behauptung
richtigstellen; der Dichter sei durchaus gut untergebracht, es fehle an nichts:
«Dazu kommt, und das ist der Hauptumstand, daß Leuthold leider nicht
lang mehr leben wird, seine Kräfte nehmen zusehends ab; denn die Kerze
ist von allen Enden angezündet.» Er rät davon ab, die Hilfe der Schillerstiftung in Anspruch zu nehmen: «... es wäre wohl das erste Mal, daß man
aus der Schweiz und für einen Schweizer an dieselbe gelangte, und bei
der fortwährend animosen Haltung eines Teils unserer Presse und Bevölkerung gegen Deutschland würde ich meinerseits einen solchen Schritt nicht
gerne sehen. Ich vermute auch, daß die Anregung nicht von ganz berufener
Seite kommt [13].» Diese Auskunft geht an Heyse zurück; Meyer schickt ihm
Kellers Brief und ergänzt: «Noch einmal ein paar Zeilen von dem braven
Meister Gottfried, der sich die Sache wahrlich angelegen sein läßt. Nun aber,
glaube ich, dürfen wir uns alle Drei beruhigen. C'était une fausse alarme.»
Wer aber hat diese Aktion angeregt, Gerüchte über Leutholds angeblich
kümmerliche Verhältnisse verbreitet, und warum? «Aus Fahrigkeit? oder um
der Schweiz etwas anzuhängen?» fragt Meyer in einem Schreiben an Keller.
Noch einmal gehen Briefe hin und her, bis sich herausstellt, daß sie der
«Wichtigmacherei» eines «Herrn Merhoff» entsprungen ist, von dem Keller
nichts weiß, ein «Wühlhuber», wie er ihn nennt, erleichtert darüber, daß
«der Übeltäter nicht hier herum zu suchen» sei [14]. Gleichzeitig wird jedoch

von anderer Seite erwogen, eine königlich-bayrische Pension für Leuthold
zu erwirken. Über diesen Plan des Romanisten Wilhelm Hertz, der wiederum
von der falschen Voraussetzung ausgeht, Leuthold sei schlecht versorgt, schreibt
Keller an Baechtold: «Daß man nun auch noch einen König anbetteln soll
für einige hundert Franken, setzt der Sache die Krone auf. Ich habe kein
Recht, mich zu einem Ratgeber oder gar Disponenten aufzuwerfen, aber es
scheint mir doch, daß Sie den Herrn Hertz ruhig zu Heyse schicken können ...» Bei Heyse beschwert er sich zur selben Zeit, diese Bemühungen
verurteilend: «Nun geht der Teufel wegen Heinrich Leuthold von neuem los.
Wilhelm Hertz hat in gleichem Irrtume hieher geschrieben von der letzten
Irrenhausklasse, Not und Verlassenheit etc. und will sogar den König von
Bayern um Geld angehen lassen. Es ist, als ob die raffinierteste Bosheit uns
hier all das zuwege brächte, um uns wegen der dämonischen Katze recht
ins Geschrei zu bringen. Sei doch so gut, Herrn Hertz aufzuklären ...[15]»

In die ersten Wochen des Januar 1879 fällt auch die erwähnte Auseinandersetzung mit dem Aufsatz des klassischen Philologen Jakob Mähly
(Mähli), unter dem Titel «Gedichte von Heinrich Leuthold» in einer deutschen
Zeitschrift erschienen (vgl. S. 75 f.). Darin wird die Schweiz verantwortlich
gemacht für Schicksal und Krankheit des Dichters, der als «eine Größe aller-
ersten Ranges, einer der Hierophanten auf dem deutschen Parnaß, der keinem einzigen seiner Zeitgenossen nachsteht», hoch über die andern Schweizer
Lyriker gestellt wird: «Nicht bloß unter den schweizerischen Zeitgenossen
reicht keiner an Leuthold heran – und das wäre noch keine phänomena-
le Höhe, denn wirklicher bedeutender Lyriker zählt die Schweiz wenige.»
Im Aufsatz werden Keller und Baechtold auch unmittelbar angegriffen:
«Einzelne Schwächen ... herauszudestillieren – wem nützte oder wen freute
das? Und wer weiß, ob an diesen nicht eher die Freunde des Dichters schuld
sind, welche die Auswahl besorgt haben?» Scharf ist aber auch die Abwehr
Kellers: «Der Geselle wäre der letzte gewesen, der sich um den gesunden
Leuthold gekümmert oder sich des kranken angenommen hätte», schreibt
er an Adolf Frey, und C. F. Meyer gegenüber spricht er von einem «blöden
und auf total unrichtigen Voraussetzungen beruhenden Geschwätz», durch
welches noch mehr Schaden verursacht werde «als durch jene schillerstifteri-
schen Importunitätenkrämer». Baechtold, «empört über diesen dumm-frechen
Rezensentenhund» und die «lächerliche und ungerechte Überschätzung» des
Dichters, denkt an eine Erwiderung und «Rückführung des Lobes auf das
gerechte Maß»; doch Keller rät davon ab, «die kritische Seite der Sache»
öffentlich zu verhandeln: «die versteckten Angriffe auf Herausgeber und
‹Freunde›» in dem «mit hämischer Absicht gezeugten und geschmützten»
Artikel hätten «offener ausgespielt und von anderer Seite unterstützt» sein
müssen, um eine solche Zurechtweisung zu veranlassen. «Und was die falschen
Voraussetzungen und Anklagen wegen Leutholds Schicksal etc. betrifft, so
liegt die Schändlichkeit oder ich will annehmen Leichtsinnigkeit der Mähli-

schen Auslassung ja gerade darin, daß man sich nicht aussprechen und rektifizieren kann, während der arme Kerl noch lebt und leidet und natürlich alles zu Gesicht bekommt, was über ihn gedruckt wird [16].» Über die «recht philiströse Maß- und Kritiklosigkeit» Mählys in seinem Aufsatz äußert sich auch C. F. Meyer: «Er ist recht abgeschmackt, mehr noch als böswillig, obwohl er auch böswillig ist und seine Insinuationen, oder wie man es nennen will, noch unvernünftiger als ungerecht. Leuthold ist wohl ebensosehr den innern Schwierigkeiten seines Naturells als den äußern des Lebens, so groß diese sein mochten, unterlegen. Alle solche Untersuchungen aber sind unnütz, unsicher, grausam, das Gegenteil der wahren Caritas. Ich dachte übrigens gleich, irgendeiner würde sich eine derartige Stilübung, eine Hölderlin-Parallele, eine Anklage gegen Vaterland, Freunde, Herausgeber etc. nicht entgehen lassen. Und wer dagegen reklamierte, würde sich noch dem Verdachte der Kaltsinnigkeit oder gar der Eifersucht auf das große Talent des Ärmsten aussetzen! [17]»

Diese Vorfälle und das Verhalten der Kritik, die sich des kranken Leuthold bemächtigt, um ihn gegen die andern Schweizer Dichter auszuspielen, machen die Bemühungen Kellers verständlich, seinen Freunden und der Öffentlichkeit zu zeigen, daß er zwar mit Leuthold fühlt, daß er ihn als Lyriker anerkennt, an der Ausgabe seiner Gedichte jedoch nur am Rande beteiligt ist. Die von ihm betonte Distanz steigert sich bis zur Weigerung, Leuthold in den letzten Tagen seines Lebens zu besuchen; Baechtold schreibt er im Juni 1879, er verzichte auf einen Gang ins Burghölzli: «Abgesehen davon, daß die Sache anfängt, einer Art von Henkermahl zu gleichen, möchte ich doch nicht gern Gefahr laufen, bei einem allfälligen Unfall oder beschleunigter Katastrophe als Urheber ausgeschrieen zu werden ...[18]»

Kellers gründlichstes Urteil über den Menschen Leuthold enthält wohl jener Brief, den er nach dem Tod des Dichters an Heyse schreibt: «Leuthold sah in seinem Sarge ruhig und kolossal aus wie ein gefallener Häuptling; ein paar Tage vorher hatte mich Baechtold noch mit Wein hingeschleppt; da war er ganz elend und sprach nicht mehr ... Seinen Ruhm, soweit er von Unberufenen ausging, hätte er in gesunden Tagen nicht verdaut und wahrscheinlich auch in Jahresfrist überlebt; denn er hatte doch zu wenig Eigenes in sich. Der arme Kerl hat übrigens in der letzten Zeit etwa Laute von sich gegeben, woran zu erkennen war, daß er innerlich brütete und an Gefühlen eines Büßenden litt. Das hatte zum Elend noch gefehlt, daß ein erziehungs- und ratloses Kind noch die paar Bockssprünge bereuen soll, die es gemacht hat, nachdem es ausgesetzt worden ist.» Das rasch Vergängliche eines Werks, das auf reiner Formkunst beruht, nicht auf «Eigenes» baut, das «Dissolute» der Persönlichkeit sind Anhaltspunkte für die Beurteilung Leutholds, die sich auch in der Schilderung Petersens von einer Begegnung mit dem Lyriker in der Veltlinerhalle in München finden; er berichtet, man habe ihm eines Abends gesagt: «Da naht der biedere Leuthold! als ein unzufrieden und etwas wüstlich aussehender Mann eintrat. Erst als der ziemlich Wortkarge wieder fort war, erfuhr ich, daß es der begabte, formgewandte Leuthold gewesen sei»; auch ihm ist das Beschränkte von Leutholds Kunst, das Bedingte seiner Persönlichkeit klar; er habe keine «Entwickelung» durchschritten, «welche uns mit besonderer Erbauung erfüllen könnte», er sei ein Opfer «des berufsmäßigen Literatentums» oder zumindest von dessen «schwachen Seiten»: «Das ist eine Laufbahn, welche einen stärkeren Charakter voraussetzt, als Leuthold ihn hatte [19].»

In der Rezension des Gedichtbandes, von der C. F. Meyer sagt, sie sei «kurz aber mit großem Verstand» geschrieben, geht Keller einerseits von der Überzeugung aus: «Die Meister des eigentlichen Liedes sind alle tot» (wie Frey überliefert); andersets möchte er sich Leutholds als eines Schweizer Lyrikers annehmen. So erklärt sich auch die etwas zwiespältige Bemerkung des Kritikers in einem Brief an Heyse: «Meine kleine Anzeige in einer hiesigen Zeitung lasse ich Dir zugehen; ich eröffnete damit die heimatliche Besprechung und glaubte schon ziemlich unverschämt und kritiklos verfahren zu sein» (vgl. S. 381–384). Er anerkennt die «Schönheit und Harmonie von Inhalt und Form», vermißt jedoch jene stoffliche Befrachtung, die der Lyrik erst ihren vollen Wert gibt. Das Verdienst des Herausgebers im besondern ist es, die Gedichte so geordnet zu haben, daß sich eine «Konzentration» «durchgehender Schönheit und Vollendung» ergibt, wobei aber auch «die Formenstrenge und der Wohllaut des Vorhandenen dafür [bürgt], daß der Dichter selbst nicht minder kritisch verfahren wäre, wenn er sein Buch zusammengestellt hätte». Wenn Keller mit dem Blick auf den kranken Dichter schließt: «... das Buch hat nicht nur ein Schicksal, sondern es stellt ein Schicksal dar», so klingt hier vielleicht eine Erinnerung an jene frühe «Reflexion» auf, die er 1839 niedergeschrieben hat: «Preise der Tor sich glücklich, der nie den innern Wert der Kunst empfunden hat; denn in seliger Trägheit fließen seine Tage dahin, während der andere, das Licht im Auge, seine Ruhe zerfetzt, rastlos sein Ideal verfolgt, das Leben verscherzt, sich durchringt, um – am Ziele zu Grunde zu gehen»; und noch eine Äußerung Kellers ist heranzuziehen: Man müsse einen «vollen und tiefen» Charakter annehmen, «wie er ist»: «... das ist in Sachen der schönen Künste von jeher das Gescheiteste gewesen.» Leuthold verkörpert für Keller eine jener Künstlergestalten, die dem «heiteren und erfreulichen Anblick» eines «Genius», der «durch die Gunst der Verhältnisse und eigene glänzende Begabung ohne sonderliche Mühen und Leiden glücklich» wird, überhaupt nicht entspricht [20].

Daß die Rezension in der «Neuen Zürcher Zeitung» nicht das gesamte Bild, das Keller sich von Leuthold macht, wiedergibt, belegen die oben zitierten Briefe. Das geht auch aus seiner Antwort an Fritz Mauthner hervor, der um eine ausführliche Studie über Leuthold für das «Berliner Montagsblatt» bittet; es sei problematisch, bei dem «Ausreichenden und Zuverlässigen», das bereits geschrieben worden sei, «sich in Sachen vom nämlichen

Ausgangspunkt aus nochmals hören zu lassen. Dennoch ließe sich noch einiges hinzufügen und anderes etwas allgemeiner behandeln, insonders auch bezüglich der wunderlichen Legendenbildung und Urteilsschwäche, welche sich in diesem Fall mit so ungewohnter Rapidität verbreitet haben. Ich hätte daher wohl ein Interesse, mich auch in einer Darstellung oder Würdigung des Abgeschiedenen mit allfälliger Nutzanwendung zu versuchen ...» Diese Arbeit, die möglicherweise das Urteil über Leuthold anders gefaßt hätte als in der Rezension, wird von Keller offenbar noch aus einem zweiten Grund erwogen, den er Baechtold gegenüber anführt. Als dieser beabsichtigt, für sein Vorwort zu einer neuen Auflage der Gedichte Kellers Rezension zu verwenden, ersucht er ihn, davon abzusehen: «Ich bin für die wenige Berührung, die ich mit Leuthold hatte, schon zu viel genannt worden und jage keineswegs danach, mitzufigurieren, wo ich nichts gewirkt habe. Schließlich aber wünschte ich auch durch solche Fixierung eines flüchtig abgegebenen Urteils mir den Mund nicht für die Zukunft verschlossen zu wissen, abgesehen davon, daß auch die mildeste Einschränkung unbedingten Lobes, wie ich sie handhabe, in der Edition eines Autors, der noch Zeitgenosse ist, sich nicht wohl ausnimmt. Man ist gewissermaßen in *seinem* Hause und kann schicklicher Weise nicht sagen, was einem einfällt.» Der Herausgeber müsse sich seine einleitenden Worte sorgfältig zurechtlegen: «Die Wahrheit zu entstellen wird Ihnen wohl widerstreben; auf der anderen Seite wird es nicht angehen, Dinge zu sagen, welche in irgend einer Weise die Verehrer und Käufer des Buches gegen dessen eigenen Urheber einzunehmen und sie zu enttäuschen geeignet wären. Ich hielte dafür, daß die Gedichte ... ihren jetzigen Nimbus am sichersten bewahren, wenn die lakonische Erscheinungsform die alte bleibt, mit Ausnahme der Beisetzungen des Herausgebers ...[21]» Keller weiß, wie schwierig es ist, die Frage nach dem Rang von Leutholds Lyrik und nach seinem Wesen hinreichend zu beantworten. Daher ist seine Erbitterung über Baechtolds eigenmächtiges Vorgehen, in der Einleitung zur 3. Auflage seine Beteiligung an der Auswahl hervorzuheben und einen Auszug aus der Rezension des «schlichten Gottfried Keller» abzudrucken, doppelt groß. Während 1879 die von Baechtold besorgte Ausgabe Kellers Zustimmung findet: «Ich wüßte nicht, was ich von Leutholds Gedichten wegwünschte, nachdem das geringfügigste so dankbar aufgenommen worden ist. Etwas Ballast scheint lyrischen Fahrzeugen auf unseren seichten Seen eher gut zu tun als zu schaden ...», schreibt er 1884 an Paul Heyse: «Baechtold schickt mir soeben die 3. Auflage von Leutholds Gedichten; in der Einleitung läßt er mich ungebührlich mitleiden, wie er überhaupt den ganzen Unglückskerl in unerlaubter Weise langsam und stückweise verzapft hat. Als Titelbild ist, um dem Verfahren die Krone aufzusetzen, eine abschreckend diabolische Porträtradierung vorgesetzt.» Die Kritiker dieser neuen Ausgabe beziehen denn auch tatsächlich Keller immer ein, und Leuthold-Studien noch des 20. Jahrhunderts vermuten, daß er die Veränderungen, denen der Band zu seinem Nachteil von der 1. Auflage an unterworfen worden ist, zu verantworten habe. Dabei lehnt Keller selbst Baechtolds Methode ab, die ja auch zur Entfremdung zwischen ihnen beiträgt; ein zweites Mal schreibt er wenig später an Heyse, was er davon hält: «Nachdem er 5 Jahre lang den armen Nachlaß nösselweise verzapft hatte, schwingt er sich zu guter Letzt aufs hohe Roß des Methodikers und kritischen Editors, um den guten toten Freund unter sich zu bringen und alle unvorteilhaften Äußerungen zu sammeln und zu registrieren. Das konnte er in irgendeiner besondern Abhandlung und an anderm Orte tun, aber nicht an der Spitze des ihm anvertrauten einzigen Gutes oder Ungutes des Verstorbenen [22].»

Eine letzte Zusammenfassung alles dessen, was Leuthold als Dichter und Mensch entbehrt, steht in einem Brief Kellers an J. V. Widmann über eine Rezension der 3. Auflage der Leuthold-Gedichte und über Widmanns Verse «Heinrich Leuthold», die Baechtold 1894 dann der 4. Auflage voranstellen wird: «Das Leuthold-Gedicht ist sehr schön, fast etwas zu feierlich für die schwache Originalität, welche der unglückliche Guerilla-Häuptling besessen hat. Dennoch trifft das Lied die Stimmung derer, die ihn in seinem langen Sarge ausgestreckt gesehen, das Gesicht mit seinen beruhigten Leidenschaften und Ansprüchen durch den Tod wiederhergestellt, plötzlich, sogar wieder in die durch Paralysis verlorene Intelligenz getaucht.» Auch hier gilt die Kritik dem charakterlichen Ungenügen und der künstlerischen Schwäche; aber das letzte schwere Schicksal und der Tod stimmen den Kritiker versöhnlich. Man hat darauf hingewiesen, Leutholds Bedeutung als Schweizer Lyriker hätte eine ausführlichere Beurteilung verdient und es wäre gerade Kellers Aufgabe gewesen, hervorzuheben, daß Leuthold, wie er selbst und C. F. Meyer, «wacker sein Teil dazu beigetragen, der schweizerischen Lyrik über die Grenzen des Landes hinaus ein Ansehen zu verschaffen, das ihr seit Jahrzehnten fehlte [23]» (Günther). Nur: wird dabei nicht übersehen, daß Keller eben der Persönlichkeit Leuthold zu tief mißtraut oder sie doch zu unbehaglich empfindet, seine Lyrik die Forderungen Kellers nach Stofflichkeit und Gehalt nicht erfüllt, daß schließlich die Kritiker, die Nachlaßverwalter, die unberufenen «Vorsteher» des kranken Dichters, der ganze Betrieb, der um ihn entfesselt wird, die falsch verstandene Fürsorge – daß dies alles Gottfried Keller abstoßen mußte und ihn die Vergeblichkeit erkennen ließ, Leuthold einen diese Schwächen getreu spiegelnden Rang zuweisen zu wollen und sein Bild in der offensichtlichen Zwiespältigkeit darzustellen?

Conrad Ferdinand Meyer

Anders gestaltet sich das Verhältnis Gottfried Kellers zu C. F. Meyer. Trägt Leutholds Lyrik das Odium des Epigonenhaften, so weiß Keller vom ersten Augenblick, daß Meyers Gedichte unbestreitbar Kunstwerke sind, an denen diese und jene Einzelheit zu beanstanden ist, die aber im ganzen den Glanz der Vollendung tragen. Um so schmerzlicher ist Kellers Enttäuschung über den Menschen, über Charakterzüge des Dichters, die er nur als kleinlich oder selbstgefällig deuten kann. Es gibt zwar auch die – rein äußerlichen – Gemeinsamkeiten: In Keller und Meyer regt sich ungefähr zur gleichen Zeit (Anfang der siebziger Jahre) der Wunsch, das lyrische Schaffen in einer durchgearbeiteten Sammlung zusammenzufassen; beiden bereitet diese Redaktion, teils der Umstände, teils der gewandelten Kunstanschauung wegen, große Schwierigkeiten; bei beiden rückt die Arbeit nur langsam voran, so daß Adolf Frey im November 1881 über Meyer an Keller schreibt: «Auch er laboriert übrigens an der Ausgabe seiner Gedichte. Er ist vielleicht noch zaudernder als Sie mit diesen Dingen. So wohnen zwei *Fabii cunctatores* nebeneinander, die durch Zaudern den Sieg davontragen werden [24].»

Aber genug trennt sie persönlich und im Bereich der Ästhetik. Das beweist schon der Aufbau ihrer Gedichtsammlungen, der bei Meyer in die Weite der Welt führt, während Keller von der Nähe gefesselt bleibt; Meyer stellt keine gewöhnlichen Menschen dar, zeichnet kein Bild des eidgenössischen Staates, dem so viele Verse Kellers gelten; in den Novellen wird das Thema der zürcherischen und schweizerischen Gegenwart fast völlig gemieden; selten ist in Meyers Werk der politisch bewegte Augenblick gestaltet, in späteren Auflagen des «Hutten» vielmehr alles getilgt, was dessen Schicksal irgendwie an bloße Zeitgegebenheiten bindet. Meyer, der an seine Mission glaubt, «den Bürger immer und überall auf ‹das Große› hinweisen zu müssen» (Schmid), ist nicht unschuldig daran, daß Gottfried Keller auch heute noch als «patriotischer» Dichter gilt. Er vermutet in den Werken seines Landsmanns eine Bestärkung des Schweizer Volkes im nur Redlichen und Biedern – eine Gesinnung, die doch Keller selbst als kleinlich verurteilt und bekämpft. Keller trage dazu bei, daß der Schweizer das Gefühl für Größe dem Behagen an der eigenen Art aufopfere; dieser Vorwurf ist auch da zu vernehmen, wo Meyer nur zu loben scheint: «Am meisten aber und gewaltig imponierte mir seine Stellung zur Heimat, welche in der Tat der eines Schutzgeistes glich: er sorgte, lehrte, predigte, warnte, schmollte, strafte väterlich und sah überall zu dem, was er für recht hielt», schreibt er in den «Erinnerungen an Gottfried Keller», und in einem Brief an die «Neue Zürcher Zeitung»: «Das Außerordentliche Kellers liegt wohl darin, daß er die spezifische Vaterlandsliebe des Schweizers und seine Gottlob noch immer aufrechten ethischen Eigenschaften der Gradheit und Pflichttreue mit einer ungewöhnlich starken Phantasie und ihren Launen und Verwegenheiten vereinigt, eine seltene Mischung, die sich nicht so bald wiederholen wird.»

Unter dieser Charakteristik, nur durch Meyers Pietät gegenüber dem toten Keller gemildert, ist jener menschliche Abstand verborgen, der bis zur Vorstellung vom andern als einem Antipoden führt; so schreibt Meyer kurz nach Kellers Tod: «Es ist wohl möglich, daß in seinem Nachlaß noch irgend etwas Unangenehmes für mich zu Tage tritt: es sei ihm zum Voraus vergeben um alle der Freude willen, die mir seine Schriften noch täglich machen», und seine Dankbarkeit mutet seltsam getrübt an: «Er hat mir seine Gedichte freundlich zugesendet und zugeschrieben, was mir – bei meiner nicht leichten Stellung ihm gegenüber – wertvoll ist [25].»

Sehr deutlich prägt sich, wie angedeutet, der Unterschied zwischen den beiden Dichtern in ihrer Haltung gegenüber der schweizerischen staatlichen Wirklichkeit aus, was nicht zuletzt durch das Herkommen bedingt ist: Meyer ist ein Sproß des zürcherischen Patriziats mit seinen geistigen, sozialen und sogar physiognomischen Zügen, Keller «echter Sohn der demokratischen Zürcher Landschaft» (Unger). Meyer will nicht Dichter des Bürgertums sein; im «Schuß von der Kanzel» und im «Jenatsch» ist die «laue Frömmigkeit» der Mythikoner, die Heuchelei der Zürcher eine Parallele zu Kierkegaards Karikatur der bürgerlichen Frömmigkeit, wird dem Schweizer Pharisäertum nachgesagt (Schmid). Oder die Spannungen zwischen den Dorfbewohnern und dem General in der Novelle spiegeln diejenigen Meyers zur Stadt Zürich, sind dieselben, die er im Aufsatz «Kleinstadt und Dorf um die Mitte des vorigen Jahrhunderts» darstellt, der auf Edmund Dorers handschriftlicher Biographie Johann Georg Zimmermanns aufbaut und 1881 im «Zürcher Taschenbuch» erscheint. Meyer hebt Zimmermanns antibürgerliche Züge hervor und wählt aus dem biographischen Material ein Kapitel aus, das «von dem langjährigen Zerwürfnisse Zimmermanns mit seinen kleinstädtischen Mitbürgern» in Brugg berichtet. Er spricht für sich selbst, wenn er Zimmermanns Unbehagen zwar auf sein «reizbares, ja gefährliches Naturell», «seine Ruhmsucht und Eitelkeit» zurückführt, aber hinzusetzt, man könne sich vorstellen, «wie eng und gering zu jener Zeit das Dasein in einer Kleinstadt war und wie ein dazu verurteilter bedeutender Mensch darunter leiden konnte». Zimmermann hätte seinem «Vorschlag zu einem Kleinstädter Katechismus», der auf Brugg und seine Bürger zugeschnitten ist, die Kleinsinnigkeit, die enge Perspektive, die Verleumdungssucht und den Nepotismus geißelt, nach dem Beispiel von Pascals «Omnis homo jesuita» das Motto voranstellen können: «Jeder Mensch ist ein Brugger!» Natürlich ist Meyer nicht der «fragmentarische Charakter», als den er Zimmermann zeichnet, aber der Hang zur Absonderung verbindet sie beide: Meyer bezieht ein Landhaus außerhalb der Stadt, Zimmermann widmet der Einsamkeit ein vierbändiges Werk: «Er suchte sie noch in der Agonie und endete mit den Worten: ‹Ich sterbe, lasset mich allein!›» Meyer unterstreicht indessen in seiner Studie auch das, was seine Neigung, sich auf sich selbst zurückzuziehen, von Zimmermanns absoluter Haltung unterscheidet. Er schreibt über Zimmermanns Werk: «Das Thema ist: Hartnäckige Einsamkeit als das einzige Rettungsmittel in einer Kleinstadt. Trotz der sorgfältig gebauten Perioden einer sogenannten klassischen Prosa widerstrebt es uns, diese äußerlich gedrechselten und innerlich so wild menschenfeindlichen Sätze zu wiederholen ...» Bei Meyer kann nicht von einem Trotz gegenüber der kleinbürgerlichen Gesellschaft gesprochen werden. Vielmehr ist es seine Art, das Nächstliegende, das Kleine zu übersehen, ohne aber selbst gewisse philiströse Eigenheiten abzulegen. So empfindet Keller an ihm vor allem den Widerspruch zwischen dem bürgerlichen Hausherrn, jovialen Gastgeber und dem historischen Dichter, dem Künder «von der vergessenen Macht des Schicksals», der «tragisch-stolzen Gestimmtheit des unter die Bürger verschlagenen dantesken Sehers» (Schmid). Wo Keller das Volk mit Leitbildern erziehen will, errichtet Meyer sein Ideal der Größe, des hehren Daseins; er stilisiert das Volk in seinem dichterischen Werk nicht nach Seldwyla hin, d. h. humoristisch überlegen, sondern es entsteht ein Mythikon. Für Keller – wie für Pestalozzi und Gotthelf – ist der Kleinstaat die selbstverständliche Welt, in der sich menschliche Ziele verwirklichen lassen; er ist «das Symbol der menschlichen Ganzheit» (Schmid). Meyer will der Mittelmäßigkeit ausweichen, er sucht «sehnsüchtig das Große ..., die ruhige Gestaltung, die Kunstvollendung», wie Emil Bebler sagt. Er bekennt sich, nach einer jähen Loslösung von Frankreich während des Deutsch-Französischen Kriegs, ausschließlicher zu Deutschland als Keller; die Strophe aus «Hutten»: «Geduld, es kommt der Tag, da wird gespannt / Ein einig Zelt ob allem deutschen Land» und Kellers Trinkspruch am Abschiedsbankett für Professor Gusserow sprechen einen ähnlichen Gedanken aus, beide sind gleich begeistert für das Kaiserreich, doch formuliert Meyer sein Zugehörigkeitsgefühl zum deutschen Geistesleben entschiedener: «... auch ganz abgesehen von meinem persönlichen Verhältnisse zur deutschen Literatur, habe ich die allgemeine Überzeugung, daß Zusammenhang und Anschluß an das große deutsche Leben für uns Schweizer etwas Selbstverständliches und Notwendiges ist. Ja, ich habe die Stärkung dieses Bedürfnisses stets als den genauen Gradmesser gründlicher Bildung betrachtet. Es ist, nach meiner Überzeugung, ein unermeßliches Gut, daß wir, unbeschadet unserer Eigentümlichkeit, einem weiten sprachlichen Gebiete und einer großen nationalen Kultur angehören und uns nicht, wie etwa die Holländer, in einem engen partikularen Kreise bewegen [26].»

Solche Wesensunterschiede lassen sich ergänzen und vertiefen durch jene trennenden Charakterzüge, welche den beiden Dichtern selbst bewußt sind und über die sie sich äußern. Bei der ersten persönlichen Annäherung um 1870 hat der 45jährige Meyer die «20 Balladen eines Schweizers» (1864) und die «Romanzen und Bilder» (1869) veröffentlicht, denen 1871 der «Hutten» folgt. Von Keller sind damals zwei Gedichtbände, ein Band Novellen, einzelne Erzählungen und der große Roman erschienen, er ist als «vates ergregius, cui non est publica vena» mit dem Ehrendoktor der Universität Zürich ausgezeichnet worden. Über Meyers Haltung zu Keller in dieser Zeit schreibt Adolf Frey: «Meyer trachtete damals weder nach seiner Bekanntschaft noch nach seinem Urteil. Die gewaltigen Schöpfungen des um wenige Jahre älteren Mannes mochten ihn, der noch nichts geleistet hatte, drücken und in scheuer

Entfernung halten, wobei er schwerlich ahnte, wie liebenswürdig und anerkennend Keller Anfängerarbeiten und überhaupt die Leistungen anderer beurteilen konnte. Ihn scheuchte der Ruf der Derbheit, der wie eine Gewitter-
wolke über der Staatskanzlei schwebte; und Derbheit, die er sein Lebtag
schwer ertrug, mied er damals wie ein schneidendes Schwert; auch betrat er
gewöhnlich ohne Not kein Wirtshaus, während Keller sich mit Gleichgesinnten hinterm Becher vom Tagewerk zu erholen liebte [27].» Dennoch empfindet
Meyer das Verhältnis zu Keller als problematisch, während es «aus weltanschaulichen, vaterländisch-politischen und dichterischen Gründen» Gotthelf
ist, der Keller «zu schaffen macht», nicht Meyer: «Für Meyer hatte er im
letzten Grunde das Lächeln Willes und Ricasolis bereit, das Lächeln des
Stärkeren und In-sich-selber-Ruhenden für das angestrengte ‹besoin de gran-
deur›» (Schmid). Meyer glaubt sich von Keller selten richtig verstanden; das
äußert sich in seiner Reaktion auf Baechtolds Besprechung des «Heiligen» in
der «Neuen Zürcher Zeitung» vom Januar 1880, die weithin das öffentliche
Urteil bestimmt und den Dichter deswegen aufbringt, weil er in ihr die Meinung Kellers gespiegelt meint; im Brief an den Verleger Haessel heißt es am
2. Mai 1880: «Das Feuilleton der N. Zürcher Zeitung (Dr. Baechtold, der In-
time Kellers, mit welchem (Baechtold) ich auf gar keinem Fuß stehe) hat ...
ein Artikelchen gebracht ... Es ist wörtlich das Urteil von Keller, der den Heiligen in Gottes Namen nicht verstanden hat» – als Fußnote fügt er hinzu:
«... mit einigen Keller flattierenden und mich verkleinernden Zutaten des braven Baechtold». «Auch sonst hat mich das Artikelchen angeekelt, Sie werden,
bei der Lesung, gleich sehen warum, neben anderm durch die patriotische
Prahlerei: Zwei Zürcher schreiben gegenwärtig das beste Deutsch, eine eben so
einfältige als für Spielhagen, Heyse etc. beleidigende Großtuerei ...» Daß Kellers Bewertung des «Heiligen» eine andere ist, als Baechtold sie wiedergibt,
geht aus Briefen an Rodenberg und Adolf Frey hervor (siehe S. 439, 442). Aber
Meyers Reaktion zeigt, wie er Keller einschätzt, wie er die Spannungen
wahrnimmt. Daß anderseits Keller tatsächlich auf Arnold Böcklin, der zwischen 1885 und 1892 in Zürich lebt und den Meyer gerne näher kennen-
gelernt hätte, einwirkt, um aus der Selbstsucht des Alters heraus diese Bekanntschaft zu verhindern, nimmt Meyers Biograph Langmesser an, der auf
die Meyer «ablehnende Haltung des genialen Künstlers, an der Gottfried Keller, Böcklins intimer Freund, wohl nicht ganz unschuldig war», hinweist [28].
Meyer selbst spricht manchmal verhüllt das Gefühl der Gegensätzlichkeit aus:
«Seit Kellers Tode hat mich ein eigenes Gefühl der Vereinsamung beschlichen.
Er saß so lange Jahre auf dem anderen Ende der Schaukel, und nun bin ich
allein.» Ähnlich empfindet wohl Keller; aber er äußert es herber, ablehnender: «Stets als Genosse einer Schweizerfirma ‹Keller und Meyer› – oder wie
er sich drastisch ausdrückte – als ‹ewiger siamesischer Zwilling› aufgeführt
zu werden [wie das etwa Karl Stauffer tut (siehe S. 44)], wurde ihm auf
die Dauer verdrießlich.» Der Briefwechsel ist denn auch von «charakteristi-

scher Einsilbigkeit», und nicht anders hat man sich wahrscheinlich die seltenen Unterhaltungen vorzustellen: Wie die Briefe so ist offenbar auch der Gesprächspartner Keller «eher liebenswürdig als interessant [29]». Es ist hier zurückzukommen auf Meyers «Erinnerungen an Gottfried Keller», den Nachruf, der Rücksicht auf den eigenen Rang als Dichter wie auf das Andenken Kellers zu nehmen sucht. «Er ist sehr *loyal* geschrieben, völlig wahr und doch reserviert», urteilt Meyer selbst; dann wieder erscheint ihm der Nekrolog «ohne *animo*», und merkwürdig sind die beiden widersprüchlichen Äußerungen vom 24. Oktober 1890 an François Wille und Louise von François:

«Das über Keller ... ist *wenig*. Man muß zwischen den Zeilen lesen. Es war mir ein Ehrlichkeitsbedürfnis (und wohl auch ein bißchen Klugheit), irgendwo zu *widerlegen*, daß er und ich uns *nicht* nahestanden» – und an Louise von François: «Eine Kleinigkeit über Keller habe ich in die Deutsche Dichtung von Franzos gegeben. Man muß zwischen den Zeilen lesen. Es war mir ein Ehrlichkeitsbedürfnis, irgendwo *niederzulegen*, daß wir uns *nicht* nahestanden.» Herzlicher lautet ein Brief an Frey: «So ist denn unser Gottfried in den Flammen bestattet und ich kann Sie versichern, daß es mir *sehr nahe* geht!» An den Schriftsteller Hermann Lingg schreibt er am 1. August 1890 in urbaner, wohlmeinender Weise: «Obgleich ich wie Sie wissen mit Keller auf gar keinem Fuße stand, mangelt er mir doch und ich betraure ihn mehr als mir eigentlich bei der Seltenheit unseres Umganges erlaubt ist, ja ich habe mir beikommen lassen, etwas über ihn aufzuzeichnen, mit Vorsicht, von unserer letzten Unterredung ... erzählend, mehreres noch mit Genuß verschweigend [30].»

Die «Erinnerungen» sollen nur «Wesentliches und Charakteristisches» berichten, «dem Zuviel und ... der Anekdote» ausweichen. Es fällt Meyer nicht leicht, die eigene Persönlichkeit zurücktreten zu lassen, und eigentlich setzt schon der Anfang des Aufsatzes Keller etwas ins Unrecht, wenn es heißt, sie seien sich zwar nicht nahegestanden, aber «... es fand zwischen uns ein freundschaftliches Verhältnis statt. Er zeigte sich mir immer – oder fast immer – liebenswürdig und geistreich unterhaltend, womit ich mich gerne zufrieden gab. Meinerseits begegnete ich ihm stets mit Ehrerbietung und hielt diesen Ton fest, wenn er auch gelegentlich darüber spottete und einmal einen ‹in Ehrerbietung› unterzeichneten Brief mit ‹in Ehrfurcht› erwidert hat [31].» Meyer bewundert Kellers «Herz und seinen Charakter», sein «ethisches Gewicht» und entschiedenes Urteil («Es ist ein notorischer Lügner», «Er hat kein Herz!»); er wundert sich, daß Keller «eingehend und völlig unbefangen» über seine Arbeiten spricht. Die Vorliebe des verstorbenen Dichters für «den einzelnen Fall, das besondere Motiv» kann Meyer nicht würdigen: «Im übrigen suchte er und oft peinlich das Reale, lange ‹bevor er Zola las›. Wie häufig hörte man ihn sagen ...: ‹Das ist! Ich habe es gesehen! Ich habe es selbst erfahren!› ..., um dann freilich ein ander Mal diesen seinen Realismus nach seiner Art selbst zu belächeln ...» Die Ironie Meyers ist nicht recht verständlich, äußert er sich doch selbst einmal ganz ähnlich zu Anna von Doss: «Ich habe nie etwas geschrieben, was ich nicht erlebt hatte, nie. Waren die Umstände ein wenig anders gruppiert, so macht das nichts. Aber den Kern der Situation hatte ich lebendig erlebt und alle Menschen, die ich zeichne. Ich kenne sie alle» – es scheint allerdings, daß Meyer hier eine Art höheren Erlebnisbegriff in Anspruch nimmt, den er Keller nicht zubilligt [32].

Von den Werken wiegen ihm die «Legenden» und, als psychologisches Meisterstück, die «Züricher Novellen» am schwersten: «... schon durch die Einheit und Einfachheit des Grundgedankens und seine eindringliche, vielfach variierte Predigt: sich zu bescheiden und immer sich selbst zu sein [33].»

Bemerkenswert ist Meyers Fertigkeit, Keller in subjektiven Gemütsstimmungen zu schildern, unberechenbar, unsachlich und eigensinnig, während er selbst die überlegene, gesprächführende Position innehat. In einer Unterhaltung über religiöse Fragen sagt Meyer zu Kellers «Vergänglichkeitslieder»: «sie verzichten aus Bescheidenheit aufs Jenseits» – doch sei dies bei ihm mehr Instinkt als Glaubenssatz, weshalb es ihm falsch erscheine, daß die Lieder in den Gedichtausgaben «zu einem Glaubensbekenntnis» zusammengefaßt, statt über die ganze Sammlung verteilt seien: «Da brach ich ab, denn er machte ein mißmutiges Gesicht.» Anderseits beschreibt Meyer auf bezwingende Weise Kellers «eigentümliches Lächeln»: Es «entstand langsam in den Mundwinkeln und verbreitete sich wie ein wanderndes Licht über das ganze Gesicht.»

Ein Zeichen dafür, daß Meyers Urteil über Keller als Mensch und als Dichter während der Jahre, die sie gemeinsam nebeneinander leben und schreiben, feststeht, ist seine Überraschung, als er erfährt, auch Keller habe sich am Drama versucht; Kellers Äußerungen während eines Besuchs hält er für «sehr kluge Dinge»: «... wie ich meine, die ich aber nicht vernahm, da ich plötzlich damit mich zu beschäftigen begann, ob dieser seltene Mann die höchste Form der Kunst, von welcher er jetzt mit einer gewissen Inbrunst sprach, vielleicht selbst einmal in's Auge gefaßt habe. Nun lese ich in den öffentlichen Blättern, daß dem so war und Bruchstücke von Dramen sich in seinem Nachlaß befinden.»

Hier – wie bei Leuthold – glättet das Sterben viele Gegensätze aus; die Schilderung von Kellers letzten Tagen in den «Erinnerungen» weicht jedoch von jener andern ab, die er Anna von Doss gibt und welche die ergreifende Szene – Keller dreht Meyers Visitenkarte in den Händen und sagt, man könnte auf die Rückseite einen schönen Vers schreiben: «Ich dulde, ich schulde ...» – weiter ausführt: «Und Keller jammerte, daß er die Kirche stets versäumt, das Opfer beim Gottesdienste. ‹Wieviel hätt' ich nur gegeben jedesmal? Ein Fränkli, mehr nicht.› Und er rechnete und zählte, wie viele Fränkli das geben möchte, und er gelobte, er wolle es sicher noch an die Kirche schikken. Keller ist bitter, es ist kein ‹schönes Sterben im Lichte›, meinte Meyer» – womit er anspielt auf den Titel des zweitletzten «Hutten»-Gesangs [34].

Die beiden Komponenten, die Meyers Gesamturteil über Keller bestimmen, finden sich deutlich getrennt in einem Brief an Louise von François. Als die Dichterin, die Keller «häufig künstlich, selten anschaulich findet», 1882 an Meyer schreibt: «Ich wäre Ihnen dankbar, wenn Sie mir gelegentlich Ihr aufrichtiges Meinen über den Mann und Dichter – vielleicht Ihr Freund, wie auch Ungleichartige es sein können – sagen wollen», antwortet Meyer: «Mit Keller stehe ich – ohne Intimität – auf einem loyalen Fuße, mit einer Nuance von Deferenz auf meiner Seite. Was ihm mangelt und ich glaube: er hat selbst das Gefühl davon, das ist wohl die Bildung im höchsten Sinne, aber welcher partielle Tiefsinn, *welche Naturgewalt*, welche Süßigkeit und auch welche raffinierte Kunst in Einzelheiten! [35]» Ergreifend und ein Beweis dafür, daß sich Meyer nicht zuletzt an Keller seines eigenen Dichtertums bewußt wird, ist der Bericht Freys von einem Besuch 1893 bei dem erkrankten Dichter in Königsfelden: «Über literarische Dinge äußerte er sich ziemlich klar und sachlich, die eigenen Schöpfungen ausgenommen. Diese bezeichnete er als dilettantische Versuche eines träumerischen Menschen, den z. B. Gottfried Keller niemals ernst genommen habe. ... Doch wollte Conrad Ferdinand Meyer weder jetzt noch anläßlich eines späteren Besuches glauben, daß Gottfried Keller nicht mehr unter den Lebenden wandle», und er zitiert ein Wort Meyers: «Wie oft und oft in diesen schönen Tagen muß ich denken: jetzt ist Gottfried Keller fort und sieht das alles nicht mehr! Und was für ein Recht habe ich denn, noch da zu sein?» – etwas anders freilich begründet er seinen Schmerz über den Tod Kellers in einem Brief an Louise von François, wo es heißt, dessen Hinschied gehe ihm nahe, er könne sich kaum «daran gewöhnen, daß Keller tot» sei, er, Meyer, werde nun «für Alles in Anspruch genommen [36]».

Gottfried Kellers Äußerungen über C. F. Meyer sind ebenso zahlreich wie diejenigen Meyers über ihn und betreffen meist die für ihn unerfreulichen Charakterzüge; er kann sie von der heitern Seite nehmen, wie den Brief Meyers über das Sonett Paul Heyses, das Keller als «einen Shakespeare der Novelle» feiert – ein Prädikat, das Meyer zu relativieren sucht, wie Keller wenigstens vermutet: «Auch ich wüßte, die *Art* des Eindruckes auf den Leser und die Mischung nicht nur des Tragischen und Komischen, sondern überhaupt Ihrer poetischen Kräfte erwägend, keinen sich ungesuchter bietenden Vergleichspunkt als den Humor und die Tragik des großen Briten. Das ist viel gesagt, aber es ist nicht anders.» Zu diesem Kommentar bemerkt Keller in einem Brief an Heyse: «... C. Ferdinand Meyer, welcher eine Art pedantischer Kauz ist bei aller Begabung, schrieb mir, in der Befürchtung daß ich die Charge mit dem Shakespeare der Novelle als bare Münze aufnehmen und so das Wohl meiner Seele und der Kanton Zürich Schaden leiden könnte, augenblicklich einen allerliebsten feierlichen Brief, in welchem er mir die Tragweite und insoferne Anwendbarkeit des Tropus auseinandersetzte und zwischen den Zeilen Grenzen und nötigen Vorbehalt diplomatisch säuberlich punktierte, ein wahres Meisterwerklein allseitiger Beruhigung. Meine Antwort war aber nicht minder kunstreich und darf sich gewiß sehen lassen. Daß ich dabei einen mißbilligenden Seitenblick auf *Sie* werfen mußte, werden Sie wohl begreifen!» In seiner genußvoll-ironischen Erwiderung an Meyer schreibt er: «Das *tertium comparationis* in dem Heyseschen Sonett mit dem bewußten Briten, so relativ es auch nur gemeint sein kann, müssen Sie nicht mir aufs Kerbholz schneiden, sonst würde ich den Schaden doppelt empfinden, den einem solch unbedachte Guttaten zufügen können. Jedenfalls ist es kaum gefährlicher gemeint, als seinerzeit die Benennung Gotthelfs als Shakespeare des Dorfes durch Vilmar, welche Charge die Bäume des tapfern Berners auch nicht in den Himmel wachsen ließ.» Zu Rodenberg äußert er gleichzeitig: «Paul Heyses Sonette sind neue Blüten seiner unerschöpflichen Güte gegen die Mitmenschen. Mit dem Shakespearschen Vergleiche in dem meinigen hat er mir jedoch bereits die milde Zurechtweisung eines Verständigen zugezogen, der mir zu verstehen gibt, ich müsse dergleichen *cum grano salis* auffassen»; im April 1877 äußert er sich nochmals über Heyses Sonett: «Das auf mich bezügliche ... hat mich zwar beschämt und auch mehrfach in Verlegenheit gesetzt, da Bekannte und gute Freunde, wie man sie so in der Umgebung zu haben pflegt, mich entweder wegen des zu starken Lobes geradezu zur Verantwortung ziehen, wie wenn ich es selbst gemacht hätte, oder stillschweigend ein schiefes Gesicht schneiden, auch eine Wirkung der Poesie [37].»

Oft jedoch verhält Keller sich Meyer gegenüber mißtrauisch, in der Meinung, er wolle ihn eine Überlegenheit spüren lassen, die ihm fragwürdig erscheint; dem Herausgeber der «Deutschen Rundschau» schreibt er, er sehe Meyer nie, «als wenn er eine Quengelei» vorhabe, z. B. Kellers Fürsprache bei Rodenberg verlangt, als er sich nicht entschließen kann, den «Thomas Becket» in der «Rundschau» erscheinen zu lassen. «Dieses ganz kuriose Begehren», berichtet Keller, «das ich jetzt noch nicht recht verstehe, schlug ich ab und redete ihm zu, das Manuskript abzusenden. Er brachte so viel Ausreden vor, daß ich zuletzt sagte, mir scheine, daß er überhaupt nicht wolle und nie gewollt habe. ‹Wenn Sie aber durchaus nicht wollen, so lassen Sie's eben bleiben!› ‹So ist's in Gottes Namen!› antwortete er, ‹darf ich mich also auf Sie berufen?› – ‹In diesem Sinne, ja, wenn es Ihnen Spaß macht, aber in keinem andern!› sagte ich. Es tat mir um der guten novellistischen Gesellschaft willen leid, trotzdem ich ihn ein wenig im Verdachte habe, er wolle mich mit dem ganzen Handel fühlen lassen, daß er als reicher Mann nicht nötig habe, seine Sachen auf jene Weise zu verwenden. Denn er ist persönlich ein gewaltiger Philister vor dem Herren. Wenn er Ihnen nun nicht genau in obigem Sinne geschrieben hat, so hat er geflunkert. Er ließ auch nichts mehr von sich hören [38].» Eine ähnliche Beobachtung hält Rodenberg in seinem Tagebuch fest: «Aber den Ferdinandus, wie er [Keller] C. F. Meyer nennt, kann er nicht leiden. Es ist gewiß nicht kleinlicher Neid oder Eifersucht, aber die Eitelkeit und Wetterwendigkeit, ‹das Literatenhafte› dieses ‹Volks- und Berufsgenossen› wird er nicht müde, mit seiner scharfen Zunge zu geißeln [39].»

Auf der gleichen Linie bewegen sich Kellers Äußerungen, wenn er Theodor Storm gegenüber, der aus Kellers Briefen «einen gewissen Menschenmangel» herausliest und fragt: «Ist C. F. Meyer ... nicht ein Zürcher? Der Mann gefällt mir wohl ...», seine Beziehungen aufdeckt: «Ferdinand Meyer ... ist allerdings ein Züricher. Er wohnt eine Stunde weiter aufwärts am See und ist 56 Jahre alt, hat vor wenigen Jahren erst eine Million geheiratet und ist für mich zum persönlichen Verkehr nicht geeignet, weil er voll kleiner Illoyalitäten und Intrigelchen steckt. Er hat ein merkwürdiges schönes Talent, aber keine rechte Seele; denn er ziseliert und feilt schon vor dem Gusse. So oft er mich sieht, macht er mir eine Sottise; z. B.: Erlauben Sie mir, Ihnen etwas zu sagen? Aber nehmen Sie es auch nicht übel? – Nein, nur los damit! – Also: Es ist schade um Ihre Gabe des Stiles! Sie verschwenden ihn an niedrige Stoffe, an allerlei Lumpenvolk! *Ich* arbeite nur mit der Historie, kann nur Könige, Feldherren und Helden brauchen! Dahin sollten Sie streben!» Auch hier erzählt Keller die Geschichte vom verweigerten Beitrag für die «Deutsche Rundschau» und erklärt, Meyer habe ihn erraten lassen wollen, «daß er sich für zu gut halte», und ihn, der in diese Zeitschrift geschrieben hatte, «mit seiner Vornehmtuerei [zu] regalieren» beabsichtigt; er berichtet auch das Ende der Episode: «Ich schrieb aber doch dem Julius Rodenberg selber den ganzen Hergang, worauf er mir antwortete, er habe das Manuskript schon in den Händen! Als die Novelle erschienen war, schrieb ihm Rodenberg einen Lob- und Dankbrief in seiner verbindlichen Art, rechnete ihn zu den ersten und festen Mitarbeitern der ‹Rundschau› usf. – und Meister Ferdinand ließ den Brief wörtlich teils abschreiben, teils drucken und an den Schaufenstern der hiesigen Buchhandlungen *anschlagen*!» In seinem nächsten Brief an Storm über Meyer vollzieht sich eine Umkehrung des strengen Urteils; er anerkennt den Dichter, vor allem den Lyriker, ergänzt aber: «Es ist ewig schade, daß er mir für den persönlichen Verkehr wegen allerhand kleiner Illoyalitäten und Aufgeblasenheiten verloren ist. Allein ich bin in diesem Punkte starr und inträtabel. Sobald ich am Menschen dieses unnötige Wesen und Sichmausigmachen bemerke, so lasse ich ihn laufen. Das psychologische Geheimnis ist indessen nicht sehr tief, nur hilft es nichts, dasselbe zu erörtern, und der Mann ist mir auch für eine solche Sektion denn doch zu gut [40].»

An diesen Zeugnissen Kellers über Meyer fällt auf, daß vor allem der Mensch mit einer gewissen Fremdheit betrachtet wird, während die lyrische Dichtung über allen Zweifel Geltung hat. Anderseits schwankt Meyers Keller-Verständnis zwischen Verehrung und kritischer Distanzierung, offenbar von seinem Selbstbewußtsein eingegeben, dessen schärfste Spiegelung wahrscheinlich in dem Louise von François gegenüber angeführten Mangel an Bildung zu sehen ist. Die beiden Dichter, von der Gunst der Stunde und des Ortes zusammengeführt, finden, anders als Goethe und Schiller, wegen ihrer nur und allzu menschlichen Eigentümlichkeiten nicht zusammen.

Es bleibt nachzutragen, daß sie sich auch hinsichtlich ihrer Bereitschaft zur

Kritik unterscheiden; während Keller einem verbindlichen Urteil in Kunstdingen nicht aus dem Weg geht, hält Meyer sich immer zurück: «Ich will nicht influieren, weder so noch so, nicht einmal mit einer Gebärde ... Ich habe mir zum Gesetze gemacht, kein Wort zu schreiben, noch selbst zu reden, das nicht alle Welt wissen darf, und kann, außerhalb dieser Sphäre der Loyalität, nicht wohl existieren. Das kann peinlich und pedantisch erscheinen, aber ich habe meine Erfahrungen gemacht.» Diese Weigerung, sich auch nur brieflich über das Werk eines andern Schriftstellers auszusprechen, entspringt der Abneigung davor, sich zu verfeinden oder zu verpflichten. Zudem ist Meyer von den Problemen des eigenen Schaffens ganz in Anspruch genommen. Er läßt sich lieber selbst rezensieren, als daß er ein Urteil abgibt; in einem Brief an Adolf Frey über dessen «Hutten»-Aufsatz in der «Deutschen Rundschau» vom Oktober 1881 spricht er nur von der Kritik, die sich auf ihn, den Dichter, bezieht: «Ich kann Ihnen nicht sagen, hoffe, Sie werden es auch einmal erleben, wie wohltuend es für den Älteren ist, von dem Jüngeren in einer Weise gewertet zu werden, wie er es von seinen Altersgenossen unmöglich verlangen kann. Mir scheint in diesem Falle, oder auch wenn man von einem weit Älteren (vid. Vischer) gewertet wird, veredelt sich das sonst so strenge Gesetz der Gegenseitigkeit, des Gegendienstes, zur Dankbarkeit gegen den Älteren und gegen den Jüngeren zu echtem, wahrem Wohlwollen» – geschickt umgeht er die Verpflichtung, Frey jetzt oder später kritisch zu beraten. Bei Kellers Auffassung von der Literaturkritik wird es begreiflich, daß er den Kritiker Meyer, wie er sich im Gespräch äußert, nicht schätzt. Die menschlichen Unzulänglichkeiten machen auch sein literarisches Urteil verdächtig: «Er hat ein merkwürdiges schönes Talent, aber keine rechte Seele.» Der Mangel an Einfühlungsvermögen wiegt bei ihm, der als Kritiker doch über die «wärmende Ader» des Dichters verfügt, doppelt schwer. Sachlich ist es Meyers Beharren auf dem eigenen ästhetischen Standpunkt, das es ihm verunmöglicht, die Kunstauffassung anderer Dichter zu verstehen, z. B. Kellers Arbeit an «niedrigen Stoffen», am «Lumpenvolk» zu würdigen. Literarische Kritik ist abhängig von der Persönlichkeit; wenn Keller den Kritiker, der wider bessere Überzeugung ein Werk verurteilt oder lobt, in der Einleitung zur Rezension von Bachmayrs Drama auch als hypothetische Figur hinstellt: denkbar ist sie durchaus [41].

Der wesentlichste Zug in Kellers Charakter ist seine Aufrichtigkeit, die Meyer, der in seinen gelegentlichen kritischen Bemerkungen an ihre Stelle Unverbindlichkeit oder Selbstdarstellung setzt, ein bißchen fürchtet. Von ihm gilt in diesem Sinn nicht, was Frey über Keller schreibt: «Selbst landläufige Komplimente, die jeder ruhig austeilt und einsteckt, erschienen ihm leicht als eine Art von Beleidigung, zumal wenn sie ihm ins Gesicht gesagt wurden, und er selbst spendete auch in liebenswürdiger Stunde ein Lob kaum gegen seine Überzeugung. Man darf sogar so weit gehen, zu sagen, daß man unter Hunderttausenden nicht einen Mann von so großer Wahrhaftigkeit finden wird, wie er war.» Zu dieser Redlichkeit gesellt sich Bescheidenheit, die Keller auch bei andern voraussetzt. Sie äußert sich in den halb ironischen und mit der schematischen Form der üblichen Selbstbeschreibungen spielenden autobiographischen Skizzen, in einer Selbstdarstellung, die nur in den Tagebüchern, selten in den Briefen deutlicher wird. So erklärt sich die abschlägige Antwort an Baechthold, der eine Studie über ihn schreiben will: «Die Sache ist die: Ich bin trotz meines Alters noch nicht fertig, sondern ein Bruchstück, das in den nächsten Jahren vielleicht ergänzt wird, aber jetzt zu keinem richtigen Bilde dienen könnte. Es kommt das von den 15 Jahren Amtsleben und von voheriger, ungeschickter Zeitverschleuderung. ... Daß ich selbst eine Autobiographie in ausführlicherer Gestalt vorhabe, kommt hier nicht in Betracht, weil es mehr um eine Geschichte meines Gemütes und der mit ihm verbunden gewesenen Menschen und auch zum Teil etwas politische Geschichte sein wird, wenn ich überhaupt dazu komme.» Es scheint symptomatisch, daß dieses Vorhaben nicht ausgeführt wird. – Schließlich ist die Abwehr übertriebenen Lobes von außen zu berücksichtigen, ohne daß allerdings dabei das Gefühl für den eigenen Wert verlorenginge: «Es liegt mein Stil in meinem persönlichen Wesen ...», schreibt er einmal an Emil Kuh, und das ist die Antwort, die Keller auch für jeden Vergleich mit C. F. Meyer, den er selbst gezogen haben muß und den andere versuchen, bereithält [42].

Carl Spitteler

Gottfried Kellers kritische Äußerungen über Carl Spitteler und seine Dichtungen gehören in das Gespräch, das sich in den achtziger Jahren des 19. Jahrhunderts auch zwischen den damals lebenden Schweizer Schriftstellern um den Verfasser von «Prometheus und Epimetheus» entspinnt, ein Gespräch, in dem vor allem Unbehagen und Befremden, Befangenheit und Ablehnung zum Ausdruck kommen; Kellers Bemerkungen zu jenen Werken Spittelers, die er kennt, erklären vielleicht immer noch am besten, was der Grund solcher Reaktionen ist, obschon seine Kritik nicht aus eigenem Antrieb, sondern auf Ersuchen J. V. Widmanns und oft in Opposition zu ihm, dem eigentlichen Förderer Spittelers, niedergeschrieben ist.

Ein Beispiel für das der damaligen Zeit geläufige Urteil über Spitteler gibt Jacob Burckhardt; zwar äußert er Widmann gegenüber, «er traue Spitteler ‹die Kraft auf Alle, die mit ihm umgingen, zu, eine Kraft, die durch das Moralische hindurch ans Magnetische grenze›», aber die Erinnerungen des Dichters an seinen einstigen Geschichtslehrer am Basler Pädagogium beleuchten das Trennende ähnlich scharf wie später die Keller-Rede das, was ihn vom Zürcher Dichter scheidet. Erkennt aber Spitteler in Burckhardt trotzdem den «bedeutenden Lehrer», so zweifelt der Gelehrte an Spittelers «dichterischer Begabung» und findet es überflüssig, «seinen Eindruck angesichts des Werkes nachzuprüfen». Daraus erklärt sich Spittelers späte Feststellung: «Ich würde eine Wahrheit unterschlagen, wenn ich nicht auch meldete, daß trotz seiner überlegenen Einsicht in poetischen Dingen Burckhardts Urteil schmählich versagte, wenn es sich um lebende Dichter handelte. Zu dieser Behauptung habe ich sowohl allen Grund wie alle Ursache.»

Es verwischt nun die Tatsache, daß sich dieses Urteil Burckhardts gar nicht so sehr von demjenigen Kellers unterscheidet, wenn Spitteler in einem Brief an Keller schreibt: «Zugleich drücke ich Ihnen ... aus, wie sehr mich einst Ihre sympathische Aufnahme des ersten Buches [«Prometheus»] über die eisige Kälte des Publikums getröstet hat; während eines langen Jahres war Ihre Stimme die einzige, die ein Wort zu Gunsten meines Werkes zu sagen wußte. Wir sprachen einst zusammen darüber, was wohl Jacob Burckhardt zu ‹Prometheus› sagen würde. Ich weiß es jetzt; er hat sich bei mir entschuldigt, nicht etwa dafür, daß er das Buch nicht genießen könne oder daß er mir kein Wort darüber geschrieben ..., sondern daß er es nicht habe *lesen* können [43].» Diese Kritik Kellers, auf die Spitteler anspielt, ist die erste einer langen Reihe und bringt Keller in ein Verhältnis zu Spitteler, das die Vermutung nahegelegt hat, es sei seine Absicht gewesen, eine öffentliche Rezension von «Prometheus und Epimetheus» (der erste Band erscheint 1880/81, der zweite im Herbst 1881) zu schreiben, oder er habe sie tatsächlich geschrieben. Es soll hier versucht werden zu zeigen, wie und in welchem Umfang Keller Spitteler gegenüber als Kritiker aufgetreten ist, auftreten wollte.

J. V. Widmann, der beim Erscheinen des ersten Bandes von «Prometheus und Epimetheus» alles daransetzt, die Öffentlichkeit dafür zu gewinnen, wendet sich Ende 1880 auch an Keller und bittet um ein Urteil – «privatim!» –, da er selbst in einer Entscheidung schwanke: Das Buch erinnere an Dante, an «die Bibelsprache», sei «eine mit merkwürdiger Kraft und Beharrlichkeit durchgeführte Allegorie, deren Gestalten durch die Kraft der in ihnen liegenden Idee und dann durch eigene Schönheit und Plastik leben»; anderseits stört ihn ein gewisser Manierismus, spürt er sogar die Grenze des Wahnsinns, «jedoch eines sehr methodischen Wahnsinns»; er denkt an Hölderlins «Empedokles» – aber dann ist es «doch wieder ganz anders und schlechterdings in seiner Eigenart mit nichts ... Bekanntem wohl zu vergleichen». Damit macht er Keller neugierig auf «das mysteriöse Buch», das unter dem Pseudonym «Felix Tandem» publiziert wird: «Denn bei all dem falschen Anspruch der Pfuscherwelt, der uns täglich plagt, ist es ein wahres Hochzeitsvergnügen, auf etwas wirklich gutes Neues zu stoßen.» Trotz diesem positiven Ansatzpunkt erweist sich in dem nach der Lektüre des Buches abgefaßten Schreiben auch sein Eindruck von «Prometheus» als zwiespältig. «Das Buch», heißt es einleitend, «ist von vorne bis hinten voll der auserlesensten Schönheiten»; er lobt die Sprache und den Vers: «Schon der wahrhaft epische und ehrwürdige Strom der Sprache in diesen jambischen, jedesmal mit einem Trochäus abschließenden Absätzen umhüllt uns gleich mit eigentümlicher Stimmung, ehe man das Geheimnis der

Form noch wahrgenommen hat. Selbst mit den Wunderlichkeiten des ewigen ‹Und über dem› und des ‹plötzlichen Geschehens› usw. versöhnt man sich zuletzt.» Wo es jedoch um die Deutung des Sinns geht, wo die Interpretation die subjektiven Gefühle des Kritikers verraten könnte, zieht Keller sich merklich zurück und sichert sich ab durch Vermutung und bloßes Vielleicht: «Was der Dichter eigentlich will, weiß ich nach zweimaliger Lektüre noch nicht. Ich sehe ungefähr wohl, worum es sich handelt in der Allegorie, aber ich weiß nicht, ist es ein Allgemeines, oder kommt es am Ende wie bei Gustav Freytags ‹Ahnen› darauf hinaus, daß er sich selbst und sein eigenes Leben meint.» Das Gleichnishafte der Dichtung bereitet dem Leser Schwierigkeiten, ohne indessen den Genuß zu stören: «Trotz aller Dunkelheit und Unsicherheit ... fühle ich alles mit und empfinde die tiefe Poesie darin. Ich weiß den Teufel, was das Hündlein und der Löwe und der Mord ihrer Kinder und diese selbst bedeuten sollen. Aber ich bin gerührt und erstaunt von der selbständigen Kraft und Schönheit der Darstellung der dunklen Gebilde. Trotz der kosmischen, mythologischen und menschheitlich zuständlichen Zerflossenheit und Unmöglichkeit ist doch alles so glänzend anschaulich, daß man im Augenblick immer voll aufgeht. (Wie grandios stilvoll ist der Engel, der extramundan doch auf der breiten Marmorbank sitzt, mit dem Rücken gegen den Tisch gelehnt!) Ob die Belebtheit der ganzen Natur, wo die Pflanzen und Steine, Bach und Weg reden, nur für Prometheus existieren soll oder für alle andern auch, weiß ich ebenfalls nicht, aber ich empfinde die Schönheit der Ausführung usw.»

Im zweiten Teil des Briefes geht Keller auf Einzelheiten ein; hauptsächlich beschäftigt ihn die Erscheinung des «Déjà vu» oder richtiger: «Déjà lu»: «Bekanntlich gibt es im Nervenleben Momente, wo man einen Augenblick lang eine schwankende Empfindung hat, als ob man dieselbe Situation und Umgebung, in der man sich befindet, in unbekannter Vergangenheit schon einmal erlebt habe. ... Nun habe ich bei der Lektüre unserer Dichtung ein Gefühl, wie wenn ich dieselbe schon aus der altindischen oder chinesischen Literatur einmal gekannt und wieder vergessen hätte, wie wenn ich mich des Hündleins und des Löwen, des träumenden Bächleins und des schlafenden Baumes, der etwas hören will, und noch vieler Sachen aus dem Rückort meiner Jugendzeit dunkel erinnerte! Ich weiß, es ist nicht der Fall, und dennoch habe ich das Gefühl.» Freilich, das hält Keller sich selbst entgegen, gibt es in Spittelers «Prometheus» Reminiszenzen an andere Werke der abendländischen Literatur: Epimetheus, auf der Leiter stehend und scheinbar Trauben schneidend, während er auf die Boten lauert, gemahnt an Shakespeares Richard III. «auf dem Balkon zwischen den zwei Bischöfen». Doch nicht dies meint er, sondern: «Die Sache kommt mir beinahe vor, wie wenn ein urweltlicher Poet aus der Zeit, wo die Religionen und Göttersagen wuchsen und doch schon vieles erlebt war, heute unvermittelt ans Licht träte und seinen mysteriösen und großartig naiven Gesang anstimmte.» Die Fragen, die Kellers briefliche Besprechung abschließen, nehmen eigentlich die Antwort schon vorweg: «Ist es aber noch eine

Zeit für solche sibyllinischen Bücher? Ist es nicht schade um ein Ingenium dieser Art, wenn es nicht das wirkliche, nicht verallegorisierte Leben zu seinem Gegenstande macht? Oder ist die Art seines Talentes so beschaffen, daß es nur in jenen verjährten geheimnis- und salbungsvollen Weisen sich kann vernehmen lassen und man also froh sein muß, wenn es dies tut? Werden ... die Leute sich dazu hergeben, Nüsse zu knacken und die Hälfte des zergrübelten Kernes zu verlieren? Alles das vermag ich mir jetzt nicht zu beantworten oder mag es vielmehr nicht versuchen, um dem Verfasser gegenüber auch meinen Eigensinn zu haben. Nur soviel weiß ich, daß ich das Buch (das zudem nicht fertig ist, wenn die Bezeichnung ‹erster Teil› nicht auch eine Art Mysterium sein soll) aufbewahren und noch manchmal lesen werde [44].»

Auf diese zurückhaltende, sachliche und überlegene Kritik Kellers hin lüftet Widmann Spittelers Pseudonym; er versucht die Einwände zu zerstreuen, weist auf die Originalität des Werks hin, das «ähnlich wie gute Musik einem die Illusion einer traumartigen Erinnerung weckt». Auch er befürchtet, die Kritik werde «gegenüber einem so seltsamen Buche» schweigen: «Die meisten werden sich gleich sehr fürchten vor dem Lob wie vor dem Tadel, da sie besorgen, durch das eine wie durch das andere sich eine Blöße zu geben.» Vielleicht könne Keller Jakob Baechtold dafür gewinnen, «ein paar die Lesewelt orientierende kraftvolle Worte in ein deutsches Blatt» zu geben.

Noch bevor der zweite Teil von «Prometheus und Epimetheus» erscheint, äußert Keller sich in einem Brief an Widmann über eine weitere Arbeit Spittelers. Im «Bund» (November 1880) wird die Anfang 1880 entstandene Erzählung «Mariquita» abgedruckt, auf die Widmann den Zürcher Dichter «der kleinen stofflichen Berührungspunkte wegen» (mit den Erzählungen «Die Berlocken» und «Don Correa» im «Sinngedicht») und um ihm Spitteler auch in einer andern Gattung vorzuführen, aufmerksam macht. Die Geschichte habe dem Verfasser «viele Vorwürfe von allen Seiten» eingetragen: «Namentlich haben es ihn alle Frauenzimmer in der ganzen Verwandtschaft und Bekanntschaft schwer entgelten lassen, daß er – ja was? das wußten sie gewöhnlich nicht zu sagen; nur fühlten sie eine tiefe Geringschätzung der Durchschnittsfrau heraus, und so wurde seine Erzählung kurzweg als ‹unmoralisch› bezeichnet.» Auch Keller findet geringen Gefallen an «Mariquita»: «Ich muß Ihnen gestehen, daß mir diejenigen nicht Unrecht zu haben scheinen, welche darüber erbost waren. Das ethische oder ethnologische Motiv, das der wunderlichen Arbeit zugrunde liegt, geht in der Unordentlichkeit der aufgewendeten Phantasie ja ganz zugrund. Von den durch den Mund gezogenen Läusehaaren bis zu dem Ausstechen der Krokodilsaugen hört doch jeder Geschmack auf.» Fast erleichtert kehrt er zur Betrachtung des «Prometheus ...» zurück: «Ich bin sehr begierig auf den Schluß ... und hoffe, es werde dort nicht eine ähnliche Unglückswendung Platz greifen. Das merkwürdige Gedicht kann nicht recht gefaßt und gewürdigt werden, bis man sieht, wo es hinaus will. Auch hat das verschiedenartige Versteckenspielen, die unpraktische Form und Überschreibung der äußern Einteilung den Interessen des Buches geschadet. Das wird sich nach Vollendung des Ganzen wohl ausgleichen [45].»

Im Oktober 1881 zeigt Widmann den zweiten Band an und hofft, daß das Werk «die freudige rückhaltlose Zustimmung der wenigen großen Menschen finden könnte, die in solchem Falle, wo die Mehrheit urteillos im Finstern tappt, das Schicksal des Buches entscheiden werden». Schon vorher erhält Keller aber den zweiten Teil mit einem Begleitschreiben Spittelers. Zu dieser unmittelbaren Anrede fühlt der Autor sich durch die Gespräche mit Keller «an einigen vergnügten Abenden in Zürich» ermuntert, die er in seinem Brief erwähnt und zu denen Keller ihn durch Baechtold im März 1881 hatte bitten lassen; in einem Brief vom 1. April 1881 dankt Spitteler «für den wohlwollenden Empfang und die Belehrung, die ich in Ihrem freundlichen Umgang genossen»; noch 1911 erinnert er sich in einem Aufsatz «Was ich Widmann verdanke» an Kellers damalige Ausführungen, und vermutlich ist die Bemerkung Kellers, die Spitteler 1903 der Freundin Margarete Klinckerfuß wiederholt, an einem jener Abende gefallen: «Damals vor dreiundzwanzig Jahren hatte auch Gottfried Keller zu mir gesagt: ‹Ihr ‚Prometheus‘ wird sich von Hand zu Hand eine Gemeinde selbst schaffen, wenn auch kein Mensch öffentlich darauf aufmerksam macht.› Das Resultat kennen wir nun! Das kann halt zweihundert Jahre dauern, bis ein Buch sich selbst durch eine dicke Nation durchfrißt, und möglicherweise bleibt es auch gänzlich stecken, unterwegs, irgendwo am Anfang seiner Wanderung» – ein Bild, das Spitteler 1919 in der Festansprache hinsichtlich Kellers Ruhm aufnehmen wird (vgl. S. 488).

Der Brief Spittelers vom Oktober 1881 nun hebt – selbstbewußt und doch schmerzlich – hervor, «das Hauptwerk» sei in «Einzelheiten» wohl noch fehlerhaft, aber er wisse, «daß das Buch nicht anders geschrieben werden durfte, als es geschrieben ist»; «Prometheus und Epimetheus» ist für ihn, «wie bizarr es auch klingen mag, ... eines der regelmäßigsten Gedichte, die jemals verfaßt worden, indem eben jedes Einzelne *notwendig* aus der Konzeption entsprungen ist und nichts Willkürliches darin Platz gefunden hat. Schon die erste Lektüre wird mir schwerlich das Zeugnis versagen, daß alles haarscharf aufeinander klappt, ein öfteres Verweilen dürfte eine Menge Parallelen entdecken, welche mir persönlich das Teuerste an dem ganzen Buche sind.» Vieles in diesem Brief, der ja zugleich eine indirekte Antwort auf die Kritik Kellers in den Briefen an Widmann darstellt, muß Keller widerstreben; seine Auffassung von der Dichtkunst bewegt sich kaum in diesen Regionen des Seherischen und Geweihten, des schicksalhaft Verhängten. So bleibt sein Dank kurz und nicht ohne Zweideutigkeit: «Es gilt nun, vorerst das Ganze des unvergleichlichen oder wenigstens schwer zu vergleichenden Gedichts sich zur logischen Übersicht einzuprägen, um nachher die Heerscharen von Schönheiten der Ausführung in geordnetem Zuge auf sich einwirken zu lassen. Auf einer Anzahl Seiten, die ich rasch gelesen, rauscht und wimmelt es davon wieder ordentlich und in so geheimnisvoller Weise, daß das Aussprechen jedes, wenn auch noch so unmaßgeblichen Endurteils vorderhand Leichtsinn wäre.» Wiederum mag er spüren, daß Widmann und Spitteler von ihm das Urteil für die Öffentlichkeit erwarten, das er anscheinend schon im Gespräch mit Spitteler wenigstens vorläufig abgelehnt hat mit der Bemerkung, das Werk werde seinen Weg auch ohne Rezension machen; auch hier beschränkt er sich auf den Schluß: «Also für diesmal lediglich meinen herzlichen Dank, begleitet von den Wünschen besten Glückes und schönster Sterne, die dem schwerbefrachteten Fahrzeuge leuchten mögen [46].»

Einen Monat lang wartet Spitteler auf ein eingehenderes Urteil Kellers, der in dieser Zeit zumindest den Abschnitt «Pandora» in «Prometheus und Epimetheus» anregend gefunden hat und in der Überarbeitung des «Apothekers» die Begegnung Klaras mit dem Hüterbuben offenbar derjenigen Pandoras und des Hirtenknaben angleicht. Dann, am 8. November 1881 – gerade beginnt im «Bund» unter dem Titel «Eines ächten Dichters Erstling» eine Würdigung von Spittelers Werk durch Widmann zu erscheinen – schickt er Keller «einige Andeutungen ... hinsichtlich der Konzeption und des Planes» von «Prometheus»: «... um 1. Ihnen Zeit zu sparen, 2. die mündliche Konversation zu ersetzen, 3. vor allem aber, um Ihnen einen Beweis zu geben, wie sehr ich Ihr freundschaftliches Eingehen auf den Willen und die Stimmung des Buches schätze». Es scheint sich um jene Hefte zu handeln, in denen Spitteler eine Selbstdeutung der «ganzen Gedankenproblematik und Ideendialektik» seines Buches versucht, aber mit der «begrifflichen Zergliederung der lebendigen Dichtung» Keller das Verständnis eher verbaut als aufschließt und dadurch eine Besprechung durch den Zürcher Dichter vollends verunmöglicht.

Als Stellungnahme zu Widmanns Rezension im «Bund» wie als mittelbare Antwort auf die Notizen in den Heften Spittelers ist zu verstehen, was Keller an Widmann im Brief vom 20. Dezember 1881 schreibt: «Mit der Erfassung des Epi-Prometheischen Dichtwesens schreite ich ... allmählig vorwärts. Es ist ein Merkmal der starken Bedeutung der Dichtung, daß sie so zum Nachdenken anregt. Die Hauptsache scheint mir doch das Verhältnis zwischen der äußern sinnlich plastischen Gestaltung und dem innern ethischen Lebenskerne zu sein. Bei dem apokalyptischen und etwas sophistischen Charakter des Werkes oder seiner Tendenz, wo jede Interpretation durch eine andere verjagt oder paralysiert wird, ist es schwierig, den rechten Übergang zu finden. Nur so viel steht fest, daß das Werk mit gutem Willen und redlicher Anerkennungsfähigkeit angefaßt werden muß. Ich bitte Sie aber, von alledem Herrn Spitteler inzwischen nichts mitzuteilen, da er keine glückliche, resp. leichtblütige Natur zur Aufnahme unmaßgeblicher Gedanken hat [47].»

«Guter Wille» und «redliche Anerkennungsfähigkeit»: sie müßten, so könnte man ergänzen, die Grundlage zu einer Besprechung von Spittelers Werk vor der Öffentlichkeit bilden; und wirklich scheint Keller bei allen widersprüchlichen Gefühlen, bei allem Zweifelhaften und Zwiespältigen, das dem Buch selbst im Urteil Widmanns anhaftet, in den Monaten zwischen Dezember 1881 und Sommer 1882 eine Rezension zu erwägen. Am 22. Juli 1882 schickt er dem Herausgeber der «Deutschen Rundschau» eine Art Entwurf, der die Elemente einer solchen Kritik und eine Summe seiner Gedanken über Spitteler enthält. Gleichzeitig legt er dieselben Richtlinien für eine «Prometheus»-Rezension aber Adolf Frey vor und würde sie anscheinend gern auf fremde Achseln abwälzen; denn er schreibt Rodenberg: «Dr. Adolf Frey ... hat, wie er mir sagt, Ihnen ... einen Artikel über das merkwürdige Buch ‹Pro- und Epimetheus› zugestellt, womit er mir selbst vorderhand eine Arbeit abgenommen, mit der ich Sie zu behelligen im Sinne hatte; denn es sollte allerdings auf irgend eine Weise auf dies wahrhaft tragelaphische Gebilde, wie Goethe sagen würde, hingewiesen werden. Streng objektiv und mit kritischem Sinne behandelt, mit richtiger Auswahl von Zitaten und in gehöriger Ausführlichkeit, würde schon die Besprechung des Opus eine ungewöhnliche Lektüre darbieten und Aufsehen machen. Ich bin daher gespannt darauf, ob Sie Freys Arbeit verwenden können und mögen. Ich selber kann mich leider in der jetzigen Zeit, wo es gilt, das eigene Werg zu verspinnen, nicht damit befassen.» Auch C. F. Meyer, mit dem Spitteler von Ende 1882 an häufig zusammentrifft, befürwortet in einem Brief an Rodenberg Freys Rezension: «Die Besprechung von Pro- und Epimetheus (ein seltsames Produkt, welchem schwer gerecht zu werden ist und aus dem ich nicht ganz klug geworden bin) bald bringend, würden Sie eine Problem-Natur, für welche ich nicht anders als mich interessieren kann, ... ans Tageslicht ziehen.» Aber Rodenberg, offensichtlich unzufrieden mit Freys Artikel, berichtet am 7. August an Keller: «Hätten Sie nur den Tandem-Dichter bei uns eingeführt! Der treffliche Frey hat sich die beste Mühe gegeben; aber es bleibt alles immanente Bewunderung, nichts tritt deutlich heraus, und auf die bloße Versicherung des Rezensenten hin kann man doch unmöglich etwas schön finden! Indessen will ich die Rezension doch bringen; auch C. F. Meyer ... hat sich dafür verwandt [48].»

Es ist aufschlußreich für Spittelers Kampf um Anerkennung und bezeichnend für den Anspruch seiner Anhänger auf das Lob früher Treue, wenn Frey in dem Aufsatz «Eine Rezension und ihr Schicksal 1882:1915» seine damalige zufällige Lektüre des ersten Bandes von «Prometheus und Epimetheus», die Entstehung der genial eingegebenen, im Feuer der Begeisterung hingeworfenen Besprechung schildert und dabei verschweigt, daß erst J. V. Widmanns Feuilleton «Eines ächten Dichters Erstling» vom November 1881 die Rezension veranlaßt, wie sein Brief an Widmann vom März 1882 bestätigt: «Vor allem meinen Dank für den Hinweis auf Tandems Buch. Ich hab es von Sauerländer kommen lassen und liefere heute an Rodenberg für die Deutsche Rundschau eine Besprechung von beinahe 6 Seiten ab, von der ich nur hoffe, daß er nichts kürzt ...» «Eine Funke aus Widmanns Feuer» also erfaßt Frey – ein Funke nur, da die Rezension in ein Sammelreferat gehört, das noch zwei weitere Bücher anderer Autoren behandelt [49].

Am 24. Dezember 1882, als Freys Manuskript schon zum Druck vorbereitet ist, lehnt Rodenberg die Veröffentlichung plötzlich ab: «Es ist nicht möglich, diesen Mann in solcher Weise zu promulgieren; es würde Widerspruch herausfordern und schaden und ihm nichts nützen.» Frey vermutet später, daß Kellers Brief vom Juli 1882 – «Ich bin gespannt darauf, ob Sie Freys Arbeit verwenden können und mögen ...» –, vor allem das strenge Urteil über «Extramundana», das Keller am 7. Dezember 1882 folgen läßt, den Umschwung in Rodenbergs Haltung zu Spitteler und seiner Rezension bewirkt habe; aber aus dem Brief Rodenbergs an C. F. Meyer ist ersichtlich, daß er sich schon von Spitteler abwendet, als er Kellers Kritik der «Extramundana» noch gar nicht gelesen hat; am 29. November 1882, rund zehn Tage bevor er im Besitz von Kellers Urteil sein kann, schreibt er, er finde «kein menschliches Verhältnis» zu diesem neuesten Werk Spittelers; es sei unsinnig, eine neue Mythologie stiften zu wollen; Spittelers Sprache stamme aus der Bibel und erinnere an Hesiod: «Ich erkläre mich für inkompetent, aber wahrlich nicht aus bösem Willen, sondern einfach aus Mangel an Verständnis.» Das genügt jedoch, damit auch Freys Rezension unterdrückt wird. Wenn die Ablehnung damit begründet worden ist, daß Rodenberg es vorgezogen hätte, «einen Aufsatz von Meister Gottfried zu bringen, den dieser zu schreiben vorhatte», da er «sich für das aufgetauchte Schweizer Genie lebhaft interessierte», «der junge Frey ... also dem alten Meister» habe den Vortritt lassen müssen, so vergißt eine solche Beweisführung, daß Keller ja schon im Juli des Jahres ausdrücklich zurücktritt, wenn vielleicht auch ein bißchen zweifelnd, ob Frey die Rezension bewältigen könne – es sei denn, Rodenberg habe auch hier mit Kellers Zögern gerechnet. Sicher braucht der Dichter kaum «gegen diese häßliche Verdächtigung», die Rezension, die Spitteler vielleicht nützlich gewesen wäre, hintertrieben zu haben, verteidigt zu werden – ein Verdacht, der aus Freys Darstellung und derjenigen seiner Gattin herausgelesen werden kann. Der Vorwurf, Spitteler in diesem Augenblick nicht genügend unterstützt zu haben, fällt vielmehr auf Frey und Rodenberg zurück. Gerade Frey verfügt über noch andere Möglichkeiten, seine Rezension zu publizieren; erst 1915 jedoch, zur Feier von Spittelers 70. Geburtstag, überreicht er dem Dichter das Manuskript und druckt es, «zurechtgestutzt», gleichzeitig in der «Neuen Zürcher Zeitung» ab. Ob Frey wirklich «das Gotteskind erkannt und es dennoch totgeschwiegen» hat oder ob er selbst in seinem Urteil durch Keller irre geworden ist und nicht genug «Überzeugungsmut» besitzt, «um eine Rezension ... – trotz Meister Gottfried drucken zu lassen», lieber die von Rodenberg, «dem aus Ängstlichkeit hier versagenden Herausgeber», zurückgewiesene «schöne und einsichtige Besprechung» für die folgenden dreiunddreißig Jahre vergräbt [50], ist eine andere Frage. Und noch etwas muß berücksichtigt werden: Es könnte, erwägt man diese und spätere Zeugnisse Kellers über Spitteler, möglich sein, daß der Dichter zwischen Dezember 1881 und Sommer 1882 tatsächlich eine Rezension von «Prometheus und Epimetheus» schreibt, sie Spitteler zusendet und – zurückerhält. Diese Vermutung läßt sich vielleicht beweisen durch die merkliche Verschärfung des Tons in jenen Briefen Kellers, die sich mit dem im Spätherbst 1882 erschienenen neuen Werk Spittelers, den «Extramundana», befassen; in seinem Buch «Karl Spitteler und das neuhochdeutsche Epos» (Halle a. S. 1918) – über dessen zweifelhaften Wert Spitteler sich übrigens im klaren ist – erwähnt Richard Messleny, Widmann habe ihm 1907 erzählt, daß «Keller auf sein Betreiben eine gründliche und eingehende Studie für Rodenbergs Deutsche Rundschau geschrieben» und sie Spitteler vorgelegt habe; der Dichter jedoch sei mit der Bewertung seines Werks vom einseitig «poetischen» Standpunkt aus und dem Unverständnis für die «eigentliche Bedeutung, die religiöse», nicht zufrieden gewesen. Das wiederum habe Keller «verdrossen», und das Manuskript sei nicht weiter verwendet worden. Überhaupt, meint Widmann im Verlauf des Gesprächs, sei «das bloß der unvermeidliche Abschluß unhaltbarer Beziehungen, der letzte Akt» gewesen: «... denn unsympathisch waren sie einander vom ersten Augenblick.» Spittelers Art und Wesen habe Keller «halb an den Tanzmeister, halb an den Propheten» gemahnt [51]. – Solchen Spekulationen sind keine Schranken gesetzt. Aber auch wenn sie nicht beispielsweise durch das Manuskript dieser Besprechung Kellers (das allenfalls in jenem Teil des Spitteler-Nachlasses liegt, den Jonas Fränkel verwaltet hat und der den Herausgebern der Spitteler-Gesamtausgabe nicht zugänglich gewesen ist) zur Gewißheit erhärtet werden, darf man sie als bloße Möglichkeit erwähnen. Dem Brief, den Spitteler seinen «Extramundana» beilegt, als er sie Keller am 26. November 1882 schickt, läßt sich kein Hinweis auf eine derartige kritische Arbeit Kellers entnehmen, vielmehr dankt er ja Keller für die «sympathische Aufnahme» von «Prometheus und Epimetheus», die ihm «über die eisige Kälte des Publikums» hinweggeholfen habe. Und daß Keller sich im Dezember-Brief an Rodenberg entschieden von Spitteler distanziert, ist wohl eher dem neuen, noch rätselhafteren Buch als einer zurückgewiesenen Rezension zuzuschreiben: «Mit dem sog. Felix Tandem geht es mir keineswegs erwünscht; vielmehr bin ich lange von keiner Lektüre so verstimmt und verdrießlich geworden wie von den ‹Extramundana›. Man steht hier einer offenbar sehr pathologischen Affäre gegenüber, und was mir das Unangenehmste ist, der Schwindel eines neuen Kunstprinzips, der sich als der sophistische Kunstgriff eines mit Größen- ja zum Teil Verfolgungswahn behafteten kranken Talents erweist, wirkt mir nachteilig auch auf jenes prometheische Buch zurück und läßt mich eine Portion der Freude einbüßen, die ich an demselben gehabt habe.» Diese Stelle erinnert im Ausdruck an Kellers Äußerung über Leuthold, die dem Dichter eine krankhafte Unleidlichkeit, Mangel an Selbstkontrolle, Unzufriedenheit vorwirft. Aber was bei Leuthold vielfach außerhalb der Kunst bleibt, nur im Charakterlichen verhaftet ist, das wird bei Spitteler zu einem Zug auch der Dichtung, faßbar in der Handhabung «des Kunstgriffs», den Keller genauer bestimmt: «Besagter Kunstgriff ist nämlich nichts anderes, als daß der Mann seine ganz nichtigen kosmischen Idealphantome und mythologischen Erfindungen lediglich zum Vehikel seiner großen Begabung der Kleinbeschreibung macht, um dieser den Zügel schießen zu lassen. Darum kleidet er z. B. so viele abstrakten Begriffe in allegorische Tiergestalten und – beschreibt dann einfach das Behaben und die Bewegungen der betreffenden Tierarten! Würde der Arme sein Talent und seine starke Phantasie zur Gestaltung des wirklich dichterischen Menschlichen verwenden, so könnte der das Beste leisten. Es ist aber nicht daran zu denken. Ich fürchte, daß ihm kein Glück blühen wird, und das ist mir leid; denn er fühlt sich, als Lehrer in einer Schule angeschmiedet, wirklich unglücklich und frißt als sein eigener Geier die Prometheusleber ab [52].» Auch jetzt rückt Keller – diesmal wohl durch die Schuld C. F. Meyers und des Verlegers Haessel in Leipzig, der das Werk Spittelers herausbringt – in die Rolle des vorbestimmten öffentlichen Rezensenten. Meyer schaltet sich in das Gespräch über Spitteler ein; er deutet dem Dichter seine Meinung von «Extramundana» etwa zu gleicher Zeit an wie Keller, indem er ihm Ende November 1882 ein Urteil verspricht «mit der Aufrichtigkeit und Ratwilligkeit, welche man einem Landsmanne und einem unbestreitbar seltenen Talente schuldig ist»: das sei für ihn «Gewissenssache». Der Schluß dieses ersten Briefes – «Widmann wird gewiß das Mögliche für den Erfolg tun. Sollte derselbe sich nicht oder langsam einstellen – so entmutigen Sie sich in keiner Weise! Das hat nichts oder wenig zu sagen!» – trägt Meyer offenbar eine ungehaltene Antwort Spittelers ein; denn am 11. Dezember entschuldigt er sich: «Meine Zeilen muß ich sehr flüchtig hingeworfen haben, ich wollte sagen und nichts weiter: Was Ihre Freunde tun mögen, es wäre möglich – trotz Ihres sehr großen Talentes, welches ich der Erste bin zu würdigen –, daß der momentane Erfolg Ihren Hoffnungen nicht entspräche. Übrigens in diesem Falle bin ich entschieden inkompetent, denn ich lege mich zeither jeden Abend realistischer zu Bette als ich morgens aufgestanden bin.» Sein «Glaubensbekenntnis» sei Mercks Wort zu Goethe: «... nicht das Poetische realisieren sondern das Reale poetisieren.» Solche Theorien seien letztlich jedoch «Machtfragen»: «Niemand mehr als ich würde sich freuen, wenn es Ihnen gelingt, neue Bahnen zu öffnen. Jeder in seiner Weise würde dabei gewinnen.» Meyer scheint seinen ersten Brief gutmachen zu wollen, wenn er verspricht, an Heyse und Vischer zu schreiben. Er fügt bei, er freue sich «auf den Artikel Kellers in der Rundschau über ‹Extramundana›», und im Brief vom gleichen Tag an Fr. Th. Vischer heißt es: «Mein Verleger hat Ihnen Tandems ... Extramundana zugesendet. Wie ich höre, wird Keller in der ‹Rundschau› darüber berichten.» Auf die Anfrage Spittelers, woher er wisse, daß Keller das Werk besprechen wolle, erwidert Meyer: «Die Keller-Besprechung gründet sich auf die folgende Zeile Haessels: ‹Keller will es tun (i. e. dafür wirken) und auf *diese Arbeit freut sich Rodenberg* sehr›» – Meyer ergänzt: «Ich werde wohl bei Keller zu Jahresende einen kleinen Besuch machen als meinem Senior und dann kann ich ja darüber leise anklopfen. Seltsamer Weise habe ich bei gewissen realistischen Details Ihrer Gedichte an Keller denken müssen.» Kurz darauf ist Meyer aber zu einer weiteren «Klarstellung» gezwungen;

er schreibt Vischer, obschon Spittelers «ästhetisches Credo» dem seinigen «diametral entgegengesetzt» sei, wolle er versuchen, ihn «auf hellere Wege zu führen», da es sich schließlich um einen Landsmann handle: «Sein Wunsch war, mit der öffentlichen Meinung in Kontakt zu kommen und diesen Wunsch habe ich nach meinen schwachen Kräften begünstigt. Daß G. Keller ... in der Rundschau berichten wird, diese Notiz beruht auf einer unleserlichen Briefstelle Haessels ... Es kann sein, es kann nicht sein, ich weiß es nicht.» Ganz offenbar möchte Meyer die Leser durch Kellers Vermittlung auf Spitteler hinweisen; da er ihn nicht besuchen kann, legt er ihm brieflich sein Verhältnis zu Spitteler dar, dem er «schon wegen seiner großen Begabung» zugetan sei, während er einer Begegnung mit Spitteler selbst etwas unbehaglich entgegenblickt: «Ich werde ihm ... sagen, was ich denke, was ich allerdings – so Gott will – immer und gegen jedermann tue, aber hier liegt ein schwerer Fall vor ... Suche ich Tandem seine ganze verfluchte neue Mythologie auszureden, so wird er mich sicher rekusieren als inkompetent. Sie schon weit weniger. Sie dürfen ihn doch – oder finden Sie seine Wege löblich? – nicht noch weiter ins Blaue sich verlaufen lassen. Sie sehen: ich schöbe Ihnen die Sache lieber gleich ins Gewissen.» Aus diesem Grund bittet er Keller um ein Urteil – «am liebsten ein öffentliches» – über «Prometheus und Epimetheus» und «Extramundana» und entzieht sich somit geschickt einer eigenen öffentlichen Kritik über Spitteler: einerseits macht er Spitteler auf die Wesensverwandtschaft mit Keller im «Realistischen» aufmerksam – anderseits schiebt er die Verantwortung für eine Rezension und gewissermaßen die Überwachung von Spittelers Entwicklung als Dichter Keller zu.

In seiner Antwort versucht Keller wiederum, das Werk Spittelers und den Menschen zusammen zu sehen; er schreibt Meyer am 2. Januar 1883: «Von der einen Seite seines ‹Prometheus und Epimetheus›, und zwar von der real-natürlichen, in hohem Grade überrascht und bestochen, hatte ich von der nebulistischen angeblich mythologischen Seite einstweilen abgesehen. Jetzt aber, da er in den ‹Extramundana› die Laterne seines Kunstgeheimnisses offen enthüllt, d. h. eine ästhetische Narrheit mit den Sophismen eines kranken Mannes propagiert, ist mir der Spaß an dem ganzen Wesen verdorben. Ich könnte und möchte ihm nicht öffentlich sagen, was ich meine, und ihm den Hunger nach Reklamen lediglich zu stillen, dazu ist man doch auch zu gut. Mögen das diejenigen unter sich so halten, die nichts Besseres wissen. Es kommt dazu, daß er einen wahren sektiererischen Hochmut hat und alle andern so sehr verachtet, daß er es kaum zu verbergen sucht. Das würde zwar die laute Anerkennung unbefangener Geister nicht hindern, wenn nur die Sache, um die es sich handelt, eine richtig bestellte wäre. So aber sehen wir das alchimistische Gebräue eines Laboranten, in welchem das reichlich hineingeworfene wirkliche Gold nur verloren geht, insofern nicht allerlei Kenner und Liebhaber sich daran machen, es herauszufischen. Ich glaube auch, daß die zwei Bücher in diesem Sinne sich einen Ruf als höchst bemerkenswerte Kuriositäten machen und einen wenigstens allmähligen Absatz erleben werden, und damit kann sich der Herr Verleger trösten. Seit vielen Wochen zögere ich, dem C. F. Tandem zu schreiben, und weiß es nicht einzurichten, weil er, wie ich glaube, das Unglück und Elend, das alle seine abstrahierten Schemen beseelt, wirklich selber fühlt. Ein Leiden, das daher kommt, weil er sich des einfach Menschlichen schämt und es daher nicht gestalten kann, vielmehr mit seinen kosmischen und mythologischen (!) Kinderspielen *à la* Nürnberger Schachteln ausflicken muß. Das schreibe ich aber *nur unter uns, ...* um Ihnen zu zeigen, warum ich Ihr freundliches Fürwort, insofern es eventuell ein solches sein soll, nicht honorieren kann. (Auch sonst bin ich noch nie als literarischer Einführer oder Protektor aufgetreten [53].)»

Dieses Urteil – Meyer schreibt später, Keller habe sich «sehr maß- und gehaltvoll geäußert» – erfährt eine Fortsetzung und Steigerung in dem Schreiben an Spitteler, das Keller am 7. Januar 1883 aufsetzt und über das er C. F. Meyer berichtet: «Dem neuen Hesiod habe ich endlich geschrieben und befürchte jetzt eine Reaktion mit unbekannten Schrecken», während Meyer zu erkennen glaubt, daß Spitteler eine neue Richtung eingeschlagen habe: «Tandem wird Ihren Brief sicherlich ehren und beherzigen. Als er hier war, ließ er das Alte (i. e. Mythologica) auf sich beruhen und sprach von der biblischen Jesabel, welche er dramatisieren will.» Der Entwurf des Briefes an Spitteler zeigt, daß offenbar gerade «Extramundana» Keller «Natur und Prinzip» von Spittelers Dichtung deutlich machen; dennoch will er den «Genius» nicht «mit den üblichen Redensarten, ohne Aufrichtigkeit», abspeisen. Seine Kritik nimmt die Mahnung vor dem «Irrweg» auf, die Meyer ausgesprochen hatte: «Ich fürchte ..., Sie seien mit Ihren kosmisch-mythologischen Gestaltungen und dem, was ihnen zugrunde liegt, auf einem verhängnisvollen Irrweg begriffen, und die Kluft, welche Sie damit überbrücken wollen, werde nur um so breiter und tiefer, trotz allen den naiven Sophismen, mit denen Sie Ihre Position verteidigen und die supponierten oder existierenden Gegner angreifen.» Die Ambivalenz auch von Kellers – nicht nur von Meyers – zurückhaltender, schonender Kritik wird sichtbar, wenn er über die Spitteler-Feinde sagt: «Zu diesen möchte ich um keinen Preis gehören. Vielmehr möchte ich Ihren Werken zunächst einen erklecklichen Erfolg, ein gehöriges Auf- und Ansehen in weiteren Kreisen wünschen, weil ich glaube, daß das wahrhaft unsterbliche Teil Ihres Talentes sich im Sonnenschein, oder was Sie dafür nehmen wollen, rascher und schöner entfalten werde als in den Schatten der Verkennung und des Mißbehagens.» Den Kern dieser Kritik, den grundsätzlichen Vorbehalt Kellers gegenüber Spittelers Dichtungen wird der «Prometheus»-Dichter mehr als fünfunddreißig Jahre später in seiner Rede auf Keller gutheißen, jenen Vorwurf: «Das reiche Gewand lebendiger Bewegung an aller Kreatur, dessen Schilderung Ihnen in so hohem Maße zu Gebote steht, zerfällt mir wie morscher Zunder in den Händen, sobald ich die mechanischen Puppen Ihrer mythologischen Willkür damit bekleide, dieselben zwischen dem Inhalt der Nürnberger Spielzeugschachtel, die Sie Kosmos nennen, herum wanken sehe. Ich darf Ihnen wohl gestehen, da ich einmal so weit bin, daß einem bei der Lektüre nicht selten das Blut siedet vor Ärger über die sündliche oder kindliche Vergeudung der Kraft an eine Marotte. Von dem tieferen Übelstande, daß die Regierung des Lebens die Poesie aufhebt und ein Fakirtum ist, wie jedes andere, will ich schweigen» (vgl. S. 489).

Schließlich unterscheidet Keller das dichterisch Gelungene von der krampfhaften Mythologie: «Nur um anzudeuten, wie ich es meine, erlaube ich mir noch die Bemerkung, daß ich die Personifikation der wirklichen Dinge, wie z. B. der drei Gebete und des Schicksals im ‹Verlorenen Sohn›, nicht zu der Mythologie zähle, die ich nicht anerkennen kann, sondern nach wie vor zu den Schönheiten, über die zur Zeit nur Sie verfügen.» Dennoch sieht Keller sich außerstande, den Wunsch Widmanns, Spittelers und Meyers nach einer Rezension zu erfüllen; will er ehrlich sein, so muß er Spittelers Schöpfungen «passiv» begegnen: «Unter diesen Umständen ... halte ich es für meine Pflicht, überhaupt zu schweigen. Eine wunderliche Auskunft freilich, wenn man dennoch so reichlich genossen hat [54].»

Diesem Brief gibt ein anderer an Paul Heyse, am folgenden Tag in gleicher Stimmung geschrieben, schärfere Konturen. Eine Woche zuvor hatte «Paulus» berichtet, er flüchte sich aus dem «dicken allegorisch-mythologischen Qualm» der «Extramundana» «in die reine und lieblich durchsonnte Luft» von Kellers «Legenden». «Zu meinem großen Erstaunen höre ich», fährt er fort, «daß dieser Nebulist in Eurer klaren Höhenwelt schwärmerische Anhänger gefunden hat, so den trefflichen Widmann, der an Schack in überschwenglichen Ausdrükken von diesem *tandem aliquando* auferstandenen Genius geschrieben hat. Das Schlimmste ist, daß die Auflösung dieser sehr preziös vorgetragenen – nur hie und da von wahrem Empfindungshauch durchwehten – extramundanen Rätsel noch weit sibyllinischer sind als die Offenbarungen selbst. Und es ist so billig, den Schein des Tiefsinns zu erregen, wenn man in Sandwüsten artesische Brunnen gräbt, zu deren Grunde kein dialektisch geflochtenes Seil hinabreicht. Ich lobe mir die Mosesse, die aus dem ersten besten Felsen lebendige Quellen hervorsprudeln lassen.» – «O Königin, du weckst der alten Wunde unnennbar schmerzliches Gefühl»: dieses Zitat aus der «Aeneis» steht Kellers Mitteilung an Paul Heyse über «den ‹tragelaphischen› Neu-Mythologen» voran; der Freund rühre mit seinem Brief «aktuelle seit einem Jahr oder länger brennende Schmerzen» auf. Keller schildert Herkommen und Lebensumstände Spittelers und greift dann zurück auf «Prometheus und Epimetheus»: «Ich ward von einer wahren Flut seltsamer und wie aus der Urpoesie fließender Schönheiten und Einfälle überrascht, obschon mir der brütende Geist des der Kanzel Entlaufenen nicht verborgen blieb. Denn sie sind sich ja alle gleich. Wenn auch viel Geschmackloses unterlief, so war doch eine solche Fülle der Anschauung an all den personifizierten Eigenschaften und Gebarungen der Kreatur (ich meine hier nicht die eigentlich mythologischen

Erfindungen), daß mir nichts Ähnliches bekannt schien.» Das Buch sei «eine Art Sammlung merkwürdiger Dinge». Er beschreibt Widmanns angestrengte Bemühungen um Spittelers Erstling, erwähnt, daß er seinen Brief über «Prometheus ...» «sofort verwertet» habe, erzählt von Spittelers Reaktion: «... überdies sandte mir Spitteler jetzt direkt eine Reihe abgebrochener Hefte, mit Bleistift geschrieben, eine kommentierende Instruktion in dem sophistischen und vexanten Stile der Erläuterungen, die er den ‹Extramundana› beigegeben hat. Ich sah, daß es sich um eine leider krankhafte Erscheinung, wenigstens um eine Art literarischen Größenwahns handelt, und legte das Ganze einstweilen *ad acta*. Unlängst sandte er mir nun die ‹Extramundana›, worin allerdings der Spaß aufhört.» In seiner Kritik habe er zwar «dem Mann» nicht «wehtun» mögen oder können: «Dennoch habe ich zur Erklärung, daß ich mich passiv verhalten müsse, ihm meine Meinung über seine kosmischen und mythologischen Herrlichkeiten und Missionen offen herausgesagt und muß nun jede unglückliche Wirkung gewärtigen. Indessen möchte ich unter der Hand jeden auffordern, sich in die Sachen ein wenig hineinzulesen, damit wenigstens etwas Geräusch entsteht. Denn der Weltfresser kann ohne diese schlechte Welt gar nicht leben. Es ist auch nicht unmöglich, daß er unter unsern Pessimisten, wenn sie erst einmal die Witterung haben, Furore macht, und dann gibt es eine große Lustbarkeit. Bis jetzt rührt aller Lärm einzig von Widmann her, der erstens ein leidenschaftlicher Anpreiser überhaupt ist, wo er sich erwärmt hat, und zweitens als ein zärtlicher Familienmensch kein Opfer scheut.»

Auch vor Widmann rechtfertigt Keller seinen Brief an Spitteler über «Extramundana»: «Als ich das Buch neulich gründlich durchlas, wurde ich bald betrübt, bald zornig über so vieles, was ich einmal nicht billigen kann, und ich habe ihm in dieser Stimmung ohne Rückhalt geschrieben. Ich glaube aber nicht, daß er sich irgend daran kehrt, und verlange es auch nicht; denn er ist viel zu fertig und zu reif geworden in seiner Art. Es ist nur zu wünschen, daß nicht einmal ein malitiös objektiver Beschreiber dahinter kommt und das Kind mit dem Bade ausschüttet.»

Daß die Beobachtung, Spitteler sei in seinem Dichten festgelegt, zutrifft, bestätigt Widmanns Antwort, die gleichzeitig zu verstehen gibt, wie er selbst dem Dichter zum Durchbruch und zur Anerkennung verhelfen möchte: «Hingegen will er sich nun gewissermaßen das Recht erobern, nach seiner Fasson zu dichten, indem er durch ein den bisher geltenden Konventionen sich fügendes Theaterstück mit entwickelten Charakteren den Beweis zu leisten sucht, es fehle ihm nicht das Können im realistischen Genre.» Neuerlich unterstreicht Widmann die Notwendigkeit wohlwollender Kritik für Spitteler: «Darin haben Sie gewiß vollkommen recht, daß Sie meinem Freunde Anerkennung wünschen als bestes Heilmittel für sein allerdings nicht ganz normales Innere. Ich bin daher auch bemüht, jeden Sonnenblick ihm aufzufangen und zuzuspiegeln [55].» Wie genau Keller Spittelers Wesen erfaßt, zeigt die Äußerung

Widmanns: «Spitteler hat mir Ihren Brief ... gezeigt und dabei nur Worte freundlicher Verehrung für Sie gehabt, ohne jedoch anderseits überzeugt zu sein» – und Spittelers Antwort, die wiederum von der öffentlichen Kritik, der Legitimierung seines Schaffens durch ein «realistisches» Drama und von der Würdigung durch die andern deutschschweizerischen Dichter spricht. Sowenig Keller seine «ästhetische oder prinzipielle Gegnerschaft» ins Persönliche übertragen habe, so unvoreingenommen sei seine Haltung dem Kritiker gegenüber: «Ich ... bin weit davon entfernt, eine Verneinung meiner poetischen Tätigkeit übel zu nehmen, und wünsche mir, daß ich recht viele solcher Verurteiler von solchem Wert haben möchte, die mir wenigstens das lassen, was ich allein als mein Recht in Anspruch nehme, nämlich Achtung vor einem redlichen und aufopfernden Kunststreben.» Dem müßte aber auch die Öffentlichkeit Rechnung tragen: «Die totale Nichtbeachtung meines ersten Werkes ist nicht ohne schädliche Rückwirkung auf mich geblieben; ich zog mich auf mein Selbstbewußtsein zurück, während ich sonst wohl einer der bescheidensten Menschen heißen darf, der an nichts anderes denkt, als seine Sache möglichst recht zu machen.» Das erinnert an Kellers Auffassung, das Geheimnis seiner Poesie sei darin zu suchen, daß er seine Sache so gut mache, wie es eben gehe, nicht besser, als er es vermöge. Das Schweigen der Kritik erklärt sich Spitteler mit der hermetischen Form des neuen Werks: «Daß mein ‹Prometheus› würde verurteilt werden ..., darauf war ich vollständig gefaßt; aber das empfand ich als eine Gewissenlosigkeit, daß diejenigen Journale, welche behaupten der Vermittler zwischen Produktion und Publikum zu sein, daß von diesen Journalen während zweier langer Jahre auch nicht eines nur die *Existenz dieses Buches* notierte, während sonst auch das schlechteste Zeug ohne Ausnahme wenigstens die Ehre eines Tadels erfährt.» Diese bei aller «Unverständlichkeit des Prometheus» unerklärliche «Gewissenlosigkeit» habe ihn bewogen, «nun vollends [seinen] eigenen Weg zu gehen»: «‹Wenn ich denn schließlich meine Bücher nur für mich schreiben soll, so will ich sie wenigstens so schreiben, wie sie meinem Herzen am angenehmsten sind, ohne jede Rücksicht auf Leser, die doch nicht lesen, und Kritiker, die doch nichts kritisieren.› Das war wohl der instinktive Gedanke, der die Produktion der ‹Extramundana› begleitete.» Dennoch habe ihn der Rat Meyers und Freys und Kellers Brief überzeugt, daß er sich an ein Drama wagen müsse; er sei für solche Hinweise dankbar, wie er sich anderseits «auf die Hinterbeine stelle, wenn man nur staunt und sich verwundert und entsetzt und *schlechterdings* nicht das Mindeste zu sehen oder zu verstehen oder zu genießen erklärt.» Diesen Entschluß zum Aufbruch in eine neue Richtung begleiten bittere Worte über die schwierigen Lebensumstände, über die Verständnislosigkeit von Kritik und Publikum: «Es ist nun freilich ein gewagtes Unternehmen, bei überhäufter Berufsarbeit ein Werk zu beginnen, das Vertiefung und Muße verlangt, jedoch mir bleibt keine andere Wahl. Möge es das letzte Buch sein, das ich unter solchen bösen Auspizien schreiben muß, ohne Aufmunterung, ohne

Anerkennung, ohne Erholung, ohne äußere Lebensfreuden und was das Schlimmste ist: ohne Zeit [56].»

Dieser Brief muß Keller bewegen. Ende Februar 1883 schreibt er an J.V. Widmann: «Herrn Spitteler angehend, so suche ich Aus- und Inwärtige wenigstens dahin zu bringen, daß sie seine Werke einmal aufmerksamer durchlesen, damit sie sehen, was darin steckt. Es ist merkwürdig, wie wenig auch nur kritisches Interesse heutzutage vorhanden ist, um Sachliches zu studieren und Dinge zu betrachten, die man nicht selbst gemacht hat, sobald sie nicht in die Schablone passen.» Wenn er sich also, zwar nicht öffentlich, Spittelers annimmt, dann mehr aus Zorn über Gleichgültigkeit und Interesselosigkeit der Leserschaft, als weil er den Wert der Spittelerschen Dichtung hoch ansetzt; denn von neuem drängt sich die Frage auf: Was ist es eigentlich mit diesem Idealismus, von dem so ausführlich im Vorwort der «Extramundana» gehandelt wird? «Soviel ich sehen kann», bemerkt er zu Widmann, «bekleidet er alle seine kosmisch-mythologischen Erfindungen und Begriffe bei ihrem Auftauchen stracks in gut irdische Menschen- und Tiergestalten, die er mit allen Naturalien genau so realistisch *beschreibt* wie die von ihm verlachten Beschreiber. Seine Schnurre von dem Konkurs-Ausschreiben des Planes für die beste Welt [‹Das Weltgericht› in ‹Extramundana›] ist vortrefflich und mit echtem Humor durchgeführt bis zu dem Punkt, wo er nun das Projekt *seiner* Idealwelt zum besten gibt, mit welchem bekränzten Bottich oder Omnibus à 12–14 Personen, mit der bemalten Stange, an welcher ein Frauenzimmer in die Höhe klettert, der Spaß aufhört. Da kann nichts dahinter stecken als ein trostloser Pedantismus der Selbstzufriedenheit.»

Widmanns Antwort ist Spitteler gegenüber nicht etwa kritiklos, berichtigt aber Keller hier und dort und meldet auch Spittelers Verlobung. Hat Keller den voraufgehenden Brief in der Hoffnung geschlossen, «daß dieser Geist, sich selbst überlassen, schließlich doch noch sein Ithaka finde», so heißt es nun: «Was Sie mir von Carl Spittelers Hochzeit schreiben resp. Verheiratung, ist ganz erbaulich und das Beste davon zu hoffen, wenn der Wackere der artigen Cordelia gegenüber nicht mit der Zeit zum Lear wird [57].»

Spittelers spätere Selbstkritik der «Extramundana» (deren Titel vielleicht an Kellers Charakterisierung des Engels in «Prometheus», der «extramundan doch auf der breiten Marmorbank sitzt ...», anschließt), des zweiten Teils von «Prometheus und Epimetheus» und der «Eugenia» nähert sich dem Urteil Kellers immer mehr an. Schon bald gelten sie ihm nur noch als «Zwischenwerke», als Beispiele, «wie mans nicht machen soll, eine ernste Warnung vor der Gefahr des Abstrakten und Abstrusen». Nur ungern erteilt er 1902 dem Verleger Diederichs die Erlaubnis zu einem Neudruck der «Extramundana», und noch 1912 muß der Verlag ausdrücklich vermerken, er habe die Neuauflage «aus eigener Initiative» unternommen. Auch die schon der ersten Auflage beigegebenen «Erläuterungen» verraten ja von Anfang an eine gewisse Unsicherheit des Dichters. Daher Kellers Mißtrauen, als ihm Spitteler

1881 die Hefte mit den Interpretationen des «Prometheus» schickt; er verlangt und erhält sie – wahrscheinlich begleitet von einem Brief Kellers (einem letzten Urteil vielleicht über das Werk: der Brief ist noch nicht zugänglich) – erst im Sommer 1884 zurück, worauf er noch einmal an Keller schreibt: einen (ebenfalls unzugänglichen) Dankesbrief, wie es scheint [58]. Mit diesem Brief bricht wohl die persönliche Korrespondenz zwischen Keller und Spitteler ab, nicht aber das kritische Gespräch mit Widmann über die neu erscheinenden Werke. 1885 werden im «Sonntagsblatt des Bund» einzelne Gesänge aus Spittelers «Eugenia» veröffentlicht, «einem Stück Jugendgeschichte», «einer kleinen heiteren sonnigen Dichtung», wie Widmann Gottfried Keller berichtet, die aber trotz verschiedenen Anläufen nie abgeschlossen werden wird. Widmann hat Spitteler zur Veröffentlichung gedrängt: «Ich wünsche innig, er möchte endlich etwas schaffen, das von den Meistern gebilligt würde und doch auch der großen Lesewelt einigermaßen zugänglich wäre.» – Die Gesänge, die man als Versuch einer von Keller und Meyer geforderten «realistischen Kunst» betrachten kann, finden keine günstige Aufnahme; Widmann schreibt darüber: «Hier in Bern ... schimpfen besonders die Gymnasiallehrer über diesen Unsinn und aus Rheinfelden bekam ich eine anonyme Postkarte ... Quousque tandem abutere patientia nostra ... Ungefähr eine solche Wirkung auf gediegen prosaische Naturen habe ich erwartet; sie macht mich nicht irre an meiner Überzeugung, daß das Gedicht große echte Schönheiten enthalte ...» Da er selbst seinen Freunden als befangener Richter gelte, möchte er «an ein delphisches Heiligtum appellieren, daß es einen guten kurzen Spruch tue, was von dieser Dichtung zu halten sei, ob ihre Tugenden oder Mängel überwiegen. Es dürfte dies auch auf die Vollendung derselben von Einfluß sein»; das Urteil werde er nach Wunsch, und obschon Spitteler über Kellers Ansicht «froh» wäre, für sich behalten.

Kellers Antwort verrät bereits im ersten Satz wieder die gereizte Stimmung, die ihn vor Spittelers Werken befällt: «... ich habe es mit wachsendem Interesse [gelesen], bis die großen Vorzüge ... über die kritische Laune, welche der Dichter so energisch herausfordert, Meister wurden.» In einem vorweggenommenen Schlußurteil formuliert er seinen Eindruck: «Ob Idioten, wie Spitteler sie schildert, in der Schulwelt so landläufig sind, ist nicht meine Sache zu beurteilen; die Erfindung und Komik, namentlich die Reisefahrt der beiden Schafsköpfe finde ich vortrefflich. Und diesen gegenüber schimmert die überaus anmutvolle kluge Eugenia in ihrer herrlichen Landschaft wie ein Stern so hell und eigenartig mit allem, was sie umgibt; sie ruft den Wunsch hervor, daß das Werk ja nicht unvollendet bleiben möge. Aber nun kommt für mich die große Verwerfungsspalte, die Stilfrage. Mit allen Schätzen der Begabung erwecken diese Werke nicht das Gefühl eines aufgehenden Lichtes, sondern sie erinnern an die Perioden des Verfalls, die in den Künsten jeweilig erscheinen, wenn die erreichte reine Meisterschaft in Manierismus und Pedantismus ausartet. Kaum sind achtzig Jahre vorbei, seit wir in ‹Hermann

und Dorothea› eine kristallklare und kristallfertige epische Sprache erhalten
haben, die sich auf unbestreitbarer Höhe bewegt, so treibt der Teufel wieder
Leute, sich in das barockste willkürlichste Wortgemenge zurück zu stürzen, wo
die verzopften Genitivformen dem gebildeten Geschmacke von allen Seiten
Ohrfeigen geben und ebenso unorganische als unnötige Wortbildungen sich
vordrängen. (Neue Worte müssen den Dichtern wie von selbst, fast unbemerkt
wie Früchte vom Baume fallen und nicht in einem Kesseltreiben zusammengejagt werden.) Das tun sonst nur die Manieristen und Pedanten. Der gleichen
psychische Quelle entspringt auch meines Erachtens die Entdeckung des neuen
Kunstprinzipes, welche Spitteler gemacht zu haben meint und nun für seine
ganze Produktion verwendet, indem er es Mythologie nennt. Die Kunst des
Anthropo- und Theomorphisierens ist so alt wie die Welt; aber wahrhaft neu
für uns ist Spittelers Genie nicht nur des Verwandelns, sondern des Teilens,
resp. Zerteilens der Gegenstände in mehrere Personen, z. B. das Verpersönli-
chen der Seelenkräfte, der physikalischen Erscheinungen usf., wodurch er die
größte Wirkung hervorbringt. Indem er nun aber diese Art systematisch und
durchgängig übt, wird sie eben zur Manier. Wenn er z. B. seine Sonne mit
ihrem Zirkusaufputz und Kutscherwesen samt Stallbedienten immer wieder
vorführt, wird das Bild zum Zopf, trotz der Realität der Beschreibung, während der alte Helios in ewig neuer Schönheit strahlt.» Aber als ob er plötzlich gewahrte, wie schonungslos seine Kritik ausfällt, gibt er ihr eine lediglich
persönlich-momentane Bedeutung: «Doch ich will Sie nicht länger belästigen
mit der Krittelei, die ich mehr zu meiner eigenen Entlastung verübe als eine
vielleicht zu morose Kragenleerung»; und am folgenden Tag läßt er dem
Brief einen Nachtrag folgen, bezeichnend für sein Verhältnis als Kritiker zu
Spitteler und Widmann, wie es sich in all diesen Äußerungen ausprägt: «Ich
möchte meine unmaßgeblichen Bemerkungen zur ‹Eugenia› nicht gerne veröffentlicht sehen, zumal das Gedicht noch nicht vollendet ist und der kritische
Teil jedenfalls wegbleiben müßte. Mit letzterem möchte ich Herrn Spitteler
selbst auch nicht verletzen, und wenn Sie ihm dennoch Mitteilung machen
wollten, so müßten Sie ihn bitten, alles *cum grano salis* aufzunehmen [59].»
Hinter diesen Argumenten des unvollendeten Werks und der Empfindlichkeit
Spittelers verbirgt sich die gewohnte Zurückhaltung vor einer öffentlich-ver-
bindlichen Stellungnahme, letztlich ein Unbehagen dem ihm fremden Werk
gegenüber, das doch wieder aufgewogen wird durch die Erkenntnis, einem
Dichter, der mit ungedämmter Energie den einmal eingeschlagenen und für
richtig erkannten Weg fortsetzt, Unterstützung schuldig zu sein. Diese sich
widerstrebenden Gefühle aber können in einer Besprechung kaum ausgeglichen
werden.

Sowenig Kellers Einstellung zu Spitteler und seine Abneigung vor einer Rezension sich ändert, sowenig verschiebt sich Widmanns Haltung seinem Freund
und Keller gegenüber. Er bleibt der Mittler, der die von Keller gerügten
Eigenheiten Spittelers rechtfertigt oder zumindest erklärt, aber auch einer

Art Gier nachgibt, Kellers Briefe an Spitteler weiterzuleiten, auch sonst jede Äußerung über ihn aufzufangen. So begründet er den eigentümlichen Sprachstil der «Eugenia» mit Spittelers Verachtung für die Sprache als Ausdrucksmittel, die provoziert sei durch seine Begabung in den «Kunstmitteln» der Malerei und Musik, korrigiert durch ein ebenso großes Interesse an Idiomen und der vergleichenden Sprachwissenschaft, den «Manipulationen» am sprachlichen Objekt: «Und so, halb angezogen von dem Geiste, der in der Sprache waltet, halb abgestoßen von der sinnlichen Ärmlichkeit dieses Mittels, ist er in diese Behandlung der Sprache verfallen, in der er mir vorkommt wie ein launenhafter asiatischer Despot, der aber kraftvollen Schenkeldruck übt.» Auch in diesem Brief Widmanns fehlt nicht die Bitte – Keller hat sie vorausgeahnt –, Spitteler die Kritik zeigen zu dürfen: «Es wäre schade, wenn er, was Sie so einzigartig gesagt haben, in irgendeiner verwässerten Form mitgeteilt bekäme; er ist es wert, daß ihm eine solche Meinung, die seinem ganzen zukünftigen Schaffen zum Heile gereichen kann, in den bestimmten deutlichen Zügen vor Augen komme, die Sie derselben gegeben haben.» Ob Widmann Gelegenheit hat, sich mit Gottfried Keller über einen letzten Punkt, «das mythologische Prinzip in Spittelers Dichtungen», zu unterhalten, ist nicht bekannt; ihn selbst jedenfalls freut daran, «daß die Möglichkeit, das Schöne in der Natur recht mit vollen Händen in die Dichtung hineinzuschöpfen, dadurch wieder bedeutend verstärkt werden könnte [60]».

Eine Ergänzung zu Kellers Kritik der «Eugenia» bietet ein Brief Adolf Freys an Spitteler; im Gespräch mit Keller, so berichtet Frey, habe er das Werk sehr positiv beurteilt, metrische und grundsätzliche Einwände jedoch nicht unterdrückt: «Für Sie und für mich hat es mich gefreut, daß er [Keller] in Lob und Tadel meinem Urteil beistimmte. Wir fanden vieles zu loben, alle Hauptsachen. ‹Die Stelle mit dem Maler›, sagte Gottfried, ‹könnte im besten Buche stehen.›» Wie Spitteler selbst später Kellers Bemerkungen einschätzt, geht aus dem ursprünglich als Vortrag gedachten Aufsatz «Mein Schaffen und meine Werke» (1908) hervor, in welchem er über «Eugenia» schreibt: «Einmal wurden sogar mehrere Gesänge davon veröffentlicht, und Gottfried Keller mahnte mich dringend zur Fortsetzung und Fertigstellung. Die Fortsetzung wurde mir jedoch verunmöglicht.»

Gottfried Kellers letztes Urteil betrifft Spittelers «Schmetterlinge»; 1886 schickt ihm Widmann fünf Gedichte aus dieser Sammlung, die im «Sonntagsblatt des Bund» erschienen waren. Als Frey in der «Neuen Zürcher Zeitung» eine Rezension des Bändchens veröffentlicht, schreibt er Spitteler: «Es wird Sie wohl interessieren, zu vernehmen, daß Böcklin und Keller sich lobend über meine Anzeige aussprachen; Keller, der das Büchlein, als ich ihn sah, noch nicht gelesen, rühmte das Stück ‹mit dem brandigen Blatt›.»

Daß Keller die «Mädchenfeinde» «ganz besonders hoch gewertet habe», wie Spitteler einmal Margarete Klinckerfuß erzählt, muß auf einem Gedächtnisirrtum des Dichters oder der Freundin beruhen; die Novelle entsteht im

Frühling und Sommer 1890, als Keller schon auf dem Krankenbett liegt, und wird erst nach seinem Tod, vom 4. bis zum 27. August, in der «Neuen Zürcher Zeitung» abgedruckt. Vielleicht hat Spitteler geäußert, was er kurz vor der Buchausgabe der «Mädchenfeinde» (1907) an J. V. Widmann schreibt: «Ich hoffe es fast auf die Hälfte reduzieren zu können, eine Unmaße läppischen kindischen Zeugs und auch unnützer Landschaftspoesie kommt weg, und der abscheulichen gedämpften Kellerdiktion (ich wollte nämlich damals versuchen, ob ich es nicht auch könnte) habe ich den Tod geschworen ...[61]»

Gottfried Kellers Verhältnis zu Carl Spitteler ist mehrdeutig. Ein Vergleich mit den Beziehungen zwischen Spitteler und C. F. Meyer macht das sichtbar. Meyer hält sorgfältig Distanz, auch in der Kritik, indem er sich weigert, seine Meinung zu äußern; er umgibt sich mit «der Sphäre der Loyalität», wie er es nennt. Dies kommt etwa in Meyers Antworten auf die beiden Rezensionen Spittelers über «Die Eigenart C. F. Meyers» (1885) und über «Conrad Ferdinand Meyers Gedichte» (1891) zum Ausdruck; das eine Mal liest Meyer den Artikel «aufmerksam» und stellt fest: «Ich glaube: er enthält viel Wahres, einiges frappant Wahre. Er ist mir auch wertvoll als Ausdruck der gebildeten öffentlichen Meinung in der Schweiz. Einiges habe ich da zum ersten Male erfahren und bin dafür dankbar.» Die zweite Rezension findet er «sympatisch und interessant». Seine eigentliche Ansicht über die Besprechungen verschweigt er Spitteler, teilt sie aber Adolf und Lina Frey mit, als die beiden «Angela Borgia» zu rezensieren wünschen: «Spitteler in Ehren, er hat viel Geist und auch einen guten Willen, Wohlwollen, aber Sie haben die Kontinuität, sozusagen die *Tradition*.» Der Umstand, daß es Spitteler in Meyers Augen an «Tradition» gebricht, und die eigene «Noblesse» verhindern eine Annäherung auf beiden Seiten [62]. So spricht auch die Folgezeit wenig von einer Konstellation Meyer–Spitteler, während Gottfried Keller trotz seinen Bemühungen, gerade dies zu vermeiden, als ein Förderer hingestellt wird. Schon 1886 verkennt der Verleger Haessel Kellers Haltung, wenn er an C. F. Meyer über Spitteler schreibt: «Ich glaube, der Mann ist ein eitler Tropf, den Keller und Frey noch törichter machen»; und zehn Jahre nach Kellers Tod unterschlägt Widmann in der Rezension des «Olympischen Frühlings» alle je von Keller geäußerten Vorbehalte und berichtet nur von der «eminenten Art» des Dichters, die «schon von Gottfried Keller erkannt und anerkannt» worden sei.

Doch von Spitteler aus gesehen liegen die Dinge nicht so einfach. Zunächst deshalb nicht, weil offenbar Adolf Frey, neben Widmann ein früher Anhänger, seine Freundschaft mit Meyer und Keller hin und wieder gegen ihn ausspielt; als Frey Spittelers Rezension seiner Gedichte (Leipzig 1886) nicht behagt, verweist er ihn auf Widmanns Aufsatz im «Bund», «den übrigens Keller lobte», was an sich erstaunlich ist, bezeichnet doch Widmann Frey als Kellers «Schildknappen», der sich am Meister «emporgebildet» habe; auch Meyer rühme die Gedichte: «Er und Keller ... stehen nicht auf Ihrer Seite.»

Bevor Spitteler in einer andern Besprechung für den «Kunstwart» sein Urteil
zwar nicht ändert, aber etwas wärmere Worte sucht, auch wenn er Frey
immer noch als Epigonen Kellers und Meyers apostrophiert, fragt er im Oktober 1887 Frey an: «Warum schweigen denn Ihre Gönner Keller und Meyer?»,
während er im Februar 1887 Fritz Mauthner geschrieben hatte: «Wie steht
es mit den Gedichten von Adolf Frey? Haben Sie in Berlin davon Notiz genommen? Dieselben scheinen mir bemerkenswert und Keller wie C. Ferd.
Meyer haben sich sehr anerkennend über dieselben ausgesprochen.»

Früh äußert Spitteler scharfe Kritik an der Dichtung Kellers; 1890 schreibt
er von «Einzelheiten», in denen Keller gegen festgelegte Kunstprinzipien ver-
stoße: «seine haarsträubende Einmischung mitten in die Erzählung hinein»,
seine Gewohnheit, die dichterischen Gestalten «als Kritiker logisch zu beurteilen, mehr noch, abschweifend beiläufig seine Meinung über unser Jahrhundert
zu äußern». Wenn einer «mit solchen Fehlern Nummer Eins» werden könne,
dann müsse «wohl das andere, die Kunst, Nebensache sein [63]».

Widmanns Briefe, die von Reaktionen Spittelers auf Kellers kritische Bemerkungen erzählen, vermitteln Hochachtung, Respekt und Sympathie des
Jüngeren für Keller. Im Verlauf der Jahre verhärtet sich aber das offenbar
von Anfang an vorhandene Gefühl der Entfernung zu ausgesprochener Erbitterung Keller gegenüber. Daß der Zürcher Dichter ein öffentliches Wort
verweigert, kann Spitteler nicht vergessen oder verzeihen. In den «Erinnerungen an Spitteler» berichtet C. A. Loosli: «Wir waren beide sehr bewegt, als
wir auf Prometheus zu sprechen kamen. Ob der Darstellung seines damaligen
Leidensweges ward Spitteler von seinen Erinnerungen erbittert und leidenschaftlich erregt. Er erzählte, wie ihn die Kanaillen behandelt hatten. Unter
anderen Rodenberg ... Zwar wäre es ihm leicht gewesen, sich damals bekannt,
vielleicht berühmt zu machen, hätte er die ihm von Gottfried Keller brieflich
gezollte Bewunderung verlautbart. – Er jedoch wollte abwarten, bis seine
Stunde schlüge.» Das bedeutet schon eine leichte Verschiebung der Tatsachen,
und auch Jonas Fränkels Begründung, warum Keller keine Rezension geschrieben habe, nennt nicht alle seine Motive, gibt aber Spittelers Meinung von Kellers Zurückhaltung zweifellos richtig wieder: «Alle Hoffnung wird zuletzt
auf Gottfried Keller gesetzt, der das Buch des unbekannten Autors wie ein
vom Himmel gefallenes Wunderwerk anstaunte und sich vornahm, ihm die
Wege zu ebnen; was er seit Jahrzehnten nicht mehr getan, das wollte er jetzt
für ‹Prometheus› tun: unter die Bücherrezensenten gehen. In Kellers Hände
war damals Carl Spittelers Schicksal gelegt. Doch auch Keller versagte; er
zögerte, wurde dann, launisch und leicht empfindlich, wie er im Alter war,
irre am Autor und seinem Buche – und schwieg. Nie anders als mit nach-
zitterndem Groll sprach Spitteler von dieser Versäumnis des älteren Meisters.
Sein Schicksal aber war damit besiegelt.»

Dieser Groll schwingt zwischen den Zeilen von Spittelers Betrachtung
«Gottfried Kellers ‹Martin Salander› im Spiegel der deutschen Kritik» (1887)

mit, des ersten auf Anregung Widmanns verfaßten Aufsatzes über den Dichter. Spitteler wendet sich darin gegen die unkritische Keller-Verehrung, die von «einem wirklich originellen Werk einer bedeutenden Individualität unangenehm» überrascht worden sei, weil zwar der Roman nicht gefalle, niemand aber dies zu äußern wage, sondern durch doppeltes Lob das Unbehagen vertusche. Spitteler, kein «Kellerfanatiker», wie er zugibt, doch ein Freund «der Kellerschen Poesie», sieht im Dichter «einen Romantiker der reichsten Phantasie, die er gemäß seiner Individualität in realistischer, lokalisierender Legierung offenbart». Nur tritt darin «das Außerpoetische (das Moralische, das Kernhafte, das Mannhafte und das Politisch-Patriotische) so sehr in den Vordergrund, daß sich die Frage nach dem Selbständigkeitswert dieser Legierung jedermann aufdrängte»; sie bleibt für Spitteler «Hülle» – «wenn auch organische» –, ist nicht «der poetische Kern». – Um eine Keller-Verehrung mit Massen geht es auch in seinem «Tagesbericht» für die «Basler Nachrichten» (1889), zu Kellers 70. Geburtstag geschrieben. Er nennt ihn hier einen wesentlich «deutschen» Dichter, der von der Kritik Deutschlands zuerst und nachhaltig anerkannt worden sei; Keller habe auf eine Bildungsfahrt nach Italien verzichtet zugunsten der engen Verbindung mit Deutschland, der neben «der gewaltigen Sprachkraft» «der berühmte Erdgeschmack seiner Dichtungen, aber auch die holde, an die Dichter der Renaissancezeit erinnernde Naivität in der Verletzung der ‹Kostümtreue› hinsichtlich seiner exotischen Erzählungen» zu verdanken sei – eine späte Parade gegen Kellers Kritik an der Erzählung «Mariquita»?

Spitteler legt zwei Möglichkeiten fest, sich zu Keller zu verhalten. Einesteils kann man den Dichter nicht «überschätzen»: «Wer einmal sich in diese eigentümliche von Sonnenschein und Erdhauch gesättigte, erwärmte und durchstrahlte Welt hineingelebt, die uns mit dem braunen Goldglanz altitalienischer oder niederländischer Ölgemälde anmutet, wer durch den Vergleich den Unterschied dieser rein poetischen Darstellung gegen den Buchdruckergeschmack der übrigen Erzählungskunst ermessen, dem wird Keller je länger um so lieber.» Andernteils rügt er jene falsche Hochachtung, die auf des Dichters Lebensende überbordendes Lob häuft, während er in frühen Jahren zum Staatsdienst gezwungen war, «weil er die gebührende Anerkennung und den damit verknüpften Lohn nicht erhielt». Dieser letzte Satz erscheint wie eine verhüllte Selbstdarstellung; Spitteler muß der Gedanke, von der Kritik immer in den Schatten Kellers gestellt zu werden, bedrücken; er schreibt, es würde der Gesinnung auch Kellers zuwiderlaufen, alle Werke der deutschschweizerischen Dichter an den seinen gemessen zu sehen; aber: «Davor wird ihn seine eigene Weitherzigkeit, die ihm jedes Schöne, und sei es ihm noch so wenig verwandt, freudig und milde anerkennen läßt, nicht schützen. Es gibt eben sehr viele Nachkommen jenes Goetheschen Schulmeisters, der keine Verbeugung entrichten konnte, ohne anderen dabei auf die Zehen zu treten.» Mit Keller teilt er schließlich die Bedenken gegenüber Interpreten, die sich zumuten, allein

den Dichter richtig zu verstehen, gegen die «Generalpächter ...», welche auf das
Verständnis seiner Werke ein Monopol zu besitzen glauben», gegen die «Geschäftigkeit», die «dem naiven Leser wenn irgend möglich seinen Keller» entfremden möchte: «Ist doch bereits die fürchterliche Drohung einer ‹Kellerliteratur› ... ausgestoßen worden!» Diese Vision einer Flut wissenschaftlicher
Abhandlungen, «einer philologisch-byzantinischen Auffassung der Poesie»,
steht im Gegensatz zu Spittelers Vorstellung vom «guten, bescheidenen, naiven
Gemüt», das sich seinen persönlichen Zugang zu Keller sucht.

Ungefähr fünfundzwanzig Jahre später hat Spitteler Gelegenheit, diese Gedanken weiter auszuführen: am 26. Juli 1919 hält er an Stelle des erkrankten
Adolf Frey vor der «Freien Vereinigung Gleichgesinnter» in Luzern die Festrede zu Gottfried Kellers hundertstem Geburtstag. Es ist das Jahr, für welches er den Literatur-Nobelpreis zugesprochen bekommt. Keller ist seit bald
dreißig Jahren tot, und der vierundsiebzigjährige Spitteler bricht ein langes
Schweigen, ähnlich wie er es 1907 und 1908 in seinem Aufsatz «Meine Beziehungen zu Nietzsche» tut, dem er den Satz vorausschickt: «Ich habe zwanzig
Jahre lang geschwiegen, weil ich immer schweigen wollte, und ich wollte immer
schweigen aus den nämlichen Gründen, warum ich auch über mein Verhältnis
zu Keller, Meyer, Jacob Burckhardt und Böcklin beharrlich schweige: weil ich
der Ansicht bin, das geht die Öffentlichkeit nichts an, und weil ich nicht
trabante.»

Zwei Gesichtspunkte der Rede legt Spitteler im Vorwort zu ihrer Druckfassung dar: «Die Veröffentlichung will ... nichts anderes und nichts mehr
bedeuten als eine Höflichkeit gegenüber meinen liebenswürdigen Zuhörern.»
Es handelt sich also nicht einmal um den Wunsch, sein Wort über Keller auch
gedruckt vorzulegen. Weiterhin distanziert er sich vom Gegenstand seiner Ansprache, wenn er hervorhebt, er habe sich nicht aus eigenem Antrieb zum Wort
gemeldet, sondern «aus Freundschaft und Gefälligkeit» Frey gegenüber und
erst zuletzt deshalb, weil kein Dichter «über den Dichter gänzlich schweigen»
dürfe. So bringt er sich in scheinbaren unverbindlichen Abstand zu seinem
Thema – scheinbar: denn die Rede enthüllt Schritt für Schritt, daß das Verhältnis zum Zürcher Dichter für ihn immer noch problematisch ist.

Es scheint sodann Spittelers Absicht, im ersten Teil der Rede sein eigenes Geschick als Dichter mit demjenigen Kellers zu vergleichen, auf Gunst und Ungunst hinzuzeigen, die einem Schriftsteller widerfahren können. Sie erweist sich
so weitgehend auch als Selbstdeutung. Manches mutet an wie eine Reminiszenz
aus Kellers Briefen: z. B. die Feststellung, die Schweiz sei für die Poesie «ein
Holzboden»; die Ausführung über den «Grünen Heinrich», dem «die Poesie
aus allen Poren leuchtet» und der dennoch seit vielen Jahren ein Dasein ohne
den Ruhm der Kritik friste, mit wenig Aussicht, je wieder entdeckt zu werden, erinnert an den Trost, den Keller einmal für Spitteler bereithielt: «Ein
gutes Buch frißt sich schließlich durch» (vgl. S. 470). Spitteler bestreitet das.
Auch ein gutes Buch werde von den Sedimentschichten der Neuerscheinungen

zugedeckt: «Das Verfaulen der gesamten Schuttdecke braucht durchschnittlich fünfundzwanzig Jahre», wie es nicht nur bei Kellers Roman, sondern auch beim «Prometheus», der 1881/82 erscheint und erst 1906 zum zweiten Mal aufgelegt wird, der Fall ist. In diesem Bild nähert sich der Redner einer Äußerung Gottfried Kellers über den ihm geltenden Aufsatz J. V. Widmanns in der «Illustrierten Schweiz» von 1874, den der Dichter «eine von den Neuentdeckungen oder Wiederausgrabungen» nennt, «die uns in der Schweiz widerfahren, wenn wir zu Tage kommen. Es ist das nicht anders in einer Gegend, wo der Philister mit seinem Schund die Oberfläche immer wieder zuzudecken weiß.» – Damit ein Dichter wie Keller in der Schweiz Erfolg haben konnte, fährt Spitteler fort, war die Hilfe der Kritik Deutschlands nötig, war nötig, «daß zwei der berühmtesten und gelesensten Novellisten» – Storm und Heyse – «öffentlich in vornehmer Bescheidenheit sich vor Keller verbeugten, daß ein literarischer Papst» – Jakob Baechtold – «jahraus, jahrein den Studenten, also den künftigen Literaturdozenten, Keller eintrichterte, daß ein allmächtiger Verleger und eine übermächtige Zeitschrift» – Weibert und die Göschensche Verlagsbuchhandlung in Stuttgart, die «Deutsche Rundschau» unter Rodenberg – «sich seiner annahmen». Auch hier ist die späte Reaktion desjenigen zu spüren, dem solche Hilfe versagt geblieben ist und von dem Mann verunmöglicht worden zu sein scheint, den die Rede feiert. Diese Unterstützung wird ihm, besonders seit seiner politischen Rede 1914, auch von Deutschland her nicht mehr zuteil, während Keller, wie Spitteler selbst in dem Aufsatz «Die Volkserzählung in der Schweiz» (1891/92) sagt, «als Dichter nicht etwa als ein Nachkomme des Jeremias Gotthelf oder irgendeines andern Schweizers, sondern als ein Kind der deutschen Literatur» betrachtet wird.

Das eigentliche Charakterbild Kellers, wie es die Rede zeichnet, gipfelt im Lob der Bescheidenheit, das schon 1909 Spittelers Aperçu von der «Unbescheidenheit der modernen Romanschriftsteller» enthält. Er rühmt das «Malerauge» Kellers, seine Sprache – «Ein Wort, und es sitzt, ein Bild, und es steht» – seinen Humor, der «eine Enttäuschung oder Entsagung oder einen Verzicht» voraussetzt und aus dem starken Gegensatz zwischen poetischem Empfinden und realistischem Vorwurf entspringt.

Dann rückt Keller als Interpret fremder Dichtung in den Mittelpunkt der Rede: sein Urteil ist unabhängig, weil nicht Widerspruchsgeist, sondern das Bedürfnis nach Wahrheit und Redlichkeit ihn leiten, sei es in der Betrachtung der französischen Tragödie, einer Marlitt, «eines mythologischen Dichters» und selbst der «Extramundana». Die Kritik Kellers an seinen eigenen Werken heißt Spitteler nunmehr gut (vgl. S. 477 f.).

In der deutschen Dichtung wird Keller ein hoher Rang zugewiesen. Seine Prosa gilt als «unsterblich», steht sprachlich über Goethes Romanen und ist «trotz manchen Schnurren wohl das Höchste, was jemals auf diesem Gebiete in deutscher Sprache geschrieben worden ist». Doch damit kündigt sich schon die Wendung der Rede ins Negative an, das sich zunächst in der Begründung von Kellers Erfolg äußert: «Das Glück hat ... erlaubt, daß Keller nach vielen Fehlversuchen durch weise Selbstbeschränkung dasjenige Kunststüblein entdeckte, in welchem er alle seine Fähigkeiten meisterhaft betätigen konnte» – ein Bildchen, das in Spittelers früherem Aufsatz über «Die Charakterzüge der französischschweizerischen Literatur» (1889) erscheint, wo er Rodolphe Toepffer mit Keller vergleicht: «Hier wie dort ein seliges Sicheinspinnen in eine eigene Welt, die wahrlich keine realistische ist, wohl aber aus dem Nächstliegenden Poesie zu schöpfen weiß; hier wie dort echter, der eigenen Natur entquellender Humor, eine eigentümliche Sprache, ein Erdgeschmack, eine mutige Unbekümmertheit um die jeweiligen Bullen der ästhetischen und kritischen Päpste.» Die Ansprache biegt noch merklicher in Tadel um, wenn Spitteler von der Keller-Verehrung spricht: Bei allem Erhebenden, das eine Feier des Zürcher Dichters an sich habe, die Deutschland zusammen mit der deutschen und der welschen Schweiz durchführe, sei es eben doch eine Feier «in bengalischer Beleuchtung mit verstärktem Nationalorchester», d. h. in der Ausschließlichkeit des Lobs gefährlich, weil sie das Ende «der schweizerischen Poesie» bedeuten könnte. Spitteler sieht noch düsterer: «Wir werden nie mehr einen großen Dichter erhalten»; denn «daß man aus ihm den Maßstab des Urteils bezieht», «die absolute Höhe» an ihm abliest, Kellers Dichtung und die Vorstellung von der «Poesie» überhaupt sich decken, bedeutet «die Vorausentwertung der Zukunft», nimmt «den nachgeborenen Talenten» die Schaffensfreude. Als Initianten des Keller-Kults entlarvt Spitteler die Faulen, die Enthusiasten und die Literaturwissenschaft, «Martha, die fleißige, ewig geschäftige Schwester der Poesie». Die einschränkende Absicht Spittelers verdeutlicht sich endlich auch in der Identifizierung von Kellers Werk mit «Volksdichtung», in der polemischen Frage, ob es angehe, «dem Volke die Werke von Gotthelf und Keller aufnötigen zu wollen», da es doch «in der Poesie» keineswegs «vom Volke» vernehmen, sondern «Erhebung» möchte: «Das Herz des Volkes lechzt nach Idealpoesie.» Damit will der Redner aber nicht «einen Kanal nach [seiner] Mühle ... graben», weil er weiß, «daß die nicht fürs Volk mahlt», wie er einmal zu Albert Gyergyai bemerkt: «Je ne suis pas poète national. ... Je ne suis pas le poète de la nation: Chez nous, c'est encore et toujours Keller. Je ne me suis jamais senti un Suisse foncièrement autochtone. Il suffit que je sois poète ...»

Bedeutet die Festlegung Kellers auf die Kategorie der Nationaldichter und patriotischen Sänger eine für den heutigen Leser zumindest unzulässige Vereinfachung, die unter anderem den Zweck hat, Spitteler selbst abzusetzen von der deutschschweizerischen Dichtung des vergangenen Jahrhunderts, so folgt dieser hauptsächlich negativen Beurteilung dann doch ein Bekenntnis zu «Meister» Gottfried: «Wie steht es mit dem Lernen an Gottfried Keller?» Jeder Schriftsteller müsse «sich an dem bewunderten Meister emporschämen», antwortete er in einer schlichten und wahren Wendung: «Aus Schamgefühl vor

Keller hat sich der gesamte Prosastil der schweizerischen Schriftsteller um eine Stufe gehoben. Man schreibt seither durchschnittlich besser als vorher.» – Innerhalb der lyrischen Dichtung der Schweiz muß Keller sich allerdings mit der Funktion des «Magenbitters nach den Zuckerschleckereien» begnügen. Die Erinnerung an C. F. Meyer wird beschworen, «der dem Lyriker Keller meindestens ebenwüchsig ist, dessen Lyrik durch persönliches Pathos uns ergreift und durch Meisterschaft uns zur Bewunderung nötigt»; aber eigentliche Lyriker sind beide nicht, «weder der eine noch der andere singt». Gerade dieser Mangel soll zukünftigen Schweizer Poeten den Weg weisen: «Es ist also noch Platz da. Überhaupt ist immer Platz da.»

Der Akzent der meisten Feiern und Artikel anläßlich von Kellers hundertstem Geburtstag liegt auf seinen «politischen Eigenschaften», seiner Vorstellung von «der Weltregierung als einer Republik». Das beweist Spitteler, daß Aristoteles den Menschen zu Recht ein politisches und nicht ein poetisches Tier genannt habe. Aber der Politiker Keller werde unter mannigfaltigen Aspekten gesehen: das Bürgertum verspricht sich «von dem Bildnis des Erzbourgeois und Seldwylers Wunder der Erlösung von dem Bösen», die «Deutschdeutschen» betrachten ihn als einen der ihren, und «die vielen, die unter ‹Patriotismus› vaterländische Grobheit verstehen und denen Keller durch sein wüstes Wirtshausmaul menschlich näher rückt», halten nochmals ein anderes an ihm hoch. Solche Mißverständnisse kommen daher, daß man vom Patrioten spricht, aber den Politiker meint. Patriotismus ist Vaterlandsliebe, «eine natürliche, selbstverständliche Eigenschaft jedes normalen Menschen», die sich im Fest und im Verein, in «der Naturbegeisterung beim Anblick der Alpen», meistens aber in der Politik, d. h. in «der eifrigen Anteilnahme an den öffentlichen Geschäften und Aufgaben und dem Schimpfen auf den Kandidaten der Gegenpartei» äußert. Für Spitteler vertritt Keller diesen politischen Patriotismus, der beim «politischen Getränk, dem Alkohol», gedeiht: «Keller knurrte, wenn einer Schokolade trank statt Wein.» Er repräsentiert «den idealen Politizismus der vierziger Jahre», für den der Gegenwart das Verständnis ohnehin fehlt und dem sie lediglich ein pietätvolles Andenken bewahrt, den Kellers Vaterlandslied noch bezeugt, und schließlich die Eidgenossenschaft selbst. Nur ist eine Rückkehr in diese vierziger Jahre unmöglich: «Naivität läßt sich nicht aufwärmen», das «Ideal unserer Väter, die in den Kirchhöfen begraben liegen», ist mitbegraben. Hier wird Spittelers Zeitbewußtheit und Überlegenheitsgefühl evident; doch zugleich erweist sich, wie wenig er vom landläufigen Klischee «Keller» oder «Meister Gottfried» loskommt: Es fehlt nicht die Reminiszenz an den Dichter im Wirtshaus, woran schon C. F. Meyer sich gestoßen hat – und der Hinweis, Keller habe das Dichten, wenigstens zeitweise, durch die Politik geradezu ersetzt. Spitteler ist überzeugt, daß Patriotismus auch latent bleiben dürfe, wie bei Wilhelm Tell und Nikolaus von Flüe, die «keine Politiker, keine begeisterten Redner» waren, aber in der Stunde der Not für das Vaterland eintraten. Spitteler mag an seine Rede «Unser Schweizer Standpunkt» von 1914 denken, deren Bedeutung und Wirkung auf die damalige Situation in der Schweiz allerdings meist überschätzt wird; es ist seine Ansicht, daß «gewisse Berufe» den Patriotismus zurückbinden müßten: «Dazu gehören die Dichter und Künstler.» Denn die Kunst will «den ganzen Menschen», und dem Vaterland ist mit dem Werk des Dichters mehr gedient, sein Ruhm weiter gefördert, als wenn noch eine Stimme sich in die politischen Debatten mengte. So bestreitet er, es sei das Einzigartige an Keller und «das Schöne», als das man es ausgeben möchte, daß Keller «ausnahmsweise beides, die Poesie und die Politik, in seiner Person zu vereinigen wußte». Vielmehr sei dies ein Zeichen der Schwäche. Warum nämlich ist es ihm gelungen? «Weil bei ihm die poetische Quelle nicht konstant flutete. Weil ihn keine herrisch zwingenden Inspirationen heimsuchten. Weil er keine großangelegten Werke unternahm, welche Willen und Energie erfordern», kurz: weil er kein ganzer Dichter war und durch diese «Doppelspurigkeit» vor «den Großen, Größten und Allergrößten» abfällt. In den autobiographischen Skizzen und in Briefen spricht Keller zustimmend vom Neben- und Nacheinander, von der Gleichzeitigkeit von Kunst und beruflicher Tätigkeit; Spittelers Meinung ist eine andere: «Vollends sie als Vorbild zur Nachahmung anzupreisen, wäre ein verhängnisvoller Irrtum», selbst wenn «Mannhaftigkeit» und «Charakter» sich gerade auf diese gespaltene Weise geltend machen könnten. Zwar bemerkt er im Vortrag «Wie Gedichte entstehen» (1895), ein Gedicht gelange oft dadurch zur Vollendung, daß die Arbeit daran oberflächlich von einer ganz andersgearteten Tätigkeit überdeckt werde: «Aber wohlverstanden, der Druck der Berufstätigkeit darf weder schwer noch anhaltend sein, sonst erstickt er die poetischen Keime. Gottfried Keller hat während seiner Landschreiberei das Dichten einstellen müssen.» Anders erläutert Keller seine Schaffensgewohnheit, die Spitteler als eine zögernde, stockende Arbeitsweise mißversteht. Im vierten Band des «Grünen Heinrich» führt Keller dazu aus: «Man kann eine Übung lange Zeit unterbrochen haben und dennoch, wenn man sie zu guter Stunde plötzlich wieder beginnt mit einem neuen Bewußtsein und vermehrter innerer Erfahrung, etwas hervorbringen, das alles übertrifft, was man einst bei fortgesetztem Fleiße und hastigem Streben zu wege gebracht; eine günstigere Sonne scheint über dem spätern Tun zu leuchten [64].» Der Vergleich dieser ruhigen, überzeugenden Feststellung mit Spittelers Kritik erhellt vielleicht am besten die Tendenz der Rede, die, zu ihrer Zeit beifällig aufgenommen, hinsichtlich der kompromißlosen Darstellung der eigenen Ansichten an die Ansprache «Unser Schweizer Standpunkt» erinnert, ein rhetorisches Meisterstück ist, insofern sie mit großem Geschick Gottfried Keller schließlich doch der nationalen Aurea entkleidet und in scheinbar unwiderleglicher Auseinanderhaltung des eigentlichen ursprünglichen poetischen Genies und – – Kellers endet: kein reiner Dichter darf er sein, stockend fließt seine Produktion, und wo er Dichter bleibt, da vor allem des Volkes. Spittelers Keller-Rede ist nicht eine späte Rache, die den toten Zürcher Dichter «unter sich bringen» will; aber sie bestätigt, daß nicht nur Hochachtung vor dem frühen Kritiker seiner Werke den Redner bewegt, sondern auch das Bedürfnis, sich selbst freizustellen. Ungetrübt ist das Gedenken an Keller nicht: Es hat in den dreißig Jahren seit Kellers Tod kaum eine Läuterung erfahren.

Wie die Ansprache Spittelers eine bestimmte Position innerhalb der Keller-Kritik darstellt, so bezeichnen auch Kellers Briefe eine solche in der schweizerischen und deutschen Spitteler-Rezeption; mit J. V. Widmanns Rezensionen und Aufsätzen bilden sie die Grundlage jeder Diskussion über den Dichter des «Prometheus». Im Aufsatz «Was ich Widmann verdanke» schreibt Spitteler 1911: «Mein Glück wollte es, daß unter seinen [Widmanns] Bekannten Gottfried Keller war und daß Gottfried Keller sich in außerordentlich zustimmender Weise über das Buch [«Prometheus und Epimetheus»] äußerte. Wenn ich diese Zustimmung nicht erhalten hätte, würde ich wahrscheinlich das Dichten aufgegeben haben, denn alle andern Stimmen lauteten absprechend. ... Ohne Widmann aber hätte Keller von meinem Buche nichts gewußt.» Diese Aussage läßt den späteren Leser nicht merken, daß Keller auch andere Urteile abgegeben hat, übergeht seine Zurückhaltung, die stellvertretend ist für jene erste Phase der Spitteler-Kritik, anzusetzen zwischen 1885 und 1905 und gekennzeichnet durch das Schweigen der Rezensenten einerseits, durch die Bemühungen Widmanns anderseits und mit dessen Worten zu charakterisieren: «Hie und da findet ein Einzelner, so neulich der Tübinger Vischer, seine Sachen bedeutend, aber die große Mehrheit steht dabei, wie wenn man einem Pferde eine Kotelette vorsetzen wollte.» Nur Widmanns Werben begleitet Spittelers Schaffen von Anfang an: «Von der Prometheus-Anzeige an hat J. V. W. durch dreißig Jahre hin die volle Wirksamkeit seiner Zeitung und ihren geistigen Kredit für den Freund eingesetzt. Diese Spitteler-Kritiken im ‹Bund› bieten das einzigartige Beispiel lückenloser, von *einem* geistigen Quell her genährten und regierten Betreuung eines poetischen Lebenswerkes durch die Zeitung» (Charlotte von Dach). Aus dieser Gesinnung hat Widmann auch Kellers Haltung klar erfaßt. In seiner Rezension des dritten Bandes von Jakob Baechtolds Keller-Biographie, wo von Kellers Mangel an «tiefem Wohlwollen» gesprochen wird, erwähnt Widmann die «oft zu beobachtende, auffallende Härte im Urteil großer schaffender Geister gegenüber ringenden Zeitgenossen, die mit ihren Versuchen wenig erreichen»; diese Erscheinung beruhe auf «einem Naturgesetz ..., das schon Pythagoras zu einem ethischen Gesetz zu erheben suchte durch den Ausspruch: ‹Man soll nicht schuld sein, daß sich die menschlichen Mühen mindern.› Das ist das Darwinsche Gesetz der nur durch Kampf und drangvolle Mühe zu erreichenden Auslese». Dieser Gedanke kommt der Wahrheit vermutlich näher als die Meinung, Keller habe Spitteler gegenüber «versagt», und die Deutung von Kellers Verhältnis zu Spitteler, die Robert Faesi gibt: «Seine eigne Genialität hat die Spittelers (wie zuvor die Gotthelfs) mit erstaunlichem Tiefblick erkannt, aber die bürgerliche Besonderheit und Begrenzung seines Wesens hat ihn verhindert, diese ihm fremde Art unbefangen zu bejahen ...[65]»

Vielleicht ist in der Beziehung zwischen Keller und Spitteler eine Kraft wirksam, auf deren Spuren das (französisch geführte) Gespräch zwischen Spitteler und Ferdinand Hodler im April 1915 lenkt, das C. A. Loosli in den «Erinnerungen» an seinen Freund aufgezeichnet hat. Es erweist sich da, daß Spitteler von der Literaturkritik eigentlich ganz anderes erwartet, als sie geben kann. Das Gespräch geht aus von der Klage des Dichters, außer Jonas Fränkel kümmere sich weder die Kritik noch die Literaturwissenschaft um sein Werk, worauf Hodler erwidert, der landläufigen Kritik komme bloß informativer Charakter zu, sie fördere den Künstler nicht, weil sie nur vergleiche und nicht in der Lage sei, «jedes Kunstwerk unvoreingenommen für sich zu betrachten und zu werten»; der Kritiker müsse beim Künstler die Voraussetzungen künstlerischen Schaffens lernen, dann erst werde Kritik möglich, die nicht nur «Wiedergabe», sondern selbständige Fortbildung sei, nicht nur Vermittlung zwischen Künstler und Kunstfreund. Dieser Art von Kritik stellt Spitteler nun das reine «Herzensverständnis» des Liebhabers gegenüber, von dem er wiederum «Rezeptkritik» unterscheidet, die der «Trägheit und Verlogenheit», der «Voreingenommenheit vor allem!», «geistiger Feigheit», dem Mangel an Mut und Unbefangenheit, unverfälscht von den eigenen Empfindungen zu sprechen, entspringe; in Fränkel habe er einen Mitarbeiter und Kritiker gefunden, der ihn und sein Schaffen begreife, dem die genannten Fehler nicht anhaften. Hodler entgegnet: «Dann ist der Mann eben selber ein Schöpfer! Lernen nämlich kann man doch nur von den Berufsgenossen, von den größten Meistern vor allem und gelegentlich von den größten Pfuschern, die einem gerade durch ihren Pfusch (camelotte) das Gewissen schärfen und einem zeigen, was zu vermeiden ist.» Das wäre Gottfried Keller aus dem Herzen gesprochen und gibt fast wörtlich wieder, was er im Aufsatz «Ein bescheidenes Kunstreischen» niederschreibt: daß Tageskritiker und ästhetische Liebhaber dem Künstler nichts nützen, da er nur durch Arbeit und Vergleichung sich durchzusetzen vermag. Keller würde wahrscheinlich auch der folgenden Äußerung Hodlers zugestimmt haben: «Das Wichtigste sagt einem ja doch niemand! Die Kritik hinkt hinter dem Schaffen des Dichters und des Künstlers immer nach, ohne sie je einzuholen; – denn diese wachsen rascher als das Verständnis des Kritikers, der da schreibt. Sie müssen auch rascher wachsen, sonst wären sie keine Dichter, keine Künstler!» Damit weist Hodler Spitteler gewissermaßen zurecht, der die Kritik in einer rein dienenden Rolle sieht, wenn er sagt: «... in Zweifels- oder gar in Verzweiflungsfällen wird einem eine einsichtige Kritik zum Segen. Sie ermutigt, feuert an und erleichtert einem das Schaffen», was Hodler «nur für seltene Ausnahmefälle» gelten läßt. Diesen Trost im Zweifel kann und will Gottfried Keller so wenig geben, wie er ihm selbst zuteil geworden ist, so wenig wie er selbst ihn verlangt hat; er setzt anfänglich wohl auch bei Spitteler den Willen voraus, von andern Dichtern zu lernen, und als dieser sich nur bestätigen lassen möchte, schreibt er Widmann, Spitteler sei zu endgültig auf seine Weise festgelegt, als daß er einer Kritik zugänglich sein könnte. Und es ist bezeichnend, daß in Spittelers späteren Schilderungen von Keller als dem Kritiker seiner Frühwerke das «Herzens-verständnis» nachträglich hineingespiegelt erscheint, während die scharfe Kritik wegeskamotiert wird. – Dazu kommt Kellers Abneigung einem jüngern eigenwilligen Poeten gegenüber, der sich keineswegs unterschätzt, sondern nach «Kolportage» drängt, wie Widmann seine Anstrengungen für den Freund nennt, statt geduldig wachsendes Werk und literarische Kritik sich annähern zu lassen. Das Sträuben Spittelers, «es zu machen, so gut es eben geht, aber beileibe nicht besser», und seine Gewohnheit, von außen die nötige Förderung zu verlangen, widerspricht der Gesinnung schon des jungen und der Auffas-sung auch noch des alten Gottfried Keller [66].

Erst in den Jahren zwischen 1905 und 1920 wird die Öffentlichkeit in stärkerem Maß auf Spitteler aufmerksam gemacht. Nun verlieren sich Kriti-ker und Rezensenten in beinahe blinde Begeisterung, was bei der Eigenart des Dichters und dem langen Verkanntsein, das jetzt als ungerecht empfunden wird, nicht erstaunt. 1902 erscheint unter dem Titel «Originalität» in der Wiener Zeitschrift «Die Zeit» das Spitteler-Bekenntnis des Musikers und Komponisten Felix Weingartner, eine Erweiterung eigentlich von Widmanns Rezension des «Olympischen Frühlings». Es folgt (Weingartner hat inzwischen zwei Balladen des Dichters vertont) die Broschüre «Carl Spitteler. Ein künstle-risches Erlebnis» (München 1904): «Was Gottfried Keller ein Vierteljahrhun-dert vorher versäumt hatte, das tat jetzt Felix Weingartner» (Jonas Fränkel). Seit 1908 schließen sich dem nun wachsenden Kreis von Zeugnissen für Spit-teler die Aufsätze Jonas Fränkels an. Doch ist dieser Aufwärtsbewegung keine Dauer beschieden: Als 1909 der umgearbeitete «Olympische Frühling» erscheint, ist «das Werk noch so weit entfernt von allgemeiner Anerkennung», daß es das «Literarische Echo», «die führende kritische Zeitschrift», «ledig-lich als eine literarische Kuriosität» behandelt; in Adolf Freys Essays «Schwei-zer Dichter» (Leipzig 1914) wird Spitteler nicht genannt, obwohl er damals schon zweimal für den Nobelpreis vorgeschlagen worden ist (1912 und 1914). Erst die Bemühungen Romain Rollands erwirken die freilich nicht «vom Ur-teil einer ganzen Nation» getragene Ehrung: «... den Liebesdienst, den Gott-fried Keller einst dem jüngeren Dichter und Landsmann schuldig geblieben, erwies ihm nach Jahrzehnten ein französischer Kollege ...» – auch die Spitte-ler-Literatur des 20. Jahrhunderts läßt den Vorwurf eines Versäumnisses nicht zum Schweigen kommen [67].

Mit der Verleihung des Nobelpreises setzt wiederum eine kritische Gegen-strömung ein, die sich Kellers Urteil, seinem Unbehagen nähert und zum Teil durch Spittelers Persönlichkeit, nicht nur durch seine Werke hervorgerufen ist. Erwähnt sei Edith Landmann-Kalischers Schrift «Carl Spittelers poetische Sendung» (1923), eine ästhetische und philosophische Widerlegung des «Olym-

pischen Frühlings» im Geiste Stefan Georges, eine schroffe Kritik, die neuen
Erwiderung ruft: so setzt sich noch die Abhandlung Paul Baurs «Zur Bewertung von Spittelers Poesie» (Basel 1964) mit Edith Landmann-Kalischer auseinander, wobei – allerdings sorgfältig abgestuft – auch die Spitteler-Aufsätze
von Otto von Greyerz, Max Rychner und Heinrich Federer kritisch einbezogen
werden. Jonas Fränkel übernimmt die Rolle Widmanns, weist unermüdlich auf
Spittelers Werk hin und nennt in einem Aufsatz auch Rilke als Zeugen: Rilke
habe im Gespräch mit einem Besucher «ein ergreifendes Bekenntnis seiner
Liebe zu Spitteler» abgelegt.

Den Disput zwischen Gegnern, Verehrern und besonnenen, unvoreingenommenen Kritikern beschreibt Max Rychner in seinem nach Spittelers Tod verfaßten Aufsatz «Denn er war unser» (1925): «Es soll ... nicht verhehlt und
nicht geleugnet werden, daß ein Forte mit verstärktem Orchester für eine mit
Spittelers Bedeutung korrespondierende Anerkennung zunächst nötig war,
aber daß nun der Hinschied eines großen Mannes zum Anlaß würde, um
ihm allen historischen Vergleichsmöglichkeiten zum Trotz halbgöttliche Ausmaße zuzuerkennen, das war nun doch selbst für Schwarzseher überraschend
und nahm manchenorts die Formen eines Satyrspiels an, obschon die Agierenden sich noch mitten in der Tragödie vermeinten.» Rychners Beurteilung
Carl Spittelers sucht den Mittelweg zwischen dem unbedingten Lob, den hochgegriffenen Vergleichen etwa Jonas Fränkels und Kellers Kritik, die Entscheidung, wer nun recht habe, «einer späteren Generation» überlassend: «... sie
wird den Gegensatz ohne Gewalttätigkeit schlichten, der zwischen den ...
Aussprüchen Jonas Fränkels und Worten Gottfried Kellers über Spitteler in
der Gegenwart wohl nicht eindeutig zu überbrücken ist ... – Worte, die mit
allerlei Lob verbrämt waren, die jedoch in ihrer schlagenden Kraft der Formulierung nicht restlos abgetan sein dürften: ‹auch Keller versagte›. Besäßen
wir nichts als das Erstlingswerk *Prometheus und Epimethus*, wer will es wissen, ob die Nachwelt nicht in alle Zeiten versagen würde! [68]» Damit ist die
Haltung jeder zukünftigen Spitteler-Betrachtung oder -Kritik festgelegt: der
Kritiker darf nicht als Apologet auftreten, die Bewertung nicht die «Grenzen
vernunftvoller Gerechtigkeit» überschreiten und «in die Sphären maßlosen
Lobgesanges» hinüberschwimmen. In diesem Sinn ist die Studie Thomas Rofflers über Spitteler (Jena 1926) ein Versuch, über den in der Geschichte der
deutschschweizerischen Literatur hergebrachten Vergleich zwischen Gottfried
Keller und C. F. Meyer hinauszugehen und auch Carl Spitteler, trotz allem von
beiden Seiten aufgestellten Schranken, mit ihnen zu verbinden. Eine solche
Aufgabe ist leichter zu lösen, seit die von der Schweizerischen Eidgenossenschaft getragene Gesamtausgabe, 1945 aus Anlaß seines hundertsten Geburtstags begonnen, Spittelers Werk etwas deutlicher ins Bewußtsein der Nation gehoben hat.

Dieser Aspekt der Gleichwertigkeit ermöglicht dann einer Untersuchung
wie derjenigen Fritz Buris über «Erlösung bei Gottfried Keller und Carl

Spitteler» (Zürich 1946), für beide Dichter wesentliche Erkenntnisse zu gewinnen: «Über alle äußeren und inneren Gegensätze hinweg verbindet Gottfried Keller und Carl Spitteler die Tatsache, daß beide in ihrem Denken und
Dichten zutiefst um Erlösung gerungen haben»; die Verwandtschaft zwischen
Kellers Judith und der Göttin Seele als zwei Offenbarungen «des Numinosen»
und zwischen Judith und Pandora als «Symbolen der Erlösung» entspricht
der von Keller und Spitteler gemeinsam gehaltenen Gegenposition zur Erlö-
sungslehre der christlichen Kirche, wobei die Frage offenbleibt, «ob und inwiefern in der Judith-Pandora-Symbolik nicht der tiefste Wahrheitsgehalt des
Christussymbols erfaßt» sein könnte. Hier ist die Möglichkeit wahrgenommen, aus dem überschaubaren Werk Kellers und Spittelers Hinweise des einen
auf den andern herauszulösen, die wiederum die Dichtung des einen und des
andern erhellen. In der Opposition enthüllt sich ihre Eigenart, aber auch das,
was Robert Faesi als das Trennende zwischen Spitteler und seiner Heimat
überhaupt beschrieben hat: Der Zug ins «Ursprüngliche und Außerordentliche», die «Schicksalsschwere» seiner Persönlichkeit, der «aristokratische kos-
mopolitische weltmännische» Anflug, der ausschließliche Gebrauch der deutschen Schriftsprache auch in der Unterhaltung. Diese Eigenheiten «befremden»:
«Ein Fremdling ist der beim Göttervater Beheimatete innerlich bei Landsleuten und Zeitgenossen ... immer geblieben.» Am Werk hat Gottfried Keller
nachgewiesen, warum.

Wie Goethes Urteil über Hölderlin und z. T. Kleist ist dasjenige Kellers
über Spitteler «nur historisch zu verstehen als Ausdruck eines tiefen, von der
Höflichkeit nur überbrückten Antagonismus». Ob es Symptom einer «geistesgeschichtlichen Wandlung» ist, zu einer «geistesgeschichtlichen» Bewertung,
einem neuen Bild Spittelers geführt hat, scheint bei der Zurückhaltung, mit
der seiner Dichtung in der Schweiz heute noch begegnet wird, zweifelhaft [69].

(F) DER NATIONALE GESICHTSPUNKT IN GOTTFRIED KELLERS LITERATURKRITIK UND DAS PROBLEM EINER SCHWEIZERISCHEN «NATIONALLITERATUR»

«Es gibt keine wahre Dichtung, die nicht national wäre»: In dieser apodiktischen Feststellung [1] kann «national» bedeuten, daß die Gestalten und die
Problematik eines dichterischen Kunstwerks aus dem Leben eines Volkes gewählt sind, der Dichter eine Chronik oder einen Sittenspiegel schreibt (zu
vergleichen wäre beispielsweise Meinrad Inglins «Schweizerspiegel», Kurt
Guggenheims «Alles in Allem») – oder daß das Werk den kulturellen,
geschichtlichen, nationalen Raum, in dem sein Autor wurzelt, sein Herkommen reflektiert, reflektieren soll. Man wird der zweiten dieser Deutungen zu-
neigen, wenn man sich vergegenwärtigt, daß es für die wenigsten Dichter
eigentliches Ziel des Schaffens ist, das Spiegelbild ihrer Nation zu geben, daß

sie sich, insofern sie Dichter sind, nicht vor allem ihrem Volk verpflichtet
fühlen. Goethe bemerkt zu Eckermann (14. 3. 1830): «Der Dichter wird als
Mensch und Bürger sein Vaterland lieben, aber das Vaterland seiner poetischen Kräfte und seines poetischen Wirkens ist das Gute, Edle und Schöne,
das an keine besondere Provinz und an kein besonderes Land gebunden ist,
und das er ergreift, und bildet, wo er es findet.» Ähnlich schreibt Gottfried
Keller um 1876 in einer «Reflexion»: «Nationalitätsfrage in der poetischen
Literatur und Kunst. Die Dichter und Künstler sind gute Patrioten in allen
bürgerlichen Dingen. Aber in der Kunst schweifen sie ins Freie hinaus über
die Grenzen; da lassen sie sich nicht behaften. Sie haben mit andern ein ge-
heimnisvolles Vaterland, unbekannt wo. ...[2]»

Nun ist gerade Keller in erster Linie als vaterländischer Dichter, der das
Volk erziehen will, als Mahner, seine Poesie als Verklärung heimatlichen Daseins gesehen worden. Die erwähnte Notiz läßt es indessen fraglich erscheinen, ob er sich selbst in dieser Rolle begreift; in dem Aufsatz, der das nationale Drama umreißt, das das Volk zu sich selber und zu seiner Geschichte
führt («Am Mythenstein»), nennt er das Beispiel Schillers, der, ohne die Eidgenossenschaft bereist zu haben oder dem Volk anzugehören, aus reiner dichterischer Intuition heraus ein Stück schafft, welches von den Schweizern als
echtes Abbild einer sagenhaften, aber doch geglaubten Wirklichkeit empfunden wird. Die Kraft der Anschauung, die Fähigkeit, «Welt und Leben mit
einer ... sichern Ahnung, mit einem Hellsehen» zu erfassen, enthebt den Dichter der nur nationalen Bindung [3]. Aus diesem Grund auch ist eine «schweizerische Nationalliteratur» für Keller ein Scheingebilde; er unterscheidet nicht
zwischen einer «reichsdeutschen» und einer schweizerischen Dichtung, die ihre
eigenen, typischen Motive, Figuren, vor allem ihre besondere Geschichte hätten; er sieht das Geistesleben der Schweiz in seiner Abhängigkeit von den Strömungen der europäischen Kultur im weitesten Sinn.

Man hat nachzuweisen versucht, daß dieser Zusammenhang mit dem ausländischen Kulturleben einem bestimmten Gesetz unterstellt ist; Karl Schmid
bezeichnet es in seinem «Versuch über die schweizerische Nationalität» mit
dem Ausdruck «Gesetz der polaren Ergänzung» oder «Dissimilation [4]», die
bei allen Nationen zu beobachten ist, am augenfälligsten aber in der Schweiz
hervortritt, wo sie durch nationalistische Ansprüche auf eine autochthone Kultur nur wenig eingeschränkt wird. Diese «Dissimilation» besteht darin, daß in
der Heimat der Verlauf und die Tendenz einer von außerhalb übernommenen
geistesgeschichtlichen Entwicklungsphase umgekehrt werden. Für die Schweiz
sind drei Modellfälle geistig-kulturellen Verhaltens gegen außen denkbar: Sie
hält am Irrationalen fest, wenn außerhalb die *ratio* dominiert, und umgekehrt – sie bewahrt das Ältere vor dem Angriff des Neuen, das Neue vor
romantischen Regressen – bei einer jähen Umgestaltung des Kontinents verläßt sie sich auf das organische Wachsen, ringt sich anderseits durch zu «Akten der Befreiung vom Überkommenen», falls es zu sehr «geheiligt wird [5]».

Im 19. Jahrhundert verwirklicht sich dieses Gesetz so, daß die Schweiz den Kräften des Fortschrittes, der Aufklärung, der Demokratie, des Marxismus Rückhalt bietet, solange sie z. B. in Deutschland der Restauration unterliegen; nach 1870, als das Bürgertum in allen Bereichen des öffentlichen Lebens dominiert, folgt die Nation nach außen hin zwar dem Sog des Liberalismus, der Industrialisierung, dem Bildungsehrgeiz und den Bemühungen um eine zentralistische Staatsgewalt, aber bei den eigentlichen Repräsentanten der Schweiz, den Dichtern und Gelehrten, bei Amiel, Bachofen, Burckhardt, C. F. Meyer, bricht sich die Gegenströmung des Pessimismus Bahn, die Absage an die Zeit im Zeichen der Renaissance-Kultur, der christlichen Innerlichkeit, des Mutterrechts. Diese Gegenläufigkeit, nicht auf die deutschsprachige Schweiz beschränkt, ist nicht identisch mit einem Streben nach kultureller Autarkie, die trotz oder wegen der politischen Neutralität der Heimat nicht zu verwirklichen wäre: Als Ganzes steht sie zwar abgekapselt zwischen den übrigen europäischen Nationen, der einzelne Schweizer aber findet sich mitten in einem Kulturkreis, der von dieser Neutralität nicht berührt wird und dem er schon durch seine Muttersprache angehört [6].

Am Ende des 19. Jahrhunderts ist denn auch das Bewußtsein einer einheitlichen und eigenen Kultur in der Schweiz kaum ausgeprägt; in seiner «Geschichte der deutschen Literatur in der Schweiz» (1892) stellt Jakob Baechtold noch keine Beziehungen zwischen der Staatsform, dem Volkscharakter der Schweiz und ihrer Geisteskultur her. Die sprachlichen und kulturellen, d. h. exzentrischen Bindungen überwiegen die politisch-geschichtlichen konzentrischen, wie ja schon der Titel von Baechtolds Werk anzeigt. Die deutsche Schweiz gilt ihm als Provinz des «Mutterlandes», die deutschschweizerische Literatur ist als eine «provinzielle ästhetische Spielart der Dichtung des ‹Mutterlandes›» verstanden; ihre Kräfte können allerdings erneuernd auf dessen Geistesleben zurückwirken und bestimmte Eigenschaften des Volksschlages den schweizerischen Beitrag an die deutsche Literatur nuancierend beeinflussen. Die Auffassung Baechtolds spiegelt noch den Glauben an die Idealität der Dichtung, d. h. an ihre völlige Trennung von Politik und Geschichte [7]. – Erst nach 1914 wird der fast nur in geographischem Sinn verwendete Begriff «Schweizer Literatur» durch einen wesensbestimmten ersetzt: Josef Nadlers «Literaturgeschichte der deutschen Schweiz» (1932), die die schweizerische Dichtung anhand der Stammes- und Landschaftstheorie untersucht, hebt die Vorstellung von der schweizerischen Literatur als einer Provinz der deutschen Dichtung auf. Im Kapitel «Staatsidee und deutsche Literatur in der Schweiz» seines Werks über die Literatur- und Geistesgeschichte der Schweiz weist Emil Ermatinger nach, daß das «Erlebnis des Staates» zwar dichterische und «weltanschauliche» Darstellung findet, ein dialektisches Verhältnis zwischen Staat und kulturell-geistigem Leben, die Idee einer Nationalliteratur daraus aber nicht abzulesen ist, weil erstens die Einwirkungen der deutschen Geistesgeschichte auf diejenige der Schweiz fortbestehen (wie auch Keller mehrmals betont) und zweitens die Beziehung des Dichters zur Nation nicht einer «Idee», der «Staatsidee», dem «eidgenössischen Gedanken» entspringt, sondern einer Bindung im «kleinen Kreis», dem Gefühl der Zugehörigkeit zu wenigen Nächsten [8]. Nur zögernd wird man aber in diesem zweiten Phänomen den alleinigen Grund suchen für Kellers Kritik an der Hypothese einer schweizerischen Nationalliteratur; obschon die Seldwyler-Novellen z. B. die Verbundenheit mit diesem «kleinen Kreis» darlegen und auch die ausgesprochen «patriotischen» Erzählungen sich darauf beschränken, einen Ausschnitt aus dem Leben des Vaterlandes zu geben, sich nicht zu den großangelegten Chroniken Inglins, Guggenheims erweitern, gewinnt doch Keller eine viel zu präzise Vorstellung vom eidgenössischen Staat, ist als Bürger und Politiker so mit ihm verbunden, daß seine Sorge nicht nur dem «kleinen Kreis» gelten könnte.

Ein anderer bei Keller wiederholt genannter Grund spricht zunächst vor allem gegen die Möglichkeit einer schweizerischen Nationalliteratur im eigentlichen Sinn: Der einzelne Schweizer und der Staat als solcher stehen dem Bereich der Dichtung, des Kulturellen überhaupt zu gleichgültig gegenüber, als daß sich eine restlose Durchdringung von Volk und Dichtung ergeben könnte. In Kellers Briefen und Aufsätzen ist häufig davon die Rede; schon 1846, in einer Besprechung der «Schweizerischen Kunstausstellung», erscheint ihm ein «Ebenmaß» an Werken der bildenden Kunst jeden «Genres» «auf der ganzen Kunsthöhe» in der Schweiz nicht erreichbar; über den Kunstverstand des Publikums schreibt er wenig später: «Jenen besseren Geschmack hat die auswärtige Malerei, besonders die deutsche, bereits im Publikum geschaffen und erzwungen, und unsere Schweizermaler müssen sich zusammenraffen, wenn sie nicht zur Klasse der Gastwirte, Oberländerholzschneider, Bergführer und aller jener Spekulanten herabsinken wollen, welche von nichts anderem träumen als von der Börse der durchreisenden Teesieder [9].» Auf die Gleichgültigkeit in Dingen der Kultur bezieht sich sodann ein Brief von 1849 aus Heidelberg an Wilhelm Baumgartner: «Der kurze Aufenthalt in hier hat mir so gut bekommen, ich habe so nützliche Bekanntschaften gemacht, daß ich fast vorziehe, noch ein Jahr oder zwei in Deutschland herumzustreichen. ... Wäre ich gleich vor drei oder vier Jahren, als ich die ersten Gedichte drucken ließ, hinausgekommen, so wäre ich jetzt wahrscheinlich innerlich wie äußerlich ein anderer Mensch; denn für einen Poeten ist die Schweiz ein Holzboden [10].» Auch daß ihm der Staat Zürich Stipendien ausstellt, schwächt diese Kritik an der Heimat nicht ab; ihre Unterstützung bedeutet einen vereinzelten Akt der Großzügigkeit, wie er dem zürcherischen Regierungsrat schreibt; «in einem Zeitpunkte, der sonst allen bloß schönwissenschaftlichen Bestrebungen höchst ungünstig ist», gewährt, verhilft diese Tat vielleicht «einer Tendenz, welche sonst nur in größeren staatlichen Verhältnissen öffentliche Berücksichtigung finden kann, doch auch bei uns zu ihrer Zukunft [11]». Auffallend widersprüchlich muten in diesem Zusammenhang zwei Briefstellen vom März 1851 aus Berlin an, die sich im Abstand von drei Wochen folgen; an Hettner schreibt er, es sei eine Absicht des «Grünen Heinrich», «zu zeigen, wie wenig Garantien auch ein aufgeklärter und freier Staat, wie der zürchersche, für die sichere Erziehung des einzelnen darbiete heutzutage noch, wenn diese Garantien nicht schon in der Familie oder den individuellen Verhältnissen vorhanden sind.» Als ihm kurz danach die Regierung auf Alfred Eschers Antrag eine weitere Summe zum Aufenthalt in Berlin zuspricht, bemerkt er zu Baumgartner: «Es fängt aber doch an, mich zu genieren, da ich einen alten und seltsamen Stipendiaten vorstelle und es bei unseren kleinen und knappen Verhältnissen noch nie vorkam, daß man einen im Alter schon vorgerückteren Kunstmenschen reisen ließ [12].» Noch merkwürdiger, wie er drei Jahre später die Beweggründe für diese Hilfe aus der Heimat interpretiert: «Nach außen hin sieht alles dies ganz anständig aus und gereicht eine solche Poetenunterstützung der Republik von zweihundertfünfzigtausend Einwohnern zu aller Ehre. Genau besehen aber kommt es nur darauf an, daß diese reichen jungen Staatsmänner, die zum Teil Duzbrüder von mir sind, nicht in die eigene Tasche greifen wollen. Ein Grund, und ein sehr schlauer, ist allerdings auch, dadurch eine Gewalt über mich zu behalten, im Fall ich etwa nun meine Pflicht als Literat nicht tun und nicht fleißig sein wollte [13].» Zur gleichen Zeit – und das läßt vermuten, daß es sich hier auch um die Äußerung augenblicklichen Unmuts handelt – wünscht er sich auf den «freien Boden Zürichs» zurück, um von da aus nach Deutschland zu wirken, doch ebenso um mit Hettner zusammen die «heimatlichen Zustände an geistiger Regsamkeit und Mannigfaltigkeit» zu bereichern, gegen eine Gleichgültigkeit anzukämpfen, der sich unter anderem die Redaktoren von Schweizer Zeitschriften schuldig machen, die «fortwährend die teuer bezahlten Feuilletons deutscher Blätter abdrucken, statt etwas für Pflege einer eigenen Kultur zu opfern [14]». Es entgeht ihm ja nicht, daß im Publikum trotzdem auch eine Vorliebe für die im eigenen Land entstandenen Literaturwerke lebendig ist; über die Aufnahme des «Grünen Heinrich» in der Schweiz schreibt er dem Verleger: «Es ist ... der Fall, daß die Schweiz für solche Sachen, die aus ihr hervorgehen und von kleinerem Umfang und Verkaufspreis sind, stets eine besondere Absatzprovinz bildet. Wenigstens decken sich die Unternehmungen des Verlegers von Jeremias Gotthelf hauptsächlich und fast allein in der Schweiz, da derselbe in Deutschland fast noch gar nicht gelesen wird von weiten Kreisen.» 1883 heißt es in einem Brief an Hertz, die «Gesammelten Gedichte» fänden «in der Schweiz einen gewissermaßen stehenden Absatz»; «Die Leute von Seldwyla» eignen sich «zu weiterer Verbreitung» in der Heimat und können daneben noch auf «den gewöhnlichen Bibliothekabsatz» in Deutschland zählen [15].

Daß Keller die Schweiz als «Absatzprovinz» bezeichnet, macht deutlich, wie sehr er sie in literarischer Hinsicht zu Deutschland zählt; die einheimische Leserschaft, die sozusagen national bedingte und gewährleistete Rezeption setzt keine national geprägte Produktion voraus. Die Aufmerksamkeit des Publikums ist für «den vaterlandsliebenden Poeten», der bei seiner Rückkehr aus Deutschland nach Zürich der «Teilnahme von allen Seiten» sicher ist, keine Selbstverständlichkeit. Um der schweizerischen Leserschaft bewußt zu bleiben, bedarf es der Hilfe der kritischen Journale und der Rezensenten. Zu J. V. Widmanns Besprechung der «Leute von Seldwyla» bemerkt Keller, es belustige ihn, daß er «wieder einmal in [seiner] teuren Schweiz habe aufgewärmt werden müssen, was regelmäßig alle 5 Jahre vor sich geht und immer einem angenehmen Verjüngungsprozesse gleicht für so einen alten Kerl [16]» (vgl. S. 489).

Als Urteil über die Fruchtbarkeit oder Unergiebigkeit des Kultur- und Geisteslebens in der Schweiz kann gelten, was der Dichter in seiner Betrachtung «Ein bescheidenes Kunstreischen» äußert: «Die Bedeutenden unter unsern Schweizerkünstlern leben meistens in einer Art freiwilliger Verbannung; entweder entsagen sie der Heimat und verbringen das Leben dort, wo Sitten und Reichtümer der Gesellschaft sowie Einrichtungen und Bedürfnisse des Staates die Träger der Kunst zu Brot und Ehren gelangen lassen, oder sie entsagen, gewöhnlich in zuversichtlichen Jugendjahren, diesen Vorteilen und bleiben in der Heimat, wo ein warmes Vaterhaus, ein ererbter oder erworbener Sitz in schöner Lage, Freunde, Mitbürger und Lebensgewohnheiten sie festhalten. Gelingt es auch dem einen und andern, seine Werke und seinen Namen in weiteren Kreisen zur Geltung zu bringen und sich zu entwickeln, vermißt er auch weniger den großen Markt und die materielle Förderung, so ist es doch bei den besten dieser Heimsitzer nicht leicht auszurechnen, wieviel sie durch die künstlerische Einsamkeit, den Mangel einer zahlreichen ebenbürtigen Kunstgenossenschaft entbehren.» – Auch den politischen Aspekt einbeziehend, schreibt er 1861 in der Rezension der «Neuen Folge» von Fr. Th. Vischers «Kritischen Gängen»: «... fast könnte man sagen, glücklich seien die kleinen Völkerschaften, welche, geistig und sprachlich einer großen Kultur angehörig, politisch für sich bestehen und zufrieden sind, nicht zur tragischen Wahl der Mittel gezwungen zu sein, welche die Anforderungen der Größe erfüllen sollen [17].» Die politische Selbständigkeit und die gleichzeitige geistige Zugehörigkeit zu einem größeren Ganzen werden also bejaht. Dieses Thema: das Verhältnis der Schweiz zum deutschen Geistesleben in Verbindung oder im Gegensatz zu Unabhängigkeit des Landes beschäftigt den Dichter schon im Aufsatz «Vermischte Gedanken über die Schweiz», einer in München entstandene Erwiderung auf zwei Artikel in der deutschen Presse, die die Schweiz als Teil des Reiches annektieren und das nationale Schweizertum als eine unrealistische Vision Schillers und Johannes von Müllers bezeichnen; mit seinem Aufsatz unterstützt Keller einen Gegen-Artikel in der «Neuen Zürcher Zeitung», der darauf hinweist, daß sich das der Schweiz abgesprochene Nationalgefühl mit der politischen Freiheit entwickelt habe, und er beruft sich auf die Replik Johann Karl von Tscharners in der «Allgemeinen Zeitung», in der betont wird, daß keine politische, wohl aber eine kulturelle Verbindung zwischen der Schweiz und Deutschland möglich sei [18]. Der junge Keller führt dazu aus, die Eidgenossenschaft besitze einen besondern Nationalcharakter, der «nicht in den ältesten Ahnen, noch in der Sage des Landes, noch sonst in irgend etwas Materiellem» bestehe, sondern «in ihrer Liebe zur Freiheit, zur Unabhängigkeit, ... in ihrer außerordentlichen Anhänglichkeit an das kleine, aber schöne und teure Vaterland, ... in ihrem Heimweh, das sie in fremden, wenn auch den schönsten Ländern befällt»; der Zusammenhalt des schweizerischen Volkes beruhe auf einem gleichen Bedürfnis nach «Unabhängigkeit», «Freiheit des Gedankens und des Wortes», nach «völliger Gleichheit der Rechte». Aber es sei bei den öffentlichen und geistigen Kämpfen in der Schweiz selbst notwendig, daß «man die schönen Wissenschaften und Künste» nicht vernachlässige und sie nicht von der Kultur des Auslandes abschneide: «... denn in dieser Hinsicht ist uns Deutschland weit voran; und es schadet unsrer politischen Nationalität durchaus nicht, wenn wir das in Kunst und Literatur höher stehende Ausland zum Muster nehmen.» Ein ähnlicher Gegensatz erscheint in einem Brief an Dößekel aus Heidelberg, worin er schreibt: «... ich habe mehr Lust, in Deutschland zu bleiben; denn wenn die Deutschen immer noch Esel sind in ihrer Politik, so bekommen mir ihre literarischen Elemente um so besser [19].»

Ein Bekenntnis zum Geistesleben Deutschlands (vgl. auch S. 202–204) spricht der Dichter im ersten Band des «Grünen Heinrich» aus; im 3. Kapitel steht der Reisende am Ufer des Rheins, über den fast alles herübergekommen ist, was ihm «in seinen Bergen Herz und Jugend bewegt», und im Gespräch mit dem Grafen rechtfertigt er seine Studienreise nach Deutschland mit der Bemerkung, daß auch «die Nationalität» ihre zwei Seiten habe, an eine eigenständige schweizerische Kunst, Literatur und Wissenschaft nicht zu denken, namentlich «die Alpenrosenpoesie» bald ausgesungen sei. Der Antwort des Grafen, die Schweizer sollten versuchen, in ihrem Land einmal «eine eigene Weisheit zu pflegen», hält Heinrich entgegen: «Zu einer guten patriotischen Existenz braucht es jederzeit nicht mehr und nicht weniger Mitglieder als gerade vorhanden sind. Mit den Kulturdingen ist es anders; da sind vor allem gute Einfälle, so viel als immer möglich, notwendig, und daß deren in vierzig Millionen Köpfen mehrere entstehen als nur in zwei Millionen, ist außer Zweifel! [20]» Die Bindung an die deutsche Kultur wird objektiv begründet als Bedürfnis des Randbewohners, der «das nüchterne praktische Treiben seiner eigenen Landsleute ... für Erkaltung und Ausartung des Stammes» hält und hofft, «jenseits des Rheines die ursprüngliche Glut und Tiefe des germanischen Lebens noch zu finden»; aber es erweist sich, daß, während Heinrich, Lys und Erikson aus Ländern kommen, «wo germanisches Wesen noch in ausgeprägter und alter Feste lebte in Sitte, Sprachgebrauch und persönlichem Unabhängigkeitssinne», «der Kern des beweglichen deutschen Lebens» aus schaler Höflichkeit, «Autoritätssucht», Verachtung zwischen Nord- und Süddeutschen besteht. Dennoch wird Heinrich, obschon er sogar der deutschen Sprache abschwören möchte, täglich «deutscher», richtet «alle Hoffnungen auf das Deutsche». Dies ist nicht nur ein Zug der Romanfigur, wie die Zeugnisse der Sympathie für Deutschland in den Briefen zeigen, die während des ganzen Lebens bewahrt wird und ihren deutlichsten Ausdruck während des Deutsch-Französischen Kriegs erhält. Noch 1880 bekennt er sich in einem Brief an Storm zu den «auswärtigen Freunden und ideellen Anhängern des Reiches», ohne daß er freilich, wie die umgearbeitete Schilderung von Heinrichs Überfahrt über den Rhein in der zweiten Fassung des «Grünen Heinrich» zeigt, das politisch Trennende vergißt [21].

Das Gefühl der Zugehörigkeit zur deutschen Literatur führt Keller ja auch nicht dazu, bewußt außerschweizerische Stoffe zu gestalten, um dadurch die Übernationalität seines Dichtertums zu beweisen; Motive und Gestalten sind bei ihm schweizerischer Abkunft, die Novellen spielen zum größten Teil in der Schweiz. So plant er 1859 «ein gesammeltes Bändchen ‹Schweizerischer Gedichte› in volkstümlicher Ausgabe», die Korrespondenz mit Auerbach über das «Fähnlein der sieben Aufrechten» zeigt ihn voll den volkserzieherischen Aufgaben zugewandt, und in ähnlicher Absicht sind die Seldwyler-Novellen konzipiert; nur in den «Legenden» will er ausdrücklich «Novellchen ohne Lokalfärbung» gestalten, betrachtet mit den «Züricher Novellen» «die schweizerischen Lokalsagen» als abgeschlossen, «das freie allgemeine Weltreich der Poesie» als nun wieder offenstehend [22]. Aber auch in den späteren Werken bewahrt Keller die Fürsorge und Verantwortung für den «kleinen Kreis», von der sich die Dichter der Schweiz im Grunde nie befreien können, weil die Heimat keine besondere Schicht für die politische Führung besitzt; diese Sorge «findet sich in ihrem Schrifttum als Anliegen und Problem, als ein Denken sub specie der Gesellschaft», und gerade Kellers Dichtung zeigt, daß in der Schweiz von einer «Apolitie der Eliten» (Schmid) nicht gesprochen werden kann [23]. Dieses Verantwortungsgefühl umschreibt Keller in einem Brief an den Zürcher Regierungsrat Sieber, der dem Dichter anläßlich seines 50. Geburtstages eine Urkunde überreicht, die ihn «als Kämpfer für Wahrheit und geistige Bildung» (Helbling) ehrt; sein Ziel sei es, sagt Keller da, «volkstümlich zu schaffen, ohne die Gesetze des Schönen und der echten Poesie zu verlassen in Betreibung einer bloßen Didaktik und Utilität in gebundener oder ungebundener Rede». Der Dichter soll für das ganze Volk arbeiten: «In der Tat schwebte mir schon länger die Zeit als eine bessere vor, wo der nationale Dichter wieder dieselbe und eine Sprache führen darf, ja soll, für alle Kreise seines Volkes und wo diese Bedingung gerade zum Kriterium einer erreichten höheren Stufe werden wird [24].»

Wenn dagegen in Kellers Plan für ein künftiges nationales Drama, für welches der geschichtliche Zeitpunkt gekommen ist, nachdem die Schweiz «ihren Schwerpunkt wieder in sich selbst gefunden hat», und das organisch aus «dem Ganzen und Großen hervorgehen und *werden*» muß, an die «großen und echten Nationalfeste», «die großen Gesangsfeste» vor allem anknüpfen soll, aufbauen auf dem Grund «einer neuen und ursprünglichen Phantasie, welche in den Volksmassen nie ausstirbt» – wenn im Aufsatz «Am Mythenstein» der individuellen Kraft des Dichters wenig Raum gewährt, er recht eigentlich ausgeschlossen und erst auf einer späteren Entwicklungsstufe, nachdem das kollektive Spiel, nur behutsam geleitet durch «Gelehrsamkeit [25]», seine Vollendung erreicht hat, als frei Schaffender wieder eingesetzt wird, so liegt der Grund nicht darin, daß Keller der romantischen Vorstellung vom schöpferischen Volksganzen huldigte, sondern daß sein Aufsatz auch einen polemischen Zweck verfolgt. In der Einleitung hebt er ausdrücklich hervor, die Schweiz besitze keine spezifisch nationale «verklärende» Dichtung; er bekämpft eine «Nationalbühne», die auf künstliche Weise, durch die Aufforderung an die Dichter, vaterländische Stoffe zu bearbeiten, errichtet werden soll [26]. Mehr oder weniger direkt wird der Promotor einer solchen Nationaldramatik und -literatur, Ludwig Eckardt, aufs Korn genommen. Der Wiener Eckardt, 1853 in Bern als Dozent für «schöne Künste und Literatur» habilitiert, gründet dort einen «Literarischen Verein» zur Förderung der schweizerischen Dichtung, dem Keller im April 1857 beitreten soll, und umreißt im 1. Jahrgang der Zeitschrift «Die Schweiz» (1858) das Bild einer gesamteuropäischen Kunst, ausgehend vom freiheitlichen, national gesehen vielfältigen Staatswesen der Eidgenossenschaft (vgl. S. 170). Als Beweis für die Tragfähigkeit seiner Konzeption nennt er Gotthelf, der trotz seiner ausgesprochen lokal gebundenen Dichtung weithin auch im Ausland gewirkt habe. In der Schweiz müßte einer Nationalliteratur im großen ein Nationaltheater voraufgehen, das sich auf das Volksdrama des 16. Jahrhunderts stützen könnte. Im Juni 1858 wird – mit ähnlichen Zielen – der «Literarische Verein» Zürich ins Leben gerufen, dem Keller fernbleibt; am 20. Juli, anläßlich des Eidgenössischen Sängerfests, findet eine Versammlung schweizerischer Schriftsteller statt, die Robert Weber, ein weiterer Befürworter der nationalschweizerischen Literatur, präsidiert; das Kulturprogramm, das auf dieser Sitzung zusammengestellt wird, beabsichtigt die Erforschung schweizerischen Brauchtums und der Geschichte, die Förderung der Dichtung und ästhetisch-kritische Tätigkeit – eine Gesellschaft der schweizerischen Schriftsteller, die Jakob Frey im gleichen Jahr gründen möchte, soll demgegenüber «wirtschaftliche Berufsorganisation» sein [27].

Keller hält sich von diesen Vorhaben und Programmen zurück. Ein Brief Eckardts an ihn (Juni 1858) läßt darauf schließen, daß er (in einem verlorenen Schreiben) jede Mitarbeit an der «Schweiz» ablehnt, den Wert von Schriftsteller-Vereinen bezweifelt, die «freie Kunst» verteidigt, offenbar auf die korrupten Zustände in literarischen Vereinigungen hinweist, ihre Unterstützung als fragwürdig ansieht und wiederum die Existenz einer spezifisch schweizerischen Poesie verneint. In einer zweiten Entgegnung an Eckardt vom Juni 1858 und im «Lied vom Mutz», das anfangs Juli in der satirischen Wochenzeitung «Postheiri» erscheint [28], wendet er sich noch entschiedener gegen den «vieldeutigen und überheblichen» Begriff der «Nationalliteratur». Der Brief behandelt zunächst das «schriftstellerische Assoziationswesen»: Es könne sich nicht darum handeln – weder für «Vereinskomitees» noch für die Verleger –, «die Masse der schlechten und unberufenen Schriftsteller durchzuschleppen»; auch große Dichter tragen ein «ihrem *individuellen Charakter entspringendes* Schicksal», auch sie sind glücklich oder unglücklich, aber schlecht gestellt insofern, als die Buchhändler, wenn sie die mittelmäßige Literatur ebenfalls betreuen müssen, es auf Kosten des wertvollen Schrifttums tun. Dieser «reelle Übelstand» geht zurück auf «den Mangel an Urteil» bei den Verlegern und auf «die Sucht, immer zu drucken» – eine Sucht, die von dem «überwuchernden Literatentum», vom «Vereineswesen» und vom «Schriftstellerstand» selbst genährt wird. «Einsicht» und «Scharfblick» werde auch den Komitees fehlen, «die Aufdringlichen, die Schleicher, die Schwanzwedler, die Plusmacher» sich vordrängen, «die Schüchternen, Verschämten, Unpraktischen, Stolzen und Mürrischen ... auf der Seite stehen und ihre Eigenschaften abbüßen nach wie vor». «Der *moralische Zustand* gerade der gegenwärtigen *deutschen Schriftwelt*» beweist Keller, daß er recht hat. Diese Zurückhaltung gegenüber den Schriftsteller-Vereinigungen habe, wie er Eckardt andeutet, der ihm eine «Sonderstellung» innerhalb der Zürcher Dichter zumißt, nichts von eigenwilligem Abseitsstehen-Wollen an sich, sondern entspreche der Gesinnung vieler deutscher und schweizerischer Schriftsteller, «Männern von wirklichem Ansehen und wissenschaftlicher Tugend», die sich um Vereine dieser Art auch nicht kümmerten. – Ebenso lehnt Keller die kulturellen Aufgaben ab, die der «Literarische Verein» sich stellt; sie gehen über das hinaus, was ein Dichter betreiben soll. Keller selbst will seine «gegenwärtigen Jahre zur Produktion benutzen» und kann sich «nur empfangend und lernend» zur Sagen-, Brauchtums- und Geschichtsforschung verhalten. Zudem warnt er vor einem «Zuviel» der «Sprach- und Dialektforschung», das «am Ende alle Dinge langweilig» macht; er sieht eine Gefahr darin, daß diese Tätigkeiten «Mode» werden und von denen, die sie bis zum Exzeß betreiben, zum Nachteil «der soliden Forschung» bald einmal fallengelassen werden.

Kellers Opposition und seine Weigerung, dem Zürcher «Literarischen Verein» beizutreten, werden böswillig ausgelegt, wie die Stelle in dem Brief an Eckardt zeigt, die sich gegen eine Notiz im «Bund» über die Gründung des «Literarischen Vereins» verwahrt, «dessen Gedeihen ... zum vorneherein dadurch erschwert [sei], daß Gottfried Keller demselben nicht beitreten zu wollen erklärte»; dagegen berichtet Robert Weber, der Herausgeber der «Poetischen Nationalliteratur der Schweiz», in einem Schreiben an Jakob Frey: «Gottfried Keller ... steht der Sache keineswegs so feindlich gegenüber, wie ein unverschämter Korrespondent des ‹Bund›, der zufällig Mitglied des literarischen Vereins ist, glaubt in die Welt hinauspauken zu müssen. Im Gegenteil habe ich ... vor einer Viertelstunde ein Billet empfangen, worin er sich mit Entschiedenheit gegen wiederholte willkürliche Auslegung seines persönlichen Verhaltens in dieser Angelegenheit verwahrt [29].» Obschon die Notiz im «Bund» ein schlagendes Beispiel dafür wäre, geht Keller nicht so weit wie Eckardt – dessen unablässiges Bemühen um das schweizerische Nationaltheater natürlich auch andere Gegner findet (ein Artikel im «Bund» vom 3. April 1858 tut seinen Plan als unschweizerisch ab) –, von «literarischen Cliquen und Koterien» in der Schweiz zu sprechen. Keller gibt ihm auf entsprechende Klagen zu bedenken: «Mich geht die Sache so weit an, als ich behaupte, es gebe keine literarischen Cliquen in der Schweiz, daß es aber *sofort* welche geben werde, wenn man gewaltsam ein Literatentum nach fremdem Muster pflanzt, welches von selbst eine Menge Kreaturen ausheckt, die ohne konkreten künstlerischen» oder wissenschaftlichen Lebensberuf nichts sind als – Literaten.» Er verweist Eckardt auch den Ton, in welchem er Angriffe zurückschlägt: «Nebenbei, aber offen und frei gesagt, kann ich die beleidigenden Ausdrücke nicht billigen, die Sie brauchen, und dieselben scheinen mir in keiner Weise am Platze, wo es sich lediglich um verschiedene Meinungen in rein ästhetischen Dingen handelt. Solange Ihre Widersacher *Ihnen* keine Immoralität vorwerfen, sollen Sie die Beweggründe anderer auch nicht schlecht auslegen.» Dieser Grundsatz, den der Dichter in allen literaturkritischen Auseinandersetzungen befolgt, leitet ihn ja auch in den Ausführungen des «Mythenstein»-Aufsatzes, die Kritik an Eckardts Konzeption bleibt bei aller Entschiedenheit im Rahmen des Sachlichen. Eine Erörterung der Probleme vor der Öffentlichkeit hält er für untunlich, weil es nicht sein Wunsch sei, «überall seinen Senf dazuzugeben und achtungswerten Bestrebungen gleich öffentlich entgegenzutreten». – Zur Frage des Nationaltheaters schreibt Keller am Schluß des Briefes zusammenfassend, was er schon in «Am Mythenstein» betont hat: Man müsse dem organischen Werden eines nationalen Dramas Zeit lassen, dürfe es nicht erzwingen wollen wie «einen Feldzug» oder «eine Verfassung»: «Ich habe mich dramaturgischer Studien halber mehrere Jahre in Berlin aufgehalten und vielfach über das schweizerische Theater nachgedacht. Seit ich zurück bin und das Leben unseres Volkes sehe, bin ich überzeugt, daß das, was möglich ist, früher oder später kommen wird und daß dazu bereits der Keim im Lande steckt.» Eckardts Vorgehen kranke hauptsächlich an dem Fehler, daß die Theorie dem *«gewordenen* Werk» vorausgehe; es führe nirgends hin, ein Drama nur theoretisch zu begründen, da eine Theaterschule auf «eine traditionelle Meisterschaft» abstellen müsse, die ihrerseits «ein lebendiges, allmähliges Werden» zur Voraussetzung habe. Die Theorie, «das Dekret» erziele die größte Wirkung, wenn es eine lebendige Entwicklung zusammenfasse, die schon «einen bestimmten Charakter angenommen hat [30]».

Wie Eckardts Ziele und Unternehmungen Keller denkbar falsch erscheinen, so mutet ihn auch die Person zweifelhaft an; in einem Brief vom Januar 1860 bezeichnet er ihn als «Canaille», als «vollendeten Marktschreier und falschen Propheten, der zudem gar keine Kenntnisse besitzt»; er habe «einen ästhetischen und dilettantischen Schreibeschwindel entfacht», und «unter dem Stichwort ‹nationaler Kunst und Literatur›» versammle sich «ein ganzes Bataillon von drucksüchtigen Pfaffen, Gerichtsschreibern, Sekretärs, Kellnern und Handelskommis», um die von Eckardt geforderten «nationalen Dramen», die «Volksgedichte», «Volksromane» zu schreiben. Wer seine Bemühungen nicht unterstütze, gelte als schlechter Patriot, und schlimm sei vor allem, daß er im Ausland (Deutschland) «als geistiger Reformer der Schweiz» anerkannt werde: «Kurz, es geht jetzt allenthalben ... wieder zu, als ob weder ein Lessing noch ein Schiller je gelebt hätten. Kerle, welche von den ‹Xenien› zerbissen worden wären, tanzen und berufen sich auf dieselben [31].»

Der Streit um eine schweizerische Nationalliteratur hat auch eine unmittelbare Auswirkung auf Kellers dichterisches Schaffen; als Auerbach im Februar 1860 für den «Deutschen Volkskalender» «eine schweizerisch lokalisierte Erzählung», entweder über «die Schweizer Knaben-Manöver» oder eine autobiographische politische Schilderung: «Des Schweizers Heimkehr» wünscht, lehnt Keller ab, weil in diesem «Genre» «in letzten Jahren einige deutsche Literaten mit ihren Aussendungen den ‹Markt verdorben›» hätten: «Namentlich ein Wiener Flüchtling, Dr. Eckardt in Bern, betreibt eine so hyperpatriotische und überschweizerische philiströse Ruhmrednerei und Duselei, daß unsereins sich ob solchem wahrhaft helotischen Gebaren schämen muß.» Mit derartigen Stoffen seien aber auch zwei objektive Gefahren verbunden: «Schreibt man einen solchen Aufsatz in günstigem Sinne ins Ausland, so erscheint es, als ob man sich zum politischen Muster für alle Welt aufstellen wolle, und eine Arbeit, welche die Schattenseiten bemerklicher macht, kann man auch nicht in ein so weit verbreitetes und auffallendes Institut placieren, wie Ihr Kalender ist, weil man dadurch als Denunziant vor dem Ausland erscheint.» Es drängt sich der Mittelweg auf, in ausdrücklichem Lob oder Tadel innezuhalten, «besonders da jener Eckardt bereits eine Schar schweizerischer Dilettanten verführt und verdorben hat», und statt dessen «die Freude am Lande mit einer heilsamen Kritik zu verbinden ..., was eine ganz lustige Arbeit ist», mit der Keller «nach und nach ... klar und deutlich zu werden» gedenkt [32].

Mit der gleichen Kritik begegnet der Dichter jeder Art von Anthologien, die als praktische Anwendung der Idee einer schweizerischen Nationaldichtung gelten können, Sammlungen, die ein scheinbar geschlossenes und einheitliches Schrifttum der Schweiz spiegeln, welches über den gleichen Leisten der Vaterlandsverherrlichung, Alpenlyrik und Dorfpoesie geschlagen werden kann. In einem Brief an J. V. Widmann, der im Auftrag des Herausgebers der «Schweizerischen Dichterhalle», Rudolf Fastenrath, aber gegen seine eigene Überzeugung, Keller zur Mitarbeit gewinnen soll, bezeichnet er sich zwar als «einen Freund der Deutschen», jedoch auch als «einen Angehörigen ihrer Literatur» und fährt weiter: «... diese fortwährenden Anläufe deutscher Spekulanten, der sog. schweizerischen Poesie und Literatur unter die Arme zu greifen» und «das augenblickliche Anbeißen unserer von Eitelkeit und Druckfieber geplagten Dilettantenwelt erregt jedesmal aufrichtigen Verdruß und Verachtung.» Freilich könnte angesichts «der jetzigen auffallenden Impotenz in Deutschland» eine solche Anthologie schweizerischer Poesie, «ein mit einiger Auswahl und Exklusivität konfidentiell entstandenes Lebenszeichen auf dem Wege eines einzelnen Sammelbändchens» wünschbar sein, «wenn einmal geschweizert sein muß in solchen Dingen»; mehrere Bedingungen aber sind dabei zu beachten: Es dürfte nur mit der Absicht herausgegeben werden, «den publizistischen und literarischen Schwätzern eins auf die Finger zu geben (nämlich wegen des fortwährenden Getues, als ob von der Schweiz aus nur schwer was kommen könne)»; sodann sollte ein solches Bändchen nicht als eine Bestätigung für «die ewigen *Gründer* einer schweizerischen literarischen Hausindustrie» aufgefaßt werden, müsse mit der Beteiligung nur weniger Autoren zustande kommen «und unter der Voraussetzung, daß jeder etwas Rechtes zu geben bestrebt sein würde, kein Wiedergekautes, kein Alpenrösliches etc. [33]». Auch Jakob Baechtold scheint eine Anthologie schweizerischer Lyriker zu planen; ihm schreibt Keller im Juli 1877: «Wegen des Albums kann ich Ihnen nicht gut raten. Einerseits sind mir diese Wühlereien und gemeinen Marktmanöver in sog. schweizerischer Literatur durch deutsche und jüdische Buchhändler zum Kotzen zuwider. Andererseits weiß ich hier nicht, worum es sich handelt, ob um eine Anthologie aus dem schon Vorhandenen oder um eine Sammlung neuer Sachen. Letzteres dürfte seine Schwierigkeiten haben und das Buch sehr dünn werden, wenn man nicht einen Haufen Schund zusammenbringen will.» Allerdings würde Baechtold dafür bürgen, daß «etwas Erfreuliches» zustande käme «puncto Anthologie», aber Keller selbst könnte sich «als alter Karpfen nicht mit Nichtssagendem beteiligen [34]». Zu dem damit angedeuteten Problem des unterschiedlichen künstlerischen Wertes der einzelnen in einer solchen Sammlung vereinigten Beiträge kommt die Schwierigkeit, eine mittlere Linie zu finden, die von jeder politischen und konfessionellen Partei gutgeheißen und als für die Schweiz repräsentativ betrachtet würde. Auch dies scheint Keller eine Nationalliteratur in der Schweiz zu verunmöglichen; als J. V. Widmann in der Rezension des «Martin Salander» anregt, «der Bund oder die Schweizerische gemeinnützige Gesellschaft sollten solche Bücher aufkaufen und für das Volk im Lande behalten», entgegnet der Dichter: «Da würden ja die Parteien, Konfessionen etc. sofort für die Einführung einer Zensur sorgen, die alles Dagewesene überträfe! Und erst die pfarrherrlichen und pädagogischen Volksschriften-Kommissionen, wie sie unsere Gemeinnützigen so beharrlich aufzustellen pflegen! Deren kritische Verhandlungen möcht' ich hören! Nein, da lieb' ich lieber die weite Welt! Man schreibt in seinem Lande und aus demselben heraus; aber wenn etwas dran sein soll, so muß es immer auch noch für andere Leute geschrieben sein. Ist dieses der Fall und ein Opus lebenskräftig, so kehrt es dann mit guter Beglaubigung an seinen Ursprungsort zurück und die Zugänglichkeit für das Volk stellt sich mit der Zeit von selbst ein und ist dann nicht so leicht verfrüht, d. h. ein Schuß ins Blaue [35].» Keller bezeichnet die zahlreichen Anthologien, die in den siebziger und achtziger Jahren in der Schweiz erscheinen, geradezu als «Krankheit». Über die «notorischen Lügen und die beleidigende Aufdringlichkeit» des besonders hartnäckigen Herausgebers Heller, der ihn für die Sammlung «Sänger aus Helvetiens Gauen» (Bern 1880) verpflichten, ja unter falschen Angaben zu einem Beitrag förmlich zwingen will, berichtet er C. F. Meyer: «Was die Sache an sich betrifft, so lasse ich mich einmal nicht von jedem unerzogenen und rohen Gesellen, der noch nichts geleistet, ins literarische Schlepptau nehmen, und wenn Faiseur- und Intrigenwesen, die sonst mit Jugend und Poesie nicht verbunden zu sein pflegen, sich dafür ausgeben, so werden sie mir doppelt zuwider. Man hat sonst genug Störungen durch alle die Velleitäten und Lumpeninteressen der alten Intriganten, die einem das bißchen Leben verderben.» Auch Theodor Storm erzählt er von seinem Erlebnis mit diesem Publizisten: «Vor einem Jahre etwa unternahm ein junger Schweizer ... ein Jahrbuch schweizerischer Dichter und brachte über *hundert*! zusammen mit dem Aufruf, es müsse sein, Gott wolle es! Ich schlug ihm meinen Beitrag *a priori* rund ab, weil ich nicht einsähe, wozu er eine solche Geschichte anzustellen brauche, und es in einem so kleinen Lande wohl hundert Esel, aber nicht hundert Dichter gebe [36].» Nicht zuletzt verbietet es also die Kleinheit des Landes, von einer Nationalliteratur zu sprechen: «Unser bißchen Poesie und Literatur» reicht dazu nicht aus [37].

Diese Zweifel entspringen aber nicht einer Mißachtung dessen, was an Geist und Erbe der Heimat in seine eigenen Werke eingeht. Das bezeugt im oben zitierten Brief an Widmann das Wort vom Dichter, der «in seinem Lande und aus demselben heraus» schreibt, beweist – mutatis mutandis – auch die Kritik von Julius Rodenbergs «Heimaterinnerungen an Franz Dingelstedt und Friedrich Ötker» (Berlin 1882): «Den landsmannschaftlichen Charakter des Buches finde ich in hohem Grade berechtigt und schön. Gerade in Zeiten fortschreitender Unifikation und Reichsherrschaft kann es nur erfrischend wirken, wenn die landschaftlichen Elemente nicht untergehen und die eigentlichen Heimatgenossen noch ihre spezielle Freude aneinander haben. Leuten, die nie ein Land, ein Tal ihrer Kindheit, ihrer Väter besaßen, und kein Heimatsgefühl kennen, geht gewiß auch als Staatsbürgern etwas ab [38].» Hinzu kommen die «besonderen, gemischten Verhältnisse» der Schweiz in konfessioneller und sprachlicher Hinsicht. Als Keller 1884 mit C. F. Meyer eine Antwort an den Vorort der Deutschen Schillerstiftung vorbereitet, der ihre Meinung über die Gründung einer schweizerischen Zweigstiftung und eine anläßlich des 25jährigen Jubiläums der Stiftung in der Schweiz durchzuführende Geldsammlung erbeten hatte, bemerkt er zu der Behauptung in Meyers Entwurf, «es gebe noch keinen Schriftstellerstand in der Schweiz», zwar: «Dies ist, glaub' ich, schon nicht mehr richtig, wo über schweizerische Nationalliteratur gelesen und geschrieben wird, Preß- und Journalistenvereine sich auftun, Feuilletonisten und -istinnen scharenweise hausieren usw. Auch die neuerliche Klage des schweizerischen Buchhändlervereins oder einzelner Mitglieder desselben, daß vaterländische Schriftsteller ihre Verleger im Auslande suchen, gehört wohl hieher»; dem Vorort der Schillerstiftung erklärt er in seiner eigenen Antwort jedoch,

der heterogene Charakter der Eidgenossenschaft lasse eine Zweigstiftung un-
geraten erscheinen: «Die ganze romanische Schweiz fiele von vornherein außer
Betracht, und ebensowenig dürfte man auf den ultramontanen resp. gut rö-
misch beeinflußten Teil der katholischen Kantone zählen»; die andere Hälfte
des Landes, ohne große Städte und mit vorwiegend ländlicher Einwohner-
schaft, hege «nicht diejenigen literarischen oder ästhetischen Stimmungen ...,
wie sie für eine Stiftung fraglicher Art vorausgesetzt werden müssen». Daß
die Institution, wäre sie einmal gegründet, «die Gesuchsteller förmlich aus
dem Boden hervorzuzaubern» und sehr bald zu «einer allgemeinen ständischen
Armenpflege» herabsinken würde, ist für Keller bei dem mangelnden Berufsethos schweizerischer Literaten keinen Augenblick zweifelhaft und nur
ein Grund mehr, von dem Unternehmen abzumahnen [39].

Mit diesen Zeugnissen, die eine schweizerische Nationalliteratur verneinen, sind die Äußerungen Kellers über bildende Kunst in der Schweiz zu vergleichen. 1865 entwirft er zusammen mit dem Maler Rudolf Koller ein «Zirkular», das zur Gründung einer Gesellschaft schweizerischer Maler und Bildhauer aufruft (am 28. Oktober 1865 erfolgt als «Vereinigung schweizerischer
Künstler», seit dem 1. Mai 1866 «Gesellschaft schweizerischer Maler und Bildhauer»). Darin skizziert er die Situation der Kunst in der Eidgenossenschaft
als gefestigtem und gereiftem Staatsgebilde: Immer öfter werde «das Wort
‹Pflege und Anwendung der Schweizerischen Kunst›» als eine Forderung
an den Staat ausgesprochen, was Koller in dem gleichen Sinn korrigiert, in
welchem Keller Eckardts Pläne beanstandet. Er setzt an den Rand des Entwurfs die Anmerkung: «Schweizerische oder nationale Kunst ist ein Ausdruck
und Begriff, der mir nicht gerechtfertigt erscheint», worauf Keller in der
endgültigen Redaktion das Attribut unterdrückt. Dennoch ist der Nutzen
einer solchen Vereinigung für ihn offenbar viel plausibler als das «schriftstellerische Assoziationswesen»; die schweizerische Künstlerschaft müsse sich vereinigen, da «vereinzelt auftretende spärliche Talente nur zur Not bestehen
und keine größeren Unternehmungen hervorlocken» und nur möglichst reich-
haltige Ausstellungen zeigen können, «was im Ganzen geleistet wird», während im Alleingang «die vorhandenen Kräfte für den vaterländischen Zweck
zersplittert oder ... oft geradezu wie gar nicht vorhanden» sind [40].

Abgehoben von diesem Vorhaben, das Kellers Billigung findet, wiegen die
Äußerungen über eine Nationalliteratur doppelt, da auch sie nicht nur privat
und vertraulich sind, der Dichter sie in Rezensionen darlegt. Er erinnert in
der Besprechung der Gedichte von Schnyder von Wartensee an «die mancherlei
schweizerischen Museen und Zeitschriften» aus dem 18. und 19. Jahrhundert,
in denen Lyrikern und Illustratoren Leistungen gelungen seien, «welche ... aussehen, als ob sie so nebenher an einem schönen Sonntagmorgen entstanden
wären»; dagegen sei «die Erfindung und Inbetriebsetzung der sogenannten
schweizerischen Nationalliteratur durch den literarischen Pater Brey aus Wien
in den fünfziger Jahren» lächerlich und «müßig», weil ihre Ergebnisse trotz

Eckardts Eifer, den Keller in der Gestalt des Paters aus Goethes Fastnachtsspiel persifliert, «in keiner Weise den schöngeistigen Bildungsstand und die gemütliche, obgleich anspruchslosere Produktivität jener Tage» erreiche oder überbiete [41]. Und noch 1880 entgegnet er auf einen englischen Artikel, der seine Dichtungen «als eine spezifisch schweizerische Literatursache» ausgibt, er lehne «die Auffassung, als ob es eine schweizerische Nationalliteratur gäbe», ab: «Denn bei allem Patriotismus verstehe ich hierin keinen Spaß und bin der Meinung, wenn etwas herauskommen soll, so habe sich jeder an das große Sprachgebiet zu halten, dem er angehört. Die Engländer vollends werden durch eine solche Einteilung nur verleitet, ein schweizerisches Buch zu den Berner Oberländer Holzschnitzereien, Rigistöcken mit Gemshörnern usw. zu zählen.» Zusammenfassend behandelt er die Frage am Anfang und Schluß der Rezension von Jakob Baechtolds Ausgabe der poetischen Werke Niklaus Manuels, die als zweiter Band der «Bibliothek älterer Schriftwerke der deutschen Schweiz und ihres Grenzgebietes» erscheint. Das Programm und das Verhältnis der schweizerischen Literatur zur deutschen, das sich in dem Reihentitel ausdrückt, dünken Keller vertretbar, und er leitet die Besprechung mit dem Hinweis ein, daß er «die richtige Mitte zu halten scheint zwischen dem Anspruch einer sogenannten Nationalliteratur und der Behauptung des geistigen Anteils an einem großen Sprachgebiete. Denn während die politische Nationalität durch die fünfhundertjährige Entwickelung eines Bundesrechtes und dessen Assimilationskraft als zweifellos dasteht, ist die literarische wenigstens formal schon durch die Bundesverfassung in Frage gestellt, welche drei Nationalsprachen als diejenigen ‹des Bundes› konstatiert. Selbst das alpine Element, welches wir für unsere literarische Hausindustrie so unbarmherzig ausbeuten» (und welches z. B. Ph. S. Bridel in der Vorrede zu den «Poésies Helvétiennes» 1782 als Gemeinsamkeit der verschiedensprachigen Dichtungen in der Schweiz anführt), «deckt sich nicht einmal mit der politischen Nationalität, da das republikanische Denken und Leben an den Landesgrenzen aufhört, während die Alpen sich ruhig weiter strecken.» Ein letzter Beweis für die Fruchtlosigkeit jeder eilfertigen Konstruktion endlich sind die Dichter Boner, Manuel, Haller und Gotthelf, die «alle durch Jahrhunderte voneinander getrennt, aber alle Bürger derselben Stadt» waren und trotzdem «eine sogenannte Nationalliteratur im Winkel» weder kannten noch wollten, «wie sie von literarischen Hochstaplern in unsern Tagen als Bettelbrief benutzt wird». Jeder hat zu seiner Zeit und unabhängig vom andern, ohne sich auf ihn zu berufen und ohne für die Idee einer eidgenössischen Dichtung einzutreten, «mehr für die Literatur und zur Ehre seines Vaterlandes gewirkt und getan als alle jene Landfahrer [42]».

FÜNFTER TEIL

GOTTFRIED KELLER ALS ESSAYIST *

Als Theodor Storm 1881 einem Doppelband seiner Gesamtausgabe «theoretische Gedanken über das Wesen der Novelle» voranstellen will, schreibt ihm
Gottfried Keller: «Für meine Person habe ich halbwegs vor, dergleichen Aufsätze und Expektorationen extra zu verfassen und eines Tages für sich herauszugeben, sozusagen als Altersarbeit.» 1883 berichtet er Julius Rodenberg,
daß er «allgemach Lust verspüre», sich «vor Torschluß noch etwas in eigener
Kritik oder Essayistik zu versuchen» – ein Beitrag über D. Fr. Strauß und
Fr. Th. Vischer als Lyriker bzw. «Nichtdichter» ist im Zusammenhang mit
der Arbeit an der eigenen Gedichtsammlung schon konzipiert. 1880 möchte
Jakob Baechtold einen Abschnitt aus den Gotthelf-Rezensionen in sein «Deutsches Lesebuch» aufnehmen, aber der Dichter lehnt ab: das «einzigartige»
Fragment soll als «kritisches Glanzstück» (Rychner) in einen Band ähnlicher,
teilweise noch ausstehender Aufsätze über das literarische Schaffen der Zeit
aufgenommen werden, verändert und auf den Stand von Kellers spätem
Verhältnis zu Gotthelf gebracht. Dem Herausgeber des Lesebuchs schreibt er:
«Meine Gotthelfrezensionen ... sind sehr ungleich, zum Teil unüberlegt und
flüchtig. Ich habe daher vor, zu jener Zeit, wo ich einst einen Band noch
extra zu schreibender kritischer und kontemplativer Aufsätze zusammenstellen werde (wozu ich ein Bedürfnis empfinde), fragliche Artikel durchzusehen
und in einen zusammenzuschweißen. Unter diesen Umständen geschieht mir
gerade kein Gefallen, wenn das Zeug jetzt aufgestört wird.» Schon einige
Jahre früher heißt es in einem Brief an Vischer: «Ich brüte immer über einer
ästhetisch-literarischen Kundgebung herum, um einmal nach dieser Richtung
hin etwas zu tun und mich aus dem mysteriösen Mutternebel einsamer Produzierlichkeit herauszuarbeiten.»

Keller weiß noch selbst nicht genau, was dabei herausschauen könnte; die
Bezeichnungen, die er diesen vorgesehenen Arbeiten gibt («Expektorationen»,
«Kritik oder Essayistik», «kritische und kontemplative Aufsätze», «ästhetisch-
literarische Kundgebung»), deuten an, daß er nach einer Form der Beschäftigung mit der Literatur sucht, die nicht der in Briefen und Zeitungsrezensionen geübten kritischen Betrachtungsweise entspricht. Der Wunsch nach solchen
Versuchen aber entspringt offenbar dem Bedürfnis, für die vermeintlich ver-
siegende dichterische Kraft ein Gegengewicht zu schaffen. Zudem veranlaßt
die Überarbeitung des «Grünen Heinrich» und der verschiedenen Lyrik-Bänd-
chen für die «Gesammelten Gedichte» einen Rückblick auf ein Leben des Le-

* Vgl. S. 236 f., 259, 265, 271 f.

sens, auf die erworbenen Kenntnisse des poetischen Handwerks: Ein Band
Essays, eine Sammlung von Leseerfahrungen und Gedanken zur Dichtung
scheint Keller leicht zu verwirklichen [1].

Die Richtung solcher eigener Studien gibt er auch an, wenn er den Hebbel-
Biographen Emil Kuh auf Heyses mustergültige Einleitung zur Ausgabe von
Hermann Kurz' Werken hinweist: «Man wünscht, etwas Größeres und Umfassendes über Hebbel zu besitzen, und es ist auch notwendig, daß es mit Liebe
und Pietät gemacht werde ... In dieser Hinsicht ist doch Paul Heyse eine schöne
und liebenswürdige Erscheinung. Wie hingebend und interessant hat er in der
Einleitung zu Hermann Kurzens Werken über diesen geschrieben, und wie
ganz anders klingt es bei aller ‹mutigen Freundschaft› als das bloß koteriemä-
ßige Loben und Patronisieren!» So kennzeichnet Keller weitere Texte verschiedener Dichter und Schriftsteller in der Art – «als eine eigenständige Kunstform der literarischen Prosa [2]» –, daß der Leser unwillkürlich an die Begriffe
«Essay» und «Essayistik» denkt. Wenn Viggi Störteler in den «Mißbrauchten
Liebesbriefen» «Essais» verfaßt und glaubt, «er sei seiner Anlage nach ein Es-
saiist», ist das allerdings parodistisch gemeint. In der Besprechung von
Fr. Th. Vischers Hamlet-Aufsatz, «einer reichen trefflichen Arbeit, in welcher
die Vorzüge moderner, mit allen heutigen Voraussetzungen bewaffneter
Untersuchung mit der erfahrungsfrohen Welt- und Sachkenntnis eines Michael
Montaigne vereinigt erscheinen», nennt Keller einige Wesenzüge des Essays,
die etwa auch Otto Gildemeister hervorhebt, der den Essay als «Kunst, welche die Ergebnisse des Denkens und Forschens in wirksame Beziehung zu dem
Leben der Gegenwart zu setzen versteht», bestimmt, oder die ein Fragment
aus Friedrich Schlegels «Literary Notebooks» erwähnt: «Der gute Kritiker und
Charakteristiker muß treu, gewissenhaft, vielseitig beobachten wie der Physiker, scharf messen wie der Mathematiker, sorgfältig rubrizieren wie der Bo-
taniker, zergliedern wie der Anatom, scheiden wie der Chemiker, empfinden
wie der Musiker, nachahmen wie der Schauspieler, praktisch umfassen wie ein
Liebender, überschauen wie ein Philos[oph], zyklisch studieren wie ein Bild-
ner, streng wie ein Richter, religiös wie ein Curtignan, den Moment verstehen
wie ein Politiker pp. –» – alles dies findet sich in Kellers Begriffen der
«modernen Untersuchung» und der «erfahrungsfrohen Welt- und Sachkenntnis [3]». Ein negatives Gegenstück zu Studien, die diese Forderungen verwirklichen, sieht Keller in Otto Brahms Essay über sein Werk, gegen den er einwendet: «Das Prinzip, aus zusammengerafften oder vermuteten Personalien
die Charakteristik eines poetischen Werkes aufzubauen ..., ist ... nicht richtig ...» Im selben Brief an Julius Rodenberg, in welchem er von einem Aufsatz
über Spittelers «Prometheus und Epimetheus» spricht, schreibt er die Ausführung einer essayistisch-kritischen Arbeit positiv vor: «Streng objektiv und mit
kritischem Sinne behandelt, mit richtiger Auswahl von Zitaten und in gehöriger
Ausführlichkeit, würde schon die Besprechung des Opus eine ungewöhnliche
Lektüre darbieten und Aufsehen machen [4].»

Die Vielseitigkeit und umfassende Bildung, die Fähigkeit, eigenes Wissen und eigene Forschung auch leicht faßlich und «schön» darzustellen, führt dazu, daß der Essayist, vor allem wenn er wissenschaftliche Stoffe behandelt, in eine «Außenseiterstellung» gedrängt wird. Seit 1860 entfernt sich die Sprache der Wissenschaft immer mehr vom klaren und faßlichen Deutsch der Brüder Humboldt und Grimm, Mommsens und Niebuhrs. Es gilt als literatenhaft, lesbar zu schreiben. Gelehrte Rezensenten verhalten sich gegenüber einer «wissenschaftlichen Belletristik» mißtrauisch, wie Hermann Hettner erfahren muß [5]. «Die einfache durchsichtige Zweckmäßigkeit in der Anordnung und der scheinbar leichte Fluß und anmutige Fortgang des Werkes ..., indem alles an seiner rechten Stelle steht und fast mühelos seine Wirkung tut, ohne mit ostensiblen Parabasen und eigensinnigen doktrinären Satzlabyrinthen dem Leser Gewalt anzutun», das sind die Vorzüge von Hettners «Literaturgeschichte des 18. Jahrhunderts», die Keller unterstreicht: «Indem Sie sich nicht mit der gehabten Arbeit breitmachen und nirgends Ihren Rapport zum Leser schwerfällig machen, gelingt es Ihnen doch vollständig, uns für eben diese Arbeit zu intressieren, und bestimmen uns, diese möglichst nachzuleben und die vorgeführten Gegenstände unmittelbar kennen zu lernen ...»; die Pressekritik «über Mangel an Gelehrttuerei», Vischers und des Archäologen Köchly Beanstandungen «der etwas leichten Schreibart» werden als Resultat der «Schulfuchserei» abgetan: «Auch ermahne ich Sie höchlich, insofern es irgend nötig sein sollte, sich nicht daran zu kehren und die weiteren Teile ganz in der durchsichtigen Weise der ersten zu halten [6].» Die elegante, gefällige Sprache, der gewählte und treffende Ausdruck sind an der «Stilvollendung», die den Essay auszeichnet, mitbeteiligt; eine persönliche Ausdrucksweise, die auf einer charakteristischen Wahl der Stilmittel, welche Gegenwart und Vergangenheit anbieten, beruht – eine gewisse Zwanglosigkeit, Freizügigkeit in den Vergleichen, im Beispiel, in den Folgerungen trägt dazu bei; Essayistik ist nicht zuletzt die Kunst des Weglassens, dadurch ermöglicht, daß der Essay mit dem «common background» einer gebildeten Leserschaft rechnet [7], so wie er selbst auf einer gemeinsamen abendländischen Kultur beruht, aus der englischen und französischen Literatur herkommt und auf eine europäische Tradition zurückblicken kann. Nicht von ungefähr die «Sprachsprenkelung» (Berger) durch das Fremdwort im Essay: Die Beschäftigung mit fremden Geisteswelten vermittelt dem Essayisten einen Bestand an unübersetzbaren, bedeutungsmäßig differenzierten Fremdwörtern, die Nüancierungen ermöglichen, wie sie der deutschen Sprache nicht zur Verfügung stehen. Man kann sagen, daß der Essay, wie die Autobiographie, «von allen literarischen Gattungen diejenige ist, die am wenigsten von nationalen Eigentümlichkeiten beeinflußt wird und am stärksten auf das Gemeinsame in der europäischen Kultur hinweist». Daß ihm etwas Völkerverbindendes innewohnt, scheint schon der junge Gottfried Keller zu spüren, wenn er 1838 in einer seiner «Reflexionen» über die «Philosophischen Studien» Balzacs schreibt, er habe darin «tiefe Wahrheit» gefunden, «eingehüllt in jene französische Leichtigkeit und Eleganz, welche oft mehr Geist und Kraft des Denkens birgt, als wir Deutschen haben wollen [8]».

Otto Gildemeister erklärt den Mangel an guten Essays in Deutschland einmal mit der fehlenden lebendigen politischen Rhetorik, mit der Tatsache, daß eine weitgespannte Bildung, die Kenntnis fremdsprachiger Kulturkreise nicht populär sei, der deutsche Schriftsteller sich gar nicht dazu berufen fühle, seine Nation in Dingen des Stils und der Bildung nach außen zu vertreten – daß diese Forderung überhaupt nicht an ihn gestellt werde. Bei seinem schriftstellerischen und politischen Temperament wäre es Keller vielleicht möglich gewesen, diese Lücke auszufüllen; er besitzt ja den Überblick über den gesamten europäischen Bildungsraum, welcher die großen Essayisten des 19. Jahrhunderts auszeichnet: In seiner Bibliothek stehen neben den antiken Autoren die deutschen und französischen Klassiker, sind Rousseau, Zola, Daudet, Hugo, neben Cervantes auch Dante und Ariost, Chaucer, Shakespeare, Dickens und Thackeray vertreten; und den englischen Essayisten Macaulay kennt Keller spätestens aus dem ersten Band von Hettners Literaturgeschichte, der die englische Dichtung des 18. Jahrhunderts behandelt [9]. Mit solcher Bildungsweite hängt meist Welterfahrenheit zusammen; der Persönlichkeit des Essayisten haftet schon wegen seines oft ungewöhnlichen Lebenslaufes etwas von einem Außenseiter an (das hervorragende Beispiel für einen Schriftsteller, der sich «in der Welt umhergetrieben hat», ist Karl Hillebrand). Neben dem künstlerischen Formgefühl sind es «Reife und Lebenserfahrung» des Essayisten, die sich ausstrahlungskräftig im Essay spiegeln. Unter dem Aspekt der Reife charakterisiert etwa Ricarda Huch den Essayisten Otto Gildemeister in einem Brief an J. V. Widmann, den dieser in einer Rezension verwendet: «Über den greisen Otto Gildemeister in Bremen schrieb uns vor einiger Zeit eine sehr urteilsfähige junge Dame, die ihn in einer größeren Gesellschaft sah: ... eine höchst frappante Persönlichkeit, die mich entzückt hat. Er sprach nicht eben viel. Der Zauber liegt rein im Persönlichen, und das ist ja auch die Hauptsache. Es ist etwas so Ganzes, Vollkommenes, in sich Befriedigtes ...[10]» – Man wird Keller Welterfahrenheit nicht absprechen wollen; die Aufenthalte in München, Heidelberg und Berlin, das Zürcher Gesellschaftsleben erscheinen freilich als geringe Bildungsfaktoren, gemessen an Karl Hillebrands Schicksal, dem gewandten und stilsicheren Schriftsteller in vier europäischen Sprachen, unvoreingenommenen Kosmopoliten und Verkörperung dessen, was Nietzsche unter einem «guten Europäer» versteht – an Otto Gildemeister, der in der Weltoffenheit der Hansestadt Bremen lebt – an Victor Hehn, der, ein Balte, lange Jahre in Rußland verbringt. Was das Reisen und das Erlebnis fremder Landstriche betrifft, mag Keller zurückstehen müssen, und er verurteilt ja in späteren Jahren heftig die sogenannte «Reiseliteratur»; aber er nähert sich dem Typus des Essayisten wiederum durch seine Abneigung gegen jede Systempedanterie und alles Schulfuchsertum, durch seinen «Sinn für das Wesentliche», der den Gehalt eines Stoffes, die Bedeutung einer Persönlichkeit sofort erfaßt, die Punkte, auf die es ankommt, zu nennen, «das Wesentliche und Lebendige zu begreifen und zu verstehen» weiß. Und bei ihm ist auch die bewußte und entschlossene Überwindung jener Beschränkung von außen festzustellen, von der er einmal schreibt: «Zu Bodmers und Breitingers Zeiten und bis tief in unser Jahrhundert hinein pflegte die deutsche Kritik jeden Schweizer, der etwa ein deutsches Buch zu schreiben wagte, damit zurückzuscheuchen, daß sie ihm die ‹Helvetismen› vorwarf und behauptete, kein Schweizer würde jemals Deutsch schreiben lernen»; auch Gottfried Keller steht das geschliffene Wort, der blitzende Ausdruck zur Verfügung – die ausgesprochen essayistische Beweglichkeit einer Betrachtensweise, die sich dem Gegenstand anpaßt, ohne den Faden eines eigenen Gedankengangs zu verlieren, zeigt sich z. B. in vielen Briefen [11].

Der besonderen Aufmerksamkeit, dem Spürsinn des Essayisten für das bewegte, aufregende Menschenleben ist Kellers Neugier für alles Biographische an die Seite zu stellen, wie sie die Briefe über Ludmilla Assings Lebensbeschreibungen bezeugen. In der Rezension von Vischers «Kritischen Gängen» bespricht Keller Vischers Strauß-Aufsatz, die Biographien D. Fr. Strauß' und vermittelt durch die Paraphrase von Vischers Gedankengang auch eine Charakteristik des Essayisten: «Erst sagt Vischer einleuchtende Worte über die Kunst des Biographen überhaupt und stellt eine Untersuchung an, in welcher sich der ästhetische Denker praktisch bewährt. Die ‹tiefere Eigenschaft, welche wir bei einem geistvollen Biographen suchen›, ist die ‹überschauende Vernunftklarheit, welche sich auf den Mittelpunkt des Inhalts bezieht und der Wärme der Vertiefung die richtige und echte Art der *Ironie* beimischt›. ‹Wir müssen hier genauer eingehen›, fährt Vischer fort, ‹denn nicht leicht hat ein schriftstellerischer Charakter nachdrücklicher dazu aufgefordert, über das rechte Verhältnis von Enthusiasmus und Ironie nachzudenken, als der, mit dem wir es hier zu tun haben.› Der Enthusiast werde ein sehr unzulänglicher Biograph sein, da es ihm an der erprobten Mischung der Kräfte, an der Objektivität fehle, ist das Ergebnis der Untersuchung. Es erklärt uns zugleich den Grundmangel einiger neueren Biographien, welche ihren Gegenstand als etwas Absolutes nehmen und sich selbst an denselben verlieren, statt ruhig über ihm zu bleiben.» Und wie Strauß «der gemessene und sichere Mann» ist, so scheint auch Vischer, der mit jenem die «künstlerisch schaffende, wärmende Ader» gemeinsam hat, nicht nur selbst ein idealer Biograph, sondern gleichzeitig eine Verkörperung des idealen Essayisten zu sein, indem er, wie Keller bemerkt, «so klar, teilnehmend und zur Teilnahme anregend berichtet». Diese, man könnte sagen: essayistische Ausgewogenheit der Betrachtung fordert Keller in einem Brief an Ludmilla Assing über Adolf Stahrs Lessing-Biographie (Berlin 1859): es komme, stellt er fest, «in den Arbeiten dieser Art ein allzu warmer und allgemein enthusiastischer Ton auf, welcher der männlichen Solidität der Arbeit Eintrag tut». Er verweist auch hier auf

Strauß: «Den gediegensten Ton hat neuerdings Strauß getroffen in seinen musterhaften Biographien, und es wäre zu wünschen, die Herren lernten von ihm, da sie die Kunst des feineren Lobes vom alten sel. Varnhagen einmal nicht gelernt, vielleicht nicht einmal bemerkt haben. Doch mir fällt plötzlich ein, daß ich um ein gefährliches Licht herumschnurre, da meine geehrte Korrespondentin ja selbst die Biographie kultiviert!» Damit will Keller nicht sagen, daß Biograph und Essayist kühle Distanz und radikale Objektivität zum Gegenstand bewahren müßten. Über ein Lebensbild Ferdinand Freiligraths urteilt er: «Die Buchnersche Arbeit gefällt mir bis jetzt wohl, d. h. bis auf einen gewissen Mangel an spezifischem Ton. Es fehlt in der Diktion etwas von der freien Sonnenluft und der persönlichen Lebensglut, die in Freiligraths Wesen lagen, die ihn von den andern unterschieden. Doch wäre es nicht ratsam, den Biographen zu einer gefährlichen Stiländerung zu veranlassen. Der Mangel wird am Ende durch das Faktische und die Werke selbst ergänzt.» Eine gewisse essayistische Leichtigkeit der Darstellung vermißt Keller auch in einer Biographie Wilhelm Baumgartners: «Widmers Buch über Boom ist wirklich sehr erfreulich und reinlich gemacht; abgesehen davon, daß gerade das Nichtvorkommen des Wortes ‹Boom› eine gewisse Lücke bezeichnet; es ist nicht der ganze Meister Wilhelm darin; dafür ist derselbe stellenweise etwas zu geschniegelt und süß. Dies kommt aber von der ängstlichen Versuchsschriftstellerei her, man glaubt, bei solchem Allotria nicht frömmlich und zimpferlich genug sein zu können und will sich und seinen Gegenstand schöner machen, als notwendig ist [12].»

Neben den Biographien von D. Fr. Strauß sind es zwei schmale Schriften, die Kellers Anforderungen an Biographie und Autobiographie, aber auch an den Essay zu erfüllen scheinen: der Aufsatz des Hofrats Marschall in Weimar über den englischen Essayisten Charles Lamb und Johann Georg Müllers Aufzeichnungen «Aus dem Herderschen Hause». Über Marschalls Studie schreibt der Dichter an Emil Kuh: «Ich lege dankbar auch das Schriftchen ... bei, welches mich sehr interessiert hat. Ich habe eine Vorliebe für solche wohl ausgearbeiteten Produkte und Einzelwerkchen gebildeten Privatlebens, welche an Halt und Gehalt viele professionsmäßige Handelsartikel übertreffen.» Ein guter Essay kann also auch von einem gut informierten Dilettanten geschrieben werden, aber er muß interessant sein – diese romantische Kategorie ist ebenfalls auf J. G. Müllers Schilderung seines Aufenthalts bei Herder anzuwenden, die Kellers «Interesse» weckt. Sie bietet «ein wertvolles Kulturbild», und der Eifer, der Enthusiasmus des Berichterstatters, die Einseitigkeit der Erinnerungen werden dadurch gemildert, daß dem Leser ein Überblick über Müllers späteres Leben geboten wird: «Die vorausgehende Notiz, daß der junge Müller ein tüchtiger und wirkungsreicher Mann geworden ist, benimmt dem jugendlichen Schwärmerwesen den närrischen Anstrich und erhebt dasselbe auf ein höheres Niveau.» Kellers Kritik von Müllers Schrift wird selbst zum Essay, indem wissenschaftliche Untersuchung der weniger angestrengten

Betrachtung weicht; der Dichter schließt: «Vorzüglich besticht das wahre und lebendige Naturgefühl, ... und man vergißt darüber gern, daß die pikanten Weimarer Personalien nicht so reichlich ausgefallen sind, als man glaubte. ... Dagegen hat mir der Kerl zum Thüringer Bier zuviel Gurken und Wurst gefressen, und das ‹Beer'gen›- und ‹Träub'gen›-Ficken ist für einen Schaffhauser Weinländer, der das Weinbergsrecht kennt, fast etwas zu theologisch lüstern [13].»

Diese Beispiele und Stichworte Kellers zum Essay kennzeichnen nun nicht wenige Stellen in dem eigenen Werk und in den Briefen. Oft sind es nur Ansätze, oft ausgeführte Essays, die sich im Brief, Roman usw. sozusagen verbergen. Autobiographien und Memoiren können sich ebenso aus erzählenden und essayistischen Partien zusammensetzen: «Zukünftige Verfasser einer noch ausstehenden Geschichte des Essays werden ... nicht nur als essayistisch bezeichnete Prosa, sondern auch Autobiographien durchsehen müssen», verlangt Bruno Berger in seiner Studie über den Essay. Die Distanz und der nach rückwärts gerichtete Blick des Alters, die Darstellung einer Summe des Erlebten führen zu der dem Essay eigenen Mischung von Subjektivität und ironischer, selbstironischer Anschauung. Auch der Essay öffnet einen Durchblick auf den Menschen, der ihn niederschreibt; wenn er zunächst nicht in eine so unmittelbare Beziehung mit dem Autor gebracht wird wie ein autobiographischer Text, so zeigt sich doch dort, wo dem Leser mehrere autobiographische Versuche desselben Verfassers zum Vergleich vorliegen, daß eine Art essayistischer Distanzierung des Autors von der eigenen Person sich einstellen kann. Die beiden autobiographischen Essays Kellers von 1876 und 1889 weisen die organische Gliederung der kleinen Kunstform auf, sind ein objektiver selbstkritischer Rückblick; es wird in ihnen die Elastizität des Essays wahrnehmbar, der sich nach dem angesprochenen Leserkreis richtet und kein spontanes Bekenntnis ist: Die «Unterschiede in der Bewertung seines früheren Lebens», die in Kellers Skizzen auffallen, «sind nicht nur mit dem verschiedenen Alter zu begründen, sondern auch mit einer andern Leserschaft; denn der eine Essay wurde für ein deutsches Avantgarde-Publikum geschrieben, der andere für die Leser eines Schweizer Gemeindeblattes» (Roy Pascal). Es gehört zum Charakter des Essays, daß eigene Beobachtungen, ein persönliches Erlebnis als Anlaß oder Einsatz des essayistischen Vordringens in weiter gespannte Zusammenhänge und Gedankengeflechte dient. Der Beginn ist sozusagen der Blickfang und bestimmt die eigentümliche Perspektive der Studie. Es ist ein weiterer Hinweis auf die autobiographische Natur des Essays, daß der Dichter in seinem essayistischen Schaffen fast immer auch über sein Handwerk reflektiert. Dabei bleibt wiederum fraglich, ob er am besten Auskunft geben kann über «die literarische Schöpfungsweise», ob die Deutung des eigenen Werks durch den Autor mehr ist als nur eine von vielen; aber da sie – wie im Fall von Kellers autobiographischen Aufsätzen – oft ermöglicht, von subjektiven zu allgemeingültigen Anschauungen vorzustoßen, der Standort

des Verfassers zu einem Schlüsselpunkt für die literarische Epoche und Umwelt werden kann, sind solche Essays «der literaturbetrachtenden Art aus
der Feder des ‹Fachmanns›» besonders aufschlußreich und gehören «zu den
Glanzleistungen der Essayistik aller Kulturnationen» (Berger).

Unter sie möchte man die Charakteristik Goethes im «Grünen Heinrich»
zählen. Sie läßt sich zwar nur bedingt als selbständiges Stück aus dem Ge-
samtzusammenhang der Dichtung herauslösen, gehört so organisch in den
Roman, wie vielleicht sonst nur die Hamlet-Reden als Zeugnis der Entwicklung und Bildung des Helden und des Dichters selbst in «Wilhelm Meisters
Lehrjahre» gehören; aber die Goethe-Charakteristik und alle andern Bildnisse
von Dichtern im Roman und den übrigen Werken (Jean Paul, Schiller, Angelus Silesius, Shakespeare im «Pankraz») weisen das «innere Verwachsen von
Reflektion und Intuition, Sache und Autor, Gegenstand und Optik» auf
(Martini), das den Essay auszeichnet. Schon durch die Art der Darstellung
und den Ort dieser Bildnisse in der Dichtung zeigt sich die Geltung, die einem
jeden von ihnen zukommt; mit «wenigen, selbst zu herrlicher Fülle entfalte-
ten Sätzen», die «in einer frischen Folge lebendigen Urteils» hingesetzt werden (Roffler), umreißt der Dichter diese Gestalten.

Der Bericht, das Gespräch im Roman sodann, das ein nur für die Handlung, die Romangestalten wichtiges Problem oder eines, das den Autor selbst
angeht, aufgreift und sich aus Betrachtung und epischer Schilderung zusammensetzt, wird einleuchtend als «essayistisches Erzählen» (Berger) bezeichnet. Scheint nun aber die moderne Forschung diese Integration essayistischer Stücke in den Roman für notwendig oder zumindest gerechtfertigt
zu halten (zahlreiche Beispiele dafür sind bei Hermann Broch oder in Robert
Musils «Mann ohne Eigenschaften» zu finden), so ist Gottfried Keller vor
der Umarbeitung seines Romans, beeinflußt durch die Kritik Wilhelm Petersens, der Ansicht, gerade solche Stellen seien auszuschalten. In einem seiner
Briefe an den Dichter gesteht Petersen, er habe bei der ersten Lektüre des
«Grünen Heinrich» «das Philosophische, Betrachtende, Belehrende ... einstweilen überschlagen», und für das leichtere Verständnis des Buches möchte er
alles dies in einer neuen Fassung weglassen sehen: «Die Ökonomie des Buches ist eine so eigentümliche und das philosophische, räsonierende etc. Element nimmt einen so hervorragenden Platz ein, daß der Verleger kaum auf
einen großen Leserkreis wird rechnen können.» «Wenn z. B. der betrachtende
Inhalt im wesentlichen wegfiele, namentlich was sich auf Malerei und
Religion bezieht, ferner die Episoden ... und andererseits der Heinrich nicht
gar so jäh abberufen würde ..., so würde das Buch dem großen Leserkreise
verständlicher werden.» Und noch einmal erwähnt er diese essayistischen Einschübe: «Für meine Person würde der Wegfall der künstlerischen Betrachtungen auch sehr schmerzlich sein, da ich selbst so eine Art Grüner Heinrich
bin und noch jetzt schwer an der Sucht leide, alles vom malerischen oder
plastischen Standpunkt anzusehen», ferner: «Den betrachtenden Inhalt des

Buches mußte der Verfasser los sein, er mußte seinen Geist gewissermaßen von ihm entbinden. Das ist jetzt geschehen, und sollte es da nicht möglich sein, in einer neuen Bearbeitung im wesentlichen auf ihn zu verzichten?» Keller nimmt diese Anregungen auf und äußert über eine Neufassung des Werks: «Es wird dabei ungefähr um einen Band eingehen resp. um ein Viertel mindestens kürzer werden durch Streichung der Reflexionen und unpräsentabeln Velleitäten.» Aber obschon Petersen noch ein Jahr später darauf beharrt, daß zu tilgen sei, «was von zu speziellem Interesse ist», läßt Keller in der zweiten Fassung die meisten der Stellen stehen [14].

Wie der Essay und die Charakteristik als selbständige Teile in den einzelnen poetischen Werken stehen, so begegnet auch ausgesprochene Literaturkritik in der Dichtung («Die mißbrauchten Liebesbriefe»), wird als selbständiges Werk gestaltet («Romanzero»), als spöttisches Aperçu, witziger Essay geplant: Kellers Idee, Fr. Th. Vischers «Kritische Gänge» unter der Maske «eines Künstlerleins» zu ergänzen, das «scheinbar mehr naiv und verwundert sich gebärden müßte über die Art, wie man mit dem Besten, an das er glaubt, umspringt», macht auf diese Möglichkeit aufmerksam. Der «Zuzug mit einem bescheidenen Fähnlein», den er Vischer leisten will und wofür er sich «die nötige Sicherheit im Vermeiden gelehrter Wendungen» anzueignen vornimmt, verweist auf die ironische Dimension des Essays: er beabsichtigt, seine Kritik der Rezensenten von Vischers Aufsätzen «mit einer Anzahl von alten geheimen Hausmitteln und Handwerksregeln und Sprüchen, Rezepten» zu verbrämen [15].

Man kann sich fragen, inwiefern längere Abschnitte in Kellers Briefen als «Essays» bezeichnet werden dürfen, da zunächst der Essay vom Brief als literarischer Kunstform getrennt ist und die Kategorien hinlänglich klar geschieden sind. Aber schon bei Seneca erscheint der Brief als in sich geschlossene Abhandlung, und daß er für Gottfried Keller aus künstlerischer Absicht hervorgeht, mehr ist als nur ein Blatt der Korrespondenz, bestätigt eine Bemerkung des Dichters zu Wilhelm Petersen: «Seit Neujahr habe ich alles Briefschreiben in Privat- und Freundschaftssachen wieder einmal müssen liegen lassen, nicht weil ich nicht manche müßige Stunden und Tage dazu gefunden hätte, sondern weil gerade das Briefschreiben *con amore* mit dem Schriftstellern zu nah verwandt ist, wenigstens wie ich dieses treibe, und daher ein Allotrion zu sein scheint, wenn die Setzer auf Manuskript lauern. Der eigentliche Müßiggang aber, bestehe er in Lektüre oder in irgend einer andern eigensinnigen heterogenen Übung, trägt immer seine göttliche Berechtigung des Daseins ‹an sich› in sich. Und so scheut man sich, Briefe zu schreiben, indessen man sich nicht entblödet, plötzlich ein historisches Kapitel zu studieren oder ein paar Tage zu zeichnen u. dgl. [16].» Man darf vielleicht Brief und Essay insofern nebeneinanderstellen, als der erste Gespräch, der zweite Selbstgespräch ist.

Als Beispiele seien einige Stellen aus Briefen an Ludmilla Assing über die von ihr verfaßten Biographien und ihre Herausgebertätigkeit ausgewählt, die nach meinem Dafürhalten als Essays betrachtet werden können. Hier werden das Urteil über Ludmillas biographische Darstellungsweise, über den Aufbau ihrer Briefsammlungen, die Ratschläge, wie sie es hätte besser machen können, unmerklich zu Improvisationen Kellers über den Gegenstand selbst. Der Blick des Kritikers sucht das Wesentliche der Gestalten; Keller rückt die menschlichen Beziehungen, von denen in Ludmillas Biographien die Rede ist, die sich aus den von ihr betreuten Briefwechseln ergeben, in den Vordergrund. Diese Zeugnisse werden ausführlich wiedergegeben, weil erst aus der zusammenhängenden Lektüre sich das Verständnis für – man darf vielleicht sagen: die Essay-Kunst Gottfried Kellers gewinnen läßt.

In seinem Brief vom 5. Juli 1857 bespricht Keller die Lebensbeschreibung «Gräfin Elisa von Ahlefeldt, die Gattin Adolphs von Lützow, die Freundin Karl Immermanns» (Berlin 1857): «Ich wußte ... schon aus Ihrem freundlichen Munde manches Bedeutsame über dies reiche, wie von einem großen melancholischen Dichter erfundene Frauenleben; aber daß es in solchem Grade typisch und poetisch und an die höchsten Ereignisse anknüpfend sei, davon hatte ich freilich keine Ahnung. ... die Hauptgrundzüge dieses Lebens könnten nicht edler und tragischer gedacht sein. Wie erschütternd ist die Lösung und Aufklärung des Lützowschen Dramas, nachdem im Beginne desselben die ungeschickt kalten, hohlen Liebesbriefe des Freiers einem gleich die Ahnung erweckten, daß dieser brave frische Kriegsmann doch keine Spur echter Frauenliebe in sich trage! Daß Elisa keinen Instinkt hiefür hatte, sondern das Eis liebte, ist freilich auch *ihre* tragische Schuld, wie denn überhaupt ein unverhohlenes ganzes und ausgestaltetes Liebesleben nirgends ersichtlich wird. ... bei den tief romantischen übrigen Grundzügen vermehrt gerade dieser Mangel an brennenderer Farbe den dämonischen Eindruck, als ob diese sämtlichen bedeutenden Gestalten, Helden, Feen und Dichter, Eisherzen in der Brust, mit einem Feuer spielen, an dem diese Herzen sich vernichten. Wie herrlich zutreffend ist es aber, daß dieser gedankenlose Rittersmann, der doch so tapfer und großherzig war, daß er in allen Kämpfen nur Wunden davontrug, erst im nahenden Alter, in Kummer und Reue die aufrichtige schöne Sprache der Sehnsucht nach der Frau lernte, so daß nun seine letzten Briefe ebenso schön sind, als die ersten unerträglich waren in ihrer Nichtigkeit. Und wie wahrhaft tragisch, daß die Gräfin abermals, in der Immermannschen Geschichte, vernichtet wird, diesmal, weil sie es zu vorsichtig, zu vorsehungsartig und gut machen wollte, abermals eine Art höheren Spieles, anstatt wie die anderen Menschenkinder das Glück auf dem geraden Wege menschlicher Dinge zu wagen. Aber daß die beiden Verbindungen, in welchen die Heldin des Buches mehr oder weniger glücklich war, so lange Zeiträume von vierzehn und zwölf Jahren umfassen, während welcher sie so viel wirkt und erlebt, gibt dem Ganzen einen weiten und breiten epischen Charakter und der Heldin jene scheinbar ewige penelopeische Jugend der Alten. ...

es ist doch eine farbenreiche und sonnige Zeit ...! Wie wunderbar zart und sehnsuchterregend spielt die Gestalt jenes untadelichen Friesen in unsere Geschichte hinein ... Und dieser Vietinghoff! Es wimmelt in dem Buche von Romanzen und Balladen. Doch ich schwatze wie ein begeisterter Primaner.»

In mehreren Briefen schreibt er über die Persönlichkeit Sophie La Roches und ihren Kreis, wiederum angeregt durch eine Biographie Ludmilla Assings («Sophie von La Roche, die Freundin Wielands», Berlin 1859). «Ich habe Ihre ‹Sophie La Roche› nun längst gelesen und freue mich sehr, Sie um dieser schönen, fleißigen und gründlichen Arbeit willen beglückwünschen zu können. Sie haben das zierliche süße Apfelbäumchen des vorigen Jahrhunderts mit seinem nötigen Erdreich und mit allen seinen Wurzeln heil und unversehrt herausgestochen und in unsern Garten gesetzt, und wir sehen mit Vergnügen aus dem zarten, mit Liebeskummer geschmückten Jungfräulein allmählich eine Frau erwachsen, welche die weitesten Lebenskreise um sich her zieht.» Es ist für die Technik des Essayisten bezeichnend, daß er von einem literarischen Zeugnis ausgeht und sich ein eigenes Bild des dargestellten Menschen verschaffen will, ohne von den andersartigen Ansichten des Erzählers beeinflußt zu sein: «Schon in der ‹Gräfin Elisa von Ahlefeldt› bekam man Lust, die Heldin selbst etwas sprechen zu hören, um das Bild von ihrem spezifischen Geiste ganz vollkommen zu erhalten durch ihre unmittelbaren Worte. Einige Briefe und Briefchen von ihr hätten diesem Gefühle auf das beste entsprochen, sind aber vermutlich nicht zu haben gewesen. Bei Ihrer Sophie nun entbehren wir dieser letzten Vervollständigung durchaus nicht, indem wir sie in ihrem Leben und Weben und in ihrer Wechselwirkung zu ihren Zeitgenossen genugsam erkennen. Wir begreifen sie auch als Schriftstellerin, allein hier ... dürfte vielleicht eine eingehendere kritische Analyse ihrer Schriften ... nicht unwillkommen gewesen sein.» Über Sophie selbst schreibt er: «Ein anmutiges Schauspiel gewährt unsereinem abermals die tapfere, furchtlose und elegante Verteidigung, welche eine Frau für eine ihrer Schwestern gegenüber den wankelmütigen und nichtswürdigen Dichtern führt. Schon haben Sie Immermann hingestreckt auf den grünen Rasen mit Ihrem glänzenden Schwerte, und, ha! da liegt nun auch Wieland, der grimme Versehrer edler Frauenherzen! Wie, du wagst noch zu mucksen, Schnödester? Du murrst: Sophie habe dich ja zuerst laufen lassen, wie auch den Bianconi! Der kindliche Gehorsam, unter den sie sich beugte, sei im Grunde die gleiche Philisterhaftigkeit gewesen, mit welcher sie später ihre eigenen schönen Töchter an ungeliebte Männer hingab? Es sei dies eben eine dunkle, rätselhafte Partie, welche ebenso bedenklich sei wie deine bengelhafte jugendliche Unbeständigkeit? Wie, du wirst immer frecher und behauptest sogar noch, trotz der Streiche, die auf dich niederfallen: Wenn du nicht ein so renommierter Dichter geworden wärest, so hätte Sophie dich vor der Welt so wenig mehr genannt wie Bianconi? Das sei eben das Schicksal der armen Dichterlinge, daß man ihnen jedes ‹Verhältnis›, jede dumme Geschichte ins Endlose nachtrage, während man die eigenen Sünden und diejenigen aller anderen Leute in wohlweisliches Stillschweigen hülle? Genug! Scheusal! schweig und stirb! Im Ernste gesprochen, war Wieland in seiner Jugend ein höchst schnurriges, von wahren und gemachten Gefühlen aufgepustetes Bürschchen, und es stände den holden Frauen jederzeit besser an, solche Gesellen ihrer Wege gehen zu lassen, statt sie immer wieder an sich heranzuködern. Während die gleichen ‹verratenen Dichterfreundinnen› niemals verlegen sind, urplötzlich ganz unerwartete Heiraten ‹abzuschließen›, und dergleichen im Notfall auch mehrmals wiederholen, werden die Dichterlinge dafür bescholten, daß sie nicht allein der Narr im Spiele sein und den ewigen Petrarca oder Werther vorstellen wollen. In welch unwahre und hohle Liebesverhältnisse sich auch die geistreichste Frau hineinduseln kann im Verein mit einem des sentimentalen Kopfkrauens bedürftigen Poeten, beweist auch Julie Bondeli, welcher mit Wielands alberner und affektierter Antwort auf ihre Liebesfrage ganz recht geschah.» Ein halbes Jahr später kehrt Keller zum Thema zurück und vervollständigt *sein* Bild von Sophie La Roche: «Neulich habe ich Ihre ‹Sophie› noch einmal durchgelesen und mich wieder über deren Verheiratungsmethoden amüsiert. Ich möchte annehmen, daß, weil sie selbst keinen ihrer *Schätze* bekommen hat und mit dem oktroyierten Mann doch gut gefahren ist, so wollte sie ihren Töchtern in guter Absicht das gleiche Los bereiten, besonders da sie sah, daß Wieland mit einer gleichgültigen Frau ebenfalls herrlich zufrieden war. Nun lag aber das Übel wohl darin, daß sie als Frau zwischen Männern, die ‹man nicht liebt›, durchaus keinen Unterschied zu machen vermochte; sie glaubte, es sei nun weiter kein Unterschied, wenn einmal der eine große Unterschied nicht beachtet wurde; wenn der Mann nur solid sei und ein Haus habe, so sei einer so gut wie der andere. Das war eben das Abscheuliche, wenn auch unbewußt, und sie dachte undankbar nicht, daß ihr Laroche noch ein vollkommener Gentleman war und sogar Wieland gegenüber äußerlich eine glänzende Erscheinung. Wenn sie einen rechten Heuochsen bekommen hätte, so würde sie die Differenz zwischen Ungeliebten und Ungeliebten schon gesehen und erfahren haben.»

Kellers Darstellung ist eine Korrektur der Version, die Ludmilla in der Biographie von diesen Verhältnissen gibt: Der Essayist braucht – etwa um der Geschlossenheit der Form willen – nicht auf Kritik zu verzichten. Und nur weil er der Verfasserin schreibt, gerade dieser Verfasserin, wählt der Dichter einen mehr scherzhaft ironischen Ton, rückt er die Tatsachen in einem heiteren Frage- und Antwortspiel zurecht.

Zu einem kurzen Essay wächst sich der Brief an Fräulein Assing vom 30. November 1859 über den 9. Band von Varnhagens «Denkwürdigkeiten» (Leipzig 1859) aus:

«Den neuesten Band Ihres seligen Onkels habe ich zum guten Teil diesen Herbst schon gelesen und nun im eigenen Exemplar beendigt. Es ist ganz gleichgültig, *was* Varnhagen schreibt, er ist immer der Gleiche, welcher durch seine Behandlung den Dingen erst ihren Wert verleiht. Abgesehen von dem persönlichen Wirken und Geschick des Verewigten, welches mich im hohen Grade intressiert, liegen mir die übrigen Verhältnisse und Personen fast so fern wie Kamtschatka; und dennoch hielt mich die Geschichte des kranken Großherzogs mit den edlen und unedlen, klugen und albernen Charakteren, die ihn umgeben, die damit verflochtenen Kämpfe zwischen Baden und Bayern, der Kampf Badens um Sein oder Nichtsein, alles dies still hinter den spanischen Wänden der Hof- und Diplomatenwelt vorgehend, in einer Spannung, als ob es sich um die nächstliegende Lebenskrise handelte! Ich habe nicht bald etwas Lehrreicheres gelesen. Jeder Charakterzug, jedes Verdienst und jede Schwäche sind aufs genaueste erwogen und nuanciert, was immer zu ertragen ist, wird, ohne vertuscht zu werden, menschlich geduldet, das schlechthin Verwerfliche aber auf die meisterhafteste Weise ergötzlich kassiert. An ein paar Stellen, welche sich in liebenswürdig treuem Gedächtnis etwas zu einläßlich über das bloße Kommen und Gehen von allerlei Personen verbreiten, merkt man etwas die Behaglichkeit der höheren Jahre. Aber für den Freund und Verehrer ist auch das Vergleichen des Mannes mit ihm selbst ein neuer Genuß.» Kellers Urteil über die «Briefe von Alexander von Humboldt an Varnhagen von Ense» (Leipzig 1860), die ebenfalls von Ludmilla Assing zum Druck vorbereitet werden, vervollständigt die Charakterisierung Varnhagens (vgl. S. 31 f.):

«Das Buch habe ich hintereinander weggelesen und mich natürlich an der rücksichtslosen und freien Weise der beiden Alten vom Berge königlich gefreut; abgesehen vom Politischen, ist es sehr ergötzlich, wie da noch manch andere weltliche oder literarische Größe, die wunder glaubt wie fest zu stehen, den sarkastischen Greisen als Spielball dient, immer mit sittlicher Berechtigung. Da ich bisher nur die öffentlichen Erlasse etc. und die ehrbar gehaltenen Werke Humboldts gelesen hatte, so war ich ebenso überrascht als ergötzt von dem frischen kecken Mutwillen und dem liebenswürdigen und geistreichen Witze der Humboldtischen Briefe; aber ebenso erkannte ich Varnhagen wieder, als er an einer Stelle, wo der grimmige Humboldt den armen Prinz Albert malträtiert, den Alten maßvoll zurechtzuweisen scheint. Denn wirklich sollte gerade ein Freisinniger sich aus dem ungeschickten und patschigen Benehmen eines großen Prinzen ebensowenig machen als aus demjenigen eines armen Krämerssohnes oder eines Schulmeisterleins, und es scheint mir das Würdigste, dergleichen auch bei den vornehmsten Personen zu ignorieren. Aber wie schändlich, daß die meisten Briefe Varnhagens verloren sind. Bei der prägnanten Vorstellung, welche Humboldt gerade von Varnhagen als Stilisten hatte, ist es nicht denkbar, daß die Briefe schlechthin verlottert worden sind. ... es ist kein Wort zu viel in dem Buche; es verkündet der Welt, ohne alle wirkliche ‹Impietät›, daß sie sich auf Erscheinungen, wie Humboldt, immer noch verlassen kann, und daß der Betrug und die Schmach noch immer nur beim geistigen Gesindel zu Hause sind. Als ich noch meinte, es ständen auch gar zu krasse Dinge in dem Buche, dachte ich, es hätte Humboldt eigentlich niemand gezwungen, an diesem Hofe zu leben, und die ganze zivilisierte Welt hätte ihn mit offenen Armen empfangen. Allein es verhält sich alles gerade so recht; wobei freilich nicht zu leugnen ist, daß Sie, mein schönstes Fräulein, die Sache mit einem einzigen Zuge in ein erschreckendes Licht gestellt haben, indem Sie die stärkste Stelle heraushoben und als Stempel an die Stirne des Buches setzten. Dadurch ist es unumgänglich geworden, die Meinung der Briefe zu übersehen und zu ignorieren, und es ist allerdings begreiflich, daß ein solches Testament nicht wie Zuckerbrot mundet. Von einem Mann wie Humboldt, dem Ehrenbürger beider Hemisphären, sich aus dem Grabe zurufen lassen zu müssen, daß man seine Achtung nicht besessen habe, ist bitter. Und wenn auch Humboldt seine Schwächen gehabt hat, so ist die Sache einmal formuliert und versieht den Dienst [17].»

Der Briefwechsel zwischen Varnhagen und Rahel (Leipzig 1874/75) verlockt Keller zu einer Studie über diese beiden Menschen und ihre Beziehung; er versucht wiederum, mit wenigen Strichen das Besondere in menschlicher wie in literarischer Hinsicht zu umreißen (vgl. S. 26).

«Eine rechte Menschenstudie könnte man jetzt an den 4 Bänden Briefwechsels zwischen Rahel und Varnhagen machen, die vor einiger Zeit herausgekommen sind aus dem bekannten Nachlaßtorfmoor. Haben Sie [Keller wendet sich an Emil Kuh] dieselben gelesen? Sie sind an Interesse dieser Art von erstem Rang. Wie Sonnenschein leuchtet's und blitzt es in das verjährte Verhältnis hinein! Sie, die absolute Natur, Wahrheit, Selbstlosigkeit, Genialität, der absolute Lärm, die absolute Stille, das Meer, die Bescheidenheit, das göttliche Selbstgefühl etc. etc. und zugleich die fortwährende Pose, Selbstbeschreibung, Selbstverzehrung, Beschwörungssucht, Überredungslist, höchste Naivetät des Selbstlobes etc. bis ins grob Körperliche hinunter! Er, immer der Varnhagen. Dann aber eine Menge unschätzbarer faktischer Sachen, eine Begegnung mit Goethe z. B., welche gar zu charakteristisch ist, aber keineswegs zu ihren Gunsten. Es sollte einer einmal diesen Gegenstand mit der nötigen Pietät aber auch mit Ungeniertheit abschließlich behandeln, solange noch die Tradition des Verständnisses für jene Zeit und jene Berliner da ist!»

«Diese Briefe sind eine Fundgrube von Geist und Geistesaufwand und sonst allerhand Interessantem», heißt es in einem späteren Brief. «Die darin wuchernde Eitelkeit, Ureitelkeit des Menschen in allen Nüancen steckt auch meine Eitelkeit an, daß ich die einbildnerische Phrase nicht unterdrücken kann: Erst jetzt weiß ich recht, was mir bei den Reden der Züs Bünzlin in den ‹Gerechten Kammmachern›, namentlich bei dem Abschied auf der Höhe, für ein Ideal vorgeschwebt hat. Ich hatte beim Schreiben auch hochstehende Weiber im Auge, glaubte aber nicht, daß es so hoch hinauf ginge. So ein unausgesetztes gegenseitiges Sichanrühmen findet man nicht so bald zusammengedrängt wie in diesen Bänden» – eine Feststellung, die natürlich nicht

Ludmilla, sondern Kuh mitgeteilt wird, der «jauchzt», als er Kellers «zehn Ausrufungszeilen über die Rahel» liest, mit denen der Dichter «dieses außerordentliche Wesen charakterisiert [18]». Gegenüber Emil Kuh fühlt Keller sich freier, und dies nicht zum Nachteil des Bildes von Varnhagen und Rahel; seine Charakteristik arbeitet in der knappen Formulierung, in ihrer Ironie und spielerischen Leichtigkeit das Entscheidende heraus, gehört durch die Zusammenstellung scheinbar paradoxer Urteile, durch die Vergleiche und die Wortwahl dem essayischen Genre an.

Diese brieflichen Betrachtungen, in denen ein Essay angelegt ist, zeichnet aus, was Gottfried Keller an einem der anerkannten Essayisten seiner Zeit, an Herman Grimm, vermißt. Über ihn schreibt er Ludmilla Assing: «Diese Herren wollen es in ihrem jetzigen Wirken so sehr dem jungen Goethe nachtun in zierlichen und kecken Versuchen allerart; allein die gute Ackerkrume für gute Früchte, die Pietät für allerlei Dinge, so man sieht, und die Fähigkeit, die Welt anders zu sehen als durch Berliner Guckkastenlöcher, scheint verdächtiger Weise zu fehlen [19].» Hier tadelt Keller eine gewisse Engstirnigkeit – Grimm hatte Ludmilla erzählt, die Schweiz gefalle ihm nicht, weil die Sonne zwei Stunden früher hinter den Bergen verschwinde als anderswo; das Land gleiche einer Kellerwohnung; Berlin, «Unter den Linden», sage ihm am meisten zu. Die lokale Beschränktheit, selbst wenn sie auf die Beheimatung in der Großstadt zurückgeht, steht dem Schriftsteller, auch dem Essayisten schlecht an. Gleichzeitig beschäftigt Keller in diesem Brief die Stilfrage: erzwungener Witz, das willkürliche Aufsetzen von Pointen sind dem Essay wie jeder schriftstellerischen Leistung abträglich; «Pietät», Feingefühl, Goethes «zarte Empirie», die Fähigkeit, sich umzutun, den Standort wie den Standpunkt zu wechseln, sind Voraussetzungen dafür, daß sich ein gerechtes Bild und Urteil von «Zeiten, Völkern und Menschen» ergibt.

Der Essay steht in einem Kraftfeld, bildet selbst ein solches Kraftfeld; Kritik, welcher Art auch immer, ist nicht sein eigentlicher Zweck, höchstens sein Anlaß. Wenn literatur- und kulturkritische Essays zwar eine mögliche Untergruppe der Gattung bilden, so darf doch auch bei ihnen der Begriff «Kritik» nicht zu stark betont werden, weil ihm für das allgemeine Sprachempfinden eine weitgehend negative Bedeutung anhaftet, während Kritik im Essay immer aufgewogen ist durch die überschauende und zusammenfassende Denkweise, durch den atmosphärischen Grundzug der «serenitas» [20] (E. R. Curtius). Der methodische Unterschied zwischen Essay und Literaturkritik im eigentlichen Sinn wird z. B. dort greifbar, wo Keller seine essayistischen Betrachtungen von Ludmillas Biographie Sophie La Roches unterbricht und anmerkt, er wünsche sich das Buch vervollständigt durch eine Beurteilung ihrer schriftstellerischen Arbeiten: «... da einmal die Literaturgeschichte schließlich das Theater wird, auf dem sie spielt, dürfte vielleicht eine eingehendere kritische Analyse ihrer Schriften, wenn auch nur ein kürzeres Kapitel bildend, doch etwas ausführlicher als die dahin einschlagenden Seiten nicht unwillkommen gewesen sein.» D. h. auch in der Biographie, deren essayistische Wesenszüge ja festgestellt sind, sieht Keller die Möglichkeit kritischer Kundgebung, genauso wie er selbst in seine Meditation über das Thema der Biographie im Brief an die Nichte Varnhagens strengere Bemerkungen und wie er in seine dichterischen Werke literarische Betrachtungen und Auseinandersetzungen einflicht. Seine Selbstdarstellung von 1876 schließlich zeigt, daß auch das Autobiographische sich mit literarischer Kritik verbinden läßt, die eine aus der andern hervorgehen kann, indem das, was zu Kellers Lebensgeschichte an sich gehört, erst durch fremde Hand (des Herausgebers) in den Vordergrund geschoben wird, während er selbst ursprünglich von seiner Person nur ausgeht, um dann zu allgemeinen Ausführungen über Fragen der Poesie vorzustoßen: «Neuerdings gedrängt, habe ich einige Betrachtungen rein literarischen Charakters in Aussicht gestellt, was man dann zu der breitspurigen Ankündigung einer Autobiographie benutzt hat», schreibt er Baechtold 1876 und erklärt damit die Zweiteilung der Skizze, wie der Leser sie heute in den «Sämtlichen Werken» vor sich hat [21].

Anders als Gottfried Kellers Zeitungsrezensionen, die im Verhältnis zum poetischen Werk einen nur bescheidenen Raum einnehmen, ist seine Kritik und Essayistik recht umfangreich; beides ist eine Notwendigkeit und dient nicht nur der Wirkung nach außen, auf das Publikum, sondern bedeutet auch Klärung für ihn selbst. So wird ein Gleichgewicht angestrebt zwischen Produktion und Rezension, ohne daß es darauf ankäme, in welcher Form – ob in einem Artikel, einem Aufsatz, im Brief oder im Gespräch – das Urteil ausgesprochen wird. Seine kritischen Äußerungen, seine Stellungnahme, der immer wiederholte Versuch zu bestimmen, was in einem Sprachkunstwerk, was in einem Menschenleben in der Ordnung, was musterhaft sei, sind nichts als Bemühungen, die Erscheinungsweisen menschlicher Existenz, verschiedene Möglichkeiten der Dichtung (etwa gegenüber einem epigonenhaften Klassizismus) voll zu erfassen, und schließlich – diese beiden Ziele in eines zusammenführend – den Menschen durch das dichterische Werk und durch das Werk an der Dichtung zu einem «erhöhten Bewußtsein» seiner selbst zu bringen [22].

ZUSAMMENFASSUNG

Im «Grünen Heinrich», im zweiten Kapitel des vierten Bandes, findet sich eine Stelle, die Gottfried Kellers Haltung als Kritiker umschreibt; sie lautet in der ersten Fassung (und ist in der zweiten nur um den letzten Hauptsatz gekürzt): «Es gibt eine Redensart, daß man nicht nur niederreißen, sondern auch aufzubauen wissen müsse, welche von gemütlichen und oberflächlichen Leuten allerwege angebracht wird, wo ihnen eine sichtende Tätigkeit oder Disziplin unbequem in den Weg tritt. Diese Redensart ist da am Platze, wo man abspricht oder negiert, was man nicht durchlebt und durchdacht hat, sonst aber ist sie überall ein Unsinn; denn man reißt nicht immer nieder, um wieder aufzubauen; im Gegenteil, man reißt recht mit Fleiß nieder, um einen freien Raum für das Licht und die frische Luft der Welt zu gewinnen, welche von selbst überall da Platz nehmen, wo ein sperrender Gegenstand weggenommen ist. Wenn man den Dingen ins Gesicht sieht und sie mit Aufrichtigkeit gegen sich selbst behandelt, so ist nichts negativ, sondern alles ist positiv, um diesen Pfefferkuchenausdruck zu gebrauchen, und die wahre Philosophie kennt keinen andern Nihilismus als die Sünde wider den Geist, d. h. das Beharren im selbstgefühlten Unsinn zu einem eigennützigen oder eitlen Zwecke [1].» Hier drückt sich der Wille aus, alte halbgeglaubte Ansichten neugefundenen Wahrheiten und Grundsätzen aufzuopfern; es ist ein Bekenntnis zur Ehrlichkeit gegen andere und sich selbst. Die Stelle erinnert an jene Einleitung in Kellers Rezension von Bachmayrs Drama «Der Trank der Vergessenheit», wo der Kritiker über das Verhältnis zu einem dichterischen Kunstwerk nachdenkt: «Es ist eine eigentümliche Sache um den Geschmack; es mag Menschen geben, welche gegen ihr Wissen und Gewissen von irgend einer religiösen oder politischen Meinung überzeugt zu sein versichern: schwerlich aber gibt es Leute (und wenn es welche geben sollte, so sind sie die verworfensten Sünder der Erde), welche, der Falschheit und Schlechtigkeit einer Geschmacksrichtung wohl bewußt, dieselbe dennoch für die ihrige ausgeben und verteidigen, als ästhetische Tartüffes. Und weil kein ehrlicher Kritikus von der Unrechtmäßigkeit seines Urteils überzeugt sein darf, so kann, dies recht betrachtet, eigentlich auch niemand von der Unfehlbarkeit des seinigen recht durchdrungen sein [2]» (vgl. S. 272 f.). Damit bestimmt Keller die Tendenz seiner Literaturkritik: ebensoweit entfernt von Heuchelei wie von der Zurückhaltung C. F. Meyers, der z. B. an Hermann Friedrichs schreibt: «Schenken Sie forthin Ihr Vertrauen in literarischen Sachen ganz und ungeteilt, *einer* Persönlichkeit und einer bedeutenderen als ich nicht bin, z. B. Keller oder Kinkel, welche beide Ihnen zugetan sind und nach außen unvergleichlich mehr Autorität besitzen. *Hundert* Erfahrungen haben mich belehrt, in wie hohem Grade mein literarisches Urteile ein arbiträres ist und in wie wenig Fällen es von der inappellabeln Instanz der öffentlichen Meinung ratifiziert wird. Ich kann mit gutem Gewissen die, wenigstens ethische, Verantwortlichkeit, welche mit einem literarischen Urteil verbunden ist, nicht übernehmen[3].» Eine solche Weigerung – ob sie Bequemlichkeit oder dem Bedürfnis nach Abgeschlossenheit, einer Ökonomie der Kräfte entspringt, bleibt unsicher – ist nicht Kellers Sache; wer ihn um seine Meinung fragt, erhält meistens eine Antwort, auch Carl Spitteler, dem wiederum C. F. Meyer nur mit unverbindlichen Worten beispringt, während Keller sich ohne Zögern zu einer Kritik entschließt.

Aber es gilt noch einen weiteren Typ des Kritikers abzugrenzen, mit dem Gottfried Keller nichts gemein hat: den Rezensenten der Tageszeitung, der sein ihm zugemessenes Pensum erfüllt. Journalismus und Kritik sind eng miteinander verbunden, und eine eigentliche literarische Kritik im heutigen Sinn konnte sich erst ausbilden, als ein Medium vorhanden war, das eine Vielzahl von Menschen erfaßte und weite Wirkung ermöglichte. Dieses Medium ist zunächst das Gespräch, die Rede, der Brief. Seit dem Beginn des 19. Jahrhunderts bietet sich als geeignetes Mittel die Presse in ihren mannigfachen Erscheinungsformen an: als Tagespublikation, als Zeitschrift, Monatsheft oder Jahrbuch. Aber die andauernde Beanspruchung des Kritikers durch die Zeitung schlägt seiner sichtenden und richtenden Tätigkeit zum Nachteil aus, weil, was eigentlich nur aus Neigung zum Gegenstand und mit der nötigen Ruhe vollzogen werden sollte, dem Druck der Zeit und der Verhältnisse ausgeliefert ist. Ähnliche Erfahrungen macht Keller im Staatsschreiberamt, und die autobiographische Aufzeichnung von 1876 berichtet, wie verzweifelt rasch die Gesetzesänderungen sich folgen, die der Staatsschreiber festhalten muß: «Der Schreiber fühlt sich nur als Danaide mit dem Wassersieb in der Hand, er sieht nur die Vergänglichkeit der Dinge, hört nur das Abschnarren eines Uhrwerkes, aus welchem die Hemmung weggenommen ist.» Dieses Bild trifft auch auf den Literaturkritiker zu, sofern er journalistischer Hetze unterworfen ist. Es wird fast wörtlich aufgenommen von Widmann, der Keller einen Aufsatz über den «Grünen Heinrich» in Aussicht stellt, aber bedauert, «daß es keine still gereifte Arbeit sein kann ..., sondern daß sie die Spur der Danaiden-Arbeit am täglich auslaufenden Zeitungsfaß nur zu deutlich tragen wird». 1884 vereinigt Widmann unter dem Titel «Aus dem Faß der Danaiden» zwölf seiner Feuilleton-Erzählungen. Im Briefwechsel mit dem Redaktor äußert sich Keller öfters über die Tätigkeit eines Dichters in der Presse; zwar billigt er 1881 die neue Stellung Widmanns, der zuvor Rektor der Berner Mädchenschule war, als Feuilletonredaktor am «Bund»: «Jetzt werden Sie das Gröbste, was menschliches Verhalten betrifft, wohl überwunden haben; wenigstens bewegen Sie sich mit kräftigem und munterem Geiste in Ihrem neuen Lebenskreise.» Zwei Jahre später jedoch beklagt er ihn: «So oft ich den ‹Bund› in die Hand nehme ..., steigt mir ein Seufzer auf, daß Sie Ihre schönen Jahre an dieser Werkbank verbringen müssen. So erfreulich und erfrischend Ihre Tätigkeit für uns andere sein mag, sowie die brave Manneslaune, mit der Sie sich der Notwendigkeit fügen, so muß ich mich doch immer fragen, ob es denn keine Auskunft gibt, die Sie mehr zum Herrn Ihrer kostbaren Zeit machen könnte.» Zeitungsarbeit bedeutet in Kellers Augen vor allem Beeinträchtigung des freien dichterischen und kritischen Wirkens. So möchte er auch Adolf Frey vor dem «literarischen Journalismus» bewahren, aus dem schwer wieder herauszukommen sei [4].

Hält man diesen Äußerungen die eigenen gelegentlichen Beiträge Kellers in Zeitungen und Zeitschriften gegenüber, so wird man sagen dürfen, daß der Dichter wohl sporadische Mitarbeit in der Presse gutheißt, in regelmäßiger journalistischer Tätigkeit aber eine Gefahr für ihn liegt.

Anders verhält es sich mit dem Schriftsteller, der im Zeitungsartikel die ihm gemäße Aussageform findet, mit dem geborenen Journalisten also, wie Widmann trotz allem einer ist. Keller denkt hauptsächlich an Ludwig Börne, dessen Schriften er 1848 in den «Blättern für literarische Unterhaltung» rezensiert. Schon die Einleitung der Besprechung läßt das Bild des gewandten Publizisten entstehen, der den Politiker Keller fasziniert: «Der Name Börne ist einer von denen, bei deren Klang in diesen Tagen eine göttliche Satisfaktion unser Herz durchschauert. Wenn er noch lebte! ... Wie schmerzlich vermissen wir aber auch gerade jetzt einen Schriftsteller wie Börne, jetzt, wo bei der ungeheuern Mannigfaltigkeit und Gedrängtheit der Ereignisse das publizistische Tagewerk entweder mit Energie ohne Geist, oder mit Geist ohne Energie, oder, wenn beides einmal beisammen ist, doch ohne künstlerischen Wert und endlich, wenn auch dieser noch dazu kommen sollte, gewiß ohne Einfachheit und Gerechtigkeit betrieben wird. Ja, gerade diese klassische Einfachheit, diese simple und kindliche Gerechtigkeitsliebe ist es vorzüglich, welche heute mangelt ...» Damit sind Stil und Gesinnung Börnes schon hinreichend charakterisiert, sein Kampf den Kämpfen der Gegenwart Kellers verknüpft. Sinngemäß nimmt er das Urteil Georg Brandes vorweg: «Er [Börne] war der erste Journalist großen Stils, den die deutsche Literatur hervorgebracht ...» – Schon 1843 macht Keller sich über die «Briefe aus Paris», die Börne zwischen 1831 und 1834 auf den Rat seiner Freundin Jeanette Wohl veröffentlicht, Notizen in sein Tagebuch; sie spornen ihn zu ähnlichen Plänen an: «Ich kam auf den Gedanken, auch solche Briefe, aus der Schweiz zu schreiben ... Der Vorwurf der Nachahmung suchte mich zwar auf der Stelle heim, ward aber abgespeist. Erstlich liegt an der Form nichts und an dem ausgesprochenen Gedanken *alles*, und zweitens soll man heutzutage den leichtesten und einfachsten Weg ergreifen, um mitzuwirken, und durchaus nicht ängstlich an Originalität etc. hangen.» Bei der Lektüre der «Briefe» ist Keller sichtlich von der Abneigung Börnes gegen Goethe beeindruckt, und in einer Tagebucheintragung von 1843 scheint er Börne beizupflichten, wenn er vom «egoistischen Kleinkrämer», vom «Hamster» spricht, von Goethes unzulänglichem «Privatcharakter oder vielmehr Privatnichtcharakter». Aber er bewundert auch den Dichter, und stärker als Börne ist er sich offenbar des persönlich bedingten Grundes seines Grolls bewußt: «Ich weiß nicht, hasse ich Goethen und mißgönne ihm seine Werke, oder liebe ich ihn um seiner Werke willen.» Börne drückt sich in der Rezension von «Goethes Briefwechsel mit einem Kinde» (1835) viel entschiedener aus: «Was macht Goethe, den größten Dichter, zum kleinsten Menschen?» Der Stilist Börne fesselt Keller auch später noch (vgl. S. 22). – Im «Kleinen Romanzero» wird an einer Stelle von der Feindschaft zwischen Börne und Heinrich Heine gesprochen; der Vergleich zwischen den beiden läßt sich in die Rezension Kellers von 1848 zurückverfolgen, wo auch Heine etwas zerzaust wird: Es fehle ihm an «der gehörigen ernsten Persönlichkeit»; er erscheint als überheblicher Hexenmeister – «wer immerfort glaubt, allen Leuten ein X für ein U vormachen zu können, der verrät oft eine große Taktlosigkeit». Doch in der Auseinandersetzung zwischen Börne und Heine, durch Heines Pamphlet «Ludwig Börne. Eine Denkschrift» (Hamburg 1840) eingeleitet, steht Keller auf Heines Seite. Der Streitschrift, drei Jahre nach Börnes Tod veröffentlicht, geht ein Zerwürfnis mit dem einstigen Freund «Lümpchen» voraus; sie enthält Urteile über Börne wie: «Es ist ihm nichts heilig, an der Wahrheit liebt er nur das Schöne, er hat keinen Glauben.» Die als Entgegnung publizierte Briefsammlung «Ludwig Börnes Urteil über H. Heine» (Frankfurt 1840) lehnt Keller in der Börne-Rezension ab. Er findet in diesen Briefen die Abneigung gegen Heine auf perfide Weise gespiegelt: «Wenn Heine nur den hundertsten Teil der darin enthaltenen Stimmung gemerkt und geahnt hat, so kann sich nur ein Kind darüber verwundern, daß er sein Buch über Börne in seiner Art geschrieben hat.» Börne sei augenscheinlich auf den «förmlichen Plan» verfallen, Material zur Belastung Heines zu sammeln; er läßt sich von andern berichten, beobachtet selbst und gibt zu: «Es läge mir erstaunlich viel daran, alles abgeschrieben zu haben, was ich seit drei Wintern über Heine geschrieben und nicht gedruckt worden.» Aus solchen Studien ergibt sich für Börne, Heine sei «ein welkes Blatt, das der Wind umher treibt, bis es endlich durch den Schmutz der Erde schwerer geworden auf dem Boden liegen bleibt und selbst zu Mist wird». Kellers Unbehagen über dieses Verfahren, über die aufdringlichen Kunstgenossen und « Eckermännchen» mündet im Vorwurf, Börne habe Unrecht getan, «erstens Heine so nahe kennen lernen zu wollen, und zweitens dann sich über seine Erfahrung so eifrig zu beklagen». «Eckermännchen»: das deutet darauf hin, daß er Heine als den echten schaffenden Dichter sieht, Börne als den in diesem Fall gehässigen Rezensenten. Heine «hat alle Erfordernisse eines sogenannten Klassikers», und «ein Charakter wie der seinige war ... gerade zum Hervorbringen seiner Produkte nötig, und es ist sein eigenes Unglück, ihn zu haben, wir andern ziehen den Nutzen und die Freude davon». Aber in dieser Bemerkung über Heine entfernt sich Keller auch wieder von ihm und stimmt mit Börne überein: «Am Ende ... ist Börne doch zu entschuldigen und zu rechtfertigen, indem er Heine nicht im belletristischen, sondern im strengen, politisch-menschlichen Interesse beurteilte, er wird sogar verehrungswürdig dadurch; denn er lebte nicht in unserer alten raffinierten und blasierten Welt, sondern in der zukünftigen neuen und frischen, wo alles tugendhaft und schön, brav und gescheit zugleich sein muß.» Ob es wirklich zutrifft, daß Börne in seinen unerbittlichen Charakteristiken Heine den Dichter so vom Menschen trennt, ist zweifelhaft, da Keller selbst Börne über Heine zitiert: «... er interessiert mich als Schriftsteller und darum auch als Mensch.»

Gottfried Keller erblickt in Börne den Publizisten, der sich für ein bereinigtes enges Verhältnis zwischen den europäischen Staaten einsetzt, in diesem Bestreben allerdings noch auf den Idealen der Französischen Revolution fußend und dadurch ein Feind Heines; Börnes Zukunftsbild von einer Welt, in der Tugend, Schönheit, Mannhaftigkeit und der Geist herrschen, mutet etwas unbestimmt an, und es fragt sich, ob Kellers Aufzählungen nicht ironisch gemeint sind (vgl. S. 347). Sicher ist es nicht gerechtfertigt, von einer «Parteinahme» Kellers für Börne zu sprechen (wie Helbling in den Anmerkungen zur Rezension tut). Die Darstellung der Feinde in den Strophen des «Apothekers von Chamounix» ist ausgeglichen: Der Gang Heines durch «die Dämmerhalle schweigender Unsterblichkeit» endet vor einer überirdischen Käseglocke, die in rötliches Licht getaucht ist; er hebt die Glocke hoch, um «einen guten Kern zu suchen», findet jedoch darunter «einen alten Bekannten» vor. In der ersten Fassung ist es «der Andre, Ludwig Börne», in den «Gesammelten Gedichten» dann «sein Erbfeind ..., der ihn so gehänselt hatte». Die ausbrechende Balgerei sucht Lessing zu schlichten, indem er sie an seine jüdischen Freunde erinnert; diese «Vergleichungen ..., die zum Vorteil älterer Juden ausfallen», sind in der zweiten Fassung unterdrückt, weil Keller gegenüber dem sich regenden Antisemitismus der Zeit Heine und Börne in erster Linie als deutsche Schriftsteller aufgenommen haben will. – Wie Lessings Zorn beiden gilt, weil sie «ihre köstlich schönen Gaben» «verzischt, verschliffen» haben, so bewundert Keller auch die Stilkunst beider ohne Unterschied: «Was wir unsrer Zeit kaum ahnten», spricht Lessing, «solche Federkraft der Schönheit, / Sonnbeglänzter Stahl der Sprache, / Welch ein Witz war euch gegeben! // Doch ihr wart nicht Schwerterschmiede, / Sondern Scheer- und Messerchenschleifer, / Nadler; und mit Nadelstichen / Habt ihr klein genug hantiert!» In der zweiten Fassung droht Lessing, die beiden, wären sie «nicht die Meister / Neuer Künste, die uns Alten / Noch verborgen sind gewesen», in die Tintensee zu werfen. Die Episode schließt damit, daß Börne seinen Feind, der sich angesichts des Tintenschimmelmeers freut, in den letzten Jahren nur noch mit Bleistift geschrieben zu haben, in die grausige Flut stößt: aus «tückischer Rache [5]».

Die Gestalt Heines (des Klassikers!) erscheint im «Romanzero», das ihm ja, wenn auch in der Form einer Parodie, zugeeignet ist, liebevoller, wehmütiger gehalten – bei allem Scherz, aller Satire; Börne wird noch mit dem letzten Wort «Tücke» nachgesagt. Ein gemäßigtes Urteil über ihn gibt Keller am Schluß wiederum der Rezension, wo er von zwei Bänden der «Nachgelassenen Schriften» spricht, die Briefe an die Freundin Jeanette Wohl enthalten, geschrieben zwischen 1824 und 1829, aus Ems, Stuttgart und Berlin: Panorama seines täglichen Lebens und Umgangs; Tagebuchblätter, Fragmente und Studien lassen «den Umfang seines Geistes und seiner Kräfte» absehen. Drei Züge hebt Keller an Börne hervor: «das Ganze und Durchdrungene seines Wesens», wie es in allen Schriften ausgeprägt ist; seine Fähigkeit, die Dinge des Alltags wie der großen Politik, der Seele wie des gesellschaftlichen Lebens zu schildern: «Keine Saite ist so tief und keine so zart, daß er sie nicht anzuschlagen versteht»; diese geistige und stilistische Gewandtheit wird ergänzt durch Börnes Humor, «vom besten, den es gibt»; sein Witz entspringt der «Überlegenheit des Geistes verbunden mit einer großen Unschuld des Herzens und mit reinem kindlichen Sinne», wie Börne selbst den Humor definiert hat.

Keller gibt das Porträt des vielseitigen Publizisten, politisch engagiert, stilistisch brillant, aber nicht von ganz so zupackender Energie in literarischen Fragen, weil er selbst nicht die dichterische Ader besitzt. Hier hätte der «wirkliche Kunstgenosse» einzuspringen, der «auf den ersten Blick» weiß, «was er sieht [6]». Da aber Keller gerade diesem abrät, regelmäßig zu rezensieren, Besprechungen in die Zeitung zu setzen, zeichnet sich doch ein Dilemma ab, das wohl jeder Schriftsteller zu verschiedenen Zeiten verschieden löst, je nach Temperament überhaupt nicht als solches empfindet.

Kellers eigene Literaturkritik ist nicht vom äußern Anlaß abhängig (wenngleich die Niklaus-Manuel-Rezension, die Besprechung der Gedichte Theodor Curtis sicher Gefälligkeitsarbeiten sind wie die vielen Briefe an seine Dichter-Freunde). Es scheint, daß er eine zu hohe Meinung von der Aufgabe literarischer Wertung hat, als daß er unter dem Druck der Zeit, der andrängenden Neuerscheinungen oder aus freundschaftlicher Verbundenheit mehr geben will als ein aufmunterndes Wort – unverhüllte Ablehnung. Kellers große Rezensionen: über Gotthelf, über Fr. Th. Vischers «Kritische Gänge», die Kritik von Bachmayrs Drama, in gewissem Sinn auch der Aufsatz «Am Mythenstein» lassen in ihrem Aufbau, der Lebhaftigkeit des Ausdrucks und vor allem in der Gedankenfülle, die die Dimensionen des vorgelegten Werks nach allen Seiten hin erweitert, erkennen, daß er sich durch diese Bücher oder Ereignisse angesprochen fühlte. Curtis Gedichte fesseln ihn sicher nicht besonders, während der nicht viel längere Artikel über Leuthold auf ein ganz persönliches Interesse am Schicksal des Lyrikers zurückgeht; die Gotthelf-Rezensionen und die «Mythenstein»-Abhandlung, ein «kulturgeschichtliches [7]» und theaterkritisches Dokument, machen sichtbar, daß Kritik für Keller immer auch produktiv ist, daß sie sich auf das eigene Schaffen und Denken bezieht, manchmal auch nur auf das Planen.

Wählt Keller die Gegenstände seiner Betrachtung bewußt, willkürlich aus? Nun ist wenig darüber bekannt, ob viele Verleger oder Zeitungsredaktionen ihm Werke zur Besprechung angeboten haben. Für die Schriften Börnes und

Ruges trifft das zu [8], ebenso werden ihm die Gotthelf-Romane vom Verlag Brockhaus zur Rezension angetragen, wobei es dem Verleger nicht auf eine eigentliche Kritik, sondern auf eine Darstellung des Dichters und eine «Behandlung der in den besprochenen Büchern liegenden Stoffe» ankommt [9]. Anderseits schlägt Keller dem Verlag der «Blätter für literarische Unterhaltung» eine Besprechung von Griepenkerls «Robespierre» und «neuerer Dramaturgie überhaupt» vor und schreibt 1861 an Cotta, er möchte Vischers «Kritische Gänge» anzeigen [10]. Ausgehend von dieser Beobachtung, rechtfertigt es sich, von einer «selektiven» Literaturkritik Kellers zu sprechen, die nur aufnimmt, was den *Dichter* am jeweiligen Ort seiner Entwicklung anspricht, was ihn zu einem Vergleich herausfordert. Diese Auswahl hat auch eine negative Seite: Die geringe Resonanz beispielsweise Theodor Fontanes in Briefen und Äußerungen Kellers ist erstaunlich, insofern doch manche seiner Freunde zu Fontanes Bekanntenkreis gehören, und als Keller zwischen April 1850 und Ende 1855 in Berlin weilt, ist auch Fontane anwesend; aber eine Begegnung findet nicht statt, wäre, wenigstens von Fontane aus gesehen, kaum erwünscht gewesen, da er einmal schreibt: «Keller war ein herrlicher Schriftsteller, ganz Nummer eins, aber als Mensch befangen, fragwürdig und ungenießbar; ich wenigstens hätte nicht fünf Minuten mit ihm zusammensein können», und in sein Exemplar von Freys «Erinnerungen» bissige Glossen über Kellers Charakter einträgt [11]. Auch dieses Schweigen, liege ihm nun die Erkenntnis der Unvereinbarkeit der Charaktere oder der künstlerischen Ansichten zugrunde, könnte Kritik sein, leicht zu deuten, wenn man sich vergegenwärtigt, daß Keller daneben Autoren von kurzlebigem Ruhm eingehend beurteilt.

Die Literaturwissenschaft hat bisweilen zwischen «verstehender» und «wertender» Literaturkritik unterschieden. Die Dichtung verstehen wollen: das ist die Absicht von Herders Literaturbetrachtung [12]; sie begegnet später hauptsächlich in Hugo von Hofmannsthals Schriften zur Dichtung und bei Wilhelm Dilthey, der in den handschriftlichen Ergänzungen zur «Entstehung der Hermeneutik» notiert: «Regel: besser verstehen, als der Autor sich selbst verstanden hat.» Diese Forderung stellen schon Schleiermacher («Hermeneutik»), Boeckh in der «Encyclopädie und Methodologie der philologischen Wissenschaften», Fichte («Vorlesungen über die Bestimmung des Gelehrten») und wahrscheinlich zum erstenmal an bedeutsamer Stelle Kant in der Untersuchung über die «Transzendentale Dialektik» (den Wortlaut siehe vorn S. 105 [13]); geprägt hat das Wort wegen «der leicht geistreichelnden Ausdrucksweise» wohl eher ein Philologe der Zeit. «Verstehen», das auf den Text einer Dichtung bezogen wird und nicht auf das «seelische Erleben», das ihm zugrunde liegt, ist ein künstlerisches Fortbilden: «Durch die Deutung [wird] der Gehalt des Werks schöpferisch vermehrt», was nur möglich ist, «soweit eine wirkliche Gemeinsamkeit Verstehenden und Verstandenen umgreift [14]» (Bollnow).

«Wertende» Kritik, wie Lessing sie ausübt, ist die Beurteilung nach vorgeprägten Maßstäben, Ideen und Vorstellungen, was nicht bedeutet, daß sie
«kühl» oder «vernunftbetont» sein muß [15]. Gerade Lessing ist ein Beispiel für
die Leidenschaftlichkeit des wertenden Kritikers, während Dilthey in der
schließlichen Zuwendung zu einer unter objektiven Gesichtspunkten wert-
mäßig urteilenden Kritik vor allem Distanz sucht; in den Notizen zur Überarbeitung seiner «Poetik» sagt er: «... es gilt nun, *uninteressiert* zu den Erleb-
nissen sich zu verhalten. Das ist ebenso in der Philosophie usw. wie in der
Dichtung. Uninteressiert heißt unpersönlich ... In der Loslösung des Phantasie-
vorganges von der Gelegenheit liegt Loslösung vom Persönlichen [16].» Ob aber
die Trennung von «wertender» und «verstehender», von «wertender» und
«interpretierender» Kritik überhaupt möglich oder förderlich ist, ist mit gutem
Grund bestritten worden. Jede Wertung geht von der Exegese aus, der ein
Werturteil an sich fernliegt; anderseits kann die Impression auch in Wertung
münden. Der Unterschied zwischen beiden Verfahrensweisen scheint letztlich
ein bloß formaler zu sein, indem etwa «Verstehen der Dichtung» dann ohne
weiteres als Werten empfunden wird, wenn die Werturteile, die sich unauf-
fällig, aber unausweichlich im Verlauf der Deutung einstellen, am Schluß in
einer zusammenfassenden Formulierung überblickt werden [17].

Da diese Entscheidung zwischen «wertend» und «verstehend» den Kritiker offenbar nicht grundsätzlich festlegen oder charakterisieren kann, wäre
vielleicht besser noch einmal auf das Kriterium des Wirkenwollens zurückzukommen und zu fragen: Begreift Keller sich selbst als Mittler zwischen Dichtung und Publikum? Wie beurteilt er überhaupt das Verhältnis Dichtung–
Publikum–Kritiker? Seine Bemühungen um Anzeigen und Besprechungen
eigener Werke in Zeitschriften und Zeitungen lassen vermuten, daß er in den
Hinweisen für das Publikum eine wichtige Aufgabe des Rezensenten erkennt.
Aber die Kritik kann die günstige Aufnahme eines Buches nicht allein veranlassen. In einem Brief an Vieweg schreibt Keller: «... ich habe noch jederzeit
gesehen, daß sich schließlich die Ansicht des Haufens dem Erfolge gefügt
hat [18]»; zwei Jahre später trägt er, angeregt durch einen Artikel in der
«Leipziger Revue» unter dem Titel «Dieser Dichter hat mich bestochen»
in sein Notizbuch ein: «Das Publikum ist klüger, als jeder von uns, denn
wir sind nur ein Stück seiner ausgebreiteten reichen Weisheit. Wenn wir es
erreichen, daß es uns bemerkt, wird es uns gewiß nicht ungerecht beurteilen
und, was das Schönste ist, für alles Partei ergreifen, was Verdienstliches an
uns ist [19] ...» – Wenn es sich nicht um ein Zitat, sondern um einen eigenen
Einfall handelt, so will Keller damit sagen, daß das Publikum, als ein selbständig urteilendes Kollektiv, sich eben nicht bestechen läßt. In dieser Zeit
nimmt er die Rezensionen der Zeitschriften noch immer in Anspruch; als er
aber über einen festen Leserkreis verfügt, mißt er den öffentlichen Besprechungen weniger Wert bei. So schreibt er 1885 von Paul Heyse: «Mit Widerwillen
habe ich erst in letzter Zeit aus gewissen Zeitschriften wahrgenommen, welch

kindische Verfolgung gegen ihn förmlich organisiert ist, was ihm hoffentlich keine grauen Haare macht ...» Schon 1880 heißt es über den spärlichen Widerhall der Lyrik im Publikum: «Dergleichen Mißstände rühren mich ... nicht besonders; mögen die Leute es halten, wie sie wollen. Allein ich begreife, daß ein Mensch wie Heyse, der so viel Freude an glücklicher Produktivität hat, sich durch so schnöde Teilnahmlosigkeit verletzt sieht.» Heyse schaut in den Briefen scheinbar über die Kritik hinweg und berichtet Keller vom «Don-Juan»-Projekt: «Ich werde das Stück wohl sogleich drucken lassen ..., aus purer Bosheit gegen die hochwohlweise Kritik, die nicht wissen wird, an welchem der drei Enden sie mich anfassen soll. Denn daß jeder Stoff sich seine Form schafft nach innerster Art und Nötigung, wissen diese Herren Schematiker nicht und sind in tötlicher Verlegenheit, sobald sie mit ihren paar Schubfächern nicht ausreichen.» Aber trotz der spöttischen Attribute, die er für die Theaterkritik bereithält, achtet er genau darauf, wie er und seine Stücke aufgenommen werden. Das spürt Keller, der an dieser Stelle den Freund damit tröstet, daß sich wertvolle Dichtung im Publikum immer durchsetze; über die eigenen «Gesammelten Gedichte» schreibt er Heyse: «Hoffnungen setze ich so dünne auf das Buch, als das Pflichtgefühl, mit dem ich es zusammenstopsle, dick ist. Und wie sollt' ich anders, wenn ein *Maestro* wie *Signor Paolo* sich über die Lauheit der Aufnahme seiner metrischen Werke zu beklagen hat? Was übrigens zu hypochondrisch ist; denn Deine Bände werden eifrig gelesen und schön gefunden; allein es wird als selbstverständlich betrachtet, wovon man nicht zu reden brauche! Und diejenigen, die reden können (oder konnten), halten dann weislich das Maul. Das große Publikum der Jugend und des gebildeten Alters gerät schon einmal hinter die Sache, wozu indessen eine kompakte handliche Ausgabe Deiner Lyrika beitragen würde. Ich will aber mir die Finger nicht länger verbrennen mit solchen naseweisen Trostreden wie neulich wegen des dramatischen Glückes, während Du bereits mit einem Heuwagen voll Lorbeeren eingefahren bist [20].» In dieser Weise äußert er sich auch Spitteler gegenüber: «Ein gutes Buch frißt sich durch.» Die Kräfte, die das bewirken, können verschiedener Art sein, und die Kritik, aber auch die Buchhändler-Anzeigen, die Buchausstattung und sogar die Seitenzahl gehören dazu. Keller rechnet mit ihnen. Daß er selbst durch öffentliche Kritik oder durch den Einfluß seiner Persönlichkeit einem Werk zum Erfolg verhelfen will, begegnet zwei- oder dreimal: Sicher ist das Kellers Absicht mit der Leuthold- und der Vischer-Rezension. Anderseits findet sich die Mehrzahl von Kellers kritischen Äußerungen in Briefen, einem für die Beeinflussung des Publikums nicht geeigneten Medium. Die Wirkungsabsicht Kellers als Kritiker führt in die umgekehrte Richtung: zum Dichter, zum Schriftsteller hin, sei es, daß er zu dessen Werk unmittelbar Stellung nimmt, sei es, weil er – wie im Fall Spittelers – für eine Dichtung bei jenen werben will, die er als «Kunstgenossen» betrachtet, oder weil er sich selbst Klarheit verschaffen will, gleichsam laut denkend.

Kritik an andern ist immer auch Rechtfertigung seiner selbst. Sie ergänzt die Antwort auf ein übereilt und unmotiviert erscheinendes Urteil oder die Erörterung eigener weltanschaulicher und ästhetischer Ansichten. In diesem Sinn ist die Behauptung Kellers zu verstehen, die Poesie sei der philologischen Kritik unzugänglich; und die Klage: «Daß doch diese Schulfüchse nie unterlassen können, Dinge konstruieren zu wollen, die in einem andern Garten wachsen [21]» wird zwar durch ein fremdes Werk veranlaßt, ist aber nur eine unter vielen gleichlautenden, die die untauglichen Versuche etwa Otto Brahms am «Grünen Heinrich» zurückweisen.

Das Bedürfnis, im Hinblick auf die verfälschende Aufnahme der Dichtung durch die Kritik, die eigenen ästhetischen Anschauungen systematisch zusammenzustellen, führt zum Briefwechsel Kellers mit Hermann Hettner über das Drama, prägt sich aus in der Vischer-Rezension, im Gespräch mit Storm und Heyse über die Lyrik und die Novelle; Kellers Auffassung von Leben und Dichtung entwickelt sich aus der Kritik an Gotthelf. Dabei kann der Brief als Form literarkritischer Aussage bei Hettner mittelbar doch in einem weiteren Bereich Einfluß erhalten, da er an einen Empfänger gerichtet ist, der selbst öffentliche Wirkung beabsichtigt und jeden Beitrag Kellers dafür verwertet. Die Hinweise des Dichters an Hettner machen deutlich, wie sich Kritik zur Poetik wandelt, zur Anleitung für eine Generation junger Dramatiker, zum Programm auch für den Kritiker selbst. In der Zeit zwischen 1849 und 1855, in Heidelberg und Berlin, wird sichtbar, wie das Wechselspiel von Produktion, Kritik und Selbstkritik bei Keller eng mit der Herausbildung ästhetischer Prinzipien verbunden ist, d. h. wie das bei Feuerbach, Hettner und durch selbständige Lektüre gewonnene Ideengut sogleich zur Anwendung kommt und sich in den eigenen Werken und in den Rezensionen bewähren muß [22].

Die Anregungen, die Keller aus Vorarbeiten Hettners zu der Schrift «Die romantische Schule in ihrem inneren Zusammenhange mit Goethe und Schiller» (Braunschweig 1850) gewinnt, einer Auseinandersetzung mit der zeitgenössischen Literatur und ihren Aufgaben gegenüber den politischen Ereignissen, einmündend in die Erkenntnis, daß «Sitte und Bildung», «Kunst und Wissenschaft» kaum möglich seien, «ohne freies Staatsleben und ohne lebendige Geschichte [23]» bilden sich unmittelbar ab in Kellers Studie «Die Romantik und die Gegenwart» (Juni 1849), wo er den ästhetisch-kritischen Begriff der Volkstümlichkeit verwendet und als Kunst nur gelten läßt, was die Wirklichkeit bewältigt und gestaltet. – Die Notizen zum «Grünen Heinrich [24]» verraten Kellers Absicht, in der Gestalt Heinrich Lees die Erziehung des Menschen zu einer zweifellos unter Feuerbachs Einfluß konzipierten humanistischen Lebenshaltung darzustellen, die nicht mehr auf dem Glauben an Gott und Unsterblichkeit, sondern auf der Liebe zum Menschen und zum Leben beruht. Dieser Ausbruch aus der sentimental-rationalen Religiosität geht parallel zur Abwendung von den «Gedankenmalern in der Landschaft», die in den Kapiteln über die «untypische Spezialität der Landschaftsmalerei» geschildert wird: «Daß mit der Lebensnot zugleich die Einsicht von dem Überlebtsein fraglicher Richtung eintritt, ist mit ein Stück von der harmlosen Tragik meines Tragelaphen [25] ...», einer Tragik jedoch, die zur rätselhaften Schönheit, zum Zauber der Wirklichkeit hinüberführt. Dieses neue Verhältnis zur «glühenden» Realität ist schon im Kind angelegt und kommt in seinen Spielen zum Ausdruck; es bedarf deshalb auch nicht einer Rechtfertigung, die jenseits der Wirklichkeit selbst liegt, wie Gotthelf sie benötigt und sich damit Kellers Kritik aussetzt. – Daß der von Hermann Hettner öfters geäußerte Gedanke, den Menschen durch die Kunst zu erziehen, von Keller im «Grünen Heinrich» und in den Gotthelf-Rezensionen aufgenommen [26], ebenfalls schon dem jungen Dichter vertraut ist und durch Hettner eigentlich nur aktualisiert wird, geht aus einer Tagebuchnotiz von 1843 hervor, wo Keller von der Schädlichkeit der Leihbibliotheken und der Schundliteratur spricht [27]: «Ich würde das Volk zwingen, entweder etwas Gutes, Belehrendes oder gar nichts zu lesen»; er denkt sogar an eine Zensur und will auch auf der Bühne nur klassische Stücke dulden: «... entweder müßte das liebe Publikum zu Hause bleiben oder etwas Gutes anhören und endlich angewöhnen und verstehen!» Den Einfluß der Dichtung auf den Menschen beschreibt er im Kapitel über Heinrichs Goethe-Lektüre und Judiths Begeisterung für Ariost [28]. Das alles aber sind ästhetisch-pädagogische Prinzipien – zusammenzufassen etwa in den Begriffen «Einsicht, Wissen, Wollen, Schaffen, Gestalten» –, die Keller nicht von außen nimmt, die vielmehr in einer ursprünglichen Lebensanschauung vorgebildet [29] und für das eigene Schaffen bestimmend sind.

Ein von Keller oft gebrauchter Vergleichspunkt der Kritik an Dritten dagegen ist das «Klassische». Es erscheint bei ihm in durchaus persönlicher Prägung, wie sich das Klassische, Antike ja «in stets neuer Gestalt darstellt», «mit immer andern Augen betrachtet» wird, «und zwar in Italien genau so wie im Norden, wenn sich dieser dem Südlichen zuwendet und in ihm das Antike fassen zu können meint. Das Antike, Südliche ist kein konstanter Wert: ‹Dem rechten Meister hat sich das italienische Gut unter den Händen von selbst in etwas anderes verwandelt [30], (Heinrich Wölfflin).» Es ist oben angedeutet worden, in welcher Weise und in welchen Grenzen Keller die ästhetischen Anschauungen der deutschen Klassik übernimmt, wie er die antike Kunst und die griechisch-römische Welt versteht, welchen Bedeutungsinhalt – den der Vollendung, der Ruhe in sich selbst, der Ausgewogenheit der Teile im Ganzen – der Begriff bei Keller hat, wie er auch den «Klassiker» Heine definiert (der selbstgeschaffene Rang, Erweiterung und Vervollständigung «der Literatur seiner Nation»). Der Begriff dient Keller nicht nur als Anhaltspunkt für die Kritik, sondern auch als Gesetz für das eigene Werk, da die klassische Form ihm immer vor Augen ist und er sich bei der zweiten Fassung des «Grünen Heinrich» darüber beklagt, daß es ihm nicht gelungen sei, ein abgeschlossenes Ganzes zu verwirklichen, abgesehen von der ohnehin problematischen Form der Autobiographie. Zwar scheinen die Bemerkungen des Dichters zu weiteren eigenen Werken zu verraten, daß er sich andere Ziele als das formaler Vollendung setzt: er will dem Volk ein Spiegelbild vorhalten, den Zerfall der Sitten schildern usw.; in einem umfassenden Sinn aber ist jede einzelne Schöpfung Kellers klassisch konzipiert, insofern in ihrem Zentrum die harmonische menschliche Existenz steht und, wie z. B. in den «Legenden», das nur «Zeitgemäße» bewußt ausgeschaltet wird. Eine so ausdrücklich formulierte klassische Poetik wie in Mörikes «Auf eine Lampe» findet sich allerdings bei ihm nicht, was indessen bei Mörike im Gedicht selbst als Kunstgesetz ausgesprochen wird, äußert Keller nicht weniger vernehmlich in seinen Kritiken. So schreibt er über den «famosen französischen Autor» Claude Tillier: «Sein ‹Onkel Benjamin› ist ein klassisches Werk, ganz nach meinem Geschmack, ein köstliches kleines Ding», und zu einer Übersetzung von Chaucers «Canterbury Tales» bemerkt er: «Da das Buch in Form und Inhalt höchst genial und farbenreich ist und an die besten italienischen Klassiker erinnert, deren Freund und Zeitgenosse Chaucer auch war, so glaube ich, es werde ein guter Fund für das leselustige Publikum sein [31].» «Klassisch» heißt für Keller nicht ein Werk aus einer bestimmten Epoche, bezeichnet nicht nur eine Dichtung der Antike oder der deutschen, der französischen Kunst- und Literaturgeschichte. Er verwendet den Namen eher im Sinne des «cursus classicorum», der Zahl jener Autoren und Werke, die zum festen Bestand der Weltliteratur gehören; unverkennbar haftet ihm darum etwas Vages an, aber dahinter öffnet sich doch wieder der weite Raum der Antike und der Weltliteratur mit ihren großen Werken, mit dem Nimbus des Mustergültigen; es wird beim Leser eine Assoziation hervorgerufen, die dem besprochenen Werk eine gewisse Höhe gibt – und das muß in Kellers Absicht liegen.

Anders verhält es sich mit dem «Erdgeschmack» und dem «Lokalbedingten», von denen Adolf Frey berichtet, habe Keller sie in einer Dichtung gefunden, so sei deren hoher Rang für ihn erwiesen gewesen [32]. Da Keller es Paul Heyse verübelt hat, daß er den Handlungsort einer seiner Novellen besucht, um sich wenigstens nachträglich der Übereinstimmung von Dichtung und Wirklichkeit zu versichern, ist darunter nicht eingehende Beschreibung einer Örtlichkeit zu verstehen. Sie entspringen der dichterischen Anschauung, die allein die Atmosphäre des Schauplatzes in ihrer Dichte und Farbigkeit geben kann. Wäre dieser «Erdgeschmack» nicht nur ein Merkmal des poetischen Hervorbringens, sondern tatsächlich das entscheidende Kriterium bei der Beurteilung fremder Werke, so bekäme das Wort Fontanes: «Erbarmungslos überliefert er die ganze Gotteswelt seinem Keller-Ton [33]» eine bemerkenswerte Doppeldeutigkeit.

Nun haben die einzelnen Kapitel dieser Arbeit ergeben, daß noch eine ganze Anzahl anderer Gesichtspunkte für Kellers literarische Wertung wichtig sind: seine Vorstellung vom Wesen des Lyrischen, der Aspekt des

Märchenhaften, Wunderbaren und Wunderlichen, unter dem er die Novelle sieht, seine Betrachtung der politischen, weltanschaulichen Position eines Schriftstellers, Untersuchungen von Metrum und Satzbau, Bilderwelt und Stil eines Autors – des Stils hauptsächlich; über Otto Ludwigs «Shakespeare-Studien» (1871), das «dramaturgische Kochbuch», schreibt er beispielsweise an Emil Kuh, es seien «sehr schöne Sachen» darin, «aber auf der anderen Seite ist es zu oft auch nur der durchtönende Shakespeare und zwar bis auf Tonfall und Gedankenstrich der Schlegel-Tieckschen Übersetzung. Es gibt ganze Reihen von Phrasenbildungen und Jamben- oder Prosasätzen, welche wie Zellengewebe sich aus diesem Schlegel–Tieck–Shakespeare bei begabten Leuten fast von selbst einstellen und weiter wuchern, bis man sie abzuschneiden und eigenem Gewächse Platz zu machen lernt [34]». – Diese Kriterien werden allein oder gemeinsam angewendet; immer jedoch geht es Keller um den Menschen, der hinter dem Werk steht. Ein Beispiel für seine Frage nach dem Schicksal des Autors ist die Besprechung von Schnyder von Wartensees Gedichten: Erst die Erinnerung an den Musiker und Lyriker, von einer leisen Wehmut getragen und der eigentlichen, wenn man will: analytischen Kritik folgend, lassen die Persönlichkeit des Künstlers hervortreten; in der Vischer-Rezension und im Geburtstagsartikel werden der Mensch und Ästhetiker, der Dichter und Kritiker zugleich lebendig, und die Anzeige der Leuthold-Gedichte, die zahlreichen Äußerungen in den Briefen über seinen unglücklichen Landsmann verbinden sich zu einem ergreifenden Porträt Leutholds, das die Schönheit seiner Verse hervorhebt, die persönliche Tragik nicht verbirgt. – Schließlich erwähnen auch die kritischen Bemerkungen über die Literaten Berlins und Zürichs das oft fragwürdige Menschliche (vgl. z. B. S. 44, 451 u. ö.) [35]. – Unzulänglichkeiten beobachtet er auch in der Shakespeareliteratur seiner Zeit; über den Nachlaß des Lustspieldichters Roderich Benedix, der nach Grabbes Vorbild unter dem Titel «Shakespearomanie» den englischen Dramatiker verunglimpft, über Gustav Rümelins «Shakespeare-Studien» (2. Aufl. Stuttgart 1874) und Eduard von Hartmanns «Shakespeares ‹Romeo und Julia›» (Leipzig 1874) schreibt Keller, er habe «wieder gesehen, daß der Lebenstrieb der Neidhämmel doch die stärkste Kraft [sei], denn sie [setze] sich über Jahrtausende hinweg!» «Man sollte ... das Benedixsche Satyrspiel als Beigabe zu einer Tragierung des Rümelinschen Wesens brauchen; denn auch hier ist die Strafe noch nicht vollzogen. Ich bin der Meinung, daß hier des Pudels Kern nicht der Handwerksneid, aber ein unberechtigter und unbewiesener nikolaitischer Geschmackseigensinn oder vielmehr eine Geschmacksbeschränktheit ist trotz der feineren Rhetorik.» Hartmanns Essay nennt er «in jeder Beziehung schwächlich, kleinlich und unphilosophisch» und stellt fest: «Es ist überhaupt interessant, wie unweise die Philosophen der Neuzeit meistens sich behaben: entweder polternd, jähzornig, schimpfsüchtig, kokett dazu, wie Schopenhauer, oder naseweis, alles beschwatzend, knäbisch, mit allem unzulänglichen Publikum sich begnügend, wie dieser Hartmann [36].»

Aus den Elementen von Kellers kritischer Wertung eines Dichters ergibt sich ein Bild, das zu seiner Vollständigkeit auch Züge voraussetzte, von denen Keller nirgends ausdrücklich spricht. Kritische Erwähnungen geben oft nur einen oder mehrere Hauptpunkte; Keller ist es in seiner Literaturbetrachtung wohl nirgends um lückenlose Charakterisierung einer Persönlichkeit, eines Themas zu tun. Er versucht auch nicht, zu einer systematischen Rangordnung von Dichtern oder Werken zu gelangen; unausgesprochen ist sie dennoch vorhanden, ohne aber mehr als mit ihrer Spitze – Goethe, Schiller – und den untersten Graden – die Berliner Literaten als Gesamterscheinung – hervorzutreten, in einer Außenseiterstellung Carl Spitteler. Es ist eine Rangordnung, in der er selbst seine Stelle sucht.

Ein Vergleich zwischen Kellers Vorwort zu der von ihm besorgten Auflage des «Schweizerischen Bildungsfreundes» mit Hugo von Hofmannsthals Vorrede zum «Deutschen Lesebuch» zeigt, daß in beiden Sammlungen, wie verschieden ihre Zielsetzung ist, bedeutende neben geringeren Meistern stehen, daß aber Hofmannsthal, obschon bei ihm Dichter und Werke «in ihrer Eigenart und in ihrem Eigenwert» erscheinen sollen, die Rangunterschiede andeutend begründet [37], während Keller dort, wo frühere Auflagen des «Bildungsfreunds» zwei oder mehrere mittelmäßige poetische Texte aufgenommen hatten, um eine bestimmte literarische Zeitströmung zu charakterisieren, rigoros kürzt und auf diese Weise kritisch wertet. Auch die Kritik an «der sogenannten Volksschriftstellerei mit ihrer albernen Titti-Tatti-Sprache», die vorher immer stark berücksichtigt worden war, erfährt der Leser mittelbar, indem Keller als Herausgeber vermehrt die antiken Tragödien, «die klassischen Denkmäler der Profanliteratur» zur Sprache kommen läßt und so ein Ideal vorweist, das die «Dialektdichter, die sich in lauter schriftdeutschen Partizipialkonstruktionen und Adjektiven bewegen», nicht erreichen [38].

Diese nach dem Ideal des Dauernden ausgerichtete Kritik ist hervorgegangen aus Gottfried Kellers umfassender Kenntnis der europäischen Dichtung und ihrer Geschichte von der Antike bis in die nächste Gegenwart. Otto Brahm hat den Dichter wiederholt als Leser angetroffen, «über einer mittelalterlichen Chronik der Schweiz oder einem naturwissenschaftlichen Buche, über Goethe-Essays, der neuesten ‹Züricher Zeitung› oder auch einem jener gelben Bände, in denen moderne Franzosen über das Weltelend im allgemeinen und die Rougeon-Macquarts im besondern Bericht erstatten». Keller selbst charakterisiert in seinen Werken die Menschen oft durch ihre Bücher, ihre Bibliotheken, ihre Vorliebe für einen Dichter (vgl. S. 297). Vertrautheit mit der Literatur oder einer bestimmten Art von Dichtung ist ja auch ein Teil des Herkommens: Heinrich Lees Vater hat ein Konversationslexikon, Zschokkes «Stunden der Andacht» und Schillers Werke in seinem Bücherschrank stehen. Die Lektüre von Kellers Mutter ist z. T. ersichtlich aus dem von ihr handschriftlich angefertigten Liederbuch mit Gedichten von Schiller, Salis-Seewis und Hölty. Anderseits ist der Zerfall der «Leserfamilie» im

«Grünen Heinrich» zurückgeführt auf die Lektüre «schlechter Romane, verloren gegangener Bände aus Leihbibliotheken, niedrigen Abfalls aus vornehmen Häusern oder von Trödlern um wenige Pfennige erstanden», Ritterromane
und Bücher, die «den Ausdruck der üblen Sitten des vorigen Jahrhunderts in
jämmerlichen Briefwechseln und Verführungsgeschichten» ausbreiten [39]. Die
spätere Abneigung Kellers gegen Leihbibliotheken, die die Verlegerwünsche
an die Schriftsteller bestimmen, ist hier vorgebildet.

Ein «vorlautes» Buch regt Herrn Jacques in den «Züricher Novellen» zu
seinen Unternehmungen an. Umgekehrt heißt es in einem Brief Kellers aus
München 1841: «Das einzige, was mir Angst macht, ist die Furcht, ein
gemeines, untätiges und verdorbenes Subjekt zu werden, und ich muß mich
ungeheuer anstrengen, bei dem immerwährenden Peche dies zu verhüten;
und nur durch gute Lektüre habe ich mich bisher noch solid erhalten.»
Wenn der Französischlehrer den relegierten Lee vor seine Klassiker-Biblio-
thek führt, ihm «respektvolle Vorbegriffe vom Bücherwesen beibringend»,
so öffnet er ihm damit eine neue Welt, in die Heinrich rastlos eindringt:
«Ich las immer deutsche Bücher und auf die seltsamste Weise. Jeden Abend
nahm ich mir vor, den nächsten Morgen, und jeden Morgen, den nächsten
Mittag, die Bücher beiseite zu werfen und an meine Arbeit zu gehen; selbst
von Stunde zu Stunde setzte ich den Termin; aber die Stunden stahlen sich
fort, indem ich die Buchseiten umschlug, ich vergaß sie buchstäblich; die Tage,
Wochen und Monate vergingen so sachte und heimtückisch, als ob sie, leise
sich drängend, sich selbst entwendeten und zu meiner fortwährenden Beun-
ruhigung lachend verschwänden. Sonst wenn ich die Bücher alter und fremder
Völker las, füllten mich dieselben stets mit frischer Lust zur Arbeit, und
selbst die neueren französischen oder italienischen Sachen waren, selbst wenn
ihr Gehalt nicht vom erlauchtesten Geiste, doch von solcher Gestaltungslust
getränkt, daß ich sie oft fröhlich wegwarf und auf eigenes Tun sann. Durch
die deutschen Bücher hingegen wurde ich tief und tiefer in einen schmerzlichen Genuß unrechtmäßiger Ruhe und Beschaulichkeit hineingezogen, aus
welchem mich der immer wache Vorwurf doch nicht reißen konnte.»

Im «Sinngedicht» ist die Bibliothek des jungen Gelehrten in ihrer Zusam-
mensetzung Spiegelbild seiner Persönlichkeit: kein einziges Buch handelt «von
menschlichen oder moralischen Dingen oder, wie man vor hundert Jahren
gesagt haben würde, von Sachen des Herzens und des schönen Geschmackes»;
ein solches Buch gibt seiner Reise ein Ziel: Lessings Abhandlung über Logau
und die Ausgabe der Sinngedichte in der Lachmannschen Ausgabe. Reinhart
spricht Kellers Urteil aus, wenn er ausruft: «Komm, tapferer Lessing! es
führt dich zwar jede Wäscherin im Munde, aber ohne eine Ahnung von deinem eigentlichen Wesen zu haben, das nichts anderes ist als die ewige Jugend
und Geschicklichkeit zu allen Dingen, der unbedingte gute Wille ohne Falsch
und im Feuer vergoldet.» – Ganz andere, aber auch charakteristisch gewählte Werke enthält die Bibliothek Lucies, in der Reinhart herumstöbert:

«Nicht eines tat ein Haschen nach unnötigen, nur Staat machenden Kenntnissen kund; aber auch nicht ein gewöhnliches sogenanntes Frauenbuch war darunter, dagegen manche gute Schrift aus verschiedener Zeit, die nicht gerade an der großen Leserstraße lag, neben edlen Meisterwerken auch ehrliche Dummheiten und Sachlichkeiten, an denen dies Frauenwesen irgend welchen Anteil nahm als Zeichen einer freien und großmütigen Seele. Was ihm jedoch am meisten auffiel, war eine besondere kleine Büchersammlung, die auf einem Regale über dem Tische nah zu Hand und von der Besitzerin selbst gesammelt und hochgehalten war; denn in jedem Bande stand auf dem Titelblatt ihr Name und das Datum des Erwerbes geschrieben. Diese Bände enthielten durchweg die eigenen Lebensbeschreibungen oder Briefsammlungen vielerfahrener oder ausgezeichneter Leute. Obgleich die Bücherreihe nur ging, soweit das Gestelle nach der Länge des Tisches reichte, umfaßte sie doch viele Jahrhunderte, überall kein anderes als das eigene Wort der zur Ruhe gegangenen Lebensmeister oder Leidensschüler enthaltend. Von den Blättern des heiligen Augustinus bis zu Rousseau und Goethe fehlte keine der wesentlichen Bekenntnisfibeln, und neben dem wilden und prahlerischen Benvenuto Cellini duckte sich das fromme Jugendbüchlein Jung Stillings. Arm in Arm rauschten und knisterten die Frau von Sevigné und der jüngere Plinius einher, hinterdrein wanderten die armen Schweizerbursche Thomas Platter und Ulrich Bräker, der arme Mann im Toggenburg. Der eiserne Götz schritt klirrend vorüber, mit stillem Geisterschritt kam Dante, sein Buch vom neuen Leben in der Hand. Aber in den Aufzeichnungen des lutherischen Theologen und Gottesmannes Johannes Valentin Andreä rauchte und schwelte der dreißigjährige Krieg. Ihn bildeten Not und Leiden, hohe Gelahrtheit, Gottvertrauen und der Fleiß der Widersächer so trefflich durch und aus, daß er zuletzt, auf der Höhe kirchlicher Ämter stehend, ein nur in Latein würdig zu beschreibendes Dasein gewann. ... Als er zum Sterben kam, empfahl er seine Seele inmitten von sieben hochgelehrten, glaubensstarken Geistlichen in die Hände Gottes. Unlang vorher hatte er freilich den letzten Abschnitt seiner Selbstbiographie mit den Worten geschlossen: ‹Was ich übrigens durch die tückischen Füchse, meine treulosen Gefährten, die Schlangenbrut, litt, wird das Tagebuch des nächsten Jahres, so Gott will, erzählen.› Gott schien es nicht gewollt zu haben. Diese ergötzliche Wendung mußte der Besitzerin des Buches gefallen; denn sie hatte neben der Stelle ein zierliches Vergißmeinnicht an den Rand gemalt. Aus allen Bänden ragten zahlreiche Papierstreifchen und bewiesen, daß jene fleißig gelesen wurden.» Schließlich bemerkt Reinhart die Sprachlehr- und Wörterbücher Lucies: «... und die Sache berührte ihn umso seltsamer als es sich in dieser vornehmen Einsamkeit schwerlich um den Gewerbsfleiß eines sogenannten Blaustrumpfes handelte.» Als er dann Lucie fragt: «Warum treiben Sie alle diese Dinge?», errötet sie, weil sie sich bewußt wird, wie sehr der Mensch in seiner Bibliothek sich abbildet [40].

Der großen Belesenheit Kellers, die gerade in dieser Stelle augenfällig wird, entspricht die Weite seines kritischen Blicks. Da sind seine Äußerungen über das Nibelungenlied, das ihm als Stoffquelle und Anregung wertvoll erscheint. Bernhard Seuffert erzählt von einem Gespräch mit dem Dichter über dieses Thema: «Wir seien noch lange nicht bei der richtigen Wertschätzung desselben angelangt. Uhland und Grimm hätten nicht für nötig gehalten, es genügend zu rühmen, weil damals kein Einspruch gegen seine Bedeutung laut geworden sei. Das Gedicht müsse nun ästhetisch ausgenützt werden.» Als besonders schön und wirkungsvoll hebt Keller die Schilderung z. B. von Siegfrieds Gewand heraus, «obgleich Lessing prinzipiell mit seiner Verurteilung ... recht habe». Gefallen findet Keller auch an Hagen; «vor allem die Begegnung mit den Wasserfrauen sei schöner als etwas im Homer; diese seien ganz dunkel gefaßt, damit man sie sich so schön denke, als man wolle; wie häßlich dagegen erschienen die Harpyen u. dgl. Dumm und ästhetisch falsch nannte er aber die Figur des Dietrich von Bern; auch Brunhild verurteilte er als scheußliches, männliches Weib; Richard Wagner, für den Keller sonst keine Anerkennung übrig hatte, habe darum wohl getan, sie als Walküre zu fassen.» Eine eingehende und gerechte Würdigung des Nibelungenliedes stehe noch aus und sei um so notwendiger, als die neuhochdeutsche Bearbeitung durch Wilhelm Jordan die ursprünglichen Schönheiten zu verwischen droht; J. V. Widmann, der Jordan eingangs des 7. Gesanges seiner Idylle «An den Menschen ein Wohlgefallen» erwähnt, schreibt Keller, es habe ihm mißfallen, «die rhapsodische Kokette Jordan auf Kosten des alten Nibelungenliedes» besungen zu sehen: «Nach meinem Gusto ist nämlich dieses göttliche alte Werk durch alle die jetzige Ausbeutung keineswegs verdunkelt, sondern wird mit seinem unergründlichen Schatze an Schönheit unversehens wieder aufleuchten.» Und an Theodor Storm richtet er einen ähnlichen Vergleich des alten mit dem modernisierten Epos: «Jordan ist gewiß ein großes Talent, aber es braucht eine hirschlederne Seele, das alte und einzige Nibelungenlied für abgeschafft zu erklären, um seinen modernen Wechselbalg an dessen Stelle zu schieben. Jenes Nibelungenlied wird mir auch mit jedem Jahre lieber und ehrfurchtgebietender, und ich finde in allen Teilen immer mehr bewußte Vollkommenheit und Größe [41]» (vgl. über Wagners Nibelungen-Dichtung: S. 167). – Kellers Kritik an Zolas Naturalismus führt in die neueste Zeit; wieder gewahren wir die Weite seiner Teilnahme. Er sieht bei Zola einen echten neuen Ansatzpunkt, obschon verschiedene künstlerische Zielsetzung diese Erkenntnis erschwert. Auf einem Fragebogen, der Zola und seine Mitläufer nicht als Dichter, sondern als «wissenschaftliche Arbeiter» versteht, antwortet Keller: «Um ein Wort von Zolas Schule mitzureden, so möchte ich ... Zola durchaus eine Künstler- oder Dichternatur nennen, aber eben eine einseitig verkümmerte und mißgebildete. Denn das, was er die Wissenschaftlichkeit seiner Tendenz und Arbeit nennt, ist ja bekanntlich nur eine Flunkerei der Reklame.» Der Tatsachenbericht und die Sozialkritik befremden Keller, da beides sich an keine künstlerischen Gesetze hält. Seinen Ärger erregt allerdings die Aufnahme Zolas durch die junge Generation deutscher Romanschriftsteller, die seine Theorie und das Werk nicht überblicken können, sondern nur die Machart adoptieren; über Spielhagens «Angela» (Leipzig 1881) schreibt er Rodenberg: «Die ‹Angela› muß ich erst noch lesen. Aber schon aus einer lobenden Anzeige Paul Lindaus habe ich geschlossen, daß es sich um Einführung der Pariser Errungenschaften handelt, und zwar bis auf das *Argot* [42].»

Die Sicherheit von Kellers Urteil zeichnet sich ab etwa in seiner Kritik des Gedichtbandes der von Laube und Weilen betreuten Grillparzer-Gesamtausgabe: «Daß Grillparzers Gedichte salopp herausgegeben wurden, ist ersichtlich und zu bedauern; doch ist es ein wichtiger Band und würde während der letzten 40 Jahre manchen Mann berühmt gemacht haben, der ihn gemacht und publiziert hätte. Es sind doch in Ton und Stimmung vollendete Sachen darin und zwar nicht wenige, und Wertloses sozusagen nichts, dagegen Ungerechtes und Eigensinniges ist zu finden; aber wer hat nicht seine Idiosynkrasien?» In wenigen Briefen (an Emil Kuh) gelingt es ihm, ein Bild des Dichters zu entwerfen. 1871 urteilt er über den «Armen Spielmann» (1848): «Es liegt ein tiefer Sinn in der scheinbar leichten Arbeit, die Gewalt der absolut reinen Seele über die Welt»; kurz darauf mißt er ihn am Literaturbetrieb der Gegenwart in Deutschland: «Inzwischen ist der edle Grillparzer ja endlich auch heimgegangen, und es wird nun das seltsame Phänomen stattfinden, daß mit der Gesamtausgabe, die hoffentlich bald erscheinen wird, ein mehr als Achtzigjähriger erst nach seinem Tode seinem Volke recht bekannt und zugänglich wird. Ich freue mich nicht wenig auf diese Ausgabe und habe vor, sie nicht eher zu lesen, als bis der letzte Teil derselben gebunden in meiner Hand liegt, um einmal wieder das Gefühl eines ganzen Fundes zu haben. Aber freilich wird das schon wegen der Menge mir unbekannter lyrischer Gedichte nicht angehen oder schwer halten, wenn der betreffende Band einmal in der Hand liegt.» Eine Studie Emil Kuhs «Zwei Dichter Österreichs: Franz Grillparzer – Adalbert Stifter» (Pest 1872) regt auch Keller zum Vergleich an; er entscheidet sich gegen Stifter, vielleicht weil Grillparzer seine Lyrik für sich geltend machen kann: «Wenn Sie auch Grillparzer fast etwas zu drükken, Stifter dagegen etwas über sich hinaus zu heben scheinen (seine Schranke lag wohl in dem Stück Philister, das an ihm war, *vide* auch sein Porträt), so ist doch alles, was Sie sagen, anregend und lehrreich, eine liebenswürdige Art von Kritik, die auch unabhängig von ihrem Gegenstand allgemein und wahr bleibt.» Das Urteil mischt sich immer mehr aus Anerkennung und Kritik, je weiter Keller in der Lektüre der Werke vordringt. Ende 1872 schreibt er: «Ich habe seither die Grillparzerschen Werke durchgelesen ... Ich wundere mich über die säuerliche miserable Art, wie manche Norddeutsche von Überschätzung Grillparzers sprechen. Es ist doch fast jedes Stück eine Entdeckung von Schönheitsfundgruben; es reicht *keiner* der letzten 40 Jahre hinan!» – seit Goethes Tod also. «Und in den Prosaaufzeichnungen (Biographisches etc.) ist er von klassischer Angemessenheit, Redlichkeit und Verständigkeit, der wahre Kontrast zu der Süßigkeit und Tiefe der Dichtung.» Anderseits erkennt er bei «einigen Bühnenkühnheiten», die vom Publikum bestaunt werden, daß sie «eigentlich fast ebensosehr Frechheiten sind». Und im letzten Schreiben an Kuh wägt er die Vorzüge des Dramatikers gegen die Schwächen vor allem der Persönlichkeit ab; von einer Kritik Kuhs über den «Bruderzwist im Hause Habsburg» und «Die Jüdin von Toledo» ausgehend, äußert er im Oktober 1873: «Ich kann leider über des Dichters Psychisches Ihnen nur beistimmen, obschon die Selbstbiographie sich von anderem ähnlichem Regengeträufel durch viele einzelne Schönheiten und Gehaltstellen noch merklich unterscheidet. Ihr Spruch von dem Mangel eines tiefen Wohlwollens ist hart und wahr, wie ein gerechtes Urteil. Vielleicht mangelt auch noch ein jüngerer Bruder desselben, ein gewisser Leichtsinn, welcher Mangel den Mann von Jugend auf so ängstlich an der heimatlichen Bureaukratenkarriere kleben und ihn nie frisch und frei in die Welt aussegeln ließ. Hätte er sich der Fremde anvertraut, so hätte sie ihn zu dem Ihrigen gemacht und der Heimat als einen gemachten Mann zurückgegeben. Wer aber unter Heimatliebe nur die Zuhausehockerei versteht, wird der Heimat nie froh werden, und sie wird ihm leicht nur zu einem Sauerkrautfaß.» Ob Keller tatsächlich, wie Baechtold annimmt, diesen Mangel an Wohlwollen auch an sich selbst sieht, ist schwer zu entscheiden. Vielleicht weiß er sich davor bewahrt eben durch das Gegengewicht eines gewissen Leichtsinns – auf jeden Fall durch das Erlebnis der Fremde. Im Brief an Kuh fährt Keller fort: «Um so ein größeres Wunder sind nun die guten Dramen, da ist doch nun tieferes Wohlwollen, das doch irgendwo heraus muß. Mit dem ‹Bruderzwist› und der ‹Jüdin› sind Sie mir noch ein bißchen zu glimpflich umgegangen; ich bin über das rein Schematische in der ‹Jüdin› fast empört; es kommt mir dieses Stück vor wie jene hundert Erstlingsstücke vielversprechender junger Dichter, denen nie ein zweites gefolgt ist. Ich kann mir diese Macherei nur aus der eigensinnigen Pedanterie erklären, mit welcher er den Lope abbotanisiert hat. Diese hastige Figurenjagd und die ernst breite, tiefe und heiter behagliche literarische Vorbereitung eines Schiller, wenn er an eine Tragödie ging! oder das künstlerische *con amore* Goethes, der seine Sachen zweimal dichtete, wo es ihm recht glücklich ernst war. Aber dennoch bleiben die großen Sachen Grillparzers was sie sind, abgesehen von den vielen schlechten Versen.» Diese harte Kritik, die wiederum an der Klassik und ihrem Ernst mißt, wird durch einen Vergleich etwas gemildert: «Und welch ein Olympier ist er wieder gegenüber dem unglücklichen Otto Ludwig, dessen kranke Selbstschulmeisterei eben jetzt in seinen Nachlaßsachen neu kolportiert wird, der sich ein dramaturgisches Kochbuch geschrieben hat, um zu sterben, ehe er das erste Gericht essen konnte.» Nochmals wird das Beispiel der deutschen Klassiker zitiert: «Da gibt es doch für das rechte Verhältnis und Maß von richtiger Arbeitsweise kein schöneres Muster als Schiller, ebenso entfernt von ohnmächtigem Quaderwälzen wie vom resignierten Tändeln [43].»

Will Keller in diesem Fall den Rang, der Grillparzer in der deutschen Literatur zukommt, festlegen, so beschäftigt ihn an andern Werken der einzelne gelungene Zug, die Schönheit des Details. Über eine Rezension Baechtolds von J. V. Widmanns «An den Menschen ein Wohlgefallen» (1877) bemerkt er zum Kritiker: «Ihre Anzeige des Widmannschen ‹Wohlgefallen› hat mir sehr wohlgefallen. Das Bild von den mit einem Kornfeld verglichenen Strohhüten der Frauen in der Kirche hatte mich bei der Lektüre des Gedichts ebenfalls gleich gepackt; daneben aber auch der brennende Nachtfalter, der wie ein Häuptling seinen Todesgesang singt. Man sieht den kleinen Kerl mit den Pelzflügeln und dem bebuschten dicken Kopf leibhaftig [44].» – Überhaupt zeigen die brieflichen Besprechungen von Widmanns Werken anschaulich, wie offen Keller bei aller freimütigen Kritik für die Vorzüge eines andern ist. Ein Beispiel dafür ist das Urteil über Widmanns Trauerspiel «Oenone» (1880): Zwar sei es dem Dichter gelungen, statt «einer Anzahl aufgereihter Perlen» «eine trefflich durchgeführte Handlung sowie ... die wirkungsvollsten und ergreifendsten Szenen, die in prächtig notwendiger innerer und äußerer Symmetrie sich auf- und ausbauen», zu gestalten, während «ein gewisser Dualismus», den er «im Tenor des Ganzen» findet, stört: «... ich meine ein etwelches Auseinandergehen antiker und moderner Diktion, die stellenweise ins heutige Konversationswesen übergeht», geistreiche Parodistik, die «der Einheitlichkeit eines Kunstwerkes» abträglich ist, «Willkürlichkeiten», die auch ihn selbst versuchen, aber bekämpft werden sollten im Hinblick darauf, «wie unsere Großen, die Goethe und Schiller, immer mit heiligstem Ernst zu Werke gingen und in ihren Hauptsachen jede Spaßhaftigkeit sogar aus den Gedanken verbannten». Mit diesem letzten Urteil trifft Keller ja «den Nerv»; das gibt Widmann in seiner Antwort bereitwillig zu und nennt den Brief Kellers «das Liebste» unter all den Anerkennungen, die ihm zukommen, «einen sicheren, bleibenden, dem Herzen wohltuenden Gewinn», bezichtigt sich selbst des Dilettantismus, glaubt aber verweisen zu dürfen auf Kleists «Penthesilea», deren «Diktion» ihn ebenfalls «ganz modern» anmute [45]. Indessen scheint Keller nicht bereit, solche ein für allemal entschiedenen Fragen weiter zu besprechen; das Beharren Widmanns auf diesem Punkt erinnert an seine Bemühungen, dem Zürcher Dichter die frühen Werke Carl Spittelers näherzubringen und ihn zu einer Rezension oder wenigstens zu kritischen Briefen an Spitteler zu veranlassen. Auch ein flüchtiger Vergleich der Briefe Kellers an Widmann und an Spitteler, wo sie auf die Werke des letzteren eingehen, bezeugt, wie ungehalten Keller sein kann, wenn Starrsinnigkeit seiner Kritik antwortet. Das ist bei Widmann von Werk zu Werk verschieden. Freundlich nimmt er das «Novellengeschenk» «Aus dem Faß der Danaiden» auf: «In den heiteren Sachen wirkt Ihr guter Humor um so fröhlicher, als Sie überall in Land und Leuten zu Hause sind und man einen festen Boden unter den Füßen hat»; die Erzählung «Als Mädchen» ist für ihn «das Novellenstück par excellence»: «... es klingt, als wenn es nicht nur in Spanien spielte, sondern auch dort in älterer Zeit geschrieben wäre.» Eigentliche Kritik ist sehr zurückhaltend geäußert: «Aber auch das Doppelleben ist meisterhaft gemacht, und der letzte Teil, wo Staunton in der weiten Welt irrt, um der Katastrophe zu entfliehen, ebenso neuartig als erschütternd. Freilich kann man mit der Lösung nicht einverstanden sein; wenn es auch nicht nötig und artig war, daß Baechtold in der ‹Neuen Zürcher Zeitung› den Handel in schroffem Tone angezeigt hat, so ist das bewußte Fortleben des Sohnes im Inzest mit der Schwester auch nur in der Vorstellung der Leserwelt untunlich und verletzend. Gewiß ließe sich der Fall psychologisch und ethisch schon gründlicher besprechen; daß es aber schriftlich nicht einmal wohl angeht, scheint eine Negation zu sein [46].»

Unterschiede in Ton und Wortwahl sind vielleicht Kellers Sympathie für den Menschen, der im Dichter erscheint und wirkt, zuzuschreiben. Spitteler, selbstbewußt und zum Ruhm drängend, scheint in Keller keine persönliche Zuneigung hervorgerufen zu haben; Widmann dagegen ist ihm ein erfreulicher, angenehmer Gesellschafter, wie es vielleicht am kürzesten und schönsten das Urteil über seine «Spaziergänge in den Alpen» (Frauenfeld 1885) ausdrückt: «Seither habe ich mich öfter an der heitern und geistreichen Laune des Buches, sowie an dem Glanze der in Ihren Augen gespiegelten Natur und an Ihrer tapfern Lebensempfindung erbaut [47].»

Es ist eine biographische Zufälligkeit, daß Heyse 1875 Gottfried Keller als Nachfolger Eduard Mörikes für den Maximiliansorden vorschlägt, und doch ein reizvolles Zusammentreffen zweier Dichter, deren gegenseitige Beziehungen tiefer führen, als auf den ersten Blick scheint. 1875 stirbt Mörike; sein Tod bewegt Keller dazu, sich über den schwäbischen Dichter zu äußern. Ein Gespräch zu Lebzeiten Mörikes kommt nur mittelbar zustande: 1872 berichtet der Verleger Weibert Keller von einem Urteil Mörikes über die «Sieben Legenden»: «Ed. Mörike, dessen Kritik ich aus langjährigem Verkehr am höchsten stelle, sagte: einen größeren Genuß als diese Lektüre hätte er seit lange nicht gehabt, und eine vollendetere Darstellung wüßte er an keinem neueren Buche zu rühmen» – eine Anerkennung, die Keller nahegeht: «Daß Herr Professor Mörike meine kleinen Sachen nicht verachtet, freut mich über alle Maßen; möchte es mir gelingen, seine freundliche Meinung noch zu rechtfertigen, so gut als möglich.»

Briefe Kellers, die Mörike betreffen, fallen fast ausschließlich in die Jahre 1875 bis 1877. Diese zerstreuten, vom äußern Anlaß eingegebenen Bemerkungen machen ein Ganzes aus; hier fesselt Keller eine Beobachtung, die er gleich an zwei oder drei Freunde weitergibt, dort erfaßt er eine bestimmte Seite des Dichters und bespricht sie eingehend; dann wieder findet er eine Parallele zu Fragen, die ihn im Augenblick selbst beschäftigen – und dies alles zusammen ergibt ein Bild Mörikes, dem die persönliche Färbung durch den Kritiker Anschaulichkeit und Leben verleiht. – Im Juni 1875 schreibt Keller an Emil Kuh: «Der edle Mörike ist nun auch gestorben. Ganz im

Sinne seines Wesens und Schicksals habe ich die Nachricht nicht *a tempo* gleich zuerst erfahren oder gelesen, sondern erst im Verlaufe der Tage oder Wochen aus reproduzierenden entfernten Zeitungen, weil diejenigen, die ich täglich lese, gar keine Notiz davon genommen hatten. Es war ganz die Situation, wie wenn man sagt: Ist der oder jener denn tot? Seit wann denn? und einem erwidert wird: Wissen Sie das noch nicht? Schon seit Wochen! Herr Jesus!» Keller findet sich in einer ähnlichen Lage wie der grüne Heinrich, dem der deutsche Tischlergeselle sagt: Der große Goethe ist gestorben! Aber bedeutet dieses Sterben den weithin sichtbaren Abschluß einer Epoche, so mutet Mörikes Tod anders an: «Es ist gewissermaßen wie beim Abscheiden eines stillen Zauberers im Gebirge oder beim Verschwinden eines Hausgeistes, das man erst später inne wird.» Diesen Vergleich hält Keller fest; er wiederholt ihn fast wörtlich in einem Brief an Fr. Th. Vischer, und als ihm Kuh im Herbst einen Aufsatz über Mörike schickt, dem Keller «lebendigere Bekanntschaft mit dem Verstorbenen» dankt, antwortet er: «Es ist, wie wenn ein schöner Junitag dahin wäre mit Mörike, und noch nicht sicher, daß das Bewußtsein auch jetzt noch davon allgemein werde, eine entmutigende Aussicht für alle, die nicht auf der Landstraße im Staube und Dreck forttraben.» Mit Mörike stellt er sich über Literaten und Publikum, weist aber dem Dichter aus Schwaben einen noch höheren Rang zu: 1885 schreibt er im Dankesbrief für einen kleinen Orangenbaum, den eine Leserin ihm schenkt, indem er auf «Mozarts Reise nach Prag» anspielt, er fühle sich «fast versucht, eine Novelle *à la* Mörike dazu zu machen, wenn man's könnte». – Bald nach Mörikes Tod erkundigt er sich bei Weibert, wie es um die Gesamtausgabe der Werke und die Veröffentlichung des Nachlasses bestellt sei; in einem Brief an Heyse spricht er von des Dichters «kristallenen schuldlosen und doch so überlegenen Schalkhaftigkeit». Es ist die Heiterkeit der römischen Antike, die ihm und auch Storm an Mörike auffällt und von der Keller zu Adolf Frey sagt: «Er ist doch ein famoser Poet, von einer unvergleichlichen Feinheit und Anmut; es ist gerade, wie wenn er der Sohn des Horaz und einer feinen Schwäbin wäre.» Das ist höchste Form der Kritik, ein rasch erhellendes Bild, das mehr über Mörike sagt als Abhandlungen. Stellt Keller Mörikes Gedichte zu «allen andern Büchern bester Lyrik», so fällt es ihm anderseits schwer, sich in den «Maler Nolten» hineinzufinden – trotz verwandter Züge vielleicht weniger zwischen diesem Roman und dem «Grünen Heinrich», insofern sie Künstlerromane sind, als in den Gestalten Lys' und Larkens. Möglicherweise spornt die Absicht Mörikes, den «Nolten» umzuarbeiten (Petersen erwähnt sie im Zusammenhang mit der zweiten Fassung des «Grünen Heinrich»), was ihm «einen größern Leserkreis» sichern werde, Keller an: «Nolten», den er Ende 1876 von Weibert, dem Verleger auch Mörikes, erhält, wird so vielleicht zum Anstoß für die Neugestaltung des eigenen Buches, die er unternimmt, um den «Philistern zu zeigen, mit wie wenigen Zügen man ein gutes Buch draus machen kann». Von «Nolten»

ist Keller anfangs 1877 «angenehm überrascht», da er «die Sache nicht so
weit gediehen» glaubte; er schreibt: «Ich habe das Buch sogleich und zwar
zum ersten Male gelesen. Es macht einen tiefen, obgleich nicht klaren Eindruck auf mich, den ich vorerst bemeistern muß.» Heyse gegenüber bestimmt
er diesen Eindruck genauer: «Ich war in einer fortwährenden Sonntagsfreude
über all das Schöne und all die Spezialschönheiten, bis am Schluß ich in das
tiefste und traurigste Mißbehagen geriet wegen der mysterios dubiosen Weltanschauung einer Dämonologie, die nicht einmal religiöser Art ist. Was soll
denn um Gottes Willen das Auge voll Elend des gespenstisch abziehenden
Helden sagen? Und wo geht er denn hin mit der Zigeunerin?» Merkwürdig
erscheint die kritische Absetzung des Romans gegenüber Heyses Puppenspiel von Perseus, Andromeda und Meduse (in: «Hermen», 1854), in dem
Keller «das berechtigte Geheimnis einer solchen Tragödie» «klassisch und
harmonisch einfach und gut ausgedrückt» findet, überzeugender als im «Nolten».

Die Briefe über Mörike greifen immer wieder das Problem des beschränkten Leserkreises, das Keller ja auch hinsichtlich seiner eigenen Werke beschäftigt, auf. An Fr. Th. Vischer schreibt er: «Wenn sein Tod nun seine
Werke nicht unter die Leute bringt, so ist ihnen nicht zu helfen, nämlich den
Leuten!» Es erstaunt ihn, «daß überhaupt seit seinem Tode nicht alles gekauft worden ist, was er gemacht hat», und zur Gesamtausgabe bemerkt
er: «Hoffentlich gelangt Mörike endlich immer mehr zu seinem Rechte.»
Als 1881 Hermann Fischers Buch «Eduard Mörike» erscheint, schreibt er:
«Je unempfindlicher die große Masse auf ihrem Faulbett dem unvergleichlichen Manne gegenüber fortwährend sich verhält, desto erquicklicher liest
sich jedes neue Zeugnis, welches für ihn geleistet wird, da es uns mit
dem Gefühle freundschaftlichen Einverständnisses ‹aufheitert›, wie man in
mancher Alemannengegend sagt.» – Auf die Frage nach dem Grund für
den nur beschränkten Erfolg Mörikes antwortet Theodor Storm in seinen
«Erinnerungen an Eduard Mörike» («Westermanns Monatshefte», Januar 1877), dem Dichter fehle die «bequeme Verständlichkeit», die die Jugend und lesenden Damen anziehe: «... die Stoffe [liegen] vielfach jenseits
des gewöhnlichen Gesichtskreises dieses Alters und Geschlechts.» Das Phantastische, dem Publikum ohnehin befremdlich, ist bei Mörike und seinem
Freund Ludwig Bauer in eine Mythologie gefaßt, die Bauers «Heimlichem
Maruff» und «Orplids letzten Tagen», Mörikes «Der letzte König von Or-
plid» (Szene im «Nolten»), den Orplid-Gedichten, dem «Peregrina»-Zyklus
und dem «Märchen vom sichren Mann» zugrunde liegt. Dazu kommt, vor
allem in den Idyllen, eine Verwandtschaft mit der antiken Dichtung in «Vor-
tragsweise, in Ausdruck und Redewendung»: Auch sie entzieht das Werk
Mörikes einem weiteren Leserkreis [48]. Als Keller 1881 im letzten Doppelband von Storms Werken auf die Mörike-Studie stößt, schreibt er nach
Hademarschen: «Die Erinnerungen an Mörike las ich ... vorher durch, da sie

mir so gut wie neu waren. Wie gewohnt, wenn die Rede von ihm ist, lief ich wiederholt nach seinen Bänden, um mich dieser oder jener Stelle gleich zu versichern und halbe Stunden lang fortzulesen. Die melancholische Frage der ‹kleinen Gemeinde› haben Sie trefflich ergänzt; freilich erscheint in dieser Beziehung mit jedem neuen Forschungsresultat der Defekt unsers allgemeinen Bildungszustandes nur um so größer.»

Zu einem ausführlichen oder sogar öffentlichen Urteil hat Mörikes «stilles und enges Dasein» Keller nicht angeregt, vielleicht auch deshalb nicht, weil in Storms Aufsatz das Wichtige schon gesagt ist. Auch jene Übereinstimmung von Leben und Werk, der Keller so große Bedeutung zumißt, wird im Nachwort zu Storms «Erinnerungen» genannt: es dürfte sich «selten die menschliche und die dichterische Persönlichkeit ... in solchem Grade decken, wie dies bei Mörike der Fall ist [49]».

Herder erwähnt einmal die «produktive Kraft des Gesprächs [50]». Derselbe Anreiz zum Mitdenken und Mitsprechen kann vom Brief ausgehen. Brief und Gespräch sind neben der Rezension die geeigneten Formen vor allem persönlicher kritischer Auseinandersetzung, wobei sich natürlich Unterschiede in Stil und Intensität ergeben. Die Rezension, die an die Öffentlichkeit gelangt, wird sich um sorgfältigere Beweisführung bemühen, will möglichst objektiv, allseitig und schlüssig sein, während im Brief, auch im offenen Brief, der Kritiker sich subjektiver, einseitiger geben kann. Da der Brief verhältnismäßige Kürze erfordert, eignet er sich weniger zu ausführlichen Erwägungen, sondern entwickelt meistens einen Gedanken oder Gesichtspunkt, übergeht andere und folgt der Eingebung eines Augenblicks, einer Stimmung. Auch Gottfried Keller muß hin und wieder seinen kritischen Mitteilungen eine Notiz nachsenden und darum ersuchen, das Gesagte «cum grano salis» aufzufassen. Wo Keller dagegen in den Briefen ein literarisch-kritisches Problem mit spürbar bewußter Ausgewogenheit behandelt, entstehen kunstvolle essayistische Betrachtungen; solche Darstellungen lösen sich vom bloßen Für und Wider, sie sind in dem Sinn «echte Kritik», als sie «auf das Verständnis der Gesamtheit der Literatur» abzielen und nicht allein auf das, «was nur der Geschichte des Geschmacks angehört und daher allen Schwankungen zeitgebundener Vorurteile unterworfen ist [51]» (Frye).

Oft kommentiert Keller in den Briefen eine gleichzeitige Rezension (z. B. diejenige von Leutholds Gedichten), indem er Schatten vertieft, Lichter verstärkt und Dinge zur Sprache bringt, die er dem weiteren Publikum vorenthält. Die Gotthelf-Aufsätze anderseits machen briefliche Ergänzungen überflüssig, weil sie ihr Thema in genügender Ausführlichkeit behandeln. Dazu gibt es Parallelen hinsichtlich Kellers Dichtung: Neben lange dauernder brieflicher Vorbereitung der zweiten Fassung des «Grünen Heinrich», des «Martin Salander» steht die knappe Erklärung der «Sieben Legenden». Die Selbstkritik und -erläuterung soll mißverständliche Deutungen und Wertung des eigenen Werks verhindern. Von der Möglichkeit, daß er an fremder Dichtung etwas mißverstehen könnte, läßt sich der Dichter als Kritiker dagegen kaum zurückschrecken. Er weiß, daß sich die wirkliche Bedeutung eines Werks als Ergebnis eines dialektischen Prozesses zwischen verschiedenen Interpretationen herausstellt, die sich ihm von verschiedenen Seiten nähern. Wahrscheinlich rechnet jeder Kritiker damit, daß seine Meinung nur Annäherungswert besitzt; deshalb bedient er sich auch nicht eines einheitlichen Meßverfahrens, das ein exaktes, unumstößliches Resultat ergäbe, sondern vernachlässigt bewußt einzelne Werkkomponenten, hebt andere – die subjektiv wichtigeren – stark hervor: von Grobheiten, Zynismen, von der Ironie und vom Spott führt die Linie bis zum Referat, das es dem Leser überläßt, die Folgerungen zu ziehen, die der Rezensent nur andeutet; im Briefwechsel mit Heyse und Storm verbirgt sich die Kritik oft hinter Kellers Humor, der ja für den Dichter eine Rechtsordnung verkörpert, eine «Welt der urteilslosen Vollstreckung», jenseits von «Rede, Urteil und Verurteilung [52]» (Benjamin).

Die Form von Kellers Literaturkritik betreffend nimmt der «Kleine Romanzero» eine Sonderstellung ein; er ist aber auch als Beispiel, an dem sich das Verhältnis von Anlaß und Ausführung in Kellers literarkritischen Äußerungen, ihre Beziehungen, Ziele und Wirkungen zusammenfassend darlegen lassen, zum Abschluß ausführlicher behandelt. Er ist nicht in der Absicht geschrieben, Heine nachzuahmen, obschon Keller Idee und Stil, Erfindung und Gestaltung der Motive und die besondere Atmosphäre, die die Romanzenstrophe schafft, von Heine übernimmt [53]. Das Gedicht ist als Literatursatire gemeint, steht dadurch in derselben literarhistorischen Tradition wie Heine, ähnlich den «Sieben Legenden», die auch eine Art Kritik sind und bei denen Keller, um dem Vorwurf «des Heinisierens» zu entgehen, Vischer daran erinnert, daß «vor Heine ... Voltaire und vor diesem Lucian da [waren], und wegen aller dieser ... sich der spätere Wurm doch regen» könne. Die erste Fassung des «Romanzero» wird «während längerer Krankheit im Bett gemacht» und entsteht «ganz con amore»; an Vieweg schreibt Keller 1853: «Es ist gegen Heine und die ganze betreffende Richtung gedacht, welche, bei ganz harmlosem und sentimentalem Gemüt, Frivolität und Bösartigkeit affektiert und dem gemachten Witze jedes Bewußtsein aufgeopfert. Diese komische Heuchelei, welche in schwachen Köpfen Unheil anrichtet, ist der eigentliche Angriffspunkt; viele Anspielungen auf heutige literarische Mißbräuche kommen dazu, und das Ganze hat die wunderliche Form der Heinesch romantischen Willkür ... Übrigens wird das Werkchen fern von aller Roheit sein und besonders Heine als Dichter anerkennen [54]», er plant es geradezu als eine «Ehrenrettung» Heines vor den Biographen, den «Eckermännchen». Zu ihnen, Schriftstellern, die sich selbst «ein Stück tragischen Wahnsinn oder Heinische Lähmung» bescheinigen, «anstatt etwas Instruktives und wirklich Literarisches» zu schaffen, gehört der «affektierte Nichtssager» Alfred Meissner, der «einen eitlen und einfältigen Bericht» über Heines Krankenlager veröffentlicht, daneben «einen pikanten Byronschen Atheismus, ganz belletristischer Natur, für sich allein als *haut-goût* in Pacht nehmen und doch auf der anderen Seite einen ebenso pikanten Anstrich von sonderbarer Pietät und Sentimentalität, wohinter nichts steckt, bewahren will», wie Keller an Freiligrath berichtet (vgl. S. 45 f.). «Man will eben *à tout prix* intressant sein. Ich meine hier natürlich nicht den Heine selbst, welcher diese Widersprüche mit wahrem Wesen darstellt, sondern den Meissner, welcher nicht zu wissen scheint, was er anfangen soll, um von sich reden zu machen [55].» Ludmilla Assing, die in einem Buch Meissners über Heine (Hamburg 1856) «den Ausdruck wahrer Liebe und Begeisterung» findet, antwortet er, es sei «im ganzen eine widerliche Erscheinung», da der Autor sich selbst und nicht den Dichter darbieten wolle, «und zwar mit den wohlfeilen Mitteln unmittelbarer Fortsetzung Heineschen Wesens. So z. B. das Durchhecheln komischer Gestalten usf. Die Schilderung der Freunde Börnes [Jeanette Wohls, Börnes «liebes Brennglas», ihres Gatten Salomon Strauß, der sich mit Heine duelliert] unter anderm ist sehr gewandt und pikant, und doch wertlos, weil eine nackte Nachahmung der Manier des Meisters. Auch fürchte ich, der gute Meissner wollte sich mit diesem Buche als ‹gefährlich› auskünden, gewissermaßen als der Nachfolger und Erbe Heinrich Heines, was jedenfalls nur entgegengesetzt wirken würde [56]». – Neben Meissner und andern Literaten, die «schreibbereit mit ihren Griffeln» Heines Lager umstehen, ist Adolf Stahr zu nennen, der in seinen Pariser Büchern über den Dichter schreibt [57]. Schließlich nimmt Keller im «Romanzero» die Spiritisten aufs Korn, die Heines Geist in Séancen beschwören. Die Broschüre des Berliner Rendanten D. Hornung «Heinrich Heine, der Unsterbliche. Eine Mahnung aus dem Jenseits. Nur Tatsächliches, keine Dichtung» (Stuttgart 1857) liest Keller mit «gesperrten Augen» und erzählt Ludmilla: «... das Faktum ..., daß Heine in *Berlin* spuken muß, ist unbezahlbar, und man möchte sich die Haare ausraufen, daß er es nicht selbst mehr weiß und die klassische Geschichte besingen kann! Es wäre jedoch von Berlin zu erwarten gewesen, daß es seinen Heine ein wenig feiner und charakteristischer spuken ließe.» Keller schreibt sein Gedicht nicht zuletzt, um dieses Tischrücken, das sogar «den Geisterseher» Justinus Kerner ärgerlich stimmt, lächerlich zu machen [58].

Der «Romanzero», 1853 entstanden und zunächst beiseitegelegt, wird wieder aktuell; auch nach Heines Tod (1856) wird «die literarisch-poetische Willkür Heines und seiner formellen Nachbeter» fortgesetzt, «jene Weise ..., welche durchaus nur *einer* Persönlichkeit allein angemessen ist und nachgesehen werden kann». Es scheint Keller, daß «vielleicht durch die Poesie allein das rechte Wort gesagt werden könne, ohne Philisterei, und ... der dichterisch ausgesprochene Tadel seinen Gegenstand erhebt, wie ihn die Prosa herabdrückt [59]». Mit dem Tod Heines hängen aber auch Bedenken gegen eine Veröffentlichung zusammen. Wäre es besser, den «Apotheker ...» «mit Weglassung des literarisch-polemischen Teiles als komische Romanze für sich ein-

mal abzuschließen und etwa einer Gedichtsammlung» einzufügen, statt sich
dem Verdacht auszusetzen, er wolle das Andenken des Verstorbenen schmälern?
Der «Widerwille» Kellers gegen seine eigenen und fremde «polemische Produkte» wächst in dieser Zeit, obschon er die ursprünglich mit dem Gedicht
verbundene Absicht nach wie vor für richtig hält: «Indessen wäre der tote
Heine ganz gut gefahren dabei, wie ich glaube, und es wäre mehr eine plastisch-poetische Charakteristik seines Wesens geworden (z. B. am Schluß ein
Pariser Totentanz *à la* Holbein auf dem Kirchhof Montmartre) nebst eindringlichen Ermahnungen an die Lebenden, daß jetzt des Guten genug sei
und wir uns endlich konsequent und aufrichtig vom Witz, Unwitz und
Willkürtum der letzten Romantik lossagen und wieder zur ehrlichen und
naiven Auffassung halten müßten [60].» – Als Keller 1860 wiederum versucht,
das Gedicht zum Druck zu bringen, nennt er dieses Ziel noch einmal: «Es
ist eine Art Grabgesang für die Heinesche Willkür und Polissonnerie, indem bei dergleichen, mit Sentimentalität gespickt, für uns Deutsche nichts
herauskomme, welche klar, wahr und naiv sein sollen, ohne deswegen Esel
zu sein.» Es sei «keine metrische Rezension, sondern eine wirkliche Romanze,
allenthalben plastisch. Dennoch bin ich tragisch gestellt, indem ich die Ver-
spätung und Unzeitgemäßheit wohl fühle, aber zu bettelhaft bin, um fertige Manuskripte ungedruckt liegen lassen zu können! O Tugend der Entsagung und der Selbstentäußerung ...» Er schickt das Gedicht an den Verleger,
im unklaren, «ob das Ganze nicht eine Trivialität und Dummheit» sei [61],
gibt ihm aber eine Vorrede (Januar 1860) mit, in der er die unzeitgemäße
Publikation begründet; sie sei «ein Requiem poetischer Willkür», entstanden, als «die alten ‹Schwarmgeister› durch die Luft flirrten, vor und nach
Heines Hingang [62]».
Dennoch lehnen Vieweg und Duncker den Verlag ab; Duncker sieht in
dem Gedicht zwar eine «seltene und ... erfreuende Erscheinung», hält aber
«den Eindruck des Ganzen» für «weniger günstig» und rät, aus Kenntnis
des Publikums «und weil die Himmelfahrt des Dichters seinem wirklichen
Heimgange etwas spät nachfolgt», von einer Veröffentlichung ab [63]. – Das
kleine Werk bleibt dann weitere zwanzig Jahre liegen, bis es, nach einem
Teildruck in Lindaus «Nord und Süd», 1883 in die «Gesammelten Gedichte»
aufgenommen wird; diese zweite Fassung trennt Heines Traumerlebnis und
die Geschichte des Apothekers, einzelne Romanzen werden gekürzt und in-
einandergearbeitet, die zum Teil selbstironischen Glossen gestrichen. Dazu
schreibt Keller ein neues Vorwort, das das «Buch Romanzen» als eine «Ge-
genübung» zu der «mit gesteigerter Energie verbundenen Geisteswillkür»
von Heines «Romanzero» und dessen Nachwort ausgibt, als «eine Kundgebung
die ... mehr dem literarischen Gewissen und der Selbstbefreiung, als einem
sterbenden Dichter» gilt. Das Bild Heines ist in der ersten und zweiten Fassung dasselbe; Kellers Urteil kommt etwa an den folgenden (1883 nur un-
wesentlich veränderten) Stellen zum Ausdruck: Der Anfang der XVI. Ro-

manze verheißt dem Dichter Fortleben seines Ruhms, «bis all unsre Sterne erbleichen / Und in anderer Tage Sonnen / Eine Sage werden sein»; die XX. Romanze zählt Heine zu den «Bosheitsdilettanten»; die hinter «einer Satyrmaske» verbergen, daß sie ein Herz haben «wie ein volles Veilchentöpfchen»; der Schluß der XX. Romanze lautet: «Aber mein in Eis gesetzter / Wohlverwahrter deutscher Dichter: / Menschlich sittlich tritt er mir / Und belehrend freundlich nahe!» Immerwährenden Ruhm sagt auch die 43. Strophe dieser XX. Romanze voraus: «Kein Atom von deinem Werte / Wird man dir herunterkratzen / Wie du bist, wirst du bestehen [64]!»

Die Kritik an andern Schriftstellern und an literarischen Tageserscheinungen im «Romanzero» richtet sich gegen die Gräfin Ida Hahn-Hahn, Börne und vor allem gegen Karl Gutzkow, der in der ersten Fassung als Bewohner des Tintenmeers, als «der noch lebende Übeltäter, der sich und andern längst das Leben zur Hölle macht und deshalb dem schwarzen Sumpf nicht entgehen wird», erscheint. In zehn Strophen parodiert Keller Gutzkow, den Dichter und Kritiker: sein «schlimmes Geschick», seine «Unruhe, Angst, Zorn und Eifer», die «persönliche Mangelhaftigkeit und dürftige Erziehung», «natürliche Anlagen und unglücklichen Verrat», seine «krampfhaften Anstrengungen». In den «Gesammelten Gedichten» ist dieser Angriff weggelassen, nachdem Keller schon im Oktober 1856 geschrieben hatte, er habe die «sehr malitiösen Strophen auf Gutzkow» verworfen und wolle lieber «positive Produkte» fördern, Gutzkow «seinem eigenen dialektischen Prozesse» überlassen [65]. Am ausführlichsten und, was die beiden Fassungen betrifft, differenziertesten ist von den großen deutschen Dichtern (vgl. S. 302), die durch «die Dämmerhalle schweigender Unsterblichkeit» wandeln, nachdenkend über «die vielen Böcke, / Die sie schmählich einst geschossen», Lessing dargestellt. Die sprachlichen Unterschiede zwischen der Fassung von 1853 und derjenigen von 1882 sind kaum merklich, lassen dennoch auf Kellers feiner gewordenes Wert- und Wortgefühl schließen. Tritt Lessing anfänglich in betontem Gegensatz zu Goethe, nämlich ohne Glanz, ohne «Bilder» auf, so verändert der Dichter später diese Unterscheidung zugunsten von Lessings kritischem Sinn; 1853 heißt es: «Was ich wert bin, weiß die Welt! / Was sie wert ist, weiß ich auch! / Das ist meiner Weisheit Ende!» 1883 lautet die Strophe: «Was ich wert bin, weiß die Welt; / Was sie wert ist, hab' ich redlich / Zu ergründen mich beflissen.» Die gefaßte Klage über das glücklose Schicksal ist in der zweiten Fassung gekürzt; beidemal aber ruft Keller Lessings Tapferkeit und Mannesmut auf («Was ein Mann ist, hilft sich selber!»), seine gottergebene Haltung, schließlich seinen Wissensdrang: Lessing bittet Heine um den «Romanzero», dessen beschwerliches, von Krankheit behindertes Entstehen Heine selbst lobt, und läßt ihn gelten [66].

Für die «Gesammelten Gedichte» ist der «Apotheker ...» ein Regulator, «vermöge des ungebundenen Charakters dieses Opuskulums», und wird von befreundeten Lesern günstig beurteilt, z. B. von Adolf Exner, der darin «ganz köstliche Sachen ..., ganz absolut schöne, ohne alle Beziehung auf die literarische Fehde mit Heine», findet. In Berlin, wo die «Gesammelten Gedichte» «zum Teil natürlich auch mit der dort landesüblichen Lauge» besprochen wird, rühmen viele Kritiker gerade den «Apotheker ...» vor allen anderen Gedichten [67]. – In seiner Erwiderung auf einen Einwand Paul Nerrlichs, der in der Rezension von Kellers Gedichtband behauptet, es seien zu viele Gedichte beseitigt worden, leider auch die Verse «Modernster Faust», unter welchem ohne Zweifel Heine zu verstehen ist [68], nennt Keller nochmals die Absicht des «Romanzero»: «Aber verehrter Freund! wer zum Teufel hat Ihnen denn gesagt, daß ... auch nur mit einem einzigen Wort an Heine gedacht worden sei? Paßt denn irgendwie das Wesen des dort gemeinten Bummelpoeten einer jetzt ausgestorbenen Gattung auf Heine im plumpsten Sinne? Wie können Sie so trocken hinwerfen, er sei ohne Zweifel Gegenstand des Gedichtes, das ich weggelassen habe, weil es wirklich nicht mehr verstanden werden kann, ohne daß man Namen nennt, was man eben nicht mehr tun will.» Daß Nerrlich das Gedicht (in dem andere Kritiker das Porträt noch weiterer Dichter erkennen [69]) auf Heine bezieht, hängt zusammen mit seiner Interpretation des «Apothekers» als «einer peinlichen Verhöhnung des Kranken und Sterbenden». Hier weist Keller den Rezensenten noch deutlicher zurecht: «Man wird doch bei Gott noch Spaß verstehen, auch wenn er keck ist und wenn er allerdings etwas Wein oder selbst Branntwein ins Rosenwasser gießt! Die Sache dreht sich einfach um die Fiktion, daß Heine (oder vielmehr der Heinianismus) sich schlimmer stelle, als er sei, darin einzig besteht der Scherz, und dieser wird provoziert durch die Bekehrung auf dem Krankenbette zum Theismus mittelst eines Buches wie der ‹Romanzero›, das kein weinerlicher Geist machen konnte; dazu lebte er ja noch mehrere Jahre.» Daß er als Dichter von Heine zu verschieden, seine Wesensart jenem zu fremd sei, wie Nerrlich meint, ist für Keller kein stichhaltiges Argument. Es bedrückt ihn, daß er sein Werk so lange nach der Entstehung noch verteidigen muß, und er belehrt Nerrlich: «Mein Apothekerpoem ist gewiß keine klassische Satire, aber noch weniger eine giftige oder feindselige; einigen Inhalt aber wird sie selbstverständlich haben müssen, sonst wäre der Spaß nicht weit her.» Auch Paul Heyse legt er dar, daß der «Kleine Romanzero» nicht in die Kategorie der gewöhnlichen parodistischen Kritiken gehöre: «Die Gefahr liegt nahe, daß er als eine jener rügenden Parodien betrachtet wird, welche schließlich als eine *con amore* verübte Nachahmung des Gerügten erscheinen, die kein eigenes Blut im Leibe hat. Das war nun nicht so gemeint.» Der «Apotheker ...» ist eine – mit ironischen und parodistischen Elementen gemischte – selbständige Dichtung, in der zweiten Fassung freilich ausdrücklicher als solche geformt; Selbstzweck darf seine poetisch gestaltete Kritik nicht sein, sowenig wie die «Mißbrauchten Liebesbriefe» es sind. [70]

«Die Hand, die in der Schenke so dröhnend aufschlug, hat im Gewicht der zartesten Dinge sich nie vergriffen» – dieses Wort Walter Benjamins [71] kann auch auf Kellers Literaturkritik angewendet werden; er weiß, wie weit er J. V. Widmann gegenüber die Kritik Carl Spittelers treiben darf, wie er Spitteler selbst zu schreiben hat. Umgekehrt scheint er sich oft den geeigneten Empfänger für seine kritischen Briefe zu suchen (zu vergleichen sind der Brief über Spitteler an Heyse, die Briefe an Rodenberg und C. F. Meyer). Wo ihm an der Sache gelegen ist, kann Keller aber auch fest zufassen, ohne Rücksicht auf Person und selbstsüchtige Empfindlichkeit. Vielfach hat man seine Aufrichtigkeit falsch ausgelegt, falsch verstanden und verwertet vor allem in den Anekdoten, die solche Offenheit in Derbheit ummünzen und in ihr einen Beweis für das Allzumenschliche an dem großen Dichter sehen und zeigen wollen.

Das Gegenteil ist wahr, und Heinrich Federer hat diese Erscheinung richtig gedeutet, von einem andern Beispiel ausgehend, das Keller nicht ganz vergleichbar ist. In seinem Aufsatz «Das schweizerische Volksdrama ‹Karl der Kühne und die Eidgenossen› von Dr. Arnold Ott» («Alte und Neue Welt», 1904) hatte er von Otts «wahrhaft königlicher Grobheit» gesprochen, worüber Ott sich beschwerte, Federer dagegen – wahrscheinlich zuerst in einem Gespräch, dann in seinem Brief vom 14. April 1905 – den Dramatiker unter anderem auf Gottfried Keller hinwies: «Im Übrigen verspreche ich Ihnen feierlich, das gerügte Wort von der ‹göttlichen Grobheit› nie mehr zu brauchen, da es Ihnen nicht gefällt. Aber ich hoffe doch, daß Sie es nie anders verstanden haben als alle meine Leser und als die Erfinder des Wortes, Friedrich Schlegel und Schiller: nämlich als die Eigenschaft, in einer von Konvenienz und falscher Höflichkeit triefenden, von höfischen Schablonen erfüllten Welt eine Selbstherrlichkeit zu wahren, selbständig zu bleiben und seinen Genius keinen Rücksichten kleiner Art zu opfern. Das geht nicht anders als eben oft mit jenen souveränen Selbstbehauptungsmitteln ab, die gewöhnliche Schablonenmenschen als Grobheit empfinden. Ich nenne es ‹göttliche Grobheit›, weil es nichts mit dem Plumpen und Widerhaarigen zu tun hat, was die Konversationssprache Grobheit nennt, sondern einfach ein berechtigtes, souveränes Sich-hinwegsetzen über die prosaische Allgewöhnlichkeit, etwas Heroisches bedeutet. ... Wenn ich G. Keller den Ausdruck in den Mund legte, so war er eben der richtige Mann, der seine Werke gegen allen Unverstand und alle ‹Schule› und Literaturknäuel mit ‹göttlicher Grobheit› durchsetzte. Doch genug! Ich werde für diese schöne freie Eigenschaft großer unabhängiger Dichter ganz gut auch andere Ausdrücke finden ...»

Literaturkritik ist für Gottfried Keller, anders als Ruth Heller in ihrem Aufsatz «Gottfried Keller and Literary Criticism [72]» schließt, in Absicht und Form nicht zweifelhaft; ihre Methoden, ihre Wirkungsweite und Beschränkung sind ihm bewußt. Hätte er nicht schon 1848 die Tätigkeit eines Rezensenten ausgeübt, weil er sie als eine legitime Ausdrucksform des Schriftstellers betrachtet: die Jahre in Heidelberg und Berlin, die Berührung mit der Welt der Literaten mußten ihn darüber aufklären, was Kritik für ein dichterisches Werk bedeutet und welche zusätzliche Möglichkeit sie dem Dichter schenkt, sich auszusprechen. Keller mißtraut nur der literarischen Kritik, wie sie in Deutschland und auch in der Schweiz allgemein gehandhabt wird, nicht aber der Kritik als notwendiger Antwort auf die Dichtung, als Ergänzung der dichterischen Produktion. Kellers Kritik ist, nicht weniger als sein Werk, sehr persönlich geprägt, lebhaft, impulsiv ablehnend oder zustimmend in den Briefen, vorsichtiger, wägend in den zum Druck bestimmten Rezensionen. Aber mit diesen für die Öffentlichkeit bestimmten Äußerungen ist ein gewisser unbehaglicher Zwang verbunden, so daß er, da er sich äußern muß, den Drang jedes Dichters empfindet, sich auszudrücken, wiederum in die Briefe ausweicht, die oft zu richtigen Essays werden.

Dichtung und Literaturkritik zusammen vermitteln erst ein vollständiges Bild von Gottfried Kellers Schaffen; Kritik und Selbstkritik in Briefen und Rezensionen decken die ästhetischen und weltanschaulichen Voraussetzungen auf, die die Phantasiewelt der Dichtung tragen und halten, lassen ahnen, daß Dichten «Machen» ist, «poiein»: «so gut man es kann, aber auch nicht besser», Reflexion über sich und andere [73].

LITERATUR

A) AUSGABEN, BRIEFWECHSEL, TEXTE

Gottfried Keller, Sämtliche Werke. Auf Grund des Nachlasses hrsg. v. Jonas Fränkel und Carl Helbling. 24 Bände. Erlenbach–Zürich und München, Bern–Leipzig und Bern 1926–1948 (zit. z. B. 22, 15).
– Galatea-Legenden. Im Urtext hrsg. v. Karl Reichert. Frankfurt a. M. 1965. Insel-Bücherei 829.
– Gesammelte Briefe in 4 Bänden, hrsg. v. Carl Helbling. Bern 1950–1954 (zit. z. B. III 1 45).
Briefwechsel zwischen Gottfried Keller und Friedrich Theodor Vischer. In: Deutsche Dichtung 9, 1890/91, 181–183, 232–235, 306–307; 10, 1891, 27–31, 101–104, 177–179, 225–227.
Emil Kuhs Briefe an Gottfried Keller, hrsg. v. Alfred Schaer. In: Züricher Taschenbuch 1904 und 1905, 189–252, 70–102.
Paul Heyse und Gottfried Keller im Briefwechsel, hrsg. v. Max Kalbeck. Hamburg–Braunschweig–Berlin 1919 (zit. Kalbeck).
Gottfried Keller und J. V. Widmann, Briefwechsel. Hrsg. und erläutert von Max Widmann. Basel–Leipzig 1922 (zit. Keller-Widmann-Briefw.).
Aus Hermann Hettners Nachlaß I: Briefe an Gottfried Keller, mitgeteilt von Ernst Glaser-Gerhard. In: Euphorion 28, 1927, 411–470.
Gottfried Keller und Ludmilla Assing. Dargestellt von Emil Bebler. Zürich 1952.
Briefwechsel zwischen Gottfried Keller und Theodor Storm, hrsg. v. Peter Goldammer. Berlin (Ost) 1960 (zit. Goldammer).
Der Briefwechsel zwischen Gottfried Keller und Hermann Hettner, hrsg. v. Jürgen Jahn. Berlin (Ost) und Weimar 1964.

Biedermann, Karl, Das deutsche Nationalleben in seinem gegenwärtigen Zustande und in seiner fortschreitenden Entwicklung betrachtet. Leipzig 1841.
Boccaccio, Giovanni, Decamerone, ed. Natalino Sapegno. vol I, Torino 1958.
Börne, Ludwig, Sämtliche Schriften, hrsg. v. Inge und Peter Rippmann. Bd. 1 und 2, Düsseldorf 1965.
Bräker, Ulrich, Etwas über William Shakespeares Schauspiele, hrsg. v. H. Todsen. Berlin 1922.
Burckhardt, Jacob, Die Zeit Constantins des Großen. In: Gesammelte Werke. Bd. I, Basel 1955.
– Weltgeschichtliche Betrachtungen. In: Gesammelte Werke. Bd. VI, Basel 1956.
– Briefe an seinen Freund Friedrich von Preen 1864–1893, hrsg. v. Emil Strauss. Stuttgart und Berlin 1922.
– Briefe. Zur Erkenntnis seiner geistigen Gestalt. Mit einem Lebensabriß hrsg. v. Fritz Kaphahn, Leipzig 1935. Kröners Taschenausgabe. 134 (zit. Kaphahn).
Feuerbach, Ludwig, Sämtliche Werke. Leipzig 1846–1849.
Fontane, Theodor, Christian Friedrich Scherenberg und das literarische Berlin von 1840 bis 1860. In: Sämtliche Werke (hrsg. v. Edgar Gross). Bd. 14, hrsg. v. Jutta von Neuendorf-Fürstenau und Kurt Schreinert. München 1961.

Fontane, Theodor, Schriften zur Literatur, hrsg. v. H. H. Reuter. Berlin (Ost) 1960 (zit. Reuter).

– Briefe an seine Freunde, hrsg. v. Otto Pniower und Paul Schlenther. 2. Aufl., 1. Bd., Berlin 1925.

Gildemeister, Otto, Essays. Hrsg. von Freunden. Bd. 2, 2. Aufl., Berlin 1897.

Gotthelf, Jeremias, Sämtliche Werke in 24 Bänden. In Verbindung mit der Familie Bitzius und mit Unterstützung des Kantons Bern hrsg. v. Rudolf Hunziker †, Hans Bloesch †, Kurt Guggisberg und Werner Juker. Erlenbach–Zürich. Bd. 7 : Geld und Geist. 1911. Bd. 9 : Jakobs des Handwerksgesellen Wanderungen durch die Schweiz. 1917. Bd. 4 : Wie Uli der Knecht glücklich wird. 1921. Bd. 11 : Uli der Pächter. 1921. Bd. 12 : Die Käserei in der Vehfreude. 1922. Bd. 13 : Zeitgeist und Berner Geist 1926. Bd. 14 : Erlebnisse eines Schuldenbauers. 1924. Bd. 15 : Die Wassernot im Emmental. Die Armennot. Eines Schweizers Wort . . . 1925. Bd. 19 : Kleinere Erzählungen IV. 1920. Ergänzungsband 7 : Briefe, 4. Teil. 1951. Ergänzungsband 9 : Briefe, 6. Teil. 1954.

Hunziker, Rudolf, Jeremias Gotthelf und J. J. Reithard in ihren gegenseitigen Beziehungen. Mit dreizehn ungedruckten Briefen Gotthelfs und drei Bildern. Zürich 1903.

Gutzkow, Karl, Werke. Auswahl in zwölf Teilen, hrsg. v. Reinhold Gensel. 10. Teil, Berlin–Leipzig–Wien–Stuttgart (o. J.).

– Dionysius Longinus oder über den ästhetischen Schwulst in der neueren deutschen Literatur. Stuttgart 1878.

Haym, Rudolf, Zur deutschen Philosophie und Literatur. Ausgewählt, eingeleitet und erläutert von Ernst Howald. Zürich und Stuttgart 1963. Klassiker der Kritik.

Hebbel, Friedrich, Sämtliche Werke. Historisch-kritische Ausgabe von Richard Maria Werner. Abt. 1, Bd. 10 : Vermischte Schriften II (1835–1841), Berlin 1903. Abt. 2 : Tagebücher, Bd. 1 (1835–1839), Bd. 3 (1845–1854), Bd. 4 (1854–1863), Berlin 1903. Abt. 3 : Briefe, Bd. 4 (1847–1852), Berlin 1906.

Heine, Heinrich, Sämtliche Werke in vier Bänden, hrsg. v. Otto F. Lachmann. Leipzig (Reclam) (o. J.).

Hettner, Hermann, Das moderne Drama. Ästhetische Untersuchungen. Braunschweig 1852.

– Die romantische Schule in ihrem inneren Zusammenhange mit Goethe und Schiller. Braunschweig 1850.

– Kleine Schriften. Nach dessen Tode herausgegeben. Braunschweig 1884.

Aus Hermann Hettners Nachlaß II : 1. Hermann Hettner an Fanny Lewald und Ad. Stahr. Mitgeteilt von Ernst Glaser-Gerhard. In : Euphorion 29, 1928, 410–466.

Hofmannsthal, Hugo von, und Carl J. Burckhardt, Briefwechsel, hrsg. v. Carl J. Burckhardt. Berlin 1956.

Humboldt, Alexander von, Kosmos, 2. Bd., Stuttgart und Tübingen 1847.

Jean Paul, Vorschule der Ästhetik. In : Werke. Auswahl in acht Teilen, hrsg. v. Karl Freye und Eduard Berend, Teil 7, hrsg. v. Eduard Berend, Berlin–Leipzig–Wien–Stuttgart o. J.

Kierkegaard, Sören, Die Wiederholung, in : Gesammelte Werke, 5. und 6. Abteilung. Übersetzt von Emanuel Hirsch, Düsseldorf 1955.

Leuthold, Heinrich, Gedichte. Dritte vermehrte Aufl., Frauenfeld 1884.

Meyer, Conrad Ferdinand, Sämtliche Werke. Historisch-kritische Ausgabe. Besorgt von Hans Zeller und Alfred Zäch. Bd. 13 : Der Heilige – Die Versuchung des Pescara, hrsg. v. Alfred Zäch. Bern 1962. Bd. 14 : Angela Borgia, hrsg. v. Alfred Zäch. Bern 1966.

Conrad Ferdinand Meyer und Fr. Th. Vischer, Briefwechsel, hrsg. v. Robert Vischer. In : Süddeutsche Monatshefte, Jg. 3, Bd. 1 (1906), 172–179.

Conrad Ferdinand Meyers unvollendete Prosadichtungen. Eingeleitet und hrsg. v. Adolf Frey. Teil 1 : Erläuterungen und Fragmente. Leipzig 1916. – Vgl. Rez. von Gottfried Bohnenblust. Euphorion 22 (1915), 771–784.

Briefe Conrad Ferdinand Meyers. Nebst seinen Rezensionen und Aufsätzen, hrsg. v. Adolf Frey, 2 Bände. Leipzig 1908 (zit. Meyer-Br. I/II).

Conrad Ferdinand Meyer und Julius Rodenberg. Ein Briefwechsel, hrsg. v. August Langmesser. 2. Aufl., Berlin 1918.

Louise von François und Conrad Ferdinand Meyer. Briefwechsel, hrsg. v. Anton Bettelheim. Berlin 1915.

Conrad Ferdinand Meyer und Gottfried Kinkel. Ihre persönlichen Beziehungen auf Grund ihres Briefwechsels dargestellt von Emil Bebler. Zürich 1949.

Nietzsche, Friedrich, Werke in drei Bänden. Hrsg. v. Karl Schlechta. Bd. 1, München 1954.

Novellenschatz Deutscher. Hrsg. v. Paul Heyse und Hermann Kurz. Bd. 1, München o. J. (1871), Bd. 7, München o. J.

Ruge, Arnold, Gesammelte Schriften, 2. Aufl. Mannheim 1846–1848.

Scherer Wilhelm – Erich Schmidt, Briefwechsel. Mit einer Bibliographie der Schriften von Erich Schmidt, hrsg. v. Werner Richter und Eberhard Lämmert. Berlin 1963.

Schlegel, A. W. Kritische Schriften. Ausgewählt, eingeleitet und erläutert von Emil Staiger, Zürich und Stuttgart 1962. Klassiker der Kritik.

Schlegel, Friedrich, Seine prosaischen Jugendschriften. Hrsg. v. Jakob Minor. 2 Bände, Wien 1882.

– Schriften und Fragmente. Ein Gesamtbild seines Geistes. Hrsg. v. Ernst Behler, Stuttgart 1956. Kröners Taschenausgabe. 246.

– Literary Notebooks 1797–1801, hrsg. v. Hans Eichner. London 1957.

Spitteler, Carl, Gesammelte Werke. Hrsg. im Auftrag der Schweizerischen Eidgenossenschaft von Gottfried Bohnenblust, Wilhelm Altwegg, Robert Faesi. 11 Bände. Zürich 1945–1958 (zit. z. B. VII 288).

Briefe von Adolf Frey und Carl Spitteler, hrsg. v. Lina Frey. Frauenfeld und Leipzig 1933.

Stifter, Adalbert, Briefe. Hrsg. v. Friedrich Seebass. 5. Aufl., Tübingen 1936.

Storm, Theodor, Sämtliche Werke in acht Bänden, hrsg. v. Albert Köster. Leipzig 1921 (zit. z. B. VIII 212).

Der Briefwechsel zwischen Paul Heyse und Theodor Storm, hrsg. v. G. J. Plotke. Bd. 2, München 1917.

Thelen, Albert Vigoleis, Der schwarze Herr Bahssetup. München 1956.

Tieck, Ludwig, Kritische Schriften. 2 Bände. Leipzig 1848.

– Schriften, Bd. XI, Berlin 1829.

Vischer, Friedrich Theodor, Kritische Bemerkungen über den ersten Teil von Goethes Faust, namentlich den Prolog im Himmel. In : Monatsschrift des wissenschaftlichen Vereins in Zürich 1857, 42–61.

– Kritische Gänge. Neue Folge. 1.–3. Heft, Stuttgart 1860/61. 5. Heft, Stuttgart 1866. 6. Heft, Stuttgart 1873.

Vischer, Friedrich Theodor, Kritische Gänge. 2., vermehrte Aufl., hrsg. v. Robert Vischer. 2 Bände, Leipzig 1914.
- Auch Einer. 1. Bd., Stuttgart und Leipzig 1879.
- Lyrische Gänge. Stuttgart und Leipzig 1882.
- Altes und Neues. Heft 1 und 2, Stuttgart 1881. Heft 3, Stuttgart 1882. Neue Folge, Stuttgart 1889.
- Allotria. Stuttgart 1892.
- Vorträge. Stuttgart 1907.
- Dichterische Werke. 5 Bände, Leipzig 1917.
- Ästhetik oder Wissenschaft des Schönen. Zum Gebrauche für Vorlesungen. 2. Aufl., hrsg. von Robert Vischer, München 1922/23.
Briefwechsel zwischen Eduard Mörike und Friedrich Theodor Vischer. Hrsg. v. Robert Vischer. München 1926.
Briefwechsel zwischen D. Fr. Strauß und Fr. Th. Vischer. Hrsg. v. Adolf Rapp. Bd. 1 (1836–1851), Stuttgart 1952. Bd. 2 (1851–1873), Stuttgart 1953. Veröffentlichungen der Deutschen Schillergesellschaft, Bd. 18 und Bd. 19. Im Auftrag der Deutschen Schillergesellschaft hrsg. v. Erwin Ackerknecht.
Wagner, Richard, Das Kunstwerk der Zukunft, Leipzig 1850.
Widmann, Josef Viktor, Briefwechsel mit Henriette Feuerbach und Ricarda Huch. Einführung von Max Rychner. Hrsg. v. Charlotte von Dach. Zürich und Stuttgart 1965.

B) BIOGRAPHIEN UND ERINNERUNGEN

Jakob Baechtold, Gottfried Kellers Leben, seine Briefe und Tagebücher. Bd. 1, Berlin 1894, Bd. 2 und 3, 3. Aufl., Berlin 1894, 1897 (zit. z. B. Baechtold III 177).
Adolf Frey, Erinnerungen an Gottfried Keller. 3. erweiterte Aufl., Leipzig 1919 (zit. Frey, Erinnerungen).
Gottfried-Keller-Anekdoten. Gesammelt und hrsg. v. Adolf Vögtlin. 9.–12., verm. Aufl., Berlin o. J. (1919).
Marie Bluntschli, Erinnerungen an Gottfried Keller. Bern 1940.
Emil Ermatinger, Gottfried Kellers Leben. Mit Benutzung von Jakob Baechtolds Biographie dargestellt. 8. Aufl., Zürich 1950 (zit. Ermatinger).
Alfred Zäch, Gottfried Keller im Spiegel seiner Zeit. Zürich 1952 (zit. Zäch).
Fritz Koegel, Bei C. F. Meyer. Ein Gespräch. Die Rheinlande, Jg. 1, Bd. 1 (1900), 27–33.
Julius Rodenberg, C. F. Meyer zum Gedächtnis. Deutsche Rundschau 98 (1899), 134–138.
Nanny von Escher, Erinnerungen an C. F. Meyer. In : Zürcher Taschenbuch 1900, 1–16.
Betsy Meyer, Conrad Ferdinand Meyer. In der Erinnerung seiner Schwester. Berlin 1903.
August Langmesser, C. F. Meyer. Sein Leben, seine Werke, sein Nachlaß. 3. Aufl., Berlin 1905.
Adolf Frey, Conrad Ferdinand Meyer. Sein Leben und seine Werke. 2. durchgesehene Aufl., Stuttgart und Leipzig 1909.
Max Nußberger, Conrad Ferdinand Meyer. Leben und Werke. Frauenfeld 1919.
Anna von Doss, Briefe über Conrad Ferdinand Meyer. Hrsg. v. Hans Zeller, Bern 1960.

Felix Weingartner, Lebenserinnerungen. Bd. 2, Zürich 1929.

Josef Viktor Widmann, Ein Lebensbild. Zweite Lebenshälfte. Verfaßt von Max Widmann. Frauenfeld und Leipzig 1924.

Carl Albert Loosli, Erinnerungen an Carl Spitteler. St. Gallen 1956.

Carl Spitteler in der Erinnerung seiner Freunde und Weggefährten. Gespräche – Zeugnisse – Begegnungen. Gesammelt und in biographischer Folge hrsg. v. Leonhard Beriger. Zürich 1947.

Achim von Arnim und die ihm nahestanden. Hrsg. von Reinhold Steig und Herman Grimm. Bd. 1 : Achim von Arnim und Clemens Brentano, bearbeitet von Reinhold Steig. Stuttgart 1894.

Johann Kaspar Bluntschli, Denkwürdigkeiten aus meinem Leben. 3 Bände. Nördlingen 1884.

Georg Gottfried Gervinus, Sein Leben. Von ihm selbst. 1860. Leipzig 1893.

Ferdinand Josef Schneider, Christian Dietrich Grabbe. Persönlichkeit und Werk. München 1934.

Emil Kuh, Biographie Friedrich Hebbels. 2 Bände. Wien 1877.

Henriette Herz, Ihr Leben und ihre Erinnerungen, hrsg. v. J. Fürst. Berlin 1850.

Paul Heyse, Jugenderinnerungen und Bekenntnisse. Bd. 1 : Aus dem Leben. Bd. 2 : Aus der Werkstatt. 5. Aufl., Stuttgart 1912.

Hans Rudolf Hilty, Carl Hilty und das geistige Erbe der Goethezeit. Eine Studie zur Geistesgeschichte der Schweiz im 19. Jahrhundert. St. Gallen 1953.

Moritz Lazarus, Lebenserinnerungen. Bearbeitet von Nahida Lazarus und Alfred Leicht. Berlin 1906.

Rahel. Ein Buch des Andenkens für ihre Freunde. Hrsg. v. Varnhagen von Ense. Berlin 1834.

Hannah Arendt, Rahel Varnhagen. Lebensgeschichte einer deutschen Jüdin aus der Romantik. München 1959.

Max Ring, Tagebücher, Erinnerungen. Bd. 2, Berlin 1897.

Julius Rodenberg, Bilder aus dem Berliner Leben. Berlin 1885.

– Erinnerungen an die Jugendzeit. Bd. 1, Berlin 1899.

Alexander von Sternberg, Erinnerungsblätter aus der Biedermeierzeit, hrsg. und eingeleitet von Joachim Kühn. Berlin 1919.

Ilse Frapan, Vischer-Erinnerungen. Stuttgart 1889.

Fritz Schlawe, Friedrich Theodor Vischer. Stuttgart 1959.

Friedrich Sengle, Chr. M. Wieland. Stuttgart 1949.

Carl Helbling, Mariafeld. Aus der Geschichte eines Hauses. Zürich 1951.

C) HANDBÜCHER UND LITERATURGESCHICHTLICHE WERKE

Joseph von Eichendorff, Geschichte der poetischen Literatur Deutschlands, Teil 2, Paderborn 1857.

– Geschichte . . . , neu hrsg. und eingeleitet von Wilhelm Kosch. Kempten und München 1906.

Georg Gottfried Gervinus, Geschichte der deutschen Dichtung. 5 Bände. 5. Aufl., Leipzig 1871–1874.

Hermann Hettner, Literaturgeschichte des 18. Jahrhunderts. Teil 1 : Geschichte der englischen Literatur 1660–1770. 2. Aufl., Braunschweig 1872; Teil 3 II : Das Zeitalter Friedrichs des Großen. 2. Aufl., Braunschweig 1872; Teil 3 III : Goethe und Schiller. Abt. 1 : Die Sturm- und Drangperiode. Abt. 2 : Das Ideal der Humanität. Braunschweig 1870.

Georg Brandes, Die Literatur des neunzehnten Jahrhunderts. Bd. 6 : Das junge Deutschland. Leipzig 1891.

Richard M. Meyer, Die deutsche Literatur des neunzehnten Jahrhunderts. 3. Aufl., Berlin 1906.

Philosophie der Literaturwissenschaft, hrsg. v. Emil Ermatinger, Berlin 1930.

Max Wehrli, Allgemeine Literaturwissenschaft, Bern 1951. Wissenschaftliche Forschungsberichte. Geisteswissenschaftliche Reihe, hrsg. v. Prof. Karl Hönn. 3.

Walter Muschg, Tragische Literaturgeschichte. 2. Aufl., Bern 1953.

Bruno Markwardt, Geschichte der deutschen Poetik. Bd. IV : Das 19. Jahrhundert, Berlin 1959. Grundriß der germanischen Philologie. 13/IV.

Ernst Alker, Die deutsche Literatur im 19. Jahrhundert (1832–1914). Stuttgart 1962. Kröners Taschenausgabe. 339.

Fritz Martini, Deutsche Literatur im bügerlichen Realismus 1848–1898. Stuttgart 1962. Epochen der deutschen Literatur. Geschichtliche Darstellungen. V/2.

Reallexikon der deutschen Literaturgeschichte. 2. Aufl., hrsg. v. Werner Kohlschmidt und Wolfgang Mohr. Band 1 (A–K), Berlin 1958; Band 2 (L–O), Berlin 1965. – Daraus verwendete Artikel : «Essay» (Fritz Martini) – «Literarische Kritik» (Werner Kohlschmidt – Wolfgang Mohr) – «Literaturwissenschaft» (Erik Lunding) – «Novelle» (Johannes Klein).

Werner Günther, Dichter der neueren Schweiz. I, Bern und München 1963.

Literarische Manifeste des Naturalismus 1880–1892, hrsg. v. Erich Ruprecht. Stuttgart 1962. Epochen der deutschen Literatur. Materialienband.

D) ZEITUNGSKUNDLICHE WERKE UND ARBEITEN

Ludwig Salomon, Geschichte des deutschen Zeitungswesens, Bd. 3 : Das Zeitungswesen seit 1814, Oldenburg und Leipzig 1906.

Carl Diesch, Bibliographie der germanistischen Zeitschriften. Leipzig 1927.

«Briefe an Cotta», Bd. II : Das Zeitalter der Restauration 1815–1832, hrsg. v. Herbert Schiller, Stuttgart 1927. Bd. III : Vom Vormärz bis Bismarck 1833–1862, hrsg. v. Herbert Schiller, Stuttgart 1934.

Wolfgang Berg, Der poetische Verlag der J. G. Cotta'schen Buchhandlung unter Georg von Cotta (1833–1863). Diss. München 1959. Archiv für Geschichte des deutschen Buchwesens XVII, Frankfurt a. M. 1959.

Dieter Hertz-Eichenrode, Der Junghegelianer Bruno Bauer im Vormärz. Diss. Berlin 1959.

Fritz Schlawe, Die Berliner Jahrbücher für wissenschaftliche Kritik. Ein Beitrag zur Geschichte des Hegelianismus. Zeitschrift für Religions- und Geistesgeschichte, 11 (1959), 240–58, 343–56.

Joachim Kirchner, Geschichte des deutschen Zeitschriftenwesens. Teil II : Vom Wiener Kongreß bis zum Ausgang des 19. Jahrhunderts. Wiesbaden 1962.

E) ABHANDLUNGEN UND STUDIEN

1. Zu Gottfried Kellers Persönlichkeit und Werk

Alker, Ernst, Gottfried Keller und Adalbert Stifter. Eine vergleichende Studie. Wien–Leipzig 1923.

Allemann, Beda, Gottfried Keller und das Skurrile, Zürich 1960. 28. Jahresbericht der Gottfried-Keller-Gesellschaft 1959.

Appenzeller, Luise, Der «Bildungsfreund» Thomas Scherrs und seine Bearbeitung durch Gottfried Keller. Diss. Zürich 1918.

Bänziger, Hans, Gottfried Keller und Jeremias Gotthelf. Ihr wesentliches Verhältnis als Grundlage für das Verständnis von Kellers Aufsätzen. Diss. Zürich 1943.

Benjamin, Walter, Gottfried Keller. Zu Ehren einer kritischen Gesamtausgabe seiner Werke. In : Schriften. Hrsg. v. T. W. Adorno unter Mitwirkung von G. Adorno und F. Podzus. Bd. 2, Frankfurt a. M. 1955.

Brunner, Paul, Studien und Beiträge zu Gottfried Kellers Lyrik, Diss. Zürich 1906.

Buser, Rita, Gottfried Keller und Salomon Gessner, Diss. Basel 1960. Liestal 1963.

Demagny, Jean-Daniel, Les idées politiques de J. Gotthelf et de G. Keller et leur évolution. Paris 1952.

Dünnebier, Hans, Gottfried Keller und Ludwig Feuerbach. Zürich 1913.

Glaser-Gerhard, Ernst, Hermann Hettner und Gottfried Keller. Ein Beitrag zur Theorie des Dramas um 1850. Diss. Leipzig 1929.

Günther, Werner, Gottfried Keller und Carl Spitteler. Eine tragische Dichterbegegnung. In : W. G., Form und Sinn. Beiträge zur Literatur- und Geistesgeschichte. Gesammelt und hrsg. v. Robert Blaser und Rudolf Zellweger. Bern und München 1968, S. 136–152.

Guggenheim, Kurt, Das Ende von Seldwyla. Ein Gottfried-Keller-Buch. Zürich und Stuttgart 1965.

Heller, Ruth, Gottfried Keller and Literary Criticism. German Life and Letters 12 (1958), 39–45.

Henkel, Arthur, Nachwort zu : Gottfried Keller, Der grüne Heinrich. Erste Fassung, hrsg. v. Arthur Henkel. Frankfurt a. M. 1961. Fischer Bücherei, Exempla Classica. 39.

Hoffmann, Karl Emil, Arnold Otts Begegnungen mit Gottfried Keller. Auf Grund des Arnold-Ott-Nachlasses in der Schweizerischen Landesbibliothek in Bern. National-Zeitung Basel, 25. 9., 2. 10., 9. 10. 1949.

Ibach, Alfred, Gottfried Keller und Friedrich Theodor Vischer. Diss. München 1927.

Jaeggi, Frieda, Gottfried Keller und Jean Paul. Diss. Bern 1913.

Kaiser, Michael, Literatursoziologische Studien zu Gottfried Kellers Dichtung, Bonn 1965. Abhandlungen zur Kunst-, Musik- und Literaturwissenschaft. 24.

Köster, Albert, Gottfried Keller. Sieben Vorlesungen. Leipzig 1900.

Kürnberger, Ferdinand, Gottfried Kellers «Sieben Legenden». In : Literarische Herzenssachen, Wien 1877, 239 ff.

Laufhütte, Hartmut, Wirklichkeit und Kunst in Gottfried Kellers Roman «Der grüne Heinrich» (2. Fassung). Diss. (Masch.) Kiel 1964. [Überarb. Druckfassung : Bonn 1969. Literatur und Wirklichkeit. 6.]

Muschg, Walter, Gottfried Keller und Jeremias Gotthelf. In: Jahrbuch des Freien Deutschen Hochstifts 1940, Frankfurt a. M. 1940, 159–198.

– Umriß eines Gottfried-Keller-Porträts. In: Gestalten und Figuren. Auswahl von Elli Muschg-Zollikofer. Bern und München 1968, 148–208.

Nußberger, Max, Der Landvogt von Greifensee und seine Quellen, Frauenfeld 1903.

Otto, Ernst, Die Philosophie Feuerbachs in Gottfried Kellers Roman «Der Grüne Heinrich». Weimarer Beiträge. Zeitschrift für Deutsche Literaturgeschichte 6 (1960), 76–111.

Pfeifer, Liselotte, Resignation und Entsagung in der Dichtung Gottfried Kellers. Diss (Masch.) Würzburg 1952.

Preisendanz, Wolfgang, Gottfried Keller. In: Humor als dichterische Einbildungskraft, München 1963, 143–213, 312–337. Theorie und Geschichte der Literatur und der schönen Künste. 1.

– Gottfried Keller: Der grüne Heinrich. In: Der deutsche Roman. Vom Barock zur Gegenwart. Struktur und Geschichte II, hrsg. v. Benno von Wiese, Düsseldorf 1963, 76–127.

– Gottfried Kellers «Sinngedicht». Zeitschrift für deutsche Philologie 82 (1963), 129 bis 151.

Reichert, Herbert W., Studies in the Weltanschauung of Gottfried Keller. Diss. University of Illinois 1942.

Ritzler, Paula, Das Außergewöhnliche und das Bestehende in Gottfried Kellers Novellen. Deutsche Vierteljahrsschrift für Literaturwissenchaft und Geistesgeschichte 28 (1954), 373–383.

Roffler, Thomas, Gottfried Keller. Ein Bildnis. Frauenfeld und Leipzig 1931.

Saxer, Johann Ulrich, Gottfried Kellers Bemühungen um das Theater. Ein Beitrag zur Problematik des deutschen Theaters im späteren 19. Jahrhundert. Diss. Zürich 1957.

Schmid, Karl, Brot und Wein. Gedanken über Gottfried Kellers Weltfrömmigkeit, Zürich 1963. [Jetzt in: Karl Schmid, Zeitspuren. Aufsätze und Reden. 2. Bd., Zürich und Stuttgart 1967, 168–177.]

Seiler, Therese, Gottfried Keller und die französische Literatur. Diss. Zürich 1955.

Staiger, Emil, Gottfried Keller und die Romantik, Zürich 1938. 6. Jahresbericht der Gottfried-Keller-Gesellschaft 1937.

– «Die ruhende Zeit». In: Die Zeit als Einbildungskraft des Dichters. 2. Aufl., Zürich 1953.

Trog, Hans, Fr. Th. Vischer und Gottfried Keller. In: Zürcher Taschenbuch 1908, 249–274.

Waldhausen, Agnes von, Gottfried Kellers «Grüner Heinrich» in seinen Beziehungen zu Goethes «Dichtung und Wahrheit». Euphorion 16 (1909), 471–497.

Walzel, Oskar, Gottfried Keller und die Literatur seiner Zeit. Schweizerland. Monatshefte für Schweizer-Art und -Arbeit 5 (1918/19), Bd. 2, 432–439.

Weber-Kellermann, Ingeborg, Volkstheater und Nationalfestspiel bei Gottfried Keller. In: Deutsches Jahrbuch für Volkskunde, Bd. 3, 1957, 145–168.

Wehrli, Max, Gottfried Kellers Verhältnis zum eigenen Schaffen. Diss. Basel 1965. Basler Studien zur deutschen Sprache und Literatur 29.

Weise, Gerhard, Die Herausbildung der ästhetischen Prinzipien Gottfried Kellers. Diss. (Masch.) Jena 1955.

Wiesmann, Louis, Gottfried Keller und Conrad Ferdinand Meyer in ihrem Verhältnis zu Shakespeare. In : Shakespeare und die Schweiz. Schweizer Theater-Jahrbuch 30. Bern 1964, 105–122.

Wildbolz, Rudolf, Gottfried Kellers Menschenbild. Bern und München 1964.

Wüst, Paul, Gottfried Keller und Conrad Ferdinand Meyer in ihrem persönlichen und literarischen Verhältnis. Leipzig 1911.

Zollinger, Max, Erlebtes und Erlerntes in Gottfried Kellers «Landvogt von Greifensee». Zeitschrift für den deutschen Unterricht 27 (1913), 762–775.

2. Zur Literaturkritik

Beriger, Leonhard, Die literarische Wertung. Ein Spektrum der Kritik, Halle a. S. 1938.

Bollnow, Otto Friedrich, Was heißt, einen Schriftsteller besser verstehen, als er sich selbst verstanden hat? Deutsche Vierteljahrsschrift für Literaturwissenschaft und Geistesgeschichte 18 (1940), 117–138.

Carlsson, Anni, Die deutsche Buchkritik, Bd. I : Von den Anfängen bis 1850, Stuttgart 1963. Sprache und Literatur 10.

Curtius, Ernst Robert, Die Literaturkritik in Deutschland. Hamburg 1950.

Frye, Northrop, Analyse der Literaturkritik. Stuttgart 1964. Sprache und Literatur 15.

– Vgl. Rez. von Peter Demetz, Heilsam durch milde Gifte. Zu Northrop Fryes kritischer Poetik. DIE ZEIT, 18. 9. 1964.

Kayser, Wolfgang, Literarische Wertung und Interpretation. In : Die Vortragsreise. Bern 1958, 39–57.

Levin, Harry, Contexts of Criticism, Cambridge Mass. 1957. Harvard Studies in Comparative Literature. 22.

Mayer, Hans, Einleitung zu : Meisterwerke deutscher Literaturkritik : Aufklärung, Klassik, Romantik. Stuttgart 1962.

Rüdiger, Horst, Traditionslosigkeit als Zeichen der Barbarei. Sprache im technischen Zeitalter, Sonderheft : Maßstäbe und Möglichkeiten der Kritik, Heft 9/10 (1964), 699–703.

Rychner, Max, Schweizerische Literaturkritik. Das literarische Echo 23 (1921), Sp. 1219–1224.

Salomon, Max, Recht und Kritik (nach einem Ausspruch Gottfried Kellers). Archiv für Rechts- und Wirtschaftsphilosophie 17 (1923/24), 200–206.

Sarnetzki, Detmar Heinrich, Die Literaturwissenschaft und die Dichtung und Kritik des Tages. In : Philosophie der Literaturwissenschaft..., 464–478.

Schücking, Levin L., Soziologie der literarischen Geschmacksbildung. 3., neu bearbeitete Aufl., Bern 1961. Dalp-Taschenbücher 354.

Seidler, Herbert, Gesamtblick und Wertung. In : Die Dichtung. Wesen, Form, Dasein. Stuttgart 1959, 317–341. Kröners Taschenausgabe. 283.

Speidel, Ludwig, Kritische Schriften. Ausgewählt, eingeleitet und erläutert von Julius Rütsch, Zürich und Stuttgart 1963. Klassiker der Kritik.

Wehrli, Max, Wert und Unwert der Dichtung. Köln und Olten 1965.

Wellek, René, A History of Modern Criticism 1750–1950 : The Later Eighteenth Century. London 1955.

Wellek, René, und Austin Warren, Theorie der Literatur. Bad Homburg vor der Höhe 1959.

Wiese, Benno von, Professoren, Schriftsteller und Journalisten. Sprache im technischen Zeitalter, Sonderheft: Maßstäbe und Möglichkeiten der Kritik, Heft 9/10 (1964), 821–824.

3. Studien über sonstige Gestalten und Probleme

Baumgartner, Paul, Jeremias Gotthelfs Zeitgeist und Berner Geist. Eine Studie zur Einführung und Deutung. Teil 1: Zeit und Dichter. Bern 1945.

Baur, Paul, Zur Bewertung von Spittelers Poesie. Basel 1964.

Bechtle, Richard, Wege nach Hellas. Studien zum Griechenlandbild deutscher Reisender. Esslingen 1959.

Berger, Bruno, Der Essay. Form und Geschichte, Bern und München 1964. Sammlung Dalp. 95.

Beriger, Leonhard, Spitteler als religiöser Dichter. In: Carl Spitteler zum 100. Geburtstag: Wegweiser zu seinen Gesammelten Werken, hrsg. v. Friedrich Witz. Zürich 1945.

Bettex, Albert, Spiegelungen der Schweiz in der deutschen Literatur 1870–1950. Zürich 1954.

Biehle, Herbert, Redetechnik, Berlin 1954. Sammlung Göschen. 61.

Bloch, Ernst, Hebel, Gotthelf und bäurisches Tao. In: Verfremdungen I, Frankfurt a. M. 1963, 186–210. Bibliothek Suhrkamp. 85.

Boehlich, Walter, Rudolf Unger. Ein Beitrag zur Geschichte der deutschen Literaturwissenschaft. Zeitschrift für deutsche Philologie 70 (1948/49), 418–447.

Bohnenblust, Gottfried, Jacob Burckhardt und Carl Spitteler. In: Festschrift für Eduard Castle zum achtzigsten Geburtsag, Wien 1955, 157–170.

Bracher, Hans, Rahmenerzählung und Verwandtes bei G. Keller, C. F. Meyer und Th. Storm. Ein Beitrag zur Technik der Novelle. Diss. Bern 1907. Untersuchungen zur neueren deutschen Literaturgeschichte N. F. 3.

Buri, Fritz, Erlösung bei Carl Spitteler und Gottfried Keller. Zürich 1946. 14. Jahresbericht der Gottfried-Keller-Gesellschaft 1945.

Burte, Hermann, Einleitung zu: A. E. Fröhlich, Aus Jeremias Gotthelfs Leben. Neudruck nach dem fünften Bande der «Erzählungen und Bilder aus dem Volksleben der Schweiz» (Berlin 1855). Lörrach 1928.

Curtius, Ernst Robert, Die literarischen Wegbereiter des neuen Frankreich. Potsdam 1919. – Neufassung: Französischer Geist im 20. Jahrhundert. Bern 1952.

Dilthey, Wilhelm, Gesammelte Schriften, Bd. V, VI, hrsg. v. Georg Misch. 2. bzw. 3. Aufl., Göttingen 1957 bzw. 1958.

– Die große Phantasiedichtung und andere Studien zur vergleichenden Literaturgeschichte, hrsg. v. Herman Nohl. Göttingen 1954.

Ernst, Paul, Der Weg zur Form. Berlin 1915.

Faesi, Robert, Gestalten und Wandlungen schweizerischer Dichtung. Zehn Essays. Zürich–Leipzig–Wien 1922.

– Spittelers Weg und Werk, Frauenfeld und Leipzig 1933. Die Schweiz im deutschen Geistesleben. Illustrierte Reihe 20.

Faesi, Robert, Spitteler und George. Dichtung und Volkstum = Euphorion, N. F. 35 (1934), 219–247.

Federer, Heinrich, Um Carl Spitteler herum. Neue Zürcher Nachrichten, 14.–18. 1. 1925.

– Ein Nachwort zu den Spitteler-Artikeln. Neue Zürcher Nachrichten, 24./25. 2. 1925.

– Das schweizerische Volksdrama «Karl der Kühne und die Eidgenossen» von Dr. Arnold Ott. In : Alte und Neue Welt, Jg. 39, 1904/1905, 96–103.

– Aus Arnold Otts Leben und Dichten. I–VII. Neue Zürcher Nachrichten, 11.–15., 17., 18. Okt. 1910.

Fischer, Hermann, Die Geniepromotion. Ein Gedenkblatt zum 30. Todestag Friedrich Th. Vischers. Süddeutsche Monatshefte 4 (1907), Bd. 2, 272–279.

Fränkel, Jonas, Spitteler. Huldigungen und Begegnungen. St. Gallen 1945.

– J. V. Widmann. 2., umgearbeitete Aufl., St. Gallen 1960.

Franzos, Karl Emil, C. F. Meyer. Ein Vortrag. Berlin 1899.

Frey, Adolf, Jakob Frey, Ein Erinnerungsbild, Aarau 1897.

– Aus Literatur und Kunst, hrsg. v. Lina Frey. Frauenfeld und Leipzig 1932.

Frisé, Adolf, Roman und Essay. In : Definitionen. Essays zur Literatur, hrsg. v. Adolf Frisé. Frankfurt a. M. 1963, 137–156.

Gräfe, Gerhard, Die Gestalt des Literaten im Zeitroman des 19. Jahrhunderts. Diss. Berlin 1937. Germanistische Studien 185.

Greyerz, Otto von, Spittelerverehrung. Schweizerische Monatshefte für Politik und Kultur 5 (1925/26), 48–51.

– «Prometheus der Dulder» und «Käthi die Großmutter». Schweizerische Monatshefte ... 5 (1925/26), 299–310.

Grimm, Jacob, Kleinere Schriften. Bd. 5, Berlin 1871.

Guggenbühl, Gottfried, Carl Spitteler in der politischen Legende, Stäfa/Zürich 1958. (SA aus :) Zürichsee-Zeitung, 13. 12. 1957.

Gundolf, Friedrich, Shakespeare und der deutsche Geist. 6. Aufl., Berlin 1922.

Hartmann, Eduard von, Ästhetik. Teil I, Berlin 1886.

Hehn, Victor, Gedanken über Goethe. Berlin 1877.

– Über Goethes Lyrik, hrsg. v. Eduard von der Hellen. Berlin 1911.

Henkel, Arthur, Entsagung. Eine Studie zu Goethes Altersroman, Tübingen 1954. Hermaea. Germanistische Forschungen N. F. 3.

Hoffmann, Hans, Einiges von Wilhelm Raabe. In : Velhagen und Klasings Monatshefte 15 (1900/1901), Bd. 2, 689–693.

Hofmann, Karl Emil, Das Leben des Dichters Heinrich Leuthold. Basel 1935.

Hofmannsthal, Hugo von, Shakespeares Könige und große Herren. In : Gesammelte Werke in Einzelausgaben. Hrsg. v. Herbert Steiner. Prosa II, Frankfurt a. M. 1951, 147–174.

– Brief an den Verleger Eugen Rentsch über Eduard Corrodis «Geisteserbe der Schweiz». In : Gesammelte Werke ..., Prosa IV, Frankfurt a. M. 1955, 478.

Hofmiller, Josef, Karl Hillebrand. In : Die Bücher und wir. Zürich 1950, 76–83.

Hunziker, Rudolf, Jeremias Gotthelf, Frauenfeld und Leipzig 1927. Die Schweiz im deutschen Geistesleben. 50/51.

Japtok, Eugen, Karl Rosenkranz als Literaturkritiker. Eine Studie über Hegelianismus und Dichtung. Diss. Freiburg i. Br. 1964.

Kaegi, Werner, Jacob Burckhardt. Eine Biographie. Bd. 3 : Die Zeit der klassischen Werke. Basel und Stuttgart 1956.

Kaeslin, Hans, Karl Spitteler und Frau Edith Landmann-Kalischers kritische Sendung. Luzern 1924.

Kalischer, Erwin, C. F. Meyer in seinem Verhältnis zur Renaissance. Berlin 1907. Palaestra 64.

Kayser, Wolfgang, Das Groteske. Seine Gestaltung in Malerei und Dichtung. Oldenburg und Hamburg 1957.

– Das literarische Leben der Gegenwart. In : Deutsche Literatur in unserer Zeit, Göttingen 1959, 5–31. Kleine Vandenhoek-Reihe 73/74.

– Entstehung und Krise des modernen Romans. 3. Aufl., Stuttgart 1961.

Kluckhohn, Paul, Biedermeier als literarische Epochenbezeichnung. Deutsche Vierteljahrsschrift für Literaturwissenschaft und Geistesgeschichte 23 (1935), 1–43.

Kohlschmidt, Werner, Herder-Studien. Untersuchungen zu Herders kritischem Stil und seinen literaturkritischen Grundeinsichten. Diss. Göttingen. Berlin 1929. Neue deutsche Forschungen IV.

– Die Welt des Bauern im Spiegel von Immermanns «Münchhausen» und Gotthelfs «Uli». Dichtung und Volkstum = Euphorion 39 (1938), 223–237.

– Theodor Storm und die Zürcher Dichter. In : Dichter, Tradition und Zeitgeist. Gesammelte Studien zur Literaturgeschichte. Bern und München 1965, 349–362.

– Gotthelfs Gegenwärtigkeit. In : Dichter, Tradition . . ., 309–321.

– Conrad Ferdinand Meyer und die Reformation. In : Dichter, Tradition . . ., 363–377.

– Jeremias Gotthelf : Geld und Geist. In : Der deutsche Roman. Vom Barock bis zur Gegenwart. Struktur und Geschichte II, hrsg. v. Benno von Wiese. Düsseldorf 1963, 9–33.

Landmann-Kalischer, Edith, Carl Spittelers poetische Sendung. Schweizerische Monatshefte für Politik und Kultur 3 (1923/24), 334–352.

Lavignini, Bruno, L'Amore della Statua. Maia, Heft 3 (1963), 322 ff. Studi in onore di Gennaro Perrotta.

Leibbrand, Werner, Der Selbstmord der Charlotte Stieglitz. Deutsche Medizinische Wochenschrift 60 (1934), Nr. 50.

Luck, Georg, Scriptor Classicus. Comparative Literature 10 (1958), Nr. 2, 150–158.

Lucka, Emil, Das Grundproblem der Dichtkunst. Zeitschrift für Ästhetik 22 (1928), 129–146.

Malmede, Hans Hermann, Wege zur Novelle, Stuttgart–Berlin–Köln–Mainz 1966. Sprache und Literatur 29.

Marti, Paul, «Zeitgeist und Berner Geist» und «Martin Salander». Schweizerische Monatshefte für Politik und Kultur 39 (1959/60), 1228–1246.

Maync, Harry, Geschichte der deutschen Goethe-Biographie. Leipzig 1914.

Messleny, Richard, Karl Spitteler und das neudeutsche Epos, 1. (einziger) Bd., Halle a. S. 1918. Deutsche Erzählkunst. Ihr Wesen und ihre Geschichte. Hrsg. v. Richard Messleny. 1.

Meyer, Herman, Der Sonderling in der deutschen Dichtung, München 1963. Literatur als Kunst, hrsg. v. Kurt May und Walter Höllerer.

– Das Zitat in der Erzählkunst. Stuttgart 1961.

Minor, Jakob, Johann Nepomuk Bachmayr. Dokumente zur Literatur des Nachmärz. In : Jahrbuch der Grillparzer-Gesellschaft, Jg. 10, 1900, 129–190.

Müller-Vollmer, Kurt, Towards a Phenomenological Theory of Literature. A Study of Wilhelm Diltheys «Poetik». Den Haag 1963. Stanford Studies in Germanics and Slavics I.

Müri, Walter, Die Antike. Untersuchungen über den Ursprung und die Entwicklung der Bezeichnung einer geschichtlichen Epoche, Bern 1957. Beilage zum Jahresbericht des Städtischen Gymnasiums in Bern 1957.

Muret, Gabriel, Jeremias Gotthelf. Sa vie et ses œuvres. Paris 1913.

– Jeremias Gotthelf in seinen Beziehungen zu Deutschland. Thèse complémentaire, Paris 1912.

Muschg, Walter, Jeremias Gotthelf. 2. Aufl., Bern 1960.

– Deutschland ist Hamlet. In: Shakespeare-Jahrbuch 101, 1965; dann in: W. M., Studien zur tragischen Literaturgeschichte. Bern und München 1965, 205–227.

Ölmüller, Willi, Friedrich Theodor Vischer und das Problem der nachhegelschen Ästhetik, Stuttgart 1959. Forschungen zur Kirchen- und Geistesgeschichte N. F. 8.

Pascal, Roy, Die Autobiographie. Gehalt und Gestalt, Stuttgart 1965. Sprache und Literatur 19.

Prutz, Robert, Kleine Schriften zur Politik und Literatur. Bd. 2, Merseburg 1847.

– Neue Schriften I, Berlin 1854.

Pulver, Elsbeth, Hofmannsthals Schriften zur Literatur, Diss. Bern 1956. Sprache und Dichtung N. F. 1.

Rawidowicz, Simon, Ludwig Feuerbachs Philosophie. Ursprung und Schicksal, 2. Aufl., Berlin 1964.

Rehm, Walther, Jean Pauls vergnügliches Notenleben oder Notenmacher und Notenleser. In: Jahrbuch der Deutschen Schillerstiftung, Jg. 3., 1959, 244–337.

– Heinrich Wölfflin als Literarhistoriker. Mit einem Anhang ungedruckter Briefe von Michael Bernays, Eduard und Heinrich Wölfflin, München 1960. Bayerische Akademie der Wissenschaften, phil.-hist. Klasse, Jg. 1960, Heft 9.

Reiners, Ludwig, Die Kunst der Rede und des Gesprächs, Bern 1955. Dalp-Taschenbücher 319.

Rychner, Max, G. G. Gervinus. Ein Kapitel Literaturgeschichte, Bern 1922.

– Denn er war unser. Wissen und Leben. Neue Schweizer Rundschau, Jg. 18, Heft 3, 1. Febr. 1925, 171–181; dann unter dem Titel: Carl Spitteler in: Bedachte und bezeugte Welt. Prosa, Gedichte, Aufsätze. Zum 65. Geburtstag. Darmstadt–Hamburg 1962, 213–221. Agora. Eine humanistische Schriftenreihe. 16.

Schasler, Max, Ästhetik. Teil I, Berlin 1872.

Scherer, Wilhelm, Kleine Schriften, hrsg. v. Konrad Burdach und Erich Schmidt. Bd. 2, Berlin 1893.

Schmid, Karl, Versuch über die schweizerische Nationalität. In: Aufsätze und Reden. Zürich und Stuttgart 1957, 10–133.

– Unbehagen im Kleinstaat. Zürich 1963.

Schmidt, Erich, Charakteristiken. 1. Reihe, 2. Aufl., Berlin 1902.

Schultz, Franz, Die Entwicklung der Literaturwissenschaft. In: Philosophie der Literaturwissenschaft ..., 1–42.

Schunicht, Manfred, Die Novellentheorie und Novellendichtung Paul Heyses. Diss. Münster 1957.

Seidel, H. Wolfgang, Theodor Storm und Georg Ebers. Das literarische Echo, Jg. 22, 1919, Sp. 271–273.

Seuffert, Bernhard, Hermann Hettner. Archiv für Literaturgeschichte 12 (1884), 1–25.

Stamm, Alice, Die Gestalt des deutschschweizerischen Dichters um die Mitte des 19. Jahrhunderts. Das Ringen um das innere Recht des Dichtertums. Diss. Zürich 1936. Wege zur Dichtung 26.

Unger, Rudolf, Wandlungen des literarischen Goethebildes seit hundert Jahren. In: Gesammelte Studien, Bd. 2: Aufsätze zur Literatur- und Geistesgeschichte, Berlin 1929, 220–232.

– C. F. Meyer. Eine Charakteristik zu seinem Säkulartag, 11. Oktober 1925. In: Gesammelte Studien, Bd. 2 . . ., 198–217.

– Gervinus und die Anfänge der politischen Literaturgeschichtsschreibung in Deutschland. In: Nachrichten von der Gesellschaft der Wissenschaften zu Göttingen, phil.-hist. Klasse. N. F., Fachgruppe IV, 1935, I. Bd., 1937.

Walzel, Oskar F., Einleitung zu: Adalbert von Chamisso, Werke, hrsg. v. Oskar F. Walzel, Stuttgart o. J. (1892). Deutsche Nationalliteratur 148.

– Poesie und Nichtpoesie. Frankfurt a. M. 1937.

Wiese, Benno von, Novelle, Stuttgart 1963. Realienbücher für Germanisten. Abt. E: Poetik. Sammlung Metzler 26.

Wölfflin, Heinrich, Kleine Schriften 1886–1933, hrsg. v. Joseph Gantner. Basel 1946.

Zäch, Alfred, C. F. Meyers Bemühungen um Spittelers Frühwerke. Neue Zürcher Zeitung, 21. 10. 1962, Nr. 4062.

Zollinger, Max, Eine schweizerische Nationalbühne. Aarau 1909.

ANMERKUNGEN

EINLEITUNG

[1] Vgl. die Studien Walter Muschgs und Hans Bänzigers über Keller und Gotthelf.

[2] Emil Staiger, Die Zeit als Einbildungskraft des Dichters, 2. Aufl., 10.

[3] Ermatinger a. a. O. 340. Über Wert und Deutung von Gottfried-Keller-Anekdoten vgl. Walter Muschg, Das Vaterland, in : Umriß eines Gottfried-Keller-Porträts, 207.

[4] Baechtold III 314; Hans Hoffmann, Einiges von Wilhelm Raabe, a. a. O. 689. Erst nach Abschluß der vorliegenden Arbeit ist das Kapitel «Der Zwerg» aus Walter Muschgs geplanter Keller-Biographie erschienen, das diese Charakterzüge ebenfalls schildert.

[5] 23. 10. 73, III 1 167.

[6] 21. 4. 81, III 1 381.

[7] Fritz Kögel, Bei C. F. Meyer 32.

[8] An Paul Heyse, 13. 12. 78, III 1 33.

[9] Ende März / 22. 4. 60, I 265. Die Schriften sind : Karl Vogt, Köhlerglaube und Wissenschaft, Giessen 1855, und : Wilhelm Schulz, Der Froschmäusekrieg zwischen den Pedanten des Glaubens und des Unglaubens. Mit einer Zueignung an Prof. Karl Vogt, Leipzig 1856.

[10] Indessen weisen lange nicht alle Bücher, von denen er in den Briefen spricht (sofern sie erhalten sind), Randbemerkungen auf. Beispiele solcher Glossen bei Paul Brunner, Studien . . ., 40, 174 f., und 15/2 234 f., 274.

[11] Ermatinger a. a. O. 597.

[12] Frey, Erinnerungen 18 f.

[13] Albert Zäch o. c.

[14] Carl Helbling 22, 350.

[15] 5. 2. 47, I 240.

[16] 22, 46.

[17] März 1877, zit. Goldammer 10.

[18] 31. 12. 77, III 1 416; 19. 11. 84, III 1 497; 25. 9. 81, III 1 466; 15. 11. 78, III 1 431; «Wochenblatt», hrsg. v. Fritz Mauthner, 1. Jg. 1878.

[19] 22. 10. 50, I 249.

[20] Frey, Erinnerungen 23.

[21] a. a. O. 34 f.

[22] 22, 184–87.

[23] 22, 208–11.

[24] L. L. Schücking a. a. O. 53 f.

[25] Selbstkritik : Nach Abschluß der Dissertation erschienen ist Klaus Jeziorkowskis Edition der Äußerungen von Gottfried Keller über sein Werk (München, Heimeran, 1969, Reihe «Dichter über ihre Dichtungen»). – Markwardt a. a. O. 699.

[26] «Meisterwerke deutscher Literaturkritik», hrsg. und eingel. von Hans Mayer, 2 Bde., Berlin 1954 und 1956.
In der Reihe «Klassiker der Kritik» sind bisher Bände mit kritischen Schriften u. a. A. W. Schlegels, Ludwig Speidels, Rudolf Hayms, Otto Brahms und Carl Spittelers erschienen.

«Ein Jahrhundert deutscher Literaturkritik», hrsg. v. Oscar Fambach, Bd. II : Schiller und sein Kreis in der Kritik ihrer Zeit (Berlin 1957); Bd. III : Der Aufstieg zur Klassik in der Kritik der Zeit (Berlin 1959); Bd. IV : Das große Jahrzehnt (Berlin 1958); Bd. V : Der romantische Rückfall in der Kritik der Zeit (Berlin 1963).

«Meisterwerke der deutschen Kritik», hrsg. v. Gerhard F. Hering, Bd. I : 1730–1830, Bd. II : 1830–1890, München, Deutscher Taschenbuch-Verlag, 1962/63.

[27] a. a. O. 24, Anm. 1.

ERSTER TEIL

1. Kapitel : Schöpferische und kritische Instanzen

[1] Vgl. Anni Carlsson a. a. O. «Die Ablösung der geistigen Aristokratie» (161 ff.) und die dort genannten Quellen.

[2] Karl Biedermann a. a. O. 1 und 69; zum deutschen periodischen Schrifttum vgl. die im Literaturverzeichnis (566) genannten Bücher. Gans a. a. O. 222 und 253 f.

[3] Vgl. Ernst Howald, Einl. zur Auswahl aus den kritischen Schriften Rudolf Hayms a. a. O. 16 f.

[4] a. a. O. 64.

[5] Teutscher Merkur 1773, 3. Bd., 3. Stück, 267 f.

[6] Anni Carlsson a. a. O. 206.

[7] Zit. bei Ludwig Salomon a. a. O. 498 f.

[8] Anni Carlsson a. a. O. 206.

[9] Rötscher in der Rezension von Fr. W. Riemers «Mitteilungen über Goethe» (Berlin 1841), in : Jahrbücher für wissenschaftliche Kritik 1843, Bd. 1, 779. Freilich charakterisiert Rötscher das Publikum auch anders : als «die noch nicht auf der Höhe der Zeit stehende Menge; diesem Publikum beweist der Dichter, nach Goethes Ausdruck, dadurch seine höchste Achtung, ‹daß er niemals bringt, was man erwartet, sondern was er selbst auf der jedesmaligen Stufe eigener und fremder Bildung für recht und nützlich hält›» (vgl. Goethe, Ausg. letzter Hand Bd. 49, 42).

Als Anachronismus zu werten ist die Zeitschrift des Hegelianers Bruno Bauer : «Allgemeine Literatur-Zeitung» (Heft I–XII in 2 Bänden, Charlottenburg 1843/44, 2. Abdruck u. d. T. «Streit der Kritik mit den modernen Gegensätzen», Leipzig 1847). «In der Masse» sieht Bauer «den wahren Feind des Geistes» (Heft I 3), und in Heft VI (38) schreibt ein Korrespondent, die «Literaturzeitung» erfülle ihren Zweck, indem «sie keinen ‹Anklang› findet» (Hinweis bei Dieter Hertz-Eichenrode a. a. O. 101–105).

[10] Anni Carlsson a. a. O. 206.

[11] Prutz in : Kleine Schriften zur Politik und Literatur, Bd. 2 (Hinweis bei Anni Carlsson a. a. O. 184); Grillparzer : L. L. Schücking a. a. O. 65 ff.

[12] Anni Carlsson a. a. O. 206.

[13] Die folgenden Ausführungen stützen sich auf den Vortrag von Wolfgang Kayser «Das literarische Leben der Gegenwart», a. a. O. 5–31. Vgl. auch Michael Kaiser, a. a. O., vor allem den III. Hauptteil : «Probleme der Werkverbreitung».

[14] Vgl. «Briefe an Cotta» und Wolfgang Berg a. a. O.

[15] Kayser a. a. O. 13.

[16] a. a. O. 17 ff.

[17] Schücking a. a. O. 58.

[18] Kayser a. a. O. 24.

[19] Zeitschriften, die sich betont unpopulär geben und einen Publikumserfolg nicht beabsichtigen, haben grundsätzlich dieselbe Tendenz : auch sie nehmen auf, wer sich nach Bildung und Wesen einfügen kann.

[20] Kayser a. a. O. 27 f.

[21] a. a. O. 30.

[22] An Hettner, 5. 1. 54, I 383.

[23] 16. 9. 45, I 233; vgl. 21, 6 und 21, 23 f.

[24] I 233.

[25] 1, 115.

[26] 21, 20.

[27] 5. 2. 47, I 240.

[28] 16. 9. 47, 21, 77.

[29] An Wilhelm Baumgartner, 28. 1. 49, I 274.

[30] An Vieweg, 3. 5. 50, III 2 15 ff.

[31] Vorrede zum Abdruck von «Frau Regel Amrain und ihr Jüngster» in der «Berliner Volkszeitung» : 7, 389 (vgl. Einleitung zur Buchausgabe : 7, 3).

[32] I 274.

[33] An Vieweg, 3. 5. 50, III 2 16 f.

[34] 22. 9. 50, I 250.

[35] An Wilhelm Baumgartner, 16. 2. 51, I 284.

[36] An Baumgartner, September 1851, I 296.

[37] Im Brief vom 16. 8. 50 (III 2 25) nennt Keller als Grund für seine Zurückhaltung einen Mißgriff des Verlegers seiner ersten Gedichtsammlung, Winter, der mehrere Exemplare mit fingierten Widmungen und Briefen als von Keller selbst kommend an verschiedene Persönlichkeiten verschickt hatte, u. a. auch an Varnhagen. «Es hat mich aber so geärgert und beschämt, daß ich bis jetzt noch bei keiner derselben gewesen bin, obschon mir die Bekanntschaft nur erwünscht und ersprießlich sein muß.»

[38] An Freiligrath, 30. 4. 50, I 247.

[39] An Baumgartner, Juli 1852, I 305; an Hettner, 17. 2. 51, I 348; aus dem Gedicht «Mühlenromantik» : 15/2 13.

[40] An Baumgartner, September 1851, I 296.

[41] 21. 6. 50, I 328.

[42] An Hettner, 24. 10. 50, I 347.

[43] An Hettner, 17. 2. 51, I 348 (vgl. 22, 37). Lange Zeit später vergleicht Keller noch einmal Wien und Berlin : «Das Lustigste ist, daß sie sich für gemütlicher halten als die Berliner» (an Emil Kuh, 9. 11./6. 12. 74, III 1 185); Petersen gegenüber urteilt er 1877 : «... diese Wiener Juden sind ... ein so indiskretes Volk» (III 1 360).

[44] An Baumgartner, 27. 3. / Sept. 51, I 296.

[45] 21, 20. Die interessanteste Gestalt jenes politisch-literarischen Kreises teilnehmender Freunde ist August Adolf Ludwig Follen, der seit 1821 in der Schweiz lebt, zunächst als Lehrer in Aarau und Zürich wirkt, später die Gessnersche Buchhandlung erwirbt, Großrat wird und an der Hochschule lehrt. In den vierziger Jahren verkehren bei ihm zahlreiche Emigranten : Herwegh, Fallersleben, Freiligrath, Philipp Wackernagel (Verfasser des «Deutschen Kirchenlied»); zu ihnen gehört auch der deutsche Publizist Wilhelm Schulz, der während des Sonderbundskriegs in der eidgenössischen Armee dient

und 1848/49 als Abgeordneter im Frankfurter Parlament sitzt. Follens Bearbeitung der ersten Gedichte Kellers erklärt den versteckten Vorwurf des Dichters. Immerhin ist er 1855 bereit, mit Wilhelm Schulz eine Auswahl aus Follens Schriften und Gedichten zu publizieren, wie aus einem Brief Schulz' an Gustav Vogt, den Schwiegersohn Follens, hervorgeht (Ermatinger a. a. O. 115 und 607).

[46] An die Mutter, 11. 4. 49, I 95; an Baumgartner, 28. 1. 49, I 274.

[47] 7. und 11. 12. 49, II 29.

[48] 29. 5. 50, I 313 f. Keller schildert einen Abend in Hettners Wohnung, an dem Jakob Moleschott aus einem Werk über Diätetik liest, «das Kapitel über Hunger und Durst. Es kam darauf hinaus, daß man sterben müsse, wenn man nichts mehr esse und trinke, was mich sehr frappierte. Allerlei häßliche physiologische Ausdrücke trug er, um die Pille zu vergolden, mit einer Sorte von süßem Pathos vor, welche mir, trotz meines Elendes, einen abscheulichen Lachkrampf verursachte, was mir fast übel bekam» (in dem nicht abgeschickten Brief an Johanna Kapp, 7./11. 12. 49, II 28).

[49] «Notiz» : I 311–13, Zit. I 312; vgl. Ernst Glaser-Gerhard, Diss. 36 ff.

[50] An Hettner, 18. 10. 56, I 436.

[51] L. L. Schücking a. a. O. 42 f.

[52] Hinweis bei Berg a. a. O. 1832.

[53] J. Fürst, Henriette Herz, 148–55, 157.

[54] An Ludmilla Assing, Himmelfahrtstag 1861, II 99/100.

[55] Vgl. Reinhold Steig a. a. O. 288.

[56] F. J. Schneider a. a. O. 36.

[57] O. F. Walzel a. a. O. LXXX.

[58] Rudolf Haym a. a. O. 82; die Abstammung macht ihm Friedrich Hebbel in einer Tagebucheintragung zum Vorwurf : «Blutarm kam sein Vater Varnhagen (der das Ense kaum dem Namen nach kannte) nach Hamburg mit seiner Familie, wo es ihm als Arzt schlecht ging; als er starb, ward er auf dem Armenkirchhof als Armer begraben. Die Mutter fristete ihr Leben durch Handarbeit. ... Er hofmeisterte» (Tagebücher I, Nr. 1543, 8. 4. 39, S. 348). Hebbel betont diese biographischen Einzelheiten, damit Varnhagens «Bettler-Eitelkeit» um so grotesker erscheine.

[59] Haym a. a. O. 83, 85 f., 139 und 158.

[60] II 29.

[61] An Ludmilla Assing, 17. 6. 61, II 101 f.

[62] II 29.

[63] Karl Gutzkow, Rückblicke . . ., 70.

[64] An Ludmilla Assing, Himmelfahrtstag 1861, II 99. Auch Hebbel befaßt sich mit Rahels Stellung als Jüdin : «Übrigens eine der aller-außerordentlichsten Erscheinungen, und – sie erkennt es zuletzt an, anfangs sah sie darin einen Fluch – ein Glück für sie, daß sie Jüdin geboren war, denn dadurch war ihre Stellung sogleich eine scharf gesonderte, deren diese wundersam-fremde Natur so sehr bedurfte» (Tagebücher I, Nr. 1318, 21. 11. 38, S. 277). Vgl. zum folgenden auch Hannah Arendts Monographie über Rahel.

[65] An Ludmilla Assing, II 100.

[66] An Hettner, 29. 5. 50, I 320.

[67] An Emil Kuh, 18. 5. 75, III 1 191.

[68] An Ludmilla Assing, II 100.

[69] An Ludmilla Assing, II 100 f.

[70] An Ludmilla Assing, 14. 3. 65, II 104.

[71] An Ludmilla Assing, 27. 2. 73, II 132; an Rodenberg, 24. 6. 78, III 2 360.

[72] An Emil Kuh, 18. 5. 75, III 1 190 f.

[73] Haym a. a. O. 128. Varnhagen stellt dem Buch «Rahel» die Worte aus Hölderlins «Hyperion» voran : «still und bewegt» – auch sie könnten die beiden Menschen kennzeichnen.

[74] 9. 6. 75, III 1 193.

[75] Über die Einheitlichkeit der Epoche vgl. Paul Kluckkohn a. a. O.

[76] An Hettner, 29. 8. 51, I 362.

[77] Paul Heyse, Jugenderinnerungen . . ., 186 und 188.

[78] Schücking a. a. O. 43.

[79] An Theodor Storm, 2. 5. 53, in : Briefe an seine Freunde, 69 f.

[80] Schücking a. a. O. 42.

[81] Theodor Fontane, Scherenberg . . ., 195–355, vor allem : 216 ff., 249 ff., 333. An Paul Heyse, 13. 12. 78, III 1 33.

[82] Brief Varnhagens, 19. 8. 46, II 33 ff.

[83] An Regierungsrat Sulzer, 23. 7. 49, IV 346 (vgl. I 314 und 328).

[84] 18. 12. 51, II 36.

[85] Durch Varnhagens Rezension des «Grünen Heinrich» in der «Vossischen Zeitung» (14. 6. 55, vgl. Kellers Briefe an Vieweg : III 2 105 und 111), seine Anzeige des Romans im «Album des literarischen Vereins in Bern» 1858 (S. 113 f., vgl. Kellers Brief an Ludmilla : II 64) und den Briefwechsel mit der Nichte wird die Verbindung aufrechterhalten, auch als Keller längst wieder in Zürich ist. Varnhagen und Ludmilla besuchen ihn dort im Juli 1856.

[86] 28. 12. 53, IV 32; an Hettner, 6. 5. 54, I 395 f.

[87] I 395.

[88] An Lina Duncker, undatiert (4. 7. 57), II 170; an Keller, 15. 12. 57, II 68; an Ludmilla Assing, 5. 7. 57, II 58 f., vgl. Ludmillas Brief vom 26. 6. 57, II 55. Am 6. 8. 67 lobt Keller Pückler in einem Brief an Ludmilla : «Böckh ist nun seither auch gestorben; der Fürst Pückler wird Ihnen wohl auch gelegentlich ausreißen. Es ist aber doch ganz hübsch von dem alten Kauz, daß er mit Ihnen, der Herausgeberin von Varnhagens Tagebüchern con amore, so frei verkehrt als Hofmann; dieser Unabhängigkeitssinn hat wirklich etwas geistig Aristokratisches» (II 117). Vgl. noch II 128 und 132.

[89] An Ludmilla Assing, 20. 10. 58, II 78 f.; 9. 2. 59, II 80.

[90] An Ludmilla Assing, 20. 10. 58, II 78 f.

[91] An Ludmilla Assing, 28. 4. 59, II 83. Über den Stil Varnhagens äußert sich Hebbel im Tagebuch : «Varnhagen schreibt gut, aber nicht vorzüglich. Gut, denn er trennt im Ausdruck, wie im Gedanken, was getrennt werden muß; nicht vorzüglich, denn er tut dies mit Bewußtsein, er ringt nach dieser Form, sie ist nicht Eigentum seiner Natur. Es bleibt in seinem Stil immer etwas Gezwungenes, wie jede seiner Perioden beweist; so ist der verschwenderische Gebrauch, den er von dem Zeichen des Semikolons macht, zu tadeln» (Tagebücher I, Nr. 1409, 15. 12. 38, S. 304). Und wo Keller Varnhagens Liebe zum Detail rühmt, nennt Hebbel ihn einen «Großsiegelbewahrer aller Kleinigkeiten» (Tagebücher IV, Nr. 6182, 14. 9. 61, S. 324). Keller an Ludmilla Assing, 9. 2. 59, II 91 f.; 28. 4. 59, II 83.

[92] Denkwürdigkeiten aus dem eigenen Leben, Bd. 1–6, Mannheim 1837–1842.

Denkwürdigkeiten und vermischte Schriften, Bd. 7–9, Leipzig 1843–1859.
Denkwürdigkeiten und vermischte Schriften, 2. Aufl., Bd. 1–9, Leipzig 1843–1859.
Tagebücher, Bd. 1 u. 2, Leipzig 1861; Bd. 3–6, Leipzig 1862; Bd. 7 u. 8, Meyer und Zeller, Zürich 1865; Bd. 9–14, Hoffmann und Campe, Hamburg 1868–70. Bd. 15 : Register. Bearbeitet von H. H. Houben, Berlin 1905 (= Veröffentlichungen der Deutschen Bibliographischen Gesellschaft, Bd. 3).

[93] Rückblicke . . ., 177.

[94] An Ludmilla Assing, 30. 11. 59, II 90.

[95] Tagebücher IV, Nr. 5962, 15. 10. 62, S. 233; Nr. 5808, 1. 4. 60, S. 164; Nr. 5913, 3. 5. 61, S. 192.

[96] An Ludmilla Assing, 15. 3. 60, II 92 f.

[97] Sie wird aber amnestiert; nur weigern sich die Zürcher Verleger der Bände 7 und 8, den Druck fortzusetzen (vgl. II 108). Dazu Emil Bebler a. a. O. 116 f., 126 ff., 133 ff.

[98] An Ludmilla Assing, 5. 12. 66, II 111 f. Ludmilla gewinnt den Prozeß, den sie gegen die Inhaber des Zürcher Verlags Meyer und Zeller anstrengt, in erster Instanz (vgl. II 114); vor dem Obergericht, dem wiederum das Manuskript der fraglichen Bände vorliegt, scheint sie verloren zu haben, nachdem sie zuvor einen Vergleich ausschlägt. Die Bände 9–14 erscheinen bei Hoffmann und Campe in Hamburg.

[99] An Heyse, 25. 1. 79, III 1 37; an Ida Freiligrath, 20. 12. 80, II 358.

[100] Julius Rodenberg, Erinnerungen . . ., 183 f.

[101] An Ludmilla Assing, 21. 4. 56, II 42; Rodenberg, Bilder . . ., 213, Erinnerungen . . ., 173 ff.

[102] Helbling, II 139.

[103] An Lina Duncker, undatiert (16. oder 17. 11. 55) II 139 f.

[104] 13. 1. 56, II 147.

[105] II 140 f.; Vehse schreibt in seiner «Geschichte der kleinen deutschen Höfe» (Hamburg 1856) einige rühmende Zeilen über Keller (Bd. 1, 9 f.).

[106] 17. 11. 55, II 142.

[107] An Lina Duncker, 6. 3. 56, II 151.

[108] 5. 1. 86, III 1 119 (vgl. Anm. 524 und Brief an Rodenberg, 9. 1. 86, III 2 414).

[109] An Baumgartner, 27. 3. / Sept. 51, I 296; an Freiligrath, undatiert (Ende 1854), I 257.

[110] An Freiligrath, undatiert (Ende 1854), I 256.

[111] Briefe aus Berlin (1822), Sämtl. Werke, 2. Bd., 147 f.

[112] 15/2 12 f. (1. Druck im «Deutschen Musenalmanach», hrsg. v. Robert Prutz, Leipzig 1852, 882).

[113] An Hettner, 15. 10. 53, I 379.

[114] Jacob Burckhardt, Briefe (hrsg. v. Kaphahn), 22. 3. 40, 34 ff., an Preen, 23. 12. 82, a. a. O. 186.

[115] Brief vom 23. 3. 53, in : Schriften zur Literatur, 233.

[116] Brief vom 19. 3. 53, a. a. O. 455 f.

[117] 26. 5. 95 (hrsg. v. Kaphahn) 507.

[118] An Rodenberg, 3. 11. 85, III 2 412.

[119] An Ludmilla Assing, 15. 3. 60, II 95; Sternberg a. a. O. 394.

[120] An Ludmilla Assing, 5. 12. 66, II 112.

[121] Rodenberg, Erinnerungen . . ., 172 ff.; vgl. Max Ring a. a. O. 107.

[122] An Hettner, 5. 1. 54, I 384; an Freiligrath, 22. 9. 50, I 251; an die Mutter, 18. 2. 52, I 110.

[123] Gottfried-Keller-Anekdoten 63. Die Vertauschbarkeit des Schauplatzes und der Staffage jeder Anekdote beweist die Variante C. L. Schleichs, dem Keller in Zürich erzählt haben soll, die Geschichte habe sich in Dunckers Haus ereignet (Zäch a. a. O. 227).

[124] Undatiert (Ende November 1855), II 145.

[125] I 284 f.; I 289 f.; an Freiligrath, im Oktober 1855, I 260 (vgl. an Lina Duncker, II 170 f.; Keller an Schlivian, Ende Juni 1855, IV 51; Lina Duncker an Keller, 29. 2. 56, II 150).

[126] An Hettner, 15. 10. 53, I 379; an Jakob Dubs, Herbst 1854, IV 47.

[127] An Ludmilla Assing, 26. 8. 57, II 62.

[128] An Lina Duncker, 13. 1. 56, II 146; Euph. 28, 452, 464; I 416.

[129] Zäch a. a. O. 90; III 1 251; IV 240 ff.

[130] Zäch a. a. O. 187.

[131] Notiz Rodenbergs im Tagebuch 1883 aus Zürich (Zäch a. a. O. 127).

[132] 22, 194.

[133] Vgl. Gräfes Diss.

[134] Heine, Nordsee (1826) III. Abt.; Bäder von Lucca (1828), 4. Kap.; Friedrich von Sallet, Gedichte (1843), Abt. «Zerrissenheit». Keller: 13, 241 und 448 ff. (= Fränkels Kommentar).

[135] III 2 17 und 59; IV 51; III 2 123.

[136] I 362 f. und Hettners Antwort: I 364; über den Umgang mit Scherenberg in Berlin: III 2 349.

[137] IV 39 f. (vgl. IV 31); I 257. Robert Prutz, Neue Schriften I, 241 ff., nennt Scherenberg «Dichter und Modedichter». Auf ähnliche Äußerungen Kellers geht offenbar Varnhagens Notiz im Tagebuch vom 30. 3. 54 zurück: Keller habe «die trefflichsten Bemerkungen» über Scherenberg gemacht. III 2 174.

[138] III 2 171; vgl. Fontane a. a. O. 280, 282; Keller: 22, 439.

[139] Alker a. a. O. 317 f.; I 408; Kürnberger a. a. O. 87 ff.; IV, 179; I 377 und Euph. 28, 436, Anm. 125; I 384; III 2 61; I 374 f.; I 405. Vgl. über Goltz auch Roy Pascal a. a. O. 114 f.

[140] I 372, 395. Der Titel des Lustspiels ist zu erschließen aus Max Rings Erinnerungen (a. a. O. 136); s. den von Keller erwähnten Lustspielplan nach Gotthelfs «Notar in der Falle» (I 381). Vgl. auch IV 30.

[141] I 401; IV 40; II 42; II 54, 76. Das Witzblatt ist der «Schalk».

[142] Vgl. die Erinnerungen Bluntschlis, wo Rohmer erwähnt ist, etwa I 259–75, 287–90, 293 ff., 310, 318, 323; II 5, 65 ff., 88, 211. Siehe auch: Paul Heyse, Jugenderinnerungen . . ., 217 f.

[143] I 363 ff. Über den «Beobachter» schreibt Gotthelf an Reithard: «Die Gebrüder Rohmer mögen gelehrte Äser sein, aber eine Zeitung schreiben können sie nicht. ... Es nimmt mich doch wunder, ob man nicht Tiefsinniges mit klaren Worten zu geben vermöchte, so daß es ein Hansueli mit den Zwilchhändschen nehmen kann» (Briefwechsel 109). Die «Selbstverteidigung» und die Anspielung auf Rohmer a. a. O. 179 ff. und 182. I 368 f. (vgl. I 370); 408.

[144] III 1 279; Euph. 28, 461; Heyse a. a. O. 239; I 444 f.

[145] Heyse a. a. O. 202; 22, 172; III 1 428, 279.

[146] I 254 (vgl. I 338); Julius Rodenberg, Heimaterinnerungen an Franz Dingelstedt und Friedrich Oetker, Berlin 1882; III 2 396; III 1 187; IV 225 (vgl. III 1 72); Karl Stauffers Brief nach einer Abschrift in der Schweizerischen Landesbibliothek: Ms Lq 12[11]; Frey a. a. O. 146 f. Möglicherweise ärgert sich Keller über die Äußerungen Conrad Albertis,

der zu den regelmäßigen Mitarbeitern der «Gesellschaft. Wochenschrift für Literatur, Kunst und öffentliches Leben» gehört; Alberti nennt in seinen Angriffen auf die Dichter des Realismus Keller insbesondere «den langweiligsten, trockensten, ödesten Philister», seine Novellen «Dutzendgeschichten» (Literarische Manifeste des Naturalismus : 57, 124).

147 III 2 174; III 1 340 (vgl. IV 369 f.); II 470.

148 22, 88; III 2 201; III 2 153; III 1 36.

149 I 254 f.

150 22, 134 f. (vgl. 22, 298; III 1 435 und 485); Burckhardt, Briefe (hrsg. v. Kaphahn), Einl. S. 7; an Storm : III 1 490 f.

151 Mörike an Vischer, 5. 10. 33 (Briefwechsel 102); Vischer an Mörike, 22. 10. 33 (a. a. O. 107).

152 Alker a. a. O. 107 f., 80; I 207; das Gedicht ist vom 20. 9. 45 datiert. Vgl. Werner Leibbrand a. a. O. Über Charlotte Stieglitz vgl. auch R. M. Meyer, Literaturgeschichte des neunzehnten Jahrhunderts, 188–190.

153 17, 27; 3, 225.

154 II, 125 f.; 21, 10 f.; III 1 192. Lorm (= Heinrich Landesmann) ist der Verfasser pessimistischer Novellen, Schöpfer des Schlagworts «grundloser Optimismus» (Titel eines Essays von 1894), Lyriker der Hoffnungslosigkeit, selbst taub und blind (Alker a. a. O. 651 f.); über ihn schreibt Keller früher : «Gelegentlich Lorms, so ist es seltsam, daß dieser geistreiche Mann mit dem Unbewußten [d. i. der Philosoph Eduard von Hartmann] in der Pflege eines der verfluchtesten Zeitphänomene zusammentrifft, der ‹Deutschen Dichterhalle› in Leipzig, einer Zeitschrift, die an Niaiserie und Ignorierung alles in Deutschland Erfahrenen und Durchdachten das Unglaubliche leistet» (III 1 180). – Kellers Antwort : III 1 195, gerichtet gegen Blumenthal, den unter dem Namen «der blutige Oskar» bekannten Kritiker (Alker a. a. O. 538).

155 8, 470; I 257; Stahr und Fanny Lewald als Störteler und Kätter : Glaser-Gerhard, Euph. 28, 435, Anm. 117; Hettners Brief a. a. O. 435; Keller : I 372 f. (vgl. II 91 f.).

156 Gräfe a. a. O. 114.

157 II 120; Alker a. a. O. 119; II 115 (vgl. I 430; II 132).

158 III 2 257.

159 II 132 f.; II 134; III 1 251 (vgl. Anm. III 1 536 und III 1 254).

160 III 1 25; III 2 410; III 1 108 f.

161 III 1 255 f. Keller-Widmann-Briefw. 108 (Widmanns Rezension im «Sonntagsblatt» des «Bund», 1885, Nr. 49); III 1 257 (vgl. IV 231).

162 I 444; II 170.

163 II 154; III 2 367; I 319 f.; I 377; I 379; III 2 79 f.; die Drohung Kellers spielt an auf die Parodie von Gräfin Hahns «Faustine» (1841) in Fanny Lewalds «Diogena, Roman von Iduna Gräfin H. H.» (Leipzig 1847); I 430.

164 I 426; II 48; II 162 f. (vgl. II 54); I 433.

165 8, 462 f.; Gräfe a. a. O. 64; Roffler, Keller, 189; «empfindelnder Blaustrumpf» : Gräfe a. a. O. nach einem Ausdruck Kellers (III 1 195).

166 Vgl. die Berichte I 251, 369 und ihre Einarbeitung in den ersten Teil der Erzählung; vier Hefte des «Teut» befinden sich in Kellers Bibliothek; I 441 : Brief an Hettner (vgl. Brief an Vieweg : III 2 44); Dichternamen : 8, 121/123/125/149; Verdeutschungen : 8, 122 (vgl. Fränkel : 8, 463 f.).

167 8, 117 f. (vgl. 8, 468); IV 272, 288; IV 271.

[168] 8, 119 f.

[169] 8, 123 ff., 127, 133.

[170] 8, 128 und 469.

[171] 8, 135/146 ff./151.

[172] Ausg. Staiger (Klassiker der Kritik) 36.

[173] a. a. O.

[174] Daß die nachträgliche Verbindung von Literatursatire und Liebesgeschichte ein Auseinanderbrechen von Form und Inhalt bewirkt, leuchtet ein; im vorliegenden Fall ist jedoch der erste Teil allein wichtig, darf dieses Problem also unbeachtet bleiben.

[175] An Lina Duncker, 13. 1. 56, II 146 f.; an Ludmilla Assing, 21. 4. 56, II 44.

[176] An Hettner, 6./21. 2. 56, I 425; vgl. die Schilderung eines Musikabends bei Richard Wagner an Lina Duncker: «Hübsche Damen waren fleißig im schönen Dasitzen und meine Wenigkeit ganz emsig in stillem Unschönsein» (undatiert = 4. 7. 75, II 171).

[177] Robert Faesi, Die Dienstags-Kompanie. Ein Bild literarischer Geselligkeit im achtzehnten Jahrhundert. In: Gestalten . . ., 77.

[178] 9, 185.

[179] Faesi a. a. O. 83 f.

[180] Sengle a. a. O. 71.

[181] 9, 201 f.

[182] Sengle a. a. O. 71 f.

[183] 9, 197 ff.

[184] Vgl. Rita Buser a. a. O. 9 f., 35 ff., 40 ff.; Doppelbegabung: 9, 198; Heinrichs Lektüre: 17, 27; Idyllenmotive: 16, 92 und 271 f.

[185] Rita Buser a. a. O. 52 f.

[186] III^2 115; über ähnlich abwertende Urteile vgl. Rita Buser a. a. O. 53 f., 77 f. (Anm. 160).

[187] Vgl. auch Storms Brief an Keller vom 7. 4. 77: «Ich habe so meine stille Freude daran, die alten Herren des 18. Jahrhunderts in ihren schmucksten Originalausgaben um mich zu haben» (III 1 415). Zu Wölfflins Buch und seinem Gessner-Bild vgl. Walther Rehm a. a. O. 23, 32, 41 f., 47; vgl. ferner Wölfflin a. a. O. VI und den späteren Aufsatz in: Kleine Schriften, 149 f.

[188] Hettners Ideal: a. a. O. 114; der spielende Dichter: 9, 199; Rita Buser a. a. O. 54.

[189] 1./2. 1. 58, II 72 (vgl. 22, 263; 9, 7 und 312).

[190] An Vischer, 1. 10. 71, III 1 128.

[191] Zit. nach Helbling, Mariafeld . . ., 69.

[192] IV 422.

[193] 24. 10. 72, II 129 (vgl. II 211).

[194] An Lina Duncker, 13. 1. 56, II 146 f.

[195] a. a. O.

[196] An Hettner, 18. 10. 56, I 434; an Ludmilla Assing, Februar 1857, II 54; Baechtold II 308, Anm. 1; an Lina Duncker, 8. 3. 57, II 165 f.

[197] II 165; an Ludmilla Assing, 30. 11. 59, II 91.

[198] Vgl. Helbling, Mariafeld . . ., und Adolf Frey: «Die Tafelrunde zu Mariafeld» in der Meyer-Biographie.

[199] II 52.

[200] Vgl. 21, 114–17, 296–99; Brief an Ludmilla Assing, 9. 11. 60, II 98; Briefe an Wille: 18. 10. 60, IV 101; 3. 11. 60, IV 102; Baechtold III 21.

[201] Adolf Frey, Meyer, 202; Betsy Meyer a. a. O. 20 f.

[202] Adolf Frey, Meyer, 200 und 365; Helbling, Mariafeld ... (vgl. IV 119 und Anm.).

[203] An Marie Frisch-Exner, Weihnachten 1879, II 271; I 425 und 439.

[204] An Freiligrath, 30. 4. 57, I 261; an Heyse, 8. 4. 81, III 1 52; an Heinrich Seidel, 16. 12. 84, IV 288.

[205] An Heyse, 5. 1. 86, III 1 119 (vgl. Anm. III 1 524); an Rodenberg, 27. 7. 86, III 2 421; 22, 135; an Lina Duncker, 8./16. 3. 57, II 168; an Heyse, 19. 2. 84, III 1 101.

[206] An Vieweg, 24. 1. 51, III 2 35; an Heyse, 19. 2. 84, III 1 101.

[207] Schücking, a. a. O. 41 f., 46, 78.

[208] An Hettner, 3. 8. 53, I 373.

[209] I 251. Die Wendung meint wahrscheinlich das Vorschneiden des Bratens; aber der Schritt vom kulinarischen zum kunstkritischen Bezirk mag in unserem Zusammenhang gestattet sein.

[210] Schücking, a. a. O. 19, 15.

[211] An Hettner, 26. 6. 54, I 401.

[212] An Freiligrath, Ende 1854, I 257 f.

[213] An Ludmilla Assing, 25. 11. 57, II 67.

[214] Brief von Emil Kuh, 27. 5. 75, III 1 193; an Kuh, 28. 6. 75, III 1 197.

[215] 28. 1. 82, III 2 393.

[216] 28. 3. 82, III 2 394; an Rodenberg: 3. 11. 85, III 2 412; 7. 12. 82, III 2 401; 28. 3. 82, III 2 394; 7. 12. 82, III 2 403; an Petersen, 21. 11. 81, III 1 388.

[217] Schücking a. a. O. 65 ff.

[218] An Paul Lindau, 14. 7. 76, III 2 324.

[219] 22, 290–304.

[220] 22, 300.

[221] 16. 10. 53, IV 37 f. (vgl. 22, 199 ff.).

[222] An Emil Kuh, 23. 10. 73, III 1 168.

[223] I 296; an Freiligrath, Ende 1854, I 256 f.; an Storm, 25. 6. 78, III 1 420.

[224] 27./28. 11. 81, III 1 468; 29. 12. 81, III 1 470 f.; 10. 8. 82, III 1 78 f.

[225] 24. 4. 81, III 1 328; 1. 5. 81, III 1 328; III 1 329. Jacob Burckhardt ist Keller im Verhalten gegenüber der Umgebung und in den Ansprüchen an den intimen Kreis sehr ähnlich; 1870 z. B. schreibt er Preen, er habe sehr wenig Umgang mit andern: «Es ist freilich größtenteils meine Schuld, indem ich in Bekanntschaften mit geistreichen Leuten so kuriose Haare gefunden, daß ich gerne freundlich par distance mit solchen lebe, wenn ich nicht der wirklichen Güte gewiß bin. Es mag sein, daß ich diesem oder jenem mehr trauen sollte, als ich tue; aber das Leben ist kurz, und zu Proben habe ich kaum mehr Zeit» (Briefw. mit Preen, 17). Hier entspricht die «Güte» dem «Herz» und dem «Verstand», die Keller fordert.

[226] III 1 464; II 101; III 1 128; III 2 244.

[227] 29. 5. 50, I 315.

[228] An Hertz, 1. 4. 84, III 2 445; an Vieweg, 23. 9. 55, III 2 120.

[229] An Vischer, 19. 5. 72, III 1 134; an Vieweg, 17. 7. 55, III 2 111; an Freiligrath, 22. 4. 60, I 267.

[230] An Keller, 28. 8. 74, Keller-Widmann-Briefw. 39.

[231] III 1 304; 2. 4. 77, III 2 354.

[232] An Vieweg, 23. 9. 55, III 2 120 (vgl. I 259).

[233] 11. 7. 76, III 1 276.

[234] An Hertz, 1. 4. 84, III 2 445.

²³⁵ 21, 201 ff. (Anm. 21, 326 f.); 22, 229 ff. (Anm. 22, 400 f.).

²³⁶ Emil Kuh, Hebbel, II 63; Gutzkow, Dionysius Longinus, 35 f.; Kuh, Hebbel, II 612 f.; Hebbel, Tagebücher IV, Nr. 5747, 5777.

²³⁷ Gutzkow, Werke, 10. Teil, 101–25 (zwischen 1840 und 1858 entstanden); Gutzkow, Dionysius Longinus, 31 (vgl. Schücking a. a. O. 89 f.).

²³⁸ An Anna Hettner, 22. 7. 82, I 457.

²³⁹ An Heyse, 13. 12. 78, III 1 34 (vgl. Heyse an Keller, 27. 11. 78, III 1 32); 22, 208 ff.

²⁴⁰ Vgl. C. F. Meyers Mitteilung an Keller, die Schillerstiftung in Deutschland wolle sich für Leuthold einsetzen und er werde aus der eigenen Tasche zur Unterstützung beitragen (3. 1. 79, III 1 320). In seiner Antwort schildert Keller die finanziellen und gesundheitlichen Verhältnisse Leutholds (III 1 320 ff.). Mählys Artikel in der Beilage zur «Augsburger Allgemeinen Zeitung», 12. 1. 79.

²⁴¹ An C. F. Meyer, 15. 1. 79, III 1 324 (vgl. Meyers Antwort: III 1 324 f.).

²⁴² An Baechtold, 16. 1. 79, III 1 300; 25. 1. 79, III 1 35 (an Heyse).

²⁴³ An Keller, 15. 1. 79, III 1 300; an Baechtold, 16. 1. 79, III 1 300 f.

²⁴⁴ An Emil Kuh, 15. 5. 76, III 1 203; an Hettner, 20. 9. 51, I 366; an Vieweg, 11. 5. 50, III 2 20.

²⁴⁵ 22, (35 ff.) 35; an Widmann, 21. 2. 83, III 1 240 f.

²⁴⁶ An Hettner, 26. 6. 54, I 401; an Heyse, 19. 2. 84, III 1 99.

²⁴⁷ 22, (121 ff.) 150.

²⁴⁸ An Hettner, 23. 10. 50, I 339.

²⁴⁹ Keller-Widmann-Briefw. 38.

²⁵⁰ 6. 1. 75, III 1 215.

²⁵¹ Eduard Castle, Lenau und die Familie Löwenthal, Bd. I, Leipzig 1906, 157 (Hinweis bei Berg a. a. O. 1859).

²⁵² a. a. O.

²⁵³ Es wäre aufschlußreich, anhand von Verlagsstatistiken zu untersuchen, wie viele unterbreitete Manuskripte abgelehnt werden und warum. Es zeichnete sich vielleicht eine Art negativer Literaturgeschichte, im Gegensatz zur «arrivierten» eine Schattenliteratur ab (vgl. Schücking a. a. O. 55 f.).

²⁵⁴ Berg a. a. O. 1808, 1815.

²⁵⁵ 17. 7. 55, III 2 111 f.

²⁵⁶ An Hettner, 29. 7. 62, I 443. Hettner hält diesem Einwand die «Souveränetät» des Redaktors entgegen (I 444).

²⁵⁷ An Vieweg, 9. 11. 58, III 2 142.

²⁵⁸ 12. 1. 53, III 2 66; an Vieweg, 17. 7. 55, III 2 111.

²⁵⁹ III 2 22, 48, 54, 72; III 2 24; an Hettner, 15. 10. 53, I 381; an Vieweg, 21. 10. 53, III 2 79 f.

²⁶⁰ An Vieweg, 11. 2. 54, III 2 85; III 2 103, 108 f., 134 f.; an Hettner, 14. 2. 54, I 390; an Vieweg, 21. 11. 54, III 2 94 f. Daß die Bände nicht gleichzeitig erscheinen, ist ein Mißgeschick (III 2 100, 108); am 17. Juli 1855 schreibt Keller dem Verleger: «Ich habe überhaupt einen eigenen Unstern mit meinen Büchern, daß sie nie zur rechten Zeit und auf einmal besprochen werden» (III 2 111). Beim Versand der «Züricher Novellen» wird Keller vorbeugen und beide Bände gleichzeitig erscheinen lassen, «weil sonst eine gewisse Störung eintritt, namentlich auch bezüglich der Besprechung in der Presse, da die Leute vielfach auf den Schluß warten» (an Weibert, 5. 10. 77, III 2 280). Noch einmal widerfährt das Mißgeschick mit der zweiten Fassung des

«Grünen Heinrich» : «Ich fürchte, ich habe die Besprechung des Buches durch das von mir nicht beabsichtigte unterbrochene stückweise Erscheinen verunschickt, wie man schweizerisch sagt für ungeschickt anstellen» (an Rodenberg, 27. 6. 80, III 2 371).

261 An Weibert, 14. 3. 73, III 2 240 (vgl. III 2 132, 134, 253); an Rodenberg, 22. 7. 82, III 2 396 f.; der Essay von Brahm im Juni-Heft 1882.

262 An Vieweg, 6. 12. 55, III 2 127; 16. 2. 56, III 2 129.

263 An Hertz, 22. 9. 81, III 2 432 f.

264 An Weibert, 5. 3. 78, III 2 284.

265 An Weibert, 28. 8. 78, III 2 287 f.; ähnliche Bedenken schon im Brief an Vieweg, 12. 6. 56, III 2 135 f.; an Vieweg, 17. 7. 55, III 2 111.

266 An Weibert, 14. 7. 78, III 2 286. Vgl. den Brief Theophil Zollings, später Redaktor der «Gegenwart», an Keller (10. 12. 1881, IV 173) und Kellers Kommentar (an Rodenberg, Januar 1882, III 2 329); dazu Brief an Frey, 21. 11. 73, IV 94. Keller lehnt die erwähnten Methoden auch im Hinblick auf das Publikum ab : «... die Leute sind dann mit dem vorgesetzten Muster ganz befriedigt und lassen das Buch links liegen» (an Weibert, 18. 1. 72, III 2 228; vgl. III 2 229, 136, 141 f., 275 f., 278, 281). Freilich können Separatausgaben, Vorabdrucke und Nachdrucke «als Plänkler im allgemeinen günstig wirken (wenn wir einmal als Spekulanten und Käsehändler uns ausdrücken wollen)» (an Weibert, 20. 5. 75, III 2 253). Ebenso kritisiert Keller «die Zeitrichtung, die Literatur immer mehr an das Schlepptau der Illustration zu hängen»; er fürchtet, «das große Lesepublikum werde zuletzt das selbsttätige innere Anschauen poetischer Gestaltung ganz verlernen und nichts mehr zu sehen imstande sein, wenn nicht ein Holzschnitt daneben gedruckt ist» (an Weibert, 12. 2. 84, III 2 315; vgl. III 2 316 f., 131). In den Briefen Kellers – das gehört in diesen Zusammenhang – stößt man auf eine heftige Abneigung gegen Anthologien überhaupt (III 1 437, 453 ff., 461, 476; III 2 284 ff., 461 ff.; IV 90 f., 172 f., 179 f., 186 f., 196 f., 250 f., 281 f., 296, 304 u. ö.; Frey, Erinnerungen 106 f.).

267 An Rodenberg, 14. 2. 77, III 2 352. Das erinnert daran, daß auch sonst im Briefwechsel immer wieder die Geldfrage angeschnitten wird – vor allem in den Briefen an Vieweg (III 2 101 z. B., vgl. an Storm, III 1 436 ff.); im Nachruf auf Gotthelf wird ausdrücklich hervorgehoben, «daß sein Berliner Verleger ihm schon vor einiger Zeit 10 000 Taler für das Verlagsrecht seiner sämtlichen Werke ..., nach seinem Tode aber seiner Witwe, wie wir hören, eine große süddeutsche Buchhandlung sogar 50 000 Gulden für das gleiche Recht» angeboten habe (22, 107).

268 An Hettner, 2. 11. 55, I 418; Berg a. a. O. 1868; an Weibert, 3. 8. 75, III 2 260; an Vieweg, 30. 8. 50, III 2 27 und 6. 10. 55, III 2 121; an Hertz, 26. 6. 85, III 2 449. Ferner : III 2 264, 298, 465 f.

269 An Weibert, 25. 7. 75, III 2 257 (vgl. III 2 134, 292, 302).

270 21. 11. 54, III 2 93 f.

271 15. 5. 55, III 2 99; an Weibert, 11. 5. 76, III 2 267.

272 An Vieweg, 6. 8. 54, III 2 90; 23. 5. 55, III 2 102; 15. 7. 55, III 2 108; 21. 11. 54, III 2 94.

273 Helbling, IV 9.

274 III 2 108, 116, 141, 145, 169 f.; an Hettner, 2. 11. 55, I 418 (vgl. III 2 145); an Vieweg, 28. 2. 50, III 2 12; an Weibert, 5. 3. 73, III 2 237; III 2 19, 60, 65, 76; 13. 8. 69, III 2 147.

275 25. 6. 78, III 1 420.

[276] An Vieweg, 3. 5. 56, III 2 133; an Palleske, 4. 12. 53, IV 40; (vgl. III 1 30 und Markwardt a. a. O. 647 f.).

[277] An Storm, 19. 11. 84, III 1 498.

[278] Heyse an Keller, 18. 11. 82, III 1 83; Kellers Antwort : III 1 84.

[279] 4. 3. 82, IV 245.

2. Kapitel : Gottfried Kellers Kritik der wissenschaftlichen Literaturbetrachtung

[280] Horst Rüdiger a. a. O. 699.

[281] Rüdiger a. a. O.

[282] Schücking a. a. O. 97.

[283] Vgl. den Diskussionsbeitrag von Peter Demetz auf dem Berliner Colloquium 1963 (in : «Sprache im technischen Zeitalter» . . ., 812, 826); ferner Benno von Wiese, Professoren, Schriftsteller, Journalisten, ebda., 821 ff.

[284] Frey, Erinnerungen, 19.

[285] L. Salomon a. a. O. 428; Euph. 29, 425.

[286] 28. 1. 49, I 276 (vgl. I 312, 329; Euph. 28, 423, Anm. 60).

[287] 1. Band, 4. Aufl., Leipzig 1853, 11.

[288] Heidelberger Jahrbücher der Literatur 1833, 1196.

[289] Max Rychner, Gervinus, 91; 24 f.

[290] Gervinus, Leben, 298.

[291] Geschichte der poetischen Nationalliteratur der Deutschen, 5 Bände, Leipzig 1835–42; 4. Auflage unter dem Titel : Geschichte der deutschen Dichtung, Leipzig 1853; 5. Aufl., 1871–1874.

[292] Jacob Grimm, zuerst in : Göttinger Gelehrte Anzeigen, 27. 4. 1835, 663 (dann : Kleinere Schriften, 5. Bd., 186). Vgl. die Urteile und Zeugnisse von Ranke, Hillebrand, Vischer, Grillparzer, Hebbel u. a., die Max Rychner im Kapitel «Stimmen über Gervinus» (a. a. O. 124 ff.) zusammenstellt.

[293] An Freiligrath, 4. 4. 50, I 244; Rychner, Gervinus, 9, 13.

[294] An Hettner, 4. 3. 51, I 352 f.; «Das moderne Drama», 24.

[295] «S. u. G.», 22, 339 ff., unter dem Datum «Berlin 1850».

[296] 22, 340 f.

[297] Wolfgang Kayser, Literarische Wertung . . ., 39 f. (Auf «erlebte» und «erlernte» Züge hin untersucht z. B. noch Max Zollinger Kellers «Landvogt».)

[298] Zuerst : Geschichte der deutschen Nationalliteratur, 2 Bde., Leipzig 1853; über verschiedene Zwischenstufen erweitert zu : Geschichte der deutschen Literatur von Leibniz bis auf unsere Zeit, 5 Bde., Berlin 1886 ff. Der Brief Kellers ist an den Verleger Hertz gerichtet (11. 6. 86, III 2 453). Zu Julian Schmidt vgl. noch I 408, 438; III 2 347.

[299] S. Scherer-Schmidt-Briefw. 50 f.

[300] Geschichte der deutschen Literatur, Berlin 1883, 423.

[301] a. a. O. (vgl. Erich Schmidts Rezension in der «Gegenwart», 25, 1884, 37 f., abgedruckt in Scherer-Schmidt-Briefw. 302 f.).

[302] Werner Richter, Einl. zum Scherer-Schmidt-Briefw. 11.

[303] Adolf Frey, Erinnerungen, 21 f.

[304] Frey, Erinnerungen, 19; Erik Lunding, «Literaturwissenschaft», RL, 2. Bd., 195 ff.

[305] Bernhard Seuffert, Erinnerungen an Gottfried Keller, Zäch a. a. O. 186 (vgl. Frey, Erinnerungen, 21 f.).

[306] 18. 10. 56, I 432.

[307] Frey, Erinnerungen, 21.

[308] I 432.

[309] I 432 f.

[310] An Hettner, 6./21. 2. 56, I 422; Euph. 29, 434 und 461.

[311] 11, 2 f.

[312] 15/2 111.

[313] 14, 266 ff., Strophe 12. Die erste Fassung stammt aus dem Jahr 1845 (vgl. die abgeänderte 8. Strophe in der Fassung von 1882: 2/1, 160 ff.; ferner Frey, Erinnerungen, 22).

[314] Gedichte von Heinrich Leuthold. Dritte vermehrte Auflage. Frauenfeld 1884. S. XI; an Baechtold, 23. 6. 80, III 1 309; an Heyse, 7. 9. 84, III 1 109; 25. 6. 84, III 1 105; 12. 12. 84, III 1 112 f. (vgl. III 1 109).

[315] II 322 f.; III 1 68 f., 288.

[316] 30. 12. 80, III 1 50.

[317] An Baechtold, 2. 2. 85, III 1 314 (und Anm. III 1 544), 28. 1. 77, III 1 283.

[318] Frey, Erinnerungen, 40 (die Äußerung stammt aus dem Jahr 1880; vgl. III 1 282).

[319] 21. 1. / 29. 6. 75, III 1 139. Keller bezieht sich auf die Studie «Gottfried Keller» von Fr. Th. Vischer in der «Augsburger Allgemeinen Zeitung» 1874. An Emil Kuh, 12. 2. 74, III 1 173.

[320] a. a. O.; vgl. Ermatinger a. a. O. 329 f. und Brief an Auerbach, 17. 6. 61, III 2 203.

[321] An Marie Frisch-Exner, 13. 8. 82, II 289.

[322] Erich Schmidt, Charakteristiken, 471.

[323] 17. 9. 77, III 1 298; 18. 3. 78, III 2 357; an Frau Rodenberg, 14. 11. 78, III 2 363 f. Der Aufsatz Scherers erscheint im November-Heft 1878 der «Deutschen Rundschau» und ist wiederabgedruckt in den Kleinen Schriften, 152 ff.

[324] Scherers Abhandlung in: Im neuen Reich, 1877, II 162 ff., dann in: Aufsätze über Goethe, Berlin 1886, 3 ff. Keller: 22, 397 zu 214[16]. An Baechtold, 9. 2. 77, III 1 283 f. (Vgl. dazu D. H. Sarnetzki a. a. O. 464 ff.)

[325] 22, 319; Seuffert, Zäch a. a. O. 185.

[326] An Heyse, 30. 1. 82, III 1 69.

[327] 19. 2. 84, III 1 99. Die Novelle «Siechentrost» erscheint im Oktober-Heft 1883 der «Deutschen Rundschau». Vgl. zur zitierten Stelle den Brief Kellers ans Heyse vom 20./25. 10. 1883 (III 1 96 f.) und Heyses Antwort vom 28. 10. 1883: «Jener ‹Zugereiste›, der dem Siechentrost ein idyllisches Ende gewünscht, ist am Ende gar Wilhelm Scherer gewesen, von dem ich über diese Geschichte nur ein halbes Wörtchen vernahm. Sollte ich richtig vermuten, so würde ich fast irre an dem klaren Auge dieses sonst so fein und gesund gearteten Mannes» (Kalbeck, 345).

[328] Keller-Widmann-Briefw. 44; an Widmann, 23. 9. 75, III 1 217.

[329] Frey, Erinnerungen, 21.

[330] 18. 5. 75, III 1 189. Kuhs Artikel «Eine Literaturgeschichte aus dem Handgelenk» (Augsburger Allgemeine Zeitung, 1875, Nr. 114/15) richtet sich gegen das Buch von Julius Schröer «Deutsche Dichtung des 19. Jahrhunderts» (Leipzig 1875) und Heinrich Kurz' «Geschichte der deutschen Literatur mit ausgewählten Stücken aus den vorzüglichsten Schriftstellern» (4. Bd., Leipzig 1872, 158 ff.).

³³¹ Brahm (eigentlich Abrahamson, 1856–1912) ist Theaterleiter in Berlin (Freie Bühne, Deutsches Theater, Lessing-Theater), inszeniert Ibsen und Hauptmann; neben Fontane wirkt er als Theaterkritiker an der «Vossischen Zeitung», verfaßt zahlreiche Rezensionen. Vgl. über Brahm: Scherer-Schmidt-Briefw. 108, 11 f., 117, 120 u. ö., ferner: Otto Brahm, Kritiken und Essays. Ausgew., eingel. und erläutert von Fritz Martini, Zürich und Stuttgart 1964 (= Klassiker der Kritik).

³³² An Marie Frisch-Exner, 13. 8. 82, II 289; 22. 7. 82, III 2 397.

³³³ 30. 11. 80, III 2 377; 2. 12. 80, III 2 378.

³³⁴ An Marie Frisch-Exner, 21. 11. 80, II 273 f.

³³⁵ a. a. O.

³³⁶ 5. 1. 81, III 2 380 (vgl. Brief an Adolf Exner, 26. 12. 80, II 276).

³³⁷ Deutsche Literaturzeitung Nr. 12, 18. 12. 1880, 429 ff.; an Storm, 11. 4. 81, III 1 455 f. Brahm formuliert etwa: «Seit Jahren bereits war A völlig vergriffen...»

³³⁸ 21. 4. 81, III 1 381.

³³⁹ 8. 4. 81, III 1 52 f.; 30. 12. 80, III 1 50 (vgl. II 276 f.).

³⁴⁰ Im Juni-Heft der «Deutschen Rundschau»; an Rodenberg, 22. 7. 82, III 2 397.

³⁴¹ 25. 6. 78, III 1 420 f. Der Essay Brahms findet einen Kritiker auch in Theodor Fontane, der sich gegen zu eingehende Aufzeichnung literarischer Einflüsse und vor allem gegen «Zählung einzelner Wörter und Wendungen, Vergleiche der Haupt- und selbst der Nebenfiguren untereinander» wendet. Fontane anerkennt dieses Verfahren nur bei Dichtern, «in betreff deren *alles* bedeutsam ist» (Dante, Shakespeare, Goethe); denn es «trifft nicht den Punkt, auf den es im letzten Moment ankommt» (Reuter 101/3). Eine Art Grundsatzerklärung gibt Fontane in dem Satz: «Detailblödsinn schadet nichts, wenn nur das Ganze richtig gefühlt und gedacht ist» (Reuter 291).

³⁴² An Rodenberg, 22. 7. 82, III 2 398 (vgl. II 194 f. und Meyer-Br. I 338).

³⁴³ «Gottfried Kellers ‹Sieben Legenden›», in: Literarische Herzenssachen ..., 239 ff.; an Kürnberger, 3. 1. 77, IV 178.

³⁴⁴ a. a. O.

³⁴⁵ An Emil Kuh, 3. 4. 72, III 1 163.

³⁴⁶ III 1 57; Meyer-Br. II 315.

³⁴⁷ 12. 12. 83, IV 216 f. Auch Paul Heyse vernimmt die Klage über die aus dem Nichts aufgeschossenen «Anekdötchen»; Keller schließt etwas erbittert: «... wer hätte sich gedacht, bei Anlaß eines Todesfalles als undankbarer Flegel in Umlauf kommen zu müssen» (18. 3. 82, III 1 72 f.; vgl. Brief an Rodenberg, 28. 3. 82, III 2 395, ferner: III 1 119; II 266, 367, 369, 387).

³⁴⁸ 22. 12. 83, IV 217.

³⁴⁹ An Rodenberg, 22. 7. 82, III 2 397.

³⁵⁰ An Storm, 22. 9. 82, III 1 477; am 21. 11. 82 schreibt er Storm von «Ihrem wackeren Erich Schmidt» (III 1 479); an Hettner, 3. 8. 53, I 375.

³⁵¹ An C. F. Meyer, 26. 10. 82, III 1 332.

³⁵² 8. 4. 81, III 1 53.

³⁵³ 22, 300.

³⁵⁴ An Storm, 14./16. 8. 81, III 1 464; 19, 88; vgl. auch Rita Buser a. a. O. 50 f. Was die «innige Verbindung» von Inhalt und höherer, dem Literarischen angenäherter Form bei einer wissenschaftlich-kritischen Abhandlung angeht, so verkennt Keller, daß gerade Wilhelm Scherer ein «literarisch-essayistischer» Zug eigen ist, verkennt er Scherers «Freude an der Unerschöpflichkeit und mannigfachen Unberechenbarkeit

literarischen Lebens», wie Werner Richter in der ausgezeichneten Einleitung zum Briefwechsel zwischen Scherer und Schmidt (a. a. O. 17, 27) sagt. In den Kleinen Schriften nimmt Scherer Friedrich Schlegels Wort auf, daß in historischen Werken Ton und Stil sich jeweils nach dem behandelten Gegenstand verändern müsse (Bd. 2, 69 : Hinweis bei Walter Boehlich, Rudolf Unger, a. a. O. 439 f.). Er hält sich also den Weg sowohl zum künstlerischen Gestalten wie auch zum künstlerischen Verständnis (dessen, was Keller «freies Spiel» nennt) offen, wenn er in einem Brief über Erich Schmidts Klopstock-Studie äußert : «Man braucht gar nicht zu ästhetisieren, um Klopstock affrös zu finden, man braucht nur einen Schönheitssinn, der nicht paktiert und sich von dem Historiker nichts einreden läßt. Als ob das nicht völlig zweierlei wäre, als ob ich nicht anerkennen könnte, daß jemand ... einem wirklichen Dichter, einem Dichter für die Ewigkeit, recht viel vorgearbeitet hat –, und daneben nicht doch die einfache Tatsache bestehen bliebe, daß solch einem üblen Gernegroß doch wenig gelungen ist, was von einem unbefangenen Menschen ein ‹schönes Gedicht› genannt werden kann», und er nimmt sich vor, in seiner Literaturgeschichte «dieses Zweite», das dichterisch Ansprechende, nicht das wissenschaftlich Interessante hervorzuheben (21. 1. 80, Scherer-Schmidt-Briefw. 134; vgl. zu dieser Rechtfertigung noch Konrad Burdachs Einleitung zum 1. Band der Kleinen Schriften, X f., XIX, und Franz Schultz, Die Entwicklung der Literaturwissenschaft . . ., 37 ff.).

355 An Wolfgang Müller-Königswinter, 23. 11. 57, IV 57 f.

356 22, 158 (vgl. 22, 175).

3. Kapitel : Porträt der Kritiker

357 22, 341 f.

358 19. 10. 56, I 431.

359 20. 12. 81, III 1 235 (über «Prometheus und Epimetheus»); 23. 3. 85 (über «Eugenia») : III 1 252.

360 22, (245 ff.) 248 (vgl. 22, 408).

361 22, (261 ff.) 264.

362 19. 9. 70, IV 141 (vgl. den Brief M. Wesendoncks an Keller vom 16. 7. 70, IV 138 ff. und den Brief Kellers an Vischer, 22. 3. 72, III 1 132). Das Stück wird gedruckt : Stuttgart 1872.

363 An Storm, 11. 4. 81, III 1 454 (vgl. Goldammer 88 f.). Der Gedichtband von Avenarius erscheint unter dem Titel «Wandern und Werden», Zürich und Leipzig 1880.

364 26. 10. 82, III 1 332 (vgl. etwa auch III 2 378).

365 III 2 133.

366 I 400.

367 3. 4. 71, III 1 157. Kuhs Aufsatz über den «Grünen Heinrich» in der «Neuen Freien Presse», 7. 1. 71.

368 Kant, Kritik der reinen Vernunft (hrsg. v. Kehrbach) 274 (Hinweis bei Max Salomon a. a. O. 205). – Dieses Wort Kants, das von Schleiermacher, Boeckh («Encyclopädie und Methodologie der philologischen Wissenschaften»), Dilthey und Fichte (ablehnend) aufgenommen wird, aber möglicherweise gar nicht Kants Eigentum ist, erfährt eine eindringliche Analyse durch Otto Friedrich Bollnow (vgl. Literaturverzeichnis S. 569) – Frye a. a. O. 11.

[369] III 1 189.

[370] 21, 11 f.; 21, 264; Brief an Paul Lindau, den Herausgeber der «Gegenwart», wo die autobiographische Skizze erscheint, vom 3. 12. 76, III 2 326 f.

[371] 22, 35 f. (1851).

[372] An Ludmilla Assing, 26. 8. 75, II 60 f. (vgl. II 63). Über Stahr auch I 416 und Euph. 28, 452; I 429 und Euph. 28, 458.

[373] An Heyse, 24. 1. 72, III 1 21 : über die Kritik der Novellen von Heyse und Bodenstedt. Zitat : Schiller : Votivtafeln, Nr. 51 («Dilettant»).

[374] Widmann an Keller, 2. 2. 81, III 1 232; Keller : 4. 8. 81, III 1 233.

[375] 5. 12. 72, III 2 234 (an Weibert); im Herbst 1878 besucht Lingg den Dichter in Zürich; Keller läßt ihn durch Heyse grüßen am 25. 1. 1879 (III 1 37) und am 25. 12. 1882 (III 1 85).

[376] «Bund» vom 19. 1. 1883; Artikel in der «Neuen Freien Presse», 5. 1. 83; Widmann an Keller : 16. 1. 83, III 1 239 f.

[377] An Widmann, 21. 2. 83, III 1 241. Die fragliche Kritik in der «Neuen Freien Presse» stammt allerdings von Heinrich Laube, und Widmann bittet Baechtold, das Versehen richtigzustellen (15. 3. 83, Keller-Widmann-Briefw. 86, Anm.).

[378] IV 240 ff., 243 f.; 26. 1. 82, IV 242.

[379] IV 240; Artikel im «Bund», 12. 3. 1885; 22. 3. 85, III 1 251 (vgl. Widmann an Keller, 25. 3. 85, III 1 254 f.). Der Aufsatz im «Magazin für Literatur des In- und Auslandes» (1885, Nr. 10) stammt von Friedrich Friedrich (Helbling III 1 536 zu III 1 251). Vgl. noch Zäch a. a. O. 88 ff.

[380] An Vischer, 19. 5. 72, III 1 134 (vgl. die späteren Briefe Kellers an Stiefel : IV 327 f.). Trauerrede : Helbling, IV 326.

[381] An Hettner, 11. 11. 57, I 438. Auerbachs Aufsatz erscheint unter dem Titel «Vom Feste, bei der Einweihung des Schiller-Goethe-Denkmals am 4. September in Weimar».

[382] An Emil Kuh, 18. 11. 73, III 1 172. Leopold von Sacher-Masoch, Eine grausame Reklame, in : Falscher Hermelin, Wien 1873.

[383] An Palleske, 4. 12. 53, IV 39; Euph. 29, 453; an Hettner, 26. 6. 54, I 401; an Storm, 20. 12. 79, III 1 446 (das Urteil gilt auch für Tieck); an Hettner, 24. 10. 50, I 344.

[384] An Freiligrath, 30. 4. 57, I 263. Keller bezieht sich auf die «Unterhaltungen am häuslichen Herd» (1856, 591). Gutzkow möchte die Verunglimpfung offenbar wiedergutmachen, was Keller nicht nachsichtiger stimmt : «Er ist aber doch ein schofler Gesell; nicht lang nach jenem willkürlichen *Einsanhängen* brachte er eine wehmütige weltschmerzliche Erklärung in seinem Küchenblatt, wie man aus übergroßem Schmerz öfter ungerecht urteilen könne, mit halbem Bewußtsein des Unrechtes etc. und suchte solche Lumperei süßholzraspelnd zu beschönigen. Es war offenbar eine *oratio pro domo*» (an Hettner, 18. 10. 56, I 434; vgl. Zäch a. a. O. 40 f.).

[385] An Auerbach, 15. 9. 60, III 2 201; an Ludmilla Assing, 8. 6. 70, II 126.

[386] 8. 10. 75, III 1 199/200. Zu den Beziehungen zwischen Keller und Gutzkow vgl. auch Oskar Walzel, Gottfried Keller und die Literatur seiner Zeit.

[387] An Emil Kuh, 3. 4. 71, III 1 157; an Vischer : 31. 1. / 29. 6. 75, III 1 138; an Petersen, 8. 3. 77, III 1 352; 28. 12. 77, III 1 360; III 1 173, 176 (vgl. Ermatinger a. a. O. 329); an Adolf Exner, 12. 8. 77, II 266 (vgl. III 1 283); an Petersen, 21. 4. 84, III 1 381 (vgl. III 1 351 f.); an Kuh : 8. 6. 76, III 1 204.

[388] Vgl. die oft geäußerte Vermutung (z. B. Helbling, III 1 271), daß auch Baechtold sich in seiner Keller-Biographie von den Unstimmigkeiten hat beeinflussen lassen, «Züge, die der flüchtige Augenblick hervorgerufen hatte», zu «verschärfen».

[389] 6. 8. 77, III 1 144; 22. 7. 82, I 457. Dazu das Urteil Mörikes über Emil Kuh in einem Brief an Fr. Th. Vischer : «Es ist ein vorzüglicher Mann und feiner Kritiker. Seine Bekanntschaft könnte schon manchen Vorteil für Deinen Sohn haben» (Briefwechsel 256).

[390] An Weibert, 21. 10. 73, III 2 247.

[391] IV 178; I 339; I 443 f.

[392] 3. 6. 56, III 2 185 f. Auerbachs Rezension «Gottfried Keller in Zürich» erscheint in der «Augsburger Allgemeinen Zeitung» vom 17. 4. 56.

[393] 16. 4. 56, I 428 f.

[394] An Weibert, 13. 4. 72, III 2 231. Die Anzeige erscheint in der «Augsburger Allgemeinen Zeitung» vom 10. 4. 72 (das Zitat nach der Anm. III 2 485).

[395] An Weibert, 21. 10. 73, III 2 246 f; III 2 338; IV 317; IV 216.

[396] Frey, Erinnerungen, 110 f.

[397] I. Bd., 9 f. (vgl. Zitat II 524 zu 171[15]).

[398] An Lina Duncker, 4. 7. 57, II 171.

[399] «Falsche Lichter», Aufsatz in der «Gegenwart» 1872, 36 ff.; an Paul Lindau, 9. 4. 72, III 2 321 (vgl. Kellers Bemerkung zu einem ähnlich übersteigerten Lob aus der Feder Kürnbergers : III 2 274, IV 178).

[400] 28. 2. 81, IV 227. Der Aufsatz unter dem Titel «Gottfried Kellers ‹Grüner Heinrich›» in «Im neuen Reich», 1881, 273 ff.

[401] An Weibert, 29. 4. 78, III 2 285 (die Anzeige der «Züricher Novellen» in der «Neuen Zürcher Zeitung» vom 13. 4. 78); an Frey : 29. 7. 81, IV 211 (Aufsatz über den «Grünen Heinrich» im «Sonntagsblatt des Bund» vom 6. 3. 1881).

[402] 28. 1. 84, III 1 247 (die Besprechung der «Gesammelten Gedichte» im «Bund» 1883, Nr. 327–31); Besprechung des «Martin Salander» im «Bund» 1886, Nr. 347/48; Brief Widmanns an Keller, 4. 1. 87, III 1 259; Keller : 25. 5. 87, III 1 261.

[403] 12. 1. 82, III 2 434, anläßlich der 3. Aufl. des «Sinngedichts».

[404] An Rodenberg, 9. 1. 84, III 2 407 (vgl. III 1 100); an Hertz : 14. 2. 84, IV 403 f.

[405] I 240; 22, 23; 22, 172; an Ludmilla Assing, 9. 2. 59, II 81 (vgl. III 1 171, an Emil Kuh, wo Keller Strauß vor der ersten «Unzeitgemäßen Betrachtung» Nietzsches in Schutz nimmt).

[406] 4. 3. 51, I 352; an Wolfgang Müller-Königswinter, 27. 5. 56, IV 56.

[407] 22, 32; 22, 173, 175 (nach : Kritische Gänge, N. F., 3. Heft, X).

ZWEITER TEIL

Einleitung : Kellers Beitrag zu Hettners Programmschrift «Das moderne Drama»

[1] Euphorion 28, 411 ff.

[2] Glaser-Gerhard, Diss. 8, 56. Die Vorstellung scheint allerdings von J. N. Bachmayr ausgegangen zu sein (vgl. Glaser-Gerhard, Diss. 68, und Euphorion 29, 444, Anm. 111).

[3] Glaser-Gerhard, Diss. 40; I 261.

[4] 6. 4. 50, Euphorion 29, 410 ff.; 444 f.

[5] Das moderne Drama, VI.

[6] An Keller, 21. 6. 50, I 325; Hettner, Kleine Schriften, 165.

[7] I 325.

[8] Rezension erschienen am 30./31. 10. 1848 in den «Blättern für literarische Unterhaltung»; 22, 32.

⁹ I 326; IV 345; I 326; IV 27; I 361.

¹⁰ I 481 zu I 358; Glaser-Gerhard, Diss. 67. Es ist zu ergänzen, daß der Satz im Vorwort des «Modernen Dramas» : «Wir haben die großen Muster Goethes und Schillers nicht einmal annähernd erreicht. Und doch können wir nicht mehr nach ihnen zurück; alles drängt...» (a. a. O. V) fast wörtlich Kellers Brief vom 4. 3. 51 entnommen scheint : «... es ist der wunderliche Fall eingetreten, wo wir jene klassischen Muster auch nicht annähernd erreicht...» (I 353).

¹¹ Glaser-Gerhard, Diss. 67.

¹² I 324, 358. Glaser-Gerhard, Diss. 18 f., 66, 68 f., 72; Das moderne Drama, 98, 19, 14 (vgl. 59).

¹³ Glaser-Gerhard, Diss. 67 f. Dazu läßt sich eine Parallele aus Friedrich Gundolfs «Shakespeare und der deutsche Geist» beibringen. Gundolf spricht von der Vorliebe der Romantiker für «das Poetische», das ihnen «den geheimen Sinn der Welt» aus- macht, wobei der Mensch nur das Mittel ist, «um das Poetische herauszulocken». So beschränkt sich die Funktion des Menschen im Drama darauf, «poetisch-ornamentale Motive» zu tragen. Dies ist ein Gesichtspunkt, den sich Hettner für die Zwecke seiner Schrift nicht zu eigen machen kann – das eben sieht Keller ein. Gundolf trennt ja Heinrich von Kleist als eigentlichen und echten Dramatiker von den Romantikern, gerade weil «bei ihm der Mensch als Charakter und Seele wieder Träger des Ge- schehens ist» (a. a. O. 332 f.).

¹⁴ III 1 498.

¹⁵ An Baumgartner, 28. 1. / 21. 2. / 10. 3. 49, I 275; Glaser-Gerhard, Diss. 57.

¹⁶ Vgl. die Briefe Hettners an Keller vom 19. 2. 54, I 390 ff., 11. 6. 55, I 412 f.; Kellers Antwort vom 25. 6. 55, I 413 ff.

1. Kapitel : Gottfried Kellers Kritik der Bühne und seine Dramenkonzeption

¹⁷ September 1851, I 295 (vgl. I 396 und II 467; dagegen I 411); über das Theaterleben in Berlin : Rodenberg, Erinnerungen aus der Jugendzeit, 128 ff.

¹⁸ 23. 7. 49, IV 345; 21, 26.

¹⁹ IV 346; 18. 12. 51, II 36; 26. 6. 54, I 397; 3. 8. 53, I 374; 23. 10. 50, I 342.

²⁰ 20, 244 f.; Baechtold II 18.

²¹ 22, 115 ff.; 15. 10. 53, I 381; 9. 11. / 6. 12. 74, III 1 184 f. und 188 f.; 20, 223 f. und III 1 11; II 105 f., 20, 222 und II 191.

²² 21, 28; 20, 218; III 1 494; III 1 249.

²³ Adolf Frey, C. F. Meyer 51, 207, 225, 341.

²⁴ An Hettner, 29. 5. 50, I 320 f.; 20, 258 und 261 f.; an Kuh, 9. 11. / 6. 12. 74, III 1 185; Frye a. a. O. 181 (vgl. 290).

²⁵ Über Shakespeare/Hugo : 22, 335 f. und 22, 311; 22, 339. Vgl. den ähnlichen Gedanken in Tiecks Aufsatz «Shakespeares Behandlung des Wunderbaren» (1793, Kritische Schriften, Bd. 1, 39) : Shakespeare übernehme nicht einfach den Aberglauben des Volkes; er sondere «das Kindische und Abgeschmackte davon ab, ohne ihm das Seltsame und Abenteuerliche zu nehmen». Bräker a. a. O. 95, 121. Die zweite Notiz gegen Gervinus : 22, 340 f.

²⁶ 29. 5. 50, I 315; 16. 9. 50, I 330.

²⁷ Vgl. Gundolf a. a. O. 296.

[28] 23. 10. 50, I 338 ff. Diese Erkenntnis könnte Keller der Auseinandersetzung mit Bachmayrs «Trank der Vergessenheit» danken, dessen Hauptmotiv er ja poetische Symbolik zuspricht (vgl. Glaser-Gerhard, Diss. 59 und Das moderne Drama, IV 2). – Vgl. auch den Aufsatz von Louis Wiesmann : Gottfried Keller und Conrad Ferdinand Meyer in ihrem Verhältnis zu Shakespeare.

[29] I 339 f.; III 1 185.

[30] Frey, Erinnerungen 24.

[31] An Auerbach, 3. 6. 56, III 2 186.

[32] 7, 50 ff. Der Begriff des «Ganzen» dient auch Hugo von Hofmannsthal zur Charakterisierung Shakespeares («Shakespeares Könige und große Herren», 152 f., 157, 172); in gleichem Sinn braucht er den Terminus «Ensemble» (a. a. O. 162 f.). Vgl. dazu Wolfgang Preisendanz, Humor als dichterische Einbildungskraft, 314–16.

[33] Lys' Hamlet-Bild (18, 127; 6, 162) nennt Rudolf Wildbolz (a. a. O. 34) «anthropologische Aussage in Bildgestalt»; über Shakespeares Hamlet vgl. Wildbolz a. a. O. 125.

[34] Markwardt a. a. O. 139 f.

[35] Wildbolz a. a. O. 126. Diese Auffassung widerspricht – zurecht – der Annahme, Keller habe in seiner Shakespeare-Deutung sich selbst darstellen wollen, wie verschiedene Interpreten glauben (Wildbolz a. a. O. 142, Anm. 163).

[36] 22, 328 (vgl. I 299).

[37] 16. 9. 50, I 330 f.

[38] 3. 8. 53, I 373 (vgl. II 87); Frey, Erinnerungen 51; an Heyse, 30. 12. 80, III 1 50; an Hugo Blümner, 22. 11. 82, IV 246 f.

[39] I 330 f.; 21, 16 f.; IV 269.

[40] I 331 f.

[41] Hettners Aufsatz in : Blätter für literarische Unterhaltung, 1850, 25./28. 10., dann : Kleine Schriften, 397 ff.; Glaser-Gerhard, Diss. 52 f.; Hettner an Keller : 17. 10. 50, I 336; Kellers Antwort : 17. 2. 51, I 347; Euphorion 29, 464 f.

[42] Kleine Schriften 399, 400, 401, 402, 403 f., 405 f., 407 f.

[43] Therese Seiler a. a. O. 29.

[44] 27. 3. / Sept. 51, I 295 f.; 4. 3. 51, I 353 f.

[45] I 400.

[46] «Modelldramatik» : Saxer a. a. O. 68; I 359.

[47] 3. 1. 77, IV 178 f.; III 1 451.

[48] Kleine Schriften 177 f.

[49] I 315 f.

[50] a. a. O. 84 f.; Burckhardt an Kinkel, 4. 5. 47, Kaphahn 180 (vgl. 78).

[51] 9. 8. 80, III 1 43 (vgl. III 1 451, 471; I 252, 295, 330; II 68; über einen Besuch des Dresdner Hoftheaters : II 146, III 1 95; über den berühmten Schauspieler Sonnenthal : III 1 99, 102; vgl. J. V. Widmann über das Ensemble des Wiener Burgtheaters : Keller-Widmann-Briefw. 75 f.).

[52] I 315; 25. 2. 59, IV 84 f. (vgl. III 1 235); 4. 2. 88, IV 314.

[53] I 315, 318.

[54] 22, 143 f.; 22, 345 f.; III 1 99.

[55] IV 27; I 316 f. (vgl. 22, 337 und 426 zu Büchners «Danton»).

[56] a. a. O. 52 f.; I 317 f.; I 427.

[57] Mathilde Wesendoncks Brief : 16. 7. 70, IV 139; Kellers Antwort : 19. 7. 70, IV 140 f. (vgl. 22, 122 f.).

[58] 29. 3. 80, III 1 41; I 327.

[59] 4. 3. 51, I 355; 16. 4. 51, 359 f.; an Storm, 9. 6. 84, III 1 495 f. (vgl. III 1 498).

[60] 16. 4. 50, I 359 f.

[61] a. a. O. 7, 9 f.

[62] 22, 142 und 157.

[63] a. a. O. 21 f., 43 ff., 49, 53, 56, 57, 58, 59 f.

[64] Vgl. Werner Günther a. a. O. 183 ff. und die kurze Skizze von Charlotte von Dach in : J. V. Widmann, Briefwechsel, 475 f.

[65] IV 313.

[66] 4. 2. 81, IV 314; Günther a. a. O. 183 ff., 190, 139. Die Schwächen von Otts dramatischen Werken überhaupt faßt Josef Viktor Widmann in seinem Brief (12. Okt. 1896, Arnold-Ott-Nachlaß der Schweizerischen Landesbibliothek, Schachtel 58) zum Schauspiel «Karl der Kühne und die Eidgenossen» zusammen : «Die Handlung steht ja manchmal ganz still; man hat Situationsbilder, innerhalb deren zwar das eine oder andere kleine Menschenschicksal wie eine Feuerkunst aufbrennt und verpufft, womit aber dem Drama, da es sich um Nebenpersonen handelt, nicht eigentlich geholfen ist. Du bist in diesem Stück *Momentstragiker, Momentskomödiendichter* und dies sonst immer mit Glück. Aber die 5 Akte hängen nur wie ein Epos durch ihre Historie zusammen, nicht durch einen dramatischen Konflikt wie z. B. ein Brutus sich entschließen muß, Cäsar aufzuopfern u. dgl. ... Merkwürdig ist mir Deine undramatische Vorliebe, einen Akt, statt im Höhepunkt der Handlung ihn zu schließen, mit einem Gesang austönen zu lassen, der immer nur dazu dienen wird, die gewonnene Erschütterung und Rührung sich legen zu lassen. ... Solche Gesänge sind opernhafte Schwächungen der viel edleren Wirkung der Poesie. ... Meine Ausstellungen und Bedenken beziehen sich nicht auf die Dichtung als Buch, auch kaum auf die Dichtung als Festspiel, sondern lediglich auf ihre Verwendung in unsern geschlossenen Theatern.»

[67] Günther a. a. O. 193.

[68] IV 315; Postkarte an Anna Ott, 17. Sept. 1888. Im Arnold-Ott-Nachlaß der Schweizerischen Landesbibliothek. – Heinrich Federer, Aus Arnold Otts Leben ... V. Neue Zürcher Nachrichten, 15. Okt. 1910. Vgl. auch : Karl Emil Hoffmann, Arnold Otts Begegnungen mit Gottfried Keller. Zäch a. a. O. 224 f.

[69] Günther a. a. O. 210, 187. Zu erwähnen ist hier auch der Pressestreit, der Widmanns Kritik von Otts «Grabesstreitern» (1897, aufgeführt in Luzern 1908) folgt, und Widmanns Bemerkung in einem Brief, daß im 1. Akt von Otts Schauspiel «Karl der Kühne und die Eidgenossen» «alle namhaften Mannesgestalten zu großmäulig ihr persönliches Superioritätbewußtsein im Trotz gegen andere aussprechen, was man kürzer, gröber Renommisterei nennen könnte» – «natürlich Renommisterei poetischen Stils». Sowenig wie mit Keller verbindet Ott Freundschaft mit seinem Nachbarn in Luzern, Carl Spitteler; nur Heinrich Federer tritt in nähere Beziehung zu Ott; er wird als «treuer Heinz» in «Karl der Kühne» abgebildet (Günther a. a. O. 202 f.).

[70] I 318; I 327; 17. 10. 50, I 337; I 338.

[71] 29. 8. 51, I 362.

[72] 15. 10. 53, I 381; 9. 11. / 6. 12. 74, III 1 185 – eine Änderung, die z. B. Emil Kuh gutheißt : III 1 189 (vgl. Vischers Absicht, den Stoff zu bearbeiten, und Mörikes Einwände : Briefwechsel 52, 106, 115 ff.).

[73] 26. 6. 54, I 399/400 (vgl. über Kuhs Hebbel-Biographie I 457; III 1 197, 200, 204, 208,

358; IV 115). Emil Kuh über die ähnliche Schaffensweise von Keller und Hebbel: III 1 187.

[74] I 318 f.; I 327 f.

[75] I 319; Fontane: Reuter 173 f.

[76] Hettner: I 324 ff.; Das moderne Drama, 110, 112, 113 f., 123, 124 f., 126, 130; Keller: I 319, 331 f.

[77] 23. 10. 50, I 340 f.; Entsprechung in «Das moderne Drama», 130 ff. Mit Recht macht Hartmut Laufhütte in seiner Diss. über den «Grünen Heinrich» darauf aufmerksam, daß der 2. Teil des Romans «viel von theoretischen Erkenntnissen Kellers zum Drama in epischer Form verwirklicht», so die Übersicht des Lesers über das Geschehen, die Voraussicht auf das Ende, die durch die verschiedenen Andeutungen und Episoden gegeben ist (a. a. O. 147, Anm. 4, vgl. 237 und Anm. 21; 248, Anm. 4, wo Laufhütte auf Kellers Briefe I 414 und IV 57 verweist).

[78] I 295 f.; I 397.

[79] III 1 39; 4. 12. 53, IV 39.

[80] Heyse: 3. 12. 84, Kalbeck 392; Keller: 12. 12. 84, III 1 111 f.; Widmanns Rezension: «Sonntagsblatt» des «Bund» 1886, Nr. 23 (vgl. Keller-Widmann-Briefw. 110); 25. 8. 86, III 1 257.

[81] An Hettner, 23. 10. 50, I 337 f.

[82] III 1 461; 22, 335; III 1 41; an Rodenberg: 27. 6. 80, III 2 372; an Heyse, 7. 9. 84, III 1 108; 28. 2. 86, IV 302; 19. 11. 81, III 1 65 (Schillers Distichen gegen Kotzebue, Iffland, Schröder).

[83] 21. 9. 83, III 1 492; 26. 9. 83, IV 176; Storm: 8. 6. 84, Goldammer 154; Keller: 19. 11. 84, III 1 498; Storm: 21. 12. 84, Goldammer 163.

[84] I 318; I 327; Hettner: 4. 11. 55, Euphorion 28, 454 (vgl. zu dem scherzhaft an einen Vogelnamen erinnernden «Birchpfeiffer»: 22, 36 die Bachmayr-Rezension, woher Hettner vielleicht die Bezeichnung hat); 1. 6. 82, III 1 75 (vgl. I 427).

[85] Vgl. Baechtold II 321, wo auch Lassalles Karte abgedruckt ist, worin er – offenbar als Antwort auf einen Entschuldigungsbrief Kellers – gern bereit ist, «über etwas Weinlaune zur Tagesordnung überzugehen». Keller: 28. 4. 59, II 83 f. (vgl. II 88); in einem späteren Brief an Ludmilla, nach Lassalles Tod, macht Keller eine Bemerkung über «das Unrichtige seines ganzen Wesens»: 6. 8. 67, II 116 (vgl. III 2 365, IV 164 und Anm.).

[86] 15. 12. 57, II 69; 12. 8. 56, II 48 (vgl. II 50); 1. 1. 58, II 70 ff. (vgl. Emil Bebler a. a. O. 69); 12. 1. 58, II 74; der flache Standpunkt: III 1 166.

[87] Alker a. a. O. 378 (vgl. II 70 und 164 f.); 8./16. 3. 57, II 167.

[88] IV 70; Kaphahn a. a. O. 69 f., 106 ff.; Alker a. a. O. 98; 29. 9. 57, IV 71.

[89] 22, 390; 22, 199.

[90] Hettners Anzeige: Blätter für literarische Unterhaltung, Nr. 112, 2. 8. 1851; Kellers Besprechung: Berliner Constitutionelle Zeitung 19. 9. 1851 (vgl. I 365); vgl. zu Kellers Rezension: Minor, Bachmayr, 173.

[91] 17. 10. 50, I 337; I 341, 343; Glaser-Gerhard, Diss. 49; 24. 10. 50, I 343 ff. (Vgl. dazu Jakob Minor, Bachmayr, 182: das Motiv ist «bloßes Vexierbild», verwendet, um die Katastrophe herbeizuführen.)

[92] 17. 2. 51, I 348.

[93] Hebbels Urteile: Werke, ed. Werner, 10, 300; Tagebücher III 391; Briefe 4, 302; I 364 (vgl. I 351, 360); 365 f.

[94] 22, 37 u. 35/37–41.

[95] 22, 41 f.; vgl. I 346.

[96] Alker a. a. O. 644; Saxer (a. a. O. 114 f., 120) vermutet einen Hinweis auf das naturalistische Armleutetheater, dem Hettner (Das moderne Drama 91 f.) jede Zukunft abspricht. Eigene Erfahrungen : III 1 205 f.; 22, 37.

[97] 22, 150.

[98] Vgl. I 353 f.

[99] 22, 204 (vgl. Luise Appenzeller a. a. O.).

[100] 23. 10. 73, III 1 167.

[101] An Hettner, 26. 6. 54, I 398 ff.; vgl. Helbling 22, 366 und das Motiv der «Therese» : 20, 244 f.

[102] I 400, 355, 359.

[103] I 360.

[104] 22, 269/270 (vgl. 22, 142 u. 243).

[105] 21, 233/235/248; Burckhardt an Preen, 30. 12. 75, a. a. O. 87 f. (vgl. 91, 104 f., 107, 109), 26. 6. 86, a. a. O. 204.

[106] 22, 218 f., 225 f.; 22, 228 (vgl. I 441).

[107] Vgl. Ingeborg Weber-Kellermann a. a. O. 145.

[108] 22, 314 (vgl. 22, 120 ff., 132 f., 139) und 22, 136; I 392; I. Weber-Kellermann a. a. O. 159 ff.

[109] III 2 15; Sechseläuten : I 200 f.; II 44; 3, 16 ff. (vgl. I. Weber-Kellermann a. a. O. 162); «Shakespearsche Narren» : I. Weber-Kellermann a. a. O. 157; Rüpelszene : 12, 204; an Schott, 30. 12. 85, IV 272 f.; III 2 198.

[110] I. Weber-Kellermann a. a. O. 155.

[111] I 332 f.; I 318; Hettners Brief vom 25. 2. 51, Euphorion 28, 425; I 354, 333 (vgl. zu den Bemerkungen Kellers über die Berliner Posse Sören Kierkegaard a. a. O. 27, 32–43, wo er Aufführungen des Berliner Königstädter Theaters beschreibt [1843] und die Schauspieler beurteilt).

[112] I 354 ff.; 22, 141. Eine Theorie der Katharsis kann Keller bei Jakob Bernays finden, der 1857 einen Aufsatz publiziert : «Grundzüge der verlorenen Abhandlung des Aristoteles über Wirkung der Tragödie» (zuerst in : Aus den Abhandlungen der Historisch-philologischen Gesellschaft in Breslau, Bd. 1, Breslau 1857, 133–202; dann in : Zwei Abhandlungen über die Aristotelische Theorie des Dramas. Berlin 1880), die Paul Heyse im ersten Heft des von ihm herausgegebenen «Literaturblattes» 1858 unter dem Titel «Zur Poetik des Aristoteles» rezensiert. Für Bernays ist Katharsis noch in stärkerem Maß als für Lessing Reinigung, geradezu «körperliche Entlastung», «Entladung» in physiologischem Sinn. Heyse hält in seiner Kritik, die Keller wahrscheinlich gelesen hat, fest, daß hier – wie auch beim Begriff «Geschmack» – eine Übertragung vom Physiologischen auf das Ästhetisch-Ethische und Psychologische stattgefunden und schon Aristoteles selbst sich des medizinischen Bildes der Purgation bedient habe. Trotz der Möglichkeit, an seine Kritik eine Theorie des Realismus anzuknüpfen, kehrt Heyse zur idealistischen Auffassung Goethes zurück : Katharsis ist «Ausgleichung» oder «versöhnende Abrundung» («Nachlese zu Aristoteles' Poetik», 1827). – Kellers Beobachtung wäre also die vielleicht unwissentliche Beschreibung eines kathartischen Vorgangs, eine realistische Interpretation der dramatischen Wirkung auf die Zuschauer; anderswo sagt er ja deutlich : Aristophanes habe seine Komödien absichtlich auf tatsächliche Vorfälle und lebende Personen, Staatsmänner bezogen, «und wenn

sie gut sein sollten, so mußte er die Realität verhöhnen» (22, 61). Dabei ist zu erwägen, daß Keller offenbar über eine gründliche Kenntnis der Poetik der Komödie verfügt, z. B. weiß, was Luther, Melanchthon, Erasmus usw. über «die alte Komödie» gesagt haben (I 373). – Gegen Bernays Auffassung wendet sich Wilhelm Dilthey in der Rezension von Gustav Freytags «Die Technik des Dramas» («Die große Phantasiedichtung . . .», 142) : «Die Gemütsbewegungen verlaufen nicht nach der Analogie des dürftigen medizinischen Rezepts . . .» (vgl. René Wellek, A History . . ., 172; Northrop Frye a. a. O. 51, 48, 179).

[113] I 356. Die Äußerungen Kellers werden von Hettner im dritten Kapitel des «Modernen Dramas» : «Die Komödie» (a. a. O. 147–194) verwendet. Die aristophanische Komödie, das romantische Märchenlustspiel, die gelehrte und gekünstelte Komödie der Gegenwart (Tieck, Platen, Prutz), die «Unpoesie» des französischen Lustspiels, sogar Shakespeares Komödien, deren Stoffe «unserem Zeitgeiste schon allzu sehr entfremdet» seien (a. a. O. 171 f.), verwirft Hettner; ein Wiederaufleben der Komödie in Deutschland, das in seinen Anfängen durch den Dreißigjährigen Krieg erstickt worden ist, verspricht er sich nur aus der Fortführung des «Scribeschen Intrigenstückes» (a. a. O. 172) und des historischen Lustspiels, wie Lessings «Minna von Barnhelm» und Gutzkows «Zopf und Schwert» und «Urbild des Tartuffe» es vertreten (a. a. O. 175). Die Zukunft des deutschen Lustspiels hänge zusammen mit Deutschlands polititischer Zukunft (a. a. O. 176). Hettner zitiert fast wörtlich aus den Briefen Kellers über die Volksposse und schließt : «Sorgt für die Idealität der Wirklichkeit, und Ihr werdet die Idealität der Komödie ganz von selbst haben. Aber allerdings ist das sicher, wir werden noch sehr tragische Zeiten erleben, bevor wir zu dieser rechten Komödie kommen» (a. a. O. 177–80, 180 f.).

[114] An Hettner, 29. 8. 51, I 361 (vgl. I 292 f.), 365 f.; III 2 58; I 381 (vgl. Helbling 20, 261); zu den Entwürfen : 20, 211 ff.

[115] 19. 4. 74, II 221; an Kuh : 23. 10. 73, III 1 168; I 451; an Exner : II 268 (vgl. II 298), II 304.

[116] 25. 6. 78, III 1 419 (vgl. Storm : 9. 6. 80, Goldammer 72 und III 1 373); Keller an Storm : 5. 6. 82, III 1 475 und Storms Antwort : 8. 8. 82, Goldammer 120; an Heyse, 27. 7. 81, III 1 56 f. (vgl. III 1 75); an Rodenberg, 8. 4. 81, III 2 387.

[117] Vgl. Prolog zur Schillerfeier (1, 264).

[118] 2. 10. 69, IV 357.

[119] Richard Wagner, Kunstwerk der Zukunft, 1850, 68 (vgl. Saxer a. a. O. 169).

[120] 22. 3. 51, I 287 f.; 22, 143 f. u. Anm. 22, 381; an Baumgartner, 27. 3. / Sept. 1851, I 294; an J. J. Sulzer, 16. 11. 55, IV 53 (vgl. I 262, 434, 439; II 54, 62, 76, 102, 147, 166 und das Kondolenzschreiben an Cosima Wagner : 19. 2. 83, IV 258; Helbling IV 51). An Hettner, 6./21. 2. 56, I 425 und 16. 4. 56, I 429 f. (vgl. II 43 f.); Frey, Erinnerungen 105 (vgl. an Freiligrath, 30. 4. 57, I 262 : Wagner sei «etwas Faiseur und Charlatan»; ferner : II 166, III 1 284); an Widmann : III 1 249; IV 283 (vgl. Richard M. Meyer a. a. O. 368); Burckhardt an Max Alioth, 12. 3. 83, Kaphahn 457 (vgl. 299 f., 449), an Preen, 31. 12. 72, Kaphahn 356 (vgl. 390).

[121] Hettners Aufsatz in der «Deutschen Monatsschrift», 1850, II 386 ff. (vgl. Glaser-Gerhard, Diss. 47 f.); Das moderne Drama : 182, 183, 186, 191 f., 193 f.

[122] I 294, 340.

[123] Zollinger a. a. O. 38, 45; 22, 144 f. (vgl. Max Zollinger a. a. O. 23 f.).

[124] Zollinger a. a. O. 59; 22, 125/131 f./134/141 ff.

125 22, 142–144 (vgl. Zollinger a. a. O. 35 ff.); zur verfälschten Deklamation vgl. Wohlwends Rezitation im «Martin Salander» (12, 18 f).

126 22, 142; an Heyse, 9. 11. 79, III 1 39; 22, 143–145, 146 (vgl. 22, 147 : das Publikum ist eine «kritische Zuchtschule»; ferner : 22, 150 : «Laßt eine Kritik entstehen, ... von sichtbaren Richtern ... vor allem Volke geübt ...»; Volksphantasie : vgl. III 2 198).

127 22, 147, 151 f.

128 22, 153 ff.

129 22, 155 f./153/156 f./149.

130 Kritik an Gutzkows Dramen : IV 39; 22, 173 f./175/179.

131 An Heyse : 9. 8. 80, III 1 42; 19. 11. 81, III 1 64 f.; an Storm, 21. 9. 83, III 1 491 und 26. 3. 84, III 1 494 (vgl. Plotke II 80).

132 An Heyse, 9. 8. 80, III 1 42; 26. 3. 85, III 1 113; Heyse an Keller : 7. 8. 82, Kalbeck 293.

133 An Heyse, 25. 6. 84, III 1 105; an Storm, 19. 11. 84, III 1 498; Storm an Keller, 10. 11. 84, Goldammer 157 f.; an Heyse, 12. 12. 84, III 1 110 f.

134 An Heyse, III 1 42 f.; 20. 10. 83, III 1 96 und Anm.; III 1 111; III 1 42.

135 III 1 42 f.; Storm an Keller, 18. 2. 79, Goldammer 49 f.; an Storm, 26. 2. 79, III 1 435; an Hettner, I 440.

136 An Storm, 1. 11. 80, III 1 451 (vgl. Goldammer 82); 29. 12. 81, III 1 471 (vgl. Goldammer 109); an Heyse, 27. 7. 81, III 1 58 f.; 19. 11. 81, III 1 64; an Petersen, 21. 11. 81, III 1 388.

137 An Heyse, 9. 11. 82, III 1 80 f. (vgl. III 2 437); III 1 115; Storm an Keller : 22. 12. 83, Goldammer 148; an Storm, 26. 3. 84, III 1 494; an Rodenberg, 8. 5. 86, III 2 418.

2. Kapitel : Wechselseitige Kritik

138 Vgl. das Vorwort zum 1. Teil der Literaturgeschichte.

139 Bernhard Seuffert, Hettner, a. a. O. 14, 17.

140 14. 9. 53, Euphorion 29, 456.

141 Seuffert a. a. O. 22.

142 11. 10. 53, Euphorion 29, 459.

143 An Fanny Lewald, 28. 4. 50, Euphorion 29, 447; 15. 10. 50 und 19. 2. 51, Euphorion 29, 450/52.

144 25. 2. 51, I 350.

145 An Adolf Stahr, 21. 3. 56, Euphorion 29, 462; 24. 3. 53, Euphorion 28, 458; 16. 4. 56, I 429.

146 Das moderne Drama 10 ff.

147 An Keller, 17. 10. 50, I 336; Anregung im Brief Kellers vom 16. 9. 50 (I 331); «Die altfranzösische Tragödie» zuerst in : «Blätter für literarische Unterhaltung», 1850, Nr. 256–58, dann : Kleine Schriften 397 ff.

148 Das moderne Drama 194.

149 a. a. O. 129 f.

150 Glaser-Gerhard, Diss. 82, Anm. 70 (vgl. a. a. O. 21); Das moderne Drama 9 f.

151 21, 35.

152 23. 10. 50, I 341; an Reg.-Rat Sulzer, 23. 7. 49, IV 345.

153 30. 12. 49, Euphorion 29, 435; 27. 3. 50, Euphorion 29, 440 f. Am 21. 6. 50 genauso Keller selbst, mit dem Zusatz : «Daraus ermessen Sie, was mir Ihre Briefe sind» (I 329).

[154] An Palleske, 4. 12. 53, IV 41.

[155] 29. 5. 50, I 314; 16. 9. 50, I 329.

[156] I 274 f.

[157] 21, 25.

[158] An Keller, 6. 1. 52, Euphorion 28, 431 f., 430, 433; 18. 7. 53, I 370.

[159] 25. 2. 51, I 350 f.

[160] 23. 10. 50, I 341 f.

[161] 4. 3. 51, I 352; 18. 7. 53, I 370 (vgl. Kellers Brief vom 16. 7. 53, I 368 f. über den Literaten Adolf Widmann).

[162] An Anna Hettner, 22. 10. 82, I 458.

[163] Ende März 1854, IV 47; an Alfred Escher, 4. 11. 54, IV 350; «Notiz» : sie entsteht im Sommer 1882; I 312 (vgl. I 456).

[164] Hettner an Keller, 25. 3. 51, Euphorion 28, 426 (vgl. Kellers Brief vom 4. 3. 51, I 352).

[165] Adolf Frey, Erinnerungen 23.

[166] 21. 6. 50, I 323.

[167] I 422.

[168] Hettners Brief ist vom 29. 8. 51 datiert, wahrscheinlich aber erst im September geschrieben; I 364.

[169] Okt. (?) 51, Euphorion 28, 430.

[170] Der Brief Kellers ist am 20. 9. 51 geschrieben. Dieses Datum ergibt sich daraus, daß er den Aufsatz über Bachmayr, der in der «Constitutionellen Zeitung» vom 19. 9. 51 veröffentlicht wird, als «gestern» erschienen bezeichnet (I 366).

[171] 22. 9. 51, Euphorion 28, 429.

[172] Vgl. Kellers Brief an Hettner über eine Rezension Adolf Stahrs von Werken Vischers und Hettners : «... ich habe mich dabei geärgert, daß Brockhaus die ... Arbeit in die Hinterkammer seines Blattes rangiert hat, während er das Unbedeutendste manchmal in die Hauptspalten rückt» (16. 9. 50, I 334); Euphorion 28, 430.

[173] Hettner an Keller, 6. 1. 52, Euphorion 28, 431 f. Die Rezension besorgt Emil Palleske (Blätter für literarische Unterhaltung, 28. 9. 1852, Nr. 9). – Glaser-Gerhard (Diss. 71, Anm. 272) schreibt eine Anzeige in der «Deutschen Allgemeinen Zeitung» (30. 1. 1852) Keller zu, wenn auch widerstrebend, da «Stil, Ton und Inhalt» seine Verfasserschaft eigentlich ausschließen (vgl. auch Glaser-Gerhards vorsichtige Formulierung Euphorion 28, 431, Anm. 97). Jahn (der die Anzeige abdruckt : Keller-Hettner-Briefwechsel 200/201) ist mit Jonas Fränkel überzeugt, Keller habe die Anzeige geschrieben (a. a. O. 313). Mir (wie Glaser-Gerhard) scheint eine gewisse Fixigkeit des Ausdrucks dagegen zu sprechen. Man wird also besser Helbling folgen, der sie nicht unter die kritischen Arbeiten Kellers aufnimmt.

[174] 12. 2. 54, I 387; 22. 9. 51, Euphorion 28, 429.

[175] 6. 1. 52, Euphorion 28, 432; 6. 3. 52, Euphorion 28, 433 (Rezension abgedruckt bei Jahn : Keller-Hettner-Briefwechsel, 202/203).

[176] An Vieweg, 21. 10. 53, III 2 79.

[177] 18. 7. 53, I 371; 3. 8. 53, I 372; I 379 f.

[178] «Reiseskizzen», z. B. 90, 102 ff., 124 ff.

[179] Hettner beschreibt die Harmonie von Landschaft und Kunstwerken; Kunst ist für ihn «die ideale Natur» (Reiseskizzen 24, 97), die Landschaft ein «ästhetisches Ganzes» (vgl. dazu Richard Bechtle a. a. O. 125).

180 Diese Auffassung Hettners der griechischen Landschaft behindert aber nicht seinen Blick z. B. für die klimatischen Folgen der fortschreitenden Entwaldung (Reiseskizzen 302 ff.).

181 Keller verweist an dieser Stelle auf Alexander von Humboldt, der im «Kosmos» schreibt: «Der Grieche dachte sich die Pflanzenwelt in mehrfacher mythischer Beziehung mit den Heroen und Göttern» (11). Überhaupt bekämpft Humboldt die Ansicht (z. B. Schillers in der Abhandlung über naive und sentimentalische Dichtung), die Natur habe mehr den Verstand als «das moralische Gefühl» der Griechen angesprochen. Er zeigt, daß die Naturbetrachtung «unter der sinnigen Form des Gleichnisses, als abgesonderte kleine Gemälde voll objektiver Lebendigkeit» (8) erscheint. Die Personifikationen und die anthropologische Naturdeutung stamme nicht aus einem Mangel an «Empfänglichkeit» für «das Naturschöne»; es fehle nur das Bedürfnis, es auszudrücken (9). – Vgl. zu dieser Frage auch Jacob Burckhardt, der in «Die Zeit Constantins des Großen» (1853) über Heliodors und Longinus' Landschaftsschilderungen schreibt: «Ich wage es nicht, die von Humboldt entworfene Geschichte des landschaftlichen Schönheitsgefühles hier in dürftigen Umrissen nachzuzeichnen, und verweise nur ... pflichtgemäß auf jene unvergeßliche Darstellung, welche die Sache selbst und ihr Verhältnis zu den sonstigen geistigen Richtungen der spätantiken Zeit so meisterhaft erörtert» (a. a. O. 215 f.).

182 16. 8. 50, III 2 24.

183 25. 2. 51, I 351; 18. 7. 53, I 371; 16. 9. 53, I 377; 15. 10. 53, I 380 f.; 19. 2. 54, I 390 ff.; IV 47; 3. 4. 54, Euphorion 28, 442 (Rezension abgedruckt bei Jahn: Keller-Hettner-Briefwechsel, 204–207).

184 6. 5. 54, I 395 (Kühnes Rezension in Nr. 36, 27. 4. 54).

185 I 396.

186 Z. B. über Fanny Lewalds Roman «Prinz Louis Ferdinand»: Euphorion 29, 430 ff. und Anm. 60.

187 6. 5. 54 und 8. 5. 54, Euphorion 443 f.

188 26. 6. 54, I 398.

189 Literaturgeschichte des 18. Jahrhunderts, Teil 1: Geschichte der englischen Literatur 1660 bis 1770, 311 ff.

190 4. 11. 54, IV 350; 22, 104 f.

191 I 408 f.; der Brief ist nach dem 10. 1. 55 geschrieben, da er auf Hettners Schreiben von diesem Tag antwortet (vgl. Euphorion 28, 448).

192 I 411 f.

193 11. 6. 55, I 412 f.; 25. 6. 55, I 414 f.

194 27. 11. 55, III 2 126, 129; 1. 2. 56, Euphorion 28, 456; 6. 2. 56, I 421; 24. 3. 56, Euphorion 28, 458; 27. 3. 56, III 2 132; 12. 4. 56, I 427 (kurz darauf schreibt Keller: «Wenn Sie Muße und *Stimmung* haben, Ihre Anzeige zu machen, so wäre es mir lieb, wenn Sie dieselbe in die ‹Kölnische Zeitung› täten, aber eilen Sie ja nicht! Die ‹Nationalzeitung›, dies verdämelte Blatt, wollen wir ganz fahren lassen» [16. 4. 56, I 429]).

195 4. 11. 55, Euphorion 28, 454; 1. 2. 56, Euphorion 28, 456.

196 In den «Grenzboten» 1856, II 361 ff. (zit. in Euphorion 28, 454, Anm. 223).

197 6. 2. / 21. 2. 56, I 422; 18. 10. 56, I 432 f.

198 I 426; I 422 f. Die Monatsschrift ist diejenige des Wissenschaftlichen Vereins in Zürich (1856–59); 16. 4. 56, I 430.

199 Euphorion 28, 465; I 443 f.

²⁰⁰ 23. 3. 60, I 442; I 446.

²⁰¹ 24. 12. 74, I 449.

²⁰² I 450. Literaturgeschichte des 18. Jahrhunderts, Teil 3^{III} : Goethe und Schiller. Abt. 1 : Die Sturm- und Drangperiode; Abt. 2 : Das Ideal der Humanität (Braunschweig 1870).

²⁰³ 31. 1. 75, I 451 f.

²⁰⁴ I 450. Hettner verwirklicht sein Vorhaben (teilweise?) in den «Italienischen Studien. Zur Geschichte der Renaissance», Braunschweig 1879.

²⁰⁵ I 452.

²⁰⁶ a. a. O. 555–63.

DRITTER TEIL

Einleitung : Gemeinsamkeiten

¹ Fr. Th. Vischer, Mein Lebensgang, in : Altes und Neues, Heft 3, 331; Hans Trog a. a. O. 249 ff.; Fritz Schlawe a. a. O. 253 ff.; Alfred Ibach a. a. O.

² 18. 5. 55, I 411; II 147, 48; I 434; II 54; I 425; Schlawe a. a. O. 256.

³ 11. 11. 57, I 439; Brief Vischers vom 20. 10. 71, III 1 131.

⁴ I 423; 30. 4. 57, I 262; 18. 10. 56, I 434.

⁵ III 2 209 f.; II 97 f.; Ibach a. a. O. 18 f.; III 2 211 f.

⁶ III 1 445 f. : Keller glaubt, «es räche sich, daß Heyse seit bald dreißig Jahren dich-terisch tätig ist, ohne ein einziges Jahr Ableitung oder Abwechslung durch Amt, Lehrtätigkeit oder irgend eine andere profane Arbeitsweise genossen zu haben. Ein Mann wie er, der wirklich zu konsumieren hat, wird und muß hiebei mitkonsumiert werden; es ist nicht wie bei einem Drehorgelmann» (an Storm, 20. 12. 79).

⁷ III 2 212 f.; 24. 5. 61, III 2 214 f. (vgl. dazu Hettners Bedenken gegen ein ähnliches Vorhaben Kellers : I 404, 406).

⁸ 3. 6. 61, III 2 215.

⁹ Schücking, 56; «aristokratisch» : 22, 254 (1847); 20. 3. 75, IV 97; III 2 213.

¹⁰ Ibach a. a. O. 12 ff.; III 1 131, 143.

¹¹ III 2 213, 215.

¹² Zuerst in «Die Gegenwart», Nov. und Dez. 1874, dann : Altes und Neues, Heft 3, 329 ff.

¹³ Dazu gehören «Aufruf zur Wahlversammlung in Uster» 1860 (21, 114 f.), «Zürcher Korrespondenzen» 1861 (21, 117 ff.), «Nachträgliches» 1861 (21, 132 f.), die zweite der «Randglossen» 1861 (21, 138 ff.) (vgl. II 98, 105 und vor allem I 267, ein Brief an Ferdinand Freiligrath über die «Canaille zu Paris»).

¹⁴ 22, 158 ff.; III 1 129; an Heyse, 2. 4. 71, III 1 19.

¹⁵ 3. 4. 71, III 1 157 f. (vgl. dazu das erste Bettagsmandat Kellers von 1871 – 21, 244 ff. –, die «Erklärung zu einem Trinkspruch» – 21, 204 – und II 254, 297).

¹⁶ I 245 (vgl. den Brief an Ludmilla Assing vom Februar 1857 : «Der Kriegsspektakel war übrigens sehr schön und feierlich hierzulande, und es war uns dummen Kerls sehr ernst damit» : II 53; vgl. auch II 166). Der Aufruf Kellers in der «Eidgenössischen Zeitung», 26. 12. 1856 (21, 112 ff.).

¹⁷ Altes und Neues, Heft 3, 158; III 1 131.

¹⁸ Der Vortrag später in Kritische Gänge, 2. Aufl., 2. Bd. 497 ff. An Vischer, 19. 5. 72,

III 1 133. Die Schartenmeyer-Ballade in «Allotria» 289 ff.; Keller an Vischer : 26. 12. 73, III 1 135.

[19] 22, 183.

[20] Franz Schultz a. a. O. 6.

[21] Vorträge, 44.

[22] Zuerst in «Jahrbücher der Gegenwart» 1844, dann : Kritische Gänge, 2. Aufl., 2. Bd. 135 ff. (zit. Stellen : 146, 177).

[23] Kritische Gänge, 2. Aufl., 2. Bd. 144; Kritische Gänge N. F. 2. Heft VII f.

[24] Schultz a. a. O. 9.

[25] Kritische Gänge N. F. 2. Heft; 22, 162 f.

[26] Vgl. Vischers Aufsätze über Mörike, Herwegh, «Shakespeare in seinem Verhältnis zur deutschen Poesie, insbesondere zur politischen» : alle in Kritische Gänge, 2. Aufl., 2. Bd. (Zitat a. a. O. 143).

[27] Ölmüller a. a. O. 91.

[28] Kritische Gänge, 2. Aufl., 2. Bd. 144, 136, 95, 116, 136 f., 93.

[29] Kritische Gänge, 2. Aufl., 2. Bd. 22 ff. Es handelt sich um die Rezension Vischers von Mörikes Gedichten (1839), worin er ein merkwürdiges Schema der Beziehungen zwischen «naiver» Lyrik, literarischen Epochen und persönlicher Entwicklung des Dichters aufstellt (a. a. O. 21).

[30] Das zweite Distichon kommt später hinzu : 2/1, 27 (vgl. 2/2, 169). Das Zitat aus «Heinrich IV.» (I. Teil, 3 1, V. 129 ff.) steht bei Vischer Kritische Gänge 2. Aufl., 2. Bd. 144.

[31] 22, 337 f.; 4. 3. 51, I 356 (vgl. den witzigen Ausblick auf «das Lied der Zukunft» : III 1 181; III 1 182).

[32] Kritische Gänge N. F. 2. Heft IV f.

[33] Rudolf Unger, Gervinus . . ., 83.

[34] 22, 163.

[35] Kritische Gänge, 2. Aufl., 2. Bd. 27; zu Storm : vgl. Markwardt a. a. O. 244.

[36] 22, 148 ff.

[37] 22, 184 und 187.

[38] Ästhetik VI § 888 (S. 221), § 891 (S. 232, 235).

[39] 22, 338.

1. Kapitel : Kritik der Romantik

[40] Japtok a. a. O. 49 f. (mit Literaturangaben zur Frage der Hegelschen Romantik-Kritik; vgl. auch Markwardt a. a. O. 266 ff.), 51; Hothos Rezension in «Jahrbücher für wissenschaftliche Kritik» 1827, Nr. 85–92, Sp. 685–724.

[41] In : «Hallische Jahrbücher» 1838, Nr. 115 ff., wiederabgedruckt in : Karl Rosenkranz, Studien, 1. Teil, Berlin 1839, 277–344 (zit. Stelle 278); vgl. Japtok a. a. O. 55, 59.

[42] Japtok a. a. O. 63 f.

[43] Das Manifest in «Hallische Jahrbücher» 1839, Nr. 245 ff., 1840, Nr. 53 ff.; «Geist der Jahrbücher» : a. a. O. 1841, S. 2 (vgl. Japtok a. a. O. 66 und Keller : 22, 35).

[44] Japtok a. a. O. 57, 60 f.; Eichendorff a. a. O. (1857) 2. Teil, 73–110.

[45] Zuerst in «Jahrbücher der Gegenwart», Jan. 1848, dann : Kritische Gänge, 2. Aufl., 2. Bd. 183 ff. Der eigentliche Anlaß ist Eichendorffs Aufsatz «Über die ethische

und religiöse Bedeutung der romantischen Poesie in Deutschland» (1847) – mit andern Aufsätzen Eichendorffs in seine Literaturgeschichte eingearbeitet.

[46] Ölmüller a. a. O. 78.

[47] A. W. Schlegels Äußerung findet Vischer bei Eichendorff erwähnt (vgl. Geschichte ..., hrsg. v. Kosch, 349).

[48] Kritische Gänge, 2. Aufl., 2. Bd. 190.

[49] Ästhetik I § 9 (S. 44); Vorrede (S. V); Ölmüller a. a. O. 149.

[50] Kritische Gänge, 2. Aufl., 4. Bd. 225 (1866).

[51] Vgl. Goethes Forderung, der Dichter solle sich auf das Reale beschränken, das das Abstrakte zugleich verberge und enthülle (Brief an Schiller, 6. 3. 1800). Brief an Mörike: 1. 4. 38, a. a. O. 147 f.; Ölmüller a. a. O. 162.

[52] Emil Staiger, Keller und die Romantik, 3 ff.; I 284; Wildbolz a. a. O. 18 f.; I 291.

[53] 4. 12. 53, IV 41.

[54] Februar 57, II 52.

[55] 22, 311–13.

[56] 19, 36.

[57] 22, 240/42/43; 18, 179 (in der 2. Fassung gestrichen).

[58] 22, 16 f.

[59] 22, 27; 18, 172 (die 2. Fassung – 5, 202 – weist Änderungen auf: Vischers Sebaldusgrab ist «beschienen vom Abglanz griechischen Lebens»); 18, 168.

[60] I 358, 338 f.; 18, 7 (vgl. 5, 7).

[61] «Reichsunmittelbarkeit»: III 1 57, III 2 378, «Ästhetik» VI § 846 (S. 47).

[62] 5, 175 ff. (vgl. Wildbolz a. a. O. 95, 25); Brief Vischers vom 1. 4. 38, a. a. O. 146–49; 22, 46; Wildbolz a. a. O. 119.

[63] 5, 23 f.; I 275; Wildbolz a. a. O. 124, 126 f., 133; damit stehen im Zusammenhang Kellers Vorliebe für den Novellenzyklus: er erlaubt «die Abwandlung einer Situation oder eines Problems in einer ... Reihe von Möglichkeiten» – die zahlreichen Parallelgestalten, die eine bestimmte Situation steigern, eine Stimmung besonders kräftig ausdrücken oder sie aufwiegen durch Kontrastierung – die schon von Hofmannsthal (Prosa II 166 ff.) hervorgehobene Zahlenliebe Kellers (Wildbolz a. a. O. 136).

2. Kapitel: Gottfried Kellers Vischer-Kritik

[64] 25. 11. 75, II 67.

[65] Ölmüller a. a. O. 105.

[66] 22, 144 und 147; an Hettner, 31. 1. 60, I 441.

[67] Ästhetik I S. VI f.

[68] 17, 28 (vgl. 3, 226, mit dem Zusatz, das Buch sei längst «obsolet» geworden; vgl. auch Frey, Erinnerungen 19). Auch Mörike versenkt sich so tief in Sulzers «Allgemeine Theorie», daß er vergißt, die Oblaten, die er vom Tisch gestoßen hat, aufzuheben; sie bleiben am feuchten Fell seines Spitzes, der sich am Boden wälzt, kleben, und erst dieser belustigende Anblick bringt den Dichter in die Wirklichkeit zurück (Mörike-Vischer-Briefw. 56).

[69] Ölmüller a. a. O. 107 f.

[70] Vgl. Max Schasler, Ästhetik, Teil I (Berlin 1872), 1075 (vgl. Schlawe a. a. O. 203).

[71] Strauß-Vischer-Briefwechsel, 1. Bd. 175 (9. 6. 49); 2. Bd. 308, Anm. 37 (20. 11. 53).

[72] Strauß-Vischer-Briefwechsel, 2. Bd. 55 (4. 12. 53).

[73] Strauß-Vischer-Briefwechsel 2. Bd. 115 (10. 4. 57), 121 und 313 (Anm. 83); Hehn, Gedanken über Goethe, 177 f. (in der 7.–9. Aufl., Berlin 1909, 201–205); Mörike-Vischer-Briefwechsel 193 (25. 6. 51) (vgl. a. a. O. 190); Hebbel : Briefe IV 66, IV 139 f.

[74] Briefe vom 16. 5. 81 und 12. 9. 81, Meyer-Vischer-Briefwechsel 176 (vgl. ferner über Vischer : Meyer-Briefe II 71, 94, 135, 175, 178 Anm. 1). Über den Stilgegensatz : «Das Schöne und die Kunst» a. a. O. 277 (vgl. Schlawe a. a. O. 242). Andere Urteile über die «Ästhetik» bei Schlawe a. a. O. 264 ff. Ihre Bedeutung «für das Selbstverständnis der Kunst und Literatur sowie die Geistesgeschichte des 19. Jahrhunderts» faßt Ölmüller (a. a. O. 117) aufgrund des unveröffentlichten Briefnachlasses Vischers in einer Anmerkung zusammen.

[75] 22, 182.

[76] 18, 107 (vgl. 5, 87 mit der Änderung : «das fremde und kalte Wort ‹objektiv› . . ., welches die Gelehrsamkeit erfunden hat»). In § 1 seiner «Ästhetik» erklärt Vischer die Titel von Werken wie «Kritik der ästhetischen Urteilskraft», «Geschmackslehre», «Theorie der schönen Künste und Wissenschaften» für einseitig, weil sie «nur die Untersuchung des subjektiven Moments der Empfindung» anzeigen, diese Untersuchung aber nicht «von dem bloß sinnlichen Empfinden» absetzen.

[77] Kritische Gänge N. F. 5. Heft, 1 ff.; 2. Teil («Fortsetzung und Schluß») a. a. O. 6. Heft, 1 ff.

[78] Z. B. E. von Hartmann, Ästhetik, Teil I (Berlin 1886) 211 ff.

[79] Strauß-Vischer-Briefwechsel, 2. Bd. 211 (22. 1. 66); Vischers Kritik richtet sich u. a. gegen Robert Zimmermanns «Allgemeine Ästhetik» (Wien 1865) oder gegen die «Ästhetik» von Moriz Carriere (Leipzig 1859); Strauß-Vischer-Briefwechsel, 2. Bd. 227 (3. 7. 66).

[80] Kritische Gänge, 2. Aufl., 4. Bd. 333 (vgl. Schlawe a. a. O. 305).

[81] Schlawe a. a. O. 332; Ölmüller a. a. O. 178.

[82] Kritische Gänge, 2. Aufl., 4. Bd. 237.

[83] Schlawe a. a. O. 332.

[84] 26. 12. 73, III 1 135 f.

[85] Strauß-Vischer-Briefwechsel, 2. Bd. 158 (21. 2. 61); Kritische Gänge N. F. Heft 1, 2 und 3; Kellers Rezension erscheint am 23./25. 5. 1861 in der Beilage zur «Augsburger Allgemeinen Zeitung».

[86] 10. 5. 61, III 2 211.

[87] Zit. nach «Der Greif» (der Hauszeitschrift des Cotta-Verlags) 1913, bei Ibach a. a. O. 20.

[88] III 2 211.

[89] Kritische Gänge N. F. 1. Heft, 43 f.

[90] a. a. O. 46 f.

[91] 22, 160 ff.

[92] Das 2. Heft wird auch von D. Fr. Strauß rezensiert («Die Grenzboten», 20. Jg., 1861, 1. Semester, 1. Bd. 331, vgl. Strauß-Vischer-Briefwechsel, 2. Bd., 169 und 317, Anm. 123).

[93] Kritische Gänge N. F. 2. Heft, III (vgl. die Zusammenfassung bei Schlawe a. a. O. 164).

[94] 22, 162.

[95] Kritik anderer Interpreten : Kritische Gänge N. F. 2. Heft, XVI ff., XIX ff., XXII ff.; Goethe : a. a. O. 68 ff., 73 ff.; Absicht der Untersuchung : a. a. O. XII.

[96] a. a. O. 64, 156; Vischer sieht sich selbst in Hamlet gespiegelt : nach seiner Veranlagung

und in der besondern Situation des Handelnsollens seiner Frau gegenüber, wie es seine Briefe in der Zürcher Zeit belegen (vgl. Schlawe a. a. O. 281). Es ist fraglich, ob Keller diese «Einfühlung» Vischers in die Hamlet-Gestalt ahnt.

[97] 22, 162/64 (vgl. Kellers spätere Auseinandersetzung mit der zeitgenössischen Shakespeare-Literatur : III 1 168 [169], III 1 171/174, 180).

[98] Kritische Gänge N. F. 2. Heft, 137.

[99] Zur Geschichte des Vergleichs, den etwa Ludwig Tieck («Shakespeare-Briefe», 1800, in : Kritische Schriften I 155 f.), Ferdinand Freiligrath (vgl. den Anfang des Gedichts «Hamlet» in : «Ein Glaubensbekenntnis», 1844) und Gervinus («Shakespeare», Bd. 3, Leipzig 1849, 286 ff.) aufnehmen, siehe : Schlawe a. a. O. Anm. 32 zu S. 281, und Walter Muschg, Deutschland ist Hamlet, wo wohl Fr. Th. Vischer, aber nicht Kellers Kritik erwähnt ist.

[100] 22, 165 f., 166 f. Spekulationen über die Ehre : «Heinrich IV.», 1. Teil 5 1.

[101] Kritische Gänge N. F. 2. Heft, 95 ff.

[102] a. a. O. 95, 105; Strauß-Vischer-Briefwechsel, 2. Bd. 116 (27. 4. 57) (vgl. auch Keller über «Othello» : 22, 339 f.).

[103] 22, 167 ff. (vgl. Saxer a. a. O. 80 und 22, 335).

[104] 22, 170.

[105] Kritische Gänge N. F. 3. Heft, IV, VII, VIII.

[106] Schlawe a. a. O. 273.

[107] 22, 170 f.

[108] Kritische Gänge N. F. 3. Heft, 6 f.

[109] 22, 171.

[110] 22, 171 ff.

[111] Ästhetik II § 376 (S. 349 ff.).

[112] 22, 180.

[113] 22, 173 (vgl. Helbling, 22, 385); 22, 306 (1883, in einer «Kunstnotiz» über die Büste Alfred Eschers); vgl. auch Kellers selbstironische Schilderung der eigenen Erscheinung im Frack : I 369, 384.

[114] Kritische Gänge N. F. 3. Heft, X.

[115] Rezension : «Die Literatur über Goethes Faust», in : «Hallische Jahrbücher» 1839, dann : Kritische Gänge II, Tübingen 1844, 49 ff., und : Kritische Gänge, 2. Aufl., 2. Bd. 199 ff.

[116] Kritische Gänge N. F. 3. Heft, 138; Strauß-Vischer-Briefwechsel, 2. Bd., 113 (22. 12. 56).

[117] Schlawe a. a. O. 282.

[118] 22, 52 (1851); an Josefine Zehnder-Stadlin, 4. 3. 73, IV 150 f. An Storm, 13. 6. 80, III 1 449 (vgl. III 2 94 und über Goethes «Faust» : III 1 148).

[119] 22, 173 ff.

[120] 22, 173 f.

[121] Vischer, «Zur Verteidigung meiner Schrift : Goethes Faust», Altes und Neues 2. Heft, 1 ff.

[122] Dingelstedt möchte 1871 von Vischer eine Bühnenbearbeitung beider Teile für das Wiener Burgtheater, weil er dazu «wie kein anderer berufen» sei (Brief vom 19. 5. 1871, Schlawe a. a. O. 282); in der dramaturgischen Studie über die Faust-Trilogie (1876) distanziert sich Dingelstedt dann von Vischers Kritik des «Faust II» Goethes (vgl. Vischer, Altes und Neues, 2. Heft, 23 ff.).

[123] 28. 7. 81, III 1 148.

[124] 22, 174.

[125] 22, 175.

[126] 22, 176 ff.

[127] Kritische Gänge N. F. 3. Heft, 172.

[128] 22, 178.

[129] Mörike-Vischer-Briefwechsel 207 f.

[130] Z. B. gegen die Rezension des «Nolten», der Gedichte und gegen die Vorrede zu den Kritischen Gängen 1844 (vgl. Mörike-Vischer-Briefwechsel 177, 181 ff.).

[131] 22, 183.

[132] 11. 11. 57, I 438 (vgl. auch Ilse Frapan a. a. O. 9 ff.).

[133] An Vischer, 19. 5. 72, III 1 133.

[134] Kritische Gänge, 2. Aufl., 2. Bd. 482 f., 484.

[135] Vgl. etwa Biehle a. a. O.

[136] Strauß-Vischer-Briefwechsel, 2. Bd., 292.

[137] III 1 133; an Widmann, 24. 3. 77, III 1 220 (vgl. Storm, 26. 2. 79, III 1 435).

[138] 22, 199 f. Die einführenden Zeilen in der «Neuen Zürcher Zeitung», 30. 9. 1875.

[139] 22, 133 f., (vgl. 137); 22, 267 f. Die Rede Karls : 10, 69 ff. Ihr Anfang wird als Beispiel rhetorischen Humors bei Ludwig Reiners (a. a. O. 46) zitiert.

[140] Emil Kuhs Bemerkung, 18. 8. 75, III 1 532. Vischers Grabrede in : Friedrich Notter, «Eduard Mörike. Ein Beitrag zu seiner Charakteristik als Mensch und Dichter», Stuttgart 1875. Keller an Kuh : 8. 10. 75, III 1 201 (über Vischers Artikel «Ein italienisches Bad», 1875, aufgenommen in Altes und Neues, 2. Heft, 217 ff.).

[141] 27. 10. 75, III 1 202 f.

[142] Vischers «Kritische Bemerkungen über den 1. Teil von Goethes Faust, namentlich den Prolog im Himmel», in «Monatsschrift des wissenschaftlichen Vereins in Zürich» 1857, 42 ff. Hettners Brief vom 19. 10. 57, Euphorion 28, 463 (vgl. dort aber auch die durchaus zustimmende Äußerung über die «Ästhetik»).

[143] An Hettner, 18. 10. 56, I 433. Vischer schätzt jedoch – wie Hettner sein Werk – die Literaturgeschichte hoch (vgl. Kellers Brief an Hettner, 22. 3. 60, I 442). Die stilistischen und methodischen Bedenken Kellers, Hettners und Kuhs liegen übrigens in der Linie derjenigen von Fachästhetikern : Volkelt z. B. bezweifelt, daß die «Ästhetik» den «Forderungen der Klarheit, Unterschiedenheit und dgl. in der Wissenschaft entspricht» (vgl. Ölmüller a. a. O. 18 und Anm. 20).

[144] Frey, Erinnerungen 49; I 433.

[145] 22, 163; 22, 182 f.

[146] Strauß-Vischer-Briefwechsel, 1. Bd. 63 (11. 6. 37) (vgl. Mörike-Vischer-Briefwechsel 104 [Oktober 1833] – 130 [7. 6. 38]).

[147] 22. 3. 60, I 442.

[148] An Heyse, 18. 3. 82, III 1 71.

[149] 20. 1. 82, III 1 149.

[150] 15. 11. 78, III 1 145 f.; «Stille der Nacht» : 14, 28 f. (vgl. 1, 8); am 4. 8. 77 bittet Vischer um die Erlaubnis, es bearbeiten zu dürfen (III 1 142) – seine Fassung in «Auch Einer» (1. Bd. 254 ff.). Vgl. zu den erwähnten Urteilen auch Mörikes Äußerungen über Vischers Lyrik : Briefwechsel 23 f., 37, 170 (Mörike tadelt die «zu persönliche, zu laute» Darstellungsweise).

[151] 15. 11. 78, III 1 145.

[152] Hermann Fischer a. a. O. 278.

[153] 4. 6. 84, III 1 103; Ruges Trauerspiel «Die neue Welt» 1856.

[154] 22, 24 f.

[155] 8. 7. 83, III 2 404.

[156] «Poetisches Gedenkbuch» in : Gesammelte Schriften, hrsg. v. Eduard Zeller, Bonn 1876–78, 12. Bd. (Hinweis : Ibach a. a. O. 44).

3. Kapitel : Fr. Th. Vischers Keller-Aufsätze

[157] 22, 158.

[158] Schlawe a. a. O. 269 f.

[159] Herbst 1862, I 445 (vgl. an Hettner, 10. 3. 63, I 446).

[160] Strauß-Vischer-Briefwechsel, 2. Bd. 121 (4. 7. 57). Vgl. auch den Brief von Strauß zu Vischers Rede «Der Krieg und die Künste», wo Vischer den Zeilen am Schluß von «Hermann und Dorothea» : «Denn es werden noch stets die entschlossenen Völker gepriesen, / Die für Gott und Gesetz, für Eltern, Weiber und Kinder / Stritten und gegen den Feind zusammenstehend erlagen» beifügen möchte : «Oder die freche Gewalt ablehnten mit siegendem Schwerte» (Kritische Gänge, 2. Aufl. 2. Bd. 510); Strauß schreibt : «Aber daß Du Goethe, scheint es, nie mehr ganz ungerupft lassen kannst! ... In der Stelle vermisse ich nichts – sehe gar kein Entweder-Oder; der beanstandete Vers spielt offenbar auf die Spartaner bei Thermopylä an ...; aber wäre es auch, daß Du ihm hier mit einem Gedanken auszuhelfen hättest, warum gleich mit einem gemachten Vers?» (a. a. O. 292, 19. 5. 72).

[161] 10. 7. 57, Strauß-Vischer-Briefwechsel, 2. Bd., 123.

[162] Kritische Gänge N. F. 3. Heft, 138.

[163] 22, 164.

[164] Mörike-Vischer-Briefwechsel 68, 71 (15. 5. 32), 75 (23. 5. 32), 177 (14. 11. 47), 181 (21. 12. 47); die Stelle aus dem Vorwort : Kritische Gänge 2. Aufl., 2. Bd. V. Anni Carlsson erwähnt (a. a. O. 193 ff.) die Rezension von Mörikes Werken als eine kongeniale Interpretation, spricht aber nicht von dem Zerwürfnis, das folgte und der Beziehung zwischen Kritiker und Dichter schärfere Konturen gibt, weil auch die Gegenseite das Wort hat.

[165] Okt. 71, III 1 128 ff.

[166] a. a. O.; vgl. an Weibert, den Verleger der «Legenden» : «Ich habe geglaubt, ein kleines Vorwort machen zu sollen. Wenn Sie Herrn Professor Vischer in Stuttgart kennen und Sie vielleicht ebenfalls Zweifel in die Zweckmäßigkeit eines solchen setzen, so haben Sie vielleicht die Güte, ihm, wenn Sie den Druck wirklich beschließen, dasselbe zu zeigen. Er weiß von der Sache. Wenn er der Ansicht wäre, gar nichts zu sagen, so würde man das Vorwort einfach weglassen» (28. 12. 71, III 2 226).

[167] 22. 3. 72, III 1 132.

[168] 2. 4. 72, III 1 133; der zweite Band der Novellen : III 1 129.

[169] Vischer an Keller : 18. 10. 71, III 1 129; Keller : 19. 5. 72, III 1 133 f., «Talententdecker» wird später auf Kuh bezogen : siehe II 266 und III 1 283.

[170] Vgl. Ibach a. a. O. 25 f.

[171] 28. 6. 74, in : Kuhs Briefe an Keller, 235.

[172] 9. 7. 74, III 1 180; III 1 190.

[173] 30. 7. 74, III 2 249.

[174] III 1 137.

[175] Keller-Vischer-Briefwechsel 307; Moleschott : 4. 8. 78, IV 190.

[176] Warum Vischer den 4. Band nicht mehr berücksichtigen kann, erläutert er in einem Brief an Keller vom 14. 5. 81 (Baechtold III 479, Anm. 1). Vorweggenommenes Urteil in den Briefen : das «Herzerfreuende» in Altes und Neues, 2. Heft, 147 und III 1 133; Betrachtung über die «Ironie» : Altes und Neues, 2. Heft, 148 ff., knüpft an die Erwägungen über den Titel der «Sieben Legenden» an (III 1 130).

[177] Einleitung : Altes und Neues 2. Heft, 136 ff.; «Kunstform...» a. a. O. 147. Vgl. zur Studie als Ganzes : Ibach a. a. O. 24 ff. und Schlawe a. a. O. 349 f.

[178] a. a. O. 137 ff.

[179] a. a. O. 145 ff.

[180] a. a. O. 135, 214 (vgl. Kellers Entschuldigungsschreiben vom 28. 7. 81, III 1 146 f., dazu II 360 und III 2 491 zur Korrespondenz Keller-Weibert).

[181] Vischer : a. a. O. 140. Zum Problem des autobiographischen Romans : 21, 21 (vgl. IV 255 und 21, 273); an Nerrlich, 28. 2. 81, IV 227; an Storm, 11. 4. 81, III 1 456 (Storms Antwort : III 1 459). Wolfgang Kayser, Roman, 13, 26, 28, 33 (vgl. auch Laufhütte, a. a. O. 257 f.). Brahms Rezension in «Deutsche Rundschau», Dezember-Heft 1880 (vgl. Storms Kommentar : III 1 452). Ich-Erzählung : Storm an Keller, 6. 9. 78, Goldammer 45 (vgl. Roffler, Keller, 73). A. V. Thelen, Der schwarze Herr Bahssetup, 574.

[182] a. a. O. 142 f.

[183] 31. 1. / 29. 6. 75, III 1 137.

[184] a. a. O.; I 409; III 2 96.

[185] 31. 7. 74, in : Zürcher Taschenbuch 1904, 240.

[186] 9. 11. / 6. 12. 74, III 1 185. Vgl. in Moritz Lazarus' «Lebenserinnerungen» (31, Fußn.) die Bemerkung Ludwig Pietschs, im Kreis Lina Dunckers habe man gesagt, «der Grüne Heinrich sei eigentlich gar nicht am Herzschlag, sondern ‹am Vieweg› gestorben». Lazarus, der Völkerpsychologe, verfaßt offenbar für das «Literaturblatt des Deutschen Kunstblattes» (7. 8. 1856) eine Besprechung der «Leute von Seldwyla», die Auerbach dem Dichter zuschickt (a. a. O. 29 f.). Ende der fünfziger Jahre lehrt Lazarus in Bern und besucht Keller 1860 in Zürich, 1862 der Dichter den Philosophen in Bern; zwei Briefe Kellers an den Duzfreund, dem er zweimal seine neuen Veröffentlichungen zuschickt bzw. zusenden läßt (vgl. III 2 282, 432; ferner IV 205/207) sind in die Ausgabe der Keller-Briefe von Helbling nicht aufgenommen (sie sind datiert vom 28. 1. 78 und 20. 12. 81 – a. a. O. 38 ff. – und danken für den 2. und 3. Band des «Lebens der Seele» : vgl. III 1 203 und Baechtold III 259).

[187] Eine Liste der Änderungen in der 2. Fassung, die zwar mit Vischers Vorschlägen übereinstimmen, dem Dichter aber längst vorgeschwebt haben können, ist hier überflüssig (vgl. Ibach a. a. O. 34 ff.).
Zitate : Petersen : III 1 347 f. – Ida Freiligrath : II 347 – Wildbolz : a. a. O. 76 f. – Hettner : I 414 – Keller an Vieweg : III 2 16, 69 – Keller an Hettner : I 383 f. – Keller, Autobiographische Skizze 1876 : 21, 21 f. – Keller an Ida Freiligrath : II 348 f. – Korrespondenz Keller-Kuh : III 1 156 f., 158 f., 161, 202 – Keller an Weibert : III 2 254 f. – Kuh : III 1 202 – Keller an Petersen : III 1 350 – Keller an Storm : III 1 421 f. – Storm : III 1 424 f. – Keller an Storm : III 1 427 – Keller an Weibert : III 2 301 (vgl. II 245, III 1 200) – Keller an Ida Freiligrath : II 352 – Keller an Heyse : III 1 39 – Keller an Weibert : III 2 303 – Keller an Petersen : III 1 377 – Keller an Storm : III 1 451 – Storm : III 1 452 f. – Keller an Marie Melos : II 398 – Keller an

Vischer : III 1 146 – Storm : III 1 459 – Keller an Weibert : III 2 313 – Keller an Petersen : III 1 404.

[188] a. a. O. 216.

[189] Brief an Vischer, 28. 7. 81, III 1 146 f.

[190] III 1 138.

[191] «närrische Vorstellungen» : Altes und Neues 2. Heft, 188, 192, 202, 213; «grillenhafter» Schluß : a. a. O. 137, 143, 147, 150; Einzelzüge : a. a. O. 140, 142.

[192] a. a. O. 193 f.

[193] Ibach a. a. O. 68 ff.

[194] Alle Briefzitate : an Vischer, 31. 1. / 29. 6. 75, III 1 138 f.; die beanstandeten Stellen : 10, 228 f. und 7, 301. Vischers Endurteil : a. a. O. 205.

[195] Briefe an Heyse und Storm : III 1 57, 465; Episode : 11, 191; Ilse Frapan a. a. O. 54; Keller an Vischer, 20. 1. 82, III 1 149. Vgl. Frey, Erinnerungen 133 f.; C. F. Meyer am 24. 4. 81, III 1 328.

[196] Altes und Neues 2. Heft, 150 f., 168.

[197] Lyrische Gänge 124.

[198] Schlawe a. a. O. 318 f.

[199] Altes und Neues 2. Heft, 151.

[200] Meyers Brief : 6. 7. 89, Meyer-Briefe II 175; Gervinus, Geschichte der deutschen Dichtung, 5. Bd., 5. Aufl. (1874), 237.

[201] 21, 53. Zu Jean Pauls «Wissenschaftlichkeit» : Walther Rehm, «Jean Pauls vergnügliches Notenleben . . .», etwa 245, 268 u. ö. Ein ebenfalls im Tagebuch (8. August 1843) erwähntes Sonett auf Jean Paul ist nicht erhalten (21, 54 bzw. 13, 372).

[202] An Baumgartner, 27. 3. 51, I 291 (vgl. an Freiligrath, 22. 9. 50, I 250); Heinrich am Rhein : 16, 41 f.; an Hettner, 4. 3. 51, I 357; 17, 117 ff.

[203] An Hettner, 15. 10. 53, I 380; 22, 75, 82; 19, 57.

[204] 19, 329 (vgl. 19, 296); Vischer : Altes und Neues, 2. Heft, 146; an Vischer, 19. 5. 72, III 1 134; britischer Humor : 16, 42; 17, 141 (vgl. 4, 79); an Petersen, 13. 1. 83, III 1 395; Zäch a. a. O. 187; Spitteler : III 1 250; Meyer-Briefe II 193.

[205] 4, 62 f. Frey, Erinnerungen, 32 f. Vgl. zu diesem Abschnitt über Jean Paul : Frieda Jaeggi a. a. O. 33 ff.

[206] Altes und Neues, 2. Heft 156, 173, 136, 156 f.

[207] 25. 2. 60, III 2 190; als Auerbach die Streichung der Kinderliebschaft (10, 306 ff.) in der Novelle verlangt, meint Keller : «Wir verlieren damit etwas novellistische Petersilie, welche zur Ausschmückung des didaktischen Knochens nötig ist . . .» (25. 6. 60, III 2 196).

[208] III 1 183; III 1 190 (die Rezension Kuhs in der «Wiener Abendpost», 28. 12. 1874; über die Novelle äußert sich Kuh im Brief vom 12. 12. 74, III 1 186 f.).

[209] 31. 1. 75, I 451.

[210] III 1 139 f. («Neue Zürcher Zeitung», 30. 9. 79, dann : 22, 229 ff.).

[211] Altes und Neues, 2. Heft, 213.

[212] a. a. O. 211.

[213] 4. 8. 77, III 1 143.

[214] Ölmüller a. a. O. 15 f.

[215] 23. 9. 87, IV 312; an Ludmilla Assing, 25. 11. 57, II 67; an Hettner, 27. 2. 66, I 448.

[216] Artikel in der «Allgemeinen Zeitung», 30. 6. 87 (22, 180 ff.), Zitat : 22, 182 f.

[217] 22, 158/162–164/172.

VIERTER TEIL

Historisch-methodische Vorbemerkung

1 Ludwig Speidel a. a. O. 28; Marie Bluntschli a. a. O. 21 f.
2 E. R. Curtius a. a. O. Vgl. zu diesem Kapitel überhaupt: Wolfgang Mohr – Werner Kohlschmidt: Literaturkritik, in: RL, 2. Bd. (2. Aufl.), 63–79.
3 Lessing: Hamburgische Dramaturgie, 96. Stück (Lessings Werke, hrsg. v. Julius Petersen, Berlin–Leipzig–Wien–Stuttgart o. J., 5. Teil, 390); Hans Mayer a. a. O. 15 ff.; Wellek-Warren a. a. O. 29, 39.
4 Mayer a. a. O. 30 (vgl. 367, wo aus der Vorrede zu Bürgers Gedichten, 1778, zitiert ist: «Alle darstellende Bildnerei kan und sol volksmäßig seyn. Denn das ist das Siegel ihrer Vollkommenheit»).
5 Mayer a. a. O. 39, 40 f.
6 Mayer a. a. O.; Heines Äußerungen in «Über die französische Bühne» (1837), «Salon» (1840).
7 Wellek-Warren a. a. O. 280 f., 293.
8 Vgl. auch Roland Barthes, Qu'est–ce que la critique?, in: Essais critiques, Edition du Seuil, Paris 1964, 252–257.
9 Über den New Criticism vgl. Freye a. a. O. 84 f., Harry Levin, Criticism in Crisis, a. a. O. 251–266.
10 Wehrli, Probleme der literarischen Wertung, «Neue Zürcher Zeitung» Nr. 716, Sonntag, 21. 2. 65 (dann: Wert und Unwert der Dichtung...). Vgl. schon Wehrli, Allgemeine Literaturwissenschaft, 107 ff.
11 Wellek-Warren a. a. O. 276, 282.
12 Wehrli a. a. O.
13 Wellek-Warren a. a. O. 28.
14 Beriger a. a. O. 3 f.
15 Beriger a. a. O. 7 ff., 30, 36 f.
16 Wehrli a. a. O.
17 Markwardt a. a. O. 54.

1. Kapitel: Gottfried Kellers kritisch-ästhetische Grundanschauungen

1 Wellek-Warren a. a. O. 165 f.; Frye a. a. O. 9 f.; Wellek-Warren a. a. O. 12.
2 Freye a. a. O. 106 f.
3 An Friedrichs, 24. 1. 82, IV 240 (vgl. IV 295 und III 1 484); Rychner a. a. O. 1219.
4 Hettner an Keller, 12. 7. 62, Euphorion 28, 465; Keller an Hettner, 29. 7. 62, I 443 (vgl. Euphorion 28, 466 f.).
5 An Hettner, 29. 8. 51, I 361.
6 IV 271.
7 An Widmann, 19. 7. 74, III 1 214; 6. 1. 75, III 1 215 (vgl. Briefwechsel 38 f.).
8 15. 9. 60, III 2 201.
9 Vgl. etwa Briefwechsel 59 f.
10 Widmanns Äußerung nach einer Notiz meines Großvaters, Georg Luck, neben Widmann Redaktor am «Bund»; Fontane: Reuter a. a. O. 292.

[11] Vgl. die Pressekommentare über die Wahl Kellers zum Staatsschreiber : Baechtold II 529 ff. Anderseits vermutet Saxer (a. a. O. 62), Keller habe sich zurückgehalten, weil seine Stellung jedem Urteil sozusagen offiziösen Anstrich hätte geben können.

[12] 4. 12. 53, IV 41.

[13] 22, 300.

[14] 16. 9. 47 : 21, 76.

[15] 19, 87 f. (in der 2. Fassung gestrichen).

[16] Storm an Keller, 27. 11. 82, Goldammer 128 (Ergänzung zu III 1 480 f.); Keller an Petersen, 4. 6. 76, III 1 350; Keller an Storm, 5. 1. 83, III 1 484; Storm : III 1 487.

[17] III 1 363 f.

[18] Böcklin : vgl. Heinrich Wölfflins Gessner-Aufsatz (1930), Kleine Schriften 145, und Rehm a. a. O. 45.

[19] An Heyse, 30. 12. 80, III 1 49 f.; III 1 515; 8. 4. 81, III 1 53; 30. 3. 77, III 1 414 (vgl. III 1 359).

[20] Romanschluß : an Heyse, 8. 4. 81, III 1 53; zu den Stellen in Goethes Schema vgl. Walzel, Poesie . . ., 36, 38; Kritik an Widmanns «Önone» : III 1 225 (vgl. Briefwechsel 60).

[21] Landolt : 9, 235 f. (vgl. Max Zollinger, Erlerntes . . ., 770, und Max Nußberger, Der Landvogt . . ., 88).

[22] Frey a. a. O. 19 f.

[23] III 1 468, 470, 473; 22, 299.

[24] 22, 414 zu 300, 6; an Storm : III 1 464.

[25] Tieck, Kritische Schriften, Bd. 1, 139; Schlegel, Minor I 268, 309; Minor II 339; Lyc.-Fragm. 177; Meister-Rezension in : Schriften und Fragmente, 22; Keller über Ruge : 22, 26.

[26] Gotthelf : 22, 108 f. (vgl. Gotthelf XIII 7 ff., 593 ff.); Kellers Vorwort : 16, 1; Plan kritischer Arbeiten : III 2 124; über Freys Aufsätze : III 2 404 (vgl. IV 211 und III 2 407).

[27] Bernardin de St-Pierre, Etudes de la nature, tome I, Paris 1804, 103 ff.; 22, 127.

[28] 22, 35.

[29] 22, 37.

[30] I 266 (vgl. I 474).

[31] An Hettner, 24. 10. 50, I 343; an Baechtold, 23. 6. 80, III 1 309.

[32] An Baechtold, III 1 308; Reuter a. a. O. 293.

[33] Rezension in der «Neuen Zürcher Zeitung», 17./18. 2. 79; 22, 215 f.

[34] Vgl. Japtok a. a. O. 7 f., 31, 38, 69 f., 93 f.

[35] Markwardt a. a. O. 110 f., 555; Kayser, Das Groteske, 110 ff.

[36] An Hettner, 3. 8. 53, I 375 f. Zu Rosenkranz' «Belesenheit» vgl. die in den «Anmerkungen» ausgebreitete Gelehrsamkeit. Zu Kellers Kritik des Titels vgl. Friedrich Schlegels Idee eines «Verzeichnisses negativer Klassiker» (Literary Notebooks 116) und die Theorie im Studium-Aufsatz (Minor I 148 f.). Das physikalische Gleichnis – «So müssen wir uns auch hier ganz an den immer mehr maßgebend werdenden Vorgang der Naturwissenschaften halten . . .» – ist ein bei Kellers ablehnender Haltung der positivistischen Literaturbetrachtung gegenüber erstaunliches Zeugnis.

[37] Herman Meyer a. a. O. 221; Storm, Werke VIII 273 (vgl. Kayser, Das Groteske, 217 Anm. 6).

[38] 27. 2. 78, Goldammer 29; Keller, 15. 11. 78, III 1 431.

[39] 14. 8. 81, Goldammer 93 (Verballhornung im ersten Druck in «Westermanns Monats-heften», August 1881 – vgl. Werke VIII 272).

[40] 22, 216 f.

[41] 21, 237; 18, 8 (vgl. 5, 7).

[42] An Kuh, 28. 7. 72, III 1 164.

[43] 22, 392/205 ff.

[44] Der Aufsatz in Nr. 16, 361 ff., wiederabgedruckt in: Kl. Schriften, 513 ff. (vgl. I 380 f.).

[45] a. a. O. 518 f.

[46] 19, 66 f. (vgl. 6, 23).

[47] I 400, 353, 433 f. (vgl. 19, 253).

[48] An Hettner, 4. 3. 51, I 353; an Baechtold, 9. 4. 80, III 1 306.

[49] 19, 61 f. (vgl. 6, 22 f.).

[50] 19, 61 f.; I 353, 354; 22, 46; Preisendanz, Roman II 77.

[51] I 445 f.

[52] 12. 1. 82, III 2 434.

[53] An Vischer, 19. 5. 72, III 1 134; an Kuh, 3. 4. 72, III 1 163.

[54] An Vieweg, 2. 4. 55, III 2 96; an Weibert, 31. 5. 72, III 2 232; an Kürnberger, 3. 1. 77, IV 178.

[55] An Vieweg, 28. 8. 73, III 2 243; an Kuh, 3. 4. 72, III 1 163.

[56] An Weibert, 27. 2. 74, III 2 247 (vgl. 8, 487 ff.).

[57] An Rodenberg, 10. 10. 76, III 2 345.

[58] An Hettner, 23. 10. 50, I 338.

[59] II 129; 29. 5. 50, I 321.

[60] 22, 281.

2. Kapitel : Gottfried Kellers Sicht der Antike und der deutschen Klassik

[1] I 177; an Petersen, 28. 12. 77, III 1 360; an Heyse, 30. 12. 81, III 1 67 (vgl. an Adolf Exner, 15. 1. 82, II 284); 22, 136.

[2] IV 345; an Hettner, 21. 10. 54, I 402 (vgl. die Stelle im «Grünen Heinrich» über Latein und Griechisch als Schulfächer : 16, 248 f. Dazu kommt die Lektüre von Jacob Burckhardts «Kultur der Renaissance» (vgl. IV 122; III 1 370 f.) und des «Cicerone» (vgl. III 1 175; Werner Kaegi, Jacob Burckhardt . . ., 609; III 1 373).

[3] 22, 205/144.

[4] I 318 (1850); klassische Dichtung : 22, 50; Leuthold : 22, 210; Gotthelf : 22, 69/70/71/82/83; 20, 261 (vgl. dazu Gotthelf XIX 236, XI 238); Kohlschmidt, Geld und Geist 26; Brandes a. a. O. 235.

[5] Storm, 15. 7. 78, III 1 423 f.; 18, 24 ff. (vgl. 5, 23 f.); 19, 204 f. Vgl. mit lebenden Personen : II 223, 226; Notiz zum «Salander» : 12, 432, Nr. 2; spätere Bemerkun-gen : III 1 50, 174.

[6] 21, 81 f.; 22, 289 (zu 22, 215[10/11]) : «einfach Antikes» zugunsten von «Naturgemäßes», «in der alten Welt» zugunsten von «in jenen Zeiten» verworfen.

[7] An Heyse, 27. 7. 81, III 1 58 f.; an Widmann, 13. 1. 83, III 1 237 (vgl. Briefwechsel 79).

[8] 22, 113/11; Tagebuch, 9. 7. 43 : 21, 41; 17, 115; 4, 60; 18, 151; 4, 78.

[9] 22, 262; 18, 127–131 (vgl. 5, 167, 165); 18, 123 f.

[10] Vgl. zu den hier berührten Fragen grundsätzlich : Walter Müri, Die Antike . . ., und Georg Luck, Scriptor Classicus . . .

[11] 16, 72 (vgl. 3, 5); 16, 82 f. (vgl. 3, 16); 16, 152 (vgl. 3, 88; 16, 162 und 3, 97); 19, 43.

[12] 17, 11 (vgl. 3, 210); 17, 165 (vgl. 4, 101); 18, 23/28; 17, 298 ff. (vgl. 4, 225 ff.); 18, 146; 18, 86/88 f. Venus-Bild : Pygmalion-Mythos (Ovid, Met. 10, 243 ff.); vgl. für die außerdeutsche Literatur : Bruno Lavignini, L'Amore della Statua (a. a. O.); Myrrha : 12, 273.

[13] 19, 60; 2/1, 25; an Petersen, 25. 6. 78, III 1 362.

[14] 22, 155; 18, 177 (vgl. 19, 371).

[15] Stifter, Briefe, 90, 194, 250; Laufhütte a. a. O. 50; 19, 36/35; Goethe als Maler : III 1 364; Dürer . . . : Walther Rehm, Wölfflin, 90 f. (vgl. Ermatinger 132); Hauff : 22, 335; Naturgedichte : Ermatinger 139.

[16] 21, 104/38 f./61 f.; I 212 f. Victor Hehn : zit. nach Unger, Wandlungen des literarischen Goethebildes . . ., 222.

[17] 19, 353, Nr. 26, 18, 3 (Fränkels Behauptung, 19, 346, die Notiz sei nicht verwendet worden, ist also zu korrigieren; in der zweiten Fassung wird die Stelle unterdrückt : 5, 3). Goethe – Keller : Agnes von Waldhausen a. a. O.; 18, 5 (vgl. 5, 4); Vorbild von «Dichtung und Wahrheit» : A. v. Waldhausen a. a. O. 474, 478.

[18] A. v. Waldhausen a. a. O. 479 (vgl. zur Auffassung des dichterischen Werks als Konfession : Wildbolz a. a. O. 119). Kindheit als Vorspiel des Lebens : 16, 262. Der Vergleich zwischen «Grünem Heinrich» und «Dichtung und Wahrheit» schon bei Otto Brahm, Deutsche Rundschau 25, 1880, 468. Vgl. auch Roy Pascal a. a. O. 104.

[19] 22, 312. Das «Abenteuerliche und Überschwängliche» erscheint aber immer noch in Kellers Dichtung : als Gegenwelt (vgl. Wildbolz a. a. O. 122). 18, 7 (vgl. 5, 7; dazu auch Preisendanz, Roman II 122, und die weiteren Parallelen zu Goethe bei Gerhard Weise a. a. O. 45 ff.).

[20] Hans-Rudolf Hilty a. a. O. 31; «con amore» : II 111, 117; Zitate : II 236, 208, 422; III 1 119; IV 72 f.; 18, 163 (vgl. 19, 364 – in der zweiten Fassung gestrichen : 5, 13. Kap.); 9, 4 (Bad der Stolbergs); Herman Meyer, Zitat, 23. Ästhetische Begriffe : 16, 44 (vgl. Wildbolz a. a. O. 105); 17, 125 (vgl. 4, 68); 18, 136 (vgl. 5, 176); 18, 13 (vgl. 5, 13).

[21] 9. 4. 80, III 1 306.

[22] 25. 6. 55, I 416; I 400; 27. 2. 57, II 51; 9. 2. 59, II 80; 28. 1. 49, I 214; Oktober 1855, I 260 (Goethes Äußerung : Jubil.-Ausg. 29, 322); 18. 5. 75, III 1 191; Kuh, 27. 5. 75, III 1 192; 9. 6. 75, III 1 194. Der Brief über diesen Besuch schon in Varnhagens «Rahel . . .».

[23] II 65; 15. 3. 60, II 95.

[24] Vgl. das Kapitel über die wissenschaftliche Literaturkritik und II 75, IV 279, wo das Sonett «Die Goethe-Pedanten» (1, 137) und das Epigramm «Ein Goethe-Philister» (2/1, 29) kommentiert sind; zu Scherers Goethe-Philologie : III 1 283 f.; 22, 397 zu 214.

[25] Widmanns Brief, 27. 12. 82, III 1 236; Keller : 13. 1. 83, III 1 237; Rezension : «Sonntagsblatt» des «Bund», 1883, Nr. 42; 13. 11. 83, III 1 244; Keller, 28. 1. 84, III 1 247; Mauthner : «Bund», 25. 9. 1917 und Zäch a. a. O. 177 f.

[26] 23. 10. 73, III 1 168; 18. 12. 79, III 1 225; IV 435; 28. 2. 86, IV 302.

[27] 13. 6. 80, III 1 449.

[28] 11, 90; Urteile über bestimmte Werke auch 22, 184 (1868); I 330 f.

29 22, 108/114; 16, 187 (der Ausfall gegen die Professoren nicht in der zweiten Fassung: 3, 122); III 1 251.

30 31. 12. 77, III 1 416 f.; 9. 11. 84, III 1 249.

31 Vgl. Arthur Henkel, Entsagung ..., X f. Differenzierung von «Entsagung» und «Resignation»: Liselotte Pfeifer a. a. O. 3 f., 124 f., zum «Landvogt»: 94 f., «Salander»: 111 f., zum Schluß der ersten und zweiten Fassung: 50 ff., 61, Entsagung in der deutschen Klassik: 119, 17, 173 (vgl. 107 f.). 17, 173 (vgl. 4, 107 f.); 17, 264 f. (vgl. 4, 191 f.); 17, 266 (vgl. 4, 193); 19, 273 f. (vgl. 6, 249); 14. 12. 80, III 1 378 und III 1 547; III 1 380 f.; 8. 4. 81, III 1 53. Ich möchte mehr Gewicht auf diese Äußerungen Kellers über den Schluß der neuen Fassung legen, als Henkel es im Nachwort zu seiner Ausgabe der Erstfassung (a. a. O. 574) tut, wo er die Entsagung als «milde» bezeichnet und zu den erwähnten Briefen Kellers ausführt: «Etwas von der matten Nüchternheit dieser Werkstattworte hat denn auch den Einfall, Judith wiederkehren zu lassen, beeinträchtigt.» Keller ist sicher nicht nur vom schlechten Künstlergewissen getrieben, wenn er Petersen schreibt: «Der neue Schluß ist indessen jedenfalls besser als der frühere. Nur hat er etwas zuviel von dem Inhalt, den die meisten nicht gleich verstehen. Es ist wie mit dem Brot, das sie nicht heiß fressen können» (III 1 395). Zum Thema der Resignation vgl. noch: Michael Kaiser a. a. O. 25 f., 102 f.; ferner die Gedanken bei Kurt Guggenheim a. a. O. 141. Schreibunterlage: 22, 440 f. Brahm berichtet von einer Begegnung wahrscheinlich im Jahr 1886 (vgl. IV 308 und Kellers Brief an Brahm bei Zäch a. a. O. 173).

32 Spittelers Artikel: VII 639 (vgl. Ermatinger 470); Miszelle: 22, 321/323; Schillers Äpfel: 19, 48. «Romanzero»: 15/1, 235 und 241 ff. (vgl. 2/1, 251 ff.); 15/1, 244 ff. (vgl. 2/1, 253 mit leichter Veränderung). Siehe auch Max Wehrli, Diss. 69 f.

33 22, 132; I 317, 353, 358 f., 331; III 1 65.

34 An Hettner, 31. 1. 60, I 441; 16. 7. 81, II 402; Meyers Brief: 27. 12. 84, Meyer-Br. I 305; Keller: 6. 1. 85, III 1 341.

35 Zitate: II 164; III 1 88, 106, 108; an Heyse, 7. 9. 84, III 1 106 f. (Brief Schillers an Goethe, 2. 11. 1798). Kellers Interesse an Werken über Schiller geht aus mehreren Briefstellen hervor: I 452; II 87, 92 (über Emil Palleske, Schillers Leben und Werke, Berlin 1858/59, das ihm im Hinblick auf das Schillerjahr «prophetisch» erscheint – vgl. auch 22, 199; IV 37, 42, 308).

36 Reichert (zit. nach der Kurzfassung: «An Abstract of a Thesis ...») 14. 17, 138/230 (vgl. über Börnes Tell-Kritik: Fränkel 19, 361; in der zweiten Fassung ist der Angriff auf Börne weggelassen: 4, 161); 22, 122 ff.; IV 139 f. 22, 173 f.

37 22, 120/139; 134/135; 137.

38 Widmanns Rezension im «Bund», 17./18. 12. 1886 (zit. nach Briefwechsel 164, 171, 173). Widmann: 12. 12. 86, Briefwechsel 166; 4. 1. 87, III 1 259 f.

39 Widmann an Hegar, 12. 1. 87, Keller-Widmann-Briefw. 22; Keller: 25. 5. 87, III 1 261.

40 19, 76 ff. (vgl. 6, 38 f.); 19, 79 ff. (vgl. 6, 40 ff.); 19, 82 f. (vgl. 6, 42).

41 21, 33 f. Reichert (a. a. O. 15 f.) zu Kellers Brief an Johannes Müller (29. 6. 37, I 151): «the ideal of absolute intellectual freedom which led to a restriction of arbitrary action, a freedom in necessity which the intellectual attainments of man would bring to humanity by leading it to a voluntary acceptance of natural law. For Keller as for Schiller, intellectual freedom, Freiheit in der Notwendigkeit, had been the basic interest of his life.»

42 Zu den Gedichten des Schiller-Jahres («Prolog»: 1, 264 ff., «Schillerfest»: 2/1, 191 f.)

kommt Kellers Bankettrede (vgl. Baechtold II 316, Anm. 1). Zu den Gedichten : I 267 (vgl. I 264); über andere Feiern : II 91, III 1 11; zum «Schillerfest» Widmann : III 1 244 und Keller : III 1 246 f., IV 181.

[43] Reichert a. a. O. 16.

[44] Frey, Erinnerungen 43.

3. Kapitel : Kritische Gesichtspunkte

A) Erfindung und Originalität

[1] Beriger a. a. O. 40–47 (zit. Schiller an Goethe, 14. 4. 97); Wehrli, Literaturwissenschaft 113; Wellek-Warren a. a. O. 98, 213 f., 274 ff. und 353, Anm. 12; 295 f.; Frye a. a. O. 100 f., 106 ff.

[2] An Hettner, 26. 6. 54, I 398 ff.; 17, 122/137 f. (vgl. 4, 65/78); 22, 149/190 f.; 24. 10. 50, I 346 ff; an M. Wesendonck 19. 7. 70, IV 140 f.; 22, 208 f.

[3] I 374; an Otto Thalmann, 21. 12. 85, IV 299; an Friedrichs, 9. 11. 84, IV 244.

[4] Andere Beispiele siehe Therese Seiler a. a. O. (von Keller aus der französischen Literatur übernommene Motive).

[5] 30. 4. 57, I 263 f.

[6] 8. 1. 74, III 1 212; 19. 7. 74, III 1 213 f.

[7] 28. 8. 74, Briefwechsel 39 f.

[8] An Heyse, 30. 1. 82, III 1 69 (diese Äußerung Kellers liegt acht Jahre nach der ähnlich lautenden Widmann gegenüber : mißverständlich III 1 532 zu III 1 214; Heyses Antwort : Kalbeck 261); über «Müslin» : 4. 8. 81, III 1 233.
Diese Beurteilung durch Keller stimmt durchaus mit Widmanns Selbstverständnis überein; an Arnold Ott schreibt er (25. Okt. 1894, Arnold-Ott-Nachlaß der Schweizerischen Landesbibliothek, Schachtel 58) : «Was aber meinen besondern Fall anlangt, so ist es allerdings auch nicht das Alter, was mich ins Hintertreffen bringt, sondern daß ich als ein Spätromantiker den Anschluß an eine neue Zeit, die ihre neuen Ausdrucksformen sucht, versäumt habe. Es mag das damit zusammenhängen, daß ich, überhaupt zu spielerisch veranlagt, sogar die Poesie immer wie ein Spiel betrieben habe. Wie anders dagegen Spitteler, der, wenn ihm auch die Zeitgenossen wenig Beachtung schenken, doch ins nächste Jahrhundert hinübergehen wird, weil alles, was er schrieb, die Marke einer neuen Zeit hat, nirgends ein Echo aus den Klassikern oder der Romantik nachklingt. Denke nur an seine Literarischen Gleichnisse; und so sind seine ‹Schmetterlinge› und die älteren großen Erstlinge, die, auch wo man sie für närrisch halten muß, wenigstens neue Narrheiten sind. Das Einzige Gute und Vernünftige an mir ist, daß diese Einsicht in mein Epigonentum mich nicht sonderlich beschäftigt. Es ist schließlich nicht die Hauptsache, daß man selbst gute neue Gedichte schreibe, sondern daß überhaupt solche entstehen, der Quell der Poesie nicht verschüttet werde.»

[9] An Widmann, 18. 12. 79, III 1 224 f.; an Seidel, 16. 12. 84, IV 288.

[10] Heyse an Keller, 3. 6. 83, Kalbeck 328 f.; Keller an Heyse, 12. 6. 83, III 1 92 f.

[11] 18. 6. 83, III 1 94 f.

[12] Storm : 13. 9. 83, Goldammer 142; Keller : 21. 9. 83, III 1 491.

[13] 20. 10. 83, III 1 96.

[14] An Friedrichs, 24. 1. 82, IV 241; an Hettner, 26. 6. 54, I 400; 22, 149/147/151.

B) Sprach- und Stilprobleme

[1] Benjamin a. a. O., 2. Bd., 290 f.
[2] 22. 9. 50, I 249 (vgl. I 248); Ende 1854, I 258.
[3] I 250; 30. 4. 57, I 261.
[4] An Ludmilla Assing, 21. 4. 56, II 42 (vgl. II 48); an Vieweg, 15. 8. 52, III 2 58 f.; 22, 232 (1857).
[5] Heyse, 3. 12. 84, Kalbeck 392; Keller, 12. 12. 84, III 1 111 f.; 22, 161.
[6] Auerbach : 2. 9. 60, III 2 199; Keller : 15. 9. 60, III 2 200; Bettelheim an Keller : 24. 4. 88, IV 318 f.
[7] 21, 12; über Lingg : III 2 234; an Weibert, 11. 3. 73; III 2 238; an Storm : 14./16. 8. 81, III 1 464 (vgl. III 2 338); an Weibert : 29. 6. 83, III 2 312.
[8] Zäch a. a. O. 186 f.
[9] An R. Sennhauser, 13. 12. 70, IV 142; an Zolling(er), 23. 2. 76, IV 170 f.; an Rodenberg, 24. 6. 78, III 2 360.
[10] 21, 13; Kellers Antwort : 28. 2. 86, IV 302 (vgl. Helbling IV 301); IV 435.
[11] An Friedrichs, 16. 3. 84, IV 243; an Storm, 21. 9. 83, III 1 491.
[12] An Emil Kuh, 12. 2. 74, III 1 173; Zäch a. a. O. 171; an Adalbert von Keller, 3. 2. 83, IV 258.
[13] Werner Günther a. a. O. 24, 25 (vgl. 13 f.).
[14] 22, 206/213/218.
[15] Zäch a. a. O. 187, 186 f.; Heyse a. a. O. Bd. II, 49 f.
[16] Zäch a. a. O. 187; an Kuh, 28. 6. 75, III 1 195 f.; Zäch a. a. O. 187 f.; 22, 60 (vgl. noch 22, 82). «Dialektvirtuose» : August Corrodi.
[17] Storm an die Gebrüder Paetel (9. 1. 77) VIII 264; an Keller, 27. 2. 78, Goldammer 29; Keller : 13. 8. 78, III 1 428 f.
[18] Storm an Keller, 29. 8. 78, Goldammer 44; Storm VIII 30, 86, 89; Keller an Petersen, 22. 3. 84, III 1 400 f.
[19] 22, 84 f./320.
[20] 22, 50/206.
[21] Keller, 22, 62 f./64 f.
[22] 22, 63/65 f.
[23] Vgl. Werner Kohlschmidt (Gotthelfs Gegenwärtigkeit, in : Dichter, Tradition . . ., 315) : «Es ist die Zuflucht auch noch des Alten in die ihm selbstverständlich angemessene Wesensform der Arbeit»; Kellers Kritik des Motivs : 22, 67; selbst gestaltet er einen ähnlichen bäuerlichen Arbeitsvorgang im Gedicht «Land im Herbst», wo der aschestreuende Bauer für den Dichter «den Geist verschollener Ahnen» verkörpert; das Gedicht klingt aus in Resignation vor der Vergänglichkeit : «Wir dürfen selbst das Korn nicht messen, / Das wir gesät aus toter Hand; / Wir gehn und werden bald vergessen, / Und unsre Asche fliegt im Land!» (1, 72 f.)
[24] 22, 74 f.
[25] 22, 88.
[26] 22, 89 (vgl. 22, 109).
[27] 22, 89 f.
[28] 22, 90 (vgl. 22, 50).
[29] 22, 90 f.
[30] 22, 108; 110 f.

[31] 22, 108/83.

[32] 22, 108 f.

[33] 22, 111 f.

[34] 22, 112 ff.

[35] 16, 2.

[36] 22, 49 ff., 112 f.

[37] 22, 296/298.

[38] 22, 131/240/254/294/296/245.

[39] 22, 252.

[40] 22, 262 f.

[41] 21, 76.

[42] 5, 172 ff.; an Petersen : 21. 4. 81, III 1 381 f.

[43] 18, 50 f. (vgl. 5, 49).

[44] 18, 131 ff.

[45] Frey, Erinnerungen 48 f.

[46] 21, 5/6/12.

[47] 21, 40 f.

[48] Ermatinger a. a. O. 98, 141.

[49] Schmidts Aufsatz : «Westermanns Monatshefte», Februar 1874, 545; an Auerbach, 17. 6. 61, III 2 203; an Kuh, 12. 2. 74, III 1 173; Kuh an Keller : 27. 5. 75, III 1 193; an Kuh : 28. 6. 75, III 1 196 f.; Kuh : 18. 8. 75, III 1 198 f.

[50] An Kuh : 8. 10. 75, III 1 201. Obschon Keller die Stilfrage zu einem wichtigen Kriterium macht, stellt Fontane in den Dichtungen des Zürchers eine Stilschwäche fest, insofern seine Novelle sich dem Märchen nähere und er «erbarmungslos ... die ganze Gotteswelt seinem Kellerton» überliefere (Reuter a. a. O. 93, 98). Sie sei besonders sichtbar in den «Legenden», deren «Perverses», «Widerspruchsvolles» und «Schiefgewickeltes» Fontane rügt; er wirft Keller «die innere Umgestaltung des ihm Überlieferten» vor und vermißt den «besonderen Stil» der Legendendichtung : «das heilig Naive» werde geopfert. Was Keller gibt, war schon da : «das Zyklische, das Realistische, das märchenhaft Romantische, selbst die Verquickung beider» (a. a. O. 99 f., 102). Kellers Humor schließlich verstößt nach Fontanes Ansicht gegen den «Sach»-Stil : der Stil muß dem Gegenstand der Dichtung angepaßt werden (a. a. O. 97).

[51] 19. 7. 74, III 1 214 (vgl. III 1 69 und Briefwechsel 39 f.).

C) Weltanschauliche Gesichtspunkte

[1] Jacob Burckhardt a. a. O. 157; Wellek-Warren a. a. O. 104 f.

[2] Wellek-Warren a. a. O. 124 ff.

[3] Frye a. a. O. 19 : Lucka, Das Grundproblem der Dichtkunst a. a. O., zusammengefaßt bei Wellek-Warren a. a. O. 274.

[4] Frye a. a. O. 19.

[5] T. S. Eliot, Essays Ancient and Modern, New York 1936, 93 – nach : Wellek-Warren a. a. O. 274.

[6] Über Kellers Verhältnis zu Ruge vgl. die Biographien und 22, 362 f.

[7] Vgl. Markwardt a. a. O. 640.

[8] Veröffentlicht in «Blätter für literarische Unterhaltung», 30./31. 10. 1848, Nr. 304/05.

[9] 22, 22 f. (vgl. auch an Baumgartner, 28. 1. 49, I 273 f.).

[10] 22, 23 f. (vgl. I 239).

[11] 22, 24 f./27 f./29.

[12] 22, 26 f./28 f.

[13] 22, 29 f.

[14] 22, 30.

[15] 22, 12/30 ff. (Börne : 22, 19 ff.).

[16] 22, 32; 22, 34.

[17] 22, 32 ff.; Ruge : Ges. Schr. 6. Bd. 237.

[18] 22, 34; I 262.

[19] «Der Schatten Gotthelfs» : Karl Schmid (mündlich); Burte a. a. O. 9. Meyer : III 1 26, 318. Kellers Name erscheint zweimal bei nebensächlicher Gelegenheit in Briefen an Gotthelf : am 5. 6. 47 nennt ihn J. J. Reithard als Mitarbeiter der «Neuen Alpenrosen», und am 15. 10. 53 schreibt Springer : «Wie ich höre, will ein anderer Schriftsteller [vorher ist die Rede von Dr. Koesters Libretto zu Wilhelm Tauberts Oper ‹Joggeli›] aus Ihrem ‹Advokat in der Falle› den Stoff zu einem Lustspiel nehmen, ebenso Herr Keller, der Dichter, aus einer andern Erzählung von Ihnen den zu einem dramatischen Gedichte. Es wird mich sehr interessieren zu hören, wie Sie das alles aufnehmen!» (7. Erg.bd. 60; 9. Erg.bd. 65). Zu den von Keller geplanten Bearbeitungen siehe : I 381; III 1 184; 20, 221; 22, 114 ff.

[20] 22, 45 f.; 22, 108/102/68; 22, 110 f./58 f. (vgl. Hunziker, Gotthelf 158).

[21] Muret, Beziehungen 19 (nennt verschiedene Vereine); «Uli» als Volksbuch : Muret, Beziehungen 34 f. (mit Wiederabdruck der Besprechung Julian Schmidts in den «Grenzboten»). Zu bedenken ist auch, daß die hohen Auflageziffern z. T. den Bemühungen Springers und der Übertragung der einzelnen Werke in reine Schriftsprache zu verdanken sind. – Übrigens ist gerade die Beliebtheit Gotthelfs in Deutschland später für Keller ein Argument gegen eine schweizerische Nationalliteratur (vgl. 22, 212/228).

[22] An Storm : 20. 12. 79, III 1 445 (vgl. Goldammer 67); an Rodenberg : 5. 1. 81, III 2 379 f.; an Frey : 18. 11. 80, IV 208; 29. 7. 81, IV 210. Frey an Keller, 13. 6. 81, IV 209. Frey, Erinnerungen 96 f., 105; IV 114.

[23] 21, 8 ff.; der Holzhacker Chamissos : in dessen Gedicht «Nachhall» (1833) (vgl. auch 21, 27); an Kuh : 15. 5. 76, III 1 203 (vg. III 2 156).

[24] An Vischer : 26. 12. 73, III 1 134; an Weibert : 24. 12. 76, III 2 273 f. (vgl. III 2 338).

[25] 22, 215/224 f.

[26] «Poetentod» : 2, 160–162. 22, 109; IV 151. Zum Verhältnis Gotthelfs zu Pestalozzi siehe Baumgartner a. a. O. 154 f., 168 und Muret, Beziehungen 41.

[27] 22, 104; in diesen Zusammenhang gehört der Vergleich mit Immermanns «Oberhof» : Gotthelf schildert die bäuerliche Arbeit, während bei Immermann nicht gearbeitet wird (vgl. Werner Kohlschmidt, Die Welt des Bauern ..., 235). 22, 46/66/50/73.

[28] Beriger a. a. O. 107 f.

[29] 8. 3. / 10. 3. 49, II 458.

[30] I 274 f. «Sich-Zusammennehmen» : vgl. auch 6, 73 und I 290 f.; «Vergänglichkeitsbewußtsein» : Bänziger a. a. O. 17 ff. (vgl. Bänzigers Kritik an Emil Staigers Interpretation von Kellers Gedicht «Die Zeit geht nicht» (15/1, 133; 1, 214) : die Zeit sei bei Keller nicht nur innere Anschauungsform, sondern weise neben dem reinen Gegenwartsbezug auch in die Zukunft (a. a. O. 107 f., gegen Staiger, Die Zeit ..., 163 f.). Gotthelfs Geschichtsbild : Muschg, Gotthelf, 23; Baumgartner a. a. O. 76, 78, 93, 122; Kohlschmidt, Gotthelfs Gegenwärtigkeit, passim.

[31] I 275.

[32] 4. 4. 50, I 246 (vgl. I 243).

[33] 27. 3. / Sept. 51, I 290 f.

[34] 19, 42 (vgl. 6, 10 f.).

[35] 16, 33 (vgl. auch den Besuch Heinrichs bei der Großmutter, die ihm Brot und Wein vorsetzt: 17, 5 und 3, 206 und die Schilderung des Abendmahles: Heinrich beobachtet – ein Zeichen dafür, daß ihn die Handlung nicht ergreift: 17, 223 f. und 4, 154; vgl. auch Dünnebier a. a. O. 99 f.).

[36] Karl Schmid, Brot und Wein, 3 f., 8 f., 11, 12 f., 17; Feuerbach, Werke, 7. Bd. 409 f., 417 f., 323 ff., 367; 8. Bd. 272. «Grüner Heinrich»: 16, 34 f. Eine tiefergehende Interpretation, die die Frage nach der «Gegenwärtigkeit» von Gotthelfs Gestalten zu beantworten sucht, zeigt: «Die Gestalten Gotthelfs schaffen sich die ihnen angemessene Gegenwärtigkeit» und: «... in der Liebesfähigkeit offenbart sich die Gegenwärtigkeit und damit die echte Menschlichkeit der Gotthelfschen Gestalten», eine Humanität, die etwa in «Herrn Esaus» Sohn angelegt ist (Werner Kohlschmidt, Gotthelfs Gegenwärtigkeit, in: Dichter, Tradition ..., 319). Von hier aus ließe sich ein Bogen zu Feuerbach und zu Kellers Überzeugung schlagen, die dieselbe Liebe des Menschen lehren – freilich auf anderem Grund stehend: vgl. Kellers Hinweis auf Feuerbachs «Homo Homini Deus» im Brief an Nerrlich, 28. 2. 81, IV 227 f. (dazu Ernst Otto, Feuerbach 92 f.).

[37] Schmid a. a. O. 20 f.

[38] Rawidowicz a. a. O. 383, Anm. 2; Hinweis auf den Zusammenhang zwischen Feuerbachs Philosophie und den Rezensionen auch bei Ernst Otto a. a. O. 85 f.

[39] Rawidowicz a. a. O. 373. Daß in der 2. Fassung Feuerbachs Gedankengut noch stärker hervortritt, glaubt Ernst Otto: a. a. O. 77. Über den Schluß der 2. Fassung und seine Beziehungen zu Feuerbach vgl. Ernst Otto a. a. O. 85. – Otto wendet sich überhaupt gegen die Tendenz, Kellers Abhängigkeit von Feuerbach zu verharmlosen (a. a O. 109 ff.). – Rawidowicz a. a. O. 377 und Anm. 4. – Keller über Feuerbach: Ruge-Rezension, 22, 23 f.; II 98; II 486; IV 227 f.; zu den Romanstellen, die Feuerbach betreffen: Rawidowicz a. a. O. 377–382, 384, 375. – «Gottesfreund»: 6, 214. – Über Gotthelfs Beziehungen zu Feuerbach: Baumgartner a. a. O. 45 ff.

[40] An Hettner: 29. 8. 51, I 362.

[41] An Hettner: 4. 3. 51, I 353 f.; Feuerbach, Werke, 1. Bd. 393 (vgl. 8. Bd. 275); 22, 113/114, 112.

[42] 19, 267 (vgl. 6, 233); I 274 f.; I 290 f.; 19, 263 f. (vgl. 6, 213 f.). «Das Auge Gottes»: 6, 223 ff.; Gotthelf, Werke XIII 206. Über Gilgus und seine möglichen Vorbilder Karl Heinzen, Wilhelm Marr, Carl Riedel vgl. Ernst Otto a. a. O. 100.

[43] 22, 55 f.

[44] Feuerbach, Werke, 3. Bd. 79.

[45] 22, 58.

[46] 22, 76 ff. Saint-René Taillandier, Histoire de la jeune Allemagne, deutsch 1849.

[47] 22, 100 f.

[48] 22, 99 f.

[49] 22, 59 f.

[50] 17, 201 ff. (vgl. 4, 135).

[51] 22, 100 ff.

[52] 22, 104.

[53] 22, 104 f. (vgl. I 393/95).

[54] 22, 105.

[55] 22, 105 ff.

[56] 19. 10. 56, I 432 (vgl. Dünnebier a. a. O. 178).

[57] Bloch a. a. O. 193 f.

[58] 22, 106/104.

[59] 22, 107.

[60] 22, 103.

[61] III 1 308.

[62] München o. J., 3.

[63] Gotthelf XIII 634; Hunziker, Gotthelf, 162 ff.; Gotthelf XIV 408 ff. (vgl. auch Muret, Beziehungen, 70 ff., 60 f., Muret, Gotthelf, 345 f.).

[64] Hofmannsthal-Burckhardt, Briefwechsel, 105, 112 f., 158 f.; Hofmannsthal über Keller (1928) : Prosa IV 478; Frey, Erinnerungen, 26; Alice Stamm a. a. O. 124.

[65] Beriger a. a. O. 109.

[66] Markwardt a. a. O. 459.

[67] 12, 451 ff. (vgl. Baechtold III 311 f.).

[68] Paul Marti a. a. O. 1244 ff. (Marti zeigt die bleibenden Unterschiede zwischen Keller und Gotthelf an einem Vergleich von «Zeitgeist und Berner Geist» und «Martin Salander» auf).

[69] Herman Meyer, Sonderling, 137.

[70] Beriger a. a. O. 109.

D) Literarische Gattungskritik

[1] Beriger a. a. O. 88 f.; dagegen Malmede (a. a. O. 151).

[2] Wellek-Warren a. a. O. 265 f.; Frye a. a. O. 20.

[3] Beriger 96.

[4] Wellek-Warren 256, 267, 248 f.

[5] III 1 456 (vgl. auch Max Wehrli, Diss. 55 ff.).

[6] III 1 107 (vgl. auch Wehrli, Diss. 56).

[7] II 36; III 1 367 (vgl. Michael Kaiser a. a. O. 162).

[8] 22, 1 (vgl. Helbling : 22, 358 f.; II 459, 538).

[9] 21, 4/95; 22, 1 (vgl. 13, 243 ff., 451 f.; 21, 159 ff.); 22, 313 f.

[10] I 206 f., 233 (vgl. I 210).

[11] 21, 45.

[12] 21, 19/18 (vgl. IV 363).

[13] 21, 6/19/110; Baumgartner : 4. 6. 52, I 302; Keller : Juli 1852, I 305; 21, 24 f. «Notiz» : 22, 336; Keller an Wille : IV 105 f., Wille : 11. 11. 60, IV 108; Pfeufer : 25. 11. 60, IV 124 ff. (vgl. I 88); an Weibert : 13. 12. 72, III 2 235 (vgl. III 2 234, 224); 20. 5. 75, III 2 253; 17. 5. 76, III 2 269; Weibert : 19. 5. 76, III 2 271.

[14] III 2 265, 267; II 461; I 241; Übersetzungen : I 243/45, 261/63; «An Freiligrath . . .» : 14, 258 ff.; II 363/65.

[15] IV 345 f.; 22. 9. 50, I 250 f.

[16] I 299 (vgl. dazu Martini a. a. O. 237 ff.; Hehn, Über Goethes Lyrik, 2, 55); 28. 10. 50, III 2 29 f. (vgl. III 2 31, 71).

[17] An Vieweg : 11. 5. 50, III 2 21; an Chr. Schad, 30. 4. 57, IV 34; an Kinkel : 29. 9. 57, IV 71 f.; Stadtsängerverein : 25. 10. 50, IV 235 f.

[18] 22, 184 f., 190 ff.; 22, 185–187, 192, 208, 186; an Frey : IV 429 (der Anfang ist vom Briefblatt abgeschnitten und hier sinngemäß ergänzt); 22, 191.

[19] 22, 188; an Baumgartner : Juli 1852, I 306; 22, 188 f., 190 ff., 193 ff., 195 ff.

[20] 21, 44 f., 46 f.; 22, 184/191; Stelle aus der Manuel-Rezension : 22, 217/190 f. (vgl. auch 13, 410 : Vorbilder für Kellers Sonette sind Platen und Herwegh).

[21] 22, 187; 22, 208/211/209/208. Günther a. a. O. 158 f.; 22, 208 f./161; 22, 209; an Heyse, 13. 12. 78, III 1 34; an Baechtold, 28. 1. 77, III 1 282; an Weibert, 28. 10. 78, III 2 294; an Storm, 3. 1. 78, III 1 474; Meyer : Briefe II 301.

[22] 22, 252; Polenlieder : 21, 95; Lustspiele : I 333, 354; Romanzero : 15/1, 238 ff. (vgl. 2/1, 247 ff.); Zitat aus Platen, Ghaselen LX : «... Vielleicht nach Jahren, wenn den Körper Erde deckt, / Wird mein Schatten glänzend wandeln dieses deutsche Volk entlang»; Frey a. a. O. 33.

[23] Burckhardt, Briefe (hrsg. v. Kaphahn) 169 f., 207; Keller : I 439; III 2 354; III 1 364; III 1 456, 496; Storm : Goldammer 155.

[24] 22, 210; Günther a. a. O. 175.

[25] An Rodenberg : 18. 2. 78, III 2 355 f.; III 2 358, 360; die beiden Gedichte : 1, 338 ff., 210; Tendenz : 22, 216 f.

[26] III 1 36 f.

[27] 10. 6. 78, IV 117 f.; 22, 205 f.; 1. 11. 80, III 1 451.

[28] Alice Stamm a. a. O. 108.

[29] III 1 76; III 1 465.

[30] 14. 4. 81, IV 401; an Heyse, 1. 6. 83, III 1 91; an Widmann, 7. 11. 83, III 1 243 f. (vgl. II 432).

[31] Exner : II 305 f.; Keller : 16. 1. 85, II 308; an Storm : 26. 3. 84, III 1 494 (vgl. IV 228 f.); Selbstkritik : III 2 407, III 1 401 (vgl. III 2 444 f.).

[32] 19. 11. 83, III 1 337; an Meyer : 22. 11. 83, III 1 337 f.; an Hertz : 10. 3. 89, III 2 465.

[33] An Heyse : 1. 6. 82, III 1 75 f.; an Keller : 7. 8. 82, III 1 77 f.; an Heyse : 10. 8. 82, III 1 78 f., 9. 11. 82, III 1 81 f.

[34] 27. 12. 83, III 1 97 f.

[35] Vgl. zum Verhältnis zwischen Storm, Keller und Meyer, zur Verschiedenheit ihrer Produktion die Studie von Werner Kohlschmidt : «Theodor Storm und die Zürcher Dichter» (in : «Dichter, Tradition ...», 349–362); ihr Ergebnis : «Sieht man sich ... zu den Grenzen der drei Dichter geführt, an denen persönliches Urteil und Vorurteil und die Fähigkeit, im Sachlichen den anderen dennoch zu verstehen, ineinanderfließen, so dürfte sich die Einsicht nahelegen, daß Eigenart und Geschichtlichkeit der Dichter sich manchmal gerade an solchen Grenzpunkten besonders überzeugend preisgeben» (a. a. O. 362).

[36] Storm : 15. 7. 78, III 1 426; Keller : 13. 8. 78, III 1 430; an Petersen : 11. 11. 79, III 1 370; an Heyse : 25. 1. 79, III 1 36; an Rodenberg : 22. 3. 79, III 2 364; Storm an Keller : 27./30. 12. 79, Goldammer 68, 20. 6. 80, Goldammer 76, 8./14. 6. 84, Goldammer 155; an Heyse : 25. 6. 84, III 1 105; 7. 9. 84, III 1 106 f.; an Storm : 19. 11. 84, III 1 497 (vgl. III 1 109); das «Lied» : «Schöne Jugend, scheidest du?».

[37] An Heyse, 15./19. 5. 85, III 1 115; 5. 1. 86, III 1 118; Storm : 7. 8. 85, Goldammer 165.

[38] Storms Rezension zuerst in «Literaturblatt des Deutschen Kunstblattes» 1 (1854), 25 ff. = Werke VIII 74–76.

[39] VIII 112, 106, 117, 115.

40 Storm : 15. 7. 78, III 1 426 (vgl. III 1 422); Keller : 13. 8. 78, III 1 427 (vgl. zu den Ratschlägen Storms : III 1 427 f. 2/1, 174 f., 2/2, 242; 2/1, 168 f. und 2/1, 149 f.); Storm : 29. 8. 78, Goldammer 43; «Abendlied» (1, 40) : Storm : 20. 9. 79, III 1 441 (vgl. III 1 369 f.); Keller : 20. 12. 79, III 1 444.

41 III 1 444; Storm : 20. 9. 79, III 1 441 f.

42 Wiener Abendpost 1874, 2068 f.; Kuh : 12. 12. 74, III 1 188; Keller : 18. 5. 75, III 1 190; Kuh : 27. 5. 75, III 1 191; 25. 6. 78, III 1 419 f.; über «Geschwisterblut» : an Storm, 19. 11. 84, III 1 487 f. (vgl. III 1 246 und die Stellen über «Einem Toten» / «Geh nicht hinein» : III 1 368; III 2 365; III 1 446; Goldammer 68).

43 Keller : 1. 6. 82, III 1 75 f. (vgl. Storm : 7. 8. 85, Goldammer 165).

44 Storm : 22. 12. 83, Goldammer 147; Keller : 21. 9. 83, III 1 492.

45 Storm : 30. 4. / 8. u. 15. 5. 81, Goldammer 88 und III 1 553; Keller : 14./16. 8. 81, III 1 461; Storm : Goldammer 113.

46 Meyer-Briefe I 341; Wüst a. a. O. 114; Meyer an Keller : 9. 10. 81, III 1 329; Keller : 30. 10. 81, III 1 330 (vgl. über sonstige Veränderungen von Auflage zu Auflage : Langmesser a. a. O. 245 ff.); «Hauch des Fremden» : Kalischer a. a. O. 12; Kellers Kunstgesetz : Meyer-Br. II 513 f.; Meyer, 1. 11. 81, III I 331; Metrum : Werner Kohlschmidt, C. F. Meyer und die Reformation (in : «Dichter, Tradition . . .») 372; eine Verteidigung des Zweizeilers schon bei Wüst a. a. O. 116.

47 Frey, Meyer, 211/382; Keller und Meyer a. a. O.; Langmesser a. a. O. 207 ff.; Wüst a. a. O. 126 und Anm. 186.

48 Wüst a. a. O. 128; Frey, Erinnerungen . . ., 33; Meyer an Louise von François a. a. O. 45 (vgl. Wüst a. a. O. 130); Frey, Meyer, 345; K. E. Franzos, Meyer, 25; Keller an Storm : 29. 12. 81, III 1 471 f.; Storm : 3. 1. 82, III 1 473.

49 Keller : 5. 6. 82, III 1 475; Storm an Heyse : 7. 7. 82, Heyse und Storm, Plotke a. a. O. 2. Bd. 42, 44; Keller an Meyer : 26. 10. 82, III 1 331 f.; an Heyse : 9. 11. 82, III 1 82; an Storm : 21. 11. 82, III 1 480.

50 Heyse : 18. 11. 82, III 1 82 f. (vgl. aber Heyses Urteil an Meyer selbst : Langmesser a. a. O. 227); Keller : 25. 12. 82, III 1 84 f.; Storm : 22. 12. 82, III 1 482 f.

51 Keller : 29. 12. 81, III 1 472; Keller : 5. 1. 83, III 1 484; W. Kohlschmidt a. a. O. 358 f.; an Petersen : 21. 11. 82, III 1 393; 15. 6. 83, III 1 396.

52 Storm : 13. 3. 83, III 1 488 (vgl. zu diesen Urteilen auch solche aus andern «Kreisen» : August Langmesser a. a. O. 225 ff.).

53 Nußberger, Meyer, 210 f.

54 a. a. O.

55 7. 12. 82, III 2 402.

56 III 2 45, 124, 130, 144; III 2 70, 74; I 368, 381, 397, 407; III 1 103; I 410, 428; III 2 266, 155; II 202; an Kuh, 12. 2. 74, III 1 172 f.; an Vischer : 6. 8. 77, III 1 144; an Rodenberg : 2. 12. 80, III 2 378; zum Unterschied zwischen «Novelle» und «Erzählung», wie die heutige Forschung ihn sieht, vgl. Malmede a. a. O. 154 f.

57 I 436.

58 An Vischer : 1. 10. 71, III 1 128 (vgl. III 1 130).

59 Manfred Schunicht a. a. O. 4; von Wiese, Novelle, 26 (zur Kritik von Benno von Wieses Novellen-Begriff siehe Malmede a. a. O. 114 ff., 130).

60 Schunicht a. a. O. 4 und Anm. 6.

61 18. 7. 77, III 1 356 f.; Schunicht a. a. O. 5 ff.; an Heyse : 7. 9. 84, III 1 108; an Storm : 22. 9. 82, III 1 476 f.

[62] Storm an Keller: 14. 8. 81, Goldammer 93 f. (vgl. III 1 554 zu 463, 7); Keller an Petersen: 2. 9. 81; III 1 385; an Heyse: 4. 6. 84, III 1 102 (III 1 402, 495); zu Ebers Verteidigung: H. Wolfgang Seidel, Th. Storm und Georg Ebers, in: «Das literarische Echo», Heft 5, Dez. 1919, Sp. 271 f.

[63] VII 122 f. (vgl. zu Storms Novellistik und Novellen-Kritik: Werner Kohlschmidt a. a. O. 359–362).

[64] Deutscher Novellenschatz, 1. Bd. XIV; über die Bedeutung der «Begebenheit» vgl. Malmede a. a. O. 119, 137; von Wiese a. a. O. 2 f.; Storm an Schmidt und Heyse: VIII 296; Keller an Storm: 14./16. 8. 81, III 1 463 f.; an Palleske: 4. 12. 53, IV 41.

[65] 30. 1. 82, III 1 70; 25. 12. 82, III 1 84.

[66] 7. 9. 84, III 1 107 f.

[67] 26. 2. 79, III 1 436 (vgl. III 1 439).

[68] I 366; III 2 107.

[69] An Storm: III 1 421 f.; an Drachmann: 12. 9. 83, IV 255 (vgl. Michael Kaiser a. a. O. 182 f.); «Romanform»: von Wiese a. a. O. 66; an Kuh, 3. 4. 71, III 1 156; an Exner: 27. 8. 75, II 245; Petersen an Keller: 17. 6. 77, III 1 355; Keller: 18. 7. 77, III 1 356 f.

[70] III 1 495, 494 f.; Schunicht a. a. O. 12 f.; an Storm: 19. 11. 84, III 1 498; «Bilder»: III 1 54; zweiter Band des «Salander»: man wird trotz dieser vorgesehenen Erweiterung nicht von einem «Doppelroman» sprechen können, wie Hans Bracher (Rahmenerzählung und Verwandtes bei G. Keller, C. F. Meyer und Theodor Storm. SA, Leipzig 1909, S. 19) will: der Begriff bezeichnet wohl doch nur die doppelte Verfasserschaft.

[71] Von Wiese a. a. O. 4, 9, 25 f. (kritisch dazu Malmede a. a. O. 126, 131).

[72] Heyse: III 1 73 f.; III 1 139; Markwardt a. a. O. 461–465; zum Verhältnis Märchen–Novelle vgl. Johannes Klein, RL II 691, und Malmede a. a. O. 129, 135.

[73] VIII 235 (vgl. Erich Schmidt, Theodor Storm a. a. O. 418 f.).

[74] Vgl. Kayser, Das Groteske . . . , 112 ff., 14 ff.

[75] 15. 7. 78, III 1 425.

[76] II 59, 168, 171; Prutz' Rezension in «Deutsches Museum», 14. 8. 56, Nr. 33 (auszugsweise: II 515); an Storm: 25. 6. 78, III 1 420 f.; an Petersen über Heyses Komödie «Die Weiber von Schorndorff», 21. 4. 81, III 1 382 f.

[77] III 1 56 f.; an Rodenberg: 2. 12. 80, III 2 378; Meyer: 24. 4. 81, III 1 328.

[78] 10, 185; Heyse: 12. 10. 81, III 1 62; Boccaccio: «Decameron» vol. I, 42; vgl. dazu die Anm. 22 des Herausgebers über «novelle»: «narrazioni d'ogni genere, fiabesche e di fondo storico, e anche ‹esempi› (parabole)»; vgl. auch Malmede a. a. O. 153.

[79] Tagebuch vom 11./13. 7. 43, 21, 43 f.; III 1 425 (vgl. Ermatinger a. a. O. 102 ff.; 20, 90 ff.).

[80] 14./16. 8. 81, III 1 465.

[81] Keller: III 1 456; Storm: 30. 4. / 8. 5. 81, III 1 459 f.; Keller: III 1 465; Storm hält diese Äußerung Kellers offenbar für wichtig, da er sie Erich Schmidt mitteilt, der sie an Wilhelm Scherer weitergibt (Briefwechsel 166).

[82] Kuh: 8. 8. 72, in: Zürcher Taschenbuch 1904, 202 (erster Teil des Zitats auch III 1 528); Autobiographie: III 1 164 f. Es wäre möglich, daß die peinliche Aufmerksamkeit, die häufige Mißbilligung, die Keller gegenüber den meisten photographischen Aufnahmen seiner Person äußert, durch diese Bemerkung der Gattin Emil Kuhs veranlaßt ist (vgl. etwa III 1 371, 498 u. ö.). Ludmilla: Bebler a. a. O. 157.

[83] Paula Ritzler a. a. O. 373 ff. (Zitate a. a. O. 377, 373, 375); Allemann a. a. O. 3 f., 5, 7 f., 11, 16; Kayser, Das Groteske, 115; Rudolf Wildbolz a. a. O. 29, 30 f., 32.

[84] Heyse : 5. 6. 81, III 1 54; Keller an Storm : 25. 9. 81, III 1 466; Storm : III 1 467.

[85] An Rodenberg : 26. 2. 81, III 2 383 f.; an Woldemar Kaden : 29. 7. 81, IV 191 f.; Exner : II 247; Novelle und Gesellschaft : von Wiese a. a. O. 3, 6; Johannes Klein : Gesellschaft ist bei Keller der demokratische Staat (RL II 696). Vgl. auch Malmede a. a. O. 80, 83, 177 Anm. 104; 137 und 138 : kritisch zu einem Aufsatz von H. O. Burger, Theorie und Wissenschaft von der deutschen Novelle (in : «Deutschunterricht» 1951, Heft 2, 91), wo die Novelle als von zwei Faktoren bestimmt erscheint, «einem einmaligen und einzigartigen Ereignis, *von* dem gesprochen wird, und einer vorhandenen und vorgestellten Gesellschaft, *zu* der gesprochen wird».

[86] VIII 123; Kuh : 14. 3. 74, III 1 176; 12. 12. 75, III 1 186; Keller : 11. 6. 74, III 1 178.

[87] Heyse a. a. O. XVI, XVII, XIX, XX; Goethe : zu Eckermann, 29. 1. 27; Tieck, Schriften, Berlin 1829, Bd. XI, S. LXXXVI; von Wiese a. a. O. 11, 17; Schunicht a. a. O. 15.

[88] I 426; an Wilhelm Hemsen : 28. 2. 77, IV 179 f. Über das Verhältnis Novelle–Anekdote vgl. Johannes Klein (RL II 690 f.); Friedrich Schlegel, Literary Notebooks, Nr. 1688, 2035; von Wiese a. a. O. 7. Frey, Erinnerungen 45 f.; an Vischer : 28. 7. 81, III 1 147 (vgl. III 1 527); über Heyse : an Storm, 26. 2. 79, III 1 435; Hess : III 2 445 f.; an Auerbach : 25. 2. 60, III 2 189 f., 22. 5. 60, III 2 192; Storm : 13. 3. 81, III 1 486; Heyse : 1. 1. 83, III 1 86 (vgl. III 2 280); an Zolling : 23. 2. 76, IV 170 f.

[89] Heyse a. a. O. XV (Schunicht a. a. O. 31); Heyse an Keller : 5. 6. 81, III 1 54; Keller : 27. 7. 81, III 1 56; an Auerbach : 3. 6. 56, III 2 187; 15. 9. 60, III 2 201 (vgl. Michael Kaiser a. a. O. 181).

[90] Heyse a. a. O. XX; von Wiese a. a. O. 9, 11 (vgl. Malmedes Kritik a. a. O. 195, Anm. 171); Schunicht a. a. O. 20 f.; Wehrli Diss. 74; vgl. Malmede a. a. O. 177 (Anm. 103).

[91] Heyse an Keller : 3. 12. 84, Kalbeck 392 (vgl. Schunicht a. a. O. 25 f.); von Wiese a. a. O. 10, 63, 67 f., 70.

[92] Von Wiese a. a. O. 65 f.; Heyse an Meyer : 10. 11. 84, Meyer-Br. II 341 (Anm. 1); an Keller : 3. 12. 84, Kalbeck 393; Meyer an Heyse : 12. 11. 84, Br. II 340 f.; Keller an Heyse : 12. 12. 84, III 1 112.

[93] «Erinnerungsrahmen» : Schunicht a. a. O. 66 f.; zum «Sinngedicht» vgl. Wolfgang Preisendanz, ZfdPh 82, 129–151.

[94] III 2 112; Roffler a. a. O. 130 ff.

[95] An Theodor Opitz, 6. 5. 70, IV 137; III 2 144 f., 335, 341; IV 179 f.

[96] An Rodenberg : Sept. 81, III 2 391; an Heyse : 1. 6. 82, III 1 75; an Storm : 5. 6. 82, III 1 475 (vgl. III 2 399; Helbling : 20, 184 f.); «Erzähler» : Kayser, Entstehung und Krise . . ., 13 f.

[97] An Auerbach : 7. 6. 60, III 2 193; 25. 6. 60, III 2 195 f.; Exner : II 238, 244, III 2 195.

[98] An Bettelheim : 18./24. 4. 88, IV 317.

[99] I 268; III 2 128; III 1 19; II 177; III 2 225; III 2 230; III 2 265 (vgl. III 2 312). Zum Komplex der Galatea-Novellen vgl. Karl Reicherts Ausgabe 8. «Eigenbewegung» : Paul Ernst («Der Weg zur Form», Berlin 1915) 87 (vgl. dazu Malmede a. a. O. 134 und 199, Anm. 186).

[100] II 188 f. (Motiv des «Verlorenen Lachens»); III 1 139; III 1 186 f.; III 1 215; I 451; III 1 183; III 1 139; I 449; I 451 (vgl. Roffler a. a. O. 129).

[101] 2. 4. 74, III 2 323; 8. 7. 83, III 2 404.

[102] So erkennt etwa Erich Schmidt im Essay über Storm an der «Brigitta» «Unwahres», nennt das «Heidedorf» «affektiert» und meint, Storm habe «nie so langweiligen Kleinkram wie die ‹Bunten Steine› geschrieben». Noch Richard M. Meyer gibt in der 3. Auflage seiner «Deutschen Literatur des neunzehnten Jahrhunderts» (Berlin 1906) eine hauptsächlich negative Kritik von Stifters Werk und Kunstanschauung. Freilich ist ihm der Dichter doch schon «einer der wenigen großen Prosaiker Deutschlands ...», die sogar der streng richtende Nietzsche anerkannte», was er «dem tiefen Ernst», «dem ernsten und strengen Stil, dessen peinliche Reinlichkeit doch nirgends die blasse Farblosigkeit von Varnhagens Musterdeutsch aufweist», zuschreibt. Der Vergleich mit Varnhagen indessen ist kennzeichnend; nicht weniger der Schluß von Meyers Ausführungen : «Er ergreift, aber er erschüttert nicht. Die starken Bewegungen, die er haßte, fehlen auch in der Wirkung seiner Schriften. Stifters Schriften sind der wehmütig-leise Abschiedsgruß einer schon halb erstorbenen Zeit» (Schmidt, Charakteristiken, 1. Aufl. 1886, S. 443; in der 2. Aufl. ist die Stelle, S. 406, gemildert. Meyer a. a. O. 274 f.; vgl. noch Alker a. a. O. 197 f.).

[103] Nietzsches Urteil : Werke (ed. Schlechta) 1, 921 f.

[104] 3. 11. 59, III 1 10.

[105] 9. 6. 78, III 1 30; Brandes Essay («Deutsche Rundschau», März 1876) hält fest, daß Heyse seine Theorie in den eigenen Novellen befolge, die meist den «Falken» aufwiesen. Keller an Heyse : III 1 60 f. (vgl. Kalbeck 215 und III 1 62); an Petersen : III 1 388 (vgl. Storm an Keller : Goldammer 104); an Heyse : 1. 6. 83, III 1 90 (vgl. an Storm : III 1 489); Kalbeck 329 ff.; an Heyse : 12. 6. 83, III 1 92 f. (vgl. III 1 93 f.).

[106] 30. 12. 81, III 1 67 f.; 25. 12. 82, III 1 85.

[107] 21. 9. 83, III 1 490 f. (vgl. 22, 135 – aber auch Heyses Novelle «Der verlorene Sohn», die im Bern des 18. Jahrhunderts spielt und für die Keller im Historischen hilft : III 1 14, 17).

[108] Kalbeck 358; Keller : 4. 6. 85, III 1 101 f.

[109] 25. 6. 84, III 1 103 f.; Storm : 8./14. 6. 84, Goldammer 155; 7. 8. 85, Goldammer 165; Keller : 9. 6. 84, III 1 495 f.

[110] Heyse : 1. 9. 84, Kalbeck 380; Keller : 7. 9. 84, III 1 107 f.; 5. 1. 86, III 1 118; 1. 6. 83, III 1 91 f.

[111] An Storm, 25. 6. 78, III 1 422; 20. 12. 79, III 1 445; Schott : 4. 7. 85, IV 268; Keller : 8. 8. 85, IV 269; an Petersen, 21. 4. 81, III 1 382; an Heyse, 30. 1. 82, III 1 69.

[112] 13. 12. 78, III 1 33; 30. 12. 80, III 1 49 f. (vgl. III 1 443 und Goldammer 82); III 1 39, 56; 19. 11. 81, III 1 64; 30. 1. 82, III 1 69; an Petersen : 21. 4. 81, III 1 382.

[113] II 76; 25. 12. 82, III 1 84.

[114] III 1 412–417; 418/20 (1877/78).

[115] III 1 417 f., 421, 465 (vgl. III 1 66); an Frey : 29. 7. 81, IV 212; Lyrik : III 1 426 f., 441 f. (nicht aber ausführlich über die «Gesammelten Gedichte»); über «Salander» : III 1 502–506; über Storms Tod : III 1 122 f. (vgl. Petersens liebevollen Nachruf : III 1 407; knapp allerdings auch Heyse : Kalbeck 428).

[116] 31. 12. 77, III 1 416; 14. 8. 81, III 1 462.

[117] III 1 359, 427, 430, 450, 453, 466, 469, 490, 495; an Storm : 26. 2. 79, III 1 435 (vgl. III 1 432); an Heyse : 9. 11. 82, III 1 82; an Storm : 29. 12. 86, III 1 501.

[118] An Storm : 1. 11. 80, III 1 450 f.; Petersen : 16. 11. 79, III 1 373; Keller : 13. 6. 80, III 1 448, 25. 6. 78; III 1 419 (vgl. III 1 418 und Storm, VIII 270).

[119] 14. 11. 78, III 1 366; 11. 11. 79, III 1 371; 4. 2. 85, III 1 404, 5. 6. 82; III 1 474 (vgl. III 1 555).

[120] 11. 7. 80, IV 215 f.

[121] III 1 419, 182 f., 413, 440, 444 (vgl. III 1 432).

[122] Storm, VIII 274 f. (Köster).

[123] 21. 11. 82, III 1 479 f. (vgl. III 1 475); Heyse erscheint die Novelle «von sehr kräftiger Konstitution und dem Papa alle Ehre zu machen» : III 1 82 f.; vgl. auch Erich Schmidt, Charakteristiken 407; Storm : 27. 11. 82, III 1 481; Keller : 5. 1. 83, III 1 483.

[124] Storm : 4./8. 8. 82, Goldammer 121; III 1 481 (vgl. III 1 486); 5. 5. 83, Goldammer 138; Keller : 19. 5. 83, III 1 489; Storm : 13. 9. 83, Goldammer 142 (vgl. Werke VIII 275); 21. 9. 83, III 1 490; 19. 11. 84, III 1 497; 21. 9. 83, III 1 490 (vgl. III 1 404); III 1 497, 499 f.

[125] 9. 12. 87, III 1 505 (vgl. Storm an Erich Schmidt, VIII 287); Keller an Heyse : 26. 12. 88, III 1 122 f., 5. 1. 86, III 1 118 (Heyses Titel eigentlich «Auf Tod und Leben»).

[126] Meyer-Br. II 514; an den Maler Ernst Stückelberg, 14. 12. 91, Br. I 447 (vgl. die Briefe von Anna von Doss a. a. O. 11, 26, 34 f.).

[127] Frey a. a. O. 5 ff. (vgl. die Rezension der Ausgabe von Gottfried Bohnenblust, Euphorion 22, 1922, 773).

[128] 22, 259.

[129] 22, 8/16 f.; 22, 124/135.

[130] Meyer-Br. II 514 f.; Frey, Prosa ..., I 27 (vgl. Baechtold III 257).

[131] 14. 1. 88, Br. I 138 ff.; 12. 11. 87, Br. I 193.

[132] 9. 11. / 6. 12. 74, III 1 182.

[133] Wüst a. a. O. 89 (vgl. III 1 471).

[134] Baechtold III 286; Wüst a. a. O. 90, 45 u. Anm.; Baechtolds Rezension : C. F. Meyer, Sämtliche Werke (ed. Zeller-Zäch) 13, 292.

[135] An Louise von François (2. 9. 82) a. a. O. 64 (vgl. auch an Haessel, 23. 1. 80, Br. II 93); Anna von Doss, Brief an die Tochter (10. 5. 85) a. a. O. 11 (vgl. Wüst a. a. O. 10 ff.).

[136] Meyer, Sämtliche Werke (ed. Zeller-Zäch) 14, 59 f.

[137] Wüst a. a. O. 48.

[138] An Spitteler (1884/85) : Br. I 426 f. (vgl. Wüst a. a. O. 54).

[139] Langmesser a. a. O. 97; Keller an Meyer : 3. 10. 76, III 1 318; Heyse : 13. 12. 76, III 1 24; Keller an Storm : 5. 1. 83, III 1 484 f. (vgl. III 1 25 f.); Storm : 13. 3. 83, III 1 487 f.

[140] Keller an Storm : 9. 6. 84, III 1 496; Langmesser a. a. O. 303.

[141] Wüst a. a. O. 36; Meyer an Haessel (1. 6. 77) Br. II 69; Kalischer a. a. O. 48; Wüst a. a. O. 38; Nanny von Escher a. a. O. 3; Kellers Abneigung gegen das Tragische verstärkt sich mit dem Alter : Frey, Erinnerungen 135; Wüst a. a. O. 39 u. Anm.

[142] Meyer an Meissner (23. 12. 76) Br. II 268; Schmid, Unbehagen ... 42.

[143] An Frey, 6. 12. 79, IV 204 f.; an Frey, 2. 5. 80, IV 206; an Rodenberg : 29. 12. 79, III 2 369 (vgl. III 2 368; III 1 35, 36, 39 f.).

[144] Meyer, 9. 4. 80, III 1 327; Keller an Meyer : 13. 4. 80, III 1 327.

[145] Frey, Meyer, 323.

[146] 30. 11. 77, III 1 319; Meyer-Br. I 274.

[147] Wüst a. a. O. 62; Werner Kohlschmidt, Meyer und der Reformation (in «Dichter, Tradition ...») 371.

[148] Meyer an J. J. Rahn, 8. 5. 77, Br. I 243; an Rodenberg : in Briefwechsel 11 (vgl. Wüst a. a. O. 55 f.); an François Wille 8. 8. 77, Br. I 157, 4. 12. 77, Br. I 160; an Rahn 10. 1. 78, Br. I 246.

[149] Rambert : Wüst a. a. O. 118; Frey : 12. 11. 81, IV 213.

[150] 22. 11. 83, III 1 338.

[151] Wüst a. a. O. 140; an Rodenberg : 9. 1. 84, III 2 408.

[152] 5. 11. 84, III 1 340.

[153] 15. 6. 91, Br. I 411; Widmanns Rezension im «Sonntagsblatt» des «Bund», 14. 6. 91.

[154] Heyse : 3. 12. 84, Kalbeck 393; Meyer : 5. 12. 84, Br. II 381; Vischer : Briefwechsel a. a. O. 178 f.

[155] Wüst a. a. O. 146 nach brieflicher Mitteilung von Adolf Frey (vgl. Wüst a. a. O. 189); K. E. Franzos a. a. O. 25; «Kostümfreudigkeit» : R. M. Meyer a. a. O. 423.

[156] Rezension Brahms : «C. F. Meyer» in : «Die Nation», 19. 12. 91 (teilweise abgedruckt in : Sämtliche Werke, ed. Zeller-Zäch, 14, 167 ff.).

E) «Persona»

[1] Beriger a. a. O. 113.

[2] Robert Faesi, Tradition und Gegenwart der deutschschweizerischen Literatur, in : Gestalten und Wandlungen schweizerischer Dichtung, 7 und 20 f.

[3] Hans Rudolf Hilty a. a. O. 18 f., 20, 30, 26.

[4] Karl Schmid, Unbehagen ... 63.

[5] Hoffmann a. a. O. 37, 40.

[6] Helbling : IV 120; Leuthold : 4. 6. 63, IV 123.

[7] Hilty a. a. O. 24; Heyse, Jugenderinnerungen und Bekenntnisse, 1. Bd. 234 ff. (vgl. III 1 33); Günther a. a. O. 160.

[8] An Baechtold : 3. 11. 76, III 1 279; vgl. dagegen eine Bemerkung C. F. Meyers aus dem voraufgehenden Jahr : In dem von Honegger herausgegebenen vierten Band des Sammelwerks «Die poetische Nationalliteratur der deutschen Schweiz» (1876) soll auch einiges von Leuthold erscheinen; im Auftrag Honeggers schreibt Meyer an Hermann Lingg in München, Leuthold, der «talentvollste» Schweizer Dichter, sei «seiner Heimat quasi verlorengegangen», er müsse gefunden und «zu einer patriotischen Mitwirkung» angespornt werden (27. 5. 75, Br. II 287).

[9] 23. 6. 77, III 1 291; 5. 7. 77, III 1 292 f.

[10] An Baechtold : 17. 7. 77, III 1 294 f.; 26. 8. 77, III 1 297; 23. 5. 78, III 1 299 f. Keller : 28. 10. 78, III 2 293 f.; Weibert : 4. 11. 78, III 2 295; Keller : 14. 11. 78, III 2 296.

[11] Heyse an Keller : 27. 11. 78, III 1 32 f.; Keller an Heyse : 13. 12. 78, III 1 34; Muschg, Tragische Literaturgeschichte, 298; an Hegi : 10. 4. 41, I 191.

[12] I 254; III 1 34; an Petersen : 11. 11. 79, III 1 370.

[13] Heyse an Meyer : III 1 323; Meyer : 3. 1. 79, III 1 320; Keller : 4. 1. 79, III 1 321 f.

[14] Meyer an Heyse : 6. 1. 79, Br. II 338, an Keller : 6. 1. 79, III 1 323; Keller : III 1 324, 301.

[15] An Baechtold : 27. 1. 79, III 1 301; an Heyse : 27. 1. 79, IV 400.

[16] Zitate aus Mählys Artikel : Meyer-Br. I 282; Keller an Frey : Meyer-Br. I 282; Keller an Meyer : 15. 1. 79, III 1 324; Baechtold : 15. 1. 79, III 1 300; Keller : 16. 1. 79, III 1 300 f.

[17] 19. 1. 79, III 1 324 f.

[18] 20. 6. 79, III 1 302 f.

[19] An Heyse : 9. 11. 79, III 1 38 f.; Petersen : 1. 3. 79, III 1 367 f.; Petersen : 16. 11. 79, III 1 372 f.

[20] Meyer über die Rezension : Br. II 300; «Lied» : Frey, Erinnerungen 54; an Heyse :

25. 1. 79, III 1 35; Zitate aus der Rezension : 22, 208–11; «Reflexion» : 22, 327 f.; 22, 247 (1847); 22, 274 (1866).

[21] An Mauthner : 9. 8. 79, IV 198 (vgl. IV 199); an Baechtold : 23. 6. 80, III 1 309 f.

[22] Einleitung : a. a. O. XI ff.; an Baechtold (Ausg. 1879) : 21. 11. 79, III 1 305; an Heyse : 7. 9. 84, III 1 109 (vgl. III 1 313); über Baechtolds Arbeit als Herausgeber : Günther a. a. O. 171; an Heyse : 12. 12. 84, III 1 112.

[23] Rezension Widmanns im «Sonntagsblatt» des «Bund», 19. 10. 84; an Widmann : 9. 11. 84, III 1 249; Günther a. a. O. 178.

[24] Frey : 12. 11. 81, IV 213.

[25] Karl Schmid, Unbehagen ... 81, 85; Meyer : Br. II 513, I 451; «Antipoden» : Schmid a. a. O. 82, Wüst a. a. O. passim; Meyer : Br. II 333, 111.

[26] Herkommen : Schmid a. a. O. 9 ff., Rudolf Unger, C. F. Meyer 199; Frömmigkeit : Schmid a. a. O. 54 ff.; Mythikon : Schmid a. a. O. 172; Kleinstadt und Dorf ... : zuerst im Zürcher Taschenbuch auf das Jahr 1881, dann : Br. II 451–483 (vgl. auch Br. I 336, II 468 f.); Zitate aus «Kleinstadt ...» : Br. II 452, 453, 459, 463, 477, 481; «Macht des Schicksals» : Schmid a. a. O. 73 f.; Leitbilder : III 2 195; «Ganzheit» : Schmid a. a. O. 117; Bebler : Conrad Ferdinand Meyer und Gottfried Kinkel ..., 9; Frankreich/ Deutschland : Meyer : 26. 9. 87, Br. II 389 (vgl. Br. I 33) – Keller : 21, 204 ff., 327 ff. (vgl. II 253 f., 297).

[27] Frey, Meyer 160.

[28] Schmid a. a. O. 87 (vgl. 250); Baechtolds Rezension : «Neue Zürcher Zeitung», 12. 1. 1880 (anonym), auszugsweise in : C. F. Meyer, Werke (Zeller-Zäch), Bd. 13, 292 f.; Meyer : Br. II 97 f.; Langmesser a. a. O. 162 f.

[29] Wüst a. a. O. 104; Baechtold III 286 f.; Meyer Br. II 196.

[30] Meyer Br. II 192, I 209; an Wille : I 209; an Louise von François : Briefwechsel 261 : ob Frey oder Bettelheim sich verlesen oder Meyer sich absichtlich widerspricht? Meyer : Br. I 387, II 332 f.

[31] Br. II 513, 512 (vgl. Br. I 277, III 1 544).

[32] Br. II 513 f.; Anna von Doss, Briefe ..., 26.

[33] Br. II 515. Vgl. Meyers kritische Bemerkungen über andere Werke Kellers : über die «Gesammelten Gedichte» an Louise von François, Briefwechsel 137, Br. I 160; in der «Neuen Zürcher Zeitung» (27. 1. 77) erscheint Meyers Rezension des «Schweizerischen Miniaturalmanachs auf das Jahr 1877», in dem 12 Lieder Kellers abgedruckt sind; Meyer schlägt für «Erster Schnee» Änderung der zwei Schlußzeilen vor (Br. II 421), was Keller aber nicht aufnimmt (vgl. 1, 75 und 2/2, 57; ferner den Vorschlag Meyers, den Zyklus «Sonnenwende und Entsagen» aufzulösen : Br. II 515 f.); über den «Grünen Heinrich» : III 1 333 f., «Sinngedicht» : III 1 328 und Br. I 340, «Züricher Novellen» : Br. I 276; über den «Landvogt ...» Frey, Meyer 279, «Leute von Seldwyla» : Br. II 263 f.; «Salander» : Langmesser a. a. O. 152 und Anm. 1, an Louise von François, Briefwechsel 205.

[34] Br. II 515 ff.; Anna von Doss a. a. O. 34 (vgl. Rodenberg, C. F. Meyer zum Gedächtnis 137).

[35] An Louise von François, Briefwechsel (46 f.) 49, vgl. auch 137.

[36] Frey, Meyer 359/344 (vgl. auch an Louise von François a. a. O. 256, 263).

[37] Heyses «Dichterprofile» in der «Deutschen Rundschau», Februar-Heft 1877; Meyers Brief : 12. 2. 77, III 1 318; Keller an Heyse : 26. 12. 76 / 1. 3. 77, III 1 26; an Meyer : 13. 2. 77, III 1 319; an Rodenberg : 14. 2. 77, III 2 352, 2. 4. 77, III 2 354.

[38] An Rodenberg : 31. 7. 79, III 2 365 f. (vgl. Meyer Br. I 277).

[39] Zäch a. a. O. 127 (vgl. aber Rodenbergs Briefe an Meyer von 1879 in : Meyer-Rodenberg-Briefwechsel).

[40] Storm : 27./28. 11. 81, III 1 468; Keller : 29. 12. 81, III 1 471 f. (vgl. Goldammer 110 f., 114); Keller : 5. 6. 82, III 1 475.

[41] Meyer Br. I 427 f.; Meyer an Frey : 27. 9. 81, Br. I 342; III 1 471; 22, 35.

[42] Frey, Erinnerungen 83; an Baechtold : 28. 1. 77, III 1 282; III 1 197.

[43] Über Widmanns Verhältnis zu Spitteler vgl. Jonas Fränkel : «Der Jugendfreund Spittelers. Ein Denkstein» in : «J. V. Widmann» (2. Aufl.) 81, 85, 100, 8. Burckhardt über Spitteler : Fränkel, «Widmann», 84; Spitteler über Burckhardt : GW VI 399, an Keller : 26. 11. 82, IV 236; Sophie Haemmerli-Marti hält wörtlich fest, was Burckhardt zu Spitteler äußert : «Si miend mers nit ibel näh, as is nit ha ghenne läse – appropo, was macht den der jung Widmann?» («Erinnerungen an Carl Spitteler», in : «Carl Spitteler in der Erinnerung seiner Freunde . . .» 144). Zu den Beziehungen zwischen Burckhardt und Spitteler : Gottfried Bohnenblust, «Jacob Burckhardt und Carl Spitteler . . .» 167. – Werner Günthers Aufsatz «Gottfried Keller und Carl Spitteler» (siehe Literaturverzeichnis) ist nach Abschluß der Dissertation erschienen und kann hier nur in den Anmerkungen benützt werden. – Über Gottfried Keller und Jacob Burckhardt vgl. Werner Kaegi, «Jacob Burckhardt . . .» 605–614.

[44] Widmann : Fränkel a. a. O. 104 f.; ferner : Widmanns Briefwechsel mit Henriette Feuerbach 67 und Anm. 430 f.; Widmann an Keller : 28. 12. 80, III 1 226 f.; Keller : 11. 1. 81, III 1 227, 27. 1. 81, III 1 228 ff. – Vom letzterwähnten Brief an Widmann wie von demjenigen, den Keller ihm selbst am 8. Okt. 1881 (siehe Anm. 46) schreibt, verfertigt Spitteler Kopien, heute im Arnold-Ott-Nachlaß der Schweizerischen Landesbibliothek, Schachtel 57.

[45] Widmann an Keller : 2. 2. 81, III 1 230 ff. (Widmann fordert auch Baechtold direkt auf : am 15. 2. 81, vgl. Keller-Widmann-Briefwechsel 24); «Mariquita» : GW V 201 ff. (vgl. X/2 84 f.); Widmann : Keller-Widmann-Briefw. 71; Keller : 4. 8. 81, III 1 233.

[46] Widmann : Briefw. 76; Spitteler bei Keller : vgl. seinen Dankesbrief (nicht in den von Helbling hrsg. Keller-Briefen) : GW X/1 92; «Was ich Widmann verdanke» : GW VI 330 ff. (vgl. X/2 195 ff.); Brief an Margarete Klinckerfuß : GW X/2 394; Stelle in der Keller-Rede : GW VII 470; Spitteler an Keller : 3. 10. 81, IV 235; Keller : 8. 10. 81, IV 236. – Werner Günther («Gottfried Keller und Carl Spitteler», 140) zitiert aus einem Brief Carl Spittelers an seine Mutter vom 6. März 1881, wo er schreibt, Keller mache «im Ganzen doch den Eindruck eines sackgroben Menschen», und hinsichtlich einer Rezension mitteilt : «Von meinem Werk sprach er keine Silbe, aber hinterdrein hörte ich von Baechtold, daß Keller ihm gesagt : er, Keller, wolle selbst darüber schreiben, Ende März.»

[47] «Pandora» und «Apotheker» : Nachweis von W. Altwegg (GW X/1 94; vgl. Keller : 2/1, 232 und 2/2 255). Über die Hefte zu «Prometheus» : Altwegg GW X/1 94; GW X/1 76 ff. ist der Anfang dieser Selbstinterpretation abgedruckt. Ob diese Hefte wirklich die authentische Deutung des «Prometheus» enthalten oder ob es sich um sonstige Aufzeichnungen handelt, könnte insofern fraglich erscheinen, als Keller in einem Brief an Heyse (8. 1. 83, III 1 88) sie als ihm «jetzt» zugeschickt bezeichnet, wo doch damals nicht weniger als vierzehn Monate vergangen sind, seit Spitteler das Dokument abgeschickt hat. – Keller an Widmann : III 1 235.

[48] Keller an Rodenberg : III 2 398; Meyer an Rodenberg, Briefwechsel 118 f. (vgl. dazu Meyer-Br. I 425); Rodenberg an Keller : III 2 400.

[49] Über Freys Rezension : Jonas Fränkel, «Spitteler . . .» 104, 107, 120; Max Widmann in : Keller-Widmann-Briefw. 24; Lina Frey in : Frey-Spitteler-Briefw. 8, Anm. 1. Eine dritte Version von Freys Entdeckung des «Prometheus» teilt Fränkel («Spitteler . . .» 106) mit : 1912 erzählt Frey einem Besucher, er habe damals im Schaufenster einer Berliner Buchhandlung zufällig den Verlagsnamen «Sauerländer» erblickt und sich das Buch ansehen wollen. – Der Aufsatz Freys in «Aus Literatur und Kunst . . .» 142 ff. «Sammelreferat» : von Fränkel offenbar erschlossen aus der Notiz Rodenbergs auf Freys Manuskript (das Referat wäre demnach unter dem Titel «Neuere epische Gedichte» in die Rubrik «Literarische Rundschau» zu stehen gekommen; vgl. Frey, «Aus Literatur und Kunst . . .» 142); Brief Freys an Widmann : Fränkel, «Spitteler . . .» 107.

[50] Rodenberg an Frey : «Aus Literatur und Kunst . . .» 142; Rodenberg an Meyer : Briefw. 135 f.; Fränkel, «Spitteler . . .» 104–106; Robert Faesi, «Spittelers Weg und Werk» 58.

[51] Messleny 291 f. Über Messlenys Buch (von dem nur der 1. Band erschienen ist) vgl. Josef Manlig in «Carl Spitteler in der Erinnerung seiner Freunde . . .» 231 f.; ob der Entwurf eines Schreibens, worin Spitteler die Rezensionen abgelehnt haben könnte, erhalten ist, muß offenbleiben, solange nicht alle Briefe Spittelers veröffentlicht sind (vgl. W. Altwegg, GW X/1 95 und Fränkel, «Spitteler . . .» 120, wo eine Aufklärung der tatsächlichen Umstände versprochen wird).

[52] Spitteler an Keller : IV 236; Keller an Rodenberg : 7. 12. 81, III 2 401 f.

[53] Meyer an Spitteler : 29. 11. 82, Br. I 421 und 11. 12. 82, Br. I 422 f.; Meyer an Vischer : 11. 12. 82, Br. I 422, Anm. 2; an Paul Heyse : Br. II 339; Meyer an Spitteler : 15. 12. 82, Br. I 424; Meyer an Vischer : 20. 12. 82, Br. I 422, Anm. 2; an Keller : 25. 12. 82, III 1 332 f.; Keller an Meyer : 2. 1. 83, III 1 334 f.

[54] Meyer : Br. II 104; Keller an Meyer : 10. 1. 83, III 1 335; Meyer an Keller : 11. 1. 83, Br. I 297; Keller an Spitteler : 7. 1. 83, IV 237 f.; Zitat aus der Keller-Rede : GW VII 473 f.

[55] Heyse an Keller : 1. 1. 83, III 1 87 (vgl. Widmann an den Grafen von Schack : Keller-Widmann-Briefw. 24 f. und : «Zweite Lebenshälfte» 306 f.; ferner Paul Heyses Brief an Meyer vom 19. 12. 82 und Meyers Antwort vom 20. 12. 82 bei : Alfred Zäch, «C. F. Meyers Bemühungen um Spittelers Frühwerke» : «Neue Zürcher Zeitung», 21. 10. 1962, Nr. 4062); Keller an Heyse : 8. 1. 83, III 1 88 f., an Widmann : 13. 1. 83, III 1 237 f.; Widmanns Antwort : 16. 1. 83, III 1 239 f. (vgl. III 1 241).

[56] Spittelers Antwort (IV 238 ff.) ist durch seinen Besuch bei Meyer, den er als «neulich» erfolgt bezeichnet und der auf Anfang Januar fällt, und dadurch, daß Widmann in seinem Brief an Keller vom 16. 1. noch nichts von einer Antwort schreibt, auf Ende Januar zu datieren. – Keller über sein dichterisches Schaffen : III 1 173.

[57] Keller an Widmann : 21. 2. 83, III 1 240 f.; Widmann an Keller : 21. 4. 83, Keller-Widmann-Briefw. 87 (vgl. III 1 535); Keller : 22. 4. 83, III 1 242. Was Spitteler von der Kritik erwartet, formuliert er in einem Brief an Fritz Mauthner (21. Februar 1887, im Besitz der Schweizerischen Landesbibliothek, Ms Lq 40^{19}) : «Wegen Prometheus haben Sie diejenige Bemerkung gemacht, die mir selbst im Laufe der Arbeit kam. Ursprünglich für 5 Seiten bestimmt als Parabel, wurde das Werk zu einem großen. Aber dennoch : meine Frage an die Kritik lautet folgendermaßen : zeigt sich in dem Werk Talent und Können oder nicht. Sprecht euch darüber aus. Wenn nein : zerreißt mich. Wenn ja, so ist es eine Pflicht das Können zu konstatieren; selbst wenn die Idee des Werkes verfehlt sein sollte. – Die Antwort lautete : absolutes Schweigen. Das schien mir Unrecht, und ich halte es je länger, je mehr dafür. Hätte die Kritik

bei Erscheinen des Buchs den Autor signalisiert als Jemand, der nicht ganz gewöhnliches kann – und das hätte sie nach meiner Meinung tun sollen – so würde ich nicht
jetzt sechs Jahre später noch darauf angewiesen sein, wie ein Gymnasianer meine
Manuskripte überall vergebens anzutragen und überall die traurige und für Deutschland nicht schmeichelhafte Erfahrung zu machen, daß einerseits Schriftsteller von Ruf
Alles und Jedes anbringen, daß aber anderseits ein unbekannter Schriftsteller nicht
einmal dazu kommt, daß irgend ein Verleger sein Manuskript prüft. Das ist doch
stark.»

[58] «extramundan»: III 1 229; Spittelers Selbstkritik: GW VI 469, 483 ff., X/1 451 ff.;
Neuauflagen: GW X/1 460 ff.; «Erläuterungen»: GW X/1 457, 462, 463–80 (vgl.
Faesi, «Spittelers Weg und Werk» 163); letzte Briefe: vgl. IV 431 und GW X/1 76 ff.,
94, 115.

[59] «Eugenia»: GW VI 474, X/2 519 ff., 524; Keller-Widmann-Briefw. 100; «realisti-
schere Kunst»: GW X/2 521; Widmann an Keller: 21. 2. 85, Briefw. 101; Keller an
Widmann: 22. 3. 85, III 1 250 f.; 23. 3. 85, III 1 252.

[60] Widmann an Keller: 25. 3. 85, III 1 252 ff.

[61] Frey-Spitteler-Briefw. 44; «Mein Schaffen und meine Werke»: jetzt: GW VI 474
(vgl. X/2 261 ff. und 524); die Gedichte im «Sonntagsblatt» des «Bund», Nr. 33, 1886
(vgl. Keller an Widmann: 25. 8. 86, III 1 256); Freys Rezension der «Schmetterlinge»:
«Neue Zürcher Zeitung», 13. 12. 86; Kellers Urteil: Frey-Spitteler-Briefw. 91 f.;
Margarete Klinckerfuß: «Carl Spitteler in der Erinnerung seiner Freunde ...» 95;
Spitteler über die «Mädchenfeinde»: 13. 4. 1907 an Widmann, GW X/2 7.

[62] Meyer: Br. I 427 f. (vgl. Br. I 428 Anm. 1); Spitteler über Meyer: GW VII 483 ff.
und 489 ff. (vgl. X/2 399); Meyer an Spitteler: 26. 12. 85 und 10. 7. 91, Br. I 429 f.,
an Frey: 4. 11. 91, Br. I 401; «Noblesse»: Zäch, Meyer und Spitteler a. a. O. (siehe
Anm. 55).

[63] Haessel an Meyer: Zäch, Meyer und Spitteler a. a. O. (Anm. 55); Rezension Widmanns unter dem Titel «Hera die Braut» in «Neue Freie Presse», Wien, 1901.
Spittelers Rezension im «Kunstwart» jetzt: GW IX 346 f. (vgl. X/2 579 f.); Frey an
Spitteler: 27. 11. 86, Briefw. 57 f. Rezension Widmanns im «Bund» vom 19./20. 11. 86
(vgl. Kellers Brief an Frey: 22. 11. 86, IV 213 f., Meyer-Br. I 368 ff.); Spitteler an
Frey: Briefw. 62; Spitteler an Mauthner: 15. Febr. 1887, Brief im Besitz der Schwei-
zerischen Landesbibliothek, Ms Lq 40¹⁹. Spittelers Urteile über Keller: Frey-Spitteler-
Briefw. 120 f. (vgl. a. a. O. 125, 129).

[64] C. A. Loosli, «Erinnerungen ...» 16; Fränkel, «Spitteler ...» 60. «Salander»-Rezen-
sion: GW IX 325 ff.; «Tagesbericht»: GW X/2 396 ff.; vgl. dazu Spittelers Betrachtung «Gottfried Keller und die Realisten» von 1890 (GW IX 328 ff. und X/2 577 f.),
gerichtet gegen einen Aufsatz Otto Brahms, der Keller als Vorläufer Zolas behandelt.
Rede: GW VII 469–82 (vgl. X/2 392–95); Nietzsche: GW VI 493 (vgl. X/2 268 ff.);
Keller zu Adolf Frey: 30. 3. 74, IV 97; Spitteler: «Die Volkserzählung ...»: GW
VII 496 (vgl. X/2 401); Kellers Bescheidenheit: GW X/2 318; Toepffer und Keller:
GW VII 454 f. (vgl. X/2 390); Spitteler zu Gyergyai: «Carl Spitteler in der Erin-
nerung seiner Freunde ...» 285; «Unser Schweizer Standpunkt»: vgl. Gottfried
Guggenbühl a. a. O.; «Wie Gedichte entstehen»: GW VII 164 f. (vgl. X/2 334); Zitat
aus dem «Grünen Heinrich»: 19, 251 (vgl. 6, 211).

[65] «Was ich Widmann verdanke»: GW VI 338 (vgl. X/2 195 f.); Perioden der Spitteler-
Kritik: Günther a. a. O. 228 ff.; Widmann: Briefw. mit Henriette Feuerbach ... 71;

Widmanns Wirken : Charlotte von Dach «J. V. Widmanns Briefwechsel mit Henriette Feuerbach...» 431; Fränkel, «Widmann...» 103. Widmanns Rezension von Baechtolds Biographie : «Bund», 1. 1. 1897; Faesi, «Spittelers Weg und Werk» 58.

[66] C. A. Loosli a. a. O. 78 ff. Übereinstimmung mit Keller : 22, 299/300; «Die Kritik hinkt hinter dem Schaffen ... her ...» : 22, 281. – Werner Günther («Gottfried Keller und Carl Spitteler», 150–152) vermutet, daß Kellers 1881 entstandenes Gedicht «Ein Berittener» (zuerst in «Kunst und Leben», 1881, dann in «Zürcher Dichter-Kränzchen», 1882; jetzt : 2/1, 157) sich auf Spitteler bezieht und die Vorbehalte gegen ihn verhüllt ausspricht.

[67] Kellers Versäumnis : Fränkel, «Spitteler ...» 62. Über Weingartners Schriften vgl. Fränkel, «Spitteler» 129 ff.; C. A. Loosli a. a. O. 17; «Zweite Lebenshälfte» 316 und Anm. 2; Felix Weingartner, «Lebenserinnerungen», 2. Bd. 127; die Aufnahme des «Olympischen Frühlings» im «Literarischen Echo» und Rollands Bemühungen : Fränkel, «Spitteler ...» 62 f., 80, 63, 84.

[68] Edith Landmann-Kalischer a. a. O. (siehe Literaturverzeichnis und vgl. Robert Faesi, Spitteler und George a. a. O. sowie Hans Kaeslin a. a. O.); Rilke über Spitteler : Fränkel, «Spitteler ...» 91, 94; Federers und Otto von Greyerz' Aufsätze über Spitteler : siehe Literaturverzeichnis; Max Rychner : «Denn er war unser» zuerst in «Wissen und Leben», 18. Jg. 1925, dann : «Bedachte und bezeugte Welt» 213 ff.

[69] Roffler, Spitteler 3; Fritz Buri, Erlösung ... 3, 7, 10 f., 17; Faesi, «Spittelers Weg und Werk» 71 f.; Wandlung : positiv noch Leonhard Beriger, Spitteler als religiöser Dichter a. a. O. 100 f.

F) Der nationale Gesichtspunkt

[1] Beriger a. a. O. 131.

[2] 22, 344.

[3] 22, 134.

[4] Schmid, Aufsätze und Reden 99 ff.

[5] Schmid a. a. O. 109.

[6] Schmid a. a. O. 81 f.

[7] Schmid a. a. O. 203 – die folgende Vergleichung nach Karl Schmid (a. a. O.).

[8] Schmid a. a. O. 205 f.

[9] 22, 237/250.

[10] 28. 1. 49, I 276.

[11] 6. 10. 48, IV 341.

[12] An Hettner : 4. 3. 51, I 357; an Baumgartner : 27. 3. 51, I 289.

[13] An Hettner, 31. 3. 54, I 394.

[14] IV 47; an Vieweg : 12. 6. 56, III 2 136.

[15] 30. 6. 55, III 2 106 (vgl. dagegen die Rezension der «Käserei in der Vehfreude», wo Gotthelf «eine gern gesehene Zierde der norddeutschen Teetasse» genannt wird : 22, 74); III 2 438, 130.

[16] IV 364; I 420. Widmanns Rezension in : «Illustrierte Schweiz» 1874, 142 ff.; III 1 214 (vgl. IV 97).

[17] 22, 299 f. (1882); 22, 160.

[18] Vgl. 21, 291 ff.

[19] 21, 103 f., 107 f. (vgl. 13, 161/167; 14, 75 f.); 8. 2. / 10. 3. 49, II 459.

[20] 16, 40/56 ff.

[21] 16, 42; 18, 140–44 (vgl. 5, 178 ff.). Randtypen: vgl. Roffler a. a. O. 188; an Storm: 13. 6. 80, III 1 450. Rheinüberfahrt 2. Fassung: 5, 146. Es ist aufschlußreich, das Bild der Schweiz und ihrer Literatur bei den zeitgenössischen deutschen Schriftstellern zu vergleichen; in Keller selbst sieht z. B. Vischer eine Personifikation des Schweizertums; das Gefühl kultureller Zusammengehörigkeit ist umgekehrt anders ausgebildet. Vgl. dazu Albert Bettex («Spiegelungen der Schweiz ...») S. 76: «Durch Wesen und Werk Gottfried Kellers sahen manche deutsche Beobachter Grundeigenschaften der schweizerischen Art, die ihnen im Land selbst häufig begegnet war, durchschimmern – am unmittelbarsten die Realisten von ihrem so lebhaft auf Keller und den schweizerischen Charakter antwortenden Gefühl für das Wirklichkeitsnahe, Echte, Volksverbundene und die verhaltenen Innerlichkeiten her. Dabei wurde unter ‹schweizerisch› in der Regel das stammverwandte Deutschschweizerische verstanden (78).» Freilich veranlassen Burckhardt, Böcklin und andere eine Korrektur am Bild des «nur-nüchternen» Schweizers (vgl. a. a. O. 78 f., 81 f.).

[22] IV 99; III 2 130; III 1 19; II 177.

[23] Schmid a. a. O. 29, 40, 43, 52.

[24] IV 356 f.

[25] 22, 142 f., 157, 146.

[26] 22, 121/142 f.

[27] Ermatinger 460 (vgl. IV 415; IV 129); Adolf Frey, Jakob Frey ..., 51, 81.

[28] Ermatinger 464; 15/2, 50 und 215.

[29] 24. 6. 58, IV 75–77; Brief von Weber an Jakob Frey: 24. 6. 58, in: Adolf Frey, Jakob Frey ..., 54.

[30] Daß Keller daran denkt, die reorganisierte Helvetische Gesellschaft, die sich vom «rein politischen Volksverein ... mit allerlei rüden Elementen» aus der Zeit vor dem Sonderbundskrieg zur «feineren Kulturpflege» wandelt, könnte jene Aufgaben übernehmen, die Eckardt den Schriftstellervereinen zuweist, ist möglich (vgl. IV 416).

[31] An Hettner: 31. 1. 60, I 441.

[32] III 2 187 f.; 25. 2. 60, III 2 189.

[33] 23. 9. 75, III 1 216 f. (vgl. III 1 218 f.). Dieser Brief wird 1895 im November-Heft der «Deutschen Rundschau» abgedruckt; das teilt Widmann Arnold Ott mit, zitiert die Stelle «über die publizistischen und literarischen Schwätzer» und ergänzt: «Das ist so auf Konsorten Maurice von Stern, Stegemann, Henckell (der zwar Talent hat) und auf ein paar andere (z. B. Victor Hardung) wohl anwendbar. Damals bezog es sich auf einen gewissen Fastenrath, Stifter einer schweizerischen Dichterhalle. Zürich besonders wimmelt von solchem Volk. Da gehts in Bern und Luzern doch noch säuberlicher zu.» (Brief vom 5. Nov. 1895 im Arnold-Ott-Nachlaß der Schweizerischen Landesbibliothek, Schachtel 58.)

[34] 31. 7. 77, III 1 296.

[35] 25. 8. 86, III 1 258.

[36] 18. 2. 80, III 1 326; 14./16. 8. 81, III 1 461. Heftige Kritik äußert Josef Viktor Widmann in einem Brief an Arnold Ott über Heller: «Von sich selber ... spricht er ‹als von dem ersten ganz großen Dichter seit Goethe›. Wie ich den Kerl nicht leiden kann, ist mir zu beschreiben unmöglich. Solches Saugesindel, das als ‹Dichter› in der Welt herumfährt, bringt ja die ganze Zunft in Mißkredit. Ich hasse in Heller natürlich auch als Arbeiter den Nichtstuer, den Schwindler, der fortwährend Wechsel des Ruhms auf die Zukunft zieht. Eigentlich ist er unserer Beachtung gar nicht wert.» (11. Mai

1896, im Arnold-Ott-Nachlaß der Schweizerischen Landesbibliothek, Schachtel 58.) Am 5. Nov. 1896 schreibt er, wieder an Ott: «Er bleibt nach wie vor in meinen Augen ein von unseligem Größenwahn, ekelhafter Eitelkeit besessener Mann, der sein Lebtag keine Berufsarbeit getan, sein und seiner Frau Vermögen durchgebracht, andere Leute angepumpt und ihnen Lügen vorschwadroniert hat, für die er nur die Entschuldigung hat, daß er sie zuletzt selbst glaubte.» (Arnold-Ott-Nachlaß der Schweizerischen Landesbibliothek, Schachtel 58.)

[37] III 1 324.

[38] 22. 7. 82, III 2 396.

[39] An Meyer: 17. 6. 84, III 1 340 (Meyer: Briefe I 302; IV 369); an den Vorort der Schillerstiftung, Juni 1884, IV 369/70.

[40] 22, 269 ff., 409 f.

[41] 22, 189 f. (1869).

[42] An Ida Freiligrath, 20. 12. 80, II 357; 22, 212/227 f. (1879).

FÜNFTER TEIL

[1] Storm an Keller: Goldammer 93 f.; Keller: 14./16. 8. 81, III 1 463 f.; an Rodenberg: 8. 7. 83, III 2 404; an Baechtold: 24. 5. 80, III 1 308; Gotthelf-Rezension: Max Rychner, Schweizerische Literaturkritik a. a. O.; an Vischer: 31. 1. / 29. 6. 75, III 1 140; vgl. Helbling: 22, 349; vgl. auch Kellers Plan «eines Aufsatzes über politisch-*kalumniatorische* Vorgänge und deren epidemische Wirkungen in der Schweiz» – er spart jedoch «derlei Übungen für das höhere Alter auf, ... wo man dann noch kühler und ruhiger verfährt» (an Moritz Lazarus, 28. 1. 78, a. a. O. 39).

[2] An Emil Kuh: 28. 6. 75, III 1 197; zur Anspielung auf die «mutige Freundschaft» vgl. vorn S. 49; Berger, Essay 21.

[3] 22, 164; Gildemeister, Essays I 59; Schlegel, Literary Notebooks, 631. Stück. Die ironische Spitze des Begriffs «Essai» richtet sich in der Novelle weniger gegen den Essay als Gattung, mehr gegen den «Spießbürger, der sich in der Allüre des Literaten gefällt» (Rohner – siehe unten Anm. 5 –, 92–94). Rohner macht auch darauf aufmerksam, daß Herman Grimms «Essays» im selben Jahr veröffentlicht werden, in dem «Die mißbrauchten Liebesbriefe» entstehen (1859); ist zwar von einem unmittelbaren Zusammenhang abzusehen, so nimmt Rohner dies doch als Beweis dafür, «daß offenbar um 1860 das englische Modewort ‹Essay› sich bereits im Bewußtsein eines breitern lesenden Publikums und im deutschen Sprachgebrauch eingebürgert hatte» (a. a. O.).

[4] An Rodenberg, 22. 7. 82, III 2 397 f.; Brahms Essay im Juni-Heft der «Deutschen Rundschau» erschienen.

[5] Berger a. a. O. 74 ff., 77 f. Zu Bergers Untersuchung vgl. die Rezension von Richard Exner, AfdA 77, 1966, 138–144. Nach Abschluß dieser Arbeit erschienen ist: Ludwig Rohner, Der deutsche Essay. Materialien zur Geschichte und Ästhetik einer literarischen Gattung, Neuwied und Berlin 1966. Rohner verhält sich – wie Exner – teilweise und mit Recht kritisch zu Berger (vgl. a. a. O. 113 und 785 f.). Noch E. R. Curtius verübeln es die Fachvertreter, daß er in seinem Buch «Die literarischen Wegbereiter des neuen Frankreich» (Potsdam 1919) die Grenze zum Essay hin überschreitet (vgl. sein Nachwort zur Neuausgabe: «Französischer Geist im 20. Jahrhundert», Bern 1952; Berger a. a. O. 84 f.).

[6] An Hettner : 6./21. 2. 56. I 422; 18. 10. 56, I 432 f.

[7] Berger a. a. O. 57 f. u. ö. (vgl. auch Gildemeister, Essays I 148).

[8] Berger a. a. O. 153 f.; Pascal a. a. O. 209; 22, 335.

[9] Gildemeister, Essays II 56 ff.; I 426. Über Kellers Beziehung zur außerdeutschen Literatur vgl. auch Oskar Walzel, Gottfried Keller und die Literatur seiner Zeit.

[10] Vgl. Berger a. a. O. 50, 56, 61; Ricarda Huchs Äußerung wird von J. V. Widmann in der Rezension eines Bandes «Essays» von Gildemeister verwendet («Sonntagsblatt» des «Bund» 1896, Nr. 49) – abgedruckt in : Widmann, Briefwechsel mit Henriette Feuerbach ... 550 (vgl. dazu den Brief der Dichterin an Widmann vom 7. 12. 96, a. a. O. 329).

[11] Über Hillebrand : Josef Hofmillers Essay in «Die Bücher und wir» (76 ff.). Die «Gesellschaft» in Zürich schildert Kurt Guggenheim, «Das Ende von Seldwyla» 58 ff., 156 ff. u. ö. «Das Wesentliche» : 19, 45; «Helvetismen» : 22, 84. – Es sei vorweg hingewiesen auf die Briefe II 56–58, 83, 85–87, 90, 93–95, 99 f., 101 f., 104, 128. Über das Verhältnis von Welterfahrenheit und Zurückgezogenheit handelt ausführlich Rohner a. a. O. 525–527.

[12] 22, 171 f.; an Ludmilla Assing, 9. 2. 59, II 81 f.; über W. Buchners «Ferdinand Freiligrath. Ein Dichterleben in Briefen» (Lahr 1882) an Ida Freiligrath : 9. 1. 80, II 354 (vgl. II 350, 359, 395); über die Baumgartner-Biographie : an A. R. von Planta : 2. 1. 69, IV 50.

[13] Müllers Beschreibung : hrsg. v. Jakob Baechtold, Berlin 1881. An Emil Kuh : 9. 6. 75, III 1 194; an Baechtold : 5. 5. 81, III 1 311. – J. G. Müller ist zuerst Katechet in Schaffhausen, später Professor für Griechisch und Hebräisch am Collegium humanitatis, betätigt sich während der Helvetik und Mediation als Regierungsstatthalter, wird Mitglied der obersten Schulbehörde und des Kleinen Rates seiner Vaterstadt; mit Caroline Herder, Herders ältestem Sohn, seinem Bruder Johannes von Müller und Heyne ist er bis zu seinem Tod (1819) Herausgeber der ersten 45bändigen Gesamtausgabe der Werke Herders (1805–20).

[14] Berger a. a. O. 92 (vgl. 89 f., 130, 164; Adolf Frisé, «Roman und Essay», in : «Definitionen...», 137–156; zum Problem «Essay und Roman» jetzt ausführlich Rohner a. a. O. 565–594); Pascal a. a. O. 226, 92 (über Kellers autobiographische Skizzen); Berger a. a. O. 174. Martini : RL I («Essay»); Roffler a. a. O. 21; Berger a. a. O. 133. Keller : 4. 6. 76, III 1 349 f. (vgl. III 1 381 f. und 48); Petersen : 4. 6. 77, III 1 354.

[15] An Vischer : 26. 12. 73, III 1 135 f.

[16] An Petersen : 21. 4. 81, III 1 379. Berger a. a. O. 38, 40 ff. Zur Frage der Verwandtschaft zwischen Essay und Brief als literarischen Kunstformen vgl. Rohner a. a. O., vor allem 84, 124, 353, 35, 464–474, 475 f., 603 ff. (über Vorformen des Essay), 677.

[17] Briefe an Ludmilla : II 56 ff.; II 85 ff. (vgl. II 90); II 94; II 90; II 92 ff. Vgl. auch vorn S. 25–27.

[18] An Emil Kuh : 18. 5. und 9. 6. 75, III 1 190 f.; Kuh an Keller : 27. 5. 75, III 1 191.

[19] 27. 2. 57, II 51 (vgl. II 104, 106 f.); andere Essayisten werden nur kurz erwähnt : Hillebrand (IV 115, 369) «die Sprachgewalt und der Fleiß des Herrn Senators» Gildemeister als Übersetzer (III 2 463 – vgl. III 2 437, 439).

[20] Berger a. a. O. 84 f., 93 ff., 98, 101. Über das Verhältnis zwischen Essay und Kritik vgl. Rohner a. a. O. 548–565.

[21] 15. 5. 59, II 85; 3. 11. 76, III 1 279 (vgl. III 2 345).

[22] 22, 52.

ZUSAMMENFASSUNG

1 19, 46 f. (vgl. 6, 13 f.).

2 22, 35 (derselbe Gedanke : 21, 11).

3 12. 4. 82, Meyer-Briefe II 359 f.

4 21, 8 f. (Kellers Skizze : «Autobiographisches von Gottfried Keller» zuerst in «Die Gegenwart», X. Bd., 1876, 402 ff., XI. Bd., 1877, 7 ff.). Widmann an Keller : 27. 12. 82, III 1 236; Keller an Widmann : 11. 1. 81, III 1 228; 13. 1. 83, III 1 237 (vgl. III 1 238 sowie Keller-Widmann-Briefw. 64, 79, 94, 98, 108, 111); Keller an Frey : IV 203, 206 ff.

5 Börne-Rezension : 22, 11–20; Börne als Journalist : Brandes a. a. O. 73; Tagebuchnotiz : 21, 62 (vgl. 21, 279 f.); Keller über Goethe : 21, 61 f.; Börne über Goethe : Sämtliche Schriften, Bd. 2, 857; Stilist : II 99 f.; Heine : 22, 12/15/17 ff. (vgl. 22, 28 f.); Helbling : 22, 257 ff.; «Apotheker» : 15/1, 252 f., 255 ff., 260 (vgl. 2/1, 263 ff. und Fränkel : 2/2, 256 f. über den Antisemitismus). «Eckermännchen» : 15/1 261.

6 22, 19 ff., 300.

7 III 2 211.

8 Vgl. 22, 352 und IV 27 über nicht erreichbare Briefe Kellers an den Verlag Brockhaus.

9 Helbling : 22, 352.

10 IV 27; III 2 211.

11 Reuter a. a. O. LIX, 531 f., einzige unmittelbare Äußerung über Fontane : IV 31.

12 Werner Kohlschmidt, Herder-Studien 72 (vgl. die Beispiele bei Herder [hrsg. v. Suphan] III 24 ff., V 618 f., 635).

13 Vgl. Elsbeth Pulver, Hofmannsthals Schriften zur Literatur; Wilhelm Dilthey, Gesammelte Schriften, Bd. V : Die geistige Welt : Einleitung in die Philosophie des Lebens, I, 335, 144, 264, 282 (vgl. dazu Kurt Müller-Vollmer a. a. O. 93, 153); Schleiermacher, Werke 3. Abt., III 362 (vgl. V 437); Fichte, Werke (hrsg. v. Medicus) I 265.

14 Bollnow a. a. O. 120 f., 123, 134 f.

15 Elsbeth Pulver a. a. O. 9–13.

16 Müller-Vollmer a. a. O. 155, Fußn. 78 (Zitat aus : Dilthey, Gesammelte Schriften, Bd. VI : Die geistige Welt : Einleitung in die Philosophie des Lebens, II 311, 317).

17 Wellek-Warren a. a. O. 285 f.

18 21. 11. 54, III 2 94.

19 22, 429.

20 An Schott : 8. 8. 85, IV 269 f.; an Storm : 1. 11. 80, III 1 451; (vgl. Storm an Keller : 3. 1. 82, Goldammer 109); Heyse an Keller : 3. 6. 83, Kalbeck 329; Keller an Heyse : 10. 8. 82, III 1 79.

21 II 84 (1859).

22 Vgl. Gerhard Weise, Diss.

23 Hettner a. a. O. 15 f.

24 19, 352–56.

25 III 1 48; III 1 381 f.

26 22, 59; 19, 61.

27 21, 60 (vgl. 16, 196–205).

28 18, 4 und 83.

29 Weise a. a. O. 41 f., 57, 60 f., 72 f.

30 Kleine Schriften 113 (vgl. Rehm a. a. O. 75).

[31] Markwardt a. a. O. 83, 212. II 112; III 2 137.

[32] Frey a. a. O. 42.

[33] Reuter a. a. O. 98.

[34] III 1 168; III 1 171. Vgl. auch den Brief an die Mutter, 17. 10. 55, I 129.

[35] 24. 12. 53, II 470.

[36] III 1 174; III 1 179.

[37] Zu Hofmannsthals «Lesebuch» vgl. Elsbeth Pulver a. a. O. 44 f.

[38] 22, 205 f.

[39] Zäch a. a. O. 98; 16, 83 (vgl. 3, 17; 6, 297); Ermatinger 15 f., 604; 16, 196 (vgl. 3, 131); Ermatinger 59.

[40] 9, 1; 10. 4. 41, I 191; 16, 266 (vgl. 3, 194); 18, 112 f. (vgl. 5, 92 f.); 11, 2 und 5, 35–38.

[41] Zäch a. a. O. 188 (vgl. 6, 21 f.); an Widmann : 24. 3. 77, III 1 220; 26. 2. 79, III 1 435 (vgl. III 1 433, Goldammer a. a. O. 83 und IV 277).

[42] 28. 2. 86, IV 302 (vgl. IV 435), dazu : Therese Seiler, Diss. 35; 28. 3. 82, III 2 395.

[43] An Kuh : 28. 7. 72, III 1 164; III 1 161, 163 f., 165 f., 167 f.

[44] 25. 12. 76, III 1 280 (vgl. 24. 3. 77, III 1 220).

[45] 18. 12. 79, III 1 224 f.; Widmann : 22. 12. 79, Briefw. 59 ff.

[46] 28. 1. 84, III 1 246 (Baechtolds Besprechung in der Nummer vom 18. 12. 83, vgl. Widmann, Briefw. 95 f.).

[47] 25. 8. 82, III 1 256.

[48] III 1 21 f.; Weibert an Keller : 7. 6. 72, III 2 486 zu 236; Keller : 5. 3. 73, III 2 236; an Emil Kuh : 28. 6. 75, III 1 197 f.; an Vischer : 31. 1. / 29. 6. 75, III 1 138; an Kuh : 8. 10. 75, III 1 200 f.; Orangenbäumchen : an Sigmund Schott, 27. 12. 85, IV 270 (vgl. IV 272 und II 444); an Weibert : III 2 267/69; an Heyse : 2. 7. 78, III 1 32; Frey a. a. O. 31; Lyrik : an Vischer, 15. 11. 78, III 1 145; «Nolten» : Frey a. a. O. 32; Petersen : 28. 5. 76, III 1 347; an Weibert : 24. 12. 76, III 2 272 (vgl. III 2 224); an Weibert, 3. 1. 77, III 2 274; an Heyse : 26. 12. 76 / 1. 3. 77, III 1 26 f. Vgl. die auf den unbefriedigenden Schluß des «Nolten» gemünzten Gedichtzeilen : «Um all das Gute zu vollenden, / Wenn er wie ein Grieche zierlich tändelt, / Ist er auch noch wie ein Pfäfflein lüstern ...» (entstanden 1877 : 15/2, 176). Mörike-Publikum : an Vischer, 31. 1. / 29. 6. 75, III 1 138; an Weibert : 17. 5. 76, III 2 269, 17. 5. 78, III 2 285; an Fischer : 25. 7. 81, IV 231; Storm, Werke VIII 22 ff.

[49] Keller an Storm : 29. 12. 81, III 1 470 (vgl. III 1 473); Storm VIII 291.

[50] Werke III 367 (vgl. W. Kohlschmidt, Herder-Studien 50).

[51] Frye a. a. O. 15.

[52] Walter Benjamin, Gottfried Keller, Schriften, Bd. 2, 288.

[53] Heinesche Gedanken : 2/2, 275 und 285.

[54] An Vischer, 1. 10. 71, III 1 128 f.; an Vieweg, 5. 11. 53, III 2 82; an Rodenberg, 9. 1. 84, III 2 407; an Vieweg : 5. 11. 53, III 2 81 f.

[55] 15/1, 261; an Freiligrath, 10. 10. 50, I 254.

[56] II 50; II 52 f.

[57] 15/1, 261; vgl. 2/2, 281 f.

[58] 25. 11. 57, II 64 (vgl. II 68); zwei Strophen der XV. Romanze spielen auf die Geisterbeschwörungen an : 2/2, 260 f.; 15/1, 262.

[59] An Ludmilla Assing, 12. 8. 56, II 48 f.

[60] An Vieweg, 12. 6. 56, III 2 135; an Ludmilla Assing, Februar 1857, II 52.

[61] An Freiligrath, 22. 4. 60, I 267 f.

[62] 15/1, 203.

[63] Duncker: 3. 5. 60, III 2 175 f.

[64] Glossen: 2/2, 253 ff.; Vorwort: 2/1, 199; Zitate: 15/1, 263, 285 (vgl. 278), 293, 291.

[65] Gutzkow: 15/1, 258–260; I 433 f.

[66] 15/1, 235, 247 ff., 254 (vgl. 2/1, 254 ff.).

[67] An Wilhelm Hertz, 10. 3. 83, III 2 442; Exner: 20. 7. 84, II 305 f.

[68] Nerrlichs Rezension: «Akademische Blätter», Braunschweig 1884, 173 ff.; «Modernster Faust»: 14, 272 f.

[69] An Nerrlich, 27. 3. 84, IV 228 f.; Fränkel: 14, 428.

[70] An Nerrlich, a. a. O.; an Heyse, 19. 2. 84, III 1 100. Als echte Parodie ist dagegen die folgende Strophe in den Notizen zu «Martin Salander» zu betrachten:
«So leben wir etc.
Des Morgens bei dem Abendmahl,
des Mittags ein Glas Bier,
am Abend bei Herrn Jesulein im Nachtquartier etc.»
(12, 452) – wobei nicht entschieden werden kann, ob Keller sie nur aufgezeichnet oder selbst verfaßt hat (nach Ansicht des Volksliedforschers John Meier stammt sie nicht aus dem Volk, sondern aus der literarischen Bohème: vgl. 12, 453).
Die Strophe bezieht sich auf das Soldatenlied
«So leben wir, so leben wir
so leben wir alle Tage
in der allerschönsten Saufkompanie.
Des Morgens bei dem Branntewein,
des Mittags bei dem Bier,
des Abends bei dem Mägdelein
im Nachtquartier.»
(12, 453; nach der Melodie des Dessauermarsches gesungen, mit dem Leopold von Anhalt-Dessau 1706 in Turin empfangen wurde.)
Im Roman will Keller die Verse bei der Darstellung eines Pfingstfestes verwenden, mit welchem er eine Satire auf den Zerfall des Staates im allgemeinen, auf jene Frommen im besonderen beabsichtigt, die «religiöse Gassenlieder zu weltlichen Gassenhauer-Melodien» singen (12, 452); sie sind also «eine Parodie auf Kontrafakturen im Stil der Heilsarmee-Gesänge, die schon ohne bewußte Verzerrung komisch wirken» (Erwin Rotermund, Die Parodie in der modernen deutschen Lyrik, München 1963, 102; über Hugo Balls Parodie auf dasselbe Lied und deren Absicht vgl. Rotermund a. a. O. 101, 102, 105).

[71] Walter Benjamin a. a. O. 289.

[72] Aufsatz in: Alte und Neue Welt, Jg. 39, 1904/1905, 96–103; leicht gekürzt abgedruckt in: Sigisbert Frick, Heinrich Federer. Literarische Studien. Luzern 1966, 122–137. – Brief an Ott im Arnold-Ott-Nachlaß der Schweizerischen Landesbibliothek, Schachtel 53. – Ruth Heller a. a. O. (siehe Literaturverzeichnis).

[73] Vgl. Reuters Bemerkungen über das Verhältnis zwischen Dichtung und Kritik bei Theodor Fontane (a. a. O. LI, LXVII).

Namen des Anmerkungsteils (S. 575–639), die nur zur Kennzeichnung von Zitaten dienen, und Literaturverweise sind nicht aufgenommen.

Aeschylos, 142, 281
Ahlefeldt, Elisa von, 106, 295, 522 f.
Albert, Prinz von Sachsen-Coburg-Gotha, 525
Alberti, Conrad, 581 f.
Alexis, Willibald (Wilhelm Häring), 41
Alker, Ernst, 48, 154, 158
Allemann, Beda, 412
Amiel, Henri-Frédéric, 499
Andreä, Johannes Valentin, 544
Angelus Silesius, 102 f., 520
Ariosto, Lodovico, 107, 316, 439, 516, 539
Aristophanes, 164, 170, 281, 597 f.
Aristoteles, 119, 121, 134, 142, 281, 292, 312, 316, 370, 491, 597
Arnim, Achim von, 22, 37, 152 f., 214
Arnim, Bettina von, 26, 29, 51, 90, 152 f., 294
Arnim, Gisela von, 152–154
Assing, Ludmilla, 24, 26, 28, 30 f., 35, 41, 49, 51, 54, 62, 70, 90, 106, 152, 154, 163, 213, 217, 283, 294 f., 408, 411 f., 517 f., 521, 523–528, 554, 579
Auber, Daniel François Esprit, 169
Auerbach, Berthold, 15, 36 f., 45, 92, 94, 98 f., 108, 111, 139, 151, 188, 223, 256, 266, 282, 320 f., 335, 339, 350, 401, 415–417, 420 f., 432, 504, 508
Aufseß, Hans von, 254
Augustinus, 194, 544
Avenarius, Ferdinand, 104

Bacheracht, Therese von, 51
Bacherl, Franz, 115
Bachmayr, Johann Nepomuk, 20, 76, 106, 109, 117, 156–160, 272 f., 314, 465, 529, 534, 594
Bachofen, Johann Jakob, 446, 499
Baechtold, Jakob, 6 f., 73, 75, 91–93, 152, 161, 273 f., 293, 301, 324, 353, 367,

369, 381 f., 384 f., 439, 442, 447–452, 454 f., 459, 466, 469 f., 489, 493, 499, 509, 512 f., 528, 547–549, 630
Bänziger, Hans, 355, 619
Baggesen, Jens, 37
Balzac, Honoré de, 515 f.
Bauer, Bruno, 67, 191, 576
Bauer, Ludwig, 55, 551
Baumgartner, Wilhelm, 6, 73, 87, 119, 134, 148, 167, 185, 267, 355 f., 359, 373, 379, 500 f., 518
Baur, Paul, 496
Bazaine, François Achille, 204
Bebler, Emil, 458
Beck, Karl, 29
Beethoven, Ludwig van, 168, 426
Benedix, Roderich, 541
Benjamin, Walter, 319, 553, 558
Berger, Bruno, 515, 519 f.
Beriger, Leonhard, 263, 354, 369
Berlepsch, Goswina von, 52 f.
Berlichingen, Götz von, 544
Bernardin de Saint-Pierre, 272
Bernays, Jakob, 597 f.
Bernhardi, August Ferdinand, 23
Bettelheim, Anton, 321, 421
Bettex, Albert, 634
Bianconi, Giovanni Ludovico, 523
Bibel, 308, 467, 473
Biedermann, Karl, 13
Björnson, Björnstjerne, 150, 427
Birch-Pfeiffer, Charlotte, 51, 76, 115, 139, 151, 273
Bismarck, Otto von, 31, 391, 438
Bitzius, Elisabeth, 350, 586
Bleibtreu, Karl, 44
Bloch, Ernst, 366
Bloesch, Hans, 368
Blücher, Gebhard Leberecht von, 24
Blümner, Hugo, 129
Blumenthal, Oskar, 49

Bluntschli, Johann Kaspar, 42
Boccaccio, Giovanni, 312, 410, 413, 416
Bodenstedt, Friedrich, 385
Bodmer, Johann Jakob, 57, 59 f., 261, 325, 328, 517
Boeckh, August, 48, 535, 579, 590
Böcklin, Arnold, 44, 269, 335, 459, 484, 488, 634
Böhlau, Helene, 52
Börne, Ludwig, 22, 215, 285, 290, 304, 347 f., 354, 436, 531–534, 554, 556
Böttiger, Karl August, 346
Boisserée, Sulpiz und Melchior, 294
Bollnow, Otto Friedrich, 535, 590
Bondeli, Julie, 57, 524
Boner, Ulrich, 512
Bovet, Felix, 438
Bracher, Hans, 624
Brachvogel, Emil, 121, 152, 154, 168
Bräker, Ulrich, 123, 446, 544
Brahm, Otto, 81, 95–97, 101, 112 f., 244, 301, 324, 444 f., 514, 538, 542
Brandes, Georg, 48, 424, 531
Breitinger, Johann Jakob, 328, 517
Brenner-Kron, Emma, 383
Brentano, Clemens, 22, 37, 214
Bridel, Samuel Philippe, 512
Broch, Hermann, 520
Brockhaus, F. A. (Verlag), 117, 535
Brockhaus, Heinrich, 350, 600
Brueghel (Breughel), Pieter, 335
Buchner, Wilhelm, 518
Büchner, Georg, 135, 139 f., 149
Bürger, Gottfried August, 37, 611
Burckhardt, Carl Jacob, 368 f.
Burckhardt, Jacob, 6, 22, 35, 46 f., 137, 154 f., 161, 168, 200, 301, 341, 383, 446, 466 f., 488, 499, 584, 601, 613, 634
Buri, Fritz, 496 f.
Burns, Robert, 326, 384
Burte, Hermann, 350
Byron, George Gordon Lord, 38, 45, 554

Calame, Alexandre, 274
Calderon de la Barca, Pedro, 125, 130
Carlsson, Anni, 11, 608
Carriere, Moriz, 220

Cellini, Benvenuto, 544
Cervantes, Miguel de, 56, 120, 318, 516
Chamisso, Adalbert von, 23 f., 346, 353, 407
Chaucer, Geoffrey, 516, 540
Collin, Matthäus von, 142
Conrad, Michael Georg, 44
Corneille, Pierre, 125, 128, 130–133
Cornelius, Peter, 336
Corrodi, August, 326
Cotta, Georg von, und Verlag J. G. Cotta, 14 f., 78–80, 83, 201 f., 221 f., 265, 448, 535
Curti, Carl, 377
Curti, Theodor, 9, 209, 264, 377–379, 381, 446, 534
Curtius, Ernst Robert, 260, 527, 635

Dach, Charlotte von, 493
Dacier, André, 281
Dahlmann, Friedrich Christoph, 207
Dahn, Felix, 42
Dante Alighieri, 105, 418 f., 436, 438, 458, 467, 516, 544, 589
Darwin, Charles, 493
Daudet, Alphonse, 149 f., 324, 516
Defoe, Daniel, 195, 364
Devrient, Ludwig, 22
Dickens, Charles, 332, 516
Diderot, Denis, 60
Diederichs, Eugen (Verlag), 481
Dilthey, Wilhelm, 535 f., 590, 598
Dingelstedt, Franz von, 22, 42 f., 45, 47, 230, 510
Dößekel, Eduard, 503
Dorer, Edmund, 457
Doss, Anna von, 439, 461
Dostojewski, Fjodor, 369
Drachmann, Holger, 405
Dranmor (Ferdinand Schmid), 446
Dubs, Jakob, 187
Düntzer, Heinrich, 204
Dürer, Heinrich, 289 f.
Dumas, Alexandre (d. J.), 153
Duncker, Franz, 32 f., 39, 44, 555
Duncker, Lina, 32–34, 36, 54, 154, 409, 581, 609

Ebers, Georg, 402 f.
Echtermeyer, Theodor, 13, 210 f., 345, 347
Eckart, Ludwig, 170, 172, 175, 218, 505–508, 511 f.
Eckermann, Johann Peter, 498
Eichendorff, Joseph von, 23, 38, 341, 407
Eliot, Thomas Sterns, 342
Engelken, Friedrich, 137
Epiktet, 299
Erasmus von Rotterdam, 598
Ermatinger, Emil, 499
Ernst, Paul, 422
Escher, Alfred, 194, 501, 606
Escher, Nanny von, 441
Esslinger, Melchior, 20, 376
Ettmüller, Ludwig, 6, 62
Euripides, 282
Exner, Familie, 6, 71
Exner, Adolf, 121, 165, 387, 406, 413, 421, 557

Faesi, Robert, 445, 493 f., 497
Fambach, Oscar, 11
Fastenrath, Rudolf, 508
Federer, Heinrich, 144, 496, 558, 595
Feuerbach, Ludwig, 18, 21, 115, 118, 145, 167, 185, 213, 252–254, 299, 310, 337, 341, 343, 348 f., 355–363, 367, 371, 538
Fichte, Johann Gottlieb, 22, 24, 535, 590
Fischer, Hermann, 236, 257, 551
Follen, August Adolf Ludwig, 20 f., 64, 342, 347
Fontane, Theodor, 27 f., 35, 53, 146, 151, 266, 273, 385, 535, 540, 589, 618
Fouqué, Friedrich, Baron de la Motte, 23
Fränkel, Jonas, 474, 486, 494–496, 600, 614, 630 f.
François, Louise von, 460, 462, 464
Franzos, Karl Emil, 396
Frapan, Ilse, 250, 257
Freiligrath, Ferdinand, 7 f., 18 f., 34, 39, 48, 72, 113, 115, 200, 273, 295, 314 f., 319, 346 f., 349, 356, 360, 373–375, 395, 518, 554, 577, 606
Freiligrath, Ida, 246, 248, 303, 375
Frese, Julius, 32
Frey, Adolf, 7 f., 44, 87, 89, 92, 94, 110, 112, 126, 129, 167, 188, 255, 264 f., 272, 337, 351 f., 369, 378, 383, 395 f., 415, 423, 429, 436 f., 441–443, 451, 453, 456, 458 f., 460, 462, 465, 472 f., 480, 484–486, 488, 495, 531, 535, 540, 550
Frey, Jakob, 505 f.
Frey, Lina, 473, 485
Freytag, Gustav, 88, 119, 151, 237, 294, 322, 403, 438, 468, 598
Friedrich der Große, 34
Friedrich, Friedrich, 591
Friedrichs, Hermann, 37, 51, 107 f., 265, 314, 318, 323, 529
Frischlin, Nikodemus, 113
Fröbel, Julius, 64, 342
Fröhlich, Abraham Emanuel, 373
Frye, Northrop, 105, 312, 552

Gagern, Heinrich von, 157
Gans, Eduard, 13
Geibel, Emanuel, 15, 22, 42 f., 82 f., 107, 155, 168, 346, 383 f., 391, 448
Gentz, Friedrich von 24 f., 53
George, Stefan, 496
Gervinus, Georg Gottfried, 74, 86–89, 123–125, 157, 204–208, 224, 227, 251, 606
Gessner, Salomon, 48, 59–62, 269, 298, 338
Gibbon, Edward, 281
Gildemeister, Otto, 514, 516, 636
Giorgione, 339, 410
Glaser-Gerhard, Ernst, 115, 600
Gleyre, Charles, 274
Gluck, Christoph Willibald von, 169
Görres, Joseph von, 346
Göschen, G. J. (Verlag), 489
Goethe, Johann Wolfgang von, 5, 11, 29, 34, 41, 56 f., 66, 78, 88, 93 f., 97, 100, 112–114, 119, 124, 130–134, 138, 140, 143, 164, 175, 183, 192, 195, 204, 208–210, 212 f., 216, 219, 222–224, 226–231, 237 f., 258, 260, 263, 268–271, 273, 278, 283, 289–303, 305, 316 f., 322 f., 325, 333, 336, 341, 376, 380, 383, 393, 404, 407, 412 f., 415, 417, 419, 464, 472, 475, 482 f., 487, 489, 497 f., 512, 520, 524,

526 f., 531 f., 539, 542, 544, 546–548, 550, 556, 589, 593, 597, 608, 634
Goeze, Johann Melchior, 134
Goldsmith, Oliver, 417
Goltz, Bogumil, 39–41
Gotthelf, Jeremias (Albert Bitzius), 5, 15, 121, 165, 170, 194 f., 228, 253 f., 256, 263, 271–273, 282, 297, 305, 324, 326, 328–335, 349–351, 354–356, 359–369, 373, 399, 420, 446, 458 f., 463, 489 f., 493, 501, 505, 512 f., 534, 538 f., 552, 581, 586, 633
Gottschall, Rudolf, 107, 403
Gottsched, Johann Christoph, 261
Grabbe, Christian Dietrich, 23, 142, 316, 541
Grass, Adolf, 72
Gregorovius, Ferdinand, 64
Greyerz, Otto von, 496
Griepenkerl, Robert, 117, 135, 138 f., 151, 535
Gries, Johann Diederich, 37
Grillparzer, Franz, 6, 15, 159, 179, 263, 296, 393, 546–548
Grimm, Herman, 223, 294, 527, 635
Grimm, Jacob, 87, 515, 545
Grimm, Wilhelm, 515
Grosse, Julius, 447
Groth, Klaus, 327 f.
Grün, Anastasius (Graf Anton Alexander Auersperg), 372 f., 380, 395
Günther, Werner, 324, 381, 447, 455, 630, 633
Guggenheim, Kurt, 497, 500
Gundolf, Friedrich, 593
Gusserow, Adolf Ludwig Sigismund, 458
Gutzkow, Karl, 24, 30, 37, 40, 45, 52, 74 f., 108 f., 120, 148, 151, 168, 175 f., 223, 267, 278, 295, 320, 368, 382, 409, 556, 598
Gyergyai, Albert, 490

Hackert, Philipp, 294
Hackländer, Friedrich Wilhelm, 22, 44
Haessel, Hermann, 251, 255, 459, 475–477, 485
Hahn-Hahn, Ida, 50 f., 54, 556

Haller, Albrecht von, 325, 512
Halm, Friedrich, 115
Hardenberg, Karl August von, 24
Hardung, Victor, 634
Harnack, Adolf von, 257
Hart, Heinrich und Julius, 149, 394
Hartmann, Eduard von, 541, 582, 605
Hauff, Wilhelm, 290
Hauptmann, Gerhart, 589
Haym, Rudolf, 14, 23 f., 26 f.
Hebbel, Friedrich, 30 f., 74 f., 109 f., 115, 119, 121, 133, 135, 140, 142–146, 158, 219, 312 f., 341, 359, 401, 514, 578 f., 587
Hebel, Johann Peter, 326 f., 366
Hegar, Friedrich, 306 f.
Hegel, Georg Wilhelm Friedrich, 13 f., 116, 151, 181, 210, 236 f., 274, 341–346, 349
Hegi, Johann Salomon, 290 f., 372, 449˙
Hehn, Victor, 219, 291, 516
Heine, Heinrich, 23, 26, 34, 38, 43, 45, 74, 210, 213, 239, 262, 267, 278, 346 f., 374, 376, 383, 449, 532 f., 539, 553–557
Heinzel, Richard, 89
Heinzen, Karl, 620
Helbling, Carl, 277, 504, 533, 600
Heliodor, 601
Heller, Ernst, 510
Heller, Ruth, 558
Henckell, Karl, 634
Hengstenberg, Ernst Wilhelm, 346
Henkel, Arthur, 298, 615
Henle, Jakob, 87
Herbart, Johann Friedrich, 242
Herder, Caroline, 636
Herder, Johann Gottfried, 61, 260 f., 274, 277, 291, 293, 518, 535, 552
Herder, Wilhelm Gottfried, 636
Hering, Gerhard F., 11
Hertz, Wilhelm (Romanist), 388, 451
Hertz, Wilhelm (Verleger), 82, 112 f., 179, 501
Herwegh, Emma, 63, 374
Herwegh, Georg, 63, 346 f., 373 f., 577, 622
Herz, Henriette, 22
Herzen, Alexander, 374
Hesiod, 473, 477

Hess, David, 415

Hettner, Anna, 110, 199

Hettner, Hermann, 12, 20 f., 29, 36 f., 38–43, 50, 54 f., 61, 71, 75, 80 f., 87 f., 90 f., 100, 102, 104 f., 108 f., 113, 115–199, 200, 207, 215, 223, 234, 237, 246, 248, 257, 265, 273 f., 277–279, 288 f., 294, 312 f., 318, 364, 366, 401, 405, 423, 500 f., 515 f., 538 f.

Heyne, Christian Gottlob, 636

Heyse, Anna, 427

Heyse, Paul, 6, 8, 27, 34, 42 f., 47, 51, 69, 75 f., 85, 92, 94, 96, 98, 100, 107, 122, 137–140, 148–151, 166, 176–180, 188, 201, 222 f., 226, 236, 248, 250, 266, 268 f., 281, 284, 300, 304, 315–320, 325, 350 f., 367 f., 371, 382, 385–393, 396–404, 406–408, 410, 412–418, 423–431, 434 f., 440, 444 f., 447, 449–451, 453–455, 459, 462 f., 475, 478 f., 489, 514, 536–538, 540, 549–551, 553, 557 f., 597, 602

Hillebrand, Karl, 516, 636

Hillern, Wilhemine von, 51 f.

Hilty, Hans Rudolf, 446 f.

Hippel, Theodor Gottlieb von, 254, 330

Hirzel, Johann Caspar, 59

Hitzig, Ferdinand, 200

Hitzig, Julius Eduard, 23

Hodler, Ferdinand, 494

Hölderlin, Friedrich, 145, 449 f., 452, 467, 497, 579

Hölty, Ludwig Heinrich Christoph, 542

Hoffmann, Ernst Theodor Amadeus, 22 f., 290, 302, 338 f., 341, 426

Hoffmann von Fallersleben, August Heinrich, 577

Hofmannsthal, Hugo von, 368 f., 535, 542, 594

Holbach, Paul Henri Dietrich von, 90, 366

Holbein, Hans (d. J.), 555

Homer, 129, 214, 217, 281–284, 292, 316–318, 325 f., 334, 368 f., 384, 387, 545

Honegger, Johann Jakob, 447 f.

Hopfen, Hans, 44

Horaz, 550

Hornung, D., 554

Hotho, Heinrich Gustav, 210

Hottinger, Johann Jakob, 48, 60

Howald, Ernst, 14

Hoyn, Georg, 281

Huber, Jakob (Verlag), 449

Huber, Michael, 60

Huch, Ricarda, 516

Hugo, Victor, 123, 236, 516

Humboldt, Alexander von, 24, 30 f., 48, 68, 515, 525 f., 601

Humboldt, Wilhelm von, 22, 515

Hunziker, Rudolf, 368

Hutten, Ulrich von, 113, 226 f.

Ibsen, Henrik, 150, 589

Iffland, August Wilhelm, 596

Immermann, Karl Leberecht, 106, 295, 522 f., 619

Inglin, Meinrad, 497, 500

Jacoby, Johann, 345

Jahn, Jürgen, 600

Jean Paul, 5, 11, 22, 44, 56, 191, 250–255, 274, 302, 325, 330, 341, 520

Jolles, André, 407

Jordan, Wilhelm, 233, 545

Jung-Stilling, Johann Heinrich, 291, 544

Juvenal, 49

Kalisch, David, 165

Kant, Immanuel, 105, 341, 535

Kapp, Christian, 21

Kapp, Johanna, 21, 24

Karl, Großherzog von Baden, 22, 525

Kaulbach, Wilhelm von, 336, 383

Kayser, Wolfgang, 243, 412

Keller, Friedrich Ludwig, 73

Keller, Gottfried : eigene und fremde Urteile über seine Werke

– Abendlied, 392

– Am Mythenstein, 46

– Der Apotheker von Chamounix, 554–557

– Arm in Arm und Kron' an Krone, 392

– Die arme Baronin, 250, 276

– Autobiographie 1876, 528

– Bettagsmandate, 74, 320

– Dietegen, 92, 257, 279, 340, 400, 407–409, 414, 416
– Die drei gerechten Kammacher, 27, 250, 408 f., 526
– Erntepredigt, 392
– Eugenia, 340
– Das Fähnlein der sieben Aufrechten, 256, 320 f., 416, 420 f., 504
– Frau Regel Amrain und ihr Jüngster, 32
– Gedichte 1846, 17 f., 20, 372 f., 378
– Gesammelte Gedichte, 60 f., 97, 113, 296, 385–389, 393 f., 430, 457, 501, 537, 557, 629
– Gedichte (verschiedene) 73, 619, 629
– Gotthelf-Rezensionen, 5, 10 f., 76, 513
– Das große Schillerfest, 310 f.
– Der Grüne Heinrich, 5, 17–19, 28, 34, 38, 40, 71–73, 80 f., 83, 85, 95 f., 101, 118, 120, 148, 155, 188, 190–196, 199, 204, 212, 228, 241–250, 254, 262, 267, 269, 272, 279, 295–297, 300, 319 f., 334–336, 358, 371, 405, 411, 423, 429, 488 f., 500 f., 520 f., 530, 538–540, 579, 586, 596, 629
– Hadlaub, 73, 93, 429
– Die Jungfrau als Ritter, 250
– Kleider machen Leute, 52 f., 97, 409
– Die kleine Passion, 60
– Der kleine Romanzero, 553, 555, 557
– Der Landvogt von Greifensee, 401, 406, 408, 411, 429, 443, 587, 629
– Die Leute von Seldwyla, 71, 81, 84, 92, 111, 188, 196–199, 240 f., 266, 319, 321, 339, 400 f., 408, 419, 421, 501 f., 609, 629
– Lied der Zerrissenen, 38
– Die mißbrauchten Liebesbriefe, 5, 37, 42, 50, 55–59, 635
– Mühlenromantik, 34
– Ein nachhaltiger Rachekrieg, 74, 257
– Der Narr auf Manegg, 51
– Neuere Gedichte, 81, 84, 190, 199, 375 f.
– Pankraz der Schmoller, 5, 126 f.
– Poetentod, 91, 353 f.
– Prolog zur Schillerfeier, 310
– Die Romantik und die Gegenwart, 34
– Romeo und Julia auf dem Dorfe, 314, 419, 441

– Martin Salander, 34, 52, 112, 284, 296, 305–307, 311, 406, 411, 416, 420, 430, 486 f., 509, 624, 629
– Der Schulgenoss, 17
– Sieben Legenden, 62, 71, 97 f., 108, 111, 135, 239, 240, 279, 315, 322, 401, 421 f., 461, 504, 549, 553, 618
– Das Sinngedicht, 32, 60, 70, 82, 90, 250, 279, 321, 406, 409–411, 413, 416 f., 419 f., 429, 436, 469, 629
– Spiegel das Kätzchen, 92, 407 f.
– Stille der Nacht, 257
– Therese, 121 f., 124
– Ursula, 84, 437, 439
– Venus von Milo, 288
– Vergänglichkeitslieder, 461
– Das verlorene Lachen, 74, 198, 256 f., 279, 400, 422 f.
– Waldstätte, 73
– Winternacht, 392
– Züricher Novellen, 34, 82, 84, 419–421, 442 f., 461, 504, 585, 629
Keller, Regula, 435
Kerner, Justinus, 236, 344, 534
Kierkegaard, Sören, 457, 597
Kinkel, Gottfried, 22, 50, 70, 154 f., 377, 529
Kinkel, Johanna, 50
Klaproth, Heinrich Julius, 23
Kleist, Ewald von, 59
Kleist, Heinrich von, 22, 141, 150, 210, 341, 384, 497, 548, 593
Klinckerfuß, Margarete, 470, 484
Klopstock, Friedrich Gottlieb, 57, 59 f., 590
Des Knaben Wunderhorn, 297
Koch, von, 255
Koch, Joseph Anton, 336, 415
Köchly, Anna, 63
Köchly, Hermann, 62, 90, 197, 515
König, Heinrich Josef, 40
Köster, Christian, 294 f.
Koester, Hans, 619
Kohlschmidt, Werner, 356, 395, 398, 443, 617, 619, 622
Koller, Rudolf, 274, 280, 511
Koreff, David Ferdinand, 23

Kosegarten, Ludwig Theobul, 421
Kotzebue, August von, 76, 273, 596
Kreyssig, Friedrich, 242
Kühne, Ferdinand Gustav, 193
Kürnberger, Ferdinand, 40, 97 f., 112, 592
Kuh, Adèle, 411 f.
Kuh, Emil, 6, 27, 44, 49, 74, 94, 105, 109 f.,
    121, 123, 125, 145, 165, 234, 240, 245,
    247, 256, 279, 284, 296, 324 f., 328,
    339 f., 392 f., 400, 411, 414, 422, 466,
    514, 518, 526 f., 541, 546 f., 549 f., 592,
    608
Kurz, Heinrich, 95, 404, 514, 588

Lachmann, Karl, 543
Lamartine, Alphonse de, 138
Lamb, Charles, 518
Landmann-Kalischer, Edith, 495 f.
Landolt, Salomon, 270
Lang, Heinrich, 74
Langmesser, August, 441, 459
La Roche, Georg Michael Frank von, 524
La Roche, Sophie von, 523 f., 527 f.
Lassalle, Ferdinand, 151 f.
Latour, Isidore, 129
Laube, Heinrich, 14, 151, 267, 546, 591
Lavater, Johann Caspar, 57, 291
Lazarus, Moritz, 609
Leemann, Rudolf, 17, 20
Lenau, Nikolaus, 8, 43, 45, 78, 145, 313,
    449 f.
Leo, Heinrich, 346
Lessing, Gotthold Ephraim, 76, 114–116,
    119, 128–134, 142, 154, 199, 210, 260 f.,
    273, 277, 284, 289, 293, 303, 335, 338,
    347 f., 533, 536, 543, 545, 556, 597
Lessing, Karl Friedrich, 336
Leuthold, Heinrich, 10, 42, 75 f., 91, 107,
    273, 282, 313 f., 369, 381–384, 388, 445–
    455, 461, 474, 534, 537, 541, 552
Lewald, Fanny, 19, 25, 50, 53–55, 66, 81,
    90, 107, 115, 181, 184, 200, 294
Lindau, Paul, 73, 322, 423, 528, 546, 555
Lindner, Albert, 402
Lingg, Hermann, 42, 107, 321, 383, 460,
    628
Liszt, Franz, 51, 62 f.

Locher, Eduard, 146
Logau, Friedrich von, 410, 421, 543
Longfellow, Henry Wadsworth, 314 f., 375
Longinus, 601
Loosli, Carl Albert, 486, 494
Lope de Vega, Felix, 426, 547
Lorm, Hieronymus, 49
Louis Ferdinand, Prinz von Preußen, 24 f.
Lucian, 281, 553
Luck, Georg, 611
Lucka, Emil, 341
Ludwig, Otto, 92, 110, 119, 122, 145 f.,
    178, 223, 296, 339, 340, 541, 547
Lübke, Wilhelm, 107
Lützow, Ludwig Adolf von, 106, 522
Luise, Königin von Preußen, 22
Luther, Martin, 598

Macaulay, Thomas Babington, 516
Mähly (Mähli), Jakob, 75 f., 451 f.
Märklin, Christian, 113
Manuel, Niklaus, 93, 161 f., 274, 276,
    284, 324, 353, 381, 385, 512, 534
Markwardt, Bruno, 10, 263, 407
Marlitt, Eugenie, 51, 107 f., 489
Marr, Wilhelm, 620
Marschall (Hofrat in Weimar), 518
Martini, Fritz, 520
Marx, Karl, 347, 358
Matthisson, Friedrich von, 380
Mauthner, Fritz, 296, 453, 486, 631
Maximilian II., König von Bayern, 42, 45,
    107, 376, 408, 447, 451
Mayer, Hans, 10, 261
Mecklenburg, Emil, 344
Meiningen, Georg Herzog von, 143 f.
Meissner, Alfred, 45, 47, 64, 553 f.
Melanchthon, 598
Melos, Maria, 248, 303
Mendelssohn-Bartholdy, Felix, 168
Mendelssohn, Moses, 261
Menzel, Wolfgang, 14, 108
Merck, Johann Heinrich, 475
Merhoff (Journalist), 450
Messleny, Richard, 474
Metternich, Clemens Wenzel Lothar von,
    26

Meyer, Betsy, 64, 439, 444
Meyer, Conrad Ferdinand, 7, 9, 37, 44, 47, 64, 69 f., 85, 98, 104, 107, 110, 122, 219, 251, 255 f., 303, 305, 337, 350, 369 f., 383, 385, 388 f., 394–400, 410, 418–420, 423, 435–445, 450–453, 455–466, 472 f., 475–478, 480, 482, 485 f., 488, 491, 496, 499, 510, 529 f., 558, 585, 622, 628
Meyer, Herman, 293
Meyer, Johann Jakob, 103
Meyer, Richard Moritz, 89, 626
Meyer & Zeller (Verlag), 580
Meyerbeer, Giacomo, 169
Meyr, Melchior, 121, 145
Michelangelo Buonarroti, 340
Minor, Jakob, 89
Mörike, Eduard, 47, 95, 206, 211 f., 216, 219, 232, 234 f., 238–240, 250, 327, 376, 540, 549–552, 592, 595, 604, 608
Moleschott, Jakob, 21, 54, 64, 241, 578
Molière, 133
Mommsen, Theodor, 63, 387, 515
Montaigne, Michel, 259, 273, 514
Morel, Karl, 137
Moritz, Karl Philipp, 274
Mosen, Julius, 155
Mosenthal, Salomon Hermann, 121, 146, 159, 161
Mozart, Wolfgang Amadeus, 317 f.
Mühlbach, Luise, 55
Müller, Adam, 22
Müller, Johann, 310
Müller, Johann Georg, 518 f.
Müller, Johannes von, 502, 636
Müller von Königswinter, Wolfgang, 22
Müller von der Werra, Friedrich Konrad, 378
Mundt, Theodor, 48, 55, 418
Muret, Gabriel, 368
Muschg, Walter, 606
Musil, Robert, 520

Nadler, Josef, 499
Napoleon I., 277
Napoleon III., 31, 203
Nerrlich, Paul, 112, 242 f., 537
Neumann, Wilhelm, 23

Nibelungenlied, 161, 233, 325, 438, 545
Nicolai, Christoph Friedrich, 261, 541
Niebuhr, Barthold Georg, 515
Niendorf, Marc Anton, 41
Nietzsche, Friedrich, 424, 488, 516, 592, 626
Nikolaus von Flüe, 491
Novalis, 212, 214
Nußberger, Max, 399

Oelmüller, Willi, 258
Oersted, Hans Christian, 362
Ötker, Friedrich, 510
Ofterdinger, Ludwig Felix, 415
Oncken, Wilhelm, 281
Ott, Arnold, 137, 143 f., 175, 558, 616, 634

Pachler, Faust, 67
Paetel, Elwin und Hermann (Verlag), 326
Palleske, Emil, 41, 69, 71, 85, 155, 213, 233, 267, 600, 615
Pascal, Blaise, 457
Pascal, Roy, 519
Pestalozzi, Friedrich Otto, 85
Pestalozzi, Johann Heinrich, 228, 324, 354, 367, 446, 458
Petersen, Wilhelm, 6–8, 96, 100, 245–249, 268–270, 281, 288, 300, 371, 390, 398, 401 f., 406, 409, 424 f., 428–431, 449 f., 452 f., 520 f., 550
Petrarca, Francesco, 524
Pfeufer, Karl, 374
Pfuël, Ernst von, 29
Pietsch, Ludwig, 609
Platen, August von, 164, 313, 336, 381–383, 598, 622
Platter, Thomas, 544
Plinius d. J., 544
Plotin, 341
Plutarch, 281
Preen, Friedrich von, 161, 168
Preller, Friedrich, 336
Proelss, Johannes, 260
Prutz, Robert, 15, 39, 164 f., 345, 408 f., 598
Pückler-Muskau, Hermann Fürst von, 29, 51
Pythagoras, 493

Raabe, Wilhelm, 369
Rabelais, François, 56, 160, 194, 312
Rachel (Elisabeth R. Felix), 119, 128 f., 179
Racine, Jean-Baptiste, 128, 130–133
Radziwill, Antoni Henryk Fürst, 22
Raffael, 254, 331
Rahn, Johann Rudolf, 443
Raleigh, Sir Walter, 123
Rambert, Eugène, 443
Ranke, Leopold von, 346
Rauch, Christian Daniel, 48
Raumer, Friedrich von, 194
Raupach, Ernst, 76, 142, 273
Rawidowicz, Simon, 358 f.
Reichert, Karl, 309, 311, 421
Reithard, Johann Jakob, 373, 581, 619
Reuter, Fritz, 325–328
Ricasoli, Bettino, 459
Richter, Werner, 590
Riedel, Carl, 620
Riemer, Friedrich Wilhelm, 576
Rietschel, Ernst, 303
Rilke, Rainer Maria, 496
Ring, Max, 41, 67
Ritzler, Paula, 412
Robert, Léopold, 335
Robert, Ludwig, 23
Rodenberg, Julius, 32, 35, 43, 52, 65, 67, 73, 93, 95, 99, 149, 166, 180, 236, 384, 391, 399 f., 409, 420, 423, 442–444, 459, 463 f., 472–475, 486, 489, 510, 513 f., 546, 558
Roethe, Gustav, 89
Rötscher, Heinrich Theodor, 14, 119, 145, 576
Roffler, Thomas, 496, 520
Rohmer, Friedrich, 41 f.
Rohner, Ludwig, 635
Rolland, Romain, 495
Rosenkranz, Karl, 13, 210, 274 f., 277 f., 343
Rossini, Gioacchino, 169
Rottmann, Carl, 288, 336
Rousseau, Jean-Jacques, 39, 57, 60, 110, 243, 308 f., 516, 544
Rückert, Friedrich, 380

Rümelin, Gustav, 541
Ruge, Arnold, 13, 64, 210 f., 215, 236 f., 271, 325, 342–349, 355, 535
Rychner, Max, 265, 496, 513

Sacher-Masoch, Leopold von, 108
Sachs, Hans, 161
Saint-Paul, von, 39
Salis von Marschlins, Ulysses, 59
Salis-Seewis, Johann Gaudenz von, 542
Sallet, Friedrich von, 38
Sand, George (Aurore Dupin), 66, 140, 142
Sappho, 283
Sauerländer, H. R. (Verlag), 472
Savigny, Friedrich Karl von, 22, 37
Schack, Adolf Friedrich von, 478
Schad, Christian, 28, 376
Scheffel, Joseph Viktor von, 260
Schelling, Friedrich Wilhelm Joseph von, 277, 348
Scherenberg, Christian Friedrich, 29, 38 f., 41
Scherer, Wilhelm, 87–89, 91–94, 96 f., 99 f., 204 f., 589 f., 624
Scherr, Thomas, 159
Schiller, Friedrich von, 5, 15, 46, 61, 63, 74, 119, 121, 125, 129–132, 134, 138–140, 143, 150, 154, 162, 166, 183, 201, 210, 212, 223, 228 f., 263, 269 f., 278, 289–291, 293, 296 f., 301–312, 320, 322 f., 325, 341, 380, 436 f., 464, 498, 502, 508, 520, 542, 547 f., 558, 593, 601
Schinkel, Karl Friedrich, 132
Schirmer, Johann Wilhelm, 336
Schlegel, August Wilhelm, 58 f., 132, 210, 260, 313, 381, 541
Schlegel, Friedrich, 15, 22, 25, 33, 210, 260, 271, 514, 558, 590, 612
Schleich, Carl Ludwig, 581
Schleiermacher, Friedrich, 22, 24, 346, 535, 590
Schlivian, 36
Schmid, Karl, 357 f., 446, 456–459, 498, 504
Schmid, Konrad, 437
Schmidt, Erich, 89, 93, 98 f., 151, 403, 432 f., 590, 624, 626

Schmidt, Julian, 70, 88 f., 108, 197, 237, 339

Schnorr von Carolsfeld, Julius, 336

Schnyder von Wartensee, Xaver, 37, 313, 377–381, 511, 541

Schopenhauer, Arthur, 541

Schott, Sigmund, 129, 427

Schröder, Edward, 89

Schröder, Friedrich Ludwig, 596

Schröer, Karl Julius, 588

Schubin, Ossip (Aloisia Kirschner), 52

Schücking, Levin Ludwig, 65 f., 86, 202

Schulthess, Barbara, 59

Schulthess, Johann Georg, 59

Schulz, Wilhelm, 7, 20, 273, 376, 578

Schweizer, Johann Caspar, 415 f.

Schwind, Moritz von, 336

Scott, Walter, 46

Scribe, Eugène, 598

Seidel, Heinrich, 316, 402

Semper, Gottfried, 6, 62, 64

Seneca, 521

Seuffert, Bernhard, 89 f., 94, 181, 255, 322, 325, 545

Sévigné, Marie de, 544

Shakespeare, William, 5, 48, 62, 76, 88, 115, 118 f., 122–130, 132 f., 135, 138, 142, 146 f., 150, 155, 163, 167, 169, 178, 205–207, 213, 215 f., 219, 223–226, 233, 258, 263, 273, 277, 280, 296, 298, 302 f., 316, 320, 323, 350, 375, 404, 414, 441, 462 f., 468, 516, 520, 541, 589, 598

Sieber, Johann Caspar, 504

Simrock, Karl, 22 f.

Solger, Karl Wilhelm Ferdinand, 277

Sonnenthal, Adolf von, 594

Sophokles, 125, 130, 142, 147, 191, 281, 296

Speidel, Ludwig, 260

Spielhagen, Friedrich, 322 f., 404, 429, 459, 546

Spinoza, Baruch, 185

Spitteler, Anna, 630

Spitteler, Carl, 103, 107, 255, 264, 298, 301 f., 369, 445, 466–497, 514, 530, 537, 542, 548, 558, 595, 616

Spitteler-op ten Hooff, Marie, 481

Sprecher, Johann Andreas von, 441

Springer, Julius, 350, 501, 586, 619

Staël, Madame de, 34

Stägemann, Friedrich August, 22, 26

Stahr, Adolf, 50, 53–55, 66, 81, 90 f., 106 f., 128, 131, 152, 182, 200, 294, 517, 554, 600

Staiger, Emil, 10, 212, 619

Stamm, Alice, 369

Staub, Johann, 436

Stauffer-Bern, Karl, 44, 296, 459

Stegemann, Hermann, 634

Stern, Adolf, 74 f.

Stern, Maurice Reinhold von, 634

Sterne, Laurence, 56, 254, 330

Stiefel, Julius, 108

Stieglitz, Charlotte, 47 f.

Stieglitz, Heinrich, 47 f.

Stieler, Karl, 391

Stifter, Adalbert, 191, 289, 335, 424, 546

Stirner, Max, 348

Stolberg, Christian und Friedrich Leopold, Grafen von, 293

Storm, Ernst, 398, 431

Storm, Theodor, 8, 28, 35, 43, 47, 69, 84, 97 f., 101, 122, 150 f., 166, 176 f., 179 f., 188, 208, 243 f., 247–250, 254, 268, 270 f., 275 f., 282, 297 f., 304, 317 f., 321, 323, 326–328, 382–435, 437, 440 f., 489, 504, 510, 513, 538, 545, 550–553, 626

Strauß, David Friedrich, 99, 113, 218–221, 225–227, 233, 236–238, 258, 343 f., 355, 513, 517 f., 592, 605

Strauß, Salomon, 554

Stückelberg, Ernst, 336

Sulzer, Eduard, 119 f., 375

Sulzer, Johann Georg, 218

Sulzer, Johann Jakob, 62

Taillandier, Saint-René, 362

Talleyrand, Charles Maurice de, 24

Tanner, Karl Rudolf, 371–373

Tasso, Torquato, 37

Taubert, Wilhelm, 619

Tendering, Betty, 32, 300

Thackeray, William Makepeace, 516

Thelen, Albert Vigoleis, 245

Theremin, Franz, 23

Thorwaldsen, Bertel, 132
Tieck, Ludwig, 23, 56, 134, 141, 185, 210–214, 226, 261, 271, 277 f., 302, 312, 316, 401, 404, 415, 426, 541, 593, 598, 606
Tillier, Claude, 540
Tizian, 339
Toepffer, Rodolphe, 490
Trippel, Alexander, 303
Tscharner, Johann Karl von, 502
Tschudi, Johann Jakob von, 446

Uhland, Ludwig, 24, 214 f., 324, 436, 545
Ullrich, Titus, 29
Unger, Rudolf, 457
Ungern-Sternberg, Alexander von, 35, 38, 47, 55
Unzelmann, Karl Wolfgang, 25, 53
Usteri, Martin, 60, 324

Varnhagen von Ense, Karl August, 13, 23–32, 35 f., 66–68, 90, 102, 120 f., 294, 371, 518, 524–528, 577, 581, 626
Varnhagen von Ense, Rahel, 23–27, 29, 90, 102, 294 f., 526 f.
Vehse, Karl Eduard, 32 f., 112
Veit, David, 23 f.
Vietinghoff, August von, 523
Vieweg, Eduard (Verlag), 16, 38, 40, 54 f., 72, 80–85, 190–192, 196, 198, 228, 246–248, 272, 320, 375 f., 400, 405, 536, 555, 609
Vilmar, August Friedrich Christian, 463
Vischer, Friedrich Theodor, 6, 12, 47 f., 54, 62–64, 67, 90, 92, 94, 98, 102, 108–110, 113 f., 116, 175, 183, 197 f., 200–259, 263, 274, 279, 294, 301, 321, 378, 381 f., 400 f., 408 f., 412, 415, 423, 444, 465, 475 f., 493, 502, 513–515, 517, 521, 534 f., 537 f., 541, 550 f., 553, 592, 595, 600, 634
Vischer, Peter, 215
Vischer, Robert, 258, 592
Vögelin, Friedrich Salomon, 274
Vogel, Ludwig, 274
Vogt, Gustav, 578
Vogt, Karl, 7
Volkelt, Johannes, 607

Voltaire (François Marie Arouet), 130, 273, 553
Voss, Johann Heinrich, 37, 60, 326
Voss, Sophie Marie Gräfin von, 22

Wackenroder, Wilhelm Heinrich, 261
Wackernagel, Philipp, 577
Wagner, Richard, 6, 62 f., 166–170, 173, 183, 200, 298, 374, 545, 583
Walther von der Vogelweide, 37, 325
Warren, Austin, 312
Weber, Carl Maria von, 168
Weber, Robert, 505 f.
Wehrli, Max (Literarhistoriker, Zürich), 262 f.
Wehrli, Max, 417
Weibert, Ferdinand, 81, 84, 241, 247–249, 321 f., 374, 382, 422, 448, 489, 520, 549 f., 608
Weilen, Josef, 123, 546
Weingartner, Felix, 495
Wellek, René, 312
Welti-Escher, Lydia, 44
Werner, Richard Maria, 89
Wesendonck, Mathilde, 62, 64, 71, 103, 139, 200, 313
Widmann, Adolf, 42
Widmann, Josef Viktor, 6, 52, 72, 78, 94, 103, 107, 112, 122, 149, 167, 188, 266, 270, 284, 295 f., 298, 305–307, 310, 315 f., 340 f., 387, 422, 444, 455, 466 f., 469–472, 474 f., 478–489, 493, 495 f., 502, 508–510, 516, 530 f., 545, 548 f., 558, 595
Widmer, Johann Conrad, 518
Wieland, Anna Dorothea, 524
Wieland, Christoph Martin, 14, 41, 57, 59 f., 164, 261, 293, 298, 316, 325, 407 f., 415, 523 f.
Wienbarg, Ludolf, 15
Wiese, Benno von, 403, 406 f., 414
Wilbrandt, Adolf von, 148, 179 f.
Wildbolz, Rudolf, 128, 212, 217, 246, 412
Wildenbruch, Ernst von, 85, 149–151
Wilhelm I., 438
Wilhelm II., 438
Wille-Sloman, Eliza, 26, 62–64, 323

Wille, François, 62–64, 236, 374, 385, 438, 459 f.
Winckelmann, Johann Joachim, 277, 290
Winteler, Jost, 446
Winter, C. F. (Verlag), 577
Wislicenus, Gustav Adolf, 345
Wislicenus, Johannes, 54
Wittgenstein, Karoline Fürstin, 62 f.
Wölfflin, Heinrich, 61, 539
Woermann, Karl, 281
Wohl, Jeannette, 531, 534, 554
Wüst, Paul, 439
Wyss, Georg von, 64

Zäch, Alfred, 7
Zeller, Eduard, 257, 362
Zelter, Carl Friedrich, 22
Zimmermann, Johann Georg, 457
Zimmermann, Robert, 605
Zola, Emile, 139, 149 f., 460, 516, 542, 545 f.
Zolling (Zollinger), Theophil, 73, 322 f., 416
Zollinger, Max, 171, 587
Zschokke, Heinrich, 542
Zünd, Robert, 335
Zwingli, Huldreich, 437

INHALT

Einleitung 5

Erster Teil: Das literarische Leben und die Literaturkritik Deutschlands im 19. Jahrhundert in Gottfried Kellers Sicht 13

1. Schöpferische und kritische Instanzen 13
   Vorbemerkung 13
   a) Zirkel und Literaten 17
   b) Mißstände der Journalkritik 71
   c) Verleger 78
2. Gottfried Kellers Kritik der wissenschaftlichen Literaturbetrachtung .. 86
3. Porträt der Kritiker 102
   1) Die Literaturkritik und ihre Rezeption 102
   2) Galerie der Kritiker 106

Zweiter Teil: Gottfried Keller und Hermann Hettner 115

Einleitung: Kellers Beitrag zu Hettners Programmschrift «Das moderne Drama» 115

1. Kellers Kritik der Bühne und seine Dramenkonzeption 119
   Shakespeare 122
   Lessing, das altfranzösische Theater und die deutsche Klassik 128
   Kritik des Gegenwartstheaters und Probleme des historischen Dramas .. 136
   Arnold Ott 143
   Friedrich Hebbel – «Zufall und Schicksal» (Otto Ludwigs «Erbförster») 145
   «Das moderne Drama» und die Folgejahre 148
   Gottfried Kellers Rezension von J. N. Bachmayrs «Trank der Vergessenheit» 156
   Volksstück und Volkskomödie. Richard Wagner 159
   Gottfried Kellers Urteile über Paul Heyses Bühnenschaffen 176
2. Wechselseitige Kritik 180

Dritter Teil: Gottfried Keller und Friedrich Theodor Vischer 200

Einleitung: Gemeinsamkeiten 200

1. Kritik der Romantik 210
2. Gottfried Kellers Vischer-Kritik 217
   a) Fr. Th. Vischers «Ästhetik» 217
   b) Gottfried Kellers Rezension der «Kritischen Gänge (Neue Folge)» .. 221

1. Shakespeare-Fragen 223
2. David Friedrich Strauß 226
3. Probleme des poetischen Fragments («Faust II») 228
   c) Fr. Th. Vischer als Redner, Dichter und als Persönlichkeit 232

3. Fr. Th. Vischers Keller-Aufsätze 237
   a) Vischer als Kritiker 237
   b) Die Keller-Aufsätze 239
   c) «Der Grüne Heinrich» 241
   d) Kellers «närrische Vorstellungen» – Jean Paul 249
   e) Keller als Realist 256
   f) Zusammenfassung 257

Vierter Teil: Hauptaspekte von Gottfried Kellers Literaturkritik 260

Historisch-methodische Vorbemerkung 260

1. Gottfried Kellers kritisch-ästhetische Grundanschauungen 264

2. Gottfried Kellers Sicht der Antike und der deutschen Klassik 281

3. Kritische Gesichtspunkte 311
   A) Erfindung und Originalität 311
   B) Sprach- und Stilprobleme 319
   C) Weltanschauliche Gesichtspunkte in Gottfried Kellers Literaturkritik 341
      1. Kellers Ruge-Rezension. Literaturkritik der Hegel-Schule 342
      2. Die Gotthelf-Rezensionen 349
   D) Literarische Gattungskritik 370
      1. Lyrik und Lyriker 371
      2. Theorie und Kritik der Novelle 400
   E) «Persona» 445
      Heinrich Leuthold 445
      Conrad Ferdinand Meyer 455
      Carl Spitteler 466
   F) Der nationale Gesichtspunkt in Gottfried Kellers Literaturkritik und
      das Problem einer schweizerischen «Nationalliteratur» 497

Fünfter Teil: Gottfried Keller als Essayist 513

Zusammenfassung 529

Literatur 561
Anmerkungen 575
Namenregister 640